U0743600

贺敬之研究文选

HEJINGZHI YANJIU WENXUAN

陆 华 / 编

上 册

文化艺术出版社

Culture and Art Publishing House

1987年于泰山

前　言

作为中国现当代文学史上一位杰出的作家、诗人、文艺理论家，贺敬之的许多优秀作品都在现当代文坛上产生过深远宏大的历史影响，受到广大读者的喜爱，如以他为主要执笔人创作的歌剧《白毛女》，政治抒情诗《回延安》、《放声歌唱》、《桂林山水歌》、《雷锋之歌》等。这些作品饱蘸着他对革命、对人民、对生活的强烈激情，以鲜明的主题和艺术个性被载入我国文学史册，成为现当代文学史上的经典名篇，其中歌剧《白毛女》不仅被改编成京剧、芭蕾舞剧、电影、交响乐、地方戏、鼓词、连环画等多种艺术形式，而且被译成俄日等多国文字在许多国家上演和流传。由他创作歌词的《七枝花》、《南泥湾》、《翻身道情》、《平汉路小唱》等，唱遍了大江南北，拥有亿万忠实受众。伴随着他的作品问世，有关他的作品及其创作生平、文艺思想的研究，从上世纪40年代中叶就开始了，几十年来成果丰硕，特别是新时期以后，一些学者或撰写专题论文，或撰写综合论著，提出了许多有见地的思想观点，提供了一些非常有价值的考证资料。总的来看，研究领域不断拓宽，在研究深度和广度上，在运用各学科理论和新的评论方法上都有所拓展。这也说明，贺敬之和他在文学上取得的巨大成就，不仅在过去为人们所重视，现在依然是我国文学宝库中不可多得的珍贵财富。对于今天繁荣和发展我国社会主义文学仍然具有重大的历史意义和现实意义。

据我们现在查找到的资料，除去各类文学史中有关章节外，仅就专门研究评介他的研究专著就有七部、研究论文集四部、研究论文及评论介绍有七百余篇。参与的研究人员之多，评论涉及面之广都让人为之震撼。虽然我们尽了很大的努力希望将资料收集齐全，但是限于能力和条件，就在我们编辑这部书的过程中，仍不断发现有评介文章没有收集进来，因此，就目前收集到的资料只能说是尽了我们最大的努力，但尚不完全。

这本研究文选共收录了我们从各种报刊杂志、书籍上收集到的研究论文、重要讲话、报道等共一百多篇文章。这些文章不仅基本上反映了各时期的研究状况，也反映了研究者对贺敬之作品认识的深化过程。为了方便读者查阅和研究，我们将全书分为了六个部分。

第一部分为贺敬之研讨会的报道、讲话、祝辞。2004年中国作协等单位联合举办的贺敬之文学生涯65周年暨文集出版研讨会，2005年华中师范大学等单位在武汉召开了贺敬之文学创作国际学术研讨会，众多来自全国各地以及来自日本、韩国、法国的专家、学者参加这两次会议。与会者高度评价了贺敬之所取得的成就。世界诗人大会主席罗斯玛丽·魏尔金申在致武汉大会的贺词里说："贺敬之博士是中国的也是世界的！"金炳华在贺敬之文学生涯65周年暨文集出版研讨会上对于贺敬之在各个不同历史时期的创作从艺术形式到文艺思想内涵做了总体性评价，他说："贺敬之同志成为人民大众喜爱和尊敬的诗人、作家，是因为他始终以人民为母亲，把为人民写作当作自己最高的创作追求；贺敬之同志成为有着长久艺术创造力的诗人，是因为他始终大力弘扬爱国主义、民族精神和时代精神，自觉担负起擎举民族精神火炬和吹响人民奋进号角的重大使命；贺敬之同志不同时期的创作，总能够表达出人民的心声，奏响时代主旋律，是因为他始终自觉地贴近实际，贴近生活，贴近群众，实践文艺的大众化；贺敬之同志艺术生命保持旺盛的活力，是因为他在艺术上始终博采众长，汲取古今中外的优秀文艺成果，融会贯通，为我所用，创造出自己的风格。"金炳华的讲话代表了一大批研究学者的心声。

华中师范大学原校长王庆生在武汉会议开幕式上的讲话中说："回顾总结贺敬之六十多年来所走过的创作道路，总结贺敬之在创作上所取得的卓越成就，探讨贺敬之的文学观和诗歌创作、戏剧文学创作的艺术风格，并以贺敬之为典型个案，研究文学与生活、文学与时代、文学与中外文学传统的关系，从而对处于全球化语境下的中国文学建设提供有益的借鉴，促进和推动新世纪中国文学的发展和繁荣。"这也是我们编辑这部研究文选的初衷所在。

第二部分为贺敬之诗作综合性研究。从这部分研究文章中人们可以看到研究者对于贺敬之各个不同历史时期的诗歌创作、歌词创作的总体性评价，研究者从多学科、多角度对贺敬之诗歌的思想内容、艺术表现形式、其历史作用、地位和现实意义进行了论述。

贺敬之诗歌中对"我"的描写和运用，曾在60年代引发了一次争论。有论者认为，贺敬之在诗中"我"字不但用得比较多，而且有时用到不尽恰当的程度。认为把自己的"我"架得过高，反会使思想格调降低。不同意此种观点的论者提出，首先，"艺术可以通过合理的虚构适当地夸张和典型化，把握到和创造出生活真实所不能有的东西，或者比生活真实更真、更美和更高的东西，对于‘我’，也应当这样理解。”其次，“我”虽然有个人的“我”和集体的“我”的区分，但不能把二者截然分开和对立，没有个人的“我”也就没有集体的“我”，阶级的“我”、大“我”常常是通过小“我”来表现的。这是艺术的要求，真正的艺术必然是用个别表现一般，抒情诗不能例外。同时，大“我”和小“我”的划分标准是什么？不能认为凡大“我”皆好，凡小“我”皆坏，关键在于通过“我”抒发的是一种什么样性质的感情。

对贺敬之诗作中的“我”如何理解的问题，正如有的论者指出的那样：这关系到对这些作品如何评价的问题。大胆而恰当地表现自“我”，正确地处理“我”与时代、与人民的关系，恰恰是贺敬之作品的一大突出特点。贺敬之诗作中的“我”大体有两种情况，一种是许多诗人通常使用的“我”，即抒情主人公；另一种则是在一定意义上包含着诗人自己如看真实经历在内的“我”。这两种“我”都不存在把自己“架得过高”的问题。

新时期以后，又有人“指责贺敬之诗中的‘自我’是非人的、不真实的‘自我’，抒写的思想感情是‘假大空’、‘粉饰太平’，贺敬之这一类诗人的创作是‘意识形态’的写作”。对于如何认识贺敬之诗歌中的“我”的问题，张器友在《不可抗拒的传统》一文中进行了细致深入的分析。他指出：“这实际上主要不是诗中要不要‘我’的问题，而是诗人的这个‘我’是个什么样的‘我’的问题。换句话说，围绕着贺敬之及其同时代优秀诗人诗歌中‘自我’问题的分歧，实质上表明的是以启蒙主义为价值理想的自由主义‘自我观’与以社会主义—共产主义为价值理想的马克思主义‘自我观’的对立。”

对于应该如何认识诗中“我”的问题，贺敬之在多篇文章中都表明了自己的立场。他认为：“这是一个具有根本意义的道路问题。”诗歌是通过自我的主观世界，作为媒介去表现群众的、社会的客观世界，因此诗中必然带有诗人的感情、思想和认识，但是诗中的“我”绝不等同于“纯粹的自我表现”，更不能“脱离甚至排斥社会和人民”，把“大我”、“小我”完全对立起来。真正属于人民和时代的诗人，必定“要同人民结合，同时代结合”。

毋庸讳言，新时期以来，在各种新的思潮、新的话语不断涌来的浪潮中，文学逐渐出现了强调向内转和写作个人化、私语话的倾向。在这些思潮中，贺敬之作为十七年政治抒情诗的重要代表，遭到了一些人的扬弃。对于这种现象，许多作者都站在历史唯物主义的高度，将贺敬之的诗歌创作放在20世纪中国人民在中国共产党的领导下谋求解放和民族复兴，以及我国现代文学发展历程的大背景下考察，特别是80年代中期发生的当代文学的转型，与主要发生在西方的后现代主义与我国“十七年文学”的并峙的情况下考察，对如何认识贺敬之诗歌的成就和价值等方面作了全面客观的研究论述，有力地批评了“新启蒙主义”、“新自由主义”对贺敬之及其他同时代优秀诗人诗歌的贬损和非议。

第三部分为具体诗作研究。这部分文章主要是贺敬之各个历史时期代表作品的评论。研究评论的重点主要集中在贺敬之的政治抒情诗。1956年，贺敬之写出了第一首政治抒情诗《回延安》，此后，他连续创作了《桂林山水歌》、《放声歌唱》、《雷锋之歌》、《西去列车的窗口》等一系列脍炙人口的政治抒情诗。他和郭小川一起，被誉为最优秀、最有代表性的中国政治抒情诗人。

贺敬之非常善于用生动的语言和鲜明的形象来表现时代精神，或者说他非常善于抓住生动的细节和事物的本质特征，把它放在广阔的时代背景中去表现，他的诗歌都是他真情实感的流露。在新诗歌形式的探索上他也取得了新的突破，评论文章较一致的看法是贺敬之这一阶段的诗歌创作，与早期的诗歌《乡村的夜》、《朝阳花开》有了很大的变化，从更多地运用现实主义的手法转变为更多地运用革命浪漫主义的手法。其政治抒情诗主要有两种形式，一种形式是创造性地把马雅科夫斯基的楼梯式和中国古典诗歌勾勒形象和再现意境的手法融为一体的“楼梯式”，如《放声歌唱》、《雷锋之歌》、《“八一”之歌》等，另一类形式借鉴了陕北信天游的手法，但又不拘泥于民歌体，这类诗歌有《回延安》、《桂林山水歌》、《西去列车的窗口》等。贺敬之立足当代，广泛借鉴古今中外诗歌的艺术手法，开创了独属于他的政治抒情诗的形式。由此进一步奠定了他在当代文学史上的地位。许多文学史都将贺敬之的政治抒情诗列为专章专节进行评论，指出了贺敬之在中国现当代文学史上的地位和作用。

第四部分为新古体诗研究。新时期以来不仅贺敬之的政治抒情诗继续受到人们的关注，而且他在新古体诗创作中取得的成就引起了研究者的极大兴趣。应该说，贺敬之对于新古体诗的创作，从60年代就开始了，但是当时并没有引起人们的广泛注意。新时期以后，对贺敬之新古体诗的研究成为一个新的亮点。出现了刘征的《“情动绳墨外，笔端起波澜”——读贺敬之〈富春江散歌〉》、吴奔星的《江山留韵律 日月寄诗魂——贺敬之“新古体诗”印象记》、何火任的《关于“新古体诗”的断想》、徐荣街的《余墨飘香见精神：贺敬之“新古体诗”略论》、丁正梁的《贺敬之新古体诗简论》等一批研究成果，指出贺敬之的新古体诗是对我国新的诗歌艺术探索的又一重要贡献。丁正梁说在现代诗史上，写新古体诗是陈毅开其端，贺敬之继其后，他们是在郭沫若、毛泽东外走诗歌创作的第三条道路。贺敬之在诗体上的创新，其实反映了他在诗歌创作指导思想上的重大变化。一方面他在新古体诗中对党领导下的社会主义改革开放事业给予了热情的讴歌，一方面他对祖国前程和社会主义事业表达了深深的关切。可以说贺敬之的新古体诗是他政治抒情诗的继续，或者说新古体诗是又一种形式的政治抒情诗。

第五部分为歌剧《白毛女》研究。1945 年以贺敬之主笔的歌剧《白毛女》的创作演出后，反响空前强烈。丁玲曾在《延安文艺丛书〈总序〉》中专门描写过当时的情景："每次演出都是满村空巷，扶老携幼，屋顶上是人，墙头上是人，树杈上是人，草垛上是人。凄凉的情节，悲壮的音乐激动着全场观众，有的泪流满面，有的掩面呜咽……"作为一种新的歌剧，《白毛女》的出现也引发了研究者对于新歌剧从内容到形式的广泛关注，郭沫若、茅盾、欧阳予倩、周而复、邵荃麟等许多作家评论家都专门写过文章。虽然在最初阶段有过争论，但是《白毛女》作为新歌剧的奠基作品，它的思想意义和艺术形式都得到了普遍认同。90 年代以后，随着社会主义市场化经济的发展，有些人竟认为杨白劳和黄世仁的关系是债务人和债权人的关系，混淆了不同历史时期的社会关系。对此不少文章给予了批评。

第六部分是贺敬之文艺思想研究。贺敬之曾两度担任中宣部副部长、文化部副部长、代部长，在长期的文学创作实践中和领导岗位上，他十分重视文艺理论的研究，发表了大量有远见卓识的论述。这些理论主张，凝聚了他对社会主义文艺本质的深入思考，也体现在他的作品中。不少论者都指出贺敬之是一位我国文艺战线上优秀领导，也是一位久经风雨考验的革命家、思想家，他坚持用毛泽东文艺思想解决实践中遇到的问题，从不回避。他既反对回到"左"的教条主义的老路上去，也反对那些全盘否定历史上进步文艺传统的文化虚无主义主张。新时期以后，他为宣传贯彻党在新时期文艺政策做了大量工作，为制定和完善党在社会主义文艺的总方针，发挥了具有深远的意义的重大作用。

几十年来优秀研究专著和论文很多，为了便于研究者和读者更好地把握这一研究论题及其动向，在中国艺术研究院院长王文章的热情倡议和领导下，我们编辑了此书。但是由于篇幅限制，我们不得不割爱很多，许多生平类及访谈类论文都未能收入。

在编选过程中我们尽量编选那些具有代表性观点的文章，期望能为读者和研究者提供一些有益的帮助。由于编选者的水平，也许一些具有代表性观点的论文未能入选，为此我们在文选后面部分特别编辑了贺敬之研究索引，在此我们欢迎广大读者的指导和批评。

此书出版和编辑得益于中国艺术研究院院长王文章同志、马克思主义文艺理论研究所所长陈飞龙同志的关心和在人力、物力、财力上给予的大力支持和帮助，也得到了李正忠老师、张器友老师等许多同志热情指点和帮助，提出了许多有价值的建议和意见，祝东力同志在此书的前期编辑工作中做了大量基础性的工作，使得后来者受益匪浅，在此一并表示衷心的感谢；本书能与读者见面，还得益于文化艺术出版社的领导和编辑的鼎力相助，特别是张洪宇、蔡宛若同志为此书的策划、出版付出了辛勤的劳动；还要感谢文选作者的热情支持和帮助；中国艺术研究院图书馆在资料的查找过程中也给予了大力的协助。没有他们，此书难以和读者见面。

陆　华

2007年9月19日

目　录

一、研讨会的报道、讲话、祝辞（2004—2006）

二、诗作综合性研究（1961—2008）

三、具体诗作研究（1956—2007）

四、新古体诗研究（1994—2008）

五、歌剧《白毛女》研究（1945—2006）

六、文艺思想研究（1994—2006）

附录：

一、研讨会的报道、讲话、祝辞
（2004—2006）

中国作协举行贺敬之文学生涯65周年研讨会

新华社北京2004年12月15日电（记者曲志红） 曾记否，一曲《南泥湾》传唱了多少年？一首《回延安》感动了多少读者的心？它们的作者贺敬之如今已经走过65年文学生涯。15日，中国作协为此举行研讨会，中央政治局委员、书记处书记、中宣部部长刘云山发来贺信。

贺敬之在抗日战争年代开始文学创作，曾发表组诗《乡村的夜》，歌词《南泥湾》，歌剧《白毛女》等作品，他的长诗《回延安》、《放声歌唱》、《雷锋之歌》等，都曾在读者中广为流传，成为我国新诗创作中的经典作品。

回顾这位著名诗人、作家和我国文艺界的老领导60多年来在文学创作上的成就，与会者认为，他在创作中对“革命化、民族化、群众化”的追求，至今仍具有启示和借鉴意义。中国作协党组书记、中国作协副主席金炳华发言说，贺敬之不同历史时期的创作，总能表达出人民的心声，奏响时代主旋律，是因为他始终自觉地贴近实际、贴近生活、贴近群众，实践文艺的大众化；他的艺术生命保持旺盛的活力，是因为他在艺术上博采众长，融会贯通，创造出自己的风格。他为我国文学事业的发展作出了杰出贡献。

翟泰丰、严昭柱、刘润为、孟伟哉、韩毓海、马恒祥、梁胜明等诗人、作家、学者代表在研讨会上发了言，80高龄的贺敬之高兴地与众多文学界旧友新朋一起探讨自己诗歌创作的历程。

集中展示贺敬之创作成就的《贺敬之文集》也于近日面市。

（原载《人民日报》2004年12月16日）

贺敬之文学生涯65周年暨文集出版研讨会在京举行

【本报讯】(记者任晶晶)　在贺敬之文学生涯65周年和《贺敬之文集》出版之际，中国作家协会于2004年12月15日在中国现代文学馆举行研讨会，回顾和总结在广大读者中享有盛誉的我国著名诗人、作家、诗歌理论家和文艺界的老领导贺敬之同志65年来在文学创作上取得的杰出成就。中共中央政治局委员、书记处书记、中宣部部长刘云山和邓立群同志致信祝贺。中宣部副部长李从军和中国作协党组书记、副主席金炳华出席会议并讲话。

贺敬之1924年生于山东枣庄。在抗日战争期间开始文学创作，曾创作组诗《乡村的夜》，歌词《南泥湾》，歌剧《白毛女》(合作）及《回延安》、《放声歌唱》、《雷锋之歌》、《三门峡——梳妆台》、《桂林山水歌》、《中国的十月》、《“八一”之歌》等诗作。其中歌剧《白毛女》曾获得1951年斯大林文学奖，为我国民族歌剧的发展奠定了基础。贺敬之曾担任文化部副部长、中宣部副部长、文化部代部长等职。还曾担任中国作家协会副主席、鲁迅文学院院长，现为中国作协名誉副主席、鲁迅文学院名誉院长，仍在为培养文学新人、繁荣我国新世纪社会主义文学事业作贡献。

金炳华首先对贺敬之同志从事文学创作65周年所取得的杰出成就和《贺敬之文集》的出版表示热烈祝贺。金炳华指出，《贺敬之文集》集中展示了贺敬之同志的创作成就，是他65年来创作心血的结晶。他的作品中体现的爱国主义、集体主义和革命英雄主义精神，正是我们的时代所呼唤和倡导的，特别是对广大青少年来说，通过阅读优秀的革命诗歌来激发他们昂扬向上的精神，对加强青少年思想道德建设、塑造青少年意志品格，引导他们健康成长都是十分有意义的。贺敬之同志的创作道路与文学成就，他坚定不移的党性和为人民、为社会主义写作的高度自觉性，顺应时代和人民对文艺的要求，与时俱进，正确处理文学与生活和时代的关系，做到了文学的“革命化、民族化、群众化”，对今天的广大作家同样具有很好的学习和启示意义。

金炳华指出，贺敬之同志成为人民大众喜爱和尊敬的诗人、作家，是因为他始终以人民为母亲，把为人民写作当作自己最高的创作追求；贺敬之同志成为有着长久艺术创造力的诗人，是因为他始终大力弘扬爱国主义、民族精神和时代精神，自觉担负起擎举民族精神火炬和吹响人民奋进号角的重大使命；贺敬之同志不同历史时期的创作，总能够表达出人民的心声，奏响时代主旋律，是因为他始终自觉地贴近实际，贴近生活，贴近群众，实践文艺的大众化；贺敬之同志艺术生命保持旺盛的活力，是因为他在艺术上始终博采众长，汲取古今中外的优秀文艺成果，融会贯通，为我所用，创造出自己的风格。贺敬之同志始终把党的需要，组织上的需要放在自己事业和工作的首位，从理论上正确引导创作，满腔热情地扶植文学新人，为我国文学事业的发展繁荣作出了杰出贡献。他的人生经验、工作作风和奉献精神，值得我们认真学习。

中国作协名誉副主席翟泰丰、内蒙古自治区政协副主席云照光、中央政研室文化局局长严昭柱、《求是》杂志副总编辑刘润为、中国作协名誉委员孟伟哉和诗人、作家、评论家韩毓海、马恒祥、梁胜明、张玉珠、田川、丁宁、卞国福、杨山、雁翼、朱蔚蕃、卢伟宗、黄力之、胡世宗、艾斐、丁毅、满全位、易仁寰、王德祥等人在研讨会上发言。贺敬之同志在研讨会结束时致答谢词。

研讨会由中国作协党组成员、副主席、书记处书记陈建功和党组成员、书记处书记高洪波主持。中国作协副主席张炯，司法部纪检组长、诗人岳宣义，中国文联副主席、书记处书记李牧，中宣部文艺局局长杨志今，中国作协党组成员、书记处书记吉狄马加、张胜友、田滋茂和魏巍、李瑛、雷抒雁等作家、诗人、评论家及保定市、枣庄市有关领导共200余人出席研讨会。

（原载《文艺报》2004年12月16日）

致“贺敬之文学生涯65周年研讨会”的贺信

刘云山

今天，首都文艺界的同志齐聚一堂，回顾我国著名诗人贺敬之同志65年来走过的道路，总结他60多年来文艺创作的成就与经验，这无疑是文艺界的一件盛事。借此机会，谨向敬之同志表示深深的敬意和祝贺！

贺敬之同志青年时代即奔赴革命圣地延安，投身中国人民争取民族独立与解放的伟大事业，是在毛泽东《在延安文艺座谈会上的讲话》哺育下成长起来的杰出文艺家。他在60多年的创作生涯中，始终沿着《讲话》指引的道路，以人民群众丰富的生活实践为创作源泉，广泛吸收中外文明成果，满腔热情地歌唱祖国、赞美人民、讴歌时代，自觉把个人的艺术创造融入到无产阶级革命和社会主义建设的伟大事业之中。他创作的新歌剧《白毛女》，诗作《回延安》、《放声歌唱》、《雷锋之歌》等，已经成为中国现当代文学史上当之无愧的经典之作，鼓舞和激励了一代又一代人。

文艺工作者要以贺敬之同志等老一辈文艺家为榜样，高举邓小平理论和“三个代表”重要思想伟大旗帜，坚持“二为”方向，贯彻“双百”方针，弘扬主旋律，提倡多样化，贴近实际、贴近生活、贴近群众，努力以更多思想性、艺术性俱佳的优秀作品，满足人民群众日益增长的精神文化需求，不断谱写建设社会主义先进文化的新篇章。

祝敬之同志身体健康，永葆艺术青春！

祝研讨会圆满成功！

2004年12月15日

（原载《世纪瞭望》2004年第7期）

在“贺敬之文学生涯65周年研讨会”上的讲话

金炳华

同志们、朋友们:

今天，我们大家聚集一堂，怀着喜悦的心情，参加“贺敬之文学生涯65周年暨文集出版研讨会”，共同祝贺六卷本的《贺敬之文集》出版，回顾和总结在广大读者中享有盛誉的我国现当代著名诗人、作家、诗歌理论家、著名文学活动家和文艺界的老领导贺敬之同志65年来的文学成就。我代表中国作家协会，对《贺敬之文集》的出版表示热烈祝贺！并借此机会，向60多年来在文学创作上取得杰出成就、在文艺组织领导工作方面作出重要贡献的贺敬之同志表示衷心祝贺和崇高敬意！对来自全国各地的专家学者以及中央和北京等地的新闻界的朋友们表示热烈欢迎！

80年前，贺敬之出生于山东枣庄一个贫苦农民家庭。幼年的苦难生活培养了他朴素的阶级情感。“抗战”爆发后，少年贺敬之伴随着抗日烽火西迁湖北，后又南移四川。在流亡的学习生涯中，他接触到臧克家、艾青、田间等一批进步作家及其优秀诗作，初步确立了以笔战斗的决心和志向。他很快成为抗日救亡运动积极、自觉的参加者，开始在报刊上发表诗作。1940年春，他和几个同学不畏艰难，勇敢地踏上了奔赴延安的路途，热情地投入革命大熔炉。通过在延安鲁艺学习，在革命作家的帮助和鼓励下，贺敬之进步很快。他的觉悟和认识，逐渐从民族的苦难，深入到阶级的苦难，写出了《乡村的夜》一组14首诗。正像他自己所说的，他用的是农民的语言、农民的感情，用新诗不加修饰地去表现农民的苦难。

1942年5月，毛泽东同志《在延安文艺座谈会上的讲话》发表，使贺敬之同志深刻认识到，作家一定要把立足点移到工农兵方面来，要长期无条件地投入到人民群众中去，和最广大的人民同呼吸，共命运。在《讲话》精神感召下，他自觉和革命根据地的劳动群众打成一片，积极参加新秧歌运动，创作了许多像《南泥湾》这样至今仍然传唱不衰的歌词。1945 年，贺敬之和丁毅创作的新歌剧《白毛女》，深刻表现了我国半封建半殖民地农村广大农民与地主阶级的矛盾，倾诉了农民的苦难，歌颂了农民顽强的斗争精神。《白毛女》在思想和艺术上的高度成就，使它成为解放区影响最大、最受欢迎的剧目，在随后的土改运动和解放战争中，充分发挥了艺术作品的感染力量，教育了千千万万的群众。解放后，该剧久演不绝，并被搬上银幕，在国外演出，赢得了广泛的国际声誉，获得1951 年斯大林文学奖，为我国民族歌剧的发展奠定了基础。

解放战争期间，贺敬之同志参加了土改、支前等群众工作，并立功受奖。解放后，他到中央戏剧学院创作室工作，任《剧本》、《诗刊》编委、剧协书记处书记等职。1956 年，创作发表了《回延安》和长诗《放声歌唱》。1963 年，发表长诗《雷锋之歌》。进入新时期以后，又接连发表了《中国的十月》、《“八一”之歌》等新作。在此期间，贺敬之同志还先后担任了文化部副部长、中宣部副部长、文化部代部长等职。贺敬之同志还曾担任中国作家协会副主席、鲁迅文学院院长，至今身为名誉副主席、名誉院长的贺敬之同志，仍然为培养文学新人、扶持青年作家成长付出大量心血，做了卓有成效的工作。

贺敬之同志的诗是时代的颂歌，他总是以敏锐的目光去撷取社会、时代的重大事件，表现能体现时代主潮的生活内容。他的诗歌创作激情澎湃，气势磅礴，具有鲜明的时代色彩。《回延安》赞颂了延安的历史功绩，表现了延安的巨大变化；《雷锋之歌》挖掘出雷锋精神的时代内涵，是把“小我”融入“大我”之中的革命英雄主义颂歌；《十年颂歌》是对新中国十周岁的礼赞；《三门峡——梳妆台》表现了人民群众用勤劳双手创造新生活所焕发的改天换地的大无畏气概；《桂林山水歌》通过对祖国大好河山的深情赞颂，表现了中国人民始终不畏艰险、乐观向上的精神风貌。他的诗通过丰富的想象，以革命浪漫主义风格抒写了理想的魅力和革命人的情怀。这些诗之所以引起读者的共鸣，在于诗人在诗歌中倾注了浓烈真挚的感情，对时代和历史作出了深刻的思考，传达了人民的心声。在表现这些重大主题时，他善于运用奔涌的激情和富于个性的诗歌形象，编织成生动、明朗的生活画面，使诗作具有恒久的艺术魅力。

《贺敬之文集》集中展示了贺敬之同志的创作成就，是贺敬之同志 65 年来创作心血的结晶，《贺敬之文集》的出版是我国诗坛和文学界的盛事。在今天阅读贺敬之同志充满革命热情的诗歌作品，有着特殊的意义。贺敬之同志诗歌中体现的爱国主义、集体主义和革命英雄主义精神，正是我们的时代所呼唤和倡导的，特别是对广大青少年来说，通过阅读优秀的革命诗歌来激发他们昂扬向上的精神，对加强青少年思想道德建设、塑造青少年意志品格，引导他们健康成长都是十分有意义的。贺敬之同志的创作道路与文学成就，他坚定不移的党性和为人民、为社会主义写作的高度自觉性，顺应时代和人民对文艺的要求，与时俱进，正确处理文学与生活和时代的关系，真正做到了文学的“革命化、民族化、群众化”，对今天的广大作家同样具有很好的学习和启示意义。

贺敬之同志成为一名人民大众喜爱和尊敬的诗人、作家，是因为他始终以人民为母亲，把为人民写作当作自己最高的创作追求。贺敬之同志在创作中坚持关注国家和民族的命运，关注人民的命运，贴近群众和生活，讴歌时代英雄，使他成为深受群众欢迎的时代歌手。从《白毛女》为旧中国受压迫农民翻身解放呐喊，到《三门峡——梳妆台》热情讴歌新中国人民群众昂扬向上的精神风貌；从《回延安》激扬为人民解放和实现共产主义而不懈奋斗的理想追求，到《桂林山水歌》热情歌赞社会主义新天地的光明前景，贺敬之同志的诗感动和激励了无数中国人，他同时也成为深受人民群众欢迎和喜爱的诗人。事实证明，只有心中装着人民的作家，笔下才能流溢出人民的感情，只有在创作中激发出时代的热情，才能创作出可以传世的艺术精品。

贺敬之同志成为一名有着长久艺术创造力的诗人，是因为他始终大力弘扬爱国主义、民族精神和时代精神，自觉担负起擎举民族精神火炬和吹响人民奋进号角的重大使命。对祖国和人民满怀深情，使他的创作充满了社会责任感和历史使命感，他的诗以鲜明的政治主题、强烈的爱憎感情，表现新时代的民族精神和时代精神。贺敬之同志曾说过：“时代精神，首先应反映决定千百万人命运的重大问题、决定历史发展趋向的问题。”贺敬之同志总是从积极、乐观、理想主义和英雄主义的角度看待社会现象和社会问题，他以满腔热情，歌颂中国共产党，歌颂祖国和人民，给人以坚定的信念、向上的勇气、奋起的精神。一代又一代的读者从他的诗里得到鼓舞和激励，感受到了奋进的力量，得到了美的享受。

贺敬之同志不同历史时期的创作，总能够表达出人民的心声，奏响时代主旋律，是因为他始终自觉地贴近实际，贴近生活，贴近群众，实践文艺的大众化。贺敬之同志在其文艺创作中，始终自觉地将自己融入社会生活中，他还特别善于倾听群众的呼声和意见，在创作中自觉地体现群众的要求和建议。比如，他主笔的歌剧《白毛女》就曾认真地听取群众的意见和建议，先后几次对剧本进行了修改，从而使作品更具典型性，情节更加感人。正因为这样，他的作品受到了群众的欢迎，引导和激励许多青年走上革命道路，在反对敌人、教育人民、感染人民方面起到了巨大的作用。

贺敬之同志旺盛的创造活力，是因为他在艺术上始终博采众长，汲取古今中外的优秀文艺成果，融会贯通，为我所用，创造出自己的风格。他的艺术追求既与时俱进，体现时代特征，又紧紧贴近群众，体现了民族化、大众化和中国气派中国风格。贺敬之同志自觉向民歌和古典诗词学习，向五四以来的新诗学习，同时注意吸收借鉴外来诗歌的优点，将现代口语的自由舒放与对称凝练的音律结合起来。像《回延安》这样运用陕北民歌信天游的形式，《放声歌唱》这样采用“楼梯体”抒发感情，都是为了适应诗人所要表现的内容的需要。他的诗朗朗上口，特别适合于朗诵，富于鼓动性和感染力，取得了不凡的艺术成就。

作为我国文艺界的老领导，贺敬之同志始终把党的需要、组织上的需要放在自己事业和工作的首位，重视从理论上正确引导创作，满腔热情地扶植文学新人，为文学事业的发展繁荣投注了大量精力，成效卓著。他的人生经验、工作作风和奉献精神，值得我们认真学习。作为一位深受广大读者喜爱的优秀诗人、著名作家，贺敬之同志的创作在今天仍然拥有广泛的影响。今天，我们大家又在这里共同回顾和研讨贺敬之同志的创作成就，这对总结贺敬之同志的创作道路和艺术风格，对发展繁荣我国社会主义文学事业，都有着特殊的意义。

同志们、朋友们，当前我国正处在全面建设小康社会，加快社会主义现代化建设的重要时期，伟大的时代呼唤精品力作。当代中国社会主义文学，在发展先进文化、满足人民群众日益增长的精神文化需求方面承担着义不容辞的光荣使命。让我们紧密团结在以胡锦涛同志为总书记的党中央周围，始终坚持以邓小平理论和“三个代表”重要思想为指导，坚持先进文化的前进方向，坚持马克思主义的唯物史观和文艺观，树立良好的职业精神和职业道德，进一步贴近实际、贴近生活、贴近群众，继承和发扬老一代作家的优良传统，与时俱进，勇于创新，创作出更多无愧于伟大时代和伟大人民的精品力作，为繁荣发展社会主义文学，建设中国特色社会主义文化，全面建设小康社会，实现中华民族的伟大复兴作出应有的贡献！

祝研讨会圆满成功！祝贺敬之同志身笔俱健，生活愉快！

祝大家身体健康，新年快乐！

谢谢大家！

（原载《回首征程》，文化艺术出版社2005年12月出版）

致“贺敬之文学创作国际学术研讨会”的贺信

孙家正

尊敬的敬之同志，

各位嘉宾、各位学者，

女士们、先生们：

我谨代表中华人民共和国文化部，对“贺敬之文学创作国际学术研讨会”的召开表示热烈的祝贺，并向为我国文学事业作出卓越贡献的贺敬之同志，表示诚挚的问候和深深的敬意！

贺敬之同志是我国当代重要的诗人、剧作家和文化活动家，并长期担任中国文化建设的领导工作。敬之同志从 16 岁长途跋涉到延安投身革命时开始写诗，走上了文学创作的道路，他是毛泽东《在延安文艺座谈会上的讲话》哺育下成长起来的文艺家，65 年来，他以人民群众丰富的生活实践为创作源泉，广泛吸收中外文明的成果，满腔热情地歌唱祖国、赞美人民、讴歌时代，自觉把个人的艺术创造融入到无产阶级革命和社会主义建设的伟大事业之中，至今笔耕不辍。他以诸多优秀作品在中国文学史上留下了绚丽的篇章，也赢得了很高的国际声誉。1945 年，贺敬之同志与丁毅同志联合执笔创作了新歌剧《白毛女》，开创了我国民族歌剧艺术新的道路，并获得 1951 年斯大林文学奖二等奖。在五六十年代，贺敬之同志的诗歌创作取得突破性的成就，他以慷慨豪迈、激情澎湃的抒情风格和直接、热烈的抒情姿态来歌颂新中国，讴歌新时代，创作了《回延安》、《桂林山水歌》、《三门峡——梳妆台》、《放声歌唱》、《雷锋之歌》、《十年颂歌》、《西去列车的窗口》等许多优秀诗歌作品。粉碎“四人帮”以后，他焕发艺术青春，重新投入创作，《中国的十月》、《“八一”之歌》等长诗被人们争相传诵。

敬之同志是对祖国和人民满怀深情、为人民写作的文学家。他拥有对社会的强烈责任感和历史使命感，思想敏锐、视野广阔，对时代精神有着深刻的理解；在文学创作上，他善于学习、借鉴，而且勇于创新，具有深厚的中国传统文化的学养和吸纳世界各民族文化营养的胸襟。他的诗作是时代的壮歌，他总是以敏锐的目光抓取时代的重大事件、最主要的生活内容，以饱满的激情、满腔的赤诚和磅礴的气势表现昂扬进取的时代精神和人民的心声。他善于从历史和思想的高度把握诗歌创作的精神，通过艺术的语言和手法，将建立于革命思想和实践基础上的革命浪漫主义风格表现得淋漓尽致。贺敬之同志的作品在继承五四以来新诗创作的优秀传统基础上，充分吸收我国古典诗词和民歌在韵律和意境上的优长，并大胆借鉴外国诗歌的形式、特点，在诗歌艺术形式上作出了有益的尝试和探索，形成了自己独特的创作风格。

我们文艺工作者要以贺敬之同志等老一辈文艺家为榜样，在艺术创作中要注重弘扬爱国主义、民族精神和时代精神，贴近实际、贴近生活、贴近群众，努力创作更多的思想性、艺术性俱佳的优秀作品，满足人民群众日益增长的精神文化需求，促进文学创作的繁荣。

最后，我衷心祝愿“贺敬之文学创作国际学术研讨会”圆满成功，祝愿敬之同志身体健康！

谢谢大家！

（原载《挥毫顶天写真诗》，作家出版社2006年出版）

致"贺敬之文学创作国际学术研讨会"的贺辞

吉狄马加

尊敬的贺敬之同志，

各位嘉宾、各位学者，

女士们、先生们：

受中国作协党组书记、副主席金炳华委托，代表中国作协对研讨会的召开表示衷心的祝贺。从烽火连天的战争年代，到社会主义建设时期，再到改革开放的历史新时期，贺敬之先生的人生足迹贯穿了中华民族从实现民族独立走向崛起和伟大复兴的壮阔历程。而先生始终是一个沿着这一历程奋勇前进的战士，一个满怀激情为时代、为祖国放声歌唱的歌者，一个当之无愧的人民诗人，赢得了广大读者普遍的爱戴和尊敬。我们尊敬贺敬之先生，是因为他始终坚守忠于人民、忠于祖国的艺术追求和创作原则，以人民为母亲，自觉抒人民之情，发人民之声。我们尊敬贺敬之先生，是因为他以高度的社会责任感和历史使命感，始终坚守弘扬民族精神和时代精神的创作思想。他的诗作犹如号角火炬，前进在时代的最前列，发出时代的最强音，努力引导和激励人民奋勇前行。我们尊敬贺敬之先生，是因为他不懈探索的艺术创新精神。他在广泛借鉴、吸收民歌、古典诗词和五四以来新诗的优秀传统以及外来形式的基础上，熔铸成自己的新风格。运用民族的形式，描绘时代的内容，抒发人民的心声，从思想、情感到艺术形式都紧紧地贴近生活、贴近群众，这是贺敬之先生的作品能在广大群众中广为流传的重要原因。近年来，文学界和广大读者在各地纷纷以不同的形式，表达对贺敬之先生人品的敬意和创作道路的嘉许。今天，大家又在这里隆重集会，共同回顾和研讨贺敬之先生的创作成就和创作经验。所有这些，无疑体现了人民和历史对贺敬之先生的高度评价，也证明了贺敬之先生的作品在经历了时间的检验和洗礼之后，依旧散发着历久弥新的艺术魅力，并必将具有更广泛、深远和持久的影响。

最后，衷心祝愿“贺敬之文学创作国际学术研讨会”圆满成功，祝与会者事业有成，蒸蒸日上，祝愿敬之同志健康长寿！

谢谢大家！

（原载《挥毫顶天写真诗》，作家出版社2006年出版）

致“贺敬之文学创作国际学术研讨会”的贺词

罗斯玛丽·魏尔金申

中国·武汉
华中师范大学
贺敬之文学创作国际学术研讨会：

敬闻贵方举办贺敬之博士文学创作国际学术研讨会，十分高兴。贺敬之博士从事文学创作已经半个多世纪，他精心地创造性地吸取中国民间诗歌和中国古典诗词艺术之精华，创作出了诗剧《白毛女》，抒情长诗《雷锋之歌》等一系列经典作品，为中国也为世界文学作出了独特的贡献！丰富了人类诗歌艺术宝库。请接受我们诚挚的祝贺！

贺敬之博士是中国的也是世界的！

祝大会成功。

世界诗人大会
罗斯玛丽·魏尔金申
世界文学艺术学院

2005年3月15日

（原载《挥毫顶天写真诗》，作家出版社2006年出版）

致“贺敬之文学创作国际学术研讨会”的贺信

湖北省人民政府

贺敬之文学创作国际学术研讨会组委会：

值此贺敬之文学创作国际学术研讨会在湖北武汉隆重召开之际，省人民政府谨致热烈的祝贺！并借此机会向贺敬之同志表示深深的敬意！

贺敬之同志是一位创作成果丰硕、创作成就卓著、深受人民群众尊敬和爱戴的诗人。无论在革命战争年代，还是在社会主义建设时期，贺敬之同志的创作始终与国家的前途和人民的事业相结合，总能表达出人民的心声，奏响时代主旋律，为党为人民服务、为社会主义服务。贺敬之同志60多年的文学创作，为繁荣社会主义文学和弘扬先进文化作出了卓越贡献。

举办贺敬之文学创作国际学术研讨会，深入学习贺敬之同志追求革命化、民族化、群众化的创作精神，对于进一步繁荣新时期的文学事业、弘扬中国先进文化和推进社会主义精神文明建设，具有深远的历史意义和伟大的现实意义。

祝贺敬之文学创作国际学术研讨会取得圆满成功！祝愿贺敬之同志健康长寿！

2006年4月6日

（原载《挥毫顶天写真诗》，作家出版社2006年出版）

致“贺敬之文学创作国际学术研讨会”的贺辞

王文章

贺敬之文学创作国际学术研讨会：

值此贺敬之文学创作国际学术研讨会召开之际，我谨代表中国艺术研究院向大会表示热烈祝贺，向出席大会的专家学者表示崇高敬意，同时也借此盛会向贺敬之同志致以崇高的敬意和美好的祝福。祝愿他健康永远，笔力更健。

贺敬之同志是我国现代著名诗人、剧作家、评论家。他的诗歌、歌剧创作饮誉海内外。在65年多的创作生涯中，他以高度的使命感和责任感，以豪迈的激情和出众的才华，创作了许多脍炙人口的名篇佳作，如《回延安》、《放声歌唱》、《三门峡歌》、《十年颂歌》、《桂林山水歌》、《雷锋之歌》、《西去列车的窗口》、《中国的十月》等广为传诵的优秀诗歌和家喻户晓的歌剧《白毛女》等。这些作品曾鼓舞了千百万人民群众的革命斗志和革命精神，整整影响了一个时代。他在艺术上的探索和贡献是多方面的：他的诗歌善丁从民歌中吸取养料进行形式上的创新，在继承我国古典诗词和五四以来新诗优秀传统的基础上，大胆吸收外国诗歌的元素，根据时代的生活和人民的需要，创作出具有中华民族气魄和特色的诗歌，有力地促进了中国现当代诗歌的发展；以贺敬之同志为主要执笔人、集体创作的《白毛女》，更是为我国民族歌剧的发展“奠定了基础，开辟了道路”，成为我国新歌剧走出国门、走向世界的良好开端；其歌曲作词、书法艺术也深受大众欢迎，传唱不衰的《南泥湾》、《翻身道情》等歌曲的词作者就是贺敬之同志。总之，贺敬之同志是一位心弦总是和着时代脉搏跳动的人民艺术家，他的作品总是表现着人民的情思与愿望。此外，贺敬之同志还先后担任过宣传部门和文化艺术界的许多重要领导职务，兼任过中国艺术研究院院长。他在奉献艺术瑰宝的同时，也为人民的解放，为党和国家的建设事业，为我国艺术教育、艺术科研的发展和社会主义文化事业的繁荣作出了不可磨灭的贡献。

今天我们研究贺敬之同志和贺敬之同志的文学创作，目的在于深刻地总结贺敬之同志创造的文学艺术财富和艺术创作规律，继承和弘扬老一辈人民艺术家勇于探索、敢于创新、甘于奉献的精神和革命情操；立足现实、面向世界、面向未来，坚持先进文化的前进方向，促进中国社会主义文化艺术事业获得更大的繁荣和进步。此次研讨会的举办，也为贺敬之同志的文学创作和其他艺术创作提供了一个展示的舞台，这无论是对于贺敬之同志艺术思想、艺术佳作的传播，还是对于加强我国同世界各国的文学、艺术交流和学术交流，都将起到积极的推动作用。我衷心祝愿本次大会成果丰硕，圆满成功！

（原载《文艺理论与批评》2005 年第 3 期）

致“贺敬之文学创作国际学术研讨会”的贺信

卫建林

贺敬之文学创作国际学术研讨会：

收到所寄邀请函，深感这是一份难得的荣幸。

我完全赞同邀请函对敬之同志的评价：“贺敬之先生是我国跨越了两个时代的著名文学家，他从事文学创作已经65年，为我国文学事业作出了卓越的贡献。自1945年创作《白毛女》以来，他在漫长的文学生涯中以一系列经典作品取得了在当代文学史中的重要地位，也赢得了国际声誉。”

敬之同志文学创作的成就是多方面的。歌剧《白毛女》，堪称中国新文学、新歌剧的具有开创地位的经典之作。作为诗人，他的《回延安》、《雷锋之歌》标志着中国新诗的一个崭新时代。他和已故诗人郭小川，并列为新中国诗歌创作的杰出代表。他的旧体诗也享有很高的声誉。在他的诗歌中，我们看到了站起来的中国人民的历史地位和主人公的姿态，看到一个古老国家的新生，看到中华民族古老文化的深厚底蕴在新的社会条件下的勃发。

同时应该高度评价敬之同志作为中国文化工作领导人的独特作用。他出任中共中央宣传部、国家文化部领导职务的时期，是中国文化发展的一个特殊时期。在这样的时期，他坚持党和国家的文化方针，团结广大文化工作者，为社会主义文化事业的继承和发展作出了重要贡献。在他的身上，熔铸着诗人的才情、共产党人的品格和领导者的卓越才能。

敬之同志是人民的歌手，是党的忠诚战士，是我们民族和共和国的骄傲。

敬之同志和他的妻子、优秀作家柯岩同志，曾经给予我个人许多亲切的帮助和教诲。在敬之同志面前，我是一名不大称职的晚辈和中道离开文艺工作的弟子。但是我一直把敬之同志夫妇作为敬重的师长。因为这几个月里另有工作难以脱身，不能到会聆听各位专家学者的见解，只能以一纸书信表示祝贺，深以为歉。又因为邀请函注明写于 8 月 15 日、要求 9 月 1 日前寄返回执，而我收到的时间已经是 9 月 20 日，所以回信晚了。

再一次感谢你们组织这样的研讨会并祝研讨会取得成功。

2004 年 9 月 20 日

（原载《挥毫顶天写真诗》，作家出版社 2006 年出版）

在“贺敬之文学创作国际学术研讨会”上的致辞

郑伯农

各位文友、诗友，各位专家：

“贺敬之文学创作国际学术研讨会”今天开幕了。我代表中国社会主义文艺学会，向辛勤的东道主华中师范大学表示衷心的感谢，向来自国内外的专家学者们表示热烈的欢迎。

贺敬之生于1924年，1940年奔赴延安。他从1939年开始发表作品到今天，已经度过了65年有余的创作生涯。他是中国新诗创作的重要代表人物，还是著名的戏剧家、书法家、歌词作家。他和丁毅执笔，由马可、张鲁、瞿维等人作曲的《白毛女》，是中国歌剧的奠基之作，今天已经被公认为“红色经典”。他的歌词《南泥湾》、《七枝花》、《胜利进行曲》、《翻身道情》、《平汉路小唱》等经过马可、张鲁、杜矢甲等人谱曲后，唱遍大江南北，受众超过亿万，至今仍在群众中传唱不衰。至于他在诗歌创作上的成就，更是众所周知的。从20世纪五六十年代走过来的人，许多人会整段整段地背诵《放声歌唱》、《雷锋之歌》、《三门峡之歌》、《回延安》、《桂林山水歌》。可以说，他的诗篇哺育了中国的几代人。特别不能忽略的是，贺敬之还是一位重要的文艺思想家。在担任党在文艺战线上的领导职务之后，贺敬之用大量精力研究文艺思想理论问题，为宣传和捍卫马克思主义的文艺观，为完善和贯彻党在新时期的文艺方针，做了大量工作，发表了大量具有深远影响的言论和著作。可以说，贺敬之作为革命文艺家，他的创作面、活动面是十分宽广的，活动时间是很长的。他和《在延安文艺座谈会上的讲话》一起走过了60多年的风雨历程。他一生的文艺活动，和毛泽东的《讲话》是分不开的。他是《讲话》精神的第一批实践者，也是把《讲话》精神始终不渝地坚持到老的奋斗者。研究贺敬之，有许多许多话题。在这里我提出两个问题和专家们共同探讨：

一、马克思主义文艺观和贺敬之的文艺创作

贺敬之从不隐讳，他的文艺活动是在马克思主义文艺观，特别是毛泽东的《讲话》指引下进行的。马克思主义是解放了艺术生产，还是束缚了艺术生产？旧时代的文艺是为少数人服务的，广大劳动者的生活和斗争，难得在文艺园地得到反映。马克思主义把被颠倒的历史颠倒了过来，使广大劳动者真正成为文艺的主人公。仅就这一点来讲，这难道不是文艺史上最伟大、最彻底的解放?！当然，如果把马克思主义当成教条，当成束缚创作的框框，甚至打人的棍子，这就必然会束缚以至扼杀创作。不过，这也就根本违反了马克思主义。贺敬之16岁到延安，不到两年之后，党中央召开了震惊中外的延安文艺座谈会，毛泽东发表了划时代的《在延安文艺座谈会上的讲话》。作为一个穷苦家庭出身的青少年，贺敬之很自然地接受了马克思主义的经典著作，努力走和广大劳动人民相结合的道路。在延安，他经常走出“小鲁艺”，参与群众的斗争生活，学习群众的口头艺术。著名说书盲艺人韩起祥，就是贺敬之在安塞首先发现，并领回鲁艺的。贺敬之视艺术为生命，但他不是为艺术而艺术。在他看来，艺术生命之上，还有一个更高的东西，这就是革命理想和党所领导的革命事业。他并不要求一切人都要为革命而艺术，而他则是把自己的一生，包括自己的艺术创造力，都奉献给民族解放和社会主义、共产主义的伟大事业。他的诗歌作品总是呈现出鲜明的创作个性，总是有着抒情主人公的鲜明形象。但他的诗绝不是单纯地“表现自我”。他总是把“小我”和“大我”、个性和人民性、个人感情和时代精神和谐地结合起来。正如他自己所说的：“文艺是通过自我的主观世界，作为媒介，去表现群众的社会的客观世界，是为了对社会发生作用。”“人民是不朽的，只有为人民而歌才可能成为不朽的歌。”

目前，社会上对马克思主义的世界观、文艺观存在着不同的看法。有人口头上承认马克思主义，实际上对它是不以为然的；有人公开抨击《在延安文艺座谈会上的讲话》，认为它是一切文艺上“左”的根源所在；有人过去曾经信仰马克思主义并为革命文艺笔耕不息，现在表示忏悔，认为自己这一代人被误导入“歧途”。贺敬之从来没有后悔过。他认为自己是马克思主义的受益者、《讲话》精神的受益者。正是中国共产党所领导的民族解放和民族复兴的伟大洪流，造就了贺敬之这位大诗人。如果不是走上革命道路，他可能成为一位文艺家、诗人，一位有才华、有诗情的诗家，但不可能有今天这样的时代大

气。贺敬之的创作实践说明了，《讲话》所指引的是一条康庄大道。怎么看待马克思主义文艺观？怎样在创作实践中正确把握马克思主义的文艺观？贺敬之的创作实践可以在这方面给我们许多有益的启发。

二、贺敬之的文艺观点和马克思主义的“与时俱进”

马克思主义来源于社会实践，又翻转过来指导社会实践。所以，它必然随着社会的不断前进而不断向前发展，怎样才能正确地发展马克思主义的文艺观？很长一段时间以来，有人把追赶西方，引进西方的现代主义、后现代主义当成了不起的发展和创新。20世纪80年代，文艺界盛行过“背向时代、面向自我”的文艺主张，有人在小说创作中倡导“三无”，即“无主题、无情节、无人物”。到了世纪之交，更出现了“告别革命”的主张和“享乐主义”的宣言。有人把西方的“新自由主义”当成当前的时代主潮，要在我国大力推广之。在文艺领域，则出现了种种丑化革命历史、亵渎革命理想的所谓创作。还有所谓“下半身写作”，把文艺引导到了淫乱的迷宫。所有这些，都披上了“与时俱进”、“开拓创新”的美丽外衣。马克思主义的文艺观是要不断发展的，艺术创作是要不断创新的。但是，真正的创新并不建立在对艺术规律不断破坏的基础之上，科学的发展并不建立在对民族传统和革命传统的彻底否定之上。人们都知道，贺敬之一直主张对马克思主义既要坚持，又要发展。他努力与时俱进，但他从来不赶时髦。文化大革命之前，他的《放声歌唱》就是在受处分不久写出来的。粉碎“四人帮”之后，当“两个凡是”还很有势力的时候，他毫无顾忌地投入反“左”斗争。譬如，话剧《于无声处》，就是在天安门事件平反之前，经身为文化部副部长的贺敬之签字调北京公演的。又如早在20世纪70年代后期，贺敬之就提出，文艺创作不仅要讲形式、题材的多样化，也要讲内容、风格以及创作方法的多样化。在“社会主义现实主义”长期被尊为唯一可行的创作方法的背景下，讲这种话是需要卓识和勇气的。贺敬之后来还指出，西方现代主义中的象征、变形、时空交错等艺术手法，我们完全可以创造性地吸收。当然，他不同意照搬西方现代主义的世界观和艺术观，认为它们带有浓厚的消极和虚无色彩。20世纪80年代中后期，西方的各种思想蜂拥而入，马克思主义受到严重的质疑和挑战。这个时候，贺敬之作为革命老战士和党在文艺战线上的领导人，勇敢地站出来和错误思潮进行斗争，并提出了许多切中时弊的见解。针对不少人重谈个性解放，把“个人本位主义”当作时代精神的制高点，贺敬之明确指出，五四时期的个性解放是有积极意义的，但不能把个性解放和群体解放对立起来，从个性解放到民族解放、阶级解放是历史的进步，不是倒退。马克思主义者应当坚持以人民为本位，以群众为本位，决不能宣扬以个人主义为核心的价值观和历史观。贺敬之的文艺见解大部分收集在《文集》的两本文论卷中。到底什么叫与时俱进，什么是真正的前进与时俱进只能是不断地用实事求是的态度研究新情况、新问题，这样才能不断地有科学的新发现。也就是说，要不断从文艺事业的新发展中总结出带有普遍性和规律性的东西来，提出带有前瞻性的新见解和新方案以推动文艺事业不断前进。在这方面，贺敬之的文艺实践同样可以给我们有益的启发。

各位专家学者：我们这一次在湖北聚会，是很难得的。湖北是屈原和闻一多的故乡，他们都是贺敬之的崇拜对象，也都是至死不屈的斗士。“路漫漫其修远兮，吾将上下而求索”。我相信，在屈原的求索精神和闻一多的“红烛”精神感召下，我们的会议一定会取得圆满成功。

二、诗作综合性研究
（1961—2008）

对抒情诗中“我”的几点理解

石 榕

抒情诗中的“我”，是个颇为复杂的艺术问题，它涉及抒情诗写作的许多些方面，理解得对了，会对诗歌的发展有好处；理解得不对了，也会对抒情诗的写作有坏处。这坏处：或者为作者的个人主义情绪（像自我表现、自我美化等）的表露制造温床，或者是束缚了诗人的个性、才能的发展，限制了他的内心冲动、激情的奔放，这也就不能不影响到抒情诗题材、风格和手法的多样化。近读诗人郭小川的新诗集《两都颂》，更深更细地体会到了这一点。大家都知道，郭小川同志是最爱在自己的诗篇中用“我”的一位诗人，可是在他最近写的抒情诗中，却一反常例，不用“我”或几乎不用“我”了，像这样一些地方本来可以用“我”甚至是应该用“我”的，诗人却用了“你”和“我们自己”：“你不能不深深地爱上鞍钢了，似乎不再想着北去，也不再想着南归，你的灵感的翅翼又飞翔啦，你在追寻着最好的诗句把我们自己的这个钢铁基地赞美。”在这本诗中，即使有的地方虽也用了“我”，但也是躲躲闪闪，没有气魄，缺乏力量，和整个诗篇的气势极不相称。如：“恕我嘴笨，难以尽说。”较之于《致青年公民》组诗中的“我号召你们……”的“我”，那真有天渊之别！为什么会有这样的现象？是不是诗人不再喜欢用他最拿手的“我”？或者，难道说在那样的具体场合里，诗人觉得用“你”、“我们”更奏效一些？显然都不是！很可能，是一些对“我”持着不正确理解的评论文章所起的消极影响。

对抒情诗的“我”，历来众说纷纭，意见甚不一致。几年前，在关于诗歌创作的一次会上，就有过争论。有人说，抒情诗中可以有“我”，但也不一定有。因为抒情诗中的形象有时是诗人观察体验得来的，具有很大的客观性，不一定是诗人自己；有人说，抒情诗必须写“我”，没有“我”也就没有抒情诗了，“我”是政治标准、艺术标准以外，还有衡量抒情诗的“第三个标准”。一年多来，围绕着这个“我”，又出现了新的议论和见解。有人指责我们的诗人，在抒情诗中“我”用得太多，且用得不尽恰当；有人还提出了所谓大“我”和小“我”问题，只许写大“我”，不让写小“我”。上述的纷纭众说，到底对与不对，应如何来理解抒情诗的“我”，我以为是一个十分有趣又急需研讨的问题。

其实“我”，他种体裁的文学艺术作品也是有的，并非抒情诗独具。特写作家常通过“我”叙写出他所要告诉读者和公众的一切见闻。小说家也常借“我”娓娓动听地给读者讲述他胸藏的故事和人物；绘画中的“自画像”（实际上也就是“我”）表现出作者感受到的生活、人物的美，这些作品中“我”的含义及作用，主要是人称问题。文学艺术作品要表现生活、表现人民的思想感情，是离不开作者思想意识或他的“影子”的，他或是以第一人称（我）出现在作品里，或者是以第二人称（你）和第三人称（他）出现（要不，就是这几种人称的复数）。在这里，“我”、“你”、“他”，不分高下，也无所谓尊卑。要说里边有用得恰当与否的问题存在，那也只是什么样的主题和题材，用什么样的人称来表现更合适、效果更好的问题，一般不涉及作者的思想意识本身。这是许多作品给我们的一点启示。有时，“我”是包含着作者个人的经历、思想、愿望和情绪的，可是有时则不，纯然是一种艺术的概括、虚构和创作。这种作品中的“我”和作者本人风马牛不相及，这是许多作品给我们的另一点启示。

有的同志不是这样看问题。他抛开了艺术创作的特点——诗的特殊规律，把“我”理解得十分简单又十分狭窄，把抒情诗中的“我”和作者等同起来，甚至认为诗中的“我”就是作者。谢冕同志的看法就是这样，他责备诗人贺敬之的诗中，“‘我’字不但比较多，而且有时用到不尽恰当的程度”。他说：“如果把自己的‘我’架得过高，反使思想格调降低。这不能说不是诗人知识分子思想感情的某种表现。”（见《论贺敬之的政治抒情诗》，《诗刊》1960 年 10 月号）如果诗中真是流露出不健康的思想感情，那是要不得的，诗人应该克服。但问题如果不是这样而只是“我”被用得多了一些，甚至是集中一些和夸张一些，从艺术的观点看，则是不应该受到责备的。我们知道，艺术的真实虽则立足于生活真实，受生活真实的制约，但它毕竟和生活真实不同，更不能把两者对等。艺术可以通过合理的虚构适当夸张和典型化，把握到和创造出生活真实所不能有的东西，或者比生活真实更真、更美和更高的东西，对于

"我"，也应该这样理解。生活中的我（即个人）不能升天入地，穿越时空限制，但艺术作品中的"我"则完全可以明察千载，眼观四方。"我"有无限大的力量。"而今我谓昆仑：不要这高，不要这多雪，安得倚天抽宝剑，把汝裁为三截。……"（毛主席：《昆仑》）这里面的"我"，就是这样的"我"。这个"我"是植根于生活的，但不等于生活中的"我"，把莽苍苍的大昆仑"裁为三截"，这在生活中是不可想象的事情，但在艺术中，谁也不会怀疑它的真实性，谁也不能说这个"我""架得过高"！反而觉得它很真实，受到它（夸张了的"我"的形象）很大的激励和鼓舞！贺敬之抒情诗中的"我"虽不能比此，但却同样可以用这种观点去看。其实，在"我"用得最多，也是最显眼的《放声歌唱》、《东风万里》和《十年颂歌》三篇政治抒情诗中，这个"我"也没有什么"架得过高"的地方。这几篇著名作品里的"我"是怎样的一个"我"呢？是"海洋里的一个小小的水滴"的"我"，是"田野里的一个小小谷粒"的"我"，是中国共产党一名普通党员的"我"，是千千万万的祖国社会主义建设者中一分子的"我"！这个"我"出身在一户贫农家里，在"少年流浪的路上"虽遭受过"饥渴……伤寒"等灾难的袭击，后来在党的怀抱里茁壮成长。……何以见得"我""架得过高"了呢？不仅这样，诗人贺敬之在塑造这个"我"的形象的同时，还塑造了光辉璀璨的党的形象。"挥汗如雨"地工作着，劳动着，领导伟大的党六亿人民拓创前人未造的事业！这个朴实但却高大、壮伟的形象，细心的读者是不难得到深刻印象的。再一点诗人作品中的"我"不但不是自我表现，而且正好旨在突出党的形象，正是为了歌颂领袖的英明和阶级事业的生命万世常青！这难道不是事实吗？这样的"我"有什么不可以写呢？写得"比较多"，则又何碍之有呢？我看根本问题不在诗中的"我"写得多，用得不当，而在评论者对"我"理解不足。

有些文章还提出所谓大"我"小"我"的问题来讨论。大"我"者是说这个"我"代表阶级、集体和群众，是"我们"的缩写，小"我"者，是作者个人之谓也（当然，关于小"我"，也有人给它下了另一定义，说是"个人主义的自我扩张、自我表现、自我美化"云云）。有一篇题为《读〈望星空〉》的文章，曾谈到这点。认为：

> 诗人能不能提"我"呢？完全可以，就看这个"我"是大我还是小我，什么立场什么感情的我。马雅可夫斯基诗中的"我"字也不少，"瞧吧，羡慕吧，我是苏联公民"。这个"我"是大我，代表着阶级、集体、

人民群众，不是个人主义的自我扩张，自我表现，自我美化。

这当然是有一定依据的见地。后来，又有人着意地引申和发挥。认为“由此可知，如何对待诗中的‘我’的问题，不是一般无关轻重的问题，而是阶级感情的问题，世界观的问题”，不能“以小我来冒充大我，以资产阶级、小资产阶级的我来冒充无产阶级的我”。这段话，乍一看是颇为堂而皇哉的。不见他把“我”的问题提高到“阶级感情”、“世界观”这样的“原则高度”吗？其实这是把“我”作了牵强附会的理解！其中有几点，是需要进一步明确和商讨的：第一，“我”虽然有集体的“我”和个人的“我”的区别，感情上也有人民之情和个人之情的不同，但二者是不是就能截然分开和绝对对立？没有个人之我，也就没有集体之我、阶级之我；没有个人之情，其实也就没有阶级之情、人民之情，这是常识，不需赘语了。从抒情诗创作的角度来看，更是如此。在许多地方、许多场合下，大“我”常常通过小“我”来表现，阶级的，人民之情常通过个人之情的形式来抒发和表述。这是艺术的要求，真正的艺术必然是用个别表现一般。抒情诗更不能例外。“我失骄杨君失柳……”《蝶恋花》这篇著名的抒情诗，抒发的显然是革命阶级和人民群众的典型感情，是道地的人民之情、革命之情，但它的表现形式却不用大“我”（所谓“我们”二字的缩写）而用所谓小“我”（即诗人个人）的形式。而且用得这样美，这样恰当，这岂不是一个活生生的例子?! 第二，所谓大“我”和小“我”，用什么标准来划分？是不是举凡大“我”就绝对地好，所有小“我”都绝对地坏？我看，很不尽然。那些维护反动阶级或极少数人利益的“帮闲”或“帮忙”诗人，他们有时也通过“我们”（或缩写为“我”）来抒他们阴暗、狭隘和没落的情感，歪曲历史和污蔑劳动人民的形象；这就不能认为好，不仅不好而且坏极了；而先进阶级的诗人、歌手则可反其道而行之，通过小“我”（即作者自己）来高歌新的生活、人民的战斗，表达出和时代精神相合拍、相呼应的气概和感情。这就不能说它坏。不但不坏，而且好得很！关键在于通过“我”抒发的是一种什么样性质的感情，而不在“我”本身。就以郭小川的《望星空》来说，你能说它的错误只因为它的“我”用得多了吗？不能！主要的原因是诗人在诗中抒发了狭小的、陈旧不堪的情感，以至于出现了让人不愿卒读的诗句。只要是在这种不健康的思想情绪的支配下，诗人不用“我”（哪怕是大“我”），而用“你”或“我们”也是无济于事的，不洁不美的东西，还会流露出来，尽管它可能不是这个方式。因此解决问题的根本，不在于用不用“我”（即所谓小“我”），而在于作者的思想武装。如果科学的世界观在作者脑子里确定了，他的思想感情健康，而对具体事物的观察、理解和表现又是准确无误，那么，纵使写的不是大“我”而是作者自己的“我”，也是可以的。诗的思想格调，绝不会受损。可能艺术效果反而会好一些。作为反面，如果作者抒发的是不健康的思想感情，那么即使用的是大“我”而不是小“我”，也很难写出对读者有益的诗来。这在创作中也不是无例可寻的。从抒情诗表现上的特点来看，我以为目前缺乏的不是大“我”的表现手法，而是通过小“我”来衬托表现时代的感情、人民的愿望的东西太少了，以至于一部分用大“我”来表现的抒情诗读起来好像隔了一层薄纸似的，使人感到不亲切不自然，不能顺畅地通达读者心灵。老实说，有些诗的主题和题材，肯定是已能通过所谓小“我”的方式来表现的，或者说，这类主题、题材以小“我”的形式来表现，效果更好。上述毛主席的《蝶恋花》已说明了这点。下面这首诗，也还可以补充说明问题：

辫子跳动脸绯红，
百斤担子快如风，
我愿变只多情鸟，
随风飞到妹家中。

——《红旗歌谣》134 页

如果这个“我”不是个人的“我”而是大“我”（集体的“我”，我们的“我”），那岂不成了笑话？不仅在部分情诗情歌中如此，在许多感怀诗、悼亡诗、怀乡诗、会友诗、风景诗等亦复如是。片面强调只要大“我”不要小“我”，只许写大“我”，不让写个人的“我”，其结果只能是，我们将失去很大一部分抒情诗！因为这些诗，只能以个人的“我”的形式来表现。在“我”的问题上，我以为正确的态度应该是：大“我”小“我”看需要而灵活用之，不分尊卑，不厚此薄彼，而要让其各得其所。我们既需要写“敌军围困万千重，我自巍然不动”（毛主席：《井冈山》）。这样的“我”，也可写“我失骄杨君失柳”这样的“我”，“不断轻轻地打在我身上”（青海民歌：《在那遥远的地方》）这样的“我”。这不但是抒情诗题材、风格手法的多样化所要求的，也是沸腾丰富的生活本身所要求的，是人民群众的不同美感和艺术趣味所要求的！抱着以真理的火花点燃人民的心灵，以艺术的力量美化人民生活的愿望的抒情诗作者，难道能够无视这些要求吗？

应该说，并不是所有的抒情诗，“我”都处理得很好，也有不成功的例子，由于把“我”（作者的主观方面）和“物”（客观存在即表现对象）的位置放得不对，有些诗的艺术效果，与作者的愿望相去甚远。一首题为《给钢都——鞍山》的诗，有这样的句子：

鞍山，我看见了你，
你向我伸着手臂。
……
我还要再去看你，
……
要和你最高的烟囱，
并立着，肩并着肩。

从诗的标题和内容来看，应该是作者对钢都热烈的歌颂和衷心的赞美；应该是“我”热情地向鞍山举手致意，但诗里却写“鞍山……你向我伸着手臂”；应该是“我”自谦地讴歌钢都林立的烟囱，雄伟壮丽，但诗里却写“我”要“和你最高的烟囱，肩并着肩”。这虽然不一定是作者在自我扩张和自我表现，但至少诗人看事物的角度不正确，他的立足点站错了。把“我”和表现对象本末倒置，就会造成诗的效果与作者愿违。这是值得引以为诫的。

为什么围绕着“我”会产生一些混乱的不正确的看法呢？我想：是不是主要由于大家对抒情诗的特点有着不同的理解有关系。抒情诗本质上显然和其他艺术样式没有区别，同样是以个别的具体的形象、形式，表现客观现实，揭示人们的精神世界。但另一方面，抒情诗确乎是有它的特殊性，有它独具的特点的，不容忽视！抒情诗不像小说、戏剧、电影和叙事诗那样，通过塑造具体的人物形象、展示完整的情节和进行精确的细节描写，来完成生活内容、主题思想的表达，它主要通过作者内在情感的赤裸表露，即用“直抒胸臆”的方式来反映生活，表达主题，这个特点使得抒情诗在很多场合下离不开“我”；也使“我”在抒情作品中占着一个突出的特殊地位。卓越的诗人常常用这个“我”抒发了他所见、所闻、所感和所理解的一切，通过“我”来把握生活中所未有或不能有的幻想和理想世界，创造动人的诗的意境，从而表现阶级的、人民的感情，表现客观的生活真实。这是许多优秀的抒情诗作品所给我们的启示。难道我们能把这样的艺术规律舍弃吗？显然不能！

（原载《文艺红旗》1961年第10期）

学诗断想

臧克家

谈贺敬之同志的几首诗

我很喜欢贺敬之同志的诗。他的产量不多，质量却不差，创作态度是谨严的。现在，我想谈谈他的《放声歌唱》、《回延安》、《三门峡歌》和《桂林山水歌》。我觉得这几首诗大致可以代表他的艺术风格和成就。

《放声歌唱》，是一首充满激情的抒情长诗，它一发表，就受到读者的欢迎。我曾经在一个群众大会上听到过朗诵，千八百人，全给诗句吸引住了。血脉的跳动也加快了速度。诗人以个人为主角，用情感的金线绣出了党的雄伟强大，绣出了祖国土地的壮丽辽阔，绣出了新中国人民为建设社会主义而奋斗的英雄形象，绣出了光辉灿烂的未来的远景……读这首诗，像在清朗的早晨，看到了东方天空里万道霞光；像在前进的队伍里，听到了令人鼓舞的号角。诗人的气魄是雄伟的，他把这么多的东西，用思想的红线穿连在一起，使人觉得它是一个有机的整体。虽然是抒情诗，作者尽可能地使澎湃的热情附托在具体的形象上，像：

五月——
　　麦浪。
　八月——
　　　海浪。
桃花——
　　南方。
　雪花——
　　　北方。……

波折的短行，概括而有力。对于延安生活的描绘，笔端蘸着浓厚的情感：

一会儿，到管理员同志那里
　　　　去领
　　　　　　　　你的碗筷，
你的军装——
　　　要“三号”的，
　　　　　　　　唔，不过裤脚
　　　　　　　　　　还得卷起……

这情景是多么动人！这篇长诗，从开头到结束，一口气贯到底，一个章节、一个段落，像一条条小溪水流注到一个大洋里去。内容繁多而统一。由于全诗情浓气盛，在表现形式上取了与之适应的排笔。把一个个句子按着语气的自然节奏拆开排列，参差错落，像情感的波浪，起伏不一。这样，看起来不很顺当，听起来却很有节奏感。

这篇诗，以内容的丰盛、情感的浓烈见长，诗句的形象性使它不流于概念化。但作为艺术品看，总觉得它的具体性和深度还可以加强，个别章节还可以压缩，使得行行诗句都能成为一条条栋梁，支起这座诗的大厦来。

《三门峡歌》又自不同，和《放声歌唱》比较，它更深沉些，更凝炼些。这情况在《三门峡——梳妆台》中更为显然。作者并没有直接正面描绘三门峡工程的雄壮场面或以个别工作人员做主角来反映、体现这水利建设的宏伟意义，他概括了这些东西，把它作为一个方面，去和过去对比，气势大，构思巧，把古代人民的重重灾难，社会主义时代人民的雄图壮举，压缩地表现在很少的诗行里。从这里可以见出作者缔造它的苦心，对艺术雕刻付出了多少力量！《放声歌唱》是热情奔腾的，作者有意放纵着它，像一个骑手，放纵着他的骏马驰骋。在这一篇诗，热情显然受着控制，它的艺术表现形式，六句一节，好似一道又一道堤岸，使热情蓄积得深，而不至于流溢。开始两节，都以“望三门，三门开”打头，起得突兀，大有开门见山之势。从第二节开始，末句与下节首句相重叠，每一叠引出一层新意，如舒画卷。从“挽断‘白发三千丈’，愁杀黄河万年灾”到“神门平，鬼门削，人门三声化尘埃”，这是多么大的一个变化，其中包含了多少重要的意义啊。从“梳妆台”想到“黄河女儿梳妆来”：

梳妆来呵，梳妆来！
百花任你戴，
春光任你采，
万里锦绣任你裁！

三门闸工正年少，
幸福闸门为你开。
并肩挽手唱高歌呵，
无限青春向未来！

象征与具体相结合，在艺术表现上也就是革命现实主义与革命浪漫主义混成一体，美丽而又隽永。

这首诗，在字句锤炼、匠心经营方面，一丝不苟，由于不是对具体事件和人物进行描绘，而是总括现实，古今对比，所以诗句与《放声歌唱》不同，和口语相去较远，留下刻意学习古典诗歌的痕迹。

《中流砥柱》，在意义上和《梳妆台》多少有一点重复，热情奔放，运用了《放声歌唱》拆行短句的形式。整个的诗意，从“中流砥柱”的形象引起。“词”的意味颇浓，似乎有些毛主席咏“雪”词的影响。

黄河中流——
竖万古不朽
民族脊骨！

是颇为精辟的。结尾也矫健有力：

五千年来——
谁见
工人阶级
天工神斧?!
万里一呼——
为社会主义
立擎天柱！

总起来看，这两首《三门峡歌》，概括现实，用对比手法，写出了“啊，今日非古！红旗下井冈，一改江山古画图！”艺术力量较《放声歌唱》强，而在词句的结构上，旧诗词的味道略重了一点。

《桂林山水歌》，在取材方面，别具一格。诗人笔下的山水，确是属于桂林而不可移动的。自然景色映入诗人的眼睛，充满诗人的心胸，然后酝酿、剪裁，创造出幽美的意境，使真山真水成为诗的艺术品。李白的“相看两不厌，只有敬亭山”、“举杯邀明月，对影成三人”两个诗句，使人与物，景与情，悠然契合。《桂林山水歌》不是这样。杜甫从秦州去同谷途中所写的那些纪行诗，独特的景色杂以诗人旅途的苦辛和感慨，情景交映，深刻动人。《桂林山水歌》的情况也不大相同。这篇诗，状写山水之美，着力刻画，警句不时跃然而出：

心是醉啊，还是醒？
水迎山接入画屏！

画中画——漓江照我身千影，
歌中歌——山山应我响回声……

这些诗句，虽不及“岱宗夫如何？齐鲁青未了。造化钟神秀，阴阳割昏晓”和“昔闻洞庭水，今上岳阳楼。吴楚东南坼，乾坤日夜浮”的概括力与气魄，但是它们以自己的优美特色同样为我们所喜爱。《桂林山水歌》当然不是纯粹客观山水的描绘，在描绘的彩笔上就带着喜悦的感情。但从它的艺术完整性上看，这篇山水歌不及《三门峡歌》中的《梳妆台》。我们觉得诗人有意要加强抒情成分，免得使它成为较为单纯的风景诗。可是，这意图没有完成得很好。“啊！桂林的山来漓江的水，祖国的笑容这样美！”诗意到这儿似乎已经差不多可以戛然而止了，好似为了抒情又在后边续上了十三小节、二十六个诗句。这些诗句读过之后，感觉不像枝上生叶那么自然、饶有意趣。

最后，我想谈一谈《回延安》。这是解放以来我最喜爱的一篇诗，恐怕也是贺敬之同志的最有代表性的一篇诗。每次读它的时候，我总想起杜甫的《赠卫八处士》。我想这是有理由的。这两篇优秀的诗，都是久别重逢抒写胸臆的。情感的浑厚真挚，艺术成就所达到的境界，都可以相比拟。当然，《回延安》的气氛与情调和《赠卫八处士》是截然不同的。前者是在极度的欢乐字行间闪耀着希望的金光，而后者却不胜感伤，读后令人为之黯然。

一开头，兴奋快乐的情感就像强有力的大手把人牢牢抓住！接下去，那些具体而带有强烈特征性的句子，把眼前的景色和人物带到我们的眼前、心上来！真像一个久客他处的客子一旦回到了故乡。延安啊，这革命的摇篮，这伟大的“母亲”，诗人带着多少情意倒入了你的怀抱！写景色，景色因为带上了诗人的情感分外美丽；写人物，人物因为带上了诗人的情感格外可亲！本想摘下些句子来作为例证，可是啊，像入了花园，对着千红万紫，我却没处下手了。这些两行一排的小小的诗句，它具有多么大的动人力量，它的内涵是多么丰富啊。景色、人物、情感、思想，交融在一起，多么和谐，多么美好啊。写延安，用了“顺天游”的调子，形式和内容得到了统一。作者其他的诗，像上面的所列举的《放声歌唱》、《三门峡歌》、《桂林山水歌》，写得都不错，我都喜欢，但我最喜爱的还是《回延安》。《放声歌唱》热情奔放，稍欠凝练；《三门峡歌》、《桂林山水歌》，意境虽美，但有点刻意求精的感觉。《回延安》情感浓烈，但深切动人；字句美丽、朴素，而又自然。我想这是由于诗人对延安生活太熟悉、太热爱，受到的影响太深厚了，概括起来容易，不求深而自深，不雕琢而佳句自来。生活、思想的深度是艺术作品深度的根源。这一点是颠扑不破的定律！

（原载《诗刊》1962 年第 1 期）

“走向亿万人的心里……”

——评贺敬之的诗

马畏安　于　皿

啊！让我
　　高举
　　　　献给祖国、
　　　　　　献给党的
　　　　　　　　诗篇，
走向
　　亿万人的
　　　　心里……

这是贺敬之同志《放声歌唱》里的诗句。

热情的诗行，使我们看到了社会主义时代诗人的自豪感，看到了无产阶级诗人对诗歌的崇高使命和职责的自觉意识。

贺敬之同志的诗，赢得了广大读者。

抒情诗，要能美妙地描写现实，要抒发事物在诗人内心激起的感情，表现由某种事物而引起的情思和联翩浮想。对于诗人说来，他的感觉的敏锐，情感的深沉，心地和灵魂的丰满，有着特殊重要的意义。

诗的情感并不是诗人独有的。但是，对于同样的事物，诗人应该比其他人感觉更敏锐，对于事物的观察也应该更带感情色彩。诗人的心应该和广大群众的感情贴近，并且能够提高它，善于表现它。诗人热烈的情感，要能体现千百万人民的实际利益，要能表现人民的心声和情操，成为人民的喉舌。

有一种诗，确是有某种强烈的感情，但这种感情不过是迎合某种历史的回流；也有一种诗，能触及到某些重大的社会主题，但缺少动人的感情，至多也不过破破一时的寂寞；也有一种诗，用空洞、生硬的议论代替了诗的魅力和激情，既没有引起读者感情共鸣的诗的魅力，也缺乏诗意浓郁的形象。

衡量和判断一个诗人的才能的高下，重要的不是从诗人才能的静止状态、潜在状态去看，而要从他把这种诗才倾注于什么方向、抒发什么感情以及这种才能显露到什么程度等方面去看。

贺敬之同志的诗，数量不多，质量却是比较高的。这几乎是评论家和读者公认的事实。那么，作为一个诗人，贺敬之同志的诗才究竟倾注于哪些方面？他的才能是怎样表现出来的？我们正是要对这样一些问题进行探讨。

一

诗人应当是对时代的回声，诗歌应当成为时代的号角。别林斯基这样正确地指出过："在构成真正诗人的许多必要条件中，当代性应居其一。诗人比任何人都更应该是自己时代的产儿。"① 一个无愧于自己时代的诗人，总是自觉地抱定坚强的信念，把自己的诗才倾注于这个时代。他的音调是高昂的，意志是执著的。他密切地注视着社会生活中一切新的东西、新的事变，努力表现新生活的力量和美。一切牵动千百万人心绪和情怀的事物，都引起他的共鸣，在他的心灵中激起某种东西：爱的波涛或是憎的风暴。

贺敬之同志是把自己的诗才贡献于我们时代的优秀诗人之一。他的诗，充满了时代感。

我们所说的时代感，不在于某些皮相的东西，不在于某些名词和概念，而在于新的人物、新的世界、新的题材、新的主题，在于对某些老旧题材的处理中呈现出新的思想、新的意境，在于看来似乎是古老的主题，却有了新的角度、新的光泽。

贺敬之同志的诗，活跃着我们社会主义祖国、毛泽东思想这几条大动脉，尤其是贯穿着对党的歌颂这根主要神经。他的诗，回荡着我们时代的音响，描绘着我们时代的风云。健旺的精神，清亮的节奏，鲜明的形象，直捷的语言，广泛的概括和巨大的画面，这些就是贺敬之同志诗歌特有的基本格调。诗人这样概括我们的时代：

---

① 《别林斯基论文学》，第21页。

啊，我们共和国的
　　　　每一个形象里，
　每时每刻
　　都在显现着——
　　　　党的
　　　　　历史，
　　　　　　党的
　　　　　　　光荣，
都在活跃着——
　　党的
　　　　思想，
　　　　　　党的
　　　　　　　力量。

就像日出东方划分出白昼和黑夜那样，中国共产党诞生以前和以后，在中国历史上划分出截然不同的两个时代。诗人把握住作为我们时代的根本标志、我们时代的开创者的党的形象。党，是“我们祖国的青春和光荣”；党，是“我们社会主义事业的信心和力量”。我们的前辈古人，纵使有“千万支神来之笔”，也写不出“我们时代的社会主义的锦绣文章”；尽管他们“语不惊人死不休”，也找不到“这最壮丽的语句：‘党’！‘我们的党’！”有了党，才有我们一代一代的英雄人物，“英雄的前辈，英雄的后代”；有了党，我们的生活才能那么朝气蓬勃，才能“在每一平方公尺的土壤里，都写着我们的劳动和创造；在每一立方公分的空气里，都装满我们的欢乐和爱情”；有了党，我们才能“把一连串的美梦都变成现实，而梦想的翅膀又驾着我们更快地飞腾”。

我们生活的每个角落，都洒满党的雨露和阳光。任何一个革命者，人民中间的任何一分子，对党都有诉说不尽的心头话。正因为这样，歌颂党是一个宽泛的主题，又是一个颇难措手的主题。作为一个革命诗人，理所当然地要表现这一主题，而且要表现得富有独创性，不落俗套。贺敬之同志的诗，以党为轴心，展开了我们时代的广阔面貌，在贺敬之同志的诗中，党的形象被描写得那样崇高神奇，平凡质朴，可敬而又可亲。

举世无双、战无不胜的人民子弟兵，是“我们党的钢铁臂膀”。

鲜艳的红旗，是“母亲的衣襟”。

我们时代的英雄，是在党的“摇篮”中成长起来的儿女。

党的足迹和呼吸，融化进辉煌生动的现实生活之中：“省港大罢工的呼号声，在我们的鼓风炉里正呼呼作响”，“南昌起义的鲜血在我们的炼钢炉中正滚滚跳荡”，“农业合作社的麦场上，正飘扬着秋收起义的不朽的红旗”，“基本建设的工地上，正闪耀着延安窑洞的不灭的灯光”。

我们党和人民群众的关系是鱼水相依、血肉相连的。在我们“心脏的火炉中”和“血管的激流里”，“燃烧着、沸腾着”“一个共同的最珍贵的元素”，“这就是：党！”在我们祖国大地上卷起的是“入党宣誓的不息的风暴”，千万双手举起的是“入党申请书的海洋”。

党，
　正挥汗如雨！
　　工作着——
　在共和国大厦的
　　建筑架上！

这一具体、鲜明的形象，概括了多少丰富的内容啊！我们党的形象，就是这样充满着神话般的浪漫主义色彩，又非常现实的形象，是一个使人油然产生崇敬之心的历史巨人，又是一个可亲的辛勤劳动者。

贺敬之同志写诗，不是见到一件事、一个人物、一片山水，就唱起来。诗人可能被这些东西感动了，但他并不匆忙动笔，他长久地注视着，倾听着，思考着。他在整个心灵中积蓄着感情，酝酿着感受，并逐步扩展开来，思想也随着深化。他对我们时代的热爱和忠诚，浸透在这些感受和激动之中，他把生活所唤醒的冲动提到时代精神的高度，对事物有正确而明确的理解。诗人并不满足于现实引起的冲动，而是在心灵中加强它，锤炼它，提高它。不仅以社会现象为题材的政治抒情诗是这样，山水诗也是这样。他的描写自然风物、山川景色的诗，也不是一般地、表面地描写山水的自然美，而是把自然属性的美，引向一种更深更高的境界，他把自然美社会化，提到社会美、人生美、理想美的高度上来，清晰地表现自然现象触动了他心灵中什么样的心弦，发出什么样的诗的回响。他力求更深刻地了解蕴藏在自然美中的意义，努力从时代精神、时代音容上去亲近自然，理解自然，把握自然，也这样去表现它。因此，他在驰名中外的桂林山水中，看到的不仅仅是“神姿仙态”的山和“如情似梦的水”，而是看到了“祖国的笑容”，看到了“桂林山水满天下”的壮丽理想——

啊！汗雨挥洒彩笔画：
桂林山水——满天下！

贺敬之同志不仅在政治抒情诗中，也在山水诗中表现了强烈的爱国主义主题。他在诗歌中使这个古老的主题焕发了青春，染上了时代的色调。

描绘祖国河山，寄托爱国主义的情感，是我国古典诗歌的一个传统。古代诗人的山水诗，勾勒祖国山河的壮丽雄奇，万千气象，确实有不少不朽之作。但是，一般讲来，那些作品基本上逃不出这样的一些基调：或者抒写恬静的胸臆，或者寄托孤寂的情怀；报国无门，回天乏术，人生易老，壮志难酬，世路艰难，命途多舛，不是入世的苦闷，便是出世的超脱。古代山水诗中的爱国主义思想，总是伴随着苦痛，伴随着对不合理社会制度的憎恨，伴随着对祖国前途和人民命运的担忧。在社会主义时代，这种基调变了。无产阶级革命的胜利，改变了几千年来的社会关系，也改变了几千年来人和自然的关系。“红旗下井冈山，一改江山古画图”，“江山多娇人多情，使我们白发永不生”，“对此江山人自豪，使我青春永不老”——这就是贺敬之山水诗的意气和格调。

贺敬之同志的政治抒情诗和山水诗，在我们面前展现的是一个山灵水秀、万紫千红的世界，是一个充满生机、朝气蓬勃的世界。这里的人生是大有作为的人生，这里的生活是大有希望的生活。

啊！多么好！
　　我们的生活，
　　　　我们的祖国；
啊！多么好！
　　我们的时代，
　　　　我们的人生！

打开贺敬之的诗集，就像掉进了激情的海洋。

诗要激情。没有激情不能算是好诗，没有激情的人不能成为诗人。“诗歌是本以抒发自己的热情的。”① 但是，激情不是一时的感情冲动。它产生于对历史和现实的深刻理解，产生于参加现实的实践斗争。激情能使人把千千万万变革现实的人引为同志和战友，把这种实践引为骄傲。

在庆祝粉碎“四人帮”胜利的锣鼓声中，贺敬之写道：“我要唱啊，我要写。……用我止不住的欢乐的泪水啊，用压不住的我滚滚的热血！”他的大多数诗篇，都有一种按捺不住的感情，都是非写不可的。

贺敬之同志的激情，突出表现在对党和社会主义事业的忠诚，歌颂党、赞美党，决心献身党的事业，“我们今生事业——就是把这可爱的地球造成一颗共产主义的行星！”诗人因为自己是一个中国共产党党员、中华人民共和国公民，是毛泽东同志的同时代人，而感到最大的欢乐和骄傲——

啊！假如我有
　　　一百个大脑啊，
我就献给你
　　　一百个；
假如我有
　　　一千双手啊，
我就献给你
　　　一千双；
假如我有
　　一万张口啊，
我就用
　　一万张口
　　　齐声歌唱！——

这是诗人的誓言，是诗人崇高的激情。激情是使诗歌走向亿万人心里的阳关大道。

在《雷锋之歌》中，一开始就是波澜壮阔的激情的大海，浮出一轮红日——雷锋的形象。诗人面对“整个世界”的广大空间和“从过去，到未来”的漫长岁月，纵使进行一千次、一万次选择和寻找，生一千回，还是要“生

① 鲁迅：《诗歌之敌》。

在中国母亲的怀抱里”，活一万年，还是要“活在伟大毛泽东的事业中”。

《回延安》一诗，并不是一上来就写延安的新面貌，而是写心情，一开口就掏心。延安，不是一般的地方，诗人和延安的关系也不是一般的关系，诗人到延安也不是一般的旧地重游。无论从革命、从个人、从人生的道路诸方面来看，都不一般，万语千言，从何说起？诗人也许颇费了推敲和思索，而结果是脱口而出，写心，一见面就捧出一颗心，一颗热烈的心、赤诚的心、急切的心、激动的心。接着是几个典型的动作和细节：手抓黄土贴心窝，梦中双手搂定宝塔山，千声万声地呼唤……“亲人”、“母亲”的亲昵之情贯穿全篇。离别后就想念，梦中都回到延安；真的回到延安时激动得这般厉害，分别时又想到下次再来。这个结尾，真实自然，别开生面。首尾呼应，韵味无穷。亲人送别，总是相约下次再见的。这是生活，又是诗。贺敬之同志歌唱的生活，是我们时代的诗化了的生活；他的诗，是我们时代的生活化了的诗。

二

文贵独创。独创性是作家艺术家创作才能的标志。“没有独创性就不可能有巨大的才能”①，“要想没有一定程度的独创才能而在诗坛上获得声望，简直是不可能的事情”②。别林斯基的这些话，今天仍然有着现实的意义。

贺敬之同志是追求独创的诗人。他的诗，总是不断探求内容和形式、思想和艺术的更好的结合，在这种探求中提供了新的经验。

首先是诗的构思。没有一个好的构思，没有一个独特新颖的艺术构思，这首诗就不会有悠久的艺术生命。艺术领域中，没有比似曾相识的构思更使人乏味的了。贺敬之的独特构思，颇有些启发人的东西。

他无论是谱写英雄人物的颂歌，抒发对大好革命形势的热爱，还是描写祖国的江山河海，歌颂党的优良传统，歌颂我军的丰功伟绩，构思都有精到之处，表现了独特的艺术功力。同是歌颂英雄人物，写向秀丽和写王杰不同，写雷锋又和写王杰有别。

歌颂雷锋的诗篇很多，何以《雷锋之歌》特别赢得了广大群众的喜爱？这和诗的独特构思关系极大。

《雷锋之歌》的第一个诗章，以激情的波涛，托出了雷锋的形象，接着抒

---

① 《别林斯基论文学》，第150页。

② 《别林斯基论文学》，第142页。

发对雷锋的深厚感情，写出了雷锋形象的神话般的作用。然后是向深度和广度扩展：雷锋为什么如此激荡人心？他的一生是怎样度过的？紧接着用两个诗章，集中塑造了雷锋的形象，回答了“人，应该怎样生？路，应该怎样行”的问题。最后情感推向高潮，由“我”“跑步入列”，引出“十个、百个、千万个……雷锋”，以“我们——雷锋；雷锋——保证：敌人必败！我们必胜！”的最强音作结。

长诗以虚带实，化实入虚，读起来感情激荡，一泻千里。第四、第五两个诗章，尤其突出地显示了这一艺术特点。

第四诗章写雷锋的出现，没有拘泥于雷锋的身世，而是高度概括了中国人民的已经成为过去的苦难生活。

在第五诗章里，诗人不是具体地展开情节和性格描写，而是在总的构思意图指导下，把雷锋生活中的事件和细节诗化了，而且具有高度的典型性。这一点十分重要。那时间，雷锋的事迹，报纸上报道得够多了。如何提炼出比报道更精练的情节，概括更深厚的内容？如何超出报道的水平成为真正的诗？这就要看诗人构思的本领，提炼的本领。《雷锋之歌》出色地解决了这个问题。例如，雷锋第一次学会的三个汉字是“毛泽东”。这一具体事件被诗人升华为“你一生中永远念着这个姓名”，“我们的领袖毛泽东”。雷锋当汽车司机这段经历，作者没有正面展开，只选择了一面“车镜”和一个“车窗”，这车镜“一尘不染”，这车窗前面是“那直上云天的高峰”。多么好的艺术提炼！紧接着一个新的升华：

啊，你阶级战士的
姿态，
是何等的
勇敢，坚定！
　　你共产党员的
　　红心啊，
　　是何等的
　　纯净、透明！……

这是真实的，又是诗的、美的；是具体的，又是概括的。

第五诗章的结尾，在雷锋的高大形象树立起来以后，诗人写到雷锋军衣上的“五个纽扣”、“二十二岁的年龄”、“一百五十四厘米身高”。这种具体数字，连小说、报告文学之类的散文作品里都不大用，诗人居然把它写进诗中。而一经谱入诗章，便立刻闪耀出奇妙的诗的魅力和艺术感染力，收到了出人意料的强烈艺术效果。数字成了诗，数字洋溢着诗的美！越是平凡便越是崇高，越是矮小便越显得亲切，越是朴素便越是闪射着耀眼的光华……这是真正的诗——诗的意境，诗的感染力，诗的震撼人心的艺术力量。

《回答今日的世界——读王杰日记》这首诗的构思，又有其独到之处。副题是“读王杰日记”，但全诗偏偏只字不提日记的内容，只是提炼出诗人读了王杰日记后的最深刻、最强烈、最精粹的感受，并且用王杰精神“面对万里的烽烟，回答今日的世界”。全诗尽管对王杰的事迹和日记未着一字，但读了以后，使人强烈地感受到了王杰崇高的精神风貌，眼前仿佛矗立着王杰的巨人般的英雄形象。这正是诗人构思高妙的结果。

《向秀丽》的艺术构思，却又另辟蹊径。优美抒情的诗的彩带，把祖国壮丽秀美的江山、党的英雄儿女的形象，同向秀丽连接起来，是这首诗构思的特点。“长白山的雪花珠江的水，为什么祖国江山这样美？包钢的高炉长江上的桥，为什么祖国今天这样好？”“山好水好都因儿女好，母亲祖国呵该自豪！”“上甘岭的青松呵云周西村的水，呼唤着珠江边的好姐妹”。向秀丽是党的优秀儿女中的一员，是千千万万英雄的姐妹。我们祖国的江山因为有这样的英雄才这样美，这样好。《向秀丽》的构思告诉我们的正是这个主题。

同追求独特的构思紧密相关的，是贺敬之在诗的格调调配上的创造性。他的诗的格调是富于变化的，像是一位歌唱家，随歌曲内容的不同而不断变换调性。

例如，同是描写自然风物的《桂林山水歌》和《三门峡歌》，格调各不相同；同是歌颂英雄人物的《向秀丽》、《回答今日的世界——读王杰日记》和《雷锋之歌》，调性迥然有异。《桂林山水歌》描写南方山水，诗的格调是舒缓、柔媚，沁人心肺；《三门峡歌》写的是北方风物，莽莽苍苍的原野，奔腾咆哮的黄河，诗的格调是雄浑、苍劲，撼人灵魂。写向秀丽，诗的格调是明丽、柔和、秀美、颂扬；写王杰，诗的格调是犀利、明快、简洁、急促，像敲着鼓点，字字作金声；写雷锋，格调又为之一变：壮阔，豪迈，雄伟，热情奔放。

要求诗人的每一首诗都有独创、有特色、有新的格调固然很难，也不必这样苛求。但是，就诗人本身来说，这样严格要求自己，进行不断的探索和追求，却是应该的。只有这样，才不至于僵化和停顿，才能保持艺术的青春。

为了最充分地反映革命的政治内容，必须创造自己的艺术形式，革新描写手段，使那些具有历史意义的事件和千百万人民的心灵感受，在抒情诗中得到艺术的体现。贺敬之在诗的形式上是颇费功力的。他沿着古典诗歌和民歌相结合的道路，遵循古为今用、洋为中用的方向，进行了一系列的探索和尝试，进行了革新。根据内容和感情的需要来决定形式，做到了内容形式的和谐统一。他在诗歌形式的探索上，总的倾向是古典诗歌和民歌的结合，每首诗的基本形式又各有区别。《回延安》是信天游的形式，《放声歌唱》是外来的所谓“阶梯式”，《三门峡歌》偏于古典诗词的形式，《雷锋之歌》、《中国的十月》、《“八一”之歌》，既不全是“阶梯式”，又不全是古典诗歌和民歌的形式，而是诸种形式因素的融合。如《放声歌唱》的开头：

无边的大海波涛汹涌……
啊，无边的
　　　　大海
　　　　　　波涛
　　　　　　　　汹涌——
生活的浪花在滚滚沸腾……
啊，生活的
　　　　浪花
　　　　　　在滚滚
　　　　　　　　沸腾！

这里就融合了“楼梯式”。第一句是一个长句接着把这个长句分成拆行短句加以重复，从形式上构成一种音乐美和画面的美，既像一句高亢的领唱，带动几个声部的同声合唱，又像一个近景之后，接着出现重重叠叠的中景和远景，使诗的形象得到进一步展开，烘托、加浓了气氛和情绪。

又如《放声歌唱》第三诗章的开头：

……春风。
　　　　秋雨。
晨雾。

夕阳。……
……轰轰的
车轮声。
嗒嗒的
脚步响。……
……
五月——
麦浪。
八月——
海浪。
桃花——
南方。
雪花——
北方。
我走遍了
我广大祖国的
每一个地方——
呵，每一个地方的
我的
每一个
故乡！

这节诗，基本上是所谓“阶梯式”。从内容上看，几乎是非用这种形式不可。最典型、最具特色的事物，构成一幅有机的、辽阔的画面，时间、空间的跨度大，每一行都是一个相对独立的、具有艺术概括力的形象，每一个形象有每一个形象的分量。这种诗句，恐怕只能用这种排法，参差错落，留有余地，给读者提供充分的想象的空间。如果不分成拆行短句，诗的内容、诗的情绪和意境、诗的节奏感，都很难表现出来。这种“阶梯式”的运用，是恰到好处的。又如：

一步——
一个脚印！

一个脚印——
　　一片鲜花！
一天——
　　二十年的行程！
十年——啊，
　　一个
　　　　崭新的天下！

这些拆行短句，形成了鲜明的节奏感，一层又一层，层层递进，层层加深、强化和扩大，造成了一种由浅入深，由小到大，由点到面，由薄到厚，扎扎实实、兴兴旺旺的气势。诗的节奏和旋律恰如其分地表现了社会主义祖国建国十年所取得的辉煌成就，发生的伟大变化。

贺敬之同志对诗的形式的运用是非常严格的，不当用“阶梯式”就绝不用。请看《桂林山水歌》：

云中的神啊，雾中的仙，
神姿仙态桂林的山！

情一样深啊，梦一样美，
如情似梦漓江的水！

桂林山水的特色，决定了必须用咏叹调的形式。这里显然不是雄浑辽阔，而是妩媚妖娆，情思缱绻，如果用了拆行短句，恐怕要大煞风景了。

我国是一个有着悠久的诗歌传统的国家，特别是唐代以后，诗词的遗产是非常丰富的。学习这份遗产，批判地吸收古典诗歌的优良传统，学习古典诗词的表现手法，是发展新诗的重要途径。贺敬之在这方面作出了自己的贡献。他在创作中吸收了多种多样的古典诗歌的艺术手法。律诗的平仄、韵脚、对仗，杂言诗的不拘长短句，古典诗词中的排比、节奏、一字逗加四字句、扇面对，等等，诗人都吸收过来，加以改造，融会贯通，运用自如。

《三门峡——梳妆台》，吸收了杂言诗的表现手法，三、五、七、十字的句子都有，长短不拘，读起来给人奔放不羁，汪洋恣肆的感觉。《中流砥柱》融合了“阶梯式”的特点，但更多的是吸收词的表现形式，其中的“看漫天烽火，听动地鼙鼓”，“看黄河新妆，听雷霆脚步”，是地道的一字逗加四字句的句法。

古典诗歌中的排比和对偶，贺敬之同志在诗中大量应用，效果是好的。如《放声歌唱》中，诗人用“是什么样的神明施展了这样的魔力，生活啊怎么会来得这样神奇”的一联对句作引子，接着是八对联句，从迷人的“长安街的夜景”，到美丽的“大兴安岭的林场”，从过去是“一片汪洋的淮河两岸”，到曾经是“百里无人的不毛之地”，从沙漠到荒山，从乡村到城镇，不论是过去“放牛的孩子”，还是旧社会“被出卖的童养媳”，大地的面貌变了，人的命运也变了。这一系列的铺排，概括了祖国面貌的巨大变化，生活内容具体而厚实。

《十年颂歌》开门见山地描写了生气勃勃的大好革命形势：

东风！
　　红旗！
　　　　朝霞似锦……
大道！
　　青天！
　　　　鲜花如云……
听
　马蹄哒哒
看
　车轮滚滚……
这是
　　在哪里啊？
——在
　　　中国！
这是
　　什么人啊？
——是
　　　我们！
催开
　　我们社会主义的

跃进的战马，
前进——
前进！……
推动
我们共和国的
历史的车轮，
飞奔——
飞奔！……

这节诗里，诗人把民歌的比兴手法、古典诗歌的排比对偶句式，一字逗加四字句，以及外来的“阶梯式”，冶于一炉，唱着社会主义祖国的嘹亮颂歌。

贺敬之同志运用古典诗歌的节奏单位来强调诗的内容，增加诗的抒情性，也是成功的。如“社会主义——我们来”，“桂林山水——满天下”。又如：

吓慌了
资本主义世界的
“古道——西风——
瘦马”，
惊乱了
大西洋岸边的
“枯藤——老树——
昏鸦”。

古典诗词的现成句子被纳入诗中，赋予了全新的内容，全新的生命；古典诗词的节奏也被强调了，读起来顺口，听起来顺耳。诗人着意不用仄声字“马”而用平声字“鸦”压住韵脚，增加了诗的音乐美。

贺敬之同志在学习民歌和古典诗词的优秀传统，创造为中国老百姓喜闻乐见的新诗方面获得了成功，这是值得学习的。当然，更值得称道的是他大胆创新的精神。诗人立足于当代，把自己的才能献给党，献给人民，献给社会主义时代。至于艺术方面，则在向民歌学习的同时，一手伸向古代，一手伸向外国，只要是有用的、用得着的，便一概拿来，为我们的时代、为革命、为人民服务。这更是值得大大提倡的艺术家的胆识。还是鲁迅的话对：“早就应该有一片崭新的文场，早就应该有几个凶猛的闯将!”“没有冲破一切传统思想和手法的闯将，中国是不会有真的新文艺的。”①

三

“要作今诗，则要用形象思维方法，反映阶级斗争与生产斗争。”这是毛泽东同志把诗歌创作的客观规律运用于社会主义文学的正确论断。诗歌创作，不能违背形象思维的根本规律。当然，形象思维不能脱离世界观的指导，不可能是无目的的自发状态。方法论是受世界观支配的，它不是目的本身，而是服务于一定的目的。在现在世界上，一个革命的诗人、无产阶级诗人，只有自觉地用形象思维方法反映阶级斗争和生产斗争，才能使自己的作品起到“团结人民，教育人民，打击敌人，消灭敌人”的作用，发挥革命文艺的威力。

贺敬之同志充分发挥形象思维的想象力，用鲜明的、富有特征的细节和形象，构成气魄雄浑、诗意隽永的画面。请看他赞颂我们诞生十年的人民共和国：

你
　　身披
　　　　灿烂的锦绣，
　　满怀
　　　　胜利的鲜花!
一手——
　　挥动神笔，
一手——
　　扬鞭催马!
东海上——
　　天山下：
一穷二白的
　　辽阔土地上——
洋洋洒洒，
　　画出多少

① 鲁迅:《论睁了眼看》。

最新最美的
　　图画！

无产阶级革命的天翻地覆的伟大时代，需要诗歌表现时代的重大主题，进行广泛的概括。如何赋予重大主题以鲜明的个性，使它具有亲切、可感的艺术感染力和形象说服力，这是非解决不可的课题。不解决这个问题，诗歌就会大而空，就没有一种确定的、可把握的东西，连主题也将成为不确定、不可捉摸的了。解决这个问题，有待于诗人运用形象思维方法，使重大的主题、崇高的思想，依附于生动的形象。

千里风啊，
　　万里风！
六万万匹战马
　　一起
　　　　撒开了缰绳！
响应
　　毛主席的
　　　　伟大号令，
无边大地
　　哒哒哒哒，
　　　　一片马蹄声……

这就是诉之于读者感官的祖国社会主义革命和建设的历史潮流。

看
　　五千年的
　　　　白发，
　　几万里的
　　　　皱纹，
一夜东风
　　全吹尽！

上下千年青史，纵横万里河山的伟大变革，概括在这笔力雄健的形象之中。

贺敬之同志的诗歌，政治抒情诗占了相当的比重。政治抒情诗，难免要用一些政治口号、政治术语，难免要涉及重大的政治事件。但是，诗总是诗，不能是政治条文和干巴巴的说教。贺敬之正是善于用形象去再现它。

啊！井冈山——
　　宝塔山！
　　　　——我们稳固的基石，
老红军——
　　老八路！
　　　——我们的钢骨铁梁！
这就是
　　我们共和国大厦的
　　　　质量的保证！

用“大厦”这个形象概括我们的国家，用井冈山、宝塔山比作基石，用老红军、老八路比作钢梁，既深刻揭示了我党我军的伟大作用，又具有形象的统一性和完整性。

党的方针是“百家争鸣”、“百花齐放”，这是政治语言，政治口号，而“党的语言正像春雷一样唤起：‘百家争鸣’；正像春风一样吹开：‘百花齐放’！”这就是诗了。工农业生产迅猛增长，这是政治语言；而“在千万个矿井和织布机旁，煤炭和布匹的洪流，又在突破定额的水位；在千万顷稻田和麦地里，早稻和新麦的行列，正千军万马奔向粮仓！”这就是诗了。“四人帮”妄图毁我长城，篡党夺权，这是政治语言；而“‘放火烧荒’的罪恶火舌，舔向我们的军旗——党旗！”这就是诗了。华国锋同志为首的党中央代表全党全军全国人民粉碎了“四人帮”，这是政治语言；而“我们的民心、党心和军心啊集结在这里——在华国锋同志红旗飘飘的胸怀中，在叶副主席风雷滚滚的衣襟里！”这又是诗了。政治语言，概念，只有体现为形象，才能获得艺术的生命，否则，难免成为没有躯壳的游魂。

形象思维离不开联想。联想，有助于揭示各种事物和生活现象之间的内在联系，能增加诗的表现力和美感。

在《"八一"之歌》中，诗人骄傲地唱着周总理和各位老帅的光辉名字，并把他们的名字和毛泽东同志、华国锋同志的名字放在一起，和千百个董存瑞、亿万个雷锋放在一起。然后写道：

啊，我们阶级大军的
灿烂的太阳系！
使人民
无限自豪啊，
叫敌人
无比畏惧……

这壮美的联想，充溢着人民群众对我党我军的领袖人物和千百万英雄的敬爱之情，倾注着我们对亲爱的党和人民子弟兵的无限信赖。

在《十年颂歌》里，诗人写道：

啊，望不尽的
　　　　江南三月——
社会主义的
　　无边美景……
南国红豆啊
　　满含着——
共产主义的
　　相思的
　　　深情。

这新巧的联想，把人民喜闻乐见的红豆寄相思，提炼成完全新的意境，倾吐了对共产主义的一往情深，读起来清香满口。

形象思维是充满感情的心理活动。贺敬之同志诗歌的抒情性很强，感情十分浓烈，他的诗中经常出现"我"。"我"的出现，便于展开画面，展开广阔的背景描写，在诗的结构上也有重要作用，但主要的还是能抒情。我们说贺敬之诗中经常有"我"，不是指的字面上出现"我"字，主要是说他的诗呈现出诗人自己的精神风貌和个性特点，诗人的感受、爱憎、希望、理想、感情、经历、志趣、抱负、情怀、思虑、气质等等，都在诗中得到生动的体现。他的诗，打上了自己的精神印记，处处跳动着自己的心，带着自己的体温。

贺敬之同志的感情是丰富的，多样的。他的诗中，有“满眶热泪陡涨，周身血沸千度”的狂暴激情，有“心是醉啊，还是醒？水迎山接入画屏”的缠绵情意，有“对此江山人自豪，使我青春永不老”的壮怀激烈，有“羊羔羔吃奶眼望着妈，小米饭养活我长大”的赤子之心，有“我，是谁？……海洋里的一个小小的水滴……田野里的一颗小小的谷粒”的质朴，有“我啊，和我们的毛主席一起呼吸，我和我的同志们一起攀登共和国大厦的阶梯”的自豪感，有“党啊，永远地永远地在我心里”，“请你相信——你曾经怎样地带领我走过来的，我仍会怎样地跟随你走向前去”的忠心和赤诚，有“九百六十万平方公里的江山河海啊，我爱你的每一尺每一寸”的挚爱之情，有“师傅的喜泪和我的泪水汇流，阶级的热血啊，向着我心头倾泻”的深厚情意，有“老首长啊，老同志……我至亲的骨肉啊，阶级的兄弟”的阶级深情，有“我的共青团员兄弟啊……我羡慕你们，可是，并不妒嫉”的气度，有“让我的早生白发，扑打这胜利的红旗”的豪爽，有“千山万水的思念，五湖四海的回忆”的一往情深……贺敬之的诗有着激烈的突发力量和诗意的温文，有着战斗的呐喊和轻柔的絮语。他的语言，仿佛是在感情的浓液里泡过一样。

贺敬之同志善于把感情和具体形象结合起来，化“情”入“形”、以“形”写“情”，使“情”“形”融为一体。

我啊
　　在党的怀抱中
　　　　长大成人，
我的
　　鲜红的生命
　　　　写在这
　　　　　　鲜红旗帜的
　　　　　　　　皱褶里。

这形象有多明丽，有多新俏！一经寓目，也就会刻印在我们大脑皮层的皱褶里了。一个形象，写出了诗人同党和革命血肉相依的情感，摆好了个人和党的关系，又崇高，又庄严，又亲昵，又贴切。

文学反映生活，要比普通的实际生活更高、更强烈、更集中、更理想，非有强力的概括不可。艺术概括力是形象思维威力的重要表现。

贺敬之同志诗歌的概括力，表现在诗的基本构思上，也表现在语言上。一个雷锋形象，概括了整整一代新人。《三门峡——梳妆台》，用“黄河女儿”容颜变化，概括了新旧两个时代的面貌。在《“八一”之歌》里，诗人提炼出“找红军去!”“找八路军去!”这一千百万群众的共同感情，从一个侧面概括了一种历史的进程。在硝烟滚滚的战争年代，在风风雨雨的建设时期，一辈辈人，遇到困难，就呼喊着“找红军去!”“找八路军去!”于是取得一个又一个胜利。在“四人帮”猖獗，面临党变修国变色的严重时刻，人民仍然呼喊“找红军去!”“找八路军去!”又取得了历史性的胜利。

贺敬之同志善用警句。他往往把丰富的思想内容，精到的人生感受，深刻的生活哲理，多彩多姿的自然现象，浓缩在凝练的诗句之中，言简意赅，增加了诗歌的感人力量。

当我们读到“祖国啊——我们的母亲！党啊——母亲的心”的时候，不能不为这种概括所感动和激励；

当我们读到歌颂雷锋的诗句：“在你的军衣的五个纽扣后面却有：七大洲的风雨、亿万人的斗争——在胸中包容”的时候，不能不对伟大的共产主义战士雷锋肃然起敬；

当我们读到“我们的军队永远在党的手里！我们的党永远在人民——心里”的时候，不能不油然产生一种幸福感和革命必胜的信念；

当我们读到诗人概括我军战斗经历：“啊，多少次，会师——又誓师……多少回啊，相逢——又别离”的时候，不能不想到人民子弟兵经历的戎马倥偬的悠长岁月和为人民立下的汗马功劳；

当我们读到诗人描写粉碎“四人帮”后的形势：“身后——万里长征，眼前——长征万里”的时候，不能不从心底产生一种胜利的喜悦和豪情，在新长征的路上，大踏步向前走去……

贺敬之同志的诗，以巨大的概括、深刻的内容、多彩的画面、充沛的激情，以思想和艺术的较好结合，走向了亿万人的心里。

伟大的斗争、伟大的未来在召唤我们。我们需要更多的诗人带着自己美好的诗篇，走进亿万人的心灵！

（原载《社会科学战线》1979 年第 3 期）

论马雅可夫斯基对贺敬之诗歌创作的影响

陈守成

十月革命十周年的时候，伟大的无产阶级诗人马雅可夫斯基为苏联社会主义祖国唱出了洪亮的赞歌《好!》。这首长诗被卢那察尔斯基誉为十月革命的青铜塑像。50 年过去了，历史的灰尘未能掩盖它夺目的光辉；岁月的长河也没有冲淡千万读者对它向往的热情。中国共产党三十五周年的前夕，贺敬之也像马雅可夫斯基一样，给自己的祖国和党献上了一支壮丽的颂歌——《放声歌唱》。两首长诗的标题切中肯綮。马雅可夫斯基热情欢呼十月革命好啊！社会主义祖国好啊！布尔什维克党好啊！千万读者向诗人喊道：你的长诗好啊！贺敬之尽情歌唱我们的党，我们的社会主义祖国，千万读者却奔走相告：诗人在放声歌唱啊！如果说马雅可夫斯基把自己诗人的全部响亮的力量献给了无产阶级，那么贺敬之却是放声歌唱了无产阶级。两位诗人，异曲同工，为自己的祖国树立了不怕风雨和岁月侵蚀的纪念碑。

感情的波涛　思想的火焰

诗是富有感情和节奏的语言。只有当作者十分激动而不能平静地叙说时，才诉诸于诗。情动于中而形于言。马雅可夫斯基和贺敬之都非常重视诗的真情实感。马雅可夫斯基认为，只有作者的感情在诗里燃烧，才能使亿万人的心灵激荡。他在《和财务检查员谈诗》中写道：“当这些字句快要烧尽的时候，另一些半生不熟的字句在一边还没有烧旺。而这些恰当的字句在几千年间都能使亿万人的心灵激荡。”两个诗人的感情既深厚而又开阔。马雅可夫斯基在《好!》里说：“这是心同真理在一起。这是同战士们或者同祖国在一起，或者就在我的心里。”贺敬之却在《放声歌唱》里写下了“你（祖国）在每一天，在每秒钟，都展现在我的眼前和我的心中。我的心合着马达的轰响，和青年突击队的脚步声，是这样剧烈地跳动！”

只有感情达到了强烈的程度，达到了燃点，才会起焰，才能点燃广大读者的心。有些评论家往往只强调马雅可夫斯基把诗献给了革命，而没有强调他献给革命的诗是以真情实感作为基础的。马雅可夫斯基坚决反对那些没有真情实感的诗。在《作家符拉季米尔·符拉季米罗维奇·马雅可夫斯基给作家阿列克塞·马克西莫维奇·高尔基的信》里他这样写道：“诗的生活——也不起微波。什么燃烧？甚至在他们冷冰冰的委靡不振的诗里都找不到一点微火。”作者不用感情的烈火燃烧自己的心灵，甚至找不到一点感情的微火，这样的诗当然就没有存在的意义。

马雅可夫斯基在创作长诗《列宁》时，不仅思想上认识到，应该写出列宁“短暂”而“悠久”的生命，而且感情上到了不能不写的地步。“是时候了——我要来讲列宁的故事。但并不是因为悲伤已经不复存在，是时候了，只是因为剧烈的哀戚已经变成明晰的、有意识的沉痛。”因此诗人只好“心里有什么”，就“把它写出来”。如果诗人没有巨大的激情，长诗《列宁》也不会写出来，写出来了，也不会这样感动人。长诗《好!》的创作也是情动于中而形于诗。在序诗里他这样写道：“我希望从这部书里，透过眼睛的快乐，经由幸福的见证，——向疲倦的筋肉注入创造的和激动的力量。”如果说长诗《列宁》充满了“剧烈的哀戚”，“明净的痛苦”，那么长诗《好!》却充满了“幸福”和“快乐”的感情。当然《列宁》和《好!》里的激情是丰富多彩的，因为诗人为无产阶级的胜利而欢欣鼓舞，为列宁的逝世而悲痛欲绝，为敌人的疯狂破坏而愤慨万分，也为歌唱革命的青春和纯洁的爱情而心花怒放。马雅可夫斯基笔下处处流淌自己的感情。他把自己的长诗写成抒情叙事体。

贺敬之比马雅可夫斯基更强调感情在诗里的重大作用。他说：“诗的题材或者可以这样说，就是一个字：情。写什么都是为着吐出这个情来。”① 贺敬之这里不仅谈了诗与感情的关系，而且谈了他诗作的重要特点，偏重抒情。

感情既有高卑之分，也有深浅之别。马雅可夫斯基和贺敬之的感情都是以深刻和崇高见称。他们登山则情满于山，观海则情溢于海。诗人把感情的甘霖喷洒在所描写的一切事物上面，使读者对它们立刻产生了爱憎。马雅可夫斯基在长诗《我爱》里说自己的爱憎是“巨大的爱”，“巨大的憎”。贺敬之在诗里也说到自己巨大的爱憎：如“心中的熊熊烈火”（《放声歌唱》），“热情的波

---

① 易征：《真情实感和典型化》，《人民日报》1962年8月26日第5版。

涛，爱情的绿荫”（《十年颂歌》），“意满怀呵，情满胸，恰似漓江春水浓！”（《桂林山水歌》），“胸中的江涛海浪！”（《西去列车窗口》）“满心的话啊我要讲……”（《又回南泥湾》）“我有千山万水的思念，五湖四海的回忆”（《“八一”之歌》）。

为什么马雅可夫斯基与贺敬之的诗里汹涌着感情的波涛呢？这是因为两位诗人都有着革命斗争的经历，生活的感受。马雅可夫斯基十月革命前参加过党的地下工作，尝过三次沙皇俄国铁窗囹圄的滋味，十月革命后又积极地参加了罗斯塔之窗的宣传工作。他经常到工农群众里去朗诵自己的诗篇，新旧社会的变化激荡着诗人的心胸。贺敬之在旧社会是贫穷家庭的“可怜的小东西”。这个“赤脚少年在革命斗争中经受锻炼，在党的怀抱中长大成人。风暴卷起了他“沸腾的血液”，枪林弹雨撕碎了他“层层的军衣”，新中国成立后，他又催着战马，踏上了社会主义的征途，挥动生花妙笔，描绘江山多娇的面容。

马雅可夫斯基与贺敬之的激情不仅有着生活的深邃的源泉，而且还受到共产主义思想的照耀。共产主义理想使两位诗人的感情升华而又升华，使他们感情的涓涓细流变成席卷一切的浩浩大江。两个诗人的感情既深厚而又开阔。马雅可夫斯基在《好！》里说：“这是心同真理在一起。这是同战士们或者同祖国在一起，或者就在我的心里。”贺敬之却在《放声歌唱》里写下了：“你祖国在每一天，在每秒钟，都展现在我的眼前和我的心中。我的心合着马达的轰响，和青年突击队的脚步声，是这样剧烈地跳动！”两个诗人的心与人民的脉搏一齐跳动，装着整个社会主义的祖国。

马雅可夫斯基和贺敬之的抒情我是无产阶级的先进战士，人民群众的代表，不是什么超人。我和我们是完全一致的。说到我就是说到我们，说到我们也就包括了我。在长诗《好！》里马雅可夫斯基有时说“我们”，“我们的”，更多的时候是说“我”，“我的”，“我的合作社”，“我的代表”，“我的工厂”，“我的民警”，“我的共青团员们”，“我的共和国”等。资产阶级充满着物质占有欲，只懂得“妻子、住宅、存折——这才是祖国、天国的花园”。他们“可以为了自己的土地而献身，但怎么能为了公共的土地去牺牲？”（《好！》）资产阶级的心胸自私而狭隘，无产阶级的心胸致公而宽广。但是20世纪20年代一些受了极左思潮影响的人却责备马雅可夫基斯到处写着我，表现了个人主义。①

任何一个诗人都不可以靠自我表现而变得伟大。但当诗人与人民融成一

① 符拉基米尔·莫尔达夫斯基：《马雅可夫斯基论》，莫斯科1958年版，第78页。

体，他的“我”也就成了“我们”的同义语。

从长诗《列宁》开始，马雅可夫斯基正确地解决了个人和集体的关系。“我是幸福的。这响亮的、行进的河流漂走了我轻轻的身体。”“我是幸福的，因为我是这力量的一小部分，因为我的眼睛也流出了共同的眼泪。这种唤做‘阶级’的伟大的感情，再不能比这表现得更为有力，更为纯洁！”在长诗《好!》里他又写下了：“在那里你背着子弹站起，抱着步枪卧倒，在那里我像一滴水似的流入群众的海洋，要跟这样的土地一同走向生活、走向劳动、走向节日、走向死亡！”马雅可夫斯基把自已比作群众海洋的一滴水，千江万河归大海，大海也离不开颗颗水滴。

贺敬之的抒情我也是与人民水乳交融的。他也正确地解决了个人和集体的关系。在《放声歌唱》里他说：“我呵，在那里？……一望无际的海洋，海洋里的一个小小的水滴，一望无际的田野，田野里一颗小小的谷粒……”两位诗人使用的比喻非常贴切。他们的抒情我都充满了为党为人民为祖国献身的精神。马雅可夫斯基要与他们共患难，同欢乐，一同“走向劳动，走向节日，走向死亡！”贺敬之却要把“心中的熊熊烈火”，“血管里燃烧的岩浆”，“生命的滚滚黄河”，“青春的浩浩长江”献给他们。

谢冕同志认为贺敬之的诗里“我”字太多，用到了不尽恰当的程度。① 我们认为贺敬之笔下的我不是他创作中的缺陷，而是它的精髓。这个我表达了无产阶级纯朴而强烈的感情，美丽而崇高的思想。诗里的我处处喷出感情的熊熊烈火，把诗里所描写的事物熔成一个整体，在诗的结构上起着组织的核心作用。诗人以有限之身，献给无限的为人民服务，自然感到不足，而献身的愿望又非常强烈，因此想到：“啊！假如我有一百个大脑啊，我就献给你一百个；假如我有一千双手啊，我就献给你一千双，假如我有一万张口啊，我就用一万张口齐声歌唱!”诗人一片丹心跃然纸上，并不存在夸大个人作用的问题。

长诗《好!》和《放声歌唱》的抒情我都充满了欢乐而自豪的感情。在《好!》里马雅可夫斯基说：“我们的共和国在建设着。其他的国家都已年迈苍苍。历史——张开坟墓的大口，而我的国家——正在青春年少，——创造吧，发明吧，试验吧！欢乐已经来到。”《放声歌唱》里却说：“祖国啊，你给我无比光荣的名字：‘公——民’，党啊，你给我至高无上的称号：‘同——志。’”马雅可夫斯基在《苏联护照》一诗里向世界高喊：“看吧，羡慕吧，我是苏联

① 谢冕：《论贺敬之的政治抒情诗》，《诗刊》1960年第11期、第12期合刊，第90页。

的公民。”两个诗人遥相呼应，各以自己的独特方式，为自己的祖国唱出了响亮而有力的赞歌。

马雅可夫斯基和贺敬之诗里的感情深沉而雄浑。他们既有相似之点，也有不同的地方。贺敬之的诗以感情浓烈见称，马雅可夫斯基的诗长于思想的深沉。

马雅可夫斯基在观察现实生活时，往往有敏锐的、大胆的独到见解，敢于顶潮流，敢于揭示社会生活的矛盾。他不仅爱人民，恨敌人，而且万分憎恶官僚主义，小市民习气，吹牛拍马，阳奉阴违等。他写《好!》的同时，准备写作品《坏》。他赞扬社会主义祖国的同时，他要“把半个祖国毁掉，而把其余半个——洗刷干净，建设起来”。他在创作中把党和人民置于最高的地位。在歌颂列宁时他着重强调列宁对人民的忠诚。

贺敬之的生活和创作道路都比较平坦。他从小受着革命斗争的锻炼，可以说是在红旗下长大，如果不是文化大革命，他没有处过马雅可夫斯基那样复杂的环境，需要和马雅可夫斯基那样自行作出抉择。加上诗人生活在小资产阶级像汪洋大海，封建主义影响极其深远的国家里，很难像马雅可夫斯基那样独立思考，敢作敢为。我很同意贺敬之同志对自己的评价：“当然，毋庸讳言，我认为自己以往的道路，在大的方向上，还没有走错。我曾用真情实感去歌颂光明事物——我们的党、人民和社会主义祖国，是应当做的。但这是一方面，我还必须说：我对社会主义事业的理解是太肤浅、太幼稚了，对我们生活中的矛盾的认识是过于简单、过于天真了。这就使得我在作品中不能准确而大胆地表现矛盾斗争，因而就不能更深刻、更有力地反映和歌颂我们的伟大时代。”①

《放声歌唱》从作品所反映现实的广度和深度，从感情的浓烈（除《回延安》外），或从艺术特点来说，都是诗人贺敬之创作的一个高峰。长诗创作在我国全面繁荣的历史时期，生活中正确的东西占了主导的地位，人民在长诗中显示了自己的巨大作用：

就是
　　我！
　　　他！
　　　　和你！

---

① 《贺敬之诗选·自序》，《当代》1979年第2期，第228页。

创造一切的
　　神明
　　　　正是
　　　　　　我们自己！

这些诗句发扬了古今中外优秀诗人的传统，特别是鲍狄埃和马雅可夫斯基的战斗传统。遗憾的是，某些历史时期的迷雾多多少少遮掩了一点这一正确思想的光辉！

想象、夸张与怪诞

生活是诗的土壤，感情是诗的根茎，想象却是枝叶了。土厚才能根深，根深才能叶茂。强烈的感情掀动着诗人想象的翅膀，想象又反过来激化或调动诗人的感情。

贺敬之与马雅可夫斯基一样，想象纵横，气势雄伟。他们的想象驰骋于过去、现在和未来的漫长时间，又能游弋于千山万水的辽阔空间。他们的想象可以使远的变近，近的变远，大的化小，小的变大，静的会动起来，无生命的有了生命，抽象的可以获得物质的具体性。甚至新闻报导、政治口号都可以升华为诗。

在《马雅可夫斯基夏天在别墅中的一次奇遇》里，马雅可夫斯基想象太阳来他家里作客，他和太阳称兄道弟，共同放射永恒的光辉。他的想象是那样气势雄伟。有时他的想象又是那样细腻入微，如“雪从窗户上落下，雪的脚步又轻又柔”（《好！》）。贺敬之的想象也很气势雄伟：

……我看见
　　　　星光
　　　　　　和灯光
　　　　　　　　　联欢在黑夜；
我看见
　　朝霞
　　　　和卷扬机
　　　　　　在装扮着
　　　　　　　　黎明

诗人在这里把自然美景与人工创造融合在一起，让它们交相辉映。星光、灯光、朝霞和卷扬机不是静态的物质，而是富有生命的动态形象。它们在联欢，在打扮，衬托出从黎明到黑夜，从黑夜到黎明，我们社会主义祖国是多么繁忙呀！社会主义江山是分外妖娆……这些优美的诗句堪与任何伟大诗人的诗句比美。当我们读到贺敬之的“啊！在千万个矿井和织布机旁，煤炭和布匹的洪流，又在突破定额的水位；在千万顷稻田和麦地里，早稻和新麦的行列，正千军万马奔向粮仓！……”我们为诗人想象的气势雄伟而拍案叫绝；当我们读到：“社会主义的美酒啊，浸透我们的每一个细胞每一根神经。”我们又为他的想象的细腻入微而惊异。

马雅可夫斯基和贺敬之的想象都有浓厚的浪漫主义气息。两位诗人都能高瞻远瞩，从未来而看过去和现在。马雅可夫斯基在长诗《好!》里喊道：“我赞美祖国的现在，但三倍地赞美——祖国的将来。”贺敬之在《放声歌唱》里也高唱祖国的明天：“但是，在语言的波涛中，最好的一滴献给你呵——‘明天!’——啊，我们的祖国，‘明天!’——啊，我们的党!”诗人站在未来而想象过去和今天的事物，就好像用放大镜来观察一切。因此两位诗人的想象常带夸张。

马雅可夫斯基在《好!》里说：“我看见——在垃圾今天腐烂的地方，在只有一片荒漠的地方，——我一眼入地一俄丈，我看见，公社的大厦正从地下向上茁长。”这里既是现实，又是未来；既是夸张，又很真实。既有浪漫主义的色彩，又有现实主义的描绘。贺敬之在《放声歌唱》里写道：“百里无人的不毛之地怎么会烟囱林立？为什么沙漠大敞胸怀喷出黑色的琼浆？……让我们踏破未来年代的每一道门槛吧，让我们推醒一九六七年——沉睡的朝阳!”马雅可夫斯基在长诗《列宁》里曾想象时代像个大门：“这个‘时代’已经跨进了大门，甚至它的头也没有碰一下门框。”而贺敬之却从门槛想到门外的朝阳，朝阳在这里象征着祖国如花似锦的前景。贺敬之把想象夸张和数学的准确性糅成一体。可惜的是，诗人和我们并没有推醒1967年的朝阳，因为“四人帮”的乌云一度遮住了它的光芒。

虽然马雅可夫斯基和贺敬之都喜欢夸张，但贺敬之的夸张朴素自然，马雅可夫斯基的夸张常兼怪诞。如马雅可夫斯基想象“开会迷”被人杀死了，一半在这里，一半在那里。贺敬之多半夸张正面的事物，而马雅可夫斯基既夸大正面的事物，也夸大反面的事物。

想象需要生活的知识、生活的感受作为基础。马雅可夫斯基长期生活在城市里，接触工人、士兵和知识分子较多，他的想象素材多取材于城市生活。贺敬之在农村部队和城市中都长期生活过，因此他的想象既有农村的“树梢树枝树根根”，“羊羔羔吃奶望着妈”（《回延安》），也有部队的“千军万马”和城市里的建筑架、卷扬机、鼓风炉、炼钢炉，等等（《放声歌唱》）。两位诗人的丰富想象都来自他们的丰富生活。

善于学习　勇于创新

马雅可夫斯基开辟了社会主义的一代诗风。他把前人认为不能入诗的主题、题材和语汇带入了诗的国土。他加强了诗与生活的联系，扩大了诗的表现范围。在艺术形式上，包括韵脚和诗的分行上他都是独树一帜。他创造了楼梯式诗。马雅可夫斯基的革新不是从天而降的，是他努力学习和勤奋探索的结果。虽然马雅可夫斯基曾一度受了未来主义的影响，对古典文学持有虚无主义的态度，但在整个创作上他还是努力学习俄国诗人普希金、莱蒙托夫、涅克拉索夫、果戈理、谢德林、契诃夫等人的传统。他还从同时代人那里汲取长处，也向外国诗人学习。

贺敬之没有走马雅可夫斯基那种虚无主义的弯路。他勤于学习，善于学习。他学习民歌，也学习古典诗词。他既发扬李白“白发三千丈”的浪漫主义传统，也汲取杜甫“安得广厦千万间”忧国忧民的现实主义精神。他立脚于本民族，而又放眼世界。他在我国学习马雅可夫斯基卓有成效。他学习马雅可夫斯基，不仅表现在他写“楼梯式”诗，主要是他大胆革新，使自己的作品更好地反映时代的新内容，创造出诗的新形式。

贺敬之在诗的形式上作了多种尝试。他运用民歌写出了激荡人心的《回延安》，学习古典诗歌的格式写出了《三门峡歌》，他创造性地运用“楼梯式”，写出了里程碑式的长诗《放声歌唱》。

马雅可夫斯基和贺敬之采用“楼梯式”，是为了加强诗的表现力和适应朗诵的需要。马雅可夫斯基在《好！》里描写了人民在国内战争中取得了胜利。在打败反动将军弗兰格尔后，参谋长发出一个告捷的电报。

弗兰格尔
　　已被
　　　投
　　　　入

大海。

“已被投入大海”分成四行排列，乍看起来，很不自然。但仔细看看或仔细听听，这样的排列颇有道理。参谋长是工农出身，没有什么文化，他“写着不顺手的字母”。因此，这样的多层分行排列，好像字母不肯向他屈服，非常形象。此外，“已被——投——入——大海”，断断续续的音调，意味着红军花了很大的力气，很大的代价，才把弗兰格尔投入大海。

贺敬之采用“楼梯式”，有助于表现他奔放的感情。《放声歌唱》这样写到党：

但是，
　　在我们心脏的
　　　　炉火中，
　　在我们血管的
　　　　激流里，
　　燃烧着、
　　　　沸腾着的，
　　却有一个共同的
　　　　最珍贵的
　　　　　　元素，
　　　　我们生命的
　　　　　　永恒的
　　　　　　　　活力——
这就是：
党！
　　我们的党！

从“但是”到“这就是”，这一大句有九个顿歇，再加上排偶句：“在我们心脏的炉火中，在我们血管的激流里”，连用了几个形容词：“燃烧着、沸腾着的”，“最珍贵的”，“永恒的”，造成了一种时断时续的紧张的节奏。“这就是”后本应写着“党”。可是诗人在此作一停顿，把“党”另起一行，好像一个人激动不已，说到特别敬爱的人的名字有个停顿一样。最后补充一句“我们的党!”诗人对党的敬爱就这样体现在字里行间，在诗的分行排列里，在诗的音调和节奏上。

贺敬之在《放声歌唱》、《雷锋之歌》、《“八一”之歌》里基本上都使用了楼梯式或台阶式。但是他的“楼梯式”是他根据我国古典诗歌传统和现代汉语特点加以改造了的新东西。贺敬之的楼梯式有别于马雅可夫斯基的“楼梯式”。

马雅可夫斯基的“楼梯式”诗是根据俄语的轻重音来安排的。他的大多数诗句都是三个重音或四个重音，做到大致相等。贺敬之的“楼梯式”诗则从现代汉语的特点出发，按照顿歇相等，形成有规律的节奏。如：

啊，无边的
　　　　大海
　　　　　　波涛
　　　　　　　　汹涌——
……
啊，生活的
　　　　浪花
　　　　　　在滚滚
　　　　　　　　沸腾!

这里每行一个顿歇，“啊”后一个逗点也是顿歇，每句都是五个顿歇，朗诵起来节奏鲜明。上面两句的分行排列还给人感到由远而近，波涛愈来愈汹涌，浪花越来越高，造成一种立体感和图案美。

贺敬之的“楼梯式”诗运用了我国古代诗歌对偶和排偶的传统形式。或两句或四句互相衬映。“啊！井冈山——宝塔山！——我们稳固的基石，老红军——老八路！——我们的钢骨铁梁!”又如“啊，在党委组织部的档案袋中，我的眼睛正闪闪发光，人民在共和国的公民簿上，我的头正高高地昂起!”这种意义相对而字面不完全相对的排偶加强了诗的形象和诗的音乐性。

贺敬之把大量的叠词引入自己的“楼梯式”诗。丰富的叠词是我国古典诗歌，也是汉语的特点。诗中叠词往往还兼对偶，使诗的形象鲜明，具有形式美和音乐性。如“你听，你听！省港大罢工的呼号声在我们的鼓风炉里正呼呼作响，你看，你看！——南昌起义的鲜血在我们的炼钢炉中正滚滚跳荡!”

（着重号是本文作者所加）

很多中国古代诗人的名句也被贺敬之引入“楼梯式”的诗体里，刷新了它们的原意。如“前不见古人，后不见来者”，诗人改成了“前不见古人……但是，后——有——来——者！”一反原意而用之，表达了社会的变化和新的思想感情。又如杜甫的“安得广厦千万间？大庇天下寒士俱欢颜”，贺敬之巧妙地把李白的“君不见”和杜甫的名句联结起来，使诗的意境焕然一新，热情地赞颂了新社会：“君不见”——“广厦千万间”已出现在祖国的“四野八荒！”

贺敬之还在“楼梯式”诗中采用了中国古典诗中的名词句。诗人利用名词或地名来达到高度的概括，塑造鲜明的形象。当我们读道：

> ……春风。
> 　　秋雨。
> 晨雾。
> 　夕阳。……
> ……
> 五月——
> 　　麦浪。
> 　八月——
> 　　　海浪。
> 桃花——
> 　　南方。
> 　雪花——
> 　　　北方。……（《放声歌唱》）
> 米酒油馍木炭火　　　　（《回延安》）
> 东风！红旗！
> ……
> 大道！青天！　　　　　（《十年颂歌》）

我们不能不想起温庭筠的名句：“鸡声茅店月，人迹板桥霜。”温庭筠咏叹的是作客他乡，孤独凄凉，贺敬之歌颂的是转战南北的战士豪情。当我们读道：

一路上，扬旗起落——
苏州……郑州……兰州
一路上，倾心交谈——
人生……革命……战斗…… （《西去列车的窗口》）

我们很自然地想起杜甫的名句：“即从巴峡穿巫峡，便下襄阳向洛阳。”苏州，郑州，兰州；人生，革命，战斗，这里表现了革命的节节胜利，抒情主人公的思想也在步步成长。贺敬之与杜甫都连用地名来表达了胜利的喜悦，两个诗人的诗都充满了各自的时代气息。

马雅可夫斯基在诗里使用了大量的俄语成语，他的十三卷全集按照高彩章和杨毅同志的调查统计，共使用了一千多个成语词条。贺敬之也在“楼梯式”诗中用了很多汉语成语，如“直上青云”，“五彩缤纷”，“浩浩荡荡”，“枪林弹雨”，“千呼万唤”（《放声歌唱》），“山崩海啸”，“天塌地倾”（《雷锋之歌》），“千疮百孔”（《东风万里》），“马不停蹄！人不解甲！”（《十年颂歌》）等等。这些汉语成语的使用也使贺敬之的梯式诗具有浓厚的民族气息。

根据作品内容的需要，马雅可夫斯基使用了很多俗词鄙语，而贺敬之的语言则优美动人。在结构的紧凑和语言的精炼上贺敬之的诗已达到了很高的水平，但还远不及马雅可夫斯基。

贺敬之早在延安就参与了建立画窗的工作，类似马雅可夫斯基的《罗斯塔之窗》。贺敬之在20世纪40年代就已说过：“这个伟大诗人的诗给了我最深刻的影响。”① 切尔卡斯基在评论马雅可夫斯基和贺敬之时，也同意我的粗浅看法，即贺敬之冶中外传统于一炉，他学习马雅可夫斯基，但没有模仿马雅可夫斯基，而是发展了他的传统。②

总之，贺敬之勤于学习，善于学习，大胆探索，勇于创新，不管他运用哪一种诗体、民歌、古典诗词还是楼梯式，或是冶各种诗体于一炉，他都不是单纯的学生，而是语言大师；他都不是巧妙的模仿者，而是出色的革新家！

（原载《武汉大学学报》1980年第1期）

---

① 切尔卡斯基：《马雅可夫斯基在中国》，莫斯科1976年版，第172页。

② 切尔卡斯基：《马雅可夫斯基在中国》，莫斯科1976年版，第173、179页。

论贺敬之的诗歌创作道路

段登捷

贺敬之同志是从延安走向新中国的剧作家和诗人。由于歌剧《白毛女》的突出成就，他在很长一段时间里，是以剧作家而闻名全国的。建国以后，他曾把解放前的诗歌整理出版过四本诗集：《并没有冬天》、《笑》、《朝阳花开》、《乡村的夜》①。但他作为诗人而为广大读者所熟悉，所热爱，则是在1956年写出《回延安》、《放声歌唱》之后。尤其是1963年发表的《雷锋之歌》，拨动了千百万人的心弦，使他成为新中国很有成就的著名诗人。国庆三十周年的时候，山东人民出版社出版了《贺敬之诗选》，选辑了诗人40年来已出版和发表过的各个时期的绝大部分作品。从这个选集里不仅可以看出贺敬之同志诗歌创作的梗概，同时也可以窥见在新诗发展道路上诗人前进的足迹。诗人在《自序》中说："为了未来而回顾过去，为了大海而想起水滴。"这话中有着谦虚，但也含着真理。那么探讨一下诗人几十年来的创作，回顾一下他在诗歌创作上所走过的道路，这对于他本人的诗歌创作，以及研究新诗的发展，繁荣新诗的创作，都是有着积极意义的。

一

贺敬之同志1924年出生在山东峄县一个贫农家庭，生活饥寒交迫。靠亲友的帮助，勉强读了几年小学。就在他上小学的时候，突然从外地来了一位老

① 《并没有冬天》于1951年由上海泥土社出版。收集了1940年与1941年写的诗歌。《笑》于1951年由50年代出版社出版，收集了1942年以后到解放前的诗歌。《朝阳花开》于1954年由作家出版社出版，是在《笑》的基础上增删的，可以看作是《笑》的重版。《乡村的夜》于1957年由作家出版社出版，专门收集了他1941年写的反映旧中国农村悲惨生活的诗歌。

师。行动很隐蔽，言谈颇新奇。给他们讲一些蒋光慈等人的进步文学，引起了他对文学的兴趣。13岁那年，他考进了吃饭不要钱的滋阳师范学校。抗日战争爆发了，学校把年龄小的同学打发回家，流亡到湖北。为了找条出路，13岁的贺敬之告别亲人，背井离乡，相随几位同学辗转徐州、郑州、武汉，又从汉水坐船到了均县，找到了学校。这时学校已改名为国立湖北中学，其实全是山东的流亡学生。不久武汉失守，学校又流亡到四川，改名为国立第六中学，总校在川北绵阳，他在简易师范，属一分校，地址在滋桐。这是一个灾难深重的年代，日寇大举入侵，人民受苦受难，国民党腐败无能，共产党浴血奋战，溃退流亡的人群，北上救亡的呼喊——在这中华民族生死存亡的关头，流亡学生是最敏感的，他们的命运与祖国是休戚相关的。尤其到了四川以后，他参加了救亡运动，接触到了不少进步学生，不仅经常读一些进步文艺作品，还阅读了有关共产主义的启蒙书籍。1939年，15岁的贺敬之已经在成都的一些报刊上发表宣传抗日救亡的诗歌和散文。时代促使这位流亡少年早熟了，他终于“看清了太阳从哪边出来，花朵在哪里开”①。1940年春天，16岁的诗人告别了“那衰颓的小城”，与另外3名同学（其中有一位是地下党员）“在西北的路上，迷天的大风沙里”②，穿林翻山，来到了革命圣地延安，进入鲁迅艺术学院文学系学习。从此，他揭开了生命的新的一页，也正式走上了他的诗歌创作道路。他高兴地唱道：“今天啊，亲爱的同志，我生活得好了！我快活，像一支飞舞在天空中的鹰。”③ 他对延安的新生活，充满了幸福感，在白天他看到的是“我的桌子上，洒落一大片阳光”④，感到“窗外的山上，送来野花的香气”⑤，到了晚上，他“看见了，东山的窑洞，那闪烁的光亮，那跳跃的星群”⑥，他由衷地喊道：“我的高原，你养育了我！”“亲爱的同志，你锤炼了我！”⑦ 他对未来满怀希望和信心，他唱道：“我们高举着鲁迅的火把，走向明天，用诗和旗帜，去歌唱祖国的青春大地！”⑧

---

① 引自诗集《并没有冬天》中的《雪覆盖着大地向上蒸腾的温热》，这首诗，最近出版的《贺敬之诗选》没有选入。

② 引自《跃进》，《贺敬之诗选》第3、4页。

③ 引自《生活》，《贺敬之诗选》第41、38页。

④ 引自《生活》，《贺敬之诗选》第41、38页。

⑤ 引自《生活》，《贺敬之诗选》第41、38页。

⑥ 引自《我们这一天》，《贺敬之诗选》第26、21页。

⑦ 引自《生活》，《贺敬之诗选》第41、38页。

⑧ 引自《不要注脚》，《贺敬之选集》第29页。

20世纪40年代初期的延安，是中国革命的心脏。鲁艺是革命进步文艺的中心，聚集了无产阶级文艺战线的骨干和新生力量。五四以来的革命文化传统，新文化主将鲁迅的革命战斗精神，在这里得到了真正的继承与发扬。世界上的一切进步文艺，尤其是俄罗斯文学与苏联文学，在这里广泛传播。贺敬之就是在这样一个环境学习成长。由于年龄与环境的关系，他身上没有因袭的重担，没有对旧文化的留恋，他接受了新诗与外国诗歌的影响。模仿着自由诗的形式，欢快地唱着新歌，请看他1940年写的《雪花》这首小诗：

我望着你——

……你从烟雾一样的
天空
轻轻地落下。

我望着你——

……你落在林间，
落在屋顶上，
落在冻结的河面上。

你的小小的翅膀
在飞舞，
带着低声的
温柔的歌唱。
我看着；
我听着。

我的快活的心
去和着你
一起歌唱。

我没有忧愁，

在这里，

在这里，
在冬天，
我工作着。

亲爱的同志，
我说：
春天已经开始了。

这首诗虽然还有些幼稚，但优美清新，充满宁静安详的幸福感，像雪花一样纯洁的胸怀，在冬天预感到春天来临的革命乐观，全都通过自己在雪天的真实感受形象生动地表现出来。从这首诗里，我们看到了艾青、田间等诗人和外国诗歌对这位少年诗人的影响。

最近，诗人在谈到他早期诗歌受谁影响的时候，曾这样说，当时他比较喜欢田间、艾青的诗，在去延安之前，已经接触到了马雅可夫斯基的诗。在鲁艺学习的时候，俄罗斯文学与苏联文学学得不少，歌德、莎士比亚、惠特曼、雪莱也都学了一些。他在 1940 年写的《生活》这首诗里，就有这样的诗句："早晨，阳光照亮了——普式庚，尼克拉索夫，马雅可夫斯基……我们朗读着那诗册，洪亮的时代的音响啊！我们跟他，诗，学习反抗和讴歌，爱和播种。"这充分说明，诗人在一踏上诗歌创作道路的时候，就明显地受着外国诗歌的影响。他在走着五四时期诗人们走过的道路：向外国诗歌学习。但是，他脚踏着延安的土地，呼吸着革命的空气，因而，他没有"全盘西化"、为艺术而艺术等不良倾向。他的诗是现实主义的，他的创作思想是革命的。他写道："诗，是工作！在这里，诗人和他的诗，就是工人和他的铁锤；就是农民和他的镰刀；就是战士和他的枪。"①

现实主义的创作方法，以及诗人的出身和经历，都使他不会忘记人民所受的苦难。当他读着涅克拉索夫反映俄罗斯农民悲惨命运的诗歌的时候，当他读着艾青、何其芳等新诗人诅咒旧中国的黑暗的诗歌的时候，怎么能不勾起他童年的悲惨的回忆？于是他"带着向母亲倾诉冤屈的心情"，于 1941 年写出了

① 引自《我们这一天》，《贺敬之诗选》第 26、21 页。

《乡村的夜》这本诗集。（诗集是建国后出版的，但其中的诗全是1941年写的）这组诗是对旧中国黑暗现实的揭露和控诉，但其中也闪耀着反抗的火花和对未来的期望。五婶子“抱着孩子跳下河去”的惨景（《五婶子的末路》），夏嫂子在高粱地里被强奸后神经失常，披头散发地哭叫（《夏嫂子》），小兰那悲惨的命运（《小兰姑娘》），小全爹卖了亲生儿子回来的路上又抱起弃儿的那撕裂人心的场面（《小全的爹在夜里》），儿子铤而走险后母亲那失去光亮的眼睛（《儿子是落雪天走的》），瓜地老头在痛苦的煎熬中对儿子执拗的等待（《瓜地》），人吃人那怵目惊心的惨相（《红灯笼》），黑鼻子八叔那火山爆发式的反抗（《黑鼻子八叔》）。这一切都真实地再现了20世纪30年代旧中国农村的现实，抒发了诗人对旧社会刻骨的憎恨和对劳动人民的深切同情。而这憎恨和同情，不仅促使他对革命的热爱忠诚和对未来的向往追求，而且为他成为人民的诗人打下了坚实深厚的感情基础。

总之，诗人1940年到1941年的诗歌创作，是他创作道路上的第一步。这一步从延安迈出，方向端正，继承了五四以来新诗的现实主义传统。对新生活的讴歌和对旧社会的诅咒是他这两年诗歌的主要内容，为革命服务是他创作思想的主导。他明显地接受了外国诗歌的影响，却没来得及从我们优秀的民族传统里吸取营养。他的感情纯真强烈，却并未形成浪漫主义的激情，也未插上想象的翅膀。不能说他这时期的诗歌是成熟的，但说他显露了诗人的才华并不过分。

二

1942年延安整风以后，诗人的创作进入了第二阶段。如果说在第一阶段，这位少年诗人天真愉快地歌唱着他对新生活的感受，痛切地诅咒着他经历过的那悲惨黑暗的现实，无忧无虑地学习模仿着他认为新鲜的自由诗与外国诗歌。那么，在第二阶段，他就不那么轻松了。他经历了整风运动，他思索着毛主席在整风报告中提出的那些严肃的问题，他在回味着《在延安文艺座谈会上的讲话》中那些谆谆告诫。他不能不反省自己以前所唱的歌是否为工农兵服务？是否为工农兵所喜欢？他不能不考虑：怎样写诗才能为工农兵服务？怎样才能写出“为中国老百姓所喜闻乐见的、中国作风和中国气派”① 的诗歌？他不能不意识到，1942年以前写的那些诗，是缺乏中国作风和中国气派而不为老百姓所喜闻乐见的。尽管他所意识到的这些问题不是一朝一夕所能解决的，甚至

① 毛泽东：《反对党八股》。

是在思想认识上解决之后，创作实践上还得有个过程，但他毕竟意识到了。他在新形势面前没有停步，他探求着，前进着，使他从1942年到1948年这一段的诗歌创作，较前有了很大进展。

这个时期诗人在诗歌创作上最大的进展之一，是向民歌学习，向本民族的优秀传统学习，使他的诗歌具有了中国作风和中国气派。1942年以前，诗人继承了五四以来自由诗的传统，而这个传统本身既有革命的一面，如扬弃了旧诗那僵化的格律，向外国诗歌学习，实行了诗体大解放；同时又存在着严重缺陷，忽视我们本民族的传统。贺敬之同志不可能不受点影响，像“繁星，在天空；——熟透的柠檬，在树林中”①，“告诉延河，摇我们，以她的歌”② 这些诗句，都存在着欧化痕迹。1941年写的《乡村的夜》，这种情况有所改变，但仍然说不上中国作风和中国气派。1942年以后，情况大不相同，诗人收集了大量民歌，心悦诚服地学习、模仿着，使他的诗歌创作在民族化上向前迈了一步，请看他1942年9月写的《我的家》：

陕甘宁——我的家，
几眼新窑在这坬。

这里是——我的庄稼：
谷子一片黄，
荞麦正开花，
你听那秫秫叶子哗啦啦啦想说啥？

唔，还有这牛，这羊，
这一群黑油油的小猪娃。

暖堂堂的太阳当头照，
活闪闪，一杆红旗崄坪上插。

眼望这一片好光景，

① 引自《跃进》，《贺敬之诗选》第3、4页。

② 引自《自已的催眠》，《贺敬之诗选》第9页。

叫我怎能不爱它？

……

这些诗句明显地告诉我们：诗人在向民歌学习。用的是群众的口语，形象生动；写的是陕甘宁边区的现实生活，典型逼真；字里行间洋溢着解放区人民的喜悦与自豪。这是他学习民歌的可喜收获。此后，诗人还写了大量的歌词，像《七枝花》、《南泥湾》、《翻身歌》、《朱德歌》《志丹陵》、《迎接八路军》、《胜利进行曲》等等，都曾插上音乐的翅膀，飞遍解放区，深受人民的喜爱，有的歌甚至穿过战火翱翔在新中国的高空。这不能不说是诗人在诗歌创作上群众化、民族化的成绩。更可贵的是诗人并没有以此为满足。他一方面学习民歌这种民族化、群众化的形式，另一方面他已经觉得"沿用民歌形式不能解决写诗的全部问题，包括形式问题在内"①。因而，他在向民歌学习的同时，对我国古典诗歌产生了浓厚的兴趣。屈原的《离骚》，杜甫、李白的诗歌，苏东坡、辛弃疾的词，深深地感动着他。这些诗人忧国忧民的强烈的思想感情，浮想联翩、上天入地的浪漫主义表现手法，宏伟博大的胸怀，豪迈奔放的风格，都使他赞叹不已。读着这些诗歌，他怎能不联想到他目睹的惊天动地的伟大斗争？又怎能不激起诗人内心深处的感情波涛？据诗人自己说，这个时期他曾写过一首两三千行的抒情诗，有马雅可夫斯基的味道，有惠特曼式的很长很长的句子，有屈原在《离骚》里那种上天入地的浪漫主义表现手法。上下五千年，从奴隶社会一直写到身边的延安。可惜的是这首长诗遗失了，我们无法看到。但我们却看到了这样一个事实：经过整风和延安文艺座谈会之后，他的思想境界宽广了，知识领域扩人了，认识和觉悟提高了，对党、对革命、对人民的感情更深厚了。单纯地模仿某种形式，已无法表现他当时对生活的丰富感受和对革命的浩瀚深情。他在诗歌形式上要求兼收并蓄，要求飞跃和突破。1944 年写的《罗峪口夜渡》，就是把民歌与古典诗歌熔为一炉而使自己的诗歌回到民族传统轨道上的一种尝试。请看其中的这几段：

不见月儿不见星，
一片乌云遮在空。
风丝丝也不动，

① 引自诗集《笑》的后记。

火星星也不明，
罗峪口上黑沉沉……

罗峪口上黑沉沉，
只听见，黄河里，
哗啦哗啦流水声……

只听见，黄河里，
哗啦哗啦流水声——
今黑夜
刘志丹的队伍过河去东征！
……

刘志丹啊，刘志丹……
你不见：老刘就在船头站——
扎扎胡、瘦瘦脸，
抿住嘴角不言传。
头上的红星闪闪亮，
浪头在他脚下翻……
他的眼睛火样明，
直瞅定河东那一边。
……

刘志丹啊刘志丹，
黄河挡不住，
高山防不严；
刘志丹啊刘志丹，
英雄挺胸站，
西北红半边；
刘志丹啊刘志丹，
过黄河，马加鞭，
军号响，炮声喧；

——从今后，踏破河东千里地，

红旗飞过万重山！

关于这首诗，诗人在《笑》的后记中曾说过这样一段话："《罗峪口夜渡》原是想写刘志丹同志东征到牺牲经过的一个长诗。最初题目叫《刘志丹之死》。但只写了这一段就停下了，一搁好几年。现在觉得一下子仍没有可能把它写完。我把它作为我自己学习写诗的一个阶段来看（重点号是引者所加），就独立地收进这个集子里来了。"这到底是诗人学习写诗的一个什么阶段呢？我们不妨先回顾一下这首诗以前他所写的诗歌。1942年以前，他主要是学习模仿自由诗和外国诗歌。像《雪花》、《生活》、《我们这一天》以及《乡村的夜》里面那些诗篇，可以明显看出这一点。1942年以后的最初两年，他主要是学习模仿民歌，像《我的家》、《七枝花》、《南泥湾》都是如此。但是1942年写的这首《罗峪口夜渡》，我们却不能简单地说模仿了什么，在形式上他兼收并蓄，三、五、六、七言交错运用，在遣词造句和修辞上，他借鉴了民歌与古典诗歌的重字叠句，顶真、反复、对偶以及赋比兴等手法，从而创造出具有中国作风和中国气派的新形式，也开始显示出他在抒情上激情澎湃、前汹后涌的特点。尽管这首诗在形式上还不能说完美纯熟，但它毕竟脱离了模仿而走向了创造。如果说这首诗标志诗人学习写诗的一个阶段的话，那么，这是继承民族传统而进行创造的一个阶段，是试图通过诗歌来反映更广阔的生活和革命斗争的一个阶段，是诗人继学习民歌之后的又一迈步。虽然这以后写的诗歌，有的仍然采用了信天游的格式，但那只不过"觉得这种形式有时还可以采用或改造来用以表达内容而已"①。这说明诗人在诗歌形式上已经开始了一个新的阶段，在进行着自己的创造。解放战争中诗人在冀中写的《张大嫂写信》、《搂草鸡毛》、《笑》，这种创造都有所表现，其中尤以《笑》最为突出。请看《笑》的开头几段：

大雪飘飘，
大雪飘飘，
一阵北风
撕开了满天的棉花桃！

---

① 引自诗集《笑》的后记。

棉花桃
搂头盖顶往下落啊，
往下落！

好一个快活的农民翻身年呀，
你脚踏北风，
身披鹅毛
满面红光，
欢天喜地来到了！

奔谁来呀？
奔我来。
——张老好啊，
我知道。

我迎出你大门外
我迎上你人行道……
啊，耀眼的红灯！
震耳的鞭炮！
啊，东边“吹歌”响，
两边锣鼓敲！

——这不是你吗？
你放羊的刘大采；
还有你呀，
当“善友”的孙二嫂；
你，老明——咱农会主席；
你，三成——咱贫农代表；
……

穷哥儿们呀，
好啊，好！

过年好！

——这是咱们的翻身年啊！
盘古开天辟地到如今
这是头一遭！

张老好呵，
我笑，我笑！
我哈哈笑！
……

如果说《罗峪口夜渡》是熔民歌与古典诗歌于一炉，在诗歌民族化上进行了探讨创造，那么这首《笑》则是吸收融化了各类诗歌的营养，而进行了新的创造。诗人通过对张老好在第一个翻身年的所见所想所感的描述，淋漓尽致地表现了翻身农民的喜悦——笑。用的是翻身农民的语言和口气，表现的是翻身农民的思想和感情，诗人在为工农兵服务以及如何为工农兵服务上，取得了可喜的进步。

诗人在这一阶段诗歌创作上的另一个最大进展，是抒情个性的发展。在第一阶段诗人的抒情个性尽管是进步的，但却没有跳出知识分子的圈子，与人民群众存在着距离。而到第二阶段，诗人在《讲话》的指引下，走出了个人的小天地，而与人民群众结合在一起。拿 1941 年的《雪花》与 1947 年写的《笑》来对比就可以看出，在《雪花》中，诗人的“自我”独自一人望着雪花“从烟雾一样的天空轻轻落下”，倾听着雪花那“低沉的温柔的歌唱”，而在《笑》中诗人的“自我”来到了人民群众中间，和翻身农民一起看着那“一阵北风，撕开了满天的棉花桃”，迎接着“好一个快活的农民翻身年呀”，“欢天喜地来到了”。诗人的抒情个性与人民大众息息相通了。张老好那翻身的喜悦，过年的快乐，当家作主的自豪，扬眉吐气的笑声，既是广大翻身农民的，也是诗人自己的。诗人的思想感情大众化了，他的诗歌创作反映了人民大众的生活，表现了人民大众的思想感情和愿望，这是诗人在工农兵方向指导下进行自我创造的一大进步。

长期以来，极左路线无视创作规律，一味强调诗歌要表现“大我”，反对“小我”，致使有些抒情诗的创作失去了诗人的真实感受和创作个性，变成了空洞的呐喊。因而，现在的评论家和诗人都一再强调诗中要表现“自我”，这是无可非议的。因为没有自我的真实感受，也就没有了抒情诗。但是，“自我”是千差万别的，是有高下、美丑、善恶之分的，并不是所有的“自我”都是值得称道的。如果不加区别地一味强调表现“自我”，而不引导诗人的“自我”与人民与时代相通，那岂不走向赞赏诗人“孤芳自赏”、“顾影自怜”，鼓励诗人作茧自缚的极端？那诗歌还如何反映时代的声音、人民的心愿？问题的关键是诗人的抒情个性到底是怎样的一个“自我”。我们希望诗人的自我与时代同忧乐，与人民同呼吸，但我们却不应排斥那些与时代与人民存在距离或不直接相通的“自我”，他们有存在的权利，但他们的存在却不应该是唯一的，相反倒应该是次要的。绝不能认为，只有这种“自我”，才是抒情诗人的个性，才是值得称道的，而那些与人民相通的“自我”则是“大我”，则是把“自我”融化在原则中的空喊。贺敬之同志《雪花》中的自我与《笑》中的自我是不同的。《雪花》中的自我与知识分子更近些，还残留着一丝孤独寂寞之感；《笑》中的自我，则与翻身农民息息相通。我们不能因为《雪花》中的自我没有与工农兵息息相通，而否认它存在的价值，同样，我们也不能因为《笑》中的自我与翻身农民息息相通，而认为贺敬之同志把自我融化在工农兵方向里了，没有了“小我”，只剩下“大我”。我们认为，从《雪花》中的“自我”，到《笑》中的“自我”，是诗人抒情个性的发展，是他诗歌创作中的一个进步，甚至可以说是一个飞跃。这个飞跃，正是他后来写出《放声歌唱》和《雷锋之歌》的前提。

总之，从1942年整风以后到解放以前，是诗人诗歌创作的第二阶段。在这几年里诗人向民歌学习，向古典诗歌学习，使自己的诗歌创作回到民族传统的轨道上，并且融化吸收各类诗歌的营养而进行自己的创造，他力图使自己的诗歌为中国老百姓喜闻乐见，具有中国作风和中国气派，他也确实取得了一定成绩。在这几年里，诗人在工农兵方向的指引下，投入火热的斗争，向工农兵学习，为工农兵服务，写了大量歌词，写了不少秧歌剧和著名歌剧《白毛女》，他在实践工农兵方向中改造着自己，他心中没有想到诗人的桂冠，想的只是工农兵的需要，革命斗争的需要，他的文艺思想无产阶级化了，他的感情与工农兵息息相通了。无论在思想上，还是在艺术上，都为解放以后的诗歌创作创造了条件，打下了坚实的基础。

三

建国以后到1956年以前，贺敬之同志没有写诗。1956年元月号的《文艺报》上，画了讽刺画，还配了打油诗，批评诗人说："你的《白毛女》，头发白了又黑，黑了又白，你的新作为啥还不出来?"《文艺报》的用意，大概是为了促进。但实事求是地来看，这个批评不公允，也有悖于艺术创作的规律。因为新中国成立的时候，《白毛女》已经闻名全国。第一次文代会上，贺敬之被选为全国剧协理事。不久，《白毛女》又获得斯大林文艺奖，这是荣誉，也是鞭策和压力。在这种情况下，诗人首先考虑的必然是歌剧的创作。1950年，诗人与音乐家刘炽同志创作了歌剧《节振国》，目的是把工人阶级的形象搬上歌剧舞台。但不幸的是由于种种原因，他们在1951年年底的文艺整风中受到了批评，使这个歌剧夭折了，这是其一。第二，解放以后，诗人身体一直不好，患有严重肺病，曾住院一年多，而且反复了几次，占去了诗人很多时间。第三，诗人这一时期在中央戏剧院创作室工作，还担任《剧本》编委，也辅导青年作者，工作是比较忙的。第四，对于像贺敬之同志这样一个从小参加革命，从延安来的诗人和剧作家来说，新中国成立以后，学习任务是相当繁重的。第五，作为一个诗人，进入了一个新的时代，对新的生活必须有细致的观察和深刻的认识，而且不是一般的认识，应是艺术的认识，诗的认识。我们欢迎那些即兴而写的歌手，但我们也应该允许有的诗人有较长的认识生活、酝酿构思的时间。贺敬之同志这几年没有写诗，但他在学习提高，在以诗人的眼光观察认识新的生活，作创作上的准备。应该说，这是一个把桑叶变为丝，把花粉变为蜜的酝酿时期。

1956年3月，诗人重返革命圣地，写了他解放后的第一首诗《回延安》。这首诗看来是即兴之作，但却是建立在诗人熟悉的现实生活之上，建立在对革命对延安的一往情深之上。这首诗表明，诗人胸怀里蕴藏着对革命的浩瀚深情，翻腾着从过去到未来的感情波涛。这首诗还表明，诗人在诗歌艺术上达到了一个新的水平，无论是构思布局的严谨完整，还是遣词造句的凝练典型，抑或是主题提炼的深刻，内容与形式完美的统一，都显示出他的诗歌创作进入了一个新的时期。综观他从1956年到1965年这十年的诗歌创作，我们可以发现诗人向前迈了三大步，使他的诗歌创作臻于成熟。

首先，诗人形成了独特的抒情个性和艺术风格。我们在《搂草鸡毛》和《笑》里，已经看到了诗人的抒情个性与翻身农民同欢共乐，息息相通。但是，认真分析一下，这时的抒情个性仅初具热情奔放的雏形，艺术风格也欠统一。而到这一时期就不同了，从《回延安》到《又回南泥湾》，从《放声歌唱》到《雷锋之歌》，从《三门峡歌》到《桂林山水歌》，从《向秀丽》到《西去列车的窗口》，诗人那热情奔放、情浓意满的抒情个性和高亢豪迈、热烈浪漫的艺术风格，鲜明而统一，独具一格。如果把诗人这一时期所形成的抒情个性和艺术风格排列在中国诗歌史上，我想是毫不逊色的。他像屈原一样热爱自己的祖国，但没有自视清高和怀才不遇的哀怨；他像杜甫一样曾经历了忧患和苦难，却是那样的朝气蓬勃，开朗乐观；他像李白一样想象丰富，浪漫大胆，却没有李白的“仙气”，远比李白实在；他有苏东坡一样的“大江东去”的豪迈的气概，却绝没有他“早生华发，人生如梦”的消极感叹；他有郭沫若《女神》中的奔放的热情，却没有半点诅咒，而全是歌颂。说实话，他这个“自我”形象倒有点与马雅可夫斯基相近，因为他们都是无产阶级革命诗人。但他没有马雅可夫斯基的讽刺锋芒和俄罗斯诙谐，而感情却比他浓烈，具有我们民族郁馥淳厚的特色。总之，他是20世纪新中国独具个性的诗人，他带着他独有的抒情个性登上了新中国的诗坛。他的抒情个性与哀怨低沉是绝缘的，与纤细缠绵是格格不入的。他心灵中没有个人的小天地，他的感情中没有和祖国和人民相悖的东西。他开朗乐观，激情澎湃，他奔放高亢，豪情满怀，他心地纯洁，他感情的潮水好像永远也流淌不完，所以他接二连三地唱着颂歌。现在的年轻人或许难以理解，其实这并不是什么难解之谜。请想想：从1940年诗人到延安参加革命到20世纪50年代中期，这十几年是中国革命史上的“良辰美景”，真是春风得意马蹄疾。一个行程，一次胜利，“一个脚印，一片鲜花”，我们多灾多难的祖国，也确实在这短短的几年内发生了翻天覆地的变化。目睹这一切的诗人，置身于人民群众欢呼声中的诗人，一直跟着党从胜利走向胜利的诗人，怎能不纵情赞颂？怎能不放声高歌？他的经历，他的环境，他的思想，他的个性，都决定了他衷心地唱着颂歌。如果说他1958、1959这两年的颂歌现在看来有些过分的话，那也是时代的真实反映，是当时的现实给予诗人那颗赤子之心的真实感受，而绝不能说诗人言不由衷，何况诗歌是艺术而不是政策条文与年终总结统计。诗人是诚实的，他在诗选的《自序》里说：“我对社会主义的理解是太肤浅，太幼稚了，对我们生活中矛盾的认识是过于简单，过于天真了。这就使得我在作品中不能准确而大胆地表现矛盾斗争，因而就不能更深刻、更有力地反映和歌颂我们的伟大时代。”诗人严格要求自己，回顾总结过去，这样说是可以的，但我们以此来要求诗人过去的创作，则是不实事求是的。事后诸葛亮之所以需要，是为了今后，而不是为了责备过去。

三年困难时期，诗人没有写诗。1961 年发表的《桂林山水歌》，是整理的 1959 年的旧稿，这是可以理解的。他从来就认为诗歌应该是号角，催人奋发前进，而当时的现实是苏修的背叛，我们的错误，自然灾害所形成的困难局面。这些东西在他的感情上是不协调的，是化不成他那高亢豪迈的号角里的音符的。诗人当然也经历了那"低标准，瓜菜代"的浮肿岁月，但诗人的抒情个性和中国的现实决定了他不可能像马雅可夫斯基那样，把"这些不太饱也不很饿的岁月"写入诗中。马雅可夫斯基在那艰苦岁月，"两颊臃肿，眼睛——两道小缝"，他手"拿着两个小小的胡萝卜，提着绿色的小尾巴"，"腋下夹着几根潮湿的细瘦的木柴"，但是他仍然"大声喝道：'我爱我这国土！什么地方，什么时候肚子发了胖，下巴叠成双层，这都可以忘掉，但是，同它一道挨过饿的国土，——我是永远忘不了[①]！'"贺敬之同志在那艰苦的岁月，同样没有失去信心，同样热爱着自己的祖国，但国情不同，个性不同，采取的方式不同，他避开了面前的困难，而选择了祖国美丽的桂林山水，来激励人前进，你看他写的多么美：

啊！桂林的山来漓江的水——
祖国的笑容这样美！……

江山多娇人多情，
使我白发永不生！

对此江山人自豪，
使我青春永不老！

如果有人以马雅可夫斯基来要求贺敬之，并以此来责备诗人的不足，那岂不等于取消了诗人的选材自由与抒情个性？那也就没有了贺敬之。

其次，诗人熟练地掌握了革命现实主义与革命浪漫主义的创作方法，并使这两种创作方法在他的诗歌创作上达到了完美的结合。关于这一点，诗人自己

---

① 引自马雅可夫斯基的《好!》，人民文学出版社 1955 年版，第 97 页。

是有深刻体会的。他曾说："积极的、革命的浪漫主义对一个民族的文学，特别是诗歌的发展来说，绝不可能、也绝不会是可有可无的东西。它和现实主义交相辉映，把那个时代的现实生活用独特的方法反映得神采焕发，给人以千里之目，使人'更上一层楼'。使得诗人足以'笔落惊风雨，诗成泣鬼神'，给人以震撼人心的雷霆万钧的力量。"① 回顾他的诗歌创作，我们可以发现，在第一阶段，他并未找到这种把现实生活反映得神采焕发的"独特的方法"，到了第二阶段，他开始显示出在抒情上的激情澎湃、前汹后涌的特点，而这一特点促使他有时插上想象的翅膀，使他的诗歌具有一定的浪漫主义色彩，但他还没有熟练掌握这种"独特的方法"，还处于尝试阶段。到了这一时期，情况就不同了。无论哪一首诗歌，他都没有仅仅停留在如实地反映现实生活上面，而总是思接千载，浮想联翩，高瞻远瞩，视通万里，把他所经历过的、所看到的现实生活，通过想象与联想融会贯通，进行提炼概括，从而更真实地反映出来。值得注意的是，他在想象中提炼概括现实生活的时候，并没有像神话等一般浪漫主义作品那样，采用荒诞的形象，幻想的手法，来曲折地反映现实生活。不，他没有这样。他的想象不仅是合理的，而且始终没有离开过现实，甚至他的提炼与概括总是拥抱着人们所熟悉的现实生活中的细节，因此，他的诗歌不仅真实地反映了现实生活，揭示了生活的本质，而且引起读者的联想，使读者感到亲切。请看《回延安》中的这几句："杨家岭的红旗啊高高地飘，革命万里起高潮，宝塔山下留脚印，毛主席登上了天安门。"这些诗句所反映的都是千真万确的现实，甚至可以说具有了细节的真实，但是"杨家岭的红旗"也好，"宝塔山下的脚印"也好，"毛主席登上天安门"也好，这些细节所包含的意义绝不仅仅限于现实主义所说的如实反映现实生活的细节的真实，它是诗人经过想象之后而进行的艺术概括，它所包含的意义要丰富得多，深刻得多。我们读了这些诗句所得到的也绝不是字面上的意义，而必然联想到党所领导的延安时期的革命斗争以及从延安走向新中国的胜利历程。像这样的诗句，这样的表现方法，在诗人这一时期诗歌中，可以说比比皆是。像《放声歌唱》中的"省港大罢工的呼号声，在我们的鼓风炉里正呼呼作响"，"南昌起义的鲜血，在我们的炼钢炉中正滚滚跳荡"；像《雷锋之歌》中的"我们是/一母所生，/我们血液的源头，/在'四·一二'的/血海里，/在皖南事变的/伤痕中……/早已/几度相逢……"；像《向秀丽》中的"上甘岭的青松呵云周西村

---

① 引自《文艺报》1958年第9期，贺敬之：《漫谈诗的革命浪漫主义》。

的水，呼唤着珠江边的好姐妹”等，都是如此。对于这些诗句，仅仅用现实主义或者革命浪漫主义的创作方法来解释它，都是欠完满的，我们只能说，它是革命现实主义和革命浪漫主义相结合的产物。

其实，这种革命现实主义与革命浪漫主义相结合的创作方法，绝不仅仅表现在上面所列举的一些诗句里。那只是一方面，更重要的是表现在诗人在构思立意、谋篇布局上所显示出来的那崇高的理想，博大的胸怀，那无畏的英雄气概，永远进击的革命精神，以及那深深植根于现实生活的丰富想象和那对党、对祖国、对人民的浩瀚深情，这一切融合起来，形成理想与现实的高度统一。正是这种统一，使他的诗歌创作在中国诗坛上独树一帜，高人一筹。就拿《雷锋之歌》来说吧，由于理想与现实高度统一，所以当他写雷锋的时候，既写的是现实生活中的雷锋，又不仅仅是现实生活中的雷锋，他写出了他几十年来在革命队伍中的全部感受，写出了他的理想、他的愿望和他对新一代的希望和信心。他把雷锋看作“母亲怀中新一代的太阳”，我们阶级队伍“生命群山中的又一个高峰”，他没有去追求雷锋先进事迹的真实，也没有去再现雷锋生活的本来面貌，他敏锐的目光透过雷锋事迹，探索出生活的哲理：“人，应该怎样生！路，应该怎样行！”“什么是真正的幸福，什么是青春的生命。”他“登上泰山，站立在日观峰顶”，写出了雷锋精神在20世纪60年代中国大地上的“热核反应”。他不是唱唱颂歌，抒发一时的激动，他呼唤着雷锋带他去，“奔向这伟大的斗争”！不难看出，诗人把他的整个生命倾注在《雷锋之歌》里，把理想与现实统一在《雷锋之歌》里，确实做到了革命现实主义与革命浪漫主义交相辉映，把现实生活反映得神采焕发，取得了“笔落惊风雨，诗成泣鬼神”，“给人以千里之目，使人‘更上一层楼’”的效果。我们可以毫不夸张地说，《雷锋之歌》是“两结合”的佳品，是当代诗歌的丰碑。它在新中国诗歌史上的地位，可以和苏联马雅可夫斯基的《列宁》媲美，尽管一个写的是领袖，一个写的是普通的士兵，但都记录了时代风云，写出了时势造英雄的伟大真理，在歌颂无产阶级革命上真可以说是异曲同工。

第三，诗人在诗歌形式上，兼收并蓄，不断创新，达到了运用自如、内容与形式完美统一的地步。诗人第二阶段的诗歌创作，在形式上已探求着创新，到了20世纪50年代，他自由地驾驭着民歌形式（如《回延安》），古典诗歌形式（如《三门峡歌——梳妆台》），以及人们通常所说的马雅可夫斯基楼梯式（如《放声歌唱》等），其中已不乏创新之处。但他并不满足，仍在探求着更适合于表现他那抒情个性的新形式。而到20世纪60年代的《雷锋之歌》，他改造了那多层的楼梯体，从民族传统里汲取了对称的美，而在排列上追求着整齐，从而创造了上下两层，遥相对应的中国楼梯式，也可以说是贺敬之楼梯式。1963年底写的《西去列车的窗口》，诗人又改造了信天游而创造出一种新形式。只要回顾一下《我的家》、《回延安》、《向秀丽》、《桂林山水歌》，就可以明显看出诗人在这种形式上创新的脚印，以及到这时所达到的水平。1965年11月他读王杰日记有感，写了《回答今日之世界》。这首诗的形式与以前迥然不同，好像不是贺敬之的手笔，但联系当时的形势，细细体会，就会了解到其中真味。因为1964年以后，形势越来越"左"，空洞的高调越来越甚，诗人已经形成的那高亢豪迈的风格，热情奔放的抒情个性，面临着严重考验。说实话，极"左"倾向多么希望他那激动人心的歌声来呐喊助威啊，但诗人是诚实的。他忠于人民，忠于诗歌艺术，忠于自己的感情，或许当时他并没有完全认清一切，但诚实的品质，严谨的创作态度，使他没有唱出违心的歌。在那"山雨欲来风满楼"的形势下，他思想上不可能不作"城欲摧"的准备，有了这种准备，他在《回答今日之世界》的时候，就不能再用那放声长歌的形式，而必然采用短促急切的旋律，斩钉截铁的诗句。所以说，他这首诗在形式上的变化，完全是为了适应内容而作的创新。这说明，诗人在形式上已确实进入了"自由王国"，做到了内容与形式的完美统一。

总之，从1956年到1965年，是诗人诗歌创作的成熟期。虽然这十年他只写了一本《放歌集》，却倾注了他几十年的心血和他对党、对祖国、对人民的深情厚谊。也就是在这本《放歌集》里，他形成了自己独特的抒情个性和艺术风格，熟练掌握了革命现实主义和革命浪漫主义相结合的创作方法，创造了适合表现他诗歌内容的新形式，显示了他诗歌创作的特点和才华，受到了广大读者的喜爱和欢迎，奠定了他在中国诗歌史上的突出地位。

在史无前例的十年中，诗人的遭遇与广大文艺工作者相同。他经历了"从未经历过的感情磨炼"，体验到了"不明究竟地突然被指为是'敌人'时的震惊和痛苦"，也从反面得到了"终生受益的深刻教训"①。人民是伟大的，就在诗人被"四人帮""长期下放，监督劳动"的时候，工人师傅保护了他。这些曾经喜爱过他诗歌的工人，不仅没有听从"四人帮"的指令：监督他，强迫他劳动。相反，却监督着"四人帮"的爪牙。人民与诗人是息息相通、休戚与共的。所以，当1976年"四人帮"被粉碎的时候，诗人止不住"欢欣

① 引自《贺敬之诗选·自序》。

的泪水”，压不住“滚滚的热血”，他“奋笔挥写”了《中国的十月》：

啊……
一九七六年
思绪万端的十月……
喜泪如连绵春雨啊
捷报似漫天飞雪。
百里首都钢城，
十里长安大街……
——此情此景啊
怎能不令人记起：
突破腊子口
三军开颜的滚滚铁流……
百万雄师过江，
踏平魔鬼的巢穴……

——此情此景啊
又怎不令人回想：
泪雨中升起的
第一面五星红旗……
第一次照见
五亿人民团圆的
中秋明月……

我们的诗人又回来了，还是那样的情浓意满，还是那样激情澎湃，还是那样的高亢豪迈，还是那样的浮想联翩，还是我们所熟悉和喜爱的那独特的抒情个性和艺术风格。这真是不幸中的万幸，十年浩劫终归没有夺去我们喜爱的这位诗人，他又在为祖国为人民放声歌唱了。

1977 年 7 月，建军五十周年前夕，诗人写下了《“八一”之歌》。这首诗在他的诗歌创作中可以说是一鸿篇巨制，不仅激情不减当年，而且依然保持了他原来的那些特点。概括表现了中国人民解放军 50 年的战斗历程、丰功伟绩，抒发了他对人民军队的崇敬热爱和深情厚谊。其中不少地方写得相当精彩，生动感人。但我们读过之后在受感动之余，却有点不足。这不足不在《“八一”之歌》本身，而在诗人在诗歌创作道路上，缺乏新的迈步。当然，任何作家的创作都不是直线上升的，作家最优秀的作品不一定就在后期，但读者总在希望着作家的进步与创新。回顾贺敬之同志的创作道路，从1940年《雪花》，到1947年的《笑》，到1956年的《放声歌唱》，再到1963年的《雷锋之歌》，诗人无论在抒情个性上、表现手法上、诗歌形式上，都是步步前进，节节创新。尤其在1956年到1965年这期间，尽管他已经形成了自己的独特风格，仍旧日趋向前。但是，十年浩劫之后，诗人却缺乏痛定之后的思索。在《“八一”之歌》中，诗人给读者的是人们熟悉的那“千山万水的思念，五湖四海的回忆”，尽管这思念与回忆，诗人是含着眼泪写的，感情真挚浓烈，细节形象生动，可惜的是仅仅反映了发生过的一切，而缺乏对这一切进行探求与思索，读者希望他们熟悉的诗人重新歌唱，更希望他们熟悉的诗人唱出有创新的歌声来。

创新绝不意味着对原有风格的放弃，而是在原有风格上的发展。我们多么希望贺敬之同志在20世纪80年代为我们谱写出新的诗篇，使他的歌声里既有我们熟悉的又有我们觉得新颖的声音！

（原载《山西师院学报》1982年第2期、3期）

——

论贺敬之诗歌的时代精神

丁永淮

再过几百年，
　　如果在纸堆中
挑出一行诗，
　　就可以使这个时代重现！
　　　　——马雅可夫斯基

在我国当代著名诗人当中，贺敬之的诗歌是以其鲜明而强烈的时代精神著称的。1979 年，贺敬之在论述我国当代另一位著名诗人郭小川的诗歌作品时说过这样的话：它们“无疑地至今仍应列入我们时代的最强之音，最美之音”①。这也可以借用来评价贺敬之自己的诗。我们可以毫不过分地说：贺敬之的那些曾经轰动一时的优秀诗篇，同样是我们时代的最强之音，最美之音，是昂扬激越的充满时代精神的时代之歌。正是这种鲜明而强烈的时代精神，使贺敬之的诗具有“巨大的思想深度和意识到的历史内容”②，他的一些代表作，例如《放声歌唱》、《雷锋之歌》等，已成为我国新诗发展史上里程碑式的作品。探讨贺敬之诗歌的时代精神，对于发展社会主义诗歌创作，会有重要的启示作用。

坚持不懈地自觉追求

俄国著名文艺批评家别林斯基说过：“在构成真正诗人的许多必要条件

① 贺敬之：《〈郭小川诗选〉英文本序》。

② 《马克思恩格斯列宁斯大林论文艺》第 12 页。

中，当代性应居其一。诗人比任何人都更应该是自己时代的产儿。"[①] 我国著名诗人和学者闻一多在论述我国新诗的奠基人郭沫若的著名诗集《女神》时也说过："最要紧的是他的精神完全是时代精神……真不愧为时代底一个肖子。"[②]

当前有人认为，诗歌应当"不屑于做时代精神的号筒"，"不屑于表现自我感情世界以外的丰功伟绩"[③]，不应当追求时代精神。诗歌发展的历史证明，这绝不是诗歌发展的坦途，而只能是歧路。真正的诗人，应当是而且必须是时代的歌者，时代的鼓手；真正的诗，应当是而且必须是时代的回声，时代的号角。如果一个诗人在自己的诗篇里所发出的只是与时代、社会、人民毫不相干的个人微弱的心声；所表现的只是自己身边的琐碎的生活情趣，只是缠绵精巧、婉转低回的花前月下的絮语，只是字响音圆、玲珑剔透的"表现自我"的雕虫小技，甚至只是背离时代发展趋势和历史前进方向的向隅偶语，那他不配称作真正的诗人，他的诗不配称作真正的诗。实践证明，那类"同滚滚向前的时代潮流""失掉了""联系"的诗篇，不可能经受住历史的检验，只能是像恩格斯所说的，"在一百年之后将被人们当作是像植物标本或撒粉器那样的东西"[④] 看待，失去诗的艺术生命。

贺敬之自觉地用自己的诗去表现时代情绪和时代声音，使自己的诗同时代、人民、祖国、革命事业紧密地结合在一起。贺敬之在这方面有着自觉的坚持不懈的追求。

1940 年，少年时代的贺敬之在开始学习写诗时，就倾心于学习普希金、涅克拉索夫、马雅可夫斯基的诗，追求那种"洪亮的时代的音响"[⑤]，坚持要"用诗和旗帜，去歌唱祖国青春的大地"[⑥]，坚持认为，诗应当"从绣花的笼子里走出来"，走到时代的伟大斗争中来。"诗人和他的诗，就是工人和他的铁锤；就是农民和他的镰刀；就是战士和他的枪"[⑦]。

1956 年，贺敬之在著名的《放声歌唱》中写道："把笔变成千丈长虹，好描绘我们时代的多彩的面容，让万声雷鸣在胸中滚动，好唱出赞美祖国的歌声!"这是诗句，也是诗论。它表明诗人要倾心为时代和祖国歌唱。

---

① 《别林斯基论文学》第 21 页。

② 闻一多:《〈女神〉之时代精神》。

③ 《新的美学原则在崛起》,《诗刊》1981 年第 3 期。

④ 《马克思恩格斯论艺术》第四卷第 379 页。

⑤⑥⑦ 《贺敬之诗选》第 20、33、38 页。

1958年，当贺敬之有了将近20年的诗歌创作实践，并写出了《回延安》、《放声歌唱》等产生过重大影响的成熟作品之后，诗人更明确表示，诗歌应反映“时代的最重大事件、最主要的生活内容”，成为“时代的响亮的声音”，“时代精神的当之无愧的代表者”。而且认为，“这一点，正是区别诗和诗人的大小高低的主要标准。一切诗人、一切诗篇都毫无例外要在这个根本问题上受到严格的鉴定”。① 这是贺敬之对诗和诗人的要求，也是他自己对诗歌创作的追求。

在这以后的诗作和诗论中，贺敬之仍然不断地有这方面的论述。例如1976年10月写的《中国的十月》中就有这样的诗句：“我向你啊放声歌唱！我为你啊奋笔挥写：伟大、光荣、正确的党啊，我们后继有人的阶级的事业！”这表明他的诗是为党、阶级、时代而歌唱。这直到1980年10月，贺敬之在写给诗人流沙河的信中仍然指出：诗歌应该“从祖国的前途命运出发，表现一种积极向上的情绪”，不能把昂扬的时代精神也误认为是“假、大、空”。②

贺敬之长期坚持着这种创作追求。他的全部诗歌作品都体现着一个突出而鲜明的特色：时代精神。在诗人的作品里，强烈地跳荡着时代脉搏的跳动声，时代风雷的隆隆声，时代车轮前进的滚动声，我们时代的主人——人民进军的脚步声，我们时代的开创者——党的号角声……

早期诗歌的时代气息

贺敬之是在1939年，当他还只有15岁时开始诗歌创作的。少年诗人一开始走上诗歌创作道路，就显示出与时代脉搏同跳动的特点。

贺敬之早期的诗歌作品收集在建国后出版的《并没有冬天》（收1940年诗作）、《乡村的夜》（收1941年、1942年诗作）和《朝阳花开》（收1942年至1947年诗作）三本诗集里。这些诗作都比较粗疏、单薄，还不成熟，诗人自称是“笨拙的诗句”③。但是，它们都有比较强烈的时代气息。

《并没有冬天》，是表现少年诗人奔赴革命圣地——延安的经历以及到达延安后的生活感受的。诗篇描述少年诗人在延安革命大集体中的充满生机勃勃

① 贺敬之：《关于民歌和“开一代诗风”》，《处女地》1958年7月号。

② 《贺敬之给流沙河的信》，《星星》1981年第1期。

③ 《贺敬之诗选·自序》。

的生活："太阳从我们头上升起，太阳晒着我们。/像小麦，我们生长在五月的田野。/我们是小麦，我们是太阳的孩子。/我们流汗，发着太阳味，工作，在小麦色的愉快里。"（《生活》）在成千上万的革命青年"驰向新历史的门栏"而奔赴延安的年代，少年诗人的这些稚嫩然而却有着自己新鲜感受的诗句，抒发了这些革命青年的共同感受，是特定的历史环境里的一种具有时代特色的感受，展示了那个历史时代的一个侧面。

《乡村的夜》，诗人自称是"对旧中国农村的悲惨生活的回忆"①。这些诗，以悲愤的感情，描绘了贫苦农民的悲惨生活，表现他们中间各种人物的悲惨命运：有的被逼而跳河自杀(《五婶子的末路》)；有的妇女被强奸而发疯(《夏嫂子》)；有的女青年被逼而上吊(《小兰姑娘》)，有的少年被债主压榨而外出流浪(《葬》)；有的老年人只落得孑然一身而孤苦凄凉(《儿子是在落雪天走的》)。这些诗，揭露了地主阶级及其政权对农民的残酷剥削和压迫，发出了愤怒的控诉和无情的诅咒。它们是一幅幅旧中国农村悲惨生活的素描，是一曲曲抒写生活在半封建半殖民地社会的中国农民的辛酸的歌。这些诗的基调显得哀怨悲凉了一些，但它们是一幅幅旧中国农村悲惨生活的真实写照。

《朝阳花开》歌颂党和革命领袖，表现军民鱼水关系，描绘陕甘宁解放区人民的新生活。诗人笔下出现了人民英雄刘志丹："我们是铁打的一堵墙，刘志丹是墙上一层钢；我们是平地一架山，刘志丹是山上一圪尖。"（《罗峪口夜渡》)《行军散歌》描绘姑娘们往行军战士手里塞枣："'吃我的红枣不要钱，嘴里吃了心里甜。'/'吃你的红枣我记账，流水账写在枪尖上。/消灭了敌人勾了账，回来再闻你枣花香！'"这些诗篇，从新时代的洪流里采撷一点一滴——新的人物的特写镜头、新的生活场景的局部勾勒、新的形象和意境的描绘，歌唱和表现了新时代、新生活。

社会主义时代的最强音（一）

贺敬之经过将近十年的间歇后，于1956年献给读者的是一首出色的《回延安》。这以后的十年中，诗人写出了《放声歌唱》、《三门峡歌》、《东风万里》、《向秀丽》、《十年颂歌》、《桂林山水歌》、《雷锋之歌》等著名作品。十年浩劫期间，贺敬之受到迫害，一首诗也未写。粉碎"四人帮"后，又写出了《中国的十月》和《"八一"之歌》。这些诗篇，是诗人诗歌创作走向成熟

① 《贺敬之诗选·自序》。

时期的作品。

比起早期作品，这些诗篇显示了更强烈、更鲜明的时代精神，表现了我们这个时代的极其深刻、极其广阔的社会生活。它们具有时代的高度、生活的广度和历史的深度，是社会主义时代的最强音，是社会主义的时代之歌。它们充分表明：贺敬之是我国当代诗坛上为数不多的站在时代前列、充当时代歌手的杰出诗人。

这些诗篇基本是两类题材。一类是描绘现实生活中某些具体景物、表现某种具体感受的，属于本身并不具有鲜明时代特色的小题材，《回延安》、《三门峡歌》、《桂林山水歌》属于这一类；另一类是描绘我国社会政治生活中出现的重大事件或重要人物的，属于本身就具有鲜明时代特色的重大题材，《放声歌唱》、《雷锋之歌》等多数篇章都属于这一类。这两类题材的诗在揭示时代精神时各具一定的特点。第一类诗的特点是：

第一，诗人总是努力站在时代的高处，从那些时代感并不鲜明的题材中揭示具有我们时代特色的新的思想、新的主题。诗人总是从时代精神这种角度、这个方面去理解这类题材，把握它们，探求它们可能蕴藏的时代的底蕴。诗人十分注重把客观景物的自然美社会化、时代化，引向社会美、人生美、理想美、时代美的高度，表现出新的意境、新的主题。例如，黄河三门峡附近的梳妆台本是与时代和社会毫不相干的自然景物，黄河女儿梳妆同样是没有时代特色的古旧传说。贺敬之在《三门峡——梳妆台》中把这自然景物和传说放到伟大的社会主义建设的历史的时代的环境里，从黄河女儿梳妆这个独特的形象立意，以强烈的时代气氛相烘托，进行两个时代的对比，深入开掘，提炼和表现出有社会主义时代特色的新的意境、新的思想、新的主题。诗篇描绘梳妆台的过去：“乌云遮明镜，黄水吞金钗。但见那：辈辈艄公洒泪去，却不见：黄河女儿梳妆来。”并进一步揭示黄河女儿不来梳妆的原因，是“愁杀黄河万年灾”。在黑暗的旧时代，黄河女儿不能不：

登三门，向东海：
问我青春何时来？

将古旧传说同旧时代“黄河万年灾”相联系，诗人寻找到一根同时代竖琴相通弦。弹响这根弦，诗人以磅礴的气势，展现社会主义时代黄河的今天：“展我治黄万里图，先扎黄河腰中带——神门平，鬼门削，人门三声化尘埃！”

展望黄河的明天："望三门，门不在，明日要看水闸开。责令李白改诗句：黄河之水'手中'来！银河星光落天下，清水清风走东海。"伟大的社会主义时代要"讨回黄河万年债"，为黄河女儿重整梳妆台，从"乌云遮明镜，黄水吞金钗"变成"青天悬明镜，湖水映光彩"。从此，"黄河女儿容颜改"，来到新的梳妆台梳妆：

梳妆来呵，梳妆来！
百花任你戴，
春光任你采，
万里锦绣任你裁！

三门闸工正年少，
幸福闸门为你开。
并肩挽手唱高歌呵，
无限青春向未来！

诗人把黄河女儿的命运同黄河的命运联系在一起，从社会主义时代改造黄河的宏伟建设的背景上去表现它，创造了具有我们时代特色的意境和形象，揭示了新的思想、新的主题，体现了很强的社会主义时代精神。

《桂林山水歌》在这方面表现出更明显的特色。从古到今，桂林的山水没有多大变化，并不具有时代特色。但在贺敬之笔下，桂林山水的美却同时代美、祖国美相联系："鸡笼山一唱屏风开，/绿水白帆红旗来！/大地的愁容春雨洗，/请看穿山明镜里——/啊！桂林的山来漓江的水——/祖国的笑容这样美！"而且同革命战士的美好的心灵相联系："桂林山水入胸襟，/此景此情战士的心——/江山多娇人多情，/使我白发永不生！/对此江山人自豪，/使我青春永不老！/……红旗下：少年英雄遍地生——/望不尽：千姿万态'独秀峰'！"而且同美好的社会主义理想相联系："啊，汗雨挥洒彩笔画：/桂林山水——满天下！……"诗人把桂林山水的自然美同时代美、祖国美、心灵美、理想美结合在一起，所站者高，所观者广，所识者深，使主题向着富有时代色彩的方向升华，成为洋溢着蓬勃时代气息的爱国主义的颂歌。

这些，对于目前许多热衷于描绘风花雪月等自然景物的诗作者，很有启示意义。

第二，努力让自己因客观某种具体景物而引起的具体感受具有时代特色，使这种感受时代化，成为时代之情、人民之情在一个具体环境里的具体体现。诗人十分注意把客观某种事物所唤醒的情感冲动提到时代精神的高度，让它浸透时代精神的乳汁，成为时代化的感化，饱含时代情绪的感受。著名作品《回延安》描绘诗人重回革命圣地延安时的激动与欢欣："心口呀莫要这么厉害的跳，灰尘呀莫把我的眼睛挡住了……/手抓黄土我不放，紧紧儿贴在心窝上。"这种感受是很强烈的，但诗人不只停留在表现这种按捺不住的内心激动与欢欣上；不只停留在目前有些人赞扬的所谓"潜意识"或"下意识"的冲动上面。因为这种冲动不是无缘无故的。诗人注意把这种冲动提到时代精神的高度，认识它，丰富它，表现它，深刻地表现了这种强烈的独特的感受产生的历史的和时代的原因："羊羔羔吃奶眼望着妈，/小米饭养活我长大。/东山的糜子西山的谷，/肩膀上的红旗手中的书。/手把手儿教会了我，/母亲打发我们过黄河。"诗人是在延安这座革命摇篮里成长起来的，是在母亲延安的抚育和培养下成长起来的，因此在离别十年后重回时才那么急迫地要看看母亲："……几回回梦里回延安，双手搂定宝塔山。/千声万声呼唤你，/——母亲延安就在这里。"要看看亲人："满心的话儿说不出来，/一头扑在亲人怀……"诗人的这些具体而独特的感受，具有鲜明的时代特色，体现了一定的社会的和时代的内容，典型地表现了在延安成长起来的广大革命战士的共同感受，具有强烈的时代气息。

社会主义时代的最强音（二）

贺敬之建国后的作品，大多是表现重大题材、以当代政治生活中出现的重大事件或重要人物为抒情对象的，属于习惯所说的政治抒情诗一类。应当说，正是这类政治抒情诗的创作代表了贺敬之诗歌创作的最高成就。

这类诗的题材，本身就具有鲜明的时代特色。例如《放声歌唱》是献给党的第八次全国代表大会的，《雷锋之歌》是歌唱产生过重大影响的英雄人物雷锋的；《中国的十月》是歌唱粉碎"四人帮"的伟大胜利的。这些重大事件或重要人物，本身就是时代的产物，烙有鲜明的时代印记。但是，题材的时代特色并不能保证表现这类题材的诗篇就一定具有很强的时代精神。事实上，许多表现重大题材的诗篇，往往没有体现时代精神，时代感极其淡薄。贺敬之的这些诗，时代精神格外强烈、格外鲜明，主要来源于诗人对时代和社会的正确认识和把握，来源于诗人所提炼和表达的思想感情的典型性和深刻性。贺敬之在表现这类题材时，十分注重深入发掘这类题材所包含的时代的、历史的深刻的内容，正确地认识它，准确地把握它，充分地揭示它，深刻地表现它。

我们知道，每个历史时代都有自己的时代精神。它是通过这个时代的代表先进的阶级、政治力量和人民群众的活动所体现的。因此，时代精神必须是时代的、社会的、历史的某些本质方面的体现，不是偶然的、暂时的、经受不住历史检验的表面化的东西。时代的声音，必然是构成时代主体、推动时代前进的先进阶级、政治力量和人民群众的声音。也因此，一个诗人要能正确认识和把握时代精神，正确揭示和表达时代精神，就必须如同列宁指出的那样，不能被时代暂时的、偶然的、表面化的现象所迷惑，而要看清“哪一个阶级是这个时代或那个时代的中心，决定着时代的主要内容、时代发展的主要方向、时代的历史背景的主要特点等等”①。贺敬之总是在马克思主义世界观的指导下，正确地认识和把握能体现我们时代本质方面的东西，透彻地理解我们时代所包含的主要内容、发展的主要方向、时代的历史背景，倾听时代的声音，倾听先进阶级、政治力量和人民群众的声音。我们可以看到，在贺敬之这类政治抒情诗里，作为体现时代精神的标志是：歌唱社会主义祖国，歌唱创建社会主义光辉业绩的英雄人民，歌唱社会主义胜利的旗帜——毛泽东思想。这是诗人这类诗篇中活动着、伸展着的三条大动脉。歌唱我们时代光明的象征、力量的源泉、我们事业的领导核心——党，这是诗人这类诗篇中活动着、伸展着的一根主要神经。诗人明确说过：“我曾用真情实感去歌颂光明事物——我们的党、人民和社会主义祖国。”② 出色地描绘党和社会主义祖国的光辉形象，独具特色地表现了社会主义文学这一崇高主题，而且，以党的形象为轴心，展开了我们时代的广阔画面，描绘了我们时代的波澜壮阔。正因为如此，这些诗具有我们这个“崭新的世纪里”所独有的时代特色，可以说是“为社会主义而唱的时代新歌”③。

这些“时代新歌”在体现时代精神上有四个重要特色：

第一，在主题思想上，注重通过对时代和历史的深刻思索，从现实生活中提出人们普遍关切的、具有时代特色的重大问题，作出富有启迪性的、引人思索的回答。例如著名的《雷锋之歌》，诗人面对繁花似锦、歌声阵阵的生活，

---

① 《列宁全集》第21卷第123页。

② 《贺敬之诗选·自序》。

③ 贺敬之：《〈郭小川诗选〉英文本序》。

响亮地提出“人，应该怎样生？路，应该怎样行？”这样一个为当代人所特别关心的生活道路问题。诗人“置身高处，放开眼界”①，像马雅可夫斯基描写的那样，“跨过时代的山顶”②，思索这个时代性的问题，从现实的重大矛盾和时代发展的趋势上作出包孕着诗人真知灼见的回答。诗人通过对雷锋这个社会主义时代出现的无产阶级英雄典型的塑造，从纵深方面充分地发掘雷锋精神的时代意义，揭示它所包含的时代特征、时代内容，使诗人的回答包含有诗人对时代和生活的独到的发现，具有时代的高度和历史的深度，体现了很强的时代精神。诗人塑造雷锋的形象：他，“生命”由党“铸造”，“青春的生命在毛泽东思想的冲天红光中，升华”；他，“白天的每一个思念”，“夜晚的每一个梦境，都是：人民”，他，“每一声脚步”，“每一次呼吸，都是：革命”；他，“用我们旗帜一样鲜红的颜色”写下了“短暂的却是不朽的历史”，“在阶级的伟大事业里，在为人民服务的无限之中”，“找到了”“最壮丽的人生”。诗人就是通过这样描绘和发掘无愧于我们伟大时代的社会主义新人——雷锋的共产主义心灵美、思想美、品德美，以对正面榜样的典型性的揭示，明确地回答：“人啊，应该这样生！路啊，应该这样行！”同《雷锋之歌》相似，贺敬之的这类政治抒情诗大都提出并回答了一个具有时代特征的重大问题，并且往往因此而构成这类诗篇的富有哲理性的主题，成为诗人对时代、社会、人生和革命的思索的结晶，时代精神的灼热的闪光。

第二，在感情和气氛上，注重抒发强烈的时代激情，渲染浓重的时代气氛。诗主情，贺敬之说过：“诗的题材或者可以这样说，就是一个字：情。”③贺敬之的这类政治诗充满情，但不是“凄凄惨惨”的愁情，也不是卿卿我我的儿女情，也不是吟风弄月的闲情，也不是所谓“由冲动和本能统治的”“自我世界”的隐情。贺敬之注重抒发的是具有时代特征的激情。这种激情来源于诗人对历史、时代和现实的深刻理解，是诗人参加现实的重大变革和社会的、政治的重大斗争中迸发出来的。这种激情像一盆火，使贺敬之的这些诗触之发烫，散发着时代的光和热。这种激情的时代内容和突出特点是：对党、祖国、人民和伟大的共产主义事业的无限忠诚，歌颂和赞美党、社会主义祖国和党领导的伟大的社会主义事业。这是贺敬之诗篇的一条感情的红线，赋予这些

① 沈德潜：《说诗晬语》。

② 马雅可夫斯基：《穿裤子的云》。

③ 易征：《真情实感和典型化》，1962 年 8 月 26 日《人民日报》。

诗以动人的生命。在著名的《放声歌唱》中，这种激情凝聚为对党的激越的赞颂：“在我们心脏的炉火中，在我们血管的激流里，燃烧着、沸腾着的，却有一个共同的最珍贵的元素，我们生命的永恒的活力——这就是：党！”“党啊——我们祖国的青春和光荣，党啊——我们社会主义事业的信心和力量！……”在《东风万里》里，这种激情凝结为实现共产主义理想而奋斗的坚定誓言：“我们今生事业——就是把这可爱的地球造成一颗共产主义的行星!!”在《十年颂歌》中，这种激情迸发出对祖国和社会的热烈赞美：“给我呵——语言的大海！给我呵——声音的风云！让我能在祖国的每一寸土地上劳动——歌唱！让我能在社会主义的每条战线上战斗——前进!”在《雷锋之歌》里，这种激情浓缩为对祖国、革命、共产主义事业的生死不渝的忠贞：“生，一千回，生在中国母亲的怀抱里；活，一万年，活在伟大毛泽东的事业中!”这种激情，发自诗人的胸臆，然而同人民的胸臆相通，同时代奔腾的激流相通。它，有时代潮声的冲击，有时代浪涛的澎湃。它，是时代的、阶级的感情的凝聚和概括。从《放声歌唱》到《雷锋之歌》，它们感情的基调是：充满光明、希望和喜悦，洋溢着蓬勃的朝气和满含信心的自豪感。“每一立方公分的空气里，都装满我们的欢乐和爱情”（《放声歌唱》）；“五千年的白发，几万里的皱纹，一夜东风全吹尽”（《东风万里》）；“望不尽的——东风……红旗……朝霞似锦……望不尽的——大道……青天……鲜花如云……”（《十年颂歌》）；“江山啊，在我们肩！红旗啊，在我们手!”（《西去列车的窗口》）……这些诗篇谱的是光明颂，但不是廉价的颂歌。诗人从时代那里汲取了诗情，时代也给予他的诗定下感情的基调。经过几十年的浴血奋战，“占人类总数四分之一的中国人从此站起来了”①，这是一个充满光明、希望、喜悦、信心的时代，是值得自豪的时代。因此，诗人这些诗里所表现的情绪和渲染的气氛，正是这个特定历史时代的时代情绪、时代气氛的诗意的表现。经过十年浩劫，诗人写的《中国的十月》和《“八一”之歌》，感情的基调有了变化。例如在《中国的十月》里，也写欢欣，但这是没有让“四人帮”把“我们红色的万里江山”“拉回那‘三月的租界’”的胜利的欢欣；也写喜悦，但这是“无产阶级的巨手，终于捉住了这窝蛇蝎”的喜悦。因此，诗人写：“怎能不想啊那长征路上莽莽昆仑‘这多雪’?”这里感情的基调是：带着光明与黑暗搏斗胜利后的特有的深沉和深邃的思索。这里有对光明的歌颂，还有对黑暗势

① 《毛泽东选集》第5卷，第5页。

力的批判；有诗人的深沉的爱，也有强烈的憎。这种感情基调的变化同样是时代造成的。这种不同的感情基调同样体现了特定历史时代的时代色彩。

第三，在诗的形象的塑造上，注重表现和刻画形象的时代特色。贺敬之十分注意捕捉新颖而又富有时代特色的诗的形象。诗人这样描绘我们党的形象："在节日里，我们党没有在酒杯和鲜花的包围中，醉意沉沉，党，正挥汗如雨！工作着在共和国大厦的建筑架上！"（《放声歌唱》）我们党在全国革命胜利后，没有被胜利冲昏头脑，在建国初期的那些年代里，正确领导全国人民进行了社会主义改造和社会主义建设。抓住这个时代特征，诗人于1956年写的这段著名诗句，把我们党塑造成平凡而又伟大的、立足现实而又充满理想的信心百倍、英姿焕发的形象，塑造成可亲的辛勤劳动者和可敬的历史巨人的形象。时代是不朽的，诗人塑造的那个时代的党的形象将永远具有激励人前进的力量。这是诗人塑造我们年轻共和国的形象："你身披灿烂的锦绣，满怀胜利的鲜花！一手——挥动神笔，一手——扬鞭催马！东海上——天山下：一穷二白的辽阔土地上——洋洋洒洒，画出多少最新最美的图画！"（《十年颂歌》）建国十年，我们在半封建半殖民地的旧中国的废墟上建设起了社会主义的新中国，发生了天翻地覆的伟大变化。诗人塑造的我们共和国的形象，生动、具体而又有个性地体现了这种时代特色。贺敬之十分注重诗的形象所展现的广阔的时代画面，注重鲜明的时代对比。诗人往往选择那些包含有广阔时代画面的富有特征性的细节或形象，往往把象征着两个时代的一组具体形象巧妙地"嫁接"在一起。"长征路上那血染的草鞋"，"淮海战场那冲锋的呼号"，这些具体形象都包含有壮阔的时代画面；"省港大罢工的呼号声，在我们的鼓风炉里正呼呼作响"，"南昌起义的鲜血在我们的炼钢炉中正滚滚跳荡"，"在农业合作社的麦场上，正飘扬着秋收起义的不朽红旗！在基本建设的工地上，正闪耀着延安窑洞的不灭的灯光"，把象征历史斗争和象征现实斗争的形象"嫁接"在一起，表现我现实斗争和历史斗争的因果关系，相互映衬，显示出鲜明的时代气息和时代感。

第四，对于诗篇反映的重大事件和重要人物，注重放到特定的时代背景里去表现。贺敬之的这些诗，都注重揭示事件或人物出现的广阔的历史时代背景。《雷锋之歌》把雷锋的出现放在广阔的时代背景下，放在风云变幻的时代洪流中，放在无产阶级革命精神蓬勃高涨的历史环境里去表现。诗人没有拘泥于雷锋的具体身世，不去照抄雷锋的传记，而从巨大的中国革命的历史背景上来创造雷锋的艺术形象。诗人写：作为"中国的一代新人的光辉"代表——

雷锋，他的出现是时代铸造的，是必然的。中国革命的红旗会不会倒下？历史的车轮会不会倒退？这需要中国年轻的一代成为可靠的革命接班人。于是出现了雷锋，他继承着革命前辈的遗志，听从党的号令，高举不倒的红旗，“按照历史的行程”出征。诗人从中国革命壮烈的历史、当前战斗的现实和光辉的未来这样广阔的时代背景上，表现雷锋在中国地平线出现的必然性，揭示雷锋精神的典型性，这就使得雷锋这个形象体现了深刻的时代精神。《“八一”之歌》同样不拘泥于具体歌唱建军五十周年纪念这个事件，而把它放到“一场历史的暴风雨刚刚过去”的那个特定的时代背景下去表现。诗人把历史上的伟大斗争同现实的伟大斗争紧紧扣在一起，歌唱“我们的军队永远在党的手里！我们的党永远在人民——心里！”这就使得这首常见的节日诗，展现出鲜明的时代色彩。

“诗学”和“政治学”的高度统一

马克思就文学作品的时代精神说过，不能让作品成为“时代精神的单纯号筒”①，使作品失去形象的生动性，用原则性和时代精神消融了个性。这种情况是存在的。有许多诗，是概念的演绎，是标语口号的堆积，单纯传达时代精神，已经不是诗了。贺敬之深知诗的这种弊病，因此他要求：“诗，必须属于人民，属于社会主义事业。按照诗的规律来写和按照人民利益来写相一致。诗人的‘自我’，跟阶级、跟人民的‘大我’，相结合。‘诗学’，和‘政治学’的统一。诗人和战士的统一。”② 贺敬之诗歌所表现的时代精神之可贵，正在于它不是“时代精神的单纯号筒”，鲜明地体现了诗人自己提出的要求，是“自我”同“大我”的结合，是“诗学”和“政治学”的高度统一。

贺敬之的诗里，有着鲜明的诗人的自我形象。诗人明白地说过：“诗里不可能没有‘我’，即所谓‘抒情主人公’。”③ 贺敬之十分注重把自己的爱憎、思想、情操以至生活经历的某些片段写进自己的诗里去。诗人的个性特征，在他的诗篇里表现得相当深刻有力，这使他的诗所体现的时代精神具有形象的鲜明性和生动性。他的诗，打上了诗人的精神印记，带有诗人的体温，跳动着诗人的心。

---

① 《马克思恩格斯列宁斯大林论文艺》第7页。
② 贺敬之：《〈郭小川诗选〉英文本序》。
③ 贺敬之：《漫谈诗的革命浪漫主义》。

但是，贺敬之诗中的“我”，正如诗人自己所说：“呵，我！——我们的我！我的我们！——是这样地和谐、统一！”[①] 正是“我”和“我们”的和谐统一，“自我”同“大我”的和谐统一。贺敬之诗中的抒情主人公的形象，既有鲜明的个性特征，包含着诗人对时代、社会、生活的独特发现和独到的感受，又深深植根于时代的土壤，同社会紧密相连，同人民声息相通。它既是诗人“自我”的独特之情，又是阶级、时代、人民的“大我”之情的概括，是个性与共性、特殊性与普遍性在形象中的和谐统一。诗人像高尔基所说的，他不是“把自己集中在自己身上”，而是“把全世界集中在自己身上”[②]。例如，《回延安》里的“我”，是集中了在延安成长起来的一代人对母亲延安有着赤子之爱的“我”；《放声歌唱》里的“我”，是与千百万共产党员和革命者有着相似经历，对党和祖国有着无限热爱、无比忠诚的“我”；《雷锋之歌》里的“我”，是要“赶上前来”和雷锋一道奔向“伟大的斗争”的“我”，是雷锋班的老战士；《中国的十月》里的“我”，是与亿万人民有着共同的欢欣，要“用止不住的欢欣的泪水”、用“压不住的”“滚滚的热血”谱写粉碎“四人帮”的胜利赞歌的“我”。这些诗篇中的“我”，是“诗学”与“政治学”高度统一的产物。诗人通过这个“我”，表现了时代及时代精神，抒“我”之情，激荡着千万人心海中的波涛；咏“我”之志，闪耀着阶级的理想的光辉；写“我”之事，飞动着时代的风雨雷电。正因为如此，这个“我”是独特的、生动的、形象化的，然而却是典型化的。这就使他的诗不是时代精神的单纯的传声筒，而是具有历久不衰的动人的艺术生命的。

（原载《黄冈师专学报》1981年第2期）

① 《放声歌唱》1956年版，1972年版文字有改动。

② 高尔基:《文学书简》第497页。

豪情如火气如虹

——论贺敬之诗歌创作的特色

李元洛

1956年深冬时节，在北京团中央礼堂举行的“迎春诗会”上，我听到了诗人贺敬之高声吟诵他的新作《放声歌唱》，真是豪情似火，浩气如虹！诗人的高歌催响了掌声的波涛，也在我的心中掀起了久久不能平息的巨浪。在这以前，我知道贺敬之远在他的青少年时代——1940年到延安之前，就开始了诗歌创作，我曾读到过他建国以后出版的《朝阳花开》、《乡村的夜》等收集了新中国成立前后他的主要作品的诗集，甚至不久前还歌咏过他风传一时的《回延安》，但是，读了他刚一问世就“新诗海内流传遍”的《放声歌唱》，又连续两次听到他扣人心弦震颤的歌吟，我深深感到：在我们年轻的共和国的诗的百花园里，他的诗作是一枝芬芳特异的花朵；在我们社会主义祖国的诗的天空，他是一颗新升起的光芒耀眼的星辰！

春风复兼秋雨。20多年过去了，从情真意挚的《回延安》到风发雷奋的《“八一”之歌》，贺敬之的近20篇诗作虽然不能说是字字珠玑，但许多却堪称金玉。在诗的国土上，他似乎不是那种敏捷诗千首的诗人，然而确实是有得忌轻出而一出便常常不同凡响的歌者。他的诗，是对党、对祖国、对人民革命事业的真诚颂歌，虽然他早就问过“那梅花的枝条上会不会有人暗中嫁接有毒的葛藤”，但相对说来，他的作品对现实生活中阴暗与落后的东西揭露和鞭挞显得不够，同时，由于历史的局限，诗作中对某些历史事件和人物的评价也有某些失误。在艺术上，他的作品光彩闪耀，但是，并不是每篇作品都达到同等的水平，也不可能处处都是神来之笔。然而，尽管如此，我们今天还是可以毫不过分地说：贺敬之是站在当代诗坛最前列的为数不多的诗人，他的诗作，在建国以来的新诗发展史上，众所公认地占有着重要的地位。有人认为，解放以前真正称得上诗的只有徐志摩的诗以及戴望舒和何其芳的前期诗作。解放以后的30年，除了近年来某些青年诗作者的作品之外，中间是一大片空白。他们完全否定郭小川、贺敬之以及其他一些优秀的诗人的贡献。这种“新空白论”，我以为缺乏起码的历史唯物主义观点。因此，探讨贺敬之诗作思想和艺术上的主要特色，不仅对于总结他的诗歌创作的成就是必要的，对于繁荣社会主义诗歌创作，也有重要的启示作用。

我以为，探讨贺敬之诗作的主要特色，首先还是应该从诗的本质特点和贺敬之本人所具有的真正的诗人气质去理解。贺敬之说过：“诗的题材也可以这样说，就是无产阶级革命的感情。写什么都好，都是为着写出这个情来。”这是深知诗中三昧的见解。通过作者主观感情的抒发来反映客观现实生活的诗歌，是一种最鲜明最直接地抒发作者内心感情的文学样式，可以说，真挚、强烈、深刻的抒情，不仅是诗歌这一文学样式区别于其他文学样式的最根本的特征，也是诗歌的本质和生命。在古典诗论中，陆机没有沿袭“诗言志”的传统说法，而有胆有识地高扬起“诗缘情而绮靡”的旗帜，白居易也言简意赅地指出“诗者，根情”。在当代杰出诗人中，郭小川也认为“没有情，就没有诗”，他正确地把是否具有“诗的激情”，作为“真正的诗人”的必具条件。我以为，贺敬之就具有远不是一般诗作者都具有的那种“真正的诗人”的气质。“诗人最宝贵的东西是真挚”（普希金），贺敬之的诗作的感情是十分真挚而没有丝毫虚假的，从“亲人见了亲人面，欢喜的眼泪眼眶里转”（《回延安》），到“满含着热泪和感激，仰望你啊，扑向你”（《“八一”之歌》），他的诗作中写“热泪常涌”多达十次以上，这绝不是如某些人所作的那种矫饰之辞，而是真情弥满的自然流露；他的诗作的感情是分外强烈而远非浅淡的，诗人来到三门峡禹王跃马处，看黄河滚滚，听钻机突突，他就陡然“周身血沸千度”（《三门峡歌》），诗人听到一宵雷震、四害就擒的喜讯，他就不禁迸发出“我要唱啊我要写……用压不住的我滚滚的热血”（《中国的十月》），这绝不是如某些人那样的故作多情，而是爱的波涛与憎的风暴谱成的心曲；他的诗作的感情是格外深沉而远不是浮泛的，“让万声雷鸣在胸中滚动，好唱出赞美祖国的歌声”（《放声歌唱》），“我仰望你，我扑向你——我有千山万水的思念，五湖四海的回忆……”（《“八一”之歌》），这也不是某些人飘浮如薄云的轻歌，他的诗情源于他亲自参与的革命斗争生活的深处，发自诗人与广大人民声息相通的胸臆。总之，在贺敬之的诗作里，那种作为诗的生命和灵魂的激情，不仅是真挚的，而且具有相当的强度和深度。真挚，如同亲人出自肺腑的呼唤；强烈，好似秋空烈火的燃烧；深沉，仿佛一湖难以测度的春水。贺敬之诗作中的这种诗情，无疑是时代的、阶级的感情的凝聚和概括。

在社会主义的抒情诗中，我们可以而且应该提出这样的命题：感情的典型化。这种以真挚、强烈、深沉为特征的典型化的感情，既是无产阶级革命时代之情和广大人民之情的高度概括，又是诗作者个人之情的抒发，是时代之情、人民之情和个人之情在典型形象中的辩证统一。不去反映时代的愿望和人民的心声，只单纯追求所谓的“自我表现”，甚至以群众不懂为高明，抒情诗只能是渺小的个人狭隘圈子中的低吟浅唱；相反，缺乏个人独特的新鲜感受和情感，把个性消融到原则中去，也必然流于人云亦云、枯燥说教与大而无当的空洞呐喊，导致作品的公式化、概念化、一般化。中外诗歌史上的任何大诗人，都有他们对生活独特的感受、认识和艺术表现，有他们独特的抒情个性和风格，如同黑格尔所说的“这一个”的“我”，同时他们也都无一例外地属于人民和时代。普希金说过：“我的永远正直的声音是俄罗斯人民的回声。”我国的屈原在《离骚》中长吟“路漫漫其修远兮，吾将上下而求索”，他的忧国忧民感时伤世的作品，是中国诗史上第一次富于个性的诗歌。在贺敬之的诗作中，那种风雷奋发的时代之情与豪迈高扬的无产阶级战士之情，和贺敬之新鲜独特的个人之情，是和谐地不可分割地交融在一起的，达到了“诗人的‘自我’跟阶级、跟人民的‘大我’相结合”（贺敬之：《郭小川诗选英译本序言》）。贺敬之忠实于客观存在的诗学的艺术规律，他不但没有回避在诗中表现他独具的“崭新的感情”（恩格斯语），表现他独特的不和别人重复的对生活的感受和理解，而且常常直接以诗的抒情主人公的身份出现。“手抓黄土我不放，紧紧儿贴在心窝上”，在《回延安》里，“我”对延安母亲的赤子之心表现得是多么灼热感人；“我啊，在党的怀抱中长大成人，我的鲜红的生命写在这鲜红旗帜的皱褶里”，在《放声歌唱》中，“我”对党和祖国的战士之爱显得何等感人肺腑；“我写下这两个字：‘雷锋’——我是在写啊，我的履历表中家庭栏里：我的弟兄。你的年纪，二十二岁——是我年轻的弟弟啊，你的生命如此光辉——却是我无比高大的长兄！”《雷锋之歌》独到地披露了诗人视雷锋如手足的眷眷情怀，好似春风明月；“啊，暴风雨中我们灿烂的军旗！我仰望你，我扑向你——带着面对敌人：满腔的怒火，捷报来时，倾盆的泪雨……”《“八一”之歌》倾泻了诗人仇仇爱爱的情感，如同金鼓投枪！总之，贺敬之是当代诗坛为数不多的个性鲜明而又能反映人民心声与时代风云的诗人，他咏“我”之志，闪耀着阶级的理想的光辉，抒“我”之情，飞动着时代的风云雷电。他诗作中的“我”，是一位多情的诗人而兼严峻的战士的形象。我认为，贺敬之诗作历久不衰的生命力，就在于此。

贺敬之诗作中那种真挚、强烈而深沉的具有个性风采的典型情感，之所以在当时能够激荡人心而在今日也能引人共鸣，自然有其客观和主观的原因。优秀的诗歌，总是形象而本质地表现了人民和一定时代的情感，尽管时光流逝，它也不会失去生命力。1949 年开国大典的礼炮响过之后，新中国如日之方升，无数革命前辈前仆后继，广大人民梦寐以求的盛世出现在历史的地平线上，生活中充满了朝气、光明和希望，那的确是一个值得唱颂歌也需要颂歌的时代。贺敬之的光明颂，正是那一特定历史时代的情绪和情感的诗意表现。时代是不朽的，歌声也当长存。同时，优秀的诗歌，也总是表现了与时代、与人民息息相通的独具个性的真情，尽管桑田沧海，它也依然会叩开人们的心扉。贺敬之，诞生于旧中国北方苦难大地上一座贫寒的茅舍，贫困抚育了他的童年，流亡送走了他的少年。他 16 岁奔向延安，17 岁参加中国共产党，经受了抗日战争和解放战争的严峻考验。为了迎接黎明的曙光，诗神和战神在一起奔驰，在他参加的 1947 年的“青沧战役”中，他曾立功受奖。当他渴望并为之奋斗的新中国的诞生之日，他还只有 25 岁，那正是心花和诗花一齐开放的年华！——正因为这种时代和个人的原因，贺敬之“用他的生命唱出的人民的心声”（《郭小川诗选英译本序言》），才这样情浓似酒，意真如金，过去摇人心旌，时至今天也仍然能够掀动许多读者心海的波澜。

在当代诗坛上，贺敬之是一位以写作抒情诗见长的歌手。但是，为什么贺敬之的作品能风华独秀，“走向亿万人的心里”，而有些作者的作品却似过眼烟云，或如明日黄花呢？我以为，政治抒情诗的创作除了要抒发个人与人民、时代相融合的典型感情之外，还要有在马克思主义真知灼见指导之下，在广阔深厚的生活积累之上的大处着眼、小处落墨，实以写形、虚以传神的高度艺术功力。这，也许就是贺敬之所谓的“‘诗学’和‘政治学’的统一”的一个重要方面吧？不然，故为豪言壮语，只能产生空洞浮泛枯燥说教的标语口号诗，徒作生活原型的模写，只能导致就事论事、格局狭窄的“小家数”。贺敬之的诗作是大处着眼的，他挥洒他的笔墨之先，总是力求站在时代的高度，把握现实生活与革命历史以及壮丽明天的内在联系，对题材作深入的思索和开掘，因为他所站者高，所望者远，所观者广，所识者深，所以他所反映的就不是生活的枝叶和表象，他的诗中常有气势沛然的全景，振衣千仞的鸟瞰，容量巨大的图画。同时，贺敬之的诗作又是小处落墨的，他从对现实生活的深切实感出发，捕捉新颖的创造性的形象，追求不落俗套的艺术构思，用以来寄寓真挚深沉的革命感情和对生活的深刻思考，这样，他的诗又总是有体物入微绘态传神的刻画。贺敬之深知，诗的形象既要真实地反映生活，又绝不能巨细不遗地写得过实过死，而要把实感和空灵结合起来。贺敬之的诗，没有一般抒情诗作所常见的空洞浮泛或者天地局促的弊病，而具有思想的高度、视野的广度和题材开掘的深度，明朗与含蓄兼而有之。例如他写一代知识青年奔赴边疆和建设边疆，就绝不是就事论事，而是既大处着眼，以“祖国的万里江山”为纬，以“革命的滚滚洪流”为经，从时代的高度、现实生活的广度和革命历史的深度，来展示革命事业要代代相传的深刻立意；同时，又小处落墨，他精心选择西去列车的“窗口”这一具体而新颖的形象，展开诗的构思，把眼前情景和革命历史交融起来，创造出一个独特而深远的艺术天地。又如表现继承和发扬革命传统这一立意，没有高明的大手笔，往往容易流于概念的堆砌和赤裸裸的直白，或者一般化的形象的图解，然而贺敬之却通过联想的彩翼，把省港大罢工的“呼号”、南昌起义的“鲜血”、秋收起义的“红旗”、延安窑洞的“灯光”，分别和“鼓风炉”、“炼钢炉”、“麦场上”、“工地上”交织在一起，立足现实，缅怀过去，面向未来，创造性的形象之中既包含了深广的革命现实与革命历史的内容，又大小相形，虚实相参，留给人们味之不尽的余地。

这里，我不想对贺敬之诗作形象塑造的上述特征作琐碎的论列，仅从他对党、祖国、人民、英雄的形象创造，就可以窥见他的诗艺的一斑。“啊啊！正是这样！在节日里，我们的党没有在酒杯和鲜花的包围中，醉意沉沉。党，正挥汗如雨工作着——在共和国大厦的建筑架上！”（《放声歌唱》）构想新奇，发人之所未发，形象具体而又概括，可亲而又可敬的中国共产党的形象跃然纸上。《桂林山水歌》中写祖国的形象：“啊，桂林的山来漓江的水，祖国的笑容这样美！”以特定地方的美好山水来象征广阔无垠的祖国，同样是以小概大、虚实相照的笔墨，又是一番新的创造。“‘小雷’啊——你只有一百五十四厘米身高，二十二岁的年龄……但是，在你军衣的五个纽扣后面却有：七大洲的风雨、亿万人的斗争——在胸中包容！……”（《雷锋之歌》）小而至于纽扣，大而至于宇宙，在诗人的彩笔之下浑然一体。是的，从诗歌发展的历史来看，凡是有成就有贡献的诗人，无一不是以他们所创造的独特的形象，反映了人民的心声和生活的某些美好的事物，并丰富了诗歌艺术的画廊和宝库。贺敬之就是一位这样的诗人，他以他独具个性绝不雷同的艺术，创造了将被人们长久传诵、记忆的诗的形象，对新诗的艺术作出了独到的贡献。

贺敬之是一位立足于传统而广收博采的诗人。他注意学习外国的诗歌，例如他最擅长运用的阶梯式，就是从法国立体未来派诗人和苏联马雅可夫斯基那里借鉴而来的，但是，他十分尊重本民族的传统，绝不数典忘祖，即使对这种外来的阶梯式，他也吸取了中国古典诗歌艺术的长处而予以改造，使之具有鲜明的中国作风和中国气派。这里，我想谈谈诗人如何吸收并发展古典诗歌语言的精粹：凝练美、绘画美、音乐美。

凝练美。诗歌的语言较之其他文学形式的语言，要求更高程度的凝练，而极度凝练，正是我国古典诗歌语言最可宝贵的特色，所谓“一字千金”，“一语百情”，“言有尽而意无穷”等，就是对这一传统特色的概括。贺敬之的诗歌语言继承和发展了这一特色，并显示出自己独异的风姿：他把炼意、炼句、炼字有机地结合起来，往往以极其精简的语言，对事物作以形传神的描绘，勾勒出一幅幅在美学上属于壮美范畴的画面，包孕丰富深广的内容：同时，形象之中又留下大片的空白，诱导读者根据自己的生活经验和感受，去补充和丰富诗的形象，在再创造中去进一步扩大诗的容量。如《西去列车的窗口》的片断：“一路上，扬旗起落——苏州……郑州……兰州……一路上，倾心交谈——人生……革命……战斗……”寥寥数语，概括了广阔的空间和长远的时间，具有较大的思想和生活的容量，具体形象之间留有大片的空白，引导人们去依据自己的想象力去进行补充。如《桂林山水歌》的结尾：“——意满怀呵，情满胸，恰似漓江春水浓！啊！汗雨挥洒彩笔画：桂林山水——满天下！……”这里，“桂林山水满天下”虽然只是对已经成了俗谚口碑的清代诗句的一字之改，却可以说是推陈出新的神来之笔：内涵深远的一个“满”字，胜过了平凡的万语千言！再如《放声歌唱》中人所熟知的名句：“五月——麦浪。八月——海浪。桃花——南方。雪花——北方……”十六个字描画出一幅壮丽的万里江山图，四域风光，奔来眼底。总之，语简情长而韵味遥深。此外，诗人还常常巧妙地运用或化用古典诗词中的名句，而赋之以全新的和更为深广的内容，如“挽断‘白发三千丈’，愁杀黄河万年灾”，“责令李白改诗句：‘黄河之水手中来’！”（《三门峡——梳妆台》）如“啊啊……‘前不见古人’……但是，后——有——来——者！莫要‘念天地之悠悠’吧，莫要‘独怆然而涕下’……‘君不见’——‘广厦千万间’已出现在祖国的‘四野八荒’！”（《放声歌唱》）等。古诗词中的成句原有其特定的丰富内容，一经化用，就犹如古老的明珠一经拂拭，更加焕发出异彩奇光。

绘画美。由于汉民族语言具有象形绘色的功能，所以我国古典诗歌的语言具有绘画美的特异的传统。苏东坡说王维“诗中有画”，前人认为杜甫“使笔如画”，就是指他们充分发挥语言的绘画作用，使形象达到如画一般鲜明生动的美学境界。诗与画，当然是两种互相独立的不可互代的艺术，但是，诗歌作者如果吸取绘画艺术中于诗歌创作有利的因素，的确有助于创造出鲜明深远的意境，使诗作更富于民族的风格。绘画美的形成，包括多方面的因素，“随类赋采”——色彩美就是其中之一。贺敬之诗作的语言，很注意诗的绘画美，特别是其中的色彩美。他犹如一个高明的画家，得心应手地运用他的调色板，对生活作如画一般的写照。“杜甫川唱来柳林铺笑，红旗飘飘把手招，白羊肚手巾红腰带，亲人们迎过延河来。”（《回延安》）有声而又有色，色彩鲜明地勾画了人物的形象；“乌云，在我们眼前……阴风，在我们背后……江山啊，在我们的肩！红旗啊，在我们的手！”（《西去列车的窗口》）有“乌云”和“阴风”的灰暗色调的衬托，如火炬一般的“红旗”更加熠熠生辉，一代革命青年的形象也就跃然纸上；“鸡笼山一唱屏风开，绿水白帆红旗来！”（《桂林山水歌》）色彩调谐，相映成辉，较之唐代一些著名的诗中有画的佳句并无多让，“我看见星光和灯光联欢在黑夜，我看见朝霞和卷扬机在装扮着黎明”，上天下地，有色有光，壮丽的画面令人一见钟情而永铭心版。

音乐美。诗歌，是一种最富于音乐性的语言艺术。铿锵和鸣的音韵，鲜明悦耳的节奏，是我国民歌和古典诗歌在语言形式上的又一显著特色。贺敬之的诗作在诗歌体式上是作了多方面的探索的，但主要的，我以为他在语言形式上得力于对古典诗赋对偶艺术的批判继承。他避免了对偶的呆板之弊，而大大地扩展了它的工整和流走的表现功能。在贺敬之的诗作中，那种句段结构相当整齐的诗体，如《回答今日的世界》、《三门峡——梳妆台》、《中国的十月》，我们可以分明地看到上述的特征，在以信天游为基调的二行式诗体中，也是如此：

云中的神啊，雾中的仙，
神姿仙态桂林的山！

情一样深啊，梦一样美，
如情似梦漓江的水！

——《桂林山水歌》

诗行的语言结构是以对偶和排比为基础的，句和节段大致匀齐，有民歌语言的自然流丽，回环往复，也有古典诗歌隔句对和句中对的化而不板，前后大致对称照应，而又犹如流水行云，加上内在的感情旋律，诵读起来，浩荡好似大江东去，铿锵如同玉振金鸣。这，大约也就是闻一多先生当年所说的诗的“建筑的美”和“音乐的美”的境界吧？

1979年，正当花蕾欲放的早春时节，我在北京举行的全国诗歌创作座谈会上，再次见到了诗人贺敬之。无情岁月的风霜虽然已经一星半缕地侵上了多情的诗人的双鬓，但我感到他心中却长驻着一个花红叶绿的春天，他仍然保持着他谦逊而又热情奔放的气质。他说：“特别是现在，更感到一切要从头做起。如果党还要我用诗歌的武器去战斗的话，我需要重新学习，需要解决许多许多新的难题。”天意君须会，人间要好诗，我至今仍然希望诗人贺敬之不要过早地归还他手中的彩笔；不薄今人爱古人，我相信在前辈诗人所开创而没有尽头的诗的道路上，对时代、人民和艺术怀有庄严的责任感的青年有志者会接踵而来！

（原载《文艺报》1981年第4期）

不倦的探索和追求

——诗人艺术成就纵论

尹在勤　孙光萱

诗歌毕竟是艺术。

任何卓有成就的诗人，不仅在思想上进行着严峻的思考，而且在艺术上也总是进行着不倦的探索和追求。贺敬之自然也不例外。

40 年来，诗人在他的创作道路中，从第一本诗集《并没有冬天》中那些作品起步，到《乡村的夜》，到《朝阳花开》，到《放歌集》，以至到《中国的十月》和《"八一"之歌》等近作，不仅在思想上逐渐走向成熟，显示了鲜明的革命和时代的亮色，而且在艺术上也逐渐走向成熟，形成了独特的风格。

他在长期的革命锻炼和艺术实践中，深切地认识到一个革命诗人必须坚持生活真实性和政治倾向性相一致，正确解决歌颂与暴露的问题，正确处理真实地反映客观生活与真实地反映主观感受的关系；必须摆正个人与时代、人民的位置，认识到个人仅仅是时代川流中的一朵浪花、仅仅是人民中的一分子，因而在创作上就必须充分注意小"我"与大"我"的和谐，以"我"为时代和人民代言；必须真正与人民群众相结合，在思想上解决群众观点的问题，在艺术上则从群众的需要出发，创作出具有中国作风、中国气派，即具有民族化特色的作品。正是基于这样的认识和这样的思想基础，贺敬之在艺术上也就有着自己的创造和经验。

纵观他的全部诗作，他提供给我们的主要艺术经验在于：从革命的征途中孕育自己的真情实感，而又用自己的真情实感去融化客观的生活材料，努力探索和追求革命的政治内容和具有中国作风、中国气派的民族化艺术形式的统一。在前面的一些章节中，我们已经按照时间的顺序和题材的归类，对他的一些作品进行了具体分析，对他的创作道路的形成和分期也作了论述。这里，再从艺术的角度纵论如次。

正确处理反映客观现实
和表现主观感受的辩证关系

坚持真实地反映客观现实和真实地表现主观感受，辩证地处理这二者之间的关系，是贺敬之提供的重要艺术经验之一。诗人在《贺敬之诗选·自序》中，写过这样一段文字：

> ……有一个极其重要的创作思想问题必须彻底解决。诗，以及所有的文艺作品，必须真实地反映客观生活，同时也必须真实地反映主观感受。这就不可避免地出现了作者的爱和憎问题，也就是创作上的歌颂光明和暴露黑暗这个老问题。这是作家的党性和作品战斗性的尖锐表现，是坚持真理、坚持生活真实性和政治倾向性相一致而必须解决的问题。

真实地反映客观生活和真实地表现主观感受，这是一个矛盾的两个侧面。一位作家、诗人，他的作品能否做到这两个“真实”的统一，关系到他的作品是否真正具有思想力量和艺术价值。照我们理解，客观生活与主观感受的关系，似乎包含着两层意思：其一，客观生活本身具有表象和本质的区分，必须透过表象发现本质，而也只有抓住本质才能正确地把握生活的真实；主观感受的正确与否，一是要视主观感受的本身是否正确，即是否能经受客观实践的检验，二是能否正确地表现主观感受，即能否准确无误地把主观感受再现出来。只有抓住了客观生活的本质而又能准确无误地再现正确的主观感受，才能够真正算得上正确处理了客观生活与主观感受的关系。这是就哲学意义而论的。其二，客观现实和主观感受，对于一个作家和诗人来说，无疑有统一的时候，但并不是任何时候都是自然统一的；在不少情况下，这二者之间又往往存在着互相排斥的一面。如果客观生活与主观感受发生了矛盾和差距，那么，或者是客观生活本身是被扭曲了的，或者是主观感受背离了客观规律。而作家和诗人此时所面临的考验也就在于：要么忠实地反映客观生活，战胜主观的偏见；要么以正确的主观感受去透视被扭曲的客观生活。不如此，就会以主观的偏见去歪曲客观生活，或者违心地去为被扭曲了的客观生活唱赞歌。不言而喻，前者是创作的正路，后者则是歧途。就诗坛的某些状况而言，有的诗人往往就是或者从这个方面，或者从那个方面，误入了歧途，因而他们的作品，要么与时代格格不入，要么流于“假、大、空”。这是诗歌创作的一个“癌症”。

贺敬之40年来的诗歌创作表明，他是由不自觉到自觉地，由不成熟到成熟地，较好地处理了这一对矛盾的对立面。特别是他开国以来的诗歌创作，更可以说在处理这个矛盾的对立面时已经逐步由必然王国迈向自由王国。就贺敬之的全部诗作来看，他无疑是一个光明的歌者（田间、李季、郭小川、阮章竞等，也大都如此）。他以自己的真实的主观感受，热情地歌颂着客观生活中的光明；而他又逐渐懂得了必须勇敢地、准确地揭露和批判那些阻碍光明的落后和黑暗的事物。自然，这有一个发展的过程。在他早期的创作中，歌颂光明和暴露黑暗，似乎不免有截然分开的情况。比如，他的《并没有冬天》里的一些作品，表现了一个刚加入革命队伍的青年知识分子对革命的光明的向往和赞颂；而《乡村的夜》里的一些作品，则重在暴露旧世界的黑暗；稍后的《朝阳花开》，从某种意义上来说，也似乎还停留在新旧社会的对比上面。这些作品在思想上和艺术上，都无疑有其不可抹杀的成功的一面，然而，它们的艺术触角，却似乎还没有深入到同一事物的里层：在暴露黑暗时看到希冀之光，或在歌颂光明时预示生活的复杂性和斗争的曲折性。因而，在《乡村的夜》中，他写五婶子的“末路”，还只能写出这样的诗句：

> 黑夜到来了。
> 河水吞没了五婶子和她的孩子柱儿。
>
> 大河里又添了两个水鬼，
> 河面上是迷惘的秋天的夜。
>
> ——《五婶子的末路》

这情景是凄惨的，然而也毕竟只能给人以凄惨的感受。即使在《黑鼻子八叔》那样的作品中，黑鼻子八叔的那种反抗性格，也毕竟是自发而缺乏革命意识的。自然，我们不能脱离时代和诗作的特定环境和特定内容，对诗人当时的作品提出非分的要求，但是，却又不能不认为它们还带有几分旧现实主义的痕迹。而在歌颂光明的作品中，如《并没有冬天》里的一些作品，当时的年轻诗人也只能抒写、描绘出一些眼前光明的火花和愉悦的感受。他实在还不可能预见革命的严酷性和长期性。

尽管如此，诗人从一开始走上诗歌创作道路，毕竟还是在努力真实地反映客观生活和真实地表现主观感受，努力去实现这两个“真实”的较好的统一。他1940年5月在投奔延安途中写下的那一组《跃进》，无疑是两个“真实”的统一；他进入“鲁艺”以后所写下的《自己的催眠》、《十月》、《雪花》、《生活》等诗作，也无疑是两个“真实”的统一；《朝阳花开》里的《七枝花》、《南泥湾》等诗作，歌颂根据地的生活和斗争，也都做到了两个“真实”的统一；《乡村的夜》虽然在创作方法上有其局限的一面，但仍然真实地描绘了苦难的时代和苦难的乡村，诗人回忆式的感受也是真实的。因而，这些作品就有其艺术上存在的价值。

开国以后，从《回延安》、《放声歌唱》到《雷锋之歌》，到《中国的十月》、《“八一”之歌》，诗人在艺术创作思想上，不惟更加完善了两个“真实”的统一，更如他自己总结的，在表现党性和战斗性方面，在坚持生活真实性和政治倾向性相一致方面，臻于自觉以至自如的境界。这个时期，诗人的创作多系政治抒情诗，它们往往获得广大读者和评论界的一致公认。究其原因，从艺术方面考察，正在于他非常成功地做到了生活真实性和政治倾向性相一致。这是他的政治抒情诗的一个十分可贵的特色。

政治抒情诗，是诗与政论的结晶。它往往描写重大的政治题材，抒写重大的政治主题。它要具有高度的思想性，就必不可免地应该有鲜明的政治倾向；而它又要具有强烈的艺术感染力，则必须具有浓郁的生活真实性，即具有诗的激情，诗的意境。只有这二者完美统一，才能既有党性、战斗性，而又蕴涵强烈的艺术感染力。贺敬之的艺术本领，正在于总是善于驾驭重大的政治题材，善于做到这二者的完美统一。其中的奥妙在哪里呢？我们认为，奥妙就在于诗人十分重视用自己的真情实感去把握、去溶解重大的政治题材。

细心的读者如果阅读贺敬之的全部诗作，可以发现，一方面诗人写过许多重大的政治题材，用那些题材写出了许多成功的政治抒情诗；但另一方面他又并不是写了所有的重大政治题材，更不是去配合所有的政治运动，比如，“反右斗争”他就不曾写过。这是一个引人注目和深思的现象。尽管当时他也并未认识到“反右斗争”中有什么错误，然而他又确实没有从那场运动中获得写诗的“灵感”。诗人没有为标榜自己的正确而在事后把自己装扮成诸葛亮，我们也大可不必从这个角度去对诗人加以美化和拔高。照我们理解，所谓没有从“反右斗争”获得“灵感”，即他当时虽然在理性上并未认识到这场运动中的严重扩大化错误，然而在感情上也没有接受这场运动中的那些错误，因此他也就不可能用自己的真情实感去把握和溶解这场运动的题材，从而启开自己的歌喉。我们认为，在这一点上，既可窥见贺敬之的品格，也可看出他对艺术规律的重视：没有真正的“灵感”，绝不会轻易提笔。他总是“难产”，这恐怕也是原因之一吧。自然，他也有过失误，已如我们在前面的章节中所提及的。在急剧变化的、十分复杂的社会生活中，恐怕任何诗人也免不了发生或多或少的失误。

贺敬之的创作实践启示我们：诗人通过诗歌创作所诉诸读者的，既不是违心的理念，简单的说教，也不是生活表象的罗列，而是渗透于生动的有血有肉的场景之中的发自内心的激情。这种激情对于政治抒情诗来说尤为重要。因为和一般的抒情短章相比较，政治抒情诗在题材、风格和表现手法方面，都有自己的特点：它所表现的既常常是重大的政治题材，又常常要求诗人直抒胸臆，鲜明地表明自己的政治见解；它在风格上又常常表现为高亢奔放，同一部分讲求含蓄的抒情短章不同；它在表现手法上则往往要求熔描写、抒情、议论于一炉，具有强烈的政论色彩……所有这些特点，就要求有一种真切的、充沛而强烈的激情灌注其中。如果没有这种激情，则重大的政治题材就会流于架空，高亢奔放的风格就会显得虚张声势，而政论成分则会由此而“游离”、“散架”。而贺敬之的政治抒情诗，无论是《放声歌唱》、《雷锋之歌》，或者是《中国的十月》、《“八一”之歌》，都总是饱含着真切的强烈的而且是独特的激情。而他抒情的方式，又明显同有的诗人不同，他不用象征或暗示一类的手法，乃至语言上也不用倒装一类的句式（我们的用意只在说明贺敬之抒情的特点，而不在贬低其他诗人在其他方面的探索和创造），他总是力图顾及民族化、群众化，力图从民歌和古典诗歌中汲取有益的营养，即使运用“楼梯式”这种外来的排列法，也总是立足于民族化的基点而加以改造，在这种排列法之中注入具有中国作风、中国气派的革命之情。具体来说，贺敬之抒写他的激情，有以下几个特点：

一、以中国式的方式“吐情”。

诗的本质和特长在于抒情。任何时代任何国家的诗人都在抒情。毫无疑义，由于人类的共通之点，即使不同时代不同国家的诗人和诗，在抒情的领域、抒情的方式上，也有许多相通之处。由于中外文化的交流，中外诗歌在风格流派、表现手法方面，互相渗透、互相影响的情况，是有目共睹的一种存在。这是一种必然和正常的文艺现象。然而，由于历史的、地域的和民族欣赏习惯的差异，不同时代、不同国家的诗人和诗，在抒情方式上又总是有着各自的独特之处。雪莱的抒情名作《致云雀》，它那幻梦式的笔调、象征性的手法乃至种种神奇的比喻，无疑是英国式的；莱蒙托夫的抒情名作《帆》，它那在大海上孤独飘航的帆儿，其写景和抒情又无疑是俄罗斯式的；欧洲的十四行诗不同于日本的俳句，也不同于中国的律诗和绝句，它们之不同，除了格律、音韵等之外，也有一个抒情方式的差异。所以，任何时代的任何诗人，总是立足于自己的国度、自己的民族进行独特的抒情，方能有独立存在的价值，也方能走向世界。这个立足点总是第一位的。

贺敬之的抒情，也无疑是中国式的。自然，有如前面已经谈到以及后面还要谈到的，他在群众化、民族化的道路上，无疑还有一个思想和艺术的发展过程。如果说，他奔赴延安前后的那些早期的作品，在抒情的方式上还较多地存在着模仿马雅可夫斯基乃至惠特曼的痕迹的话，那么，自从《朝阳花开》以来，特别是他开国以后的作品，则显然更加符合中国的国情和民情，更加具有中国作风和中国气派。《回延安》、《又回南泥湾》，采用"信天游"，无疑是道地的中国式的而且是民间的抒情方式。"树梢树枝树根根，亲山亲水有亲人。""羊羔羔吃奶眼望着妈，小米饭养活我长大。""东山的糜子西山的谷，肩膀上的红旗手中的书。"这样起兴和比喻，是道地的陕北民歌抒情方式。"手抓黄土我不放，紧紧儿贴在心窝上。""几回回梦里回延安，双手搂定宝塔山。"这里在"紧紧"之后的那一个衬字"儿"，"几回"之后的那一个叠字"回"，这种衬、叠的用语方式，具有浓郁的高原味，民间味，婉转而悠扬，意美而情深。"老爷爷进门气喘得紧：'我梦见鸡毛信来——可真见亲人……'"，"亲人见了亲人面，欢喜的眼泪眼眶里转。"这里的"气喘得紧"，这里的一句简约的对话，以形传神，以声传情，也无疑都是道道地地的中国抒情方式。《回延安》之所以如此感人，从抒情方式的角度考察，正在于诗人用这种道地的"中国式"，状摹和抒写出了一种特有的韵味：多么诱人的羊羔味、小米味、油馍味、土炕味啊！由于这种抒情方式的中国化——民族化、群众化，这首作品就不但具有可读性，易诵易记，而且还具有民歌的音乐性，可以吟唱。所以这首作品第一次就是以吟唱的形式同大家见面的：当时贺敬之写下这首作品之后，在五省（区）造林大会的晚会上，首先是由一位同志用"信天游"的曲调吟唱了出来，尔后才在刊物上发表。"诗言志，歌永言，声依永，律和声。"①"诵其言为之诗，咏其声谓之歌。"② 贺敬之对于这种中国的传统，是十分重视的。

贺敬之以中国式的方式抒情，表现于他用"信天游"体写成的一些作品，

① 《尚书·尧典》。

② 《汉书·艺文志》。

而又绝不仅止于此。他汲取古典诗词表现手法写成的《三门峡歌》等，他改造外来“楼梯式”写成的《雷锋之歌》等，在抒情的方式上，也无一不立足于民族化、群众化这个基点。

这里需要补充一点：贺敬之的抒情，如果比之于乐曲的定调，他在顾及“中国式”的同时，往往定的都是强音，定的是豪迈而激越的调子。他似乎不习惯于抒写那种缠绵悱恻的丝竹之声。我们这样说，并非否定另一种风格，只不过意在从比较中显示出贺敬之独具的特色。

二、于激情中贯穿着一条赞颂革命传统和爱国主义的红线。

任何诗人都有激情，但并不是任何诗人任何时候的激情都具有同样的意义和价值。我们细细考究贺敬之的诗作，可以明显发现，他关心的并不是个人鼻子尖下的得失和悲欢。诗人表现于诗作中的激情，总是贯穿着一条主线：对党、祖国和人民的热爱，对革命传统的深切缅怀和对革命理想的坚定信念。

诗人总是忘不了“母亲”延安，忘不了自己是“吃了延安的小米饭长大的”，忘不了延安的革命精神和革命传统。他总是深情地向母亲——延安献出他最美好最动人的诗句。他在《放声歌唱》中唱道：

啊！让延河的水
　　在我的血管里
　　　　永远
　　　　　　奔流吧！
让宝塔山下的
　　我的誓言
　　　　永远活在
　　　　　　我的骨髓里！

正是这种深入骨髓、化为血肉的深情，使他产生了动人的诗句。

诗人又是热烈的爱国主义者。他珍惜祖国的历史和文化遗产。他在《放声歌唱》中和古代诗人对话，同时又以自己所处的时代远远超于前人而感到自豪。《雷锋之歌》中的“让我一千次选择”、“让我一万次寻找”，集中体现了高度的民族自豪感和爱国主义激情。诗人对祖国的热爱几乎到了无时不在、无处不有的境地。抚摸着鲜艳的红旗，在诗人眼中，犹如牵动着“母亲的衣襟”。站在日观峰顶看日出，诗人看见的是：“海浪滔滔的母亲怀中——新一代的太阳挥舞着云霞的红旗，上升啊上升！”母亲——祖国，在这一连串奇特的联想中渗透着多么深的情意！

诗人忠于革命理想、忠于社会主义和共产主义信念，这是十分可贵的。因而，表现于艺术上，他写英雄，无论是雷锋，还是王杰、向秀丽，从不作冷静客观的描述，更不作呆板乏味的交代，而是着意刻画英雄身上闪光的东西，即远大的革命理想和大公无私的革命精神。他游桂林，也不沉溺于眼前的美景，而是把山水美、自然美转化为劳动美、理想美。在《东风万里》中，还有这样的诗句：

我们
　　今生事业——
就是把这
　　可爱的地球
　　　　造成一颗
　　走向
　　　　共产主义的
　　　　　　行星！！

也许有人会说，共产主义事业的实现绝非诗人设想的那样简单，进而会认为诗人的表述不甚确切。是的，实践是最好的教员，它在不断修正着人们早先不尽正确的认识。然而需要着重指出的是：修正的仅仅是某些“认识”，而绝不是根本信念。从这个意义上来说，诗人把《东风万里》编入《贺敬之诗选》时，没有对上述诗句作出变动，这是完全可以理解的，也是完全应该的。诗人自己说：“作为革命文艺队伍中的一个成员，从我投身到这支队伍时起，我从未动摇过我的自豪感。”① 作为一个革命者，为党的事业而自豪，为社会主义和共产主义理想而自豪，这是十分重要的。我们还可以推广开去，得出这样的看法：尽管诗人在歌颂党和社会主义的诗篇中，某些表述也许在今天看来不尽妥帖，然而，那毕竟是一种历史的印痕，几乎是任何诗人和作家乃至政治家都不可逾越的一种历史现象，我们绝不可偏狭地对诗人提出过分的苛求。而且，即使某些不足之处（或者叫做历史条件的局限吧），也不能掩盖诗人洋溢在诗

① 《贺敬之诗选·自序》。

篇中的革命理想——它是永远也不会褪色的。

三、"兴发于此而义归于彼"，于激情中闪耀着思想之光。

贺敬之诗作中的激情，并不是转瞬即逝的飘忽不定的东西，而常常是经过深思熟虑的受到思想之光照耀的那样一种激情。

诗人的创作态度是严肃的。他总是思索很久，酝酿很久，才写出一首诗来。他从不匆忙执笔，也从不把目光局限于一角一隅。"面对整个世界，我在注视。从过去，到未来，我在倾听……"（《雷锋之歌》）诗人不仅写雷锋时是如此，写其他许多作品时也都是如此。他总是在现实生活的基础上，在题材本身的基础上，力图去发现更多、更深刻的东西。诗人进行创作时，总是要在感情升华到一个相当的高度，而又遇到某种生活契机时，才倾泻自已的激情。诗人说过："作者不仅要有正确的思想去认识生活，而且要以这种正确的思想去和生活形象发生一种血肉的关系"，"我们需要思想与生活高度结合的作品，也就是说，需要有把思想和生活通过感情融化了的作品。"① 诗人赞成的是"结合"和"融化"，而非"分离"和"混合"。因而，他的作品往往总是以感情去"融化"生活和思想；反过来说，也就是来自生活的感情，总是于"融化"中自然而然地闪耀着思想之光。这种"融化"，与某些咏物诗生硬比附借物言情，与某些哲理诗油水分离地抽象议论，都是大相径庭的。

《雷锋之歌》就是一个突出的例子。当时写雷锋的诗甚多，而为什么贺敬之的《雷锋之歌》能够出类拔萃，广为传诵？其重要原因之一，就是它在歌颂雷锋时，能够提到革命人生何去何从的高度，回答了广大读者所普遍关心和思考的问题：

人，
应该
怎样生？
路，
应该
怎样行？……

郭小川曾经要青年诗歌作者向《雷锋之歌》学习，说那首诗"实在好，

① 《谈提高作品的思想性》，《人民戏剧》1950年第2卷第1期。

它回答了人们的共同的生活道路的问题”，“有能打动一些读者思想的根本的那种思想锋芒”①。这是一语中的精到之论。

贺敬之许多诗作的艺术魅力，往往就在于能够以深刻的“思想锋芒”照耀浓烈的感情。《雷锋之歌》是如此，写王杰的《回答今日的世界》也是如此。诗人写王杰，从王杰的日记写起，却不用只言片语复述日记的内容，只是面对日记抒情，而所抒之情，又皆为思想之光：

写：天空
不会塌陷！
写：地球
不会毁灭！
……
写啊：世界人民
最后胜利！
写啊：全地球
遍地花开季节……

诗人面对王杰的日记，抒写着革命的豪情——一种经过深思熟虑而闪耀着思想锋芒的豪情。《向秀丽》也是如此，它既是英雄颂，也是祖国颂：“山好水好都因儿女好，母亲祖国呵该自豪！”诗作的主题也随之而深化。贺敬之总是“兴发于此而义归于彼”，这种艺术手法，也可视为他继承和发扬中国诗歌的传统，在民族化方面的一种表现。

大胆而恰当地表现“我”
力求小“我”与大“我”的和谐

诗中不可无“我”。无“我”则不能袒露诗人的个性，不可能表现典型感受的“这一个”。在我国古代诗人中，屈原就是一位大胆表现“我”的杰出者。据我们所知，贺敬之特别喜爱屈原，时至今日，一部《离骚》还是他置于床头枕畔时常吟诵之作。贺敬之喜爱《离骚》，也许有多种因素，然而，我们想，除了他崇敬屈子的忧国忧民的伟大精神外，在艺术表现上，屈子的

① 转引自杨匡汉、杨匡满：《战士与诗人郭小川》第115、116页。

"我"（"余"、"吾"）可能也是他细加品味寻思的一个因素。一般论者评贺诗，多从马雅可夫斯基对贺敬之的影响着眼，其实这只是一个方面。另一方面，贺敬之进入中年以后，特别注重屈原和中国其他古代诗人，这容易为人们所忽略。我们认为，论述贺敬之诗作中的"我"，只有从这两个方面来考虑，才能较为如实地道出他在艺术上探索和追求的全貌，才能看出他在民族化方面的大胆尝试。

大胆而恰当地表现"我"，正确地处理"我"与时代、"我"与人民的关系，这是贺敬之作品的又一突出艺术特点。总起来看，在贺敬之的全部诗作中，除了《乡村的夜》中的一些作品是一个例外，其余诗集中的多数作品以及他的近作，都不仅有"我"的眼光，"我"的情操，而且出现了字面上的"我"，即有抒情主人公"我"行走其间。

他于1940年在延安"鲁艺"写下的那些诗作中，绝大部分都是以"我"抒情："我"唱着"自己的催眠"（《自己的催眠》）；"我"望着雪花"从烟雾一样的天空，轻轻地落下"（《雪花》）；"我"的歌声"高升而发颤"，激动地呼喊："好！我生活得好！"（《生活》）……

他从1942年至1947年写下的《朝阳花开》里的许多作品，也无不有"我"："陕甘宁——我的家，几眼新窑在这垯"（《我的家》）；"还记得我离家那一晚，油灯直点到捻子干"（《看见妈妈》）……

开国以后，从1956年的《回延安》、《放声歌唱》，直到《三门峡歌》、《桂林山水歌》、《雷锋之歌》、《西去列车的窗口》、《又回南泥湾》，以及《中国的十月》、《"八一"之歌》，更是处处皆有"我"。而且在《放声歌唱》中，诗人更花了相当的篇幅来歌唱"我自己"——不仅仅是抒情主人公的"我"，同时也是包含了若干真实生活经历的"我"。

所以，对贺敬之诗作中的"我"如何理解，实际上关系到对这些作品如何评价的问题。在评论贺敬之诗作的文章中，有的公正地阐明了"我"的含义，有的还作了颇为细致的分析："贺敬之同志的感情是丰富的、多样的。他的诗中……有'对此江山人自豪，使我青春永不老'的壮怀激烈，有'羊羔羔吃奶眼望着妈，小米饭养活我长大'的赤子之心，有'我，是谁？……海洋里的一个小小的水滴；田野里的一颗小小的谷粒'的质朴。"① 我们感到，

① 马畏安、于皿：《"走向亿万人的心里……"——评贺敬之的诗》，《社会科学战线》1979年第3期。

这样的评价，是正确的、科学的。但是，也有的论者认为：贺敬之过多地写了“我”，而且把自己的“我”“架得过高”。这样的论断，就未免有偏颇之嫌了。

贺敬之诗作中的“我”，大体有两种情况：一种是许多诗人通常使用的“我”，即抒情主人公；另一种则是在一定意义上包含着诗人自己若干真实经历在内的“我”。而这两种“我”，事实上都并不存在什么弊端，更不存在把自己“架得过高”的问题。即以《放声歌唱》而论，尽管那个“我自己”的形象中，融进了诗人某些经历片断，但那些片断是富于典型意义的，透过那些片段可以看到千百个共产党员和革命者成长的经历。因而，这个“我”不能仅仅看作是诗人自己，而应看作是“我们之我”。这正如诗人在《放声歌唱》第四部分结尾时所抒写的：

啊！让我
　　高举
　　　　献给祖国、
　　　　　　献给党的
　　　　　　　　诗篇，
走向
　　亿万人的
　　　　心里……
从亿万人的
　　口中——
　　　　赞美我们
　　　　　　亿万个
　　　　　　　　“我自己”——
啊，我！
　我的——
　　　我们，
　　　　我们的——
　　　　　　啊！我，
　——是这样地
　　　　　谐和
　　　　　　　统一！

这是党
　　为我们创造的
　　　　不朽的
　　　　　　生命，
　　是祖国大地的
　　　　无敌的
　　　　　　威力！
啊！
未来的世界，
　　就在
　　　　我的
　　　　　　手里！
　　　　在
　　　　　我——们——的
　　　　　　　　　手里！

我们认为，诗人这样来理解“我”与“我们”的关系，这样来处理诗中之“我”，是完全正确的。而诗作的强烈艺术生命力，也往往正是在“我”和“我们”的和谐统一中显示出来的。读者吟诵这样的诗句，诗中之“我”，实际上也已化为“我们之我”；而且正是这种“我”，才具有如此激动人心的力量，如此使人自豪的气势。即使“未来的世界，就在我的手里”那样的诗句，其中之“我”，显然也绝不能理解为诗人个人之“我”，而分明是“我们”之中那亿万个“我”，即你之“我”，他之“我”，我之“我”，是复数中的单数。众所周知，马雅可夫斯基甚至有过这样的诗句：“我的名字摆在诗歌架上”（《好!》），“我要在地图上擦掉所有的王国”（《列宁》）。而这正是为各国广大读者十分称赞的诗句，是真正的闪耀着马雅可夫斯基个性光彩的诗句。何况贺敬之从中国的国情和欣赏习惯出发，更为明白地、更为周全地阐述了“我”与人民、“我”与时代的关系。我们很同意贺敬之自己的意见：

诗里不可能没有“我”，浪漫主义不可能没有“我”，即所谓“抒情的主人翁”。王国维说的“无我之境”是没有的。问题在于，是……个人主义的“我”，还是集体主义的“我”、社会主义的“我”、忘我的“我”？①

> 诗人不能指靠孤芳自赏或遗世独立而名高，相反更不会因抒人民之情和为人民代言而减才。对于一个真正属于人民和时代的诗人来说，他是通过属于人民的这个“我”，去表现“我”所属于的人民和时代的。小我和大我，主观和客观，应当是统一的。而先决条件是诗人和时代同呼吸，和人民共命运。②

诗人无论是在诗作中或者是在文章中，总是这样始终如一地阐述着对于“我”与人民、“我”与时代的辩证关系的理解。这种理解的深刻之处在于：把“我”放到了一个既必要而又恰当的位置，突出地强调了“我”必须是时代的产儿，人民的代言人。而且我们认为，从诗歌艺术的角度考察，“我”还有它特殊的作用：可以袒露诗人的个性，从而大大加强诗人和读者之间的感情交流。别林斯基在谈论普希金等人的作品的时候，曾经说过一句很深刻的话：“诗人的个性越是深刻和有力，他就越是一个诗人。”③ 贺敬之诗作中往往用第一人称“我”来抒发一种强烈的时代感情，通过“我”唱出“我们”心底的衷曲，这正是诗人个性特点的一种表现，是诗人独特艺术风格的一个因素。对于这种特点，绝不能当做缺点轻轻一笔抹掉。如果把视野放开一点，这样做的还不只于贺敬之。在当代诗人中，人们常常把贺敬之与郭小川并提，这是不无道理的。我们认为贺敬之与郭小川，除了他们甚为深切的革命友谊之外，两位诗人在品格上、风格上也有许多近似之处。如果要论流派，郭、贺二人是同属于一个流派的。他们共同的特点是：多取革命题材，多抒时代之情，多具豪放气势。自然，二人又各具独到之处。郭小川热情洋溢，文思泉涌，常以他独特的敏感思索革命人生，他总是不停地歌唱，即使处于逆境，也总是禁不住“无声”的“爆发”。贺敬之则深思熟虑，雄浑稳健，常常是蓄之既久，才肯打开诗情洪流的闸门，他总是在酝酿很久之后才写出一首诗来。然而从艺术的角度考察，他们二人的诗作中，又都常常以各自的“我”来袒露自己的个性，

① 贺敬之：《漫谈诗的革命浪漫主义》，《文艺报》1958 年第 9 期。

② 贺敬之：《李季文集·序》。

③ 《别林斯基论文学》新文艺出版社 1968 年版，第 138 页。

来抒写自己的激情。郭小川的《致青年公民》与贺敬之的《放声歌唱》，实则是姊妹篇、兄弟篇，它们都是以“我”之情来熔铸时代之情。在其它一些诗作中，他们二人也大都具有这一共同的特色。其实，不唯郭小川、贺敬之如此，古今中外许多诗人也莫不如此。许许多多诗人的诗作，正是他们各自以“我”的眼光、“我”的心灵、“我”的情操感受来表现世界的艺术结晶。

“我”的妙用，实在为贺敬之的诗作增色不少。具体而言，有如下述：

一、以虚构的“我”为陪衬，来增强叙事的抒情成分，来刻画人物的行动和内心世界。如诗集《乡村的夜》中，大多数的作品均系第三人称，但也偶尔用“我”纵贯全诗，其中一首《小兰姑娘》就是。这首诗写一个农村小青年“我”和小兰姑娘纯洁的爱情，以及小兰姑娘的不幸遭遇。据说，诗中的“我”并非作者自己，而是一种典型化的虚构。诗中写道：“我”和小兰姑娘到田野中去。春天的田野，麦苗都长高了，李花都开了，燕子飞着叫着，太阳真温和。“我”和小兰姑娘到麦地里去割蒌蒌芽，可是谁也不想干活，镰刀却放在一边——田野真像一床绿毯子呀。他俩坐在一起，麦苗就在他们脚下拂动。这时：

> 我把手放在小兰姑娘肩上。
> 时间正是晌午。
> 小兰说该做活了，
> 回家娘要骂呢。

小兰姑娘是王五伯伯的闺女；王五伯伯是李大爷的租户。王五伯伯把小兰许配给李金余；李金余是李大爷的侄儿。然而，小兰姑娘却喜欢穷苦人家的“我”。

> “怎么办呢？小兰——”
> “怎么办呢，我不知道……”
>
> “咱俩跑走吧，小兰！”
>
> 镰刀在土里抽动，
> 燕子又来偷听了。

在一个夜里，“我”和小兰姑娘逃走了，然而不到天明，李大爷就派人把他们捉了回去。小兰的娘来打小兰，李金余把“我”摔到河沟里。不到两天，李金余就把小兰娶走了。

……我把头枕到小兰姑娘坟上，
现在秋天也完了。

小兰姑娘是吊死的，
在她被娶走的第七天。
……唉，小兰！

老巫婆给王五伯伯家念经，
说小兰是妖怪。

我把头枕到小兰姑娘坟上，
小兰呵，我来叫你，
为什么你不答应我呢？

全诗重在通过小兰姑娘的遭遇，控诉和鞭挞那个黑暗的旧世界。诗人以虚构的“我”作为叙事和抒情的线索，把小兰姑娘纯朴真挚的爱情，把她的心灵美和不幸结局，都统统描绘了出来。这是一首小叙事诗。如果照通常的写法，也可以用第三人称，即给“我”取一个名字，从第三者的角度来抒写他和小兰的故事。那样，自然也未尝不能写出动人场景；然而，诗人直接以虚构的“我”来写，却又自有一番韵致。“我”这个陪衬人物的言行，写得如此真切，在艺术效果上，简直达到了以假乱真的境地，以至如果我们不知实情，定会猜想这就是诗人自己年轻时的一段经历。

二、以“我”作为通常的抒情主人公。这种写法，在贺敬之的抒情诗中是大量的。从他早期的诗作到他的近作，多以“我”直抒胸臆。他早期诗作中的“我”，前面已经提及，无疑受到马雅可夫斯基表达方式的影响。诗人在谈到这个问题时说过：“我毫不掩饰我是受过马雅可夫斯基的影响的，我喜欢他的表达方式。”我们理解，这种表达方式的影响之一，就是“我”在抒情诗中的大胆运用。这种影响在诗人早期诗作中表现得特别明显，在开国以后的作品中也仍然可以看出。然而，如果仔细分辨，我们也可以发现，诗人早期诗作中的“我”与开国以后诗作中的“我”，毕竟又有着某种差异。似乎可以认为，诗人早期模仿马雅可夫斯基的痕迹要明显一些，而开国以后的《放声歌唱》、《东风万里》、《十年颂歌》，特别到了《雷锋之歌》，诗人则更有意识地注意使诗中的“我”更合国情，更具民族化特色。诗人在这时钻研屈原的作品，想必也有这方面的用意吧。如果我们略加比较，就会显而易见。

试看他1940年11月在延安“鲁艺”写下的《我们这一天》中的句子：

我们站在一起，
同志们！

那么，
我要歌唱，
而且走进
我的艺术学院，
像铁链
挂上齿轮。
——听从组织，
我举起手！

当我跨上
这青石台阶，
我像读过了
马雅可夫斯基的诗章。

我来到了走廊下，
我看见墙报，
红色的标题：《路》，
在那下边，
注解着：
“诗——现实主义！”

而且，提琴
用高音奏着曲子。

我走进我的“系”，
像在战线上
走进我的哨位。

这样的表达方式——象征性的形象、落差很大的跳跃、倒装的句子，都无疑明显地模仿着马雅可夫斯基；而诗中的“我”，也无疑是马雅可夫斯基式的，它还比较偏重于主观的抒写。而到了《雷锋之歌》，其中的“我”却有所不同了：

啊！雷锋，雷锋，雷锋啊……
此刻
我念着你，
我唱着你呵……
　　——我有
　　多少愤怒、
　　多少骄傲、
　　多少力量啊，
　　在胸中翻腾！
我不能
远远地
望着你的背影
把你赞颂，
　　——我必须
　　赶上前来！
和你
一起啊
　　奔向这
　　伟大的斗争！

这里的“我”，显然更为现实一些，更为平易一些，更有中国作风、中国气派一些。这里的“我”，语言更加大众化，句式的排比转换更具民族习惯，既有古典的凝练，又有民歌的晓畅。吟咏前一首诗“我”的抒情，总觉得有一点儿从域外引进的情调和色彩；而朗诵后一首诗“我”的抒情，则实实在在觉得它是在中国大地上放纵奔腾的江河。

三、别开生面的插述式的“我”。在小说创作中，有的作家会在某种情节场面中直接露面，插进自己的议论。这种手法，如果运用得体，是别开生面，自有情趣的。在诗歌中，这种手法也时有所见，运用得好，同样妙趣横生。贺敬之的大量诗作，多系一开篇就直接以“我”抒情；然而有时由于表达激情的需要，也会在基本上以第三人称写的作品中，别开生面地插进“我”来。《西去列车的窗口》就是一例。这首诗的绝大部分，都是以第三人称写景抒情。一开篇，从九曲黄河的上游、西去列车的窗口写起，写大西北的夏夜，月在中天，一站站灯火扑来，一重重山岭闪过，夜深了，人静了，满车歌声已经停歇，婴儿在母亲怀中已经睡熟。就在这样的路上，这样的时候，这一节车厢，这一个窗口，三五九旅的老战士还在同奔赴新疆军垦农场的上海知识青年们倾心交谈，谈革命，谈人生，谈战斗。诗作的主干部分，都是从第三者的角度来感受、来抒写的，一直写到：“江山啊，在我们的肩！红旗啊，在我们的手！”“啊，眼前的这一切一切啊，让我们说：胜利啊——我们能够！”如果到此煞尾，未尝不可。然而，诗人激情倾泻未尽，紧接下去又别开生面地将“我”插了进来，写下了这样一段尾声：

啊！我亲爱的老同志！
我亲爱的新战友！

现在，允许我走上前来吧，
再一次、再一次拉紧你们的手！

西去列车这几个不能成眠的夜晚啊，
我已经听了很久，看了很久，想了很久……

我不能、不能抑止我眼中的热泪啊，
我怎能、怎能平息我激跳的心头?!

我们有这样的老战士啊，
是的，我们——能够！

我们有这样的新战友啊，
是的，我们——能够！

啊，祖国的万里江山、万里江山啊！……
啊，革命的滚滚洪流、滚滚洪流！……

现在，让我们把窗帘打开吧，
看车窗外，已是朝霞满天的时候！

来，让我们高声歌唱啊——
"……鲜红的太阳照遍全球！……"

显然，这种"我"的插入，更增强了抒情的气氛，使得诗作余音缭绕。诗作的前面主干部分，无疑也有"我"，但那个"我"是隐形的，只有"我"的眼光，"我"的感受，"我"的激情，而无"我"的形象。到了这里，诗人禁不住直接以"我"走入了画面，直接以"我"来面对"亲爱的老同志"和"亲爱的新战友"抒情，直接把"我"在这几个不能成眠的夜晚"听了很久，看了很久，想了很久"的一眶热泪，一腔激情，挥洒了出来，倾泻了出来。这样，就使得诗作的主题、意境都更上一层楼，使得诗作更具打动人心的力量。再如《雷锋之歌》，实际上有时也运用了这种"我"的插入式手法。诗人在那首诗中歌颂雷锋，用的是第二人称"你"，即面对雷锋抒情，仿佛雷锋就在你我眼前；而诗人在更多的篇幅里，则离开"你"，或者与"你"交融，直接以"我"抒情，以"我"来抒写革命人生的哲理。细细玩味，《雷锋之歌》的感人之处，又恰恰在于有了这种插入式的"我"的抒情。

更值得注意的是：无论是在《西去列车的窗口》中，或者是在《雷锋之歌》以及其他一些诗作中，那些插入式的"我"进入画面，总是既具有革命情操，又具有平易近人的质朴的战士气质和作风。《西去列车的窗口》中的"我"是"老同志"和"新战友"的同行者和知心人；《雷锋之歌》中的"我"是雷锋的"亲爱的同志"和"亲爱的弟兄"。那些"我"总是同作品中所赞颂的人物共同着脉搏和呼吸，共同具有为党和革命征程所培育出来的心灵美。而无论是“我”，还是我所赞颂的人物，又都是在中国的大地上、在“党的摇篮”中成长起来的中国革命者的形象，他们都“生在中国母亲的怀抱里”。这就是贺敬之诗中特有的“我”，是诗人抒情方式的独特之处。

四、真实地抒写个人经历的“我”。这种情况在贺敬之的诗作中也是大量的。如《并没有冬天》里的一些早期作品，那里面的许多“我”，实在既是抒情主人公，又是诗人自己，二者很难分开。稍后《朝阳花开》里的一些作品，如组诗《行军散歌》中的《看见妈妈》那一首，写行军途中看见老百姓“满地的鸡娃叫咕咕，老婆婆跪在当院簸秫秫”，此情此景使得诗人自然地想到了“我”：“十四岁上离了自家门，十六岁参加了八路军”，想到了“还记得满地的鸡娃叫咕咕，还记得妈妈在院里簸秫秫”，“还记得糠皮皮落到妈妈头发里，还记得妈妈的汗珠落到簸箕里”。诗人通过这种“我”的真实回忆，显然更真切地烘托了自己到老百姓家中那种如同“回了家”、“看见自己亲妈妈”的感受和气氛。开国后的《回延安》中的“我”，如果我们参照诗人在创作此诗同时写下的散文《重回延安——母亲的怀抱》，即可看出诗中的“我”也融进了诗人自己许多真实的经历。《放声歌唱》中所写的“我”的诞生，“我”的流浪，“我”的奔赴延安，“我”的成长，也无一不是诗人自己真实经历的写照。后来的《雷锋之歌》、《中国的十月》、《“八一”之歌》等，其中的“我”，除了作为抒情主人公的意义而存在外，在好些地方，诗人也情不自禁地在那些“我”中融进了自己真实的经历。诗人这样写，究竟有什么意义呢？我们可以借用诗人自己的诗句来作解答：

我们的未来时代啊，
　　请你把我
　　　　用“延安人”的名义，
列入
　　我们队伍的
　　　　名单里！
你将会证明：
我——
　　祖国和党的
　　　　一个普通的儿子，

一个渺小的

“我自己”，

在这里

有着

何等的意义！

是的，诗人正是为了用这个自己的“我”，用自己这个党的“普通的儿子”成长的真实经历，来展示党和革命事业是怎样地哺育了一代革命战士的成长。诗人这样写，丝毫不是为了炫耀自己，恰恰相反，是为了以自己这“一滴水”，来折射大海的雄浑和宽广。诗人的作品，也正因此而显得更加真切感人。

贺敬之诗作没有吞吞吐吐，没有躲躲闪闪，而是大胆和恰当地写了“我”；在写“我”的时候，又很好地处理了小“我”与大“我”的关系，把二者很好地融合了起来。因而，他的作品的时代精神与个人的真情实感，总是得到较为完美的统一；他的作品（特别是开国以后的作品）往往写的是较为重大的政治题材和主题，但却大而不假、不空，其原因也正在于此。这一点，是贺敬之对我们当代诗坛的一个颇为突出的贡献。

努力朝着民族化方向对于艺术形式进行多种探索

诗歌的形式问题，是长期以来争论不休的一个问题。这里再具体考察一下贺敬之在艺术形式方面的种种探索，也许不无现实意义。

贺敬之诗作的形式，大约可以理出这样一个脉络：早期的《并没有冬天》、《乡村的夜》，大都是自由体；《朝阳花开》着意向民歌学习，则近于歌谣体；至于《放歌集》以及未收入集子的近作，则似乎是融会《并没有冬天》、《乡村的夜》、《朝阳花开》的特点，而在艺术上更趋成熟——朝着民族化方向的一种更为自觉、更为广阔的多样化的探索。具体而言，它们有着这样三种趋向：一是《回延安》、《向秀丽》、《又回南泥湾》等作品的“信天游”民歌体的运用；二是《三门峡歌》等侧重汲取古典诗词的长处；三是《放声歌唱》、《雷锋之歌》等兼取民歌、古典诗词在词法、句法、章法方面的优点以及外国诗歌的特殊排列法，进而熔铸出来的一种自有其个性特点的新诗体。这就是我们对贺敬之全部诗作形式的大略概述。

就诗人并列采用的这三种形式来看，我们以为它们有着这样两个特点：其一，从总的发展趋向来看，诗人是力图朝着民族化方向，努力建树自己独创的风格的；其二，在总的趋向之下，又走着一条多样化探索的道路，即根据内容表达的需要来决定具体采用哪种形式，以发挥其所长。因而，对于他所进行的三种途径的探索，都不宜作偏颇的论断。

贺敬之采用“信天游”，是学习民歌的一个方面。他从延安文艺座谈会以来，一直很重视向民歌学习。据我们所知，他曾经花过相当工夫收集陕北民歌，其中有些民歌作品收进了何其芳编选的《民歌选》，有些至今仍为他自己所珍藏，尚待日后整理。他曾经说过：“我跟许多同志一样，一直是爱好民歌的。从第一次听到的陕北民歌‘你妈妈打你不成才，露水地里穿红鞋’，到今天的……‘气得龙王干瞪眼，吓得土地打战战’……民歌一直是我所迷恋的、不可缺少的精神食粮。虽然我学习得不够，研究得不深，但，在我心目中，它永远是我学习写作的光辉榜样。”① 贺敬之向民歌学习，无疑首先是从内容方面着眼的，他认为民歌“从根本上说来，就是它反映了我们时代的最重大的事件，最主要的生活内容。它是我们时代的响亮的声音，是我们时代精神的当之无愧的代表者”②。贺敬之也十分重视对民歌形式的学习，突出的实绩，就是他对陕北民歌体“信天游”的成功采用。

贺敬之早期的《朝阳花开》里的作品，如《行军散歌》、《送参军》等，就开始采用了“信天游”。而开国以后所写的《回延安》、《桂林山水歌》等诗，在采用“信天游”时臻于更加完美的境地。诗人在这些作品中，比较纯熟地运用了民间口语，运用了“信天游”的种种表现手法，诸如比兴、蝉联、夸张等。而更重要的是诗人采用“信天游”时，总是力图发挥这种形式表现劳动人民思想感情、精神面貌之所长，力图将这种形式的朴素生动、流畅自然、悠扬婉转等特点，创造性地吸取过来，用以丰富和发展自己的艺术风格。“信天游”这种形式，由于它独具的特点，很适宜于用来表现真切凝练的感情，用来吟唱情节比较单纯集中的事件，用来刻画人物某些富于抒情意味的活动片断。经过诗人的加工和创造，也可以用这种形式写出像李季的《王贵与李香香》那种人物不多、场面不多的叙事诗。贺敬之在采用“信天游”时，对于这种形式的特点和所长把握和发挥得相当成功。如《回延安》之所以获得众多的读者，正是由于诗人恰当地采用“信天游”的形式，表达了对革命圣地的真挚的感情。诗人以这种形式吟唱延安的风物、延安的亲人，别有一番

①② 《关于民歌和“开一代诗风”》，《处女地》1958年7月号。

韵致。《桂林山水歌》写桂林山水、托祖国风貌，运用“信天游”的形式，反复吟咏，意味隽永。这种两句一组的诗体，非但没有束缚诗人感情的畅达，相反，它使诗人在构思时更注意炼词、炼句和炼意。诗人总是力求在有限的句子中，增大容量、扩展境界。这是诗人在采用这种形式时别具匠心的地方。当然，在有的作品（如《向秀丽》）中，对“信天游”这种形式的特长，似乎发挥得还不够充分。

看来，贺敬之对“信天游”这种形式，是有很深的感情的，所以诗人唱道：“‘信天游’啊，不断头，回回唱起来热泪流！”（《又回南泥湾》）显然，这远远不只是个形式的问题，而是诗人把这种形式同陕北革命根据地、同革命的光荣传统紧紧地系上了一根感情的红线。诗人每当唱到延安，唱到我们革命的光荣传统时，往往就很自然地在形式上采用了“信天游”。《回延安》、《西去列车的窗口》、《又回南泥湾》均是如此。由此可见，任何诗人命笔时采用何种形式，与其思想感情总是不无关系的；没有思想感情作基础，只从外表上模仿某种形式，那肯定会“貌合神离”，徒劳无益。贺敬之采用这种陕北民歌体，是他在民族化群众化大道上的一种可贵探索。尤为可喜的是，贺敬之不仅在延安时期的窑洞里采用“信天游”，开国进城以后，当有些诗人改了“土腔”唱“洋调”之时，他在新中国献给读者的第一首成功之作《回延安》，就是采用“信天游”，这正说明诗人对民族化、群众化方向始终念念不忘。难怪《回延安》一发表，有的评论家就兴奋地写道：“这是日夜飘荡在陕甘高原的山野之间的‘信天游’。好难啊！过去，从‘信天游’的母胎里，虽然孕育过像《王贵与李香香》、《死不着》这些十分出色的诗篇，但自从诗人们进城以后，也许是由于耳边再难得听到放羊娃们唱的陕北牧歌，也许是因为还不惯于用这种形式来表达城市的生活和感受……熟谙民歌的歌手们，似乎都不约而同地改了板。好久以来，我们一直读不到这一类的好诗。《王贵与李香香》等等，快要成为‘绝唱’了。这真叫人忧心。因此，看到贺敬之同志重又运用这种美好的形式，我觉得是诗的创作事业的幸运。”① 这样的赞誉并不言过其实，而是恰到好处地、十分中肯地道出了贺敬之在民族化、群众化道路上所作出的新的可贵的努力。如果回顾一下当年诗坛，自贺敬之的《回延安》发表以后，十分可喜的是其他诗人也纷纷重新采用这种来自民间的形式去表现新的生活、新的世界。由此更可见贺敬之坚持民族化、群众化方向对一代诗风的有益影响。

① 闻山：《挚情的、凝练的诗——读贺敬之的〈回延安〉》，《文艺报》1956 年第 4 期。

然而，诗歌发展的道路总是曲曲弯弯的。目前有同志对民歌和民歌体的作品提出了非难，认为这种诗体已经不适于表现今天的生活内容了，已经没有生命力了，新诗在发展中不必向古典、更不必向民间学习了。个别人甚至断言民歌必将“泯灭”。我们认为，这是一种并不实际也并不正确的意见。只要有人民，就会有民歌。民歌并不仅仅是文化水平较低的群众的产物；随着时代的发展，随着劳动人民文化水平的逐渐提高，民歌将以它不断革新的形式流传下去。事实上，在粉碎“四人帮”之后，在广大人民群众的各阶层（也包括知识分子）中，不也流传着新的民歌民谣吗？而历代各族人民的民歌，实际上也还有着许多未知领域（许多尚未搜集、整理和研究），即以已知领域而论，它们从内容到形式，也是丰富多彩的，哪里是什么简单的五七言、简单的四句一首呢？事实已经而且必将继续证明，民歌并没有而且也不会失去生命力，并不会“泯灭”，写新诗的人向民歌学习乃至直接运用某种民歌体形式，并不会使诗歌创作走向偏枯，相反，犹如舞台上芭蕾舞与民间歌舞并存媲美，更会使我们的艺术呈现姿态万千的气象。

鲁迅说得好：“到现在，到处还有民谣、山歌、渔歌等，这就是不识字的诗人的作品”，“不识字的作家虽然不及文人的细腻，但他却刚健，清新。”①鲁迅总是不赞成一些人“绞死”“民间物”的，总是主张“大众化”的，总是称誉“杭育杭育派”的。鲁迅的这些见解并没有过时。毛泽东同志在《在延安文艺座谈会上的讲话》及有关论著中，也对民间的作品、对普及与提高的问题，作过精辟的论述。毛泽东同志的意见也没有过时。从新诗的现状来看，倒恰恰是有的作者不加分析地、盲目地、生吞活剥地去仿效某些西方流派，不顾国情和民情，抹煞传统而片面地强调“横的移植”，把新诗愈做愈难懂，以至使广大读者很有意见。这是应该引起注意的。

值得高兴的是，贺敬之对于民歌以及新诗向民歌学习这个方向，始终坚定不移。他最近仍然认为，民歌，包括有的新民歌，不能一概否定。他是从不愿为刊物题词的，然而，却例外地为河北承德地区的诗歌刊物《国风》题了刊名，这显然意在表明他对民歌以及对诗人向民歌学习、继承中国诗歌的优良传统、走民族化的道路的鲜明态度。我们确信，在诗人日后的创作中，定会如他曾经表白的，将永远把民歌作为写作的榜样，从中汲取营养，并在此基础上，作更多更新的探索和创造。

---

① 《门外文谈》。

我们祖国是一个灿烂的文明古国。除了民歌而外，更有许多优秀的古典诗词。新诗如何从古典诗词中汲取艺术上的营养，也是一个重要的课题。毛泽东同志曾经提出，在民歌和古典诗歌的基础上发展新诗。一些同志对此提出了某些不同的看法。这在学术领域里是正常的现象；然而，我们认为古典诗词的优秀传统和丰富的表现手法，无论如何也是值得写作新诗的同志学习的。从某种意义上说，新诗的假、大、空，除了思想内容的因素外，恐怕也有一个艺术形式的因素在内。在高度凝练，即以"片言明百意"方面，以及在造境、遣词、用句等方面，某些过分自由、过分浮泛、下笔千言（即大、空）的新诗，要纠正其弊端，学习一下古典诗歌的某些长处，并非一件没有意义的事情。正是从这个意义上说，我们对贺敬之在民族化的道路上，注重运用古典诗歌长处的有益经验，也应该给予足够的重视。

据我们所知，贺敬之对古典诗词是颇有素养的。自然，他并非从一个研究者的角度，而是从一个诗人的角度，时时从前人的佳作中汲取营养。因而，往往自有独到的体会，一经融会贯通，自然"下笔如有神"。他的《三门峡歌》，尤其是其中那一首《三门峡——梳妆台》，已为众人所称道，显然是汲取古典诗词的长处而又自有创造的突出一例。在第七章《江山多娇情满胸》中，我们已经对这首作品作过一些具体分析。这里，再由此而及其他作品，纵论诗人在这方面的一些有益尝试：

一、师承前人"炼意"，而出时代之新。前人作诗，讲求炼句、炼字，而尤为讲求炼意。有所谓"炼句不如炼字，炼字不如炼意"。照我们理解，前人把炼句、炼字与炼意结合在一起谈论，其中的"炼意"似乎可作二解：从某种意义上说，它近似今天所说的"立意"，那么，所谓"炼意"，就可理解为提炼主题思想；从另一种意义上说，它又近似今天所说的"意境"，那么，所谓"炼意"又可理解为艺术上的锤炼。前人谈论"炼意"，事实上在不同场合也是有不同含义的，或者偏重于思想，或者偏重于艺术。我们认为，贺敬之师承前人"炼意"，似乎也可以作二解，即既有思想方面的因素，也有艺术技巧方面的因素。

在《三门峡——梳妆台》中，诗人点化李白的诗句"黄河之水天上来"为"黄河之水'手中'来"。这种点化，从思想意义上着眼，显然意在通过黄河古今的巨变展示古今时代的巨变；而从艺术技巧上着眼，由"天上"到"手中"，显然又是对前人那种以点化出新意的常用艺术手法的创新。在《桂林山水歌》中，诗人点化"桂林山水甲天下"为"桂林山水满天下"，由

“甲”到“满”这一字之易，显然意在展示共产主义理想，即愿天下均为“桂林山水”；从艺术上说，却又有脱胎换骨之妙。这两首诗的点化，其共通之处都在出时代之新。贺敬之运用这种手法，自然远远不止于这两首诗。如他在《十年颂歌》中抒写1949年中华人民共和国成立的伟大历史意义时，如此写道：“啊，红色的盘古！啊，人类的第二个‘十月’的——革命战马！”这样的诗句，不能简单地理解为一种比喻，而是有它深邃的含义在：它显然是点化了盘古开天辟地的神话故事，点化了“十月革命”的伟大历史篇章，从而在点化中把中国革命成功的意义展示得更有深度和厚度。再如《雷锋之歌》中这样的诗句：

哪怕它啊
北风欺我
把我黄河
一夜冰封？
　　——我们有
　　革命壮志：
　　浩浩长江
　　万年奔腾！……
哪怕它啊
山崩海啸，
天塌地倾？
　　——我们有
　　擎天柱：
　　我们的党！
　　我们有
　　毛泽东思想
　　炼成的
　　补天石：
　　百万——雷锋！……

这是何等振奋人心的诗句！而从它们的艺术手段来说，显然也是贵在时代新意的锤炼。“北风欺我，把我黄河一夜冰封”，这是用暗喻的手法画出了帝国主义凶恶、阴险的面目；而“擎天柱”、“补天石”二句，则是巧妙地从神话故事中点化出了崭新的时代新意。

贺敬之在炼意时出时代之新，远不止以点化出新意手法的运用，他更常常从大的方面出时代之新：他写雷锋不止于写雷锋，他写桂林山水也不止于写桂林山水，他写西去列车的窗口同样不止于那个小小的窗口，他总是力图从时代、人生的高度，发掘出主题和意境。这些在前面有关章节中均有论述，这里就不细说了。

二、善于灵活运用古典诗词的诸种技巧。以《三门峡——梳妆台》而言，它炼字的技巧，我们已在第七章中作过具体分析；这里再看它“参活句”的技巧。严羽在《沧浪诗话》中认为，作诗“须参活句，勿参死句”。由于对古典诗词时加揣摹，烂熟于心，诗人下笔之时就能“拿来”（借用鲁迅语）前人句法，而又活现在自己诗中。请看：

昆仑山高邙山矮，
禹王马蹄长青苔。
马去“门”开不见家，
门旁空留“梳妆台”。

这四句诗，写三门峡“鬼门”岩上那状如马蹄的石坑，相传石坑为大禹跃马留下的遗迹。其后二句的句式，则可视为诗人在有意或无意之中从前人那里“拿来”的，而又“拿”得如此之活，即参的“活句”。因为读到这二句时，我们就自然而然地会想起崔颢《黄鹤楼》开篇的那两句：“昔人已乘黄鹤去，此地空余黄鹤楼。”诗人写到传说中的大禹和眼前的现实，“拿来”前人句式，而又自创新意，变成了他笔下自然而然流露出来的“活句”。这种技巧，乃是前人作诗作词的一条十分有益的经验。比如，王勃《送杜少府之任蜀川》中的“海内存知己，天涯若比邻”，这众口称道的佳句，其实就是把曹植《赠白马王彪》中的“丈夫志四海，万里犹比邻”两句“拿”过来的，而且“拿”的还不仅仅是句式，更连内容都“拿”过来了，但却“拿”得极为巧妙，而又能加以改造，故为后世所称道。这种例子在古典诗词里还很多很多，都是善于继承和发展的范例。今天写新诗的人，如果愈是能熟知古典诗词，“拿”过来的就会愈多，而且也愈巧，愈为人们所乐于接受和称道。

就在《三门峡——梳妆台》中，我们还可以举出另外两句：

但见那：辈辈艄工洒泪去，
却不见：黄河女儿梳妆来。

这种“但见”式的句子，我们也可以从《木兰辞》等作品中寻见它的影子。诗人在这里“拿”过来，参为“活句”，自有一种凄凉悲壮之慨。这同样得力于诗人对古典诗文的素养。没有这种素养，不但“拿”不过来，而且也不会知道还有如此妙法；即使一知半解地、生吞活剥地“拿”了过来，也会是“死句”。

诗贵“神似”。形神兼备，以形写神。这是我国古典诗歌一条重要的艺术经验。贺敬之也深通此理。他的《雷锋之歌》、《向秀丽》、《回答今日的世界》都是写人，其中都有一个显著的特色，就是重在写这些英雄人物的“神”，即他们的精神境界，而大胆舍去许多具体的英雄事迹的复述，从而更好地发挥了诗歌的抒情职能。这里且谈写王杰的《回答今日的世界》。这首诗的副题是《读王杰日记》，如果照一般的写法，至少应该复述几句王杰的事迹或他的日记的内容；然而，这首长达一百零八行的作品，没有一个诗句是复述，通篇皆为写王杰之“神”，即王杰日记所显示出来的英雄人物的思想境界：

面对
万里的烽烟，
回答
今日的世界！

革命——
绝不后退！
斗争——
决不停歇！

全诗都是在写王杰那“一不怕苦，二不怕死”的精神，以及这种精神在我们心中所激起的感情的浪花。贺敬之与李季也是关系甚为密切的战友，他同李季一样，朴实、淳厚；然而，他的诗与李季显然又有不同的特点：李季善于以诗叙事，他的《王贵与李香香》之后的一系列叙事诗自不待言，即以他的抒情诗，也多含叙事的成分。李季似乎更多地从民间文学那里汲取了营养。而贺敬之则善于抒情，他早期的某些诗作尽管也有较多的叙事成分，有的甚至可视为小叙事诗；然而，从他以后的发展来看，以诗叙事并不是他的长处，因而开国以后他写的都是抒情诗。即以有少量叙事成分的《雷锋之歌》而论，也显然应该列入政治抒情诗，而不能列入叙事诗。诗人显然意识到了自己的长短，所以，他毫不迟疑地朝着抒情的路子走去，而且愈来愈明确地在探索中国传统的写“神”手法。不仅如此，他运用这种手法又是富于变化的，而不是单一刻板的。上面举到通篇不含任何复述（写事成分）专门以抒情写“神”的诗作，只是他尝试的类型之一；与此同时，他又在更多的场合下尝试着另一种类型，即于直抒胸臆之中融进少量的叙事成分，以这种成分构成一种传“神”的形象，反过来又更好地为直抒胸臆服务。如在《十年颂歌》中抒写中华人民共和国的国际声望，以及自己作为一个中国公民的自豪之情时，他就别开生面地插进了这样的叙事断片：

今天，
在北京的
一棵高大的
松树下，
我又一次
拥抱着
一位
飘洋过海而来的
国际友人。
他的脚
穿着一双
中国的布鞋，
汗水淋淋的大手
把我
搂抱得
紧紧：
“我永远羡慕——
你
一个

中华人民共和国的

公民!”

创作实践证明，他的这种探索，对提高诗作的艺术质量，是一个有效途径。他的许多政治抒情诗都因之而生色。另一方面，他的有的作品，比如粉碎“四人帮”之后的急就章《中国的十月》，恐怕是因为过于强烈的悲愤和喜泪交流的感情催促着他提笔，而又未能在直抒胸臆时恰当地融进一些略带叙事成分的“传神”片断，所以在感情平静之后的今天重读这首作品，就会觉得它的艺术感染力要略逊一筹。

还有，诗人在运用对仗和音韵等技巧方面，也都从古典诗歌那里汲取了许多尚有生命力的因素，这里就不一一细说了。

探讨贺敬之在民族化道路上所作的努力和取得的成就，如果仅仅谈论上述向民歌和古典诗歌学习这两个方面，显然还不全面，还不能概括诗人在艺术形式方面更为广阔的探索。我们还必须论及另一个方面，就是诗人立足于民族化的基点，对外来艺术形式的改造和利用。贺敬之在这方面突出的实绩，显然就是“楼梯式”的采用。诗人的许多成功之作，如《放声歌唱》、《雷锋之歌》、《“八一”之歌》等，都是采用这种特殊排列法写成的。在这里，我们想着重探讨这样几个问题：贺敬之采用的“楼梯式”，是纯粹的外来形式，抑或有自己的民族独创性？这种形式在内容的表达上有些什么长处？诗人在采用这种形式时有些什么经验?

关于第一个问题，有的同志曾经这样认为：“楼梯式”是外来的形式，或者说是外来的排列法，我国人民不大习惯，特别是劳动群众接受起来有困难。我们以为这种意见是值得商榷的。首先，不能把形式和排列法这两个概念完全等同起来。形式的范围要广阔得多，而排列法只不过是形式当中的一个部分。决不能因为贺敬之采用了“楼梯式”的排列法，就认定他采用了纯粹的“外来的形式”。其次，就贺敬之采用“楼梯式”这种排列法本身来看，也并非生硬搬用外来的东西。我们知道，马雅可夫斯基的“楼梯式”，是以俄罗斯诗歌格律为基础的一种音节重音体。它是以有规律的重音来体现诗歌的节奏的，如著名长诗《列宁》，大都是每句诗四个重音。贺敬之在使用这种特殊排列法时，并没有生硬地搬用音节重音来作为排列的规律，而是根据汉语的特点，只借用这种特殊排列法来体现感情的节奏，来突出重要词语的作用。至于章法句法本身，贺敬之则是充分考虑到了我国诗歌传统的特点。贺敬之诗作中很多句子，从外观上看是“楼梯式”，从结构上看则是很好的排比句和对偶句，而且句子的韵律，大都非常自然。由此可见，贺敬之所采用的“楼梯式”，实质上是立足于民族化的基点，根据表现时代精神和丰富多彩的现实生活的需要，吸取了民歌、古典诗词在语言、句法、章法上的长处，以及外国优秀革命诗歌的特殊排列法，从而熔铸出来的一种自有个性特点的新诗体。

关于第二个问题，即“楼梯式”在内容表达上有些什么长处呢？一般说来，表达比较丰富的内容和比较复杂充沛的感情时，往往需要比较长的句子。如果采用一般的排列法，这些长句就容易使人望而生畏；而采用“楼梯式”这种特殊的排列法，则可以起一种把长句化短的作用。比如《放声歌唱》中许多句子都在十五个字以上，有的长达二十余字；字数虽多，但由于采用了这种特殊的排列法，我们读起来就毫不感到句子过长。当然，把长句化短，也可以采用郭小川诗作中那种穿插感叹词、加以标点的方法，或采用田间式的实为长句而以鼓点般的短句分行拉开的方法。而贺敬之采用梯形的拆句排列法，自然也不失为一种吸取外来因素的有益探索。

关于第三个问题，即诗人在采用“楼梯式”时所取得的经验，我们以为大致可以归纳为这样三点：其一，诗人善于从表达内容的需要出发，来决定选择“信天游”抑或“楼梯式”。如果说，“信天游”悠扬婉转，适于唱抒情歌，那么，“楼梯式”高亢激越，适于作进行曲。看来，贺敬之在这二者之间决定取舍时，是较好地把握了这种特点的。他用“信天游”写成的《回延安》、《又回南泥湾》等，都以朴素清丽见长，以真切凝练见长；而以“楼梯式”写成的《放声歌唱》、《雷锋之歌》、《“八一”之歌》等，则以雄浑豪壮见长，以澎湃磅礴见长。这种特点，都是与那些作品的内容十分吻合的。其二，贺敬之采用“楼梯式”时，有相当充沛和强烈的感情。可以这样说，“楼梯式”宛如一条宽阔的河床，如果感情的洪流愈浩荡，那么，这河床里奔腾的滚滚波涛，就愈能激荡人心；相反，如果感情干枯得只不过是涓涓细流，那么，这河床就会显得空有架势。贺敬之的《放声歌唱》、《雷锋之歌》、《“八一”之歌》的成功之处，从形式方面来考察，就正在于诗人对我们时代和共产主义新人既充满了不可遏止的激情，又为自己的作品找到了“楼梯式”这宽阔的河床。不难设想，像《放声歌唱》等那样强烈、那样充沛的感情，如果采用“信天游”形式来抒发，不能说不会受到很大的限制。当然，就欣赏习惯来说，这种特殊排列法，也许对某些读者可能有某种距离；但我们认为问题的关键，恐怕主要还在于语言、句法、章法等的民族化、群众化程度，以及诗人感情真挚、充沛的程度，排列法并不起决定作用。特别是诗歌通过朗诵和广大群众见面时，更是如此。要说朗诵，从某种意义上讲，这种特殊的排列法恐怕还更便于朗诵者把握诗作的感情节奏，因为楼梯式的拆句对朗诵者就是一种很好的启示。相反，某些按通常排列的诗作，如果不注意语言、句法、章法等的民族化、群众化，则既难于看懂，更难于朗诵，那样的诗作也不是没有的。其三，如果我们再将贺敬之的全部“楼梯式”作品细细比较，则可发现诗人采用这种特殊排列法时，有一个由生到熟、由熟生巧的发展过程。如果说较早的《放声歌唱》等运用“楼梯式”时，还多少与读者的欣赏习惯有某种距离的话，那么，在《雷锋之歌》、《“八一”之歌》等诗作中，应该说这种距离是更加缩小了。《雷锋之歌》、《“八一”之歌》与前者比起来，句式来得更精悍有力，排比对偶也更为工整自然，在排列上也更有规律可循。因而，就民族化、群众化的特色来说，后者比前者又明显跨进了一步。试看：

八万里
风云变幻的天空啊
今日是
几处阴？几处晴？
　　亿万人
　　脚步纷纷的道路上
　　此刻啊
　　谁向西？谁向东？
　　　　——《雷锋之歌》

　　啊，多少次
　　会师——又誓师……
　　　　多少回啊
　　　　相逢——又别离……
　　回音壁
　　在回响
　　万里军号……
　　　　五指山

又指向

征程万里……

——《“八一”之歌》

这样的句式，于对仗中变化自如，颇有长短句的味道。这样的句式，难道可以简单地看做是“外来的”么？而我们这里所列举的，也并非经过特别精心的挑选，在这些诗中还有许多这类的句子。当然，我们也并不是说诗人在使“楼梯式”民族化方面已经做得尽善尽美，在鸿篇巨制之中，存在少量粗疏之处，恐怕对于任何诗人都是在所难免的。

综上所述，我们认为，贺敬之到目前为止，主要探索的这三种形式，是各有所长，也是根据内容表达的需要而决定的。而十分可贵的是诗人探索运用这三种形式，都没有忘记民族化这样一个核心之点。他进行多种途径的探索，乃是寓多样化于民族化的有益尝试。民族化是一条生机勃勃的无限宽广的道路，它既是传统的继承，又是传统的发展。随着时代和社会生活的前进，民族化的艺术形式，也总是不断丰富和发展。打个比喻来说，过去的长袍马褂，随着时代的发展，吸收外来的服饰优点，改而成了今天的中山装，那么，艺术形式的变化，自然也不排斥对外来形式的吸收，而这个过程却又复杂得多。就诗歌这门艺术而言，从旧诗到新诗，这本身就是一种发展；然而，这种发展并不是简单地抛弃传统，也不是简单的横的移植，而正如毛泽东同志所说，是一种古为今用，洋为中用。中国的新诗是写给当代中国人看的，它必须让广大的中国普通老百姓喜闻乐见，即具有中国作风和中国气派。中国的新诗要跻入世界文学之林，也必须以它的民族化特点而显示自己独立存在的艺术价值。亦步亦趋地追赶某些西方流派并不能提高中国新诗在世界文坛上的地位，外国人也总是希望欣赏中国的艺术，而不是希望欣赏外国的东西在中国的照抄或翻版。因而，这就需要我们的诗人植根于我们的生活土壤进行自己的创造。在这种创造过程中，既不能闭关自守，也不能数典忘祖。正确的做法，仍然应该是毛泽东同志所说的：“对于中国和外国过去时代所遗留下来的丰富的文学艺术遗产和优良的文学艺术传统，我们是要继承的，但是目的仍然是为了人民大众。”“我们绝不可拒绝继承和借鉴古人和外国人，哪怕是封建阶级和资产阶级的东西。但是继承和借鉴绝不可以变成替代自己的创造，这是绝不能替代的。文学艺术中对于古人和外国人的毫无批判的硬搬和模仿，乃是最没有出息的最害人的文学教条主义和艺术教条主义。"① 贺敬之在艺术形式方面的可贵探索，在对古人和外国人的继承、借鉴和发展方面所作的努力，无疑是具有创造性的，是对当代诗坛的一种贡献。自然，贺敬之尽可以根据内容表达的需要，继续对这三种形式探索下去，或者另辟第四条蹊径亦无不可。在这方面，只要顾及民族化、群众化的特点，注意传统的继承而又能放眼外国，道路无疑会愈走愈宽广。

诗人贺敬之走过了40年的创作道路。这条道路应该说是漫长的，然而，它还远非终点。诗人正当盛年，日后的道路更有待他去艰苦跋涉。尽管贺敬之目前担负着较为繁重的行政工作，然而他并没有忘怀自己是一个诗人，他也总是以诗人们的同行而自豪。我们为此感到高兴。我们同广大读者一样，期待着他继续歌唱——为人民歌唱，为时代歌唱。我们期待着他继续以自己的思想和艺术特色，为我们的诗坛、也是为我们的革命事业，显示出崭新的实绩和亮色。

（本文为《论贺敬之的诗歌创作》之一章，
上海文艺出版社1982年3月出版）

① 《在延安文艺座谈会上的讲话》。

论贺敬之诗歌的革命浪漫主义

郭久麟

在探索贺敬之诗歌的创作方法的时候，我们会发现一个有趣的现象，就是诗人解放前后的诗歌有重大差异。他早年的诗歌是现实主义的，可是解放后的诗歌却是浪漫主义的了。

在诗集《乡村的夜》中，诗人流着痛苦的眼泪，以朴实无华的笔触，为我们描绘出旧中国北方农村那贫穷、破败的景象和一个个饱受凌辱而满怀悲痛、仇恨的各类农民的形象。① 在《朝阳花开》等诗集中，诗人抒发和记录了“在延安和解放区时自己的一些感情和所见所闻的一些事情”，较之《乡村之夜》有较强烈的感情和较高昂的调子。但是，总的来说，也仍然是按生活的本来面目描写生活的。所以这两部诗集都是现实主义的。

《白毛女》在深厚的现实主义之上又闪耀着革命浪漫主义的光芒。它以尖锐激烈的矛盾冲突和生动具体的典型形象，反映了劳动人民在新旧社会的不同遭遇，这是现实主义的。但是它又以“旧社会使人变鬼，新社会使鬼变人”的战斗的主题思想，强烈的革命乐观主义和传奇式的故事和背景，显示出革命浪漫主义的特色。但全剧的主调还是现实主义的。

可是《回延安》以后的诗歌创作，却是现出完全不同的风貌了。这主要表现在以下四个方面：

首先，从诗人描写的对象看，诗人再没有像他在《乡村的夜》和《朝阳花开》等诗集中那样去描写一般的生活场景和普通的人物，也没有像新中国的大多数诗人那样对新中国各个历史阶段、各种人物、各种生活场景进行广泛的、普遍的、深入细微的、具体真实的描写，而是严格地“从生活中仅仅吸

---

① 《别林斯基选集》第一卷，《论俄国中篇小说和果戈理的中篇小说》。

取崇高的，高贵的东西，把一切平凡的、普通的、日常的东西统统抛开”。而且他所着重描写的总是他认为最好的、最美的，也是他所追求的理想的生活和典型。[①] 在《放声歌唱》、《十年颂歌》、《中国的十月》《“八一”之歌》等长篇抒情诗中，诗人选择的是党的八次代表大会、祖国十周年诞辰、打倒“四人帮”和人民解放军建军五十周年等重要时辰、重大纪念日来纵情歌唱他挚爱的党和祖国，伟大的军队和伟大的社会主义事业，在《雷锋之歌》、《向秀丽》、《回答今日的世界》等诗中，诗人又只从祖国千百万英雄人物中选择了三位卓越的代表进行歌颂；在《回延安》、《三门峡歌》、《桂林山水歌》等诗中，诗人也仅仅选择了祖国的革命圣地、最出名的历史古迹和风景名胜来抒发他对革命传统、对祖国光荣历史和大好河山的挚爱之情。在这些精选的、崇高的、高贵的题材中，寄托着诗人对理想的生活的追求，也闪耀着诗人的理想和抱负！

诗人歌唱祖国的时候，他舍弃了“一切平凡的、普通的、日常的东西”，而在我们面前展示出“波涛汹涌”的“无边大海”！“滚滚沸腾”的“生活的浪花”，在我们面前展示出“万花盛开的大地，光华灿烂的天空”。诗人笔下的祖国是“身披灿烂的锦绣、满怀胜利的鲜花”的年轻的巨人。诗人笔下祖国的形象是理想化的、诗意化的，熔铸着诗人的希望和理想，倾注着诗人的激情和愿望。这个形象是诗人为我们展开的“整个现实的和设想的世界，整个想象的丰饶王国”[②]。

诗人把它的理想和激情特别集中地倾注到他所描写的英雄人物身上。在《十年颂歌》中，诗人就以世界上最美好的语言和优美的形象塑造了我国青年一代的心灵。在《向秀丽》一诗中，诗人热情地歌颂了向秀丽“生生死死为祖国”的崇高精神，并且把她作为祖国的骄傲和自豪——“山好水好都因儿女好，母亲祖国呵该自豪！”在《雷锋之歌》中，诗人完全抛开了雷锋生活中那些平凡的普通的东西，而以强烈的激情，直接深入雷锋的内心世界，通过雷锋的形象，写出了一代共产主义新人的崇高内心世界和典型形象，并且在雷锋身上，写出了自己的理想。

“革命理想主义是革命浪漫主义的基础。”[③] 诗人不仅在他所精选的题材中

① 以群主编：《文学的基本原理》上海文艺出版社 1979 年版，第 264 页。
② 《别林斯基选集》第一卷，《论俄国中篇小说和果戈理的中篇小说》。
③ 贺敬之：《漫谈诗的革命浪漫主义》。

抒发自己的理想和希望，期待和愿望，而且还不时直接抒发自己对未来的追求和对共产主义的向往。

崇高的理想，“使诗人对未来充满信心，不怀疑，不太息”。① 它使诗人在戎马倥偬的战争年代就幻想着主宰祖国的河山：“马鞍上梦见沙盘上画桂林山水甲天下！”这种理想更使他渴望着“汗雨挥洒彩笔画，桂林山水——‘满’天下！”这种理想主义精神，使诗人不是像古代浪漫主义大师屈原、李白那样，从古代尧舜时代去寻找理想的寄托，而是以前无古人的气概，向光辉的未来挺进！这种理想，在《三门峡——梳妆台》中表现为：“责令李白改诗句：黄河之水‘手中’来！”在《中流砥柱》中表现为：“我唤古人梦中惊起：长叹英雄不如！啊啊！五千年来——谁见工人阶级天工神斧？”在《放声歌唱》中表现为：“啊，我们的前辈古人，希望啊，希望，希望，梦想啊，梦想，梦想……而你们何曾想见今日的祖国是这样的灿烂辉煌！”这种理想主义精神，使诗人在“‘四人帮’拔刀出鞘！向我们党步步进逼”的危险关头，仍然坚定不移地“信赖”着、“呼唤”着：“我们阶级的铁拳，我们专政的柱石！”并且在“1976年这伟大的战役”以后，高唱出豪迈的歌声。

伴随着诗人对生活的挚爱和对理想的追求，诗人的主观感情在创作中表现得特别火炽，他以强烈的感情去拥抱生活和人生，去歌唱自己的理想和抱负，这是诗人浪漫主义创作方法的第二个特点。

在描绘伟大祖国的时候，诗人不是侧重以精雕细刻的写实手法来描写祖国的成就，而是偏重于以奔放的热情、感情的波涛来撞击我们的心灵，激起我们对祖国的爱的波澜，推动我们思想的风云。

诗人在歌唱英雄的时候，简直就更加不能抑制自己的感情！他不仅把雷锋当作自己“家庭栏里”的弟兄，而且直接面对雷锋，抒发自己的激情，召唤我们同他一起跟随雷锋前进。诗人很少客观、冷静地描写和叙述。即使是描写新中国的成就，诗人也是把这种描写融会在激情的抒发中，以强烈的感情色彩出发。而当诗人不能不进行叙述的时候，他也用感情的丝线把事件编织起来，使之不致成为游离于抒情之外的叙述，而依然成为扣人心弦的诗句。

贺敬之同志的革命浪漫主义创作方法的第三个特点是共产主义的广阔胸怀和英雄主义的气概。诗人在《漫谈诗的革命浪漫主义》一文中十分强调这一点，而在他的诗歌创作中也努力做到了这一点。在贺敬之的诗歌中，我们看到

① 贺敬之：《漫谈诗的革命浪漫主义》。

诗人“走进农村”，“走进工厂”，“走向黄河”，“走向长江”，他“走遍了我广大祖国的每一个地方”，而后又把这每一个地方，当作了自己的家乡！诗人的胸怀又是那样的宽广和浩荡：

啊
　扯开
　　我的衣襟！
看我
　胸中的
　　千山万壑，
朝向你——.
　怎么能不发出
　　阵阵回音？……

诗人的胸怀，包容着祖国的千山万水，回荡着祖国大地的英雄的声音，也激荡着对祖国的无限诚挚的爱。而且，诗人不光是一个爱国主义者，还是一个国际主义者，在诗人的“五个纽扣后面，还有七大洲的风雨、亿万人的斗争——在胸中包容!”你看，诗人在《雷锋之歌》中，一开始就提出了“在这广大的世界上啊，哪里是我最迷恋的地方？哪条道路能引我走上最壮丽的人生”的严肃的哲理问题，而后，诗人是那样气势磅礴地写道：

面对整个世界，
我在注视。
　从过去，到未来，
　我在倾听……

诗人是那样胸怀开阔，眼界深远地纵观“八万里风云变幻的天空”，俯察“亿万人脚步纷纷的道路”，进行思索、对比、选择，终于选定了“生，一千回，生在中国母亲的怀抱里，活，一万年，活在伟大毛泽东的事业中”这种博大的胸怀使诗人能够面对整个世界和宇宙，在壮阔的背景之上来歌唱我们的祖国和我们的人生。

这种革命理想主义和广阔胸怀，必然表现为革命的英雄主义。这种革命英雄主义不是像旧时代的浪漫主义大师那样，是“固烦言不可结而诒兮，愿陈志而无路，退静默而莫余知兮，进号呼又莫吾闻”（屈原《惜诵》）和“大道如青天我独不得出”（李白《行路难》）的个人英雄主义，而是“我永远属于‘我们’这伟大的革命集体”，是个人与时代、与先进阶级和人民群众融为一体的集体主义的英雄主义，这种集体主义英雄主义使诗人始终和人民在一起，有着战胜一切敌人、摧毁一切困难的勇气，充满了乐观豪爽的气概。这种英雄气概使诗人敢于面对一切可能出现的艰难险阻而充满坚毅的信心，勇敢地奔向未来。

为了表达美好的理想，抒发澎湃的激情，展拓英雄主义的情怀，诗人“需要更鲜明的色彩，更响亮的声音。诗人有最大的权利运用‘不平凡’的情节，运用夸张，想象、幻想的形式”[①]。诗人是那样“不能满足于一般的所谓写真实的方法”[②]，而是大声疾呼着、热烈幻想着：

把笔
　　变成
　　　　千丈长虹，
好描绘
　　我们时代的
　　　　多彩的
　　　　　　面容，
让万声雷鸣
　　在胸中滚动，
　　好唱出
　　　　赞美祖国的
　　　　　　歌声！

诗人正是这样，在他的诗篇里驰骋着光彩焕发、纵横捭阖的想象！诗人思想的骏马奔驰于过去和未来的漫长时间，感情的风帆游弋于中国和世界的辽阔空间。在《放声歌唱》里，诗人驾着想象的翅膀，载着我们的思绪，驰向那“高压线越过的长城脚下”，驰向“联合收割机滚动着的大雁塔旁”，驰向“长

①② 贺敬之：《漫谈诗的革命浪漫主义》。

江大桥头的黄鹤楼上”，驰向“宝城铁路边的古栈道旁”，让我们和诗人一起，惊异地看见，“我们古代的诗人们”“正站在云端向我们眺望”。诗人运用上天入地的奇特想象，以古代诗人的惊叹和羡慕来反衬和烘托社会主义建设的伟大成就以及社会主义制度的无比优越性，真正做到了：“寂然凝虑，思接千载；情焉动容，视通万里。吟咏之间，吐纳珠玉之声；眉睫之前，卷舒风云之色。”（《文心雕龙·神思》）诗人在诗中一系列联翩的浮想，奇丽的想象，把我们的思绪带入了过去和未来的广阔天地，大大地展拓了我们的胸襟，激发了我们的情怀，使我们对祖国更加热爱，对社会主义事业更加充满信心！

神奇的想象常常和巨大的形象结合在一起。运用巨大的形象反映社会斗争的历史实质，是浪漫主义美学体系的一个显著特点。李白多次以大鹏的形象表达自己超迈的理想和博大的胸怀，高尔基以海燕和鹰的形象来寄托和抒发革命的豪情壮志。贺敬之同志则以“风云万里振翅飞翔”的社会主义的大鹏鸟和“身披灿烂的锦绣，满怀胜利的鲜花！一手——挥动神笔，一手——扬鞭催马”的“强大的巨人”，以及“马头高举，向东方滚滚红日，马尾横扫西天残云落霞”的“革命战马”的高大形象来歌颂新中国，表达自己对祖国的激情，以“海浪滔滔的母亲怀中”“挥舞着云霞的红旗上升”的“新一代的太阳”的壮丽形象来歌颂雷锋；用把“祖国的红色江山卫护在”襟怀里，让“天安门城楼在”肩上“巍然屹立”的巨大的形象来歌颂人民军队。所有这些，使他的作品具有浓郁的诗意，并且有震撼人心的艺术魅力。

贺敬之同志还经常在动人的想象中运用拟人、夸张等手法，渲染形象，抒发强烈的感情。

为什么
　　沙漠
　　　　大敞胸怀
喷出
　　黑色的琼浆？

诗人运用拟人的手法，表现出的是前无古人的当家作主的自豪感，是掌握了祖国命运的先进阶级改造自然、征服自然的豪迈气概！看，昔日的沙漠，今天是那样自觉地敞开自己的胸怀，为我们喷射出黑色的琼浆（用琼浆而不用石油，更加突出了感情色彩）；往日的荒山更喜气洋洋地为新时代奉献出他珍藏的万颗宝石！祖国的一山一水，一草一木，都渴望为新时代作出贡献！我们的新中国是多么美好，我们时代多么值得自豪啊！

强烈的激情和鲜明的爱憎，使诗人常常运用夸张的艺术手法，好像不夸张就不足以抒发他的内心世界，不足以表现他所要歌颂的形象：

那红领巾的春苗啊
面对你
顿时长高；
　　那白发的积雪啊
　　在默想中
　　顷刻消溶……

这个夸张的形象，强烈地表现了雷锋精神的巨大感染、激励和教育作用，给人以极为深刻的印象。在写到雷锋精神的伟大生命力的时候，诗人更是豪情洋溢，高举饱蘸激情的如椽大笔，为我们展示出那样动人的形象。

诗人还运用了神话传说中的故事人物，开天辟地的盘古、治理九水的大禹、禹王马蹄、梳妆台、民间传说中的刘三姐、还珠洞等，来反衬和渲染社会主义制度的无比优越性，来抒发对社会主义的热爱、表达新中国人民当家作主的时代感，具有强烈的感染力！

以上四个方面的特点：对生活的理想化和对美好理想的追求；强烈的感情色彩；广博的胸怀，英雄的气概；以及浪漫主义的表现手法等，使贺敬之解放后的诗歌创作具有鲜明的革命浪漫主义的特点，而与革命现实主义创作方法形成明显的区别。

但是，这种明显的区别并不是说贺敬之的创作是与现实绝缘的，不是的，诗人的革命浪漫主义是植根于生活土壤的，是有深厚的现实基础的。诗人表现在诗歌中的理想不是虚张声势的空喊，不是想入非非的幻觉，而是代表着时代的潮流，生活的发展趋势，诗中的英雄主义气概有着坚实而深厚的时代基础；诗歌中描绘出的美好的生活、事物的形象，也都有着现实的依据，是在现实的基础上进行理想化、典型化的。所有这一切，使贺敬之同志诗歌中的革命浪漫主义与革命现实主义有着比较密切的关系。正因为如此，一些同志把贺敬之的诗当作革命的现实主义与革命的浪漫主义相结合的例子。[①] 但是，我认为，从总的倾向来看，诗人解放后的创作确实不是“以精雕细刻的写实手法见长，”而是“以奔放的热情和大胆的幻想取胜”[②]，明显地表现出以革命浪漫主义为其主要倾向，因此还是如实地称之为革命的浪漫主义更好。

贺敬之同志为什么在解放前的诗歌创作中采用现实主义的创作方法，而在解放后的诗歌创作中却采用了革命浪漫主义的创作方法呢？我认为，这既有诗人自己的经历、思想和创作发展的个人根源，也有时代和生活的因素。抗日战争时期，贺敬之在经过童年的贫困、少年的流浪之后，终于找到了党，并且投入了延安的怀抱，这时候，他怎能不怀着“向母亲倾诉冤屈的心情”，用党给他的战斗的笔，记录下“对旧中国农村的悲惨生活的回忆”[③]。而后，他又怀着对新生活的挚爱，记录下延安和解放区人民的斗争生活。这一切，就使他的诗作表现为现实主义的。新中国成立以后，新生活激发了诗人的激情和理想，同时，丰富的革命斗争经历和长期的文学艺术实践（特别是带有强烈浪漫主义色彩的新歌剧《白毛女》的创作），又给了诗人以广博的才情和更高的艺术表现力，而共产主义世界观又赋予他崇高的理想，博大的胸怀，使他的思想升华为浩荡的大江。这样，诗人不再满足于就事论事地、直接表面地反映生活了。经过较长时间的积累和酝酿，探索和思考，在重回延安的时候，诗人的激情被生活的导火索点燃了，诗人感情的闸门打开了，积蓄已久的激情披着炫目的理想的光彩，从心底喷薄而出，开始形成革命浪漫主义的倾向。这种倾向又受到1958年开始提倡的革命的现实主义和革命的浪漫主义相结合的创作方法的激励，就更加自觉地发展起来。

正是由于贺敬之同志重视革命的浪漫主义，并自觉地运用革命的浪漫主义的创作方法，用壮丽的语言、豪迈的调子和鲜明的色彩抒发了强烈的革命激情和远大的共产主义理想，展拓了英雄人物的革命情怀，因而大大增加了作品的艺术感染力，有力地扣动读者的心弦，能引起人们的共鸣，唤起读者起来战斗！这是革命的浪漫主义的优点！但是，也应看到，由于浪漫主义太偏重于主观激情的倾诉，因而有时对现实缺乏深入的剖析，对生活中的丑恶现象的批判显得无力。特别应该指出的是，由于诗人对1959年出现的浮夸风、共产风缺

---

① 中国社会科学院文学研究所科研组编辑之《文艺研究动态》1979年第9期《关于“革命的现实主义与革命的浪漫主义相结合”问题的讨论》。

② 周扬：《我国社会主义文学艺术的道路》。

③ 《贺敬之诗选·自序》。

乏正确的认识，因而在《十年颂歌》一诗中对它进行了错误的颂扬，而对正确的东西进行了批判，这就不能不大大影响这首诗的思想性。这个例子说明，在运用革命浪漫主义的创作方法的时候，仍然必须真实地反映生活的主流和本质，反映人民的疾苦和悲欢，否则，就会成为虚张声势的革命空喊，甚至成为粉饰生活、掩盖矛盾的东西。贺敬之同志正确而深刻地总结了自己的经验教训，在《贺敬之诗选·自序》中指出："诗以及所有的文艺作品，必须真实地反映客观生活，同时也必须真实地反映主观感受。这就不可避免地出现了作者的爱和憎的问题，也就是创作上的歌颂光明和暴露黑暗这个老问题。这是作家的党性和作品战斗性的尖锐表现，是坚持真理、坚持生活真实性和政治倾向性相一致而必须解决的问题。……我们必须进一步认识，歌颂光明和暴露黑暗，从来是一个问题不可缺的两个方面。这不仅在无产阶级当权以前是这样，在以后也仍然是这样。我们理应大大地歌颂光明，但同时也必须勇敢地、准确地揭露和批判那些落后和黑暗的事物。"正是"在经历了'四人帮'的这场浩劫之后"，诗人和亿万人民一起，"亲眼看过我们的党和人民是怎样用血泪和生命去面对黑暗，揭露黑暗，消灭黑暗，因此才保卫了光明"。因此，他写出了"准确而大胆地表现矛盾斗争"，更深刻、更有力地反映和歌颂我们的伟大时代的《中国的十月》和《"八一"之歌》两篇长篇抒情诗。在这两首诗里，诗人在用"欢欣的泪水"和"滚滚的热血"来颂扬粉碎"四人帮"的伟大胜利和人民军队的丰功伟绩的同时，又以"怒涛翻卷"般的愤慨，深刻地剖析和鞭挞了林彪"四人帮""这窝蛇蝎"！从而大大加强了诗篇的力度和深度。

最近，当我同文艺界的几位同志谈到我正写贺敬之的评论，并说我认为贺敬之的诗是革命的浪漫主义的时候，一位诗人竟然说，你这不是在贺敬之脸上抹黑嘛！你说他是浪漫主义，这不等于在批判他吗？这几句话引起了我的深思，为什么说浪漫主义就是给人抹黑？为什么浪漫主义竟变成了可怕的、反面的东西了呢？这真是不可思议，然而这却是事实！这个现象，表明我国文艺界某些同志思想认识的片面和偏颇，表明"四人帮"煽起的形而上学的风气并没有真正得到克服，也表明了我们的理论研究工作和舆论宣传工作的某种片面性和绝对化。

诚然，在"四人帮"大肆鼓吹的三突出、高大全、主题先行等谬论的影响下，前些年诗歌创作中出现了大量所谓突出政治、为路线斗争服务的宗教式的赞歌和政治口号的传声筒，出现了内容空虚、思想贫乏而故作豪言壮语、华而不实的"标语口号诗"。这些诗歌远离了人民的生活和斗争的真实，背离了人民的意志和愿望，必然失去生命力。打倒“四人帮”以后，针对“四人帮”的破坏和干扰，大力批判“四人帮”的帮八股，大力恢复现实主义的传统，是十分必要的，也是卓有成效的。但是，一些同志又从一个极端走向另一个极端，好像假话、空话、“长空派”的诗歌，都是浪漫主义带来的，于是对浪漫主义都不屑一顾，甚至成为反面的东西了。这就等于为了倒掉盆中的脏水而把盆中的婴儿也倒掉一样。我认为，我们应该洗掉“四人帮”一伙泼在浪漫主义身上的污泥浊水，而让它本身重放异彩！

周扬同志在《我国社会主义文学艺术的道路》的报告中指出：

“人类艺术从一开始就同时具有现实的和理想的因素，到后来，现实主义和浪漫主义才发展成为两个不同的流派。现实主义者偏重观察，善于描绘客观世界的精确图画；浪漫主义者偏重想象，善于抒发对理想世界的热烈幻想。两者从不同角度反映了现实，丰富了文学艺术的历史。

“但是，过去对于现实主义和浪漫主义却存在着一种片面的看法。说到文学艺术传统的时候，不少人往往只强调现实主义，似乎现实主义一切都好，浪漫主义一切都坏，而忘记了在整个文学艺术历史的巨流中，不断积累起来，丰富起来的优良的浪漫主义的传统。……”

有趣的是，贺敬之同志也谈过相似的话：“甚至有时候，‘浪漫主义’这个字眼成了反面的‘可怕’的东西。”“当然，这是有原因的。由于我们思想改造得不彻底，生活的贫乏，不免常常要请所谓的‘浪漫主义’来帮忙。结果是，‘帮忙’成了‘帮乱’。如周扬同志说的，革命的激情成了‘虚张声势的革命空喊’，革命的理想，艺术的想象成了‘知识分子式的想入非非’。这就是说，所谓浪漫主义成了小资产阶级的个人狂热和歪曲生活的‘浪漫主义’了。这只能算作是消极的浪漫主义。因此，怎么能不成为反面的、可怕的东西呢？但是，后来，在我们的实践中，反对了这种消极的浪漫主义，而却没有把浪漫主义区别看待，竟连革命的浪漫主义也疏远了。正如俗话说的：‘蛇咬一口，看见井绳也害怕。’”

今天，我们应该总结过去的经验教训，在大力恢复文艺的革命现实主义的优良传统的时候，不要忽视了革命浪漫主义的巨大作用。不要从一个极端走到另一个极端，而应该正确地、全面地贯彻党的文艺方针。现实生活缤纷多彩，波澜壮阔，反映现实的文艺的创作方法也应当而且可以是多种多样的。我们既要大力提倡革命的现实主义、社会主义的现实主义，也要努力发挥革命的浪漫主义以及革命的现实主义和革命的浪漫主义相结合等无产阶级文学的创作方法的巨大作用，让作家在政治方向一致的前提下，选择自己得心应手的创作方法，为繁荣社会主义文艺作出自己的贡献！

（原载《广东教育学院学报》1984 年第 1 期）

贺敬之的诗歌艺术

吴开晋

在新中国的诗坛上，贺敬之的诗作占据着重要地位。对此，几十年来已有不少专著和文章论及。人们称赞它具有强烈的时代精神，富有浓郁的诗情，并肯定其直抒胸臆的抒情方式和在艺术手法上的多种探索，这些无疑都是正确的。但是，从诗艺和诗美的角度却很少论及，本篇试图在这方面作些探索。

一、以情引物的抒情美

当诗人在现实生活中由于美好的事物而欣喜，或由于丑恶的事物而愤慨的时候，他便掌握了进行创作的第一把也是最重要的一把钥匙。正是情，这个变幻莫测的精灵给了诗人以丰富的想象和精巧的构思，它像古代神话中的金线一样，把万物加以缝缀。诗，是抒情的艺术，贺敬之是深谙此理的。他曾着重强调，诗人不论选取什么题材，都是为着写出这个情来。① 早在1950年《谈提高作品的思想性》的文章中，还明确指出：诗人的“思想认识及生活形象要和作者的情感相结合，通过作者的‘情感的溶化’之后，才能产生真正的‘诗意’和有血有肉的思想性和战斗性”②。可见诗人不仅把情视为创造形象和揭示主题的手段，而且看作是它们的动力。和他风格相近的另一位诗人郭小川也说过：“一首诗，用什么把诗情串联起来？一般抒情诗，我认为，在通常的情况下，总是以情绪（感情）的变化和层次来贯穿的。与其说是意境，不如说情绪（或感情）更为确切。因为，既叫‘抒情诗’，自然应该把‘情’放在

---

① 参见李元洛：《豪情如火气如虹》，《文艺报》1981年第9期。

② 《人民戏剧》，1950年第2卷第1期。

第一位。”① 他说的“诗情”，可理解为，是浸透了诗人感情的艺术形象，情绪或感情则是诗人内心的激情。两位诗人可谓“英雄所见略同”。但是，作为贺敬之的诗歌创作，如何通过诗的形象表现出一种抒情美来，又有哪些独具的特点呢？

1. 情与物的统一

贺敬之所讴歌和贬斥的事物都曾深深地激励过他，他便以情为线，去串缀它们，从而达到审美主体与客体的融洽无间，也即是情与物的统一。我们读他后期的诗作，甚至是早期的诗作，都可以很清楚地感受到这一点。在他最早的组诗《跃进》中，诗人通过自己在赴延安的路上的点滴感受，着力描绘的是一幅幅旅途上和西北高原的淡雅图画，情与物的结合大多还显得游离，但已窥见了他后来独具特色的情与物完美结合的端倪。如诗人在《马车》一诗中唱道：

马群，
憩息在路旁。
倔犟的驾驭者的脸
映着火，
粗重地呼吸着。
豆料和烟草的气息
膨胀在夜的胸膛。

我祝他们安眠，
在高原的摇篮里，
叫大风沙，
给他们唱催眠歌……

这是全诗的最后两节，少年诗人捕捉了一些路途野营的生活片断并抒发了自己对马车夫、对西北高原的祝愿和热爱之情，但情与物的结合还不是很有机的。到延安后，怀着“向母亲倾诉冤屈”的心情所写的《乡村的夜》，着重在

① 郭小川：《谈诗》，上海文艺出版社1978年版。

对客观物象的描绘上，叙事成分是很浓的，有的就是叙事诗，而诗人的感情则暗暗地隐含在里边，都不足以代表贺诗后来的这一特色。《朝阳花开》中的诗，还属于诗人向民间艺术的学习探索阶段，这一特色也不突出，但其中的《笑》，却在这一点上有特殊意义。尽管有的论者对这首诗的评价并不高，但它却以一个翻身老贫农的口吻，面对纷纷扬扬的雪，尽情抒发了诗人对新生活的咏赞与喜悦之情。诗中的“我”不是诗人自己，是翻身农民张老好，但其抒情方式，却开辟了新的途径，是向诗人创作的成熟期的过渡。诗中的张老好，以情为线，把眼前的雪花美景、红灯鞭炮的喜庆气氛，和威风扫地的地主阶级的穷途末日以及他们过去对农民的压迫，经过集中提炼全连缀在一起，从诗情上给了广大读者热烈的感染。而后，经过诗人多年的探索与艺术实践，终于找到了他独特的抒情方式，从而形成了不同于他人的抒情美。

这里不妨同其他有影响的诗人稍作比较。著名老诗人艾青，其诗作感情深沉，哲理深邃，但其内心之情多以渗透方式，注入到一个个具体意象中，或通过象征的手法使人体味其内在之情，如著名的《太阳》、《黎明》、《树》。即便是《大堰河——我的保姆》、《向太阳》那样感情浓郁的长篇抒情诗，虽也在一组组的鲜明画面中，使人体味到诗人的怀念、欢欣和热烈的向往光明之情，但感情的跨度和跳跃性似不如贺诗的大，情在形象中隐藏得也比贺诗深。而与贺敬之同时代又齐名的诗人郭小川，也属于感情热烈而豪放的诗人，但二人也有差别。贺诗中审美主体与客体的结合，在于以情为线，捕捉调遣宇宙万物，而造成新的诗体形象，他更多地受到屈原的《离骚》和李白的一些歌行的影响；而郭小川的《致青年公民》的组诗，感情虽热烈，但更多地带有政论的色彩，对哲理的开掘，用墨较多，至于他以后写的《林区三唱》、《甘蔗林——青纱帐》等名篇，在保持开掘哲理的这一特色的同时，感情也趋向于向深处埋藏，不似贺诗那样感情明朗而欢快。至于李瑛诗作的“以画写情”，公刘诗作的“以物体情”，和贺诗在抒情方式上都是不同的。贺诗的抒情方式，则是以“我”（代表集体的小我与大我的统一）为中心，以“我”之情为主线，根据诗人情感发展逻辑的需要，在时间和空间上做大幅度的跳跃，把多彩的物象捕捉而来，从而展现出其激昂的诗情。他既不像艾青那样，把感情渗透到具体物象中，让读者通过一组组形象的画面体会作者的心境和各种情绪；也不像郭小川那样，通过在一个个具体场景中的抒情，较含蓄地引发哲理（当然，这是指其后期代表性的诗作而言），似把感情作一浓缩。他是把内心的感情尽量以辐射性的方式表现出来，从而显得更热烈、更奔放。前二人多是以物引情或体现情，贺诗则是以情引物，尽展胸怀。虽然同样是美，但美的特点又各不相同。贺诗的这一特点，在名篇《放声歌唱》和《雷锋之歌》中表现得尤为显著。前者是诗人向党的“八大”的献礼，他把自己对党、对新生祖国的炽热感情全融进了诗篇。对党、对新中国的赞颂之情可说是这部交响乐的主旋律。此刻，诗人以情为线，不仅连缀并展现出新中国一幅幅壮美的图像，又在情的推动下，以丰富的想象尽展了党的光辉斗争历程和一代人投身革命、在革命队伍中成长的经历。诗人“视通万里”，“神与物游”，把欢快的、悲痛的、低回的、高昂的音符都组合起来，从而构成了一部激奋人心的交响乐。从中不但能使人领略到那各具特色的壮美图景，而且更重要的是使人看到了诗人那颗火热的赤诚的心。而我们领略前者之美，恰恰是在诗人感情的线索牵引下实现的，这便使人感受到了一种拨动心弦的抒情美。后者是诗人对一代新人雷锋的热烈赞歌，诗人并未简单地复述雷锋的成长过程和英雄事迹，而仍然以自己的感情为金线，捕捉缝缀一个个多彩的物象，既突现了雷锋的高大而可亲的形象，又尽展了自己对英雄人物，对培育英雄的伟大的党和毛泽东思想的热爱情怀。全诗六个乐章，诗人的情，像一根金线一样，把天地古今，高山大河，英雄和群众的业绩都缝缀起来，形成了一组组激奋动人的乐段，造成一种抒情美，给人以情感上的热烈感染，而诗人的“我”也同“物”交融在一起了。

2. 情与理的结合

从诗人自己的“情”的角度上说，他不仅在诗中尽力抒发自己的喜怒哀乐之情，而且注意在情中体现出深刻的思想，达到情与理的结合。感情虽是诗的灵魂，但我们不是惟情论者。正如普列汉诺夫在《艺术论》中说的：“说艺术只表现人们的感情，也是同样不正确的。不，它表现他们的感情，也表现他们的思想。然而，并不是抽象地，而是借着活生生的形象来表现的。”这一见解是很深刻的。贺诗中不仅有热烈的感情，而且有深刻的思想性。如近作《“八一”之歌》，诗人以一个老兵的身份，赞颂伟大的人民军队，和我们军中优秀的统帅：

啊，黄河渡口，
雪里雨里——
　　司令员啊，
　　我身背米袋，
　　在送你追你、

追你赶你啊——
千里南下
那飞奔的马蹄……
平津战场，
烟里火里——
老团长啊，
在前沿阵地
你将我扶起，
你胸口的鲜血啊
洒满我全身军衣……

读到这里，我们的感情便被掀起波澜，然而诗人并不满足于此。“啊，半个世纪/我们的军史，/代代鲜血/染红的军旗!”又说明我军艰苦卓绝的战斗历程，告诉你一条深刻的真理。

3. 理与象的融会

诗人还以情为动力，让想象驰骋，使抽象事物形体化，使诗人的感情具象化，达到哲理与形象（理与物）的结合。一般说来，诗歌比较忌讳抽象概念的术语和某些大道理入诗，但如果运用得当，能赋予它们以形体，也是可取的。贺诗在这方面不仅有所探索，也有所贡献。如在《放声歌唱》中称颂我们的党“在节日里，/我们的党/没有/在酒杯和鲜花的包围中，/醉意沉沉，/党，/正挥汗如雨！/工作着——/在共和大厦的/建筑架上!”把党这一抽象名词具体化、人格化了；还把“历史”、“命运”这样的抽象术语拟人化，称它们为“历史”同志和“命运”姑娘，给人以形象感受；在《东风万里》中，又把古老的中华如何焕发青春，描述为：“看/五千年的/白发，/几万里的/皱纹，/一夜东风/全吹尽!”思想深邃高远，形象博大宏伟，如果用：“古老的苦难的中华，焕发了青春，正昂首阔步前进!”形象性就差远了，诗的抒情美也就丧失了。这不能不说是贺诗的一个特色。自然，贺诗中也有一些议论过多的诗作，形象性较差，究其原因，还是诗人的情此时不浓，也就不能以情这根线，去引导哲理，补缀形象，如《伟大的祖国》、《不解放台湾誓不休》、《回答今日的世界》等。前两首在自编选集时已删除，说明诗人早已有认识，这确实可以使我们深思。

二、风格中的阳刚美

1. 我们需要新的“鼓手”

我国古文论中，论风格美的篇什虽有一些，但都比较粗略，至清代的姚鼐，才作了详尽的描述，他在《复鲁絜非书》中说：“文者，天地之精英，而阴阳刚柔之发也。……其得于阳与刚之美者，则其文如霆，如电，如长风之出谷，如崇山峻崖，如决大川，如奔骐骥；其光也，如杲日，如火，如金镠铁；其于人也，如凭高视远，如君而朝万众，如鼓万勇士而战之。其得于阴与柔之美者，则其文如升初日，如清风，如云，如霞，如烟，如幽林曲涧，如沦，如漾，如珠玉之辉，如鸿鹄之鸣而入寥廓；其于人也，漻乎其如叹，邈乎其如有思，暖乎其如喜，愀乎其如悲。”① 他把文章的风格美归结为阳刚与阴柔两大类。自然，诗文中的风格美是多种多样的，阳刚、阴柔只是取其近似点而已，但它却极形象地道出了这两大类诗文风格美的差异。我们以此来观察贺敬之的诗作，恰恰可以发现其如雷霆闪电、长风出谷之类的风格美。是的，我们不应该在提倡某一种风格美的同时，排除另一种风格，小桥流水，清风雾月，也是人们所需要的；但不能不说，那种崇高壮丽，热烈讴歌时代，带有气吞山河气势的风格美（不是假大空），更能体现时代的特色，能在精神上给人以更大的鼓舞。闻一多在评价田间的诗时，也曾意味深长地说：“当这民族历史行程的大拐弯中，我们得一鼓作气来渡过危机，完成大业。这是一个需要鼓手的时代，让我们期待着更多的‘时代的鼓手’的出现。”② 处在社会主义建设时代的中华民族，不也同样需要“时代的鼓手”吗?! 贺敬之成熟期的诗作，是可以担起这一称号的。

2. 多彩、鲜明、崇高、热烈

贺敬之建国前的诗，还在探索之中，艺术风格还不甚显著和确定；而在建国后，不论是采用民歌体、旧诗体，或用楼梯式创作的诗篇，都有一个共同的特色：多彩、鲜明、崇高、热烈，给人更多的是阳刚之美。

诗是空间艺术与时间艺术的综合体，其美感作用，既诉诸人们的视觉，亦诉诸人们的听觉。甚至，通过诗人形象的描绘，还可以从触觉、味觉、嗅觉诸

① 《中国历代文论选》下册，第204页。

② 《闻一多诗文选集》，第188页。

方面使人感受到一种特殊的美。

从视觉感受方面来说，贺诗所描绘的形象是壮丽的，色彩是鲜明的，能给人一种热烈红火的感觉。我们知道，色彩本身是无感情的，但由于客体物象中不同物体的不同色彩，能激起人们独特的感受，因而，通过人的联想，就可以赋予某种色彩以一种感情。如红色，可以使人联想到火、光、旗帜、热血，给人一种热烈奋发之感；黄色使人联想到土地、山峦、日月，给人一种凝重、庄严的感觉；绿色使人想到花草、树木，给人一种清新、悦目之感；蓝色使人想到大海、溪流、蓝天，又给人一种开阔、淡远的感受；而灰色则使人联想到衰败的田野，枯萎的禾草，使人产生伤感、惆怅之情。而贺诗，为了体现一种明亮的时代风格，多选用一种使人觉得热烈、豪放、明朗的色彩。如《回延安》中那“柳林红旗”相间，“白羊肚手巾红腰带”的欢迎场景，“米酒油馍木炭火，团团围定炕上坐”、“白生生的窗纸红窗花，娃娃们争抢来把手拉”的谈心描绘。尤其是第四段中诗人笔下的延安城的变化，不是给人一种奋发热烈的感受吗？至于《三门峡歌》中所描绘的“青天悬明镜，湖水映光彩”、“百花任你戴，春光任你采”的三门峡古今变迁，《桂林山水歌》中的“水几重啊，山几重，水绕山环桂林城”、“鸡笼山一唱屏风开，绿水白帆红旗来”的崭新面貌，也是使激情顿生的描绘，展示了其绚烂而豪放的风格美。而在名篇《放声歌唱》中，可谓是诗人绘制了色彩斑斓瑰丽的长幅画卷。诗人的彩笔所勾勒的汹涌的波涛，沸腾的生活浪花，万花盛开的大地，光华灿烂的天空，钢铁的火焰，少先队的红领巾，机翼旁的白云，星光和灯光的联欢，又是何等地让人神往的画境！甚至那奔流的泪水也是因欢乐而流。尽管诗人曾不无遗憾地说：“我对社会主义事业的理解是太肤浅，太幼稚了，对我们生活中的矛盾的认识是过于简单、过于天真了。这就使得我在作品中不能准确而大胆地反映和歌颂我们伟大的时代。”① 从其创作的整体来看，无疑是诗人真诚而深刻的总结，但从《放声歌唱》、《雷锋之歌》等名篇来讲，也不能不说，他对我们新生的社会主义祖国的光明和充满生机，作了深情而热烈的歌颂，并描绘了我们祖国解放初期的日新月异的变化和威武英姿，给人一种强烈的情绪感染，这不能不说是得力于崇高热烈的风格美。

从听觉感受来看，诗人不仅通过富于听觉意象的一组组词汇来描绘绚丽多姿的艺术形象，而且通过响亮而铿锵的旋律去表达那种“大江东去”的气势。

---

① 《贺敬之诗选·自序》，山东人民出版社 1979 年版。

这即是其阳刚美的一种表现，同那些清俊、婉转的阴柔美的风格确实各有千秋。据《说郛》卷二十四引《吹剑续录》载："东坡在玉堂，有幕士善讴，因问'我词比柳词何如'，对曰：'柳郎中词只好十七八女孩儿，执红牙拍板唱杨柳岸晓风残月。学士词须关西大汉，执铁板唱大江东去。'"① 这位幕士没有贬低任何一方的意思，但却道出了二人不同的风格美。贺敬之同闻捷的诗作亦可借此比喻。贺诗通过听觉意象展示的大气磅礴的诗情和创造出的形象，确是豪迈而雄浑的，少有那种纤弱缠绵之感，像《中流砥柱》中的"我来三门峡，脚踏禹王跃马处；看黄水滚滚，听钻机突突。使我满眶热泪陡涨，周身血沸千度"。"急流万马来，往古英雄无数；看漫天烽火，听动地鼙鼓。""看黄河新妆，听雷霆脚步！我唤古人梦中惊起：长叹英雄不如！"这一组组富于听觉意象的诗句，不是给人一种豪迈之感吗？再如，诗人为了使雷锋这一英雄形象，跟整个时代联系起来，不仅通过一组组视觉意象把美好的事物与其紧密结合，而且还善于运用听觉意象达到这一目的。《雷锋之歌》第二章中：

……惊蛰的春雷啊，
浩荡的春风！——
　　正在大地上鸣响；
　　正在天空中飞行！
一阵阵，
一声声——
　　"雷锋！……"
　　"雷锋！……"
　　"雷锋！……"
道路上的列车啊，
海港里的塔灯——
　　有多少个车轮
　　在传诵啊；
　　有多少条光线
　　在回应……
一阵阵，

① 转引自唐圭璋：《宋词纪事》，第81、82页。

一声声——
“雷锋！……”
“雷锋！……”
“雷锋！……”

诗人撷取春雷、春风、塔灯、车轮等组成的意象，诉诸人们的听觉，以突现雷锋精神的传播和人们对英雄的热爱之情，因而给人一种鼓荡心神的强大的美感力！而具有阴柔之美的闻捷的诗，则另有一种天地。

闻捷的成名之作《天山牧歌》是他前期风格的代表。不论从视觉形象和听觉形象上来看，都具有一种清丽、俊逸的风格美，他描绘的形象是苹果树下姑娘的思恋，葡萄园里姑娘们和小伙子的嬉乐，赛马会上情侣的低语，以及水渠边、舞会后、麦田里的热烈追求。值得注意的是，诗人把他讴歌的各种人物置于优美的吐鲁番的广阔田野上和富有边疆色彩的和硕草原，再配以挂满枝头的苹果，玛瑙一样的葡萄，并翅而飞的夜莺，晚归的马群，湖畔的白羊等富有质感的多彩物象，自然就给人一种视觉上的清丽、俊逸的阴柔之美。再从听觉上看，诗人不仅选用了比较舒缓轻柔的节奏（不是急促的短句，多是音韵和谐、对衬的中板），而且通过对手鼓声、三弦琴声、优美的情歌，甚至情侣们的心跳声的渲染、烘托，也让人感到一种阴柔之美。这一切同贺敬之诗歌中的阳刚之美是多么不同啊！

3. 据风格的要求去捕捉形象

贺诗风格的这种热烈而崇高的阳刚之美，还体现在诗人对形象的选择上，他往往捕捉大自然中美好的事物或是博大恢弘的景象，给人一种雄健、宏伟的立体感。诚然，那些纤细柔弱的花花草草，曲折回环的小桥流水，也给人一种美感，从而陶冶人们的性情，但毕竟属于“婉约”，是阴柔美的范畴，这同贺诗是有距离的。贺诗中所选用的那些宏伟的物象，同屈原的《离骚》、李白的歌行以及郭沫若的《女神》，确有一些渊源的关系，不能不说是受了这些伟大诗人的影响。但贺敬之也有自己的创造，他是从现代生活出发来选择物象的。《西去列车的窗口》可谓抒情气氛很浓的一首长诗，不同于其他呐喊式的诗作。然而，诗人选择的物象也是很有气魄和力度的，如“九曲黄河”、“六盘山峰”、“井冈山的拂晓攻击”、“大渡河、扬子江的水流”，还有“古长城”、“祁连山”、“南泥湾”、“天安门”、“大戈壁”等。当然，这与诗的内容不无关系，但如换一位善于从微观处着眼的诗人，则会选择那些更能探索人们心灵奥秘的细微物象。而贺诗，由于其独特的风格，则更着力于选择博大形象，从宏观处描写。至于气势如黄河之水一泻千里的《三门峡——梳妆台》中的“黄水劈门千声雷，狂风万里走东海”、“神门平，鬼门削，人门三声化尘埃”等诗句，更是使人心胸为之开阔。需要说明的是，诗人对这种宏伟物象的选择，是与其对生活的深厚体察、诗情的激荡翻滚分不开的，离开这一点，就会成为空洞的喊叫，前边提到的几首不成功的诗作，便有这种毛病，其中尽管也有红日高悬，钢水奔流，“昆仑高上天，大江入东海”等豪言壮语，但因缺少生活气息和发自内心的激情，就不免流于空洞和概念。

三、善铸新体的形式美和语言美

在中外文学史上，那些有成就的大诗人，其作品虽然以在内容上深刻地反映了社会生活、抒发了真挚的感情而确定了其主要地位，但是，如果没有在艺术形式上的探索与创新，其艺术生命也必将枯萎。屈原如果没有对周代民歌特别是楚歌的学习和改造，其骚体诗则很难产生；杜甫、李白如果没有对前代诗人、汉魏乐府以及南北朝民歌的学习、借鉴，那些动人的乐府歌吟、精致的近体诗，也不会创作出来，现代大诗人郭沫若、闻一多、艾青，外国大诗人歌德、普希金、雪莱、泰戈尔等，也是从多方面吸取营养，在艺术上进行创新。当然，每种新形式的产生，都首先决定于当时的社会生活影响，如艾青说：“无论哪种形式的产生，都不是由某个天才的拟订而成的，而是由于作家们为了表现他们自已所生活的时代而进行的。”① 但是作家从多种途径进行借鉴，从而创造新的诗体、语言风格，也是必不可缺少的。我们以此来看贺敬之的诗作，就不难发现，他的诗的触角，是伸向几个不同领域（古典诗、外国诗、民歌）进行探索之后，才又进行新的创造的。可称之谓博采众长，熔铸新体。

1. 博采众长，熔铸新体

先看诗的体裁方面。毋庸置疑，贺敬之早期，也曾经过模仿和各种探索阶段，《并没有冬天》、《乡村的夜》，则主要学习了马雅可夫斯基和五四以来的自由体诗；《朝阳花开》中的部分作品以及后来的《回延安》、《又回南泥湾》、《桂林山水歌》等，主要学习的是民歌小调，特别是陕北“信天游”的形式；《三门峡歌》又把视野扩展到了古典诗词；《放声歌唱》、《东风万里》、《十年

① 艾青：《诗的形式问题》，《艾青研究专集》第217页。

颂歌》等政治抒情诗，则又学习了马雅可夫斯基的楼梯式。但这是在“博采众长”，在形式上还没有进行自己的熔铸。只有到了《雷锋之歌》、《“八一”之歌》中，诗人才把多年的学习和借鉴，特别是对楼梯式的学习运用，使之更有规律、更民族化，从而形成了一种独创的“交错式”。从节奏和音韵上讲，它仍同楼梯式差不多；但从排列形式上看，就更整齐、更规范了。如果说“长廊句”（集短句为长句）是郭小川对新诗形式的创造，那么，“交错式”就是贺敬之对新诗形式的创造。请看《雷锋之歌》中的一段：

假如现在啊
我还不曾
不曾在人世上出生，
　　假如让我啊
　　再一次开始
　　开始我生命的航程——
在这个大的世界上啊
哪里是我
最迷恋的地方？
　　哪条道路啊
　　能引我走上
　　最壮丽的人生？

如果像以前的楼梯式那样排列，把这十二行诗也分成四组台阶诗，显然在读者的心目中，民族化的特色就会少一些，总有些因袭的痕迹并会使人产生凌乱之感；但是如不交错排列，而按一般自由体排列，十二行诗照直排下来，读者阅读或朗诵时，又会不易分出层次，也掌握不好诗的节奏。别看是一个简单的交错排列形式，诗人是经过长期的摸索，付出了创造性的劳动的。

2. 广泛吸取语言的营养

再看，在诗的语言运用方面。既然诗人在形式上从古典诗词、外国诗歌和民歌中吸取了养料，那么，在诗的语言运用方面，也必然会从这三股清流中去吸取有生命有价值的东西，来丰富自己的创作。诗人不仅把一些现代的生动形象的词汇甚至政治术语加以形象化，引入自己的作品，而且还能从古典诗词和民歌中选取恰当有用的词汇。如民歌中一些形象性的比喻和口语，诗人撷取来，使诗篇增添了浓郁的生活气息和地方色彩："树梢树枝树根根，亲山亲水有亲人"（《回延安》）；"塔里木的麦浪啊江南的风，南泥湾的号声响不停"（《又回南泥湾》）；"塞外的风沙啊黄河的浪，春光万里别故乡"（《桂林山水歌》）等句，使人读来备感亲切。再如古典诗词中一些有生命的词汇，诗人选取来表现现代生活也增添了艺术感染力，如："乌云遮明镜，黄水吞金钗"（《三门峡——梳妆台》）；"看漫天烽火，听动地鼙鼓"（《中流砥柱》）；"春风。秋雨。晨雾。夕阳。"（《放声歌唱》）；"马头高举，/向东方/滚滚红日，/马尾横扫/西天/残云落霞！/吓慌了/资本主义世界的/'古道——西风——瘦马'，/惊乱了/大西洋岸边的/'枯藤——老树——昏鸦'"（《十年颂歌》）。诗人选取了古典诗词中的一些词汇，甚至借用某些成句套语，不仅使诗句更形象化，富有立体感，也增添了诗作的民族色彩和形式美，从而使人在感情上受到一种陶冶。此外，诗人对古典诗词的学习运用，还表现在吸取古诗词中对偶的修辞方法上，这对一个很讲求和谐与对衬美的古老民族来说，更感到亲切。其中不但有语词的对偶，也有句子的对偶。如： "五月——/麦浪。/八月——/海浪。/桃花——/南方。/雪花——/北方。"（《放声歌唱》）"望不尽的——/东风……/红旗……/朝霞似锦……/望不尽的——大道……/青天……/鲜花如云……"（《十年颂歌》）"看昆仑山下：/红旗飘飘，/大江东去……/望几重天外：/云雾弥漫，/风雨纵横……"（《雷锋之歌》）"喜泪如连绵春雨啊，捷报似漫天飞雪。万里首都钢城，十里长安大街……"（《中国的十月》）从这些可看出，这不仅是个语言表现手段问题，也是诗人的美学观点问题，作者总是力图把我们古老的民族文化中的精华吸取来，使自己表现新生活的诗作更具民族特色，以求撼动更多人的心灵。

总之，贺敬之在诗的形式和语言上从多种途径吸取营养时，是兼收并蓄；而在创造诗的形象时，则又把学来的多种形式和各具特色的语汇及修辞手段，经过沉淀、筛选，再加以重新组合和定型，熔铸出新的诗体和语言表达方式，以形成自己独特的艺术风格。目前，似乎有少数同志对诗人们在形式和语言上的探索，表现了某种忽视的倾向，认为优秀的诗歌主要决定于内容的深刻性和形象的鲜明性，或者是浓烈的抒情性，无疑这是对的；但是，还远远不够。高尔基在写给一位青年作者的信中曾语重心长地说："您必须掌握诗的形式。只有用合适的优美的外衣装饰了您的思想的时候，人们才会倾听您的诗。"① 当

① 高尔基：《给青年作者·给斯维尔格维支》，中国青年出版社1955年版。

然，贺敬之已是中国当代诗坛上一位成熟了的诗人，他不会有青年诗人在掌握形式时产生的毛病了，但是，他为了使自己的思想和诗情找到合适优美的外衣，几十年来，进行了多方面的探索和创造性的劳动。现在，我们欣喜地看到，诗人播下的种子，已获得了金色的收成。

（原载《社会科学战线》1984 年第 3 期）

贺敬之对古代积极浪漫主义诗歌传统的继承与超越

刘中项

在我国诗歌源远流长的发展历史中，出现了众多的风格和流派。贯穿始终的两条最明显的主脉，即是现实主义和浪漫主义诗歌的发展。自风骚发轫，历代承统，流波至今，它们仍然显示出强大的生命力和巨大的前途。当代成熟的诗人大多可以宗归两派，或兼两派之长。贺敬之同志即是当代革命浪漫主义诗人中的杰出代表。从他的笔谈和作品中，我们可以清楚地看到诗人深受我国古代积极浪漫主义诗歌的巨大影响。他在这种诗风的熏陶下，学习、继承、发展、创新，形成了以革命浪漫主义为主导的诗风。

一、诗人对古代浪漫主义豪放诗风的自觉继承

打开贺敬之的诗集，我们获得的强烈印象之一，就是他十分谙熟我国古代诗歌。在《放声歌唱》中他曾写道："啊，我熟读过你们的/《登幽州台歌》/《茅屋为秋风所破歌》……那无数美妙的/诗章。"他的诗中化用古语典故为诗，明引、暗引古诗名句就达数十处。如《东风万里》中的"开天辟地的盘古/已经/老态龙钟，治理九水的大禹/已经/眼花耳聋"。《三门峡歌》中的"望三门，三门开：/'黄河之水天上来'!""责令李白改诗句，'黄河之水'手中'来'"!"挽断'白发三千丈'，/愁杀黄河万年灾!""黄水劈门千声雷，/狂风万里走东海。""银河星光落天下，/清风清水走东海。"（这两句"走东海"均暗引李白的"黄河落天走东海，万里写入胸怀间"。）《十年颂歌》中的"吓慌了/资本主义的'古道——西风——瘦马'；/惊乱了/大西洋岸边的/'枯藤——老树——昏鸦'"。《桂林山水歌》中的"马鞍上梦见沙盘上画：'桂林山水甲天下!'"《雷锋之歌》中的："我国古代的/哲人们，/你们

之中/是谁呀？/——‘见歧路，/泣之而返’——竟会痛哭失声。”“我们有/毛泽东思想/炼成的/补天石：/百万——雷锋！”等等。他的诗中引用的古诗名句最为奇妙，令人叹为观止的，还是他在《放声歌唱》第三章中的连续引用。请看：“啊啊……‘前不见古人’……/但是，/后——有——来——者！莫要‘念天地之悠悠’吧，/莫要‘独怆然而涕下’……/‘君不见’——‘广厦千万间’已出现在/祖国的/‘四野八荒’！”“你们的千万枝神来之笔啊/怎么能写出/我们时代的/社会主义的/锦绣文章?!‘语不惊人死不休’——/又向哪里/去找/这最壮丽的语句：‘党！’‘我们的党！’”这些散布在古代诗海中的璀璨珠玉，作者信手拈来，轻轻点化，作为艺术构体，加以奇妙组合，构成了一个多么自然完美的艺术整体！真是运用之神妙，存乎诗人之一心。而且其中明显表现出一种心胸，视域远远超过古人的气概。

从他的作品中我们可以看出诗人对我国古代文化遗产，尤其是诗歌的学习，是十分广泛而深入的。但这并不是说他没有自己的侧重。我们从他诗中所引的古诗名句，已感到他在全面学习古典诗词的基础上，更重于对古代积极浪漫主义诗歌的学习；在创作实践中也偏重于对古代积极浪漫主义诗歌传统的继承。关于这一点贺敬之在他的《漫谈诗的革命浪漫主义》一文中表述得十分清楚而充分。他说：“值得骄傲的我们民族的诗歌，从屈原、杜甫到毛泽东、郭沫若给我们画出了深刻的现实主义发展的一条红线，同时也画出了壮丽的、积极的、革命浪漫主义发展的一条红线。可是有些遗憾，我们的文学史家和文学批评家常常把这两条同时发展的红线只当作一条红线介绍给我们。他们仿佛不大理睬积极的、革命浪漫主义这条红线，至多只当作一个小小的线头而已。”从他对错误现象的婉言批评和深深遗憾中我们不难看出，他自己是十分重视学习和继承积极浪漫主义诗歌的优良传统的。在此文中他还引用了屈原、陈子昂、李白、岳飞、陆游、辛弃疾等浪漫主义诗人的大量诗句来充分说明古代积极浪漫主义诗歌的无穷魅力。从贺敬之对这些伟大诗人表现出来的由衷钦敬和深深赞叹中，我们足见他是如何地挚爱古代浪漫主义诗歌。

贺敬之不仅从我国古代著名浪漫主义诗人的作品中深入地学习其诗风、诗法；同时也善于从古代著名现实主义诗人的作品中敏锐地发现其浪漫主义因素。在上文中，他又说：“屈原不必说，李白也不必说，就拿一般说来可以算作严格的现实主义诗人杜甫来说，每当我读他的‘安得广厦千万间，大庇天下寒士俱欢颜’的响亮呼唤的时候，当读到他攀上凤凰台，为了‘再光中兴业，一洗苍天忧’而对那象征‘王者瑞’的凤凰的‘无田雏’大叫‘我能剖心血，饮啄慰孤愁’的时候，当谈到他面对黄河泛滥的大水，想象着自己‘却倚天涯钓，犹能掣巨鳌’的时候，我们不能不感到这是同‘朱门酒肉臭，路有冻死骨’的表现方法不同的另一种方法、另一种精神。对于这样一种惊人之笔，我觉得用积极浪漫主义精神来解释是合适的。”贺敬之对古代浪漫主义诗歌、诗风的学习与研究是多么地深入细致！之所以这样，是因为诗人深深地感到积极浪漫主义文学是与现实主义文学交相辉映的瑰宝。积极浪漫主义对于一个民族的文学，特别是诗歌的发展来说，绝不可能，也不应该是可有可无的东西。他深刻地认识到积极浪漫主义的创作方法，能够把时代的生活反映得神采焕发、产生震撼人心雷霆万钧的艺术力量！因此，贺敬之在他的诗歌创作中，自觉地运用继承了古代积极浪漫主义诗歌的优良传统，努力发扬光大，力图通过自己的创作，把我们的社会主义伟大时代反映得比以往任何时代都更加光彩夺目。新中国诞生以来，他无论是在创作理论和创作实践上都一直是这样做的。

二、诗人对浪漫主义豪放诗风继承的表现

贺敬之对古代积极浪漫主义诗歌传统的学习与继承，主要表现在诗歌艺术方法上的借鉴和风格精神上的脉承。古代积极浪漫主义的优秀诗歌，以特有的艺术手法反映时代生活，表现诗人情思，往往显示出这样一些艺术特点：强烈而令人信服的大胆夸张，生动贴切的新颖比喻，神驰广远的丰富想象，色彩明丽、概括力极强的形象语言。这些特点在古代积极浪漫主义诗歌中都能找到精彩的实例。如“白发三千丈，缘愁似个长”（李白《秋浦歌》），夸张何等强烈！又如“吴丝蜀桐张高秋，空山凝云颓不流。湘娥啼竹素女愁，李凭中国弹箜篌。昆山玉碎凤凰叫，芙蓉泣露香兰笑。十二门前融冷光，二十三弦动紫皇。女娲炼石补天处，石破天惊逗秋雨。梦入神仙教神妪，老鱼跳波瘦蛟舞。吴质不眠倚桂树，露脚斜飞湿寒兔”（李贺《李凭箜篌引》），想象多么丰富广远，比喻多么新颖奇特！“花径二月桃花发，霞照波心锦裹山”（陆游《泛舟山观桃花》），色彩多么明丽！“三十功名尘与土，八千里路云和月”对其人生观和一生战斗生涯又是何等高度的概括！

古代浪漫主义诗人这些有力的表现方法在贺敬之诗中都有很好的借鉴和运用。如在《放声歌唱》中他写道：“把笔变成/千丈长虹/好描绘/我们时代的/多彩的/面容，/让万声雷鸣/在胸中滚动/好唱出/赞美祖国的歌声！”这不同凡响的惊人的夸张，比起古代诗人来是毫不逊色的。新鲜贴切的生动比喻在贺

敬之诗中，可以说俯拾即是。如《雷锋之歌》中的“那红领巾的春苗啊/面对你顿时长高，那白发的积雪啊/在默想中/顷刻消融”。在《放声歌唱》中他又写道：“在千万个/矿井/和织布机旁，煤炭/和布匹的/洪流，又在突破/定额的水位……”“啊！井冈山——宝塔山！——我们稳固的基石，老红军——老八路！——我们的钢骨铁梁！”再如《十年颂歌》中：“啊，我看见：每一个姑娘的/心中/都是一片/桂林山水……/我看见：每一个青年的/手掌/都是一座/五指山峰！”“啊！我的共和国啊/——母亲！/党啊——/我们母亲的/心！”上述例子中有明喻，有暗喻，还有借喻。比喻不仅贴切形象，更具有新颖别致的独创性。

如上面最后一个例子，把祖国比作母亲，这当然是极普通的比喻。为什么作者在这儿使用呢？我们看后一个比喻就明白其独特的用心了。这两个比喻是紧密地联系的，目的在于突出“党啊——我们母亲的心！”而后一比喻是建立在前一比喻形象基础上的二度比喻。这样就使这一组比喻不仅具有了化平凡为新奇的独特性，也同时具有贴切的形象性。

贺敬之不仅继承了古代积极浪漫主义诗人想象丰富多彩的特点，而且这种想象较之古人更为丰富、更为广远。他思绪的骏马纵贯古今未来，想象的翅翼展飞于宇宙太空。在《放声歌唱》中他将“我们光荣的祖先”，“我们革命的先烈”，“伟大的马克思、列宁”和“未来世纪的公民们”全都请到了20世纪50年代新中国的评论席上和诗人一起礼赞祖国所取得的成就。想象既十分新奇，又使人觉得合情合理。诗人在许多诗中都这样通过在时间长河中的飞腾想象，让过去与未来在“今天”接轨，展示出巨大的历史纵深。同时贺敬之的想象也表现出在空间领域中的驰骋。如他在《东风万里》中写道：“喂，我们的近邻啊/——火星！/让你们的/天文学家，/向我们/对准/天文观测镜——/看吧！记录吧！/——地球：/黑白分明。/光明——在扩大，/阴影——在缩小。/变化速度：/在每一秒钟。/风向：/东风/压倒西风！”（《东风万里》）诗人以革命的豪情，鼓动奇想的羽翼，凭临千山万水，涉足宇宙太空。这些神来之笔，与古代伟大浪漫主义诗人中的杰出代表李白、苏轼的想象足可方之。

诗歌的语言，本该就是高度凝练，具有丰富意蕴的。贺敬之诗的语言不仅是高度凝练的，而且其内涵的丰富也远不是一般诗歌语言的容量可比。他不是以实写实，而是以实写虚。如“桂林的山来漓江的水，祖国的笑容这样美”（《桂林山水歌》）。“啊，望不尽的/江南三月，社会主义的无边美景。”这里诗人把一种具体的自然的美，上升为一种观念的、理性的美。以小见大，以实写虚，意蕴十分丰厚。又如："一路上，扬旗起落——/苏州……郑州……兰州……/一路上，倾心交谈——/人生……革命……战斗……"（《西去列车的窗口》）寥寥数字，概括了极为广阔的空间和非常长远的时间。而这种概括的语言不但无枯燥之感，反使人觉得十分生动。

贺敬之对古代积极浪漫主义诗歌传统的继承，并非仅表现在艺术技巧和方法上，更主要的是表现在风格精神上。我国古代的积极浪漫主义诗歌，有着汪洋恣肆的澎湃激情，鲜明壮丽的阔大境界，强烈的时代精神和倾注着诗人热爱祖国的火热情感。我们读贺敬之的诗，更加强烈的体会到，篇中无不鲜明地具有这些特点。贺敬之作诗，总是站在时代的高度，努力反映人民的心声和时代的风云。他的诗篇都是"献给祖国、献给党"、献给人民的诗篇。这样的创作目的和革命的重大主题，使他的诗歌着眼于对时代洪流的整体描述。表现的是气势雄伟的全景，振衣千仞的鸟瞰。他在《十年颂歌》中开篇就是："东风！/红旗！/朝霞似锦……/大道！青天！鲜花如云……"多么雄奇壮美的境界！《放声歌唱》中起笔就是："无边的大海波涛汹涌……/生活的浪花在滚滚沸腾……/啊啊！是何等壮丽的景象——我们祖国的/万花盛开的/大地，/光华灿烂的/天空！"诗人在心海浪潮的驱动下，带着礼赞祖国的凝重深情，大笔挥洒，为我们描绘了一种海天辽远、生活缤纷的宏丽境界。通篇诗歌都笼罩在气贯长虹的豪放风格之中。

我们读他的诗，会明显地感到，诗中"啊"字用得特别多，但这并非是有的诗那种情不够，用"啊"来凑的无病呻吟，而是诗人真情满溢的自然流露。这种真情来自诗人亲历的艰苦斗争和社会主义革命建设的沸腾生活，发自诗人与人民群众息息相通的心灵深处，是时代的革命精神与阶级感情的凝聚与浓缩。因此诗人在表现自己对祖国，特别是对社会主义新中国无比热爱的时候，不仅很好地继承了我国古代积极浪漫主义爱国诗人的光荣传统和精神，而其深情挚爱表现的程度更加强烈！请听诗人发自肺腑的歌吟吧："啊！我亲爱的/共和国！/你使我/多么地/幸福！/热情的/波涛，/爱情的/绿荫——/怎么能不/充满/我的心？/九百六十万/平方公里的江山河海呵，/我爱你的/每一尺/每一寸！/三千六百五十个/日日夜夜啊，/我爱你的/每一秒/每一分！/……你/使我的/每一根血管/都沸腾着/无比的干劲，因为/爱呵——/你的每一片/新生的树叶/都使我/热泪滚滚！"（《十年颂歌》）这些诗句中表现的感情，真有如秋空烈火般灼热无比，似不测春潭般万丈深沉！普希金说过，诗人最宝贵的东西是真挚。贺敬之的诗中处处都表现出意纯过白玉，情真胜赤金！

三、诗人对古代积极浪漫主义豪放派诗歌的超越

贺敬之渴吸古代诗歌中的宝贵精华，绝非为着去步趋历代古贤的闪光足迹。他以毛泽东提出的“古为今用”，“推陈出新”的文艺方针作指导，力求站在古代积极浪漫主义诗歌巨匠的肩上，开拓了浪漫主义诗歌创作的崭新未来。写出无愧于我们时代的伟大诗篇。因此，他对古代诗歌积极浪漫主义传统的继承，是一种高层次的创造性继承。因而他在继承古人这一优良传统的同时，也深入洞见了古人的历史局限性。他在《漫谈诗的革命浪漫主义》一文中对此有段十分精辟的论述：“我们古代诗歌中的积极浪漫主义有时跟消极浪漫主义混在一起，如李白的例子就是。就是他们具有积极意义的理想主义，也常常不免‘太息’，‘怆然而涕下’，‘搵英雄泪’……因此，在他们的英雄主义中常常伴随着一种个人的孤独感……如李白说的‘大道如青天，我独不得出’，陆游说的‘乾坤如许大，无处着此翁’，等等。他们作品中的英雄人物常常只是抒情的主人公自己，他们还找不到群众。因此使得辛弃疾苦恼地叹息‘阑干拍遍，无人会登临意’。这就是使得我们如此地热爱他们，而又决不以他们的成就为满足的原因。”正因为如此，贺敬之在对古代积极浪漫主义诗歌传统继承的同时，更多地表现出了对传统的超越！他的诗中表现出他与屈原的爱国之心相通，且感情更为执著、浓烈；却没有屈原的自视清高、怀忠不遇的哀怨。他像陆游一样有过忧患痛苦的深切感受，却无陆游惆怅感伤的情绪。他的浪漫大胆、想象丰富可谓与李白同调，但他有的是革命壮气，而没有李白的“仙气”。他有如苏轼一般大江东去的豪情，但绝不“早生华发、人生如梦”的消极喟叹。总之，贺敬之以其革命浪漫主义显著地卓拔于古代诗人的积极浪漫主义之上。那么贺敬之在他的诗歌中，是如何具体地表现出他对古代积极浪漫主义诗歌传统的超越的呢？我们可以从以下几方面看：

首先，贺敬之的诗歌中始终洋溢着昂扬向上的奋发之气和革命的乐观主义精神。这是古代浪漫主义诗人不可比肩的。古代积极浪漫主义诗人的作品中，虽然表现的基本是健康的思想情绪，诗歌风格上总的来说是豪放的。但当他遇到不得伸其志，不能展其才的挫折时，往往流露出消极情绪。贺敬之的诗在描写革命斗争中遇到艰难困苦时，却总是充满革命的乐观主义精神，表现出征服困难的勇气。他在《放声歌唱》中写道：“但是，我怎么能不/又回到/延河边的/那些夜里？——啊！好冷！/可是/又多么的/甜蜜！……”《“八一”之歌》中写道：“换穿的草鞋啊，/替补的军衣……/艰苦的岁月——/是多么的甜

蜜！”诗人总是带着一腔革命豪情去看待物质生活的困苦，以巨大的精神力量去征服前进路上的险阻艰难。贺敬之在诗中表现他的乐观，不仅写了他的“欢呼”，他的“笑”，而更多的是写了他的“泪”。但是他的泪既不是“见歧路泣之而返”的“泪”，也不是“独怆然而涕下”的“泪”，也不是“唤起红巾翠袖，揾英雄泪”的“泪”，而是“甜蜜的泪水”，“眼泪的喜雨”，是“止不住的欢欣泪水”，是伴随着“最大的欢乐”的“滚滚热泪”、“倾盆泪雨”。无论在他的“笑”或“泪”中，我们都找不到一星半点忧愁的阴影，只有令人鼓舞，催人奋进的壮志豪情！

其次，贺敬之对古代积极浪漫主义诗歌传统的超越，表现为他诗歌中浪漫大胆、丰富多彩的想象是深植于社会现实生活中的。诗中一扫古代浪漫主义诗歌中往往存在的远离现实的虚无缥缈之气。屈原在他表现对理想追求的代表作《离骚》中，描写他手折的是“琼枝”、“若木”，以秋菊之落英为食，以木兰之附露为饮，驾的是飞龙，去的是天宫。李白在《梦游天姥吟留别》中描写他看到的景象是：“洞天石扉，訇然中开，青冥浩荡不见底，日月照耀金银台。霓为衣兮风为马，云之君兮纷纷而来下，虎鼓瑟兮鸾回车，仙之人兮列如麻。”这些当然是毫无现实根据的慰己的幻境，是他们找不到通向未来道路的无可奈何的表现。贺敬之的诗歌在表现对理想的追求，对前途的展望时，他神思高翥的想象不仅是美妙动人的，同时也始终是热烈的拥抱着现实生活的。请看他是如何描写未来的吧！在《放声歌唱》中他写道：“在语言的波涛中，/最好的一滴/献给你呵——/‘明天！’/——啊，我们的祖国，/‘明天！’/——啊，我们的党！/让我们/踏破/未来年代的/每一道/门槛吧，/让我们/推醒/一九五七年——/沉睡的/朝阳！”“在未来的/共产主义的/地球上，我仍然是/一个年轻的公民。我会/辛勤地/劳动，/在帝国主义的/坟地上，种出/一片绿荫。”（《十年颂歌》）诗人这样信心百倍地面对未来，如此壮丽辉煌地描绘未来，确实是“前无古人”的！

第三，在表现手法上，贺敬之也充分地表现出了对古代积极浪漫主义诗歌传统的超越。我们且不说他诗歌的体制巨大、容量丰富是古人不可企及的，只就具体的表现手法而言，也足可笑傲古代诗翁。他的诗在夸张和想象方面胜于古人，前文已有论述。现在我们就他诗中所表现的人和自然的关系来看，也明显在古人之上。在古代浪漫主义诗歌中，古人强调的是人对自然的主观感受。“日照香炉生紫烟，遥看瀑布挂前川，飞流直下三千尺，疑是银河落九天。”（李白《望庐山瀑布》）诗虽写得气势磅礴，美不胜收，但始终只体现了景物对人感官的刺激，诗人对景物的主观感受。而贺敬之的诗中，不仅有同于古人的主观对客观的感受，更强调人与自然密切的双向交流。他笔下的客观自然物，甚至一些抽象的概念也有灵有性，有感有情，正因为这样，他的诗中除了具有古代浪漫主义诗歌中常见的丰富的想象、联想、比喻、夸张、象征等手法外，更突出地大量使用了比拟手法，或喻中兼拟的手法。我们打开他的诗集，这样的例子随处可见。如“杜甫川唱来柳林铺笑，/红旗飘飘把手招”（《回延安》）。“招手相问老人山，/云罩江山几万年？/——伏波山下还珠洞，/宝珠久等叩门声……”（《桂林山水歌》）“梳妆来呵，梳妆来！/——黄河女儿头发白！”（《三门峡歌》）这种比拟手法或喻中兼拟的手法运用得最多的还是在他的《放声歌唱》这部长篇巨制中。如“在科学艺术大厅，/党的语言/正像春雷一样/唤起：‘百家争鸣’，/正像春风一样/吹开：/‘百花齐放……’！”“而你啊‘命运’姑娘，/你对我们/曾是那样的残酷无情，/但是，今天/你突然/目光一转，就这样热烈地/爱上了我们，/而我们/也爱上了你！/而你啊，/‘历史’同志/你曾是/满身伤痕、/泪水、/血迹……/今天，我们使你/这样的骄傲！/我们给你披上了/绣满鲜花、/挂满奖章的/新衣！”最令人倾倒的是他在诗中对延安和北京的比拟：“‘啊！去吧，我的孩子！/我的战士！北京/在等候你……’我的母亲——延安，/把十三斤半的背包，/放在/我的肩头，/把马兰纸的/《整风文献》/和《七大决议》/放在/我的口袋里：‘是的，任务/非常艰巨，/但是，你们将在/那里/胜利会师。/代我问候/我日夜想念的/天安门吧，告诉她说/你们是/延安来的！’”诗人笔下的母亲——延安是多么的情深意重、慈爱关怀，“北京”对延安的战士又是如何地望眼欲穿，渴盼已久啊！并且诗人在这看似平常的数十个字中，高度概括了人民解放战争的胜利道路，浓缩了极为丰富深广的历史内容。

正是因为贺敬之不仅很好地学习继承了古代积极浪漫主义诗人们的诸般长技，同时又大胆地创新超越，倾注全部心血，调动一切艺术手段来熔铸表现我们社会主义伟大时代的壮美史诗，所以他诗篇的艺术魅力才能如此地经久不衰，青春永葆，走向一代又一代人的心里。

（原载《吉首大学学报》1993年第6期）

之江报潮汛 壮怀读贺诗

——读《贺敬之诗书集》

贾 漫

一

在评论《贺敬之诗书集》以前，不得不恋恋回顾20世纪五六十年代的贺敬之，那时他的诗一出现（不是所有的诗），可以毫不夸张地说，立即引起青年人倾城倾国的追慕。诗歌唤起的是一种声音的力量，我无法用一种道理说出当时的感受，只好借助李白的两句诗，那就是：

为我一挥手，如听万壑松！

那是一种大气磅礴的鼓动，这种大气磅礴来自时代的大气候，只有万壑松涛风鸣谷应，才能形成这样的大气候。贺敬之讴歌的时代，正是新中国如日东升，朝气蓬勃。时代倾心于他，他更倾心于时代。

一曲《桂林山水歌》，如南天独秀之松，秀而不媚；

一曲《中流砥柱》，如擎天独立之松，独而不傲；

一曲《雷锋之歌》，如身化千亿之松，使多少青年洋洋乎而生凌云之志。

雷锋造就了贺敬之的诗，贺敬之又再造了诗的雷锋。

一位上海复旦大学毕业的朋友对我讲，1963年秋，贺敬之与郭小川到校朗诵诗，贺敬之朗诵了他的《雷锋之歌》，他全身心地投入，激动得忘了自己，险些从台上跌了下来，他的诗激动了全校师生，使他们十多天沉浸在《雷锋之歌》的热潮之中。一位他的诗歌崇拜者，去年在《羊城晚报》上著文，回忆当年为了买到他的诗集，徒步一百多里，到县城书店去寻找，多次未找到，最后托朋友，终于获得“千金洛阳”，这位崇拜者如今已是多次获奖的侗族诗人。

为什么他的诗在那个时代，达到那样的高峰？难道他比同代人有更高的才能吗？

二

或曰：才者，德之资也；德者，才之帅也。可见才能是服从于德的，德是统帅，德是灵魂。虽然刘勰在《文心雕龙》的《程器》一章，举出几个败德而成材的作家，为二元论者提供了依据，但刘勰最终还是指出：“彼扬马之徒，有文无质，所以终乎下位也。”他还是认为德高于文，他还是悟出为文之道：“散采以彪外，楩楠其质，豫章其干”，也就是所谓文章的风骨。

贺敬之当年，不论《放声歌唱》、《十年颂歌》，还是《雷锋之歌》，诗中那些无与伦比的语言，都是来自无与伦比的激情。他的真诚而忘我的炽烈之情，恨不得把自己烧成灰烬以此来表达他对祖国、对人民、对未来的“一寸相思一寸灰”的贞烈之爱。

> 扯开/我的衣襟！/看我/胸中的/千山万壑，/朝向你——/怎么能不发出/阵阵回音?!……
>
> ——《十年颂歌》

或者像《雷锋之歌》中：

> “小雷”啊——/你只有/一百五十四厘米/身高，/二十二岁的/年龄……/但是，在你军衣的/五个纽扣后面/却有：/七大洲的风雨、/亿万人的斗争/——在胸中包容！……

这种乾坤日夜浮的胸怀何等博大！如果他只是冷眼旁观，而不是全身心地投入，来一次灵魂的爆裂、燃烧、重铸，怎能铸出一代洪钟的阵阵轰鸣。贺敬之果真是“楩楠其质，豫章其干”，森森树立了革命现实主义与革命浪漫主义的诗歌风骨，《雷锋之歌》是一篇杰出的代表。

革命现实主义与革命浪漫主义，虽然不是唯一的创作方法，但在文学发展史上却应占有重要地位。遥想当年，宋朝虽亡，文天祥身陷囹圄，以一气而胜七气，即用浩然正气而胜狱中的水气、米气、日气、火气、土气、人气、秽气。而当时元朝的王气、霸气笼盖天地，其气焰何等嚣张，尔今安在哉？而文天祥的浩然正气，鼓舞了八百多年的中华民族（包括蒙古民族），它自然影响了贺敬之的诗魂，难道这不正是革命现实主义与革命浪漫主义的磅礴大气吗？这不正是德帅其才的中华青史吗？

三

但是，自从《中国的十月》发表以后，贺敬之几乎很少再写新诗了。田间与他，曾经作为老一代诗人，到《诗刊》组织的第一届“青春诗会”上为青年作者谈诗，鼓励不同流派的诗歌“百花齐放”，可是他自己的诗花却迟迟不放。难道因为重任在肩无法执笔？难道因为人民的忧患已经消除？难道因为英雄诗的时代已经过去？在我注目者，滔滔的笔会，寻觅者，洋洋的诗群，真是望穿秋水，不见斯人踪影。想不到，在他的故乡山东：“柴门鸟雀噪，归客千里至。”（杜甫《羌村三首》）一组《故乡行》短诗，就这样于1987年默默地产生了，直到1990年才得见于《光明日报》。

其实，在这前后，贺敬之还曾有延安、西安、青岛、胶东、深圳、珠海、内蒙古哲盟、吉林省延边以及川北等地之行。所到之处，大都有诗，真实地记录了诗人对新时期以来祖国的巨大变化，特别是对改革开放所取得的辉煌成就的热情肯定与由衷礼赞，如《咏烟台》、《咏长岛》、《访黄岛开发区》、《访深圳蛇口区》、《宿大鹏湾小梅沙》、《访桂山岛》、《长清新城留别》、《访灵渠》、《访珠海市留赠》等，可谓“情蘸南海如泼墨，写我百年两腾飞”，欢呼“南风吹人醒非醉，繁花更映木棉红”，讴歌“千山开放万壑改，长街远出旧关隘”，充分表达了诗人的兴奋心情。与此同时，诗人也对新形势下出现的新问题满怀忧虑，形诸吟咏。

> 解枷非解甲/归田岂归天？/南山歌《南泥》，马鸣自跨鞍。
>
> ——《戏赠某同志罢某官》

短短一首戏赠诗，隐含多少时代的忧伤！几年来，一阵阵否定一切的邪气浸淫华夏，否定屈原、杜甫、鲁迅，否定文化传统与革命传统，否定社会主义道路，进而否定整个民族。贺敬之几次被“解甲”，但是，作为一个公民，一个自觉的革命战士，岂能与世无争？自觉的战士就应当耳闻萧萧马鸣，自动跨上征鞍。可以说，《贺敬之诗书集》里大多数作品，都是“马鸣自跨鞍”、“新喜新忧感非昨”之作。

当时中央电台天天播放《河殇》。反对民族封闭、固步自封，自然是应该的。但是《河殇》盼望全盘西化盼得眼睛都蓝了，媚蓝、崇蓝，要把整个黄土地投入他们的蓝色染缸，需要司马光砸破这一口缸，救出沉溺的儿童。他们认为黄土文明永远不会兴盛，他们忘了汉朝的文景之治、唐朝的贞观之治，难道没有兴盛过吗？还有一种寻根之热，也有两种态度。有的人寻找洋根、西根、孽根甚至祸根，有的人干脆说不如把中国变成殖民地，比现在更好。

正是这个时候，诗人回到生身之根——枣庄，找到他的命运之根。

> 共叙河山腾飞愿，/谁听改色变蔚蓝？/榴花尽染先烈血，/熠熠红旗识故园。
>
> ——《枣庄行》

正是在铁枝霜干之间，他看到红枣的盏盏红灯，榴花的点点星火，看到“河山腾飞愿”逐渐得以实现。这一切，都是来自英雄的血沃，来自红旗的抚爱，来自改革开放的馈赠。但改革不能“改色”，“红旗”不能变蓝，这才是诗人生命的故乡、精神的家园。不仅如此，他更进一步刨根问底，继续深入：“花焰光透匡衡壁，籽液甘涌贾氏泉。繁叶万顷根千载，遍阅九洲唯此园。”原来诗人故里，是近两千年前，匡衡凿壁偷光之处，是明代大作家贾三近著书立说之处。破壁，引来文明之光；破土，引来文明之泉，黄土地之根，千古以来是“繁叶万顷”根深叶茂的，谁信那些欺人之谈！

诗人根据自己“欲探真美入下层，地心深与人心同”的近似哲人的体会，在故乡和全国各地深入走访，上下求索，今古探源，获得无穷力量。

他访李易安：“遥听鬼雄句，羡我访故乡。”他访辛幼安：“今寻二安擒叛地，午梦点兵呼我来！”婉约派、豪放派两位大词人的爱国情怀，使他双双追慕。他访孔子：“往事如涛曲阜夜，起听新歌《大道行》。”他在特定时期，重新想起孔子关于宁武子左右逢源、弃道保身的政治市侩态度的讽示，重新体味郑板桥面对浊世说出“难得糊涂”的苦心；而愤然吟出：“愚不可及宁武子，难得糊涂郑板桥。虽见玄坛纵黑虎，岂信黄粱新宋朝？”“玄坛”即道教所奉财神赵公元帅；诗人当时恰恰痛心地看到“赵公之帅”正在大“纵黑虎”，膜拜西方，推行“一切向钱看”，为腐败现象辩护，支持、纵容资产阶级自由化再次泛滥。在这种情况下，要诗人逃避现实，像宁武子那样一味装傻，像郑板桥那样故作糊涂，是不可能的。诗人关心国家前途与民族命运的忧患意识和真理必会打破任何邪恶的黄粱美梦这一坚定信念跃然纸上。

他由民族之根，而攀民族之峰，而登五岳之尊，于是他的心胸豁然开朗：“青松红日对我望，齐报骨坚心透明。”（《日观峰上》）

四

原来，贺敬之并没有停止写诗，而是选取了另一种文体，另一种形式。《贺敬之诗书集》中数百首短歌，包括了1962—1993年共三十一年的创作历程。

这些诗，采用了五七言古风歌行体的形式。他为什么要采用这种文体形式呢？用他《自序》中所说，就是：“在某种场合，特别需要发挥形式的反作用，即选用合适的较固定的形式，以便较易地凝聚诗情并较快地出句成章。”

例如他在1979年，率中国京剧团出访日本，他的即兴短诗数十首，充分发挥了诗歌外交的作用。

他访松山芭蕾舞团，旧友重逢，便出句成章：“一曲《北风吹》，含笑话酸辛。”他与新制作座剧团联欢，便挥泪成诗：“一声周总理，相见泪滂沱！”与已故日本友人后藤先生的夫人及义子会晤、赏菊、饮茶，即兴将此情此景，以及对逝者的缅怀，一并凝入诗情“傲霜金菊塑前贤，破雾银球念后藤。樱花曲终思不尽，秋雨绵绵意更浓”。

迅速地凝聚诗情，迅速地出句成章，使他在回山转海之中，在参观走访之中，向改革开放，向祖国未来寄托自己的不尽情怀。虽然他已年过花甲，在参加长白山地区老人节的联欢时，却以惊人妙句，抒发老当益壮的豪情：“长白晚霞变早霞，倒转花甲成甲花。”

他访灵渠，则壮思急飞：“振我腾飞十亿翅，马嘶万里踏波来。”

他访刘公岛，则壮怀激烈：“海涌英雄血，山铸民族魂！”

他访桂山岛，则激情澎湃：“情蘸南海如泼墨，写我百年两腾飞！”

他访屈原祠，则又怆然出涕：“《招魂》当应归乡赋，寻迹到此热泪和。”

他访崂山，则又思及黄山：“黄山尽美恐非真，山川各异似才人。崂山逊君云如海，云无崂山海上云。”此诗实在意味无穷，对于文坛存在的捧杀与骂杀的文风，可谓是一杯清凉之剂，也是要求自己防止片面性的自酌自饮之剂。

他访柳青墓，又是一副革命乐观主义与革命浪漫主义者的情怀：“床前墓前恍若梦，家斌泪眼指影踪。父老心中根千尽，春风到处说柳青。”

短短二十八字，却把战友的情谊，对作品对人品的评价，虚实相助，熔铸一炉。“春风到处说柳青。”实在是一句绝唱，使我想起李白的名篇：“天下伤心处，劳劳送客亭，春风知别苦，不遣柳条青。”两者之间，一个写生离，一个说死别，时代不同，却别有一番天地，同样感人至深，这也就是贺敬之主张的参差美吧？这种美不仅在于形式，也在于内容。这种参差，来自时代的参差。菊花与牡丹，是花中的参差，新诗与旧诗，是诗中的参差。贺敬之的新诗，有新诗的参差，短诗，有短诗的参差，或寓参差于整齐之中，或寓整齐于参差之内，参差，是诗歌发展的一条规律。

五

在《贺敬之诗书集》里，有数首长韵抒情诗，这更是他深思熟虑的述怀之作。如《志贺岛感怀》、《游七星岩、月牙楼述怀》、《游石林》、《游小三峡》、《访平武》等，这是他短诗中的长诗，这是长与短的参差。

如果说，他的新诗，特别是新诗中的长诗，具有大开大阖、大张大弛、“为我一挥手，如听万壑松”的气势，那么这一部古体短歌，短歌中的长歌，则是这种气势的继续，是他在百历千劫以后发出的“烈士击玉壶，余响入霜钟”的阵阵回鸣。

看！《游石林》一诗，一挥一十六韵：

> 览史忆战阵，访滇游石林。挥杖指万象，走马阅千军。向天皆自立，拔地深连根。入林识战友，叩石听友心。问石立何位？问林何成因？结群基一我，众我成大群。主、客二体合，个、群互为存。天运此正轨，人运亦同轮。峥嵘井冈路，风雨天安门。正、反思得失，“人”字论纷纭。忽见“救世”者，大言指迷津。西寺讨旧签，何诩“启蒙”新？废己故遭祸，唯私必沉沦。中华再崛起，大我振国魂。拨乱非易帜，石林响正音。感此热血沸，挽石入人林！

壮哉此曲！贺敬之叩石为钟，又一次敲响“人”字的警钟、霜钟！人与石的反复叩问，移情移位而又复情复位的声声加重，使我仿佛听到待征而发的鸣镝之声。但他不是正式抒写出征，而是用诗为我们举行一次石林阅兵式，歌唱“向天自立”，自强不息的民族精神，呼唤正确认识历史教训，辨明前进方向，增强民族的凝聚力、向心力。

这一篇形式与内容统一的至臻之作，也是一首革命现实主义与革命浪漫主义的精品，可以说是《雷锋之歌》万壑松风的余响，余响入霜钟。雷锋，一身而化千亿；石林，千亿而铸一身，诗人渴望一个中华大我，众志成城，独立于世界先进民族之林。诗人借用自然现象，从石林悟出社会哲理，劝说那些“废己”和“唯私”的迷悟者，不要听信所谓“救世”者的说教。世界是“个、群互为存”的，并非“我为中心，他人即坟墓”，社会是“主、客二体合”的，并非“梦为中心，想实即坟墓”。

这篇《游石林》写于1989年3月，世界性的大风雨尚未到来，可是诗人已发出大风警告：“拨乱非易帜，石林响正音。”过了整整五年，再看这两句诗，不是“别有一番滋味在心头”吗？

从《雷锋之歌》到《游石林》，使我看到，贺敬之始终情系中华，魂系革命，心系人民。但是，诗的表现形式，却有很大的变化。

给我突出的印象：他的诗，由盛唐时代的李白之“白”，而入晚唐时代的商隐之“隐”，当然，“白”与“隐”并非截然分开，而是辩证统一的，“白”中有“隐”、“隐”中有“白”，只不过他的诗前期多偏于“白”而后期则多偏于“隐”。但“白”而不浅，“隐”而不晦。

六

这里要突出谈一谈他的《富春江散歌》和《川北行》两组诗。

《富春江散歌》写于1992年。他在写出名篇《桂林山水歌》时，年方34岁，到了富春江畔，他的年龄整整翻了一番，而且重疾在身。大时代的隐痛、隐患、隐忧，酿成他身事、国事、天下事的满目风云。

先看他散歌中的第三首：

> 平生总为山河醉，非酒醉我万千回。三江澄碧今痛饮，不借韩囊岳家杯。

如果说《桂林山水歌》是年轻战士对河山纯美的恋歌，三十四年，经过“万千回”的苦恋，他对河山的恋歌，已经“凄凄不似向前声”，这里掺进复杂而深刻的社会性与历史性，掺进千古的忧患，让人温故而知新。他不借岳家杯，却杯在其中，自浇块垒；不借韩囊，却囊括其内，寄慨遥深。诗人崇尚的民族英雄岳飞和韩世忠，一刚一柔，表现形式不同，但对于河山的酷爱和献身是一致的。前人有诗云："奸臣三字狱，泪洒十年功，骑驴桥上者，抱恨苦无穷。"

散歌二十六首，首首似七言绝句，但又不求严格。散歌者，散见于富春江流域的一山一水一草一木一灵一洞一楼一阁也，读过之后，每首之间并非互不相关，而是孔孔窍窍气韵相通、声韵相鸣、神韵相盟，贯穿始终，恰如苏东坡笔下的石钟山："与风水相吞吐，有窾坎镗鞳之声。"窾坎者，不平也；镗鞳者，战鼓也。这便是居安思危与不平之鸣相结合的声音。

这种深入河山的隐情，来自历史的曲折。诗人数十年对河山、对祖国、对人民、对未来的热爱，经过反复烧炼、反复冷却、反复回炉，又反复融化与凝固，终于形成对事业对信仰的铁石一般的心肠，于是发出窾坎镗鞳之声："云天今古共此情，山结桐庐江沉钟。桐君隐名留药在，悠悠我心荡钟声。"——这一首表现得更加沉隐。

桐君是一位古代药物学家，隐居富春江畔东山之上。他的宅旁有一口古钟，相传在明朝嘉靖年间，倭寇入侵，偷运此钟，刚刚装船，钟忽然轰鸣起来，寇贼吓呆，古钟自动沉入江底。诗人借用这个浪漫主义传奇，表明自己誓与民族共命运的贞心，愿为国家鼓与呼的忠心。物尚如此，人当如何？发人深省的是，散歌中所见、所感、所思、所用的典实，都是与大好河山同命运共存亡的烈士、志士、义士、名士、隐士联系在一起的。从远古的桐君到战国时代的范蠡、伍子胥，到东汉的严子陵，到范仲淹、岳飞、韩世忠、文天祥、谢翱、李白、杜牧、鲁迅、郁达夫、郁曼陀……这些光辉的名字，都和小小的富春江有缘，他们各自都在这里留下热爱河山、献身河山的可歌可泣的故事，这是天地人的浑然合一。这一切，都与诗人的灵窍息息相通。因此，散歌迥异于诸家所为，它不是一己之怒、一己之爱、一己之愁，而是："无恙江山系众我，昂首春江第一楼。"正是灿烂如星群的"众我"，如一面坚不可摧的铜墙铁壁，支持着诗人对祖国前途的坚定信心。在这种信心鼓舞下，甚至连自己的沉疴也消除了一半："长啸畅笑消病颜，云月八千有此缘：三江两湖梦之国，千岛万峰情之巅。"祖国的大好河山、千岛万峰，是他爱的丰碑与生存的依仗。

从写《桂林山水歌》时的"江山多娇人多情"起至今，数十年风云变幻，中国社会主义事业，走了一个"之"字形，诗人贺敬之恰也来到"之"字得名的钱塘江，真是无巧不成书。面对着艰难曲折的历程，诗人采取什么态度呢？请看："名之行之思之江，绝信折水富春光。昆明池畔喜解缆，桐君助我溯钱塘。"——面向深隐的曲折而绝信曲折中更富有春光，这是一种非常豪迈的气魄，表明他要像钱塘江一样，行不更名，坐不改姓，道路是曲折的，信仰是笔直的，他一定要坚定不移地走下去，“虽九死其犹未悔”，真是“烈士暮年，壮心不已”。

烈士暮年，不以风月为雅，不以花粉为媒。望月，而思征途之遥；观花，而感花溅之泪；临水，而怀贫瘠之忧；登楼，而生家国之思。思之，行之，言之，无不联系自己坚定的信仰，无不联系自己毕生的追求——科学社会主义。

烈士暮年，不以安适为本，不以苟活为安，不以私怨为垒，不以冷暖为念，而把目光转向时代的大气候，转向整个民族的忧乐，转向历史的风云。诗人来到乌龙山，这是当年宋江投降皇帝后，奉命征讨方腊，彼此激战的地方。散歌写道：

对我遥指云飞处，
乌龙战垒影可睹。
方腊碧血腾碧浪，
梁山易帜后何如？

诗人对坚定的农民起义领袖寄以深切的爱。“碧血腾碧浪”，这是何等悲壮、何等惨烈的场面！对于投降朝廷的宋江，诗人没有落脚到责备个人的浅层次上，而是深远的发问：“梁山易帜后何如?”作者并未回答，而是让读者、听者共同思考共同回答。宋江征讨方腊，最终同归于尽，其下场连猪狗都不如，多么让人怵目惊心。

散歌从这里直到最后，共四段，是全诗的高潮。从旋律和音阶上，也是“却坐促弦弦转急”，真是长歌当哭：

问何如？观何如？泪如注，心如烛。我思河山旧图画，我念山河新画图。

一个“注”字，一个“烛”字，极尽作者对事业忧心如焚的情绪；一个“旧”字，一个“新”字，一次心律的回环，不只是语言的量的加重，而是观念的质的飞腾。诗人在这里，不仅由“自我”腾入“众我”之境，更由“众我”腾入与祖国河山融为一体的大化之境。这不是佛家的坐化，而是凤凰的火化，是革命浪漫主义的腾飞：“严公请作任公钓，谢翱泪洗日星出！”

“散歌”到最后，诗人以高昂的斗志和科学的信念，唱出心灵的强音：

壮哉此行偕入海，
钱江怒涛抒我怀。
一滴敢报江海信，
百折再看高潮来！

二十六首散歌，通过富春江的折光，反映了时代精神，以江潮海浪书写社会主义事业的春秋，借山情水意书写诗人与祖国同命运共存亡的壮烈情怀。他由江流“之”字之曲，而信江流入海的前程之阔，他以心灵的一点之微，敢报社会主义事业兴旺发达的大势所趋。

七

《川北行》由十三首诗组成。五十三年前，少年贺敬之就是从这里北上延安。此次到来，不止旧地重游，更是征途重温，是对自己革命生涯的总复习，是对过去、现实、未来的总体思考。是《散歌》的继续，由“之”字之江，而登剑阁蜀道。

当年，李太白由这里入长安，归来时已经：“中天摧兮力不济……仲尼亡兮谁为出涕?”贺敬之北上延安，归来又如何呢?

“广元新颜惊不识。”之后，出现这样的画面：

南江新岸楼外楼，
红颜红心慰白头。
共话文明双飞翼，
喜望利州亦义州！

初读，是一首广元新貌的颂歌；再读，觉得其中楼外有楼、州外有州、义外有义；细读，我发现定稿与初稿有一字之改，作者将“喜见”改为“喜望”，也就是说“文明双飞”，还有待实现，还在盼望之中。不论诗人表现得多么含蓄，多么隐晦，还是看出，这首诗借用了南宋爱国诗人林升的一首名诗的原韵：“山外青山楼外楼，西湖歌舞几时休，暖风熏得游人醉，直把杭州作汴州。”

广元古称利州，诗人巧妙地利用了这个名称，又加了一个义字，这一字之点，如画龙点睛，点亮了两只眼睛，既不要见利忘义，也不要重义轻利，只有亦利亦义，才可以双目齐明，使精神文明与物质文明比翼双飞！如果唯利是图，就会昏败，就会死到临头还不知不觉："直把杭州作汴州。"

历史上，多少帝王由"忘义"走向腐败，走向双目失明。走向败亡，蜀道之上，就有三个皇帝：负力、阿斗、唐明皇。昏庸的阿斗本来不明，终于出现从天而降的惨剧："邓艾别道裹毡下，战将背后降表来！"（《重登剑门关忆昔》）本来英明的唐明皇晚岁失明，终于出现千古长恨的悲剧："三郎逃经琅珰驿，犹听'琅珰'想山呼。"（《琅珰驿戏作》）

诗人在《参观剑阁县毛巾被单厂》时，写了一首充满机趣的诗："剑阁云枕展新梦，蜀道雪巾拭目明。遥指明皇错'经纬'，机声今笑《雨霖铃》。"毛巾被单厂恰巧是一位女厂长，全国劳模，这使我仿佛又一次听到《木兰辞》的"唧唧复唧唧"之声，只有人民这一部英雄织布机，才不错"经纬"，才永不失明，诗人因此更加心明眼亮。

他居安："锦屋夜梦数草履，史途多险岂无思？"他见喜，则："万户开笑颜，百端结愁肠。"他回顾，则："红军碑林红军渡，巴山泪雨诉情思。"他瞻望，则："君心牵四海，腾飞警迷航。"

五十三年后，重新走在剑阁蜀道上，或史廊与画廊追溯千年，或履陷与履夷高蹈千尺，由于新喜与新忧交织在一起，他的心情也变得复杂起来。当他走在三百余里的古栈道上，面对西蜀大将张飞手植的千坡万壑的苍松翠柏，本来应当再来一次"为我一挥手……"可叹他的笔，无法挥动重压千年的历史沉疴，可叹那些"撑天远望帅大树"被离离山上苗所掩盖，被昏庸的阿斗所掩盖，正像左太冲《咏史》中所写："郁郁涧底松，离离山上苗，以彼经寸茎，阴此百尺条！"诗人重来此地，怎能不发出"'乐不思蜀'嗟阿斗，'出师未捷'叹诸葛"的深沉感叹！

多少名将，多少栋梁，多少忠诚的战士，挡不住昏主的降旗飘扬。当诗人来到英勇守将关索、鲍三娘战死的地方，简直沉重得透不过气来："谁呼江山继耶断？谁问生子虎耶犬？关索城边多感兴，鲍三娘墓久留连。"（《访昭化古城四》）

啊，诗人！你或感或兴或嗟或叹或忧或怨，怎能不"向天有问"（《访李白故里》）：何时驱散障目压心的乱云迷雾？终于石破天惊！又是从人民这一部织布机上找到了答案：

史家竞论蜀起止，
老农喜说红区年。
南退见降一庸主，
北上推倒三座山！

历史正是如此：宋主南退，终于败亡；唐主南退，终于衰亡；蜀主南退，终于见降；国民政府南退，后果又如何呢？只有中国共产党，以排山倒海之势，北上抗战，才使中华民族找到了解放之路，才使少年流亡的贺敬之找到了革命之路。

谈到贺敬之的诗风。从1945年访日的"一曲《北风吹》"——不，应该说，从1945年延安的一曲《北风吹》，从此，烈风无时可休，吹到《桂林山水歌》，便是"黄河的浪涛塞外的风，此来关山千万重"；吹到《雷锋之歌》，便是"啊！我看着你，我想着你呵……我胸中的层楼啊，有八面来风"；吹到柳青墓，便是"到处春风说柳青"；吹到《南国逢春》，又是"北客望春色，浩歌忆风沙"；吹到川北，又是"北上推倒三座山"的革命雄风！

他的诗数十年风向不变，到底是屈原、李白遗风？马雅可夫斯基遗风？还是毛泽东的"国际悲歌歌一曲，狂飙为我从天落"的遗风？事实上，这些前人的遗风，都在他的心中包括，形成他革命的现实的民族的大众化诗风。

面对着"风云三世界，悲欢两红墙"（《访平武》）的世界大气候，多少过来人，已经"乱红如雨，不记来时路"（秦观词）。贺敬之却不然，他虽历尽磨难，依然不改初衷：

三生石上笑挺身，
又逢生日说转轮。
百世千劫仍是我：
赤心赤旗赤县民。

（原载《诗刊》1994年2月号）

如潮似火诉丹忱

——读《贺敬之诗选》

艾　斐

诗是什么？

渥滋华斯说，诗是“强烈感情的自然流露”；歌德说，诗是“当前现实的要求”；马雅可夫斯基说，诗是“旗帜和炸弹”；鲁迅说，诗“是东方的微光，是林中的响箭，是冬末的萌芽，是进军的第一步……”毫无疑问，这些回答都是诗的真谛，都是诗的本质，都是诗的底蕴。任何真正的诗人和真正的诗，不论是自觉不自觉，意识不意识，实际上就都是具有这样的特点的，必然和必须具备这样的特点。

正当我们以这个规律和法则审视当今诗坛的浮躁与惶惑，呼唤诗坛那往日的热力与辉煌的时候，《贺敬之诗选》由人民文学出版社出版了。这本诗集所选的诗作不仅是诗人在各个时期的代表作，而且足以以诗的形式和力量概括和影印其所处时代的时代精神。作者以诗的精粹之质摄取和铸冶了生活与时代之魂，从而也使其自身获得了不老的艺术青春与永远的生命力，他以诗的节奏和诗的意蕴整整印证和勾画了半个多世纪以来中国历史的诸多曲折、转捩、突进、创造与无限的辉煌，他更以自身的实践及其在实践中所获得的成功证实了诗的创作规律与创作的艺术法则，这就是：强烈而纯正的感情；对火热的现实生活的主潮的积极关注、参与和变革；对社会、人民和正义事业的极为挚笃的使命感与责任心；鲜明的时代精神、正确的思想倾向和巨大的精神战斗力；务实、求真、不懈的审美追求，永远趋赴光明和正义，永远追求刚健与美奂。这，既是《贺敬之诗选》所最富有的，又恰恰是我们当前诗歌创作中所最缺乏的。

《贺敬之诗选》全书分为上、下编，共收入各个时期的代表作 56 首，另有儿童诗4首和歌词17首。每一辑都涵盖了诗人一个特定的创作时期的生活步履与艺术结晶。其中，许多篇章都不仅标志着诗歌创作的里程与碑碣，而且是广为传诵，家喻户晓。像《回延安》、《放声歌唱》、《三门峡歌》、《桂林山水歌》、《十年颂歌》、《雷锋之歌》，像《西去列车的窗口》、《又回南泥湾》、《回答今日的世界》、《中国的十月》、《“八一”之歌》，像《南泥湾》、《翻身道情》、《平汉路小唱》、《赞歌》、《剪喜字》等。这些诗，有的被编入课本，醒世育才；有的被配以曲谱，广为传唱。无论从哪个意义上说，它们都在中国的新诗发展史上具有不可替代的价值和地位，它们都在构筑一代人乃至几代人的思想、心灵、意志、品格的巨大工程中起到了无可替代的作用，并且其作用必将深延久远，不以时移境迁而消泯。

从这些诗中，人们不仅可以看到生活的浪潮、革命的火炬、时代的脚步和历史的印迹，而且也可以看到诗人的生活经历、理想追求、革命征程和壮丽情怀。这是诗，这同时也是史，其中无处不搏动着一颗赤诚而坦荡的心，无处不搏动着一种炽励而向上的信念与情怀，无处不搏动着生活的真理、历史的法则与革命的辩证法，即使是在诗人年仅十六七岁时写的《北方的子孙》、《我们的行列》、《跃进》等诗中，人们也能感受到作者顽强的意志和一颗不屈的心灵。感受到一种对革命的热烈向往和对祖国的无限赤诚。这些写于颠沛流离的苦难和跋涉之中的诗，一点儿也没有苦难和忧悒的影子，而有的倒是乐观向上的情绪和刚毅坚韧的意志。迨至经过长途跋涉终于到达革命圣地延安之后，诗人的情绪和心境简直是遽臻欢欣与舒慰了。他写道：“我说/生活就是歌，/应当唱得/更响更响。”（《自己的催眠》）他又写道：“我来到这里，/来到/这旗帜底下，/来到/我的同志们中间！/而且，我是宣了誓的，/我背诵过了我的誓言。/亲爱的同志们！/为母亲，/为祖国，/我来到这个世界上，/来到行列里。/而你，/我的笔，/你不能停止，/我的心啊，/更热烈地燃烧吧！”（《雪，覆盖着大地向上蒸腾的温热》）

这是诗吗？是的。但决不仅仅是诗，而是以诗的形式所写的誓言和宣言，以诗的语言所表达的信念和追求，以诗的韵律所传达的生命的爆发与心灵的归依！其时，诗人年方二十岁左右，投入延安怀抱，融入革命洪流，以笔当枪，进行战斗。全然是一副尚武的战士的情怀与姿容。从这些早期的诗的宣言中，我们已可以清楚地看出，自一开始拿起笔来写诗，诗人就不是为了表现自我，宣泄自我，而是为了祖国、人民和革命事业，为了进行战斗。不是用自己的头脑和心灵编织诗的花环，而是用生活和时代、革命和战斗的花环来编织诗。

这一点非常重要。它对贺敬之一生的创作起了奠基、导航和驭向作用，诗人确确实实恪守了他的宣言和誓言。《红灯笼》、《太阳在心头》、《行军散歌》是这样；诗剧《白毛女》和歌词《南泥湾》是这样；《三门峡歌》、《桂林山水歌》、《十年颂歌》、（雷锋之歌》、《“八一”之歌》、《放声歌唱》更是这样。这些诗，是叙事的，同时又是抒情的；是写实的，同时又是浪漫的；是勾画历史的同时又是描绘现实的；是扬励时代精神的，同时又是锻炼革命意志的。就其艺术形式而言，则始终充满探索、革新与创造。诗人从一开始写诗就不拘泥于形式，就锐意走自己的路，就在寻觅一种纯粹属于自己的艺术天地和表现方式。他不仅自然而和谐地实现了传统与现实的结合、继承与发展的结合、民族形式与舶来形式的结合，而且在重情、重意、重思、重理的前提下，成功地实现了铸律绝于一炉，融诗词为一体，乃至将阶梯体的诗歌形式发展到了优美而娴稔的佳境，从而首开一代新诗风。可以说，贺敬之在诗的思想、精神、内容、形式、表现力和想象力诸方面，都有自己新蹊的探求和独特的创造。他从来不拘一格，但他也从来不逾矩度。他的诗才让我们每每感到新而不异，放而不狂，实而不囿，刚而不脆，敏于表现现实生活而不浅悖，炽于突现时代精神而不应时。他每每引政治入诗，又每每将政治融汇于艺术的醇醪和人性的崇高精神境界之中；他每每把自己摆进诗中，又每每将自己融化在历史的庄严进程和人民的伟大创造之中。在他的诗中，绝少纯客观主义的评点和描摹，而夥多的则是热情奔放的参与和投入。也可以说这是一种“表现自我”吧！但这种“表现自我”与那些新潮诗人的表现自我迥异。因为他不是炫耀和宣泄自我，而是将自我融入生活的大海、时代的大潮、人民的大进军和历史的大变革之中，而是表现自我对英雄的崇拜，对理想的追求，对崇高的景仰，对党、祖国和人民的誓愿、思情与歉疚。

这些诗所诉诸于我们的一个基本的事实则是：它是那么以刚健而昂扬感情和音韵，执著地追求着生活中的真善美；它是那么以高尚的精神和人格，热情地讴歌着新时代的新事物和新人物；它是那么以纯净的心灵和纯正的党性，无比坦率地倾吐着自己对祖国和人民的一片丹心与满腔赤诚；它是那么郑重地肩负着党和人民的期待与嘱托而把自己的全部力量、智慧、理想和信念都镌入了伟大的事业之中。诗，有了这些最可宝贵的东西，也就有了脊梁和灵魂。毫无疑问，对于诗来说，这是最重要的。从《诗经》、《离骚》到《三吏》、《三别》，从荷马、但丁到普希金、马雅可夫斯基，历来有生命力的诗，历来青史留名的诗人，从本质意义上说，就都是具有这样的特点，赋有这样的品格的。

贺敬之正是这样。他是战士，他懂得知己知彼、百战不殆的道理，他在解剖和分析斗争对象的同时，更多和更严格解剖与分析的却是他自己。他说："毋庸讳言：我认为自己以往的道路，在大的方向上，我还没有走错。我曾用真情实感去歌颂光明事物——我们的党、人民和社会主义祖国，是应当做的。但是另一方面，我还必须说：我对社会主义事业的理解是太肤浅、太幼稚了，对我们生活中的矛盾和认识是过于简单，过于天真了。这就使得我在作品中不能准确而大胆地表现矛盾斗争，因而就不能更深刻、更有力地反映和歌颂我们的伟大时代。"

（原载《文艺报》1997年12月25日）

作为诗体探索者的贺敬之

吕 进

贺敬之是那种不以量引人瞩目、而以质取胜的诗人。贺敬之总是这样：他不轻易发表作品，但“不鸣则已，一鸣惊人”。20世纪50年代的《回延安》、《三门峡歌》、《放声歌唱》，60年代的《桂林山水歌》、《雷锋之歌》和《西去列车的窗口》，70年代的《中国的十月》都是一经面世，即广泛传播，给读者和诗界吹起一股令人惊喜的旋风。经过时间的无情淘洗，一位诗人如果能够在未来留下一两首作品，甚至一两行佳句，已经是够幸运的了，而贺敬之竟然能有这么多佳作留传不衰。这位16岁就到了延安的诗人，他的诗美学是“与时代同步，与人民同心”。他的诗，从30年代开始，就很好地体现了这个审美理想。以明朗、雄健、富有音乐美的诗行唱出“人人心中所有，人人笔下所无”的情感体验，升华、净化“人人”的所感所思，诗人就明白无误地属于大众、时代和良知。贺敬之的歌词创作也是如此。除了歌剧《白毛女》，《南泥湾》、《翻身道情》等都是那个时代的诗的回声，也可以说是那个时代的诗的历史记录。时代不断在发展，但今天终究是昨天的继续。今天是明天的昨天。我相信，诗史一定会对诗人贺敬之，以及艺术道路和贺敬之相似的诗人，作出应有的权威评价。

中国新诗诞生80年来，面临的无法回避的课题，就是在“诗体大解放”以后，如何重建自己的诗体。中国新诗在发展进程中，思潮相对多样，甚至花样翻新；而诗体则一直比较单一：基本只有自由诗。没有无限多样的有明确诗美规范的诗体，诗就“自由”成了无岸之河。而且，对读者而言，诗体本身就是审美对象之一。

新诗的诗体重建，实际上从新诗诞生的那一刻就开始了，许多诗人从不同向度付出了努力，诗人贺敬之就是其中突出的一位。他从中国古诗、民歌、外国诗歌中广采博纳，在诗体的创造领域，留下了值得注意的脚印。

在早期作品中，贺敬之对诗体似乎没有给予应有注意。他的诗是“自由”的，呈现出形式美学上的幼稚和驾驭新诗诗体的漫不经心。这也许和当时统治诗坛的“无诗体就是新诗诗体”之类理论的漫延有关。1924 年出生的贺敬之毕竟太年轻，他需要艺术实践的磨炼。从 1939 年开始，到建国前夕，他的诗基本是篇无定节、节无定行的完全意义上的自由体。后来，从诗集《乡村的夜》起始，出现了一些四行一节的半自由体，开始显示出诗人提笔日久之后，对新诗的诗体形式有所困惑、警觉和思考。

20 世纪 50 年代无论对于贺敬之还是中国新诗来说都是值得纪念的岁月，同时问世于 1956 年的名篇《回延安》和《放声歌唱》给贺敬之带来巨大声誉，它们也标志着这位诗人的诗体探索的启动。

《回延安》这类篇什对民歌的创造性借鉴，是很显明的：

树梢树枝树根根，
亲山亲水有亲人。

羊羔羔吃奶眼望着妈，
小米饭养活我长大。

两行一个诗节，采用比兴手法，音韵流畅，黄土高坡的气息扑面而来，富有陕北信天游的韵味。用信天游写延安，朴素、自然，形式和诗情水乳相融。《桂林山水歌》、《又回南泥湾》等名篇以及 1945 年写的《行军散歌》的大部分都是这个路子，真是像诗人唱的那样：

信天游啊，不断头，
回回唱起来热泪流！

在贺敬之的作品中，《放声歌唱》这样的楼梯体特别引人瞩目。楼梯体并不起始于前苏联诗人马雅可夫斯基，可以追溯到法国未来派诗人阿波里奈尔。但是阿波里奈尔的图案诗更看重诉诸视觉，而经马雅可夫斯基改造了的楼梯体则主要着力于听觉。曾经是立体未来派诗人的马雅可夫斯基，对阿波里奈尔是熟悉的。他对后者进行了改造。同时，马雅可夫斯基又将俄罗斯传统格律诗纳入他的艺术创造视野。在俄罗斯诗歌里，主要是以音步为节奏单位的音节重音诗体。这种诗体束缚较多。马雅可夫斯基推出了自己的纯重音诗体：每行重音一致，但两个重音音节之间的非重音音节保持了相当大的变化自由。20 世纪 50 年代是前苏联文学对中国文学拥有巨大影响的年代。在诗歌领域，马雅可夫斯基是无可争议的第一提琴手。贺敬之写楼梯诗，受到的直接影响正是来自马雅可夫斯基。贺敬之对马雅可夫斯基的兴趣可能首先来自喜爱那天风海涛的气势和易于成诵的节奏，这气势，这节奏，非常适合于表现 50 年代的豪放诗情。但是汉语是没有重音的语言。而且，马雅可夫斯基的作品终究是舶来品。这就决定了对马雅可夫斯基诗体必定要进行"本土化"处理与转换。机械模仿不是一位优秀诗人的选择。

贺敬之的艺术创造表现在至少两个方面。

1. 他致力于楼梯体的听觉效果和视觉效果的交错。在这交错中，让诗篇站立起来，给读者多感官、多角度的美感，更大限度地发挥诗的审美潜力。《放声歌唱》开始一节：

无边的大海波涛汹涌……
　啊，无边的
　　　大海
　　　　波涛
　　　　　汹涌——
生活的浪花在滚滚沸腾……
　　啊，生活的
　　　　浪花
　　　　　在滚滚
　　　　　　沸腾！

一个诗行变幻成一个楼梯。波涛汹涌，浪花沸腾。诗的意象，诗的节奏都呈现读者眼前和耳边。和马雅可夫斯基有联系，但更有差异。这诗体属于贺敬之。

2. 他致力于承继中国古典诗歌的一些可纳性传统技法，并对它们进行了现代化的处理与转换。贺敬之对意境的继承，在现代诗人中是十分突出的。《桂林山水歌》、《三门峡歌》就是成功范例。"云中的神啊，雾中的仙，/神姿仙态桂林的山!”但这个话题不在本文阐述范围内，故不赘。对偶，是中国古诗的常见的艺术手法。贺敬之的楼梯诗正是富有中国诗歌的这种均齐之美和对称之美。他的笔下处处可见结构相似、词语相对、有时甚至字数相等的诗行。一唱三叹，回环往复。上面举出的《放声歌唱》的诗行正是这样。两个通行诗行和两个楼梯诗行都两两相对，彼呼此应，这已经是中国楼梯诗了。又如，排比，也是中国古典诗歌的基本技法，贺敬之楼梯诗也融入了这一手法。结构、语气相似的并列的几个诗的楼梯，如大海排浪、长河怒涛。

在楼梯体试验之后，贺敬之的诗体探索进一步呈现出成熟的风姿。他的诗体更加多样，而这多样的诗体中总是有着对“古”的现代化继承，对“洋”的本土化借鉴。1979 年改定的名篇《中国的十月》就是一个很好的诗例。

在中国，
在十月。
命运大搏斗的
风风雨雨，
我们心潮激荡的
日日夜夜——
怎能不想啊
那长征路上
莽莽昆仑“这多雪”?

在北京
在十月。
中南海内
波浪起伏，
长安街上
灯火明灭——
怎能不念啊
娄山关前
“而今迈步从头越”?

现代汉语，现代音韵，对仗，排比，构成一体。民歌的诗体消失了，中国古诗的诗体消失了，外国的诗体消失了，其实，它们都在，只不过经过分解、消化，被吸取了精华而已。作为诗体探索者的贺敬之的意义正在于此。他在一个广阔的诗歌背景、文学背景、文化背景中，实实在在地寻觅着属于中国，属于新诗的诗体，努力求索。他没有发表高明的诗体理论宣言，但他的艺术探索实绩就是富有说服力的宣言。考察他的艺术之路，可以看到，他的诗从奔放中而略嫌冗繁、富有政论性而略嫌意象经营不足，一步一步地变得精练、形象，而贺敬之的诗体创造正与此相呼应。诗情与诗艺创造了诗体，诗体又推动着诗情抒发和诗艺创造，“不求深而自深，不雕琢而佳句自来”（臧克家《读贺敬之同志的几首诗》）。

（原载《诗刊》1998年7月号）

不废江河万古流

——评毛翰等有关“中国诗歌教材的讨论”文章

诸葛师申

《星星》诗歌月刊，从1999年第2期起，开展了“下世纪学生读什么诗？——关于中国诗歌教材的讨论”，在编者提出“严重滞后的中国新诗教材”的命题下，发表了杨然、林文询、毛翰、聂作平等严重歪曲与否定一大批我国著名诗人郭沫若、艾青、臧克家、贺敬之、郭小川、田间、李季、何其芳、柯岩、公刘等入选学生教材的诗作的文章，其中特别是今年该刊第4期发表了毛翰先生的《陈年皇历看不得》。该文措词凌厉、刻薄，无以复加，对贺敬之、柯岩的两篇诗作，作了极端错误的批评，许多教师看了都为此愤愤不平。

一、毛文开门见山断言：“现代语文教科书的新诗篇目之僵化陈旧，无异于一套宽敞明亮的新居室内，挂一幅陈年老皇历，其滑稽之状有目共睹。”杨然、林文询等也一个腔调，什么“僵化”呀，“陈旧”呀，“次品”呀，毫不讲道理，就一斧头全部砍倒，一概否定。在他们眼中，似乎原来编中学教科书的专家们全都是“衰老与茫然”，有眼无珠的“头上长满绿毛白须的老寿爷”，“把质地粗劣或有明显瑕疵的作品强行灌输给中学生”。只有他才独具慧眼，才看出那些诗全是“陈年老皇历”，应该撕毁、抛弃。他还自我吹嘘，说他的文章得到广州《南方周末》等多家报刊转载，好多中学语文教师也为之“拍手称快”，“道出了大家的心声”。以这种“先声夺人”的拙劣手法，迷惑读者。其实，据我了解，许多中学教师，没有一个同意他的看法。一个大学教授说，这是毛翰在扯谎。他把现行语文教科书上的新诗，都比成“陈年老皇历”，简直是违反客观事实，也没有理论根据。

二、毛文说什么“教科书对文学作品的遴选，实际上一直有一种倾向，就是重思想教化，轻艺术质地”。好像“重思想教化”也是一种错误，一种罪过？教书育人，能不重思想化吗？全世界没有一个国家的教科书不重思想教化的，问题是用什么思想去教化人，彼此有所不同而已。我们的教育，要用爱国主义、社会主义、集体主义思想去教化下一代，这是党一贯的方针，我们应该理直气壮地坚持“重思想教化”，这是前提。说到“轻艺术质地”，那是毛先生的偏见，立场不同，世界观和审美观不同，对“艺术质地”的看法也就不同。

毛先生举了两篇课文，加以鞭挞，一是贺敬之同志的《桂林山水歌》，我看了这首诗的“艺术质地”就很高，也早有定评。遴选者确有真知灼见，这首诗是贺敬之的代表作之一，清新、高雅、富有浓郁的诗意和文采，同时充满了作者对祖国江山的无限热爱。形式和风格都有鲜明的特点，用陕北信天游民歌手法写成，有中国气派、民族特色，选入教科书是完全合格的。毛先生在艺术上挑不出什么，却横杀一枪，指责作者不该在灾荒年代写这首歌颂漓江山水美的诗，因为是1959年写的，所以要不得，看不得，一贯反对政治标准第一的毛先生，此刻又完全相反，用他的政治标准来衡量别人的作品了。其实，这是毫无道理的，唐宋以来不少歌咏自然美的山水诗，都写于荒年乱世。毛泽东的《长征》，过雪山草地，饿死、冻死、战死了多少红军，毛泽东没有凄凄切切“愁眉紧锁，默然垂泪!”而写下了“更喜岷山千里雪，三军过后笑开颜!”革命者有革命人的情怀，在极端困难时，也充满革命乐观主义精神。三年灾害时期是困难的，但也不是毛翰所夸大的那么一团漆黑。那几年有天灾，有苏联逼债，有工作失误，但是全国上下一心，很快就克服了困难，还在困难时期建成了高质量的南京长江大桥，完全成了第一颗原子弹的研究和制造工程……这是全国人民有目共睹的。贺敬之同志正是如此，他透过对桂林山水的赞美，不只抒发了革命者的豪情壮志和对困难中的祖国的热爱：“桂林山水入胸襟，此情此景战士心”，“对此江山人自豪”，“祖国啊，对你的爱情百年醉……”同时还以睿智的目光，注视着当时困难中“大地的愁容”，但他并不因短暂的困难而“愁眉紧锁”，而是讴歌“大地的愁容春雨洗，/请看穿山明镜里——/桂林的山来——/漓江的水——/祖国的笑容这样美!”“红旗万梭织锦绣，/海北天南一望收!”以“笑容”对“愁容”，以红旗为海北天南织锦来的勃勃生机，并以此表达了对“春雨洗”后的美好未来的执著与自信。这也是历史的真实。这一切正表现了这首诗完美的“艺术质地”。毛翰则以悲观消极的情绪，极端片面的看待诗的“时代”背景。

三、毛文点名举出的第二首“僵化陈旧”的诗，是柯岩同志的《周总理，你在哪里》，我连读了三遍，觉得它很新鲜，一点也不“陈旧”，它很真挚，深情感人；它富有生命力，一点也不“僵化”。回忆周总理逝世时，举国哀悼，十里长街悼总理，泪湿华夏！人民总理人民爱，这种爱是非常纯洁的，非常真诚的，完全出自内心的。当时，柯岩同志满腔热情，很快写成了《周总理，你在哪里》，各报刊争相发表，老百姓争相传诵，当电台朗诵这首诗时，我们全家都哭了。所有的老师和学生都哭了，有些还痛哭失声，大家都说这首诗写出了亿万人民的心声，得到了专家、学者，亿万人民的认可和好评。这首动人心弦的好诗，是时代的强音，是社会主义的主旋律，绝大多数中国人是喜爱的。选入教科书让炎黄子孙世世代代不忘中国有这样全心全意为人民服务的好总理，用他的崇高人格和忠诚的共产主义精神教化和影响下一代，这是一个诗人作家神圣的职责。谁能贬斥？毛先生偏偏要否定，挖苦它什么是以“思想性”取胜。究其实，以思想性取胜，又有何罪？毛贬低它的“艺术成色”，说什么它没有几分“创意”，可是他只下了“判决书”，却说不出什么根据。其实这首诗的“艺术成色”非常鲜明，“创意”也是独特的。在千万首悼总理的诗中，它的“艺术成色”是一流的。首先它借助一种新颖的、巧妙的构思，使诗的感情和主题思想表现得十分动人深刻。无论高山大海、森林大地，每一处都在回答：“他刚离去”，这四个字说明人们寻遍祖国大地，他处处不在，而又无处不在，离去了而又没有离去，已经去世而又活着，这种构思和寓意，就十分新颖和深刻。还有是它运用了拟人的手法，使山河大地都在回应人民悲痛欲绝的呼唤，由于这一“呼唤”和回应，作者是最真实、最真挚、最强烈地表达了人民的感情，因而加强了全诗感人的意境，获得了强烈的艺术效果。特别它在句式上情怀激荡的回旋反复的呼唤，更使它创造独特的意境和鲜明的艺术特色。毛先生对作者的精湛的艺术创造或者是一窍不通或者是存心不善，因而挖空心思，用了“有失厚道”、非常“刻薄”的手段，诬这首诗是“抄袭”王某悼念小女儿的诗，理由只有一个：王某诗中写了“她哪里?”柯岩也写了“您在哪里?”其实两首诗不只内容完全不同，表达的感情各异，在艺术表现手法上，柯岩更高更高，把这两诗拉在一起，可谓风马牛不相及，怎能说是“抄袭”呢？我敢说，毛翰先生在这一点上，是孤陋寡闻，浅薄得可怜。君不知，中国古代的招魂诗，就经常用这种手法，“您在哪（或你何处)?”一叹三哭，抒发哀思。民间流行的“喊魂”，千百年来流传至今，也有反复呼喊亲人的名字“你在哪里?”《周总理，你在哪里》是发自内心的呼喊，即使是动用了民间这种喊魂手法，或者不谋而合，但柯岩同志在艺术创造上的巨大成就是无法抹杀的。毛先生举出的王诗，很多人都逐字逐句作了对照，除了一句呼喊，两者根本没有什么相同之处，又何来“抄袭”？连诗人胡笳于最近发表的有关文章中也说，他“对王诗摘段，作出逐字逐句的比较。实在对不起，我无论如何也找不出抄袭之处在哪里”。毛先生为了彻底否定这首诗，竟用中伤此等手法妄图以此贬低柯岩同志，但是读者有眼，人民有眼，反而看见他自己给自己泼污水。

四、读完毛文最后一段，才看清毛先生是真正坚持“政治标准第一、艺术标准第二”的。只是他的政治标准与我们的完全不同。我们认为20世纪是“人民文艺的世纪历程”，他却认为20世纪中国新诗有一首一尾两个高潮，说什么近20年的辉煌成就，已使此前一些年头的作品相形见绌。很明显，他是否定左翼文艺、延安文艺、新民主主义和社会主义革命和建设时期的社会主义诗歌的。我们认为，新中国建立的50年，人民文艺是主要的，是一脉相承的。而毛文把50年历史割裂开来，肯定后20年，彻底否定前30年，所以，他认为后20年以前的新诗歌都是“陈年皇历”，万万看不得的，于是连《桂林山水歌》和《周总理，你在哪里》等一大批佳作都该枪毙，这一反他的口头高调，什么是艺术，什么是美都不讲了，一刀切下来，以他的政治标准分界：“顺我者昌，逆我者亡。”什么诗才该进教科书呢？他说了算。“改革开放前的那些颂歌和战歌”，全都要不得，都该“悄然退隐”，代之以他钦定的所谓“经典”诗歌。因为别人编辑和遴选的诗，不是“陈旧”的，就是“质地粗劣”的非“经典”的，而且居然说什么他参与主编的《新中国五十年诗选》，“从胡乱抽一叠来替换现行语文教材所选的新诗，其艺术质量也不会更差”，言下之意，就是《周总理，你在哪里》以及其他一大批老诗人的佳作，都是“质地粗劣”，应该从教科书中清除出去，然后把近20年所谓“辉煌成就”的现代诗，引进教科书来。作者为此居高临下，乱吹一通，固然使人感到厌恶，而横蛮无理的打倒前者，强拉硬扯的抬举后者，随心所欲，却又令人感到太狂妄了，太霸道了！社会主义文艺如日月经天，不是你几板斧就砍得了的。五四以来几个时代的很多振奋人心的诗歌，是谁也砍不死，推不倒，否定不了的。你不喜欢，有你的个人自由，你要教科书按你的个人好恶来编，那能行吗？社会主义国家的教科书，要坚持真理，就不能把过去60年来的好诗、“经典”乱删乱砍。当然，近20年优秀的现代诗歌也可以选，但必须是众人承认的经典，不是少数人封的“经典”。在《星星》诗刊这次发起的讨论中，一个成都市七中的老师就说：80年代学生对朦胧诗还掀起过一阵热潮，现在早已烟消云散了，原因是现在学生更成熟，更务实了。那种朦朦胧胧，虚无缥缈，脱离现实的诗，他们已经不爱读了。而且说，这些现代诗“从内容上来说脱离现实，脱离现代人的思想感情”，“矫揉造作，虚情假意”，以及“大自由化”，“语言晦涩，不合文法”等，像这样的诗，能够得上“辉煌的成就”吗？能封为“经典”吗？

显然，所谓近20年“经典”，必须作具体分析，而《陈年皇历看不得》等比喻无疑是十分错误的，把新中国50年的历史分割开来，把30年与20年对立起来，也是错误的。这与最近一些人肯定、吹嘘近20年，否定、咒骂过去60年，是同出一辙的，其目的，就是要把过去60年的新诗或新文学全部扫清，要近20年的现代诗独霸诗坛和“诗歌教材”，这次《星星》诗刊发起这场讨论中，有一个叫杨然的，居然说什么，今天“依然用20世纪五六十年代的调门”来“老化学生，只能使一代中学生远离现代诗”，还无中生有说什么“我怀疑这个国家在冷落、排斥、甚至迫害现代诗”，他们已经急不可待地要推现代诗出台，占领“新诗教材”。唐代就曾有人一概否定前人的诗，妄图推倒别人抬高自己，杜甫绝句写道：“王杨卢骆当时体，轻薄为文哂未休。尔曹身与名俱灭，不废江河万古流。”毛先生以及其他几位先生的大文“不过尔尔”，我辈已领教过了，就不能“明哲世故继续保持缄默的了”。

（原载《文艺报》1999年12月23日）

贺敬之的诗歌及其他

张　炯

贺敬之，山东峄县人，1938 年春随所读学校流亡到湖北等地。1940 年到延安，后就读于鲁迅艺术学院。1942 年与丁毅等合作创作新歌剧《白毛女》，产生广泛影响。建国后曾任全国戏剧家协会书记处书记。中国作家协会副主席、《人民日报》文艺部主任、中共中央宣传部副部长、文化部代部长等职。作为新中国的著名诗人，他开始引起反响和好评的诗是《回延安》，在 20 世纪五六十年代，他还发表了《放声歌唱》、《雷锋之歌》、《桂林山水歌》等名作，形成自己诗作的高潮。文化大革命中他也受到不公正对待。新时期复出后，他随即发表政治抒情诗《中国的十月》和《“八一”之歌》。他还有新古体歌行，如《故乡行》、《富春江散歌》等发表。出版有《并没有冬天》、《放歌集》、《贺敬之诗选》等诗集。

贺敬之作为一个诗人的特点是，他像郭小川一样一直保持昂扬的革命激情和埋想精神，歌颂党，歌颂新社会，歌颂新的英雄人物，并在诗歌形式上不断进行新的探索，力求民族化、大众化，在继承古典诗歌和民歌传统的基础上，借鉴和吸取外国诗歌的长处，创造节奏鲜明、富于韵律的新格律诗。他 50 年代的名作之一《回延安》便借用陕北民歌“信天游”的形式，吟唱自己再度回到延安——革命圣地的情感潮涌。而《放声歌唱》这篇政治抒情长诗更借鉴前苏联诗人马雅可夫斯基的“楼梯体”，并发扬我国古典诗歌讲究对仗、排比和韵律的特点，创造了富于民族特色的自己的“楼梯体”。如起首便写道：

无边的大海波涛汹涌……
啊，无边的
　　　　大海

波涛
　　汹涌——
生活的浪花在滚滚沸腾……
啊，生活的
　　浪花
　　　在滚滚
　　　　沸腾！

全诗以澎湃的激情歌唱新中国“万花盛开的大地”和“光华灿烂的天空”，歌颂党和人民建设社会主义的伟大劳动和勋绩，展现了各条战线欣欣向荣的景象，把革命历史传统与今天的建设劳动连接起来，写出从领袖到人民团结一心向社会主义进军的宏大气魄和奋发精神。作者情感真挚，视野开阔，胸怀崇高，字句铿锵，虽长达五章1600行，却仿佛一气呵成，气势磅礴而流畅，极有感染力。当时发表后便引起读者广泛的共鸣与好评。可以说，这是20世纪50年代兴起的颂歌与战歌的重要代表作。贺敬之50年代创作的颂歌还有《东风万里》和《十年颂歌》等。

贺敬之创作的生活抒情诗除了《回延安》外，著名的还有《又回南泥湾》、《西去列车的窗口》、《三门峡歌》和《桂林山水歌》等。这些作品的形式各不相同，但都富于革命的情思和时代的精神，有两句一节的，也有六句一节的，即使两句一节的，除《回延安》酷似“信天游”的形式，其他如《桂林山水歌》实已化为新的诗体：

云中的神啊，雾中的仙，
神姿仙态桂林的山！

情一样深啊，梦一样美，
如情似梦漓江的水！

水几重啊，山几重？
水绕山环桂林城……

这首长达26节52行的山水抒情诗，不仅传神地描绘了“桂林山水甲天下”的景色，而且抒发了“江山多娇人多情，/使我白发永不生/对此江山人自豪，使我青春永不老”的战士豪情，把歌唱桂林山水和歌唱祖国的“海北天南”联系起来，显得全诗的意境更为深邃与开阔！风格于绮丽中见壮美。

贺敬之还有歌颂英雄人物的《向秀丽》、《雷锋之歌》等新作。《雷锋之歌》影响比较大。诗人通过个人感受，深入地发掘雷锋——这个全心全意地为人民服务的英雄人物的崇高内心世界，揭示这个社会主义新人在党和人民的怀抱中成长的原因。它不仅是一篇英雄颂歌，也是一篇充满战斗精神的政治抒情诗，通过雷锋的形象，作者实际上也寄托了自己的理想，表达了自己对时代的认识，对“普通一兵”的认识。全诗计六章1500多行，用楼梯体化出的“凹凸体”写成，如：

啊！这就是
这就是
一个叫做
“雷锋”的
中国革命战士的
英雄姿态！
　　这就是
　　我们的大地
　　我们的母亲
　　以雷锋的名义
　　给历史的
　　回应——
人啊，
应该
这样生！
　　路啊，
　　应该
　　这样行！……

在新时期贺敬之还有《中国的十月》和《“八一”之歌》等政治抒情长诗，风格仍然豪迈壮阔，恢弘雄浑。而他创作的新古体诗，也达三四百首之多。他说："我从学写新诗以来，在形式方面曾作过各种尝试和探索、其中包括对我国旧体诗词的某些因素和特点的借鉴和吸收。20世纪60年代以后，特别是近十多年以来，除了在新诗写作中继续这样做以外，我还直接采用长短五七言形式写了一些古体诗。……旧体诗对我之所以有吸引力，除去内容的因素之外，还在于形式上和表现方法上的优长之处，特别是它的高度凝练和适应民族语言规律的格律特点。"他的新古体诗都不是律诗与绝句，而取五七言的古体歌行，按现代汉语的语音来押韵，不严格遵守平仄。而讲求诗思、诗情、诗意和诗味。风格因题材而各有不同。有的古雅老健，有的醇厚隽永。如《南国春早》："红豆相思子，木棉英雄花，南国春无限，海角连天涯。"《访崖山》："青山断处崖门开，明灭灯塔古炮台。此时花发英雄树，南海烟波入镜来。"字里行间多贯串一股豪气。而《饮兰陵酒》："太白何处访？兰陵入醉乡。我来千年后，与君共此觞。崎岖忆蜀道，风涛说夜郎。时殊酒味似，慷慨赋新章。"便别见一种风流与倜傥。有的诗则于闲适中透出古意，如《陆疗小住》："挥泪别长垣，高歌进沧州。醒来骊山下，梅花开床头。情亲梦中现，泉暖心上流。老兵登程去，回望白云楼。"而有的诗则壮怀悲愤。如《访刘公岛》："来访刘公岛，往矣甲午云。永念邓管带，长忆丁军门。海涌英雄血，山铸民族魂。壮哉登故垒，截印声犹闻！"他的新古体诗或酬友，或记游，或抒怀，兴之所发，便作吟咏。有些纪游诗，描写山水景物，堪誉精彩。如《游小三峡》、《登白帝城答友人问候》、《长白山天池短歌》、《重访桂林》、《过洞庭湖》、《再访桂林》、《游石林》、《富春江散歌》、《川北行》等，或为单篇，或为组诗，或为五言，或为七言，均能把写景与抒怀结合起来，情景交融，诗中有画，画中有诗。但有些应酬诗也未免落于俗套，缺乏鲜新之感，且用典过多，注不胜注，影响诗本身的流畅感人。

贺敬之还著有评论集，收有他对于戏剧、诗歌作品的评论和具有政策导向的宏观性理论文章。他坚持马克思主义、毛泽东思想的文艺观点，努力贯彻执行党的文艺方针和政策，提倡革命现实主义和革命浪漫主义相结合的创作原则。

（原载《新中国文学史》[上册]，海峡文艺出版社1999年出版）

黄钟大吕在耳边回响

——读《贺敬之诗选》

马蓥伯

“打开在读者眼前的这本诗集，是一本不能用平静和闲适的心情来阅读的书。它没有一篇一章可供人消遣，更没有一声一韵能助人安眠。它是晨钟，是号角，是战歌。它是在中国的大地上，在崭新的世纪里，从一位毕生为祖国和人民事业而斗争的忠诚战士的心灵中发出来的。”这些话是1979年5月贺敬之为《郭小川诗选》英文本所写序言的开头一段。我觉得，用这段话来描述最近由人民文学出版社刊行的《贺敬之诗选》，同样是再恰当不过的了。这本书里所收的诗虽然只到1988年为止（此后的诗另收入中国文联出版公司刊行的《贺敬之诗书集》），但于今读来，我们丝毫也不会感到疏远，不会觉得它们只是过去时代传来的一点余响，恰恰相反，它们于我们是那样的亲切，其声有如黄钟大吕，沁人心肺，催人奋进。毫无疑问，这些诗不仅属于过去，更重要的是，它们还属于现在和将来。

伟大时代的英雄乐章

《贺敬之诗选》中的内容，有相当一部分是反映旧中国农村阶级剥削和阶级压迫的悲惨景象和解放区农村喜气洋洋、生机勃勃的崭新面貌的。这生动地表现了作者从国统区到革命根据地的真切感受。从国统区到革命根据地，不但在空间上经历了两种地区，而且在时间上经历了两个历史时代。一个是大地主大资产阶级统治的半封建半殖民地社会，一个是中国历史几千年来空前未有的人民大众当权的新民主主义社会。两种地区和两个历史时代的艺术反映，体现了作者在学习马克思主义和学习社会上付出的辛勤努力。诗歌形式的不断变化，也体现了作者在毛泽东《在延安文艺座谈会上的讲话》指引下与工农群众相结合，走文艺革命化、民族化、群众化道路的踏实脚印。其间还有未收入这本选集的《白毛女》等歌剧，这实际上是诗剧或者剧诗，是诗人代舞台上的每个人物所写的抒情诗。所有这些，尽管成绩斐然，却仍然不过是1956年开始的诗兴大喷发的一个序幕，是那些黄钟大吕式的不朽诗篇的创作准备。

诗人当时面对的是一个极其伟大的时代。我们说“极其伟大”，不仅是指在中国的历史上，而且是指在国际共产主义运动史和世界社会主义发展史上。1949年10月，无数革命先烈和志士仁人为之前仆后继、英勇奋斗的新中国在神州大地上宣告成立了。党领导全国各族人民有步骤地实现从新民主主义到社会主义的转变，迅速恢复了国民经济并开展了有计划的经济建设，基本上完成了对生产资料私有制的社会主义改造。爱国主义、集体主义和社会主义精神在全国蓬勃发展，社会风气积极、健康、文明、向上。广大群众的思想政治觉悟空前提高。他们怀抱崇高理想，热爱社会主义祖国，积极响应党和政府的号召，捍卫人民利益，维护社会秩序，处处表现良好的献身精神和守纪律精神。新中国如日东升，朝气蓬勃，为世界上一切要求革命、要求进步的人们所向往，也为世界上许多精神空虚、思想苦闷的人们所羡慕。伟大的时代要求产生英雄的乐章，亲手创造奇迹的人民企盼出现歌颂丰功伟绩的诗篇。贺敬之的脍炙人口的政治抒情诗很好地满足了时代的要求和人民的愿望。

诗人用最美最强的音符奏出时代的主旋律。一幅幅动人的景象展现在我们面前：那放牛的孩子如今坐在研究室里写着他的科学论文；那被出卖了的童养媳如今神采飞扬地驾驶着她的拖拉机；那少年飘泊者在村头的树荫下和省委书记一起讨论着关于诗的问题；那老年的庄稼汉在怀仁堂里和政治局委员们一起研究着关于五年计划的决议……这是多么惊人而辉煌的变化啊！在诗人的笔下，命运和历史都被拟人化了：“‘命运’姑娘，/你对我们/曾是那样的残酷无情，/但是，今天/你突然/目光一转，/就这样热烈地/爱上了我们，/而我们/也爱上了你！”“‘历史’同志，/你曾是/满身伤痕、/泪水、/血迹……/今天，我们使你/这样地骄傲！/我们给你披上了/绣满鲜花、/挂满奖章的/新衣！”这一切是怎么发生的？这奇迹是怎么创造的？诗人告诉我们：“‘人民’——/我们壮丽的/英雄的/名字！/在中国的/神话般的/国度里，/创造一切的/神明/正是/我们自己！”人民群众是奇迹的创造者，但如果没有无产阶级政党的正确领导，这一切也是不可想象的。诗人把颂歌的高潮献给我们亲爱的党：“党，/使我们这样地/变成巨人！/党，/带领我们/这样地/创造了奇迹！/读吧，/念吧，/背诵吧！——/在我们辽阔的大地上，/铭刻着的/就是这个/真理，/在我们伟大人生的/怀抱里，/隐藏着的/就是这个/秘密！”这些诗句今天读来依然有感人肺腑的魅力，诗里所传达的情和景永远令人心驰神往。

诗人处在弥漫着强烈的英雄主义精神的时代，理想和现实在这里达到了高度的统一。正如诗人所歌唱的：“把一连串的/美梦/都变成/现实，/而梦想的翅膀/又驾着我们/更快地/飞腾……/啊，多么好！/我们的生活，/我们的祖国；/啊，多么好！/我们的时代，/我们的人生！/让我们/放声/歌唱吧！/大声些，/大声，/大声！”显然，歌颂这样的时代，仅仅用现实主义是不够的，这里更加需要浪漫主义。平心而论，贺敬之的政治抒情诗的动人之处，与其说是它的严格的现实主义，不如说是它的革命的浪漫主义。正是诗中那建立在现实基础上的对理想的强烈追求和热情讴歌深深地感染着我们，这种诗思、诗情、诗意、诗味，是一般的现实主义的作品所不可能达到的。贺敬之说得好：“积极的、革命的浪漫主义对一个民族的文学，特别是诗歌的发展来说，绝不可能、也绝不会是可有可无的东西。它和现实主义交相辉映，把那个时代的现实生活用独特的方法反映得神采焕发，给人以千里之目，使人‘更上一层楼’，使得诗人足以‘笔落惊风雨，诗成泣鬼神’，给人以震撼人心的雷霆万钧的力量。”这段论述极其透辟，证之古今中外的文学史屡验不爽，证之贺敬之本人的诗作更是切中肯綮。

对理想的热情讴歌与对现实的清醒认识可以而且应该统一起来。诗人赞美祖国的伟大成就，但并没有陶醉于这些成就，并没有因此而失去头脑的清醒。《放声歌唱》中有这样的诗句：“啊，我知道：/我们共和国的道路/并不是/一马平川，/面前，/还有望不断的/千沟万壑，/头上，/还会有/不测的/风雨……/迎接我的啊/还有无数/新的/考验，/而灰尘/和毒菌/还会向我/偷袭。/但是，我亲爱的党啊！/请你相信——/你曾经/怎样地/带领我/走过来的，/我仍会/怎样地/跟随你/走向/前去！”《雷锋之歌》中更有这样的诗句：“我们的花园里/会不会还有/杂草再生？/梅花的枝条上，/会不会有人/暗中嫁接/有毒的葛藤？……/我们的大厦/盖起了多少层？/是不是就此/大功告成？/啊，面前的道路、/头上的天空，/会不会还有/乌云翻腾？……”后来我国社会主义发展中所经历的曲折和失误，难道不是恰恰证实了诗人的预见吗？读着《雷锋之歌》里如下的诗句，任何关注现实问题和祖国命运的人都不会无动于衷：“唔！有人在告诉我们：/——过去了的一切/不必再提起了吧！/只要闭上眼睛呀，/就能看见：/现在已经/天下太平……/什么‘人民’呀/什么‘革命’，/——这些声音/莫要打搅，/他酒兴正酣，/睡意正浓……/——今天的生活/已经不同了呀，/需要另外/开辟途径……/——最香的/是自己的酒杯，/最美的/是个人的梦境……”这似乎不仅是针对20世纪60年代初的现实写的，更像是针对三十多年以后的今天写的。奇怪吗？一点也不。本来嘛，我们的浪漫主义（或曰理想主义）应该是现实主义的浪漫主义，我们的现实主义应该是浪漫主义的现实主义，而这里决定的需要的是马克思主义的指导。正是马克思主义这个望远镜和显微镜使诗人具有真知灼见和远见卓识。

然而，我们在文艺界也看到了相反的现象。有人因为我国社会主义在发展中经历了一些曲折和失误，便对党和人民的事业一概采取揶揄和反讽的态度。某作家主张“躲避崇高”，他的“季节”系列已经出到了第三部，由“恋爱”而“失态”而“踌躇”，从建国伊始一直写到“文革”前夕。在作者的笔下，不论是基本完成社会主义改造的七年，还是全面建设社会主义的十年，都一无是处，统统以冷嘲热讽的笔调加以涂抹。这既不能鼓舞人们自豪地继续奋勇前进，也不能帮助人们正确地总结经验教训，因而只能说是对我们的事业散布不信任情绪的极其有害的腐蚀剂。历史是客观存在的，它不是可以任人捏来捏去的一团泥巴。对于诞生和成长在社会主义事业产生曲折的年代里的青年人来说，可能不太理解，但年轻的共和国那一段欣欣向荣、蒸蒸日上的青春岁月是确实存在的，它不仅为我们今天的事业发展提供了坚实的基础，而且永远是我们的宝贵的精神财富。现实生活中的伟大呼唤文学艺术中的崇高。真实反映和热情讴歌这一段青春岁月的诗篇绝不会因为后来我国社会主义事业的遭受挫折和眼下国际共产主义运动的处于低潮而稍有褪色，恰恰相反，它将青春永驻，激励着人们为建设有中国特色的社会主义，为最终实现共产主义的伟大理想而贡献自己的一切。

小我、大我的和谐统一

早在建国之初，贺敬之在给一位同志谈如何写诗的信中曾指出：“除去技巧的重要之外，更重要的是要在诗（其他艺术作品也在内）中表现出‘我’来。”这就是说，文艺创作“贵在有我”。王国维在《人间词话》中把诗歌分为“有我之境”与“无我之境”两种，说：“有我之境，以我观物，故物皆著我之色彩；无我之境，以物观物，故不知何者为我，何者为物。”贺敬之不赞成这种说法，他认为“无我之境”是没有的。应该说，这个意见很精辟。文艺作品是主客体的辩证统一，既有客体性，又有主体性。客体性是作品中再现的社会生活，主体性是作品中表现的作家的审美意识、思想感情，二者密不可分。一个作家在再现客观生活的同时，总是倾注着自己的爱憎、褒贬、是非、好恶，表现出他对生活的评价和对理想的追求。从来没有什么“中止判断”，“保持零度感情”，“叙述而不评价”，“照录而不取舍”的作品。如果说物质产品要讲究通用化、标准化的话，那么，艺术产品则最忌通用化、标准化，它要讲究个性化、多样化，要求鲜明地表现出作家的创作个性。鲜明的个性是一个作家的创作趋于成熟的标志，成功的作品是充分体现作家的特殊的主体性的完全独创的世界。这是各类文艺创作的普遍规律，对于常常采取直接抒情的表现方式的诗歌的创作来说尤其是如此，对于比现实主义更加强调主体性的浪漫主义来说又尤其是如此。

当年，有的同志唯恐作品中有了“我”，就不能表现工农兵的思想感情，因此当自己受到某个事物的感动时，就马上提醒自己：“这恐怕是‘我’在感动，而不是‘工农兵’在感动吧！如按照‘我’的感动写出来，那岂不是糟糕了吗？”贺敬之认为这样的顾虑是完全不必要的，关键是“我”是什么人。他说：“问题在于，是个人主义的‘我’，还是集体主义的‘我’、社会主义的‘我’、忘我的‘我’？革命的浪漫主义就是考验何者为我，我为何者的最好试题。‘我’不能隐藏，不能吞吞吐吐、躲躲闪闪：或者是个人主义的小丑，或者是集体主义的、革命浪漫主义的英雄。”这说得多么好啊！毫无疑问，作家、诗人应当是人民群众的代言人，但这并不要求他把“我”掩藏起来，而是要使“小我”与“大我”相互贯通，使自己的理想和追求与人民群众的理想和追求和谐地统一起来。

在贺敬之的政治抒情诗里，“我”是非常鲜明的，是贯彻始终的。有的时候，他甚至在诗中直接写了自己。例如，《放声歌唱》这首诗就以这样的诗句开始了对自己的回顾：“在我的/献给祖国、/献给党的/诗篇里，/我要来歌唱，/关于：/我——/我自己。”接着诗人写了自己的身世、经历、理想和抱负。然后诗人唱道：“我们的未来的时代啊，/请你把我/用‘延安人’的名义，/列入/我们队伍的/名单里！/你将会证明：/我——/祖国和党的/一个普通的儿子，/一个渺小的/‘我自己’，/在这里/有着/何等的意义！/啊！让我/高举/献给祖国、/献给党的/诗篇，/走向/亿万人的/心里……/从亿万人的/口中——/赞美我们/亿万个/‘我自己’——/啊，我！/——我们的我！/我的我们！/——是这样地/和谐/统一！/这是党/为我们创造的/不朽的/生命，/是祖国大地的/无敌的/威力！/啊！/未来的世界，/在/我的/手里！/就在/我——们——的/手里！”一滴水折射出了太阳的光辉。今天读来，这些章句仍然是全诗中抒发主题的十分动人的段落。

综观贺敬之的诗篇，抒情主人公的形象深深地感染着我们：

这是赤诚爱国的歌者。我们读贺敬之的诗，就像站在钢铁厂热轧车间的梯架上，望着火红的钢材滚滚而来，热得灼人。这种灼热不是别的，是诗人对祖国的爱，对人民的爱，对党的爱。在《十年颂歌》里，诗人深情地呼唤："祖国呵——/我们的母亲！/党呵——/母亲的/心！/你/使我的/每一根血管/都沸腾着/无比的干劲，/因为/爱呵——/你的每一片/新生的树叶/都使我/热泪滚滚！/啊，/为什么/我只能有/一人一身啊？/为什么/我的语言/这样拙笨？/给我呵——/语言的/大海！/给我呵——/声音的/风云！/让我能/在祖国的/每一寸土地上/劳动——歌唱！/让我能/在社会主义的/每一条战线上/战斗——前进！"这种赤诚的爱渗透在诗集的字里行间，具有极大的吸引力和感染力。

这是追求理想的鼓手。诗人挥臂擂鼓，敲出进军的鼓点，激励人们向未来进军，为实现崇高的理想而战斗不息。在庆祝建国十周年的时候，诗人的心飞到了未来，飞到了国庆五十周年，一百周年……乃至"未来的共产主义的地球"，这个无限美好的目标正是今天我们努力奋斗的意义所在。在《雷锋之歌》里，诗人从世界观、人生观的高度，赞颂了在平凡岗位上为共产主义理想而奋斗这个雷锋精神最本质的内涵。诗人和雷锋展开了对话："啊，雷锋，/我的弟兄！/不要说/我比你多有/几年军龄啊——/虽然它使我/终生难忘，/一提起呀/就热血奔流/热泪常涌……/在你的面前——/我的/好班长啊，/让我说：/我还是/一个新兵……/啊，雷锋，/带我去，/带我去吧！/——让我跟上你，/跑步入列！/听候每一次的/队前点名……/让我像你/一样响亮地/回答：'到！'/——永远站在啊/我们阶级的/行列中！……"从这里，我们在看到雷锋的光辉形象的同时，也看到了革命人永远是年轻的抒情主人公的形象。

这是愈挫愈奋的号兵。正因为诗人对祖国、人民和党爱之极深，对自己怀抱的理想信之极坚，尽管他在"文革"中遭到残酷迫害，一旦粉碎了"四人帮"，便立即投入新长征的战斗行列。我们听不到任何个人的叹息和怨忧，听到的只是诗人吹奏的进军的号角。他在《中国的十月》中写道："我站在天安门广场，/我们伟大人民的战列。/看天安门城楼，/那召唤进军的红旗……/听《国际歌》声，/向万里云天飞越……/是巴黎公社的火焰，/是丙辰清明的鲜血……/卷起我心潮滚滚啊，/似大江东去浪千叠！/望革命征程/千山万岳……/听战鼓又催征啊，/革命战士/怎能不壮怀激烈?!"这种虽九死其犹未悔的精神，这种斗志不减、豪情依旧的风范，贯穿于粉碎“四人帮”以后的诗作中。

贺敬之的诗歌创作实践，有力地验证了马克思主义文艺理论所揭示的主体与客体的辩证关系。前几年某些人提出“文学主体论”，把辩证唯物主义的反映论诬之为“直观反映论”，似乎惟独他们才重视主体性。有人说：“艺术就是自我表现。”有人说：“我们的新大陆就在我们自身。”有人说：人的“内宇宙是一个具有无限创造能力的自我调节系统，它的主体力量可以发挥到非常辉煌的程度”。这种“主体力量”是与客观外界根本绝缘的内省体验一类的东西，它“发挥到非常辉煌的程度”，同时也就把作家、艺术家的真正灵感的一切源泉堵塞到完全枯竭的程度，以致看不见社会生活中发生的一切，只能热衷于荒诞的杜撰和臆造。什么样的“自我表现”呢？无非是愤世嫉俗，玩世不恭，亵渎崇高，调侃一切，这个“自我”是同奋战在社会主义改革和建设第一线的人民群众的思想感情格格不入的。此类“大作”我们难道还见得少吗？不过它们早就遭到唾弃，尽管有人把它们列入《中国百年文学经典》，也不能使它们摆脱堕入忘川的命运。贺敬之说过：“对于一个真正属于人民和时代的诗人来说，他是通过属于人民的这个‘我’，去表现‘我’所属于的人民和时代的。小我和大我，主观和客观，应当是统一的。而先决条件是诗人和时代同呼吸，和人民共命运。”斯乃不易之至理。

思想和形象的水乳交融

贺敬之的诗具有高度的思想性，却又是那样的诗意充沛，诗味浓郁，这里的奥秘何在？在于丰富的感情和活跃的想象。

贺敬之在谈论创作时不只一次地运用“感情的溶化”这个字眼。他说：“我以为，这个所谓‘感情的溶化’，正是思想和生活在作者的创作过程中的具体体现。所谓‘思想’是必须被感情所具体化了的；所谓‘生活’是必须被感情所血肉化了的。”这个见解是创作实践的总结，包含着深刻的哲理。在艺术创作中，感情起着十分重要的作用：生活素材的矿石只有在感情的高温下，才能冶炼成为艺术形象；思想的因素只有和感情的因素互相渗透在一起，成为被思想所提高的感情，被感情所深化的思想，才能产生艺术的感染力。这是艺术与科学的一个重大区别。科学家固然也需要感情，但构成科学内容的却不是感情，而是论点、论据和论证。对于艺术来说，感情却是构成其内容的必不可少的因素，是艺术形象能够动人心弦的关键。“愤怒出诗人”，“愤怒不能成为论据"，此之谓也！

我们在贺敬之的诗中，时时、处处可以看到感情化的生活和思想。诗人这样描写他在革命大家庭里的生活：在风雪之夜，毛主席还在呵冻疾书，自己则和同志们睡在窑洞里。这时，"一个黑影，/走进来——/悄悄地，/悄悄地……/伸向我/他的冰冷的/手指。/'唔，是你！'/——我们的/教员同志：/'怎么，又冻醒了吧？'/'不，不是……/……我是在想，/在想，/小组会的讨论：/关于/克服/非无产阶级的意识……/还有，/我，/想写/一首诗……'/'但是，小鬼，/你要睡觉啊！/给你这个，/——我的这件/破大衣。/这样捆起来，/非常暖和。/这办法，/是我在监狱里/发明的，/现在，/我教给你……/……好……睡吧。/躺进去。/合上眼皮。/马上，/你就会走进，/走进/——"社会主义"……'"这是多么感人的一幕啊！多么宝贵的人际关系，多么深厚的同志感情！如果诗人对这段生活没有真切的感受，并且保持动情的记忆，是绝对写不出来的。诗人这样描写学习雷锋的意义："让我们的/敌人/惊叫起来吧，/——关于中国的/这最近的情报，/他们会说：/'不懂，不懂……/这是什么样的/"装置"啊，/竟然发出/如此巨大能量的/热核反应？……'/啊，让我们的/朋友们/感到高兴吧！/让他们/骄傲地说：/'这是/毛泽东的战士！/红色中国的/士兵！/这是/真正的人啊，/是中国的/也是我们的/弟兄！……'"读到这里，我们会觉得学雷锋的意义非如此不足以表达，诗人可以说是写出了革命者人人心中所有，人人笔下所无的感受，而这正是思想和感情相融合的产物。至于像《回延安》这样家弦户诵、老少咸知的诗篇，更是字字景语，字字情语，其情深如海洋，浓逾醇酒。

贺敬之在阐述他对"主题"的理解时曾说过："我们所指的一个作品的主题是根据作品中具体的形象抽出来的中心的思想。因此，主题便无论如何不能是和那些具体形象脱离的一种'思想'的概念。"这就是说，文艺作品中的思想应当体现在形象之中，而不能游离于形象之外。做到这一点，很重要的是要有活跃的想象。作家、艺术家接触社会生活伊始，就须特别注意观察那些具有特征性的、具体生动的细节，并把它们很好地保存在自己的记忆里，这些细节当然都蕴涵着某种思想意义，它们是创作的宝贵的原材料。艺术想象的作用，就是在现实生活所激发起来的强烈的创作冲动的支配下，对积累和储存的原材料进行选择、提炼、加工、改造，用以表达作者的思想感情。这样，形象蕴涵思想，思想激活形象，二者相互作用，达到了内在的一致。各类文艺创作都需要丰富的感情，诗尤其如此；同样，各类文艺创作都需要活跃的想象，诗尤其如此。可以说，没有活跃的想象，做不到浮想联翩，就没有诗。

从贺敬之的诗里，我们领略到诗人视通万里、思接千载的想象。在歌颂祖国社会主义建设的成就时，抒情主人公在高压线飞过的长城脚下，在联合收割机滚动着的大雁塔旁，在长江大桥头的黄鹤楼上，在宝成铁路边的古栈道旁，看见了正俯瞰大地的我国古代的诗人们，并同他们展开了对话："在我们的合唱声中，/传来/你们的惊叹声，/在我们的工作服上，/投下/你们羡慕的眼光……/啊，我熟读过你们的/《登幽州台歌》、/《茅屋为秋风所破歌》……/那无数美妙的/诗章。/但是，/面向你们，/我/如此地骄傲！/我要说：/我们的合唱/比你们的歌声/响亮！/啊啊……'前不见古人'……/但是，/后——有——来——者！/莫要/'念天地之悠悠'吧，/莫要/'独怆然而涕下'……/'君不见'——/'广厦千万间'/已出现在/祖国的/'四野八荒'！/啊，我们的前辈古人，/希望啊，/希望，/希望，/梦想啊，/梦想，/梦想……/而你们何曾想见/今日的祖国/是这样的/灿烂辉煌！/你们的千万支神来之笔啊/怎么能写出/我们时代的/社会主义的/锦绣文章?！/'语不惊人死不休'——/又向哪里/去找/这最壮丽的语句——/'党！'/'我们的党！'"在歌颂雷锋的广阔胸怀时，诗人写道："你只有/一百五十四厘米/身高，/二十二岁的/年龄……/但是，在你军衣的/五个纽扣后面/却有：/七大洲的风雨、/亿万人的斗争/——在胸中包容！……/你全身的血液，/你每一根神经，/都沸腾着/对祖国的热爱，/而你同时/在每一天，/每一分钟，/念念不忘：/世界上还有/千千万万/受难的弟兄！……"在这里，雷锋脚踏实地、心怀天下的品格活生生地摆在我们的面前，这不是抽象概念的图解，而是蕴涵哲理的形象。在《西去列车的窗口》这首诗中，诗人巧妙地找到一个契机，这就是塔里木垦区派出的带队人和前往参加边疆建设的上海青年同坐在西去的列车上，于是，"一路上，扬旗起落——/苏州……郑州……兰州……//一路上，倾心交谈——/人生……革命……战斗……"老一辈的光荣传统有如润物细无声的好雨渗入了新一代的心田。抒情主人公对这一切听了很久，看了很久，想了很久，唱道："江山啊，在我们的肩！/红旗啊，在我们的手！//啊，眼前的这一切一切啊，/让我们说：胜利啊——我们能够！"这里抒写的是一个多么重大的主题——革命事业是否后继有人的主题，但诗味又是多么的醇厚，意境又是多么的深邃。这就是创造性想象的魅力！

如果说过去在文艺创作中曾经出现过抽象说教的公式化概念化的倾向，思想和形象脱节；现在的主要问题则是崇尚非理性，思想和形象仍然脱节，不过以另一种极端的形式出现罢了。某些人奉尼采的唯意志论、柏格森的直觉主义和弗洛伊德的潜意识理论为圭臬，把非理性的盲目意志、神秘直觉、本能、欲望（尤其是性欲）等提到创作心理的首要地位。于是在诗歌领域出现了《一无所有》、《独身女人的卧室》之类的“经典”，充斥其中的是虚无主义、厌世主义、享乐主义乃至赤裸裸的肉欲主义。一些“诗”的形象支离破碎，杂乱晦涩，扑朔迷离，不知所云。近日报载，有些当年提倡“朦胧诗”的人说也读不懂如今的“诗”了。呜呼，这实在是绝妙的讽刺！此类诗人（如果可以称为诗人的话），感情猥琐，想象贫乏，指望他们写出好诗来，不亦难乎！这从反面证明了高尚深刻的思想和生动感人的形象的水乳交融对于诗歌创作的极端重要性。贺敬之的诗之所以能做到思想和形象的水乳交融，最根本的是他坚持走学习马克思主义、学习社会主义的道路，他的感情是被崇高的思想境界所升华的感情，他的想象是以丰富的生活积累为基础的想象，因而感情似泉迸涌，想象如鹏展翅，这是产生好诗的不二法门。

新诗形式的多方探索

诗的语言在精炼与和谐的程度上，特别是在节奏与韵律的鲜明上，应当明显地有别于散文的语言。这就很自然地产生了诗的格律问题。贺敬之早期的诗，没有什么格律，节奏不很匀称，甚至也不押韵，这种诗歌形式在当时是相当流行的。尽管这些诗在反映社会生活，鞭挞旧制度、歌颂新天地方面，取得了不应低估的成就，但由于诗是形式感很强的文学样式，这样的未免失之过于散漫的自由诗，势必影响到内容的表达和作品的传播。贺敬之并没有停留在这个阶段，他在使自己的诗革命化的同时，也在诗的民族化和群众化上作出不懈的努力。正如他本人所说：“我从学写新诗以来，在形式方面曾做过多种尝试和探索，其中包括对我国旧体诗词的某些因素和特点的借鉴和吸收。”综观他尝试和探索的新诗形式，大体有以下三种：

一是民歌体。人民群众不仅是物质财富的创造者，也是精神财富的创造者。他们的实践活动为文学艺术提供了丰富的源泉，他们的民间文学也为文人创作输送着宝贵的营养。诗人在深入人民生活中要认真学习群众的语言、群众的歌谣等等。贺敬之对此有高度的自觉。他说：“人民的口语中有多少有诗意的东西、有表现力的东西、生动活泼的东西啊！有些可以直接采用过来，有些是艺术加工所依据的材料。”他又说：民歌，“这是人民创作的诗，是从人民的口语中经过加工的诗的语言，怎样从人民的口语材料加工成为诗的语言，这是一个最好的老师。”他自己就是这样去实践的。在他写于20世纪40年代初，特别是延安文艺座谈会以后的一组歌颂人民翻身当家作主的诗中，我们可以清楚地看到，欧化的句式和词语几乎荡然无存，取而代之的是朗朗上口的群众语言。这时他的诗主要采用民歌体，尤其是信天游体。信天游一般为两句一节，两句一韵。那首脍炙人口的《回延安》虽然写于1956年，也是典型的信天游体。从“心口呀莫要这么厉害地跳，/灰尘呀莫把我眼睛挡住了……//手抓黄土我不放，/紧紧儿贴在心窝上。//……几回回梦里回延安，/双手搂定宝塔山。//千声万声呼唤你，/——母亲延安就在这里!”到“赤卫军……青年团……红领巾，/走着咱英雄几辈辈人……//社会主义路上大踏步走，/光荣的延河还要在前头! //身长翅膀吧脚生云，/再回延安看母亲!”诗人对于哺育他成长的革命圣地和父老乡亲，倾注了多少思念、关切、热爱、依恋的深情厚谊啊! 信天游的明快的节奏和整齐的韵律更使人爱读易诵。至今很多人能一字不落地把它背出来，这不是偶然的。

二是阶梯体。贺敬之的政治抒情诗大都是阶梯诗。这种诗体从外形上明确地显示出朗读时需要强调和停顿的地方，有助于表达豪迈的激情和雄壮的气势，加之很注意押韵，阅读固宜，朗诵更佳。应当指出，这种诗体的采用，同苏联诗人马雅可夫斯基的影响有关。马雅可夫斯基所处的伟大变革的时代及其豪放激昂的风格同贺敬之十分吻合，因而深受他的喜爱。在《生活》这首诗里，他曾写到朗读着马雅可夫斯基的诗册，并赞颂那“洪亮的时代的音响”。在《我们这一天》这首诗里，他写道：“当我跨上/这青石台阶，/我像读过了/马雅可夫斯基的诗章。”阶梯诗与马雅可夫斯基确有某种渊源关系，但如果认为这种形式仅仅来自异邦，那就未必全面了。必须看到，这种形式具有深厚的民族基础。我国诗歌本来有长短句（词）的传统，它有固定的词调，诗人得按词调的规定填入字句，“调寄×××”，因此许多首长短句采用的是同一个样式。阶梯诗其实也是一种长短句，不过它没有固定的词调，每一首一个样式而已。正因为它符合我国诗歌中长短句的传统，同诗歌的民族化、群众化相一致，所以易为群众所接受，其中的佳作能够受到读者和听众的热烈欢迎。与此形成对照的是有些人写的“十四行诗”，似乎很有格律，却很难为广大群众所接受，其缘由盖在于纯粹来自异邦，没有民族基础。不仅那两节四行诗、两节三行诗之类的组成方式不符合中国人的习惯，而且那种“甲乙乙甲”的押韵方式在中国人的心目中是认为不算押韵的。可见诗歌形式的尝试和探索一定要尊重本民族在长期的审美实践中形成的欣赏习惯。

三是新格律体。这种诗的特点是每行的顿数（不是字数）大致相等，每行的收尾基本上是双音字，并且有规律地押韵。《西去列车的窗口》采用的就是这种诗体。你看其中的几小节："在这样的路上，这样的时候，/在这一节车厢，这一个窗口——//你可曾看见：那些年轻人闪亮的眼睛/在遥望六盘山高耸的峰头？//你可曾想见：那些年轻人火热的胸口/在渴念人生路上第一个战斗？//你可曾听到啊，在车厢里：/仿佛响起井冈山拂晓攻击的怒吼？//你可曾望到啊，灯光下：/好像举起南泥湾披荆斩棘的镢头？//啊，大西北这个平静的夏夜，/啊，西去列车这不平静的窗口！"这首诗仍是两行一节，但同信天游体有很大的区别：它不拘守两行一韵，而是全诗一韵到底，更重要的是它每行的收尾基本上都是双音词。《啄破》这首写于1988年的诗也是这样，且听其中的一节："我们的岁月，一秒沉醉已太久。/我们的大地，一声叹息已太多。/我们的爱，不是无人理解的'爱何'。/我们的期望，不是永远等待不到的'戈多'。"全诗也是一韵到底，每行以双音字收尾，但不是两行一节，而是四行一节。这种新格律诗更加符合现代汉语的特点。古诗常取五七言体，一个重要原因是古代汉语单音词多。现代汉语与古汉语不同，它主要不是由单音词而是由多音词构成。这样，五七言体同现代汉语就有难以协调的矛盾。当然，包括五七言体在内的诗词古体，迄今仍有生命力，不少人用它写出了好诗，最突出的是毛泽东的诗词，可谓千古绝唱，堪称中国革命的伟大史诗。贺敬之近年来创作的五七言古体歌行诗也弥足称道。但毋庸讳言，一般说来，这种诗体用来表现今天复杂的社会生活有较大的困难。新格律诗就没有这样的困难。它学习、借鉴了民歌与古典诗歌讲求节奏韵律的长处，避免了建立在单音词多基础之上的固定形式的束缚；它继承、吸取了五四以来的新诗运用现代汉语、提倡诗体解放的经验，又避免了过于自由散漫、不讲节奏韵律的弱点，因而具有较强的生命力。

文艺作品是内容和形式的统一，内容无疑是矛盾的主要方面，但不容忽视的是，形式也有巨大的反作用，诗尤其是这样。贺敬之在他的创作生涯中对新诗形式的多方探索是十分有益的。这些年来，有些人主张"反传统"、"反民族"、"反文化"，还说什么"只要横的移植，不要纵的继承"，所谓"横的移植"，并不是学习、借鉴西方现实主义和积极浪漫主义的优秀成果，而是照搬西方现代主义的一套。他们不仅否定民族传统，而且连艺术规律以致语言规范也一股脑儿加以否定，这可以说是"左"到了家了，但他们却以反"左"的英雄自居，实属咄咄怪事！他们的"诗"成为无从索解的天书，成为似乎喝彩盈耳、实则空无一物的“皇帝的新衣”，那是必然的了。诗要讲求格律，这就是艺术规律。有人把讲求格律比作戴着镣铐跳舞，这个比喻并不恰切。格律不是镣铐，而是跳舞的步法，你看那掌握了步法的人们跳起舞来是那样的潇洒、自由、优美、酣畅！与此相反，那种否定民族传统、艺术规律乃至语言规范的人，不过是完全不要步法的乱蹦乱跳的瞎折腾，带给人们的只是灾难！

中国是一个诗歌的国度。在绵延几千年的历史上，曾经出现过那么多伟大的诗人，有如夜空灿烂的群星。他们的诗作在不同程度上反映了他们那个时代的精神，留给我们极为宝贵的精神财富。五四以来的新诗尽管存在这样那样的不足，还是对人民的革命斗争和社会主义建设发挥了重要的作用，是现代文学中曾作出许多贡献的一支方面军。社会主义时代应该是诗人辈出、佳作纷呈的时代。这个时代的诗在思想内容上应当在发展多样化的同时，大力弘扬时代的主旋律，在艺术形式上也要多姿多彩，既要体现诗的规律，更要体现本民族诗的规律，还要体现以现代汉语为基础的诗的规律，把艺术美的民族化和现代化统一起来，为人民群众所喜闻乐见。遗憾的是，近年来诗歌却越来越冷落，人民群众对诗歌也越来越疏远。这里的根本原因当然是错误思潮的泛滥，它使得本来有某种发展希望的诗人被引上了歧途，才华萎缩，创作凋零；同时这也同没有正确地总结新诗的成功经验，加以继承和发扬有关，以致一时间黄钟毁弃，瓦釜雷鸣，舍瑰宝而捧顽石，贬鸿鹄而赞燕雀。现在是到了改变这种状况的时候了。我们至少应当从郭沫若的《女神》开始，客观地、公正地总结将近八十年来新诗走过的道路，发扬成绩，克服缺点，继续前进。而在这中间，郭小川、贺敬之这一对双子星座是无论如何不应该被低估和忽视的。

（原载《两刃相割集》，吉林人民出版社 2000 年出版）

中国新诗库·贺敬之卷·卷首

周良沛

贺敬之（1924. 11. 5—　），曾用笔名艾漠。山东峄县贺家窑（今枣庄市郊）人。① 这是一个穷困、闭塞的小村子，父母是贫苦农民。童年时，他靠亲友的帮助，进了一所私立小学。1937 年暑假，他考上了设在滋阳县的山东省立第四乡村师范。进这个学校，每月有五块钱补贴，可以解决伙食问题，因而报考的都是穷学生。贺敬之当时只想有个谋生的职业，考取了也就很满意。此校学生年龄不限，最大的有二十多岁，一般的十七八岁，而他当时只有 13 岁，是最小的一个。不料，他入学没几天，日本侵略军打过了黄河，直逼济南。学校急忙动员学生回家。随后，山东的一些中等学校纷纷迁往湖北，组建“国立湖北中学”，总部设在鄂西的郧阳，师范部则设在均县。1938 年春，母亲把家中仅有的五块钱缝在他的衣角里，送他与几位同学一起找学校去。步行加爬车，挨饿又冒险，他终于找到学校。“当日抗日如火如荼，这个武当山下的城市一下沸腾了，日日夜夜唱着抗日歌曲。冼星海的《我们在太行山上》，这首歌就像专给他们写的，均县的人民几乎都会唱它。县城的南北大街贴满了学生的壁报，这些壁报从各个角度，反映了青年学生抗日的胸臆。这时学校的课程较少，国文课，有的老师选讲了抗日有关教材，给学生们提供了宣传资料。贺敬之是搞宣传活动的积极分子，他下乡宣传，也写宣传稿件。这时他已经以诗为武器参加了战斗。他的国文老师有时把他较好的富有战斗性的诗，从‘作文本’上选出来，张贴在教室里，叫同学们观摩。可惜现在无法找到这些底稿了。”可是，汉江水时落时涨，这学校里也不平静。国民党战干团来学校招

① 本文有关贺敬之的简历材料，除另有注明出处的，均引自江苏人民出版社 1982 年 5 月版《中国当代文学研究资料·贺敬之专集》中的王宗法、张器友的《贺敬之小传》。

生，欺骗青年上钩。师范部的课程增加了军训，派来军事教官，推行法西斯教育。1938 年 10 月后，武汉在日军的炮火下已岌岌可危，学校再度西迁入蜀。他随校经陕南步行入川。校名由“国立湖北中学”改为“国立第六中学”。总校设在四川绵阳，贺敬之进了设在梓潼县的第一分校。但在罗江县的四分校有作家李广田、陈翔鹤和诗人方敬当教员，于是，贺敬之想转到四分校以提高自己的写作水平和文学修养。为此，他曾冒雨打伞步行二百华里找到李广田。那时，李广田和他朋友办的《锻冶厂》已铅印出版，影响不小。四分校的学生已挤不下，他劝贺敬之，读书在哪里都一样，“有了作品可以给他看，可以发表”。贺敬之回梓潼努力写作，跟同学们办起了“挺进读书会”，书籍是节衣缩食，从几个人的伙食尾子集中起来买的。贺敬之后来在诗中写到他在倾坍的文昌庙隐蔽的角落里，“和我的小伙伴们/躲过/三青团的/狗眼/传递着/我们的‘火炬’——/我的《新华日报》/我的《大众哲学》……”正是那时的情景。那正是与学校发行《黄埔日报》，请三青团的干事长任觉五到校讲《孔夫子的大同世界》正面的争夺战。而且，贺敬之和同学们，在学校众多的壁报中，办起他们引人注意的《五丁》。那时的贺敬之，也已在全国性的报刊，如《大公报》的《战线》发表他少年时的作品了。高年级与他来往较密切的李方立、顾牧丁后去成都谋生，编《新民晚报》副刊，他以“艾漠”为笔名在上面发表的作品就更多，为更多人熟悉了。但，随着国民党反共政策的全面铺开，三青团已可以公开没收同学的进步书籍，“查询并登记订阅《新华日报》的同学姓名。教育部竟派人审讯参加抗日宣传的积极分子”。贺敬之和他的伙伴，“在无水的古井的砖缝间撬开墙上的砖，把书藏在墙里，藏在郊外的墓穴里，藏在荒草里……然后选取敌人不注意的时候，才取出来学习。”① 1940 年 4 月，李方立从成都来找贺敬之，并约上程芸平、吕西凡一同步行前往延安。历时四十余天，行程极为艰险，但内心无比欢欣。途中，他以《跃进》为题的组诗，后来发表在胡风主编的《七月》。

他初到延安，先进徐特立为院长的自然科学院中学部上高中，后考进了鲁迅艺术学院文学系第三期。当时，他只有 16 岁。亲自面试他的系主任何其芳称他“一个小同学”。从小经历了长长的流亡生活的贺敬之，在革命大家庭的温暖中，阅读了学院以他命名的鲁迅为始的五四及许多中外名著，勤奋写作，

① 以上引号内的引文，均引自白峡根据“六中”同学白莎、刘允盛、吕兆修提供的材料写成并发表于成都《星星》诗刊 1981 年 11 月号的《贺敬之流亡中的诗生活》。

除了有表达他初到延安时面对新生活的感受的《并没有冬天》，还有回忆自己苦难的童年和家乡生活的《乡村的夜》。

1942年，在毛泽东《在延安文艺座谈会上的讲话》之精神的号召下，他走出学院，开始和革命根据地劳动群众打成一片，在民间传说《白毛仙姑》的基础上，一个"旧社会把人变成鬼，新社会把鬼变成人"的故事所揭示的意义，在以他为主和丁毅等同志集体创作的新歌剧《白毛女》，以其现实主义与浪漫主义相结合焕发的美学光彩下，成为一部家喻户晓的作品。为我国新歌剧的创作奠定了基石，开辟了道路。该剧曾被搬上银幕，译成多种外文，改编为多种形式在许多国家上演过，赢得了广泛的国际声誉。获得1951年斯大林文学奖。贺敬之从而也以剧作家闻名于世。

抗日战争胜利后，他随文艺工作团到华北，在华北联合大学文艺学院工作。解放战争期间，参加了土改、支前等群众工作。1947年参加青沧战役，立功受奖。这期间，他创作了秧歌剧《秦洛正》。诗人写的表现根据地人民生活和军民关系的诗篇，其中的《南泥湾》、《七枝花》、《胜利进行曲》、《平汉路小唱》，一经作曲家谱曲，它们都长上了翅膀，广为传唱。

1949年7月，他参加了全国第一次文代会，被选为全国剧协理事和作协理事，后到中央戏剧学院创作室工作，任《剧本》、《诗刊》编委，剧协书记处书记等职。可是，青少年时的不幸生活对他的摧残所埋下的病疾，在他生活条件大大改善之际，却迸发出来了，很多时间都住在医院和疗养所，加之所从事的工作都是在办公桌上做的，深入生活和创作的时间很少，那段时间也几乎没写什么东西。

1956年，一次重回延安的激动而写出的《回延安》，叫剧作家贺敬之又回到诗坛了，诗人贺敬之的歌声又在四处飞扬。1956年"七一"前夕，他那1800行的长诗《放声歌唱》，特别是1963年又一1200行的《雷锋之歌》，不仅标志了他的诗的成就之高度，更是开一代诗风之作。它们都发表在党和政府的机关报《北京日报》、《人民日报》，以最大的发行量，以最快的速度传到千家万户，更重要的，是作者的政治热情和作品的诗美，得到读者的认同和赞赏，为新诗史写了很有光彩的一页。

1966年文化大革命开始后，他的笔已不可能用于歌唱新中国的新生活，只能写"交代"、"检查"。1969年宣布被"解放"。1972年，根据周恩来总理对出版工作的指示精神，人民文学出版社再版《放歌集》，也以此为更多的文艺书目予以"解放"而投石问路。不料，"四人帮"中的那支"笔杆子"看到此书，一句“贺敬之这个人还在呀”里充满杀机。闻讯之后，夫人柯岩，如果说她在动乱初期，还能回驳一张张“造反派”的大字报，你说他是“黑帮”，她就说他不是“黑帮”，你说他是“文艺黑线的干将”，她就说他是执行毛主席文艺路线的好战士，不屈不挠，昂首挺立的话，那么，此时也只能送他连夜逃走，跑到“首都钢铁厂”，在工人之中藏身。这时候，只有自己的阶级兄弟，能够和可以保护住自己的诗人。

一本《放歌集》重印引出这多麻烦，是因为发难者将印书和诗人的被“解放”硬跟诗人没有写他们要写的，做他们要做的事联系起来，作为“黑线回潮”、“右倾复辟”的“新动向”，通知不许将诗人的作品译成少数民族文字，不许选入语文课本，并下令组织“批判”，多番追查和围攻。最后，被江青、张春桥、姚文元亲自批示：长期下放，监督劳动。直到“四人帮”倒台为止。但周恩来总理在病重期间又问起他这个人和《雷锋之歌》，而贺敬之也挣扎在病床上面对四月五日的血风腥雨捶胸顿足。……

粉碎“四人帮”后，贺敬之的新作《中国的十月》、《“八一”之歌》，表达了他抑制不住的感情。之后，他出任国务院文化部副部长，负责落实政策的工作。他为长期受冤的许多好同志，包括1955年“胡风反革命集团”案和1957年“反右”遭到不公正待遇的同志，一一平反昭雪、恢复名誉、落实政策。他虽然由此少于写诗，甚至无空写诗了，但他的工作，却解放了许多有才华的诗人，解放了他们的诗……

古稀之年，体衰多病的诗人从工作岗位退下来，练书法，吟旧体诗，偶尔也有似旧体又不完全拘于旧律的作品，又见诗人新的艺术追求。

诗人有诗集《并没有冬天》（上海泥土社，1951）、《朝阳花开》（作家出版社，1954）、《放声歌唱》（中国青年出版社，1956）、《乡村的夜》（作家出版社，1957）、《放歌集》（人民文学出版社，1961）、《雷锋之歌》（中国青年出版社，1962）、《回答今日的世界》（四川文艺出版社，1990）以及《贺敬之诗选》（山东人民出版社，1979）。并有《贺敬之文艺论集》（红旗出版社，1985），还有贺敬之为主要执笔人的集体创作《白毛女》（张家口新华书店，1946）。

如果说，《白毛女》使贺敬之以剧作家闻名于世，那么，《白毛女》在舞台上虽然是配上音乐，是可以歌唱的新歌剧，但它作为原始的文学脚本，却应该看作诗剧。这，正好说明，贺敬之的剧都是无法和他的诗分开的。何况，诗人写出《白毛女》之前，就已经写出《并没有冬天》、《乡村的夜》这两部诗集中的全部作品呢。

从20世纪40年代到70年代，中国大陆的男女老少，不知道《白毛女》的故事的，真是太少了。它是根据晋察冀边区河北西北部流传的一则新传奇写成的。说战前村里一恶霸，平时欺压佃户，荒淫佚奢，无恶不作。某一老佃农（剧中之杨白劳）有一孤女（剧中的喜儿），聪明美丽，被恶霸（黄世仁）看上，乃借讨租为名，阴谋逼死老农，抢走该女，她到财主家，被凌辱奸污后，又被厌弃。财主续娶新人，筹办婚事，正要暗谋害死该女之际，一善心的老佣人乃于深夜把她放走。她背负仇恨、辛酸，找到一个山洞住下，由于山洞中没阳光，不吃盐，她已全身发白。晚上跑到奶奶庙里偷供献，被村人信以为“白毛仙姑”，香火更盛，而她也就借此以度日。抗战爆发，八路军来了，将这被旧社会逼成鬼的重新变成人……无论中国的现实发生怎么样的翻天覆地的变化，旧中国若是没有压迫者剥削者和被压迫者被剥削者的阶级矛盾和阶级斗争，也就没有今日的一切。这是铁的历史，是任何人用任何方法都更改不了的。

然而1945年6月10日，鲁艺为“七大”首演《白毛女》后，在从上而下的肯定、赞赏声中，当时就有自以为是“现实主义”的捍卫者，在《解放日报》上说它不是“现实主义”的，不想，90年代对《白毛女》又有《故事新解》①，已引起各方面的关注。它说“新的时代需要新的看问题的方法”，说该“撇开贫富差距这个社会问题，而从经济关系的角度考察”，从那什么现代经济法的角度看，“黄世仁和杨白劳的关系本来是债权人和债务人之间的关系，而债权人以适当的方式向债务人索取债务应当受到法律的保护”。“根据经济法，当借债的欲求发生，只有在借取的一方有能力偿还债务的情况下，借贷关系才能成立”。“在现代西方社会如果有人要向银行贷款购买住宅，银行需要证明借贷人有固定工资收入，才能发放贷款，就是这个道理。而杨白劳是赤贫，根本没有偿还能力，因此这一借贷关系本不应当成立”。然而，杨白劳的“头脑发热，产生破坏性的冲动”，自然是指剧中的杨白劳为财主要抢走他女儿，逼得他在服毒自杀前“我要给他们拼了”的仰天呼号。这在有“新的看问题的方法”者来看，自然是有违“现代经济法”的大逆不道的行为了。照这一先生所说：“对贫穷如洗的杨白劳们进行扶持和救济，使他们脱贫致富，应当是社会的责任。”

---

① 见北京《读书》1993年7月号。

然而，要是有一个愿为杨白劳尽到社会责任的社会，帮他“脱贫致富”，还可能发生《白毛女》的故事么？可是，为什么新社会帮助贫困户的“脱贫致富”，在旧社会只能是天方夜谭呢？而杨白劳所以被逼死，却恰恰是一个帮助支持老财压迫剥削杨白劳的统治集团，是这样在尽它的社会责任而形成的悲剧呢？

现在所以要说这些话，正是有的人过去用文字很热情地赞扬了贺敬之的诗，后来也为“新的时代需要新的看问题的方法”，像看《白毛女》那样，对贺敬之的诗，又完全推翻他们自己作过的评语。

可是，可以这么说，贺敬之的诗，在过去，在现在，它的价值的意义是不可能为什么“需要”而变的，变了的“看问题的方法”并不能变了贺敬之的作品本身及它的价值。

若以《白毛女》为中点，那么，在这之前他的《跃进》写他为摆脱法西斯教育和白色恐怖投向革命“喘息着，摸索向远方……”“是不倦的/大草原的野马/是有耐性的/沙漠上的骆驼……”的韧性，和《白毛女》的喜儿逃出黄世仁家喊出：“……想要逼死我/瞎了你眼窝/舀不干的水/扑不灭的火/我不死，我要活/我要报仇我要活”的呼声，再到《雷锋之歌》——

让我一千次选择：
是你，
还是你啊
——中国！
　　让我一万次寻找：
　　是你，
　　只有你啊
　　——革命！
生，一千回，
生在
中国母亲的
怀抱里，
　　活，一万年
　　活在
　　伟大毛泽东的

事业中！……

几十年，风云多变，诗人的心不变。若这不变而写出的诗是一个模子里的模式，它也就失去了作为诗所存在的意义了。但它们分别表达出的投奔革命、反抗压迫到以高度自觉献身于祖国和革命事业的赤子之情，正是三种完全不同的典型环境中的典型诗情。若不能艺术地表现出这之中不同的变化，就不是艺术，不是诗；但在这些相异之处若不能体现诗人的人生之不变处，那就不是贺敬之的诗了。他，在人民被压迫被剥削，到“变”为当家作主的日子，他都是不变地同生活结合，同时代结合，以诗为他们的愿望和利益歌唱，这，就是持“需要新的看问题的方法”论以“变”色者所不能理解的了。这，就是贺敬之的诗有别于疏离人民和时代的诗而所具有的价值和思想魅力。

同时，为使自己的作品服务于人民，贺敬之在探索诗的民族化上，有他自己的路子。在他到延安前和在延安的初期，他的诗的形式，是接近“七月”诗派那种在30年代由艾青等开拓成为朴素、自然、明朗、接受人民的苦难和斗争的磨炼的歌声。这，自然不是新诗民族化的异己，它以此形成的，中国自由诗的战斗传统，从另一方面讲，也是新诗民族化的重要内容。然而，新诗的民族化，也绝非单一的形式问题。如若说，贺敬之早期的作品，还不在于它形式的自由，而是感情、语言、节奏的跳跃更接近知识分子的欣赏习惯的话，那么，在主要是农村的根据地，读者也主要是农民和放下锄头的士兵的话，为了自己的作品进入到群众之中，诗人又确实不能不考虑运用接近或“拿来”他们喜闻乐见的形式问题。《白毛女》的歌词是近似民歌的，加上曲调运用了河北民歌《小白菜》等，诗人的诗就更唱成民歌了。

什么花开花拦住路？
什么鬼怪要铲除？
蒺藜花开花拦住路，
反动派鬼怪要铲除。
——《七枝花》

这个紧打板儿来慢敲鼓，
开口要唱咱平汉路。
——《平汉路小唱》

前者的对唱，乃是各地民歌乃至戏曲中“对花”的形式的“拿来”，后者的“打板”、“敲鼓”，虽然和前者一样，没有将运用口语的自由束之于五言、七言的形式，也明显地是传统说唱词的格式。比之同时期的《我的家》“陕甘宁——我的家/几眼新窑在这圪”这种用口语、方言以求通俗、大众化，但还是自由诗的形式者，诗人对形式的探索，是有意义的。无怪他50年代有的诗行书写形式采用了俗称的“楼梯式”时，就有诗家研究马雅可夫斯基（B. B. МаяковскIII 1893—1930）对贺敬之的影响了。至于“楼梯式”的运用，或“拿来”，要说与马雅可夫斯基无关，是不可能的。但自20世纪30年代田间之用“楼梯式”，到50年代郭小川、贺敬之、韩笑等对它的运用，多是用于长篇幅的政治抒情诗，尤其是郭小川的《致青年公民》等系列作品，那种理想精神的向往、呼吁、召唤，而且，不论它是否叫朗诵诗，都是有备于朗诵的。这就明显地看到，这种“楼梯式”在彼时彼地于这些诗人笔下发枝开花，确实是一种诗的契机与契合。如果说，早先如此“楼梯式”者还不可能完全避免对马氏某种形式外在模仿的话，那么，在贺敬之笔下，就是创造性的运用了。

……春风。
　　　　秋雨。
晨雾。
　　夕阳。……
……
五月——
　　　　麦浪。
　　八月——
　　　　　　海浪。
桃花——
　　　　南方。
　　雪花——
　　　　　　北方。……
　　——《放声歌唱》

作者极其简洁精炼地选用了一串双音词，在跳行之中都是春秋、晨夕的时空极大的跨跃，是桃花雪花极其强烈的冷暖、色彩的对比。时空的空阔，语言的张力，都富有艺术感染力。这里，若仅仅从书写排列形式看它的“楼梯式”，不如从它更能联想到元人马致远的名篇《秋思》：“枯藤老树昏鸦，小桥流水人家，古道西风瘦马……”这种以善断善续的手法，将不同的景象既不用联系的词、语将它们维系起来，又引起对诗蕴的窥探和丰富联想之艺术。而且，贺敬之还曾将马致远的诗句现成地纳入诗中：“吓慌了/资本主义世界的/‘古道——西风——/瘦马’/惊乱了/大西洋岸边的/‘枯藤——老树——/昏鸦’。”……只是古人写诗，不用标点，也不分行，更不会予以形式上的“楼梯式”罢了。再如——

看
　五千年的
　　　白发，
　几万里的
　　　皱纹
　一夜东风
　　　全吹尽！
　——《东风万里》

梳妆来呵，梳妆来！
——黄河女儿头发白。
挽断“白发三千丈”，
愁杀黄河万年灾！
　——《三门峡——梳妆台》

若说从“梳妆台”之名，想到梳头，想到头发，想到李白《秋浦歌》“不知明镜里，何处得秋霜”。而“白发三千丈”，这无边无际的夸张，一旦到贺敬之笔下演喻为黄河无际无头的滔滔白浪时，反而感到这夸张和艺术的想象，就比“何处得秋霜”之三千丈白发，更适度、更有分寸。至于“五千年白发”自然也是从“白发三千丈”演化而来。人老头白，千年青史，五千年历史，“五千年的白发”，从书面的视觉直感，就生动、新鲜得多了。那“一夜东风”之“东风”，也不是指自然界的风向，而是有它特定含意的，《红楼梦》里“东风压倒西风”的“东风”。因此，更重要的是，不论作者于诗的形式上是“自由”还是“楼梯”，只要接触到文本自身，就可以看到，它一字、一词、一典、一喻，都与中华文化紧系。所以，不论它用何种书写的排列形式，也只能认定：这样的诗是我们民族的诗。这一点，贺敬之于诗的民族化上，比之简单地从形式上的民歌体、诗词化，是更深刻、更成功的认识和创作实践。就是他写那打板敲鼓，说唱词式的《平汉路小唱》，也还有“红灯绿灯它来回的转，工人的血汗不住的流”这种非唱词化的叠映式意象。将“长辛店”、“琉璃河”以它相近的谐音称之为“伤心店”、“流泪河”，以拓深诗之内涵的手法，都可以看到，贺敬之诗的民族化，不是拘于某种形式的模式，才能使之在思想和诗艺上，不断地得到发展和丰富。

而且，从诗的文本看，毫无疑问，贺敬之是一位饱含着诗的童心的理想主义者。而理想主义，又是诗的浪漫主义，是积极的浪漫主义的天然的基石。当然，在复杂的、严酷的社会生活面前，过浓的理想主义，是很容易暴露它的脆弱性的，但诗人以之为诗，他的浪漫主义就有诚挚的感情力量。在一个欣欣向荣的社会，在指导思想解决了“歌颂”与“暴露”的问题之后，颂歌大量涌出，大多数却难以留存下来，就是缺乏这种感情力量。有的就事写诗，诗情难以飞扬，有的感情泛滥，诗情空阔，内容空泛。而贺敬之，也借助李白“黄河之水天上来”的壮阔、奇峭的意象，改为“黄河之水手中来”迸发他热情的浪漫，但在一般容易流于概念之处，他浪漫的热情又能以情入形——

党，
　　正挥汗如雨！
　　　　工作着——
　　在共和国大厦的
　　　　建筑架上！
　　——《放声歌唱》

这，也是一个时期大量的政治抒情诗涌现，大量要以革命浪漫主义抒情政治的诗人出来时，贺敬之系列的长篇政治抒情诗却没有随之而过，成为应景之作而在过来人心中都留有深刻印象之故。如果说，他语言骤进的节奏，增强了诗的鼓动、朗诵效果和豪情的表达，那么，《放声歌唱》中“省港大罢工的呼号声，在我们的鼓风炉里正呼呼作响，南昌起义的鲜血，在我们的炼钢炉中正滚滚跳荡”这种将历史与现实亦真亦幻交织的浪漫之中，交错的时空于语言的压缩和凝练的力度，才是它节奏骤进的内核。《雷锋之歌》是没有以英雄事迹为连贯性情节叙事的。从某个角度讲，作者就是这首长诗的主人翁。是诗人对自身理想的歌唱。要是以自我为中心者作自我表现，那就是与现在这首《雷锋之歌》面目全非的作品。然而，诗人认为雷锋是“我们阶级队伍的/生命群山中——/一个高峰”，是“党的摇篮中——/此刻/又站起来/一个多么高大的/我们的/弟兄！……”而追随英雄的脚印对英雄和英雄事业的思考。英雄的事迹是放在诗后的背景中，英雄的精神又在我们的事业中而诗化，崇高，圣洁。诗笔海阔天空，七大洲的风雨，都和英雄军衣的五个纽扣相系，是极其浪漫的联想，又是对“失去锁链”“获得整个世界”的事业极为具体的写实。这，也就是周恩来总理说的“我们的理想主义，应该是现实主义的理想主义；我们的现实主义，应该是理想主义的现实主义”① 之思想和艺术的魅力吧。

90 年代，诗人不拘旧律，采取古体歌行的作品，以其深沉，赢得诗家甚高的评价，但贺敬之在新诗史上，毕竟是以他多长篇政治抒情诗之创作，突出了他的诗名。

（原载《中国新诗库》，长江文艺出版社 2000 年 1 月出版）

---

① 周恩来：1953 年 9 月 23 日在全国文代会上的报告。

试论贺敬之诗歌的音乐美

詹 燕

诗歌是最富有音乐性的语言艺术，它的音乐性是区别于其他文学样式的一个重要特征。诗歌的音乐美是诗歌艺术美（如感情美、形象美、意境美、绘画美等）的重要内容之一，如果说感情美、形象美是诗歌的生命和灵魂，那么音乐美则是诗歌的内在的骨骼，它们之间的完美的和谐的统一，才形成了诗的美的境界。音乐美对于感情美、形象美来说又有反作用，会有力地推动诗歌的繁荣和发展。在这方面，诗人贺敬之用他的创作实践，为我们积累了比较丰富的、成功的艺术经验。研究、总结这些经验，对于如何继承我国古典诗歌和民歌的优良传统，吸取外来诗歌形式的有利因素、更好地加强诗歌的音乐美，使新诗“易记、易懂、易听”①，建立和发展我国民族化、群众化的社会主义的新诗歌，无疑有着很重要的意义。本文试就贺敬之诗歌的音乐美，作一些初步的探讨。

一

诗歌作为一种文学体裁，有着它特有的形式和特点。押韵是我国诗歌最为显著的特点之一。毛泽东同志说：新的诗歌要“精炼、大体整齐、押韵”②。鲁迅也说：“新诗先要有节调、押大致相近的韵，给大家容易记，又顺口，唱得出来”③。又说，新诗“要有韵，但不必依旧诗韵，只要顺口就好”④。这都

① 《鲁迅全集》第13卷，人民文学出版社1981年版，第220页。

② 董学文、魏国英：《毛泽东的文艺美学活动》高等教育出版社1995年版，第162页。

③ 《鲁迅全集》第12卷，人民文学出版社1981年版，第556页。

④ 《鲁迅全集》第13卷，人民文学出版社1981年版，第220页。

明白地告诉我们：新诗以押韵为好。

我国古典诗歌和民歌，几乎都押韵，能背诵它们的人很多。但背诵新诗的人却不多，新诗不易为人们记住，究其原因，不押韵可以说是其中的一个重要因素。

贺敬之深知这一点，故其诗比较讲究押韵，押韵的情况大致有：

首先，按普通话押韵，自然贴切。贺敬之不是按旧的韵书，而是按普通话，即“十三辙”押韵。这种按普通话押韵，在我国能为大多数人所接受，因为普通话是我国汉民族的共同语，在我国多民族语言中，它是汉民族中使用最广泛的语言，所以贺敬之用它来作为押韵的标准，是比较科学和合理的。这也是他的诗歌在群众化方面作出的努力。

鲁迅说：“白话要押韵而又自然，是颇不容易的。”① 贺敬之诗歌的押韵，却做到了贴切而又自然，诗人不仅十一辙都用，而且为一般人所怕用的窄韵，他也能运用自如。如《三门峡——梳妆台》一诗，采用了“怀来”辙的窄韵（ai 韵），一韵到底，并且四声通押，打破了古典诗歌中上、去和平不能通押的束缚，十分贴切而又自然地表现了“黄河女儿梳妆来”、“挽断白发三千丈”、“愁杀黄河万年灾”的豪情壮志。全诗同韵和谐到底一气呵成，虽然只押一个“ai”韵，但我们又分明可以从“走东海”→“梳妆台”→“何时来”→“我们来”→“梳妆来”→“向未来”中体会到一层深似一层的力的爆发和力的呼号，而这种力的爆发和力的呼号又是合着三门峡滔滔不尽、滚滚而来的黄河之水和建设者征服、改造大自然的豪情的节拍而来的。所抒之情，似黄河之中有层层闸门，感情的洪流受到有规律的节制，闸门开处，则奔腾直下，闸门关处，则丽水清风。

其次，随情选韵，以韵就意。贺敬之十分注意选择、安排好诗歌的韵脚，用音乐性来恰当地表达诗歌的抒情性。他能自如地选择、安排发音响亮度较高的韵表达他雄伟、奔放的豪情；也能选择安排发音响亮较低的柔和韵来吐露胸中美好欢乐的情怀。一句话，做到了心声传情，声情并茂。前者如前面提到过的《三门峡——梳妆台》。全诗气势壮阔、奔腾浩荡。诗人选用了洪亮的“怀来”韵，来抒发黄河女儿“挽断白发三千丈”、“愁杀黄河万年灾”的磅礴激情。加上用“望”、“开”、“来”、“险”、“窄”、“崖”、“风”、“雷”这些铿锵作响、掷地有声的实词，相辅相成地勾勒出一幅黄河凶险图，创造出一个雄

---

① 《鲁迅全集》第12卷，人民文学出版社1981年版，第556页。

伟壮丽而又凶猛险峻的意境。其他如《东风万里》、《雷锋之歌》、《放声歌唱》等，都分别选用了共鸣强度大的“江阳”韵（ang 韵，韵母为 ang、iang、uang）、“中东”韵（eng 韵，韵母为 eng、ing、ung），总之，这些响度高、共鸣大的音韵，在贺敬之诗歌中被大量采用作为韵脚，这对于表达他雄伟、豪迈、开阔、欢乐的情感，增强诗歌的音韵美，起到了很好的作用。我们说，贺敬之诗歌的艺术风格是高亢豪迈、热烈浪漫的，而这种风格与他如何精炼选择，妥帖安排诗歌的韵脚，也是不能断然分开的。

再看贺敬之表现另一种情感的诗歌吧。如《桂林山水歌》、《回延安》。《桂林山水歌》采用两行一节，每节押一个韵的形式，以“ei”、“ai”、“i”、“ua”这些响亮度较柔和的韵为韵脚的韵字交错出现，不仅表现了祖国江山的多姿多彩，而且更重要的是表现了诗人自己欢乐跳跃的美好情怀。真可谓百样的仙姿、千般的奇景、万种的柔情。再如《雷锋之歌》，全诗采用了响亮度高的“中东”辙（eng）韵，这是为适应此诗的抒情需要所选用的。但在第四章一开始即回忆旧社会的情景时，诗人有意把韵换成响度低的“ing”、“uan”、“i”韵，恰如其分地表达诗人的悲愤压抑之情。

由此可见，贺敬之主要还是从表现作品的思想内容和表达情感的需要出发来考虑诗歌的韵脚的。激昂和沉郁、欢愉和悲伤、粗犷和细腻，应当如何选用适当的韵脚，他都能随情选韵，因情变声，做到“以韵就意”，而不“迁意就韵”。这样，他诗歌的音韵在帮助表达思想感情和烘托气氛方面，便收到了很好的美学效果。

当然，这种音响与思想感情的配合也不是绝对的。事实上，作者在创作一首诗的时候，首先考虑的当然不是它的语言节奏、韵律等，而是必须首先确定其立意，再由内在的思想感情来决定诗歌的外部形式，包括韵律。一般地说，立意确定后，在创作过程中，许多诗句会联翩而至，然而最先跳出来的句子往往是“蓄之既久、其发必速”的结果，往往会成为“一篇之警策”，成为“闪光的河流中”最明亮的珍珠。用这样的凝聚了情感蕴蓄既久而最先自然喷吐出来的佳句统领全篇，往往给作品定下了一个基调，而把它的尾字用来作为全诗的韵，不但不会成为束缚思想感情的枷锁，相反，用它来串联全诗，会使全诗珠圆玉润。读者从音韵上也能感到作品是一个完美的艺术整体，贺敬之诗歌的押韵就说明了这一点。

再次，韵式丰富多样，有规律可循。他的诗，有些是句句用韵，有些是隔句用韵，有的只用一韵，有的则连用几个韵。《回延安》和《向秀丽》几乎句句用韵，一韵到底，一气呵成。《西去列车的窗口》、《雷锋之歌》、《放声歌唱》则是隔句用韵，错落有致。

二

贺敬之诗歌的音乐美，重要的还表现在节奏上。新诗的节奏，是由诗歌语言中的停顿或者语言的轻重及韵脚的变化而造成的。它既是语义上的，又是语音上的。世间万物都在运动，这种运动都是合规律的，有一定节奏的，月亮的圆缺、海潮的涨落、鱼儿在水中游嬉，树叶在风中摆动，特别是我们的呼吸和心跳，更是节奏分明的。诗歌的节奏是大自然和人类社会生活节奏的一种反映，它特别受到人们情感节奏的支配和制约。

有规律的音节（或停顿、音步、音组）是造成节奏感的主要的起决定性的因素。其次就是语音的强弱高低（“重读”或“轻读”）音节的多少、疏密，使诗句在时间上被分隔，造成语音的停顿或延长，而轻读和重读的交替则使诗句不仅在时间上有长短分割，而且在表达感情的力度上也有了强弱的差别，形成了诗歌的节奏。

贺敬之诗歌音乐美的又一突出之点，就是有着强烈鲜明的节奏。而这种节奏又与他诗歌丰富多样的艺术形式紧密地联系在一起。因此，我们在探讨贺敬之的诗歌节奏时，不可避免地要谈到他诗歌的艺术形式。贺敬之的诗歌节奏，可以从以下几方面看：

第一，句式大体整齐，音节大致相当。如采用陕北民歌体“信天游”形式写的《回延安》、《又回南泥湾》、《西去列车的窗口》。下面以《西去列车的窗口》几节诗为例：

在九曲——黄河的——上游，
在西去——列车的——窗口……
是大西北——一个平静的——夏夜，
是高原上——月在中天的——时候，
一站站——灯火——扑来，像流萤——飞走，
一重重——山岭——闪过，似浪涛——奔流……

第一节诗中两句都是八个字，按音组划分成三个停顿，第二节两句诗都是十一个字，按音组也可以划分为三个停顿，这两个诗的顿数一致，节奏整齐。

第三节诗两行都是十二个字，中间都有逗号，这就使每一行成为两个短句，并使每一行诗中有了一个较大的停顿，好比在一个长乐句中加一个休止符，从而使节奏更有力量。这两行诗的开头都用了叠字，这又要划出一个音组，这样每行诗就有五个停顿。这样的停顿再加上叠字的同声韵作用，读起来就造成一种均衡的运动效果，这与行驶中的火车的运动节奏是一致的，与诗歌一开始的平稳、舒缓的感情节奏也是相一致的，这种整齐而略有变化的节奏，使诗句有了旋律感和音乐性，并从听觉上加强了诗句的形象性。

第二，句式长短不一，音节错落有致。从诗歌节奏更鲜明、更突出这一方面看，楼梯式有其优越之处。从贺敬之诗中用“楼梯式”写成的《放声歌唱》、《十年颂歌》、《雷锋之歌》可看到。“楼梯式”是苏联著名诗人马雅可夫斯基创造的。贺经过改造后运用到自己的诗歌创作中，这种诗也叫“凸凹式”诗，即是把一较长的句子拆成短句，分行排列，这种较自由的阶梯式有不少诗句比较长，并且能突出诗歌节奏上的顿歇，语调上的变化以及某些重要词语。还有，由于顿歇的长短，语调的变化表现得特别鲜明，便于读者或听众正确把握诗的节奏，准确了解诗意。所以使诗适于朗诵，增强同广大群众的联系，这种诗歌形式的特点也决定了它比较适宜抒写某些重大题材、渲染高扬的情绪色调，表达宏伟、广阔的创作构思和奔放的激情与想象。而贺敬之运用这种形式来创作是成功的。如《放声歌唱》的开头：

无边的大海波涛汹涌……
啊，无边的
　　大海
　　　　波涛
　　　　　　汹涌——
生活的浪花在滚滚沸腾……
啊，生活的
　　浪花
　　　　在滚滚
　　　　　　沸腾！

这是一节“阶梯式”的诗行。第一句是一个长句，接着把这个长句分成拆行短句加以重复。乍看不奇，但通过正确的朗诵和浮想联翩的掘进，我们可以从它获得这样一些奇妙感受：它的第一、第六两行诗，既仿佛是生活风光的远景拍照，也仿佛是一段乐曲的平常起点，它的其他诗行，既好像是生活风光的近景摄影，也好像是一段乐曲的豪放高腔，又像是一句高亢的领唱带动几个声部的同声合唱。它所描绘的景象不但有远有近，有明显的透视效果，而且这些景象与读者的距离似乎在一起由远而近的变化。这景色中的色彩和音响似乎在起逐渐鲜明或强烈的变化。它对作者越来越激动的情感波浪，以及越来越沸腾的生活波浪的表现，既具有浪谷波峰层次分明的绘画美，也具有回旋激荡粗犷雄壮的音乐美。又如《十年颂歌》中：

一步——
　　一个脚印！
一个脚印——
　　一片鲜花！
一天——
　　二十年的行程！
　　十年——啊，
　　　　一个
　　　　　崭新的天下！……

这些拆行短句，形成了鲜明的节奏，一层又一层，层层加深，强化和扩大，造成了一种由浅入深、由小到大、由点到面、由薄到厚、扎扎实实、兴兴旺旺的气势。诗的节奏和旋律恰如其分地表现了社会主义祖国十年所取得的辉煌成就，发生的伟大变化。诵之，我们好像亲耳听到了祖国步步前进的脚步声，多么鲜明而又强烈的节奏！

他的阶梯式在排列方面受到外来影响，但在音乐性等方面（即吸收了中国古代格律诗中顿数和押韵的规律，以及对仗工整等特点）则继承了我国诗歌的优良传统，具有鲜明的中国作风和中国气派，具有大大不同于马雅可夫斯基“楼梯式”的艺术风味。

贺敬之运用古典诗歌的节奏单位来强调诗的内容，增加诗的抒情性，也是成功的。如“但见那：辈辈艄公洒泪去，/却不见：黄河女儿梳妆来”。“社会主义——我们来”……这种对称、统一便构成了诗歌形式的整齐美，在节奏上给人一种和谐、匀称的感受。

古典诗歌中的排比和对偶，贺敬之在诗中大量运用，收到了较好的美学效果。如《放声歌唱》中，诗人用“是什么样的神明/施展了/这样的魔力，/生活啊/怎么会来得/这样神奇——”又如“吓慌了……昏鸦”。古典诗词的节奏被强调了，读起来顺口，听起来悦耳。诗人着意不用仄声字“马”，而用平声字“鸦”压住韵脚，增加了诗的音乐美。

第三，音节连接和间歇重复、节奏和谐优美。贺敬之常常在诗中较多地运用叠字、叠句来造成音节的连接重复和间接重复，加强诗的节奏感和音乐美（叠字叠句）。这种手法运用得好，不仅可以加浓抒情的色彩，而且可以使音调回旋动听，如珠玉之切切嘈嘈，流泉之潺潺淙淙，如《回延安》中，诗人是这样抒发自己对母亲延安的感情的：“母亲延安就在这里”，“母亲打发我们过黄河”，“母亲延安换新衣”，“再回延安看母亲”等，这些诗句有规律、有变化地反复出现，就像回旋曲中的主旋律回旋反复一样，韵味无穷。这样，就使整首诗收到了一咏三叹的艺术效果。又如《三门峡——梳妆台》中，“望三门，三门开”、“梳妆来”、“何时来”、“我们来”这几句诗在这首诗中每节诗的开头或结尾反复咏唱，仿佛乐曲中的“基本乐段”的重复发展一样，它不仅起了前呼后应的作用，而且通过它的反复咏叹步步加浓抒情色彩，在音调节奏上，愈增珠走泉流，回旋动听之妙。

上面我们分析了贺敬之诗中节奏美的三种具体表现形式，但我们说，诗歌的语言节奏是外在的，更重要的还是内在的情感节奏，内在的情感节奏决定着外在的语言节奏，感情平静，诗的语言节奏就较舒缓，感情激烈，诗的语言节奏就会急促。感情上产生抑扬变化，诗句的节奏也就随之变化。这正如诗人郭沫若所说：“情绪的进行自有它的一种波状的形式，或者是先抑后扬，或者是先扬后抑，或者扬抑相间。这表现出来，便成了诗的节奏，所以节奏之于诗是它的外形，也是它的生命，我们可以说没有诗是没有节奏的，没有节奏的便不是诗。”① 贺敬之《放歌集》中的一类诗，如《放声歌唱》、《东风万里》、《十年颂歌》、《地中海呵，我们心中的海》和《雷锋之歌》等，都采用了阶梯的形式（前面已谈到过阶梯式的特点）。这类诗的节奏自由、豪放、骤进而又富于变化，这与诗中蕴含的奔放、高昂的思想感情是一致的。

诗集中的另一类诗，如《回延安》、《向秀丽》、《桂林山水歌》等，作者又采取从民歌信天游发展变化而来的二行诗体形式。在这种两行一节，匀称、

---

① 《沫若文集》第10卷，人民文学出版社1954年版，第225页。

并排的诗体形式里，抒情节奏一般较徐缓，行与行、节与节间内容的跳跃，再加上比兴手法的运用，往往能造成一种使读者想象飞驰的空间，从而感情表现也就有更多回旋、留连的余地。

而在《回答今日的世界》中，短促的诗行间跳跃着急骤、紧张的节奏，犹如鼓点一样响亮："面对/万里的烽烟，/回答/今日的世界！""革命/决不后退！/斗争/决不停歇！"这种鼓点般有力而急促的节奏，不正是诗人胸中激烈不已的战斗激情的形象变化的表现吗？这种节奏与《回延安》等的节奏截然不同。这既是由诗行中的时间分割不同造成的，也是由于感情的力度不同造成的。

通过以上论述，我们可以看到：贺敬之诗歌的音乐美主要表现在韵律与节奏，而这两者都必须首先服从于诗歌的抒情性，服从于诗的内容的需要，如果脱离了诗的思想感情和诗的形象的要求，单纯去追求诗的形式美，音乐美就会走向形式主义。只有内容充实，感情真挚而又声韵自然、节奏谐美的诗篇，才是真正的好诗。这正是贺敬之丰富的艺术创作实践给予我们的启示。

（原载《学术论坛》2001 年第 5 期）

贺敬之诗歌的历史价值和艺术魅力

——读贾漫《诗人贺敬之》

翟泰丰

我认真读了贾漫同志所著《诗人贺敬之》这部大作。这是一位诗人用一颗灼热的诗心写另一位诗人生命路程和心灵历程的歌，是一位诗人用诗的激情书写的一部关于另一位诗人的长诗。

贾漫在这部《诗人贺敬之》中，对贺敬之同志在我国诗坛上的历史地位给予了公正的评价。并沿着诗人经历的纷繁的创作历程，书写诗人在20世纪中国诗坛上的创作史及其业绩。

诗人的呼唤是时代呼唤

贺敬之诗歌的历史价值、美学价值，在我看来最少有三点：

其一是颂扬时代精神。只要一打开贺敬之的诗集，你就会和着诗人历史的脚步，走进诗人创作既艰苦又辉煌的历程，一同艰苦，一同辉煌。步入诗人火一样燃烧着的激情，一同烧灼，一同激昂。我曾随着他沉重的诗笔走进“在无边的黑暗的地层里/在无止的悠长的岁月里/”；我也曾走进他那向往延安“跃进”的期待，走上“西北的苦涩的长夜”，体验“熬焦了他们的期待”；我也曾和着诗人的诗笔，兴奋地走过延安鲁艺“像一只飞舞在天空中的鹰!”“无比快活”；我当然还和着诗人愤郁的笔为五婶子的遭遇伤悲，为大河里又“添了两个水鬼”而泣，为“弟弟的死”哥哥的“葬”……而悲，我当然还和着诗人悠扬的笔兴奋高歌《南泥湾》、《七枝花》、《翻身道情》……还有那庄重而又感人的《朱德歌》、《贺龙歌》……我也和着诗人激情、烧灼的诗笔，在《放声歌唱》中和诗人一道，在沸腾的激情中，为腾飞的祖国、英雄的人民、带领我们创造民族奇迹的中国共产党昂扬高歌；在《雷锋之歌》中，我和着诗人深邃的诗笔，体验人生真谛，领略什么是壮丽人生……

我们在和着诗人的笔一起沉郁、一起思索、一起探求又一起高歌的时候。同时会听到血管里的血和着诗人所写的历史洪流而流淌，情感和着诗人的情感的流动而流动，激情和着诗人的燃烧而燃烧，心脏和着诗人的心脏一起跳动。……这就是时代诗人所诗化了的那个时代的力量，这就是诗人的呼唤是时代呼唤的震撼。这就是诗人的情感，道出了每个历史时期人民的声音，诗的呼唤化作了人民的呐喊，炸响了时代的雷鸣！

贺敬之的诗歌创作，大体上可以分四个时期。一是青少年时期；二是延安时期；三是建国时期，也是他诗歌创作的高峰期；四是进入改革开放的新时期。在第四个时期，他的诗笔较多的转向了近体五言、七言格律诗的形式，为探索诗的形式开创了新阶段。

四个阶段，一个诗风：浑然大气、磅礴撼天、激情飞扬、诗情灼热、豪放浪漫，有翕有张。

四个阶段，一个诗情：与时代与人民同情同感、同慷慨、同悲怆、同欢同唱、同饮同酌、同激越同炽热。

四个阶段，一个诗骨：在艰难中蕴藉光明而放歌，舍灼自身而不变信仰，在胜利中歌唱，唱党、唱祖国、唱社会主义、唱人民。

美学的创新探索与贡献

其二是对诗歌美学的创新探索与贡献。从诗歌美学的角度上读贺敬之的诗，不难发现其雄浑壮伟与清隽秀美的双重品格。且善用时空交错的诗学思维，浪漫飞笔，跳入返出，回环自如，时而论今，时而喻古，自由自在地进入返出，既咏当代之豪气，又引古典以喻今。贺敬之的诗可谓形式众多，诗卷浩繁，在各种形式的诗作中，都能见到他清俊的才情，通畅优美的妙笔，时空交错的诗韵。

在《三门峡歌》一诗中，诗人时而站在今日之黄河、今日之三门峡，时而又跳到唐代李白面对的黄河、三门峡，时空跨度之大数千载，书写起来且自在自如："望三门，三门开：/黄河之水天上来。"开"门"就跳到时空二千余载李白名诗名句《将进酒》中来，在诗人心灵的眼睛里，早已将其融古今为一体了，从而诗人跳入返出，回环自如。之后再"望三门，门不在"（"不"字用来何其之妙）因为从明日要看水闸开。责令李白改诗句："黄河之水"手中"来"！何其壮哉之气势！何其浪漫之诗情！时空跳跃何其自如，何其妥帖。接下来我们又见诗歌美学中壮伟与清隽的画卷："银河星光落天下，/清水清风走东海/。""走东海，去又来，/（又和李白"奔流到海不复回"唱反调，但何其之贴切、浪漫）讨回黄河万年债！/黄河女儿容颜改，/为你重整梳妆台。/青天悬明镜，/湖水映光彩——/黄河女儿梳妆来！//梳妆来呵，梳妆来！/百花任你戴，/春光任你采，/万里锦绣任你裁！"何其秀美的风采，何其壮丽的河山，何其俊俏的"梳妆台"……诗人狂泻的诗笔一下子又跳到幽静之中，心境又如此宁谧。滔滔黄河在此处驯服为"湖水映光彩"。在《东风万里》这首诗中，诗人同样采用了时空跳跃的手法，在沸腾的社会主义新时代，引的盘古、大禹至为感动，竟然要"当一名徒工"。请听这跳跃亿万年浪漫的诗咏："啊，开天辟地的盘古/已经/老态龙钟，/治理九水的大禹/已经/眼花耳聋。/'啊，休息吧，/你老人家……'"然而两位"老人家"却说："啊！不！/我们要为/今日的英雄/牵马坠蹬！/让我们也来吧！/在炼钢炉旁/当一名/徒工……"这里时空跳跃的手法，与《三门峡歌》相比，前者是在跳跃的时空中相比相唱，而这里却用反衬的手法，跳跃时空，感召时代"老人"。同样浪漫，同样壮哉！

贺敬之在诗歌美学方面的这种探索，完全不同于旧体格律诗中的用典，在格律诗中用典当然重要，但用典仅为作诗之点睛诗笔，用得得当，全诗有魂，用得不当，却显累赘。

在诗歌美学的探索中，贺敬之的诗，壮伟与俊逸的结合，还在于他的诗歌语言魂魄，他的语言特色重在突显诗人个性与诗人诗魂深埋的意蕴。贺敬之从早期直到近年的近体格律诗，都有其独特的语言个性，这语言就蕴藉在诗人的审美个性与诗魂之中。

他诗的语言、声调、节奏、回环、双声、叠声、对偶都突显在诗人诗作的风格、诗作的个性之中，因为他的诗风是灼热的，他诗的语言也必定是灼口的，我们常常被他诗中双声、叠声的重声调语言所灼而迸发激情。在《放声歌唱》中，通篇都是双声叠声重句："我的心/合着马达的轰响/和青年突击队的/脚步声/是这样/剧烈地/跳动！我/被那/钢铁的火焰/和红领巾，/照耀得/满身通红！/我……我……"还有诸如："第一口/甘美的/乳汁"；第一次……第一次……第一架……第一辆……"再诸如："我打开……我登上……我踏着……我翻过……"在他早期的诗《我走在早晨的大路上》也同样以双重、叠声在一百零三行的诗作中，用"我"这个双重叠声就达85个："我走在早晨的大路上，/我唱着属于这道路的歌。/我的早晨的河啊，你流吧，/我们早晨的太阳，你升起吧……”此后类似这样的句子如：“我走……/我唱……/我看……/我看……/我看……/我看……我……/我……”

一系列双重叠声，快节奏，高声调的诗歌语言，在贺敬之诗中无处不见，书之灼诗笔，读之灼诗心，诗人之个性突显，诗歌之火花迸发！语言与诗一道壮哉！美哉！

《桂林山水歌》可谓诗的语言美、意境美、风格美，然而究其抒美的语言风格，依然是诗人个性与灵感的体现。诗人全然出神入化于桂林山水，但诗的语言美，依然是体现在双重重音但节奏悠扬而缓慢了，这还是诗人的审美个性。“云中的神啊，雾中的仙/神姿仙态桂林山！/水几重啊，山几重？/水绕山环桂林城……”还有/画中画……/歌中歌……在诗人这种语言个性中，加重了桂林之秀逸俊美，并使这个“甲天下”之山水融入了诗的个性之中，融人无限美的外在山水客体于无限美的诗人主体诗魂之中，因而引人如痴如醉，随读随吟，今日吟不够，明日吟亦醉，必将千古传唱永不绝。

人生历程诗化的结果

其三是诗的哲理深邃。贺敬之同志在经历20世纪大半个世纪的人生历程和革命的洗礼磨炼，又在漫长的文学生涯中，探求创新，信念坚定，学识渊博，成就显赫，同时还是一个革命家、社会活动家。他的文学作品的审美价值和审美个性与他的整体人生历程是不可能分开的。读他的诗你能体验到他的生命感应和精神价值，而这些都与他生命历程、心灵历程紧密相联。他的诗所蕴藉的人生哲理，都是他艰苦人生历程心理化、诗化、理性化的结果。在《回延安》这首抒情咏志、动人心弦的诗中，诗人在抒发了对革命圣地——延安的无限深切情怀之后，冷静得出了一个深富哲理的结论：“社会主义路上大踏步走，/光荣的延河还要在前头！”“还要”这两个字，字重千钧，历史的长河流不尽，延河“还要”在前头，社会主义事业任重道远，延安精神还要在前头。精神力量之重要诗人把它诗化为“还要在前头”。这是被历史证明的哲理！诗人在这里用深切体验，得出的哲理性结论：延安精神要永远在“前头”，千代万代不能丢。接下来诗人在《放声歌唱》中又再次重述这个历史的真谛：“啊！让延河的水/在我的血管里/永远/奔流吧！/让宝塔山下的/我的誓言/永远活在/我的骨髓里！/我们未来的时代啊，/请你把我/用‘延安人’的名义/列入/我们队伍的/名单里！”这是诗人从自己生命的历程中得出的时代哲理，时代真谛。

在《雷锋之歌》中，诗人在高唱生活中雷锋的同时，又用人生哲理塑造了更为理想的艺术形象的雷锋。诗人站在历史的高度，歌唱雷锋，升华雷锋，以深邃的诗的灵魂告诉人们“历史在回答：人/应该/怎样生？/路/应该/怎样行？……”诗人在吟唱了学习雷锋面对的现实生活之后，又富有哲理的深沉的吟诵：“面对今天：/血管中的脉搏/该怎样跳动？/什么是/真正的/幸福啊？/什么是/青春的/生命？/……”“什么是/有始有终的/英雄晚年啊？/什么是/无愧、无悔的/新人的一生？……”诗人在高歌雷锋精神的神圣之后，再次富有哲思的吟诵“人啊，/应该/这样生！/路啊，/应该/这样行！……”

读贾漫同志《诗人贺敬之》，我们还从中了解到贺敬之同志的坎坷人生和他奔向曙光的勇敢，飞向光明的虔诚，对党、对祖国、对人民的赤诚，笔耕不辍的勤奋，文坛成就的辉煌。

贺敬之同志作为中宣部、文化部的老领导，我们曾共事多年，深知他的为人，并为他的作品所深深打动（前面我曾提到，远在战争年代，作一个晋察冀的一名小战士，我就因为看了《白毛女》而燃起胸中愤愤之火，给我以革命的启蒙），所以我对他一直十分敬重。读了贾漫同志这部《诗人贺敬之》之后，备感亲切。他童年雪雨风霜、嗡嗡纺车、瓦罐泥盆、弟弟妹妹喝稀粥的吆噜，交织成的痛苦的交响，我似乎听到过；渴望读书、全神贯注，朦胧中体味悲酸，我似也曾感受过；对孔孟“明德”之道，对鲁迅、郭沫若，以致臧克家、艾青、冼星海的崇敬，却乎同然，但以后我的崇敬中加上了贺敬之。开始最爱的是他的剧作，其中特别是火线剧社演出的《白毛女》，以后是那灼人的诗。

贺敬之在诗歌方面的成就之所以如此震撼，除了他的奋发，更多的是他的诗才的天赋。贺敬之同志1924年生人，1939年（15岁）读中学时，就以艾漠的笔名发表处女诗作《北方的子孙》，1940年（16岁）又发表《我们的行列》、《跃进》，同年考入延安鲁艺，得到党的关怀、培育。同年底又发表了《生活》、《雪花》（这个雪花产生了后来的《白毛女》：“雪花那个飘……”），年仅16岁，就陆续有篇篇诗作问世，党的培养当然是重要因素，但诗人确有其自己的天赋，自己的诗兴，自己的融外界之实为自身理性内在之情的杰出才能。此外，贺敬之同志还是天赋的性情中人，其个性十分鲜明。这种为人的个性诗化了、艺术化了、理性化了，就表现为他的审美的个性（当然这个审美个性和他的审美价值观是紧密相联的）。贺敬之诗的审美价值观是属于马克思主义的、人民的，他的审美个性自然都表现在这审美价值观指导之中的个性。

所以，走进他的诗、他为人民而放歌，为时代而放歌的歌喉，无处不灼热，无处不激昂，无处不悠扬……

（原载《文学报》2003年6月26日）

人民革命时代的杰出歌者

——论贺敬之的创作

张 炯

文学艺术总与一定的时代相联系。历史上的所有伟大的、优秀的作家和诗人，总是自己时代的歌者，总要通过自己的作品深刻反映时代的风云，表现时代的精神和人民的心声与愿望。

20世纪的中国是个翻天覆地的革命时代。这个时代几乎所有关心民族和国家命运的作家和诗人，都先后以这样那样的方式卷入革命运动，与革命的浪潮相沉浮，并从革命人民的生活和斗争中吸取自己的诗情和画意、题材和主题，并熔铸富于时代特色的形式与风格。在这样的作家和诗人中，贺敬之无疑是相当突出的一个。从延安时期起就跟人民革命事业和新中国一起成长的文学家中，贺敬之是始终坚持为祖国、为人民、为中国共产党所领导的人民革命事业讴歌的一位杰出的诗人，也是在文艺领导岗位上作出过贡献的活动家。他在长达八十余年的人生道路上，少年时期就开始写诗并参加了革命，从抗日烽火燃烧的山东故乡辗转到达陕北，进入培养革命文艺工作者的摇篮——鲁迅艺术学院学习。他曾在胡风主编的很有影响的文艺刊物《七月》上发表诗歌，后来更因与丁毅合作的新歌剧《白毛女》而闻名于全国。但他最有影响的诗作却产生于20世纪50年代以后，先后发表了富于政治激情的《回延安》、《西去列车的窗口》、《放声歌唱》、《桂林山水歌》、《雷锋之歌》等名作，文化大革命后的新时期，他又发表了《中国的十月》、《“八一”之歌》等长篇政治抒情诗。后因担任文艺界的领导工作，诗作渐少，晚年又创作了许多新古体歌行，如《故乡行》、《富春江散歌》等，计数百首。

作为一个诗人，贺敬之始终以诗人敏锐的触角感受自己时代前进的脉搏，以对于人民和祖国的热爱，以对于共产主义的崇高的理想，去讴歌自己的时代，讴歌时代的新人，讴歌激荡于时代风云中的电闪雷鸣般的、照亮人们心灵前路的时代精神。他的诗歌在现代中国新诗发展史上不独以新的题材和主题拓展和丰富了中国诗歌的思想内涵和情感海洋，他还是一个在艺术上勇于创新，不断追求诗歌新形式新风格的先锋式的探索者，因而也是为现代中国民族诗歌的形式和风格发展作出宝贵贡献的重要先驱者。

在20世纪五四新文化运动中诞生的中国新诗曾以传统的旧体诗反叛者的面目出现于人们面前。它既有胡适等未脱旧体痕迹的新作，也有郭沫若那种受到西方现代诗影响的狂飙式的浪漫主义新风。“新月”派唯美主义的诗歌、李金发的象征主义诗歌和无产阶级的左翼诗歌先后凸显于二三十年代的中国诗坛。而艾青、臧克家、田间等的抗战诗歌则以现实主义的战斗鼓点和号角，激励着广大的民众。何其芳从早期的唯美诗篇转向《夜歌和白天的歌》都标志更多的诗人加入人民革命的阵营。“七月”派在大后方崛起显示的正也属同一倾向的诗歌浪潮。三十年间中国新诗的波涛起伏，奔腾于诗潮浪尖的无疑是凝铸时代脉搏和人民心声的诗歌主流。40年代的贺敬之受到这种诗歌主流的哺育并以自己的诗作加入其中，发出来自人民革命根据地的昂奋正气和独特风貌。而新中国成立后，在毛泽东文艺思想旗帜下，一个人民文艺的新时代迅速扩向全国。为革命胜利和为共和国成长而歌唱，成为当时文艺工作者欢欣鼓舞中涌自内心的共同的欲求。来自解放区的诗人在这时代性的大合唱中，理所当然地承担了引吭高歌的主角。郭小川、贺敬之、闻捷、李季等是他们音色最嘹亮的代表。他们的诗给当时中国诗坛带来前所未有的新风，把洋溢战斗激情的歌唱和充满时代精神的内涵，通过富于创新的、具有强烈民族特色的并易于深入人民群众的诗歌形式密切结合起来。贺敬之的诗歌更或以民歌体，如《回延安》那样借鉴陕北民歌“信天游”的形式；或将中国传统与外国形式相糅合，如《放声歌唱》、《雷锋之歌》之类似马雅可夫斯基的“楼梯体”，又充分体现了中国传统诗歌讲究对仗和双声叠韵的形声之美；或似《桂林山水歌》那样既能吟哦，一咏三叹，又讲求美的“意境”……都以诗坛前所未见的新的内容和形式，创造了让读者既惊叹又喜爱的新的诗美。这种新的诗歌，使五四以来过于欧化的诗作相形失色，又使延安时代的诗歌获得更新的发展，既丰富了我国诗歌的表现形式，又使民族诗歌的传统得到继承，使新诗表现出融自由体和格律体于一身的突出特色，为我国新诗的民族化大众化开拓出更广阔的道路。贺敬之对于“新古体诗”的探索也颇多成功的篇章。所谓“新古体诗”自然在内容和形式两方面都应有所创新。既要使“旧瓶”能够装“新酒”，又要使“旧瓶”与时俱进，适应新时代的变化而有所变化，也即可以不一定严守传统诗的格律。平仄也不那么严格。贺敬之自己说：“我从学新诗以来，在形式方面曾作过各种尝试和探索，其中包括对我国旧体诗词的某些因素和特点的借鉴和吸收。60年代以后，特别是近十多年以来，除了在新诗写作中继续这样做以外，我还直接采用长短五言、七言形式写了一些古体诗。……旧体诗对我所以有吸引力，除去内容的因素之外，还在于形式上和表现方法上的优长之处，特别是它的高度凝练和适应民族语言规律的格律特点。”他的新古体诗都不是律诗与绝句，而取五言、七言的古体歌行，按现代汉语的语音来押韵，不严格遵守平仄。而讲求诗情、诗思、诗意和诗味。风格因题材而各有不同：有的古雅；有的醇厚；有的于闲适中透出古意；有的则别见一种风流与倜傥。他的新古体诗或酬友，或记游，或述怀，大多情景交融，诗中有画，画中有诗。其中涌现有不少佳作。像《南国春早》、《访崖山》、《陆疗小住》、《访刘公岛》、《游小三峡》诸诗，仍然洋溢歌颂英雄的情结，闪耀民族的自豪和革命的理想。

贺敬之还著有评论集，收有他对于戏剧、诗歌作品的评论和具有政策导向的宏观性理论批评文章。从中可以见出他坚持马克思主义、毛泽东思想和邓小平理论的文艺观点，也可以看出他努力贯彻党的文艺方针和政策，提倡革命现实主义和革命浪漫主义相结合的创作原则，既追求完美的艺术形式，又坚定地维护文艺的社会主义思想性，反对精神污染和资产阶级自由化的共产主义战士的情怀。

自20世纪80年代以来，我国诗歌和文艺理论思想都有长足的发展，由于中西文化的大规模撞击，文艺思潮和文艺创作都走向多元化。因而对于我国文学的历史评价也产生种种歧异。但对待人民的态度如何和是否促进历史的进步，我以为仍是文艺研究与批评除了美学标准外的不容忽视的重要标准。从文学史上看，这也是最为恒定的标准。马克思、恩格斯对拉萨尔的历史剧《弗朗兹·西金根》的批评所坚持的美学的和历史的标准，后者实际上就涵盖对待人民的态度如何和是否促进历史进步的标准。对于五四以来的所有作家作品的评价，我们都不能忽视这个标准。离开每个时代的不同社会特色和精神风貌，以后来的社会特色和精神风貌去要求前人或贬低前人，乃至背离文艺与时代紧密联系的规律，背离人民的立场，这就很难说是科学的文艺批评。正因此，我国社会尽管已经发生了巨大而深刻的变化，对于像贺敬之这样的作家和诗人的成就，仍应当获得人们的充分理解和肯定。尽管他的创作具有他的时代的优点的同时，也难免带有他的时代的局限。今天我们庆贺他的八十诞辰和他在文学领域所取得的出色成就，自然应该更好地学习和发扬他的诗歌创作和文艺评论的优秀传统，坚持文艺为人民、为社会主义服务的方向，以“三个代表”重要思想为指导，努力“以人为本”，使文艺与新的时代和人民密切结合，贴近生活、贴近群众、贴近实际，更好地反映新的伟大时代，新的人民的心声，并在题材、主题、形式和风格诸多方面都有所推陈出新，以促进我国新世纪有中国特色的社会主义文艺的进一步发展和繁荣！

（原载《挥毫顶天写真诗》，作家出版社2006年出版）

从诗中寻找贺敬之

雁　翼

读书不只是读文字，更是读文字背后著书人的生命和心灵活动。读诗尤其如此。它常常给我一些作品之外的思索，加深和拓宽我对作品的认识。

我最初读贺敬之的作品是五十六年之前，不仅用眼睛读而且把自己化为他作品中的人物上台表演让更多的人读。那是1947年冬，我所在的那支部队——晋冀鲁豫野战四医院奉命从邯郸南下渡黄河参战。行军生活是很单调的，而且，700多人的部队一半是新兵，活跃和教育部队便成了战前的主要工作，上级便决定组织医务护理人员中的活跃分子边行军边排练《白毛女》，我既是导演又是演员（演杨白劳）。可惜的是，花了近一个月的时间练熟了剧本，到了河南巩县一个村庄准备正式演出，突然接到紧急命令连夜赶到驻马店附近接受任务。剧虽然没有演成，整个《白毛女》诗剧却装进了大脑，每段唱词每个人物都变成了自己所有。那时候我们还不知道贺敬之是何许人，但从《白毛女》的唱词和人物命运中知道了作者是我们一样的人，从而也提高、加深了对自己生命活动的理解，我们当兵打仗是为了推翻把人变成鬼的旧世界而建立一个把鬼变成人的新天下，因此感到自豪。大春的身上有多少贺敬之的影子，或者说作者和他创造的大春之间有多少感情的心灵的联系？这种思索可能是可笑的，但又是无法摆脱的，多少年之后我读他的新作《放声歌唱》，就又想起了《白毛女》，潜意识里总是觉得那是《白毛女》里的大春在放歌，打倒了把人变成鬼的旧中国，建设着把鬼变成人的新中国，《放声歌唱》是他灵魂的呼唤。而且，诗剧的传奇结构和浓厚的民歌色彩里含有很重的民族文化历史的成分，后来我把《白毛女》诗剧本推荐给了美国著名女诗人罗斯玛丽·魏尔金申，她很看重，并以世界诗人大会主席身份来北京访问了贺敬之。

诗剧《白毛女》是中国新文学的一宝。

我总认为诗人写诗实际上是写自己心灵活动的历程。诗怎样写可以千种百样，但写什么却没有自由，它总是受着诗人自身经历和感受世界程度的制约。诗人生命里程中没有的感受是无法成诗的，就是强迫自己采用各种手法去写，那诗也没有生命力。而诗人生命里程尤其是心灵活动里程中有的东西，一旦被叫作“灵感”的火点燃，诗便自然的流淌而成。贺敬之另一部里程碑的诗作《雷锋之歌》就这样产生了。在雷锋没有被广大群众学习之前，贺敬之并不认识雷锋，但他却生活在“雷锋”群中，从工作到学习从对别人到对自己，平平常常的生活中活跃着各种各样的“雷锋”，是报纸上报道的雷锋点燃了他心灵的火，使他认识了身边的同志，也认识了他自己，同时也获得了他平时不太注意的一些生活感受。一种音韵美的激情在他心里流淌，如大河越坝而走，一个平常而又崭新的人物，一部大诗一口气写成了。并很快的在全国流传开来，激励着许多人认识了自己生命的美，至今仍然伴随着青年人创造着美。

《雷锋之歌》的诞生是贺敬之生命的必然。他不是为写诗而作诗，而是心灵肥沃的土地被众多雷锋式的人物耕耘之后必然长出的花朵——一种无私为国、助人为乐的大美。这种大美，我们的民族追求许多年了，范老夫子就呼唤过“后天下之乐而乐”。

美是客观世界的一种存在，对于写诗的人来说也是一种发现。但“发现”也有两种，一是理性的观察，一是感情的爱和悟。贺敬之属于后者，所以他的诗总是情与思结合得很紧。如果说《雷锋之歌》是由于雷锋喊醒了他众多的生活实感，又由思考升华了那些感受，激动的心无法平静而喷发而成，那么《西去列车的窗口》则是他主动去爱去思去悟新一代青年人的情和思。青年人舍家去边疆创业的行动，也许触动了他青年时代的记忆，一边是舍家去救国，一边是告别父母去建国，两幅图画构出了中国一个大时代的情和思。于是一首以思组织情，又以情包装思的诗便形成了，并用客观的也是诗人心灵里列车奔驰的节奏给诗力的旋律。我们说诗不是作出来的，而是诗人心灵活动自然的流淌，那么首先诗人心灵里要有东西，心灵空空而又要写诗，就只有胡编乱造了。因此，我们研究诗首先要研究诗人，不是要求他应当写什么样的作品，而是研究他生命和心灵里有什么样诗的原料，又怎么样地升华成诗。

今天我拿出贺敬之的《白毛女》、《雷锋之歌》、《西去列车的窗口》三部在中国新诗史上具有里程碑意义的作品重读是想从诗行间寻找、探索诗人诗歌创作中的心灵活动历程，从中汲取营养丰富自己的心灵。因为我也是写诗的，探索诗作中诗人的影子，便成了我读书的习惯，也是我丰富自己的一种方法。

要想写好诗，首先做好人。

诗人，敞开自己的心灵，让时代的风云让人类前进的脚步耕耘吧。那样心灵的土地才会肥沃。上面提到的三部诗作，便是贺敬之心灵肥沃土地生长出的“植物”。

说一句题外话，现在提倡的先进文化代表，贺敬之就是一个。我希望诗人们和诗论家们都应当是先进文化人，为了中国的新诗。

（原载《银河系》2004 年第 48 · 49 期）

贺敬之诗歌创作的重大历史意义和现实意义

刘扬烈

贺敬之的诗歌之路已走过65周年，他一生沿着革命的道路，坚持现实主义的创作方向，为推动中国新诗的发展作贡献。他的作品曾唤起几代青年热爱祖国人民，热爱生活，热爱新诗，具有十分重要的历史意义和现实意义。这一优秀传统和宝贵经验，值得进一步深入研究总结，它对新诗的未来，必将产生有益的启迪和重要的促进作用。

一

他出生于山东枣庄一个贫苦家庭，抗日战争爆发后流亡到四川，后奔赴延安。他以坚实的步伐投入革命。同样以坚实的步伐投入创作。15岁即开始写诗，后来胡风在《七月诗丛》里为他出版了第一部诗集《并没有冬天》。他曾告诉笔者，他是怀揣“七月派”的诗集走进延安的。足见他从青年时代起，就深受现实主义诗歌的影响，并热爱反映现实歌咏现实的诗。当抗日烽火燃遍全国时，诗人的民族忧患意识与日俱增，乃毅然投身“抗战”，投身革命，而且在创作上坚定地沿着现实主义的道路前进，写出了民族救亡的歌，迎接解放的歌。

新中国成立后，诗人与全国人民一样，欢欣鼓舞，投身祖国建设。百废待兴的局面，热火朝天的生产高潮，日新月异的巨大变化，无不吸引着感动着诗人。他身在北京，心系全国；时刻关注着人民，关注着现实生活，乃有《西去列车的窗口》、《放声歌唱》、《雷锋之歌》、《中国的十月》等名篇问世。他去过西北，到过南方，所到之处，都深入生活，深入人民群众之中，于是写下了《回延安》、《三门峡歌》、《桂林山水歌》等动人肺腑的篇章。

这些诗都是立足于现实生活，与人民同脉搏，同感受，同忧患，同欢乐，才能发心灵深处的咏叹，唱出时代的最强音。贺敬之很注重观察现实生活，抓住重大主题，有感而发，格调高昂，激情奔放，高扬时代大风，倾吐人民心中的歌。他不愧是生活的主人，人民的儿子，时代的歌手。

现实主义创作要求诗人必须有深厚的生活根基，有高度的敏感思想，有忧国忧民的执著情怀，才能拥抱现实，切入生活，唱出真诚的牧歌和战歌。从《诗经》到今天，它一直是中国诗歌的优秀传统，千古血缘，世代相传。贺敬之正是继承和发扬了这一光荣传统，所以他的诗深受广大人民的喜爱，广为传诵，产生了极大的感化作用，具有高度的审美价值。

二

作为一个革命战士，他心怀祖国人民，放眼世界风云，站得高看得远，诗中有真情，有风骨，显示了厚重的思想内容和独特的艺术风格。他是中国革命抚养大的，心中永远不忘革命，不忘祖国和人民，时刻紧贴着人民。一曲《回延安》唱尽了这种骨肉深情——“几回回梦里回延安，/双手搂定宝塔山，//千声万声呼唤你，——母亲延安就在这里！”“树梢树枝树根根，/亲山亲水有亲人。//羊羔羔吃奶眼望着妈，/小米饭养活我长大。//……革命的道路千万里，/天南海北想着你……”赤子的亲情，战士的忠诚，水乳交融地尽显诗中。

诗人密切地关注现实，关注着祖国人民的命运，共和国的大地、天空无时无刻不展现在眼前和心中。马达的轰响，钢铁的火焰，列车奔驰，汽笛和牧笛，春花和红领巾，无不涌动情思，激发奋进。“你听，/你听！——/省港大罢工/呼号声，/在我们的/鼓风炉里/正呼呼作响，/你看，/你看！——/南昌起义的/鲜血/在我们的/炼钢炉中/正滚滚跳荡！/……/在基本建设的/工地上，/正闪耀着/延安窑洞的/不灭的灯光！”革命与建设，历史与现实，水乳交融地联系在一起。广阔的胸襟，火一般燃烧的激情，绿色的理想与金色的未来交相辉映，这就是贺敬之诗歌创作的坚固基石和执著的根本，是他拓宽掘深现实主义的艺术光辉。

正是这样，他的作品具有很强的思想性，歌颂新中国建设的巨大成就，唱时代高风，显人民志气，给读者以很大震动。如《雷锋之歌》赞美的雷锋精神，就是时代的产物，是现实生活土壤里培养出来的常绿树。这个普通而伟大的战士、平凡又杰出的模范，集中体现了一代新人的成长，是全国人民的风范，几代青年心中的榜样。诗人抓住主人公毫不利己、专门利人的崇高品质，抒写战士对祖国人民的无限深情，于是使英雄人物挺拔屹立，光彩照人；同时又质朴勤勉，让你感到十分亲切。这就写活了雷锋，写活了雷锋精神，恰好证明诗人的思想导向和深厚情感，源于生活，源于人民，源于我们的伟大时代。

三

基于这样的思想根本和执著的艺术追求，贺敬之的诗创造了真诚、高昂、豪壮、厚重的艺术风格。《回延安》、《西去列车的窗口》情真意切，发自肺腑的咏叹，拳拳之心，跃然纸上。《放声歌唱》格调高昂，气势豪壮。新中国屹立在世界的东方，在艰难中迈开大步，工农业生产热火朝天，人民生活蒸蒸日上，怎能不教人欢欣鼓舞，充满自豪。“在每一平方公尺的/土壤里，/都写着：/我们的/劳动/和创造；/在每一立方公分的/空气里，/都装满/我们的/欢乐/和爱情。/……/啊，多么好！/我们的生活，/我们的祖国；/啊，多么好！/我们的时代，/我们的人生！”诗人立于时代的潮头，立于思想的高峰，自能雄视万里，观世界风云，迎革命浪潮，鼓战斗勇气。因而他的诗气势磅礴，恢宏豪壮，表达了中华民族的英雄豪迈的性格，寄托了革命战士的远大理想。

贺敬之的诗，读起来有一种沉甸甸的厚重感。“在节日里，/我们的党/没有/在酒杯和鲜花的包围中，/醉意沉沉。//党，/正挥汗如雨！/工作着——/在共和国大厦的/建筑架上！”（《放声歌唱》）气势非凡，厚重有力。这就是新中国建设者的蓬勃英姿，就是作为领导的党的形象，当年的实情正是如此。雷锋“在为人民服务的无限之中，/找到了啊——/最壮丽的/人生！”他默默奉献，从不计名利，从不怕困难。“这就是/我们的大地/我们的母亲/以雷锋的名义/给历史的/回应——/人啊，/应该/这样生！/路啊，/应该/这样行！……”（《雷锋之歌》）至诚之言，振聋发聩，掷地有声。千钧之力凝于笔端，乃有雷锋的音容笑貌，乃有雷锋的广阔胸怀，乃有雷锋的朴实诚恳，乃有光芒四射的雷锋精神。

在诗歌形式上，贺敬之不断地探索创新。曾经流行一时的楼梯式马雅可夫斯基体，他有所借鉴，但绝不照搬，而是力求创造中国自己的格式，并且驾驭自如。没有空泛的议论、苍白的口号，而且把政治内容诗化了，化成浓厚的情意和鲜明的形象，这才有个性化心灵化的艺术。

四

贺敬之的诗，特别是政治抒情诗，教育了几代青年，在社会上产生了广泛的影响。有不少干部和青年说，他们是在读贺敬之的诗后走向革命走向诗歌创作的。在政治抒情诗方面，新中国成立后，可以说他的诗开一代诗风，成了高昂豪放的个性化艺术的前锋。在中国新诗发展史上，特别是20世纪五六十年代，政治抒情诗曾经形成一个高潮，贺敬之是其中最优秀的代表。

当前，脱离政治、脱离生活、文学步入娱乐化的倾向大量存在，更有甚者，有人提倡“写下半身”，写“裤裆文学”，纯粹沉迷于身边琐事。这些消极的东西，四方流传，危害不小。它将把青少年带向何处，把中国新诗带向何处？现实已尖锐地提出了这个问题。正因为如此，我们应当高度评价贺敬之的诗歌创作方向和艺术成就，研究他的创作道路，与诗歌艺术的高尚品格。人民需要歌颂真善美，鞭挞假丑恶，鼓舞人心的诗，歌唱现实的诗，抒发激情的诗，而不是低级庸俗的文化垃圾。

今天，历史已跨入21世纪。新世纪同样需要生活的牧歌和战歌，中国新诗的优良传统应该更好地发扬光大，以促进新诗的繁荣和发展。我们呼唤新世纪的《回延安》、《三门峡歌》，呼唤新世纪的《放声歌唱》和《雷锋之歌》!

（原载《银河系》2004年第48·49期）

智慧的风采

——读《贺敬之文集》有感

丁 宁

一

贺敬之同志从事文学生涯65周年和《文集》出版的研讨会，是一大盛事。敬之同志是上世纪40年代之初出现的至今魅力不衰的大诗人。那时他还不满20岁，抗日根据地的人民就已经知道他的名字。我的家乡胶东半岛，文化比较活跃，信息比较灵通，延安唱出了《南泥湾》，很快就传给了我们。“花篮的花儿香，听我唱一唱……”不用谱，不必教，浓浓的民间情味儿，清新美妙的旋律，赢得干部、农民、战士、青年们的喜爱，一下就唱开了；战时中学的女学生，自己编个花篮儿，腰里系一条红绸子，边唱边舞。这个歌颂扬了一个大主题，那就是“延安精神”。我们就是听了这个歌，才知道有个“到处是庄稼，遍地是牛羊”的南泥湾；延安气壮山河的大生产运动，给硝烟弥漫、艰苦奋斗的家乡人民很大的鼓舞。

《白毛女》在我们的家乡也上演得很早，以著名文艺家虞棘为团长的“国防剧团”成功的演出，轰动了整个半岛，大大激励了穷苦中的劳动人民，推动了胶东的土改运动。这个具有划时代意义的新歌剧，个性化的人物语言，剧词的凝练和诗化，表现了年轻的主要执笔人贺敬之非凡的天才。

我初见敬之同志，大约是1954年，那时他的名气已经很大，但没有名家的派头，朴朴实实，见不出异乎寻常那种所谓的“诗人气”、诗人的浪漫。

我不懂诗，并不常读新诗，但很喜爱贺敬之的诗。早年，曾和朋友们一起朗诵过《放声歌唱》、《回延安》。后来，他的《三门峡歌》、《雷锋之歌》和《西去列车的窗口》，脍炙人口，很多人都能背诵。有些佳句，我至今难忘。

这些诗自成高格，自然脱俗，给人以新鲜感；思想感情、内容形式，贴近人民，为人民喜闻乐见。不像某些诗深奥朦胧得叫人看不懂，洋气晦涩得叫人无法接近。《雷锋之歌》在现代诗歌界独树一帜，是标志着一个英雄时代的浩歌，唱遍了每一个角落，它使千万人民看到了这个大写的普通人身上耀眼的光芒。谁能否认文学的社会功能，这首长诗的艺术魅力，就在于为社会主义的精神建设，特别是对广大青年的人生观、价值观起了难以估量的作用。

敬之同志除了写新诗，还写了不少旧体诗，他多才多艺，亦擅长书法，曾给我和江波写了好几个条幅，均书录自己创作的旧体诗，气势豪迈，写景抒情，情景交融，有很高的境界。随手找出一首1985年诗人登临白帝城之作：

列阵群峰激壮心，高城千尺竞登临。目送杜甫长江浪，袖扫宋玉巫山云。但倚赤甲呼征鼓，岂对白帝输病身。夔门又雨何足畏，滟滪千堆过来人！

此诗激情澎湃，壮美雄奇，确有李白之风。

二

敬之同志一向体质比较弱，但他总是不顾健康状况，深入群众，和人民中的新鲜事物保持密切的联系。这些年，岁数大了，仍然执著地保持着良好的习惯。我常惋惜这位大诗人并没有充分的时间和条件专事创作，肩上常担负着沉重的工作，自然，这是党的需要，无法推卸。粉碎“四人帮”之初，敬之同志担任文化部副部长，拨乱反正，落实政策，忙得很，不可能写作、写诗，工作便是他心中的诗。为给一批文化艺术人士落实政策，他全神贯注，花费了不少心血。那个时候，文联及协会尚未恢复，文化部成立了政策研究室，先由冯牧同志负责，后来我负责。根据敬之同志的指示，我们登门访问因为写小说《刘志丹》而蒙冤十几年的老同志李建彤，和她亲切交谈，了解情况，终于给她卸下了苦难的包袱，落实了政策。已萧萧白发的李建彤感激涕零，她说，她心中永远是相信党的。还有著名小说家姚雪垠，那时在京中写《李自成》，没有自己的住处，江晓天同志陪我到他临时落脚的青年出版社一间小房，得知是中央、文化部为关照他派我来谈谈，了解他的情况，他大受感动，热泪滂沱。敬之同志还特地交代我一个任务，托关系把老舍的女儿舒济从河北调来北京。老舍在“文革”中死得屈，敬之痛惜在心，把舒济调到人民文学出版社，搜集整理其父的书稿，宽慰了她的全家，老舍夫人胡絜清老人拉着我的手，再三感谢党的关怀。研究室的同志还到外地了解调查作家、艺术家的情况。我到安徽造访赖少其、陈登科等老作家；被打成“里通外国的特务”而受尽折磨的美术家韩美林，从晚上8点对我诉说他的苦难，直到深夜，声泪俱下。后来把他的问题，层层反映，一直通到省委书记万里那里，美林终于得到解放。关于这方面的工作，除政策研究室做了一部分，贺敬之还与文化部其他几位副部长，如刘复之同志等，为美术、戏剧、音乐、电影、戏曲等一批名家落实了政策。至今想来，功德无量。

敬之同志艺术事业的道路，并不平坦，在极“左”年代，几乎每次运动都受牵连，挨过整，“文革”就更惨了，“四人帮”将倒，江青仍然不放过。那时，我从咸宁“五七干校”到我爱人江波下放的山东滨县，诗人李季也刚从干校回来不久，去胜利油田，就近去看望我们。严寒的冬天，我们围着一个小火炉，李季讲两个朋友的悲惨事：著名戏剧家孙维世被江青害死；贺敬之带着病身被逼到首钢劳动，不知能否挺得住？李季以酒浇愁，喝了不少白干，望着窗外黑沉沉的夜，我们都哭了。

1983年10月，党召开了十二届二中全会，次年9月初旬，中宣部在京西宾馆召开了一个“文艺座谈会”，作为中宣部副部长的贺敬之主持，京中、京外，文联、协会，来了不少重要人物。会议的指导思想很明确，就当前的文艺形势和任务，交换意见，统一认识，加强团结，得到大家的拥护。

三

有人说，世间难以找到最美满、最理想的夫妻关系，实则不然，好夫妻古今都有，但像贺敬之和柯岩那样珠联璧合的的确不多，他们的感情是建立在理想、信念、艺术观点完全一致的基础上，而达到生命的结合，事业的结合。他们的感情是经过严峻的考验的，在最困难的时候，互相支持，相濡以沫。在性格上，敬之从容、温厚，柯岩豁达、率真，夫妻相补相助，焕发出巨大的力量，而成为事业、艺术上的动力。这是他们生命中最宝贵的东西，最大的幸福。

他们的家庭生活也是有特点的，过得很简朴，并不把日常生活当作一回事，舒服、安逸、吃得如何，都不太重视。敬之同志出身于贫寒的农民家庭，至今还保持着农家生活的某些习惯。有一年，我到他家，惊奇地看到作为文化部部长的敬之和小阿姨一起做面条，那面条几乎有手指那么宽厚，我暗暗发笑，看他吃得有滋有味儿。他们住的房子和现在某些部长级的人物相比，差得太远。几年前装修了一下，居然挤出约有十平米的一小条空间，从此，部长同志有了自己在家的工作室，非常满意，有客来，欢迎去参观。安贫乐道，乐以忘忧；忘我工作，勤奋笔耕，为人民留下更多的精神财富，这就是他们夫妇追求的最大幸福，最高的境界。

敬之同志今年已经80岁了，柯岩同志也进入古稀之年，我和我老伴江波，衷心祝愿这一对经过漫长之旅而仍在无限延伸的革命伴侣，青春常驻，永远幸福！

（原载《文艺报》2004年12月28日）

贺诗不朽之理由与启示

——写在贺敬之文学生涯65周年暨文集出版研讨会之际

王久辛

欣闻“贺敬之文学生涯65周年暨文集出版研讨会”于2004年12月15日在中国现代文学馆举行。收到中国作家协会办公厅寄来的请柬，仿佛收到了一张引领我步入中国革命史与中国新诗史的“入场券”。数日来，我的脑海会时不时地跳出贺老敬之先生的诗句，会被他的诗句带入一段段的历史时空，会在这时空的漫想中进入诗意的历史与现实，从而发现一个诗人及其创造的重要意义。

我从不讳言我对诗人贺敬之老先生诗歌的酷爱。当我在写这篇拙文时，之所以使用“老先生”这样的词来表达我对诗人的尊崇，完全是出于晚辈对先贤的礼貌。在我内心深处的贺敬之，是永远年轻的，充满了朝气、锐气与磅礴大气的卓著恒久的诗人形象，是与“老”字永不沾边的、我们青年与青年诗人永远的大哥。他不是那种领着我们前行的大哥，而是那种劈荆斩棘，为我们后人开路的大哥。他站在前边向我们招手，用诗回答青年、回答今日的世界。六十五年来，诗人贺敬之的名字，是与中国革命史与中国新诗史紧密相连的。他的影响持久、强烈，他为诗人这两个字创造了辉煌的荣誉，也为我辈后生创造了百折不挠、诗性人生的青春理想。他的创造，构成了我辈心向往之的新诗传统，构成了我辈新诗创造的自由品格。我想，值此贺老敬之先生从事文学生涯六十五周年之际，有必要梳理一下我们的思绪，即：我们喜爱敬之老先生诗歌的理由是什么？他的诗歌创造给我们后人留下了什么样的启示？

理由之一，讴歌推动历史前进的力量。我们知道，任何人，包括诗人，都有历史局限性，也都有误读历史与现实的可能性。但有一条，大是大非是可以分辨得清楚的。即，无论什么主张与力量，它是推动历史前进的主张与力量，还是阻碍历史前进的主张与力量？这是一个大问题。综观诗人贺敬之的创作，我以为无论是他早年的对新中国的讴歌，还是对1976年中国的十月的讴歌，诗人始终努力的方向，是在为推动历史前进而努力讴歌。转眼六十五年过去了，作为个体的诗人，每个人都有可能存在这样或那样的偏差。但衡量一个诗人，特别是一个在全国乃至世界都产生了一定影响的诗人，归根到底，我们还得看他对历史是推动了还是反动了。毫无疑问，贺老敬之先生在中国革命乃至中国新诗史上，是起了重要的推动作用的诗人。我们要学习的，正是他的这种——做推动历史前进的诗人的立场与努力。

理由之二，赞美令人心动的凡人小事。我们说，每一个诗人都生活在具体的、琐碎的、平凡的时光中，都被这些时光中的一切感染着，谁也不可能生活在真空中，为不存在的生活所激动。诗人贺敬之所写的名篇《雷锋之歌》，为小人物讴歌，把小人物当做民族英雄来赞美，显示了诗人独特、犀利的思想光芒。此诗影响广远，至今读来仍令人激动不已。究其原因，是雷锋这个小人物本身经得起时间的淘洗。而诗人独特的抒情方式，又与时代的审美水平完全吻合。可以说当年的《雷锋之歌》是与时俱进的诗性创造。再如《西去列车的窗口》这首为当年支援西北边疆建设的青年所作的诗歌，比较典型地代表了诗人被生活中的小人物的英雄壮举所感动、进而奋笔作诗赞美的精神世界。而且写得那么美，那么投入，完全"物我两忘，神游八荒"，是为"自我以外的世界"所作的不朽的名篇佳作。我们说，西部大开发已经五年了，这中间又有多少如当年支边青年一样的动人故事发生？但谁见过或读过为这些动人故事所写的优秀诗篇呢？古人言："感时花溅泪，恨别鸟惊心。"现在，我很难看到为高尚者感动得"溅泪"的诗人，更难见到为献身者的离别谢世而"惊心"的诗人。知识经济时代的抒情诗创造，恐怕要留出一大段空白，等着有为的诗人建功立业。而我们要学习的，正是贺敬之先生的这种——为令人心动的凡人小事而歌的精神。

理由之三，沉浸美，为美梦绕情牵的掘进与创造。我以为，诗人，都应当是唯美的。或许这种判断有点传统。但综观古今中外的优秀诗人，也几乎都是唯美的，所不同的是程度不一罢了。综观诗人贺敬之先生六十五年的文学生涯，我以为贺老的诗也全部都是唯美的，包括他写的政治抒情诗，那意象与形象的选择与描绘，仍然是全身心的投入对美的开掘与创造。他似乎明白，要感染人，必须美；而要惟其美，就必须百分之百地完全投入，从而创造出足以令人折服的美的境界。曾引起诸多非议的抒情长诗《放声歌唱》，尽管有政治化和标语、口号化的倾向，但综观全诗，仍然留下了大段大段优美的抒情。而诗人其他的诗作，如《回延安》、《桂林山水歌》、《三门峡——梳妆台》、《西去列车的窗口》，等等，则给人带来的是美的意境，美的修辞，美的创造。贺敬之是美的创造者，凡他创作的诗篇，无论内容如何，他都要倾尽全身心之激情，进行美的开掘与创造。而我们要学习的，也正是贺老敬之先生的这种——沉浸美，为美梦绕情牵的掘进与创造的品格。

理由之四，用丰富的修辞格把诗的语言推向意境的最深处，是贺老敬之先生值得我们学习的又一大成就。在我研读贺老诗歌中发现，几乎他的所有诗作，都有丰富的修辞格。有时一首诗，就能调动上十种甚至更多的修辞手段，来创造语言的行云流水的自由品格与诗的意境。纵观现当代诗坛，像贺老敬之先生这样能把修辞运用得如此炉火纯青的诗人，是十分罕见的。就汉语言诗歌创作来说，我以为别管你是什么主义、什么流派，你写的诗作，最少能经得起修辞的检验、能看出你的语言的高明之处才行。以贺敬之的《桂林山水歌》为例来说，我简单地分析归纳了一下，就发现贺老先后运用了诸如：比喻、借代、映衬、摹状、双关、引用、仿拟、拈连，移就、比拟、呼告、夸张、倒反、婉转、设问、藏词、飞白、镶嵌、回文、反复、对偶、排比、层递、顶真、倒装、跳脱等等，达26种修辞格，来为表达内心的美的意境服务。在我看来，如果没有在汉语修辞学上下过功夫，是无论如何也不可能达此诗境。而我们要学习的，也正是贺老敬之先生的这种调动一切修辞手段，来实现表情达意、创造诗美的修辞目的，当然也是终极的创作目的。功夫不到家，还没看出人家的高明之处，就妄断乾坤，是不理智的。

理由之五，向世界学习借鉴，向民歌汲取营养。从诗人贺敬之的诗中我们可以发现，贺老还非常善于学习与借鉴。在他的诗中，我们就可以看到他学习与借鉴惠特曼、马雅可夫斯基、金斯伯格与中国的陕北民歌等的痕迹。而且他学习与借鉴得非常好，无论形式还是内容，他统统将它们汉语化，且文字严谨，粒粒如珠。我在长时间的感佩之余，常常自问：为什么我也读了那么多的外国诗，也收集了包括陕北民歌在内的山西、广西、云南等地区的民歌，为什么写出的诗仍然摆脱不了翻译诗或纯民歌的影子呢？反问使我升华。我发现最最关键的，是没有化开，没有真正使学来的东西变成自己的血肉。换句话说，还得向贺老敬之先生学习，让学来与借鉴来的东西，变成丰富自己精神的一种因素，而不是用学来的换掉自己的，去做舶来品的中国版，或民歌体的白话版。

总之，在纪念贺敬之先生从事文学生涯六十五周年之际，我们有理由说——贺诗不朽。这不仅因为我上面陈述的五条理由，还因诗人贺敬之先生的诗歌创造，给我们留下了诸多的启示。

启示之一，是诗人走出书斋，投身于时代的行动，仍然值得我们学习。据我所知，贺敬之先生早年投身革命，有过万水千山、出生入死的经历，在此就不多说了。单就诗歌创作而言，他过去每写完一首诗，总会到朋友中、大学中，甚至到天安门广场，去给陌生的人群朗诵。这种行动着的诗歌，必然会产生特殊的感染力。也许这种方式是从前苏联诗人马雅可夫斯基那里学来的，而马先生又何尝不是从惠特曼那里学来的呢？我以为诗人光有思想力还不够，还得有行动力。

启示之二，贺敬之先生的诗歌之所以能够产生这么恒久的影响，不能不说与当时的主流媒体的参与宣传有关。据说，当年贺敬之的《雷锋之歌》发表后，《人民日报》、《解放军报》和中央人民广播电台几乎同时转载播发，一遍又一遍，令阅读过与聆听过他诗歌的读者、听众终生难忘。而现在电视媒体的宣传更直接了，却令诗人缺席。这不能不说是一个重大疏漏。

启示之三，是当年诗人贺敬之发表诗作之时，并没有太高的文学成就与地位，但无论是报刊还是电台，都能够在第一时间进行转载与播发，可见“人间要好诗”的时代氛围是多么重要。因此，在我们纪念诗人贺敬之先生从事文学生涯六十五周年之际，有必要梳理一下我们爱其新的理由与由此带给我们的启示。在我看来，任何纪念的本身并不重要，重要的是——借用鲁迅先生的一句名言来说，就是“为了忘却的纪念”。

（原载《橄榄绿》2005 年第 1 期）

战士式的诗人与战士型的诗

——贺敬之诗歌创作的进取精神与时代担当

艾 斐

贺敬之是一位诗人，但他同时也是一位战士。不论他是否跻身军旅，也不论他是否身着戎装，他都永远是一位名副其实的战士式的诗人。因为他不仅把写诗作为一个战士的使命和责任，而且在他所有的诗歌中都充盈着战士的情怀、战士的气魄、战士的坚韧与战士的刚烈。即便是在他那为数并不算多的咏山水和赏风月的诗中，也同样跳动着一种奋发的激情与向上的精神，也同样袒露着一个战士的真诚与直率！他的诗，质朴而纯净，刚朗而美奂，笃实而瑰丽，敦厚而明艳，永远都像一丛盛开的花，一团燃烧的火，一道发出金属般音响的高山飞瀑，总能让人从巨大的审美享受中得到同样巨大的智慧启迪、思想激励与精神鼓舞。

一

诗是什么？写诗为了什么？对于这样的问题，诗人们往往都是通过自己的诗歌创作来作回答的。尽管诗的本义和本质只有一个，尽管写诗的正确目的及其所应当起到的积极作用具有着不容置疑的客观性。但是，不同的诗人在用自己的创作实践来回答这个问题的时候，也还是常常大相径庭。正是在这样的分野中，才出现了各种各样的诗人和形成了各种各样的诗。其中，战士型的诗是最为上乘的。因为诗的最大特点、最高境界和最终目标，永远都是纯美与质朴、奔放与雍雅、激越与炽热、明澈与蕴远，并能够以自身的美学品格和思想力量，通过艺术的方式而给予人们以情致陶冶与精神淬炼，让人们在审美中得到提高，在欣悦中实现升华，在启悟中受到鼓舞。

战士型的诗歌的这一特点和优势，决定了战士型的诗在诗歌和诗人领域中的崇高地位与巨大效能。历数古往今来的诗歌创作，战士型的诗每每都总能够以其铿锵之音和镗鞳之声而警世淳俗、匡时济世、布道弘理、倡良励优，为时代的进步和社会的发展而起到巨大的促进作用。

贺敬之的诗，就是这样。诗人从十五六岁开始写作《北方的子孙》、《乡村的夜》、《朝阳花开》、《我们的行列》、《并没有冬天》等，到二三十岁时写作《雪，覆盖着大地向上蒸腾的温热》、《行军散歌》、《太阳在心头》、《南泥湾》、《翻身道情》、《平汉路小唱》、《赞歌》、《剪喜字》等，到三四十岁时写作《桂林山水歌》、《十年颂歌》、《雷锋之歌》、《三门峡歌》、《放声歌唱》、《回延安》、《西去列车的窗口》、《"八一"之歌》、《回答今日的世界》、《中国的十月》等，直到五六十岁以后写作《南国春早》、《重访桂林》、《过洞庭湖》、《枣庄行》、《富春江散歌》、《槽渔滩诗草》、《咏徐州》、《怀海涅》、《漳州红军纪念碑》、《谒三苏祠》、《滇西三题》等，都是以战士的情怀和战士的气度，来审视和抒写革命的壮伟历程与时代的巨大变革的。尽管这些诗在写作的时间跨度上经过了一个甲子的轮回；在内容的摄取上，前后不仅变化很大，而且从紧紧趋赴时代的发展中达到了十足的丰富、厚重和斑斓；在形式上，也进行了锐意的探索和成功的尝试，他从渴慕参差美和追求韵律感的创作实践中，几乎创造性地运用了各种形式和写法。但是，有一点则始终如一、历久弥笃，那就是战士的情怀，战士的气度，战士的明睿、坚毅与果敢。

作为战士式的诗人，贺敬之对生活从不隔岸观火，从不冷眼旁视，而总是以无限的真诚和火一样的热情参与其中，不仅矢志要做生活的主人，而且要锲而不舍地追索生活与时代的潮头，敏锐而果敢地从这潮头中源源不断地撷取着绚丽的贝壳和闪光的浪花，并和着艺术的汁液与哲学的宏蕴而对这些贝壳和浪花进行高度个性化的铸炼与升华，使其成为富有生命激情与崇高理想的诗。且看，他在《雪，覆盖着大地向上蒸腾的温热》中写道："为母亲，/为祖国，/我来到这个世界上，/来到行列里。//而你，/我的笔，/你不能停止，/我的心啊，/更热烈地燃烧吧！"他在《十年颂歌》中写道："扯开/我的衣襟/看我/胸中的/千山万壑，/朝向你——/怎么能不发出/阵阵回音?！……"他在《雷锋之歌》中写道："'小雷'啊——/你只有/一百五十四厘米/身高，/二十二岁的/年龄……/但是，在你军衣的/五个纽扣后面/却有：/七大洲的风雨、/亿万人民的斗争/——在胸中包容！……"他在《至奉节闻远方讯有思》中写道："史读'托孤'忆蜀忧，诗诵'依斗'感杜愁。不尽长江今来我，白帝叶红第几秋?"他在《秭归访屈原祠》中写道："隐约江声似《九歌》，此去汨罗路几何？《招魂》当应归乡赋，寻迹到此热泪和！”他在《登成山头》中写道：“天涯地角成山头，千古兴亡去悠悠。秦桥入海渺难辨，雾笛长鸣过新舟。”

这些诗，不论描写什么内容，也不论采用何种形式，都显示着战士的性格的刚强，都体现着战士的情感的炽烈，都铭誓着战士所履行的社会职责和所承载的时代担当。这种社会职责和时代担当，既是沉重的、严峻的，又是光辉的、神圣的。在这里，诗人以他铿锵的诗句所诉诸于世的，不啻是对祖国、对人民、对事业、对理想的一片丹心、满腔赤忱与不懈追求，在祖国和人民面前，他竟是那样敞开胸襟，毫不遮掩地表露出自己的全部心灵奥秘与心理冀求，并诚挚地期待着祖国和人民的考验与召唤。正是基于这样的信仰和信念，诗人即使是在一些情趣性、戏谑性的小诗中，也不敢稍稍懈怠战士的使命和责任。如，他在《戏赠某同志罢某官》中写道：“解枷非解甲，归田岂归天？南山歌《南泥》，马鸣自跨鞍。”他在乡趣之诗《枣庄行》中又写道：“共叙河山腾飞愿，谁听改色变蔚蓝？榴花尽染先烈血，熠熠红旗识故园。”他在闲逸之诗《八大关漫步》中写道：“碧桃雪松几重关？烽火烟云恍惚间。行到落樱小憩处，又见海鸥搏云天。”他在怀古之诗《题田横岛》中写道：“史家是非暂勿论，中华千秋豪气存。田横五百殉此岛，涛声如鼓告来人。”他在咏史之诗《乾陵》中写道：“此行聊作诗人未？感古鉴今无字碑。权作诗语断诳案，凤鸦霄壤不同归。”

从这些诗中我们可以看到，贺敬之在任何时候、任何情况下，写任何题材的诗，都是深深地熔铸着战士的感情和责任的。不论写什么和如何写，其诗的旨归都是对祖国和人民的讴歌，都是对革命和改革的礼赞，都是对是非和优劣的评鉴，也都是对正义和良知的呼唤。他认为：真正的诗，就应当成为战斗的号角、前进的鼙鼓和民族的良心。真正的诗人则必须成为历史的见证者、时代的驱动者和人民的代言人。他说：“从我投身到这支队伍时起，我从未动摇过我的自豪感。我甚至在《放声歌唱》这首诗里，在提到对李白、杜甫等古代伟大诗人的热爱时，这样骄傲地说过：‘我们的合唱/比你们的歌声/响亮!’”而他所说的这种“合唱”，实际上就是一种战士式的合唱。因为只有那样，诗才会更刚朗、更炽烈、更有力。这种战士式的合唱，不仅是诗人的终生追求，而且也是诗人的终生实践。对于此，他的诗可以证明，他对另一位战士式的诗人郭小川的评说与嘉许也可以证明。他说郭小川的诗“没有一篇一章可供人消遣，更没有一声一韵能助人安眠。它是晨钟，是号角，是战歌。它是在中国的大地上，在崭新的世纪里，从一位毕生为祖国为人民事业而斗争的忠诚战士的心灵中发出来的”。他指出，“作为社会主义的新诗歌，郭小川向它提供的足以表明其根本特征的那些具有本质意义的东西，这就是：诗，必须属于人民，属于社会主义事业。按照诗的规律来写和按照人民利益来写相一致。诗人的‘自我’跟阶级、跟人民的‘大我’相结合。‘诗学’和‘政治学’的统一。诗人和战士的统一。”贺敬之这样评价郭小川诗歌创作的特点及其对社会主义新诗歌运动的杰出贡献，恰恰反证了贺敬之自己的诗歌理念和创作追求。他之所以要用这把尺子来衡度自己的亲密诗友郭小川，就是因为这把尺子是时代和人民所赋予的，是诗歌创作的脊梁与灵魂，贺敬之在用这把尺子评价郭小川之前，已早就用这把尺子衡度和要求他自己了。

二

战士式的诗人和战士型的诗歌的最大特点，就是对党、对祖国、对自己的民族和人民无限忠诚，无私奉献，乃至以事业相许，以生命相托，把祖国和人民的利益看得高于一切、大于一切、重于一切，矢志不移地为之奋斗终生、贡献终生，毫无条件地永远做革命队伍中的一员，永远做改革的先锋和人民的公仆；就是正直、率真、忠实、积极，永葆青春的活力，永具生命的激情，永远富于创新思想和进取精神，始终不渝地坚守崇高的信仰和远大的理想，高度自觉地在坚持马克思主义的理论实践中不断丰富和发展马克思主义，实事求是地运用马克思主义的立场、观点和方法，观察社会、审视人生、鉴别是非、评判生活，并以诗的形式赋予社会生活以欣悦和美感；就是对党和人民的事业具有高度的使命感和责任心，对社会忠于职守，对时代勇于担当，对人民满腔热忱，对改革和发展始终报以积极的参与和全力的支持。

显然，这些品格、素质和能力，对于真正的诗人和诗歌来说，都是重要的和不可或缺的。诗人要想写出富于激情、魅力、道德感和进取心的诗，诗人自己就必须首先具有这样的素质、品格和能力。因为在诗与诗人之间是不存在二元论的，也决不能和决不会出现二律背反的现象。正因为如此，贺敬之的人品与他的诗品不仅相重合、相一致，而且也正是由其人品的高尚和纯粹而造就了其诗品的高尚和纯粹。读读《雷锋之歌》吧！读读《放声歌唱》吧！读读《十年颂歌》、《回延安》、《桂林山水歌》、《西去列车的窗口》、《中流砥柱》、《散歌》、《游石林》、《北风吹》、《川北行》、《青岛吟》、《赠诗友》、《怀海涅》吧！在这些诗歌中，难道我们还看不出诗人那颗向着祖国和人民的无限澄明而炽热的心吗？

是的，贺敬之从来没有把写诗当作是自己个人的事，更没有把它当作是一己的私事。他写诗，从一开始就是为了抒发党和人民的感情，体现党和人民的意志，完成党和人民的嘱托。从战士的意义上说，笔，就是他的枪。他是用笔去忠实地执行和完成一个战士所本应承担的神圣使命的。十四五岁，应当说还是一个娃娃，可他却在生活和斗争的严酷历练中过早地成熟了，也过早地觉醒了。正是在这种成熟和觉醒中，使他选择了人民的革命事业，义无反顾地信誓旦旦地投入了这革命的洪流之中，并为此而骄傲、而自豪。他在诗中这样写道："我来到这里，/来到/这旗帜底下，/来到/我的同志们中间！/而且，我是宣了誓的，/我背诵过了我的誓言。"（《雪，覆盖着大地向上蒸腾的温热》）他来到了延安，投身到了革命的队伍之中，他从此找到了自己终身的皈依，找到了他心灵的圣殿。尽管延安的生活很苦，革命的道路十分艰辛，战争充满了凶蛮与残酷，但是贺敬之对自己的人生选择却不但没有丝毫的动摇，反而倒由衷地报之以庆幸与严峻的思考。在他的心目中，延安的一切都充满暖人心、励人志的吸引力，革命的人生和战斗的生活则每每能够令人陷入幸福的陶醉和刚毅的奋发。他在诗中写道："这里，/没有桂冠。/在今天，/诗，从绣花的笼子里/走出来。""在这里，/诗人和他的诗，/就是/工人和他的铁锤；/就是/农民和他的镰刀；/就是/战士和他的枪。"（《我们这一天》）

就是这样，贺敬之以笔当枪设计和实践了他整个的生活和全部的人生。从二十岁左右时创作《白毛女》到四十岁左右时创作《雷锋之歌》，再到六七十岁时创作《咏徐州》、《访南湖船》、《苏北三题》等，贺敬之的一生都是对一个以笔当枪的战士的理想与追求的忠实实践与全额兑取。既然写诗不是个人的事，不是一己的事；既然写诗是为革命和人民而战斗，为改革和发展而鼓呼，为智慧和文明而构筑，那么，诗就不是可以随随便便写的，诗就必须有感情，有追求，有品位，有操守，特别是必须要有脊梁和灵魂。诗不论写什么内容和采取什么形式，都必须进行不断的探求、突破和创新，必须锲而不舍地追求真、善、美。对于此，贺敬之真正是言于中而践于行的。他的诗，不论在哪个时期，也不论是写什么内容，都总是与时代同步，与祖国同韵，与人民同声的。他的诗，与某些写诗的人相比，虽然量不算很大，但却可以毫无愧色地成为共和国产生和发展的壮阔历程的富于魅力的解说词。其中的许多篇章，不仅深深地镌刻在了文学的史册上，而且也都深深地铭印在了人们的心中，并成为人们铸冶脊梁、灵魂、智慧和信念的思想养料与精神构件。他的许多诗篇和许多诗句，早已被历史和时间定格成了光辉的永恒，凝聚成了明睿的哲理。像他礼赞雷锋时说过的："你的年纪/二十二岁——/是我年轻的弟弟啊，/你的生命/如此光辉——/却是我/无比高大的/长兄！"像他在塑造党的领导形象时所写到的："在节日里/我们的党/没有/在酒杯和鲜花的包围中，/醉意沉沉。//党，/正挥汗如雨！/工作着——/在共和国大厦的/建筑架上！"像他在诗中所唱出的赞歌："……快摆开/你们的新雁阵啊，/把这大写的/'人'字——/写向那/万里长空！……"像他用诗歌所发出的诘问："人，/应该/怎样生？/路，/应该/怎样行？……"像他以美丽的诗句所给我们发出的震动心灵的警告："啊，要不要再问园丁：/我们的花园里/会不会还有/杂草再生？/梅花的枝条上，/会不会有人/暗中嫁接/有毒的葛藤？……"特别是像他在冷峻的诗句中所蕴涵着的那种新冀求："啊，让诗人们/欢唱吧，/站在这/望海楼上/新的一层：/……那暴风雨中的/海燕啊，/我们/想念你！——/你快/拨开云雾啊，/展翅飞腾！/……"

当我们读着这些诗的时候，不仅情绪会昂奋，心灵会震撼，思想会腾飞，精神会升华，而且我们也会在激荡与陶醉中陷入深深的考问与思索。只要真正领略了这些诗的魂魄在何处，风骨为何物，我们便庶几可以懂得何为战士式的诗人和战士型的诗歌了！

时代的变迁和社会的发展，固然会不断地对诗歌创作提出各种各样的新希望和新要求，但是，无论时代如何变迁，社会如何发展，战士式的诗人和战士型的诗歌都是我们所永远需要的。因为诗的天敌向来就是平庸、空泛、陈腐和低俗。而对于真正的诗歌创作来说，则始终都应当和必须在不断的创新之中不懈地追求真、善、美，表现真、善、美，讴歌真、善、美！

正是在这个意义上，我们完全有理由断言：战士式的诗人和战士型的诗歌，不仅是我们的时代所需要的，而且也是我们的人民所冀求的。也正是在这个意义上，贺敬之和他的诗歌创作，必当要历史地成为诗人的楷模和诗歌的典范！

（原载《理论与创作》2005年第2期）

贺敬之：长青的文学大树

金绍任

一

时间和人民群众，是最公正最有力的鉴别者，那些不止一次宣布贺敬之“不是诗人”，“已被历史淘汰”的轻薄为文者，其作品或是各领风骚三五天就尘埃落地，或是除了他们的小圈子没有引起过任何人的兴趣。而贺敬之的诗，继上世纪中期响遍神州大地之后，近年来，又在东西南北各地越来越多的大型朗诵会上振翅欢飞。

汽笛
　　和牧笛
　　　　合奏着，
　　伴送我
　　　　和列车一起
　　　　　　穿过深山、隧洞；
螺旋桨
　　和白云
　　　　环舞着，
　　伴送我
　　　　和飞机一起
　　　　　　飞上高空。
……我看见
　　　　星光
　　　　　　和灯光

联欢在黑夜；

……我看见
　　朝霞
　　　　和卷扬机
　　　　　　在装扮着
　　　　　　　　黎明。

春天了。
　　又一个春天。
黎明了。
　　又一个黎明。
啊，我们共和国的
　　　　万丈高楼
　　　　　　站起来！
　　它，加高了
　　　　　　一层——
　　　　　　　　又一层！
……

——《放声歌唱》

这些问世于近50年前的诗句，准确而有力地挥写出了建国初期、以及今天的祖国的恢弘气势。如果不是“螺旋桨”已成为航空业的历史用词，它们就像是刚刚写成的。诗篇纯真而充沛的青春气息具有永恒的美，昨天、今天和明天的青年与这样的诗句一相会就心心相印。和几十年前一样，不少首次听到、读到贺敬之长诗的现在的年轻人说，真没想到还有这么棒的诗！

贺敬之最出色的作品是：

歌剧：《白毛女》；

长诗：《放声歌唱》、《十年颂歌》、《雷锋之歌》；

短诗、组诗：《跃进》、《黑鼻子八叔》、《回延安》、《三门峡歌》、《桂林山水歌》、《西去列车的窗口》。

这些作品已成为中华民族文学宝库中永久的珍品。

二

贺敬之所有的作品中，写于建国十年大庆前夕的《十年颂歌》疵点最多，但就是在这首有明显失误的长诗里，也屹立着这样的玉树宝句：

扯开
　　我的衣襟！
看我
　　胸中的
　　　　千山万壑，
朝向你——
　　怎么能不发出
　　　　阵阵回音?! ……

这是人类诗歌史上，倾诉挚爱祖国之情的顶峰之句，千秋百国难觅比肩。

产生如此奇伟的诗篇诗句，须有三大外部条件：

一、国土辽阔而多姿。弹丸之邦和景色单调的疆域是不可能的。

二、国势处于朝气蓬勃的上升期。中华大地自从一千二百年前的盛唐以来，直到上世纪中叶，才又焕发了全面锐进的气势。

三、民族文化积淀雄厚，有世界一流的语言体系，有很多世纪积累下的丰富的诗歌创作经验。

而歌者的内因呢？除了思想感情的因素，贺敬之在诗艺上值得深入研究和学习之处颇多，限于篇幅，本文围绕《十年颂歌》的这一名句来论析他的两个特长：语言和气势。

一、高超的语言功力。

此功力来自深厚的民众语言、民歌、古典文学的功底。当然没有酷爱、痴迷和多年的勤奋，这样的功底是形不成的。

日本当代学者前野直彬、石川忠久的研究结论是："汉诗（指中国古典诗歌）是世界上最高级的诗歌，是人类的珍宝。"（见其《汉诗的注释及鉴赏词典序》）这是实事求是的结论。这些年很有一批文学教授、博士，开口意大利某诗豪怎样说，闭口阿根廷某诗魔如何写，而自己的祖国呢，简直从古至今未曾有过一首合格的诗。这倒让我想起一则寓言，讲的是一只鸭子自命为国际级教练，大叫大嚷地硬要纠正海豚的游泳姿势。

语言是文学的第一要素。中国诗的光辉，在很大程度上来自华语的神采。华语是世界上最富于文学表现力的语言。这不是诗的夸张，是很多中外学者严谨的学术结论。以表现很抽象的“胸怀”类为例，华语就有“胸有成竹”、“胸有城府”、“胸有朝阳”、“胸中自有雄兵百万”、“大海般的心胸”，以及“宰相肚里能撑船”等形象、警策的说法，译为任何别种语言之后都成了酒变白水。当然全球发展程度最高的几种语言各有其妙处，可是在精练、节奏感和韵味方面，华语明显地独占鳌头。

“胸有丘山”，已是雄奇的意象。这是第一层。这个比喻一些诗文用过，当然再用也可，也是有文采之句。“我胸中的千山万壑”，这一写法就是贺敬之独有的了。把古今诗人们习用的单数拓展为“千、万”，有了“山”还有“壑”，增添了广远的纵深感。这是第二层。想跨入这一层是很冒风险的，增加数目字而写不出更多的诗意，就会写砸。贺敬之确是笔力不凡，写了胸中有山壑之“色”，再进一层，还写有“声”，境界益增灵动之气。这是第三层。更奇的是，此声非单向之声，而是千山万壑的“阵阵回音”，则有多个方向的音波在交会激荡。这是第四层。这是中外诗史上独有的胸中奇境。

贺敬之善写内心世界的丰富层次和奇丽境界，还可再举数例：

每一个姑娘的/心中/都是一片/桂林山水

——《十年颂歌》

啊！我看着你，/我想着你……/我心灵的门窗/向四方洞开……/……我想着你，/我看着你……/我胸中的层楼啊/有八面来风！

——《雷锋之歌》

二十年来，孜孜于文学“向内转”者甚伙，然而至今不见有什么写“内景”的佳句流传开来。有一位毛翰先生，“向内”独行到了停尸房门口——他竟然想得出用诗去吟咏自杀者的心态。他写开手枪自杀是“让灵魂出来/放放风”，吞金自杀是“一次性消费/果然受用多了”，真是津津有味。这就是此辈“向内”挖掘的深度。无独有偶，居然还有评论家把这样的“诗”评为“表现了诗人对自杀者的同情与理解”，“唤起社会人道意识从麻木中觉醒”！

“胸中的千山万壑”句还体现了贺作另一个鲜明的特点：磅礴的气势。动感能造势。善写动感，是大手笔诗人的显著标志之一，如李白句“两岸猿声啼不住，轻舟已过万重山”，杜甫句“即从巴峡穿巫峡，便下襄阳向洛阳”。

贺敬之《西去列车的窗口》有句：

“一路上，扬旗起落——苏州……郑州……兰州……”颇得杜甫“即从”句之妙，而动感大增。

《放声歌唱》中有论者们交口称绝的这样几句：

“五月——/麦浪。/八月——/海浪。/桃花——/南方。/雪花——/北方。

单是论析这16字（实际上只是12个常用字）的组合之妙，就可以写上不止一篇长论文，这对新诗的成长是很有必要的。先简要地说。新诗和旧体诗各有所长。表现现代的生活、思想感情，当然主要靠新诗。但是新诗和旧体诗在精练和意境上差距很大，令人深憾。这16字证明，新诗在这两点上也完全可与古诗的名句媲美，而且还能造成古诗中少见的动感和气势。

《雷锋之歌》里感人的名句：“那红领巾的春苗啊/面对你/顿时长高；/那白发的积雪啊/在默想中/顷刻消溶……”除了令人叹服的语言功力，也有很强的动感。引起动感的不是空间位移，而是只能发生在想象中的神奇的时间（第四维）变化，并且既有顺向变化又有逆向变化，可称为“心理四维多向动感”。

形成贺作气势的因素还有强烈的感情、出奇的想象、广阔的视野、富有感染力的人物形象和各种意象，以及诗行的排列等。这里略谈感情和想象。

《雷锋之歌》有个奇特的开头：

“假如现在啊/我还不曾/不曾在人世上出生，/假如让我啊/再一次开始/开始我生命的航程——”

开头段的结语是：“让我一千次选择：/是你，/还是你啊/——中国！/让我一万次寻找：/是你，/只有你啊/——革命！”

这种想象令想象力最丰富的人们都大为惊异！远在常理之外，又深在情意之中。它给长诗增添了飞瀑落天般的气势。

从近半个世纪前开始，郭小川、贺敬之就被公认为中国豪放派新诗的领军人物。郭小川笔下有更为多样的现实图景和人物心态，贺敬之的气魄更大，唱出了时代的最强音。

三

贺敬之的作品颂扬革命，使得一些佩服他的天才但如今不大欣赏革命的人视为“美玉瑕斑”；更有一批彻底否定革命——准确地说是否定中国革命、否定中国革命文艺的风头勇士，对他进行猛烈攻击。（有些人对贺敬之印象不好是由于听信了谣言，也有人向他放箭是出于妒忌、个人野心，这些不在本文范围之内）

只要将1900年的中国与2000年的中国对比一下，任何不怀偏见的人都能得出结论：中国革命确是伟大的；在这个认识的基础上，任何不怀偏见的文艺研究者都能得出结论：20世纪的中国革命文学确实是伟大的，因为它是四分之一人类的生命之歌、解放之歌、奋进之歌。贺敬之就是这个伟大文学最杰出的代表者之一。

人们知道，对于革命的文艺作品，无论其艺术性多么高，某些人都会顽固排斥，坚决否定。作为伟大文学的代表而受到攻击，这是贺敬之的光荣。

前几年，广西一家出版社出了一位文学博士研究政治抒情诗的专著。博士向读者们讲授说，政治抒情诗是世界诗歌史上的一个“怪胎”，始于前苏联，后大兴于20世纪五六十年代的中国，代表人物是郭小川、贺敬之，现已寿终正寝，云云。

何谓政治？孙中山说得明白透彻：“众人之事。”抒情诗不是单写个人情事，而主要是写众人之事、国家民族之事的，就是政治抒情诗。中国诗坛，从先秦略举过来，《诗经》里的战歌《无衣》、史诗颂歌《生民》，《楚辞》里的《离骚》、《哀郢》，刘邦的《大风歌》，曹操的《短歌行》、《步出夏门行》，李白的《战城南》、《古风》（“一百四十年，国势何赫然”等），文天祥的《过零丁洋》、《正气歌》，哪一首不是政治抒情诗？杜甫、陆游、辛弃疾的这类诗作就更多了。就连婉约词派的首席代表人李清照，她的《乌江》虽短，正是不折不扣的政治抒情诗。外国的此类名诗也比比皆是：雪莱的《解放了的普罗米修斯》、普希金的《纪念碑》、惠特曼的《向世界致敬》、聂鲁达的《伐木者，醒来吧》……还需要列举下去吗？

只要有人类，政治抒情诗就会年年月月都有新作产生，包括大量的民众口头创作。

博士很不高兴，说，你这是混淆概念，我所论的政治抒情诗是专指马雅可夫斯基、郭小川、贺敬之式的政治味很浓、行数很多的诗。那么事实是，至少在中国，从有了这个诗体名称至今，这类长歌的创作和出版从未停止过，去较大的图书馆看看便知，只不过前一阵子评论界和媒体更热衷于炒作现代派罢了。今年是邓小平诞辰100周年，各地报刊就发表了一批纪念这位伟人的篇幅较大的诗文。据我所知，广州老诗人李士非的《登东京塔》和《樱花祭》（见广东教育出版社2001年出版的诗集《东京纪事》），是近年来最出色的两首政治抒情长诗，具有罕见的冲击力。关心中日关系和中国诗歌发展者不可不读。

即使按照博士先生对概念的严格限定，结论仍然是：政治抒情诗的生产将千秋万代继续下去，而其各个时期的代表作也必将永远流传下去。

1999年，上文提到的毛翰在《星星》诗刊上离奇地否定《桂林山水歌》。说“离奇”，是因为毛翰举不出此作的任何错处，只是由于作品的写作时间而否定它。毛翰的大名确实够分量被载入文网史了。毛文称，1959—1961年是国家经济困难时期，贺敬之却有“如此的好兴致”去写山水，还写了“祖国的笑容这样美”，所以《桂林山水歌》证明了贺敬之不是“真正的诗人”。毛文还诬陷柯岩“抄袭”。

按照毛翰的审查标准，对古今中外文学史上写了山水、写了笑容的作品必须来个大彻查，凡是写作时所属国家有难的，作家作品都要封杀。幸亏毛翰的气魄还不够大，没有提出要查查一件作品创作时，人类是否有难！

毛翰的行径引起了公愤，全国各地的师生、诗人、评论家纷纷驳斥。《星星》向柯岩公开道歉。毛翰则于2003年再次发难，指责《十年颂歌》“歌唱大跃进浮夸风，歌唱荒唐的全民土高炉炼铁以及人民公社乌托邦，同时，不忘昧着良心咒骂‘右倾分子’”。他断言，郭小川、贺敬之、柯岩等人的“人格完全让政治给异化了”，“他们的诗作的可传性，也就可想而知了”。

对于历史上的文艺作品，发现有时代局限性就否定，并进而否定作者的人格，身为大学中文系教授的毛翰就是这样指教学生的？

事后看，《十年颂歌》确有明显失误，那是由于当时党的领袖指挥错误，致使全党、全国人民走了大弯路，而党的领袖们此前确实带领党和人民取得了一个接一个的巨大胜利，因而得到了全党和全国人民的绝对信赖。认识到失误是要有过程的。当事后诸葛亮是轻巧的。毛翰先生敢担保自己在过去、现在和将来都能永远做到“众人皆醉我独醒”吗？也许毛翰少不更事，没有经历过1958年、1959年，但不可能没听说过，当时全国绝大多数人拥护大跃进、人民公社、大炼钢铁，热火朝天地实践之，赞美之，而对于党中央正式作出决议批判处理的“机会主义分子”，绝大多数党员和人民群众都愤怒声讨。他们当时根本不可能得知真相。难道当时说过、写过“大跃进好，人民公社好”和“反右倾”的人，就是“人格完全让政治给异化了”吗？就是“昧着良心”吗？

至于“诗作的可传性”，多年来，我在所到的每一个城市和县份、学校和部队，都遇到贺敬之作品的喜爱者，而且不断有年轻人参加进来；可是恕我直言，知道点毛翰的诗作而有兴趣的人，我还没见过一位，——不对，倒也有过一次，是今年夏天，我听贺敬之说了一句：“毛翰有的诗写得还蛮好。”

2004年11月1日，即贺敬之八十寿辰前夕，林贤治先生在影响面很广的《南方都市报》和新浪网上发文，对老诗人进行嘲讽贬损，这就是他一再标榜的“人性关怀”。

林文称，马雅可夫斯基的楼梯诗，“战斗性是它的灵魂”，而“贺敬之把‘马体’改造成为颂歌”，“直接用于献礼”，“贺敬之是典型的中国式的稳健的攀爬者”。

《革命颂》，这是马雅可夫斯基一首诗的标题：“在世界上/出现了/巨大的头脑——/列宁。/于是，/地球便稳坐在轴心。/问题也就不再伤人脑筋。”“如果/我不歌颂/这嵌满五角星的/俄罗斯共产党的无边的天空，/我就不配做个诗人。”这是他的《弗拉基米尔·伊里奇》一诗的重点句子。此类火辣辣的赞颂语在他的作品集中频繁出现。他一生最后一部长诗的最后一句是“我要高举起/我的一百卷/党的诗章”。

将自己已写成和准备写出的全部作品称为“党的诗章”，这是不是“献礼”？马雅可夫斯基写的是不是颂歌？林贤治根据什么说是“贺敬之把‘马体’改造成为颂歌”？

显然，林贤治是个斗士，认定“歌颂”非义勇者所为。

看过一些好莱坞电影的人都知道，歌颂自己的国家、人民、总统、军队和特工是美国文艺的传统，没听说中国的斗士们认为这有什么不对。马雅可夫斯基所歌颂的“俄罗斯共产党的无边的天空”下饥寒交迫，而在20世纪中叶，中华大地上五星红旗升起，多年的战乱结束，经济迅速恢复和发展，劳动人民的政治地位和生活水平大为提高，历朝政府无法解决的匪患、毒品和卖淫等社会污浊在短期内就彻底清除，绝大多数共产党员热情为人民服务，勤恳而廉洁，与普遍腐败的国民党官吏形成强烈对比。对这样新生的祖国，这样的为人民谋幸福的党，这样好的革命事业，为什么不该歌颂？现在的中国与解放初期有很大不同，在一些方面比那时倒退了，但是我们世世代代的祖先梦寐以求的民族复兴正在我们的手中变为现实，对这样的伟业，为什么不该歌颂？

无论中外，很多颂歌也就是战歌，这是文艺常识。不久前在雅典奥运会夺冠的中国女排最爱唱的“五星红旗，我为你骄傲”是人们熟知的例子。贺敬之的每一首颂歌都是战歌，都有不少激励斗志的好句子，因而才会被林贤治讥讽为“意在宣传，所以普遍使用煽情手段”。激励热爱祖国、奋发有为之情有什么不好？有那么一类人，怎么也无法理解雷锋这种人的思想感情，认定凡是写革命、写雷锋的就是行骗，是迷幻药，所以使用“煽情”一词。可是除了林贤治等，感情正常的人都对这样的诗句心怀敬意：

……北来的大雁啊，
你们不必
对空哀鸣，
　　说那边
　　寒霜突降，
　　草木凋零……
且看这里：
遍地青松，
个个雷锋！——
　　……快摆开
　　你们新的雁阵啊，
把这大写的
“人”字——
　　写向那
　　方里长空！……
　　　　——《雷锋之歌》

在联合国教科文组织注册的世界文化艺术学院不是那么轻易授予荣誉文学博士学位的。

林贤治讥笑像贺敬之那样“对于党和祖国来说，作为个人没有任何的保留”。事实上，贺敬之对党组织和各级领导的决定，他认为是不对的，就态度明确地保留个人意见，一贯如此，尽管因此而一再挨整，哪里是什么“典型的中国式的稳健的攀爬者”！足见林贤治下结论依据的是想当然。

对于祖国、革命和党的总体，贺敬之确实如林贤治所鄙薄的没有保留：“假如我有/一百个大脑啊，/我就献给你/一百个……”林贤治要保留什么？怎样保留？他举出了据说是马雅可夫斯基写的几句秘藏诗：

我想，让我的祖国了解我，
如果我不被了解——
那会怎样？
那我只得
像斜雨一样，
从祖国的一旁
走过。

林贤治的弦外之音很清楚了。但这几句诗很可疑：从未发表过，缺乏经过检验的手稿的确证，而且不像是马雅可夫斯基的语言风格。马雅可夫斯基是历尽艰难困苦而钢铁般坚定不移的爱国者，他多次出国旅行、朗诵，到处强调自己最爱的祖国是苏联，是苏共领导下的苏维埃之国，所以他才会写出响遍世界的《列宁》、《好！》、《苏联护照》等等名诗。这几句秘诗与人们熟悉的马雅可夫斯基的形象相距太远了。林贤治写道，“无论事实如何”，可见他也不明真相。诗句虽只有几行，却事关重大，请您林先生掌握了确证再来广为宣扬，并据此治学。没有科学严谨、实事求是的学风，写出再多论鲁迅、论什么的大部头专著，人们也很难把您归入可信可敬的学者之列。

千秋回望，中华诗歌曾经何等雄姿英发，美不胜收！可是南宋以后，就总体郁结困顿，气衰力弱了。社会的精神生产与物质生产不是同步的。唐朝公元618年开国，短短几年后就出现了贞观之治的盛唐气象，但直到约半个世纪以后的高宗、武后时期，才有了诗坛的“初唐四杰”，还长期遭到“轻薄为文哂未休”，而伟大诗人李白、杜甫开始高歌，已经在建国百年之后。可喜的是，20世纪50年代，中华民族的伟大复兴刚刚起步时，就有贺敬之与郭小川和一批诗坛豪杰在祖国的四面八方共同放声歌唱，形成了大复兴交响诗振奋人心的第一乐章。

在历史与诗歌的一度曲折低迷之后，交响诗的第二乐章正鼓翼而来。

（原载《诗刊》2005年2月号）

毛泽东时代与贺敬之

丁 毅 刘志明

一、文学史意义上的毛泽东时代

若打破古今界限，以宏观文学史眼光来审视，像汉末政治家、军事家、诗人曹操开创了文学史上的建安时代一样，毛泽东开创了以他本人名字命名的文学史时期——毛泽东时代。

1936年11月22日，也就是毛泽东率领红军到达陕北的第二年，他出席中国文艺协会成立大会并作了讲演，他说："过去我们是有很多同志爱好文艺，但我们没有组织起来，没有专门计划的研究，进行工农大众的文艺创作，就是说过去都是干武的。现在我们不但要武的，我们也要文的了，我们要文武双全。"① 这个讲演标志着毛泽东开始强调工农大众的文艺创作方针，并把这个方针贯彻到1976年去世为止。

毛泽东领导了文学发展，他的文才、诗才直接影响了文风、诗风，40年的中国文学史深深地打上了他的印记。

毛泽东对文学的领导体现在他所制定的一系列文艺方针政策上，其理论集中体现在《在延安文艺座谈会上的讲话》这篇经典文献中。由于毛泽东手中掌握着最高权力并用权力推行自己的文学主张，其影响之大超过了文学史上任何文学运动的倡导者。

把毛泽东与曹操放在一起作一比较是有意义的。两人都是开创历史新局面的政治家，又都影响到新的文风形成。鲁迅说曹操"也是改造文章的祖师"，他"力倡通脱，通脱即随便之意。此种提倡影响到文坛，便产生多量想说甚

① 《毛泽东文艺论集》，中央文献出版社2002年1月版，第61页。

么便说甚么的文章”。①

毛泽东力求马克思列宁主义与中国实际相结合，提倡实事求是，所以他反对各种八股文风，力倡准确、鲜明、生动的文风。他本人也是一个文章大家，他的政论文章是五四以来白话文杰作。他继承梁启超的“报章体”，完成了中国散文的现代化。韩素因在《早晨的洪流》中说：“他（指毛）的散文比他的诗词更加精美绝伦，清晰之极。他的政治著作就是艺术创造。”韩的评价或有偏颇之处，但她对毛泽东文章的认识值得注意。虽然拿五四以来的文学观念来衡量毛泽东的政论著作不算是文学创作，但必须承认毛泽东的文风影响到当代书面话语形成，这是一个值得深入研究的课题。

毛泽东是诗词大家，特别是他的词，继豪放派苏轼、辛弃疾之后将这一词风推向巅峰。毛泽东诗词开拓性的贡献在于表现战斗这一主题，反映了中华民族为摆脱屈辱地位所表现出来的顽强斗争精神。他的诗词一发表即引发诗坛轰动，所开创的新诗境吸引众多诗作者学习。我们可把这些共同表现战斗这一主题的追随者们看作是毛泽东周围的一个诗派。当然，更重要的是毛泽东等一代革命家创立的开国盛世本身就是引发人诗情的时代，毛泽东本人人格所具有的诗人魅力、浪漫的气质给他领导的事业带来了诗的色彩。这诸种因素互相配合迎来了建国初期诗歌的黄金时代。

毛泽东时代的文学特色应包括：

一、以历史是劳动人民创造的观点去指导创作，广大工农兵是文学表现的中心对象；

二、热情歌颂劳动人民推翻旧的社会制度与建立新的社会制度的伟大变革，以及在这场变革中所表现出来的英雄主义精神；

三、认定共产主义是最终追求的目标，因而必然采纳革命现实主义与革命浪漫主义的创作方法，其创作必然既反映火热的现实生活又富于理想色彩；

四、文学的风格必然是朴实、明快。与剥削阶级的意识截然不同，杜绝任何靡靡之音，而高扬慷慨雄壮的黄钟大吕之声。

应该承认毛泽东时代是中国文学史上光辉的一页。但是由于其时间跨度长达40年（远远超过历史上的建安时代），又由于毛泽东本人晚年失误，使这一阶段呈现出曲折性，表现为阶段性特点。具体说来应该是：

一、延安时代。这一阶段以夺取政权为中心，以表现政权大变革的合理性

① 鲁迅：《而已集》，人民文学出版社1972年版，第82页。

为宗旨。《在延安文艺座谈会上的讲话》统一了大多数解放区文艺家的思想，解决了文艺为广大工农兵服务的方向等一系列问题，在《讲话》精神感召下，出现了一大批成功的文学作品，开创出中国文学史的新局面。

二、建国初期即十七年。新中国的建立、新的社会制度的确立改变了人们的生活方式，使人们的精神面貌为之一新。肯定新的变化无疑成为文学的中心主题，歌颂人民、党与领袖毛泽东推动历史前进的作用也是题中应有之义。然而中共“八大”以后毛泽东本人思想中出现了“左”的倾向，过分强调阶级斗争导致阶级斗争扩大化也给文学以不良影响，阶级斗争内容充满各个文学领域，空洞的政治口号有时也代替真情实感的表达。

但总的看来十七年文学取得成绩是巨大的，虽有缺点，但无愧为开国盛世之文学，其主导精神是催人向上的。

三、“文革”十年。这十年毛泽东犯了全局性错误，而江青等人的活动助长了错误思想发展，遂使形而上学猖獗。尽管毛泽东在垂暮之年也试图调整文艺政策但收效甚微。这一时期文学领域只有江青控制的八个样板戏以及一些帮派文学作品。更确切地说八个戏在“文革”前就已形成，是革命文艺工作者的成果，当初八个戏是由周恩来主抓的。所以只能把这八个戏的得失算在上一阶段，“文革”十年文学领域是全局性的失败。

统观四十年三个阶段，涌现出来的文学新人数以千计，而贺敬之在第一阶段创作的《白毛女》与第二阶段创作的政治抒情诗《放声歌唱》和《雷锋之歌》在表现时代重大主题上取得了举世瞩目的成就。

我们完全有理由说贺敬之是毛泽东时代最有成就的文学家之一。

二、革命——文学家贺敬之

贺敬之是在毛泽东发动的20世纪无产阶级革命的洪流中成长起来的作家。革命对于他来说不是须臾可以离开的，而是决定他生命存在意义的关键。一直到晚年贺敬之仍坚持说：“革命不仅决定了我们国家民族的命运，也和我们每个人息息相关。……革命是我们历史上最壮丽的事业，是我们生命中最美的东西，也是我们和我们的后代最值得珍视的精神宝藏。”① 因而革命对了解评价文学家贺敬之至关重要。

---

① 贺敬之：《答〈诗刊〉阎延文问》，《贺敬之文集》第3卷，作家出版社2004年11月版，第471页。

贺敬之多次谈到他少年时投奔革命的经历。1940 年春天，16 岁的贺敬之和四个同学徒步行走，历时 40 天，几经生死磨难，冲破重重关卡到达西安，在西安七贤庄八路军办事处，找到了激情向往的革命军队，从此贺敬之的生命就与中国革命结下了血肉亲情。可以说贺敬之是用革命的乳汁哺育成长起来的作家，这种成长历程形成了他革命的人生观、价值观、文艺观。

初来延安的贺敬之不像其他在上海、北平、重庆的作家一样有其他选择的可能，也不像其他来延安的作家一样头脑复杂，少年的贺敬之单纯得像孩子，他毫不犹豫地选择了革命人生，他的文学创作也就理所当然地去表现革命的必然性与合理性。

贺敬之还具备执行毛泽东文艺路线的先天条件。他出身贫苦，对农民的苦难有直接体验，对农村阶级压迫有深切的感受，他来到延安又有获得第二次生命的感受，后来他在《放声歌唱》中写道："而我的/真正的生命，/就从/这里/开始——/在我亲爱的/延河边，/在这黄土高原的/窑洞里！"他也多次提到来到革命队伍中得到的温暖，对于中国共产党有一种天真的赤子之情。对于延安，贺敬之与萧军、王实味等人的感觉就是不一样，他觉得这里的"生活就是歌"，这里"太阳从我们头上升起，太阳晒着我们"。他比一些人更能正确处理个人与革命事业的关系，"我们是小麦，/我们是太阳的孩子。"在少年贺敬之看来延安到处都是阳光，这里并没有冬天。他热爱革命队伍中的每一个人，认定"诗人和他的诗，就是工人和他的铁锤；就是农民和他的镰刀；就是战士和他的枪"。从这些写在延安文艺座谈会前的诗句来看，他已自觉摆正文学家在革命队伍中的位置。

在延安鲁迅艺术文学院文学系学习的贺敬之迎来了他诗歌创作丰收期。从 1940 年 9 月至 12 月，他写了一组政治抒情诗，写他初到延安对新生活的感受。从 1941 年 5 月至 12 月又创作了一组反映家乡旧社会黑暗生活和人民奋起反抗的诗歌。这两组诗尽管属于文学青年的试笔之作，还显得有些幼稚，但是它的可贵之处在于贺敬之迈出的第一步是建立在对新社会的爱与对旧社会的恨上的，这是他的全部精神世界，也是他这一阶段的创作心理机制。我们可以看到这些为他以后的创作奠定了一个很好的基础。

1942 年 4 月贺敬之参加整风学习，5 月 3 日亲聆毛泽东对鲁艺师生的重要讲话，他由衷地接受了毛泽东文艺思想。

新歌剧《白毛女》被人们称作毛泽东《在延安文艺座谈会上的讲话》精神的代表作，虽然这归于集体创作之功，但此剧又非贺敬之执笔不能写出。固然当时延安有很多文学水平高于贺敬之的诗人、剧作家，贺还属于小字辈。但是其他人恰恰缺乏前面提到的贺敬之所具备的农村苦难生活的直接体验，作为《白毛女》的执笔者这是至关重要的。

不妨把《乡村的夜》这本诗集与《白毛女》放在一起读，不难看出二者之间的联系，你会发现《白毛女》中的人物早在《乡村的夜》这些叙事短诗中分别以别的身份出现过了。诗集中有卖掉自己的孩子为妻子治病的“小全的爹”，有抱着孩子跳下河去的“五婶子”，有仅为劈点高粱叶就遭到污辱而疯了的“夏嫂子”，有被强迫嫁给地主子弟而自杀的“小兰姑娘”，还有因反抗地主压迫而壮烈牺牲的“黑鼻子八叔”。值得注意的是贺敬之并不是以旁观同情者的身份写这些人的命运，他也写到了自己家庭不幸，因为无钱看病弟弟不幸死去，母亲“头发披散在肩上，/她手里抱着我弟弟的‘尸体’”，“我挥起一把沉重的镢头，/为我死去的弟弟刨一个小小的坟坑”，“我的眼泪已快把坟坑填平”。在《小兰姑娘》里，他还写到我和小兰姑娘天真无邪的爱以及小兰自杀后他的痴情，在这众多人物身上我们不难发现《白毛女》中杨白劳、喜儿、王大春等主要人物的影子。这些人物已在头脑中存活多年，在《白毛女》原始素材激发下，一个个从作者脑子中走出变成了剧中人物。不妨说叙事诗《乡村的夜》是歌剧《白毛女》创作前所作的单项练习，歌剧是诸多叙事诗在新的层次上的集中提高，二者承继关系是密切的。

所以说《白毛女》是调动了贺敬之多年生活积累与创作经验的结果，是其他人不能代替的。完全有理由认定，只有贺敬之才可以写出《白毛女》，而且如此成功的戏剧他也只能创作出这一个来。

陈晋说：“《白毛女》的成功，主要还是在内容上，典型地反映了新旧社会的阶级关系：旧社会把人变成鬼，新社会把鬼变成人！这无疑是毛泽东乐于看到和多年追求的新文化和新文艺。”“但是像《白毛女》这样的歌剧，实在是不可多得，是可遇而不可求。事实上在相当长一段时间中，没有其他同等水平的作品相继出现。”① 所论极是。

《白毛女》创作的成功给贺敬之带来巨大声誉，更为重要的是通过这次创作活动贺敬之得到一次反映重大主题的训练。2002 年 5 月贺敬之在《纪念〈讲话〉发表60周年答河北电视台记者问》时说，最初讨论剧本主题曾有争

---

① 陈晋：《文人毛泽东》，上海人民出版社 1997 年 12 月版，第 254 页。

论，最后“主题就是周扬同志提出的旧社会把人变成鬼，新社会把鬼变成人”[①]。周扬是文艺理论家，又是鲁迅艺术文学院的领导，属贺敬之的老师辈，他对《白毛女》主题的确定，对于贺敬之以后的创作起着至关重要的导向作用，以后贺敬之爱选择重大题材表现时代主题不能不说是得益于这次创作实践。

参与《白毛女》歌剧创作后到1955年很长一段时期贺敬之没有突出之作出现，有些研究者把原因归于工作忙或多病，我们认为这些并不重要。低谷现象的出现也是作家重大突破前的准备。1955年5月贺敬之写了一篇《纪念席勒逝世150周年》的论文，这篇论文对理解贺敬之的创作思想是相当重要的。贺敬之在论文中肯定席勒“是历史上曾出现过的人民的巨大精神力量的体现者之一”，“他是高举着‘时代精神’的旗帜的”，体现了火焰般的激情和光明的理想。有人认为，这种评论也正适用于贺敬之自己的作品。[②] 我们赞同这种看法。同时还要指出的是，当时贺敬之写出如此有分量的论文，能有如此认识，正是他当时对创作的追求，这篇论文不妨看作是贺敬之以后创作的宣言，对了解他以后的抒情诗创作是很适当的。从这里可以看出贺敬之给自己未来创作规定的奋斗目标，他要用诗表现人民的力量、时代的精神。

然而伟大的作品出现的确是可遇而不可求的，作家主观上有此认识是一回事，能否在创作中表现出来又是一回事，因为伟大文学作品的产生需要多种因素合成的契机。

契机终于不情愿地出现了，就在1955年5月贺敬之作为中国代表团成员赴东德参加席勒逝世150周年纪念活动回国后即受胡风错案牵连，被隔离审查，多次被批斗并挨处分，这应是贺敬之参加革命后遭受的第一次打击，其心情痛苦可想而知，他在经历着精神炼狱过程。明明是自己无限忠于革命现在却与“反革命集团”有了摆脱不开的瓜葛，心中冤情该有多少，他多么想对亲人一诉衷肠啊！贺敬之此时的心情正如写《离骚》时的屈原，屈原无限忠于楚王却受奸臣挑拨而被楚王疏远，贺敬之在革命队伍中成长起来现在却出现了被挤出革命队伍的危机。司马迁在《屈原列传》中说：“夫天者，人之始也；父母者，人之本也。人穷则反本，故劳苦倦极，未尝不呼天也；疾痛惨怛，未

① 贺敬之：《纪念〈讲话〉发表60周年答河北电视台记者问》，《贺敬之文集》第3卷，第488页。

② 贺敬之：《答〈诗刊〉阎延文问》，《贺敬之文集》第3卷，作家出版社2004年11月版，第466页。

尝不呼父母也。”对于贺敬之来说，他心目中至高无上的就是革命，他的第二次生命获得是在延安这块圣地之上，他产生了向母亲倾诉的强烈要求。

1956年3月贺敬之随同团中央书记胡耀邦赴延安参加西北六省区青年造林大会，他得到回到母亲身边的感觉，产生了向亲人一诉衷情的要求，于是压在心底的诗情爆发了，3月9日他在延安写出了《回延安》，6月至8月在中共八大前夕又创作出长篇政治抒情诗《放声歌唱》，这是一首建国初期诗坛上的里程碑之作，从此贺敬之便以诗人身份出现在大众面前。

《放声歌唱》这首诗人成名之作是一首颂诗，他歌颂中国人民在党和领袖毛泽东领导下开创历史的巨大功绩。再联系作者在胡风错案中的遭遇，不难发现里面含有类似《离骚》的痛苦倾诉。“即使有/再凶恶的病毒/向我扑来，/也不会/把我/摧毁!”“迎接我的啊/还有无数/新的/考验，/而灰尘/和毒菌/还会向我/偷袭。/但是，我亲爱的党啊！/请你相信——”这岂不是像屈原一样在表白自己的冤枉与清白吗？诗人回一次延安找到了精神家园，也捕捉到了他要表现的中心主题——革命。

应当考虑到诗人在胡风案中接受了将近一年的批判与审查后，他在痛苦中精神世界也在升华。痛苦是不幸的，然而深刻的思想也往往在痛苦中产生。细读《放声歌唱》会发现诗人在这里力求表现的是对中国革命道路的思考，这本不是小人物应当考虑的大问题，考虑的结果是：坚持昨天革命道路的正确选择，坚信今天社会主义建设必胜，坚定明天共产主义一定实现的信念，这些既是诗人永不放弃的政治理念，也是这一时期他的创作心理机制。贺敬之研究者贾漫指出，贺敬之善于在“过去—现在—未来”三维世界中写诗，发挥他的才情。的确，收入在《放声歌唱》的大多数诗作的构思都具有这一特点，正是作者在受打击情况下坚持革命原则的体现。

《放声歌唱》的写作距今将近半个世纪之久，重读“无边的大海波涛汹涌”这类诗句我们不难感觉到共和国初建时期蓬勃向上的时代精神，人民推动历史前进的力量及毛泽东与他领导的中国共产党所起的旗帜作用。可以断言后来研究共和国初期历史的学者可以从这首长诗中发现“时代最完美确切之解释的”，《放声歌唱》是任何诗人任何诗篇所不能代替的共和国史诗。

今天读这首长诗仍能产生摄人魂魄的力量还在于诗人自我形象的塑造上。在这首“献给祖国、献给党”的诗篇里所写“我自己”的历史占全诗百分之四十篇幅，实际上是全诗抒情重心所在。像屈原写《离骚》由自己出生写起，贺敬之也写“我，/生下来了……/我的/第一声/呼喊”，写出了初来人生的艰难，当然他重点写初到延安投奔革命的经历。最值得注意的是这些向党表达忠诚的诗句：“你曾经/怎样地/带领我/走过来的，/我仍会/怎样地/跟随你/走向/前去！”这是受胡风案牵连后痛苦而忠贞的辩护：我是党养大的，我是永远跟随你走的，怎么能把我和反革命连在一起呢？如果说屈原以自己出身高贵作为不与小人妥协的资本，那么对贺敬之来说从延安开始的真正生命则成了证明自己忠于革命的标志，诗人紧接上边诗句写道：“啊！让延河的水/在我的血管里/永远/奔流吧！/让宝塔山下的/我的誓言/永远活在/我的骨髓里！/我们的未来时代啊，/请你把我/用‘延安人’的名义，/列入/我们队伍的/名单里！”屈原在《离骚》中反反复复表白自己对楚王对国家的忠诚“虽体解吾犹未变兮，岂余心之可惩”，贺敬之在这里不也是反反复复证明自己是永远革命的吗？

在这首长诗里，诗人不仅仅有对党对祖国的歌颂，而且通过抒情诗人自我形象的塑造写出了一代人对革命原则的坚持，对革命事业的忠诚，对革命理想的憧憬，这是贺敬之用热血写出的革命颂。

60年代初在全国学习雷锋运动中贺敬之创作的《雷锋之歌》又是一篇里程碑之作，由于学习雷锋运动持续时间久远，这首诗流传之久远也超过其他题材的诗。直到今天一提起雷锋，就会想起这首长诗来，会想起长诗的作者。贺敬之用诗把运动形象化了，他在为雷锋雕刻纪念碑的同时无意之中也把自己的名字刻在这座纪念碑的底座上了，正所谓“贺敬之创造了雷锋，雷锋也造就了贺敬之”。

长诗创作的成功首先归于时代。当时中国刚刚走出三年自然灾害的困境，在国际上又出现共产主义运动的分化，人类历史走到了十字路口，面临着种种选择。中国人民在中国共产党领导下顶住了种种压力坚持走社会主义道路，正所谓“沧海横流，方显出英雄本色”。贺敬之写的《雷锋之歌》洋溢着英雄主义豪情，其政治激情应是那个时代的赐予，他作为诗人代表人民唱出了时代的最强音。

在学习雷锋运动中很多诗人都参与了，贺敬之取得了最大成功，其原因还在于贺敬之的经历决定了他对雷锋成长有充分理解。解放前雷锋的苦难经历正如《白毛女》中的喜儿，雷锋在解放后参加队伍的经历，贺敬之也有类似的感受，所以，贺敬之有发自内心的知音之语：“我说：我们是一母所生”，“早已几度相逢”，决不是诗人故作夸张之语，而是同一阶级同样体验的强烈感情的自然流露。对于贺敬之来说，喜儿就是解放前的雷锋，雷锋就是解放后的喜儿。这首长诗可看作是歌剧的续编。歌剧表现了“旧社会把人变成鬼，新社会把鬼变成人”，长诗则写出了伟大的毛泽东事业怎样把一个从旧社会过来的普通人培养成一个品格高尚的人。这也是贺敬之本人所追求的。所以当他听到柯岩向他介绍雷锋的事迹时产生了强烈的心灵震动，不能不激情脱缰，长歌颂之。

当然诗人对雷锋理解不仅仅限于道德判断，大动荡大分化的国际形势启发他提出“人，/应该/怎样生？/路，/应该/怎样行？”这样一个重大时代课题，雷锋出现的意义告诉人们“人啊，/应该/这样生！/路啊，/应该/这样行……”雷锋，不仅仅是一个高尚的人，而且是那个时代精神的旗帜，学习雷锋运动所起到的提高全民精神境界的作用确实如同一枚爆裂的精神原子弹。

《雷锋之歌》写出了一代人的追求，记录了那个时代中国人的人生观、价值观，是那一段历史的记录。在全党强调反腐倡廉的今天，这首长诗不失为生活的教科书。在苏东转向国际共运出现低潮的当今世界，贺敬之借雷锋出现作出的“永远革命”的回答不仅没有失去意义，而且愈显示出真理的光辉，因而这首诗也就获得了永久的魅力。

正因为贺敬之选择革命作为表现的主题，所以他自觉接受毛泽东倡导的革命现实主义与革命浪漫主义相结合的创作方法，早在抗日战争时期的1939年5月，毛泽东为鲁迅艺术学院周年纪念题词：“抗日的现实主义，革命的浪漫主义。”毛泽东本人诗词创作更是贯彻这一原则。贺敬之1956年以后的诗歌创作可以说是追随毛泽东的。贾漫说：“毛泽东可谓中国当代诗人的五岳之尊，他是一个把革命理想真正诗化的人。贺敬之，作为毛泽东的学生，也努力做到了这一点。”① 这里还要强调说明的是贺敬之在1958年9月发表的《漫谈诗的革命浪漫主义》这篇论文是迄今为止对毛泽东诗词创作特征作出的最全面的概括，即：（一）以共产主义理想作为浪漫主义的基础；（二）诗人必须具备无限广阔的胸怀；（三）诗人必须是集体主义的英雄主义者；（四）为了表现上述三方面内容，诗人有最大权利运用“不平凡”的情节，运用夸张、想象、幻想的形式。贺敬之对毛泽东诗词的革命浪漫主义特征有如此准确把握是因为他在《放声歌唱》里开始了由现实主义向浪漫主义的侧重，而且形成了自己独特的浪漫主义表现方式，即把今天的社会主义建设与昨天艰苦战斗岁月联系起来，以强调现实的严肃性，另一方面又把现实提升到为实现共产主义理想层

---

① 贾漫：《诗人贺敬之》，大众文艺出版社2000年1月版，第205页。

次上去表现，以显示现实行为的崇高。

贺敬之笔下的行为主体是中国共产党领导下的全体中国人民这一英雄群体，抒情诗主人公“我”感情抒发的不是小小的个人情怀，而是人民的巨大精神力量的体现。

读贺敬之的诗常常有这样的感受，当你一旦进入诗境，你觉得自己人格也得到了提高，由平庸进入崇高——革命的人生境界。

《放歌集》中“革命”一词出现40余次，而《雷锋之歌》尤为突出，竟出现18次之多，诗人围绕革命主题抒发豪情，把共产主义作为追求的最高目标。由于以如此宏大的目标作为表现对象，不能不以整个中国作为背景去创造空前广阔的诗境。读他的诗不难感受到诗人的胸怀能容下整个中国甚至整个世界。一位美学家批评在贺敬之的诗里“一切知识者细腻的、苦痛的、复杂的、纤弱的思想感情，都完全消失在这对集体的功业或道德的高大的歌颂中了”[①]。对此贺敬之回答道：“我们不是革命的客人。我们那一代作家就是和人民群众在一起，一起流汗流泪以致流血。撤退时一起难过，进攻时一起冲锋，我们没有淹没自我、失落自我的悲哀。”[②] 真是“道不同不相为谋”！诗人本来就是集体主义者，他能正确处理自我与革命集体“大我”之间关系，任何时候都能做到个人服从集体。对于他革命就是一切，他从来都不愿写那个渺小的我，而是力争“多少写出了一个民族的振兴，多少从某一方面写出了世界革命的历史进程”[③] 啊！

革命，对于20世纪60年代以前，无疑是时代的伟大课题，毛泽东领导这场革命并取得胜利成为这个世纪最伟大的人物之一。而贺敬之用他的戏剧、政治抒情诗为这场革命树起里程碑，成为这段历史的忠实记录。

1966年前的贺敬之的文学创作意义就在这里。

三、形上与形下：贺敬之与郭小川

建国初期诗坛，在毛泽东制定的政治路线领导下，在毛泽东的诗风影响下，出现了一批鼓吹革命、呼唤战斗、宣扬阶级斗争的诗人，他们写诗的共同特点是：高扬革命战斗精神，采用革命现实主义与革命浪漫主义创作方法，他

---

① 李泽厚：《中国思想史论》，安徽文艺出版社1999年1月版，第1076页。

②③ 贺敬之：《答〈诗刊〉阎延文问》，《贺敬之文集》第3卷，作家出版社2004年11月版，第472、466页。

们的诗既反映了那个向上时代积极的一面，也带有当年政策路线失误的印记，但仍不失为青春歌唱。他们之中，贺敬之与郭小川赢得了众多读者，一些研究者把他们誉为“双子星座”，把他们放在一起作一比较研究是有益的。

郭小川比贺敬之大5岁，有意思的是两个诗人身份确定几乎同时。郭小川在1955年写出《致青年公民》一组诗，与贺敬之1956年写出《回延安》、《放声歌唱》一样，共同被那个向上的时代推动走向成熟。

贺敬之出身贫苦农民家庭，性情平和，矜持稳重，郭小川出身清贫小知识分子家庭，有知识分子的激情与敏感。农民的朴实单纯，对革命的忠诚坚定在贺敬之身上表现得很突出，知识分子的热情敏感，对革命事业真诚而炽热在小川为人写作中有明显体现。郭小川“一颗心似火”的情感似火山容易爆发，贺敬之的深厚感情常常包含在冷静的深思之中。深思的个性决定了贺敬之爱考虑有关国家、民族前途大问题，习惯于从宏观角度着眼，围绕着革命去探求诗意。而容易爆发的激烈个性使郭小川迅速抓住现实生活斗争，他的成名诗作《投入火热的斗争》就写有“斗争这就是生命，/这就是最富有的人生”这一名句，他曾说过：“我所向往的文学，是斗争的文学。”① 斗争是他的诗魂。故郭小川常以战士自许，别人也爱称他为战士诗人。贺敬之似乎没有一个大家公认的称谓，不妨因为他把宣传革命当生命，我们不妨称他为革命家诗人。

革命家诗人与战士诗人是有区别的。革命的意义比斗争宽泛，与基本原则、信念常常联系在一起。革命道路上每一步都充满斗争，斗争常常表现为一具体过程。革命与斗争的区别应该是形上与形下的区别。一位研究者在一篇论文中说：“形上追求与形下追求是人的精神生活的两极。唯有形下追求，人才过一种真实的生活，唯有形上追求，人才不甘于现实的平庸，超越此在的境况，通达更高的境界。”② 这里把贺敬之与郭小川分别称作形上诗人与形下诗人，是因为贺敬之写诗有些像席勒，“创作才能是在理想方面”，郭小川像歌德紧紧抓住客观世界。一个侧重彼岸，一个侧重此岸。

贺敬之写诗爱从中国革命道路出发作整体的深远思考，他不习惯从具体事物出发去挖掘诗意，爱从革命原则出发去观照现实的人与事，如题材符合他宏观角度思考则有诗可写。因此，贺写诗善于把握重大题材，然而重大题材相对而言总是少的，即使有也未必全合乎他的创作机制。这是他写诗少的重要原

① 郭小川：《谈诗》，上海文艺出版社1984年3月第2版，第128页。

② 邢建昌：《信仰情怀与形上追求》，载《文艺理论与批评》2003年第5期。

因。他写诗虽少但善于表现重大主题，故为数不多诗中却有里程碑之作。

郭小川写诗紧紧贴进现实，又有新闻记者的习惯，他写诗快而多。他每到一个地方都能写出一批诗来，他的笔犹如摄影快镜头，速度之快让人惊叹。他写诗不拘题材限制，什么都想表现一下。所以郭小川诗写得多，反映生活面更广些。

1963年，贺敬之、郭小川、柯岩三人随王震将军从上海赴新疆，贺敬之在阿克苏创作了一首《西去列车的窗口》，郭小川则写出一批诗，后来出了个诗集《昆仑行》。在数量上一首诗与一本诗太不成比例了，然而论价值又不可单以数量论。《昆仑行》大大开阔了读者眼界，从中可以领略战士的豪迈及大西北的风土人情，给人以耳目一新感觉。可以说它是20世纪的边塞诗。贺敬之的这首《西去列车的窗口》虽写在新疆却难见边疆风物，作者显然无意描绘大西北奇异的风光，他目的是借上海青年支边到大西北这件事表现年轻一代将如何继承老一辈的革命事业，把“血染红旗”高举下去这样一个重大主题。不难发现这首诗应是《雷锋之歌》的续篇，是长诗最后一章一些思想的发挥。不管是坐在北京办公室里写《雷锋之歌》，还是到新疆写《西去列车的窗口》，贺敬之想到的总是革命道路这样的大问题，这就是他的形上追求。对于他只写一首诗我们也不必嫌其少，因为他已完成了自己的创作任务。革命道路只有一条，写这一首也就足够了。郭小川着眼于真实的生活，着力反映现实，所以就一首又一首写下去……

在谈到如何写诗时，贺敬之说：“自己每写一首诗都是灵魂的重新冶炼，情感的高度释放。”① 郭小川说：“一个‘奇’，一个‘美’，一个‘情’，都是好的叙事需要的。”②“抒情诗的思想内容还要两个条件：新和奇（也可以说是一个：新奇）。”③ 看来贺写诗刻意追求思想上的突破，所以他善于捕捉重大题材表现重大主题。在学习雷锋运动中两人到复旦大学朗诵诗歌，贺朗诵的是新作《雷锋之歌》，郭朗诵的却是旧作《向困难进军》，贺的朗诵自然收到山呼海啸的效果。在学习雷锋运动中很多诗人都交出诗作，好像郭小川没有用诗来反映这个重大主题。

郭小川走的地方多诗也写得多，贺敬之走的地方也不少，但诗总是那么几

---

① 贺敬之：《答〈诗刊〉阎延文问》，《贺敬之文集》第3卷，作家出版社2004年11月版，第466页。

②③ 郭小川：《谈诗》，上海文艺出版社1984年3月第2版，第74、84页。

篇。建国初期贺只出了一本《放歌集》，郭小川出了九本诗集。郭小川写诗之多实在让贺敬之佩服得不得了。

读二人诗你会发现这样一个有趣的问题，贺敬之的大部分诗作是完成于政治中心首都北京，北京给他创作激情，郭小川则正好相反，他的大部分名篇则写于外地，他在外地易得到创作灵感。这是两个人的不同创作追求所决定的。身在政治中心容易感受政治脉搏，身在外地容易得到新奇的感受啊！

贺敬之诗篇较少，却大多蕴藉无穷，极富思想穿透力，读之如奇峰耸立，令人有高山仰止之叹；郭小川诗作颇丰，展示了现实生活的多彩，读之犹如步入春之旷野，处处嘉木异卉，令人应接不暇。

两人的诗都是鼓舞人前进的。贺诗可提升人的思想境界，使贪者廉。郭诗可以让人产生前进的勇气，使懦夫立。贺诗是革命队伍前面的旗帜，郭诗是队伍后边的号角。旗帜引导人前进，号角督促人前进，二者缺一不可。

两人都学习毛泽东诗词，都主张采用毛泽东倡导的革命现实主义与革命浪漫主义相结合的创作方法，但各有侧重点。贺敬之对革命浪漫主义有独到的理解，他的诗浪漫主义色彩极浓。郭小川写诗强调“根本的问题是走现实主义的路（也就是与革命浪漫主义相结合的），从生活出发……”① 郭小川的诗倾向现实主义。

两人诗风之差异犹如李白与杜甫。李白写诗往往在虚处用力，虚中见实，杜甫写诗往往从实处用力，实中有虚。② 贺敬之与郭小川写诗也有类于此。郭小川写《厦门风姿》具体到“一片片的荔枝林”，“一行行的相思树”，高楼、广厦、长街、小巷俱来笔下，且有“凤凰木开花红了一城，木棉树开花红了半空”的油画之笔。读郭诗自然风光描写，让人如临其境。贺敬之的《桂林山水歌》则是另外一种写法，一开头就是虚处用力“云中的神啊，雾中的仙，/神姿仙态桂林的山！//情一般深啊梦一样美，/如情似梦漓江的水！”这首诗自始至终不见具体山水描写。山水在“雾”、“梦”之中若隐若显，犹如蒙着轻纱的美人，观者难见真面目，只能去做无限想象。这首诗完全抛开具体的山水描写只是在抒情上下功夫，所抒之情依次为：仰慕桂林山水之情——初见山水喜悦之情——山水引发战士情思（热爱祖国之情），而最后“汗雨挥洒彩笔画；桂林山水——满天下……”表现的是全国人民改造祖国山河的豪情。

① 郭小川：《谈诗》，上海文艺出版社 1984 年 3 月第 2 版，第 8 页。

② 袁行霈：《中国诗歌艺术研究》，北京大学出版社 1987 年 6 月第 1 版，第 251 页。

这首诗如同李白的《梦游天姥吟留别》，李白在这首诗里并无具体的天姥山描写，只凭想象夸张一番便引入梦境，读李诗谁个不产生游天姥山欲望呢？贺敬之的这首诗也是如此，他千方百计调动读者想象，美在想象之中，吸引人欲临其境。

郭小川写诗实处用力故爱用赋法，以刻画精细见长，追求大而全，叙事状物唯恐不详，此法用得好，有助于营造华丽诗境，他的一些好诗多采用此法。然而赋法运用过分，“则患在意浮，意浮则文散，嬉成流移，文无止泊，有芜漫之累矣。”① 小川有些不成功的诗则有前人指出的一些弊病。国庆十周年时郭小川写了一首《十年的歌》，全诗前三部分的标题是“我的心在全国遨游”，“什么事物留得印象最深”，“一面浩大无边的画幅”。在这些标题之下，诗人笔下展示空间为“北到漠河，南到广州，西到戈壁滩，东到长江口”，展示时间为“十次柳絮飞，十次腊梅开，十次春雷响，十次桃汛来”，笔下出现的人物应有尽有，他们出现在诗人笔下演出一幕幕生动的活剧。司马相如谈到写赋的方法为“赋家之心，包括宇宙，总览人物”②，郭小川写诗的确有意采用之。

贺敬之的《十年颂歌》则采用另一种写法，他不像郭小川那样爱作具体的叙述与铺陈描写，他写诗爱用的是比兴手法。诗一开头“东风！/红旗！/朝霞似锦……/大道！/青天！/鲜花如云……”选用物象显然别有深意，是对共和国十年成就最精炼的概括，下面则是把社会主义建设事业比作战马，把十年历史比作历史车轮飞转，六万万五千万人民十年奋斗则是“马不停蹄！人不解甲！”十年行程是“一步一个脚印！/一个脚印——/一片鲜花！”用比兴方式创造的形象比比皆是，把共和国十年成就作了很好的总结。这些诗句你觉得它们不是政治概念图解，而是发自诗人内心的深情的升华。写政治抒情诗容易把政治概念引入诗中，弄不好就写成押韵的政治论文，这是最讨人嫌的。由于贺敬之对所写内容有深入理解，对比兴手法常有创造性的运用，比如《雷锋之歌》为了引出“人，/应该/怎样生？/路，/应该怎样行”这样一个重大主题，一开头来了一个假设，把自己比作一个未尝出生的人作出生地与出生母亲的选择，可以说出奇制胜地切入主题，收到极好效果。后边把学习雷锋运动的作用比作万里长空，把人的境界提高比作大雁在万里长空摆成的人字更是造

---

① 钟嵘：《诗品序》，见郭绍虞主编《中国历代文论选》（上），上海古籍出版社 1979 年 8 月版，第 306 页。

② 《西京杂记》，转引自范文澜《文心雕龙注》，人民文学出版社 1958 年 9 月版，第 155 页。

出了脍炙人口的警句。当然比兴的手法也不是万能的，关键是否有诗情爆发，学习雷锋运动后紧接着有一个学习王杰活动，为赶政治任务，贺敬之又写了《回答今日的世界》就是一篇让人感到失望的作品。

看来赋法有利于反映广阔的生活，比兴有助于表达深刻思想，两位诗人在继承古典诗歌艺术传统上都取得了显著成绩。

研读二人之诗发现一个颇有趣味的现象，二人都有投奔延安参加革命的经历，贺敬之在诗中经常提起，爱以延安人自许，在《放声歌唱》里还把这段经历详细写进去，而郭小川则不然，他诗中极少提到这些。进一步研读会发现贺敬之爱在诗中直接出场，郭小川在60年代的优秀诗作从不表现自己，这些差异说明了二人是属于不同类型的抒情诗人。贺敬之认为自己每写一首诗是灵魂的重新冶炼，《雷锋之歌》是在灵魂的巨大冲击后写成的①，郭小川则认为"我们的无产阶级的抒情诗，就是要抒工农兵英雄人物之情"②，并告诫诗友"多接近工农兵，多学习工农兵，研究他们的生活，掌握他们的语言"③。他们不同的主张令人想起王国维的"有我之境"与"无我之境"的区分，"主观诗与客观诗"④ 的提法。郭小川去了一趟伊春林区，抓住林区工人爱饮酒驱寒这些特点，所写《祝酒歌》简直是直透工人心灵，至今林区工人在一些场合吟诵这首诗，认为是写出了他们自己。而贺敬之的《雷锋之歌》则是"由'我'与'我'的共鸣与共振，牵动了整个阶级、整个社会，牵动时代和现实，过去和未来"⑤。

毋庸讳言，贺、郭二人都受毛泽东晚年错误影响写了一些不应该写的诗。为了赶任务，两个人都写了一些没有诗味的东西。无产阶级文化大革命时期，贺敬之选择了沉默，失去了写诗的大好光阴。郭小川在"文革"时期却没停止歌唱，不能不带有"文革"色彩。"文革"十年二人都是悲剧。

审视中华民族发展历史，共和国建国初期十七年不愧为灿烂的一章，结束了百年受列强欺侮地位后，一个站起来的民族经受各种压力向前迈出了一大步，为以后的发展奠定了基础。尽管毛泽东在这一阶段有失误之处，他和他的人民总是开创出历史新局面。贺敬之、郭小川等一批诗人热情地反映了那个向

---

① 贺敬之：《答〈诗刊〉阎延文问》，《贺敬之文集》第3卷，作家出版社2004年11月版，第490页。

②③ 郭小川：《谈诗》，上海文艺出版社1984年3月第2版，第85、55页。

④ 王国维：《人间词话》。

⑤ 贾漫：《诗人贺敬之》，大众文艺出版社2000年1月版，第184页。

上的时代，表现了那个时代中国人民的精神面貌。当我们走出那个时代以后，回头望去发现那个时代的不足之处，这些不足之处也表现在贺敬之、郭小川等人诗歌里，也不必大惊小怪。应当看到他们诗里所表现的革命原则仍然是要坚持的，他们奉献给读者的是笔宝贵的精神财富，需要发扬光大。我们应该做的是挖掘他们在共和国少年时代所表现的完美之处的魅力，作为发展新诗的一个光辉起点。

（原载《回首征程》，文化艺术出版社 2005 年出版）

论艺术的失落与回归

——从贺敬之的诗说起

段宝林

诗揭开帷幕，露出世界隐藏的美。

——雪莱《诗辩》

诗歌是一种艺术。艺术是诗歌的灵魂。

诗歌创作必须符合艺术规律才能成功，才能受到人民的喜爱。

如果违背了艺术规律，诗歌就没有人看，就缺乏艺术的品格，这是艺术的失落。

如今新诗创作处于低谷。“写诗的比看诗的人多”，说明不少诗歌创作背离了艺术规律。这种情况并不是自发产生的，而是在某种诗歌理论的指导与控制之下出现的。这种诗歌理论处于统治地位造成大面积的艺术失落，影响很大，值得重视。

这种诗歌理论背离艺术规律的地方很多，其中重要的一点就是评论作品的标准上的问题。试以对贺敬之诗歌的评价为例来剖析一下这种理论的偏差之大及其深层理路。

贺敬之的诗是新中国诗歌创作中的杰出代表，《回延安》、《放声歌唱》、《雷锋之歌》、《西去列车的窗口》、《桂林山水歌》、《三门峡歌》等名篇曾经深深打动过亿万人民的心灵，激励几代人为人类历史上最美好的理想而奋发前进。贺敬之的诗，最有时代特色，最能代表新中国的时代精神，它揭示了为新中国而奋斗的仁人志士崇高的内心世界，具有很强的艺术感染力，今天读来仍然令人心潮起伏激动万分，这些好诗无疑是中国新诗的经典之作、传世之作。

然而，令人奇怪的是一些“百年经典”、“百年诗选”之类的诗歌总集却不收贺敬之的诗。人们不禁要问:“没有贺敬之的诗，还称得上中国新诗的百年经典吗?”这是不言而喻的。这种漏选不是偶然的，而是一种理论指导的结果，正是这种诗歌理论的统治把新诗创作引向了衰败之路，这种艺术的失落，有几个方面:

一、“美”的失落

为什么要贬低和排斥贺敬之的诗呢?

主要的理由是他的诗多为政治抒情诗，“意识形态性太强”，政治性太强，而写政治题材的诗必然艺术性不高，用他们的话来说就是“他的诗有思想资料价值，无艺术价值”。“与政治靠得紧而政治多变。”政治变化之后，这些诗也就“过时”了。

“写政治的文学作品都是艺术性不高的。”这是一种流行的理论，记得《北京文学》上前几年就发表过这样的专文（刘再复作），这种理论影响很大，它的根子也很深。

从美学上来看，有一种流传的观点，是说:“美是超功利的。”而政治则是功利性很强的，这样写政治内容的作品当然不美了，不美的作品还有什么艺术性呢?政治抒情诗也就首当其冲被否定了。无怪乎我们的各种文学刊物、诗刊诗报、报纸副刊也很少能见到写政治题材的新诗（古体诗除外)。

美都是“超功利”的么?艺术都是“超功利”的吗?否!

这是西方形式主义美学的一种观点，虽然影响颇大，却是不确当的。古希腊的哲学家都是把美与善相提并论的，他们重视美的内容，而后来某些人只着眼于形式，则走偏了。

中国古典美学认为“羊大为美”，中国人喜爱的美都是有功利性的，如美食、美服、美居、美行、美人、美术等等。所谓“超功利”云云，只是西方某些美学家从某种哲学理论体系出发，抽象作出演绎空想出来的空中楼阁而已。如果艺术全是超功利的，那人民生活中的千千万万实用艺术、民俗艺术就全都不是艺术了，就全都不美了，多么荒谬!

西方美学似乎体系完整，但往往是从哲学体系推导出来的空洞理论，因其脱离实际而有极大的片面性、局限性，只有真正从实际出发总结出来的美学理论和艺术理论才是确当的、科学的。

事实上，一切文艺创作都是有所为而发，而不是超功利的，即使是纯粹的山水画、山水诗的创作，也仍然是为了清新自娱的功利目的，它似乎与政治、经济等功利不同，但也是一种功利当是毋庸置疑的。只要联系实际去思考，而不是脱离实际的抽象作出空谈，是很容易弄清这个道理的。

否则，如果说我们的“二为”方针——文艺为人民服务，为社会主义服务都是“超功利”的，行吗？如果不行，那“二为”方针的正确性就值得怀疑了。

而这一文艺方针却是文艺繁荣的保证。

要之，这一理论的根子之一是出于对美的误解，造成了美的失落，这无疑是不利于文艺方针的贯彻和文艺繁荣的。

二、诗歌史的失落

从古今中外的诗歌史可以看出一个艺术规律：凡是伟大的诗人都是直接、间接与政治有关的，有些伟大的诗篇就是政治抒情诗。

伟大的爱国诗人屈原的最有名的作品《离骚》，深情地表现了他当时的政治思想和政治感情——对楚国、对人民的爱，这不是一首情浓意深的政治抒情诗吗？曹操的《短歌行》、《龟虽寿》，李白的《古风》、《行路难》、《战城南》，杜甫的最著名的作品“三吏三别”，陆游的《示儿》，辛弃疾的《破阵子》（“醉里挑灯看剑”）、《南乡子》（“何处望神州”），五四以来的新诗郭沫若的《女神》，闻一多的《死水》、《红烛》，艾青的《我爱这土地》、《黎明的通知》，田间的《致战斗者》，李季的《王贵与李香香》以及毛泽东诗词等最著名、最优秀的诗篇不都是写政治题材的吗？难道这些经典作品都要否定吗？能够否定得了吗？外国的情况也是一样，从荷马史诗《伊利亚特》到但丁《神曲》乃至歌德、拜伦、雪莱、普希金、莱蒙托夫、裴多菲、纪廉、聂鲁达、希克梅特、阿拉贡等著名的、伟大的诗人的名篇，也都是为民族独立自由、为人民民主解放而斗争的政治性相当强的诗篇。这些都是传世的经典诗篇。为什么如此呢？

这些无可辩驳的历史事实充分证明了一个艺术规律：因为政治是经济的集中表现，它关系到广大人民的最大利益和国家民族的命运，所以一切有良心的伟大诗人，都与政治密切相关。只有热爱祖国、热爱人民的诗人才够得上称为伟大的诗人，只有得到人民喜爱的诗篇，才能成为伟大的诗篇。

人类最先进的理想共产主义（实为共富主义，因共富是目的，共产只是一种手段）并不是从天上掉下来的，而是集中了人类所创造的一切文化精华的产物，它是世世代代人民所向往的，永远也不会过时。抒写共产主义精神的美好诗篇怎么会过时呢？过时的只是那些搞错了的东西，在共产主义运动中特别是在肃反等政治运动中曾经出现过一些冤假错案，这是令人痛心的，必须予以纠正。正确地分析对待冤假错案，是革命前进的需要，革命正是在不断克服自身缺点错误的过程中前进的。这一复杂的历史过程也应在艺术中得到反映。从贺敬之同志本身来看，他曾因与胡风“七月”诗派的联系而在肃反运动中受过严格的审问，《放声歌唱》、《回延安》正是在此审查过程中所写的一种回答。各种矛盾斗争的复杂和尖锐，正好锻炼了革命者的忠诚和坚定，这不也正是诗歌艺术所要反映的重要内容吗？贺诗中涉及的这类需要平反的事实并不多，只是很少一点，如《十年颂歌》中对当时庐山会议的反映，删去那几句不妥的诗，并不影响全诗的基调。十全十美的人是没有的，尽善尽美的诗也是千载难逢的。诗人都有自己时代的历史局限，连最伟大的诗人也不能例外。但我们还是不能因此一点瑕疵而整个否定他们的伟大诗篇。求全责备、以偏赅全是不科学的。看不到永恒性正是渗透在时代性之中，不理解艺术的永久魅力，用机械的庸俗进化论去看待历史，必然会造成诗歌史的失落、优秀传统的失落和艺术的失落。

按照现代派的一种“反传统”理论，这些伟大的诗篇已经过时，都要否定、打倒。例如，俄国的未来派诗人就曾经把普希金全盘否定过。现代派在西方曾经起过先进的作用，但真理多走一步就变成谬误，这种“反传统”的艺术观点，显然是错误的。所以马雅可夫斯基很快纠正了他的偏颇。台湾过去只注意新诗的“横向移植”把现代派照搬过来，走了一段弯路，诗人余光中就尖锐地批评过这种“全盘西化”的诗潮：“结果是虚无，是晦涩，是睁着眼睛的梦话，无罪自招的供词。其结果是混乱，史无前例的混乱。”他哀叹“不幸我们的文坛或多或少地仍是西方文学的殖民地”，指出：“这种混乱一日不澄清，年轻一代的价值与美感一日无法恢复，而中国的文学一日无法独立。”①

不幸台湾几十年前的历史又在大陆重演了一次。这种西化诗论似乎更有理论性了。他们认为：社会是不断进化的，西方经济发达，社会先进，所以艺术也先进，我们要实现诗歌的现代化，必须把现代派艺术移植过来，这叫“同国际接轨”。社会生产的进步是否艺术也必然先进呢？庸俗的进化论者认为是“必然先进”的，马克思说“不一定”，这就是他在《政治经济学批判》导言中所论证的“物质生产的发展同艺术发展的不平衡规律”，他拿希腊神话、史

① 《余光中谈诗歌》，江西高校出版社2003年版，第88页。

诗为例，说明它们具有“永久的艺术魅力”，至今“仍然能够给我们以艺术享受，而且就某方面说还是一种规范和高不可及的范本”。列宁在同蔡特金的谈话中，也曾批评过那种简单化地“以新为美”的艺术观点的偏颇。

庸俗进化论的现代派西化理论造成了诗歌史的失落，反传统的结果，甚至把古典诗歌和五四新诗的优秀传统几乎全否了。如若不信，请看事实：那位“百年文学经典”的主编，原是一位能在诗坛呼风唤雨的诗评家，他写过一篇《论中国新诗》的长文，认为五四以来新诗创作的艺术水平不高，因为新诗的革命性、思想性而损伤了诗歌的艺术性，总体上说新诗是很“粗粝”的，这样一篇宣扬政治与艺术对立的大文，在2003年中国文联的文艺评论评奖中，竟然得了大奖，可见其同道者之众和影响之大。他还在2004年的一则《诗刊》访谈录中，断言“五十年代的中国新诗走向了枯竭”。既然如此，不选和否定贺敬之的诗就是顺理成章的了。这种“漏选”难道仅仅是个人的偶然失误吗?当然不是的，正是这种诗歌理论的主宰，造成了新诗艺术的失落。

三、艺术本质的失落

再深入一步剖析这种理论，会发现把政治与艺术完全对立起来，其理论根源还在于对艺术本质的失落，不知艺术本质为何物。

确实，本质是内在的，看不到摸不着，但是却非常重要。艺术的本质是什么？这个问题不弄清楚，就会出现一系列的谬误。这是关系到创作的成败和文艺批评是否科学的大问题。

这个根本问题的解决，必须从总结文艺历史的发展规律——古今作家的创作经验和人民艺术鉴赏的艺术实践入手。实践出真知，离开实践的空头理论，来头再大，说得再玄妙，也不能得出正确的结论。

对艺术本质的认识，糊涂观念颇多，流行的“形象思维论”就是一个代表。这个理论现在仍是许多文艺理论教材所宣扬的主要理论，然而却是大有问题的。

他们对文学艺术的定义一般这样表述：文学艺术是用形象反映生活，表现思想的一种意识形态，关键是认为文艺的特性是形象性，“用形象来思维”。

其实，形象性只是文艺的形式特点，并未涉及艺术内容的本质。所以这种艺术特征论是很肤浅的。又有一种新引进的西方文艺理论，认为文学是“有意味的形式”，同样只着眼于形式，其“意味”的概念神秘而含混，其实际内涵和思想与形象的含意甚为相似，都离文学艺术的本质甚远。

这类理论的祖源可以上溯到别林斯基，他有一段很有名的话：

> “哲学家用三段论法说话，诗人用形象和图画说话，然而他们说的都是同一件事。……一个是证明，一个是显示，可是他们都是说服，所不同的只是一个用逻辑结论，一个用图画而已。”①

这就是说：文学艺术的特征和哲学、科学之不同，只在于它的表现形式而已，只看到文艺的形式特征而没有看到艺术内容的特征。如果我们深入一步仔细剖析，就会发现文学艺术和哲学、科学并不是说的“同一件事”，其内容是大不相同的，哲学与科学只是反映了客观世界的某一个方面的内容，而文学则不是。文学的艺术内容与科学、哲学的思想内容是大不相同的。

我们的文学研究至今仍未着手探讨艺术的特殊内容问题，而这却是艺术本质之所在。

艺术的本质特征——艺术内容究竟是什么？这一理论问题的关键是由一位世界顶级的伟大小说家点破的。列夫·托尔斯泰晚年所写的一部《艺术论》，总结了自己和前人的艺术创作经验，非常明白而深刻地回答了“什么是艺术”这个根本问题。他说：“艺术是人们交流感情的工具。”一针见血地说明“感情”，就是艺术的特殊内容。这个理论是很深刻的。当然还需要进一步完善它、深化它。

这里的一个关键词：“感情”，十分重要。

一般人以为感情就是“喜怒哀乐爱恶欲”七情。这是不对的。其实七情只是“情绪”而不是感情。

情绪是比较抽象的，是一种生理反应。而感情则离不开对象，是具体的。同一种情绪，因其对象的不同而有许许多多种不同的感情。诸如“喜”这种情绪，其内容可以是喜爱艺术、喜爱读书、喜爱劳动、喜爱创造；也可以是喜爱赌博、喜爱偷盗、喜爱花天酒地。因其对象之不同而产生各种各样的不同感情。情绪是不包含思想的，而感情则爱憎分明，必然包含着思想倾向。爱马克思、毛泽东与爱希特勒、东条英机这几种感情表现了极不相同的思想、立场，我们甚至可以说没有无思想的感情。

所以，文学的艺术内容不是情绪而是感情，而这种感情并非一般的感情，

---

① 见《别林斯基选集》第三卷，时代出版社1952年版，第429页。

而是一种审美感情——美感。对美的肯定和对丑的否定，这就是艺术内容。

如果我们要改善托尔斯泰的定义，可以说："文学艺术是交流美感的工具。"

当然，美感也是一种感情，有感情的共性。

从感情的构成看，其内涵是非常丰富而复杂的，如果把它比如一座巨大的冰山，处于冰山顶端高层的是情操——理性的感情主宰，包括世界观、人生观、艺术观等理性成分的感情积累，这是浮出水面的意识部分，而处在冰山水下部分的则是许多感性知识、形象记忆、行动记忆等种种潜意识直觉成分的感情积累。这种感情元素实际是一种生活美，包括对真善美的肯定和对假恶丑的否定。它是爱憎分明的。

一个人的感情是在长期的生活实践中形成的。作家的经历使他对接触到的人和事产生了情感和形象的记忆，"情以物迁"（刘勰），情感是事物引起的，必然是附着在事物上的，"辞以情发"（刘勰），这种内在的感情积累和储存是进行文艺创作的基础，往往被人们看成是"生活积累"，其实应该说它更是一种"感情积累"。作家的经历愈丰富，他的情感积累就愈丰富，也愈强烈、愈深刻，其中不仅包括许多感性的形象记忆、直觉成分，而且包含着由感性到理性的飞跃所产生的感悟和激情，这往往成为创作的灵感和动力。

作家主体是感情的"发生器"，但首先是感情的"接受器"和"储存器"。对同一件事，经历的次数愈多，形象和感情的记忆就愈鲜明、愈强烈，其感悟也愈多、愈深刻。感情的不断积累，形成一种习惯的情感定型，这就是作家特有的个性。因其经历的差异，作家的个性——情感定型之不同，决定了作家的创作风格和成就。作家的才华不仅在他的语言技巧，更重要的则在他的情感的感受力和对事物的敏感性和形象与情感的记忆力。同一件事，有人见了无动于衷，而天才的作家见了往往会引起强烈的情感反映，这就是艺术内容的基础，没有它，是不能进入创作过程更不能写出感人的艺术作品来的。

作家、诗人的情感不仅具有很强的个性，同时也包含着种种共性，用立体思维来分析，就会发现，每个人的情感中，都包含有民族感情、阶级感情、职业感情、宗教感情、人道感情、性别感情以及全人类共有的各种感情成分，这是艺术交流、接受之中产生美感共鸣的基础。这些共同的感情并不是抽象的，它总是通过作家个人感情的不同组合、不同强度、不同特色表现出来，体现在作品中具有极强的个性，绝不是千篇一律的。贺敬之的诗作，是和别的诗人不同的，只有他能写出这样的诗来。

“诗品出于人品”（刘熙载《艺概》），“血管里流出来的是血，水管里流出来的是水”（鲁迅），文如其人，诗如其人，就是由于作家经历造成的感情定型的不同。这是由艺术的本质——艺术内容所决定的。

对艺术本质的这种认识，许多杰出的、伟大的艺术家也都有同感。例如著名德国诗人里尔克就曾经说过：“从谁那里我体验到一些关于创作的本质以及它的深奥与它的永恒的意义？”他说有两个人，一个就是“现存的艺术家中无人能与比拟的雕刻家罗丹”①。罗丹是里尔克的好友，他写过一本《艺术论》，一语道破了艺术的本质：“艺术就是感情……希望你们用所有的形体，所有的颜色来表达种种情感吧。”② 诗人艾略特说：“唯一表现情绪的方法就是找出一种客观的相关物来。”③ 艾略特没有谈感情，但主观的情绪和客观的相关物的结合，不就是“感物生情”的感情吗？《文心雕龙》的名言：“辞以情发，情以物近。”是抓住了诗歌艺术内容的本质的。鲁迅和毛泽东为什么特别强调感情新旧对创作的重要性，原因也在于此。如果认为艺术内容只是思想，则政治抒情诗就是标语口号式的了，这正是形象思维论的诗评的失误之源。

有些论者，只看到感情中的个性，而看不到其中的共性，只肯定“个人的写作”的个人抒情，而否定政治抒情，实际上是否定了社会性的政治感情，误认为那些只是一种抽象作出的思想——标语口号而已。既然是标语口号式的作品，当然艺术价值就不高了。

他们只知道个人的爱情是艺术的“永恒主题”，而看不到爱人民、爱劳动、爱革新也是艺术的重要主题甚至是永恒主题。把政治抒情诗都看成“标语口号式”的公式化作品，看不到共性正是通过个性体现出来的，这是对艺术内容的忽视和误解的结果，这也是在文艺批评标准上的错乱所造成的。

批评家谈起艺术性来一般只看到作品的形式——结构、语言技巧之类，而忽视了艺术内容的评价和分析，而对艺术内容的质量——作品审美感情的分析，才是评价作品最重要的方面。因为一切艺术技巧、修辞、音韵、结构、章法等等，都是为艺术内容——美感的表现服务的。

四、六维的文艺批评的标准

文艺作品是立体的存在，美感在作品中至少表现为六个维度，文艺批评用

---

① 里尔克著，冯至译：《给青年诗人的十封信》之二，三联书店 1994 年版。

② 罗丹：《艺术论》，人民美术出版社 1978 年版，第 3～4 页。

③ 钱歌川：《英诗研读》，台湾开明 1967 年版，第 272 页。

这六维立体的批评标准去衡量作品，就可避免顾此失彼的片面性。照我看来，这种片面性正是否定贺诗艺术性的主要原因。文艺批评标准的六个维度如下：

1. 美感强度——作品震撼人心的强度。“动天地泣鬼神”的是好作品，不能感动人的作品则缺少艺术性。

2. 美感高度——作家审美理想的高度，是崇高的还是低级的，关系到情趣、品位的高低。

3. 美感深度——作品反映事物本质的程度。深刻的感情是持久的，能潜移默化地教育人、影响人，而浅薄的感情是暂时的，待真相大白之后就不能再感动人。

4. 美感广度——有两层意思，一是作品受众的广度，一是作品反映的生活面的广度。受众的广度更为重要，如果受众看不懂就不能接受，而起不到艺术作用。

5. 美感精度——作品艺术形式的精巧程度（包括语言修辞、音韵、结构等艺术技巧）。这一维度往往被看成是唯一的重要标准，其实那是一种颠倒的理论。

6. 美感新度——艺术内容的开拓和艺术形式的创新的程度。艺术贵在创新，但必须在美的范围内的创新，“以丑为美”的创新是违背艺术根本规律的。艺术美是对丑的否定，而绝不是宣扬丑。

用这六个维度的审美批评标准来审视贺敬之的优秀诗作，可以非常清楚地看到，这是艺术性很高的诗歌精品，不管是从美感强度、美感高度、美感深度、美感精度上看，在中国新诗的历史上，它都是少有的艺术明珠。

贺敬之同志的政治抒情诗给世人揭示了新的世界、新的人物，表现了新的美和新的感情，这是过去的文学中所没有的，这是对陈旧的诗歌艺术的超越，是一种可贵的艺术创新。不过，这种创新用陈旧的艺术观念是难以理解和发现的。

贺敬之的好诗绝不是什么标语口号，而是饱含着浓烈感情具有鲜明个性的艺术品。这种强烈的激情是在长期的革命斗争和创作实践中培养起来的。没有像他那样艰苦奋斗的人生经历和崇高的理想情操是绝对写不出如此感人的好诗来的。不但写不出来，有些人甚至连欣赏也欣赏不了。而广大人民群众则非常喜爱这些优美的诗篇。如今在深圳，在北京等全国许多地方，有许多年轻人慷慨激昂地朗诵它们，反复地阅读它们。可见它的美感广度也是很强的。

有人说它的题材范围比较窄，这确是美感广度上的一个问题，但却绝不能成为否定它的理由。恰恰相反，这正是作家个性的强烈表现。一个作家只能写他熟悉的、喜爱的题材，我们只能要求作家不断开拓、不断创新，却不能要求他样样都写，样样都好，这是过分的苛求，不符合创作规律。其实贺敬之的好诗中不只有脍炙人口的政治抒情诗，而且也有优美动人的山水抒情诗。在桂林，在三门峡，人们把这些诗刻在精美的石碑上，这难道不是它艺术成就的突出表现吗？我们需要百花齐放，美的基本特点就是它的“多样性”，否定任何一种美的艺术，都是一种艺术的失落。不管哪一种艺术，只要是美的，就应该自由发展而不能人为地排斥。

在文化大革命的浩劫中，贺敬之的诗被当成“文艺黑线”的代表受到否定，如今在诗歌“现代化”的浪潮中，这些艺术珍宝又因“不合时尚”而遭到了否定，这两种否定都有“反传统”的因素在起主要作用，这是需要好好分析的。文化大革命、反传统造成了艺术的失落，而人民和时代则呼唤艺术的回归，美的回归，美的诗歌的回归。

有人说当代生活节奏太快，时间太紧，无暇欣赏诗歌，新的诗歌艺术的失落和低迷是不可避免的。这种悲观的宿命论是有害的、不科学的。事实上，当代人正因为生活紧张，才更需要诗歌，因为诗歌是最精练、最简洁的艺术。一首短诗，在报刊上发表或在互联网上发表，几分钟就能读完，在朗诵会或电视台、广播电台朗诵，几分钟就能听好。只要诗是好诗，而不是无病呻吟又晦涩难懂的伪诗，就会受到欢迎。人们的精神生活愈来愈丰富，需要各种各样的诗——当然是感人的、揭示了美的好诗。最近李瑛同志在我的笔记本上题词：“以心中的火点燃诗，以诗照亮生活！”在祖国现代化的过程中需要从振奋人心的诗歌中汲取精神力量。这些都是诗歌繁荣的客观基础。由于错误的诗歌理论的统治，造成了新诗的低落，使喜爱诗歌的人向新体旧诗词方面发展，报刊上形成了旧体新诗的创作高潮，这对新诗和新诗理论都是一种挑战。如果正确的新诗理论主宰了诗坛，新诗创作实现了艺术的回归，新诗的兴旺发达当是指日可待的。

人民需要新诗，而新诗更需要人民。

人民呼唤新诗艺术的回归。

新诗创作则更需要艺术的回归。

（原载《回首征程》，文化艺术出版社2005年出版）

论贺敬之诗歌艺术的抒情特色

章亚昕

贺敬之的诗歌艺术，打下了大时代深深的印记。政论性、时代感、民族化，构成其中的重要特色。对于诗人，政论性表现了抒情主人公的自我定位，时代感传达了自己的身世体验和人生感悟，民族化则属于“小我”向“大我”认同的文化标志。这种大气淋漓的艺术特色，塑造出贺敬之这位杰出的政治抒情诗人豪放的抒情风格，体现了舒卷时代风云、挥洒民族精神的浪漫个性。

一

贺敬之是一位杰出的政论诗人，他出生于贫苦农民的家庭。在延安入党前夕，诗人曾写下这样的诗句：“在被寒冷封锁的森林里，/在翻倒了的鸟窠中，/诞生了一只雏鸟……”“这就是我的/自传的第一页：/时代 + 灾难 + 母亲，/这，我就生长起来。”

贺敬之成功的历史契机，就在于他赶上了战乱的时代，深刻体验到民族的灾难，并且在灾难中开始了英雄的岁月。1937 年高小毕业后，他考上滋阳乡村师范学校。不久抗日战争爆发，日军迅速过了黄河。当台儿庄战役结束，学校流亡到湖北，第二年春又迁到了四川。贺敬之的学习成绩很好，对文学更是充满了兴趣；但是他的主要精力却集中在救亡活动中。贺敬之参加了“挺进读书会”，热衷于宣传抗战，认真编壁报，去进行街头演出，终于他由此“走出了南方”，踏上了革命道路，投入共产党母亲般温暖的怀抱。

1940 年春，贺敬之和三个同学奔向陕北，入夏后到延安，并且在十六岁，考进了鲁迅艺术文学院文学系第三期。《走出了南方》是贺敬之奔向北方——解放区时写的一首诗，其中洋溢着找到家的激情，正是这种激情，让后来的政治抒情诗充满了艺术感染力：

雨，
落着……
——阴湿的南方啊！

一九四〇年，
走出了那狭窄的
低沉而喑哑的门槛。

春天，
浓雾的早晨；
野花——
红色的招引。
去远方啊！

不回头，
那衰颓的小城，
忘记
那些腐蚀的日子。

响亮地：四个！

对于贺敬之，“南方”这个文学意象，是象征着国统区的腐败社会；而大西北，则象征了解放区，乃是希望与理想之所在。“四个”同行者，意味着结伴的弟兄，踏上了青春做伴的求索之路。在抒情主人公的心目中，北行作为走上革命道路的集体的行动，象征着“小我”的觉悟，通过自觉地奔向了“大我”，而表现出浪漫的追求情怀。

这是一种革命浪漫主义的艺术情怀，所以贺敬之同时写的另一首诗，叫《跃进·在西北的路上》，即：“是不倦的/大草原的野马；/是有耐性的/沙漠上的骆驼。//我们/四个，/——在西北的路上，/迷天的大风沙里。/山，那么陡！/——翻过！”这些诗确实意义重大，首先，它们使贺敬之考上了鲁迅艺术学院文学系，走上了革命与文学紧密结合的道路。在口试中，他感到有些吃力，但是交上去的这些作品，却以其充满激情的表现力和充满浪漫色彩的想象力，深深打动了文学系主任何其芳。因为“创作还可以，有点诗的感觉”①，贺敬之遂被录取，成为班上最小的学员。何其芳慧眼识人才，也许同他曾经在山东教过中学，熟悉齐鲁子弟有关。更重要的，是“北上”意象，作为一种人生选择的艺术表现，也为诗人奠定了一个起点，一个趋向于政论性的抒发艺术情怀的起点。

政论性，当然是来自贺敬之人生观的转变。最能决定贺敬之艺术个性的因素，是他在解放区的生活感悟和艺术体验。在18岁那年，贺敬之入党了。那是1942年，在毛泽东的《在延安文艺座谈会上的讲话》指引下，在延安文艺整风运动的有力推动下，贺敬之和许多文艺工作者一起，走向根据地的乡下民间，成为秧歌活动中的积极分子。于是，“鲁艺”和延安，成为诗人精神上的家园。他在延安长大，延安便决定了抒情主人公的自我意识，决定了自己抒情的艺术倾向性。延安时期贺敬之的代表作，首推他在1945年春天与丁毅等同志合著的新歌剧《白毛女》。《白毛女》的艺术主题是反封建，反对拿人不当人的封建社会。贺敬之他们依据“白毛仙姑”的传奇形象，塑造出白毛女的典型形象，意在说明“旧社会把人逼成‘鬼’，新社会把‘鬼’变成人”，从而把“一个没有意义的‘神怪’故事”，提升为意味深长的新歌剧，“表现两个不同社会的对照，表现人民的翻身”②。倘若没有新的人生观，就没有感人的政论性。从《白毛女》到《放歌集》，诗人一直歌唱着新的时代精神和社会风气，从中塑造着自己的审美理想和创作主题。

唯其如此，贺敬之是喝延河水长大的诗人。在延安，他穿的是“三号”军装，吃的是小米饭，从而在精神上得以再生，在心灵上得以健旺。贺敬之在建国后写《回延安》以来的艺术创作成就，都延伸着延安时代的艺术情怀。因为诗人的“文化心理结构，主要是由齐鲁文化与革命根据地文化所构成。这两种带有理想主义特征的文化形态，铸就了‘十七年’山东作家比其他区域作家更为明显的理想主义创作指向。这时期的山东作家显得格外热爱生活，他们不太注意生活中的阴暗面和丑恶，他们特别想激励人们乐观向上的情绪。崇高理想的支撑，使他们意气风发，豪情激荡”③。《回延安》是《放歌集》的第一首诗，贺敬之正是回到从《白毛女》开始的创作道路，回到陕北，回

---

① 尹在勤、孙光萱：《论贺敬之的诗歌创作》，上海文艺出版社1983年版，第12页。

② 贺敬之：《白毛女的创作与演出》，载《人民戏剧》1950年第2卷第1期。

③ 魏建、贾振勇：《齐鲁文化与山东新文学》，湖南教育出版社1996年版，第46页。

到信天游，也回到政论性。这是一种对人生道路的再发现："新社会把'鬼'变成人"，以特定的艺术视角体现了新的人生观，表现了诗人对生活、对时代独到的理解。

于是，诗歌的政论性，就通向了抒情的时代感。抒情主人公以"延安人"为原型，抒情诗的政论性，就表现了"延安人"的人格。诗人擅长写"大我"，也擅长写"小我"，如《雷锋之歌》是写"我们阶级的/整个新一代的/姓名"，《西去列车的窗口》则透过一个历史性的窗口，让抒情主人公和读者"倾心交谈——/人生……革命……战斗……"《又回南泥湾》更是直抒胸臆："台上台下二十年，/我身旁坐着我们的司令员。//二十年前后几代人？/我怀中坐着女儿红领巾。//司令员低声问这下一代：/'你将来编在第几排？……'"政论性，作为抒情主人公的自我定位，就成为一种艺术情怀的写照，构成当代审美人格的基石。

同时，对于人生观的时代感受，更加构成了诗歌政论性的核心所在。

二

贺敬之的时代感，浓缩了自己的历史感悟。这种深刻的历史感悟，升华了诗人的身世体验，形成沟通"小我"与"大我"之间的精神纽带。

如上所述，从新歌剧到抒情诗，《回延安》代表了诗人新的起点。贺敬之审美视野的焦点，已经从叙事性的"喜儿"形象，转到了抒情性的"红小鬼"性格，因为抒情主人公是在延安长大的，"回延安"揭示了艺术生命的源泉所在。抒情主人公强调：我从延安来，胜利自延安开始，于是，"光荣的延河还要在前头！"新时代的人民大众，已经不再是被役使的奴隶，而成为生活的主人。延安，就此成为中国的缩影。

从"把人逼成'鬼'"到"把'鬼'变成人"，体现出贺敬之深刻的时代感。如诗人在《"八一"之歌》中所说："啊，远程而来的/南湖的航船啊，/此刻/你将——/驶向哪里？"抒情主人公对答案的思考，首先引起了回忆，就是"找红军去！……""找八路军去！……"由于"这遥远的喊声"在诗篇中回荡，才揭示了什么是"我们的时代，我们的人生！"是的，抒情的时代感就在于此，当贺敬之面对未来，他首先想起了过去，现在沟通了过去与未来，同时脱离过去与未来也就难以把握现在。

昔日个人亲历的生命之旅，如今已经成为千万人大步流星的金光大道。因此，《向秀丽》的动人故事标志着"井冈山的红旗接过来"，而《雷锋之歌》

的人生榜样体现了“永远革命”……诗人的目光不仅由南泥湾的号角转向了塔里木的麦浪，而且沉思着“人，/应该/怎样生？/路，/应该/怎样行?”时代感指向过去的回忆，也指向未来的憧憬，所以它离不开历史的轨迹。贺敬之所体验到的，是创造历史的无限自豪！

人生观就这样通向了时代感，而且政论性有助于表现时代感。作为咏叹“‘命运’姑娘”和“‘历史’同志”深情的颂歌，必然通向决定“命运”与“历史”的政论性“答案”——名篇诗作《放声歌唱》，对于贺敬之的诗歌创作，具有非常深刻的意义。贺敬之创作政治抒情诗的艺术主题，是从人生观的高度来表现时代精神：“‘人民’——/我们壮丽的/英雄的/名字！//在中国的/神话般的/国度里，/创造一切的/神明/正是/我们自己！”贺敬之生在山东，却因为喝延河水成长为政治抒情诗人——这，正是时代的馈赠。

政治抒情诗的艺术魅力，来自于“小我”与“大我”的心理共鸣。于是，贺敬之的艺术境界宏大而且开朗，“诗人通过参差错落而又各个对称的诗行，为我们急速地展现了一幅幅色彩鲜明，各具特色的图画，其中有形象，有声音，有背景，有人物，时间和空间的跨度极大，给人联想的天地极广。最后诗行由实及虚，总括前面的内容，上升到一个新的思想境界，表达了‘祖国处处亲如故乡’的自豪感和幸福感。”① 这种博大的艺术情怀，是政治抒情诗感动千百万读者的关键。

贺敬之强调：“我们这个伟大的时代，它本身就是最伟大的诗篇。”② 在第一个五年计划将要完成的日子里，《放声歌唱》如是说：“春天了，/又一个春天。/黎明了，/又一个黎明。/啊，我们共和国的/万丈高楼/站起来！/它，/加高了/一层——/又一层！”“长安街的/夜景啊/怎么竟这样迷人？/大兴安岭的/林场啊/怎么竟如此美丽？/一片汪洋的/淮河两岸/怎么会/万顷麦浪？/万里无人的/不毛之地/怎么会/烟囱林立?”那不仅是值得歌颂的奇迹，同时，也是大手笔的艺术概括。正由于时代感带来传奇性，诗人才会真实生动地表现了建设新中国的万丈豪情，他的诗歌才会如此动人心弦。

在时代感中，诗人所意识到的历史内涵，是透过“人”与“鬼”的命运，进行新旧社会历史对比。《白毛女》表现人的解放，《放歌集》歌唱人的觉悟。时代感要求政治抒情诗必须为思想建设服务，必须符合社会主义精神文明建设

① 尹在勤、孙光萱：《论贺敬之的诗歌创作》，第88页。

② 贺敬之：《关于民族的“开一代诗风”》，载《处女地》1958年第7期。

的需要。贺敬之要求："诗，以及所有的文艺作品，必须真实地反映客观生活，同时也必须真实地反映主观感受。"① 从旧社会的"鬼"到新社会的人，社会主义运动的历史行程，成为抒情主人公体验时代精神的审美观照对象。人民的形象耸立在历史的长河中，诗人透过时代感，可以把握"大我"的情思，展现"小我"的襟怀。于是，鲜明的时代感促使贺敬之偏爱政治抒情诗长篇巨制的文体形态——以心灵的史诗表现人民的觉醒，党性的庄严，时代的伟大……在这里，贺敬之的时代感同政论性息息相关，构成了充满浪漫主义艺术色彩的美学追求。时代感促使贺敬之的政治抒情诗在时空跳跃中形成阔大的艺术境界，在宏观的审美视野里展示抒情主人公宽广的胸襟与情怀，通过人生与时代的对应，而开一代豪放诗风。

三

民族化，从形式上确认了"小我"与"大我"心灵的共鸣意愿。

贺敬之把《白毛女》的旋律化人《放歌集》，造成抒情的格律化，审美的民族化。就艺术形式而言，《回延安》如同回到陕北民歌，回到"信天游"。其实《西去列车的窗口》和《又回南泥湾》也是一样，"'信天游'啊，不断头，回回唱起来热泪流!"采用这种"不断头"的抒情形式，有助于诗人把"热泪"流淌的激情挥洒得仿佛行云流水。贺敬之以抒情的格律化追求，通过借鉴古典诗词，尤其是学习毛泽东诗词，创作出像《三门峡歌》、《桂林山水歌》这样精美的新歌行体。致力于民族化，是因为贺敬之努力追求"在民歌和古典诗歌基础上发展新诗"，从而贯彻毛泽东《在延安文艺座谈会上的讲话》中"为群众"的精神，体现让群众"喜闻乐见"的"民族化"追求。所以，格律化同时也意味着民族化。

在共和国的诗歌史上，贺敬之无疑是一位充满创造力的诗人，他把新诗线性推进的散文化思路，用古典诗歌回环复沓的手法加以冲淡；他把外来的朗诵诗流行排列格式，同传统诗歌布局浑然一体地加以融会贯通。陶保玺发现《放声歌唱》、《东风万里》、《十年颂歌》采取"三踏步式建行体"，带有"逐行递增空格式"的特点，是贺敬之的首创。"从视觉上说，无论是从上而下，还是从下而上看，也无论是从左向右，还是从右向左看，它均是楼梯形。而'逐行递增空格式'，则在倒过来（将其载体，旋转180度）看时，更像拾级

① 《贺敬之诗选·自序》，山东人民出版社1989年版，第6页。

聚足，连步以上的阶梯。”大体上，“贺敬之所使用的‘楼梯式’并不是什么‘舶来品’，它们仅是借鉴马雅可夫斯基体，而将中国诗歌中，常用的典型句式，诸如对偶句、排比句等，为适应朗诵的需要，而拆开排列罢了。”同时，“贺敬之越写越趋向格律化。如上所述，他在使用他的‘逐行递增空格式’时，越来越多地注意让‘原型诗句’或句组，构成‘对应式’。”①

“楼梯式”作为传统诗歌节奏的现代变奏，同古典诗歌与民歌心心相印。这是了不起的创举，诗人把延续传统和借鉴外来自然天成地熔为一炉，在诗歌艺术上达到了炉火纯青的地步。“如《回延安》、《向秀丽》、《桂林山水歌》等，作者又采取从民歌信天游或爬山调发展变化而来的两行诗体形式。在这种两行一节，匀称、并排的诗体形式里，抒情节奏一般较为徐缓，行与行、节与节间内容的跳跃，再加上比兴手法的运用，往往能造成一种任读者想象飞驰的空间，从而感情表达也就有更多回旋、留连的余地。所以在处理思想感情丰沛而又蕴蓄的内容，特别像《回延安》这类的诗作时，就需要这种亲切、质朴、富有地方色彩的形式与之配合。”② “楼梯式”面对大众，“信天游”宛若谈心，贺敬之的格律技巧运用能够举重若轻，出入自由，其关键在于把握了新诗的时空转化律。新诗的时空转化律，同“开一代诗风”有内在的联系。因为时空转化律是关于分行排列的艺术规律。新诗为什么要分行排列？因为它打破了旧诗词固定的格律规范，倘若没有分行排列，读者就无从确认语流的间歇，而只能用散文的调子来读诗。诗的语调如此重要！它使诗的“建筑美”并非空谈的话题，而成为艺术的现实。诗的语言是经济的，诗的印刷却是最不经济的。诗行的两边有大片空白，仿佛是个“浪费”，却由诗的审美而得到补偿。用语的经济和用纸的不经济对立统一，说明间歇感是对于诗感的必要补充，文字分行排列的形式美是诗美的必要成分。“建筑美”的文字排列空间结构，不但转化为“音乐美”的语音时间结构，而且还转化为“绘画美”的幻想空间结构。贺敬之通过诗行的长度管着诗的语调，语流的间歇取决于上一诗行的句尾和下一诗行的句首之间的空间距离。诗歌语言的停顿和间隔本身，又制约着想象中“蒙太奇”画面的展开速度。可见语句的间歇是诗人的权利，跨行造成间隔，有如音乐的休止符，大家也能接受这种停顿。诗歌语言如果没有分行

① 陶保玺：《新诗大千》，安徽文艺出版社 1994 年版，第 553、560 页。

② 孙克恒：《谈贺敬之的政治抒情诗》，载《中国当代文学研究资料·贺敬之专集》，江苏人民出版社 1982 年版。

排列，诗人就没法子于动中取静，在“连”中截“点”。在这方面，贺敬之不愧为新诗语言的艺术大师。如贺敬之在《西去列车的窗口》中，这样调动读者的联想：

几天前，第一次相见——
是在霓虹灯下，那红旗飘扬的街头。
几天后，并肩拉手——
在西去列车上，这不平静的窗口。

“北上”与“西去”的联想，使思绪流动如长江大河，带来诗人的灵感；而作为表现技巧，动中取静才能突出音节的复沓，连中截点才能强调诗意的回环。回环复沓带来了诗歌的耐读性。语音的节奏感带来情绪的律动，意象的跳跃感带来想象的律动，对于这种艺术规律的自觉掌握，使政论性、时代感、民族化可以有机地结合为艺术整体，成为典范性的政治抒情诗。在新诗史上，贺敬之属于贡献突出的诗人，他擅长运用“不平凡”的抒情方式，造成引人入胜的艺术效果。例如《桂林山水歌》是这样唱的：“云中的神啊，雾中的仙，/神姿仙态桂林的山！//情一样深啊，梦一样美，/如情似梦漓江的水！”诗人笔下，表现“山”的“神姿仙态”和“水”的“如情似梦”，都在追求“不平凡”的脱俗效果；而回环复沓的对偶结构也是追步古典诗歌艺术，把铿锵的格律化入信天游的外形。问题的关键在于信天游与诗行的对仗格式有其暗合之处，以偶句代替单行，乃是新诗民族化的必行之路。如茅盾评论《十年颂歌》时所说的：“《十年颂歌》近九百行……以句为单位来看，全诗十之八九为偶句，以行为单位来看，大部分也显然是有对仗的。……不能不说《十年颂歌》对‘楼梯式’这个新的诗体作了创造性的发展，达成了民族化的初步成就，而同时也标志着诗人的个人风格。”① 是的，“在民歌和古典诗歌基础上发展新诗”，已经成为诗人自觉的艺术追求。

反映“时代风格”，创造“人民风格”，让时代精神渗透《放歌集》，抒情主人公抒人民之情，“实践工农兵方向”，表现“我们时代的最重大的事件，最主要的生活内容”，从而继承中华民族“深厚的传统”与“创造精神”，以

① 茅盾：《反映社会主义跃进的时代，推动社会主义时代的跃进》，载《争取社会主义文学的更大繁荣》，人民文学出版社1960年版，第21页。

便“开一代诗风”。① 此乃贺敬之之所以为贺敬之。民歌体不但是《放歌集》创作的出发点，还反映了诗人的艺术观念。在民间寻求革命浪漫主义的创作源泉，贺敬之从写歌剧《白毛女》时就已经开始了。浑厚的陕北民歌犹如诗人最亲切的第二乡音，永远牵动着“红小鬼”年代深情的回忆。于是诗人以“大跃进民歌”为新社会的“诗经”，用民歌的刚健豪迈改造“离骚”的“孤独感”，风骚传统便汇入了时代的主旋律。政治抒情诗的民族化过程，遂成就了一代人的艺术习尚。

（原载《回首征程》，文化艺术出版社2005年12月出版）

① 贺敬之：《关于民歌和“开一代诗风”》。

我从贺敬之的诗中学到了什么？

纪　宇

对中国五四以来的新诗人，我喜爱的，我曾经向之认真学习的人很多，可以开出一个长长的名单。如果说其中对我写作影响最大、影响力最持久的，不过三五人。这其中就有郭小川和贺敬之。小川同志去世早，我无缘相见，我完全是从诗歌、诗论以及其他作品中向他学习。贺敬之则是我心目中的老师，我曾多次当面聆教，受到很大启发，学到很多东西。

贺敬之的诗，概括起来，可用十六个字来表述：浩荡正气，澎湃激情，锦绣文字，铿锵音韵。

最早认识贺敬之老师是1975年，“文革”还没有结束，那时他在首钢石景山钢铁厂劳动，每逢周六才能回家。我应邀到北京为筹备恢复的《诗刊》改稿。同时各地来京的有四川大学的尹在勤，上海的仇学宝等。尹在勤教授与贺敬之熟悉，因此约定在一个周六，我们一同去煤渣胡同《人民日报》宿舍看望贺敬之同志。

敬之老师那时也就是50岁刚出头吧，从钢厂劳动回来正在吃晚饭。我记得他餐桌上饭菜很简单，却有个小酒杯，他正在喝一点白酒。那天具体谈的是什么内容，我已经不记得了，但印象是贺老师很平和。尽管他处境不好，但脸上笑眯眯的，对我们很热情。那年我也才27岁，是同去的人中最年轻的。他说他看过我的诗，鼓励我好好写下去。

从那时相识，至今已经30年了，这30年可以说是天翻地覆，斗转星移。我有很多机缘当面向贺老师请教学习，他的作品我也不知道读过多少遍，揣摩过多少次，有的篇章可以说是烂熟于心。我自己写的诗从来都记不住，可贺老师的诗我能记住很多。

1985年，贺敬之到青岛来，当时他已经向中央打报告要求离休，估计批准在即。我去看他，谈话中提出请他为我的诗集《纪宇朗诵诗》题写书名。他说："现在你还让我题什么书名，我就要退下来了。"我说："那不正好吗，虽然您是中宣部的领导，可我从来都是把您当作一个诗人，我是请一位诗人为诗集题书名。"贺老师见我这样说，便答应了，一横一竖，为我写了两条。

1986年5月26日下午，我到贺老师家，在书房里他和我谈起了诗。一开始，我只是认真地听，后来感觉他谈的问题很重要。就掏出随身携带的小本子做了记录。那一天他谈了三个多小时，谈我的诗，引起谈郭小川和他自己的诗，谈他年轻时学诗的经历，谈新诗潮，谈现代主义的诗，他谈得尽兴，我听得专注。这期间，柯岩大姐进来两次，可能有什么事吧，见贺老谈兴正浓，没说什么又出去了，他一直谈到吃晚饭时。

1998年，贺老、柯岩和我，还有崔道怡和翻译王焕宝，一起组成中国作家代表团访问意大利。一路上不少次谈到诗。夜宿罗马那个夜晚，我看到贺老带来准备送外国朋友的新版《贺敬之诗选》。这个版本是由周良沛同志编选的，我第一次看到。那天，我几乎是读了一夜。第二天我对贺老师说：新版没有收入《向秀丽》。贺老师说："是吗，我还没注意这个事。"

回忆起与贺敬之的许多次交往、谈话，言传身教，耳濡目染，使我无论从政治还是艺术上都受到很大的教育和启发，我下决心沿着前辈诗人开辟的新诗道路向前拓进。

那么，我从贺敬之老师的诗中究竟学到了什么呢?

第一是诗歌题材。贺敬之早期写过许多反映中国农村日常生活的短诗，反映农民的痛苦，如《弟弟的死》、《夏嫂子》等，带有较多叙事成分，感人肺腑。但他在广大读者中真正产生了巨大社会影响的，还是解放后的政治抒情诗，是《放声歌唱》、《东风万里》、《十年颂歌》和《雷锋之歌》等等。写政治抒情长诗是贺敬之的强项，高度概括、高端把握、高屋建瓴，似乎成了他的特长和专利。20世纪的五六十年代，每逢国家和世界的大事发生，人们都会瞩望贺敬之，看他如何反映，盼他写诗。只要他的诗一出来，一发表，就会在社会上造成轰动效应，诗不胫而走，被青年广泛传诵。如果当时贺敬之不写，我们（当然还有更多的后人）现在就无法触摸到那个时代特殊的脉搏，那是非常遗憾的事情。可贺敬之写了，他就成为了那个时代的代言人（当然还有郭小川等人，贺是其中主要的代表）。

我从贺敬之老师那里学习诗歌选材，诗人的心要变大，要装得下中国，盛得下世界。思想要解放，要敢于碰大题材，政治题材，敏感题材。我相信没有任何题材不能写，关键是怎么去写，如何写好。特别是大的政治题材，要有思想高度，要有巧妙角度，更要学会怎样从小处着眼，从细微处下笔，处理好“大我”和“小我”的关系。

要敢于又要善于抒时代之情，抒人民之情，当仁不让地做国家和民族的发言人。写诗，尤其是写抒情长诗，要像贺敬之那样，让想象的羽翼真正飞腾起来，才能“笼天地于形内，挫万物于笔端”。

我从贺敬之的诗里学习看问题的立场、观点、方法，学习以现实眼光、国际视角、历史眼力，来研究写作对象，抒发内心情感。我是我，又不仅仅是“我”，我觉得做一个诗人，对重大的事件不发言就是失职，诗的失职和人的失职。

第二是诗歌形式。严格地说，诞生八十多年的新诗至今还是“不成形”的，这就是说它还缺乏成功和成熟的、为广大人民群众所承认和欢迎的形式。而诗的形式又是极其重要的。贺敬之在新诗形式上是富有创造的，这是他对新诗最重要的贡献之一。

我认为新诗有这样几种形式与贺敬之的创造有关：

楼梯式，这本来是马雅可夫斯基诗歌的一种主要形式，在贺敬之之前，有的中国诗人，如田间、郭小川已经在学习运用。贺敬之第一次运用楼梯式是1942年1月写的《再斗争下去》，而他运用自如并有了自己的创造，是1956年写的《放声歌唱》。高度概括，大幅跳跃，大量运用汉语的对偶和排比，创造和丰富了抒情长诗的语汇，对后人新诗写作的影响很大。

信天游，又叫顺天游。这是陕北地区的一种民歌形式，两句一小节，两句押一个韵，灵活运用。韵随情行，可一节一换，亦可数节连用，想换时再换。经典之作《回延安》就是这种形式。另外还有《桂林山水歌》、《又回南泥湾》和《向秀丽》。

由信天游演变、发展起来的两行诗体，全诗押一个韵，我为之取名叫“轨道体”，即像铁路钢轨一样，载着诗人的激情向前奔驰。《西去列车的窗口》是这种形式的典型之作。

古典诗歌和民歌融合在一起的歌行体，既是现代古风，又像民歌，以《三门峡——梳妆台》为代表。

规则楼梯式，则是贺敬之改造过的楼梯式，以两字的位置参差分节，形成段落和对比，既是楼梯，又显得整齐。著名的《雷锋之歌》就是采用的这种形式：

假如现在啊
我还不曾
不曾在人世上出生，
　　假如让我啊
　　再一次开始
　　开始我生命的航程——
在这广大的世界上啊
哪里是我
最迷恋的地方？
　　哪条道路啊
　　能引我走上
　　最壮丽的人生？
面对整个世界，
我在注视。
　　从过去，到未来，
　　我在倾听……

我18岁时，第一次写长诗就是学《雷锋之歌》的形式，采取的这种规则楼梯式。一口气写了三千多行，那是1967年4月。

再就是贺敬之老师在写新诗的同时，创作了大量新古体诗。他不拘旧律，用日常话语反映当代生活，或五七言，或长短句，既非绝，又非律，还非词曲，却有绝句、律诗和词曲的韵味，是解放了的近体诗词，很像古代的歌行体诗，所以他称之为新古体诗。我喜欢古体，也爱读律诗绝句，但我不懂平仄格律，所以"新古体诗"正合我的口味。这也是萝卜白菜，各有所爱吧。

以上所说的这些诗歌形式，我每一种都学习尝试写过，有的写过很多次，已经成为我经常采取的写作形式。当然，在此形式的基础上，代代诗人都会进行新的探索和试验，有新的创造和发展，但是开拓者的功绩我们不能忘记。

第三是诗歌韵律。贺敬之的诗大部分都是押韵的，韵律与写作对象和感情抒发有关。诗内在的韵律，起伏和节奏，因内容、题材各异而不同。我下面说的主要是尾韵，也就是脚韵。

怎样选韵，贺敬之的诗歌创作实践告诉我们许多窍门，这对写作是很重要的。许多做法都是我从贺老的诗中学到的。

首先是根据写作对象选韵，贺敬之写《雷锋之歌》，因主人公雷锋的“锋”而选“庚程”为韵；写王杰，因王杰的“杰”而选“灭邪”为韵。写作对象总是诗中需要强调的内容，也是出现频率最高的，韵押在写作对象上，写作对象出现就是韵出现，那种便利不言而喻。

继之是根据拟定的诗题选韵，诗题往往就是诗的主题语，是诗中的主旋律，是需要重复和强调的句子。有时候，韵是诗题中的主要组成部分，如《“八一”之歌》，“八一”是需要无数次出现的，所以韵必然选“一齐”。而《三门峡——梳妆台》、《回答今日的世界》、《中国的十月》，诗题的主题语分别是“梳妆台”、“世界”、“十月”，因此选诗题最后一个字作韵就是最恰当的。

这样选韵带来写作上的方便是无法言说的，韵成为语言的向导，把我们的写作变成了一次愉快的旅行，如漫步山阴道上，扑面而来的花树蜂鸟都成为我们笔下的精灵。

韵是汉语之花，我喜欢押韵的诗歌。贺敬之的诗大部分押韵，另一位大师艾青的诗大部分不押韵，我曾将他们两位的代表作进行了比较，我得出的结论是：贺敬之的诗就应该是押韵的，艾青的诗就应该是不押韵的。我尝试把贺敬之的《西去列车的窗口》改掉韵脚，再读起来，立刻就趔趔趄趄；我企图把《大堰河，我的保姆》押上韵，很难，而且勉强押上的韵读起来也别别扭扭。因此，我以为：贺敬之的诗去掉韵脚是削足适履，艾青的诗加上韵脚是画蛇添足。押韵和不押韵在新诗创作中不是绝对的，要从作者个性和创作实际出发，它不是衡量好诗和劣诗的标准。

第四是诗歌语言。贺敬之的诗，形象鲜明，联想奇特，语言明白如话，非常平易近人。他从来不用生僻的字词，从不生造一些别人不懂的词汇。这一点对我影响很大。用最常见、最普通、最简约的文字写诗，这几乎就是我的信条和原则。用这样的文字组成美丽的语言表达浓郁的诗意才是真本领、硬功夫。

贺敬之的语言又是高度概括的、凝练的、美丽的，是真正的诗的语言。这正是我学习和追求的目标。

像在《放声歌唱》中：“……春风。/秋雨。/晨雾。/夕阳。/……/五月——/麦浪。/八月——/海浪。/桃花——/南方。/雪花——/北方。……”大开大阖，简洁精炼。

在《西去列车的窗口》中，倒装句：“让我们说：胜利啊——我们能够!”非常有力量。

本文无意全面论述贺敬之诗歌创作的艺术成就，仅从一个后来的诗歌写作者的角度，谈我从贺敬之诗里学到的东西，有些是常识性的，浅显得可能让一些人感到可笑。也许会有人说“请君莫奏前朝曲”，贺敬之的诗已经过时了，你也已经过时了，何必多言！但我还有点固执，我坚信诗人和诗“过时不过时”，自己说了不算，甚至当代人说了也不算。其实，艺术只有好坏之分而没有新旧之分。我想把贺敬之为他的诗友郭小川英文版诗集写的序中的一段话，写进本文的结尾：

> 是的，小川和他的诗，不仅属于昨天，而且属于今天。同时，我还要毫不迟疑地这样说：他必定也会属于明天。

贺敬之和他的诗同样如此。因为在他和他的诗友共同开辟的诗的道路上，还有人在努力，在追求，在创造，在亿万人民的心中，还有“祖国的万里江山、万里江山啊！……”还有“革命的滚滚洪流、滚滚洪流！……”

（原载《回首征程》，文化艺术出版社2005年12月出版）

贺敬之：诗友的守护神

刘　章

中国文坛，一棵大树凌云杪，叶茂枝繁，荫护花和草。岭上萧萧，日日迎清晓。春休老，灵光常绕，百岁闻啼鸟。(《点绛唇·寿贺敬之之七八十寿》)

这首为贺敬之老师的祝寿词，并非是写在纸上的文字，而是我心灵的生命之歌。

我胃癌手术之后，贺敬之老师和柯岩大姐，不知打了多少次电话关怀、慰问。2001 年 9 月末，我两次住进医院，恰巧国庆节和中秋节是同一个日子，孩子们让我回家团聚。我和老伴刚到家门口，室内电话铃声丁零零响个不停，赶紧开门，拿起电话，传来贺老浑厚而亲切的声音："这几天我和柯岩打几次电话，总没人接，越没人接越不放心，怕是你住院了……"感动得我掉了眼泪，紧接着是四川杨山和北京赵日升诗兄的电话：啊，原来一个人的生命不仅仅属于自己，也属于亲朋。为此，我曾经写一首《暖冬的清风》。有这样诗句："有至近惦在心上，/怕什么病来灾主"，"主命属于我自己，/也属于至爱亲朋。/君子自强不息/珍重人间真情 "。我听贺老和柯岩大姐的话，风雨无阻，坚持抗癌的健身活动，很受健身朋友的表扬，有几个读者渐渐地认出了我："原来你是诗人刘章……"我不只要活着，还要用释放生命的激情，去映照人生。

贺老岂只是对我的关心无微不至呢，据我所知，内蒙古诗人安谧患脑血栓后，贺老经常打电话询问治疗情况；张长弓患病中，他亲自到邮局去寄药；曾卓、韩笑在病里都得到他们夫妇的热心关怀。柯岩大姐曾警告我，不要像韩笑那样不听话，他们在北京把房子和医生都找好了，韩笑怕麻烦他们，没去，误了大事。有前车之鉴，因此我孩子似的乖乖听话。

最让我终生难忘的是去年 9 月份上旬三天里发生的事情：9 月 7 日晚，贺老来电，说为我家乡风景“奇石谷”，题字，写了四十遍，我问他身体情况，他说眼病有发展，肝也有些问题，先列腺也要作检查，我一惊。我从1995年起写日记，只记大事，极简要，那天用红笔记了贺老的病情，并写了“让人忧”三字。第二天晚上，诗人公刘女儿刘粹来电，说他父亲病危，而且医疗条件很差，希望得到贺老关照，我情急似火，又十分矛盾，贺老也正在查病啊，怎么办？贺老威望很高，他是文坛的大树啊，除了他，别人恐怕是爱莫能助的啊，我在极其矛盾的心情下，还是与贺老通了电话，告诉他公刘病况。9月9日8时半，贺老在上医院前打电话告诉我，他已经给中宣部、文化部有关同志打了电话，马上会有人过问此事的。他说，他好久没这样求人了。他嘱我代他安慰刘粹，还问去了刘粹的电话号码。我又用红笔记了这一天日记。后来刘粹电话说，由于贺老的关注和中国作协党组书记金炳华同志努力，公刘的医疗条件得到改善。无奈公刘病重，回天无力。贺老夫妇身体都不好，却对诗友关心爱护，夫唱妇随，殚精毕力，说他俩是诗友的守护神，名副其实，因此，在贺老七十八岁生辰时，我写了这首词，为他祝福，希望灵光常绕，好人平安!

新诗浪漫主义的又一高峰

——论贺敬之浪漫主义诗歌的历史地位和艺术特色

张永健

贺敬之是一位伴随着苦命的“喜儿”，唱着《南泥湾》和《翻身道情》而跨入工农当家作主人的新中国门槛的文艺工作者，是一位始终同刘胡兰、黄继光、董存瑞、雷锋、王杰、向秀丽等英雄人物站在一起的热情澎湃的歌者，是一位创作态度严谨，思想敏捷，富于独创性的诗人。新中国成立以后，他的诗作数量不算很多，但质量很高，影响很大。他善于在学习民歌、古典诗词和五四以来新诗的基础上，创造性地吸取外国诗歌的特点，根据时代的需要和民族文学传统的实际，自创新意，自铸新辞，以诗意浓郁的艺术形象表现社会生活的重大问题，以深厚真挚的火热感情歌吟辽阔奇丽的时代风云，诗意壮美，风格豪放，气势磅礴；他的诗是催征的战鼓，时代的颂歌，洋溢着高昂的革命浪漫主义精神，回荡着激越而悠扬的音响。他对我国的诗歌创作，特别是政治抒情诗的发展作出了巨大的贡献。他是毛泽东文艺思想的忠实实践者，他创作的优秀作品《白毛女》、《南泥湾》、《回延安》、《放声歌唱》、《雷锋之歌》被人们誉为“中国现当代文学史上当之无愧的经典之作，鼓舞和激励了一代又一代人”①。共和国初创时期至“文革”以前，贺敬之和他的战友郭小川是人民所喜爱的诗人，他们的作品一出现，往往好评如潮，甚至掀起一股股热浪，刮起一阵阵旋风，他们被称为我们时代的“鼓手”、“开一代诗风”的诗人。这是因为他们以诗的语言代表并启示了人民对生活的思索，他们始终不懈地以睿智的思想在为年轻的人民共和国的车轮滚滚向前而呐喊助威，为艰苦奋斗，创

① 刘云山：《给贺敬之文学生涯六十五周年暨文集出版研讨会的贺信》，《诗刊》2005 年 2 月号上半月刊。

造奇迹而站立起来的工农大众鼓劲。他们是共和国勃兴时期的最优秀、最热情的两位歌手，他们的作品是共和国勃兴时期昂首奋发时代精神的艺术体现，是新诗浪漫主义的又一巍峨挺拔的高峰。

纵观 20 世纪百年诗坛新诗，群星荟萃，异彩纷呈，出现了众多诗歌流派及其杰出的诗人歌手，其中以现实主义，浪漫主义和现代主义的诗歌成绩最丰富，影响最大。

五四时期新诗浪漫主义的大师当推郭沫若。郭沫若以其充满创造精神的《女神》开创了中国新诗的浪漫主义之先河，表现了中华民族吸纳世界新潮流，勇于破旧立新，振兴国势的宏伟气魄和磅礴气势，其代表作《立在地球边上放号》、《凤凰涅槃》、《匪徒颂》、《地球，我的母亲》、《天狗》等诗中所显示出了的浪漫主义精神，理想的光辉和人性的思考在当时是出类拔萃的，具有横扫千军如卷席的气势，直至现在仍然闪耀着永不磨灭的破旧立新的诗意光芒；是矗立于中国现代新诗史上第一座光彩夺目的浪漫主义高峰。

抗日战争时期，日寇入侵，山河破碎，中华民族陷于空前的战乱之中，然而，中华民族是不屈的民族，是英雄的民族，在大河上下，长城内外，秦岭太行，到处燃起了抗日的烽火；在中华大地上唱起了抗日救亡的威武雄壮的诗和歌，产生于上海的田汉的《义勇军进行曲》和产生于延安的《黄河大合唱》则以高昂的浪漫主义精神表现了中华民族不畏强敌、不屈不挠、英勇顽强的斗争精神，呼喊出了“把我们的血肉铸成我们新的长城”的伟大号召，表现了“伟大而又坚强”的民族精神，是郭沫若《女神》精神的继承和发展，是中国现代新诗史的又一光彩夺目的浪漫主义的高峰。

1949 年，中华人民共和国成立，这是中华民族历史上开天辟地第一次工人农民当了国家的主人，在具有 960 万平方公里的国土上扫除了帝国主义，封建主义的污泥浊水，一个崭新的人民共和国如万丈光芒的朝阳出现于世界的东方，诗人们怎么能不放声歌唱呢？这是个“五星红旗迎风飘扬，/胜利歌声多么响亮，/歌唱我们亲爱的祖国/从今天走向繁荣富强”（王莘《歌唱祖国》）的伟大时代；是一个万象更新，百鸟朝凤的美好时代，也是一个政治抒情诗大行其时的昌盛时代。何其芳的《我们最伟大的节日》、胡风的《时间，开始了》、艾青的《我想念我的祖国》、郭沫若的《毛泽东的旗帜迎风飘扬》、臧克家的《我们终于得到了它》、严辰的《我们是光荣的中华人民共和国的主人》、贺敬之的《放声歌唱》、郭小川的《致青年公民》、绿原的《从 1949 年算起》等政治抒情诗，歌唱祖国新生，歌唱人民当家作主人，歌唱共产党及其领袖英明伟大的颂歌汇成了时代的大合唱，其领唱诗人则是贺敬之和郭小川。贺敬之和郭小川同是新中国诗歌豪放派的领衔歌手，是两位富有才华而创造精神又特别突出的诗坛明星。他们的诗反映了五六十年代昂然奋发的时代精神，歌颂了中国人民战天斗地建设祖国的英雄业绩和改造山河的英雄主义精神与追求美好理想的浪漫主义风格，他们的诗歌是《女神》、是《黄河大合唱》的继承和发展。贺敬之的诗作“风雷奋发，豪迈高扬，情浓似酒，意真如金，过去动人心弦，时至今日也仍然能够掀动读者心海的波澜”①。因此，我们说，贺敬之和郭小川的诗作是我国新诗浪漫主义的又一座光彩夺目的高峰。

贺敬之和郭小川关于诗歌的浪漫主义理论是基本相似的，他们的创作风格也基本相同，其情谊更是亲密无间情同手足，从百花文艺出版社 1988 年出版的《郭小川家书集》中已有无可辩驳的论证，也是有目共睹的。他们两人诗作的浪漫主义集中表现为三个方面：一是浪漫主义的激情；二是浪漫主义的理想；三是“大”与“小”相结合的抒情诗的主人公。这些特征在贺敬之的《放声歌唱》、《三门峡——梳妆台》、《雷锋之歌》、《十年颂歌》、《桂林山水歌》和郭小川的《甘蔗林——青纱帐》、《祝酒歌》、《大风雪歌》、《厦门风姿》、《战台风》、《秋歌》、《春歌》，诗集《昆仑行》等诗作和诗集中都有充分的显现，这里就不作专题论述了。

清代诗评家叶燮曾说：“李白天才自然，出类拔萃……然千古与杜甫齐名，则犹有间，盖白之得此者，非以才得之，乃以气得之也。”（《原诗·外下篇》）贺敬之与他同时代的诗人相比，如果说李季是以叙事见长，闻捷以言情取胜，郭小川以理服人著称，张志民以风趣质朴自成一格，阮章竞以明丽清新刚健令人耳目一新，那么贺敬之则是以气揽胜，以气过人的。其艺术风格、艺术技巧如李白一般，在气的统帅下更加绚烂夺目。

气，是中国古代的一个哲学范畴，也是指人的道德品质修养，人的精神状态，即如方东树在《昭昧詹言》中所言“凡诗文书画，以精神为主。精神者，气之华也”。韩愈认为“气盛则言之长短与声之高下者皆宜”（《答李翊书》）。这里所言之“气”，皆是指作品里所表现出来的气势，它来源于作家的品德修养。其品德修养来自于作家长期的社会实践和对古今中外优秀文化的吸纳与消化。即如孟子所说，“气”是“集义所生者。非义袭而取之也”（《孟子·公孙丑》）。集是集聚，是循序渐进，是按部就班，逐渐吐故纳新，长期积累所致。

① 李元洛：《贺敬之专集·豪情如火气如虹》，江苏人民出版社 1982 年版，第 167 页。

“气”是从内到外，顺乎自然，顺乎规律而形成的。一般指浩然之气，阳刚之气。其气勇如江河奔腾，气高如崇岳高峰，气美如同朝日东升，气深如同大海波澜。贺敬之在评论郭小川的诗歌时就是从气着眼的，他说郭小川“这颗心深深地和时代脉搏相连，和祖国江山相连，和人民命运相连。它用革命者的赤诚和诗的艺术魅力卷起感情的风云，推动思想的波涛，不可抵御地”向人们的“胸前扑来……”这里，他强调的是“气”，是胸中之“气”同时代、同祖国、同人民之“气”合而为一，升华为诗，凝聚为“感情的风云”，“思想的波涛”向“人们扑来”。1984 年 9 月 29 日贺敬之在《〈诗神〉的贺信》中对“诗的精神”的论述就相当明确了：“刊物取名《诗神》，应做如何理解？恐不是希腊神话中的欧忒耳珀那位‘诗神’吧？是否可理解为‘诗的精神’之意？如果可以，那么，我仍然认为这种精神，就是社会主义的时代精神，就是我们伟大祖国向‘四化’进军的历史步伐，就是在 960 万平方公里大地上建设两个文明的时代脉搏，就是十亿人民呼唤‘振兴中华’，呼唤‘2000 年’，呼唤共产主义未来的宏大心声。当然，体现这种时代脉搏的方法，以及题材、形式、风格等等是非常多样的，是千姿万态，百花齐放的。”①

“时代精神”、“历史步伐”、“时代脉搏”、“宏大心声”等，这就是贺敬之所倡导的诗歌精神，说贺敬之的诗以气揽胜，以气胜人，也就是从他所强调的诗歌的思想境界、人格力量、性情才华、以及创作时的激情、冲动、气魄和勇气等心理要素而言的。其具体体现为诗歌的气势磅礴、气象非凡、气骨峥嵘及诗艺诗语的气奇、气逸、气壮。激情是浪漫主义诗歌的主要特点之一，也是浪漫主义诗歌的灵魂和生命。郭小川曾说：“我比较喜欢李白、辛弃疾的一些作品，现代的，则比较喜欢贺敬之的一些作品，就是喜欢他们的抒情，而且是豪情。他们是不同时代的大诗人。”② 他还说贺敬之的作品是“是很有思想的作品，更是有气魄的作品，在同代诗人中，他所表现出来的天才，好像还没有”。郭小川喜欢贺敬之的诗，把他和李白、辛弃疾相提并论为“不同时代的大诗人”，称赞其“表现出来的天才”在同时代诗人中“好像还没有”，是因为贺敬之的诗是充满激情的，他不轻易动笔，一旦时机成熟便笔墨酣畅地放声歌唱。他的《放声歌唱》、《雷锋之歌》、《中国的十月》等都激荡着感情的风云、汹涌着思想的波涛，奔腾着浪漫的气势。

---

① 贺敬之：《贺敬之谈诗》，人民文学出版社 1984 年版，第 183 页。

② 郭小川：《谈诗·谈诗书简》，上海文艺出版社 1984 年版，第 10 页。

第一，气势磅礴。由于诗人胸怀宽广如江海浩荡，云开日出，因而创作时挥动如椽大笔，海阔天空，一气呵成，读来使人视野开阔，回肠荡气，振奋不已，兴奋不已，有时甚至感情上给人以排山倒海，不可阻挡之势。

比如：

①“无边的大海波涛汹涌……/啊，无边的/大海/波涛/汹涌——/生活的浪花在滚滚沸腾……/啊，生活的/浪花/在滚滚/沸腾！

啊啊！是何等壮丽的景象——/我们祖国的/万花盛开的/大地，/光华灿烂的/天空！/你，在每一天，/在每一秒钟，/都展现在/我的眼前/和我的/心中。”（《放声歌唱》）

②“千层浪啊，/万层浪！六万万个浪头/汇成这/惊天的海洋！/啊，浪在涌，/潮在涨！/高千丈，/高万丈！……/——看啊，/在我们/九百六十万平方公里的/土地上！/啊，浪在涌，/潮在涨！/旗在飘呵，/帆在扬！/——看啊，在今天/一九五八年五月的怀仁堂！”（《东风万里》）

③“地中海呵，/我们心中的海！/沸腾起来！沸腾起来！/幼发拉底河呵，/我们连心的动脉！/翻滚起来！/翻滚起来！”（《地中海呵，我们心中的海》）

①用引喻性意象，用“无边的”“波涛汹涌”的可视可闻的“大海”，使看不见，摸不着的“沸腾”的生活具体地展现在人们的面前，用海阔天空的“大”与抒情主人公的“小”相形照，通过我们的“眼”和“心”展现了磅礴的气势，壮丽的景象。

②用借喻意象，写六亿人民在“九百六十万平方公里的土地上”在党中央（以怀仁堂借喻）的领导下乘风破浪，扬旗远航，波浪汹涌，气势浩荡。

③用隐喻性意象：把地中海沿岸，幼发拉底河流域人民反帝反殖民主义的斗争同中国人民的命运联系起来，用海的“沸腾”，河的“翻滚”显示了人民斗争的不可遏制，气冲霄汉，势不可遏。

以上三例都以“大海”、“海洋”、“江河”来比喻现实场景，就已具有广阔而浩大的气势，加之诗人还用“无边”、“千层”、“万层”、“千丈”、“万丈”加以修饰，或者采用复叠的手法就使得其气势更加浩荡，更加磅礴，更加辉煌。贺敬之好用高、大、巨、深等形容词和百、千、万等极言其多、其众的数词，组成夸张性的意象：如滚滚黄河、浩浩长江、熊熊烈火、大海、大江、高山、高楼；千里江山、万里麦浪、千军万马、千山万岳、千沟万壑、风云万里、万箭齐放等造成气壮山河，气吞日月的意境表现共和国初期人民改天换地的宏伟气势和新中国汹涌澎湃的建设热潮。老诗人徐迟曾热情称道《十年颂歌》中这种气势的热情迸发，一气呵成："诗人这种灼热的热情，这种精神的火焰，燃烧着他的心灵，使他这首诗像山谷的回音，像火焰的喷发。看得出来这首诗是一气呵成的，它是这样紧凑而完整。"①

第二，气象非凡。贺敬之善于将气与物，主观与客观联系起来，以气帅物，以主观驭客观，因其胸中"具备万象，横绝太空"，因而所创造的文学形象，诗歌意象也必然"超以象外，得其环中"。贺敬之的诗中，往往诗人与江河一体，与山岳同在，与云霞齐飞，使其诗歌意象非凡，变化万千。

比如：

①"啊，扯开/我的衣襟！/看我/胸中的/千山万壑，/朝向你——/怎能不发出/阵阵回音？"（《十年颂歌》）

②"啊，我看见：/每一个姑娘的/心中/都是一片/桂林山水……//我看见：/每一个青年的/手掌/都是一座/五指山峰！"（《十年颂歌》）

③"七星岩去赴神仙会，/招呼刘三姐啊打从天上回……"（《桂林山水歌》）

④"啊！我看着你，/我想着你……/我心灵的门窗/向四方洞开……/……我想着你，/我胸中的层楼啊/有八面来风！——//看昆仑山下：/红旗飘飘，/大江东去……/望几重天外：/云雾弥漫，/风雨纵横……"（《雷锋之歌》）

①以物壮我，"神与物游"，使主体之气，客观之物化而为一，我因"千山万壑"而胸心开阔，胸怀山河，气象万千；"千山万壑"也因我而雄姿英发，朝气勃勃，使山河与我同歌，因而其意象具有"气超其表"的审美意蕴，使我的心胸如祖国的"千山万壑"般无限广阔浩大巍峨，抒发了我对祖国无限深情的"阵阵回音"。

②以物喻人，写出了姑娘的心灵美，美如"甲天下"的"桂林"；写出了青年们改天换地之双手的威力如五指山峰一样坚强有力。

③因为换了人间，人间神奇了，"可上九天揽月"，可赴神仙盛会；人间变美了，歌仙刘三姐也会兴高采烈地从天上返回到人间。

④写"我"因雷锋精神的影响而境界豁然开朗："四方洞开"，"八面来风"；目光顿时深远，望见昆仑山下"红旗飘飘"，"大江东去""风雨纵横"，

---

① 徐迟：《祖国颂·序》，《祖国颂》，中国青年出版社1959年版，第4页。

这既是祖国多彩的自然景观，也是祖国美好的社会景象。

因为贺敬之有一股奔流不息的气魄和气象万千的才情，因而他的诗作吞吐日月，含英咀华，美不可言，正如老诗人臧克家对《放声歌唱》所赞美的那样："诗人以个人为主角，用情感的金线绣出了党的雄伟强大，绣出了祖国土地的壮丽辽阔；绣出了新中国人民建设社会主义而奋斗的英雄形象，绣出了光辉灿烂的未来的远景……读这首诗，像在晴朗的早晨，看到了东方天空的万道霞光；像在前进的队伍里，听到了令人鼓舞的号角。"①

第三，气骨峥嵘。气骨即指气节，亦即毛泽东同志称赞鲁迅先生的骨气。毛泽东曾称赞鲁迅对帝国主义和一切反动派，没有丝毫的奴颜和媚骨，有的是不畏强敌，不怕困难的硬骨头精神和对祖国对人民的无限深情、爱情。在贺敬之的诗歌当中就表现为高度的民族自尊心、自信心，中华人民共和国公民和中国共产党党员的自豪感，以及为祖国、为人民、为党的繁荣、纯洁而克服困难、英勇牺牲的革命英雄主义精神，因此，他的诗作"捶字坚而不移，结响凝而不滞"（刘勰：《文心雕龙·风骨》）。

比如：

①"我啊，/在党的怀抱中/长大成人，//我的/鲜红的生命/写在这/鲜红旗帜的/皱褶里。"（《放声歌唱》）

②"啊，给你——/我们心中的/熊熊烈火；//啊，给你/——我们血管里/燃烧的岩浆；//给你——/我们生命的/滚滚黄河；/给你——/我们青春的/浩浩长江……"（《放声歌唱》）

③"啊，望不尽的/江南三月——//社会主义的/无边美景……//南国红豆啊/蕴涵着——共产主义的/相思的/深情。"（《十年颂歌》）

④"哪里的土地上/青山不老，/红旗不倒，/大树长青？/哪里的母亲啊/能给我/纯洁的血液、/坚强的四肢、/明亮的眼睛？//让我一千次选择：/是你，/还是你啊/——中国！/让我一万次寻找：/是你，/只有你啊/——革命！//生，一千回，/生在/中国母亲的/怀抱里，/活，一万年，/活在/伟大毛泽东的/事业中！"（《雷锋之歌》）

⑤"望革命征程/千山万岳……/听战鼓又催征啊，/革命战士/怎能不壮烈激怀?！//任妖魔善变，/任道路曲折——/马列必胜。/人民不朽。/真理不灭。"（《中国的十月》）

① 臧克家：《克家论诗·谈贺敬之同志的几首诗》，文化出版社1985年版，第321页。

⑥“你们的名字啊，/和毛主席/连在一起，/和千万个董存瑞、/亿万个雷锋啊/连在一起——/啊，我们阶级大军的/灿烂的太阳系！/使人民/无限自豪啊，/叫敌人/无比畏惧……”（《“八一”之歌》）

这些诗句铿锵有力，掷地有声。清人王士祯论杜甫诗时说：“独是工部之诗，纯以忠君爱国为气骨。故形之篇章，感时纪事，则人尊诗史之称；冠古轶今，则人有大成之号……”（《师友诗传录》）杜甫因以“忠君爱国为气骨”，因而其“形之篇章”“感时纪事”的诗作被后人尊为“诗史”。贺敬之作为中国共产党的一个忠实党员和祖国的忠实儿子，对自己为之敬仰的、为之奋斗的党和新中国充满了无限的热爱，因此他的诗作始终如一地表现了一个赤子对祖国、对党的耿耿忠心，对人民的鞠躬尽瘁；对敌人、对叛徒的“横眉冷对”与疾恶如仇；对困难、对挫折的沉着与清醒。因此他的诗篇有如激励斗志的战鼓和催人出征的号角，有如和煦的春风和绵绵的春雨，进入千家万户，传入亿万人民的心里，给人以振奋，以光明，给人以温暖，以慰藉。他的诗在社会上引起过一阵阵热烈的反响和广泛的共鸣。不仅《放声歌唱》、《雷锋之歌》、《地中海呵，我（们）心中的海》这些歌颂祖国，歌颂人民，歌颂新生活，歌颂世界反帝反霸斗争风云的“感时纪事”的鸿篇巨制始终回荡着时代的风雷和人民建设新生活的巨大音响；其他，如《回延安》、《向秀丽》、《又回南泥湾》等抒情短诗，也跳动着时代的脉搏，与人民血肉相连，与祖国山川相连；即使如《桂林山水歌》这样的山水诗，也透过“桂林的山来漓江的水——/祖国的笑容这样美！”“汗水挥洒彩笔画，/桂林山水——满天下”和“对此江山人自豪”，“战士呵，指点江山唱祖国”的诗句，把这表现风景美、山水美的“画中画”、“歌中歌”，提到了社会美、人生美、理想美的高度，变成了一曲情深意浓的祖国颂和战士歌，使山水诗这一古老的主题染上了鲜明的时代色彩。钟嵘曾评论曹植的诗歌为“骨气奇高，词采华茂，情兼雅怨，体被文质，粲溢今古，卓尔不群”（《诗品》）。以此来评论贺敬之的诗作是不为过的。

第四，气奇多变。袁行霈在评论李白诗时，曾说，所谓“气奇”，“指李白的诗显示了超凡的创造力，创造了许多按常规不可思议的诗歌形象，使人惊讶、叹服”[①]。贺敬之也是如此，他曾说过：为了表现革命理想，表现共产主义的广阔胸怀和英雄气概，“诗人有最大权利运用不平凡的情节、运用夸张、

① 袁行霈：《中国诗歌艺术研究·李白诗歌与盛唐文化》（增订本），北京大学出版社 1997 年版，第 242 页。

想象、幻想的形式”[1]；贺敬之的诗歌也以其超凡的创造力，使其诗作构思奇巧，意象奇特，结构创新，手法多样，也是令人“惊讶、叹服”的。

1. 形象之奇。比如，在诗人心中，党是伟大的、神圣的，又是具体的、平凡的，党是无所不有，无所不在的。如果贺敬之用“母亲”、“太阳”这些流行的形象来比喻党就显得入俗套、无新意、“随人后”。如何塑造社会主义建设时期的党的形象，这确实是摆在新中国诗人面前的一大难题。当时许多诗人都未能很好解决这一问题，只有贺敬之，在《放声歌唱》中创造性地在现实生活发现、选取、创造了独特的闪射着时代光芒的崭新形象，塑造了社会主义建设时期的党的光辉形象：

党，
　正挥汗如雨！
　　工作着——
　在共和国大厦的
　　建筑架上！

这一形象第一奇就奇在党的形象是一位建筑工人，是一位普通劳动者，他又比一般人站得高、看得远，是平凡与伟大、朴素与崇高的辩证统一，是党的领袖人物和普通党员优秀品质的高度艺术概括；第二奇就奇在这一形象说明党的工作重心已转移到经济建设上来，诗中用“炼钢炉”、“农业合作社”、“基本建设的工地”等一幅幅工农业生产建设热火朝天的蓬勃场景作了有力的烘托。这不能不令人佩服其想象力之敏锐，丰富而新奇；第三奇就奇在把党比喻为“共和国大厦”的建设者更合乎马克思主义关于“人民、政党、领袖”的关系，把党与人民的关系比喻为太阳和万物、母亲与子女更符合马克思主义关于“人民，只有人民，才是创造世界历史的真正动力”的论述，因此这一形象不仅在艺术上的创新是空前的，而且对于马克思主义关于人民、政党、领袖之间的关系是一个极其正确，极其精当的艺术显现，尤其在思想上是矫正，是丰富，是创新。

再如，“甲天下”的桂林山水曾使多少文人墨客“到此寸心断”，“彻夜醉难眠”。古往今来该有多少画家诗人留下了神奇美妙的画幅和传颂千古的诗

---

① 贺敬之：《漫谈诗的革命浪漫主义》，《文艺报》1958 年第 9 期。

篇。贺敬之却在《桂林山水歌》中，另辟蹊径，以奇异的比喻抒情壮物，让人耳目一新：

“云中的神啊，雾中的仙，/神姿仙态桂林的山！//情一样深啊，梦一样美，/如情似梦漓江的水!”

这里采用以虚喻实的手法，来唤起人们美的联想。神仙是虚幻的，然而神仙在人们的想象中，却是奇美的；云雾中的神仙似有若无，朦朦胧胧，飘飘忽忽，影影绰绰，用“神姿仙态”的形象来比喻桂林的山就显得更奇更美了。“情”与“梦”，也是虚的，但人有情，人做梦，把“情”与“深”联系在一起，把“梦”与“美”联系在一起，用“如情似梦”来比喻漓江的水，就把漓江人格化了，把漓江写活了。用“神姿仙态”、“如情似梦”等虚幻的事物，来描写桂林的山水，可以引发人们作优美而深远的联想，可以一下子把人们引入到一个神奇美丽的世界：山，神姿仙态，云雾缠绕，呈朦胧之美；水，如情似梦，深远甜美，呈梦幻之美。苏东坡曾说：“善画者，画意不画形，”齐白石也说过，写诗作画应“在似与不似之间”。贺敬之以神显形，写出了桂林山水独特的神韵。

2. 幻想之奇。比如，在《放声歌唱》里，诗人张开想象和幻想的翅膀，天上地下自由翱翔。“我”时而在祖国的大地上漫步，时而在辽阔的太空遨游；时而缅怀过去，时而畅想未来；时而对着远古的祖先倾吐心曲，时而与未来世纪的公民会晤，甚至还把革命导师马克思、列宁请到党中央的大会的“主席台”来检阅我们的事业。真可谓思接千载，视通万里，神驰古今。这些不平凡的情节、丰富的想象、奇异的幻想与夸张所构成的诗的意境和形象，既植根于现实生活的土壤，又和本民族理想紧密相连；既真实地反映了共和国初创时期蒸蒸日上的现实生活，又热情地展望了人们追求的美好未来，洋溢着高昂的社会主义的时代精神，闪耀着灿烂的理想的火花，具有震撼人的心灵，开阔人的胸襟，鼓舞人们前进的力量。

3. 夸张之奇。比如用“看/五千年的/白发，/几万里的/皱纹/一夜东风/全吹尽”（《东风万里》）来表现祖国的衰老与新生，从时间和空间上歌颂社会的重大变革与中华民族精神面貌的历史性变化；用“我仰望你，/我扑向你——/我有/千山万水的思念，/五湖四海的回忆……”来极言其“思念”之深沉、急切，“回忆”之广泛、丰富。

4. 意象之奇。在贺敬之的诗中有多种多样的意象和意象结构。这里略谈两种意象结构。

①意象对比结构，如："而你啊，/命运姑娘，/你对我们/曾是那样的残酷无情，//但是，今天/你突然/目光一转，/就这样热烈地/爱上了我们……""而你啊，'历史'同志，/你曾是满身伤痕、/泪水、/血迹……//今天，我们使你/这样地骄傲！/我们给你披上了/绣满鲜花、/挂满奖章的/新衣！"（《放声歌唱》）以拟人化的手法和对比结构显示了新旧社会的对比与变化，生动强烈。

②意象叠加结构，如：

"省港大罢工的/呼号声，/在我们的/鼓风炉里/正呼呼作响。"

"南昌起义的/鲜血/在我们的/炼钢炉中/正滚滚跳荡。"

"在农业合作社的/麦场上/正飘扬着/秋收起义的/不朽的红旗。"

"在基本建设的/工地上/正闪耀着/延安窑洞的/不灭灯光。"（《放声歌唱》）

这里，第1例是声音叠加组成的听觉意象叠加，其余2例、3例、4例都是色彩（光亮）叠加组成的视觉意象叠加，以此把过去与现在，传统与现实联系起来，既写出了两者的联系，又突出了两者的区别，从而巧妙地把党的光荣历史融入了绚丽多彩的现实生活。在我国五六十年代像贺敬之这样如此频繁地运用意象叠加是很少见的。

5. 空白之奇。

比如："五月——/麦浪。//八月——/海浪。//桃花——/南方。//雪花——/北方。"（《放声歌唱》）这里没有描写"麦浪"、"海浪"、"桃花"、"雪花"的固有色彩，天上地下留有许多空白，省略了介词连词，结构上似断实连，时间与空间的跳跃性很大，但以无胜有，以虚喻实，形象地描绘了祖国的辽阔壮美，五彩缤纷，美不可言。

再如："一路上，扬旗起落——苏州……郑州……兰州/一路上，倾心交谈——/人生……革命……战斗。"（《西去列车的窗口》）句中无其词，句外有其意，用寥寥数语概括了广阔的空间和长远的时间，更能引发人们思考联想。

贺敬之诗歌的内容甚为丰富，其艺术特色不是用"气"可以概括包容的，然而，"气"却是他诗歌中极其重要的一个特色，也是他区别于同时代诗人的一个主要标志。

（原载《心潮诗词》2005年第3期）

忘却他并不容易

——温习贺敬之有感

李万武

总有那么几个人，指点着贺敬之，不停地鼓噪：这是一位过气了的诗人，忘了他吧。

那就试一下吧，也好亲自验证一把贺敬之是否真的“过气”。这念头一起，就有杨白劳给喜儿扎红头绳的一幕在脑海内闪现；就有“南泥湾”、“翻身道情”的歌声响在耳畔；就有诗人与雷锋攀谈的话语传来：“我写下这两个字：/‘雷、锋’——/我是在写啊/我的履历表中/家庭栏里：/我的弟兄。/你的年纪，/二十二岁——/是我年轻的弟弟啊，/你的生命/如此光辉——/却是我/无比高大的/长兄！”就有三门峡之豪伟、桂林山水之奇秀，以及那些用俊美的字符、灵动的标点和无边的空白，用跳动在时间和空间里的迷人的生动意象，用祖国的辽阔美丽和诗人热烈的情怀，共同建造的思想感情的“阶梯”，在眼前叠印：

五月——
　　　麦浪。
　　八月——
　　　　　海浪。
桃花——
　　　南方。
　　雪花——
　　　　　北方。……

我走遍了
　　我广大祖国的
　　　　每一个地方——
呵，每一个地方的
　　我的
　　　　每一个
　　　　　　故乡！

忘却贺敬之，真正是并不容易。他早就和喜儿、大春、杨白劳，和雷锋、王杰，和诗人歌唱过的祖国壮丽河山融化在一起，很难剥离。人们没有道理忘记《白毛女》、雷锋，以及被诗人歌唱过的山川大地，人们就没有道理忘记贺敬之。谁让贺敬之的诗那么富有亲和力，让共和国几代公民的心底都深深烙印着他那泉涌般真诚而奔放的诗句。

贺敬之同时是我们年轻共和国的情感记忆。也可以说，有几代人接受过贺敬之诗的情感塑造。贺敬之的情感记忆也就是我们自己的情感记忆。在这个意义上说，忘记贺敬之就是忘记我们自己。有极少数人怨恨百废待兴的年轻共和国没能在转瞬间就把如今美国人那样的滋润富有送到他们手上，甚至因此把共和国的诞生也视为“历史性的误会”。这些人有理由迁怒于贺敬之，他们会本能地闹心于贺敬之对年轻共和国的放声歌唱。这不能用文学审美选择的个性差异性来解释。真正的文学审美是极为宽容和自由的。你喜欢你所喜欢的，我喜欢我所喜欢的。这里根本不存在你逼迫我必须放弃我所喜欢的，或我霸道地逼迫你放弃你所喜欢的。我发现，催促人们忘记贺敬之的，很少有真正的诗人或作家，而多数是那些搞文学理论评论的人，写文学史、编教材的人。他们在各自领域所做的事情，类似海峡那边的台独分子搞的“去中国化”，可以称之为“去革命化”。在中学、大学教本里，删除贺敬之的诗和贺敬之，是他们妄图“去革命化”的一部分。在一个座谈会上，我就听到京城的一位著名文学博士这样讲：“贺敬之怎么总是那样的好心情，一个劲地‘放声歌唱’，共和国的问题那么多，他怎么就视而不见？我写文学史，肯定让他出局。”

当然，可以不喜欢贺敬之的诗，可以不喜欢贺敬之的“放声歌唱”。可以尖锐批评贺敬之的诗，可以无情挑剔贺敬之当年的“歌唱”可能存在着的肤浅、失当之处，并分析其原因，阐明它们是怎样地印证了那个叫做“历史局限”和“个人局限”的东西的真实存在。这样做就是以文学的名义、诗的名义在做事。可是，我们看到，催促人们忘却贺敬之的人，并不遵守文学游戏规则，他们做着的更像是文学之外的事情。比如，他们执意给贺敬之加冕“左”的“桂冠”，还封他为“左王”，这显然已经不是在“玩”文学，而是借着文学“玩”别的什么了。

在中国当代政治学辞典里，“左”、“右”是两个对应着的政治概念。把它们用在某个具体人身上，其击打的力量，有时是特别怕人的。不是声称“文学要同政治离婚”吗？怎么竟还热衷于用政治打人？按哲学家的说法，“左”和“右”本是相互对立并统一着的“失去一方它方就不复存在”的一对矛盾。令人百思不解的是，在当代中国，早就不再在政治上使用“右”这一概念了（若不是总有人在讲历史上“右派”的故事，我们肯定把指称政治上“右”的这个概念忘记了）。可是，“左”这个政治概念却为什么不因为已经“失去一方”而“不复存在”，反而还坚挺地活着，还有着对人的击打力量？怎么能够如此没有了逻辑？

在文学圈里，“左”在当下的旨归，还是可以猜测的。比如，当有人说，到了“理想主义终结”的时代了，“理想是美丽的陷阱”；而你却说：“不，人对理想的需求是永恒的，乌托邦的力量远没有穷竭。”于是，你“左”了。

当有人说，世上根本就不存在什么崇高和神圣，别再唱崇高、神圣的高调了吧；而你却说：不，这事无法划一，你可以躲避崇高、亵渎神圣，要大家都跟着你走，恐怕不容易。于是，你“左”了。

当有人说，文学只是作家们的自言自语，是码字、是宣泄、是精虫、是大便……；而你却说：不，文学一定要有一种“自我”以外的责任承担，要激励人往一个值得的方向走。于是，你“左”了。

说谁“左”了，就是说谁陈腐了、过时了、死定了，就是被“作废”了。是一种为了形成另一种话语霸权的颠覆术、消解术。虽然已经指不出“右”了，但“左”却还依然保持着它的强大杀伤力，是因为它还承袭着政治上原来的那份坏名声。

这是就“左”的概念的一般使用说的。把“左”、“左王”赠送给诗人贺敬之，大约还暗含着不想明说或不便明说的设计。他们明显是在拿贺敬之说事，是在把贺敬之当作一种公共符号。他是共产党的一位不在位了的文化高官，在曾经是相当困难的一段时期主过政，他与许多重大的文事有关涉。拿他说事，就有了不单是对准单个人，甚至也不单是就小小的文坛说话的奇效。用文学理论行话说，贺敬之是“共名”，是包含着丰富蕴藏的“典型环境中的典型人物”。

贾漫在《诗人贺敬之》里说：“这就是贺敬之生活中的现实，不断地写作，不断地受批判；不断地受批判，又不断地写作。”① 这是诗人贾漫从诗人贺敬之人生历程中提取出来的“公因式”，一条结构着诗人贺敬之人生之旅的“定律”。当用“右”打人最致命的时候，就一次次把他往“右”边的位置上放，说他“右”。事情缘起于不足二十岁的贺敬之在延安得到过胡风的一句“从来没有见过别人这么写”的称赞。贺敬之险些没被挖掘成“胡风分子”。他的大半生是被“右”定义着。贺敬之因此没能率先成就大官员，却率先成就为大诗人。

当用“左”打人最致命的时候，就又有人使劲把他往“左”边的位置上挤，没完没了地批他“左”，封他“左王”。“右”是组织上审视他时用的眼光，是他少年成才惹的祸，胡风激赏过他的才。“左”是他当官惹的祸，是文艺圈里一些不喜欢他的人，想在舆论上“作废”他，至今大小动作不断。

“文革”前说他“右”，“文革”后又翻过来说他“左”。贺敬之承受的就是这种“左右开弓”。贺敬之就在这种“左右开弓”中“百世千劫仍是我：/赤心赤旗赤县民”。

贺敬之是一块抗击打的燧石，休想使之放射不出光焰。他为什么如此抗击打，如此强大、坚毅和有力量？原因简约却并不简单，这就是他不是一个可怜的“自我主义”者。他有一句令人过目难忘的诗，即关于“我”的哲学辩证法：

> 呵，/“我”，/是谁？/我呵，/在哪里？/……一望无际的海洋，/海洋里的/一个小小的水滴，/一望无际的田野，/田野里的/一颗小小的谷粒……

当“小小的水滴”属于“一望无际的海洋”，属于海洋的水滴也就拥有了海洋的一望无际；当“小小的谷粒”属于“一望无际的田野”，属于田野的谷粒也就拥有了田野的一望无际。贺敬之有着“一望无际的海洋”和“一望无际的田野”般的壮阔坦荡胸襟，因此他总是有的是话要诉说，有的是情感要抒发，他才是永远“新鲜的/活跃的/忙碌的/生命！”这是谁也拿他没办法的

① 贾漫：《诗人贺敬之》，大众文艺出版社2000年版。

事情。贺敬之不是只会歌唱自己的诗人，是因为他心里不只装着自己。“在贺敬之心中，个人遭遇与远大理想相比，毕竟是‘小小的阴影，大大的光明’”。

贺敬之的诗、写诗的贺敬之，都是一部耐读的大书，值得为心灵珍藏。对于贺敬之，可以经意安排他从文学史或教科书里“出局”，但期望如此便能让人们忘却他，实在并不容易。忘却无须催促，该忘掉的自会忘掉。纪念是心灵的珍藏，也无须叮咛。我们纪念着所有值得的纪念，谁人也没有能力防范。

（原载《高校理论战线》2005 年第 6 期）

迟到的敬礼

周良沛

这场研讨会，大会安排我在座席上作“点评”，而我的首项任务则是代表几位台湾作家向敬之同志本人，以及为他举办的这个“文学创作国际学术研讨会”致以诚挚的、热烈的祝贺。

首场研讨会首位发言的黄曼君教授，他的开场白言道：在这个会上，可能出现不同意见。作为主办单位负责人之一，他讲这话，可能了解某些内情，也可能希望会上的发言，不要像报刊上有偿新闻的《×××几人谈》那样，舆论一律的“一边倒”。不论怎么说，只要不是别有用心的“搅”会，再尖锐的意见，都是正常的。五十多年前，开国初，苏联的爱伦堡，智利的聂鲁达，两位都是在全世界享有很高声誉的大作家访华。后来，我听当时作为东道主接待他俩的丁玲同志讲，爱伦堡闲聊中说：一个作品，大家都说坏的，大概确坏无疑，若是大家说好，则未必好，只有说好说坏的都有，才正常。此话经过翻译、转述，自然不可能是原话，但基本的意思是不会错的。那时，不仅可以，且是强调“阶级”和“阶级立场”的，即使今日有些所谓“权威”认为“class”不应译为“阶级”，只该译成“阶层”，然而，不同“阶层”也会有各自不同的观念和思想倾向，以及审美要求，对作品的评价不一，也很正常。何况，当年庸俗社会学不同程度的存在和泛滥，人们面对一个制度的社会学被庸俗，在一些地区、单位，乃至成为主流形态时，难免盲目、难于免俗而庸俗时，一窝蜂地表态叫“好”，其实很糟。当年一切都向“老大哥”学习，爱伦堡此说，也同时表现了“中国特色”。就是今日，一些年轻人为某些时髦的观念、某个“旗手”的“指引”而弄得团团转，不辨西东的一统，确实不如有些不同意见。对敬之同志的创作和研讨，也当如此。

前面我说到我代表他们对大会致以祝贺的台湾作家，他们是陈映真、曾健民、吕正惠、蓝博洲、施善继，在台湾，他们俱是公开的，未有任何保护色的“反独促统”的“统派”人士。这一立场，注定了他们的文学也必然是“左翼”的。这些年，大陆反“左”而使不少人对“左”反得泛“左”化，渐渐已离它的文字原意很远了，在右翼掌权的国家和地区，受歧视乃至受迫害的“左翼”文学和作家，也就是进步作品、进步作家。由于上述情况，希望在内地不要误读这个“左”字。目前，不少人民代表大会讲的“走向世界”与“同世界接轨”，说得时髦时，“新自由主义”的推行，已使有些国家发生经济地震，两极分化的加速、加大，一系列问题困扰着生存于斯的人们，而文化学术上持“新左派”立场，已视为文化良知时，更莫误读这个“左翼”的“左”字。

这几位台湾作家谦虚地请我转告，他们对大陆的文学知之甚少，台北市场上畅销、流行的大陆作品，接触不多，对敬之同志的诗，也没研究，但对《白毛女》的悲剧，在世界各地，仍是不少人所未摆脱的噩梦时，他们感悟、感动一个“白毛女”“人变鬼”、“鬼变人”所揭示人民改变自己命运的道路，不仅60年前，今日仍有它的现实意义，仍是生活的维他命。因此，对它的作者，也持有一份特别的敬意，是以阶级兄弟之情对他的赞赏。

所以说，不论什么样的思想和艺术倾向的作家和作品，当其叙事能力的语言、技巧，还能构成其为作品的文学形式后，有什么样的作品，就有什么样的读者；同样，有什么样的读者，就有什么样的作家和作品。不论目前，以至未来，讲不讲作家的倾向性，乃至阶级立场，即使世界大同了，物以类聚，人以群分的社会现象仍是无法改变的，因为“大同”之日，人的个性、爱好会允许和得到更充分的发挥，虽然倾向性的内容也会与时俱进地有所变化，但以此“聚”和“分”的“聚”、“分”，则属必然。

所以说，对敬之同志的“学术研讨”有不同的意见，太正常不过。在还存在“类聚”、“群分”的社会形态的格局下，一个处于不同意见，乃至非常激烈、对立的情绪化的作家和作品，也许由此反而凸显了他的某些特点和存在价值，绝非坏事。

黄曼君教授的一句话，引发了我的这些联想，若黄老师也同意我的想法，那也得感谢他对我的启发。

在写诗的道路上，敬之同志是我的先行，但从另一个角度看，我也有个与他相同的“十六岁情结”，是参加革命和写诗的时候，都在十六岁。然而，这又是两个无法相比的“十六岁”。敬之同志一写诗，就出手不凡，且是以抗日报国的抱负奔赴延安的。而我，那时写的“小破诗”，提都提不起来。在那个时代，同龄同辈的族群中，我却是一个很落后的少年。从小，就与修道院的少年修士与慈幼院的弃婴一同哭大，无奈于命运的我，只有认命，只有祈求上帝赐福而能安生。但，新的革命，新的政权建立，使我失去了在教堂的生存基础，每日的粮食失去保障，只为讨口饭吃，为生活所逼，别无选择地参了军。对一个未成年的少年来说，如此的人生经历，确实太残酷了；从那个革命的大时代来讲，这个远离了革命的少年也太可悲了。然而，一个太黑暗的社会，太腐败的政权，除了统治集团自己营垒中的人，是完全看不到生活的希望的。为此，一个为不幸而早熟，为自弃而落后的少年，虽然不是雇工、雇农，同样深怀那个时代的苦闷，比之工农，这种苦闷也许太浅薄。可是对于一个没有多少承受能力的少年来讲，它又太实际、太悲伤。为此，他接触到解放区文艺第一课的《白毛女》时，绝对是和他们一样哭、一样憎爱分明。解放战争中，大量的“解放战士”，也就是国民党的俘虏兵加入进来。对他们，伟大的革命阶级，竟能让他们当即补进自己队伍，乃至立即掉转枪口就能打敌人，这是过去想都不敢想的事。他们，有的还没成为模范、英雄，“解放”过来而能成为革命战士的第一课，就是“诉苦”，控诉旧社会的一切形式的剥削和压迫之苦，其中，最生动的一课，就是看《白毛女》。台下，总是泣不成声和号啕大哭与对暴烈历史悲愤。他们高呼要“为喜儿报仇”，也是要为自己报仇。有的跑上台去，要揍剧中的恶霸黄世仁，乃至端起枪来，致使后来看此剧的战士不准带武器入场。我虽无他们那样的阶级仇要宣泄，同样为此剧激发战士阶级觉悟的力量而得到净化，是一般文艺作品所无法相比的，也是特定的历史背景下的典型环境下的典型事态。那时，不仅对我，部队许多爱好文艺的年轻人，提到《白毛女》的作者，无疑，只能是仰望的诗星。尔后，我还能与他一起平等地谈诗，同志式的聊天，那在当时也想都不敢想的事。同样，随着“思想解放”，说《白毛女》中的杨白劳与恶霸黄世仁是借贷的债权关系，剧中所处理债务关系的方式，是“头脑发热，产生破坏性的冲动”的高论，也是我不可思议的。不是目前，而是将来，社会是否随着这种理论来安排生活，只有让将来的历史来评论。不过，已有的历史，是任何个人、任何权力所无法改变的，这也是个无须讨论的常识。因此，我想，我见证这部作品所唤醒战士的阶级自觉，加速他们前进的步伐而迎来新的共和国之所见，对任何作品、作家，都是它价值判断的历史的、理论的基础。

由于我自己十六岁也开始学习写点小破诗，我也更注意敬之同志的新诗创作。但是，我幼年到少年的十年间，同更多同辈的朋友相比，我所受的教育环境，近于畸形。不像敬之同志，是为诗的民族传统所哺育。而是从《圣经》的《雅歌》开始感悟、认识诗的。因此，对诗的认识、兴趣，同他并不一致，可是，我能欣赏他的诗。

记得，学贯中西的钱钟书先生生前曾对人表示，对某些外文，不说多个语种，仅就某个单一语种的单词都认不得几个的人，竟大谈"现代派"，是不可理解的。因为，文学是语言的艺术，诗又是文学中的文学，不懂它的语言，怎么去谈它的诗呢。然而，我这样的外文盲，从读《圣经》开始，就是读中文版的。唱诗是跟着用拉丁文唱，也是跟着瞎子背书，不知所云。读诗，不仅"现代派"，连域外诗，也是通过译文来读。虽然如此，所受的影响，自然跟受益于我国古典的、传统的诗教者很不相同，对我的诗观，烙上很深的烙印，带给对诗的认识，有很大局限。还好，年轻时只是摸索着学习写诗，不敢写文章谈诗，若也厚着脸皮以谈它"推销"自己；则不知贩出多少谬论，贻害他人。但，诗就是诗，中、外、古、今的，只要它的质是诗的，就有相通之处，为此，在我当年，战争环境下读不到太多书面文字的那种状况下，依然能从大家的歌声理解、欣赏敬之同志的诗。如他的：

这个平汉路啊，是贫寒的路，
那个琉璃河哟，是流泪的河……

"平汉路"之"平"，是北平，作者用"平汉"与"贫寒"，"琉璃"与"流泪"之语音的相近相。谐而翻出另一种语义来，则是很像"声音象征主义"的手法了。这点，台下有来自巴黎参加研讨的法国专家，他更有发言权。

再如：

红灯，绿灯。它来回的转
工人们的血汗不住流，……

近年，常以"时空交错"贴上"现代主义"诗艺的标签。这里，以铁路、交通线上，一般大家所熟悉的红绿灯所示的通与阻，表示时序的回环往复、并与铁路工人在旧制度下不变的命运，形成物象与意象、时与空的交错对映。若将这些技艺视为"现代"的专利，那么，它在这里也是很"现代"的。然而，从“语言艺术”的“语言”来说，它又是非常民族化的，接近说唱艺术的语言陈述方式。从我个人的生存状况而言，当年同样又是以阅读西诗的心态接受了它。今日想来，这种个人的阅读经历，在一定程度上，也是对作品和作家的说明。

那时候，我确实是个思想很落后的少年，同样怀着时代的苦闷，由于特殊的生存环境，很小就听熟了雪莱《西风歌》中的名句

If winter comes

Can spring be far behind?

“冬来了，春会远吗?”诗人以一句时序变化规律的叙说，给一切失意的，绝望的人以希望。打头 if，有的译本译为“既然冬天来了”的“既然”二字，我认为译得不妥。“if”还是译为“若是”，恢复它虚拟的口气为好。它是失意和绝望时盼望、等待希望的心态。然而，我在那个社会等了十六年，它没给过任何希望。解放了，天变了，地变了，随着生存环境的变化而予我意识形态化了，才可能改变自己的落后状态。当“告别革命”的叫嚣在占领它的思想市场时，我才敢毫不谦虚地说：我是忠于马克思主义的，他也是我少年时寻求的上帝，年过古稀了，可以说，他是我终其余生的宗教。我开始接受马克思主义，又与表现了历史唯物观的文艺作品密不可分。解放后，当我接触到新文艺时，敬之同志是我读解放区的文艺作品所遇的首位作家。过于夸大个人的作用，无此必要，但这确是我转变观念最初的酵母。当《白毛女》的舞台唱出宽广、深沉、浑厚、嘹亮的合唱声：

太阳出来了！

它与我内心第一缕希望之光升起的契合，是庄严的欢乐，辉煌的色彩，也是我自身的生命之歌。这是我终生不忘的。

此时此地，作为一个读者，面谢诗人，我不该忘记，行一个迟到了五十六年的、少年军人的军礼！

（原载《银河系》2005 年第 50 · 51 期）

大树长青

陈志昂

我永远是
一个年轻的公民
——贺敬之：《十年颂歌》

作为题目的这四个字，取自贺敬之同志的抒情长诗——《雷锋之歌》中的名句："青山不老，/红旗不倒，/大树长青。"纵览贺敬之同志的战斗生涯，通读他300万言的著作，我感到他就是一株参天大树。他深深地扎根于中华大地的厚土之中，吸取着劳动人民的精神滋养，沐浴着马列主义毛泽东思想的阳光雨露，枝叶繁茂，花果累累，迎着世纪的风云，昂然挺立，永葆青春，以其多方面的辉煌成就，回报给大地、太阳和人民。

他是现代中国诗歌史上最有代表性的诗人之一。从五四时期起到新中国建立之初的各个历史阶段，相继出现了郭沫若、闻一多、臧克家、殷夫、艾青、田间、李季、阮章竞、闻捷、绿原等杰出的代表性诗人。到20世纪五六十年代则应是贺敬之和郭小川，他们两个人堪称当代诗歌天空的双子星座。早在20世纪40年代初期，贺敬之的诗作即已引起了评论界的重视，但其诗才的高度发挥，是1949年新中国成立以后。他自己曾说："建国前期……那是一个大解放、大翻身的时代，是中华民族激情迸发，水晶般透明、烈火般火热的时代，大多数人都感到由衷的幸福快乐，放声歌唱共产党，歌唱社会主义。"(《答〈诗刊〉阎延文问》) 作为集中而热烈地表达人民心声的时代歌手，他写出了激情澎湃、大气磅礴的《放声歌唱》、《雷锋之歌》，感人肺腑的《回延安》和美妙绝伦的《桂林山水歌》等诗篇。在粉碎"四人帮"的历史性胜利后，又写出纪念碑性的《中国的十月》和《"八一"之歌》。进入新时期，面对国内日益猖獗的自由主义狂澜和国际共产主义运动的低潮，贺敬之在诗歌中表达了共产党人坚定不移的节操和信念。这些诗采用“新古体诗”的格律绝非偶然，也不仅仅是对诗歌民族形式的一种探索。与前期的热情奔放的“楼梯式”和“信天游体”不同，这些“新古体诗”是高度凝炼的，正好适于表达在严峻的客观形势下人们严峻的心态。这里面仍有浩气郁勃，真力弥满，然而是潜气内转，锤炼以出，更显得雄深雅健。这些“新古体诗”的成就尚未得到普遍承认，甚至被少数人认为是开倒车或江郎才尽的表现，但我坚信，这些诗的历史地位绝不低于作者前期的政治抒情诗，其深刻与成熟甚或有所超越。如果说在前期的抒情诗中还有着年轻诗人的天真以致失察，那么“新古体诗”则更加清醒和睿智，而且面对滚滚狂潮，更突现出抒情主体的形象如中流砥柱，伟岸、坚强，正气凛然。

贺敬之同志还是现代中国歌诗歌词史上最有代表性的作家之一。五四以来的中国歌诗作家可以约略分为三代人物：第一代是易韦斋和韦翰章。易韦斋与作曲家萧友梅合作，代表作有《问》、《南飞之燕语》等。韦翰章与黄自、应尚能等作曲家合作，代表作有《抗敌歌》、《旗正飘飘》、《长恨歌》、《吊吴淞》等。稍后的卢冀野等也属此派。这些词作家都深受中国文学的熏陶，作品古香古色，带有浓厚的传统诗词的格调，高雅有余，通俗不足，有时还散发出陈腐的气息。随着救亡歌咏运动的发展和抗战歌曲的兴起，出现了第二代词作家，其中主要是田汉、光未然、塞克、安娥、公木等。他们与聂耳、冼星海、吕骥、任光、张曙等音乐家合作，创作出《义勇军进行曲》（田汉、聂耳）、《黄河大合唱》（光未然、冼星海）等不朽杰作。这些歌词多半是热情奔放的自由诗体，较之前一代的作品，同人民大众更为接近，但另外有些歌词作品却带有知识分子的情感色彩，而且句法自由散漫，从某种意义上说，与人民喜闻乐见的民族民间传统尚有距离，因而也就影响了它们在更广大的人群中的普及与深入。其中安娥的词作虽然带有古典的韵味，但有时失之纤弱。公木（张松如）可能有鉴于此，在所作的《八路军大合唱》歌词中，力求情感的健康、明朗，句律的节奏铿锵，经音乐家郑律成谱曲，取得了很大的成功。但更加民族化、大众化的歌词风格的形成还有待新一代歌词作家的创造。在1942年的延安文艺座谈会上，毛泽东同志提出了文艺为工农兵服务的方向，随后又号召鲁艺师生走出小鲁艺，到大鲁艺——广阔的社会生活和现实斗争中去与工农兵打成一片，向民间文艺学习。中国的文学艺术从此出现了重大的转折，歌词的创作也进入了一个新纪元。当时正在鲁艺学习的贺敬之，积极响应毛主席的号召，而且取得了突出的成绩。从此，他的诗风发生了根本的变化，一洗过去的学生腔，由革命知识分子的个人抒情，转向抒人民大众之情。郭沫若同志曾称赞歌剧《白毛女》“把五四以来那种知识分子的孤芳自赏的作风完全洗刷干净了”。实际上，这种“洗刷”在贺敬之写作《白毛女》之前即已进行得相当彻底，可以说，正是这种“洗刷”才保证了《白毛女》的成功。在1943年及其后的秧歌运动中，贺敬之非常活跃，写出了为数众多的歌词、秧歌唱词、大小秧歌剧。如《七枝花》（杜矢甲作曲，词作稍早）、《南泥湾》（马可作曲）、《朱德歌》（李焕之作曲）、《贺龙》（马可作曲）、《八路军开荒歌》（安波作曲）、《翻身道情》（刘炽编曲）、《胜利鼓舞》（刘炽作曲）等。走出延安后，他又写出了《民主建国进行曲》（李焕之作曲）、《平汉路小唱》（张鲁作曲）等脍炙人口的杰作。虽然他后来的创作重心转移到歌剧和抒情诗，但直至90年代仍有词作问世。这些作品以真挚热烈的情感，鲜明生动的形象，活泼明快的群众语言，富于民歌特点的新颖形式，歌颂中国人民热火朝天的现实斗争，反映了从争取抗战胜利走向翻身解放的历史进程，表达了人民群众自身的真实情感，因而受到广泛热烈的欢迎。可以说，在20世纪后半叶，在中国大地上传播最广的音乐作品，就是贺敬之作词的这些歌曲。其中有一些，如《南泥湾》、《翻身道情》等，至今传唱不衰，仍然具有鲜活的生命力。这些作品，开辟了一个歌词创作的新阶段，为这一文学题材树立了新的标杆，而贺敬之就成为第三代歌词作家的杰出代表。此后出现的词作家如乔羽、晓光、石祥等，大体都是沿着这条路子继续前进并取得了新的成就。贺敬之的歌词创作不仅开辟了一代诗风，而且对歌曲音乐的创作走向产生了深刻的影响。如果说田汉等人的歌词对聂耳、冼星海的音乐面貌的形成不无影响的话，那么贺敬之的歌词，毫无疑问也启发了李焕之、马可、张鲁、安波、刘炽等作曲家们去探索音乐的民族形式，并创造出具有浓郁地方色彩的音乐风格，形成了以西北音调为特色的作曲家群体，在中国现代音乐史上异军突起，成为继聂耳、冼星海之后革命音乐的主力。这当然不能完全归功于贺敬之的歌词，但其作用是不容忽视的。

由于经过了秧歌运动的锻炼，特别是创作大型秧歌剧《周子山》的成功经验，写作歌剧《白毛女》文学剧本的任务理所当然地主要落在了贺敬之的肩上。他出色地完成了这一重大任务，创造出一部革命剧诗的典范，从而成为社会主义民族歌剧的奠基人。《白毛女》集中而强烈地体现了“旧社会把人变成鬼，新社会把鬼变成人”的深刻哲理，在其中熔铸了贺敬之对于旧社会苦难人生的痛苦记忆和新社会翻身解放的狂喜。在这之前，贺敬之曾以阴郁的笔墨描绘过旧中国“乡村的夜”，描写过瘦得像“两根麦秸”的老农民，同时又以明亮的色调抒发了进入革命圣地延安之后所感受到的欢乐，他曾在诗中写到：“我快活/像一只飞舞在天空的鹰！”现在他把自己的这些记忆与体验统统调动起来，倾注了热烈的爱憎，投入《白毛女》的创作。他这样描述创作的过程：“记得创作《白毛女》时写到杨白劳被逼喝卤水自杀一段，我哭得不能抑制，这样的受苦者就在我们身旁，就是我们自己啊。而写到‘太阳底下把身翻’一节时我自己也经历了灵魂的大欢畅。”（《答〈诗刊〉阎延文问》）正因为如此，这部歌剧才具有震撼心灵、感人至深的巨大力量。作者回忆说：“《白毛女》在1945年党的七大演出时，我正好在舞台上负责拉幕布。我亲眼看到毛主席在看到喜儿救出山洞时流泪了。”（同上）据喜儿的扮演者孟于记述，“怀来战役后部队领导杨成武同志给我们文工团写来了一封信，大意是：怀来战役敌人兵力多于我军数倍，但我们的战士打得非常英勇顽强，因为他们的刺刀尖上带着文化——带着《白毛女》所启发起来的仇恨和力量，这次战争的胜利也有你们文工团的一份功劳！”（《回忆歌剧〈白毛女〉在华北解放区的演出》）《白毛女》在农村土地改革运动中的伟大作用更是无法估量。当时许多专业和业余团体都纷纷上演这部名剧。据统计，仅在胶东解放区一地即有1000个农村剧团排演过《白毛女》。笔者本人1946年在土改中曾向莱阳一个村庄的农民群众说唱《白毛女》。当时情景今日仍然历历在目，演唱者固然是声泪俱下，而听众也无不涕泗横流。之后，群众迅速发动起来，工作顺利地展开。强烈的剧情，激发起千百万贫苦农民奋起斗争，终于推倒了压在他们头上的封建主义大山。林肯说斯陀夫人的小说《汤姆叔叔的小屋》引起了美国的南北战争，我们更可以毫不夸张地说：贺敬之等的《白毛女》和其他同志创作的一大批革命文艺作品对推进中国人民民主革命发挥了重要作用。《白毛女》的成功不仅是因为它的取材和立意，也因为它写得好，抓住了剧诗的特点，发挥了剧诗的优势。这在一定程度上得益于作者的音乐天赋（本书中他自己谱写的几首歌曲就是佐证）。正如作曲者瞿维等同志所说：贺敬之同志“写的唱词符合人物性格，富有激情、诗意，体现了独特的民族风格的创作个性，同时也非常适合于音乐的发挥”。（《歌剧〈白毛女〉是怎样诞生的》）而音乐创作的成功，又加强了全剧的感染力。离开延安之后，贺敬之陆续创作了歌词《秦洛正》（张鲁作曲）、《节正国》（刘炽、陈紫作曲）、《画中人》（马可作曲），对歌剧艺术的创造进行了不倦的探索。

贺敬之同志是诗人，同时在文艺理论方面也有重要的建树。他在理论活动方面的特点是毫不动摇地一贯坚持无产阶级的党性原则，同时又具有丰富的辩证精神，从不使自己陷入形而上学的偏执和僵硬。他在文艺理论方面的最大贡献就是对于“文艺为社会主义服务”这一原则的强调提出。20 世纪 80 年代初，在党对新时期文艺工作总口号进行调整的过程中，继中央已决定不再沿用“文艺为政治服务”的口号，他建议用“文艺为社会主义服务”同中央已肯定的“文艺为人民服务”并提，他认为：作为总口号，应当在文艺与人民的关系和文艺与时代的关系两个方面体现指向性。文艺为人民服务指明了服务对象，同时还应当指明服务内容。在这一方面，不再提“文艺从属于政治”和“文艺为政治服务”，可以避免对政治的简单化、片面化和绝对化造成的弊端，但这并不意味着文艺可以脱离政治，可以回避文艺在社会主义时代应负的历史使命。因此，为全面地体现文艺应反映包括政治在内的广阔社会生活的要求和发挥其多种社会功能，提“文艺为社会主义服务”代替孤立的“为政治服务”是较为适宜的。他的这一建议被中宣部领导和党中央接受而形成正式文件，成为指导新时期文艺工作的“二为”方向。此外，在论述“双百方针”和“主旋律与多样化”的过程中，他强调探讨和掌握文艺发展的客观规律，特别是要在探讨和掌握一般规律同时着重于社会主义文艺的特殊规律和各门类文艺的特殊规律，并且从许多方面进行了深入的阐发，关于文艺与时代、文艺家与人民、个体与集体、小我与大我、客观与主观、共性与个性、继承与革新、借鉴与独创、现实主义与浪漫主义、真实与真诚、情与理、一与多等一系列范畴作出了精辟的论述。在各类文艺中他论述最多的是诗与歌剧。他强调诗要与时代同步，与人民同心，要在多样化的发展中唱响社会主义的主旋律，要让人懂并且确实为之感动。他反复申述要建设社会主义的民族新歌剧，并且强调指出“中国民族的新歌剧”，“同时应当是中国人民的新歌剧”（《纪念〈讲话〉发表六十周年答河北电视台记者问》）。对于歌剧的艺术特点及创作技巧，也有全面而中肯的论述。贺敬之在文艺理论方面的贡献使他成为新中国特别是新时期重要的文艺理论家。尤其可贵的是，在资产阶级自由主义思潮几度泛滥的情况下，贺敬之冒着极大的风险，以大无畏的精神坚持对滚滚而来的逆流进行反击，奋勇保卫马克思主义毛泽东思想的旗帜，努力坚守社会主义的文艺阵地。他的业绩赢得了广大革命人民的崇敬，但却惹恼了新老自由主义的“精英”，他们群起而攻，甚至谥之为“左王”。然而一切恶意攻讦，何损于这株长青大树的一枝一叶？写到这里，不免令人联想起韩愈的名句：“李杜文章在，光芒万丈长。不知群愚儿，哪用故谤伤？蚍蜉撼大树，可笑不自量！”

2005年作家出版社出版了6卷本的《贺敬之文集》，这是文艺界的一件大事。《贺敬之文集》的第5卷为歌剧、歌词，但除了《白毛女》其余均未附曲谱，未免美中不足。有鉴于此，我提议仿照孙慎等同志编辑《田汉词作歌曲集》的先例，编一本《贺敬之词作歌曲集》。在征得贺敬之同志同意后，便约请了《音乐研究》杂志编审黄大岗同志着手进行。后来又有中国艺术研究院马克思主义文艺理论研究所陆华同志加入，她参加过《贺敬之文集》的编辑工作，积累了一些资料，掌握着许多线索。于是大家分头搜集，黄大岗同志在音乐出版社资料室，陆华同志在中国艺术研究院图书馆，查阅尘封已久的旧杂志、歌选，终于找到了贺敬之词作歌曲的绝大部分，共计246首，大大超过了《文集》所收，可谓灿然大备了。遗憾的是仍有一些作品特别是歌剧《节正国》的曲谱迄未寻获。《节正国》剧本完成后，曾由刘炽、陈紫写出开头几场的音乐并且着手排练，但由于某领导认为剧本歪曲了工人阶级形象而遭到否定，曲谱也就不知下落了。现在两位作曲者均已故去，经询问他们的遗属，都未存有曲谱的原稿。也许在歌剧院的档案中会有所存留，但两个剧院几经分合，迁徙不定，想也难于保全。总之，歌剧《节正国》的音乐未经面世便已成为“广陵散”了。

本书的出版，得到中国文联和李牧、艾东同志的大力支持，《瞭望中国》杂志社、深圳市国际彩印有限公司免费承担印刷，这些义举，当然都是出于对社会主义文化事业的可贵热情，同时也是出于对这些歌曲的珍爱，对贺敬之同志的景仰，又一次证明了：在人们心中，过去、现在和将来，永远是——

大树长青！

（原载《贺敬之词作歌曲集》，中国文联出版社2006年7月出版）

贺敬之与政治抒情诗

——读《贺敬之诗选》

王迩宾

贺敬之是新中国政治抒情诗的开拓者和奠基人之一。他的政治抒情诗，从20世纪五六十年代中期，把我国当代政治抒情诗创作推向了又一个高峰，在海内外产生了巨大影响，激励和鼓舞了几代人，在我国当代诗歌史上留下了灿烂的一页。在诗歌创作日趋彷徨、迷惘、萎缩的今天，重读《贺敬之诗选》（周良沛编选，人民文学出版社1997年7月出版），对于学习和研究贺敬之诗歌，特别是政治抒情诗的成功经验，寻找当前诗歌创作低迷的原因，推动诗歌创作发展大有裨益。本文拟就书中政治抒情诗谈一点感想。

一、贺敬之是新中国政治抒情诗的开拓者和奠基人之一

《贺敬之诗选》中的大多数诗歌都属于政治抒情诗。选入“上篇”的早期作品，大多都带有政治诗性质，并且艺术手法日臻成熟。但是，贺敬之诗歌的重大突破，还是在建国以后，即“下篇”选入的作品，确切地说，是在1956年《回延安》、《放声歌唱》、1958年《三门峡歌》、1959年《十年颂歌》、1963年《雷锋之歌》、1964年《西去列车的窗口》、《又回南泥湾》、1965年《回答今日的世界》等脍炙人口的政治抒情诗相继问世以后。这个时期，以贺敬之、郭小川等诗人为代表创作的政治抒情诗成为诗歌主流，政治抒情诗这一概念由此而提出，一个新的诗歌群体也由此形成，成为中国诗歌大家族中的重要成员。贺敬之政治抒情诗的辉煌就在这一时期得到充分展现。其中，我以为广为流传的《雷锋之歌》是这一时期的扛鼎之作。也是中国当代政治抒情诗经典之作，著名诗评家贾漫这样叙述了当年诗歌发表时的情景：“那时他的诗一出现，可以毫不夸张地说，立即引起青年人倾城倾国的追慕。诗歌唤起的是

一种声音的力量，我无法用一种道理说出当时的感受，只好借助李白的两句诗，那就是：为我一挥手，如听万壑松！那是一种大气磅礴的鼓动……”“1963 年，贺敬之在复旦大学朗诵了《雷锋之歌》之后，激动了全校师生，使他们十多天沉浸在《雷锋之歌》的热潮之中。一曲雷锋之歌，如身化千亿之松，使多少青年洋洋乎而生凌云之志。雷锋造就了贺敬之的诗，贺敬之又再造了诗的雷锋。”（1994 年第 8 期《诗刊》“三江报潮汛，壮怀读贺诗”）那时候，一提到政治抒情诗，人们马上就会想到贺敬之。如同戏剧《白毛女》一样，政治抒情诗同贺敬之的名字紧紧连在一起了。贺敬之由此被人们誉为“时代的歌手”。

贺敬之政治抒情诗的出现，大大拓展了诗的思维空间和艺术空间，他的政治抒情诗在那个时期所达到的思想和艺术的整体高度，至今还没有人超越。自 1965 年 11 月贺敬之在《人民日报》发表长诗《回答今日的世界》，又一次在读者中引起强烈震撼以后，“文革”开始了，政治抒情诗的辉煌时期结束了，贺敬之停止了歌唱。“文革”之后，他又相继献出了《中国的十月》和《“八一”之歌》两首长诗，再次赢得了读者的喜爱，政治抒情诗开始苏醒。与此同时，政治抒情诗也受到一些人的批评和冷落，诗歌从关注社会、关注“大我”，开始转向抒发个人人生的感慨，抒发“小我”之情。刚刚复苏的政治抒情诗日渐式微。当然，在以后的新时期数十年间，也出现了一些优秀的政治抒情诗，如李瑛的《一月的哀思》、柯岩的《周总理，你在哪里》、雷抒雁的《小草在歌唱》、纪宇的《风流歌》等，但是从总体上讲，没能形成当年贺敬之政治抒情诗那样广泛、深刻的影响。政治抒情诗失去了当年的风采。随着创作的低落，政治抒情诗还遭到了诗歌理论上的不公正评价。很少有人为政治抒情诗正名，诗人不愿写，不敢写，似乎这一诗体不是诗歌，不是艺术，要把它排除于诗歌艺术之外。然而，人们依然需要政治抒情诗，时代呼唤政治抒情诗，随着时间的推移，人们会越来越清楚地看到贺敬之政治抒情诗的作用、意义和价值。

二、贺敬之政治抒情诗审美观的主要特征

贺敬之政治抒情诗为什么在那个时期达到了那样的创作高度，受到了那样强烈的欢迎，这里不能不阐说一下与他的政治抒情诗审美观有关的几个主要特征。

1. 诗人，同时也是战士。《贺敬之诗选》收入了诗人在 1940 年创作的诗

歌《我们这一天》，诗中写道：

在这里，
诗人和他的诗，
就是
工人和他的铁锤；
就是
农民和他的镰刀；
就是
战士和他的枪。

在同年创作的《不要注脚》一诗中，他说：

在艺术的
兵营和工厂。
我们是
战斗员和突击者，
工作不息！

把诗人视为战士，这是贺敬之始终如一的诗观，这一诗观贯穿在他的整个创作生涯之中。四十一年后，他在《李季文集》序中写道："是诗人，同时也是战士。这就意味着，要为人民的利益和愿望而斗争，为革命的和社会主义的时代而歌唱，这是衡量诗人成就大小和诗篇价值轻重的首要之点。"他称赞李季"是一位名副其实的革命战士和人民诗人"。作为战士的力倡者，他倡言，做诗人必须做战士，诗人和战士这两重身份，应该也可以统一在一起。他在诗人韩笑病情恶化时，曾经送给韩笑一首诗，诗中有这样几句话：

尽管有人忘记
"战士"二字
是对诗人的崇高称誉，
尽管有人鄙弃
"战士之诗"

是标明诗品的高位价值；
仍有早行者不改初衷，
更有新来者相继奋起
做战士诗人，
写战士之诗。
我有幸望见
他们在昂首，在前进，在冲刺，
……

——1993年4月5日《寄韩笑同志》

他的战士和诗人相统一的诗观，反映在诗歌创作上，就是要以强烈的热情，投入到生活中去，关注和表现社会矛盾，真实地反映客观生活，同时也必须真实地反映主观感觉。贺敬之说："这是作者的党性和作品战斗性的尖锐表现，是坚持真理、坚持生活真实性和政治倾向性相一致而必须解决的问题。"（《贺敬之诗选·自序》）因此，这也对诗人个人素质提出了要求：一位优秀的诗人必然是一位热爱生活，思想境界高尚的人，思想境界的低级、无聊、颓废很难写出真正的好诗。

2. 诗要表现时代精神。这似乎是一个老话题了，但是古今中外文学史告诉我们，真正称得上优秀的诗人，都是时代的产儿。其作品都与时代和大众的脉搏相连，息息相关。贺敬之是一位无愧于时代的大诗人，他的吟唱，就是对时代的回声，那音调恢宏、高昂，久久地回荡在如日方升的新中国大地上。试想，如果新中国诗坛上没有《放声歌唱》、《雷锋之歌》这样一大批大气磅礴、振聋发聩、充满了浪漫激情的诗篇，诗坛上只有那些缠绵、晦涩、忧郁的抒情小调，那么中国的诗坛会是多么苍白、灰暗啊。如果一个时代没有这种时代的强音，没有主旋律，没有出现值得大众奔走相告，获得大众认可的诗人和作品，那也是一种很不正常的现象。

要表现时代精神，必须严格选材，不能随心所欲。从诗集所选的诗歌来看，贺敬之的每一首诗（包括歌词），都坚持了这一创作原则。特别是建国以后，他的诗歌选材严格，出手不凡。他精心选取人们所关注的重大题材和使他的心灵受到震撼的题材来写作。他目标远大，心态沉实，甘于寂寞，精益求精，把宝贵的才华和精力集中起来，凝为利器，创作了一首首誉满大地的艺术佳作。这种严肃、严谨的创作态度，对于今天的诗歌创作不无深刻的启迪意义。

3. 诗要表达大众的声音。目前，新诗的痛苦就在于它渐渐失去了大众。对此，贺敬之“不禁深深为之惋惜”，他说：“历史是人民创造的，真正能经得起历史考验、具有客观价值的作品，很少有不反映时代风貌，不与人民的生活和斗争息息相关的。才华是很脆弱的东西，它只有在为人民歌唱中才能青春永驻。”（袖珍诗丛·青年诗辑）他的诗，既是为自己而写，更是为了大众而写。对他而言，二者无法分离。有人认为，他的一些政治抒情诗，没有表现当年他的自我。其实，他的作品恰恰表达了那个时代他的自我。同后来的政治抒情诗《小草在歌唱》、《将军，不能那样做》等一样，他没有做假，如果他不那样写反而是做假了。同时，他的诗歌又表达了大众的心声。他在1985年4月19日答《词刊》吕美顺采访时说：“要说经验我没有，但体会却有一些。我觉得歌词（包括诗歌在内）它首先应该是时代的声音、人民的声音，当然也是作者的声音融会在一起，作者的脉搏要和时代的脉搏合拍，离开了时代和人民的声音，光唱你内心那点心声，你的歌就不可能得到广大的知音和人民的共鸣，而成为孤芳自赏的东西。这些虽然都是老话，但我想这是真理。”

4. 强烈的情感效应。贺敬之说：“诗的题材也可以这样说，就是无产阶级革命感情。写什么都是好，都是为着写出这个情来。”战士、题材与情感是贺敬之诗观不可分离的整体。是战士，就要有战士的情怀，贺敬之诗歌的情怀是真挚的、强烈的，唱出了真襟怀、真性情。许多诗句似信手拈来，不假雕琢，而真情实感见于字里行间。我们从《贺敬之诗选》中的每一首政治抒情诗里，都能感到这股豪情像烈火在燃烧。诗歌从根本上说是抒情和煽情的艺术。贺敬之的诗情，不是一般的情，而真情、豪情，是战士之情、时代之情、赤子之情，这是贺敬之政治抒情诗影响深远的力量所在。

5. 独特的艺术表现方式。贺敬之诗歌的艺术表现方式是独特的，那激情澎湃的语言，那铿锵有力的韵律，那干净透明的意象，一看就是贺敬之的，读之爽人心目。他使用象征、暗示性语言，简约明了，营造的意象，明白易懂，而又意味悠长。以《雷锋之歌》为例：

我看见
海浪滔滔的
母亲怀中——
　　新一代的太阳

挥舞着云霞的红旗
上升啊
上升……

这里的意象交易是清晰的，“海浪滔滔的/母亲怀中”，潜喻着祖国大地，接着把“新一代的太阳”拟人化了（同时这太阳也象征着站立起来的新一代中国人民），它“挥舞着云霞的红旗”，这又是一个意象，其中有比喻，也有暗示，给读者提供了很大的想象空间。再如：

梅花的枝条上，
会不会有人
暗中嫁接
有毒的葛藤？……
……

把难友们的鲜血
倒进
老爷的杯中……

作者把担心和忧虑具体化了，这些象征、暗示性语言，运用得当，恰如其分，增强了诗意的简练蕴藉之美。贺敬之从不讳言诗歌应该吸收优秀的现代和传统的艺术表现手法，他的独特的政治抒情诗艺术风格的形成，就是不拘成法、汲古融今的结果。从上边的诗中不难看出，他的诗歌还有着强烈的韵律美。他在新诗节奏的形式上也作了有益的探索。

三、政治抒情诗仍然有着强大生命力

这些年来，有一种理论，把在极“左”时期的极“左”政治对文学严加控制的那种特定时空、特定语境下所产生的政治话语霸权对艺术的戕害，机械地理解为是作品中的政治思想、政治内容对作品的戕害，把政治都统统理解为极“左”政治，这是十分偏谬的。一个简单的比较可以说明，西方当代诸多类型的文艺学理论都是非常政治化的。它们并不认为作品中的政治思想、政治内容会削弱或戕害作品中的艺术性。恰恰相反，这类作品由于张扬民主政治，主张关注现实，敢于对社会现实发言，敢于说真话，表达大众心声，往往会激活大众对作品的关注热情，使艺术作品呈现出多元、繁荣、活跃的局面。这些年，政治抒情诗呈衰退之势，诗歌的视角从表现现实社会转向表现自我。当代诗歌普遍缺乏社会的质感，缺乏澎湃的激情，思想贫弱，艺术淡化，受到了读者的冷淡。先锋诗的探索，步履艰难。无论从文学理论还是从创作实践上来说，思想性从来都是优秀诗歌生命的魂魄。逃避现实、排斥思想的诗歌是没有灵魂的诗歌。贺敬之的创作实践告诉我们，政治抒情诗这种诗学形式最适宜思想与艺术的完美结合，最适宜抒发情感，也最适宜传播和被更多的人所接受。它既不排除表现个体内心感受，又易于表现“大我”；在阐释哲理、抒发情感、传播大众诸方面胜过了其他诗学形式。诗歌创作应该百花齐放，人们可以写爱情、写山水，可以浅吟低唱，可以愁闷悲思，但是要取消政治抒情诗这种诗学形式就没有多大理由了。在新世纪这个历史大转折大变革时期，人们呼唤贺敬之式的战士诗人相望辈出，期待着《雷锋之歌》式的好诗层出不穷。

（原载《文艺报》2006年7月6日）

贺敬之诗学品格论

黄曼君　李遇春

贺敬之是20世纪中国文学史上一位杰出的诗人。在他六十余年的漫长文学生涯中，除却“文革”浩劫中被迫放下心爱的诗笔外，贺敬之始终保持着诗人本色：他不仅在五六十年代创作了大量的政治抒情诗，一举奠定了他在中国新诗史上令人瞩目的位置，而且还在新时期写作了大量的“新古体诗词”，并出版了《贺敬之诗书集》和《贺敬之诗书二集》，辛勤地探索着中国诗歌的发展道路，赢得了许多赞誉。不仅如此，贺敬之在40年代战争时期还写作了大量的革命歌词，如《南泥湾》、《翻身道情》、《平汉路小唱》等，皆家喻户晓，广为传唱。正所谓“诗言志，歌永言，声依永，律和声”（《尚书·尧典》），这些流传广远的歌曲显然也应该属于贺敬之诗歌创作的一个重要组成部分。此外，贺敬之还在四五十年代创作了大量的新歌剧，包括秧歌剧和电影歌剧，著名的有《白毛女》①、《画中人》等剧目。这些优秀的歌剧剧本在本质上是属于诗的，是诗剧，是戏剧形态的诗，是综合了文学、音乐、舞蹈等艺术因素而成的宏大诗篇。恰如《毛诗序》中所云：“诗者，志之所之也，在心为志，发言为诗。情动于中而形于言，言之不足故嗟叹之，嗟叹之不足故永歌之，永歌之不足，不知手之舞之，足之蹈之也。”从贺敬之毕生从事的四种主要文学艺术样式（新诗、新歌剧、歌词、“新古体诗词”）可以看出，贺敬之是一位广具诗才、兼容并包、胸襟阔大的优秀诗人。

在长期的诗歌（广义的）创作实践中，贺敬之逐步形成了自己艺术个性

---

① 据2000年由中国青年出版社重版的《白毛女》的剧终“说明”：以上文学剧本第一幕、第二幕、第三幕、第四幕第一场、第五幕第二场由贺敬之执笔，第四幕第二场由贺敬之、丁毅执笔，第五幕第一场、第三场由丁毅、贺敬之执笔。

鲜明的诗学观。虽然他本人并没有将自己的诗学观全面地加以理论上的系统化和条理化，但据我们的初步探究，贺敬之对于现代中国诗学的发展是有着很大贡献的，在他多方面的诗歌创作中隐含着很丰富的诗学资源，非常值得我们总结和探讨。下面，我们试图从诗学本质、诗学境界、诗体三个方面来较为全面地总结和归纳贺敬之的诗学观，从中我们大抵可以发现贺敬之诗学的基本品格和主要特征。

一、诗学本质的多重融合

根据德国古典哲学家的普遍看法，但凡人，主要有知、情、意三个方面的精神心理需求。由此我们可以把作为人类精神心理世界外化物的文学艺术，即广义上的诗，划分为三种类型：反映和认识社会现实和历史的写实型（叙事型）文艺（诗），宣泄情感、表现自我的抒情型文艺（诗），沉思和感悟宇宙人生理念的哲理型文艺（诗）。这三种诗学类型又分别对应着三种不同的诗学本质观，即诗的历史（狭义的）本质观、情感本质观和哲理本质观。[①] 质言之，诗有三种本质：史、情、理。它们构成了诗的本质结构，彼此独立又相互依存。也许在某些诗人或某些诗作中，由于艺术个性的不同或者特定时刻的创作心境的差异，这三种诗的本质并没有共时呈现，但这并不意味着它们之间一定是彼此对立或颉颃的关系。相反，对于那些诗歌创作才能或者艺术潜能得到全面发展的诗人来说，史、情、理这三种“诗质”倒是常常不可偏废的，它们共荣互补、相得益彰，实现了多重诗学本质在诗歌文本结构中的有机融合。

在我们看来，贺敬之就是一位广泛地融合了史、情、理三种诗学本质的优秀诗人。这种艺术融合不仅体现在他的政治抒情诗、革命歌词、“新古体诗词”的写作中，而且在他的新歌剧创作中也有着集中的体现。当然，相对而言，我们大体上可以说，在贺敬之的政治抒情短章（包括篇幅不太长的新诗以及革命歌词）和“新古体诗词”中，前者如《回延安》、《桂林山水歌》、《南泥湾》等，后者如《长白山天池短歌》、《富春江散歌》、《故乡行》等，更多地表现了诗的“情质”；而在他的长篇政治抒情诗中，如《放声歌唱》、《十年颂歌》、《雷锋之歌》、《中国的十月》等，偏重于凸显诗的“理质”；至于在《白毛女》、《画中人》、《秦洛正》、《节正国》、《周子山》等新歌剧（电

---

① 参见顾祖钊《诗魂三魄论》，《文学评论》1998 年第 2 期。

影）中，诗的“史质”则得到了更为全面的体现。但我们也同时注意到，在贺敬之的那些优秀的诗作（剧作）中，诗的“情质”、“理质”和“史质”之间又是相互融合渗透、交相辉映的，做到了理中有情，情中有理；史中含情，情从史生；史中蕴理，理从史来。

比如《白毛女》，它就是剧作者的史识、情感、理性的艺术结晶。其中，“理”就是作品提炼的主题：“旧社会把人逼成了鬼，新社会把鬼变成了人。”这是从中国革命实践中总结出来的社会人生道理。这种革命道理并没有停留在理念的层面上，而是通过剧中充满传奇性的人物和情节生动形象地展现了出来。我们不难在这部雄奇的浪漫主义诗剧中体验到剧作者心中强烈而浓郁的诗情，即对被压迫的社会底层民众的无限同情和对残暴的统治阶级的无比愤恨。看过《白毛女》的观众绝大多数都会对第一幕第一场记忆犹新：除夕之夜，天降大雪，喜儿唱着“北风吹，雪花飘”出场，接着是外出躲债的杨白劳逃回家来，给喜儿扎上了二尺红头绳，这该是多么动人的一段贫贱人家的亲情场景，对这一戏剧场景的营造表达了剧作者心中对未来的幸福生活的强烈呼唤。然而，黄世仁的爪牙穆仁智突然出现了，他的出现打破了杨家那种虽有苦涩但又不乏幸福和温馨的诗意气氛，由此引发了杨家一系列家毁人亡的悲剧。如果说前者表现了剧作者的爱，那么后者就体现了剧作者的憎，在爱憎分明中表现了贺敬之强烈的革命情怀。此外，剧中多处写到喜儿在荒山野岭中逃难、求生的场景，披头散发的“白毛仙姑”在舞台上跳跃，她那“我不死，我要活”！“我是人！我有血肉，我有心”的歌唱无不是发自人物内心深处长期遭受压抑的呐喊，同时也是剧作者强烈的生命意识和政治激情的外在迸发！当然，由于《白毛女》是一部直接源于真实生活事件的现实主义力作，因此，这部诗剧更具有“史诗”或“诗史”的艺术品格。它是20世纪中国革命史的艺术证明，现代中国革命的性质、动力、原因、归宿，即其全部的历史合理性和现实合法性都在这部诗剧中得到了集中而形象的呈现。

如果说在《白毛女》所代表新歌剧中融合了史、情、理三种诗质，但以“史质”为主导的话，那么，在贺敬之的那些优秀的政治抒情短章中，这三种诗质的文本构成则有所不同，即：“理质”的成分被淡化或减弱，“情质”在其中起主导作用，但“情质”与“史质”仍然紧密相连，互为佐证。比如在《回延安》、《桂林山水歌》、《三门峡歌》、《西去列车的窗口》、《南泥湾》等诗歌文本中，我们不难在一片浓郁的抒情氛围中蓦然发现这样的诗句：“社会主义路上大踏步走，光荣的延河还要在前头！”“桂林山水入胸襟，此情此景战士的心——”“大笔大字写新篇：社会主义——我们来！”“来，让我们高声歌唱呵——‘……鲜红的太阳照遍全球！……’”“咱们走上前，鲜花送模范……”这些诗句大都出现在全诗的收束处，正所谓画龙点睛，给前文的抒情做理性升华，点明诗人抒情的政治意图。不过，诗人的这种“理”如同明珠一样，仅仅点缀在全篇的“情”的海洋之中。人们从那些深情雄豪的诗作中更多地感受到的，或者是一个远离家乡的游子对故土的思念、对母亲的感恩，或者是一个多情的诗人面对大自然的山山水水所发出的由衷赞美，或者是一位慷慨激昂的文人墨客登高怀古无限感怀，或者近似一位即将出塞戍边的战士所高唱的从军行或从军乐，或者是一位历经沧桑的诗人对家乡风光今非昔比所滋生的肺腑之言，如此等。应该说，贺敬之的这些“情”诗之所以在当时和现在乃至以后能够深深地打动人心，与诗人在诗中所抒发的那种种情感的超越性是分不开的：这些情感既是政治的，也是人性的；既是时代的，又是永恒的。负载这些情感的诗作因此能够在各种场合被人们广为传诵，脍炙人口，它们无疑将长久地构成红色经典的一部分。不仅如此，以上诗作中的永恒之“情”又是与时代之“史”密切相连的。贺敬之的政治抒情诗往往与那个时代的某个重大或典型的历史背景相关，如《南泥湾》和《回延安》中萦绕着中国革命圣地延安的雄伟身影，《三门峡歌》和《桂林山水歌》中闪现出“大跃进”时期中国人民战天斗地的壮丽画面，《西去列车的窗口》中再现了早期知青戍边垦荒的出征场景。这些历史镜头已经永远地定格在了中国当代历史的帷幕上，因此，贺敬之的这些独具风格的诗作也就成了那个时代的永远的历史见证，它们是当代“诗史”中的壮丽篇章。

贺敬之的“新古体诗词”在诗质结构上与政治抒情短章相类，这里就不必再举例说明了。在贺敬之的全部诗学实践中，真正融合史、情、理三种诗学本质但偏重“理质”的，是他的长篇政治抒情诗，如《放声歌唱》、《东风万里》、《十年颂歌》、《雷锋之歌》、《中国的十月》、《“八一”之歌》等。毫无疑问，贺敬之的长篇政治抒情诗也具备浓厚的“情质”，其中表达了诗人强烈的诗情，这主要表现为对党、对人民、对新中国的无比热爱。如果没有这种“情质”作基础，后人很难相信一个诗人能写出那样长达1000行、2000行的长篇政治抒情诗。然而，相对而言，如果说贺敬之的政治抒情短章是政治“恋歌”，那么他的长篇政治抒情诗就是政治“颂歌”。二者的主要区别在于，诗人在政治“恋歌”中努力实现的是“诗人的‘自我’跟阶级、跟人民的

‘大我’相结合”[①]，而在政治“颂歌”中主要实现的“是通过属于人民的这个‘我’，去表现‘我’所属于的人民和时代的”。[②] 前者是贺敬之为《郭小川诗选》写的序言中的话，后者出自贺敬之为《李季文集》所写的序言。这两者看似同一，其实也有侧重点的不同。这种不同正好反映了贺敬之自己两种不同类型的政治抒情诗的差异。具体来说，贺敬之在政治抒情短章的写作中是以诗人的“自我”为基础，同时将时代和人民的“大我”建基于其上，从而实现了“自我”与“大我”的融合；而在长篇政治抒情诗的写作中，贺敬之是以时代和人民的“大我”为基础，同时将诗人的“自我”融入“大我”之中，正所谓“属于人民的这个‘我’”。这两种融合带来的艺术效果是，前者的抒情个人化色彩更浓烈，而后者的抒情集体化意识更强烈。不仅如此，由于贺敬之长篇政治抒情诗中所抒发的“集体情感”主要属于“时代精神”的范畴，而且业已上升为“政治意识”或“国家意志”，因此，诗人的这种“诗情”已经在很大程度上消退了个人色彩，并转化成属于公共的“诗理”了。与这种由“情”入“理”相联系的，是贺敬之长篇政治抒情诗中“史质”的强化。在《放声歌唱》、《十年颂歌》、《雷锋之歌》、《中国的十月》等长诗中都贯穿了一条中国革命发展史的宏大线索，展现了历史与现实之间的对比，强调了个人必须汇入历史洪流的必然性。因此，贺敬之的这些政治抒情长诗比他的政治抒情短章更加具备“史诗”的宏伟气魄。它们在中国当代诗史上占据着无法替代的重要位置。

二、诗学境界的多元建构

如前所说，诗在学理上可以划分为三种形态：写实（叙事）型、抒情型、哲理（写意）型。这三种诗的形态又分别具有三种不同的诗学旨趣：写实型追求的是“史趣”，抒情型迷恋的是“情趣”，哲理型注重的是“理趣”或“意趣”。毫无疑问，对这三种诗学旨趣的追求可以达到不同的诗学境界，而衡量一个诗人是否达到这三种诗学境界的审美标尺也有所不同：写实型的审美

① 贺敬之：《战士的心永远跳动——〈郭小川诗选〉英文本序》，《贺敬之文艺论集》，红旗出版社1986年版，第118页。

② 贺敬之：《李季文集·序》，《贺敬之文艺论集》，红旗出版社1986年版，第211页。

标尺是典型，抒情型的审美标尺是意境，哲理型的审美标尺是象征。[①] 典型化的程度标志着写实型诗人所达到的不同程度的“史境”；意境的格调高低标志着抒情型诗人所达到的不同程度的“情境”；象征的意蕴多寡决定着哲理型诗人所达到的不同程度的“理境”。典型、意境和象征，这既是三种审美标尺，也是三种审美形态。对于古今中外那些优秀诗人而言，在其全部的诗歌创作实践中，他们往往会全面地发挥这三种不同审美标尺的作用，从而使自己的诗歌创作趋于丰富和多样化，并臻达三种不同审美形态的诗学境界。不仅如此，在优秀诗人的某些优秀诗作中，典型、意境和象征这三种审美标尺的运用常常会交融在一处，从而在更高的程度上达到了诗学境界的多元建构。

在我们看来，贺敬之就是一位在不同形态的诗学实践中注重建构多元的诗学境界的优秀诗人。首先，在新歌剧创作中，贺敬之所追求的核心诗学旨趣是“史趣”，但又在不同程度上兼顾了“史趣”与“情趣”和“理趣”的融合。具体而言，贺敬之在新歌剧创作实践中注重以典型的塑造为艺术中心，但同时也注意发挥意境和象征的艺术表现力。比如《白毛女》，这部卓越的诗剧之所以在艺术舞台上能够常演不衰，首先就在于它为广大观众贡献了喜儿、杨白劳、黄世仁三个性格鲜明的艺术典型形象。尤其重要的是，在这三个艺术典型形象中蕴涵着历史的、文化的、人性的、政治的丰富内涵，他们三个人物的不同命运揭示了20世纪中国革命的历史本质。通过创造这三个艺术典型形象，可以说，剧作者攀登上了艺术的“史境”。然而，《白毛女》的卓越还在于，剧作者在场景营造和情节构思上又尽可能地发挥了意境的妙处，如除夕夜的诗化场景，喜儿在荒山野岭中逃亡跳跃的神奇身姿等，或给人温馨而苦涩的婉约意境，或给人浪漫而雄奇的豪放意境，总之是大大提升了剧作的情感浓度，使原本客观的“史境”笼罩在一种主观的“情境”之中。饶有意味的是，剧中的三个艺术典型业已构成了某种艺术象征，某种通行的艺术符号，或者是何其芳所谓的“共名”，如杨白劳是旧中国长期遭受压迫的底层民众的代表，白毛女是由受难到觉醒的旧中国人民（妇女）的化身，而黄世仁则成了旧中国地主统治阶级的代名词，甚至连账房先生穆仁智也成了旧中国地主爪牙或鹰犬的符号。由此我们不难窥见《白毛女》在艺术上所臻达的象征境界。

---

① 参阅顾祖钊《诗魂三魄论》，《文学评论》1998年第2期。作者将哲理型的艺术至境形态归纳为意象，分为象征意象和浪漫意象两种。笔者认为：抒情型的审美标尺是意境，哲理型的审美标尺是象征；单个或多个意象可以营造出意境，也可以构成象征；意象是意境或象征的艺术质料，是抒情诗和哲理诗的共同的艺术传达方式之一。

除《白毛女》外，贺敬之的《画中人》也是一部集典型、意境和象征于一处的歌剧杰作。《画中人》叙述了一个发生在中国古代社会里的阶级斗争故事。《画中人》的人物结构与《白毛女》颇为相似，甚至可以说《画中人》是古代版的《白毛女》。剧中主要人物也达到了一定的典型化程度，并具备了象征意味。女主人公巧姐心灵手巧，能歌善舞，充满反抗精神，她是古代中国妇女的美好象征，在她的身上寄托着剧作者的良好愿望。如果说巧姐的形象与喜儿异曲同工，那么祖父老石匠的性格和命运就与杨白劳别无二致。这个含冤而死的善良老人是中国古代社会的杨白劳，他的性格和命运悲剧是古代中国劳动人民的缩影。而剧中荒淫的皇帝和四处搜罗民间美女的巫臣，正是披着古代服饰的黄世仁和穆仁智而已。此外，《画中人》中许多诗意的画面和传奇的情节，如巧姐和祖父老石匠、恋人庄哥的幸福生活的诗化描绘，巧姐作为“画中人”来去自由的神奇本领等，较之《白毛女》，其传奇性、浪漫性、抒情性有过之而无不及。这一切让“史剧”《画中人》得以在一个神奇的意境中展开，因此又平添了“诗剧”的色彩。相对于《白毛女》和《画中人》，贺敬之的其他几部新歌剧，如《节正国》、《秦洛正》等，虽然在“史趣”的追求上甚至高于《画中人》，也就是说它们塑造的主人公的典型化程度也许更高，因此象征意义更丰厚，但在意境的营造上则未免要弱了许多。虽然这些剧作的“情趣”要稀薄一些，但它们所达到的“史境”和“理境”却是让《画中人》稍逊一筹的。这也说明，一个诗人要想在创作中实现多元的诗学境界的融合并保持艺术的平衡殊非易事！

与新歌剧不同，贺敬之的政治抒情短章所追求的核心诗学旨趣是“情趣”，其在艺术上也以意境取胜。如《回延安》中出现了大量的情景交融的诗句：“杜甫川唱来柳林铺笑，红旗飘飘把手招。”“白羊肚手巾红腰带，亲人们迎过延河来。”“米酒油馍木炭火，团团围定炕上坐。”“一盏盏电灯亮又明，一排排绿树迎春风……”这些诗句中充满了一系列包含诗情的意象，它们在整体上营造了全诗温情、明快、清丽的意境。《南泥湾》的许多词句中同样充满了鲜活的意象：“到处是庄稼，遍地是牛羊……”“处处是荒山，没呀人烟……”这样的意象之间构成了鲜明的对比，从而传达了诗人内心的喜悦和感恩之情。《桂林山水歌》中的意象就更多了：“云中的神啊，雾中的仙，/神姿仙态桂林的山！”“情一样深啊，梦一样美，/如情似梦漓江的水！”……这些优美的意象营建了全诗优美、秀丽、隽永的诗歌意境。《三门峡——梳妆台》中的意象群在风格上则有所不同：“黄水劈门千声雷，狂风万里走东海。”

“乌云遮明镜，黄水吞金钗。”……这些粗犷的意象构筑了全诗整体上雄浑豪放的诗歌意境。与之相类的是《西去列车的窗口》：“一站站灯火扑来，像流萤飞走，/一重重山岭闪过，似浪涛奔流，……”“看飞奔的列车，已驶过古长城的垛口，/窗外明月，照耀着积雪的祁连山头……”虽然同样是粗犷阔大的意象，但《窗口》的诗歌意境在雄浑豪放上又多了一层慷慨壮烈的色调。当然，除精心营造意境之外，贺敬之在政治抒情短章中也并没有放弃对“理趣”和“史趣”的追寻，而是尽量吸收典型化的技法，并且使诗中的意象具备一定的象征意蕴。如诗人在《回延安》中选择了一系列的典型场景：“满心话登时说不出来，一头扑在亲人怀……”“手把手儿教会了我，母亲打发我们过黄河。”……这些典型场景是对全诗意境的有益的补充，而且本身已经属于全诗意境的一部分。同样，在《西去列车的窗口》中也有很多典型的场景描绘：“一群青年人的肩紧靠着一个壮年人的肩”，“那些激动的面孔、那些高举的拳头……”“旧军帽下根根白发、臂膀上道道伤口……”“悄悄打开针线包啊，给‘新兵们’缝缀衣扣……”这些典型的出征场景如今已变成了珍贵的历史镜头，它们的存在强化了整首诗的“史诗”品格。还须指出的是，无论是“几回回梦里回延安”还是“西去列车的窗口”，无论是“南泥湾”，“桂林山水”，还是“梳妆台”，贺敬之诗中的这些中心意象大抵具备一定的象征含义，它们提升了整首诗的“理境”，拓展了全诗的意蕴空间。

贺敬之的“新古体诗词”与政治抒情短章在核心的诗学旨趣上相似，追求的也是意境的营造和情感的抒发，并继承了传统诗艺中托物言志、借物抒情的表现手法。这些“新古体诗词”主要是“文革”后的二十余年中诗人贺敬之在神州大地上四面八方寻踪探源、归乡访旧、旅行观光的历史记录和心灵记录，而且从中折射出了中国改革开放以来的时代变迁和历史侧影。这些诗作大都以“组诗”的形式出现，比较重要的有总题为《陕西行》、《富春江散歌》、《长白山天池短歌》、《川北行》、《故乡行》、《青岛吟》、《枣庄行》、《槽渔滩诗草》、《散歌纪行》、《胶东行》、《荆州行》、《三峡行》等组诗，另有《访日杂咏》也值得重视。仅从题目上我们就可以感受到，贺敬之的这些“新古体诗词”尽管在诗体上发生了变换，但它们仍然与诗人在“文革”前所写的新诗，如《南泥湾》、《回延安》、《三门峡歌》、《桂林山水歌》、《西去列车的窗口》等政治抒情短章之间存在着不可割舍的精神和形式联系。这些组诗以及其他的散诗中不乏佳构，其意境或雄豪宏阔，或清新明丽，其诗情或浪漫奔放，或含蓄蕴藉，大抵缘事即景而作，明显地继承并发扬了中国古典诗歌中山水诗、怀古诗、咏物诗的抒情传统。如《访崖山》其一："青山断处崖门开，明灭塔灯古炮台。此时花发英雄树，南海烟波入镜来。"这是一首怀古诗，广东崖山为南宋末年名臣陆秀夫负末帝投海之处，诗中抒发了诗人感慨历史兴亡，赞美现实生活中人民斗争精神的宽阔胸怀。为了传达自己心中浓郁的诗情，诗人将青山、崖门、塔灯、古炮台、英雄树、南海烟波等自然物象化为内在的心象，从而创造了一个连贯的诗歌意象群，并构筑了一种苍茫雄浑的诗歌意境，使全诗显得情绪饱满、意味深长。再如《访昭君村》，也是怀古诗，但全诗意境显得温婉隽永，清新明丽。诗云："妙手香溪抛翠带，千山系得我心来。昭君村里新井水，马上琵琶不复哀。"贺敬之的"新古体诗词"中也有不少咏物诗，如《题古塞同志画兰石》："君从延安来，恐常忆马兰。此日仍此心，画石色犹丹。"此诗写得精妙蕴藉，寄托深远，意境可人，极富象征意蕴。又如《登武当山》："七十二峰朝天柱，曾闻一峰独说不。我登武当看倔峰，背身昂首云横处。"这首诗与前一首相比显然意境有别，诗人以我观物，故情溢物象之上，登高临远、人峰同一、主客不分，可谓写尽了怀抱中的英雄气。当然，贺敬之"新古体诗词"中数量最大的还是山水诗，如组诗《长白山天池短歌》、《富春江散歌》等即是。一般而言，贺敬之的山水诗更善于营造"有我之境"，而非"无我之境"，其笔下的自然山水风光无不凝结了诗人的豪情或柔情，从而构成了诗作或雄豪或柔婉的意境。如《长白山天池短歌》之八："雄峰巨涛在云顶，俊石羞波浓荫中。大小天池俱神异，豪情柔清皆诗情。"再如《富春江散歌》之十七："我有归魂非迷魂，清江一滴是我身。新安坝下静夜游，江灯知我万里心。"之二六："壮哉此行偕入海，钱江怒涛抒我怀。一滴敢报江海信，百折再看高潮来！"这些诗中的景语皆情语，诗人内心的豪情壮怀正是凭借自然物象而得以外化，同时，自然物象也正是由于寄寓了诗人内心的情感、精神、理想、信仰而获得了艺术生命。

贺敬之的长篇政治抒情诗的核心诗学旨趣是"理趣"，即通过一系列的宏大意象的政治象征意蕴来营构一种革命的"理境"。在中国革命诗歌史上，贺敬之构筑的革命诗学境界以其纯粹的革命理想主义精神而著称。在长篇政治抒情诗代表作《放声歌唱》里，贺敬之精心塑造了党的意象："党，/正挥汗如雨！/工作着——/在共和国大厦的/建筑架上！"这一将党拟人化的诗歌意象具有非常明确的象征意义，它不像西方现代象征主义那样注重内涵的模糊、神秘、晦涩，而是显得纯粹、平实、本色。再如："汽笛/和牧笛/合奏着，/伴送我/和列车一起/穿过深山、隧洞；/螺旋桨/和白云/环舞着，/伴送我/和飞机一起/飞上高空。”这些诗句中充满了意象，但这些意象并不以内涵丰富的情感取胜，而是以明确的政治象征意义见长。还有历来为诗家所称道并被广泛引用的那些诗句，如：“春风。/秋雨。/晨雾。/夕阳。/轰轰的/车轮声。/踏踏的/脚步响。” “五月——/麦浪。/八月——/海浪。/桃花——/南方。/雪花——/北方。”“在高压线/飞过的/长城脚下，/在联合收割机/滚动着的/大雁塔旁，/在长江大桥头的/黄鹤楼上，/在宝成铁路边的/古栈道旁……”这一系列的意象群同样具有明确的政治象征意义，和西方象征主义诗歌乃至中国古典诗词中出现的同类意象在象征内涵上有着明显的区别。相对而言，这种区别在于：中国古典诗词中的意象以情感内蕴取胜，西方象征主义诗歌中的意象以神秘晦涩的生存哲理著称，而贺敬之长篇政治抒情诗中的意象则直接构成了明确的革命政治理想的象征。其实不仅仅是《放声歌唱》，贺敬之其他的著名政治抒情长诗，如《东风万里》、《十年颂歌》、《雷锋之歌》、《中国的十月》等，其中的意象均具有上述政治象征意义。虽然贺敬之的政治抒情长诗不以“情境”或“意境”的营造见长，但这并不意味着其中缺少诗情或诗意，相反，诗人汹涌澎湃的诗情恰恰是这些政治抒情长诗构筑革命“理境”的基础，而且诗中普遍贯穿的历史眼光也给全诗创造了宏阔的“史境”，总之，贺敬之的长篇政治抒情诗虽然偏重追求“理境”，但并不废“情境”和“史境”，这也是不证自明的事实。

三、诗体的多样呈现与交融

无论是新歌剧、新诗，还是“新古体诗词”，贺敬之的文学创作一直与诗结下了不解之缘。贺敬之是一位有着明确的诗体（广义上）意识的诗人。在他漫长的文学生涯中，他不断尝试着多种诗体的艺术实践，并且特别注重多种诗体之间的交叉、互补和融合。

1942年延安文艺整风运动以后，贺敬之积极投身于当时火热的秧歌剧运动中。他先后创作了《夫妻逃难》（1943）、《张丕谟除奸》（1943）、《周子山》（1943）、《瞎子算命》（1944）、《栽树》（1945）、《弟兄俩》（1946）、《张金虎参军》（1947）等秧歌剧。这些“翻身秧歌”和“斗争秧歌”尽管在艺术上还有许多不尽如人意之处，比如革命的内容和民间的形式之间结合得还比较生硬，不够圆熟，但它们毕竟已经显露了贺敬之积极利用民间文艺传统形式，探索新型的民族歌剧的初步努力。正是在不断的秧歌剧艺术实验的基础上，贺敬之才创作出了《白毛女》（1944）、《秦洛正》（1947）、《节正国》

(1950)、《画中人》(1957)等优秀的民族新歌剧。尤其是以他为主要执笔者的《白毛女》的问世，更是被公认为中国民族新歌剧初步建立的艺术标志。贺敬之曾说："歌剧，照字面的了解，可以说是音乐（歌曲）的戏剧。它的重要组成因素之一的文学部分（剧本）则是诗的。诗、音乐、戏剧是它的三大因素。"① 歌剧《白毛女》在本质上是属于诗的。为了使这个来源于真实生活事件的剧本所表现的艺术生活比实际生活"更高，更强烈，更有集中性，更典型，更理想，因此就更带有普遍性"②，剧作者没有对原生态的生活素材作自然形态的处理，而是在情节结构、主题思想、人物塑造、戏剧语言等方面精心地作出了艺术的选择和升华，从而使《白毛女》在很大程度上没有流于散文化，而是构成了一部杰出的诗剧或者剧诗。《白毛女》不仅是写实的艺术，更是抒情的艺术。整部剧本洋溢了剧作者无比激越的诗情。至今，《北风吹》、《扎头绳》、《扑不灭的火》、《我们的喜儿哪里去了?》等抒情唱段仍然在民间广泛流传。无论是唱词还是说白，《白毛女》的歌剧语言都力求具有抒情性、诗性，避免散文化、平铺直叙，流为"押韵的散文"。贺敬之对歌剧语言一直有着明确的诗性追求。他认为"唱词表达思想感情要求避免一般化，肤浅，避免空洞的'抒情'。一定要从人物的具体感受出发。不要千篇一律地'不由我心中好悲伤'、'不由我心中好喜欢'"。又说："唱词的文字形式应服从音乐的需要，便于作曲配曲。不要字句太长，要有明显的段落结构和节奏。七字句、十字句等有时也不要太死，常常为了作曲或配曲，为了情感的变化，字句形式也要有变化。"③ 这些都是贺敬之在歌剧语言探索方面的宝贵经验。大凡歌剧都是诗剧，无论是西洋歌剧还是中国古代戏曲，广义上，它们都属于诗的范畴。所以，为了建设现代中国的新歌剧，贺敬之明确地提出了应该"向生活学习"，"向民歌学习"，"向戏曲学习"，"向我国的古典诗词和新诗学习"④的艺术方向。严格来说，贺敬之的新歌剧也并没有完全达到自己所向往的诗学境界，但他的那些优秀剧作确实有着明确的诗剧或者剧诗的艺术追求，并且为同时代和后来的歌剧作者作出了榜样。

---

① 贺敬之：《〈白毛女〉的创作与演出》，《贺敬之文集》第5卷，作家出版社2005年版，第231页。

② 毛泽东：《在延安文艺座谈会上的讲话》，《毛泽东选集》第三卷，人民出版社1966年版，第818页。

③④ 贺敬之：《答〈小剧本〉读者问——谈谈歌剧的语言问题》，载《小剧本》1959年第8期。

和新歌剧相比，贺敬之在新诗上用力更勤，造诣也更深。贺敬之在新诗创作中博采众长，广泛使用了多种诗体样式，并且在此基础上熔铸成新的诗体，为中国新诗的诗体建设作出了重要的贡献。贺敬之的早期诗作主要结集在《乡村的夜》和《并没有冬天》两部诗集中，这些主要在延安文艺整风运动之前创作的新诗大都采用自由体，它们明显受到了艾青和田间的自由诗体的影响，具有散文化和短诗行等特征。延安文艺整风运动之后，贺敬之开始向陕北民歌学习，他这时期的诗歌结集为《朝阳花开》，其中的诗作大都采用民歌体或歌谣体。应该说，贺敬之建国前的诗体探索为他后来的诗体创造打下了坚实的基础。建国后，由于身体原因，贺敬之在诗歌创作上一度陷入沉寂。直至1956年重返革命圣地延安，诗人的诗情再度萌发并且澎湃起来，一举步入了新诗写作的收获季节。贺敬之建国后的新诗主要改造并熔铸了两种诗体：其一是“信天游”体，如《回延安》、《桂林山水歌》、《向秀丽》、《西去列车的窗口》、《又回南泥湾》等。“信天游”又叫“顺天游”，它是我国西北民间广泛流行的一种民歌形式。“‘顺天游，不断头’，这是一只永远唱不完的民歌，这是一个永远流不尽的泉源!”[①] 李季是最早利用‘信天游’并将其改造成一种新诗诗体的著名诗人。与李季将“信天游”主要改造成一种叙事诗体不同，贺敬之主要是强化了“信天游”的抒情功能，在保持“信天游”以两句一节为歌唱单位的基础上，确立抒情主人公的中心地位，从而弥补了民间“信天游”中经常出现的散漫、凌乱、缺乏连贯性等弱点。不仅如此，贺敬之的“信天游”诗在语言上还特别强调对古典诗词语言的借鉴，相对于李季那种非常民间化和口语化的语言，贺敬之的诗歌语言显然要典雅庄重得多，带有更加浓厚的文人气。在《西去列车的窗口》中，除了外形上的两句一节外，我们甚至会忽视这首诗的民歌体特征，因为其中的语言章法基本上是古典诗词和现代散文的语言的融合，已经看不到多少民间口语的影子了。

其二是“楼梯体”，如《放声歌唱》、《十年颂歌》、《东风万里》、《雷锋之歌》、《“八一”之歌》等。“楼梯体”是前苏联诗人马雅可夫斯基开创的一种诗体样式。马氏别具匠心地把散文的长句切割、排列成楼梯的形状。有人因此把马氏的诗称为“剁碎了的散文”，他的“楼梯体”正是一种散文化的诗体。在中国新诗史上，田间曾被认为是最早借鉴马氏的“楼梯体”并取得了艺术成功的诗人，但田间却自称“读过他的诗甚少，他的革命精神对我有些

---

① 李季：《辑者小引》，《爱情·土地·人生》，中国文联出版公司1986年版，第1页。

影响。我不曾写过楼梯诗，只写过长短句”①。田间的自述是符合他的实际创作情形的，他那独特的“鼓点”式的诗体确实没有袭用马氏的“楼梯”式的外形。如此说来，倒是早年受过田间影响的贺敬之更为明确地借鉴了马氏的“楼梯体”并作了民族化的改造，且取得了引人注目的艺术成就。无论是诗体还是主题，我们其实都不难从《放声歌唱》和《雷锋之歌》等颂诗中看到马氏的政治抒情长诗代表作《好!》和《列宁》的艺术影子。茅盾曾说，近900行的《十年颂歌》，虽然在外形上“是很整齐的‘楼梯式’”，但内在的句法“以句为单位来看，全诗十之八九为偶句，以行为单位来看，大部分也显然是有对仗的”。“全诗上下句的行数和每行的字数，基本上也是各个对称，而且大体上遵守了‘前有繁音，后继切响’的原则。”因此，茅盾认为，“《十年颂歌》对‘楼梯式’这个新的诗体作了创造性的发展，达成了民族化的初步成就，而同时也标志着诗人的个人风格。”② 其实不仅仅是《十年颂歌》，贺敬之的长篇政治抒情诗在诗体上都具有茅盾所说的上述特征，茅盾在这里实际上是点明了贺敬之“楼梯体”的基本艺术特色。贺敬之并没有机械地照搬马氏的“楼梯体”，而是仅仅袭用了马氏“楼梯体”的外形，但在内部作了民族化的改造，大量运用中国古典诗词歌赋所普遍擅长的对偶、排比、押韵、意象叠加等表现手法，从而一反马氏“楼梯体”内部散文化的句法和结构。这样，贺敬之的“楼梯体”就不仅是单一的散文化诗体了，而是实现了现代的自由体(散文化）与传统的格律体的艺术融合。不仅如此，贺敬之还在经典的“楼梯体”的外形上创造了一种“凸凹体”，如在《雷锋之歌》和《“八一”之歌》中，诗人让全诗中相连的句、段呈现出一种交互的凸凹排列的形状，从而创造了一种上下两层，遥相对应的新的“楼梯体”。这虽是马式“楼梯体”的一种变体，但其中也广泛吸取了中国古典诗文重视对称美的艺术传统，因此，它同样也是现代化与民族化交融的一种新诗体。

除《南国春早》和《访崖山》两组旧体诗写于1962年之外，贺敬之的全部旧体诗词都作于“文革”以后的新时期。旧体诗词成了贺敬之近二十多年来着意探索和实践的诗体。尽管贺敬之主要以新诗人闻名于世，但熟悉他的新诗的读者应该都会理解他晚年作出的诗体选择，因为在当年创作政治抒情诗的

① 田间:《几次探索——我的写作简历》,《田间研究专集》, 浙江文艺出版社1984年版，第40页。

② 茅盾:《反映社会主义跃进的时代，推动社会主义时代的跃进》,《争取社会主义文学的更大繁荣》, 作家出版社1960年版，第21页。

过程中，贺敬之就一直十分注重对中国古典诗词歌赋传统的艺术借鉴和创造性的转化，尤其是屈原和李白的诗风对贺敬之的艺术影响甚大。贺敬之曾说："旧体诗固然有文字过雅、格律过严，致使形式束缚内容的一面；但如果不过分拘泥于旧律而略有放宽的话，它对表现新的生活还是有一定适应性的。不仅如此，对某些特定题材或某些特定的写作条件来说，还有其优越性的一面。"① 这也正是旧体诗词并未在以新诗作主导的现代诗坛上消失的重要原因。相反，中国现代许多著名新文学作家，如鲁迅、郁达夫、郭沫若、茅盾、田汉、老舍、臧克家、聂绀弩、钱钟书、姚雪垠等，都曾在旧体诗词写作领域一展身手，更不用说毛泽东、柳亚子、陈寅恪、吴宓等专事旧体诗词写作的诗人了。与前辈旧体诗人相比，贺敬之的旧体诗词并没有严格地遵循古典的诗词格律，且这种"不拘旧律"并非偶尔为之，而是贺敬之的一种自觉的诗体探求。在贺敬之看来，"遵律严者固佳，不尽遵律者也应有一席之地。"② 大约因此之故，贺敬之称自己的这些旧体诗词为"新古体诗词"，因为无论是五言诗还是七言诗，贺敬之的旧体诗都更接近于古体歌行的体式，而与近体诗中的律诗和绝句有着不小的距离。虽然贺敬之的旧体诗并没有严格地遵守近体诗的平仄声韵的格律，但这也不是说他的旧体诗就完全"无律"可循。既然是旧体诗，外形上的整饬自是不必说，就是内在的结构也有部分继承近体律绝的地方。如这些旧体诗中也有自然生成而非刻意结撰的律句和律联，这些旧体诗都严格地按照现代汉语的标准语音押韵，且"绝大多数对句的韵脚都押平声韵（不避'三平'），除首句以外的出句尾字大都仄声（不避'上尾'）"。③ 然而，贺敬之究竟是长期从事新诗写作，尤其是朗诵诗写作的诗人，他深知今人写旧体诗在格律上还应符合现代汉语的口语声韵习惯，如果要求现代人一定要写那种"严律"的近体诗，那很可能是作茧自缚，而惟有写"宽律"的古体诗，间以根据诗情和诗思的需要吸收律绝的优长，那也许是旧体诗的真正出路。贺敬之不仅写"新古体诗"，他还尝试写过"新古体词（曲）"，不过"都不是按古词牌或曲牌的格式填写，而是仿效古人的'自度曲（词）'和今人的'自度曲（词）'的写法，即自由地变换字数、灵活地运用长短句式，同时也不受篇幅长短的限制"。④ 如此看来，贺敬之的"新古体词（曲）"与其"新古体诗"相类，它们都属于诗人对古典的诗词格律进行现代变通运用的艺术产物。

---

①②③ 贺敬之：《贺敬之诗书集·自序》，中国文联出版公司1996年版。

④ 贺敬之：《贺敬之诗书二集·自序》，《贺敬之文集》第2卷，作家出版社2005年版。

在贺敬之的“新古体诗词”中，我们以为，相对于“词”和“曲”以及篇幅较长的“诗”而言，贺敬之的五言或七言的“散绝”写得更好，佳作也随处可见。如《访西安八路军办事处》：“死生一决投八路，阴阳两分七贤庄。四十二载访旧址，少年争问路短长。”又如《皇甫村怀柳青》其一：“床前墓前恍若梦，家斌泪眼指影踪。父老心中根千尺，春风到处说柳青。”再如《登延安清凉山》：“我心久印月，万里千回肠。劫后定痴水，一饮更清凉。”如此等等。从这些优秀的登高怀古之作中，我们不仅能看到一个优秀的当代旧体诗人的身影，而且能感受到他那博大雄豪、温婉深沉的诗人胸襟。

（原载《挥毫顶天写真诗》，作家出版社 2006 年出版）

民族性与世界性

——贺敬之在新歌剧和新诗方面的贡献

牛运清

一

文艺无国界。

歌德说过："诗是人类的共同财产。"最早论述中国文学作品既有民族特征又有世界意义的，也是歌德。

1827 年 1 月 31 日，歌德对爱克曼说，他正在读一部"中国传奇"（可能是《风月好逑传》）。他认为这部中国作品并非异类，并非让人感到奇怪，它描写的人的情感与德国文学、英国文学是相通的、相似的，与整个人类情感也是相通的。他认为："中国人民在思想、行为和情感方面几乎和他们一样，使我们很快就感到他们是我们的同类人。"

在肯定中国文学作品具有跨越国界、跨越族界的世界性之后，歌德从比较文学角度明确指出"这部中国传奇"的民族特征：其一，与德国文学相比，它在表现人的行为与情感方面，"更明朗、更纯洁也更合乎道德。"也就是更合乎人性。其二，人与自然和谐统一。歌德说："他们还有一个特点，人和大自然是生活在一起的。你经常听到金鱼在池子里跳跃，鸟儿在枝头歌唱不停，白天总是阳光灿烂，夜晚也总是月白风清……"德国乃至欧洲文学，对大自然心存敬畏，而中国文学则多写"天地人"合一，人与自然相依为命。其三，中国文学历史悠久，"有成千上万这类作品。"歌德甚至感叹："在我们的远祖还生活在野森林的时代，就有这类作品了。"

由此，歌德认为，民族性与世界性相结合是文学发展的大趋势，他预言："民族文学在现代算不了很大一回事，世界文学的时代已快来临了。"

如果说歌德是从普遍人性和人类之爱的角度谈论文学民族性与世界性，那么，马克思和恩格斯则从经济与世界市场的角度出发论述民族文学、地域文学与世界文学的关系。他们认为资产阶级在历史上曾经扮演过极其革命的角色，“资产阶级由于开拓了世界市场，使一切国家的生产和消费都成为世界性的了……物质的生产是如此，精神的生产也是如此。各民族的精神产品成了公共的财产。民族的片面性和局限性日益成为不可能，于是由许多种民族和地方的文学形成了一种世界的文学。”

19 世纪，世界不同民族文学的交流大都停留在翻译、传播层面。20 世纪伴随世界市场的扩张与经济全球化的到来，不同民族文学的交流与影响不仅大大提速，而且上升到一个新的层面，即借鉴、变异和再创造。正是由于在继承中华民族优秀文化传统基础上，克服“民族的片面性和局限性”，主动接受与吸纳西方文学的优长，再经过作家勇敢地、创造性地劳作，才最终造就了中国现当代文学的灿烂辉煌。

在这方面，贺敬之先生堪为楷模之一。

拜读《贺敬之文集》第六卷，感慨万千，敬佩不已。他在新诗、新歌剧、新古体诗、散文、文论等方面多有建树，成就非凡。他谦称自己不是文艺理论家，实际上，他不仅在坚持和发展马克思主义文艺理论和毛泽东文艺思想方面付出巨大努力，提出许多宝贵的创见，而且以六十多年的文艺创作实践验证了马克思主义文艺学说的科学性、先进性和生命力。尤其在 20 世纪八九十年代的中国文学思潮中，他几经沉浮，矢志不移，坚持四项基本原则不动摇，坚持党的“双百方针”和“二为”方向不动摇，提倡主旋律，发展多样化，为发展和繁荣社会主义文学事业作出了巨大贡献。他不做空头理论家，不做朝秦暮楚的骑墙派，不做心口不一的伪君子，对于一些该肯定的东西，敢于肯定；对于一些应该批评的东西，敢于批评。他不愧是在齐鲁大地诞生的一条硬汉子，正直，倔强，豪放，满腔报国济世热血，一身浩然正气。有人说他“右倾”，有人称他“左王”，他一笑置之，岿然不动。正如他在一首诗中所写：“三生石上笑挺身，又逢生日说转轮。百世千劫仍是我，赤心赤旗赤县民。”一篇《风雨问答录》长达近 200 页，平心静气，据实陈述，是一篇有胆有识、十分难得且极有史料价值和学术意义的新时期文艺思潮史纲，也为再写文学史提供了可信的依据。

贺敬之先生多才多艺，彪炳史册。我认为就文学创作而言，他在中国现当代文学史上贡献最突出的有两个方面：一是以《白毛女》为代表的新歌剧，二是以《放声歌唱》、《雷锋之歌》等为代表的楼梯式朗诵诗。诵诗闻国政，戏剧知兴衰。他以开放的眼光和心态，使民族文学与世界文学接轨，力避局限与片面，成为探索文学民族性与世界性和谐统一的先行者和成功者之一。

二

由延安鲁艺集体创作，贺敬之、丁毅执笔完成的歌剧《白毛女》在1945年抗战胜利前夕隆重推出，大获成功，声震遐迩。这种表现解放区新生活、新人物、新的精神风貌的新颖独创的艺术品种，第一次被命名为“新歌剧”，充分体现了中国老百姓所喜闻乐见的中国作风和中国气派。它之所以被称作“新歌剧”，在于它既不同于中国传统的歌剧——戏曲，也有异于西方盛行的歌剧。新歌剧是把中国土生土长的本地艺术和来自西洋的“异邦植物”杂交培育而成的新艺术。即在承传流行于民间的“骚情秧歌”、京戏以及山西、河北一带地方戏基础上，借鉴吸收西洋歌剧、话剧的优长之处，将不同民族的艺术熔为一炉，集音乐、舞蹈、戏曲、话剧、美术等不同门类的艺术形式于一体，铸成一种前所未有的戏剧形式。1946年郭沫若在重庆读了《白毛女》的文学剧本后，就称赞它是“在戏剧方面的新的民族形式的尝试”。周而复则断定：“《白毛女》的出现，标志着秧歌剧重大的发展，也可以说它是中国新歌剧摸索创造路途上的一块里程碑。”

歌剧《白毛女》经过不断修改，日臻完美。在它的影响和带动下，《刘胡兰》、《赤叶河》、《王秀鸾》、《王贵与李香香》、《打击侵略者》、《长征》、《星星之火》等新歌剧纷纷登台亮相，深受各阶层人民欢迎，正如贺敬之回顾与总结的那样：新歌剧——我国所特有的这种新型的歌剧艺术，“秧歌”扭到天安门，《白毛女》唱进北京城，从“山沟沟”到大城市，从乡村土台子到城市大舞台，从战争环境到和平环境，以《白毛女》为代表的新歌剧给中国亿万观众送来美的艺术享受。

歌剧《白毛女》是一部新的“中国传奇”。它来自于民间流传的“白毛仙姑”的传奇故事。无独有偶，日本民间流传着与此类似的“牛郎与女妖怪”的传奇故事。白毛女和被称作“女妖怪”的女郎有着相似的悲苦命运。日本松山树子芭蕾舞团把歌剧《白毛女》移植到日本，并且改编为芭蕾舞剧，用日本式的西洋舞蹈语言较为准确地理解和体现了歌剧《白毛女》的深厚内涵：旧社会把人逼成鬼，新社会把鬼变成人。表达了人类共同的道德法则——惩恶扬善。芭蕾舞剧《白毛女》不仅感动了日本观众，同样也深深打动了中国观众，这是一个非常有趣和耐人寻味的现象。在由歌剧《白毛女》变为舞剧

《白毛女》的过程中，既保留了中国民族文艺的元素，又加入了日本民族文艺的元素，同时还有西洋歌剧和芭蕾舞剧的元素。“北风吹，雪花飘”的优美旋律，飘遍全中国，飘向全世界。这飘的过程，就是不同民族文学、不同地域文学相互碰撞、相互融合的过程，也就是民族之爱与人类之爱和谐统一的过程，由民族文学构成世界文学的过程。贺敬之执笔创作《白毛女》歌剧的成功，证明早在六十年前，他就已经确立了立足本土，放眼世界，胸纳百川，熔铸中外的艺术观，具备了驾驭社会主义文艺的特殊规律和世界人类文艺的普遍规律的高超能力。歌剧《白毛女》不仅为中国文艺，也为世界文艺增添了一朵奇葩。有人睁着眼睛说瞎话，诬称贺敬之的文艺观点僵化、陈旧、封闭，与世界潮流格格不入，那就请他再看看新歌剧《白毛女》吧。

三

如果说歌剧《白毛女》的创作，借鉴了西洋现实主义和浪漫主义的戏剧经验，那么，贺敬之创作的楼梯式诗歌则明显受了西方现代派中未来主义诗歌的影响。

马雅可夫斯基早年属于立体未来派诗人，他和赫列勃尼柯夫、布尔柳克联合，在诗文集《给社会趣味一记耳光》里发表宣言，故意耸人听闻地提出：“把普希金、陀斯妥耶夫斯基、托尔斯泰之流一股脑儿从当代轮船上扔出去……我们要从摩天大楼的高处俯视他们的渺小。”发狂言，走极端，目空一切，反传统，颠覆现在秩序，反叛现实主义等，是一切现代主义先驱者的共同特征。但是，他们的确在更新文学观念和丰富创作手段和艺术形式方面起到了积极作用。

马雅可夫斯基后来的人生观和文学观都发生了很大变化。他未能把普希金等现实主义文学大师扔进大海里，而自己却投入了社会主义现实主义怀抱，成为无产阶级的著名诗人。他曾将文学创作过渡时期写的一部长诗《150，000，000》（1920年）赠送列宁，在书的扉页上写下：“致共产未来派的敬礼!”因为诗中仍旧浸透着未来派的思想观念，受到列宁的严厉批评。后来他运用立体未来派的诗歌形式创作了一首含有社会主义思想内容的讽刺诗《开会迷》，便立即受到列宁的高度评价。尤其是长篇政治抒情诗《列宁》，更是脍炙人口的经典之作：“我们说/‘列宁’/指的就是/党/我们说/党/指的就是/列宁。”

这种具有立体结构美的阶梯式音节重音诗体适合于在广场上朗诵与表演，有利于激情的抒发与宣泄，长短句式，铿锵节奏，对战斗中的鼓动与宣传尤为见效。贺敬之是在抗战烽火中登上文坛的，是从延安走来的文艺战士，他把革命文艺视为时代的火炬和战斗的号角，因此，他既善于采用“信天游”形式创作节奏舒缓、荡气回肠的民歌体诗歌《回延安》，亦喜欢采用楼梯式的立体结构，创作政治抒情长诗《放声歌唱》。这首诗是诗人为纪念中国共产党诞生三十五周年而创作的，气势磅礴，热情奔放，雄浑激越，格调高亢，诗人选择圣洁的语言，塑造党的伟大形象，讴歌社会主义祖国的繁荣昌盛和人民生活的幸福安康：“党/正挥汗如雨/工作着——/在共和国大厦的/建筑架上！”

贺敬之从诗的形式到诗的思想内涵都在学习马雅可夫斯基。他把诗经的比兴，楚辞的华丽，汉赋的铺陈，李白诗歌的磅礴气势，杜甫诗歌的悲悯情怀，把中国传统诗词的长短句式和现代诗歌的运行节奏，乃至民歌自由、粗犷的艺术格调，都巧妙地兼蓄并收，与外来诗歌形式融合起来，尽情表现中国人民的兴奋情绪和社会主义的时代精神。因此说，这种学习不是消极地模仿，而是积极地移植，主动地再创造。贺敬之将来自意大利和俄苏的楼梯式诗歌中国化。他和田间、高兰、郭小川等诗人共同创造了具有中国民族特色的新型朗诵诗——楼梯式的朗诵诗。

有记者问贺敬之：“您被称为中国的马雅可夫斯基，是楼梯式诗歌在中国最杰出的创造者。”贺敬之当即断然拒绝。他回答说：“我不敢当。这个比方对郭小川同志更合适的。我的情况是：我从求学时就开始接触外国诗人的作品。去西安八路军办事处的路上，我看到《文学月报》，第一次读到马雅可夫斯基的作品。记得那是他的长诗《好！》，当时我就从心里喜欢仰慕。20 世纪 40 年代我的一首诗中曾有这样的句子：‘我走下台阶/就仿佛读过马雅可夫斯基的诗章。’”

为什么要在这里引用这么一段文字呢？因为对贺敬之是否受马雅可夫斯基的影响，以及他是否在 20 世纪 40 年代就写楼梯诗，学术界曾经有过争论。1980 年陈守成先生在《武汉大学学报》第一期发表《论马雅可夫斯基对贺敬之诗歌创作的影响》，文章认为，为庆祝十月革命胜利十周年，马雅可夫斯基写了楼梯式诗歌《好！》，盛赞苏联社会主义祖国的美好。受马雅可夫斯基影响，为纪念中国共产党诞生三十五周年，贺敬之创作了楼梯式诗歌《放声歌唱》。陈文中还说，贺敬之 40 年代已经讲过：“这个伟大诗人的诗给了我最深刻的影响。”郑传寅先生则在该学报同年第六期上发表商榷文章，对陈文中的“影响”说提出质疑。郑文指出，田间的《给战斗者》之所以采用长短句的表式，“是由于当时战斗生活和自己怕技巧不纯熟所致，而并非受马雅可夫斯基的影响。”这话是田间自己讲的。郑传寅由此推论：贺敬之的楼梯式诗歌，也是如此，未受马雅可夫斯基影响。他还说，“我们翻遍诗人40年代的全部诗作也无法找到一首楼梯式诗。”由此进一步断定陈守成先生的“影响”说不能成立。那么，看到贺敬之先生上面的陈述，疑案也就基本解决了。不过还留有一点尾巴，即贺敬之40年代写的一首楼梯式诗或许没有发表，或许发表了，而郑先生未曾查到。

近年经常读到一些学者的文章，其中既有青年人写的，也有中老年人写的。他们在评价毛泽东同志《在延安文艺座谈会上的讲话》发表后出现的诗歌时，总爱说什么“集体叙事”压倒了“个体叙事”，党性、人民性淹没了诗人的个性。甚至消解了诗人的“自我”。而贺敬之的理解与解释却与之迥然不同。他说：“毛泽东同志的《在延安文艺座谈会上的讲话》对我的影响很大……我们的诗歌表现自我，但革命队伍中不是张扬而是克服个体与集体对立，不去发掘和同情所谓‘失落’的‘自我’。只有与大我在一起，自我才能迸发出耀眼的光彩。”他的诗歌离不开自我叙事，而且“我”字出现的频率特别高，谢冕先生曾批评他在诗中过多地使用“我”字。但是，他诗中的“我”是群众中的“我”，大众中的“我”，人民中的“我”。他把“个体叙事”与“集体叙事”统一起来，而不是对立起来，“小我”与“大我”紧密相连，比如《放声歌唱》中的诗句：“呵/‘我’/是谁？/我呵，/在哪里？/……一望无际的海洋/海洋里的/一个小小的水滴。/一望无际的田野/田野里的/一颗小小的谷粒。”

这里的“小我”，是“小小的水滴”，“小小的谷粒”；这里的“大我”是“无际的海洋”，是“无际的田野”。他特意把这段诗置于《贺敬之文集》卷首，代自序，可见其寓意之深邃，追求之执著，信仰之坚定，胸怀之磊落。

贺敬之还清楚地记得在延安时，周扬同志向他转述毛泽东主席的一段话：我们共产党人是赞同和支持个性解放的，只是要区别是建设性的个性还是破坏性的个性，区别的依据就是看与全中国人民和全人类共同解放的关系如何。

毛主席对“个性”与“个性解放”的阐释，是对马克思主义文艺观的坚持与发展。贺敬之写的无论楼梯式诗歌、民歌体诗歌、新古体诗，无不浸透着毛主席这段讲话的基本精神，即努力使“个性”与中国的民族性、人民性结合起来，使“个性”与全人类的生存与发展联系起来。他的创作既植根于民族文学的沃土，又“别取新声于异邦”（鲁迅语），从而形成真正的大视野、大胸襟、大气魄，造就新时代的黄钟大吕。

因此，可以毫不夸张地说，贺敬之对中国现当代文学的变革与发展作出了巨大贡献。他的作品既是民族的，也是世界的。体现了民族性和世界性的统一。

（原载《挥毫顶天写真诗》，作家出版社2006年出版）

一种新型的文学话语空间的开创

——重读贺敬之的“红色经典”

李遇春

贺敬之是20世纪中国革命文学史上的代表作家之一。自30年代末从事文学创作以来，直至“文革”期间被剥夺创作权利止，贺敬之先后给中国革命文坛贡献了一系列家喻户晓的红色经典作品，如延安时期的新歌剧《白毛女》①、革命歌词《南泥湾》，“十七年”时期的政治抒情诗《回延安》、《放声歌唱》、《三门峡歌》、《桂林山水歌》、《雷锋之歌》、《西去列车的窗口》等，从而奠定了他在中国革命文学史上的显著地位。“文革”结束以后，除写有轰动一时的《中国的十月》、《“八一”之歌》等少量新诗外，贺敬之转而主要从事“新古体诗词”的写作，为中国古典诗歌传统如何进行创造性的现代转化进行着长期而艰辛的艺术探索。当然，本文所论贺敬之的红色经典主要是在“文革”前的革命语境中生成的。

从话语融合的角度，本文试图揭示贺敬之红色文学经典的多元文本结构。所谓话语融合，它可以是多重主题话语的融合，也可以是多重文体话语的融合，还可以是主题话语与文体话语之间的融合。根据不同文本的话语融合的不同特点，我们把贺敬之的红色经典作品大致上分为三种类型：第一种是以《白毛女》为代表的优秀的民族新歌剧，它们在主题话语上呈现出话语融合的三重性特征，展示了贺敬之深厚的生活和艺术根基。第二种是以《回延安》

① 在中国青年出版社2000年出版的新歌剧《白毛女》中，对两位执笔者的分工情况专门做了说明：以上文学剧本第一幕、第二幕、第三幕、第四幕第一场、第五幕第二场由贺敬之执笔，第四幕第二场由贺敬之、丁毅执笔，第五幕第一场、第三场由丁毅、贺敬之执笔。新歌剧《白毛女》历经多次修改，人民文学出版社1952年正式出版的修订本是公认的一个权威版本，因此也是笔者“重读”采用的“红色经典”文本。

为代表的优秀的政治抒情诗短章，它们在主题话语上呈现出话语融合的二重性，显露了贺敬之卓越的艺术才情。第三种是以《放声歌唱》为代表的优秀的长篇政治抒情诗，虽然它们的主题话语是单一的，但它们的文体话语是多元融合的，而且在它们单纯的主题话语与多元的文体话语之间也实现了较高程度的有机融合。这种红色经典体现了贺敬之努力"开创一代革命诗风"的艺术气魄。当然，前两种类型的作品中也包含有文体话语融合以及主题话语与文体话语之间相融合的因素，但考虑到不同类型文本的话语融合具有不同的显著特征，本文接下来的探讨自然免不了有所侧重。

一、红色经典歌剧的三维话语空间

在1942年毛泽东发表《在延安文艺座谈会上的讲话》之后，贺敬之积极投身于延安解放区的新秧歌剧运动，忠实地实践毛泽东"工农兵文艺新方向"。他在40年代创作了大量的新歌剧（主要是新秧歌剧），至今保存下来的有：《夫妻逃难》（1943）、《张丕谟锄奸》（1943）、《瞎子算命》（1944）、《白毛女》（1944）、《栽树》（1945）、《弟兄俩》（1946）、《张金虎参军》（1947）、《秦洛正》（1947）等。建国后，贺敬之除了创作新歌剧《节振国》（1950）之外，他还写有神话题材的歌剧电影《画中人》（1957）、现实题材的歌剧电影《淮北平原好风光》（1959）和《风雪千里心似火》（1959）。这里，我们要关注的是现实题材的经典新歌剧《白毛女》和神话历史题材的经典电影歌剧《画中人》，关注的中心是它们在主题话语融合方面的同与异。

先看《白毛女》。作为一部家喻户晓的红色经典，《白毛女》近年来已经不止一次被"再解读"过了。其中，有些"再解读"明显是非历史主义的，甚至带有哗众取宠之嫌，如说《白毛女》是"极左路线下的产物"，"黄世仁与杨白劳两方只是债权人和债务人之间的关系，而不是剥削者、压迫者和被剥削者、被压迫者之间的关系，解决纠纷应当是按照经济法规偿还债务而不该搞阶级斗争。"诸如此类的"解构"话语不仅激起了作者的反感①，本质上也并没有给《白毛女》这部红色经典带来任何有意义的"话语增值"。而真正的严肃的文学批评是应该而且能够促进文本内部结构的话语生长的。应该说，孟悦对《白毛女》的"再解读"就起到了促进这部红色经典的话语增长的作用。在孟悦看来，《白毛女》文本中存在两种话语：政治话语和民间话语；这两种

① 参见贺敬之、张鲁、瞿维《2000年重版前言》，《白毛女》，中国青年出版社2000年版。

话语之间的关系是：民间话语“塑造”了政治话语，因为按照她细致深入的文本解读发现，《白毛女》中“民间伦理秩序的稳定是政治话语合法性的前提”，“政治运作是通过非政治运作而在歌剧剧情中获得合法性的。政治力量最初不过是民间伦理逻辑的一个功能。民间伦理逻辑乃是政治主题合法化的基础、批准者和权威。”① 孟悦的发现无疑是新颖独到的，但在李杨看来，孟悦在文本分析中自觉不自觉地陷入了政治话语与民间话语之间二元对立的思维定势之中。李杨从“延安文学”乃至整个革命文学的“现代性”出发，认为《白毛女》中的政治话语“是打着‘民间’或‘传统’旗号的现代政治”，而其中的民间话语不过是现代革命政治话语“对‘民间’和‘传统’的借用”而已。② 在我们看来，无论是孟悦主张的民间话语“塑造”政治话语，还是李杨所谓政治话语“借用”民间话语，这两种观点实际上都陷入了二元话语对立的思维定势，区别在于前者以民间话语为价值本位，而后者以政治话语为价值本位，努力为革命政治话语的现代性辩护。其实，在歌剧《白毛女》中，要说“借用”，那也是政治话语与民间话语之间的相互借用；要说“塑造”，那也是民间话语与政治话语之间的相互塑造。换句话说，政治话语和民间话语在《白毛女》这部红色经典中实现了有机的话语融合，它们之间并没有什么“话语裂隙”。

从人物设置来看，《白毛女》中的人物系统大体上可以划分为三个阵营：一个是以喜儿和杨白劳为代表的“受难者”阵营，一个是以黄世仁和穆仁智为代表的“迫害者”阵营，一个是以大春和赵大叔为代表的“拯救者”阵营。这三个阵营之间的相互关系的运作及其展开，就构成了整个文本的叙事话语结构。实际上，对于这个典型的“符号三角阵”③ 结构，我们可以从阶级叙事和民间叙事的双重角度作出彼此共存兼容的解释。就阶级叙事而言，黄世仁及其走狗穆仁智是地主阶级和统治阶级的代表，杨白劳和喜儿父女是农民阶级和被压迫阶级的代表，前者的阶级压迫直接造成了后者的阶级苦难——杨白劳自杀了，喜儿被黄世仁“始乱终弃”后逃进深山老林，长期过着暗无天日的生活。这时候，大春出现了，他是作为共产党和八路军的代表归来的，正是他的归来

① 孟悦：《〈白毛女〉演变的启示》，《二十世纪中国文学史论》（王晓明主编）第三卷，东方出版中心 1997 年版，第 193～194 页。

② 李杨：《50—70 年代中国文学经典再解读》，山东教育出版社 2003 年版，第 287～288 页。

③ 关于法国批评家雅克·拉康的“符号三角阵”，可参见杰弗森和罗比等《西方现代文学理论概述与比较》，湖南文艺出版社 1986 年版，第 152～154 页。

使得喜儿获得了解放。从“压迫”到“受难”，再到“拯救”（“解放”），这一阶级叙事模式就这样完成了《白毛女》的政治主题：“旧社会把人逼成了鬼，新社会把鬼变成了人。”从民间叙事来看，在黄世仁的统治阶级身份的背后还有一个道德身份——“坏人”，或“恶”的化身，而在喜儿和杨白劳的农民阶级身份的背后也有一个道德身份——“好人”，或“善”的典型。因此，黄家和杨家之间的“阶级斗争”同时还是一场善恶之间的“道德斗争”。这场道德保卫战以“恶人”压迫“好人”，“好人”受难起始，随着“锄恶扬善”、“除暴安良”的“英雄”——大春的归来，作为“好人”的喜儿终于获得拯救。由此展示了《白毛女》中潜在的民间主题：“善恶因果报应”观念。此外，关于上述人物“符号三角阵”，在喜儿、大春和黄世仁之间，我们从民间叙事视角还可以发现潜在的“有情人终成眷属”的传统（民间）观念，在此不赘。

从逻辑上看，政治话语与民间话语之间融合的关系应该有三种：对抗、同一、疏离。但我们在《白毛女》中显然没有看到政治话语与民间话语之间的对抗冲突，而且这两种话语形态之间也不是那种相互无涉、各自疏离的关系。实际上，《白毛女》中的政治话语与民间话语之间具有互利共存的同一性，它们之间实现了有机的话语融合，因此文本中并没有什么话语裂隙能够促使人们去做所谓的“症候式分析”。需要补充的是，在我们看来，《白毛女》中除了政治话语和民间话语之外，还存在着启蒙话语，因此，是三种而不仅仅是两种话语形态在文本中实现了同一性融合。我们不妨仍然从上述人物“符号三角阵”出发予以分析。

从启蒙视角来看，杨白劳和喜儿原本应该以“人”的资格过着“人”的生活，但黄世仁剥夺了他们的“人”的权利——杨白劳死了，喜儿沦为了“白毛女”，也就是说，他们由“人”变成了“非人”——“鬼”。这还只是外在的肉身的奴役，更有内在的精神的奴役。毋庸讳言，在黄家与杨家之间，在地主老财和赤贫长工之间，存在一种鲁迅先生所谓的“主”与“奴”的关系。杨白劳既是“奴在身者”，也是“奴在心者”。他在黄世仁施加的人生迫害面前忍辱负重、逆来顺受，他最后的自杀实在是被迫无奈之举，还谈不上自觉的反抗。喜儿则不同，她经历了一个精神心理上的从奴役到觉醒的过程。据一位延安时期的当事人回忆：“《白毛女》原来还有这样的情节：喜儿被黄世仁奸污后怀了孕，黄世仁准备与一财主的女儿结婚，并密谋卖掉喜儿，却故意欺骗喜儿说要娶她。喜儿信以为真，感到生活有了指望，高兴地披上红棉袄，载歌载舞起来。在延安公演后，观众对这个情节很有意见，认为这样写喜儿是不合适的，喜儿怎么会忘掉杀父之仇而对黄世仁产生了幻想呢？……可是编导人员认为，像喜儿这样一个孤零零的女孩子，在那种险恶的环境里，产生那样的想法也属人之常情，所以对此未作改动。1949 年进入北平后，《白毛女》再次公演时，这样的情节才被去掉。[①] 实际上，我们在 1952 年的修订本中，准确地说应该是在第三幕第一场中，通过张二婶与喜儿的一番对话，仍然能够从侧面发现喜儿上述作为"人之常情"的文本信息。即使忽略掉这些删改的信息，从喜儿被黄世仁侮辱后企图上吊的行为中，我们仍然可以发现喜儿最初的精神人格与父亲杨白劳之间并没有什么本质的不同。但在得知黄世仁要彻底抛弃自己，甚至置自己于死地后，怀有身孕的喜儿终于彻底绝望了，毋宁说她终于觉醒了，她在逃亡途中的呐喊："我不死，我要活！""我要报仇，我要活！"正是她精神觉醒、人格复苏、主体性回归的标志。在随后暗无天日的艰难岁月里，喜儿一直处于在绝望中反抗的精神状态，所以，当大春代表党和八路军出现在她面前时，喜儿情不自禁地发出了这样的叫喊："我是人，我是人！——我有血肉，我有心，为什么说我不是人？"作为"人"，喜儿的主体性在这里得到了强烈的体现。如果说喜儿的精神觉醒是她在困难中实现的自我救赎，那么她的人身解放则是外在的革命政治力量作用的结果。在某种意义上，是黄世仁残酷的精神奴役把喜儿推向了生命的绝境，并在绝境中实现了精神的质的飞跃；是代表革命政治力量的大春把喜儿从黑暗的旧社会（"山洞"）中拯救了出来。启蒙话语中的精神解放和革命话语中的政治解放就这样在喜儿的身上，也在《白毛女》的文本中融合在了一起，两种话语在此并行不悖。

以上我们分析了《白毛女》中政治话语、民间话语和启蒙话语之间的同一性融合。无独有偶，在贺敬之神话历史题材的经典歌剧电影《画中人》中我们再一次看到了这三种话语之间的融合。大体上，《画中人》里也有三个人物阵营：一个是以老石匠（爷爷）和巧姐（孙女）为代表的"受难者"阵营，一个是以巫臣和皇帝为代表的"迫害者"阵营，一个是以庄哥和神姬为代表的"拯救者"阵营。从政治话语的角度来看，《画中人》叙述了一个关于中国古代社会里的阶级斗争故事。相依为命的祖孙俩在深山中原本过着自在平和的日子。然而，由于皇帝的荒淫无耻，他派巫臣四处搜罗民间美女，意外的灾祸于是降临到祖孙俩的头上。这与《白毛女》的最初情节颇为近似，只不过黄

① 王培元：《抗战时期的延安鲁艺》，广西师范大学出版社 1999 年版，第 297 页。

世仁和穆仁智换成了皇帝和巫臣，喜儿和杨白劳换成了老石匠和巧姐，前者是统治阶级，后者属于被压迫阶级，两者的阶级身份及其阶级对立泾渭分明。不仅如此，《白毛女》中的杨白劳自杀了，《画中人》中老石匠也被巫臣衙役杀害了；《白毛女》中有大春参加革命队伍回来拯救喜儿，《画中人》里也有庄哥借助神妪的神奇力量搭救巧姐。这一切在叙事模式上并没有本质的不同，区别在于内涵方面：在古代社会里由于统治阶级的残酷压迫，被压迫阶级只能寄希望于虚幻的神奇力量，而在现代革命时代里，中国共产党已经取代了历史叙事中“神妪”的话语位置。如果从民间话语的角度来看，和《白毛女》一样，《画中人》也包含了一个中国传统民间形态的主题：“善恶因果报应”观念。显然，老石匠和巧姐以及庄哥是善良的化身，而皇帝和巫臣则是邪恶的代表；但巧姐似乎比喜儿幸运，因为她碰上了神妪，能够在灾难袭来的时候变成“画中人”，这当然是神话，也是“革命浪漫主义”使然，而现实中的喜儿却只能沦为穴居的“白毛女”。无论如何，喜儿和巧姐的最终结局是一样的：善良战胜了邪恶，她们分别都与自己心爱的人（大春、庄哥）“有情人终成眷属”，而不同时代的统治阶级都没能逃脱覆灭的命运。此外，《画中人》里也包含有启蒙主题，与《白毛女》中着重展示农民阶级的精神奴役及其觉醒的过程不同，《画中人》集中展现了中国乡民的健康淳朴的人性美，尤其是庄哥和巧姐的爱情叙事更是闪耀着人性的光芒。考虑到贺敬之创作《画中人》是在1957年的上半年，正是“百花”文学方兴未艾之际，我们甚至可以推断，《画中人》的写作与“百花”时期文坛热烈进行的“人性、人道主义问题”的论争应该不无关系。

二、经典政治抒情短章的主题话语二重性

贺敬之在“文革”前的诗歌创作大体上可划分为三个阶段：第一阶段是早年诗歌探索阶段（1939—1941），这一阶段的诗作大都收集在《并没有冬天》和《乡村的夜》两部诗集里，尤其是收集在《乡村的夜》里的叙事诗，堪称旧中国的悲歌，是贺敬之早年诗歌创作的重要收获。1942年《讲话》以后至1949年新中国的成立是第二阶段，这是贺敬之初步实践“工农兵文学新方向”的时期，除诗集《朝阳花开》外，他在战争时期还写有大量脍炙人口的革命歌词，如《南泥湾》、《七枝花》、《胜利进行曲》、《平汉路小唱》、《翻身道情》等。新中国成立后，由于身体状况等原因的影响，贺敬之的诗歌创作发生了中断，直至1956年以重返延安为契机，贺敬之才又重燃诗歌创作激

情，并一举掀开了他诗歌创作的辉煌时期，至“文革”爆发被迫终止，是为第三阶段。这一阶段的诗作大都收集在《放歌集》中，在思想和艺术取向上大都具有“革命现实主义和革命浪漫主义相结合”的特征。贺敬之第三阶段的诗作大体可划分为两种类型：一种是以《回延安》为代表的政治抒情短章，一种是以《放声歌唱》为代表的长篇政治抒情诗。关于长篇政治抒情诗的话语融合问题将在后面再来探讨。接下来，我们要关注的是贺敬之政治抒情短章中的红色经典诗篇的主题话语结构，包括他在革命战争年代写作的红色经典歌词也一并纳入讨论范围。

在我们看来，在贺敬之的众多政治抒情短章（包括革命歌词）中如下篇目已经构成了公认的红色经典：《南泥湾》（1943）、《回延安》（1956）、《三门峡——梳妆台》（1958）、《桂林山水歌》（1961）、《西去列车的窗口》（1963）。应该说，这在当年众多的中国革命诗人群体中已经算是取得了一个相当高的艺术成就。和前面所论的两部经典歌剧不同，贺敬之的经典政治抒情短章的主题话语结构中已经没有启蒙话语，因此仅呈现出政治话语与古典话语①二重性融合的特点。此处说的古典话语主要是指在中国古典诗词中经常出现的一些文学母题，如去国怀乡、思亲恋旧、纵情山水、登高怀古、出塞从军、民生疾苦等。这些古典诗词主题话语在中国新诗中实际上并没有被完全弃置，而是以“话语原型”的形式潜在地影响着中国新诗的写作，这在郭沫若、徐志摩、闻一多、戴望舒、艾青、田间、臧克家等中国新诗人的诸多诗作中表现得很分明。在贺敬之的经典政治抒情短章中，正是这种古典话语与革命话语之间的有机融合在文本中形成了必要的艺术张力，从而为诗作赢得了大量的读者，并给诗人带来了巨大的声誉。

按照话语融合的性质的不同，我们把贺敬之的经典政治抒情短章划分为两种类型：一种是同一性融合，即文本中的革命话语和古典话语之间是“相辅相成”的关系，包括《南泥湾》、《回延安》和《西去列车的窗口》；一种是对立性融合，即文本中的革命话语和古典话语之间是“相反相成”的关系，包括《三门峡——梳妆台》和《桂林山水歌》。无论是哪一种话语融合，它们

① 近年的当代文学研究界习惯于把“政治话语”与“民间话语”两个概念并举。笔者认为“民间”既是一种话语方式，也是一种话语形态。本文第一部分中的民间概念即是在“话语形态”的意义上使用的。第二部分中的“古典话语”也是指的一种话语形态，但如果在“话语方式”的意义上说，此处的古典话语也是一种民间话语，因为昔日正统（主流）的古典话语在现代中国社会里已经只能以某种“民间”的方式潜在地在现代中国文学中发挥作用了。

成就的艺术效果是相同的，即形成了贺敬之经典政治抒情短章的双重文本结构：潜在的古典话语与显在的革命话语的艺术统一。如果用贺敬之评价同代诗人郭小川的话来说，就是"'诗学'和'政治学'的统一。诗人和战士的统一"。[①] 确实如此，在贺敬之的经典政治抒情短章中我们清晰地看到了诗作者的双重角色：作为一个革命战士，贺敬之在诗歌创作中总是无法抑制自己的革命激情，使诗作洋溢着革命理想主义和革命浪漫主义情怀；而作为一个真正的诗人，贺敬之的笔下又时常情不自禁地流淌着中国古典诗歌，尤其是唐宋山水田园诗和边塞诗的遗风余韵。

以下不妨对贺敬之的五首经典政治抒情短章逐一加以解析：

先看《南泥湾》。从现在文本来看，这首歌词当然是歌颂革命军队的："又战斗来又生产，/三五九旅是模范——/咱们走上前，/鲜花送模范……"然而，这一政治主题仅是在歌词的最后才被作者一语点破，实际上，整首歌词主要是通过南泥湾的今昔对比来抒发作者对新兴的"陕北的好江南"的热爱。不难理解，作者对南泥湾的热爱其实是千百年来中国古典诗人热爱家乡的一种心理绵延，换句话说，中国古典诗歌中的"恋乡"主题作为某种"心理原型"在贺敬之的这首歌词中潜在地浮现了出来。从作者诗意的描绘中，如"好地方来好风光"、"鲜花开满山"、"到处是庄稼，/遍地是牛羊……"等，我们不难联想到一些唐宋田园诗（词）的名句，如白居易的"江南好，风景旧曾谙。日出江花红胜火，春来江水绿如蓝。能不忆江南"（《忆江南》），又如孟浩然的"故人俱鸡黍，邀我至田家。绿树村边合，青山郭外斜"（《过故人庄》），再如陆游的"莫笑农家腊酒浑，丰年留客足鸡豚"（《游山西村》），更有范成大的"新筑场泥镜面平，家家打稻趁霜晴，笑歌声里轻雷动，一夜连枷响到明"（《四时田园杂兴》）。这些古典诗作或者描摹家乡的自然风光，或者叙写家乡的风土人情，尤其是范成大的这首田园诗，诗中对于农业生产劳动的形象描绘更是与《南泥湾》中歌颂的"大生产运动"的氛围和精神息息相通。由此，我们可以说，在《南泥湾》的显在文本的革命话语的背后，其实还隐藏着一个深层文本，一个关于"恋乡"的潜在古典话语。

与《南泥湾》的"恋乡"话语相联系，《回延安》在表层革命话语的深处隐匿着关于"思乡—归乡"的潜在古典话语。"游子思归"是中国古典诗词中

---

① 贺敬之：《战士的心永远跳动——〈郭小川诗选〉英文本序》，《贺敬之文艺论集》，红旗出版社 1986 年版，第 118 页。

的一个传统母题，这方面的古典诗词名句比比皆是，如王维的“独在异乡为异客，每逢佳节倍思亲”（《九月九日忆山东兄弟》），杜甫的“白日放歌须纵酒，青春作伴好还乡”（《闻官军收河南河北》），贺知章的“少小离家老大回，乡音无改鬓毛衰”（《回乡偶书》），宋之问的“近乡情更怯，不敢问来人”（《渡汉江》），韦庄的“未老莫还乡，还乡须断肠”（《菩萨蛮》），等等。实际上，细心的读者会发现，《回延安》中的许多场景描叙和心理刻画与上引诗句之间有着千丝万缕、似断实连的联系。如开篇首节“心口呀莫要这么厉害的跳，/灰尘呀莫把我的眼睛挡住了……”，这几乎可以理解为对宋之问诗的形象注脚。再如“手抓黄土我不放，/紧紧儿贴在心窝上。”“几回回梦里回延安，/双手搂定宝塔山。”“白羊肚手巾红腰带，/亲人们迎过延河来。”“满心话儿登时说不出来，/一头扑在亲人怀……”这些诗句中饱含着“思乡”的渴求和“归乡”的激动，其实与王维、杜甫、贺知章等古代诗人的乡情乡思并没有本质的区别，古今一也。不仅如此，我们在《回延安》中还可以发现一种更加深层的关于“恋母—感恩”的古典话语。贺敬之在诗中多次将革命圣地延安——故乡比喻为母亲，如“千声万声呼唤你，/——母亲延安就在这里！”“羊羔羔吃奶眼望着妈，/小米饭养活我长大。”“手把手儿教会了我，/母亲打发我们过黄河。”“对照过去我认不出了你，/母亲延安换新衣。”“身长翅膀吧脚生云，/再回延安看母亲！”这些诗句很容易让人联想起唐人孟郊的诗句：“慈母手中线，游子身上衣。临行密密缝，意恐迟迟归。谁言寸草心，报得三春晖？”（《游子吟》）显然，古典的“恋母—感恩”话语作为一种“话语原型”在《回延安》这首新诗中强化了表层的革命政治话语，因此，两种不同形态的话语之间形成了同一性的融合。

如果说《南泥湾》和《回延安》与中国古典田园诗和游子诗之间有某种话语承传，那么，《西去列车的窗口》就和古代边塞诗之间存在着某种精神渊源。准确地说，在《窗口》这首诗表层的“革命英雄主义”话语的背后其实有一个更加源远流长的古典“英雄主义”话语在暗中支撑。“在九曲黄河的上游，/在西去列车的窗口……”“是大西北一个平静的夏夜，/是高原上月在中天的时候。”“一站站灯火扑来，像流萤飞走，/一重重山岭闪过，似浪涛奔流……”在这种阔大沉雄的背景中，一群由上海青年组成的边疆建设大队在一个“三五九旅的老战士、南泥湾的突击手”的带领下奔赴新疆塔里木军垦农场。“一路上，扬旗起落——/苏州……郑州……兰州……”“一路上，倾心交谈——/人生……革命……战斗……”这群新中国的戍边战士和垦荒英雄

"在遥望六盘山高耸的峰头","在渴念人生路上的第一个战斗";"看飞奔的列车,已驶过古长城的垛口,/窗外明月,照耀着积雪的祁连山头……"读到这样激情澎湃、豪情满怀的壮美诗句,很难不让人联想起中国古代边塞诗人笔下有关"出塞"或者"从军"之类的诗篇。当然,我们联想到的是那种雄壮的浪漫主义诗句,如王昌龄的"但使龙城飞将在,不教胡马度阴山"(《出塞》),岑参的"忽如一夜春风来,千树万树梨花开"(《白雪歌送武判官归京》),而不是那种现实主义的忧愤诗句,如高适的"将士军前半死生,美人帐下犹歌舞"(《燕歌行》),李颀的"今为羌笛出塞声,使我三军泪如雨"(《古意》);我们联想到的是李白"愿将腰下剑,只为斩楼兰"(《塞下曲》)的豪气,而不是杜甫笔下"车辚辚,马萧萧,行人弓箭各在腰。耶娘妻子走相送,尘埃不见咸阳桥"(《兵车行》)的悲悯。贺敬之的这种审美选择在"文革"后曾遭人诟病,有人习惯于将这首诗与实指的同类题材的诗篇《这是四点零八分的北京》对比,认为实指的诗是真实的,而贺敬之的诗有虚饰之嫌。我们认为,贺敬之的诗是浪漫主义的,而实指的诗是现实主义的;各自的诗情、诗思、诗艺并不相同,它们并没有真伪之别,正如同李白之于杜甫,王昌龄、岑参之于高适、李颀一样。

和前面解读的三首经典诗章不同,《三门峡——梳妆台》中的革命话语与古典话语之间不是那种同一性的话语融合,而是一种对立性的融合关系。这首作于1958年"大跃进"运动中的革命诗歌,至今并没有随着那个时代的被否定而被历史所淘汰,主要原因即在于诗作中闪耀的革命话语并非当时流行的空洞喊叫,而是建立在对古典的怀古话语的"改写"基础上的。在中国古典诗词中,登高怀古一直是一个重要的文学母题。无论是李白的"抽刀断水水更流,举杯消愁愁更愁"(《登宣州谢脁楼饯别校书叔云》),还是杜甫的"万里悲秋常作客,百年多病独登台"(《登高》);无论是柳宗元的"城上高楼接大荒,海天愁思正茫茫"(《登柳州城楼寄漳汀封连四州刺史》),还是崔颢的"日暮乡关何处是?烟波江上使人愁"(《黄鹤楼》);无论是苏东坡的"人生如梦,一樽还酹江月"(《念奴娇·赤壁怀古》),还是辛稼轩的"倩何人唤取,红巾翠袖,英雄泪"(《水龙吟·登建康赏心亭》)……中国古典诗词中的怀古话语始终无法摆脱"悲""愁"二字,或者怀才不遇,或者报国无门,中国古代文人只能凭借登高望远、吊古伤今、感时忧身,释解胸中郁结之块垒。而贺敬之在《三门峡》中"反其意而用之",面对当年促发李太白感叹"高堂明镜悲白发,朝如青丝暮成雪"的黄河,诗人并没有就此借酒消愁,而是抚今追昔，借黄河女儿的容颜改变，折射一个时代的历史变迁。想当年，“梳妆台上何人在？/乌云遮明镜，/黄水吞金钗。/但见那：辈辈艄公洒泪去，/却不见：黄河女儿梳妆来。”到如今，“黄河女儿容颜改，/为你重整梳妆台。/青天悬明镜，/湖水映光采——/黄河女儿梳妆来！”这一切皆因为“盘古生我新一代”，“展我治黄万里图，/先扎黄河腰中带”，所以诗人禁不住要“责令李白改诗句：‘黄河之水“手中”来’”！诗人先是“问我青春何时来”，最后又以“无限青春向未来”作结，显然，他是要以一曲“青春”的颂歌告别古典话语的感伤情怀。

贺敬之的《桂林山水歌》中的革命政治话语与古典话语之间也构成了对立性融合。只不过此诗中的古典话语不再是怀古话语，而是山水话语。和怀古诗一样，山水诗也是中国古典诗歌的重要门类。自古以来，中国历代文人在仕途受阻、人生失意之际不是登高怀古，就是寄情山水，在大自然的湖光山色之间销蚀内心的愁苦与抑郁。这里既有陶渊明“采菊东篱下，悠然见南山”（《饮酒》）的冲淡，也有王维“行到水穷处，坐着云起时”（《终南别业》）的静默；既有柳宗元“千山鸟飞绝，万径人踪灭”（《江雪》）的孤独，也有韦应物“春潮带雨晚来急，夜渡无人舟自横”（《滁州西涧》）的落寞……然而，我们再一次看到贺敬之面对桂林山水一洗古人的悲愁，唱出了深情而豪迈的歌声：“情一样深啊，梦一样美，/如情似梦漓江的水！”“画中画——漓江照我身千影，/歌中歌——山山应我响回声……”“桂林山水入胸襟，/此情此景战士的心——”“江山多娇人多情，/使我白发永不生！”“对此江山人自豪，使我青春永不老！”……诗人对祖国大好河山的热爱，对人生的乐观和激情，就这样自然而然地融化在了一个革命战士的宏大政治情怀之中。

贺敬之在评价同时代的诗人李季的时候曾说：“诗人不能指靠孤芳自赏或遗世独立而名高，相反更不会因抒人民之情和为人民代言而减才。对于一个真正属于人民和时代的诗人来说，他是通过属于人民的这个‘我’，去表现‘我’所属的人民和时代的。小我和大我，主观和客观，应当是统一的。”① 其实，这话放在贺敬之的经典政治抒情短章上是比较切合实际的。如果说以上所谓革命政治话语是贺敬之的“大我”的声音，那么，其中的古典话语就是他的“小我”的声音。无论是对立还是同一的关系，这些文本中的革命话语与古典话语，诗人的大我与小我，在很大程度上都有机地实现了话语融合。

① 贺敬之：《李季文集·序》，《贺敬之文艺论集》，红旗出版社1986年版，第211页。

三、长篇政治抒情诗经典的文体话语融合

贺敬之的长篇政治抒情诗在数量上并不多，但它们却更能够代表贺敬之作为一个革命诗人的本色。如果说《回延安》那种政治抒情短章只不过是贺敬之的“浅斟低唱”，那么以《放声歌唱》（1956）为代表的长篇政治抒情诗就是贺敬之的“铁板铜琶”了。除了《放声歌唱》之外，《雷锋之歌》（1963）也是中国革命诗史上当仁不让的红色经典。这两首长篇政治抒情诗在中国新诗史上都是罕见的，前者1600余行，后者也有1200余行，其篇幅和规模让人惊奇！至于《东风万里》（1958）在篇幅上尚不能相提并论，无论形式还是主题，都不过是《放声歌唱》的延续或余绪。而曾经受到茅盾推举的《十年颂歌》（1959）虽然也将近900行，但我们并不将其纳入红色经典的范围，这不仅是因为这首长诗在形式和主题上仍然没有跃出《放声歌唱》的轨范，更重要的是如诗人自己所说的那样：“毋庸讳言：我认为自己以往的道路，在大的方向上，我还没有走错。我曾用真情实感去歌颂光明事物——我们的党、人民和社会主义祖国，是应当做的。但是另一方面，我还必须说：我对社会主义事业的理解是太肤浅、太幼稚了，对我们生活中的矛盾的认识是过于简单、过于天真了。这就使得我在作品中不能准确而大胆地表现矛盾斗争，因而就不能更深刻、更有力地反映和歌颂我们的伟大时代。例如《十年颂歌》这首长诗，今天看来不仅显得无力，而且其中关于庐山的那段批判性的文字还是错误的。……而对于这一篇中的这一整段，我不能不以负疚的心情把它删除。”①

《放声歌唱》和《雷锋之歌》比《十年颂歌》幸运，它们没有陷入那种历史误区，但和《回延安》等经典政治抒情短章相比，它们在主题话语上的单一性毕竟也是毋庸讳言的事实。这两首长篇政治抒情诗中没有古典话语，只有纯粹的革命话语。正如诗人在《放声歌唱》中所写的那样：“呵，我读过你们的/《登幽州台歌》、/《茅屋为秋风所破歌》……/那无数美妙的/诗章。/但是，/面向你们，/我/如此地骄傲！//我要说：/我们的合唱/比你们的歌声/响亮！”显然，诗人是有意拒绝了古典话语的“独唱”，而选择了纯粹的革命话语的“合唱”。如果说《放声歌唱》是献给党、献给新中国的颂歌，那么《雷锋之歌》就是献给雷锋、献给人民、献给在党哺育下在新中国成长起来的“社会主义新人”或“共产主义新战士”的赞歌。这是两首纯粹的“我们”的

---

① 贺敬之：《贺敬之诗选·自序》，山东人民出版社1979年版。

歌，虽然在《放声歌唱》的第四部分中也重点写到了“我”，但“啊，我/永远属于/‘我们’；/这伟大的/革命集体”！虽然《雷锋之歌》赞美的是一个人，但正如诗中所写的那样：“我写下这两个字：/‘雷、锋’——/我是在写啊/我们阶级的/整个新一代的/姓名。”这样，贺敬之经典政治抒情短章中“小我”的歌声——古典话语在他的长篇政治抒情诗经典中消隐了，而“大我”的歌声——革命政治话语则在那规模宏大的长篇颂歌中得到了最大限度的强化。

虽然贺敬之的两首经典长诗的主题话语是单一的，但它们的文体话语却是复杂的，实现了古典话语与现代话语的融合，准确地说，主要是实现了古典的颂体—骚体—赋体与现代的楼梯体的融合。不仅如此，贺敬之融合后的这种诗体话语与那种单纯的革命政治主题话语之间也实现了有机融合。不难理解，贺敬之在确立了长诗的宏大革命政治主题之后，在究竟采用何种诗体才能够有效地传达这种宏大主题话语的问题上，他是经过了一番深思熟虑和苦心经营的。他最后主要选择了古典的颂体—骚体—赋体与现代的楼梯体这两种文体话语资源，而不是选择其他的文体话语资源进行创造性的融合，其中显然有深意存焉。问题在于，为什么贺敬之在《回延安》中选择了新民歌体（“顺天游”），在《三门峡——梳妆台》中他选择了拟古的乐府歌行体，而在《放声歌唱》和《雷锋之歌》中却选择了化合上述两种文体话语而独创一格呢？在我看来，这是因为任何形式都不是纯粹的形式，它们都是“有意味的形式”（贝尔语），其中负载着某种意识形态内涵，即杰姆逊在著名的《政治无意识》一书中所提出的“形式的意识形态”，因此，在贺敬之所择定的诗体中同样也隐含着意识形态的选择。比如在《回延安》中贺敬之选择顺天游这种民歌体，这不仅是因为民族化和大众化是《讲话》倡导的文艺新方向，更重要的在于，顺天游这种诗体形式能够同时兼容《回延安》的双重主题话语，即古典的“思乡—归乡”话语和“恋母—感恩”话语与现代的革命政治话语——对革命圣地延安的思念与感恩。至于《三门峡》中的新乐府歌行体则既符合“大跃进”时期学习古典诗词的诗歌风尚，同时也能够兼容诗人用现代革命话语创造性地转化古典怀古话语的创作意图。

如此看来，贺敬之在红色经典长诗中选择的两种诗体话语资源也是有其明确的意识形态归宿的。贺敬之为什么在政治抒情长诗创作中选择了前苏联诗人马雅可夫斯基的“楼梯体”作为诗体基础，这不光是因为早年的贺敬之在延安时期就曾受到马氏的影响，并被何其芳称誉为“我们十七岁的马雅可夫斯基”，更重要的是，马氏的“楼梯体”的“内含的力量和外形的自由”① 非常适合传达贺敬之长篇政治抒情诗的意识形态功能。马氏早年是一位发源于意大利的未来主义流派的诗人。这派诗人崇尚“力量”和“速度”，主张用“自由不羁”的形式来反映飞速发展的现代工业文明时代。作为俄国立体未来主义者的代表，马氏对意大利未来主义诗派进行了切合俄国革命现实实践的艺术转化，他主张诗应该成为“革命的赞歌”，并把“战争与革命的混声”和“钢铁和反叛”当作诗的“韵律”和“语句”。② 从歌颂工业文明到歌颂革命战争，马氏的“楼梯体”也因此而具备了“社会主义现实主义”的文学品格。他的两部长篇政治抒情诗《列宁》（1924）和《好!》（1927）后来一直被公认为前苏联“社会主义现实主义”诗歌的代表作。在某种程度上，我们不难发现贺敬之的两部经典长篇政治抒情诗《雷锋之歌》和《放声歌唱》与马雅可夫斯基的两部长篇政治抒情诗的内在联系。这种联系不仅表现在《好!》是马氏献给苏维埃共和国的颂歌，《放声歌唱》是贺敬之献给新中国的颂歌；《列宁》是马氏献给共和国缔造者的赞歌，《雷锋之歌》是贺敬之献给共和国“新人”的赞歌，而且还表现在适应这种宏大抒情的话语方式上，贺敬之的长篇政治抒情诗的诗体对马氏的“楼梯体”存在明显的借鉴。不难看出，《放声歌唱》与《好!》都是将新兴的人民共和国置放在历史—现实—未来的时间结构中观照的；而《列宁》和《雷锋之歌》则都是将抒情对象置放在无产阶级革命运动的宏大历史语境（空间结构）中观照的，这就使得贺敬之和马氏的长篇政治抒情诗同样具有内在的“史诗”气魄。至于贺敬之长篇政治抒情诗的“楼梯式”外形、铿锵有力的诗歌语言节奏等方面与马氏“楼梯体”的诗学渊源，就更是一个显而易见的事实。

虽然从诗体的外形上看，贺敬之借鉴的是外国的“楼梯体”，但从诗体的内部组织，如语言的运用、诗句之间、诗行之间的结构关系等来看，贺敬之又明显继承了中国古典诗体传统，尤其是先秦两汉诗赋体的艺术传统。茅盾曾评析过贺敬之近900行的《十年颂歌》，说它的外形虽然“是很整齐的‘楼梯式’”，但内部组织“以句为单位来看，全诗十之八九为偶句，以行为单位来看，大部分也显然是有对仗的”。“全诗上下句的行数和每行的字数，基本上

① 於可训：《新诗体艺术论》，武汉大学出版社1995年版，第144页。

② 马雅可夫斯基：《这本书人人应读》，《现代西方文论选》（伍蠡甫主编），上海译文出版社1983年版，第77页。

也是个个对称，而且大体遵守了‘前有繁音，后继切响’的原则。”① 这虽然说的是《十年颂歌》，用来概括《放声歌唱》和《雷锋之歌》的内在诗体特征亦然。因此，有论者将其诗体特征概括为“梯形其外，排偶其中”②，这确为精当之论。实际上，贺敬之的政治抒情长诗在诗体上实现的正是现代的自由体（楼梯体）与古典的格律体（颂体—骚体—赋体）的融合，即所谓“外散内律”。这与郭小川的“新辞赋体”的“外律内散”，即外在的建筑美与内在的散文化相结合，形成了鲜明的对比。

今人习惯上把贺敬之所代表的主流革命诗歌称为“颂歌”或“赞歌”。这其实指出了贺敬之长篇政治抒情诗与《诗经》中的颂体诗的文学渊源。《毛诗序》说：“颂者，美盛德之形容，以其成功告于神明者也。”《诗经》中的“周颂”、“鲁颂”和“商颂”，大都采用规整的形式和典重的语言来歌颂王朝祖先的功德，或者表达臣下对国君的歌颂。《诗经》中的颂体诗其实是中国文学史上最早的政治抒情诗，由此也可以看出中国的政治抒情诗是如何的源远流长。虽然贺敬之的政治抒情话语在内涵上毕竟与先秦时期的颂诗不同，但它们在话语形态上，即“美盛德之形容”上却并没有本质的区别。

屈原的《离骚》是中国文学史上最早的长篇政治抒情诗。它也是中国浪漫主义文学的最直接的源头。贺敬之的长篇政治抒情诗受到了屈原的《离骚》的影响应该是没有疑问的。但这种影响显然只局限于“骚体”的形式技巧方面，因为笼罩《离骚》全篇的政治忧患意识在贺敬之所置身的革命年代是不合时宜的，因此它被贺敬之合理地“扬弃”了。贺敬之接受的是《离骚》中雄奇的想象、大胆的夸张等积极浪漫主义艺术技法。如同屈原把抒情主人公想象和刻画成一个冠花佩草、上下求索犹未悔的理想人格一样，雷锋平凡而又高大的形象也在贺敬之的笔下变得无比的生动和崇高了起来。不仅如此，贺敬之在《放声歌唱》中还创造性地把抽象的“党”加以形象化：“党，/正挥汗如雨！/工作着——/在共和国大厦的/建筑架上！……”他把自己对党、对人民和对共和国的热爱都化作了崇高而刚健的艺术想象。

比起颂体和骚体，对贺敬之长篇政治抒情诗影响更大的是汉赋，当然是大赋而不是小赋。从西汉的枚乘、司马相如、扬雄，到东汉的班固、张衡，汉代

① 茅盾：《反映社会主义跃进的时代，推动社会主义时代的跃进》，《争取社会主义文学的更大繁荣》，作家出版社 1960 年版，第 21 页。

② 於可训：《新诗体艺术论》，武汉大学出版社 1995 年版，第 146 页。

的大赋作为一种显要的文体，一直是与歌颂汉王朝的统治者及其国运的繁荣昌盛联系在一起的。汉赋脱胎于骚体诗，它不仅把屈原的“怨语”和“谏语”变成了“谀语”和“颂语”，而且进一步强化了“骚体”的铺叙功能，甚至以“铺张扬厉”为能事，大量运用排比、对偶等修辞手段铺叙宏大的政治场景，以适应汉王朝统一帝国的政治需要。难怪后来刘勰会说：“赋者，铺也，铺采文，体物写志也。”（《文心雕龙·诠赋》）尽管政治抒情话语的内涵并不相同，但我们仍然能够发现贺敬之的长篇政治抒情诗在话语形态和话语方式上与汉代大赋之间存在明显的艺术渊源。如同司马相如的《子虚赋》、扬雄的《羽猎赋》、班固的《两都赋》、张衡的《二京赋》等名扬一时的汉代大赋一样，贺敬之的《放声歌唱》、《十年颂歌》、《东风万里》、《雷锋之歌》等长篇政治抒情诗在体制的恢弘阔大、语言的庄重典丽、排偶的竞相争艳、宏大场景的层出迭起等方面确实深得汉人大赋的个中三昧。如《放声歌唱》中的诗句：“汽笛/和牧笛/合奏着，/伴送我/和列车一起/穿过深山、隧洞；//螺旋桨/和白云/环舞着，/伴送我/和飞机一起/飞上高空。//……我看见/星光/和灯光/联欢在黑夜；/我看见/朝霞/和卷扬机/在装扮着/黎明。”又如《雷锋之歌》里的诗句：“眼前是：/繁华似海，/高楼如山，/绿荫如屏……//耳边是：/歌声阵阵，/书声琅琅，/笑语声声……//长征路上/那染血的草鞋/已经化进/苍松的年轮……/淮海战场/那冲锋的呼号/已经飞入/工地的夯声……”诗人的诗绪在纵情翻飞，时而上天入地、天南海北、穿越时空，时而回忆历史、畅想未来、壮美无垠；铿锵有力的节奏、华美庄重的语言、铺排扬厉的气势……这一切都统一在歌颂新中国的新生活、新人物、新气象的宏大革命话语之中。

当然，在颂体—骚体—赋体之外，还有其他的中国古典文体话语，如唐诗宋词等自然也影响了贺敬之长篇政治抒情诗写作模式的生成，但相对而言，它们对贺敬之长篇政治抒情诗的文体重塑作用显然没有前者显著，因此就略而不论了。

（原载《挥毫顶天写真诗》，作家出版社2006年出版）

时代的歌唱

——贺敬之诗作成就的几个时期

苗得雨

作家、诗人都是时代的产物，他们又在某个时期或某个方面代表了时代。延安革命文艺运动的中心，延水河畔，桥儿沟旁，产生了物质的豆麦瓜果，更产生了精神的豆麦瓜果，在那里创造出来许多辉煌的文学艺术作品，从那里走出了不少的大作家、大诗人。贺敬之同志就是其中突出的一位。他是在那里成长起来的在文坛、诗坛上的一棵大树。他在那里之前就开始写作，可以说是生成大树之前的基础，如毛主席说的像毛尔盖那样的大树是由小树生成的。在延安之后，又是大树的延续与发展。陕西黄帝陵有传说黄帝亲自所栽的松柏，山东浮来山有3500年的银杏树，它们现在都仍然旺盛。真正的文学艺术，像这样的树木，生命力是巨大的、悠久的。

人们一提起贺敬之同志，就想到《白毛女》歌剧，就想到《南泥湾》、《七枝花》、《平汉路小唱》那些歌，就想到五六十年代《回延安》、《雷锋之歌》、《桂林山水歌》、《西去列车的窗口》等等那些诗。他写作六十六年、六六大顺，各种样式，无不丰收，上面是其中的代表。时代的代表，时代高水平的代表，是诗坛的一座座山峰，诗人也因此而成为大诗人。我们一提起诗翁艾青就想到《大堰河——我的保姆》，一提起诗翁臧克家就想到《老马》，一提起田间就想到了《假如说是民族大众化派》。

有专家谈诗歌历史的几个时期，讲战争时期主要代表是“七月派”和“九叶派”。我说臧克家、艾青、田间归哪一派？他说艾青、田间归“七月派”，我说他们在《七月》杂志上发过作品，但归派怕包括不了，他们都是独立的一员，说派的话，如田间，既可以说是街头诗派，又可以说是擂鼓派。我又说还有阮章竞、张志民，还有贺敬之、郭小川，多了，都归哪一派？他没有说话。“九叶派”是九个人，是一个诗的群体；《七月》是一个刊物和一套丛书，不能说凡在那里发过作品、出过书的，都是一个派的，就骨干来说，也可以说是一个群体。其中的苏金伞、天蓝、方冰、邹荻帆、绿原等，恐怕是哪一派包括不了的。按这样来说，光延安就有不少派，除了街头诗派、信天游派，还有战歌社派、新诗歌会派（以上有萧三、魏巍、何其芳、公木、柯仲平、朱子奇、戈舟剑、郭小川等），还有王老九，他的诗有信天游体，也有快板体，那属于曲艺了。有的写诗史的，写战争时期，只写国统区，解放区这一块没有了，那许许多多的诗人自然也就没有在诗坛上的位置。包括不少大诗人，包括贺敬之同志。这个情况，比过去对国统区不够重视，问题还大，是以片面对不全面。说事情说不周到不要紧，别有意搞片面。其实，说国统区，也不止那两派，还有平原诗社派（芦甸、方然等）、春草社派（王亚平、沙鸥、柳倩、晏明、薛汕等），还有广州中国诗坛社派（野曼、蒲风、芦荻等）、《诗垦地》派（曾卓等）。那位专家的观点延伸到新时期，就成了“归来派”是主要代表，其片面性也同样很明显。

敬之同志20世纪五六十年代那一批气势恢弘、波澜壮阔的诗，我觉得准确地应当说是大型抒情诗。多年来我们一般用政治抒情诗的说法，我觉得用大型抒情诗这个说法，更有利于放开手写。放开手写，突出抒情，抒情有短小精美的小型抒情，有大型的，大型的对读者的感染力更痛快畅爽，更引人心驰神往。从老祖宗对诗的物质的说法“诗言志”、“诗缘情”等要求，也都可以得到更充分的表现。敬之同志这一时期的诗，是延安时期作品与风格的延续与发展。在手法上，有的仍是信天游体，情感亲切而浓烈；有的离开了信天游体，但比兴手法仍得心应手；有新体，楼梯式的马体，语言明快、精炼，铿锵响亮，朗诵起来，有更大的鼓动性。《回延安》：“心口呀莫要这么厉害地跳/灰尘呀莫把我眼睛挡住了……//手抓黄土我不放/紧紧儿贴在心窝上。//……几回回梦里回延安/双手搂定宝塔山。//千声万声呼唤你，/——母亲延安就在这里！//杜甫川唱来柳林铺笑/红旗飘飘把手招。//白羊肚手巾红腰带/亲人们迎过延河来//满心的话顿时说不出来，/一头扑在亲人怀……//米酒油馍木炭火/团团围定炕上坐。”《桂林山水歌》：“云中的神啊，雾中的仙/神姿千态桂林的山！//情一样深啊，梦一样美/如情似梦漓江的水！//……”信天游的两句一节，比兴的手法，有继续，有变化。而当联系《雷锋之歌》、《放声歌唱》等那一些诗，我还有一个看法。我有一次与敬之同志电话中叙过，我说我觉得你这一时期的诗，似乎着意在浪漫主义手法上用力，作一种艺术上的探求。敬之同志没有不同意我的看法。我觉得这个“着意”很有意义，至今这个问题也很重要。可以说，这个问题，我们一直还没有出现理想的局面。不少也还是探索性的、尝试性的，它的艺术生命力还有待于历史的检验。现在一些有关的评论文章，不少是只冲着“题材重大”，就觉得怎么赞扬都不为过，缺乏从诗的特质上作冷静的手法，在那时的大环境中，在那大话、空话充斥的年代，也是十分困难的。那时毛主席也讲过革命现实主义要和革命浪漫主义相结合，但怎样结合，没谁仔细研究过。那时机械地强调配合中心政治任务，是一种大潮之势，没有多少人敢谈艺术性，敢谈抒情，谈一点也战战兢兢，有犯忌之感。大跃进到处是“鼓足干劲，力争上游”之声，开始还不是不“跃”怕被反“右倾”，被拔“白旗”，似乎也是一种激情，力争上游还争不迭，我写过《跃进诗谣》、《大炼钢铁之歌》、《总路线是春天的风》等，偶尔吹了一下“柳哨”，就在后来的批判中成了一条“罪状”，说“有位诗人本姓苗，不吹号角吹柳哨”。其实我真吹了不少号角，但太直白了，大跃进错了，那些诗也就没有留下来。留下来的倒恰是批判过的《柳哨》，还有那些从历史、时代宽阔角度写的，和揭示人生普遍哲理的，以及回忆和联系战争年代的，如《沂蒙山颂》等。现在有人说敬之同志那些诗有“左”的东西，却不知道当时还被当作“右”批判过。当时全国在理论上批吴雁（王昌定）的《创作需要才能》，诗歌方面批郭小川的所谓资产阶级不健康情调，也批了敬之同志，说诗中“我”字写得多，是宣扬资产阶级的“小我”。宋垒（雷奔）同志鸣不平，写一文章在北京发不出，给了我，我那时在办《前哨》、《山东文学》，他文中说诗中写“我”并不等于都是“小我”，贺、郭两位诗中用的“我”还不如屈原用的多。后来宋垒问我，为什么山东没批他，我说我们发表是表明同意你的观点，还能再批自己？我们当时和《大众日报》文教部负责人定了口头协议，说“谁也不批谁了”。当时他们准备批《山东文学》上我们集体讨论、理论编辑执笔写的一篇文章，我们说准备批他们发的一篇，那一篇恰是他们一位领导化名写的，便达成了“互不批”的协议，一场批判和解了。我们也不给北京送谁的，山高皇帝远，事情就这么过去了。现在看那时批的“右”显然不是右。今天有人又说“左”，如真有“左”（姑且用这词），那是当时时时处处都得要唱高调子的影响。历史的这样一些影响，凡从那一段经过的，要避开也是相当难的，除非不写。不写，又出于一种自觉，不是事后诸葛亮，是当时就明白，那叫人佩服，是有很高认识水平的。我们今天的要求是，回头看一些事情，看得更清楚了，能够以史为鉴，这就是很不错的。

新时期以来，敬之同志投入繁忙的党政领导工作，在创作方面只能从实际出发，写了许多的新古体诗，也是硕果累累。但如果是着意创造新古体诗，我觉得他是又运用起一种抒情样式，其成就与特色，也可以好好研究。此处，我就不多说了。

总之，敬之同志几个时期诗作的成就和创作风格、特点的形成与发展，几个时期的相互联系与不断地突破，都值得好好学习与研究。这对中国新诗的历史总结和今后的发展，是有普遍意义的事情。成功的经验要发扬光大。中国社会主义的时代之歌，就是要放声地唱，这是中国诗人的天职。

我是从一个诗创作者，有过某些相同经历和今天仍然在写作的角度，说的一番话，有点参考价值吧！不妥不周之处，望专家与同行们多批评、指正。

（原载《挥毫顶天写真诗》，作家出版社2006年出版）

人民的形象：从苦难走向新生

余岱宗

一

少年诗人贺敬之的诗歌，书写人民的悲苦，是其最主要的主题。可以说，少年贺敬之的诗歌，继承了鲁迅先生的精神品格，处处表达着对旧世界的恨，对人民的爱。特别是对人民潦草的生活、麻木的生命甚至铤而走险的悲苦人生沉痛的同情。在少年贺敬之的诗歌中，旧时代的人民的内心充满了如胡风所言的“精神奴役的创伤”。与贺敬之诗歌创作的高潮期中的人民形象不同，这个时期贺敬之诗歌作品中的人民是一群“被侮辱与被损害的人”，他们不但在物质上被剥夺，身体上被折磨，更在精神上被凌辱、被扭曲。人民被逼成了“醉汉”、“流浪者”和“强盗”。

《五婶子的末路》里的五婶子走投无路，投河自尽；《小兰姑娘》中的小兰，被迫嫁给了富人后上吊而死；《黑鼻子八叔》中逼上梁山的黑鼻子八叔在奋起反抗后被敌人杀害。这个时期贺敬之的诗歌，既塑造了被迫卖儿卖女者恍恍惚惚的孤苦心态，也写穷人当了“强盗”后悲壮的结局。

创作于1941年的《夏嫂子》这首诗歌中，夏嫂子的丈夫因为是强盗而被打死，夏嫂子到高粱地里打叶子，被“看青的”强暴，夏嫂子近于疯狂：“在风里，雨里，/庄头上两个小孩从倒塌的小屋里爬出来/哭着，叫着/要他们的娘回去……”/“在风里，雨里，/放牛的孩子从地里失神地跑回来，/说碰见一个披头散发的女鬼，/哭着，叫着，/不知道奔向哪里……”

再如，同样是写于1941年的《醉汉》这首诗中，潦倒的醉汉“映在挂着口痰和鼻涕的灰色的墙上，/他的身影不安地摆动着，/于是，他从柜台边站起来。/用手摸了摸自己破烂的肚兜，/又失落地抽回手来——/他什么也没有，/连一个铜板也没有了”。这个赊账的醉汉为什么会如此破落呢？他原先也是个好农人，“他的汗珠浸透了土壤。”但荒年的到来，他终于支撑不住一家的生活，他把亲生的孩子送给了东家，老婆上吊了。恶劣的外部环境最终把一个好农人逼上绝路：“风从无边的原野里吹过来，/雪花飘落着……/雪花埋盖着醉汉的尸体，/渐渐地，越积越厚起来。//没有一点声音。没有一点亮光。/这个醉汉死在这样的晚上。/没有谁知道，/整整一个冬天也没有人发现。”

少年贺敬之的诗歌具有极强的叙事能力，他对人物的刻画洗练、有力。贺敬之塑造的悲苦人民的形象成为他的早期诗歌作品中最富有形象冲击力的群像。

这些被侮辱被损害的人民，丧失了最起码的生存下去的物质条件，贺敬之写了他们的极度贫困，但贺敬之并没有把笔停留在他们物质的极度匮乏的叙述上，而是重点书写他们被伤害、被扭曲、被折磨的精神世界。

这类诗歌的意象，漂浮着底层人民悲凉、痛苦的灵魂，他们找不到任何生活的希望，其生活的依据已全面崩溃。

此类人民的“镜像”，饱含着少年诗人对受压迫者深深的同情，更表达着少年诗人对旧社会的愤懑。结合贺敬之的成长经验，我们知道，这些诗歌，并不是一个年轻知识分子以从上到下的同情者姿态去书写草根阶层的小人物，而是少年诗人实际生活的一种经验写照，是少年诗人紧密结合着他的血肉经验写就的一首首带着心灵悲痛的控诉之歌。

这就是说，在贺敬之早期诗歌的创作中，他已经自觉地以阶级性的眼光去看待人民的生活。他的早期诗歌中的人民性，表现在他对底层人民“心灵创伤”的深刻体察和强烈要求改变这种不合理生活的要求上。

对底层人民的投诉无门的境遇和不知所措的惊慌混乱的心灵状态，少年贺敬之给予冷静的现实主义风格的刻画。

我们透过贺敬之的早期诗歌，就不难发现，没有被动员起来的人民，没有被革命意识形态唤醒的普通民众，缺乏对本阶级“共同体”之认同感的人民，不知道自己的生活的“真相”，未觉悟、未被组织起来的受压迫的人民，他们是那么容易被所谓的“命运”摆布着、愚弄着，最后常常含恨死去。

所以，我要说，正是贺敬之早期诗歌所提供的具有浓烈的现实主义色彩的诗歌，正是由于这些诗歌中那种令人窒息的底层人民的痛苦，正是诗人笔下那些如“忧郁的骆驼”般的人民，正是少年诗人诗歌中反复出现的荒年和饥饿的意象，才让我更深切地感受到贺敬之创造高潮中的那些政治抒情诗歌中革命“新人”形象的深厚背景。

人民形象的根本性改变，人民“镜像”的更新，纵观贺敬之的诗歌生涯，绝非空穴来风，而是与社会的巨大变化，与人民命运的翻天覆地的改变紧密地结合在一起。

在贺敬之诗歌创作的成熟期，在他的最有名的政治抒情诗歌作品中，也始终呼应着他早期诗歌中人民的悲惨经历——“……一个寒冷的黑夜。/在一间/漆黑的/茅屋里：/一块残缺的/炕席，/一把破烂的/棉絮——/我，/生下来了……/我的/第一声/呼喊，/唤起/母亲的/连声叹息：/‘天呵！/叫我怎么养活呵——/这个可怜的小东西？……’//……在一片荒凉的土地上。/一个/可怕的/天气！/刮着/大风，/下着/大雨。/我，/奔跑着，/奔跑着……/跌倒在/泥水里，/怎么/也爬不起……/我的慌乱的眼光，/迎着/父亲的/严厉呵斥：/‘看你！就是这样子！/命里注定：/一辈子不会有/什么出息！……’”似乎可以这么认为，贺敬之早期诗歌中人民痛苦的经历，作为一种创伤性的记忆，埋植在他后来的产生了极大影响力的政治抒情诗中的底部。旧社会草根阶层、弱势群体的屈辱、人民的苦难、人民的仇恨，合逻辑性地，在他们翻身之后，成为呼唤新的未来、新的生活、新的社会、新的人际关系、新的历史位置的一种最重要的动力。浑浑噩噩的底层人民的“镜像”，终于在翻天覆地的社会变革到来之际，在贺敬之的诗歌中，被打碎了，并获得了新的创造和新的表现。

二

贺敬之1950年代至1960年代的政治抒情诗，是他诗歌创作方面的标志性作品，代表着他作为一位新中国红色诗人所达到的最高艺术成就。

贺敬之在这个历史时期创作的诗歌，其人民形象，是创造新社会的主人。人民获得了新生，人民也获得了新的形象。

他歌颂普通民众巨大的创造力和他们的道德价值。曾经是被压迫的群众，不但是反抗反动的统治阶级的力量，更是用智慧和勇气创造新社会的历史主人。人民，从苦难中走出，获得了新生。

贺敬之用他的诗歌塑造新的人民形象。

这种人民形象，其人民性，首先表现为民族性。贺敬之的诗歌中充满了中华民族崛起的自豪感。斯大林说：“民族是人们在历史上形成的有共同的语言、共同的地域、共同的经济生活以及表现于共同的民族文化特点上的共同心理素质这四个基本特征的稳定的共同体。”① 事实上，民族的存在，依赖于“群体意识”和“群体认同”。缺乏“群体认同”的民族，势必是一盘散沙。贺敬之的政治抒情诗歌，其重要作用，就在于通过创造时代“新人”的人民形象，唤起读者对这种人民形象的高度认同。

“为什么/那放牛的孩子，/此刻/会坐在研究室里/写着/他的科学论文？/为什么/那被出卖了的童养媳，/今天/会神采飞扬地/驾驶着/她的拖拉机？/怎么会/在村头的树荫下，/那少年漂泊者/和省委书记/一起/讨论着/关于诗的问题？/怎么会/在怀仁堂里/那老年的庄稼汉/和政治局委员们/一起/研究着/关于五年计划的/决议？”这些人物，都是普通的人民，然而，他们却是从曾经被压迫者成为创造时代的主人。这样的意境，都在传达着一种信息，即普通的人民，是这个民族国家的实际拥有者，他们正热忱地为民族国家的建设事业付出他们的热情和创造力。

当然，除了普通人民的群像，贺敬之还用诗歌创造了一个崭新的民族英雄形象——雷锋，他是一位普通的战士，但他又是为人民热爱、崇敬着的一位年轻的英雄。在雷锋身上，凝聚着人民对中华民族的真、善、美一体化的英雄人物最质朴的愿望。

雷锋是一个太接近我们普通人的英雄。但在贺敬之笔下，雷锋成为一个驰骋着革命的想象力的活跃符号。“你——雷锋！/我亲爱的/同志啊，/我亲爱的/弟兄……/你的名字/竟这样地/神奇，/胜过那神话中的/无数英雄……/你，/我们党的/一个普通党员，/你，/我们解放军中/一个普通士兵。/你的名字/怎么会/飞遍了/祖国的千山万水，/激荡起/亿万人心——/那海洋深处的/浪花层层？……”“啊，我看着你，/我想着你……/我心灵的门窗/向四方洞开……/……我想着你，/我看着你……我胸中的层楼啊/有八面来风！……”“……看昆仑山下：/红旗飘飘，/大江东去……/望几重天外：/云雾弥漫，/风雨纵横……/十万言——/一道/冲云破雾的/飞天长虹！……/两个字——/中国的/一代新人的/光辉姓名！……/啊，念着你啊/——雷锋！/啊，想着你呵——革命！/一九六三年的/春天/使我们/如此地/激动！——/历史在回答：/人，/应该/怎样生？路，/应该/怎样行？……”这表明，雷锋这样的新人形象，对那个时代的人们的世界观和人生观有着怎样的影响。

① 斯大林：《民族问题和列宁主义》，《斯大林论民族问题》，民族出版社 1986 年版，第 393 页。

雷锋之所以获得英雄的"神性"，就在于他的高度利他的思维和行为模式。这种高度利他的思维模式，其"利他"，不仅在于利他人，更在于利国家、利民族，这种新人英雄的高大之处，不在于他的惊天动地的事迹，而在于为他人的无私奉献。贺敬之歌颂雷锋的诗歌，事实上，是在创造一个和平时期如何生活、如何认识人生意义的"人民镜像"。这一"人民镜像"，通过贺敬之的诗歌，获得了激情澎湃的表达。新的"人民镜像"，在贺敬之的诗歌中闪动着耀眼的光芒，成为那个时代读者学习、模仿，并在内心深处高度认同的民族英雄形象。

那么，作为诗歌，需要个性化的表达，而不能全是口号式的呼喊，那么，在政治抒情诗中，贺敬之是如何处理人民形象的普遍性与诗歌创作的个性要求之间的矛盾呢？

三

首先要肯定一点，贺敬之的诗歌中不缺乏"我"的形象，甚至可以说在他的同时代，贺敬之是一个非常大胆地写"我"的一个诗人。

贺敬之的政治抒情诗是富有个体气质的。他写他少年的经历，写他在火热的革命生活中的个体感受，都颇具个性。但这些个体感受和个体气质在贺敬之的诗歌中一出现，马上就将这种个体的感受升华为宏大叙事和宏大抒情。即便是歌颂雷锋这样的英雄人物，贺敬之也马上将个体放大为大集体："啊！雷锋……/我不是/一个人啊，/我是在唱/我们亿万人民/内心的激动！/看啊，/奔你来！/学你来！/——我们的大地上/正脚步匆匆！……/十个、/百个、/千万个……/雷锋……/雷锋……/雷锋……/啊，雷锋/就是我们！/我们/就是雷锋！……"这不奇怪，在那个时代，集体主义的信念已经深入人心。人民相信，只有依靠整个民族的集体力量才能摆脱东亚病夫给中国人带来的民族创伤，扫荡民族的耻辱感。所以，将自我交于群体，并不意味着完全取消自我的意志，相反，如果没有群体的力量，个体不但不可能获得生存的安全感，更遑论个体的发展和创造。这一逻辑体现在贺敬之的诗歌中，便不断地出现那种将自我的生命融化在民族国家的宏大事业中的美好意象：

"我——/祖国和党的/一个普通的儿子，/一个渺小的/'我自己'，/在这里/有着/何等的意义！/啊！让我/高举/献给祖国、/献给党的/诗篇，/走向/亿万人的/心里……/从亿万人的/口中——/赞美我们/亿万个'我自己'——/啊，我！/我的——/我们，/我们的——/啊！我，/——是这样地/

谐和/统一！/这是党/为我们创造的/不朽的/生命，/是祖国大地的/无敌的/威力！/啊！/未来的世界，/就在/我的/手里！/在/我——们——的/手里！”（《放声歌唱》）

我们不难发现，这里的渺小的“我自己”是有限的，缺乏意义的，可一旦这个我加入到集体的洪流中，不仅带来了和谐统一，而且将发挥出“无敌的威力”，这样，我的意义就在集体中产生，我的价值和尊严也在集体的奋斗中获得实现。

贺敬之创造的人民形象，是以国家和民族的生存、发展为最高原则的一个分子，而不是追求个人价值和个人理想的“膨胀”的自我。贺敬之的诗歌，塑造着对民族国家高度认同，可以随时为国家所动员的人民形象。那么，这些人民接受动员的动力来自何处呢？一是在阶级压迫的锁链打碎之后，人民理所当然地成为国家的主体。既然是主体，那么效力于国家，当然就是效力于自我。这样的逻辑体现在贺敬之的诗歌里，便经常出现那种个体与个体亲密无间的战友之情，或共同奔赴一个新的目的地的火热场面：“啊，大西北这个平静的夏夜，/啊，西去列车这个不平静的窗口！/一群青年人的肩紧靠着一个壮年人的肩，/看多少双手久久地拉着这双手……/他们啊，打从哪里来？又往哪里走？/他们属于哪个家庭？是什么样的亲友？”（《西去列车的窗口》）“肩靠肩”的人民与人民之间的关系突出了新人之间为了一个革命目标团结协作的火热气氛。人民的团结协作也指证了广大人民对共同事业的高度认同。人民接受动员的第二个动力来自于鸦片战争以来的民族羞耻感。费孝通说：“中华民族作为一个自觉的民族实体，是近百年来中国和西方列强对抗中出现的。”[①] 贺敬之以诗的形象表现了中华民族不畏强大的对手，勇于竞争的自信心。这样的自信心让人民获得了尊严：“哈哈！/今日的世界/就是/这般光景。/啊，小小的/阴影，/大大的/光明！/——就是我们这颗/美妙的行星！/喂，我们的近邻啊，/——火星！/让你们的/天文学家，/向我们/对准/天文观测镜——/看吧！记录吧！/——地球：/黑白分明。/光明——在扩大，/阴影——在缩小。/变化速度：/在每一秒种。/风向：/东风/压倒西风！”（《东风万里》）这样的民族气概，这样的民族自信，表达着五六十年代的中国人民为民族自强而自强不息的豪迈勇气。“请看，/我们/六万万个胸膛——/正麦浪滚滚！/哪一片不打/千斤粮?！/请看，/我们/六万万个心脏——/正热血沸腾！/哪一个不

---

① 费孝通主编：《中华民族多元一体格局》，中央民族大学出版社1998年版，第346页。

能/三槽出钢?!”（《东风万里》）贺敬之所有的这些政治抒情诗歌，都在创造着作为中国人应该是怎样一种“形象”的宏大叙事。

从五四时期启蒙知识分子批判的国民性，到贺敬之笔下人民自觉地为国家建设而奋发图强的民族自豪感、民族更新感，贺敬之的政治抒情诗的意义，就在于他创造了最富有时代特征、最激动人心，也最鼓舞人心的一代中国人民的诗歌形象。

这些诗歌中的人民形象，成为吸引群体认同和向往的艺术形象和意象。为新中国的读者标示出富有新的生命力的民族共同体应该是怎样的一往无前，又应该是怎样地在世界的东方，用他们充满尊严感的劳动和他们的智慧勇气，证明着从苦难走向新生的新中国人民存在的意义。

（原载《挥毫顶天写真诗》，作家出版社2006年出版）

一代诗雄

——贺敬之创作影响史笔记掌故

赵国泰

1. 贺敬之，一代诗雄。审其所作，韵无论新吟旧什，体无论歌诗诗歌，莫不反响至隆，回音久远。复考来路，彼亦在在渊源有自，似可以八字概之：红色之旅，放歌人生。相关史料尚夥，珍闻趣说甚夥。本作者颇为心仪，勤加甄采，殷殷不忍少有挂漏。特仿前贤，上追刘义庆《世说新语》之体，近模郑逸梅《艺林散叶》之笔，试琢屑小之璞，以写五岳之势；或以饾饤登盘，聊为盛宴之佐。

2. 贺敬之鄂西均县在读日，已是宣传抗战的积极分子。其下乡宣传群众，亦撰宣传稿件。国文老师不时将其富于战斗性之诗作，从“作文本”中选出来，张于教室，召诸徒观摩，惜乎而今已无法觅其底稿。事见白莎、刘允盛、吕兆修供料，白峡据以成文之《贺敬之流亡中的诗生活》。供料者系自鄂迁川的“国立第六中学”的敬之同学。

3. 1940 年春，贺敬之同学四人，历时四十日，徒步自川入陕。其间迭经种种磨砺，冲决重重关卡，终抵西安七贤庄八路军办事处。时负责接待者，为女同志王平。令贺每饭不忘的是，“记得当时的第一次饭就是大馒头、土豆烩菜。整整四十天，我都没吃过饱饭了，当然高兴。但 16 岁的我却不敢吃，悄悄碰了一下同伴，说：‘我们已经没有钱了。’八路军办事处的同志听了立刻笑起来：‘小鬼，放心吃吧。这里不要钱。’我们四个人当时都会心地笑了。这就是我们的革命军队，这就是我们的党。”言及此，贺对访者含泪感慨道：“我一无所有，革命给了我一切，养育全凭延河水。”复谓：“党在前进的征途中，无论有多少曲折和失误，也毕竟是党啊！”

4. 贺为现代麦诗之宗。贺敬之置身于延安革命大集体中，个中充满勃勃生气。对这诗样的生活，贺每以诗之，《生活》有云："我们是小麦，/我们是太阳的孩子"；"我们流汗，/发着太阳味，/工作，/在小麦色的愉快里。"续云："生活/甜蜜而饱满的穗子，/我们兄弟般地/结紧在穗子上。"少年诗人此作，曾获闻一多青眼，遂为其掌编之《现代诗钞》所嘉纳。查当代诗人海子一代所咏叹者再之麦子、麦地之子等语象，料非一空依傍，而实渊源有自耳。衡诸后之来者，所咏水准当未逾前贤也。

5.《罗峪夜渡》，作于1944年。虽系残稿，仍为史家所重。案作者贺敬之尝云："《罗峪夜渡》原是想写刘志丹同志东征到牺牲的经过的一首长诗，最初题目叫《刘志丹之死》。但只写了这一段就停下了。"事见《笑·后记》，该著由"五十年代"出版社1951年出版。至于是作何以未竟全璧，原委不知，待考。

6. 贺敬之少时转益多师，攻玉他山，厚奠于兹，曾作抒情长诗一，约三二千行。据闻是作有马雅可夫斯基之韵味，有惠特曼式长句，有《离骚》之浪漫主义手法，囊括古今，包举天地，从奴隶社会一直写到延安时期。在贺全部诗作中，论篇幅此为最宏者，惜黄鹤杳然，不知所踪。

7. 1941年6月23日，贺敬之经由张铁夫、程堃介绍，被鲁艺党组吸收加入中共。贺入党前一日，苏德战事爆发。彼作为新党员，每谋为这场反法西斯之战贡献一己之力，后行未果。所作歌词《红色的军队，前去》，经由麦新谱曲，一时广为延安军民传唱。麦新，《大刀进行曲》作者。

8. 为探贺敬之何以对毛泽东延座讲话抱以巨大热忱，刘润为尝以精神现象学释之，称此系特定的"先在结构"或"前在图景"所由决定。考贺氏出身贫苦，故自幼培养起深厚的劳动人民感情和鲜明的被压迫阶级立场，起彼早期之诗作、延安时期之剧作观之，均可印证。而自延安始，则可认为，《讲话》精神滋养了敬之一生、改变了敬之一生、照耀了敬之一生、成就了敬之一生。诗人通过《放声歌唱》呼告："我们的未来时代啊，/请你把我/用'延安人'的名义，/列入/我们队伍的/名单里!"适以资证刘之研判，诚不失为的论也。

9.《南泥湾》词曲创作有因缘。1940年初，三五九旅部队响应毛泽东"自力更生，自给自足，克服困难，建设边区"之号召，进驻南泥湾，一则膺任党中央之警卫司职，一则治以生产，创建了英雄主义业绩。值贺敬之迭经流亡生活，投身延安未久，故抑制不住其对新生活的喜悦和对众英雄的崇敬之情，乃于1943年作词《南泥湾》。又，马可作曲家三年前曾过是处，但见荒草从生，野兽成群，而今美色处处，如置画中。尤其是战士们用桦树皮拼成的标语，更使人深受教育与鼓舞。标云："要把南泥湾变成陕北的江南!"情动之顷，马氏为贺词谱曲，作为秧歌舞《挑花篮》之插曲，随着延安鲁艺秧歌队来至南泥湾，献诸群英。又经郭兰英珠喉之出，更是腾播人口。尤其在《东方红》大型音乐舞蹈史诗中，其作为反映延安时期生活的历史歌曲出现，遂成为共和国红色经典之作。又，贺与郭小川曾一道参加过史诗《东方红》之创作活动。

10. 在延安革命历史博物馆内，贺敬之作词、马可作曲之《南泥湾》歌单，赫然张于谱架之上。吴邦国委员长来参访，尝立于架前，与随行者同声演唱此歌。余于2005年4月5日晚央视新闻联播节目中，获睹斯景。

11. 贺敬之歌词《翻身道情》作于1943年，陕北农民在共产党领导下"团结闹翻身"的火热情感，于斯尽传。由于该词未之署名，故长期以来被认为是地地道道的民歌。刘润为释之云："这个'误会'恰恰证明了作者深入陕北农民生活，体验陕北农民情感，学习陕北农民语言的成绩。也就是说，这时他已经完全摒弃了过去某种程度上的欧化倾向，而代之以民族化、农民化、陕北农民化的情感方式和语言形式。用中国老百姓喜闻乐见的形式写出他们对新生活的新感受，这——就是这支歌传唱半个世纪而且还将继续传唱下去的秘密所在。"

12. 贺敬之于音乐一门，词曲兼擅。《南泥湾》、《七枝花》诸词即出其手。因应工作之需，不唯迭出歌词佳品，还曾于张家口报刊载其曲作，其洞达音律，由此可知也。迨晚近，贺曾对传记作者笑称："当然，我不是音乐家，全国解放后就没有写曲了。"

13. 贺敬之1947年6月尝亲历青沧之役。是时彼以"文书"身份从军司职，教唱军歌，鼓舞士气，乃部队受保护的"文化人"。孰料战事一开，其不顾营长劝阻，主动加入突击队，投身战斗。战后获记功奖励。由是，战士本色，老兵气韵，形诸贺氏所抒所吟。学界以战士诗人誉之，非所喻也，洵其实也。

14. 中共七大于1945年4月23日至6月11日在延召开。本月10日，由贺敬之、丁毅执编，马可作曲之大型歌剧《白毛女》在代表大会上公演。毛泽东主席和全体中央委员、七大代表同观是剧。俟剧推向高潮，喜儿被救出山洞时，后台骊歌奏起，词云："旧社会把人逼成鬼，新社会把鬼变成人。"当是时，毛主席竟站起身来鼓掌，其他领导人亦一并起立，热烈鼓掌。翌日，中央办公厅通过鲁艺演出队领队田方，传达了以毛泽东为首的中央书记处的意见，凡三条：第一，这个戏是非常适合时宜的；第二，黄世仁应该枪毙；第三，艺术上是成功的。据此，贺等主创人员遂对该剧作了相应修改。其所增益的处决黄世仁之情节，无论20世纪50年代的电影故事版，还是“文革”期间之样板戏，悉皆存留未去。

15. 翟泰丰尝忆，远在抗战年代，彼时为晋察冀的一名小战士，就因为看了火线剧社所演《白毛女》，而燃烧满腔愤愤之火，乃自剧中获致革命启蒙。又纪云：当时，“每当野战军出发前动员战士时，演出此剧就能唤起来自贫苦农民战士的激昂义愤，甚至在广场（当时战士看戏没有剧场）痛哭呼喊，要枪杀恶霸地主黄世仁。”又据史称：很多革命战士观此剧后，在其枪托上刻写“为喜儿报仇”字样，竭诚为解放全中国而英勇杀敌。翟故于其所敬慕的鲁迅、郭沫若乃至臧克家、艾青、冼星海之后，又加上贺敬之，以至数十载其情未替。

16. 歌剧《白毛女》，是应迎接中共党的七大召开而创作的，人谓其堪称三大战役之外，又一战役的重大成就。按第三次国内革命战争时期，人民解放军与国民党军队之间进行的辽沈战役、淮海战役、平津战役，史称三大战役。

17. 建国初期，贺敬之由于“一直卧病，很多时间住在医院和疗养所”，加之司职不能离开办公室，“深入群众斗争生活和从事写作的时间很少”。因此，期间仅作《民主建国进行曲》等歌诗数事，庶几不见有重要新作问世，乃至《文艺报》1956年1月号曾刊漫画配打油诗雅谑之，略云：“你的《白毛女》，头发白了又黑，黑了又白，你的新作为啥还不出来?”按贺氏数载歌喉消歇，除却前述原因而外，揆其内因，主要还是由于序入新时代，诗人对新的生活还有待于一个观察、认识、消化之过程。实则，贺氏烈烈诗心何曾一日去怀，彼于病中尝殷殷自我策励云：“努力地向前辈学习，向同时代的许多创造了成绩的同行们学习，以加快自己的脚步。”未久，即有《回延安》惊世。

18. 《回延安》成于1956年。是年春，团中央书记胡耀邦赴延主持西北五省（区）青年造林大会，中国青年报社邀约贺敬之加入采访之旅。时当初春黎明飘雪天，贺氏随团飞抵延安，重返阔别十余载之革命圣地，竟夕沉浸于无比幸福和温暖之中。离延前一日，适东道主办联欢会，有征于贺，请出一节目。因谙于陕西“信天游”曲调，故采以传达此行之感受。据诗人后来追述当时成诗经过有云：其“连夜突击，一边唱一边流泪，一边用笔记下来。由于心情激动，不知不觉感冒了，嗓子失音唱不出声来了，不能到晚会上出节目，就由陕西人民广播电台要去，不久在《延河》杂志上发表了”。又有史料称，是作尝由人在该晚会上代演。贺因病未能与盛。演出结束，经人转告，所作获热烈反响。

19. 孙克恒等研究者指，《回延安》，应该说是作者早在1942年所作《我的家》一诗的进一步发展。或曰：名作多有初写本。

20.《放声歌唱》之成诗及传播过程，尹在勤、孙光萱曾纪其云：在1956年中共建党三十五周年前夕，《北京日报》一负责人向贺敬之约稿：“党的生日到了，还是写点诗吧！”为给作者创造一安静环境以利创作，编辑部特简摩托车将贺接到京郊温泉学校旁边的一栋房子里，“关”了起来。贺蛰居于斯，写出甫半，乃不无犹豫地质之于编辑谓：“行不行呀？”后者爽然回应：“我给你拿去发。”由是，长诗前两节率先在“七一”当日见诸《北京日报》。俟贺返城后，第三节亦告竣稿。未久，贺远游青岛，于兹作讫长诗最后两节。未出三月之期，其神何速！之所以如是，盖诗见报后，读者纷纷投书，满是热望与策励，这就大大强化了诗人创作的责任感。为飨千万读者，该诗第三节以后部分，殆未及见诸报载，而径由中青社迅速印成专书，全璧面世。后，北京举办诗歌朗诵会，贺氏又尝亲自登台放歌，电台则予实况转播，遂于更大范围内激起受众之热烈反响与欢迎。茅盾曾指：“震雷疾电、云蒸霞蔚的现实，鼓舞着我们的诗人热情激发，诗兴洋溢。”复云：“在思想内容上，我们今天的抒情长诗比前人广博深远不知多少倍，而在诗的形式方面也大大突破了前人的规范。”茅公此论，适为广大读者心声之反映，亦指出了诗歌发展的一个重要方面。贺诗受此考语，堪堪适中。

21. 贺敬之忆谓：他是因与胡风的关系而遭致批斗，背着处分写出《放声歌唱》的。案1955年发生反胡风运动，公安部门自胡宅搜出贺致胡书。早在贺投延安初期，曾有诗作载于胡风《七月》杂志，建国初年又蒙为出一诗集。故被指为受胡风文艺思想影响严重而挨过批判，该信致其又罪加一等。迨贺访捷归来，甫下飞机，即被接去公安机关隔离审查。即令处境灰恶，彼一仍奋笔骋怀。数十年后，记者往访，贺坦其谓：“这对像我这样的人来说，并没有什么奇怪，无论革命道路的崎岖或者个人的任何委屈，都要求自己绝不失掉对革命的信心和热情。我的感觉是，能够打垮诗人的只有自己，不能遏制的是他为人民歌唱的热诚。”

22. 叶延滨述忆昔时在北京中山公园音乐堂“迎春诗会”上，亲见贺敬之登台高声吟诵新作《放声歌唱》。品其诗，参其心，所站者高，所望者远，所观者广，所识者深。其以气势沛然之全景，振衣千仞之鸟瞰，容量巨大之画图，展现了昂扬向上的祖国风貌，唱出了时代强音，使人心弦震颤，遂赢得台下听众一片热烈掌声。二十五年后，延滨尝造贺办，得仰诗人风采，豪情依旧。忆畴昔，贺感慨云："新中国成立的时候，我只有二十五岁，现在看来确实还是青年！我写《放声歌唱》时三十二岁，也可以算是青年。应该说那时我们整个国家都是青年。凤凰涅槃嘛，我们一切都刚刚在烈火中新生。"复云："那个时候我们找诗意，就是找这样的诗意，我们提到党，提到革命，是由衷地感到神圣，充满诗意的。"

23. 谢冕称上纪50年代以还，计有两种诗歌形式最为流行：一种为介于格律与自由之间的诗格，乃押韵而大体整齐之半自由体、半格律诗。闻捷、李瑛实践最多；李季自《玉门诗钞》之后，亦致力于此。一为贺敬之、郭小川式的"楼梯诗"。由于贺著《放声歌唱》一类诗歌的启发和影响，许多长篇政治抒情诗悉皆乐采此式为之。

24. 金绍任称其自上纪60年代起，曾长期学习工作于桂林，加之酷爱诗歌，故使其分外注意一切关涉桂林之诗文创作。迄今为止，总其所见，贺敬之《桂林山水歌》当位居第一。故而，桂林人民经过公议，乃将是作勒诸美石，立诗碑一。新诗作品获此殊荣者几稀！

25. 新千年伊始，星星诗刊曾发起关于"中国诗歌教材的讨论"，有人极戡《桂林山水歌》。金绍任则持论相反，其谓：该诗不但令无数初读、再读、再三读之华人叹服为"神来之笔"，连中文高级班的外国留学生读后亦感慨道："汉字和桂林山水都是上帝亲自创造的。这首诗是上帝握着诗人的笔写出来的。中国人能直接欣赏这样的诗，太幸运了！"或曰：华文之宝为异邦宝之，我等幸勿身在宝山不识宝、不惜宝也。

26. 江泽民主席在谈及黄河小浪底工程时，曾兴致勃勃，朗声有诵云："责令李白改诗句：'黄河之水手中来！'"彼所征引者，出贺敬之《三门峡——梳妆台》一诗，颇助领袖所思所感之发抒。予于央视某晚新闻联播节目中，尝亲睹此一情景。

27.《雷锋之歌》创作过程略云：1962年8月15日，解放军战士雷锋，以二十二岁的年龄因公殉职。翌年三月二十二日，团中央追认其为"全国优秀少先队辅导员"。为了追念雷锋，毛泽东主席挥笔题词，号召全国人民"向雷锋同志学习"。高层领导刘、周、朱亦相继题词，悉皆予以高度评价。为了广泛宣传雷锋之英雄事迹，报刊上除了及时登载雷锋日记摘抄和有关雷锋事迹的通讯报道外，《中国青年报》还特约贺敬之为雷锋写一首长诗。贺即爽快地应允是约。盖彼在刚刚过去的三年困难时期里，心中积压了许多话要说，此刻，雷锋恰似一颗火种，点燃了他思想仓库里所储之灵感炸药，遂获创作冲动。然则，贺氏素以创作态度谨严著称，并不愿仅凭媒体现成之材去创作，颇思前往雷锋生前所在连队体验生活，终因公务繁剧而分身无术。正踌躇、焦急间，适柯岩响应号召，正欲深入生活去抚顺，遂主动请缨，代夫往访，顶风冒雪，夜以继日，作为首访者，在连队搜集第一手资料，获睹雷锋之全部日记与笔记。经辛勤搜采，经月满载而归。在北京和平里家中，柯向贺连夜转述所获，共仰这位闻所未闻的人物，夫妻俩竟孩童般又哭又说。时贺母犹在，因怪而探询："你们这是怎么啦?"柯氏当时就建议敬之写一首长诗。贺感难度颇巨，且要写辄必出新意，未审自己有无把握。柯却肃然道："你这个人要有信心嘛！我看你肯定能够写好，你就写吧。"当贺写出几段后，诵之与闻，柯即兴奋地表示："这太好了。比我那几首都好，而且不是好一点半点。就这样，就这样写下去!"英雄榜样，亲人策励，催动诗人心中长风巨浪，于展纸伸笔之际，诗情倾泻而下，畅朗无碍。每章写讫，即诵与闻，迭获赞许。一旬甫逾，草就四章。期间，应王震将军之邀，相偕旅沪，下榻锦江饭店。贺除参与动员组织知青赴边事，犹抓紧长诗之写作，计耗时十日左右，于1963年3月31日外滩海关钟楼嘹亮的晨钟声里，写竣全诗，累1204行。同年4月11日《中国青年报》刊出全诗，中国青年出版社5月单行成书，继则电台广播、民间朗诵，引起普遍轰动效应。按：前述柯岩旅顺之行尝作《雷锋》等组诗，后裒为专书《我对雷锋叔叔说》，1963年8月中少版。柯氏所云"我那几首诗"，即指此也。

28.《雷锋之歌》之前半部分发表后，王震将军邀请贺敬之、柯岩夫妇及郭小川一道，动员上海青年支边，去新疆建设兵团。故而，贺在沪完成长诗最后几章时，曾向王将军诵是作。当其读到如下诗句："快摆开/你们新的雁阵啊，/把这大写的/'人'字——/写向那/万里长空。"闻此，正坐在沙发上仔细倾听的王震，激动得离开座位，高兴地叫道："好！好!"贺谓：以后证明，王震将军的文学欣赏眼力是精到的。不少人喜欢并传抄这些句子，也有的仍在诗歌中再次运用。

29.郭小川1963年4月23日自沪至京驰书，与夫人杜惠款通，称其昨日"真是顶愉快的日子"。悦者有三，其一即为"昨天晚上，我和敬之参加了上海工人文化宫的一个小会，工人同志的热情真使我们感动，敬之朗读了他的

《雷锋之歌》，我念了《祝酒歌》”。所诵均为二人代表作，发表当时已然好评如潮；更兼诗坛双星同时照临，其胜可想矣。

30. 贺敬之其诗其人曾获总理关注。1972 年，根据周恩来总理有关出版之指示精神，人民文学出版社编辑部具体安排，《放歌集》幸获再版。又，周总理在病重期间，常问起诗人状况，并再度提及《雷锋之歌》。

31. 某岁，贺公旅鲁。一日登山揽胜。车到山前，循规下车，以凭借足攀。或商于门卫，谓此乃中宣部副部长，能否通融，以车送抵，门卫未允；继之而来者某人大旅行团，悉因一行年高，咨商开车上山，门卫仍未之允。又听说前者乃本籍诗人、《雷锋之歌》作者。门卫一听瞿然道：“我看过《雷锋之歌》。可以开车上山。”此系马瑞芳教授报料，彼以表述幽默、洗练，口齿利落、嘹亮，令一座为之莞尔。

32. 余初中毕业之期，适逢“文革”爆发。越明年，听从号召，返校闹革命。观夫汉阳九中，时校园荒芜，教室破敝。某次吾偕窗友偶入图书馆，于狼藉中拾得《雷锋之歌》一、异域诗选若干。迨至2005 年4 月初，“贺敬之文学作品国际学术研讨会”在桂苑召开，余与其盛。遂乘隙趋前，请贺老题签。彼见故物，眼睛一亮，唇齿稍动，然未声言，旋于是书扉页雷锋黑白画像一侧苍然颜之，同时获签的还有旧藏《放歌集》。对此书，谢克强、桂兴华颇以为罕，殊艳羡，因共邀贺老于两书前合影留念。

33. 或曰：当年大庆油田给年轻的共和国加了油，贺敬之所著长诗《雷锋之歌》则给中国人民的灵魂加了油。按上纪五六十年代之交，我国在严重自然灾害及外部种种压力的考验面前，坚持党的自力更生、艰苦奋斗的伟大方针，掀起工业学大庆，农业学大寨，全国人民学解放军之热潮，推动着共和国巨轮破浪前行。因有大庆加油之喻。

34. 贺敬之在边疆垦区写成《西去列车的窗口》后，首先驰邮柯岩，请交小川一阅。郭小川看后，认为不是很好；同时，表示担心，《雷锋之歌》刊布伊始，再发这样的长诗，未必能取得很好的效果。但柯岩甚喜之，坚持将诗稿投寄《人民日报》。贺称：事实证明柯岩是对的。这首诗发表后，产生了很好的效应，成为继《雷锋之歌》后，我献给诗坛和青年的又一份诗歌答卷。

35. 何其芳与贺敬之自延晋京后，共伺文苑，由早先师生关系，进而联骑为战友。且在文学事业上各自取得不小成就，又曾共肩一路风雨。1976 年10月，粉碎“四人帮”后，贺奋书《中国的十月》，何其芳亦有毛泽东颂歌。后者尝于病中将自由体长诗《中国的十月》改写成新格律诗。其谊之厚，一举可知也。

36. 邹荻帆称其读诗时，往往在读了某几句或某一节之后，掩卷沉思，揣摩着作者将会如何展开以下诗章，审其是在自己意中或在意外，甚至想到自己会怎样处理。邹氏述及鉴赏贺敬之《“八一”之歌》时即如是。某些猜度正在料中，乃灵犀一点，缘于所见略同；某些却出乎意表，盖其落想天外。遂惺惺相惜，备极折服。

37. 贺敬之、柯岩于年高体弱之期，“依然结伴，万里壮行”，接触新生活，搜采新亮点。贺氏晚近所作多歌行，且谓：旧体诗也是一种形式，写新诗的人也不妨写点旧体诗。彼尝应故里兰陵酒厂之约而题咏，诗云：“太白何处访？兰陵人醉乡。我来千年后，与君共此觞。崎岖忆蜀道，风涛说夜郎。时殊酒味似，慷慨赋新章。”古而新，婉而豪，风神似不让其新诗。至若柯岩，则经常把全休之病假条揣入口袋，精神抖擞地投身社会，或与夫偕行，或单骑于途，所创报告文学、散文、长篇小说更其丰茂矣。

38. 贺敬之于1942年延安大生产运动中尝作词《赵占魁劳动歌》，相距一甲子后，为《陕西省志·工会志》收录。某公奉派赴京携样书赠贺。某擅书，为书唐代孟郊《赠郭夫子鲂》，诗云：“天地人胸臆，吁磋生风雷。文章得其微，物象由我载。宋玉呈大句，李白飞狂才。苟非圣贤心，孰与造化该。勉矣郑夫子，骊珠今始胎。”一日，率经多所遴选，始觉此诗最称适切，盖贺与诗中人物悉皆大诗人。宋玉呈大句，李白飞狂才，贺风堪与之匹配。贺谓：某书佳，所录亦尝寓目。某按：贺之法书造诣亦颇高，率性大气，潇洒飘逸，曾有大本精装书法集面世。贺在陕书迹亦广受称道。

39. 钱海源，雕塑家，卜居长沙。虽恒运斤于雕塑艺术，然亦钟情于缪斯之神，对贺敬之素所心仪。某地因建馆所需，亟为贺塑。人或嫌其“左”，不愿措手。海源闻讯，主动承荷其事。

40. 早在1950年，贺敬之曾在某文中提及一事。某次其复某诗作者云：“更重要的是要在诗（其他艺术作品也在内）中表现出‘我’来。”一友人适在身边，见是语，诧相质：“你怎么居然写这样的话？……‘我’吗？为什么不说‘工农兵的思想感情’呢？”值此国初政治生活尚属正常日，尚且如此，尔后“左”的思潮愈演愈烈时，执“我”之艺术主张动辄得咎，罪莫大焉。果然，后来郭小川《望星空》及贺敬之《放声歌唱》等，终成受矢之的。然则，贺氏风前未尝稍有屈从，而是使“我”字在其诗中愈塑愈显，成为征服人心的秘密武器。

41. 李元洛对贺敬之作品研判有年，因此得悟其成功之秘。彼称：“他诗作中的‘我’，是一位多情的诗人而兼严峻的战士的形象。我认为，贺敬之诗作历久不衰的生命力，就在于此。”

42. 郭小川曾质于贺敬之：“为什么写得那么少，那么拘谨呢?”贺答辩称：“我并不把生活中自己的感受都写出来。主要有两个想法：一是有些感受写成诗句和构成形象后自己觉得不太理想；二是我认为自己的感受和理解不一定都对人民有利，要把它写出来就需要反复斟酌。换句话说，就是自己不感动的东西不能写，自己感动了，是不是正确？要对人民负责。”郭贺乃诗界双雄，骚坛金兰，斯为难得之历史对话。其创作个性，一席立判。

43. 周扬、何其芳、周立波群贤掌鲁艺教席，每有所授，贺敬之无不悉心聆教，认真笔记。唯因此时于古典文学兴致未浓，故当学识渊源的齐燕铭来授有关课业时，贺氏注意力时有不逮。相隔多年后，他还为此感到惋惜。乃加倍追索，致国学芬芳浸浃骨髓，椠椠大诗多赖是源。

44. 据闻：“贺敬之特别喜爱屈原。屈原的作品，特别是《离骚》，是贺敬之经常置于枕边床头的一部心爱之作。”事见尹在勤、孙光萱《论贺敬之的诗歌创作》。

45. 贺敬之自延座后，对民歌更是珍爱有加。彼曾竭诚搜集陕北民歌，其中有些归入何其芳《民歌选》；有些至今仍为其所珍庋。

46. 贺敬之称，在中国新诗人里，他最早喜欢的是田间。彼赴延途中，随携兜内仅书一，即田著《曾在大风沙里奔走的岗位们》。是书为三十二开本，因其多系短句，遂将下半部分空白页裁去，便置衣袋，以时时咏读。复谓：“鲁黎的《延河散歌》也是那时我非常喜欢的作品。后来，郭沫若、艾青、臧克家、何其芳、卞之琳、公木都是我喜爱的诗人。新中国的诗人的作品，我几乎都细读过，郭小川、李季、阮章竞、闻捷不用说，还有绿原、徐迟、徐放、公刘、李冰、李瑛、雁翼、塞风、辛笛、晏明、吕剑、野曼、杨山、孙静轩、韩笑、纪鹏、梁上泉、张永枚、周良沛、陆棨等许多优秀诗人的作品都曾给过我感动和启发。”所胪列者既植“等”字，揆其已曾寓目而又挂漏、省略者当不在少数。彼垒石邀云，栽松邀月，故能酿成大气象矣。

47. 柯岩尝对访者提及贺敬之对其创作之助。贺多年从政，卒卒鲜暇，可谓名副其实的“业余诗人”。公退之余，夫妇得闲谈诗衡文。柯称夫君创作态度殊谨严，总是思索很久、酝酿很久，从不匆遽命笔。“他自己写的诗，十年之后，多长的诗，基本上都能背下来。因此他对我要求也很严格。”贺每每强调所作要对社会、对读者负责，尤其是儿童缺乏辨别能力，搞儿童文学的，心里更得时时装着读者。柯称这一点对其影响至深。

48. 战士徐洪刚尝致函贺敬之，函称："我们这一代人，是读着您的作品长大的。您的诗，如：《回延安》、《雷锋之歌》、《三门峡歌》、《桂林山水歌》、《翻身道情》、《南泥湾》等作品深深地感染了我、教育了我、鼓舞了我。我爱读，我身边的战友也爱读。你是时代的歌手，伟大的战士诗人，我们爱你，永远爱你。"按徐洪刚1993年8月17日，自云南彝良探亲归队。当公共汽车行至四川筠县境内时，徐因与车上侵害乘客的四名歹徒英勇搏斗，被扎十四刀，肠子流出体外五十余公分，血染迷彩服，亦浸红土地。因此荣膺"见义勇为的英雄战士"称号，迭获江泽民等党和国家、军队领导嘉勉与褒扬。军旅诗人野牛尝联手将军诗人岳宣义为创长诗《徐洪刚，我民族的脊梁》。徐亦善诗，素有战士诗人之称，其爱贺诗，引为同调，诚非套话。

49. 贾漫所著传记《诗人贺敬之》，中国作协为开作品研讨会。席间，人誉贺敬之乃不带引号的革命左派。盖左派而带引号，洵形左而实右之谓也。贾漫，内蒙古诗人、作家。

50. 於可训武大版专著《新诗体艺术论》，计列自由体凡十家，格律体及民歌体各两家。是书继《"时代的鼓手"与田间体》后，踵之以《"楼梯式"与敬之体》专章。於称敬之体的基本特征，即存在于古与今、中与外、雅与俗三重融合之中。审其主要表现，总谓"楼梯其外，排偶其中"。在这一点上，诸子所见略同，而以於氏概括为佳耳。於可训，武大教授，博导。

51. 人誉郭小川和贺敬之为社会主义诗歌之双璧。贺称：我的诗友中最难忘的就是郭小川。郭之于贺，相闻于延安时期，相知于1956年。贺复缕析他俩秉性之异同，谓：郭"是冲动热情、富于灵感的诗人，天真得近乎透明，才情更是汪洋恣肆。他经常兴奋地向我讲述他的诗歌构想，我也往往表示肯定或提出自己的意见。我的习惯是不想成熟不谈，但写成的初稿也往往给他先读"。又谓："小川的情绪性格与我不一样，他有寂寞抑郁的一面，比如他的《山中》就体现了这种倾向，而我较少有这种情绪。尽管如此，我们的革命信仰是完全一致的，我们互相激励、互相启发，一起探索革命诗歌走向民族化的道路。"奈天丧斯人，贺每生殷殷痛惜之情。

52. 上纪末叶，关乎中国诗教，即中学语文教材之新诗选目，曾起争讼，几沸反盈天。纷争中，《星星》诗刊与《华夏诗报》对阵互伐。毛翰则系发难者，复充反方主攻手。毛氏之矢直奔贺敬之柯岩夫妇而来。贺诗《回延安》、

《桂林山水歌》、《三门峡歌》，柯诗《周总理，你在哪里》，悉为中学语文教材多年之选。贺柯氏诗均被目为陈旧僵化，且犹指柯诗尚有玉窃他人之嫌。《华夏诗报》则痛斥反方，而力挺所拥。是讼延俄三年。期间，柯曾投书以申维权之声。后终以《星星》向柯致歉而息讼。又据闻，《桂林山水歌》、《周总理，你在哪里》已不复见于新版语文课本矣。倘如是，考诸诗史，其替补品当殊难疱代也。

（原载《挥毫顶天写真诗》，作家出版社 2006 年出版）

“楼梯式”与敬之体

於可训

近几年来，有人把贺敬之归入“七月”派诗人的行列，根据是他曾在胡风主编的《七月》杂志上发表过诗作，并有诗集被编入“七月诗丛”。如果这个说法可以成立的话，那么，贺敬之与这个派别中的新进诗人普遍受到胡风的文艺思想影响不同，他更多地是从影响这个派别的两位重要诗人艾青和田间的作品中吸收了艺术的滋养。他的作品因此从一开始就留下了这两位诗人独特的诗体的痕迹。

贺敬之从1939年开始创作，现在能见到他的最早的作品是1940年去延安的路上创作的《跃进》组诗。这组诗在句式的跳跃、节奏的短促和拆句建行、不拘音韵方面，都与田间和艾青的诗有颇多相似之处。虽然此前未见他有接触这两位诗人的作品的记载，但这种诗的因子正是他到延安之后亲近田间、艾青的诗作，以及马雅可夫斯基等外国诗人的作品的一个先在的依据。1940年到延安后，在“鲁艺”，他读了田间、艾青和马雅可夫斯基以及普希金、涅克拉索夫、莱蒙托夫、歌德、莎士比亚、惠特曼、雪莱等外国诗人的大量作品，对田间、艾青和马雅可夫斯基、惠特曼尤为偏爱。他这期间创作的诗歌，后来结集为《并没有冬天》，其中的大多数作品，明显地受到上述诗人的影响，尤其是田间和马雅可夫斯基，以至何其芳以“我们十七岁的马雅可夫斯基”的赞语称道他。贺敬之与田间及马雅可夫斯基等人的诗缘即由此开始。他的“楼梯式”的诗体也在这期间的创作中孕育了最初的胚芽。

从新诗的历史算起，贺敬之应属于继五四和20世纪30年代之后，出现于40年代诗坛的第三代诗人。这一代诗人既不必像第一代诗人那样盲人瞎马地尝试摸索，也不必像第二代诗人那样，大多要从外国某些诗歌流派中寻找艺术的依托，因为他们已经获得了一个新的传统。这个传统即是新诗在取代古典诗歌之后自己创造的传统。而抗日民族解放战争和延安的政治环境又帮助贺敬之选择了这个传统中革命的、战斗的方向和民族的、大众的形式。这是贺敬之的诗从一开始就在新的传统上起步，经过一个学习和探索过程，即走上革命化和民族化的道路的一个重要因素，也是他继田间之后，成功地改造马雅可夫斯基的“楼梯体”，使之成为中国化的为新时代的群众所喜闻乐见的大众形式的主要原因之所在。尤其是在建国以后，对于人民革命成功和新世界的歌颂，以及鼓舞人民群众建设新生活、追求新理想的需要，更极大地激发了他所熟悉的诗体形式的艺术能量。加之对于民歌和古典诗歌的再学习、再研究和更加深入、广泛的吸收、借鉴，感受着新的时代精神和艺术氛围，他的诗体亦趋于成熟。有人把他在新中国成立以后创作的作品称之为“开一代诗风”之作，是符合历史事实的。收集在《放歌集》中的《放声歌唱》等作品，因而就成了敬之体的集中的代表。

敬之体的典型标志是“楼梯式”的政治抒情诗。贺敬之是主张“‘诗学’和‘政治学’的统一，诗人和战士的统一”① 的。这是20世纪40年代在革命根据地形成的文学为政治服务的传统。

在新诗发展史上，20年代革命诗人和30年代左翼诗人的诗歌都是为革命的政治服务的。在40年代的抗日根据地，由于有毛泽东《在延安文艺座谈会上的讲话》的系统的理论指导，做得更为自觉。政治抒情诗亦即是诗人和战士、“诗学”和“政治学”高度统一的结果。它不但要求诗的内容是积极的、进步的、革命的，符合一定时期的政治需要，而且要求它的形式应当与内容相适应。就诗体而言，既不可是朦胧晦涩的模糊图画，也不可是刻意雕凿的形式主义。这亦即是天然地排斥了象征派的“暗示”和唯美派的“纯诗”的追求。在40年代的延安，如同其他根据地诗人一样，贺敬之走的即是这条与象征派、新月派和现代派背离的直抒胸臆和明白晓畅的一条路。只不过这时他还来不及或许也是尚且无力经营长篇的抒情巨制，而主要以写作抒情的短章和略带叙事色彩的忆旧之作为主。但像有169行的《生活》、146行的《我们这一天》等，实际上已是抒情长诗的雏形。尤其是在40年代的延安，诗歌朗诵的风气很盛，出现了一大批以写作朗诵诗著称的诗人和传诵一时的朗诵诗作品，歌词（歌唱的诗）创作的热潮更起了推波助澜的作用。在这些朗诵诗和大合唱歌词中，即不乏长篇诗体。贺敬之本人也参与创作过歌词和歌剧。这些，无疑为他后来

① 贺敬之：《郭小川诗选（英文本）·序》，《光明日报》1979年6月17日。

创作长篇政治抒情诗提供了重要的艺术经验和创作上的参照。这些朗诵诗和大合唱歌词，说到底也是一种政治抒情诗，只不过建国以后贺敬之所创作的政治抒情诗除了题材和主题的变化之外，在风格上更接近中国古代带史诗性的“颂”体和铺张扬厉的大赋。这是因为对于人民革命的伟业的赞颂和对于新世纪理想蓝图的描画，同样也是政治抒情诗的题中应有之义。从这个意义上说，敬之体的政治抒情诗，可以看作是40年代的朗诵诗的一个自然的延续。

正因为政治抒情诗也负有如朗诵诗那样宣传群众、鼓动群众的责任，故而在形式上它也必然要求更能接近群众的民族化和大众化。只不过在这个问题上，贺敬之的选择不是像他的短篇抒情诗那样，专用“信天游”的歌谣体（如《回延安》），或拟古的乐府歌行体（如《三门峡——梳妆台》），而是综合了民间歌谣、古典诗词、新体自由诗和格律、半格律诗，尤其是外来的“楼梯式”的诗体的一个全新的创造。这是敬之体的独特之处，也是他特有的民族化和大众化的形式的诸多特征的艺术表现之所在。

如同40年代延安的其他文艺工作者一样，贺敬之也为陕北的民歌（尤其是“信天游”）那高亢、悠远的曲调所“迷恋”。他收集了大量的民歌唱词，又用民歌体创作了诗集《朝阳花开》，民歌成了他“不可缺少的精神粮食”，成了他“学习写作的光辉榜样”。不仅如此，他进一步把民歌看作是“开一代诗风”的艺术，认为“凡是诗是在健康发展并呈现光辉的时代，无一不是直接间接由民歌推动起来的”①。这虽然是他在50年代的新民歌运动中的认识，但同时也是他从40年代起学习民歌的体会。在这个过程中，他对于如何向民歌学习的认识和实践，也有一个很大的提高。一般说来，贺敬之在40年代更多地是“借”用民歌体创作，如《行军散歌》和《送参军》等，带有很重的模仿的痕迹，有的甚至就是民歌的原生形态。50年代的《回延安》则是一种“拟”民歌体。虽然仍用了信天游的形式，但在表现方法上却有了许多新的创造和变化。这当然仍属民歌体的新诗范畴。他将民歌的手法糅进自由体新诗，使民歌作为一种艺术的因子，最终成为自由体新诗的一个构成要素的，则是被我们称之为敬之体的长篇政治抒情诗。这些诗作集中地体现了贺敬之对于学习民歌的新认识，同时也是民歌参与创造自由体新诗的一种艺术上的归宿。

在利用民歌的问题上，他是主张创造和变化的。对那种“只注意旧形式的利用，而不相信在旧形式基础上的新创造”，和对古典诗歌与民歌的形式特

① 贺敬之：《关于民歌和“开一代诗风”》，《处女地》1958年7月号。

点作“固定的、片面的解释”“不去看基本的规律，只孤立地抓住表面字数的数字上的相等”的倾向，他是持否定态度的。基于这样的理解，他认为“诗的形式，一方面必须建立在传统的基础上，另一方面必须有新的发展”。这个“新的发展”的关键，是要抓住“诗的传统形式中那些最基本的要素”，即语言、节奏和韵律。[①] 这虽然是他从50年代中后期的新民歌运动中所得的启示，但事实上却可以代表他向民歌学习的最终的努力方向，正因为如此，在敬之体中，我们虽然看不到某些民歌体的外形上的特征，但却不难看出它在语言方面所保持的“明白晓畅”、“自然流利的民歌风格”（胡适语）和大量运用排比、对偶、蝉联、复沓等民歌手法所造成的带有民歌的格律化倾向的节奏，以及回环往复、一唱三叹的韵律特色。这当然也与他对中国古典诗词尤其是对于浪漫派诗人的作品的爱好和悉心钻研不无关系。可以说，敬之体的结构的规模、气势和用语的夸张、豪放以及韵律的张合、起落，是深得浪漫派诗词歌赋的精髓的。特别是屈原的铺排和李白的空廓，更留下了明显的痕迹。这些都是敬之体的民族化和大众化特色的重要表现，也是40年代后诗歌的民族化、大众化结下的一个硕果。

虽然如此，敬之体终究不以民间的和古典的风格著称，而以自由体的和散文化的特色取胜，这主要得力于他长期以来对马雅可夫斯基和田间等人的作品的一往情深，同时也是抗战以后的新诗普遍趋向自由化、散文化的传统深远影响的结果。

关于马雅可夫斯基的“楼梯式”对敬之体形成的意义，值得注意的主要有以下两个方面：即这一诗体内含的力量和外形的自由。马雅可夫斯基在作革命的转变之前，是属于20世纪初在意大利兴起的未来主义流派的诗人。这派诗人醉心现代物质文明，崇尚“力量”和“速度”，反对现存的一切文化和文学艺术的传统，主张用随心所欲、“自由不羁”的形式来反映飞速发展的工业时代。在俄国，马雅可夫斯基是这一派中立体未来主义者的代表。立体未来主义者把“战争与革命”、“钢铁和反叛”当作他们的“韵律”和“语句”，但由于其中的一些人如马雅可夫斯基等接受了共产主义的思想，已摒弃了意大利的未来主义者对毁灭人类的暴力的疯狂崇拜，而使诗成为重建世界的“革命的赞歌”。这是二者在思想上的不同之处。共同之处则是“在材料的形式上的加工”方面。即通过一种创造性的“语言技巧”解决和回答“现代生活提出

① 贺敬之：《关于民歌和“开一代诗风”》，《处女地》1958年7月号。

的各种任务"。这种"语言技巧"包括"造新词","选音";"以语言本身的多格律,代替程式化的抑扬格和扬抑格的格律","简化词组的形式","使用不寻常的用词方法","使句法革命化","革新词和词组的意义","建立引人入胜的情节结构的样板","显示出语言的招贴画性质"等等。① 这实际上已经溢出了"楼梯式"韵诗体在语言和结构方面的一些基本特征和理论上的基础。尤其是未来主义者为着创造新的"语言技巧"的需要,抹杀不同文学体裁,包括诗与散文的界限,这样,把无韵律的散文引入有韵律的诗,用诗的方式来处理散文的句法,也就是很自然的事了。正是为着创造朗诵的"语言技巧"的需要,马雅可夫斯基在试验了将同一首诗用散文的长句表达和排成梯形的短句,在群众中引起不同的反应之后,才决定了采用"楼梯式"的排列切割散文的长句建行的结构原则。人们把他的诗称为"剁碎了的散文",他的"楼梯式",正是这种诗和散文一体化的产物。

综上所述,我们不难看出,贺敬之在移用马雅可夫斯基的"楼梯式"的时候,并未接受作为它的背景的未来主义的思想观念。即使是马雅可夫斯基的新的理解也与他无涉。但是,也应当看到,未来主义基于对"力量"和"速度"的崇拜,在诗体方面所表现出来的强悍的风格和内在的力度,与贺敬之所崇尚的中国古代浪漫主义诗歌的磅礴气势和铿锵的节奏,确有某种相通之处。同时,抗战以后新诗的散文化倾向和大众化的要求,与"楼梯体"的句法,由散文变化出来的自由和适合朗诵的需要,也达成了某种默契。正是因为二者之间存在着这种相通和默契,贺敬之才有可能将这种外来的形式移用于中国新诗,同时又以中国新诗的散文化的自由的格式和古典及民间的韵文手法,改造这种外来的形式为一种中国化的诗体,从而实现了古与今、中与外、雅与俗三重的融合。这在田间只是一种创造性的尝试,而在贺敬之,却有了成功的收获。

敬之体的基本特征,即存在于这种古与今、中与外、雅与俗三重的融合之中。它的主要表现,从总体上说,可谓梯形其外,排偶其中。梯形,是指他的诗句的整体作梯形排列;排偶,是指这种梯形的诗体组织,主要是以对偶的句式为结构的单元。对偶的句式几乎成了敬之体的结构的梁柱和支撑。有人统计《放声歌唱》的第三章共396行,除第4、第50行外,绝大部分都是排比对偶

---

① 马雅可夫斯基:《关于未来主义的一封信》,《现代主义文学研究》(上),中国社科出版社1989年版,第386页。

句式。茅盾也说过，近900行的《十年颂歌》外形“是很整齐的‘楼梯式’”。但内在的句法“以句为单位来看，全诗十之八九为偶句，以行为单位来看，大部分也显然是有对仗的”。“全诗上下句的行数和每行的字数，基本上也是各个对称，而且大体上遵守了‘前有繁音，后继切响’的原则”。茅盾认为，从这些特征看来，“《十年颂歌》对‘楼梯式’这个新的诗体作了创造性的发展，达成了民族化的初步成就，而同时也标志着诗人的个人风格”①。

这些对偶的句式，大体上有如下几种情况：

其一，表示时空的转移。句型多为介词短语：“在……在……”或“从……到……”等。类似杜诗的“即从巴峡穿巫峡，便下襄阳向洛阳”。例如：

……在高压线
　　飞过的
　　　　长城脚下，
在联合收割机
　　滚动着的
　　　　大雁塔旁，
在长江大桥头的
　　黄鹤楼上，
在宝成铁路边的
　　古栈道旁……

其二，增强铺叙的效果。如：

……啊，这是怎么回事？
这是谁？——
　　是他？
　　　　是我？
　　　　　还是你？

① 茅盾：《反映社会主义跃进的时代，推动社会主义时代的跃进》，《争取社会主义文学的更大繁荣》，作家出版社1960年版，第21页。

……这是在哪里？
　　在我的家？
　　　　我的街道？
　　在我们自己的
　　　　土地？……
是什么样的神明
　　施展了
　　　　这样的魔力，
生活啊
　　怎么会来得
　　　　这样神奇？——

接下去共有16个问句，以对偶的方式排比推进，都是铺叙生活的神奇变化。形同屈原的《天问》。

其三，强化感情的抒发。如：

啊，多么好！
　　我们的生活，
　　　　我们的祖国；
啊，多么好！
　　我们的时代，
　　　　我们的人生！

这在古典诗词和民歌中更属屡见不鲜。除此而外，还有一种对偶形式。如：

无边的大海波涛汹涌……
啊，无边的
　　大海
　　　　波涛
　　　　　　汹涌——
生活的浪花在滚滚沸腾……

啊，生活的
　　浪花
　　　在滚滚
　　　　沸腾！

这显然又是合唱曲的和声的形式。又如为众多论者所提及的如下诗句：

……春风。
　　秋雨。
晨雾。
　夕阳。……
……轰轰的
　　车轮声。
嗒嗒的
　脚步响。……

五月——
　　麦浪。
　八月——
　　　海浪。
桃花——
　　南方。
　雪花——
　　　北方。……

就形象的组合而言，既可以看作是未来主义所要求的用“类比法”将名词“成双重叠”，以体现事物的本质的“相似性”的原则，又显然是中国古典诗歌中意象叠加的手法的化用。不管是哪一种，这种梯式排列都有一种骈偶效果。这也是敬之体的骈偶句式的一种。在敬之体中，这些骈偶的句式在声调的调配、韵脚的呼应方面都比较讲究，有的甚至是很工整的联对。虽然马雅可夫斯基的“楼梯式”为加强诗的节奏和力度，也用对偶和排比，但敬之体的用法却是中国式的，而且是如古代的格律诗或民歌那样，以骈偶作基本的句式和结构的骨干。从这个意义上说，贺敬之是把中国古诗和民歌的格律的精神、气韵贯注于“楼梯式”这个外来的诗体，使之成为一个既是中国化的又是现代的自由诗体。晚清“诗界革命”领袖黄遵宪曾主张“以单行（散文）之神运排偶（诗）之体”，贺敬之改造外来的“楼梯式”诗体则走的是与之相反的道路，可谓传统的“创造性转化”。茅盾因此说他“达成了民族化的初步成就”，实不为过。

敬之体有绝对梯式和相对梯式两种模式。前者以《放声歌唱》、《十年颂歌》为代表，后者以《雷锋之歌》、《“八一”之歌》为代表。后者是前者的变体，以相连段、句的交互的凸凹排列为特征。较之前者梯级的舒缓，它的“坡度”显得陡峭，也有规律可循。敬之体从总体上说是一种比较成熟的自由诗体，但细而论之，由于其构思多从大处着眼，居高俯瞰，难以细察，自不免粗疏空陋之弊。尤其是在短篇中表现得更为明显。也许正因为这种诗体不易驾驭，故而在五六十年代的诗坛上，从者寥寥。但其影响力及于80年代，是当代诗歌在自由诗体方面的一个重要收获。

（原载《挥毫顶天写真诗》，作家出版社2006年出版）

向时间与空间的摸索：贺敬之诗歌研究（摘要）

［韩国］申正浩

判断是否文学文本，不分文类（Genre），不仅作品的思想内容应具有新的东西，也应该在形式方面取得前所未有的新的美学形式。从这意义上，无论任何文学创作，被鉴赏者或评论家认为是一部良好的作品，可以肯定它的思想内容俱全，而且形式方面也要达到应有的新的水平。尤其针对诗歌创作而言，诗思要深、诗情要远、诗意要广、诗味要醇。要达到如此这般的水平，不仅要求思想内容，也要讲求文体形式。因此，严格地说，文学作品之所以是文学作品，其关键并不完全在于主题，而在于形式。那么，文学作品那独特的形式来自于何处？笔者认为，它来自于不同的三个方面。其一，对语言本身的理解；其二，对时间的理解；其三，对空间的理解。理所当然，在优秀的经典文本里这三种因素结合得紧密，因此很难解析。

贺敬之先生（1924— ）（以下礼称略）的诗歌作品对语言的新的探索，是个已经被读者和评论家公认的事实。在中国现代文学史、中国现代诗歌史里，不难发现贺敬之诗歌在现代汉语文学发展史上作出的卓越的业绩，尤其文学语言的革新与文学形式的创新。例如，贺敬之诗歌在“长诗”与“短诗”领域所探索的生活语言、民族语言的运用以及“阶梯式”形式的创新，均打开了中国现代诗歌发展史上新的道路。说不定，类似的文学语言之革新与文学形式之创新，才使得贺敬之文学文本在诗歌与歌剧不同两个文类领域均获得文学史上可不动摇的地位。

长期以来，对贺敬之文本的研究，比较集中精力于分析文学语言之革新与文学形式之创新问题。当然，其间得出的种种结论对贺敬之文本所隐含的美学的解释方面，提供了不少仍然有效的思考资源。例如，“政治抒情诗”是其代表性的概括结论。不过，细想，过于集中语言革新与形式创新之研究方法，自然而然招来了研究视觉的局限。再说，如上所述，文学语言的革新与文学形式之创新，在一部文本里与空间、时间意识密不可分地结合在一起。其实，时而前者服务后者，时而后者服务前者。本文的问题意识从这点出发。

贺敬之诗歌作品对语言的探索与实践始于新的空间与时间的发现与体验。贺敬之诗歌文本里，有关新的体验通常以“生活”予以表达。这种语言符号早已在以笔名艾漠发表的《自己的催眠》(1940）里被提示。理解贺敬之诗歌的核心问题就在这里。不过，问题是“生活”似乎以不同两种姿态出现。就是说，“生活”有时以“一天又过去”的“静静安息”显示，有时“摸索向远方”的“跃进”显示。值得一提的是，贺敬之诗歌的这两种姿态早已在《自己的催眠》(1940）与《跃进》(1940）里呈现较成熟的境界。正如诗人周良沛的评价，“诗人后来的成功，也可以从当年诗人捕捉意象的功力找到部分秘诀”。(《七月诗选·序》，1982）这一点对刚开始创作诗歌的青年贺敬之而言，是一个良好的开端。

贺敬之诗歌作品大约可分两大类，即《自己的催眠》类与《跃进》类。这不同的两个世界或显或隐均具有着新的时间意识与新的空间意识。如果说《自己的催眠》类作品为了“明天”的具体的抽象让空间“静静”地“安息”;《跃进》类作品为了“远方”的抽象的具体让时间“忘记”“那些”“日子”。再说，在贺敬之诗歌里，以“梦”、“催眠”、“安息”表达“静”情绪的前一类诗歌，是为了确保特定空间而予以时间化诗歌创作的美学策略；以“走出”、“在路上”、“不回头”表达“动”觉悟的后一类诗歌，是为了期待特定时间而予以空间化诗歌创作的美学策略。这一点在往后的诗歌创作始终保持乃至更细致，结果形成了贺敬之诗歌的整体美学体系。

如上所述，贺敬之诗歌所反映的美学策略有不同两个体系，美学风格被时间意识与空间意识的轻重左右。由于在不同背景下选择同一个诗词或同一个姿态，好不容易判断其时空含意。并且，不少作品里诗词的时空含意经常错综复杂构成，结果容易引起误解。也许，错读《桂林山水歌》(1959年7月，旧稿；1961年8月，整理）而引起的争论，始于对文本的空间、时间意识的根本没理解。无论如何，错读是不允许的。时空美学密不可分结合在一起的诗歌未必是名作，但名作必定是时空美学密不可分结合在一起的。

总而言之，贺敬之诗歌所反映的“静”态时间意识，恰恰可以说，是为了“动”的空间所予以布置的诗歌美学；按同样的道理可以说，“动”态空间意识，是为了“静”的时间所予以布置的类似美学。在这里，时间意识与空间意识已经不是潜在意识，便是一种“摸索向远方”的具体的“生活”“气息”的形式。

（原载《挥毫顶天写真诗》，作家出版社2006年出版）

贺敬之诗歌的语言学解读*

张卫中

一、尊重母语：贺敬之诗歌的基本追求

在20世纪，由瑞士语言学家索绪尔肇始的现代语言学有一个革命性的观点就是：对人类来说，语言不仅仅是工具，它同时也是本体；语言是一个独立的符号体系，人类创造了这个体系，但它并不是人类手中一个驯服的工具。就文学来说，有一个形象的说法：语言是不透明的。具体地说，作家在创作中并非把感情直接传达给读者，而是要经过语言这个重要的中介。作家（包括诗人）实际上是在感情与体验的驱动下，在语言中寻找与自己感情、体验相应的语言，通过语言间接传达自己的所思与所感。因为语言是一种公共的符号体系，读者最终在文学作品中得到的其实是语言的意义，而非作家在创作中临时赋予它的东西——语言是一种约定俗成，没有人能随便改变它的意义——因此，一个作家不管他的感情多么丰富、体验多么独特，如果找不到对应的语言，他的感情和体验就得不到传达。事实上，“文学表达作家的思想感情”，不过是一个形象的说法，其实，文学作品所显示的永远都是语言自身的意义，虽然，语言的选择和安排会受到作家思想和感情的影响。

从这个意义上说，研究语言、尊重语言自身的规律，特别是研究母语、尊重母语特殊的规律，对一个作家来说就显得特别的重要。对一个谙熟母语，并且尊重母语规律的作家来说，他的思想体验就能与母语血肉相联，被语言渲染得淋漓尽致，收到事半功倍的效果，而蔑视母语规律，视语言为多余的人，语言就会像一面大墙，将其挡在语言艺术之外。

在中国当代诗歌史上，贺敬之的一个重要特点就是突出重视汉语自身的规

* 该文为“国家社会科学基金资助项目”，批准号：04B2W040

律，在横贯大半个世纪的创作活动中，他一直在探寻、摸索汉语在音韵和表达方面的规律，并且取得了较高的成就。

从新诗发展史的角度说，五四以后，汉语书面语实现了从文言到白话的切换，因为在所有的文学体裁中，诗歌与语言的关系最为密切——古今中外许多诗论家都有一个共识：诗歌可以被定义为一个民族最美的语言——因此这个变革对诗歌的影响特别巨大。古典诗歌那套建立在文言基础上的经验和规范被废除了，于是新诗必须在现代白话的基础上找到自己的一套规范和经验。而新诗要不要有韵律、节奏，或者要不要在现代白话的基础上锤炼出一套新的格律与规范也就成了新诗发展的一个关键所在。鲁迅先生曾说："新诗先要有节调，押大致相近的韵，给大家容易记，又顺口，唱得出来。"① 又说，新诗"要有韵，但不必依旧韵，只要顺口就好"②。毛泽东同志也说过：新的诗歌要"精炼，大体整齐、押韵"③。郭沫若早在抗战时期，就劝告"新诗人要充分利用汉语具有平仄和双声、叠韵等特色，促使诗的语言流线型化，以便广大读者吟诵和记忆"④。

贺敬之在多年的诗歌创作中，一直实践了五四先驱者和革命领袖对新诗的要求。在新诗发展的三个主要资源：外国诗歌、古典诗歌与民歌中，他都有着广泛的学习和借鉴，但是所有这些借鉴最终还是落实在对母语的锤炼。就是吸收各种有益的传统和经验，希望最终找到一种符合现代白话的格律和音韵，让诗歌插上音韵的翅膀，在更广阔的天空中飞翔。

作为一个现代诗人，贺敬之有一个比较特殊的地方是除了新诗之外，他还写了相当数量的古体诗。这除了说明贺敬之在古典诗歌方面有较高的修养之外，还表明一点，就是他对包含在汉语之中的那种韵律与格调的偏爱与喜好。因为，与新诗相比，古体诗除了使用文言外，其主要特点就是对节奏与格律的依赖。

一个非常有意思的情况是，贺敬之早年更多地是受五四新诗传统的影响，并非一开始就喜欢古典诗歌。他曾说："刚开始时，我还不大喜欢古典诗词。那时鲁艺有中国文学课，由齐燕铭同志主讲，总觉得古典意绪与当时火热的斗争氛围有距离。"⑤ 但是，作家应当是对民族语言最敏锐的人。20 世纪初，中

---

① 《鲁迅全集》第 12 卷，人民文学出版社 1981 年版，第 556 页。

② 《鲁迅全集》第 13 卷，人民文学出版社 1981 年版，第 220 页。

③ 董学文、魏国英：《毛泽东的文艺美学活动》，高等教育出版社 1995 年版，第 162 页。

④ 《贺敬之文集》第 2 卷，作家出版社 2005 年版，第 530 页。

⑤ 《贺敬之文集》第 4 卷，作家出版社 2005 年版，第 528 页。

国人虽然选择了白话，放弃了文言；选择了新诗，放弃了古体诗，但是古体诗毕竟是中国人经过数千年锤炼过的一种文体，这种文体之所以绵延数千年，有那么大的生命力，并非由于某些诗人的爱好，也不是因为它负载了某种意识形态，而是因为它立足于民族语言，符合母语的规律，是古代汉语中最美的东西。古体诗所拥有的一些规律和经验虽然有一些的确是和文言文相对应，但它更多地还是立足于整个的汉语之上，是汉语美学规律的显现和表露。而五四以后，汉语只是书面语发生了变化，并非将汉语整个地革教出门。那么，只要汉语还在，古体诗所拥有的一些规律和经验就一定有很多值得学习和借鉴的地方。正是这个原因，贺敬之在探讨新诗语言美学规律的时候很快就注意到古典诗歌的有用。在同一篇文章中，他说："记得日本投降后我得到胜利的消息，心头猛然涌起杜甫的诗句：'剑外忽传收蓟北，初闻涕泪满衣裳。却看妻子愁何在？漫卷诗书喜欲狂……'，当时真是那样的心情。从此，我又开始喜爱中国古典诗歌。"① 贺敬之后来在谈到写旧体诗的原因时说过："旧体诗对我之所以有吸引力，除去内容的因素之外，还在于形式上和表现方法上的优长之处，特别是它的高度凝练和适应民族语言规律的格律特点。无数前人的成功作品已证明这种诗体所达到的高度艺术表现力和高度形式美。"② 他说："我从学写新诗以来，在形式方面曾作过各种尝试和探索，其中包括对我国旧体诗词的某些因素和特点的借鉴与吸收。"③

贺敬之对诗歌节奏和韵律的探讨和锤炼其实是引入了古体诗、民歌和外国诗歌多种资源，但是从他对古体诗的钟情上，我们可以看到他这种追求的投入与执著。

总起来说，在中国当代诗歌史上，贺敬之是一个语言意识非常强的作家；尊重语言自身的规律，认真地、脚踏实地探讨母语的规律与特点，让自己的作品自觉地服从这个规律与特点，是这位作家的一贯追求与实践，而在创作中，他也得到了丰厚的回报。

二、贺敬之诗歌的两种基本语式

在语言学的视野中，诗人的风格在很大程度上是体现在一些基本的语式上。所谓语式即某种语言的格式，它一般以句子为单位，带有特殊的语调、格

---

① 《贺敬之文集》第4卷，作家出版社2005年版，第528页。

②③ 《贺敬之文集》第2卷，作家出版社2005年版，第1、529页。

律、抑扬的变化，在长短、词汇的组织上都带有某种特殊性。一位诗人经过长期的探索和实践往往会形成几个相对固定的、基本的语式。在当代诗歌史上，像田间的“鼓点式”、郭小川的“自由体”和“新辞赋体”等都代表了这些作家的基本风格。语式的形成往往有非常复杂的原因，而一种语式一旦形成，它就会成为诗人把握生活的基本依据，诗人纷纭变幻的语感会向着某种语式汇聚，并通过它最终把自己对生活的认识表现出来。

与贺敬之的抒情短诗和长篇政治抒情诗相对应，他的基本语式主要有两种，即“民歌体”与“楼梯诗”。但是这儿需要立即补充的是，贺敬之诗歌的语式，绝非“民歌体”和“楼梯诗”所能概括，诗人其实是在“民歌体”和“楼梯诗”基础上锤炼了自己的语式。贺敬之诗歌的语式只属于诗人自己，是他语言感觉、语言修养、审美方式和认知方式的综合体现。对贺诗的两种语式分述如下。

（一）“民歌体”

在20世纪新诗发展史上，民歌一直是可资借鉴的一个重要资源。其优点是这类诗歌大都长期在人们的口头传唱，久经锤炼，有着比较成熟的形式，意象鲜明，强调韵律，读起来琅琅上口。缺点是诗歌形式较单一，缺少变化，不很适宜表达个人化的、委婉、细腻的情感。贺敬之最早借鉴“民歌体”是在《讲话》发表以后，早期的作品以收入《行军散歌》的一批诗歌为代表。这些作品大都较直接地使用信天游的形式，自己的变化和锤炼相对还比较少，许多词汇还都是陕北的方言。但是这些诗中，那种以信天游为基础的语式已经出现了。例如：

①满地的露水满沟的雾，/四十里平川照不见路。(《开差走了》)

②三十里细雨二十里风，/转过山峁到了清涧城。(《到清涧》)

而十多年以后，贺敬之再次操笔，第一首诗《回延安》使用的就是这种“民歌体”。另外还有《向秀丽》、《桂林山水歌》、《又回南泥湾——看话剧〈豹子湾战斗〉》、《西去列车的窗口》。

与早期的“民歌体”不同，这批诗歌诗人个人的色彩明显加强。贺敬之克服了来自民歌的那种粗糙和简单化之弊，增加了细腻、婉转的抒情因素，在信天游的基础上发展出一种优美动人、极具音乐美的诗歌语式。在我看来，这种语式的主要优点有这样两个方面。

1. 在尊重诗歌韵律的基础上能够更自由、开阔地反映生活。

传统的信天游基本格式是两句一节，使用比兴手法，一节一韵，每一节的句式大致整齐。贺敬之五六十年代的“民歌体”大致继承了信天游的优点，不同的是，诗人更多地突破了民歌的框范，一节之中句与句之间的联系更加多样，句子的长短也不强求一致。诗人更突出的是抒情的畅达、诗意的流贯、节奏的起伏，而不在具体的格式上斤斤计较。请看下例。

③云中的神啊，雾中的仙，/神姿仙态桂林的山！//情一样深啊，梦一样美，/如情似梦漓江的水！//水几重啊，山几重？/水绕山环桂林城……//是山城啊，是水城？/都在青山绿水中……（《桂林山水歌》）

以上四节，第一节是使用了比兴手法，后一句是本体，前一句明显是喻体。这是民歌信天游常用的手法。第二节，两句之间实际上是主谓语的关系。“情一样深啊，梦一样美”，是在陈述、说明“漓江的水”。当然二者之间的弹性空间很大，这种“说明”是一种诗意的“说明”。第三节和第四节句与句之间的空间更大一些，它们都说不上谁说明谁，句与句之间更多地是一种并列关系。是从不同角度说明同一个对象。第三节中“水几重啊，山几重”说明的对象没有出现，但说明的对象明显就是“桂林城”。该节第二句“水绕山环”说明的还是“桂林城”。第四节的结构与第三节类似。贺敬之诗歌在民歌基础上经过改造的这种句与句之间具备了更大的弹性，因而也使诗歌具有了更大的开放性，能更广泛地反映生活，包容诗人更丰富、更多层次的情感体验。

2. 有强烈的音乐美。

在贺敬之“民歌体”中构成音乐美的因素当然首先是用韵。在这一点上，能看出来，诗人的追求是更多地让诗意成为主体，努力让“韵”随“意”变，而不是被诗歌的韵律束缚住。力求让诗意与押韵更完美地融合在一起。以这种思想为指导，他的民歌体用韵就更自由一些。像《回延安》、《向秀丽》、《桂林山水歌》几乎是句句用韵，而《西去列车的窗口》等则是隔句用韵。韵脚的使用不求严格，而求顺畅。

用韵之外，一句之中，贺敬之还非常注意通过有规律地使用停顿、音步来创造节奏和韵律。如上引《桂林山水歌》的第一节，就非常典型地体现了这种语式的优点。“云中的神啊”是一顿，语气由高到低，“雾中的仙”，又一顿，语气再由高到低。当前一个分句说出以后，这个句子的语气其实就在呼唤下一个分句。而下一个分句再由高到低的时候，这个句子本身就又在呼唤下面的句子："神姿仙态桂林的山!"同时，后一个句子中的"神"和"仙"还和上句两个分句中的"神"与"仙"相呼应。这样一节中的两个句子就被包容在一个统一的语气之中，而这种语气又是一抑一扬、一波一折。加上押韵所造成的动感，整个句子读起来就带上了一唱三叹、一波三折之妙。贺诗的这种句式实际上是充分调动和利用了汉语自身音韵规律，或者说是诗人将自己的诗情编入汉语优美的音韵之中，在优美和富有动感的旋律中，渲染了对祖国大好河山的赞美。

贺敬之"民歌体"诗歌，除了受到民歌的影响之外，古典诗歌的影响也非常明显。这种诗体中作者对语言的锤炼，文字的典雅、凝炼都明显带有中国古典诗歌的特点。关于这个问题，已故老诗人、诗评家吴奔星先生早就看出了贺敬之民歌体诗歌与其后来的古体诗之间的内在联系。在讨论贺敬之"新古体诗"特点的时候，他指出：贺敬之"近三十首'新古体诗'，写山写水，写古写今，都是抒发诗人从个体到集体的感情。早在二十九年前的1959年，敬之同志发表了饮誉海内外的《桂林山水歌》，就已显露出'新古体诗'的苗头。"①

（二）楼梯诗

贺敬之曾被称为中国的马雅科夫斯基，他也是借鉴使用这种诗歌体式最多和最成功的一个诗人。20世纪中国诗歌曾借鉴、实验了很多种外来的诗歌，目的大致相似，就是为新诗寻找一个合适的发展道路。楼梯诗的引进大概也要放到这样一个背景中考虑，就是新诗实现了从文言到白话的切换以后，旧的格式被放弃，新诗要找到一个适合于自己的规则和格式。它一方面不愿意像古典诗歌一样，用严格的体式将自己束缚起来（在白话文的基础上，这一点事实上也做不到）；另一方面，诗歌又不能完全没有节奏和格律。从这个角度说，楼梯诗就是一个比较合适的形式。楼梯诗自由度非常大，原则上可以容纳任何生活，同时，它也能创造基本的诗歌节奏，满足诗歌对韵律最基本的要求。

作为一种诗歌体式，楼梯诗最基本的特点是"断句"（将句子分割成字、词或词组），主要目的有二，其一是凸显本来可能被句子遮蔽了的字、词和词

---

① 《贺敬之文集》第2卷，作家出版社2005年版，第529页。

组之间自然的顿挫、抑扬和停顿；其二，构成对某些字、词、词组的强调。请看下例。

④无边的大海波涛汹涌……
啊，无边的
　　大海
　　　波涛
　　　　汹涌——
生活的浪花在滚滚沸腾……
啊，生活的
　　浪花
　　　在滚滚
　　　　沸腾！（《放声歌唱》）

⑤让我一千次选择：
是你，
还是你啊
——中国！
　让我一万次寻找：
　是你，
　只有你啊
　——革命！（《雷锋之歌》）

例④“无边的大海波涛汹涌”、“生活的浪花在滚滚沸腾”在正常语句中，读起来，语言单位之间蕴涵的韵律可能受到遮蔽，而按楼梯的形式排列以后，词汇之间的间断和节奏就凸显出来了。当然这里需要指出的是，并非所有的句子都可以随便切断，这儿的切断是以词语之间潜在地存在一定的节奏为基础的。例⑤通过断句，将句子最后一个词推到重要位置。这两个词，非常明显，一个是“中国”，一个是“革命”。

贺敬之最早的诗歌中就有楼梯诗的影响，但是它在贺敬之手中并非一成不变，而是经过不断锤炼，最终发展成一种带有鲜明个人特点的诗歌体式。贺敬之五六十年代使用楼梯诗，已经不是简单的断句，而是更多地用汉语的音韵规律去修饰它，断句之外，也更符合汉语的音韵特点了。请看下例：

⑥生，一千回，

生在

中国母亲的

怀抱里，

活，一万年，

活在

伟大毛泽东的

事业中！(《雷锋之歌》)

例⑥中的两个句子已经不是简单的断句，即便还原成常态的句子，能够看出它本身已经用音步、节奏修饰了。

为了强化语言的表达效果，贺敬之楼梯诗常用的手法主要有这样三个。

1. 以字、词的重复、呼应创造回环往复的语气和节奏。请看下例：

⑦春天了。

又一个春天。

黎明了。

又一个黎明。

啊，我们共和国的

万丈高楼

站起来！(《放声歌唱》)

例⑦中“春天”与“黎明”的呼应明显创造了回环往复的语气。

2. 大量使用各种修辞手法，既创造了鲜明生动的形象，又收到了言简意赅的效果。请看下例：

⑧党，

正挥汗如雨

工作着——

在共和国大厦的

建筑架上！(《放声歌唱》)

例⑧通过使用了拟人手法，创造了一个非常鲜明的诗歌意象。而从音律节奏的角度说，没有这些修辞手法的使用，就很难安排出这样整齐的格式。

3. 贺敬之诗歌中词语的超常搭配，对创造优美的诗歌意象也起到了非常重要的作用。请看下例：

⑨我的
　　鲜红的生命
　　　　写在这
　　　　　　鲜红旗帜的
　　　　　　　　皱褶里。

⑩啊，在党委组织部的
　　　　档案袋中，
　　我的眼睛
　　　　正闪闪发光，
　　在人民共和国的
　　　　公民簿上，
　　我的头
　　　　正高高地
　　　　　　昂起！（《放声歌唱》）

例⑨⑩从表面上看，都存在明显的逻辑矛盾——“鲜红的生命”“写在”“旗帜的皱褶里”。“在档案袋中”，“我的眼睛”“闪闪发光”。在“公民簿上”，“我的头”，“昂起”——但是语言是个奇怪的东西，许多表面上矛盾的东西，经过诗人巧妙地组合却能收到意想不到的效果。从心理学上说，人的认知天生具有一种整合现象的能力。实验证明，生活中那些错位的现象不仅能够激发认知者的好奇，而且经过组合，能产生非常新奇的意象。上引例⑨⑩中的句子都创造了这样的效果。例⑨是把“我”的形象叠合在旗帜的形象中，非常生动地显示了新中国个人与党和事业的密切关系。例⑩也有异曲同工之妙。

（原载《挥毫顶天写真诗》，作家出版社2006年出版）

简论贺敬之政治抒情诗的艺术贡献

谢克强

是的，可以毫不夸张地说，贺敬之是一个存在，是一个巨大的存在。无论有人有保留地点点头也好，无论有人轻轻地摇摇头也好，无论有人羡慕或者嫉妒也好，也无论有人有意无意地诋毁也好，贺敬之依然以《白毛女》存在着，以《南泥湾》、《翻身道情》存在着，更以《回延安》、《放声歌唱》、《雷锋之歌》存在着。这是因为诗人贺敬之在他所处的那个时代所看到这个时代一些值得关注的大题材、大主题，或者说选择了这些大题材、大主题，又用政治抒情诗来表达所表现出来的天才，使他当之无愧地、突出地站在同时代诗人的最前列。贺敬之在他几十年的艺术创作生涯中所作的艺术贡献是多方面的，无论是戏剧、诗歌，还是文艺理论。本文仅从一个侧面，简论一下他对政治抒情诗的艺术贡献。

纵览世事风云，为时代而歌

别林斯基说："在构成真正诗人的许多必要的条件中，当代性应居其一。诗人比任何人都应该是自己时代的产儿。"① 诗人贺敬之深谙此道。他认为诗歌应"反映时代的最重大事件、最主要的生活内容"，成为"时代响亮的声音"，"时代精神的当之无愧的代表者"②。

他是这样说的，也是这样追求着、实践着的。

1956 年，在人民共和国的历史上是一个值得忆念的年头。这时社会主义改造基本完成，站起来的中国人民在掌握了自己的命运之后，正意气风发、斗

---

① 《别林斯基论文学》，新文艺出版社 1958 年出版，第 21 页。

② 《关于民歌和"开一代诗风"》，《处女地》1958 年 7 月。

志昂扬地建设社会主义。我们伟大的社会主义祖国，到处呈现出一派欣欣向荣的景象。而这一切都是由于有领导我们事业的核心力量——中国共产党。刚好这一年适逢中国共产党第八次代表大会召开，这给了贺敬之以灵感。这位少年时走在流浪路上、穿风破雨之后投奔延安吃着小米饭喝着延河水长大的诗人，在诗坛沉寂了许久之后开始《放声歌唱》了：

啊！让我/高举/献给祖国、/献给党的/诗篇，/走向/亿万人的/心里……

——《放声歌唱》

诚如诗人贺敬之所说，这首抒情长诗在当时确实走进了亿万人的心里。之后他又创作了一系列的政治抒情诗，给我印象最深的当是《雷锋之歌》了，如今四十多年过去了，我还依稀记得当时一个乡村少年在乡村中学读到这首抒情长诗激动的情景。就是今天，当我重读这样的诗句："为什么/那放牛的孩子/此刻/会坐在研究室里/写着/他的科学论文?""为什么/那被出卖了的童养媳/今天/会神采飞扬地/驾驶着/她的拖拉机?""怎么会/在村头的树荫下/那少年漂泊者/和省委书记/一起/讨论着/关于诗的问题?""怎么会/在怀仁堂里/那老年的庄稼汉/和政治局委员们/一起/研究着/关于五年计划的/决议?"依然强烈地感受到它的思想力量和艺术魅力。因为它真实地再现了一个时代的风貌，深情地表达了亿万劳动人民翻身的喜悦与自豪，也讴歌了推动历史前进的力量，因而也突出地凸显出诗的思想美。

一切优秀的诗歌作品，都应该是时代的产物；一切优秀的诗人，都应该用自己的作品来深刻反映丰富的社会内容和当时的时代精神，即在一定历史时期里推动历史发展的进步思想和革命精神。我们知道，每个时代都有自己的时代精神。这个精神又总是通过这个时代的代表先进的阶级、政治力量和最广大的人民群众的根本利益、意志愿望和情感情绪来集中体现。《放声歌唱》正是纵览时代风云，将社会主义蒸蒸日上的伟大事业、社会主义祖国日新月异的深刻变化与诗人个人沐浴党的光辉成长的历程交织渗透，浑然一体，而溶融其中的是"党啊——/我们祖国的/青春/和光荣"，"党啊——我们社会主义事业的/信心/和力量"的鲜明而深刻的主题。

如果说《放声歌唱》在认识时代精神、把握时代精神、准确鲜明地表现时代精神作出了可贵的努力，那么，贺敬之的《雷锋之歌》则注重通过对时代和历史的深刻思索，从现实生活中提出了人们普遍关切的、具有时代特色的重大问题，作出了富有启迪性的、引人思索的回答。

《雷锋之歌》发表后所产生的广泛深远的影响自不待言，但如果仅仅认为“在《雷锋之歌》中创造了全心全意为人民服务的中国士兵的光辉形象”（艾青《中国新诗六十年》），恐怕还不够全面。《雷锋之歌》之所以能产生广泛深远的影响，不仅仅是讴歌了雷锋全心全意为人民服务的模范事迹，塑造了雷锋平凡而伟大的英雄形象，恐怕更在于雷锋精神所蕴涵的新的时代精神，那就是——

人/应该/怎样生？/路，/应该/怎样行？……

什么是/真正的/幸福啊？/什么是/青春的/生命？/……

什么是/有始有终的/英雄的晚年啊？/什么是/无愧无悔的/新人的一生？/……

这是诗人的提问，更是诗人的发现。这是因为诗人“面对整个世界，/我在注视。/从过去，到未来，/我在倾听……”“八万里/风云变幻的天空啊/今日是/几处阴？几处晴？”“亿万人/脚步纷纷的道路上/此刻啊/谁向西？谁向东？”这是一个值得深思而又必须回答的问题：在由新民主主义进入社会主义的中国，社会主义革命将如何继续？老一辈浴血奋战开创的社会主义事业新一代又将如何继承？诗人没有把笔墨花在雷锋生活经历的叙述上，而是注重从人物思想境界上去作广阔的描述，以共产主义世界观在平凡工作中的种种表现来彰显雷锋精神的伟大，于细微处凸显雷锋精神的崇高。诗人正是通过雷锋这个活灵活现、有血有肉的形象塑造，不仅充分展现了雷锋平凡伟大的英雄风貌，而且充分挖掘出雷锋的思想境界和雷锋精神的时代意义，以及它所蕴涵的时代特征、时代内容，从而回答了诗人自己对时代和生活所独到的发现，使之具有时代的高度和历史的深度，深刻地体现了时代精神。

平庸的诗歌之所以平庸，首先是思想的平庸；一般化的诗歌之所以一般化，首先是思想的一般化；而真正的可以传世的诗歌之所以可以传世，首先是思想闪烁着光芒。《雷锋之歌》之所以在今天依然闪烁它的艺术生命，是因为我们从雷锋身上可以感受到深刻的人生哲理和思想光芒。

听从生活的召唤，抒人民之情

诗的艺术生命，首要在于它的思想美，或者说在于它的思想光芒。但是，在一首诗里，诗的思想总是与诗的情感水乳交融在一起，不可分离。因此，可以这么说，诗的生命其实就是活泼泼地跃动在闪烁着思想光芒的激情之中。那么，贺敬之又是怎样将诗的思想融进激情之中的呢？在《放声歌唱》这首“献给祖国/献给党的/诗篇里”，他是这样来写自己的。

> 呵，/“我”，/是谁？/我呵，/在那里？/……一望无际的海洋，/海洋里的/一个小小的水滴，/一望无际的田野，/田野里的/一颗小小的谷粒……

就是这小小的水滴、小小的谷粒，在“镰刀锤头和五星/交相辉映的/旗帜下/长大成人”，“鲜红的生命/写在这/鲜红旗帜的/皱折里”。在这里，我们读到党的旗帜之所以鲜红，是因为有千千万万个“我”这样“水滴”“谷粒”一样的共产党员，将自己的鲜血与生命写在党旗上，而这样的表达，又是充满了诗人对党的无比热爱、无比感激的真挚之情。仿佛这还不足以表达诗人真挚、浓烈、深厚的情感，他在《十年颂歌》里这样写道：“为什么/我的语言/这样拙笨？/给我呵——/语言的/大海！/给我呵——/声音的/风云！/让我能/在祖国的/每一寸土地上/劳动——歌唱！”

怪不得诗人有这样的诗句——

> 把笔/变成千丈长虹，/好描绘/我们时代的/多彩的/面容，/让万声雷鸣/在胸中滚动/好唱出/赞美祖国的歌声！

怪不得贺敬之的政治抒情诗所表达的思想那么富于感染力，是因为他所表达的深邃的思想总是同浓郁的情感相融在一起。

别林斯基认为：“情感是诗的天性中一个主要的活动因素；没有情感就没有诗人，也没有诗。”① 我国唐代诗人白居易在《与元九书》里以比喻论诗，说得更是十分精辟：“感人心者，莫先乎情，莫始于言，莫深乎义。诗者：根情，苗言，华声，实义。”可见，感情之于诗，犹如血液之于人体，犹如水分之于草木，是其生命力之所在。唯其有情，诗人的创作才能获得活力，才能展开想象的羽翼去缕绘意境；唯其有情，诗歌才能以澎湃的诗情和隽美的诗意去

---

① 《别林斯基论文学》，新文艺出版社1958年出版，第14页。

激动人心，从而引起读者情感与思想的震动。试想一下，古今中外，有哪一位真正的诗人不是情动于中才形于言的呢？又有哪一篇传世之作不是以感情的真挚叩动读者的心弦呢？

诗贵情，而情又贵真。刘勰说："人禀七情，应物斯感。感物吟志，莫非自然。"（《文心雕龙·明诗》）他又说："写气图貌，即随物以婉转；属采附声，亦与心而徘徊。"在这里，刘勰不仅强调了人在接触外物时想借物载情、以诗明志，但必须有感而发，而这感受，这情，这志，必须来自生活、来自诗人的心灵深处，来自心灵深处的真情实感。同时更强调了这种真情实意，应该是诗人对现实生活独具慧眼的观察、开拓和发现中所产生的独特的、真实的艺术感受。

请看贺敬之在《回延安》是怎样表达他的情感的：

心口呀莫要这么厉害的跳，/灰尘呀莫要把我的眼睛挡住了……//手抓黄土我不放，/紧紧儿贴在心窝上。

这感受是强烈的，这情感是真挚的，而这感受与情感又是独特的，这诗句理所当然发自诗人的肺腑、出自诗人的胸臆，这因为：

羊羔羔吃奶眼望着妈，小米饭养活我长大。//东山的糜子西山的谷，/肩膀上的红旗手中的书。//手把手儿教会了我，/母亲打发我们过延河。

诗人贺敬之出身贫寒，靠亲友的帮助读了小学，十三岁考上乡村师范后被迫随学校外迁流浪，十六岁穿风破雨来到延安，投身革命，开始了人生新的生活："而我的/真正的生命，/就从/这里/开始——/在我亲爱的/延河边，/在这黄土高原的/窑洞！"（《放声歌唱》）当这位"喝过了/流过枣园和杨家岭的/延河的/奶汁！""吃了延安的小米饭/长大的"诗人，在离别十年后重新回到延安，他怎么不急切地呼喊：

千声万声呼唤你，/——母亲延安就在这里！……//满心话登时说不出来，/一头扑进亲人怀……

这些诗句，诗人将浓烈的感情溶化和升华后，使思想具有了动人心弦的艺术魅力。而这种感情，又是典型化的感情，或者说是感情的典型化。一个诗人区别于另一个诗人主要是艺术个性的区别，或者说表现为个性化的感情和个性化的抒情方式的区别。任何一个诗人，他在创作时无论从选择题材到艺术表现，都离不开他对现实生活的审美评价，都不能不反映出他的理想、追求和丰富的内心情感，都不能不体现着他自己的创作个性，即独具个性的“这一个”。贺敬之正是这样，以极其独具鲜明的艺术个性，以自己独特的审美感受和审美情感，以“我”来洞悉生活的广阔性和多样性、复杂性，又以“我”抒写或歌唱，来深刻而广阔地表现出“我”所处的时代的时代精神，即表现广大人民大众或与人民大众息息相通的情感与意愿。

贺敬之在给英文版《郭小川诗选·序》中写道：

诗，必须属于人民，属于社会主义事业。按照诗的规律来写和按照人民利益来写相一致。诗人的“自我”跟阶级、跟人民的“大我”相结合。“诗学”和“政治学”的统一。诗人和战士的统一。

这段话，应该说是贺敬之几十年来自己诗歌创作的基本经验，不仅是理论的升华、科学的总结，也是他艺术生涯及创作实践的生动写照。1976 年 10 月，“四人帮”反革命集团被一举粉碎，贺敬之重新拿起被“四人帮”剥夺的笔，将久积胸中的恨与爱倾泻出来：

我要唱呵，/我要写。/在这欢庆的/锣鼓声中，/在这祝捷的/不眠之夜……/用我止不住的/欢欣的泪水呵，/用压不住的/我滚滚的热血！

——《中国的十月》

感应时代脉搏，唱艺术之歌

政治抒情诗，理所当然要及时反映时事，反映社会当前的政治主题和社会思潮，因而政治抒情诗中的政治，或者它的思想光芒，必须活泼地跃动在如火如荼的激情之中。但是，由于政治抒情诗的特殊性，它在诗中必然要涉及政治概念或者标语口号之类的东西。而要在诗中彰显这类具有强烈的时代精神、深刻的思想内容、鲜明的政治倾向的政治概念或标语口号，那就要看作者的艺术功力了。这是因为“缺乏艺术性的艺术品，无论政治上怎样进步，也是没有力量的”① 诗，作为文学中的文学，则必须具有强烈的艺术感染力，要有意境、有构思、有生活的形象和意象，要有诗歌特有的艺术形式和具有韵味的语言等等。这一切，才构成人们常说的“诗味”、“诗美”，或者说诗的艺术魅力。看看贺敬之的政治抒情诗是如何彰显这些社会重大主题、强烈的时代精神、深刻的思想内容和鲜明的政治倾向的东西，并表现出怎样的艺术特色。

丰富的想象和跳跃的联想，是贺敬之政治抒情诗的艺术特色之一。想象，作为一种艺术思维活动，是诗人对生活进行艺术加工的基本手段。一般说来，诗并不如实地反映生活，而是想象地反映生活，即在无数的实际生活的基础上，进行创造性的想象，诗才具有典型意义。

长征路上/那血染的草鞋/已经化进/苍松的年轮……
淮海战场/那冲锋的呼号/已经飞入/工地的夯声……
——《雷锋之歌》

省港大罢工的/呼号声，/在我们的/鼓风炉里/正呼呼作响，
……
南昌起义的/鲜血，/在我们的/炼钢炉中/正滚滚跳动荡！
——《放声歌唱》

所谓艺术加工，在我看来其实就是生活的“变形”。它也许是夸张，也许是扭曲，也许是替换，也许是综合，但不论怎么说，它总是一种改造。当然，这种改造，诗人自然不能完全从主观感情出发，而是要观察客观事物的特征，发现事物新的特征。在这里，草鞋、苍松的年轮、冲锋的呼号、工地的夯声竟有机地联系在一起，而省港罢工的“呼号声”在“鼓风炉里正呼呼作响”，南昌起义的“鲜血”在“炼钢炉中正滚滚跳荡”，正是由于这跳跃的联想，发现了事物新的特征，从而能够比直接描写更神妙地揭示事物的本质。所以法国作家雨果说：“想象就是深度。”（《论莎士比亚》）

生动的形象、灵动的意象，是贺敬之政治抒情诗的艺术特色之一。艺术的魅力产生于形象。诗歌，它一旦离开了形象，也就失去了令人直接感知的生动

① 毛泽东：《在延安文艺座谈会上的讲话》。

活泼的形象而显得生涩干巴。诗的思想感情，正是容纳蕴藏在形象中，但诗的思想感情不是直接诉诸读者，而是通过形象让人悟出。

啊，要不要再问园丁：/我们的花园里/会不会还有/杂草再生？/梅花的枝条上，/会不会有人/暗中嫁接/有毒的葛藤？……

——《雷锋之歌》

不说我们社会主义事业的艰难、复杂，也不说我们前进道路的曲折、坎坷，而以花园、杂草、梅枝、葛藤这些具体可感的形象呈现，不仅将抽象的理念化为可感的形象，也让读者感悟形象蕴藏的思想魅力。

形象是诗的发现，更是诗人的创造。诗人对于生活的观察体验，总是从形象入手，而后对生活提供的丰富的形象进行典型化的再创造。

党，/正挥汗如雨！/工作着——/在共和国大厦的/建筑架上！

——《放声歌唱》

我们更多的时候，把党比作太阳，光芒万丈；或者比作母亲，哺育我们成长，而今，贺敬之将党描绘成正挥汗如雨工作在人民共和国大厦的建筑架上。这是一个劳动者的形象，亲近、质朴，甚至有点敦厚，他就在我们的行列里。因而，这个形象应该是一个大胆的创造。贺敬之不仅善于把生活中富于表现特征的具体事物化为诗的形象，更善于将这些表现力很强的诗的形象升华为诗的意象。

看/五千年的/白发，/几万里的/皱纹，/一夜吹尽！

——《东风万里》

不说五千年的风雨沧桑，不说几万里山河破碎，也不说灾难深重的中国人民曾经生活在水深火热之中；不说党的力量的伟大，不说党领导的武装斗争建立了人民共和国，也不说社会主义制度的优越改变了一穷二白的落后面貌，而这一切都在“白发”、“皱纹”和“东风”这几个意象之中。

我以为，诗歌与其他文体在表达上的本质区别在于意象，其他的文体在表现作者的思想、感情、感觉、意识等等时可以没有意象，但诗在表现这些时，绝对离不开意象，这是因为诗在本质上是一种意象艺术。诗的魅力，很大程度上在于有没有灵动、精深的意象，或者说诗的意象有没有暗示力和象征力。

贺敬之正是经营意象的一位高手。精巧的构思，深邃的意境，是贺敬之政治抒情诗的艺术特色之一。政治抒情诗要在不长的篇幅里，对所反映的生活进行取舍剪裁，准确而深刻地揭示生活的本质，这就需要诗人具有高度的概括能力，对所选择的材料进行提炼集中，以达到诗的典型化，同时也要求诗的构思独特新颖，使“革命的政治内容和尽可能完美的艺术形式的统一”①。

构思精巧，首先要精，以一当十，以高度的概括力，通过个别反映一般，这也是抒情诗创作的一条独特而又十分重要的艺术规律。贺敬之在驾驭这条规律时，可以说是得心应手。如在《放声歌唱》中，这本是一首献给党的颂歌，他却要来歌唱“关于：/我——/自己”。而这个出身贫穷、从小流浪、最后投身延安投身革命成长起来的“我”，不正是从某一个侧面彰显了党的生机勃勃、党的生命历程吗？在《雷锋之歌》里，诗人也是从我对雷锋的独特感受、独特发现来抒情的。再看《“八一”之歌》，这是一首礼赞人民军队的赞歌。人民军队几十年的战斗历程，从哪里写起呢？诗人从大处着眼，从小处着墨，选取了富有象征意义的“军旗”，以一个“老兵”仰望军旗、扑向军旗的情怀，发出深情的礼赞：

> 我们在/这样/呼唤你——/“我们阶级的/铁拳！”/“我们专政的/柱石！”

在这里，“军旗”这个意象，在人民军队几十年浴血奋战的征程中，可以说是大中取小，又能小中见大，不仅具有高度的概括力，也最大限度地表现出诗的思想内容。

构思精巧，其次要新。我们强调的“新”，主要是开掘要深，意境要新。有人认为，构思要独特新颖，就要寻找新的题材，我以为这至少不够全面。因为，即使找到新的题材，如果没有独特新颖的构思，写出来的作品仍然会使人有“似曾相识”之感；相反，如果诗人独具慧眼，对不同的题材有不同的感受、不同的发现和不同的创造，即使反映的是人们曾经多次写过的题材和主题，也会有新的感受、新的发现和新的创造，以新颖而独特的构思，独辟蹊

① 毛泽东：《在延安文艺座谈会上的讲话》。

径，发掘出新的诗意，开拓出新颖的意境。1963年春，当毛泽东主席发出“向雷锋同志学习”的伟大号召后，全国上下迅速掀起向雷锋学习的热潮。一时间，歌颂雷锋的文艺作品如雨后春笋，遍地丛生。但贺敬之却以自己独特的感受，独辟蹊径，从“人应该怎样生？路应该怎样行?”切入构思成诗。诗人从这个角度切入抒情，不仅使诗有了新意，也使诗有了思想高度，使之在众多歌颂雷锋的文艺作品中脱颖而出。

再看《西去列车的窗口》：“在九曲黄河的上游，/在西去开车的窗口……”在这里，诗人只选取了一扇小小的窗口。但这是行驶在西去列车上的一扇小小的窗口，窗下坐着一群从上海去新疆支边的知识青年。诗人从窗口洞悉着这特定的生活场景，更从窗口洞悉到广阔的社会背景，以及这特定场所蕴藏的生活本质的东西，即新中国的一代革命青年，如何接过老一辈手中的红旗，发扬光大老一辈的革命传统，勇敢地挑起建设社会主义的重担。正是这小小的窗口容纳了广阔的社会背景、现实的生活、社会的主题和深刻的思想，才使这个小小的窗口不仅富于象征意义，而且也是这首诗精巧构思的最佳切入视角，不仅使诗更集中、更强烈地表现了诗人的情感，凸显出诗深刻的意蕴，也拓展了诗深邃的意境。

贺敬之政治抒情诗的艺术特色还有很多，如政治抒情诗中“小我”与“大我”的统一，学习借鉴古典诗歌及其活用、锤炼诗歌语言以及诗的语言凝炼美，诗歌表现形式的创新等等，在这里不再赘述。

当然，贺敬之的政治抒情诗，由于时代的限制，有的诗不可能不受到某些左的思潮的影响，有的诗今天重新读来显得浅白直露了一些，少了隽永的诗意；有些构思、语言在重复着自己；“但是贺敬之凭着诗人的艺术自觉性，从来没有为了追求社会政治功利目的或个人功利目的而屈服于概念化的压力，去炮制抽去感情基础的传声筒的作品。”① 这也许是今天我们为什么研究贺敬之政治抒情诗的缘由吧！

（原载《挥毫顶天写真诗》，作家出版社2006年出版）

---

① 刘澜为：《怎样见识贺敬之》，《贺敬之永远的诗》，中国城市出版社2004年10月版，第53页。

论贺敬之抒情短诗的审美特征和历史价值

文红霞

贺敬之以辉煌的创作成绩在当代文学史上留下了精彩的一笔，歌剧《白毛女》、《雷锋之歌》、《十月的颂歌》等长篇政治抒情诗；《回延安》、《桂林山水歌》、《三门峡——梳妆台》等抒情短诗，既记录了时代风云，又具有极高的艺术价值。本文拟从贺敬之的一些脍炙人口的诗歌，如《回延安》、《桂林山水歌》、《三门峡——梳妆台》等出发，来探讨贺敬之抒情短诗的审美特征和历史价值。

一

我们今天重读贺敬之的抒情短诗，仍会觉得豪迈奔放，气势磅礴，一股昂扬之气顿然生发。贺敬之的抒情短诗多写于五六十年代，无疑具备那个时代所要求的美学特征，比如明朗乐观的情绪，高亢洪亮的声音，大气开阔的艺术表达，对崇高美的不懈追求等。这是与建设新中国的豪情和历史愿望紧紧相连的，有着理直气壮的表达基础，或者说也必须这样表达。

情感热烈是诗人作品的主要特征，这固然与当时特殊时代的政治环境和文化心态有关，也与作者的性格、美学追求相联。当代文艺理论家钱谷融曾这样说："一个作家总是从他的内心要求出发来进行创作的，他的创作冲动首先来自社会现实在他内心所激起的感情的波澜上。这种感情的波澜，不但激动着他，逼迫着他，使他不得不提起笔来，而且他作品的倾向，就决定于这种感情的波澜朝哪个方向奔涌的；他的作品的音调和力量，就决定于这种感情的波澜具有怎样的气势和多大的规模。"① 对贺敬之来说，这种感情的波澜就是对新

① 转引自鲁枢元《创作心理研究》，黄河文艺出版社 1985 年版。

中国的无限热爱和战士的豪情。诗人惊讶于祖国面貌的变化之大，热烈地欢唱出颂歌，冀望祖国更加美好。

《回延安》是对革命圣地延安的激情颂扬。在革命征程中成长起来的贺敬之，对延安的新风貌充满了无可言说的激情。我们可以把他的《回延安》与杜甫的《赠卫八处士》作一个比较。这两首诗都是写相逢，前者是故土，后者是故人，都是直抒胸臆，有着很真挚的情感。但在情感的言说方式上有着很大的不同，杜甫的诗中多了几分对世事变迁，人生倏忽老之将至的沧桑之慨，“人生不相见，动如参与商。/今夕复何夕，共此灯烛光。/少壮能几时？鬓发各已苍！/访旧半为鬼，惊呼热中肠。/焉知二十载，重上君子堂。/昔别君未婚，儿女忽成行……明日隔山岳，世事两茫茫。”书写的是别后难见的惆怅，前途未卜的茫然，情感基调是感伤沉郁的。而在贺敬之的笔下，也有“白头发添了几根根”，但那是因为“保卫延安你们费了心”；也有“欢喜的眼泪眶眶里转”，“当年的放羊娃如今长成人”，但不是让诗人感慨伤逝的悲哀，而是被革命的激情所覆盖，而是为了展现崭新的延安面貌，革命大发展的壮丽场景，光荣的英雄业绩。诗中，“大我”的乐观豪迈代替了“小我”的细语感伤。

类似的创作还有：《桂林山水歌》中把桂林山水看作祖国的笑容而放声歌唱，《三门峡——梳妆台》在今昔对比中展现人民的力量……无不充满了热情，洋溢着自豪。无论延安、桂林还是黄河都在新中国焕发了崭新的光彩，作者所热衷的也正是想把发生在华夏大地的翻天覆地的变化告诉世人。在这些诗歌里，诗人使用了惊喜交加的语调，斩钉截铁的语言，抒发出痛快淋漓的情感。

二

虽说政治抒情诗多是从大我出发，抒发宏大的时代豪情，但是诗歌毕竟是以自我经验为起点，同时一部有影响的作品的诞生，既与它所身处的时代背景、历史情绪、政治要求有着密切的联系，也与诗人的个体的策略选择有关系。即便是在一个要求整齐划一的时代。体现在贺敬之的诗歌中是他能够在诗中巧妙地将宏大抒情具体化，用亲历者的眼睛佐证其真实性，用民歌的形式使诗歌更生动。

（一）时代颂歌的亲历化处理

我们说真正意义上的写作都是从情有所动开始的，只有情感的介入，才能引发作者身心以赴的写作活动，才能淋漓尽致地激发作者的才情，才能真正写出具有真情实感的作品。贺敬之的高妙之处在于他能将个体与群体、个体与时代、个人情感与时代情感熔铸为一体。

《回延安》是诗人离开延安十年后回归时的杰作。这首诗主要抒发的是新旧延安的变化的对比和对光荣的延安的未来的期许，其情感基调是昂扬的革命乐观主义激情。但是，诗人并没有流于公式化的口号呐喊，而是巧妙地将这种宏大抒情具体化为乡情和母子情。贺敬之正是用亲历的感情，“我”的眼光来表现时代的豪情。《回延安》中，诗人回到延安，十年后重回故土，与故人相逢，用的是这样的语句：“心口呀莫要这么厉害的跳，/灰尘呀，莫要把我的眼睛挡住了……/手抓黄土我不放，/紧紧儿贴在心窝上。”这里我们看到的是一个久客他乡的游子回故里的真切感受。在曾经的“几回回梦里回延安”“千声万声呼唤着你”里潜藏着乡愁，只是这份乡愁被见面的狂喜冲得几乎看不见了。历史上写乡愁的诗句可谓多矣，“夕阳西下，断肠人在天涯”是马致远的乡愁；“举头望明月，低头思故乡”是李白的乡愁；“日暮乡关何处是，烟波江上使人愁”是崔颢的乡愁；“小时候/乡愁是一枚小小的邮票/我在这头/母亲在那头……”是余光中的乡愁……这些诗作大多愁闷抑郁，这种抒情方式在五六十年代是不被看好，甚至是不能书写的，它们都被看作是落后、消极的情绪。所以体现在贺敬之的笔下的只剩下了对故土延安的一份真挚的眷念和回归时的喜悦。同时诗人将对革命圣地的无限依恋之情落脚到最纯洁、最朴素的母子情，把生活、学习过的第二故乡比作母亲，并贯穿全诗，这样的具体化，使诗人热情如火的喷发显得真实，更有感染力。

《桂林山水歌》则以一个走过关山千万重，历经塞北的风、黄河的浪的战士的眼光来解读桂林之美，诗人对桂林山水的渴慕竟是如此深刻而又迫切，“……黄河的浪涛塞外的风，/此来关山千万重”。“马鞍上梦见沙盘上画，/桂林山水甲天下”“啊！是梦境呵，是仙境？/此时身在独秀峰！”“心是醉啊，还是醒？/山迎水接入画屏”。原来诗人心中一直装着一个“她”，无论在倥偬岁月的征战途中，还是在“黄土高原的窑洞里”，心心念念着这样一位南国佳人，都想见到这一颗南国明珠的夺人风采，一睹桂林的靓影芳姿。心愿一朝成为现实，身处在奇幻的山水之中，诗人仿佛一下子目眩神摇，心神迷醉，反而怀疑自己是不是在梦中。这是以虚写实的写法，用自己面对山光水色的感受来描述眼前的美景，情中有景，景中有情，回环相扣，于是所有桂林的美就如同倒影在水波涟漪之中，摇晃在诗人的梦境和现实之中。

《三门峡——梳妆台》将今昔黄河风貌的巨大变化具体为一个黄河女子的梳妆。诗中虽未直接写“我”，但是黄河女儿的往昔追问“问我青春何时来?!”与结尾处欢天喜地的梳妆“百花任你戴，/春光任你采，/万里锦绣任你裁!”不正是“我”在看着黄河女儿换新装吗?

（二）民歌的借鉴

诗歌的民族化始终是贺敬之诗歌的一个基点，他很重视对民歌的借鉴，并把它们近乎完美地运用到了自己的诗歌创作之中。

《回延安》借鉴的是陕北民歌信天游的形式，两行一节，一节一韵，反复吟唱，诗行抑扬顿挫，错落有致，读起来琅琅上口，悠远高亢，用朴素而近乎直白的语言将一个游子炽烈而近乎滚烫的回归心情袒露了出来。《桂林山水歌》借鉴的是民歌“爬山调”的形式，舒缓流畅，每节两行，共26节，从桂林美景写到诗人置身其中的惊叹，由衷的赞美，气韵贯通，一气呵成，将桂林山水的天生丽质和神奇灵秀展露得淋漓尽致，同时也将自己对祖国的一往情深都倾注了进去。《三门峡——梳妆台》中船工与黄河女儿的神话传说的穿插等等，无不体现了诗人的匠心独具。而诗作语句的流畅铿锵，让人感觉不到雕琢的痕迹，似乎是妙手偶得，浑然天成。

在贺敬之抒情短诗中比兴手法运用很多，也很巧妙。《回延安》中使用了民歌中的兴，“树梢树枝树根根，/亲山亲水有亲人，/羊羔羔吃奶眼望着妈，/小米饭养活我长大。”“东山的糜子西山的谷，/肩膀上的红旗手中的书。”以自然物象起兴，引出对母亲延安的感恩之情，正是延安的物质和精神哺育了“我”，就好比树梢与根，羊羔与母羊的关系。

“头顶蓝天大明镜，/延安城照在我心中”（《回延安》），这个比喻很巧妙地表达了新时代明朗的天，以及由此写出延安的崭新面貌。《桂林山水歌》中以“神、仙、情、梦”为喻，描画出桂林山水的曼妙风姿。《三门峡——梳妆台》把黄河的巨变比拟成黄河女儿的梳妆，其神奇的想象令人叹服。

当然这种民间资源的利用是有限的，往往停留在形式的借鉴，其抒情主体、抒情模式仍固囿在主流意识形态和权威文化规范中。作为特定时代的诗人，他也只能听从这种规范，“小我”是不可能存在的，必须熔铸到“大我”的人格意识中去。

三

体物在乎心，取象在乎意。诗歌的形象美更多地体现在神韵美和内在美，需要诗人独具慧眼地去发现客观物象蕴藏的美。诗歌意象的建构正是诗人美学追求的体现。贺敬之在诗歌中塑造了一系列独具风味的意象群体，使他的诗歌形成了明朗、欢快、朴直的艺术风格。

《回延安》中“白羊肚手巾红腰带”，“羊羔羔吃奶眼望着妈”，“东山的糜子西山的谷”，“米酒油馍木炭火”，黄土、窑洞、延河、宝塔山等深具陕北高原特色的意象让整首诗在公式化、概念化、标语口号式的写作中脱颖而出，既寄托了诗人对故土延安的深切感情，又使这首诗的民间风味浓郁。还有“肩膀上的红旗手中的书”，“白生生的窗纸红窗花”，“杨家岭的红旗啊高高地飘”将象征中国革命的红色与黄土的黄、窑洞的灰相互映衬，色泽格外明亮。而这些意象的选择都浸氤了诗人真切的生命体验，是他独特的生活经历所决定的。诗人十五岁来到延安，开始革命的征程，在那里生活、学习、成长，可以说，是延安造就了诗人，延安是诗人的第二故乡，延安生活的点滴润泽了诗人日后诗作的豪迈气质。

《桂林山水歌》则用“云中的神啊，雾中的仙，/神姿仙态桂林的山，/情一样的深啊，梦一样美，/如情似梦漓江的水”中的神、仙、情、梦四个独特意象来描摹秀丽的桂林。并把桂林山水拟做祖国的笑容，在古今对比中尽情渲染桂林山之秀，漓江水之美。使全篇最后归结到“指点江山唱祖国”的革命豪情。

《三门峡——梳妆台》以振衣千仞岗的鸟瞰来俯揽黄河今昔的巨大转变。诗人所描写三门峡的现实价值的得失是当时的诗人所不能把握的。我们欣赏的是体现在这首诗中的磅礴气势，如黄河之水一泻千里的气概。仅看首节：“望三门，三门开，/黄河之水天上来！/神门险，鬼门窄，/人门以上千丈崖，/黄水劈门千声雷，/狂风万里走东海。”其意象之开阔雄浑令人惊叹。从“乌云遮明镜，/黄水吞金钗，/但见那：辈辈艄公洒泪去，/却不见：黄河女儿梳妆来”到“青天悬明镜，/湖水映光彩/黄河女儿梳妆来”的今天，诗人脚踏古今，放眼未来，既有险峻的自然物象，又寄托了奔腾的时代豪情。在这里，意象的设置是与三门峡、黄河这些自然景观的宏大相对应的，同时也是诗人澎湃的激情所指。整首诗因为有了这样一些激动人心的意象而铿锵激昂，到今天读来仍令人血脉贲张，酣畅淋漓。

四

贺敬之的诗是磅礴的、深情的、永恒的，也是缺失的，正如陈思和在

《中国当代文学史教程》中所说："在一般的抒情作品中，抒情主体是不可缺少的，但是由于时代共鸣已经规定了个人所允许抒发的感情内容，所谓的个人抒情，抒发的只能是某种被规定了的时代本质。"① 与时代结合得过于紧密，在当时的反响越大，反而成了诗人作品的一道缺憾。我们从诗人那里读到了历史，触摸到了时代脉搏的跳动，感受到了诗人对祖国和人民强烈的爱。同时也看到了时代的遮蔽和局限，这也成为了诗人作品的局限。很多论者指出了这一点，甚至不乏有激烈的批评。

我们今天应该怎样来看待这种缺失呢？笔者认为，我们不应过多地苛求诗人，因为一篇影响广大的作品的诞生，本身就与时代情绪、文化心态有着不可分割的血肉联系，诗人很难跳出那个时代的框架。正如评论家陈美兰所说："我们在研究文学发展的历史时，应该坚持一种科学的考察眼光，当一种文学潮流已成为客观的历史存在时，我们的任务应该是认真考察它出现的原因，它存在的历史依据，它呈现的特点，以及它是否在某些方面为文学史作出过贡献，而不是用一种简单化的感情态度，只因它与新生的文学潮流不合拍，与今人的审美情趣有距离，就轻率地、囫囵地随意弃之。我认为这也是我们今天对待十七年文学应持的一种态度。"②

虽然这些诗歌不可避免地受到了政治思潮的影响，打上了深刻的时代烙印，但是因为诗人有着深刻的情感基础和高超的艺术天赋，故而这些抒情短诗在今天读来，仍觉余味无穷。诗人在诗中袒露的赤子之心，真挚热烈的情感，完整圆融的结构，对民歌的创造性运用以及欢快明朗的美学风格，都是非常有价值，值得学习和借鉴的。这些实际上已经被后来的许多诗人所继承，也将永远启迪着后辈诗人。

（原载《挥毫顶天写真诗》，作家出版社 2006 年出版）

---

① 陈思和主编：《中国当代文学史教程》，复旦大学出版社 1999 年版。

② 陈美兰：《新古典主义的成熟与现代性的遗忘——对中国 20 世纪文学中十七年文学的一种阐释》，《学术研究》2002 年第 5 期。

新时期贺敬之诗歌研究述评

蔡莉莉

2004年是贺敬之八十华诞之年，北京、深圳等地的文艺界相继举行了贺敬之创作研讨会和文艺表演活动，《回延安》、《放声歌唱》、《桂林山水歌》、《雷锋之歌》这些在20世纪五六十年代曾经脍炙人口的诗歌重新受到研究者和普通诗歌爱好者的关注。关注的热情不仅仅停留于对诗人创作成就的回顾，而更多地表现在人们对贺敬之作品呈现出的共和国青春昂扬的豪迈阳刚的时代精神的追怀之中。这种阅读心态的出现有着特定的社会文化背景。它是对当前文学逐渐内化，逐渐个人化和私语化，文学越来越成为创作者的叙述游戏，成为个人心灵独白倾向的一种反拨。转型时期人们对传统价值观念的怀疑导致文学精神力量的缺失，人们希望文学走出作者的“小我”天地，希望能从文学中重新获得精神的鼓舞和力量，贺敬之的诗歌正是在这一背景下再次成为人们关注的焦点。

作为“十七年”政治抒情诗人的重要代表，贺敬之的诗歌在新时期仍然受到诗歌研究者的多方关注。笔者在20世纪80年代以来的期刊中共搜索出19篇关于贺敬之诗歌研究的论文，这些论文主要从艺术风格与形式、贺敬之与中外诗人的比较、具体作品赏析和成就价值评估等方面对贺敬之诗歌进行探讨：

一、艺术风格和艺术形式

周仲器的《略论贺敬之诗歌创作的艺术特色》主要从四个方面分析贺敬之诗歌的艺术特色。他认为贺敬之的诗歌总是能把深刻的思想蕴蓄在强烈的抒情之中；在刻画形象和创造意境时，贺敬之重视抓住特征性的细节，作概括的但又富有诗意的描写；在诗言形式的创造上，贺敬之的语言概括力强，好用铺陈、排比、对偶的表现手法，也善于运用比兴的手法，能娴熟地融精美的古诗句于自己的诗中；贺敬之很注意新诗形式的探索和创造。他自如地借鉴“信天游”、古典诗歌、民歌和阶梯式的诗歌形式，并在长期的探索中找到了一种适合自己艺术个性的，最长于表达自己那种奔放的激情、豪迈的气概的形式——贺敬之的阶梯诗式。

周良沛的《贺敬之的诗和他走过的道路》（《文艺理论与批评》1997年第2期）和丁永淮的《贺敬之新诗形式的探索和创造——贺敬之诗歌论之一》（《黄石师院学报》1984年第2期）都集中探讨了贺敬之在诗歌体式上的借鉴和创新。周良沛肯定了贺敬之对诗歌形式探索的积极意义，并进一步指出他的诗歌无论采用何种排列形式，都与中华文化紧系，都是我们民族的诗。丁永淮具体分析了贺敬之对“楼梯式”、“信天游”这两种诗体形式的吸收借鉴和发展创造。他认为贺敬之保持了“楼梯式”的“最基本的要素”，发扬了它长句多、容量大、节奏鲜明的特点和长处；同时又能考虑我国语言特点和民族诗歌传统，通过采用对偶，借鉴长短句，注重押韵，调配平仄，多用双声叠韵字，多用对比、排偶，使这种外来形式中国化、民族化。在改造陕北民歌“信天游”时，贺敬之突破了这种形式在表现生活和感情方面固有的局限性。“信天游”每节只有两句，节与节之间进展快，跳跃性大，表现力有很大的局限。贺敬之注重从两方面突破这种局限：一是注重纳入比较丰富的社会生活，抒发相当凝聚的感情，表达相当深刻的思想，而不致使这种形式的简单变成单薄、浅陋；一是注重精巧构思，统筹全局，一线串珠，而不致使这种形式的跳跃变成割裂、支离破碎。丁文还指出贺敬之创立了一种新的诗歌形式——凸凹体，并具体分析了这种形式的特色。

刘中顼的《贺敬之对古代浪漫主义诗歌传统的继承与超越》（《吉首大学学报》1993年第6期）从艺术技巧和风格精神两个方面总结贺敬之对古代浪漫主义诗歌传统的继承与超越，他强调指出贺敬之诗歌的浪漫主义豪情来自诗人亲历的艰苦斗争和社会主义革命建设的沸腾生活，发自诗人与人民群众息息相通的心灵深处，是时代的革命精神与阶级感情的凝聚与浓缩，其革命浪漫主义显著地拔卓于古代诗人的积极浪漫主义之上，具体表现在贺敬之的诗歌中始终洋溢着昂扬向上的奋发之气和革命的乐观主义精神，从不流露出消极情绪；诗歌中的浪漫大胆、丰富多彩的想象植根于社会现实生活，不是来于缥缈虚无的幻想。

陈占和在《浅谈贺敬之诗歌的民族风格》（《郴州师专学报》1994年第一期）一文分析了贺敬之诗歌形象选择、意境创造、语言锤炼上的民族特色，认为贺敬之的诗歌富有民族气派、民族风格，而且是只有今天这个时代才有的崭新的气派和崭新的风格。

詹燕的《试论贺敬之诗歌的音乐美》（《学术论坛》2001 年第 5 期）是新时期以来唯一一篇从音乐性的角度论述贺敬之诗歌成就的文章，该文主要从音韵和节奏两个方面进行探讨，在分析贺敬之诗歌的节奏特点时又结合了对其诗体形式的介绍。

从对上面几篇文章的概述可以看出，新时期对贺敬之诗歌艺术特色的研究充分肯定了诗人在艺术上的成就，对贺敬之在诗歌体式、音乐性、民族化上的探索给予了积极评价。研究者不仅注意到贺敬之与中外诗歌传统承继关系，也令人信服地剖析了贺敬之诗歌的独创性价值，为全面判断贺敬之诗歌的文学史地位提供了有效的依据。不过也应该注意到，研究者在细读分析时列举的诗句大多相同，甚至论述的话语都很相近，这说明研究者对作品的感受缺乏独特的、个人的体验，这种对相同文本的重复言说，使对贺敬之的研究并未深入，只能停留在形式和风格的表层。

二、比较研究中的新发现

刘磊夫的《诗心独运　同曲异工——贺敬之与马雅可夫斯基政治抒情诗审美比较》（《山西大学学报》1996 年第 2 期）从诗歌结构的建筑体式、诗歌意象的造型手段、诗歌语言的音韵调配、遣词用语四个方面比较了贺敬之同马雅可夫斯基的政治抒情诗的审美差异。作者指出从诗歌结构的建筑体式上看，同样采用楼梯式的诗歌形式，马雅可夫斯基是以“重音”为单位分行的，有时把一个词分开排列，有的地方音群和意群不完全同步。贺诗则是从汉字的特点出发以“意义”为单位考虑分行，照顾了意群与音群的统一。从诗歌意象的造型手段来看，马雅可夫斯基执著于对现实的锲入，形象的直接性成为诗人的主要追求。这种直接性表现在状物抒情的具象式，诗人按照生活逻辑和美学原则把一个个的具象有机地组合成一幅幅跳跃的画面，使之产生呼应、对比、暗示、联想等效应，让蕴藏的信息透过画面自行传达，这就像电影的蒙太奇手法。贺追求对现实的超越与升华，着意于形象的间接性。贺诗中的蒙太奇意境的创造更多地活泼地参与了诗人的时空意识和整合意识，诗人常常使富有多变的事物与特定的时空联系，在进行各种切割、叠积和组合中让意象具有时间上的流动形态和空间上的立体美。从诗歌语言的音乐调配来看，首先在音韵方面，由于拼音文字与汉字的不同，马雅可夫斯基的阶梯诗是以音节为基本单位的，一定数量的轻音与重音的配合形成轻重抑扬的节律。而汉字的四声不仅使贺敬之的诗歌有高低抑扬，而且还有音节长短的对照，从而形成平仄对应的节律，而双声叠韵以及叠音的妙用，更是贺敬之诗中所特有而马雅可夫斯基诗中所少见的。在押韵上，贺敬之继承了我国诗歌押韵的传统并有一定的创新。他的用韵特点一般是在诗句末尾对称的复音词中押单尾韵，即韵脚所在诗行的末尾多用复音词且基本是对称的，只押上后一个音节的韵，并大体上平仄相对。马的押韵不但有单双之分，韵位还可前可后，在用韵的总体密度上比贺敬之的也要小。在遣词用语方面，马雅可夫斯基善于用动词陈述式的语言，让诗的语言真正成为“时间的艺术”。贺敬之特别善于用意象式的语言——名词句，使诗歌语言的时间性和其他联系词，在语法上作了几乎所有的切断。在选词炼句上，马雅可夫斯基诗中生活口语、歌词小调融会入诗，政治口号、经济术语间组其中，甚至鄙词俚语也登上了诗歌的大雅之堂。贺诗对骈立四字格的运用则达到炉火纯青的地步。这篇论文实际上也是对贺敬之诗歌艺术特点的分析，不过采用的是比较的研究方法，在与马雅可夫斯基的比较中，论者突出的仍然是贺敬之诗歌艺术的民族特色，不过比较方法和视角的运用，使分析更为深入，更鲜明地突出了贺敬之诗歌的独创性之所在。

犹家仲的《从马雅可夫斯基到贺敬之》（《四川外语学院学报》2002 年第 6 期）分析了以贺敬之为代表的中国政治抒情诗人在模仿借鉴马雅可夫斯基诗歌时的主动接受和选择，认为马雅可夫斯基与中国 20 世纪五六十年代诗歌具有明显区别，其一是马雅可夫斯基努力在新条件下实践传统的诗歌理想，而在中国五六十年代诗歌中传统根本缺失；其二是“批判”被马理解为诗的基本的素质之一，贯穿在他诗歌创作的始终，而中国五六十年代的诗歌显然回避或放弃了批判。论者认为五六十年代的诗歌虽然借鉴了马雅可夫斯基的诗歌，但无法从本质上接受马雅可夫斯基的诗歌那种对生活的热情和对现实的批判，只接受了马雅可夫斯基诗歌的表现形式，单纯地配合政治斗争，使诗歌成了政治角逐的场所，创作成了政治任务。文章还进一步演讲了中国当代文学对俄苏文学的接受机制，批判中国的接受者对传统的无知和对政治的病态与矫情。这篇论文标题是“从马雅可夫斯基到贺敬之”，但文中几乎没有涉及贺敬之的创作，作者只是语焉不详地用“当代中国诗歌”、“我国五六十年代诗歌”来泛指，但显然，贺敬之的诗歌是被理所当然地纳入其中的。作者的论点不乏值得商榷之处，比如认为中国五六十年代诗歌中传统根本缺失，但该文从影响研究的角度对以贺敬之诗歌为代表的中国五六十年代的诗歌创作进行了有意义的反思，值得研究者注意。

洪子诚的《个人“本质化”的过程》（《诗探索》1996年第3期）和卓争鸣的《贺敬之的“光明颂”与郭小川的“迷惘期”问题争议》（《文艺理论与批评》1997年第5期）将同是政治抒情诗代表的贺敬之与郭小川的诗歌创作进行比较研究。洪子诚注意到两人在处理个人—群体、个体—历史、感性个体—历史本质、有限—无限等关系上的不同，贺敬之从不（或极少）揭示其间存在的缝隙、裂痕、对立和冲突。在贺敬之的诗中，“我”、抒情主体已是充分本质化的，有限生命的个体已由于对整体的融合，对历史本质的获得而转化为有充分自信的无限，读者无法察觉其间的不协调的缝隙，感受到可能有的情绪上、心理上的焦躁不安、困惑和痛苦，他抒写的是个人“本质化”的完成、实现的状态。而郭小川在50年代，则更多写这一“本质化”实现的过程，对于对立、冲突、转化、克服的磨难、欢欣、困惑和坚定。“克服”、实现转化，是这些诗的主题和结局。通过对贺敬之和郭小川抒情主体本质化过程的比较和他们在当时受到的不同评价，洪子诚进一步揭示了当时文学创作在题材、主题、形象、情感上确立的“价值等级”。这种研究由具体作家作品的比较研究上升到对文学史问题的分析，而不再是局限于文本的评价，显示了研究者的良好的问题意识，将对贺敬之的研究提升到一个新的起点。卓争鸣的文章在肯定贺敬之的“光明颂”的同时又从全面继承和发扬现实主义传统的角度指出了贺敬之在题材选择上的片面性。该文后半部分充分肯定了郭小川的“迷惘期”创作，也对贺敬之的创作姿态形成了潜在贬责。

金红的《重释“大我”与“人”的观念——从郭沫若、贺敬之诗中的“大我”形象谈起》（《社会科学辑刊》2004年第5期）对郭沫若、贺敬之诗歌中的“大我”形象进行了对比分析，认为郭沫若的“大我”体现了五四时期的个性解放思想和完美的人格特性，贺敬之笔下的“我”虽然也有个性内涵，但是个性的“我”却淹没在集体行列中，只是具有时代性和阶级性。论者指出正是这种“人”的个性价值的缺失带来了当代文学创作空泛、浮躁，没有长久的生命价值，而且建国后“十七年”文学粉饰现实，做政治传声筒等现象的出现与当时作品中流行的以“大我”代替“小我”，以集体代替个人的创作倾向密切相关。将郭沫若和贺敬之诗中的“大我”形象进行比较是一个非常独特的研究视角。这两位诗人都具有浪漫主义气质，处在时代转型变化的关键时期，对未来充满理想和憧憬，诗风豪放、昂扬，气势磅礴。两人的诗歌的确存在可比之处，论者准确辨析了两者诗歌“大我”形象的不同内涵，及其所隐含的不同的“人”的观念。但是，由于缺乏一种历史的眼光，论者轻率地褒郭贬贺，将两种对于“人”的观念对立起来，降低了这篇文章的学术价值。关于贺敬之诗歌中的“大我”形象的内涵和历史形成，张器友在《抗拒不了的传统——贺敬之的诗歌创作》(《高校理论战线》2004 年第 1 期) 中作了客观、全面的阐述，下面就重点介绍这篇文章。

三、贺敬之诗歌成就与价值

张器友的《抗拒不了的传统——贺敬之的诗歌创作》是新时期以来贺敬之诗歌研究的一篇重要论文，该文反思了20 世纪 80 年代“新启蒙主义”对贺敬之及其他同时代优秀诗人诗歌的贬抑，论述了贺敬之诗歌的成就和价值。

论者首先阐释了贺敬之诗歌所坚持的马克思主义“自我观”的内涵和历史形成，对新自由主义的“自我观”进行了驳斥。论者认为：首先，真正的马克思主义“自我观”重视“自我”和个性自由的价值，追求解放个性，因为被束缚的个性如不得解放，就没有民主主义，也没有社会主义。其次，在“自我”与人民的关系上，强调人民本位，“小我”和“大我”相统一。再次，在“自我”与社会实践的关系上，确立实践性主体“自我”开放的品格。在20 世纪文学发展历程中，一二十年代和三四十年代许多作家，如郭沫若、鲁迅、何其芳的“自我观”都经历过从个性主义到集体主义的变化。贺敬之诗歌“自我观”凝聚了从鲁迅到何其芳几代新文学创造者的艰难探索。是 20 世纪中国人民的革命进程造就了贺敬之马克思主义的“自我观”，造就了他特具魅力的政治文化人格。这种人格看重自由，尊重个性，解放个性，但这种自我人格以人民为本位，注重社会实践，以社会主义和共产主义为不可疑异、不可玷污的社会理想和最高价值。这是 20 世纪中华民族革命化、现代化过程中波澜壮阔的历史运动（其中包括文学运动）造就出来的文化人格。而新自由主义的“自我观”强调“人是目的，不是工具”，强调人人权利的绝对性，但是马克思说：“人们每次都不是在他们关于人的理想所决定和所容许的范围之内，而是在现有的生产力所决定和所容许的范围之内取得自由的。”人作为自然、文明史、社会关系的负载者，总是受现有生产力的制约，现实中的人的自由是有限制的自由，他在现存关系下享受可能的自由的同时，也必然要为这自由贡献自己的义务，就是说，人既是目的也是工具。可见，新自由主义者个人自由、个人权利的绝对性的观点是不能成立的。

关于如何认识贺敬之诗歌的思情内容，论者坚持历史主义的眼光和评价标准，指出贺敬之的优秀诗篇孕育于一百多年中华民族的苦难史和新生史，是处在这个深远广大的历史境遇中的一个革命者，一个中国共产党人独特心灵的自由创造。对他的思情内容也只能从这个“原点”出发，才能够阐释清楚。他和他同时代的一大批作家艺术家处在了一个新旧交替的历史制高点，人民革命青春期、世界共产主义运动高涨期所特有的蓬勃朝气和旺盛生命力，赋予了他一个开张的文化胸襟，一腔吞吐八荒的豪情胜概；而历史感——关于人类的过去、现在和未来，关于阶级、政治、革命，关于价值、使命、人生观的文化感觉，也较之一般时期尤其显得强烈。他从历史深处获得的关于社会和人民的信仰，他清楚地知道自己所歌唱的事物是处在历史链条中的事物，之所以值得讴歌，在于它从民族历史的深处走来，体现了历史的进步和民族大多数人的理想要求，并且握有未来，通向未来。归根结底，贺诗的全部思情来自于历史深处，立足于人民本位，具有社会主义倾向性。论者毫不讳言贺敬之诗歌的意识形态倾向，并借用伊格尔顿的理论观点含蓄谴责了“纯文学”观念主张的虚伪性。

在从马克思主义“自我观”和根源于现代历史境遇的社会主义倾向性两个方面讨论了贺诗的成就后，作者还特别强调要真正把握贺敬之诗歌的价值还必须认识到这一“别一种意义”的抒情，不仅属于中华民族和中国人民，而且属于全人类。作者以唯物史观预测人类的远景，指出“只有依靠另一种能够全面击败和取代它的社会秩序，才能把资本主义赶出历史舞台”，而这就是社会主义。既然如此，社会主义的价值理想就应该高高扬起，贺敬之的诗歌传统也就抗拒不了。

张器友这篇论文在充分意识到时代文化背景的前提下认识贺敬之诗歌的价值，不是肤浅地肯定，而是通过对源于不同哲学基础的“自我观”和不同美学原则的辨析，在不同观念和美学特征的对比中显示贺敬之诗歌的价值，有力廓清了20世纪80年代以来的一些糊涂观点，这在新时期贺敬之诗歌研究中是极有学术分量的、不可多得的成果。

四、作品重读

到目前为止，对贺敬之诗歌的重新解读，运用的仍然是“十七年”的分析话语，作品研究的思维框架仍然存在，如赵璧仁的《想象丰富　构思奇妙——〈西去列车的窗口〉的艺术特色》（《宁夏大学学报》1984年第2期）、陈发兴的《“手抓黄土我不放”——再读贺敬之〈回延安〉诗》（《西南民族学院学报》1992年第2期)、天秀的《永远与人民保持血肉联系——再说〈回延安〉》(《理论与创作》1993年第6期),这些论文的作者在谈到重读的理由时都提到贺敬之诗歌在加强文艺与人民群众的血肉联系上的积极成就,在今天仍然具有的现实意义,应该说这也是目前诗歌界再次集中关注贺敬之创作成就的现实因缘。刘杭珍的《真挚的情感　独特的意象——重读贺敬之的〈回延安〉》(《浙江师大学报》1997年第1期)在重读《回延安》时集中探讨的是:这首诗歌所抒发的感情与同时代大多数政治抒情诗所抒之情别无二致,但它却比它们都更富有诗意诗味,所以它特能感动现在的读者,其原因就在于诗人在传达对延安母亲的挚爱之情时,并不是用直白浅露的干巴巴的语言来抒写的,而是用那些富有地方情趣的意象来运思来表情达意的。陕北高原特色的意象(黄色)和颇具革命时代色调的意象(红色)互相映衬、互相依托,共同推进诗情的发展,形象有效地传达了诗人真挚而炽热的感情,使之获得了较丰富的审美价值。这样一种对贺敬之诗歌意象的分析来自于论者对作品的独特感悟,有一定价值。

由于本人查阅资料有限,可能遗漏了一些关于贺敬之诗歌研究的专著、评论集,但就目前我所见的资料来看,新时期以来的贺敬之诗歌研究一直处于受冷落的境况,研究的整体水平还有待提高。我认为以下几个问题是值得我们进一步思考的:

(一)贺敬之诗歌与传统诗歌的关系。关于这一问题,以上很多论者也曾涉及,有的从诗歌精神,有的从艺术技巧和形式方面来研究贺敬之诗歌与传统诗歌的联系与发展,我认为,这还无法真正认识贺敬之诗歌产生的传统根源,为什么在中国的土壤上,在这样一个特定时期会出现这样一种诗歌,这能否从传统文化、传统诗歌中探询缘由?

(二)在重读经典的背景下,我们是否可以在现代性视野下重新解读贺敬之诗歌?

(三)对贺敬之诗歌的现实意义的挖掘和阐发是否可以继续深入?

上述问题只是我关于贺敬之诗歌研究状况和前景的不很成熟的思考,有待于进一步深化,相信在读者和学界的共同推动下,贺敬之诗歌研究会逐步走向深入。

(原载《挥毫顶天写真诗》,作家出版社2006年出版)

贺敬之40年代歌词创作的文化取向及其表达*

陈煜斓

中国现代歌词创作，从20世纪初的“学堂乐歌”，到20年代的艺术歌曲、30年代的抗日救亡歌曲，再到三四十年代发端于上海的流行歌曲与成就于延安的主流歌曲，歌词艺术在创新中形成更新的传统并获得独立的发展。贺敬之的歌词创作，在现代歌词的流变过程中，有着特殊的意义。

在30年代中国现代歌词的第一次整合中，田汉是以砸碎“过去的镣铐”的“放”的姿态进行的，所以中国现代“学堂乐歌”以来的颇为讲究的歌词艺术基本被扬弃了。外来的范例虽为他的歌词创作提供了一定的启示，但没有适合的写作技巧，因为韵律方面存在一个基本的语言障碍问题，所以田汉的歌词不是以技巧取胜，而是以热烈真挚的情感的抒发来震撼人心，使人感到心情激荡和振奋，情不自禁地受到牵引、感染。40年代，贺敬之的歌词创作不仅活跃，而且其总体水平和成就也高。周恩来同志所说的那些“使人想起延安的歌”，其中像《南泥湾》、《七枝花》等都出自贺敬之之手。但他的歌词创作，不是简单地拿来或挑战式的狂飙突进，而是以一种回望方式进入了中国民族文化的无边大境的“收”的态势，确立民族化、大众化的艺术形式和美学原则。在向民族民间艺术形式学习，特别是在解放区新秧歌剧运动中，他努力吸收、融合、传递传统形式，使传统的小曲、曲艺等唱词与伴随着“新学”而兴起的现代歌词在嬗变中整合。李叔同等的古典神韵，刘半农们的民歌特点，田汉等30年代词人的进行曲体式在整合中融为一

---

* 此文为国家社会科学基金项目，“现代歌词与20世纪中日文学”阶段性成果，项目编号[07B2W050]

体，而创造出别具一格的抒情样式。这次整合，使中国传统文化在现代歌词语境中又重放光芒，是中国歌词的现代性与民族性在贺敬之笔下的一次精彩的复现。

一、根据地的生活以及自己对这个伟大时代的深切感受，他以新的题材，表现新的主题，塑造新的艺术形象，开拓了歌词的表现领域

也许是服务于抗战更直接、更有效的缘故，或者由于作家在战争环境里没有立刻从事创作活动的余裕，40 年代初，根据地的文学创作以墙头诗和短剧等通俗的文艺创作最为活跃。贺敬之则以歌词创作相呼应。他正值时代意识、民族意识、忧患意识最为强烈的 40 年代初步入词坛的，当时便毫不犹豫地将自己的意识自觉而主动地归依到时代主潮中，由此而成为时代大合唱中的一员。1940 年一到延安，他就感到了中国历史几千年来空前未有的人民大众当权的时代氛围，他歌唱这轰轰烈烈的民族解放斗争和根据地的社会生活。特别是毛泽东同志的《在延安文艺座谈会上的讲话》发表以后，他更是自觉地走向社会，深入斗争实际，使他的歌词创作更深地扎根于社会的土壤之中，成为人民群众革命感情的结晶。他的"第一首正式的歌词叫《毛泽东之歌》"①，之后又写了《朱德歌》、《贺龙》、《红旗的歌》、《行军》、《中共二十周年纪念歌》、《迎接八路军》等，热情地歌颂了党的领导、革命的领袖和神圣的战争以及对人民军队的深情。

> 他不是天上的神，他是地上的人，
> 他曾和你我住在一个村，他的家靠着你我近。
> 哎，你记得那一年来那一日，一把菜刀杀仇人。
> 他不是天上的神，他是咱们的好兄弟，
> 他的手拉着你的手，他是人民的真英雄
>
> ——《贺龙》

词人满怀深情地写出了贺龙将军南征北战、戎马倥偬的战斗生涯，也写出了他那阔大不羁、豪放疏达的性格特征，尤其是他和人民群众的鱼水之情。他笔下的革命领导人不像陕北民歌《绣金匾》、《咱们的领袖毛泽东》、《东方红》

---

① 《贺敬之同志谈歌词创作》，《词刊》1985 年第 4 期。

中那样一种神化，而是还他们人的本质。他为用歌词刻画领袖人物开了一个先例。

解放区社会生活的根本变化，也在他的歌词中得到了鲜明而生动的反映。《南泥湾》、《七枝花》、《翻身歌》、《自由的歌》、《迎接八路军》、《胜利进行曲》等，歌唱了获得翻身解放的劳动人民的美好生活情趣和积极参加大生产的热情，充满明朗乐观的情绪和朝气蓬勃的风貌，充分体现出具有鲜明时代特征的新素质。

陕北的好江南，鲜花开满山，开呀满山；
学习那南泥湾，处处是江南，是呀江南。
又学习来又生产，三五九旅是模范；
咱们走向前，鲜花送模范。

——《南泥湾》第三节

歌词感情朴实，生活气息浓郁，对“又劳动来又生产”的新生活的喜悦之情洋溢在字里行间。按他自己的话说，这些创作是“为群众的歌唱而努力过的一点纪念”。①

三月里，刮春风，延河岸上草青青，
打起一阵鼓，跳起一阵舞，咳！咳！
红军大反攻，红军大反攻。
前进一程又哇又一程，
今天收复几个镇，明天夺回几个城，咳咳咳！
遍地花儿红，红军的旗帜红。咳咳咳！

——《胜利鼓舞》第一节

词作于1945年，与30年代的战斗进行曲相比，“它是从秧歌运动的背景上出现的一首民族化、生活化的战歌。他将捷报频传的欢乐与生活风俗性的喜庆场景结合于战斗进行曲，因而出现了新的风格”②。1946年还是国民党占统

---

① 《贺敬之同志谈歌词创作》，《词刊》1985年第4期。
② 黄鹏翔：《传统的新融合》，《词刊》1985年第3期。

治地位的时候，他创作的《胜利进行曲》（原名《民主建国进行曲》）一唱起来，人们就不由自主地被歌中充盈的信念力量和豪壮气概所鼓舞，感到浑身有劲，有着那种昂首挺胸，奔向“繁荣和富强新的中国”的冲动感。另外，他还创作了《有一个人》、《平汉路小唱》这样的叙事歌曲，以及秧歌剧和歌剧《白毛女》中的大量歌词。总之，从宝塔山下、延河之畔，到太行山上、冀中平原，从抗日战争到解放战争，他都为正义而歌唱，为群众而歌唱。他的那些优秀之作大都具有浓郁的生活气息和新时代的风格。这正如他自己所强调的，歌词创作是时代的声音，人民的声音，“歌词作者的脉搏要和时代脉搏合拍，歌词作者的心声要和人民的心声融合，这样所创作的歌词才能得到广大的知音和共鸣”①。他的这种创作理念，对新中国建立后的歌词创作有很大的影响。

二、植根于生活的土壤，学习、借鉴各种文化的长处，使他的歌词创作呈现出文化综合的新态势

80 年代，贺敬之曾总结自己当年步入词坛所受到的三个方面的影响：一、我写歌词的直接原因是受抗日救亡歌曲的鼓舞和影响。我就是唱着这种歌到延安参加革命的。二、当时在延安流行着一批苏联歌曲，像《祖国进行曲》、《快乐的风》、《穿过波浪，穿过海洋》、《我们是红色战士》等。这些歌和其他苏联文学作品所表现的情感和自己很贴近，所以也注意学习它，这一点，影响到我以后的创作。三、不久，我开始喜欢民歌，这很自然，因为陕北是个民歌丰富的地方，不能不受熏染。②

在民族民主斗争中，整个文学都经历了深化和调整。如七月诗派，诗风粗犷、率直、质朴，强调主观战斗精神，强调对现实人生的搏斗。这是时代的要求，中华民族急需歌词最大限度地发挥它的社会效用，为民族现实利益服务。解放区文艺尤其如此。贺敬之便毫不犹豫地以坚实的步伐迈进现实主义的大合唱中。1938 年，在党中央的直接领导下，首先在延安成立了“鲁迅艺术学院”，1941 年在延安又成立了“部队艺术学校”及其分校等艺术教育机构。此外，在陕甘宁边区和各根据地还先后建立了“边区音乐界抗敌协会”、“边区音乐工作者协会”、“抗日军政大学合唱团”、“延安合唱团”等艺术团体，并且在边区物质条件非常艰难的情况下，先后出版了《边区音乐》、《歌曲》、《民族音乐》等刊物。特别是文艺整风运动后，根据地的文化生活面貌更是焕

①② 《贺敬之同志谈歌词创作》，《词刊》1985 年第 4 期。

然一新。文艺工作者从群众的斗争生活中真正获得了广阔的创作源泉，进一步熟悉、掌握了人民群众喜闻乐见的艺术语言和形式，创作出了大量民族特点鲜明、艺术形象生动的艺术作品。这种环境与氛围，无疑影响着贺敬之的歌词创作。组歌《红五月》显然是这种影响的产物。其中《志丹陵》写革命烈士；《赵占魁》写工人；《吴家枣园出太阳》写农民；《八路军开荒歌》和《生产大竞赛》写解放区大生产运动。这完全是当时边区生活的反映。尤其是新的文艺思想，使他乃至整个解放区的革命文艺工作者，“迂回婉转的基调变为明快畅达；吞声饮泣转变为愤怒控诉；散漫无羁也转变为节奏鲜明；甚至原来用于儿女私情的曲调也判若异曲地化而为表现了歌颂革命事业的崇高美。”①

贺敬之的歌词创作受外来文化的影响，这是不容置疑的。将他创作的《胜利进行曲》与30年代介绍进来的、德阿克季尔作词的苏联歌曲《劳动先锋进行曲》一比较就更为清楚。苏联歌曲那朝气蓬勃、奋发向上，充满乐观主义、英雄主义和爱国主义的情怀，充满对当时苏维埃祖国的自豪感和为之献身的决心，充满对生活前途的自信和革命浪漫主义、理想主义的精神等，在《胜利进行曲》中无一不以中国的形式、中国的气派表现出来。还有那追求词的节奏的匀称，造成强烈的抒情氛围方面也有所借鉴。学习借鉴外来文化是建立在肯定中国文化传统走向现代的基础上的，他并没有丧失民族的自我。以先进的外来文化作为参照，具有几千年韵文学遗产的中国歌词文学必将大放异彩。贺敬之为构建新的民族歌词文学作出了不可磨灭的贡献。

新文化运动以来我们就强力呼求建设中国文学的现代性。在我们感到现代性建设取得长足进步的时候，忽视发现民族性的缺失。早期的先驱者们在师法西洋技巧与传统文化仓促告别的时候，自己民族的优良文学传统和历史遗产也丢失了。二三十年代对此都有所反思，但在当时只是在各自的价值范畴里坚守自己的立场和主张。抗战以来，诗歌向民族传统回归，向民歌靠拢的倾向明显，新文学与中国古典文学的联系相对地有所加强。特别是以大众为主体的受众群体的传统艺术审美力渐居主导地位。若拂去表面的尘埃，我们会发现中国传统文化的精华。音乐文学在《诗经》之后的漫长发展过程中，存在着两种相反倾向。一是继续保持与音乐的结合，互相促进，发展更新；一是全力挣脱音乐的束缚，充分发挥语言的功能，向纯文学过渡。诗经、楚辞、乐府、魏晋南北朝民歌和人文乐府歌辞、隋唐五代曲子词、唐代律绝、宋朝长短句、清宫

① 黄鹏翔：《传统的新融合》，《词刊》1985年第2期。

调、元代的散曲、杂剧、明清的弹词、鼓词、昆曲、弋阳腔乃至京剧无不与音乐发生联系，而当一味追求语言功能的时候，就意味着分解与转化。与当时的时代主潮相适应，贺敬之也以歌颂中华传统、弘扬民族文化的成就，成为增强民族自信心、激发人民抗战热情、高涨国人爱国热情的重要手段。之所以他对传统的民歌持积极的态度，不能仅仅归于对民间文学的情感亲和，显然更是出于战争时期对艺术的理性选择。革命战争，需要激发起广大民众的爱国热情，对于文艺工作者来说，这是义不容辞的天职。当时，流行于陕甘宁一带的秧歌、地方戏曲等民间艺术形式，在部队中盛行的快板诗、枪杆诗等短小精悍、通俗易懂的文艺形式，就都得到改造加工，形成较为成熟的文艺作品，发挥了巨大的宣传鼓舞作用。贺敬之非常清楚，广大农民群众由于缺少文化，再加上传统的审美心理，对新文学表现出冷漠与拒绝。运用为他们所喜闻乐见的民间艺术形式，从中灌输新的思想意识。像“花篮的花儿香，听我来唱一唱”，多么通俗易懂、演唱者如同与观众面对面地拉家常。这样老百姓不仅是文艺的接受主体，而且也成为了新文学创作主体中的一部分。贺敬之也是清醒的，他并不因为要吸纳、融合民间文学，而放弃对传统文化思想的批判，更不忽略五四以来新文学的成就。从某种意义上说，贺敬之对民间文艺的重视，是基于特定时期对创作作出的临时调整。贺敬之的切入点是从传统文化和民间文化那里汲取养分，探索中国文学民族化的新途径。

40年代，在新秧歌运动中所产生的秧歌剧，大多是以旧秧歌中的小场子戏作为基础，再广泛吸收当地民歌、地方戏曲、民间歌舞以及话剧、舞蹈等因素综合而成。秧歌剧的音乐大多采用陕北民歌的曲调加以填词改编的，它既有鲜明的民族特色和乡土气息，同时又带有时代的特点，音乐淳朴有力、明朗乐观，表现了在革命环境中成长起来的新人形象。新秧歌剧为利用原来民间旧艺术的形式创新为民族艺术形式提供了经验，并为1944年贺敬之创作新歌剧《白毛女》找到了一个真正坚实的基础。《白毛女》没有拘泥于某种传统歌词的规定形式，而是吸取了秧歌剧创作中自由汲取民间形式的优点，成为熔民歌、歌曲、新歌曲、西洋歌剧创作于一炉的新作。它的唱词不同于传统戏曲中的唱词，戏曲的唱词一般只起抒情和重复剧情的作用，而《白毛女》唱词的作用是多方面的，有时用来渲染气氛，有时则几种功用兼而有之，使歌唱成为推动剧情发展，激发观众感情的重要手段。它的唱词又如戏曲的唱词一样是诗化的。它既是歌剧，就不会是散文式的大白话，而是把诗词语言基础放在民谣民谚的传统上，所以既凝练，又口语化。“过了一年又一年，荒草长在大道边。墙倒屋塌人不见，死的死来散的散。秋风刮来人落泪，河水东流不回还！……”音节匀称、节奏鲜明，具有民歌、古典诗词的风格。“北风那个吹，雪花那个飘，雪花那个飘飘，年来到。大婶给了玉茭子面，我等我的爹爹回家过年。我盼爹爹心中急，等爹回来心欢喜。爹爹带回白面来，欢欢喜喜过个年，欢欢喜喜过个年。”从雪花起兴，旋即转入对喜儿父女生活处境的交代，起承转合，应用自如，整段唱词有形象、有意境，节数句数也变化无穷，而且节奏分明，朗朗上口。有民歌叙事写景的朴素，富于生活实感，又有古典歌词情景交融、意味深长的格调。西洋歌剧全剧用唱词，剧情都是在歌唱中进行；中国戏曲有唱有道白；《白毛女》将两者统一起来，歌唱与对白融为一体。贺敬之就是在这种文化综合的视野下，创作出了不少的精品。像《南泥湾》、《七枝花》、《白毛女》中喜儿的一些唱词都久唱不衰，魅力无穷。贺敬之在不断地吸收、消化、融合、实验和品格检验中，确已为我们的现代歌词创造了一种表现现阶段中国思想、情感经验的新形式，建立了一个熔西方与古典和民间于一炉的传统。这不仅体现了文化渗透、整合的意义，也匡正了人们误以为歌词无章无法，只是顺口溜的思维定势。

三、时代不同了，在学习民歌、继承传统的基础上，还必须出新。他的“表演歌曲”的歌词创作，赢得了新的传统的确立

贺敬之以独到的眼光发现了民间文学中具有现代性与生命力的部分，并以独具的胆识与之沟通、融合，为现代歌词的肌体注进了新鲜活泼的血液。30年代，人们也作过向民歌学习的努力，孙师毅的《飞花歌》、安娥的《新莲花落》是这方面的代表，但在当时还没有充分回归的条件。40年代的延安，正好形成一个文艺民族化的新格局。陕北地区丰富多彩的民间文艺，传统中蕴藏着的具有无限生气的形式，影响了贺敬之的审美趣味和创作风格。首先，在歌词的内容上，所反映的大多是平民的生活，不仅带有丰富的民间色彩与民间趣味，而且洋溢着民间精神（贺龙那“一把菜刀杀仇人”的侠义行为等）。其次，在歌词的艺术上，无论结构布局，还是技巧与形式，都能找到与民间文学的联系。以至于不了解贺敬之的人还以为他是一个民间艺人，实际上他是把现代歌词技巧天衣无缝地融化进民族的民间文化形式之中。如民歌的比兴、排比、对唱等手法的运用，像《七枝花》“什么花开花朝太阳？什么人拥护共产党？葵花儿开花向太阳，老百姓拥护共产党。共产党，怎么样？他给人民出主张——老百姓拥护共产党。”七段都是这种比兴手法和问答式结构，使得歌妙趣横生、诗意盎然。又如，民歌中常用的重章叠句的手法和双关语的运用。《朱德歌》、《七枝花》、《南泥湾》、《北风吹》都有重章叠句，像《朱德歌》第一二段是“在那些年头”的重章，三四段则是“我们起来跟他走”的重复，1949年写的叙事体歌词《平汉路小唱》，虽长达七十多句，但当时唱遍全国。歌词语言生动形象，寓意深刻，尤其是中间三段作者巧妙地使用了谐音式的双关语非常引人入胜。第一段是“这个平汉路呀，是个贫寒的路，工人贫寒可就没出路”，第二段是“这个琉璃河呀，成了流泪的河，眼泪比河水多”，第三段是“这个长辛店呀，成了伤心店，伤心的事儿说不完。”这些谐音双关语活跃了气氛深化了主题。还有，为了增强歌词的民歌风味，还在不少歌词中加上衬字（诗经、楚辞、汉魏乐府、元人小令、现代民歌都用）。语言上扫除了学生腔，用的是老百姓朴实、生动、形象的语言。“他是咱们的好兄弟”，如叙家常的口吻，唱出了贺龙将军的平常而又神威。“说一场呵，笑一场，拉着手儿不肯放。八路军呵——解放军，带来幸福给咱们”。这完全是从信天游演变而来的诗句，唱起来顺口，又传神地描述了人民群众迎接八路军的动人情景。所以他学习民歌，并不是复制已经存在的东西，而是创新，是用群众的语言习惯去把握民族精神，更真实生动地反映大众的生活与推动大众的斗争，鼓励粉碎旧势力，强调新生，每一个音响都充满着新生命的光和力。

他当然知道，如果遵循五四新文学传统的精神，这些负载着封建思想的民间形式都应属于扫荡之列。当时歌词的文体地位还未完全确立，而贺敬之又把它推向与一般人看不起的民间文学融合的路上，这是要艺术胆量的。他努力学习民间艺术的表现技巧，在自己的歌词创作中进行艺术地惨淡经营。他利用民歌的手法——词汇、语法及传统的形象，把感情浓缩进一个具体的艺术境界中，使人领略到一种质朴的美。

同时，新的思想又加速了传统形式在新时代中的创新。他广为流传的《南泥湾》、《七枝花》等作品，完全不同于30年代的抒情歌和进行曲，而成为一种新型的“表演歌曲”。“从歌词形式上看，完全看不出什么‘歌表演’的意思，但把它们编成歌舞，就恰似为之而作的一样。人们能从它的词句中感受到演员的动作”①。据贺敬之先生自己介绍，当时，《七枝花》作为秧歌队的节目打花鼓表演过；鲁艺秧歌队去南泥湾劳军，八个女同志表演挑花篮，唱的就是《南泥湾》；《胜利鼓舞》是用来表演集体腰鼓的。

---

① 黄鹏翔：《传统的新融合》，《词刊》1985年第2期。

演唱歌曲加上表演动作，在我国各民族人民的音乐生活中，历史悠久。但几经分化与组合，到贺敬之笔下，它区别于戏曲和歌舞音乐，保持了相对的独立性。其歌词的特点是具有“可资连贯进行的、鲜明的动作性”①。《大路歌》、《黄河大合唱》等歌的各种号子，《大刀进行曲》的“砍”和《八路军进行曲》的“前进”，以及一些摇篮曲等，都以其各自的节奏、速度、力度而给人以特定的“动感”，或紧张或舒弛，或急速或徐缓，或强烈或柔和，总之，让人联想到某种“活动的”画面，但它们并不能形成为表演歌曲。因为这种“动感”还不足以赋予作品以自始至终的“动作性”，演员无法据以恰如其分的表演。这也是现在有些队列歌曲和抒情歌曲作为“表演唱”艺术效果不佳的原因。贺敬之的歌词创作，来源于生活，也来源于对秧歌表演的精神感受。民间艺术、秧歌活动往往倾向于情节性以及生活化的表现。贺敬之学习那富有表现力的技巧，又发展创新为设置具体特定的场景，简单的情节，附带有表演的动作，因而其词绘声绘色，悦耳娱目，乃至成为一种新的传统。直到音乐文化已获得长足进步的今天，贺敬之创作的那些富于表演性的歌仍独立于艺苑之中，魅力不减。

中国现代文学总体流向是由重现代性向重民族性转变。在二三十年代，文学工作者的主要目标是突破传统，完成向文学现代化的转变，因而，偏重借外来技巧而忽视传统技法几乎是一种追求。到40年代，在整个解放区的文学创作又注重民族性的过程中，贺敬之的歌词创作，追求主流话语，但没有出现推崇偶像的现象；走民族化的道路，也没有消解启蒙的趋势；学习借鉴民间文化样式，并不排斥外来文化。贺敬之在表现出了对传统文化、民间文化的宏大气度与宽阔胸怀的同时，也注意学习苏联的歌曲。在他那里，现代性与民族性的融合就像一个聚光镜，聚合了两种艺术的文化射线，折射出一种新的光线。在这种文化整合中，新文学形式与表现语言之间的关系得到了比较好的调和。他那具有民歌特色的生动活泼而又明白流畅的文字，彻底打破了创作主体与接受主体之间的障壁，率先揭开了同大众结合的新文学的新的一页。

（原载《挥毫顶天写真诗》，作家出版社2006年出版）

① 李慧明：《表演歌曲琐谈》，《词刊》1981年第6期。

独特诗味的魅力

——试论贺敬之诗的风格

蒋　风

读敬之同志的诗，就会感受到一种浓浓的诗味。翻开贺敬之的诗集，就好似打开一瓶陈年的茅台酒，一股浓郁的醇厚的香味扑鼻而来，令人迷醉。

古罗马作家贺拉斯说："一首诗仅仅具有美是不够的，还须有魅力，必须能按作者愿望左右读者的心灵。"你自己先要有喜怒哀乐，才能引起读者的喜怒哀乐。

美是一种力量，它能使人迷醉。美当然是使诗具有魅力的基础。但仅仅美确实是不够的。诗的魅力蕴涵着更丰富更复杂的内涵。尽管它内涵丰富复杂，我想仍可用印度诗论家的"诗味"一词来概括。诗味产生魅力，诗味使人迷醉。

那么，诗味又从何而来?

根据印度"诗味论"的理论，诗味的魅力来源于其情、其韵、其气、其势。

我们读敬之同志的诗，感受到一种浓浓的诗味，也是由于其情、其韵、其气、其势。正好印证了印度诗论家对诗所蕴含的审美内容的分析。

诗是心灵的歌唱，不可缺少情感。没有情感便没有诗。敬之同志的诗，都是强烈情感的自然流露。请看他写于1940年5月去延安途中写的《跃进》："雨，/落着……/——阴湿的南方啊！//一九四○年，/走出了那狭窄的/低沉而喑哑的门槛。"一开头，就写出一位刚满十五岁的少年对国统区那种压抑的内心感受，他向往春天、向往革命，迎接那"红色的指引"，他和三位伙伴，勇敢地跃进在西北的路上，不怕雨雪风沙，不畏艰难险阻，行进在"迷天的大风沙里"：

山，那么陡！

——翻过！

风沙

扬起我们的笑，

扬起

我们的歌！

尽管字里行间还流露出笔触的稚嫩，但那种充满豪情、充满信心、充满活力的情感，却强烈地撼动着读者的心。

诗，是一种主情的文学样式。“情动于中而形于言”（《诗序》），正如白居易《与元九书》中所说的：“感人心者，莫先乎情，莫始乎言，莫深乎义。”写诗，必须“莫先乎情”，诗人应以“情”投入为先决条件。敬之同志到延安后，曾写过一个《乡村的夜》组诗，包括《五婶子的末路》、《鸡》、《夏嫂子》、《葬》、《儿子是在落雪天走的》、《牛》、《小兰姑娘》、《婆婆和童养媳妇》、《老虎的接生婆》、《祭灶》、《红灯笼》、《小金的爹在夜里》、《瓜地》、《黑鼻子八叔》等。在敬之诗歌创作道路上，这个组诗并不是他的代表作，却是最早引起文坛关注的诗作。当他刚进延安鲁艺不久，把《小兰姑娘》和《红灯笼》发表在墙报上时，立刻引起全校师生的注目。后来又在校刊《草叶》上发表了，却被有的读者当作诗人何其芳的作品，误以为贺敬之是何其芳的笔名。有位部队的诗歌爱好者曾给何其芳写了一封信，信上说：“当我们读到《草叶》上发表的诗《小兰姑娘》、《红灯笼》……诗中弥漫着农村生活的香气，充满了田园的美。让我们怀疑贺敬之就是你。”作为鲁艺教师的何其芳，对贺敬之在诗艺上取得的成就，非常欣喜，立即把这组诗特地送给担任鲁艺领导的文艺评论家周扬看，并赞赏地说：“像这样写农民生活的诗，写得真切、感动人，五四以来还很少人这样写过！”周扬同志也点头表示同意。就是这一组诗中的大部分，后来编入诗集《并没有冬天》中纳入胡风主编《泥土诗丛》，胡风也认为这些反映农村的诗“别人很少能写得这样”。诗中弥漫的浓浓的诗味，使他“想起普希金和涅克拉索夫”。

这样动人的诗味，主要由于诗的感情的真挚性。诗中所描绘的内容，都是诗人童年所经历过的实实在在的人和事，甚至有他早死的父亲、苦难的母亲、饿死的亲弟弟，还有四个多灾多难的姑母的影子。正如他自己在诗中倾诉的：“在亚西亚的/灼伤的寸土地上，/我活过十六个年头。”这“十六个年头，/不灭的记忆；饥饿和死亡”。诗中人物的命运，也正是他个人的命运：“从一个老人那里，/随他倒下的身躯，/我承继了/债务和刑罚。”正是这种深切的感受，才能有深情的真挚流露，从诗中散发出浓浓的诗味。

诗味首先来自作品中蕴含的真情挚意，诗人的心灵不充盈着深厚的情感就无法以诗的形式倾诉。诗人表达情感、传达情感，需要形象化、具体化、客观化；正如印度诗论家巴楞利盖在《美的因素和诗歌理论》中所论述的那样：“心灵里的情感客观化了，诗歌才得成立。”也就是说诗人从生活中感受到美，获得欢悦，内心感受到的情感上的波动，用艺术语言转化成诗味的时候，不仅有情，还有韵。情韵在中国诗学中往往是联系在一起的。诗要有韵味，才能令人陶醉。

什么是韵？韵是一种动听的声音，或者说是一种和谐的声音。这样理解还是浅层次的。从深层次理解，诗要有情致，才富气韵；诗要含蓄，才能隽永；诗要风雅，才具韵致；诗要有情趣，才蕴涵韵味。韵体现了诗的情感，诗的意趣，诗的风度，诗的气派。

我们读贺敬之的诗，不仅可以感受诗中的那动听的声音、和谐的声韵，还可以感受到一种神奇的力量，能振奋起我们的精神，它像一团火，在我们心灵中燃烧。例如在他的长诗《生活》中，写出了当年他到延安后，生活在延安那种火热的生活中的风度和气派。他把自己比作是一颗麦子：“我们是小麦，/我们是太阳的孩子。”这是作为农民的儿子才会产生的独特的感受。他把自己的感受诗化了，产生了浓浓的韵味。“我们流汗，/发着太阳味，/工作，在小麦色的愉快里”，把汗味想象成太阳味，别有一番情趣，用小麦色象征愉快的心情，更显得有点别致。“生活/甜蜜而饱满的穗子，/我们兄弟般地/结紧在穗子上。”多么形象的比喻，既清新又有韵味，“我们——熟透的麦粒呀！”由于敬之同志独有的诗的感觉，他常常把自己比作麦子、谷粒：

呵！
　“我”，
　　　是谁？
　我呵，
　　　在哪里？
　　　……一望无际的海洋里，
　　　　　海洋里的

一个小小的水滴，
一望无际的田野，
田野里的
一颗小小的谷粒……

在这里，诗人运用他足够的智慧，从惯见平凡事物发现了引人入胜的一个侧面，才能如此朴实无华地洋溢出浓浓的韵味。

中国诗学讲究气韵，写诗要气韵生动。可见诗的韵味又常常与气相连。“气”是一个比较抽象的概念，从哲学观念看，它是构成世界万物的本原，通常指一些极细微的物质，是只能感觉而无法看见的。从美学的角度看，诗中的“气”却是可以清晰地从诗所创造的意境中感受得到的气概和韵味。我们读贺敬之的诗，就明显可以感受到这富诗味的美感。试以脍炙人口的《回延安》为例，诗人以拟人化的手法，把哺育诗人成长的延安比作母亲，把“我”比作延安的儿女，情真意挚，感情热烈，读后令人感到分外亲切。例如第一节，诗人抒发了重回延安怀抱的激动心情：

……几回梦里回延安，/双手搂定宝塔山。//千声万声呼唤你，/——母亲延安就在这里！

激情的语言，融化了诗人内心的情感，喷涌而出，形成一种感人的气势。

诗人又用呼告的手法抒发“我”重新踏上黄土高原，即将扑入延安母亲怀抱的那种难以抑制的激动：“心口呀莫要这么厉害地跳，/灰尘呀莫把我眼睛挡住了……”，溢于言表的激动心情，铸造了一种特有的“气”，翻波涌浪而来，激起读者感情上的共鸣。诗人还用比喻的手法，表达了“我”与延安母亲的血肉关系，“羊羔羔吃奶眼望着妈，/小米饭养活我长大。”感情的律吕，形成独有的风韵。“一口口的米酒千万句话，/长江大河起浪花。”情绪的色彩，塑造了诗的气韵，扑面而来。诗人更用夸张的手法，以由衷之言，震撼着每一位读者的心：“千万条腿来千万只眼，/也不够我走来也不够我看！”以一个意象来表明来年再回延安看母亲的急切心情：“身长翅膀吧脚生云，/再回延安看母亲！”在诗中，诗人用饱和着丰富的想象和感情，以直接抒情的方式倾诉出来，升华成一种别有韵味的“气”势。

奔放无羁的诗情，往往使“气”与“势”融会。奔放形成一种情“势”，无羁产生一种声“势”。敬之同志解放后写的一些篇章，几乎都可用“奔放无羁”四字来概括。他的《回延安》、《又回南泥湾》、《西去列车的窗口》、《放声歌唱》、《三门峡歌》、《雷锋之歌》等，都以饱满的激情、热烈的抒发，用火一样的语言，营造出一种具有冲击力的“势”，使读者的心胸受到感染，并且激荡。

诗人自己就是抒情主人公，当他投身于波澜壮阔的时代的洪流，从奔腾不息的生活之流中领悟并捕捉到一种节奏、一种旋律，凝聚在笔端，便以其“势”，如破竹般的冲刺力，弹奏出一支支交响曲。请看他的《三门峡歌》中的片段：

我们来呵，我们来，/昆仑山惊邙山呆；/展我治黄万里图，/先扎黄河腰中带——/神门平，鬼门削，/人门三声化尘埃！

望三门，门不在，/明日要看水闸开。/责令李白诗句改：/“黄河之水‘手’中来”！/银河星光落天下，/清水清风走东海。

走东海，去又来，/讨回黄河万年债！/黄河女儿容颜改，/为你重整梳妆台。/青天悬明镜，/湖水映光彩——/黄河女儿梳妆来！

梳妆来呵，梳妆来！/百花任你戴，/春光任你采，/万里锦绣任你裁！

诗人从生活中感受到美，获得愉悦，把自己内心感受到的情感上的波动传递出来，形成一种喷发和冲击的力，使读者仍能感受到一种声息和气势，仿佛能听到诗人心灵中的那种回肠荡气的声音。这就是“势”的韵味。

诗乃至一切文学艺术创作的生命力，在于它是否具有独创性。贺敬之的诗有一种醇厚的诗味，令读者迷醉。也许他的诗还有其他许多值得珍视的方面，但我认为他的诗以其情、其韵、其气、其势融化成独创的诗味，产生了一种不可阻挡的魅力，让我们在迷醉中感受到美的力量。

在这篇拙文里，我在印度诗学中构成诗味的情、韵、气、势四种因素指引下来重读贺敬之的诗，留下了这样的感受：展开诗集，就好似打开陈年的茅台，香味扑鼻；掩卷之后，仿佛喝了醇香的茅台，令我陶醉。我想，这就是敬之的诗所酿造的独特诗味的魅力。

（原载《华夏诗报》2006年9月25日）

贺敬之的诗

钱志富

七月诗派中缺了贺敬之和他的诗是不完整的。另外，如果因为贺敬之有什么别的比如政治等的原因不能归于七月诗派，那也是不对的，因为这样做，就标明了历史上的确存在过宗派主义及其影响。当然，贺敬之与大多数七月诗派诗人不同，有其个人的特点，这也没有什么不对，因为七月诗派的每一个诗人都与其他七月诗派诗人不同，都有自己的特点，比如艾青就与田间不同，绿原就与牛汉不同。现在有不少的七月诗派诗人认同贺敬之，比如成都的杜谷就曾在笔者的一次访谈中说过："如果把贺敬之也算作七月派，那他是比较优秀的一个。"笔者在银川的时候跟七月诗派老诗人罗飞谈起贺敬之，说到他 20 世纪 40 年代的《自己的催眠》等，罗飞先生就显得特别热心，说："你熟悉这个作品，说明我们谈话的距离很近。贺敬之当然是一个优秀的诗人，这没有什么可说的。"

贺敬之是七月诗派中充满才气和才情的一位诗人，他在创作之初受到过早期七月诗派诗人诸如艾青和田间的影响，在延安的时候，他还亲自到艾青那儿登门拜访和求教。诗人对田间也崇敬有加，他说："虽然我不是专门研究田间的理论家和文学史家，也从未和田间同志一起工作过，甚至个人来往也很少，但是，我是热爱他诗歌作品的一名忠实读者，是曾经接受过他的影响和教益的一名诗歌创作的后来者。"① 又说："在三年多以前田间同志逝世时，我写的一篇悼念文章中曾提到过抗日战争时期的一段往事。是田间的诗歌给我增加了力量，使那时的我——一个十六岁的少年更加勇敢和急切地同伙伴们一起投奔革命圣地延安。在从大西南到大西北的艰险道路上，我确是怀揣着并默诵着田间

① 贺敬之：《田间诗文集·前言》，《田间诗文集》第 1 卷，花山文艺出版社 1989 年版。

的诗集《呈在大风沙里奔走的岗位们》，自己也一步步地在大西北的大风沙中奔走向前的。与此同时，我也用小纸片悄悄地写上自己的关于大风沙、关于自己正向神圣的‘岗位’奔去的稚拙的诗句。”① 还说：“此后，一直到田间同志逝世，在几十年漫长的岁月里，他的诗，连同他的创作经验和生活实践的经验，从来就是我所关心和学习的重要对象。也许除了由于同处于一个大的时代和大的历史环境，还由于个人的出身、经历和精神气质有某些相近之处吧，在我所尊敬、倾慕的前辈诗人中，田间同志一直是我深感亲近的一个。从他在抗日烽火中给战斗者擂起的时代鼓声，到解放战争和建国后他通过《赶车传》和其他作品传出的天翻地覆的历史车轮声，田间的诗作总是经常地在我心中引起共鸣。不论是关于诗的观念的形成还是具体的艺术表现，也不论是诗的内容构成还是形式的处理，我都曾直接间接、或多或少地受过他的影响和启发。尽管我从来也没有认为他在任何时候的任何作品都取得了同样的成功，当然也不认为他的所有作品都应为我所取法；但是，田间过去一直是、今后也仍然还会是我最喜爱的诗人之一，这却是千真万确的。”② 我们都知道，艾青和田间是七月诗派形成过程中的灵魂性的人物，贺敬之受了他们的影响而写的诗当然应该属于同一个流派。更重要的是，贺敬之早年的诗被胡风欣喜地接受了并将它们发表在了著名的大型文学期刊《七月》上，引起了巨大的反响。胡风对贺敬之的诗是肯定的，评价也是很高的。关于此，贾漫曾在《诗人贺敬之》一书中有所记载，他写道：“那组《跃进》，也正是途中构思，途中完成，途中寄给同学，通过同学转给胡风先生办的《七月》，并且在《七月》即时刊登出来的。”③ 又说：“胡风同志从读到贺敬之的诗开始，就喜欢这位少年的诗，后来《七月》继续发表贺敬之的诗，胡风始终想见到贺敬之，但是一直没有机会。直到新中国建立以后，乾坤大定时，他给贺敬之来信，信上说：‘你的反映农村的诗，别人很少能写得这样，这使我想起普希金和涅克拉索夫……’”④ 胡风的确很重视贺敬之，他不仅把他的作品放在《七月》上刊发，而且还把他的作品收集、整理并进行出版，先是在《我是初来的》（“七月诗丛”第一集，希望社 1941 年 7 月初版）里面收了贺敬之的五首诗歌如《跃进》、《自己的催眠》等，后又出版了他的《并没有冬天》（诗集）（“七月诗丛”，泥土社 1951 年初版），收集了诗人 1940—1942 年间的部分诗歌。在延安的时候，贺

---

①② 贺敬之：《田间诗文集·前言》，《田间诗文集》第 1 卷，花山文艺出版社 1989 年版。
③④ 贾漫：《诗人贺敬之》，大众文艺出版社 2000 年版。

敬之与七月诗派的另一位诗人天蓝过从甚密，据说贺敬之写了一首抒情长诗叫《大地已经安睡了》，“他曾经将这首长诗给天蓝看。天蓝是燕京大学的学生，英文很好，他读了贺敬之的这首长诗以后，很赞赏，鼓励他就这样写下去。”① 值得注意的是，贺敬之在延安写的歌剧《白毛女》还受到了七月诗派著名诗人兼理论家的阿垅的热情颂扬，曾专门写过一篇《〈白毛女〉片论》给予很高的评价。50 年代初七月诗派诗人徐放在编辑“现实主义诗丛”的时候也没有忘记贺敬之，替他编辑出版了诗集《笑》（“现实主义诗丛”第一集之三，五十年代出版社，1951 年 1 月 10 日初版）。可见，贺敬之和他的创作在七月诗派诗人们那里是得到了承认的。当然贺敬之所走的文学艺术道路实际上与七月诗派的道路是相通的，就拿他 50 年代的《放声歌唱》等轰动一时的作品来说，同胡风的《时间开始了》都是以歌颂为主的政治抒情诗，诗风上也比较接近。同胡风一样，贺敬之的《放声歌唱》等诗作也的确是坚持了主观抒情的写作策略的杰出的诗歌作品，而主观抒情的写作策略正是七月诗派诗人一贯坚持的写作策略中的核心策略。

值得注意的是贺敬之坚持主观抒情的写作策略并不是主观主义的、公式主义的写作策略，而是主观和客观发生了深刻融合的现实主义的写作策略。关于此，贺敬之曾多次在他的文章中加以阐述，比如 1950 年 9 月他就写过一篇名叫《谈提高作品的思想性——给 × × 同志的信》，信中是这样说的：“这样，让我们从艺术创作实践的过程中来考察一下，所谓‘提高思想性’到底意味着一些什么呢？我认为：它首先便是意味着要求作者的正确的思想认识和在这指导之下的艺术创造的意念（属于主观方面的）和他的创造的对象——客观的生活内容的高度结合。这种结合表现在作者的生活实践和创作的实践中。这就是说，要求作者的思想、感情，必须和生活形象结合起来。作者不仅要有正确的思想去认识生活，而且要以这种正确的思想去和生活形象发生一种血肉的关系；同时，也就因此产生一种饱满的，是生活的也是创造的感情来。而这种‘感情’便是思想和生活统一结合的血肉产物，是整个艺术创作过程的生命。那么，在这里，便说明了：一方面，生活形象对于作者的创造不能只是纯客观的所谓材料，而必须是被作者的思想感情所融化了的；另一方面，作品中的思想也就不是抽象的干枯的东西，而必须是被生活内容形象化、被感情血肉化了的。在这个意义上，离开了生活形象去要求或硬装进所谓‘思想’，或者没有

① 贾漫：《诗人贺敬之》，大众文艺出版社 2000 年版。

感情地去‘组织’一些生活材料或‘写’进一些‘思想’到作品中来，公式主义或教条主义地把所谓‘思想’‘翻译’成‘艺术的语言’，或者找一些语言、生活细节等给‘思想’来做一些注脚……这一切的想法和做法，我以为都是完全不对的，不仅根本违背了艺术创作的原则，同时也根本违背了在艺术中表现思想性的原则。这是一方面。”①“其次，从艺术的表现方法来看，所谓‘提高思想性’这句话又意味着一些什么呢？我以为：它将不能不意味着要求艺术创作对于生活现实的更巨大、更深刻的概括性。真正能概括地反映了现实生活的本质的作品，才有可能成为具有思想性或者思想性较强的作品。这样，就要求作者以现实主义的精神去熟悉和描写生活的真实面貌，同时也就要求以作者的艺术表现力去完成创造人物典型及其他艺术表现上的任务。那么，在这里，便说明了：一方面，作者思想水平的提高要具体运用到提高艺术表现力上来；另一方面，作品中的思想性就一定要透过艺术对生活的概括性来表现。在这个意义上，离开艺术的表现，离开人物典型的创造，离开生活的真实的深刻的描写，为了所谓‘思想性’去概念化地甚至虚假地描写生活，主观主义或公式主义地去找一些或者创造一些‘人物’的模型代表某一种‘思想’，然后在作品中安排一些生硬的矛盾、冲突、转变、反省……这一切的想法和做法，我以为都是完全不对的，不仅根本违反了艺术创作的原则，同时也根本违反了在艺术中表现思想性的原则。”② 贺敬之的这两段谈话可以说是与胡风文艺思想有相通之处，他的谈话虽然没有一个字提到艺术创造过程中的主观精神的参与作用，但其主旨应该是在阐明艺术创造过程中的主观精神参与作用。难怪50年代批判胡风的时候，贺敬之和他的文艺思想也相应受到了批判，批判者说他“主张文艺创作中要有‘我’，要主观、客观统一，说这是胡风的‘主观战斗精神’，是唯心论”③。

贺敬之还有一段话也可以说与胡风的文艺思想如出一辙，那就是他关于作为知识分子的作者的思想感情的“自我改造”的阐述，他说：“这里，便自然而然地提出了问题的中心环节，即作者的思想感情（特别是感情）的自我改造问题。还要不要改造呢？当然不成问题，对于我们来说，这仍然是具有现实意义的头等任务。但是，到底改造成怎样才真是有了‘工农兵的思想感情’

---

①② 贺敬之：《谈提高作品的思想性——给××同志的信》，《中国当代文学研究资料——贺敬之专集》，江苏人民出版社1982年版，第42~43、43~44页。

③ 贾漫：《诗人贺敬之》，大众文艺出版社2000年版。

呢？照我看来，这句话决不能意味着是把作者的思想感情改造成和某个具体工人或农民完全一样，要求那样做是可笑而又不可能的，到底要像张三呢？还是像李四呢？张三、李四之间也有差别啊。所以，对于我们来说，改造成为具有'工农兵感情'这句话，正确了解只能是：改造作者成为具有先进的无产阶级革命战士的思想感情，这种思想感情和工农兵群众是密切结合的，但不等于就和普通的群众完全相同。首先，在政治上和思想上当然必须比一个普通的群众高一些。其次，你是一个有文化的人，是一个作家，那当然必须比一个普通群众的知识更高一些，更敏感一些。"① 又说："同时，还必须说，这种改造决不可能只是进行理论学习（当然是重要的）就可以完成的，必须和生活实践结合起来。对于一个作者，重要的还必须和创作实践结合起来。具体地说，必须把思想认识、生活形象化为自己的东西，变成情感的血肉。在这个结合过程中，让作者去具体地体验，去改造，去斗争，最后，达到他的胜利。在这里，如果只是一般地提出思想及思想性，或者一般地提出生活，而却不提出通过作者的感情的实践，那是决不会完成真正的'结合'的。也许从'客观上说'思想和生活是'结合'了或者从'理论上'说是有了'思想性'吧！但是在艺术作品中真正的'思想性'却恐怕逃走了呢！"② 胡风主张"诗人和战士是一个神的两个化身"，而贺敬之正是用战士和诗人的双重叠合标准来严格要求自己的，他所希求的正是诗人和战士的结合。当然，我们在这里需要说明的是，贺敬之对于胡风和七月派也并不是整个地认同，在不同的阶段、不同的历史背景中，贺敬之虽然对于他所能认同的胡风和七月派的文艺思想有所坚持，但也有所放弃，因为他所受的影响并不只是胡风和七月派一家，而是还综合了诸如马列主义、毛泽东思想的文艺思想以及别的一些文艺理论家的思想成果，而且他的创作也表现出了多样化的特点，不仅限于七月派的创作理路，在此我们就不去展开它了。

以上是贺敬之的文艺思想，从这样的文艺思想我们知道贺敬之对文艺作品在艺术和思想上的要求是很高的，贺敬之是个诗人，也是个剧作家，他对自己的要求是很高的，尤其他对诗歌的要求更是很高的。他的诗歌很好地体现了他的文艺思想，他写出了相当多的杰出的诗歌作品。他的作品得到的评价也是很高的。上面我们举出了七月诗派诗人对他的评价。下面我们再举出一些非七月

①② 贺敬之：《谈提高作品的思想性——给××同志的信》，《中国当代文学研究资料——贺敬之专集》，江苏人民出版社1982年版，第52、53页。

诗派人士对他的创作的评价。比如评论家马畏安和于皿在《“走向亿万人的心里……”——评贺敬之的诗》一文中就这样写道：“贺敬之同志写诗，不是见到一件事、一个人物、一片山水，就唱起来。诗人可能被这些东西感动了，但他并不匆忙动笔，他长久地注视着，倾听着，思考着。他在整个心灵中积蓄着感情，酝酿着感受，并逐步扩展开来，思想也随着深化。他对我们时代的热爱和忠诚，浸透在这些感受和激动之中，他把生活所唤醒的冲动提到时代精神的高度，对事物有正确和明确的理解。诗人并不满足于现实引起的冲动，而是在心灵中加强它，锤炼它，提高它。不仅以社会现象为题材的政治抒情诗是这样，山水诗也是这样。他的描写自然风物、山川景色的诗，也不是一般地、表面地描写山水的自然美，而是把自然属性的美，引向一种更深更高的境界，他把自然美社会化，提到社会美、人生美、理想美的高度上来，清晰地表现自然现象触动他心灵中什么样的心弦，发出什么样的诗的回响。他力求更深刻地了解蕴藏在自然中的意义，努力从时代精神、时代音容上去亲近自然，把握自然，也这样去表现它。因此，他在驰名中外的桂林山水中，看到的不仅仅是‘神姿仙态’的山和‘如情似梦的水’，而是看到了‘祖国的笑容’，看到了‘桂林山水满天下’的壮丽理想——呵！汗雨挥洒彩笔画：/桂林山水——满天下！”① 又说：“贺敬之同志不仅在政治抒情诗中，也在山水诗中表现了强烈的爱国主义主题。他在诗歌中使这个古老的主题焕发了青春，染上了时代的色调。”② 李元洛恐怕是最推崇贺敬之的诗歌创作的批评家，他在《豪情如火气如虹——试论贺敬之诗歌创作的特色》中写道：“1957年早春时节，在北京中山公园音乐堂举行的‘迎春诗会’上，我听到了贺敬之高声吟诵他的新作《放声歌唱》，真是豪情似火，浩气如虹！诗人的高歌催响了掌声的波涛，也在我的心中掀起了久久不能平息的巨澜。在这以前，我知道贺敬之远在他的青年时代——1940年到延安之前，就开始了诗歌创作，我曾读到过他建国以后出版的《朝阳花开》、《乡村的夜》等收集了新中国成立前后他的主要作品的诗集，甚至不久前还歌咏过他风传一时的《回延安》，但是，读了他刚一问世就在新诗海流传的《放声歌唱》，又连续两次听到他令人心弦震颤的歌吟，我深深感到：在我们年轻的共和国的诗的百花园里，他的诗作是一枝芬芳特异的花朵；在我们社会主义祖国的诗的天空，他是一颗新升起的光芒耀眼的星

①② 马畏安和于皿在《“走向亿万人的心里……”——评贺敬之的诗》，《中国当代文学研究资料——贺敬之专集》，江苏人民出版社1982年版，第142~143、143页。

辰！”① 李元洛接着写道：“春风复兼秋雨。二十多年过去了，从情真意挚的《回延安》到风发雷奋的《“八一”之歌》，贺敬之的近二十篇诗作虽然不能说是字字珠玑，但大多数却堪称金玉。在诗的国土上，他似乎不是那种敏捷诗千首的诗人，然而确实是有得意轻出而一出便不同凡响的歌者。”② 当然李元洛也在文章中指出过贺敬之诗歌的一些弱点，说：“他的诗，是对党、对祖国、对人民革命事业的真诚颂歌，虽然他早就问过‘那梅花的枝条上/会不会有人/暗中嫁接/有毒的葛藤’，但相对来说他的作品对现实生活中阴暗与落后的东西揭露和鞭挞显得不够，同时，由于历史的局限，诗作中对某些历史事件和人物的评价也有某些失误。在艺术上，他的作品光彩闪耀，但是，并不是每篇作品都达到了同等水平，也不可能处处都是神来之笔。”③ 应该说这样的评价是比较准确的，“然而，尽管如此，我们今天还是可以毫不过分地说：贺敬之是站在当代诗坛最前列的为数不多的诗人之列的，他的诗作，在建国以来的新诗发展史上，众所公认地占有着重要的地位。有人认为，解放以前真正称得上诗的只有胡适、徐志摩和何其芳的前期诗作，解放以后的三十年，除了近年来某些青年诗作者的作品之外，中间是一大片空白。他们完全否定郭小川、贺敬之以及其他一些优秀诗人的贡献，这种‘新空白论’我认为缺乏起码的历史唯物主义观点。因此，探讨贺敬之诗作思想和艺术上的主要特色，不仅对于总结他的诗歌创作的成就是必要的，对于繁荣社会主义诗歌创作，也有重要的启示。”④

值得注意的是，近年来一些青年学者由于种种原因对贺敬之的诗进行了新一轮的否定性评价，用非历史唯物主义的近乎严酷的标准来要求特定年代的一个作者，我们认为这是欠妥当的。所以在此我们特别重视李元洛先生对贺敬之和他的诗的评价。李元洛进一步分析了贺敬之诗歌的艺术特色，他说：“我以为，探讨贺敬之诗作的主要特色，首先还是应该从诗的本质特点和贺敬之本人所具有的真正的诗人气质去理解。贺敬之说过：‘诗的题材也可以这样说，就是无产阶级革命的感情。写什么都好，都是为着写出这个情来。’这是深知诗中三昧的见解。通过作者主观感情的抒发来反映客观现实生活的诗歌，是一种最鲜明、最直接地抒发作者内心感情的文学样式，可以说，真挚、强烈、深刻地抒情，不仅是诗歌这一文学样式区别于其他文学样式的最根本的特征，也是

---

①②③④ 李元洛：《豪情如火气如虹——试论贺敬之诗歌创作的特色》，《中国当代文学研究资料——贺敬之专集》，江苏人民出版社 1982 年版。

诗歌的本质和生命。在古典诗论中，陆机没有沿着‘诗言志’的传统说法，而有胆有识地高扬起‘诗缘情而绮靡’的旗帜，而白居易也言简意赅地指出‘诗者，根情’。在当代杰出诗人中，郭小川也认为‘没有情就没有诗’，他正确地把是否具有‘诗的激情’，作为‘真正的诗人’的必备条件。我认为，贺敬之就具有远不是一般诗作者都具有的那种满怀阶级感情的‘真正的诗人’的气质。‘诗人最宝贵的东西是真挚’（普希金），贺敬之的诗作的感情是十分真挚而没有丝毫虚假的，从‘亲人见了亲人面，/欢喜的眼泪眼眶里转’（《回延安》），到‘满含着/热泪和感激，/仰望你呵，/扑向你’（《“八一”之歌》），他的诗作中写‘热泪常涌’多达十次以上，这决不是如某些人所作的那种矫饰之辞，而是真情弥漫的自然流露；他的诗作的感情是分外强烈而远非浅淡的，诗人来到三门峡禹王跃马处，看黄河滚滚，听钻机突突，他就陡然‘周身血沸千度’（《三门峡》），诗人听到一宵雷震、四害就擒的喜讯，他就不禁迸发出‘我要唱啊我要写……用压不住的我滚滚的热血’（《中国的十月》），这决不是如某些人那样的故作多情，而是爱的波涛与憎的风暴谱成的心曲；他的诗作的感情是格外深沉而远不是浮泛的，‘让万声雷鸣在胸中滚动，好唱出赞美祖国的歌声’（《放声歌唱》），‘我仰望你，我扑向你——我有千山万水的思念，五湖四海的回忆……’（《“八一”之歌》），这也不是某些人飘浮如云的轻歌，他诗情源于他的亲自参与的革命斗争生活的深处，发自诗人与广大人民声息相通的胸臆。总之，在贺敬之的诗作里，那种作为诗的生命和灵魂的激情，不仅是真挚的，而且具有相当的强度和深度。深沉，仿佛一湖难以测度的春水。贺敬之诗作中的这种诗情，无疑是时代的、阶级的感情的凝聚和概括。”① 当然，贺敬之的诗是属于他的那个特定的时代的，我们不能超越那个时代来评价他，我们认为他的诗在他那个时代创造了奇迹，形成了高峰，并不是要让贺敬之来跟我们时下的一些诗人抢占位置，我们这个时代有我们这个时代的代表性诗人，这是很清楚的道理。李元洛先生在谈论贺敬之诗歌艺术的特色的时候还说了下面一段话，我们也认为这是十分精当的，他说：“贺敬之的诗作是大处着眼的，他挥洒他的笔墨之先，总是力求站在时代的高度，把握现实生活与革命历史以及壮丽明天的内在联系，对题材作深入的思索和开掘，因为他站得高，所望者远，所识者深，所以他所反映的就不是生活的

---

① 李元洛：《豪情如火气如虹——试论贺敬之诗歌创作的特色》，《中国当代文学研究资料——贺敬之专集》，江苏人民出版社 1982 年版。

枝叶和表象，他的诗中就有气势沛然的全景，振衣千仞的鸟瞰，容量巨大的图画。同时，贺敬之的诗作又是小处着墨的，他从现实生活的深切实感出发，捕捉新颖的创造性的形象，追求不落俗套的艺术构思，用以来寄寓真挚深沉的革命感情和对生活的深刻思考，这样，他的诗又总是有体物入微绘态传神的刻画。贺敬之深知，诗的形象既要真实地反映生活，又决不能巨细不遗地写得过实过死，而要把实感和空灵结合起来。贺敬之的诗，没有一般抒情诗作所常见的空洞浮泛或者天地局促的弊病，而具有思想的高度、视野的广度和题材开掘的深度，明朗与含蓄兼而有之。例如他写一代知识青年奔赴和建设边疆，就决不是就事论事，而是既大处着眼，以'祖国的万里江山'为纬，以'革命的滚滚洪流'为经，从时代的高度、现实生活的广度和革命历史的深度，来展示革命事业要代代相传的深刻立意；又小处落墨，他精心选择西去列车的'窗口'这一具体而新颖的形象，展开诗的构思，把眼前情景和革命历史交融起来，进入一个独特而深远的艺术天地。又如表现继承和发扬革命传统这一立意，不是高明的大手笔，往往容易流于概念的堆砌和赤裸裸的直白，或者一般化的形象的图解，然而贺敬之却通过联想的彩翼，把省港大罢工的'呼号'，分别和'鼓风炉'、'炼钢炉'、'麦子上'、'工地上'交织在一起，立足现实，缅怀过去，面向未来，创造性的形象之中既包含了深广的革命现实与革命历史的内容，又大小相形，虚实相参，留给人们味之不尽的余地。"①

综观贺敬之一生的诗歌创作，我们大约可以把他的创作历程分为四个时期，即早期、民歌期、放歌期和晚期。贺敬之的早期创作就是他的"七月"期，他坚持的是由艾青、田间等七月诗人所开创的现实主义和自由诗的创作道路，在这个时期他写出了诸如《并没有冬天》和《乡村的夜》这样的闪着诗人天才的光辉的优秀的个人诗集，持续的时间只有两三年的时间，实际上是指他奔赴延安和他延安早期从1939年到1942年期间所写的诗。值得注意的是，贺敬之在开始自己的诗歌创作之前还有幸认识臧克家并听过他的讲演，读过他的诗，臧克家令青年贺敬之十分神往，但贺敬之在感情上更接近田间，贾漫说："从臧克家一来，诗更让他神往。""在当时能看到的诗歌作品之中，他感情上更接近田间，那爆炸的火花，那枪刺的锋利的穿透，那干脆而嘹亮的铮鸣，那毫无拖泥带水的跨越，使他感到一种弹无虚发的火力。他要学习田间，

① 李元洛：《豪情如火气如虹——试论贺敬之诗歌创作的特色》，《中国当代文学研究资料——贺敬之专集》，江苏人民出版社1982年版。

投入田间，全身心地融入擂鼓的雷鸣。”① 是的，在做人和学诗的道路上，贺敬之是全身心地投入的，关于这一情况，贾漫在他撰写的《诗人贺敬之》一书中有所记述，他说：“虽然转校（指贺敬之想从国立六中的第一分校转入第四分校，钱按），但学校的救亡活动已成为总校和分校的大部分师生每人必修的主课。贺敬之和本班同学办了一个‘挺进读书会’，阅读进步书报，议论时局。对国民党抗日无能、压制民主、内部腐败逐渐加深认识，对于共产党、延安、苏联日益向往。贺敬之从十五岁到十六岁一年多之间，如饥似渴地读了许多进步的政治、哲学书籍，也读了不少中外进步的革命的小说（如《夏伯阳》、《被开垦的处女地》等）和诗歌作品。艾青和田间的诗，他不仅爱不释手，还反复背诵。凡是他得到的艾青诗集、田间诗集，他几乎全部都能记下来。他本来在小学读书时，老师就夸奖他记性好，加上对救亡诗歌的热爱，更加磨炼了他的记忆力。”② 贺敬之早年的诗歌的确在风格上有着田间诗歌的简直和坚实，然而，在感情的饱满、诗心和灵魂的健旺上却又不让艾青，但在感觉的鲜美和清丽、纯洁上似乎又有点像鲁藜的一些诗，可是贺敬之的诗是他自己的生命和灵魂中流泻出来的，他的风格又是独创的，我们热爱贺敬之早期的诗歌的风格。下面我们读一读他的《生活》就可知道他早期诗歌的风貌：

我们的生活：
太阳和汗液。

太阳从我们头上升起，
太阳晒着我们。

像小麦，
我们生长
在五月的田野。

我们是小麦，
我们是太阳的孩子。
我们流汗，

①② 贾漫：《诗人贺敬之》，大众文艺出版社2000年版。

发着太阳味，
工作，
在小麦色的愉快里。

歌唱！
歌唱
在每个早晨和晚上。

生活
甜蜜而饱满的穗子，
我们兄弟般地
结紧在穗子上。

我们——熟透的麦粒呀。

这是一首可以说有持续魅力的诗，到今天还依然能够撩拨我们的生命和灵魂，激起我们对诗人笔下的生活的欣赏和向往之情，诗人在这首诗里歌颂了太阳和汗水，歌颂了愉快的劳动和劳动的果实，说："我们流汗，/发着太阳味，/工作，/在小麦色的愉快里。"又说："生活/甜蜜而饱满的穗子，/我们兄弟般地/结紧在穗子上。"老实说，这样的写法，我们是会觉得稀奇的，这首诗在笔者看来是要比十个海子的写麦子的诗也要写得好的。而海子在我们有些评论家的笔下已经成为了"当代诗圣"了，但他写麦子的诗篇在笔者看来无异于作秀。"我们——熟透的麦粒呀"，这是生命的绝句，闪耀着奇幻的生命的光彩。

贺敬之的《五婶子的末路》也是一首好诗，在这首诗里让我们惊奇的是诗人的不动声色的叙事能力，诗是这样的：

五婶子前面是流淌不息的大河，
五婶子后面是将落的太阳。

五婶子将仅存的一个孩子抱在怀里，
在那怒吼的浪涛前面，她低下头来。

……整整一年了，五叔被关在监牢。
啊，那不是五叔的黄瘦的面孔？
那不是给张大爷鞭打的伤痕？

……五婶子静静地回想着，
这一年——
大儿子流浪到远方，
没有一点音讯；
老黄牛叫张大爷拉走了；
女儿病死在炕头上……

……五婶子静静地回想着，回想着。
她抬起头来。
忽然，她笑了，
面对着浪涛，五婶子笑了。
五婶子像喝醉了酒，
她抱着孩子跳下河去，
河水激起一阵浪花。
……于是，一切又归寂静。
黑夜到来了。
河水吞没了五婶子和她的孩子柱儿。

大河里又添了两个水鬼，
河面上是迷茫的秋天的夜。

读了这首诗，我们在佩服诗人不动声色的叙事能力之余，恐怕灵魂会被震撼的，诗人在这里没有空洞的、浮泛的面对五婶子所代表的严酷的现实的主观主义的叫喊，也没有毫不动情的冷漠的叙述和描写，诗人很好地避免了来自主观主义和客观主义两个方面的弊病。诗人的这首诗在艺术效果上也不亚于唐代大诗人杜甫的伟大的现实主义诗篇《三吏》、《三别》，诗人表面上是不动声色的，可是内心深处激起了很深的感情的旋涡。诗人写一个走投无路的贫苦农民五婶子怀里抱着唯一的一个孩子去投江，而投江是他们唯一的出路，在投江之前五婶子想起了往事："整整一年了，五叔被关在监牢；这一年——/大儿子流浪到远方，/没有一点音讯；/老黄牛叫张大爷拉走了；/女儿病死在炕头上……"这是多惨烈、凄苦的现实啊！所以，五婶子在一阵回想之后，"她抬起头来。/忽然，她笑了，/面对着浪涛，五婶子笑了。"这样的诗行是揪心的诗行，是搅动我们的灵魂的诗行，是惊天地、泣鬼神的诗行，但诗人是不动声色地写下来的，我们不能不佩服诗人的这种不动声色的艺术能力。"五婶子像喝醉了酒，/她抱着孩子跳下河去，/河水激起一阵浪花。/……于是，一切又归寂静。/黑夜到来了。/河水吞没了五婶子和她的孩子柱儿。""大河里又添了两个水鬼，河面上是迷茫的秋天的夜。"好一个"五婶子像喝醉了酒"，好一个"河面上是迷茫的秋天的夜"，这是永远能够激起我们的感慨和同情以及憎恨的坚实而有力的诗句。

《葬》一诗也是一首能够刻骨铭心地感动读者的好诗，不妨一读：

他直到很晚很晚才回来。
抬棺材的人，掘坟的人都走散了，
他却一直伏到新坟上哭着，
连解劝的人也走干净了，
他却还是在那儿哭着，声音都嘶哑了。

他直到很晚很晚才回来。
林地里的猫头鹰被他的哭声惊起。
原野里罩上了夜幕，
没有星星，没有月亮，
十一月，风声像狼的嗥叫。

他直到很晚很晚才回来。
冷风呼号着。他爬起来，
他从新坟上爬起来，走出林地，
他被冷风拥着，找不见道路。
十一月，乡村的夜，无限悲凉的夜。

他直到很晚很晚才回来。

葬过了。坟里长眠了死者——
他的哥哥，唯一的亲人。
债主们在家里等着他回去，
好分他那唯一的财产，半亩宅地。

他直到很晚很晚才回来。
从自己的家门前越过，走了，
穿过一片原野又是一片原野。
十一月的冷风在呼号——
到远方去，离开生他养他的土地。

与前一首不同，诗人的这首诗写的不是一个投江自杀的人，而是一个被迫背井离乡的人，因为沉重的债务，他的唯一的亲人，他的哥哥已经被迫害死了，而他为了祭拜他的哥哥“直到很晚很晚才回来”，诗人用了复沓的修辞手法，诗的每一节都以“他直到很晚很晚才回来”开头，形成了一唱三叹的奇特的艺术效果，也突出了人物的心理。诗人在环境描写上也很用力：“原野里罩上了夜幕，/没有星星，没有月亮，/十一月，风声像狼的嗥叫。”“冷风呼号着。他爬起来，/他从新坟上爬起来，走出林地，/他被冷风拥着，找不见道路。/十一月，乡村的夜，无限悲凉的夜。”这些环境描写都很好地烘托了人物悲苦、凄惨、无路可走而又不得不走的内心世界，他最终还是走了，他“从自己的家门前越过，走了，/穿过一片原野又是一片原野。/十一月的冷风在呼号——/到远方去，离开生他养他的土地”。诗人写到这里就结束了，至于他以后走上怎样的路，只好留给读者去思考、去想象了。不过，让我们佩服的也正是这样的结尾，因为这样的结尾才能勾起我们的思索和回味，才含蓄、深沉、委婉。

同许多到延安工作过的诗人一样，贺敬之也接受过毛泽东延安文艺座谈会上所作的讲话的影响，主动与工农兵结合，主动接受民间文艺的影响，主动向民歌学习，同时写出了一批比较有影响的诗歌作品。《朝阳花开》就是诗人民歌期比较有代表的作品的结集，收入了诗人 1942 年到 1947 年的作品。值得注意的是，贺敬之在这一时期虽然也对他采用的民歌形式在学习上非常地投入，可是他并没有取得相应的成绩，同李季等诗人相比，他的成绩相对要小一些。可是贺敬之在歌剧创作上却获得了意外的成功，他的《白毛女》使他获得了巨大的成功，而《白毛女》在采用民歌形式上却是成功的。此外，贺敬之的《南泥湾》也是一个重要成就，无论是读是唱，都是十分脍炙人口的。《南泥湾》主要是一个歌词，但诗人是以诗人的身份在写《南泥湾》，所以歌词本身有了很强的诗情画意，文学意境和音乐意境都很高。我们不妨一读：

花篮的花儿香，
听我来唱一唱，
唱呀一唱——
来到了南泥湾，
南泥湾好地方，
好呀地方。
好地方来好风光，
好地方来好风光——
到处是庄稼，
遍地是牛羊……

往年的南泥湾，
处处是荒山，
没呀人烟……
如今的南泥湾，
与往年不一般，
不呀一般。
如呀今的南泥湾呀
与呀往年不一般——
再不是旧模样，
是陕北的好江南……

陕北的好江南，
鲜花开满山，
开呀满山——
学习那南泥湾
处处是江南，

是呀江南。
又战斗来又生产，
三五九旅是模范——
咱们走上前，
鲜花送模范……

值得注意的是，贺敬之的这首诗虽然有很高的音乐意境和音乐价值，但他的民歌味却不是很浓，没有一种动不动就有的“信天游”腔调，相反，诗人那些太像民歌的诗作却很快被人遗忘了，所以他的《朝阳花开》能被当下的读者知道的就不多了。

贺敬之的第三个创作期是他的放歌期。这个时期，贺敬之的传世之作是他的那些政治抒情诗，比如《放声歌唱》等。值得注意的是，贺敬之的这个放歌期差不多持续了二十年，即从1956年“大跃进”的前一年到1977年粉碎“四人帮”，中间虽然隔了一个“文革”，而且“文革”十年贺敬之没有写出任何一首诗，但粉碎“四人帮”之后他写出的两首政治抒情诗在风格上却与“文革”前相当统一，所以我们把这个时期算得长一些。近几年不断有人针对贺敬之这个时期的诗歌进行了批判，指出了其中的一些失误，批评者大约主要批评诗人没有彻底贯彻现实主义的写作策略，忽视了当年的比如“大跃进”中的工作失误带来的悲惨现状而去表现主流意识形态，我认为这种批评还是颇有见地的。但如果我们回归到当年的具体历史语境，虽然我们不主张原谅诗人已经发生过的失误，但是可以较好地去理解诗人当年的创作心态的：诗人的确在这些政治抒情诗中表现出了自己的艺术才华，其他作品笔者不好说，但他的《放声歌唱》一诗却无论如何也算中国诗歌史上的一个奇迹。这是一首“前无古人，后无来者”，可以说，没有一处败笔的优秀诗歌。诗人激情澎湃，天风海涛般地抒写自己的所思所感，虽然写作的时间长达两个月，却能做到一气呵成，这是了不起的。诗人在写诗之初就有人给他一个“十七岁的马雅可夫斯基”的称号，如果诗人早年得到这个称号是有些过誉而不切实际的话，那么放歌期的贺敬之却当得起这个称号，因为贺敬之在他的这些诗歌中所表现出的艺术才华不会比马雅可夫斯基差到哪里去。我们不妨读几行这首诗：

无边的大海波涛汹涌……
啊，无边的

大海
　　波涛
　　　　汹涌——
生活的浪花在滚滚沸腾……
啊，生活的
　　浪花
　　　　在滚滚
　　　　　　沸腾！
啊啊！是何等壮丽的景象——
我们祖国的
　　万花盛开的
　　　　大地，
　　光华灿烂的
　　　　天空！
你，在每一天，
　　　　在每一秒钟，
都展现在
　　我的眼前
　　　　和我的
　　　　　　心中。

上面所引只是诗的开头，诗的确是写得非常华美、壮丽的，我们不能不为其所吸引，为其所倾倒。值得提醒读者注意的是，楼梯诗虽然是从前苏联尤其是从天才诗人马雅可夫斯基那儿引入我们国家的，但用它写出了成功作品的却不多，因为楼梯诗并不是形式上的楼梯诗而更是思想感情上的楼梯诗，如果你没有适合这种楼梯诗来表达的思想感情，那也是写不好楼梯诗的。放歌期的贺敬之正巧有了适合这种楼梯诗来表达的思想感情，所以他才写出了那么一些成功的艺术作品。而且由于历史语境的转化，今后恐怕难得有人再写这种楼梯诗，因为今后的诗人也没有了适合这种楼梯诗来表达的思想感情，他们恐怕都是些个人感情的抒写者，因为他们把马雅可夫斯基、贺敬之这样的诗人指认为写“假、大、空”的诗人，他们既反对宏伟叙事又反对宏伟抒情。

进入晚年的贺敬之几乎完全抛弃了新诗写作，但他在旧体诗的写作上有不可小瞧的成就。贺敬之晚年创作的旧体诗基本都收集在1996年由中国文联出版公司出版的《贺敬之诗书集》里，有200多首，数量还是比较可观的。贺敬之的旧体诗颇得唐人情韵，写得比较豁达、豪放而且情感真挚、细腻。1988年，诗人解除了中宣部副部长的职务之后访问胶东平度县写了一组诗，其中有一节是这样写的："事烦久难成此行，但期无官一身轻。今来身轻心反重，又添千山万水情。"诗人是真诚的，他并没有把"无官一身轻"表现得十分庸俗，而是真实地写出了自己"今来身轻心反重"的复杂心态，笔者以为这是难能可贵的，须知当下在诗里做假的所谓诗人是太多了。《戏赠某同志罢某官》也是一首真挚地抒写胸臆的好诗："解枷非解甲，归田岂归天？南山歌《南泥》，马鸣自跨鞍。"诗人是豁达的，也是俏皮的，这是一种典型的中国文人的性格、脾气的写照，真可谓"解枷非解甲，归田岂归天"，中国文人永远不悲观厌世，解甲就解甲吧，归田就归田吧，没有什么大不了的。《应大明湖索题》是这样写的："湖想稼轩北固楼，泉思易安舴艋舟。唯愿二杰愁写尽，从今鲁歌无隐忧。"这是一首构思精巧，思想深沉，情感深厚，发人深思的好诗，好一个"湖想稼轩北固楼，泉思易安舴艋舟"，对仗工整，自成名句；好一个"唯愿二杰愁写尽，从今鲁歌无隐忧"，一代有一代之愁苦事，岂有稼轩、易安二杰能写尽的，所以鲁歌无隐忧是根本不可能的，诗人虽然自己已入老境，但他还能先天下之忧而忧，这份责任心是难能可贵的。

（原载《诗心与现实的张力结合》，作家出版社2006年出版）

革命浪漫主义的抒情

——论贺敬之的诗歌创作之二

张器友

面对整个世界，
我在注视。
从过去，到未来，
我在倾听……
——题记

社会主义现实主义文学"要求艺术家从现实的革命发展中真实地、历史地和具体地去描写现实"。反映在那些杰出的艺术家的创作实践中，便是革命现实主义和革命浪漫主义常常呈现出结合状态。当现实社会人生触发了他们的灵感之后，他们的思想和情感以常人难以想象的姿态奔泻飞翔；而当进入这种情境，他们又总是维系着现实社会中的人间际遇。然而，同样表现为二者的结合，具体情况也不尽相同，有的革命现实主义成分占据主导地位，有的革命浪漫主义成分占据主导地位，倘若属于前者则应视为革命现实主义，倘若属于后者则应视为革命浪漫主义。高尔基在第一次全苏作家代表大会上给现实主义和浪漫主义作了这样的界定："虚构就是从客观现实的总体中抽出它的基本意义并用形象体现出来，——这样我们就有了现实主义。但是，如果在从客观现实中所抽出的意义再加上——依据假想的逻辑加以推测——所愿望的、可能的东西，并以此使形象更为丰满，——那么我们就有浪漫主义了。这种浪漫主义是神话的基础，而且是极其有益的，因为它有助于唤起人们用革命的态度对待现实，即以实际行动改造世界。”① 可见，对于革命浪漫主义作家来说，“光描写现存的事物还不够，还要“依据假想的逻辑”表达出“所愿望的、可能的东西”。

贺敬之是很看重革命浪漫主义诗歌的。在他看来，“人民劳动着、斗争着，同时也希望着、幻想着。这就决定了必定有现实主义，同时必定有浪漫主义”。他批评了一些文学史家看重现实主义而不重视积极的、革命的浪漫主义，把它“至多只当做一个小小的线头”的现象，他梳理了中国诗歌史自屈原以降积极浪漫主义的传统，尤其推崇无产阶级革命和社会主义时代革命浪漫主义的价值。并且，在总结五四以来郭沫若、毛泽东等革命浪漫主义诗人及其他诗人诗歌创作经验的基础上，对革命浪漫主义提出了自己的理解。在他看来，为要实现成功的革命浪漫主义抒情，诗人必须努力具备崇高的共产主义理想、共产主义者无限广阔的胸怀和集体主义的英雄气概；与这三个方面的要求相适应，反映在艺术表达上，则应该是：“比起古人，甚至更不能满足于一般的所谓‘写真实’的方法，这需要更鲜明的色彩，更响亮的声音。诗人有最大的权利运用‘不平凡’的情节，运用夸张、想象、幻想的形式。”② 纵观贺敬之的诗歌创作，可以说他的理论主张和诗美追求是大体一致的。在他近七十年的创作道路上，革命现实主义和革命浪漫主义大体表现出结合状态，就整体而言，则更多地倾向于革命浪漫主义。他在主观和客观相统一、思想和感情相融合前提下的主体性张扬：他以“大我”主导审美倾向，并且努力创造社会主义—共产主义新人的抒情形象；他熔过去、现在、未来于一炉，并且倾向于未来的思情取向，等等，都表明他属于社会主义现实主义文学思潮中杰出的革命浪漫主义歌者。

一

贺敬之写诗注重“主观”和“客观”的统一，思想和感情的融合。③ 他不止一次地表述过这样的意思：“诗，以及所有的文艺作品，必须真实地反映客观生活，同时也必须真实地反映主观感受。”④ 在贺敬之看来，只有来自于客观实际，注入了诗人的深切理解和独到的情感体验，并转化为血肉饱和的审美

---

① 高尔基：《苏联的文学》，《论文学》，人民文学出版社 1978 年版，第 111 页。

② 《贺敬之谈诗》，人民文学出版社 2004 年版，第 9 ~ 14 页。

③ 贾漫：《诗人贺敬之》，大众文艺出版社 2000 年版，第 140 页。

④ 《贺敬之诗选·自序》，《贺敬之诗选》，山东人民出版社 1979 年版。

创造的诗歌，才算是成功的创造。在这里，他既反对了远离时代和社会生活的单纯的主观主义，又反对了消泯创作主体价值的客观主义，既反对了单纯作情绪性宣泄的唯情感论，又反对了把诗写成冷冰冰的理性教条的唯理性论。一个统一，一个融合，所要解决的，实际上是诗情的真实性和诗情的深刻性问题。这是革命现实主义诗歌所要解决的问题，也是革命浪漫主义诗歌所要解决的问题。可以说，准确把握这"统一"和"融合"，是理解贺敬之诗歌革命浪漫主义抒情的一把钥匙。

勃兰兑斯在谈到法国浪漫主义的时候，有一个深刻的认识，他认为作家要真正实现文学的创新，必须深入到时代的"底层潮流"（时代主潮）之中。他说："诚然，作家不能使自己脱离他的时代。然而时代的潮流却不是不可分割的潮流——有一种上层潮流，还有一种底层潮流。让自己同上层潮流随波逐流，或被上层潮流指挥驱使，是一种软弱的表现，终必导致灭亡。换句话说，每个时代都有其占优势而投合时好的观念和形式，它们只不过是前些时代生活的结果，早已完结了，现正慢慢变成化石。除此之外，这个时代还有另一套完全与之不同的观念，虽然尚未具体化，却已弥漫在太空中了，最伟大的巨匠已经把它们理解为现今必须达到的目标，这后一类观念形成了团结人们从事新奋斗的因素。"①

处在现代，世界各民族的人们生活在自己的地区、国家之中，同时又受着全球性资本主义体制及其意识形态的制约。这个时代的"上层潮流"依然由世界资本主义的体制、观念和形式所构成，而"底层潮流"则主要是反抗这一潮流的社会主义、民族民主主义关于"革命"、"解放"的观念、理想和形式，马克思主义就是这一潮流中最科学、最革命的主导性思想。中国共产党人就是这"底层潮流"中的一支生力军，它在近百年的奋斗历程中，把社会主义—共产主义与民族解放的理想紧密结合起来，推动着中华民族的复兴和人类的解放，虽说直到当下还很难说摆脱了"东方服从西方"（马克思、恩格斯语）尴尬的历史命运，但它带领人民群众所创造的社会主义制度、观念和形式，却构成了"上层潮流"的严重障碍，以致必欲武装扑灭、和平演变而后快。

可以说，贺敬之的"统一"、"融合"观及其实践正是以这"底层潮流"为出发点的。当贺敬之走上生活道路的时候，当母亲把那两张法币缝进他的衣

① 勃兰兑斯：《十九世纪文学主流》第5分册，人民文学出版社1982年版，第21页。

襟，打发他随学校西迁的时候，他就开始靠近这“底层潮流”；而且更重要的是，当贺敬之在走上生活道路不久，就接受了中国化马克思主义的阳光。他接受了毛泽东思想的哺育，自觉地与中国革命，与广大劳动人民结合在一起。他近七十年全身心地置身于这“底层潮流”之中，以资本主义秩序的反叛者、旧社会的反叛者、社会主义和民族解放的革命者的姿态，介入他所处的时代，投身中国无产阶级所领导的伟大的斗争当中。他在社会斗争中的全部喜怒哀乐，浸淫着中国无产阶级、中国农民和中华民族的革命精神。这是他及其同志们优于许多前辈作家艺术家的地方。他曾经针对“告别革命论”，不无愤慨阐述自己诗歌创作的“时代观”，他说：“从我们这一代人的经历来说，革命文学就是生活实践本身，是我们生命的一部分。”“这一代革命诗人的外宇宙和内宇宙是统一的，革命就是要改变不合理的社会，使得中华民族获得新生。历史教育我们，只有共产主义思想引导我们这些人逐步把理想变为现实，引导我们跟随革命大军打走日本鬼子，推倒三座大山和走向社会主义道路。……回首往事，我觉得不需要证明自己为什么和怎样走上革命诗歌的道路，因为在中国，我们别无选择。”① 他及其同时代的那些优秀作家艺术家们，一方面始终坚持以各种方式，深入底层人民群众的具体生活和斗争，又一方面站立在中国大地，俯瞰整体大势，国内、国际的风云，牵动着他们的神经，他说雷锋五个纽扣的后面有七大洲的风雨、亿万人的斗争在胸中包容，他们这些人又何尝不是这样？而他的全部诗歌创作，正是这一精神状况的诗意呈现。

谈论贺敬之“十七年”的革命浪漫主义诗歌，我们很自然的想到郭小川。他们二人的风格颇有相近之处，但郭小川不是浪漫主义诗人，他的作品也表现出革命现实主义与革命浪漫主义的结合状态，但更多地趋向于现实主义。他的特点是诗思凝重，与贺敬之强调主观和客观相统一的观点不同，他常常在具体的主客观的矛盾处开掘诗情，他或者把这种矛盾生发的“寂寞抑郁”形之于诗，或者于思绪转折处荡起英雄主义豪情。《致青年公民》、《望星空》、《团泊洼的秋天》等都是这样的杰出作品。这样说，并不是认为贺敬之的主观思想之中没有与眼下的社会现实不协调的地方，这从贾漫所著《诗人贺敬之》中已经有一个明确的答案。但是，他切入生活的角度与郭小川不同，他的诗思似乎更为宽广、浩荡。他不太拘泥于某些想不开的事情，而是在一个更为广大、更为深远的背景上把它们化解了、超越了。这个背景就是20世纪世界范围的

---

① 《贺敬之谈诗》，人民文学出版社2004年版，第103～104页。

社会主义实践和一百多年中华民族从苦难走向新生，或者说，就是世界范围内的“底层潮流”对“上层潮流”的反抗，以及由于这反抗而绽放的人类解放的曙光。与这种客观实际相对应，在少年时代就确立了献身社会主义—共产主义事业的理想，并且与中国革命一道走向胜利的贺敬之，真切地体会到了“中国人民从此站起来了”的分量，及其在整个人类历史天秤上的价值。因此，他为这个伟大的时代欢欣鼓舞，尽管其间社会主义在“砍伐原始森林”的时候误出了多余的“木屑”，并且有时候他本人也被“无情”的斧凿所伤，但他“九死而犹未悔”。他曾经说：“写与人民一致的欢乐之情绝不是‘粉饰太平’或‘强颜欢笑’，这是几千年的大欢乐大解放，怎么不能欢乐呢?”[①] 就是说，他这时期主观和客观的统一，所表现的就是在思想（理性）和情感上对这个伟大时代本质的深刻理解和全身心拥抱，由此，他的心胸无限开阔，他的理性、情感和灵视，都因之充分调动。就其实质来说，他与这个大时代不存在隔阂的问题，他也有对现实不满的地方，存在着现实的焦虑，但他以肯定这个时代为大前提，用这个时代的新生、用这新生中人民的大解放和历史的大进步，驱动历史向更美好的未来前进。他的《放歌集》集中体现了这种追求。这方面的情形，我已经在《抗拒不了的传统》[②] 一文中给予了具体论述。

这里需要提出的是，当历史进入八九十年代，世界范围内的“底层潮流”与“上层潮流”力量的对比发生了变化。从社会主义阵营的解体到一个个社会主义国家的蜕变，“卫星上天，红旗落地”，自十月革命以来，国际共产主义运动第一次走向低谷时期。其间中国的社会主义改革事业艰难推进，历史性阵痛空前剧烈，不改革不行，不坚持改革的社会主义方向也不行。贺敬之处身这大动荡的涡流当中。当听到苏联“红旗落地”的消息，这个被宣布为“绝症患者”的人正在医院的病床上等待手术，那些天，他几乎是彻夜失眠，难以合眼，延河的水和黄河的水萦绕于周遭，在脑际流淌。也就是在这前后，他几次“金牌”征召又退位离任，他的灵魂仿佛被置于烈火中烧烤，被置于冰水里浸泡。他与某些油滑、世故，走向新自由主义的人们不同的地方，在于拒绝“忏悔”，拒绝“躲避崇高”，拒绝“告别革命”，“无论过去，还是今后，都不会改变初衷”，“百世千劫仍是我，赤心赤旗赤县民”。因此，他这一时期的主观和客观的一致，其特点在于正视社会主义—共产主义运动走向低潮同时

① 《贺敬之谈诗》，人民文学出版社2004年版，第99页。

② 见《高校理论战线》2004年第11期、12期。

又趋向深化的历史事实和不改革命初衷的精神状况的高度统一，而其思想和感情的融合，则是在这统一的基础上隆起无所畏惧的战斗精神和坚信社会主义必胜的信念。随着社会审美心理的变迁，他“新古体诗”的革命浪漫主义，一方面热情讴歌改革开放的历史性成就，歌唱人民群众中焕发出来的革命首创精神，这从《青岛吟》、《胶东行》、《三峡行》、《苏北三题》诸篇都可以看到；另一方面则是由“底层潮流”的低落、顿挫，生发的忧思、愤懑和百折不挠的英雄气概。他的思想和情感适切着简洁而极富包蕴性的“新古体”形式，造成了一篇篇血泪交迸、惊天泣鬼的诗章。《故乡行》（十五首）、《富春江散歌》、《川北行》（十五首）、《咏南湖船》等，都是些掷向大漠的“块垒”，它们堆积着、运动着，犹如一座座欲喷待爆的火山。“十七年”，那民族特色的“楼梯式”——节制的奔腾，把他的思想感情抒发得淋漓酣畅；世纪之末，这拳石一样的“新古体”——奔腾的节制，则把他的思想感情抒写得忧愤深沉。

可以看到，崇高的共产主义理想、共产主义者无限广阔的胸怀和集体主义的英雄气概，是贺敬之革命浪漫主义诗歌的灵魂，夸张、想象、幻想以及与之相适切的“楼梯式”、“新古体”，成功地抒写了不同历史阶段这个赤诚共产党员诗人革命浪漫主义的豪情。有不同层级的诗人：有的诗人注重于私人生命的杯勺波浪，圆润精美；有的诗人着眼于大时代的大抒情，他诗歌的生命犹如那个安泰，因为从整个时代的主潮里获得顶天立地的力量、气概而吞吐日月。贺敬之属于后一类诗人，他的有些作品或许显得粗糙，黏带了历史的杂质，但就总体而言，可以说，在当代诗人中很少有像贺敬之的诗歌那样高度地凝聚了近半个世纪中国无产阶级、中国人民和中华民族的激情、理想和忧患。所以他是历史性的大诗人，世界性的社会主义的大诗人。

贺敬之以主观和客观相统一、思想和感情相融合为特征的革命浪漫主义，具有自己的独特性。五四时期的郭沫若是个主情性的狂飙式诗人，他以“情感论”为核心，强调诗是“生的颤动，灵底的喊叫”。① 以他为代表的创造社诸人因而被称之为“主观哲学家”。就接受的影响而言，他这时候较多地倾向于欧洲18—19世纪的浪漫主义。贺敬之与欧洲浪漫主义诗人不同。譬如欧洲18世纪后半期和19世纪前期浪漫主义诗潮中的主要代表拜伦和雪莱，“虽出身于贵族阶级，然而他们却是英国贵族资产阶级社会的坚定的思想上的反对者。他们被迫侨居异国时，结束了自己短暂的创作生命。这些诗人对社会理想的迷恋

① 《郭沫若全集·文学编》第15卷，人民文学出版社1990年版，第13页。

是如此深刻、有力而吞没一切，以致他们尽管真诚地同情现代工人运动和民族解放运动，但它还是使他们离开了对时代的具体社会关系的了解，沉迷于对历史抽象的社会理想的探求。”① 就是说，他们对崇高理想感情上的追求，其主体性前提是主观大于客观，情感高于理性。贺敬之生活于自己的民族和时代，以近七十年的革命实践，始终献身于民族的复兴和社会主义—共产主义运动，并且对这个时代国内、国际的社会关系有着深切的理解，他发乎内心的情感，来自于社会实践和他执著的理性要求。而且，同样憎恶社会不公，强调对社会的终极关怀，重视人的精神性并使之神圣化，但赖以支撑浪漫主义精神的哲学基础不同，马克思主义哲学使贺敬之在张扬浪漫主义共性的同时，尤其强调革命性和实践性品格，而主观和客观的统一、思想和感情的融合，也正是这一品格的美学投射。就是说，贺敬之站在自己的时代，凭依自己的政治、文化、哲学背景，以自己的独特性，为浪漫主义诗歌史提供了属于自己的美学内容。

二

贺敬之诗歌的革命浪漫主义精神特别通过抒情主人公“我”（抒情主体）以及诗歌中塑造的人物形象（抒情形象）集中体现出来。

人类文化史上，处在上升时期的阶级总是要在文学艺术中塑造自己的理想人物形象，表达关于社会人生新的体验和认知，寄托本阶级的思想愿望和审美理想。宗白华就曾经谈到资产阶级因革命的胜利而出现的“新的美学的方向”，他说：“1688 年英国资产阶级革命的成功改变了人们的生活情调，也就影响到艺术和美学的思想。在这个工业、商业兴盛和资产阶级在政治上获得自由的英国，独立了的资产阶级开始自觉它的地位，封建的王侯不再具有绝对的支配人们精神思想的势力。文学里开始表现资产阶级思想的理想人物和贵族并驾齐驱。在欧洲资产阶级的自由发源地荷兰的 17 世纪的绘画里，尤其在画家伦勃朗的油画里直率地表现着现实界的、活力旺盛的各色人物，不再顾到贵族的仪表风度。”② 资产阶级是这样，无产阶级也是如此，众所周知，恩格斯曾经谈到玛·哈克奈斯的《城市姑娘》时，认为哈克奈斯笔下的城市姑娘对于“伦敦东头的工人群众那样不积极地反抗，那样消极地屈服于命运，那样迟

① 波斯彼洛夫：《文学原理》，王忠琪、徐京安、张秉真译，生活·读书·新知三联书店 1985 年版，第 191 页。

② 宗白华：《西方美学名著选译》，安徽教育出版社 2000 年版，第 208 页。

钝”的状况来说，“是够典型的”，但对于历史进程中已经可以见到的工人阶段的先进性来说，“就不是那样典型了”，他要求描写工人阶级的“积极面”。[1] 他不止一次地呼吁文学艺术创造出无产阶级叱咤风云的人物形象。终于，革命导师的愿望在苏联和其他社会主义国家的社会主义现实主义文学思潮中成为事实，从叙事性作品到抒情性作品，无产阶级以及接受无产阶级世界观的劳动人民的斗争生活、精神理想仿佛涌流一样渗透到文学艺术的天地之中，支配了文学艺术的创新。而在诗歌创作当中，崭新的抒情主人公主导了诗歌的美学倾向，与此相关联，社会主义—共产主义新人形象也在诗篇中显露出自己的头角。

这种抒情主人公是“小我”同时又是“大我”，以人民为本位，以社会主义—共产主义为崇高的理想追求。“结群基一我，/众我成大群。/主、客二体合，/个、群互为存。/天运同此轨，/人运亦同轮。”贺敬之《忆石林》中的这些句子，集中概括了中国马克思主义哲学及其诗学关于“大我”、“小我”以及由“小我”体现“大我”的辩证关系的理解。贺敬之在这方面的论述还有不少，不兹赘述。在贺敬之的诗歌中，抒情主人公与诗人自己大体“同位”，秉具着他个人的理想、气质和个性特征，但这二者又不完全等同。一般说来，诗人性格的全部丰富性和复杂性并没有完全表现在他诗歌中的抒情主人公身上，处在特定抒情情境中的抒情主人公是以诗人的主导性精神为核心而创造出来的抒情主体，是诗歌中的“第二人物”，具有艺术典型的价值。这种抒情主人公不论以“我”的形式直接出现，还是隐伏在诗歌形象之中（即诗歌中不出现“我”），都是融真、善、美于一体，主导了诗歌的美学倾向。在贺敬之近七十年的创作道路上，这个抒情主人公的精神个性随着表达内容的变化，也随着诗人思想、性格的变化而变化发展。大体说来，以忠诚于人民、革命和社会主义事业为前提，延安时期的“我”神思隽逸，偏重于清新、豪迈；“十七年”的“我”大气磅礴，偏重于豪放、乐观；世纪之末的“我”壮怀激烈，偏重于坚毅、无畏——三个时期，这样的独具个性而发展变化的“大我”，完成了贺敬之这个中国共产党员诗人一腔浪漫主义豪情的抒发。

20世纪中国浪漫主义诗歌史上抒情主人公谱系里有三个“大我”。这就是郭沫若《女神》中的“我”，《毛泽东诗词》中的“我”，贺敬之《放歌集》和“新古体诗”中的“我”。在郭沫若那里，“我”吞吐日月，破毁礼法，要

---

① 《马克思恩格斯选集》第4卷，人民出版社1972年版，第463页。

再造一轮新鲜的太阳，内含了追求个性解放和民族新生的丰富的人道主义激情。在毛泽东那里，“我”横空出世，拄天坠于既倒，要重新裁割昆仑，内含了中国无产阶级和广大劳动人民创造新世界的豪情壮志和革命理想。在贺敬之这里，“我”则是百世千劫赤心不改，壮怀激越唱大风，挺立于祖国大地，瞩望壮丽的日出，内含了中国马克思主义者对人民社会主义事业的无限赤诚和英雄气概。这三个“我”标示了20世纪中国人民和中华民族主导性的心灵历程，在20世纪中国诗歌史上深刻而又壮阔地画出了一道崭新、鲜明的精神红线。

而且，社会主义一共产主义新人的艺术形象也在贺敬之的诗歌中被创造出来。就他“十七年”的诗歌而论，塑造和歌唱的新人有雷锋、向秀丽、王杰、奔赴新疆建设岗位的上海青年、三门闸工，等等。他们是现实中的新人，同时又经过了诗人的典型化、抒情化创造，因而具备了诗歌美学价值。他们独具个性同时又都秉具着这个时代的主要的精神特征，是大写的“人”。后世的人们不能不注意到这样一个无情的事实，与社会主义一共产主义新人的艺术形象对应着的是西方一百多年现代主义一后现代主义诗潮，一直未能提供一个大写的“人”的抒情形象，异化和对末日恐惧的“非英雄化”倾向，淹没了整个现代主义一后现代主义诗坛。相映而成趣，贺敬之创造大写的“人”的抒情形象的价值也就因此而更加突显。对此，新时期的一些学者颇不以为然，他们采取庸俗社会学的态度，把经过典型化创造出来的社会主义一共产主义新人的艺术典型讥之为“高、大、全”。但贺敬之不是这样看，他坚定的指出：“歌颂推动历史前进的英雄人物，表现英雄主义精神，是一切进步的革命的文艺不可或缺的一项重要内容。社会主义文艺尤其应当如此。在社会主义新时期，文艺要充分体现民族精神和时代精神，是不能离开英雄主义精神的。”① 这不只是在捍卫自己的诗学追求，也是在捍卫社会主义文艺所建立的人民美学的功勋及其原则。

现代主义一后现代主义诗潮之前的西方诗坛并不是它现在的这般风光。就抒情主体来说，自文艺复兴到批判现实主义思潮中的代表性诗歌，其抒情主人公无不执著于真、善、美的追求，焕发着热烈的人文主义理想。就人物形象来说，进取而生机勃勃，前述宗白华的回顾，已经可见一斑。这里不能不注意到18世纪后半叶到19世纪前期的歌德，他的《浮士德》实际上是尚处上升时期

① 《贺敬之谈诗》，人民文学出版社2000年版，第241页。

资产阶级的“雷锋之歌”。歌德在欧洲文学史上被划入古典主义文学思潮，但他的《浮士德》无疑具有浪漫主义特质。他的诗思在现实与神界，古希腊、中世纪和文艺复兴时期自由驰骋，他让书斋中的老博士浮士德回复青春，与魔鬼交往，与甘丽卿恋爱，与海伦结合生子，协助皇帝改革内政，拓疆填海，天上、地下、人间，历尽悲欢离合。尽管歌德之后的年轻的资产阶级作家们不止一次地宣告“浮士德死了”，但这个艺术典型，在人类文化史和文学史上却是占据了光辉的一页，作为资产阶级上升时期的理想人物形象，它内含了积极、向上、扩张的英雄主义品格和“当时最优秀的人道主义力量”①。如果说这个艺术典型是不死的，那么“雷锋”也是不死的。中华民族五千年的精气神，中国无产阶级和中国人民一百多年的精气神，世界无产阶级自《共产党宣言》以来数百年的精气神，在一个具体的共产主义战士雷锋身上造成了光辉的人格，而“雷锋”又经过贺敬之——这个中国共产党员诗人精神个体对雷锋精神的体悟、理解和审美创造，升华为诗美熔铸的艺术典型。“雷锋”已经不完全等同于雷锋，这大写的“人”矗立在世界文学艺术的画廊里，它所蕴含的哲学观、美学观、人学观，存在于现代世界背景上中华民族革命化、现代化追求的历史主潮当中，显示了中国马克思主义者平凡而又伟大，脚踏实地而又目光高远的壮丽人生，显示了奉献人民，解放全人类的崇高理想，激荡着创造新世界的革命激情。这大写的“人”所内含的精神特质和美学理想，标志了一个时代人类精神的高度；雷锋不朽，“雷锋”不朽。

而且，在社会主义现实主义思潮革命浪漫主义诗歌里，贺敬之20世纪60年代的《雷锋之歌》和马雅可夫斯基20年代的《列宁》堪称双璧，它们互为补充，在广阔的历史背景上，分别从普通战士和革命领袖的角度，切入无产阶级的生活和斗争，讴歌了社会主义—共产主义运动过程中由无产阶级所体现的人类解放的远景，抒写了代表人类发展方向的大写的“人”的丰富博大的精神世界。在人类向共产主义理想不断靠近的漫长历史征程中，不管还要经历多少曲折，但这两部大诗，由这两部大诗所塑造的列宁和雷锋的艺术形象，将高高地矗立在无产阶级和人类文化艺术史上，不能替代，不可磨灭。

---

① 汉斯-尤尔根·格尔茨：《歌德传》，伊德、赵其昌、任立译，商务印书馆1982年版，第202页。

三

贺敬之的话语系统中，“昨天”、“今天”、“明天”经常被连缀在一起，构成一个递进性、肯定性判断。譬如：革命文艺传统“是不会断头的。它存在着，发展着——从昨天，到今天，向明天……”①；“真正的战士诗人，真正的战士之诗，更拥有今日和明日。”②“小川和他的诗，不仅属于昨天，而且属于今天。同时，我还要毫不迟疑地这样说：他必定也属于明天。”③“这部书（按：指《李季文集》）绝不是只属于过去。更重要的是，它还属于现在和将来。”④李季“留给我们的诗篇和开拓者的宝贵经验，是具有长久活力的。……在今天的道路上，他仍然和我们并肩前进。在明天的征途上，我们仍然会同他相逢……”⑤“中国人民在追求光明的长期奋斗中焕发和高扬起来的无私无畏的革命精神，英雄主义和自我牺牲精神，社会主义和共产主义精神”，“在祖国的大地上是确实存在的”，“不仅过去需要，今天和明天更加需要。”⑥类似这样的表述（过去—现在—未来），从贺敬之的著述里还可以找到不少。

显然，这不是一般的语意表达习惯，它们实际上透露了贺敬之思维结构中沉淀着根深蒂固的唯物史观的理性精神，以及与此相关的现代时间意识。由这些言说，我们可以直接获得如下的启示：其一，时间不是一片混沌的凝固物，也不是“六十年一个甲子”的无限轮回，它是一个从过去到现在到未来的无限的运动过程。其二，处在历史变动过程中的新生事物、新生力量，虽然不能一帆风顺，但它们总要发展，代表了历史运动的方向。其三，历史不仅存在于历史之中，还存在于当下，并将潜入未来；新生事物从历史深处走来，并且为未来提供“培养基”，拥有不可抗拒的明天。其四，革命和社会主义“告别”不了，前途是光明的。基于这种历史观和哲学意识，贺敬之建构了他革命浪漫主义诗歌的艺术大厦。反映在思情内容上，就是我们所论述的，不论处在何种境遇，他总是以“猛士唱大风”的英雄气概挥斥自如，向往和歌唱民族和人类历史上辉煌壮丽的“日出”，向往和歌唱社会主义—共产主义“新人”，“把这大写的/‘人’字——/写向那/万里长空……”，坚持着：“一滴敢报江海信，/百折再看高潮来。”

而且，与此相适应，他成就了与思情内容浑然一体的，具有崇高感的浪漫

①②③④⑤⑥　《贺敬之谈诗》，人民文学出版社2004年版，第23、34、42、53、56、79~80页。

主义抒情风格。反映在艺术构思上，他的那些代表性诗篇都有一个开放型的、倾向于未来的抒情结构。延安时期，尽管他在《讲话》前后的创作有所不同，风格也不够稳定，但在革命现实主义和革命浪漫主义融合过程中，逐渐趋向革命浪漫主义。初始，他抛掷在走出“潮湿的南方”奔向“西北的路上”的那带有“未来主义式”或田间“鼓点式”的蹦跳落脱的诗句，呈现出了一个革命少年不可羁縻的浪漫主义情怀。他的这些“路上”诗篇，表征的可不是后现代主义者无家可归、没有终止的“旅行”，其情感抒发以动为美，涌迭着的是一个从黑暗到光明，从过去倾向于未来的“跃进”。而当进入延安新天地之后，他的诗歌有的倾向于现实主义，有的倾向于浪漫主义，但都维系着“太阳出来了”这一核心意象，呼应着解放区文学中“东方红，太阳升”这一总体性民间/民族化抒情。新歌剧《白毛女》（从广义上说，也是一部大诗）是一部革命现实主义杰作，但其中的浪漫主义色彩十分鲜明，这并不只是因为其中有机织进了“白毛仙姑”的传奇，更重要的是，诗人以“太阳出来了”为核心意象，赋予全剧以虚实掩映的远景透视。与苦难—斗争—解放的情节过程相对应，诗人安排了“1934 年冬”—“1937 年的秋天”—“1938 年，春天”这样三个关键性的时间段，与这三个时间段相对应，又着意把故事设置在北风吹雪花飘—电闪雷鸣—太阳升起三个自然环境之中，它们彼此对应着叠加在一起，形成了一个具有立体性、开放性和递进性的戏剧结构，由写实上升到象征的层面，叙事、抒情、哲理浑然一体，意义因此生发出诗性的张力，从而成功讴歌了劳动人民从“严冬”走向“春天”，从“黑暗”走向“光明”的历史性命运，表达了旧社会把人变成鬼，新社会把鬼变成人的革命主题。“十七年”的《回延安》、《放声歌唱》、《雷锋之歌》、《三门峡歌》、《桂林山水歌》、《西去列车的窗口》等，都深藏着“身后——/万里长征，/眼前——/长征万里”这样一个核心意象，维系于这个意象，诗歌都是以现实为中介，深入历史，朝向未来，思情作多层次、立体化、动态性驰骋。《回延安》起于诗人十年后重回延安访问，全诗以重回—忆旧—作客—参观—话别为抒情线索，歌唱了延安的光荣历史，又歌唱了延安的新现实，更展示了延安的未来：“社会主义路上大步走，/光荣的延河还在前头。”并且，诗中的延安是“母亲”的象征，这“母亲”不是生身之母，而是“哺育我长大”的人民、革命，这就又把旨趣上升到形而上的层面，以至于诗意宏深地揭示了人民、革命的历史主义运命：来自历史，握有现实，涌向未来，从而表达了对人民、革命的深刻理解和无限深情。《西去列车的窗口》起于诗人跟随王震护送知识青年从上海到新疆垦荒，以一趟列车一个窗口，含纳几十年历史风云和新时代的万丈豪情，抒写发扬传统，继往开来的英雄主义精神。诗歌巧妙地织进“老战士”、“我”、“新战友”三代人的革命传承关系，以“老战士”对往日的回顾，“新战友”面临新战斗的意气，“我”勾连上下两代人的联想、议论、抒怀，构成一个立体化的情感结构，诗情的表达因以在历史、现实和未来之间自由跳跃而倾向于未来。同时，奔驰的“列车”是实有之物，又是“革命的滚滚洪流”的象征，以至于这继往开来的主题成功地升华为大时代的诗声。世纪末的“新古体诗”中《富春江散歌》也可称为这方面的代表。那些与钱塘山水联系在一起的铁血掌故、报国英雄、壮烈诗词、幽深哲理……皆一一着“我”之色，染“我”之魂，诗人放情山水，走进历史，却是心在当代，他由此尽写胸中忧愤，一泻革命赤诚。全篇二十六首合为一体（或称组诗），每一首意义独立又与全篇呼应，它们如万头攒动的波峰，涌迭咆啸，向高峰推进，在篇末推向抒情高潮：“一滴敢报江海信，/百折再看高潮来。”这“百折再看高潮来”是全诗的核心意象，也是每首诗的灵魂，因之，每一首抒怀释愤而且目光高远，全篇的表达峰回浪迭却又昂扬着倾向于未来的激情，以至于二十六首次第展开，犹如怒涛排挞向前，奔泻不息，不可遏止。其实，这“百折再看高潮来”也是贺敬之世纪末“新古体诗”的共同性核心意象，它把特定历史时期诗人壮烈的思情浓缩为精神的“铀”，体积小了，但能量是极丰富、极紧凑地内含着，顽强地吼动着，无畏地趋向前方。高举祖国和党的旗帜，要“踏破未来年代的/每一道/门槛”——这“十七年”的“大声”，在这时期是更壮烈地砸向现实，更无畏地朝向未来了。

反映在诗境创造上，便是诗人不满意于纤巧、凝固的形象呈现，而是以大为美，以动态为美，雄奇，壮阔，浩荡。读贺敬之的诗歌，我们总要被带入一个雄浑壮丽的世界，那里面沧海横流，云涌星驰，宇宙与稊米交相辉映，现实与神话自由组合。他的每一首诗，特别是那些政治抒情诗，不满足于给予接受者一滴水，一点小摆设，而是以巨大的艺术概括力，“观古今于须臾，抚四海于一瞬”，给予一个涛莽奔泻的汪洋大海，一片万山攒动的高原大地。他特别喜欢选择天地间化入自己精神世界的那些生机蓬勃、英豪阔大、神勇坚毅的物象、景象和事象进行描绘，泰山日出、西天流星、大海波浪、钱塘怒涛、中流砥柱、莫干剑池、神禹治水、女娲补天、盘古辟天、五丁开道……还有古人词章、今人新事、军中鼓角、少年领巾……常被他自由驱遣，或单独特写，或意想不到地组合，以造成震撼人心的艺术境界。即使是看似平常、细小的物象、景象和事象，一旦摄来，也因其诗心的点化，而生发出崇高的艺术光彩。他的诗情起于平凡却能作九天高视，缘于现实但作超时空遨游。鞭着时间的罡风，上天入地，从古到今，天上人间，翻动扶摇。新时期叙事性和抒情性作品中心理结构的流行被视为一大新的“审美增长点”。实际上，心理结构在贺敬之等优秀诗人的抒情诗中早已出现。所不同的是，新思潮里的非理性主义交给接受者的是一个浑沌的世界，所隐含的是静态世界观和颓败历史观，在贺敬之这里，理性的适度调控，交给接受者的是一个具有远景透视感、以现实为中介、从历史趋向未来的心理壮景。历史、现实和未来也可以在诗中穿插、倒错、互置，但整体趋势是高远的、前瞻性的。譬如《三门峡——梳妆台》，以梳妆台为抒情线索，写尽黄河的功过、变化和壮丽远景，从“神门险，鬼门窄，人门以上百丈崖”，到“神门平，鬼门削，人门三声化尘埃”；从“黄水劈门千声雷，狂风万里走东海”，到“银河星光落满天，清水清风走东海”；从“但见那，辈辈艄工洒泪去，却不见，黄河女儿梳妆来”，到“青天悬明镜，湖水映光彩，黄河女儿梳妆来”；从“望三门，三门开：‘黄河之水天上来’”，到“责令李白改诗句：黄河之水‘手中’来”……千里景观，数千年巨变，自然、地理、人文，神话、现实、未来，在大时空概括的艺术运作之间，焕然成一雷电激荡的巨幅动态画卷。《放声歌唱》更是广大深远，壮阔无极，全篇五章，第一部作总体性讴歌，提掣全篇；第二章具体歌唱祖国翻天覆地的万千新气象；第三章着重歌唱党的领导，党的精神；第四章歌唱“我”的成长和新生；最后一章抒发“我”—“我们”向往和迎接“明天”的豪情。各章扶持应合，轰轰然多浪头推进，具体地展开而又俨然成一浩大整块。“星光/和灯光/联欢在/黑夜”、“朝霞/和卷扬机/在装扮着/黎明”、“省港大罢工的/呼号/在我们的/鼓风炉里/正呼呼作响”、“在基本建设的/工地上，/正闪耀着/延安窑洞的/不灭的灯光”、“请伟大的马克思、列宁/走上/我们党代表大会的/主席台”、“在人民共和国的/公民簿上，/我的头/正高高地/昂起”……一个个鲜活壮美的意象，并立、铺排，常含象征，且时或置以设问，大概括，大幅度跳跃，连接，奔涌，汇合，成无涯无极、包蕴深广之境，抒浩浩荡荡、崇高壮美之情。“新古体诗”《饮射洪酒口占》：“我饮射洪酒，/恍登幽州台。/请与子昂对，/举杯歌未来。”仅有四句，却通过饮陈子昂故里射洪酒一事，把相隔一千二百余年的饮酒赋诗，组合在一个场面，人们仿佛在苍茫的历史天空中看到公元六百多年和公元一千九百八十五年的两个诗人作跨时空应答，并置、对比，壮怀逸兴，浩荡古今。

贺敬之源于唯物史观及其现代时间意识的浪漫主义抒情风格是与现代主义—后现代主义作家艺术家大不相同的。在现代主义—后现代主义那里，非理性主义给予作家艺术家的是关于人类末日的谶言，在他们看来，人类无助，其存在是一个荒诞，尽管有的哲学家抗拒荒诞，但骨子里却是透露着对生存、命运的无奈，透露着对人类末日的恐惧和悲哀。因此哪怕在作品中投进一点亮色，也会被认为是不切实际的乌托邦。他们以静态、变异为美，以荒诞、梦、醉、死亡为常见主题。卢卡契曾经对现代主义的审美特征作过一个中肯的判断，他说："现代主义一定要使文学失去它的远景透视感。" 又说："严峻的现代主义者如卡夫卡、贝恩和穆齐尔等人总是愤懑地拒绝把远景这类东西给予读者。"① 这种审美时尚几乎浸透着现代主义—后现代主义的所有作品，甚至像叶芝这样的象征主义大诗人也不可避免。他的那些优秀诗篇表达了对资本主义导致人性异化的厌恶，谴责丧失理性，迷醉于肉感的音乐，把纯真和友谊淹没其中的非理性主义狂潮，但是他无可奈何，最终给予的归宿，要么是"驶向"公元6世纪贵族文化的代表——拜占庭王朝，要么寄希望于"基督的重临"，持退步的历史观和时间意识，故而人们称他的诗为"绝望深渊中的英雄的呼叫"。流风所及，在我国的朦胧诗诗人中标榜的是，"过去的已经过去，未来尚且遥远，对于我们这代人来说，今天，只有今天"②。以致北岛这样吟唱："明天不在夜的那边/谁期待，谁就是罪人。" 他们不理睬历史，也看不到未来。及至后现代主义诗风中的海子，则是把"远方"当成空无，他哀伤地唱："远方啊除了遥远一无所有。" 至于那些作形而下颓废的诗人，则是把"活得更多些，而不是更好些"的野狐禅捧为真理，沉沦于肉体狂欢之中，所表明的只不过是把历史凝固化以及由此派生的审美理想的瘫痪。应该指出的是，这些都不能视为空前绝后的社会人生体悟，这是一个历史阶段一股文学思潮——现代主义—后现代主义思潮中的时髦。在这里，我想起了台湾诗人余光中的一句话，他针对诗坛因"全盘西化"而出现的虚无、晦涩和史无前例的混乱，说："这种混乱一日不澄清，年轻一代的价值与美感一日无法恢复，而中国的文学一日无法独立。"③ 余光中被认为是台湾现代主义诗潮中的"回头浪子"，他钟情于"文化的中国"，而于意识形态与共产党人有异，但他看到了追逐西

① 卢卡契：《现代主义的意识形态》，《文艺理论译丛》(3)，中国文联出版公司1985年版。

② 《今天》编辑部：《致读者》，《今天》创刊号，1978年12月23日。

③ 《余光中谈诗歌》，江西高校出版社2003年版，第88页。

方现代主义—后现代主义诗风中的存在问题，却是可贵的。而贺敬之的追求，则不仅在理论上，而且在艺术实践中，特立“底层潮流”，以社会主义—共产主义为最高价值理想，始终以人民愿望和审美理想为依归，与现代主义—后现代主义相并峙、相异趣，显示了革命浪漫主义诗歌的艺术魅力，这是人民美学的骄傲。

（原载2007年第1期《唐都学刊》）

激情着您的激情

——重读《贺敬之诗选》

韩彦军

用“萝卜白菜，各有所爱”来比喻，可能有点失雅，却十分恰当。也许和贺诗有缘，我爱读贺诗。近段时间，重读了《贺敬之诗选》，受益颇多。贺诗，特别是其政治抒情诗是不是新中国成立以来的顶峰？不敢妄断；但其诗的张力、诗的美感，的确让我懂得了什么是真正的诗。

黄河之水天上来

读贺诗，有一种黄河九曲波涛滚滚的澎湃。“‘黄河之水天上来！’……黄水劈门千声雷，/狂风万里走东海……昆仑山惊邙山呆：……人门三声化尘埃！……/银河星光落天下，/清水清风走东海……”（《三门峡——梳妆台》）读着这些“乱石穿空（崩云）、惊涛拍（裂）岸”的诗句，不禁热血沸腾、激情勃发、豪气万丈，在感叹大自然造化的同时，惊叹人类的顽强和自信。

读贺诗，有一种天河天瀑天马行空的飘逸。杜甫曾用“飘然思不群”来形容李白的诗，贺诗亦如此。“云中的神啊，雾中的仙，/神姿仙态桂林的山！//情一样深啊，梦一样美，/如情似梦漓江的水！……”（《桂林山水歌》）你若闭目听这天籁之音，是否感觉飘进了蓬莱仙境？云、神、雾、仙、情、梦……这些本来都让人产生飘感的字，在这里更起到了幻化的奇妙作用。美景需好诗，好诗辉美景，真乃天作地和、天造地设。

读贺诗，有一种乡里乡亲游子归乡的亲切。“心口莫要这么厉害的跳，/灰尘呀莫把我眼睛挡住了……//手抓黄土我不放，/紧紧贴在心窝上。……满心话登时说不过来，/一头扑在亲人怀……”（《回延安》）让人感到是那么自然、那么亲切、那么感人，好像自己跟着作者到了延安一样。此诗之所以感人，和作者善于描写具体细节也有很大关系，例如第三部分“米酒油馍木炭火，/团团围定炕头坐。……//老爷爷进门气喘得紧……”把延安人民对诗人的感情，一下子都表现出来了。

读贺诗，有一种珠穆朗玛宏阔高远的浑厚。在政治诗、鼓动诗的创作中，一般人写出来容易形成“干、浅、涩”的毛病，失了诗味，引不起共鸣；贺诗则不然。贺诗既有具体的意象，又有纳古今中外的胸怀，写出了历史纵深感和强烈的时代感。在大事中开掘出鲜活的形象，在小事中挖掘出深刻的哲理。

虽然诗人责令李白改诗句：“黄河之水‘手中’来”，但笔者始终认为诗人诗之“黄河之水天上来”。

为有源头活水来

宋人朱熹有一首读书心得诗“半亩方塘一鉴开，天光云影共徘徊，问渠哪得清如许？为有源头活水来。”就书面意义，《贺敬之诗选》就是集无限天光和华彩云影的方塘，就是源头活水。学习当然要“转益多师为吾师”、兼收并蓄，但贺诗无疑是需要重点学习的（可能是一家之见）。

洋为中用“楼梯式”。苏联大诗人马雅可夫斯基创造的“楼梯式”，经过田（间）老、郭（小川）老等的学习、借鉴、运用，到贺老手里，已完全中国化了。贺老的“楼梯”诗给了我一种既奔放又从容、既（感情）炽热又（思想）沉稳、既大开大阖又细致缜密的感觉。笔者也用“楼梯式”——学写，并发现“楼梯式”有化腐朽为神奇的功效，有些普通的句子一有了这个“台阶”，便“下”得镇定自若了。

古为今用“今古诗”。这样比喻也许有点儿牵强，但笔者的确认为这样。古诗词在贺诗里的运用可以说比比皆是，而且出神入化、天衣无缝。既增强了诗的艺术性，又恰当地表达了思想感情。且看：“啊啊……‘前不见古人’……/但是/后——有——来——者！/莫要/‘念天地之悠悠’吧/莫要/‘独怆然而泪下’”（《放声歌唱》）；再看：“吓慌了/资本主义世界的/‘古道——西风——/瘦马’/惊乱了/大西洋岸边的/‘枯藤——老树——/昏鸦’”（《十年颂歌》）；而《三门峡——梳妆台》则是三言、五言、七言和古诗句交响的杰作。

俗为雅用“信天游”。“俗”指“信天游”等民歌形式，并不是说民歌就俗；相对于民歌，诗则“雅”。长期战斗生活在黄土高原的诗人，吸收了陕北“信天游”形式自由、旋律奔放、扣人心弦、回肠荡气的特点，打造了贺体

"信天游"。《回延安》、《桂林山水歌》即是。读贺体"信天游"，有一种心随诗动的弹性感，犹如坐着一叶扁舟漂在波浪不大不小、不急不慢、迂回曲折的河流上；犹如坐着一乘竹轿，行进在山清水秀的崎岖蜿蜒的路上。

当然，笔者不是论诗家，不可能对贺诗做出比较科学的评论（笔者也无意于此），只是出于文学爱好——爱读诗，谈一点偶感罢了。

不废江河万古流

近年来，社会上出现了一股回避崇高、颠覆经典的庸流，有的滑入"下半身"的泥沼难以自拔，有的陷入"朦胧"的迷雾难明方向，有的走进"自我"的圈子难以突破，甚至有些现实主义诗人，由于缺乏艺术上的创新，而流于"干嚎"。这些都是需要纠正的。

当然，这是由综合因素造成的，不能把过错只往诗人身上推，那样太不公平。但需要指出的是，诗人自己首先要反思和反省，认清自己的问题。是不是浮躁情绪太过？是不是功利思想太强？是不是已"红尘看破"……

笔者认为，诗人，首先是人，是大写的人，然后才是诗人。如果摆正不了诗人与大写的人的关系，不如不做诗人。都说诗是文学的精华，那么写诗的人，亦应是人类的"精华"。在这方面，我们不妨学学贺老，学他的高尚人品，学他的爱国热忱，学他的坚定信念，学他的高超诗艺……

唐朝杜甫在反对诗坛上的不良风气时说："尔曹身与名俱灭，不废江河万古流，"笔者不那么绝对。有些同志可能是一时思想糊涂，或受了不良影响，做出了一些让人失望的事，这是可以理解的；不能因此就说"尔曹身与名俱灭"，那样显得胸怀太狭隘。但贺诗这条"江河"，的确是能而且必定"万古流"的。

那么，就让我们涤去心灵的灰尘，扫除思想的迷雾，抛丢偏见的芥蒂，敞开温暖的胸怀，去拥抱这位高贵的诗魂，去畅游壮丽的（贺）诗海吧。

（原载《新国风》2008 年 4 期）

贺敬之研究文选

HEJINGZHI YANJIU WENXUAN

陆 华／编

下 册

文化艺术出版社

Culture and Art Publishing House

2007年于故乡台儿庄

三、具体诗作研究
（1956—2007）

论贺敬之早期的诗歌创作

——读《乡村的夜》、《朝阳花开》

徐荣街

贺敬之是我国著名的剧作家和诗人。

1945 年他和丁毅合作，写成了我国第一部新歌剧《白毛女》，荣获了 1951 年斯大林文学奖金二等奖。抗日战争后期和解放战争期间，贺敬之还写过《栽树》、《秦洛正》等秧歌剧，及时地配合了当时的革命斗争。全国解放后，他被选为中国戏剧工作者协会理事，在中央戏剧学院创作室工作，后来又担任了《剧本》月刊编委和中国戏剧家协会书记处书记等职务。这一切，都说明了贺敬之在戏剧创作上的成就以及他在我国戏剧界的地位。

在建国初期的数年间，由于他“一直卧病，很多时间住在医院和疗养所”，另外，他所从事的工作，又使他不能离开办公室，“深入群众的斗争生活和从事写作的时间很少”①，所以，他一直没有戏剧新作问世。但是，贺敬之在病中一直鞭策自己“向同时代的许多创造了成绩的同行们学习”②，1956 年 6 月他举起诗笔，放开了嘹亮的歌喉，在《延河》上发表了脍炙人口的诗作《回延安》；同年 7 月 1 日，他在《北京日报》上发表了热情洋溢的抒情长诗《放声歌唱》。接着，贺敬之又写出了《东风万里》、《地中海呵，我心中的海》、《三门峡歌》、《十年颂歌》、《桂林山水歌》等形式多样、风格独具的诗篇，在诗歌界产生了热烈的反响。从此，贺敬之成为我国当代诗坛上负有盛名的诗人。

贺敬之是从戏剧创作转而写诗的吗？否。一个剧作家完全可能具有诗人的气质，甚至在他的剧作中充满了浓郁的诗意。但是，戏剧、诗歌毕竟是两种不

①② 《放歌集 · 后记》。

同的"兵器"，放下一件，突然拣起另一件，是不会使用得如此娴熟并让人连连喝彩的。再者，新歌剧《白毛女》也毕竟不同于一般戏剧，我们听一听那些充满悲欢的唱段，读一读那些喷火溅泪的唱词，谁能说那不是一首首动人的诗篇，谁能不惊叹剧作家身上所显露的诗人的才华。是的，贺敬之是一位一身而二任的作家，他以写作新歌剧《白毛女》而闻名，但他早期的文学活动却是从诗歌创作开始的。贺敬之在一份自传中曾经指出："我生于山东峄县（现枣庄市）一个贫农家庭里，童年靠亲友的帮助，在一个私立小学读书。十三岁考入滋阳县乡村师范学校。不久，抗日战争爆发，1938 年初流亡到湖北，入国立湖北中学读书，参加抗日救亡活动。次年随校赴四川，开始学习写作诗歌和散文。1940 年到延安……在党的教育和培养下，除学习写作短篇小说、散文外，主要学习诗歌创作，这时期的主要作品收入了后来出版的《乡村的夜》等诗集中。"[①]（着重号系本文作者所加）贺敬之是在革命队伍中锻炼、成长起来的文艺工作者，是一位有生活积累和创作准备的作家。我们无论是研究作为剧作家的贺敬之，还是研究作为诗人的贺敬之，对他早期的诗歌作品都有认真探讨的必要。而这一点，恰恰是多年来在贺敬之研究中被忽视了的。

贺敬之早在 1942 年前就开始了诗歌创作，建国以后出版的诗集《并没有冬天》（上海泥土社，1951 年）、《笑》（五十年代出版社，1951 年）、《朝阳花开》（作家出版社，1954 年）、《乡村的夜》（作家出版社，1957 年），收录了他在新中国成立之前所写下的绝大部分诗作。尽管这些作品同贺敬之《放歌集》中的诗篇相比，在思想和艺术特色上都有较大的差异，粗粗读来似乎也不足以体现贺敬之诗歌创作的风格，但是，它们却是诗人生活、思想的真实记录，是一个革命文艺工作者在长期的创作实践中留下的一串踏实有力的脚印。循着这些清晰的足迹，我们可以找到一个革命作家创作道路的来龙去脉。

一

《乡村的夜》是贺敬之早期的诗集，它写于 1941—1942 年，反映的则是抗日战争前作者家乡的生活。贺敬之的少年时代是在山东农村度过的，童年的生活在诗人的脑海里留下了深刻的烙印。"提起家来家乡远，三千里外，隔水又隔山。14 岁离了自家门，16 岁自愿参加了八路军。"[②] 诗人参加革命到了革命

---

① 《中国现代作家传略》（二）。

② 《行军散歌·看见妈妈》。

圣地延安，但对三千里外的家乡却一往情深，他根据少年时代的生活记忆，写了不少关于家乡的诗，这些诗曾有一部分在当时延安出版的杂志上发表过。后来贺敬之“连同没有发表过的一些同类题材的诗，把它们选编在一起，取名为《乡村的夜》”①。这本诗集共收入十七首诗，这些诗是30年代初期中国社会面貌的生活剪影，是国民党法西斯统治下山东农村生活的真实写照。

首先，《乡村的夜》具体而真切地描写了30年代初期中国农村的凋敝破产，展示了一幅幅农民生活的贫困图。在《小全的爹在夜里》中，诗人描绘道：

冷风吹过枯树的枝头，/夜，像一只破了的木船，/搁浅在村庄。

冬夜是漫长而严寒的，广大贫苦的农民在漫漫的长夜里受着折磨和煎熬，年轻的诗人以悲愤凄惋的诗句，低声诉说着人民的苦难。诗集的开篇《五婶子的末路》便定下了抑郁的调子，它通过一个普通妇女在黄昏时投河自尽，以血淋淋的事实揭示了农民的重重灾难和走投无路：五叔被关在监牢里整整一年了，黄瘦的脸上带着地主鞭打的伤痕；大儿子流浪到远方，没有一点音讯；老黄牛叫张大爷拉走了；女儿病死在炕头上……生活逼迫着五婶子走上了“末路”，她把仅存的一个孩子抱在怀里跳下河去。

像五婶子这样境况悲惨的农民，又何止一家！在短诗《葬》中，诗人同样选取一个撼人心魄的小镜头，勾画出了农民的家破人亡：抬棺材的人、掘坟的人都走散了，一个小伙子却一直伏在新坟上痛哭，坟里长眠的死者是他的哥哥——他唯一的亲人，债主们在家里等着他回去，好分他唯一的财产——半亩宅地。在十一月的无限悲凉的乡村的夜里，“他被冷风拥着，找不见道路”，为了生活下去，只好决计出走。

死的死了，走的走了，留下来的人也都过着啼饥号寒的生活。《祭灶》就以辛辣而幽默的笔调描写了老王家“祭灶君”的故事，对煎熬于饥饿中的农民寄予深切的同情。诗人虽然驰骋想象，作了一些夸张的描绘，但虚构的故事给人的感受却是十分真实的，因为它揭示了生活的本质。农民的饥饿、逃亡和自杀是罪恶的社会制度造成的，兵、匪、官、绅的骚扰和压榨造成了农村的破产，给广大劳动人民带来了难以忍受的苦难。诗人目睹了这一切，便把它们如

---

① 《乡村的夜·附记》。

实地诉诸笔端。请读《鸡》中的诗句：

老总们吃够、喝够，/一直到累了，/他们才走出老婆子的茅屋，/向当街走去。//老婆子这才从屋角里爬出来。/呵，柴禾，给烧尽了；/面，给吃光了；/仅有的一只老母鸡也给杀了；/老婆子自己，也叫他们打了。//“那些碰炮子儿的，/那些千刀剁的……”/老婆子在心里咒骂着，/哭声渐渐地哑了。

从这质朴而激忿的诗行里，我们看到了诗人的爱憎，听到了诗人不平的呐喊。艾青说过：“在这苦难被我们所熟悉，幸福被我们所陌生的时代，好像只有把苦难能喊叫出来是最幸福的事。”① 别林斯基也曾指出：“任何诗人之所以伟大，是因为他的痛苦和幸福的根子深深地伸进了社会和历史的土壤里，因为他是社会、时代、人类的器官和代表。”②

其次，《乡村的夜》揭露了地主阶级的凶狠残暴，描写了农村中鲜明的阶级对立。例如《牛》这首诗，以一个农家孩子的眼光和心理，写出了地主老财对农民的欺压和掠夺：爹爹去年从集上买来了一头小牛，叮嘱自己的儿子说：“好好把小黄牛放大，以后的日子都指靠着它。”小牧童起早贪黑地放牧，小黄牛长得健壮而可爱。有一天，财主家要账的赵大黑子来了，家里有什么还账呢？收下的新麦早叫地主家拿走了，高粱才刚刚出苗。赵大黑子眼睛一转，盯住了小黄牛。请看下面的描写：

小黄牛！小黄牛！/小黄牛怕得打哆嗦了。//我把身子护住它，/我用手挡住它，/小黄牛！/小黄牛！/咱俩死也不能分开呵。//赵大黑子一下子把我摔倒，/他拉着小黄牛就走。//小黄牛叫着，/爹哭着，/娘哭着，/我拖着小黄牛的尾巴不放！//赵大黑子的铁棍把我打倒了，/小黄牛，小黄牛，/小黄牛叫人家拉出门去了！

诗人以简练的笔触勾画出了一幅形象鲜明的“抢牛图”，地主爪牙的横蛮凶恶，牧童一家的善良无辜，都得到了生动的表现。在《瓜地》中，种瓜人

---

① 艾青：《诗论》，第196页。

② 《别林斯基选集》第二卷，第419页。

刘老头回忆了荒年农民聚众抢粮的情况：荒年来了，整整三个秋天地里不收一粒粮食，刘老头的老伴活活饿死了，他的独生子在一个刮着大风的夜里，跟着一大群人到地主家去抢粮食。财主家的仓库被打开了，但是，官兵来了，饥饿的人们被打倒在粮食堆上。刘老头的儿子从死人堆里爬出来，逃跑了。刘老头受儿子的连累，被官兵绑在财主家的柱子上，鞭子抽打着他，他却没有说一句话……这些描写，都真实地反映了20世纪30年代中国农村中尖锐的阶级对立。

第三，《乡村的夜》歌颂了农民的觉醒、反抗和斗争，表现了劳动人民对光明的向往和追求。山东是老革命根据地，这里的人民有着光荣的斗争传统，为中国革命作出了宝贵的贡献。30年代的山东广大农民群众过着苦难的生活，但是，哪里有压迫哪里就有反抗和斗争。从贺敬之的《乡村的夜》中，我们看到了仇恨的火种腾起的熊熊烈焰。诗集中的长诗《黑鼻子八叔》就是这方面的代表作。这是一首叙事和抒情结合得比较好的作品，诗人满腔热情地歌唱了一个农民英雄的故事。黑鼻子八叔是一个普普通通的贫雇农，他没名没姓，没爹没娘。给地主赵大爷放羊，在一个暴风雨的夜里，羊丢了一只，赵大爷用铁棍砸伤了他的胳膊，鲜血染红了他的衣襟。他一声不响，从地上爬起来，离开了村庄。高粱晒青米的时候，他从外乡饿着跑回来，走得又饿又累，扳倒孙七爷的高粱穗子，搓下青米狠命往嘴里塞。孙七爷家的“看青的”逮住了他，要拉他去受罚，他一拳打倒了“看青的”，把他掐死在高粱棵里。从此，黑鼻子八叔当了“大杆子头儿”，带领数不清的一大群伙伴，专门同地主老财作对。诗歌用十分洗练的语句勾画出了黑鼻子八叔的鲜明形象，描写了他们的英勇斗争：

> 黑鼻子八叔站在高粱棵里——/他，手里抓着盒子枪，/枪膛里推满子弹，/枪把上挂下一绺红缨，/就像晒红米的高粱穗子……//黑鼻子八叔站在高粱棵里，/高粱叶子哗啦哗啦地响，/就好像黑鼻子八叔的笑声，/他的笑声多么响亮，/满坡满野都震动起来，/蝈蝈儿和着他的笑声一起歌唱！//……他们的枪声把黑夜震醒，/他们点亮的火把把村庄照红，/他们打开了财主们的寨墙，/他们抢了财主们的仓房……

黑鼻子八叔带领的这一群“马子”，实际上就是一支有组织有领导的农民武装。诗歌的后半部分以强烈的爱憎叙述了黑鼻子八叔的遭围被捕和牺牲，描写了人民群众对他的祭奠和怀念。一支农民武装被镇压下去了，但是他们的顽强的斗争精神却永远激励着子孙后代。《黑鼻子八叔》在《乡村的夜》中是一曲壮歌，它在悲愤中不失高昂的基调，像一颗划破夜幕的流星，在漫漫的黑夜里给了人们光明和希望。

《乡村的夜》揭示了北方农村的凋敝和破产，描写了广大农民在苦难中的挣扎和反抗。但是诗人反映黑暗的社会现实并不悲观绝望，他总是让自己的作品显示出若干亮色来。例如在《铁拐李》中，诗人讲述完铁匠的故事后，一改凄惋的调子，写下了这样的诗句：

> 现在，我的年轻的弟兄，/打开窗户向东边看吧，/在又是冬天的迷茫的风雪中，/你看见那波涛翻滚的大海吗？/——海上，没有船只，/风雪，淹没了岛屿……//铁拐李和他的七个伙伴，/今晚都来到海上了，/八仙就要过海去。//李家庄的兄弟们，/不要为苦难的命运哭泣呵，/铁拐李，我们的邻居，/他就要来敲我们的门了，/他将和我们一起过大海。

诗人用开朗的诗句劝勉自己穷苦的兄弟，要他们抬起头，擦去眼泪，渡过茫茫苦海，到“海的那一边”去寻求光明和幸福。

总之，《乡村的夜》是贺敬之少年时代家乡生活的真实反映，由于作者是在到了延安之后回忆往事写下这些篇章的，诗人对少年时代感受到的农村生活，便能站到新的基点上去重新分析和认识，从而更好地揭示出生活的本质。这正如四十年后诗人自己所指出的：“我少年时代曾用笨拙的诗句记录过我对旧中国农村悲惨生活的回忆。那是我在革命圣地延安的温暖怀抱中，带着向母亲倾诉冤屈的心情，把它作为一去不复返的往事来写的。”①

二

《朝阳花开》是贺敬之1942年到1949年创作的歌词和短诗结集，1951年出版，1954年作者“又重新整理了一下，余下的作了个别的小的修改”②，由作家出版社出版。这个集子共收录歌词和诗作十六首，其中的《行军散歌》是包括十一首小诗的组诗。在1979年12月山东人民出版社出版的《贺敬之诗

① 《贺敬之诗选·自序》。
② 《朝阳花开·附记》。

选》第三辑《朝阳花开》中，作者在篇目上又一次作了更动，删去了《拦牛歌》、《太阳在心头》、《朱德歌》、《志丹陵》、《迎接八路军》、《白园子选农会》、《翻身歌》、《自由的歌》、《胜利进行曲》等九首作品，增选了歌词《南泥湾》和歌颂刘志丹的长诗《罗峪口夜渡》①。这里，我们就诗人几次在《朝阳花开》中收入的作品，作一个概括的分析。

延安是中国革命的摇篮，它不仅哺育了千千万万的革命战士，也培养了一代卓有成就的文艺工作者。同艾青、郭小川、李季、闻捷等一批蜚声诗坛的优秀诗人一样，延安革命生活的锻炼和陶冶，给了贺敬之崭新的艺术生命，给了他从事文艺创作的用之不竭的力量和源泉。诗人后来曾充满感情地唱道："我真正的生命，就从这里开始——在我亲爱的延河边，在这黄土高原的窑洞里！……我是吃了延安的小米饭长大的呵！我喝过了流过枣园和杨家岭的延河的奶汁！"② 年轻的诗人在延安生活、工作、学习，也在延安艰苦而又欢乐的生活中酿造着瑰丽的诗篇。贺敬之延安时期的诗歌创作开了一个新局面，诗歌的内容由诅咒到赞颂，由揭露国统区的黑暗到讴歌边区的光明，诗的格调也由哀婉忧愤变得欢快明朗起来。

首先，《朝阳花开》表现了新的内容，新的题材。诗人离开了苦难的家乡，辗转跋涉到了延安，崭新的革命生活给了他极大的鼓舞，贺敬之是以一个青年战士的身份来观察、反映亲身感受到的新生活的。诗集中作品题材的面相当宽广。土改、选举、参军、行军、打仗、开荒……诗人努力反映工农兵火热的生活，表现出党领导下的边区人民群众高昂的战斗情绪。

> 青天蓝天，这么蓝蓝的天，/这会儿是咱们穷人的天。/分了粮食分了地，/不愁吃穿心喜欢！/……脚底下踏着自己的地，/头上顶着自己的天。(《翻身歌》)

这些朴素真切的诗句，写出了解放区人民翻身做主人的欢乐，同《乡村的夜》中农民在苦海中挣扎的生活，形成了鲜明而强烈的对比。这种农民翻身的自豪感在《笑》中表现得更为突出。《笑》通过一个普通农民张老好的口吻，以不可抑制的感情倾诉了解放区千千万万人民迎新年庆翻身的喜悦：

---

① 《贺敬之诗选·目录》，第2~3页。

② 《放声歌唱》。

张老好呵，/我笑，我笑！/我哈哈笑！//我笑得那石头咧开了嘴，/我笑得那大树折断了腰，/我笑得那刘三爷门前的旗杆/喀嚓一声栽倒了！//……孩子们呵，/到了咱笑的节气了，/到了咱笑的年月了。

翻了身的农民不仅沉浸在幸福和欢乐中，他们还决心用实际行动粉碎国民党反动派反共反人民的阴谋，保卫已经取得的胜利果实。在《送参军》中，诗人借一个年轻媳妇的话，表现了人民群众的阶级觉悟；在《张大嫂写信》中，作者以细致的描写展示了一个翻身妇女丰富的内心世界。张大嫂的丈夫参军上了前线，她在后方努力生产，学习文化，并亲笔写信鼓励丈夫“为了人民为祖国，为了土地为了家”要英勇作战，杀敌立功。诗中那些流畅活泼的语句，把一个农村妇女对自己丈夫的思念之情写得细致入微：“想着你啊，想着你！雷打火烧不变卦，我的心为你上了锁，钥匙在你手中拿。嘴里头时时把你的名儿念，心里头天天把你的模样画——我念你功劳上加功劳，我画你英勇前进把敌杀。”诗人善于探测翻身人民心灵深处的俊美，善于从小处取材、从细处着笔，生动而深刻地反映出富有时代特征的重大主题。

在《朝阳花开》中，贺敬之还用了较多的篇幅，热情洋溢地歌颂了党、政、军的领袖人物。这种歌颂是朴素而真诚的，既没有浮泛的、廉价的颂词，更没有把领袖人物神化，诗人总是把毛主席、朱总司令、刘志丹等同志作为人民群众的优秀代表，作为一个真正的共产主义战士来描写和歌颂的。比如在《朱德歌》中作者写道：“在那些年头，哭声哽住口；在那些年头，铁锁锁住手；在那些年头，灾难压低了头。忽然，大星星亮啦，把我们的哭声止住。”这里，先用排比的句式倾诉了人民的苦难遭遇，形象而具体地勾画出了无产阶级领袖人物产生的社会背景，为进一步热情讴歌他们作了十分必要的铺垫。又如在《罗峪口夜渡》中，诗人不仅渲染了紧张的战斗气氛，描写了刘志丹和广大指战员亲密无间的同志关系，而且通过对刘志丹形象的刻画，恰到好处地表现了一个杰出的军事指挥员的气度、胆略和品格。这首诗写出了 1936 年 3 月，在党中央指示下，刘志丹率陕北红军于罗峪口夜渡黄河东征的情景。这只是一首长诗的开始，正如后来作者自己所指出的：“原是想写刘志丹同志东征到牺牲的经过，但只是写了一段就停了。”① 但是，就从《罗峪口夜渡》这一段中，我们清楚地看到了诗人驾驭故事和描绘人物的才能，看到了他将叙事和

① 《笑·后记》。

抒情有机结合起来的熟练技巧。

另一方面，《朝阳花开》感情真挚充沛，具有鼓舞人心的艺术力量。贺敬之曾经说过："我们需要思想与生活高度结合的作品，也就是说，需要有把思想和生活通过感情溶化了的作品。要求作品的高度的思想性，同时也就必然是要求作品具有高度的热情，更感动人一些，更能以热情燃烧艺术的方法，而不是用概念说明的方法去激动与鼓舞人民的心！"① 他在谈文艺创作时，曾不止一次地提到"感情的溶化"。他所说的"感情溶化"，"正是思想和生活相结合的在作者的创作过程中具体的体现，所谓'思想'是必须被感情所具体化了的；所谓'生活'，是必须被感情所血肉化了的；所谓'生活与思想'结合，便是通过感情的溶化和升华而达到的形象化与单纯化。"②《朝阳花开》中的作品具有较高的思想性，特别是那些歌词，都非常及时而迅速地配合了广大工农翻身求解放的现实斗争。但是，配合现实斗争并不是简单而机械地图解政策法令，并不是冰冷的宣讲与说教，它要求诗人的作品有战斗的激情，有鲜明的形象，要把自己的感情"溶化"在所歌咏的事物中。例如那首众口传唱几十年的《南泥湾》（歌词），就以洋溢的热情、欢快的节奏歌颂了延安时期的大生产运动，歌词亲切真挚，充满了革命自豪感。作者以诗为词，用形象和图画来说话，展示了大生产运动给陕北带来的巨大变化，从而较好地歌颂了"又战斗来又生产"的三五九旅和党领导下的人民军队。《七枝花》是一首产生过广泛影响的歌曲，采用一问一答的对唱形式，表现了劳动人民对党、毛主席和人民军队的热爱。歌词没有直露地宣传革命道理，诗人用葵花、棉花、腊梅花、荷花、蒺藜花、荞麦花、迎春花七种劳动人民最熟悉的花托物言志，表现了对党、领袖、军队和革命政权的爱戴与拥护。贺敬之自己谈过当时写作这些歌词的感受，"为配合唱时的任务，要作得迅速、群众化，特别是要受形式上严格的限制，所以我总认为是最难写的；大半的时候是写得很不好的"。③ 显然，诗人之所以说《朝阳花开》中的一些歌词"最难写"和"写得很不好"，是因为除了提高作品的思想性之外，在艺术表现上他从来没有放松过对自己的要求。

三

《乡村的夜》和《朝阳花开》收入了贺敬之早期的主要诗作，真实地记录

---

①② 贺敬之：《谈提高作品的思想性》，见《人民戏剧》1950年10月，二卷一期。
③ 《笑·后记》。

了诗人青年时期的生活、思想和感受，细细研读这些诗篇，我们不仅可以发现贺敬之投身革命队伍前后思想演变的轨迹，同时也可以清楚地看到一个革命的文艺工作者在党的哺育下逐步成长的过程。贺敬之是具有自己独特风格的诗人，他的诗气势磅礴，高亢而豪迈，有着鲜明的时代精神。他的具有代表性的深受群众欢迎的诗歌，大都产生于全国解放以后，见之于《放歌集》。应当说，贺敬之在诗坛上的地位是在50年代后期确立的，贺敬之诗歌的思想和艺术特色，主要是在《放歌集》中得到充分体现的。尽管如此，他的早期诗歌创作却也是不容忽视的，因为“从《乡村的夜》到《朝阳花开》，从《朝阳花开》到《放声歌唱》、《东风万里》的时代，祖国走过了不平凡的道路，诗人的创作沿着时代在前进。应当说，其间的变化是很大的，成就也是较显著的”①。将贺敬之早期的诗歌创作和解放后的作品稍稍作些比较，我们认为《乡村的夜》和《朝阳花开》有两个鲜明的特色。

第一，诗人忠实于生活，《乡村的夜》、《朝阳花开》较好地运用了现实主义的表现手法。文艺是社会生活的反映，一个作家只有和人民站在一起，用自己所擅长的艺术形式真实地描写他所熟悉的生活，才能创作出有价值的艺术作品来。高尔基在给一位有志于文学创作的青年工人的信中指出：“文学是巨大而又重要的事业，它是建立在真实上面的，而且在与它有关的一切方面，要求的就是真实!”② 现实主义文学一刻也不能背离真实，从某种意义上来说，没有真实，就没有现实主义。《乡村的夜》、《朝阳花开》无论是写30年代的国统区，还是写40年代的解放区，无论是写山东农民的苦难，还是写边区人民的欢乐，都能从客观实际出发，反映出生活的本来面目。这些揭露黑暗，讴歌光明的诗篇及时地配合了当时的革命斗争，但是它们并不是机械配合政治任务的应景之作，诗人也绝没有背离自己熟悉的生活去进行什么特别的“加工”制作。以前有人认为，贺敬之诗风中的鲜明的时代精神主要表现在他的革命浪漫主义激情上，他解放后的一些作品大开大阖，诗兴洋溢，革命的理想主义给他的诗篇涂上了奇幻的色彩。在《乡村的夜》和《朝阳花开》中，虽然浪漫主义的成分极少，而是以现实主义为主要倾向，但同样显示出鲜明的时代精神来。

第二，《乡村的夜》、《朝阳花开》具有浓郁的乡土气息和民族色彩。贺敬

---

① 谢冕：《论贺敬之的政治抒情诗》。

② 高尔基：《文学书简》上册。

之生在一个贫农家庭里，自幼在农村生活、读书，正因为诗人对山东农村生活有充分的深刻的了解，故乡的地方风光，人民的生产生活方式，才能信手拈来，跃然纸上。请看：

……锄地的人们，/把高粱叶子编的蓑衣，/从流满汗水的身上脱下来。//醉汉们身上沾满了脏污，/他们的呼吸有浓重的高粱酒味。//……赌徒们睐着困倦的两眼，/他们熬过了吹着南风的整整几个夏夜。//刘老头殷勤地招待着主顾，/他摘下"羊角蜜"、"凤秧子"，/又摘下"红沙瓤"和"芝麻粒"……//人们不停地吃着，吃着，/老头子的蒲扇不停地摇着，摇着……

这些诗句勾画出了一幅生动的农村瓜田图。它把山东农村的风俗、物产和人们的精神面貌都具体而真切地表现了出来。在《朝阳花开》中，贺敬之十分注意吸收民歌的丰富养料，把民歌、民谣引入诗中，增加了作品的地方色彩。如"桃花开，杏花败，李子开花炸咸菜……""老天爷，地爹爹，下阵小雨我歇歇……"这些民歌同作者的诗句自然地融会在一起，较好地表现了一个区域的生活面貌。在《朝阳花开》中，诗人或直接引用陕北民歌，或模仿信天游的形式，同样生动地再现了陕北的生活，充满了乡土气息和民族感情。

当然，贺敬之解放后的诗风有了更大的转变。他在学习民歌的基础上，又下了较大功夫向古典诗词学习，向外国诗歌学习，并把民歌、古典诗歌、外国诗歌的优秀传统结合起来，锤炼出了自己的风格。特别在诗歌形式上更加丰富多样：既有《放声歌唱》、《雷锋之歌》这一类阶梯诗；又有《三门峡——梳妆台》这样的乐府歌行体；也有《回延安》、《桂林山水歌》、《西去列车的窗口》这一类从信天游或爬山调发展演化而来的"二行诗"。解放后，贺敬之的诗歌创作有了新的突破和飞跃，但我们仍然可以清楚地看到《放歌集》同早期诗歌的内在联系。

（原载《徐州师院学报》1982年第1期）

论贺敬之叙事诗集《乡村的夜》

普丽华

一、现代叙事诗的传统及《乡村的夜》的生成

对于现代叙事诗的审视，可以追寻到新文学的最初十年。那时，玄庐的《十五娘》、王希仁的《松林新匪》、朱湘的《还乡》、叶绍钧的《浏河战场》、周仿溪的《炮火之花》等长篇叙事诗所展示的军阀混战、民不聊生的破败景况，形成早期叙事诗耀眼的光彩。这时候，在诗言志或诗缘情的传统规则下，志与情都蕴涵在沉重的叙事之中。虽然说与它们相辅而行的还有神话或历史题材的叙事诗，如郭沫若的《洪水时代》，闻一多的《李白之死》、《渔阳曲》，朱湘的《王娇》，王统照的《独行的歌者》等，但诗人的用心正是像郭沫若说的"要借古人的骸骨来，另行吹嘘些生命进去"（《孤竹君之二子》幕前序话）。白采的《羸疾者的爱》表现了对于现世世界的诅咒和对于将来世界的憧憬。展示在这些叙事诗作品中的，是桀骜不驯、不甘堕落，为追求理想维护人格独立意志而献身的狂人，或是为争取最基本的爱和生存的权利最终成为社会悲剧的牺牲品。此外，爱情题材也为叙事诗所钟爱，郭沫若的《瓶》、韦丛芜的《君山》、饶孟侃的《莲娘》、谢康的《露丝》等，或是爱情苦闷的象征，青春爱情有约而无会；或是美满婚姻的渴望和不得实现，也多是与社会生活现实紧密相连。唯有冯至所唱的是奇幻瑰丽浪漫感伤的叙事诗篇。冯至的叙事诗数量不多，《吹箫人的故事》、《帷幔》、《蚕马》、《寺门之前》叙说着古老的神话或异域故事，诗中的主人公是中古时代的痴男怨女、年代不详的僧人尼姑、水晶宫的海女、滴泪成珠的鲛人、隐居者、蚕马儿，远离了时潮文化。这是因为他的叙事诗"尽量割断艺术与现实之间的直接联系，造成时空上的距离感和虚幻感"，以"特异的题材，异域的情调，大胆幻想与神话色彩，构筑一个远离人们栖居、劳作和忧虑的另一个神奇的世界"，追求"从各种奇特、

神秘的现象中揭示出美”来[①]，突出爱和美幻灭的过程和结局。

现代叙事诗进入20世纪30年代，诗坛的风气表现为“从抒情到叙事，从短到长”，从“新诗的‘书房’和‘客厅’扩展到了十字街头和田野”[②]，史诗性和史诗规模成为叙事诗深入发展的前导。抗日战争爆发，诗人穆木天曾激情预言：民族叙事诗的时代来临了！战争和困难使诗人们团结在“抗战与民主”的旗帜下，以白热的、沉郁的、凝重的诗篇，开辟了纪念碑式的大叙事诗方向。40年代，无论是解放区、国统区，还是沦陷区，都出现了叙事诗写作的潮流，它们互为呼应，都是通过古今并列，历史与现实的渗透，体现了具有群体性的史诗意向。解放区的民歌体叙事诗达到了革命的政治内容和民族形式的完美统一的境界，为中国文学史贡献了一大批革命农民的形象；沦陷区兴起长诗和“史诗写作高潮”，在世界范围内“大众化运动”中，产生和发展了能够歌唱的诗的体裁，因为它能更好地表现“民族解放的英雄主义”和“时代的感情”。现实为叙事诗创作提供了更广阔的文学背景，叙事诗拓展了诗歌文本的容量，成为反映一个历史时期社会面貌和大众多方面生活的广阔图景的载体，因而获得诗史的社会意义和艺术价值。

20世纪40年代有代表性的诗人诗作中，田间的《中国·农村的故事》展示中国农村现实的巨幅画卷，诗以刚健雄浑浩浩荡荡的气魄，“越过了一切旧形式的藩篱”，“组成燃烧的诗的体系，突击人们的情感氛围”，并将它“提高到爆发与燃烧的”独特的形式。[③] 臧克家“抗战”前的“个人叙事诗”《自己的写照》，“抗战”中的报告长诗、“英雄史诗”《古树的花朵》，爱情叙事长诗《感情的野马》等，不管是时代风雨图，还是个人情感史，都是时代大潮激荡的产物。孙毓棠的史诗型叙事长诗《宝马》，以纵横的才气、充足的学力，铺陈和点染血色辉煌的宏大历史事件和场景，史诗的主题给予作品更久远的思想意义。艾青的《吹号者》、《他死在第二次》、《火把》等叙事诗，深刻的抒情深刻的象征，诗人从抒情走向叙事，走上了更广阔的现实主义道路。还有李季的《王贵与李香香》、阮章竞的《漳河水》等作品借鉴民歌形式，运用丰富的民间语汇，创立了大众叙事的新范型。同时，在这些有代表性的诗人中，还有一个我们这里要讨论的贺敬之。

---

① 罗成琰：《现代中国的浪漫主义文学思潮》，湖南教育出版社1992年版，第186页。

② 茅盾：《叙事诗的前途》，王永生主编《中国现代文论选》（第1册），贵州人民出版社1982年版，第182页。

③ 吕荧：《人的花朵》，《七月》1941年4月6卷3期。

贺敬之早期创作的叙事诗结集为《乡村的夜》，是1941年他十七岁时的作品（除了一首《铁拐李》创作于1942年）。当时的贺敬之经历了长期的流亡生活来到延安，并考入鲁艺，全新的生活感受曾使他激动地写下了《生活》、《没有注脚——献给鲁艺》、《我们这一天》等抒情诗。应该说，贺敬之从一个热血少年到叙事诗人是生活本身给了他巨大的财富，他曾经说："我少年时代曾用笨拙的诗句记录过我对旧中国农村的悲惨生活的回忆……那是我在革命圣地延安的温暖怀抱中，带着向母亲倾诉冤屈的心情，把它作为一去不复返的往事来写的。"① 往事给他的伤痛太多，同时也赋予他难以遏止的创作冲动。他毫不讳言地说："我的诗歌、戏剧和其他作品，都是历史和生活的缩影。写《白毛女》以前，我在《乡村的夜》诗集中，就写了一个为给妻子治病而卖掉儿子的农民，那就是杨白劳的前身，也是我身边生活的真实典型。这种感情和创作的融合是一以贯之的。我的体会是，写诗歌，就要进入生活，不做历史和生活的客人。我愤恨剥削压迫和丑恶黑暗，同时欢呼光明和胜利……"② 就此而言，贺敬之是真诚地把诗歌与生活融为一体，很自然地追求诗歌的真实。

与此同时，贺敬之真诚地从艾青、臧克家、田间、柯仲平等诗人的诗中汲取着养分。他不止一次地谈到当年勇敢和急切地与伙伴们一起投奔革命圣地延安时，在那从大西南和大西北的艰险道路上，怀揣着并默诵着田间的诗集，自己用小纸片写下一些稚拙的诗句。他曾经说田间，"他的诗，连同他的创作经验和生活实践的经验，从来就是我所关心和学习的重要对象。""不论是关于诗的观念的形成还是具体的艺术表现，也不论是诗的内容构成还是形式的处理，我都曾直接间接、或多或少地受到过他的影响和启发。"③ 1937年11月，诗人柯仲平到了延安，写下了《边区自卫军》和《平汉路工人破坏大队》两部长篇叙事诗。贺敬之评价《边区自卫军》"是一部思想性和艺术性达到高度结合的杰出作品"，"是当年边区斗争生活一个典型的艺术晶体"。在艺术上，"写景、写人、抒情、叙事，简洁、明快、自然，情趣横生，娓娓动人，有浓

① 《贺敬之诗选·序》，《贺敬之文集3·文论卷上》，作家出版社2005年版，第225页。

② 《答〈诗刊〉阎延文问》，《贺敬之文集4·文论卷下》，作家出版社2005年版，第530页。

③ 《贺敬之诗选·序》、《贺敬之文集4·文论卷下》，作家出版社2005年版，第268~269页。

烈的陕北泥土风味。它吸取了唱本俗曲的形式，而又能自创新意，自铸新辞”①。这些艺术养分如巧克力样迅速转化为热量被贺敬之所吸收，使他在奔赴延安的第二年有十几首叙事诗联翩飞出，并结集为他创作生涯中唯一的一本叙事诗集。

《乡村的夜》（以下简称《乡》）包括17首反映抗日战争爆发前诗人家乡农民苦难生活的诗篇，诗人痛彻地诅咒着他所经历过的悲惨的半封建半殖民地的中国社会现实——山东农村生活的真实写照。《乡》以如实地细致逼真地再现苦难现实为特点，揭露了残酷的阶级剥削和压迫，描绘了农民的贫苦和破产，歌颂了农民的觉醒反抗和斗争。各种人物的悲惨命运、遭遇、生活是其共同题材和主题。大多数有相对完整的故事情节，有眉目可辨的人物形象，有真实的生活场景和人物细节描写。一个诗人以这么集中的笔墨，以叙事诗的形式讲述农民的生活，揭示他们不为人知的心灵中人性的光辉。《乡》表现出来的正是尹在勤、孙光萱所说的“严谨的现实主义——忠实细致地揭露旧社会农村的黑暗，一点也不回避现实生活中的不幸和残酷，但又不掺杂知识分子那种易犯的个人伤感的情绪，是这个时期贺敬之诗歌创作的基调和特色。可以说，诗人是从现实主义的基点开始进行诗歌创作并得以成熟和发展的……就诗人创作的过程来看，《乡》在其中所处的位置是不容忽视的。”②

二、《乡村的夜》的人物命运及其悲剧震撼

丁永淮说《乡村的夜》，“感情的基调显得悲哀凄凉了一些，但在反映现实生活上，却具有很高程度真实性，是新诗发展史上相当严谨的现实主义的诗篇。”③ 这里的真实或说严谨，得力于《乡》着力表现的两类底层人物的命运。一是不幸的农村妇女的命运：五婶子的丈夫被关进监狱，大儿子流浪到远方，老黄牛被地主拉走，女儿病死在炕头，五婶子被逼抱着孩子跳河自杀（《五婶子的末路》）。荒乱年月里丈夫死了，儿子跑了，媳妇上吊了，“跟前只剩下一个小孙子”的孤老婆子，遭“老总”们洗劫和殴打而凄凉死去（《鸡》）。在无限漫长的悲苦年头，夏嫂子一人拉扯着两个孩子，日子一天不如一天，不幸的她又被侮辱而发疯（《夏嫂子》）。这三个人物在战祸连年、灾荒遍地的旧中

---

① 《在纪念柯仲平逝世二十周年大会上的讲话》，《贺敬之文集4·文论卷下》，作家出版社2005年版，第135页。

② 尹在勤、孙光萱：《论贺敬之的诗歌创作》，上海文艺出版社1983年版，第28页。

③ 丁永淮：《贺敬之诗歌论》，华中师范大学出版社1988年版，第38页。

国农村很有典型性，失去丈夫的妇女的痛苦挣扎，终究只能是走投无路，死亡还是轻松的了断。二是不幸的男人的挣扎和反抗：这主要体现诗人1941年12月在延安窑洞里接连写下的五首寒气逼人、血泪交流的百行以上的叙事诗中。这五首叙事诗是：《红灯笼》、《小全的爹在夜里》、《醉汉》、《瓜地》、《黑鼻子八叔》。其中最长的是321行的《瓜地》。这些诗中的主人公各自有着一部漫长的血泪史，他们的命运多数和不幸的农村妇女一样，没有出路，挣扎或死亡。然而，诗人让我们在黑暗的乡村的夜里看到了亮色，《瓜地》里放牛娃埋葬了老头子走上了反抗的道路，《黑鼻子八叔》反抗命运而壮烈牺牲，成为人们心中的英雄。

贺敬之在《乡》里尤重的是后五首叙事诗。在这里，他不是平铺直叙，而是选择某个矛盾最集中的片断，某种最能表现人物痛苦复杂的心理活动的场景，通过人物的回忆和恰当的补叙，把黑暗难忘的过去和触目惊心的现状紧密地交织起来，产生强烈的悲剧震撼。其中的《红灯笼》最富有意味。《红灯笼》讲述着一个惊心动魄的故事：一个年幼就跟着叔父闯关东的青年在风雪之夜要回家乡。二十年前，是可怕的荒年逼得他离开饥饿寒冷的家乡；如今，他热切希望看到的家乡更加饥寒交迫。这青年依稀辨认着回家的路，意外遇到他的姑母。姑母告诉他“二十年又碰上大荒年”，他的“弟兄们饿倒在大风雪里”，他的爹娘眼看饿死也不敢出门。况且劫路的强盗躲在每个墙角和路口，这村人有谁敢到那村？姑母劝他明天天亮再回家，他却归心似箭。于是，姑母给他一个红灯笼，“那火光燃烧在灯笼里，/喜悦燃烧在他心里。”他庆幸遇到姑母的奇巧，设想着即将到来的重逢的喜悦，不自觉加快了脚步：“但是，强盗已从远方出现，/停止你的脚步吧，/远方的流浪客！//但是，强盗已从前方向你走近，/熄灭你的灯笼吧，/年轻的人！//强盗，强盗，/他已跃出了树林。//‘爹娘啊，今晚上该多么欢喜……’年轻人越走越快，/他走近了树林。”没想到在离家不远的树林里，他被“强盗”一刀砍死。“强盗收拾了他的获取物”，“还有那已经熄灭的红灯笼”。“第二天，强盗家里来了一个老妇人，/来给她娘家的哥哥贺喜，/说昨晚上她的侄儿回了家，/她给他的红灯笼便是见证”。而这时候，最具悲剧性的一幕出现了，因为这“强盗”不是别人，正是他那饿慌了的父亲。

贺敬之在这里以那盏红灯笼为构思的中心，既让它强烈地吸引读者的眼球，让读者感受它给人光明和希望，又让它成为这场悲剧最有力的见证，无意间的父杀子，是通过强盗的劫杀完成的，使父亲在欣喜的时候去承受悲剧的痛苦，人性中最重要的血缘关系遭到了拷问，却又是社会生活的必然。贺敬之表现生活酿造的悲剧不仅是在《红灯笼》里，而且在另一首题为《小全的爹在夜里》的诗里也是如此。一个寒冬腊月的夜晚，被断炊妻病之灾逼得卖儿的小全他爹，在回家的路上数着卖儿的四吊五百钱时，一个将死的弃婴在泥坑的哭声止住他的脚步，他恍惚自己卖掉的小全在哭。他抱起弃婴问，“谁家生了你，小孩，/把你扔在这里，/……啊，狠心的人!”“老头子听见了自己的声音，/他仿佛咒骂了自己!”“在那腊月的冷风里，/他站着，站着……/对着这不知是谁家的孩子，/他，忽然解开了自己的破烂的衣襟，/把小孩抱在怀里。”可怜的弃婴使小全爹的心被狠狠地刺痛了，他“像是得了一场大病，/浑身都觉着疼痛”。他怀抱了弃婴可又不能把他抱回家，“家里躺着有病的女人啊”，欲舍不忍，欲救不能，他把卖儿的钱留下一吊给弃婴。可他刚走一步，那陌生的小孩又哭了，他又转回来重新抱起小孩，向他诉说自己的难处，“不要哭，小孩，/我不能带你回家，/我家里没有吃的……/唉，这是一吊钱，/我卖了我亲生的孩子，/他比你大……他今年……五岁了……/他……他叫小全……”“小孩子不听老头子的诉说，/小孩子哭着，哭着，/渐渐地，在老头子手里冻僵了。”寒夜里，他“好像一棵枯树。/长久地，长久地……没有一点声音”。“冷风扑过来，/老头子像是从梦中惊醒。/他的嘴唇找到了小孩子冷却了的嘴唇，/他的眼泪滚落在小孩冻僵了的脸上”，看着怀里的弃婴冻死变僵，想到被自己丢弃的孩子，终于，“小全的爹仿佛疯了一样，/抱着死去了的不相识的小孩”，痛哭失声。而此时小全在哭着要爹娘，小全的娘在哭着找小全，作品在一片哭声中结束。很有深意的是，贺敬之让这一卖子的悲剧发生以后，无奈卖子的苦难农民面对一个弃婴，人性的光辉得到艺术的升华。“冷风吹过枯树的枝头，/夜，像一只破了的木船，/搁浅在村庄。”从而展示出他最为本质的善良，诗人借此也把骨肉离散的悲痛、苦难者之间的同情、贫富间的尖锐对立交织在一起。

艾青曾说：“在这苦难被我们所熟悉，幸福被我们所陌生的时代，好像只有把苦恼能喊叫出来是最幸福的事。”① 贺敬之的确是在喊出苦恼，但他没有收获幸福，而是像痛苦者一样痛苦着。不妨再看《醉汉》，这首诗写一个在“荒乱年成，再也打不起租子”的农民“终于支撑不住一家的生活”而卖了儿，妻子失去生的勇气上了吊，他本人将一切埋葬远走他乡。在外流浪了十

① 艾青：《诗论》，人民文学出版社 1980 年版，第 212 页。

年，他“老了。更穷了。/驮着辛酸，驮着悔恨”回到家乡，家早已是一片废墟，“雪掩盖着久已破碎的锅灶”，而他已失去了任何谋生的手段。他喝醉想忘记苦痛，大雪之夜无家可归，痛悔的他“上哪儿去呢”？他想倒在妻子坟前哭一会儿。“在一个荒坟旁边，/他真的倒下身来。/他已丧失了气力，再也不能爬起。/用两手掩着脸，/终于，他伏在坟头上哭了。”在现世找不到生的希望，他只能苦苦哀求黄土下长眠已久的亲人：“唉，答应我吧，/你坟里的人，/把我拉起来，/我还要活，/我还要点热气……”向一个死人讨要活的热气，表现了他对这个世界的何等的绝望。他自觉生命已走到尽头，恍惚间觉得妻子从坟里走出，“喜悦燃烧了他的心，他叫了出来：/‘孩子的娘，拉起我来！’”他忏悔自己不能养活妻儿的“罪责”，恳求妻子拉他起来再叙一叙家常。妻子消失在坟墓的黑门，“醉汉赶紧匍匐着扑过去，/他狠命地去拉他的亲人——/于是，他醒了过来。//他哭着，哭着……/声音却渐渐地，渐渐地低下去了，/他已经完全没有了气力”。“他的身子挺直地躺在坟上”，“雪花埋盖着醉汉的尸体”，“整整一个冬天也没有人发现”。

在这些诗里，贺敬之一次次地把死亡凸现出来，使这些诗成为艺术的历史。在这样的历史中，饱含着他对下层人民的深切同情和对人性的呼唤。他所追求的叙事之真伴随着叙事之细，一点不回避现实社会的黑暗和残酷，从而令人心碎。周良沛就说：“诗人写农民心灵的痛苦、扭曲、人性、异化，比起同时期、同类题材的作品，是另有特色的，比起新诗早期为‘文学’的‘平民化’而以知识分子对‘劳工’的‘人道’所予以的同情而写的诗，又生动、深刻多了。”① 这里的生动与深刻正在于人物命运的悲剧效果，贺敬之的诗产生这种效果，但滋生这种效果的生活则是他深为厌弃并痛加批判的。

三、《乡村的夜》的叙事“断制”与戏剧性的创造

古代汉民族的叙事诗体制一般小巧，在缘事而发的创作原则之下，不强调对事和人的细致描绘，注重的是表现诗人对故事和人物形象的丰富感受。胡适在论述中国叙事诗不发达的原因时，指出中国传统诗学主张的“诗言志”构成了古典叙事诗的抒情气质，中国“绅士阶级的文人受了长久的抒情诗的训

---

① 周良沛：《代序——中国新诗库·贺敬之卷·卷首》，《贺敬之诗选》，人民文学出版社2004年版，第8页。

练”，“都走了抒情诗和讽喻诗的路子”，“故只能做有断制、有剪裁的叙事诗”。[①] 这断制说的是节制，是叙事的非充分表现形态。不过，并不是现代的叙事诗人不能突破这一局限，而是中国诗歌艺术表现上的追求，使其成为一种自然。

《乡》的叙事断制可以从两方面说。

其一是在叙事的剪裁上，诗人或只取一个场景，或只叙一个片段；有完整故事情节的也是情节单纯，故事集中，在剪裁上尤为精心。如《儿子是在落雪天走的》，全诗五章，每章一节、三节、四节不等。第一章交代大荒年里，儿子是在落雪天走的，临走时将仅有的一件破棉袄脱给母亲。第二章叙说一个月后，一大群饿慌了的人跟随儿子向一个地方走去，“他们悄悄地绕过母亲的小屋”。第三章写儿子在晚上回来了，给母亲带回了新棉袄、白面、柴火和火，又向风雪中走去。第四节说儿子再也没有回来，过路的人告诉母亲，儿子死了，“因为他做了强盗”，母亲摇头不信。最后一章里，儿子真的很久“再也不见回来”，然而母亲不相信儿子做了强盗，她终于明白，“可怜的孩子是死在强盗的手里了。”相对“流动呈现”的“跳跃呈现”，可以连接空间意象，加大时空的跨度，避免叙事的缓慢滞重。全诗呈现的是一个个单独的场景，即剪去枝蔓而留下的一个个的生活的“环”。这样虚掉了一些东西，显得简洁跃动又不乏诗的空灵。

其二是在语言的表现上，断制的结果是诗歌的语言具有相当的节制。我国古典叙事诗与抒情诗一样，有很强的抒情性，诗人主观的情感渗入其中，一吟悲一事。然而，与西方的抒情诗相比，中国式的抒情却显得特别素淡清雅。钱钟书先生在《旧文四篇》一节中有这样的比较文字：“和西洋诗相形之下，中国旧诗大体上显得感情有节制，说话不唠叨，嗓门不提得那么高，力气不使得那么狠……在中国诗里算得‘浪漫’的，比起西洋诗来，仍然是含蓄的……我们以为‘直凭响喉咙’了，听惯大声高唱的他们只觉得不失为斯文温雅。”[②] 贺敬之创作这些叙事诗时，正是炽热年轻的生命跳跃时，在延安，“像小麦，/我们生长/在五月的田野里”，“歌唱！/歌唱/在每一个早晨和晚上”。同时，那也是民族抗战大潮激荡的时代，诗坛是激情的广场。然而，在这部向母亲哭诉的诗集里，我们感受到的是诗人有节制的叙事抒情。

---

① 胡适：《白话文学史》上册，上海新月书店 1928 年版，第 75 ~ 77 页。

② 钱钟书：《旧文四篇》，上海古籍出版社 1979 年版，第 4 页。

诗人的“断制”是一种手法，对它的运用导致诗含蓄的韵致。他或者是把本来想说的话突然打住。如：

老婆倒下了，再不能起来，
她死了，揣着一个还想再活的希望，
揣着一颗不能再动的心。
——《瓜地》

衰老的母亲得知孝顺的儿子死了：

母亲的眼睛渐渐地失去了光亮。
母亲的心里也结成了冰了。
——《儿子是在落雪天走的》

或者是运用省略的方式，造就诗的余味。如《小兰姑娘》里追求婚姻自由的小兰姑娘被逼上吊自杀了以后，诗人写道：

……我把头枕到小兰姑娘坟上，
现在秋天也完了。

小兰姑娘是吊死的，
在她被娶走的第七天。
……唉，小兰！
——《小兰姑娘》

就是在叙说到夏嫂子受侮辱而发疯，诗人的愤恨同情到极点了，天地亦为之动容，诗人也运用省略符号加以节制：“太阳呵，在天空偷偷地奔跑，奔跑……/霎时间，满天涌上了揭不开的黑云！/雷公敲响他的锤子和钻子了，/雷母撒开了耀眼的火线，/天河翻滚了，/暴雷雨来到了这无边的土地……//在风里，雨里，/庄头上两个小孩从倒塌的小屋里爬出来，/哭着，叫着，/要他们的娘回去……//在风里，雨里，/放牛的孩子从地里失神地跑回来，/说碰见一个披头散发的女鬼，/哭着，叫着，/不知道奔向哪里……”（《夏嫂子》）可以这样说，无论是突然打住式的节制还是省略号式的节制，它们拉住的是诗歌的表现形式，使不尽之意本当用的语言虚化了，诗倒显得更有思想和情感的力度。

同时，贺敬之叙事诗的断制，造成叙事诗的戏剧性。叙事诗的故事性，是其外部兴趣所在，如关于时间、地点、人物、状态等，这些故事性的成分有时是被叙述式地描绘出来的，成为戏剧的因素。关于叙事诗中的戏剧因素，德国解释学派的泰斗史泰格在《诗学的根本概念》一书里作了探讨，他认为叙事诗的本质是“表象”，即“表现”、“呈现”、“演出”之意。叙事诗借助语言的手段，将“一切变成有生命的事件”，这一系列的“呈现”，便是“戏剧的运动”。台湾旅美诗人杜国清对此作了进一步论述，根据亚里士多德的理论，戏剧化的表现技巧首重情节安排，有了很好的情节结构，“叙事诗的创作”便“由描写动作而推动戏剧性情节的发展；由戏剧性的发展，而达到叙事诗在本质上的‘表象’的艺术效果”。[①]

进一步说，叙事诗中的戏剧因素，可以说是与叙事诗相伴而生。研究戏剧发展史的周贻白曾明确指出汉乐府故事诗中的戏剧因素，认为“事实上，中国戏剧的文词之成为半叙述半代言的体制，应该和这类故事诗有相当的关系”。[②] 近年又有学者专门著文或辟专章，论说其戏剧性及艺术效果。如潘啸龙的《汉乐府的娱乐职能及其对艺术的影响》（《中国社会科学》1990 年第 6 期）、阮忠的《两汉诗歌与传统文化》。后者对乐府叙事诗艺术表现的戏剧性进行了十分深入细致的探讨，指出乐府“以叙事表现人物形象、展现人物形象、展示矛盾冲突，与后来戏剧的表现形式和风格无形中有相吻合的地方”。并具体论述了其表现形式为：“渲染戏剧背景，捕摄戏剧性时刻，人物心理表演式的刻画以及人物戏剧性的独语和对话。”[③] 戏剧因素在后来的叙事诗中显得不那么突出，主要原因是诗歌往往把叙事和抒情结合在一起了。《乡》在叙事中，有很浓的抒情意味，并不奇怪。

杜国清认为，“在戏剧化的表现技巧上，首重情节的安排”，“情节的构成，包括急转、发现与受难，以造成对比、反讽、惊异、哀怜等效果”。[④]这种“戏剧情节”有别于“戏剧情境”，前者是一种同时包含着开始、发展、演变

①④ 杜国清：《诗情与诗论》，花城出版社 1993 年版，第 30、143 页。

② 周贻白：《中国戏剧发展纲要》，上海古籍出版社 1979 年版，第 8 页。

③ 阮忠：《两汉诗歌与传统文化》，中国文联出版社 2001 年版，第 215 页。

之过程的戏剧性情节的一系列“戏剧的运动”，体现着诗人对情节的精心安排。《红灯笼》、《小全的爹在夜里》、《醉汉》即是如此，作品通过场景的连接呈现事件的过程和发展变化；后者更多的是为了表现和强调某一种氛围和情调。《黑鼻子八叔》是体现诗人既注重戏剧情节的安排，又注重戏剧情境的营造的佳篇。《黑鼻子八叔》叙述一个农民从荒年饿殍到成为聚众反叛的造反英雄的传奇故事。诗作开篇是黑鼻子八叔站在高粱棵里的英武形象，高粱地是他活动和斗争的场所，也是他英雄气概的象征和写照。诗人充分发挥诗歌长于烘托渲染、比喻夸张等优点，多方面勾勒人物，黑鼻子八叔被“赵大爷”一再迫害而出走，几年后带着枪和伙伴回来报仇、破仓济贫，最后悲壮地战死在高粱地里的故事便有别于其他叙事诗，充满着浓厚的浪漫主义气息。

叙事诗中深刻的戏剧因素还有细节描写、人物对话和心理独白。《瓜地》以细节描写刻画人物见长，而人物的对话和心理独白在上述的《红灯笼》、《小全的爹在夜里》、《醉汉》以及《儿子是在落雪天走的》等作品里都有充分的表现。

《乡村的夜》是这样真实而又艺术地把20世纪40年代的社会生活及下层人的命运展现出来，它留给现代读者的是历史的回味以及对现代叙事诗技巧的再认识。无论是前者还是后者，都仍然是很有意义的。

（原载《挥毫顶天写真诗》，作家出版社2006年出版）

从《乡村的夜》看贺敬之早期诗歌的现实主义精神

潘立文

《乡村的夜》是贺敬之早期的叙事诗集，收集了他1941年的二十来首诗作。贺敬之的童年和少年都是在故乡山东农村度过的，《乡村的夜》就是根据他少年的生活记忆写出来的，在一定程度上反映了20世纪30年代初期中国农村社会的面貌，集中体现了贺敬之早期诗歌创作的现实主义精神。

一

真实地描写生活。

高尔基说："对于人和人的生活环境作真实的、不加粉饰的描写的，谓之现实主义。"①

意即要严格地按照生活的本来面貌描写生活。这既要有外在现象的真实，更要有内在规律的真实，情志上的真实和读者感受上的真实。《乡村的夜》所收的诗都是叙事诗，反映的是20世纪30年代初期作者故乡山东农村的生活，创作的素材来源于作者少年时代生活中的所见所闻，有着浓郁的生活气息。作者以现实主义的艺术笔触，广泛地描绘当时的社会生活，主要有三个方面。第一个方面，反映了人民的疾苦和反抗斗争。在国民党反动统治集团的压迫剥削下，广大人民群众惨不欲生，人们乞讨逃荒，到处流浪，家破人亡。深重的阶级压迫点燃了阶级反抗的烈火，人民纷纷进行反抗剥削阶级的斗争，表达了人民要生存、要自由的良好愿望和顽强不屈的斗争精神。第二个方面，揭露反动统治者的凶残本性和教会的虚伪。正因为统治阶级对政治、经济、军事、精神

① 高尔基：《谈谈我怎样学习写作》，《论文学》，人民文学出版社1978年版，第163页。

文化等诸方面实行全面的野蛮专制，致使中国人民处在半封建半殖民地的火坑中煎熬，作者在很多诗篇中对统治者的罪行作了有力的揭露。第三个方面，那些用寓言故事和神话故事写成的诗篇，讽刺了一些人的愚昧无知和自私自利，赞扬了劳动人民勤劳勇敢、舍己为人的美德，这无疑也是当时社会生活中某一个方面的真实写照。

贺敬之在《乡村的夜》中所进行的艺术描写具有充分的生活具体性，生动逼真，入情入理，酷似生活，震撼着读者的心弦。艺术描写的生活具体性，就是现实主义的细节真实。服从于完整地表现生活的严格的细节真实，是构成现实主义创作方法根本特色的基础，是把现实主义同其他创作方法区别开来的一个显著标志。细节描写如果带着生活的具体性，就会使读者感觉到作品里所写的一切，就像现实生活里真正发生过的事情，令人信服，使人感到具有浓厚的生活气息，如临其境，如见其人，如闻其声，潜移默化，在情感上受到感染，在思想上受到教育，收到良好的艺术效果。

诗歌的细节描写虽然不可能像小说那样作细致入微的刻画，但在叙事诗中，仍可以进行精巧的勾勒。《乡村的夜》中许多诗篇以白描手法，描绘一幅幅生活图景。诗人笔下的一切，自然景物、人物活动、心理状态及其外在表现，都像是现实生活里真正发生过的一样。使读者感到并非是在阅读艺术作品而是觉得自己在经历和体会着真正的生活。如《五婶子的末路》可以说主要就是对五婶子投河自杀前的一段思想活动及其外在表现的细腻描写。她“将仅存的一个孩子抱在怀里，在那怒吼的浪涛面前，她低下头来”。生活是美好的，谁不愿意自由自在生活在这个世界上，过着美满幸福的生活呢？正是由于在暗无天日的社会里，在地主老财的压榨下，堵绝了五婶子生活的道路：丈夫被关在监牢里；大儿子流浪远方，杳无音信；女儿病死；耕牛被抢走。孤儿寡母，哪里还有谋生的活路呢？当五婶子站在生和死的十字路口徘徊，作出最后抉择的时候，她想起了过去所受的逼害，她的心冷了，觉得这个世界已没有任何值得留恋的地方了，茫茫大地竟没有她立锥之地，于是毅然作了死的选择。作者抓住五婶子作出投河自尽选择后一刹那的思想及其外在表现，进行了绝妙的刻画，就像电影特写镜头：“忽然她笑了，面对着浪涛，五婶子笑了……像喝醉了酒，抱着孩子跳下河去。”淡淡的几笔勾勒，把一个受尽了苦难，走投无路，最后被迫到冥冥世界去寻找最后的归宿的劳动妇女的形象描绘得活灵活现。五婶子的这一笑，比哭更悲惨更难看，使人更感到难受，这是痛苦到极点的表现，是惨笑。这一笑是她在向这个阳间世界告别，既饱含着她无限的辛酸，又饱含着对黑暗社会的控诉，还饱含了她对这个社会的无可奈何。表现了她极为复杂的内心世界。在这里，作者现实主义细节描写的精确、细致和逼真，得到了充分的表现。

细节真实程度的高低，生活具体性的展现是否充分，常常是衡量一个作家生活基础和素养的重要尺度，作家只有对自己所描写的对象高度熟悉，他才能选择出真实反映现实的、准确表现人物性格特征的、精当而典型的细节。贺敬之的《乡村的夜》正是在自己少年生活的基础上创作出来的。现实主义创作方法所要求的题材和细节的真实的原则在此诗集中得到了较好的体现。既符合生活中本来的样子，又包含着某种本质意义。如《在教堂里》，描写在一个寒冷的日子里，一个母亲抱着孩子到教堂受洗，结果孩子被冻死在母亲怀里，而神父却丝毫没有怜惜同情之意，只是给了一块钱："好好的，你孩子的母亲，主会收容这无罪的灵魂，引他上天堂。"当孩子的母亲随着晚祷的钟声走出教堂，把孩子埋在雪地里之后，她只会反复地向邻人哭诉："孩子埋在雪窟里了，孩子埋在雪窟里了……"她只是"呜咽着，用衣襟擦自己的眼泪"，听凭神父给的那块钱从僵硬的手指间掉到地下。这个细节准确、生动、独特地表现了环境和生活的压迫，使这位善良的母亲变成了鲁迅笔下祥林嫂式的从思想到肉体都僵化了的人物。深刻地揭露教会和社会制度的吃人本质，辛辣地嘲讽了教会的虚伪，表现了人物性格的鲜明特征。在《乡村的夜》中类似这样精彩的细节描写屡见不鲜。它们都具有高度的真实感，恰到好处地表达了作品的主题思想，栩栩如生地描绘了人物形象，体现了生活中的本质现象，达到了真实性和典型性的统一。细节描写的典型性，是现实主义的细节真实描写和自然主义的细节描写的根本区别。自然主义的细节描写，虽有其真实性的一面，但是拘泥于琐碎的、庸俗的生活现象的简单再现，往往不能反映本质，甚至歪曲生活。《乡村的夜》中一个个人物形象之所以如此鲜明，是同人物的典型细节的描写分不开的，这也是贺敬之的创作根植于深厚的生活土壤的结果。

二

塑造典型环境中的典型形象，深刻地反映社会本质。

现实主义的创作既然要真实地描写现实生活，那就不仅要如实地描写现实生活的外表现象，同时还要深入地写出它的内在实质，以现实体现本质，以个别性体现普遍性。要反映生活的本质，必须刻画典型的人物和事件。典型形象正是通过个性来反映共性，通过特殊来反映一般的。这就要求达到恩格斯提出的："除了细节的真实外，还要真实地再现典型环境中的典型人物。"① 在《乡村的夜》中，由于作者对20世纪二三十年代中国农村的社会生活有着较清晰的了解和深刻的认识，在对他少年时代的生活素材进行了选择剪裁、集中概括后，塑造了一系列鲜明生动的典型形象。其中有由于生活所迫、走投无路而抱着仅有的一个孩子跳河自尽的母亲（《五婶子的末路》）；被地主老财及其走狗逼疯而成了"鬼"的劳动妇女（《夏嫂子》）；为追求自由幸福的爱情，反抗地主逼婚而自缢的温柔多情的少女（《小兰姑娘》）；为反抗反动统治阶级的压迫和剥削而拿起武器英勇斗争的英雄好汉（《儿子是在落雪天走的》和《黑鼻子八叔》）；忠厚善良却又被迫卖掉亲生儿子的父亲（《小全的爹在夜里》）；和蔼可亲的种瓜老汉（《瓜地》）；刻薄狠毒的家婆（《婆婆和童养媳妇》）；愚昧无知，敌友不分，最后落得可悲下场的接生婆（《老虎的接生婆》）等。这些典型形象都从各个不同的侧面反映了当时中国农村的社会关系，给读者提供了一幅封建剥削制度下我国广大农民群众受苦受难的鲜明生动的生活画面。在这些诗篇中，作者不仅真实地描绘了人民苦难生活的现象，而且揭示了造成人民苦难生活的根源，揭露了剥削阶级的反动本质；作者不仅描绘了人民在痛苦中的呻吟，而且也表达了人民迫切要求改变不合理的社会现实，追求自由幸福的美好理想及其强烈的反抗斗争精神，真实地反映了当时社会生活的本质。

典型形象的塑造只有放在典型环境中才能成功。换句话说，只有在典型环境中典型形象才能真实地体现出社会关系，反映出社会生活的本质。典型环境是形成人物典型性格的关键。按照一定历史时期的广泛历史背景创造的环境就是作品的典型环境。现实主义的创作也正是要表现时代的精神。现实主义大师巴尔扎克说过："从来小说家就是自己同时代人的秘书"，"作者需要做的事情主要是用分析求得综合，刻画和搜集我们生活中的各种成分，提出一些主题并且对它们全体加以论证。最后，描绘一个时代的重要人物以描绘出这个时代的广阔面貌。"② 这就足见典型环境和典型形象的辩证关系了。贺敬之的作品在塑造人物形象时是非常注意把它放在广阔的历史背景下来塑造的，他强调诗要"同时代结合"。③《乡村的夜》正是在20世纪30年代初期的中国农村，封建地主越来越残酷剥削压迫农民，广大农民群众在迫不得已时纷纷起来反抗

---

① 恩格斯：《致玛·哈克奈斯》，《马克思恩格斯选集》第4卷，第461页。

② 巴尔扎克：《〈夏娃的女儿〉和〈玛西来拉·道尼〉初版序言》，《古典文艺理论译丛》，第10页。

③ 贺敬之：《李季文集·序》，《人民日报》1981年10月14日。

（1932年在诗人的故乡山东省曾举行党领导下的著名的高蠡起义）这个特定历史背景下，塑造了一系列栩栩如生的人物形象，有着鲜明的时代特色和浓郁的生活气息，散发出一股泥土的芬芳。

典型环境并不是简单的历史背景的设置，对于典型性格来说，典型环境就是形成它的典型冲突。所谓典型冲突就是能够充分反映一定历史时期社会生活本质面貌的矛盾冲突。现实主义艺术创造达到更高真实的一个关键问题，即在于冲突的安排与发展，在于作家是否能够把生活的冲突化为典型的艺术冲突，在于这种典型的艺术冲突和它所反映的时代的主要矛盾结合的程度。

《乡村的夜》中绝大部分诗篇所反映的矛盾冲突，都是20世纪30年代初期我国农村现实中的重要矛盾冲突，虽然涉及了各种类型的人物，但主要的仍是地主和农民这两大阶段的矛盾冲突。诗人把故乡人们的生活和思想变化同整个社会的矛盾斗争联系起来，向人们展示了在中国农村的深重灾难及反剥削压迫斗争的社会根源、阶级性质和斗争发展趋势。在《黑鼻子八叔》中，黑鼻子八叔是一个被压在社会最底层的人，他是个给地主赵大爷放羊的雇工，在一个雷暴雨的夜晚，因丢了一只羊，于是被赵大爷用铁棍砸坏了胳膊，鲜血直流。但他“一声不响，从地上爬了起来，用嘴唇舐着自己的鲜血，把胳膊一甩，就从庄上走开”。从此流浪他乡，在又累又饿的情况下，他搓吃了孙七爷的高粱青米，被“看青的”逮住，要拉他到孙七爷面前去受罚，在忍无可忍的情况下，他掐死了“看青的”，走上了武力反抗剥削压迫的道路，为了受压迫受奴役的人民群众的翻身解放，同剥削阶级展开了英勇顽强、不屈不挠的斗争。统治集团对他恨得要死，怕得要命，出告示悬赏捉拿他，人民群众却热爱他、支持他，促使他和敌人斗争得更坚决更顽强了。黑鼻子八叔虽然在战斗中牺牲了，但广大群众觉醒了，在他的斗争中看到了希望的火花，遍地都燃烧起反抗斗争的烈火。在30年代的初期，正是中国共产党领导的土地革命在中国大地上轰轰烈烈地开展的时期，全国建立了十几个农村革命根据地，沉睡在半封建半殖民地时代的中国已经开始苏醒，在黑暗的大地上出现了黎明的曙光。人们从《黑鼻子八叔》中感受到时代脉搏的跳动，看到了历史车轮在滚滚向前。黑鼻子八叔是被压迫被剥削阶级的优秀代表，他和赵大爷、孙七爷的斗争，已经是被统治阶级和统治阶级两大阶级斗争的缩影。他不屈不挠的性格正是在统治阶级越来越残酷的压迫和人民的反压迫斗争中逐步形成的。诗中的这个典型艺术冲突已经深刻地反映了时代的主要矛盾，形象地体现了社会生活的本质。

当然贺敬之的诗集《乡村的夜》中并不是所有诗篇都能创造出典型环境中的典型性格，有些人物性格并不十分鲜明，且艺术性也不十分高，有的还较为粗糙。这是由于此诗集所收集的全是他十八岁以前的作品，作者生活基础和艺术素养都不够雄厚，还没有形成自己的独特风格，但现实主义的创作精神已在诗中得到了较好的体现。

三

倾注了作者强烈的思想感情。

一切文学作品，在艺术形象的塑造中都体现了作者的思想、感情和理想。现实主义的创作除了要求真实地描写现实生活，反映社会生活的本质外，也同样要求体现作者的思想倾向。强烈的感情是一切成功的现实主义艺术家创作时不可缺少的因素。因为如果现实生活中的人物和事件连作者也没有打动的话，写出来的作品就根本不可能引起读者的共鸣。只有先让作者的心灵受到震动，才能使读者的思想受到感染。高尔基指出，文学“是时代的生活和情绪的历史”①。这就说明了在文学作品中生活的真实和感情的因素都不可缺少，并且紧密相连。贺敬之在创作中是非常注重表达自己感情的。他的作品充满着作家对人民无比的热爱，对革命无限的忠诚和对敌人极端的仇恨。他说过，诗歌“要抒人民之情，叙人民之事”。还强调“对于一个真正属于人民和时代的诗人来说，他是通过属于人民的这个‘我’，去表现‘我’所属于的人民和时代”。② 贺敬之的诗歌总是翻卷着诗人感情的巨澜，回荡着时代的音响，唱出人民的心声。从《乡村的夜》到《放声歌唱》，我们不但看到作家成长的过程，也看到诗人心潮澎湃的胸怀，还可以寻觅到历史前进的脚印。他的创作实践表明，他确实是一个忠实地“抒人民之情，叙人民之事”的诗人。

但是，在现实主义文学作品中，作者的爱憎感情、社会理想、思想倾向不是直接说出来的，而是通过对生活的真实的、具体的、历史的描绘，通过生活和形象本身的规律自然地流露出来的。恩格斯指出：“我认为倾向应当从场面和情节中自然而然地流露出来，而不应当特别地把它指点出来；同时我认为作家不必要把他所描写的社会冲突的历史的未来的解决办法硬塞给读者。”③ 贺敬之正是遵循了这一现实主义的创作原则，在《乡村的夜》中通过对现实生

---

①② 贺敬之：《李季文集·序》，《人民日报》1981 年 10 月 14 日。

③ 恩格斯：《致玛·哈克奈斯》，《马克思恩格斯选集》第 4 卷，第 461 页。

活的真实描绘和艺术形象的典型化来表现他的革命民主主义思想和反压迫反剥削的激情。在对场面和情节的描绘中流露出对人民苦难生活的同情和对阶级压迫的愤慨。在《鸡》中有这样一段诗句："这个日子怎么过的？可又怎么过下去？孤苦的老婆子啊，丈夫，死了，儿子，荒乱年成时跑了，儿媳妇，吊死了，跟着只剩下一个小孙子。"这是诗中人物老太婆的自述还是第三者的叙述或者是诗人的慨叹都分不清楚，简直是三者兼而有之，作者对人民苦难的深切同情之感自然显露出来。

贺敬之的《乡村的夜》在表现自己的政治倾向和思想感情方面有两个较为显著的特色。一是通过作品中人物之口，把诗人自己的思想感情说出来。在《儿子是在落雪天走的》中描写了一个贫苦农民的儿子没有办法养活自己和年迈的母亲，于是和一大群饿慌了的人去抢地主的东西而被打死，有人告诉他的母亲，说她的儿子死了，是因为做了强盗。这个老太婆说："他是个好孩子，他不会做强盗啊……唔，我明白了，可怜的孩子是死在强盗手里了。"诗人通过老太婆之口，道出了剥削阶级才是真正的强盗，他们抢走了人民群众一年到头辛辛苦苦的劳动果实，他们镇压了群众为生存而进行的反抗斗争，像老太婆的儿子那样被杀害的又何止千万呢？非常深刻地揭露了剥削阶级的反动本质。很自然地表达了作者对劳动人民的同情和对阶级敌人的仇恨。二是运用第一人称的写法，直接表达自己的感情。虽然作品中的"我"并非是作者本人，但"我"在作品中所表达的思想感情却在很大程度上有着作家自己的思想因素在内。作品中"我"的形象所表达的强烈的爱憎感情也正是贺敬之爱人民憎敌人的感情的形象反映，使人感到更亲切逼真，就像诗人自己在读者面前倾吐他胸中热爱人民的涓涓细流，憎恨敌人的汹涌波涛。《黑鼻子八叔》中的"我"在黑鼻子八叔牺牲后，和小连子一起代表乡亲们到坟前祭奠这位为劳苦大众的翻身解放而英勇献身的英雄，表现了"我"对农民抗暴英雄的崇敬和热爱。在诗歌的结尾，用"我"的话再次向黑鼻子八叔诉说衷情："黑鼻子八叔，你看啊，多少你熟悉的人都跑来迎接你，你听呵，这是你熟悉的声音，又从满坡满野响起：黑鼻子，挎盒子，高粱棵里抹脖子……"生动地说明了这位农民英雄的崇高形象永远活在"我"和人民群众心里。字里行间洋溢着贺敬之这位贫农的儿子对自己阶级英雄人物的赞颂以及要走英雄的道路，为本阶级的自由解放而斗争的思想和决心。同样，《牛》和《小兰姑娘》中的"我"是有着诗人自己的影子的。"我"所表现出的向往自由、幸福和反压迫的斗争精神都是诗人少年时代作为一个穷苦孩子的追求美好生活的理想与形象显现。正是由于贺敬之对人民对革命有着火一样的炽热之情，对敌人有着刻骨的仇恨，他才会写出许多歌颂党和人民，揭露反动阶级罪行的优秀作品。也正是由于他感情的激流总是和历史的潮流融合在一起，他的诗歌总是和谐着时代列车向前奔驰的节拍，所以他才能成为一个“为人民的利益和愿望而斗争，为革命的和社会主义的时代而歌唱”[①] 的杰出诗人。

（原载《贺州学院学报》2007 年第 2 期）

① 贺敬之：《李季文集·序》，《人民日报》，1981 年 10 月 14 日。

“从来没有见过别人这样写！”
——胡风评语

贾　漫

平生不下泪，于此泣无穷。

——李白

过去了的，又闪过我的眼前。

——普希金

生活是河流，诗是河流的浪花，愈是不平的地方，愈是在峰回路转、深浅莫测的地方，愈是会遇见“惊涛拍岸，卷起千堆雪！”——《黄河大合唱》就是这样产生的。

《黄河大合唱》中反映更多的还是农民的苦难。对此，贺敬之体会得更为深切。

1941年开始，贺敬之不再写以前那一类的诗了。受着时代气候的影响，他醉心于鲁迅的短篇小说，就像以前能够背诵艾青和田间的诗，他还能背鲁迅的小说。像《故乡》、《离婚》、《肥皂》中的大段文字，他都能够背下来。吴组缃反映农村生活的小说，对他也很有影响，农民受剥削受压迫的苦难生活与悲惨命运，自然引起他的共鸣。这时，他的父亲，已经先一年在贫病交加中倒下了，他的一个小弟弟，也饿死在家中。家国的命运，民族的命运，如此多灾多难连接在一起。日本偷袭珍珠港事件的爆发，苏德战争的爆发，皖南事变的爆发，接踵而至，真可谓祸不单行。

在局势的一天天恶化之中，在日寇制造的无人区到处推行灭绝人性的三光政策之中，在国民党投降派投靠日本人，掀起反共高潮的毒焰之中，延安鲁艺的学员，虽然生活艰苦，虽然有时要躲避空袭——躲避日寇飞机的轰炸与扫射，但总的说来，他们还是生活在前方战士浴血奋战的保护之中。

成立延安鲁艺，是毛泽东、周恩来高瞻远瞩的创举。在成立过程中，也要记下林伯渠、徐特立、吴玉章、成仿吾、周扬等人的功劳。

贺敬之一生的光荣与幸福，以及后来用诗歌报答的正是这座母校和母亲的恩情。或者说，这里是他真正的养母。

贺敬之的学习与写作本身，自然也是战斗，他的觉悟与认识，逐渐从民族的苦难，深入到阶级的苦难。他开始写回忆农村生活的短篇小说。与此同时，他除了沉醉于鲁迅写农村生活的小说外，也沉醉于俄国诗人涅克拉索夫写俄罗斯农民命运的诗——《在俄罗斯谁是自由而快乐的》和《严寒，通红的鼻子》等，因而受到他们的启发和影响。他一篇接一篇地写出了同属这一题材的叙事体的短诗和长诗。不久就把抄在纸上的稿子订成一大本，题名为《反刍集》，其中像《小兰姑娘》、《红灯笼》，先在墙报上发表，立刻引起大家的注目，后来在铅印的校刊《草叶》上发表了，不料竟引来一次误会的殊荣：

有一天，何其芳老师找他，拿出一封信，这是金盒湾部队的一位诗歌爱好者寄给何其芳的，信中误认为贺敬之就是何其芳。信中说："当我们读到《草叶》上发表的诗《小兰姑娘》、《红灯笼》……诗中迷漫着农村生活的香气，充满了田园的美。让我们怀疑贺敬之就是你。"

何其芳非常高兴贺敬之诗歌创作的新进展，他很激动，对贺敬之说："我把你近来写的这些反映农村生活的诗，特别介绍给周扬同志，我对他说：像这样写农民生活的诗，写得真切，感动人，五四以来还很少有人写过呵！周扬同志看了以后告诉我说，他同意我的看法。"

何其芳的这次谈话，对贺敬之鼓励很大，因为他的诗从基层到专家，从专家到权威，得到一致的肯定，谁能不高兴呢?

到了延安整风时，有的老师曾提出：这些诗是用小资产阶级知识分子的情调写出的，不像农民自己的思想感情。当时的延安民主空气是很浓的，权威人士肯定的作品，也有不同看法，这就是"知无不言，言无不尽，言者无罪，闻者足戒"。如果始终本着这种原则，怎么会出现那么多惨痛的曲折呢?

就是这些诗的大部分，后来由胡风主编的《泥土诗丛》编入贺敬之的诗集《并没有冬天》中。前面曾经提到，解放后胡风给贺敬之写的信中说到的"这使我想起普希金和涅克拉索夫"，指的就是这部分诗作。胡风还说："你的反映农村的诗，别人很少写得这样。"这一看法和在延安时的何其芳与周扬的看法是一致的。

我是在作品写出的五十七年之后第一次拜读贺敬之的《乡村的夜》的。

这辑诗，不能漏掉一首，它们是《五婶子的末路》、《鸡》、《夏嫂子》、《葬》、《儿子是在落雪天走的》、《牛》、《小兰姑娘》、《婆婆和童养媳妇》、《老虎的接生婆》、《祭灶》、《红灯笼》、《小全的爹在夜里》、《瓜地》、《黑鼻子八叔》。

这些诗，经历了半个多世纪的历史考验，再次证明三位前辈的看法是完全正确的，精辟的。不只是何其芳谈话与胡风写信的当时，五十七年以来，有谁反映农村的诗能够这样真实，这样动人，这样不加修饰地呈现在读者面前？这不能不使读者感到和延安当时个别同志的批评意见相反，它突出的优点，恰恰在于是写出了真实的农村生活和农民形象，表现了作者作为劳动人民一分子的阶级感情。

贺敬之的《乡村之夜》，完全走的是赵树理的道路。不是由象牙之塔走向十字街头，不是由高雅化走向大众化，而是觉醒的农民自己诉说自己的悲惨命运。

十四首诗将近一百页，实际上是一个短诗集，在《贺敬之诗选》里卓然独立，与其他形式和内容完全不同。读着它，使我想起普希金的《渔夫和金鱼的故事》，想起《上尉的女儿》中的布加乔夫，想起《驿站长》，想起长诗《强盗兄弟》，想起涅克拉索夫的《严寒，通红的鼻子》等。

我相信贺敬之写这些诗的时候，不一定读过杜甫的《三吏》、《三别》、《羌村三首》、《北征》和《彭衙行》，我读着贺敬之的这些诗，一边读，一边不得不联想到杜甫，不得不重复杜甫的感情："恸哭松声回，悲泉共幽咽。"

我并不是说贺敬之已经走向杜甫，但他的这些诗的感情和语言，更接近于农民。这个优势并不因为他是什么天才，而是因为他的出身和生活道路，而是因为："在亚西亚的/灼伤的土地上，/我活过了十六个年头。"而是因为："十六个年头，/不灭的记忆；饥饿和死亡。"而是因为从他的个人命运："从一个老人那里，/随他倒下的身躯，/我承继了/债务和刑罚。"

十四首长短叙事和抒情相结合的诗，肯定是童年经见过的实实在在的人和事，而且是见了十几年，一闭眼就历历在目的人和事。不论是夏嫂子、五婶子、童养媳妇、小兰姑娘、小全、种瓜的刘老头……贺敬之写他们，好像都是他至亲至近的亲友，共同休养生息的长辈、伙伴、兄弟姐妹，作者和他们血肉相连，是苍生之痛，大众之苦，黎元之怨。

不像旁观者的同情，而是当事者的深切感受。这些诗中的形象不正是他早死的父亲、饿死的弟弟、苦命而多难的四个姑母、含辛茹苦承受一切苦难的母亲以及流落为矿工死于异乡的锁哥等亲人的写照吗？

诗学就是爱学，就是情学，试看数千年诗词，哪一首名篇至今读来，不是因为爱之深、爱之永、爱之独，以汪洋之水而注干渴之心田？

感天动地的养育之恩来源于爱，而不是智慧，智慧只能是表达爱的手段，人与人的亲密无间也是来源于爱。

何其芳说，贺敬之这些诗，五四以来很少有人这样写过。也就是说，在诗歌中，很少有人对农民这样爱过，很少有人对农民这样体验与体会过，很少有人这样与乡村的劳苦大众同命运、共呼吸过。也许，当时也还很少有一个诗人的家庭像贺敬之的家庭一样，与亿万农民的家庭同患难，共存亡。

因此，贺敬之这辑诗，是他少年时代的出色之作。

正像银幕和舞台上的戏剧，一切诗意来自人物自身的表演和剧情的魅力，剧作家和导演的爱和恨深隐其中深化其内，贺敬之的《乡村之夜》，就是这样的，他没有旁白，没有解说词，他把表演的空间化为沉默透明的无字碑，让读者去填写解说词。

当然，诗是语言的艺术，不是表演的艺术，一切形象和行为都靠诗的语言去表达。《乡村的夜》的一切情愫，都是靠语言和情节来表达的。

叙事诗《夏嫂子》写了四个人的悲惨命运，只用了86行诗，其中的两句独立的诗行，如音乐协奏曲的主旋律一样重复了三次：

晒死人的六月天，
天空上是烧红的太阳。

这是劳苦大众千古以来对旱象的共同感受。所谓"六月连滛吃饱饭"，现在是晒死人的毒狠的六月天，自然的天气如此，社会的天气更为酷烈，两种酷烈相形相成，而不是生拼硬凑。请看下面的诗：

悲苦的年头呵，是无限的漫长……
高粱地连着豆子的地边，
过了春天，夏天就来替换……

……不对这悲苦的日子回答一句话，
默默地，夏嫂子垂下头来……

这样的感情，这样的诗句，读给不识字的农民听，他们一定会心心相印的。

夏嫂子丈夫的死，是夏嫂子带着两个孩子到东家去求情，亲眼看着被吊打而死的。这个情节自然是艺术加工，丈夫死了以后，寡妇的生活，却完全是真实的，其诗的语言，更加真朴感人，夏嫂子的两个孩子，"大的要甜秫秸和乌米，小的要吃奶"。

夏嫂子在这晒死人的六月天，到高粱地里去寻找"甜秫秸和乌米"，非常典型，既真实又有象征意味的一句诗："头巾上落满了高粱花和黑斑斑的腻虫子。"

这是旱天的生动描写，又是夏嫂子倒霉的象征。果然祸从天降，她被东家看青的人捉住了，便在高粱地里糟蹋了她，于是被逼疯了，被逼成女鬼。

暴晒引起了暴雷雨，这也合乎自然界的规律。于是天河决口，洪水横流，房屋倒塌，两个孤儿从倒塌的小屋里爬出来：

哭着，叫着，
要他们的娘回去……

孩子的母亲却变成：

……一个披头散发的女鬼，
哭着，叫着，
不知道奔向哪里……

诗的语言，首先是真实可信性。只有可信，才能打动人心。《夏嫂子》诗中，不论写实，不论对话，都是来自生活，非常可信，而又合乎情理。

例如，看青人捉住夏嫂子说的话：

好，兴这样说的，
庄稼才锄了头遍，就来打叶子！

这个奴才认为自己理直气壮地捉住了小偷，而夏嫂子也自知理亏，苦苦央求：“看青的大哥，这是头一回，下回不敢了……”这些不加修饰的语言，正是诗的精华，具有永恒的魅力。

《牛》的故事很简单，作者以第一人称写自己全家喜爱的一头小黄牛，被王大爷家要账的赵大黑子生生拉走，其语言的生动感人之处，好像生生挖走了一块心头肉。这首诗，像童谣，写尽了劳苦人民及其子弟对于小黄牛的深情，其深情通过语言达到浓烈欲滴的程度：

星星都挂满屋檐了，
“牛梭头”星在眨眼呵。

小黄牛眨巴的眼睛，屋檐上星星眨巴的眼睛，让全家乐得心花怒放，看花了眼睛。这样传神的妙笔，无雕琢之痕，功夫全在诗外，一切来自对小黄牛的爱，真是人逢喜事精神爽，穷苦农民买下这头小黄牛，简直像无后的人家得子一样愉快，做饭愉快，锄地愉快，吃饭也格外的香：“今晚上又是一顿芋头叶窝窝，/还有稀米汤。”这不是“花子拾金”的愉快，而是辛苦劳动创造的希望，这头小牛在这个家庭中的分量很重，爹说：“乖孩子……好好把小黄牛放大，以后的日子都指靠着它……”

几句实在而又毫不夸张的话，你是感受不完感动不完的。赵大黑子拉牛抵债的一个情节，也是活灵活现，毫无“闹剧”之嫌。一切都来自穷人孩子眼中的观察。赵大黑子的狠毒，是从眼睛中表现出来的，不是入骨三分，而是入神三分：“他两眼比杀牛的老吆还厉害。/……赵大黑子眼睛一转——/他瞪住我的小黄牛。/小黄牛！小黄牛！/小黄牛怕得打哆嗦了。”他把小生灵的神态，也写活了。

这就叫熟能生巧，这就叫“功夫在诗外”。所谓熟，是对生活的熟悉，不仅熟悉，而且熟透了，细节的语言都真实，如写家中无力还债只用了两句诗：“收下的新麦早叫他拿走了，/高粱才出苗。”这就是说今年就要无希望地过去了，希望在明年，而且包在小黄牛的身上，可是一切希望又立刻破灭，让人读后想得很多很多……最后由一头小黄牛的命运，连接到天下做牛做马的人的命运：“在雪花落到的地方，/谁不会哭呢？”

由此看到生活是粮食，生活是鱼。作诗的技巧如同贺敬之的锁哥，能在原材料的基础上做出各种花样的美食。贺敬之在写这些诗的时候，还不是“一级厨师”，为什么这些精神食品如此耐人咀嚼？使我感动得好像读了库普林的《白狗》，这不仅因为贺敬之拥有生活，而且拥有鲜活的生活。刚在水中打捞出来的活鱼，即使不加作料，能不好吃吗？刚刚劈下的苞米，煮熟了，吃到嘴里，能不喷香吗？掌握鲜活的生活，写出了当时的新鲜，就会有历久不衰的新鲜。

《婆婆和童养媳妇》、《老虎的接生婆》是民间故事和童话诗。

第一首是写人民内部矛盾，赞扬吃苦耐劳的童养媳，讽刺好逸恶劳又贪心十足的婆婆。童养媳妇在月黑头大阴天，一心去割麦，跑来一头驴偷吃麦子，她挥镰砍下一只驴耳朵，竟然变成了金元宝；婆婆也这么干，也砍下一只驴耳朵，却是一只大蝎子。故事可能是原有的，语言却是贺敬之自己的。其中对两个人物的几句话，写得非常生动。写媳妇割麦："麦穗上的露水湿了她的手，/身上的汗珠湿了她的衣裳……"露水湿手是说凌晨很冷，汗水湿衣是累得通身是汗，一冷一热，把人物写活了。婆婆割麦呢？"她四处看望着，/一边捎带着也割麦。/麦穗上没有露水，/婆婆身上也没有汗珠。"实际上不是没有露水，而是她没有割麦，因为她一心想得到金元宝。

贺敬之在写两个人的行为时，像律诗中的对仗句子一样，他用的是两个对仗的段落。这也是新诗的对仗方法，不是上联对下联，而是上段对下段。贺敬之采取的不是相辅相成的对仗方法，而是对立统一的对仗方法，即上段与下段语言相似，内容相背，内在是对立的，对立的内容寓居于和谐的诗和载体之内，反复却又无常，造成强烈的对比。如《夏嫂子》里边，"哭着，叫着……"的两次重复，引来相反组成的悲惨命运。

强烈的对照，使人想起白居易的名对："一丛深色花，十户中人赋。"

《老虎的接生婆》，是说猛兽改不了吃人的本性，你对它有多大的恩情，它早晚也要吃掉你。这首带有寓言意味又像童话的诗，我的体会是，告诉人们对吃人的旧社会要彻底绝望，彻底斗争。

老虎请求接生婆去接生，是生活中不可能的事情，但作者写出来，就像实有其事一样，语言也是朴实无华的，完全是民间的口语。接生婆与公老虎对话时的感情交流和描写，真真切切，虽然荒诞，却真实可信。例如，他通过写接生婆骑在虎背上的感觉，写出了老虎的威猛："她听见一阵风声在耳边吼叫，/大树干在向背后倾倒……"

全诗一共五段，最后一段最简练，矛盾最集中，引来的联想最多。孤苦的接生婆给虎大哥、虎大嫂接了两胎，结果还是卸磨杀驴，被老虎吃掉，正是她接下来的小虎羔，一块块地嚼着她的骨头。

这首诗读后，使我从人到社会，从以往到现在，可以联想到许多事情。

《祭灶》别具匠心，幽默里包容着辛酸。有钱人家祭灶整猪整羊，香烟缭绕；穷人老王家祭灶，无烟无火，连块窝窝都没有。灶王爷饿急了眼，忍耐不住了，对主人说:“老王，你到底要怎么样呢? /这个穷年就要我这样过去了吗?”

灶王爷听了老王的哭诉以后，不愧是“老干部”，对于老王不打不骂，虽然很不高兴，却表现出“理解万岁”的风范，表示说:“我先到别家找点东西垫补垫补，/回头见了老头儿再说吧……”

灶王爷到了玉皇面前，还没有报喜不报忧，讲出了王家的实情，请求玉皇先做些“扶贫”的工作,先赏赐给王家一点。“玉皇把胡子一翘，不理灶君。”这就是表态。

大年三十，灶君进了门，既没有带来吉祥，也没有带来具体政策，连老王父子二人盼望的窝窝也没有带来，最后指示说:“窝窝自己去找吧，/又是一年开始了。”

这种哭笑不得的窘状，这样惨淡凄苦的民情，靠“读书破万卷”是写不出来的，某些养尊处优的青少年是体会不到的。

这首有头有尾的叙事诗，不到80行，满含辛酸的幽默。灶君这一形象，是一位忠于职守的穷灶君形象，看来比较廉洁，不懂得给玉皇带厚礼，所以没有分配他一个肥差事，回来还是和王家一同过穷日子。他属于两头受夹板气的那一类灶君，比赵大黑子，比东家的看青的要好得多。言为心声，通过灶君的几句话，把这位穷灶君的形象活现出来。

最后一句诗还是点明了主题:“说完了，灶君便打发他们离开家。”这首诗揭示了没有出路的穷日子，听天由命是没有用的，连神也帮不了忙，只有想办法找出路，自己救自己。作者并没有明说，而是把人和事摆在那里，逼得你读后不得不这样想。

《红灯笼》已被诗论家丁永淮作了简要的剖析，其故事的乖戾和奇峻，以致引来剜心的疼痛，固然写出农村的绝望，其语言的吐诉与意境的创建，带来的却是深永的记忆。也许因为我早年的生活是在农村度过的，我对在雪地上打着红灯笼走路有过切身的体验。雪夜的红灯笼，首先是诗的意境，又是照路人的希望与憧憬。诗中那位风雪夜归的青年人，打着灯笼，左晃右摇、深一脚浅一脚寻找道路的情景，写得太生动了。

风雪从左边吹来，
他把红灯笼打在右边；
风雪从右边吹来，
他把红灯笼打在左边。

多么让人神往，又感到命运的恍惚不定。要知道，一切的不幸就要发生在风雪之夜。这个流浪归来的青年人，叔父在临死的晚上对他说的一番话，以及风雪之夜巧遇姑母后，姑母讲的一番话，是用农民口语写出来的诗，而不是民歌，读来真是："夜久语声绝，如闻泣幽咽。"

哭倒在侄儿怀里的姑母说：

"树皮草根也无处去挖，/你的弟兄们饿倒在大风雪里。/你的爹娘快要完结，/眼看饿死也不敢出门，/劫路的强盗躲在每个墙角和路口，/这村人谁敢到那村……"

这就是不加修饰的大荒年的乡村实情，农民之苦是城里人无法想象而怎么夸张也夸张不出来的。改革开放时代的青年更无法理解。又如诗中写道："东庄的刘三爷发过'善心'，十石霉粮换走了五个庄的地亩……"霉粮，自然是假冒伪劣，但是在"一连四季草籽不收"的大旱之年，农民为了活命，倾家荡产也要换取这个假冒伪劣，这种情况我是见过听过的，为什么杜甫"穷年忧黎元"？为什么白居易吟出"是岁江南旱，衢州人食人"？千古荒旱原本如此。

荒旱再加租税，再加天下的刘三爷乘人之危，说到底，天底下的所有列强不都在乘人之危索款割地吗？我们有多少万"五个庄的地亩"被生生割走？社会灾难甚于自然灾害，受害的还是天底下的穷人。最后，快要饿死的父亲出去抢东西，挥刀砍死自己的骨肉，自然变成杀人罪犯，而那位逼死多少人命的刘三爷，依然是名贤，说不定还会被选成国大代表……真是"窃钩者诛，窃国者为诸侯"。

只有统治阶级的人权、霸权，哪有穷人的权利！

那位"火光燃烧在灯笼里，/喜悦燃烧在他心里"的短命青年，在一刀之下，实际上父子俱亡，喷溅的血浆与熄灭的红灯笼同时化为灰烬。这个离奇而又合乎世情的故事，怎能不让何其芳、周扬、胡风等几位前辈们感动！

然而，在贺敬之笔下的穷苦大众，本质都是贫贱不移的善良本性，既是被表现，又是被发现得那么入情入理。

《红灯笼》出现在乡村之夜，另一首叙事诗《小全的爹在夜里》，又是发生在乡村的夜。

这是一出卖儿的惨剧。眼看着孩子小全饿得活不下去了，小全的爹把儿子卖给了田大爷，换回四吊五百钱，在回家的途中，忽然发现一个正在啼哭快要冻死的弃婴，恻隐之心人皆有之，怎么能够见死不救呢？他抱起婴儿，解开破烂的衣襟，将婴儿抱在怀里，但天寒衣薄，无以为救，又想到家里还有躺着的病女人，就放下一吊钱压在小孩的身上。他刚走一步，婴儿又哭起来，他不忍心走，又把孩子抱在怀里，向婴儿倾诉自己的苦、自己的无能和绝望，直到孩子死在他怀里。到这时，在冻僵的寒夜，他号啕大哭起来，就像决口的江河。整首诗，着意于挖掘卖儿卖女的无奈与内疚、良心的矛盾与猛醒。例如他刚卖了儿子，发现被遗弃的婴儿，抱起孩子说："谁家生了你，小孩，/把你扔在这里，/……呵，狠心的人！"

无意中流露的善心，正在注解自己的狠心，"狠"字差一点就是"狼"，到底谁是真正的豺狼呢？比乡村的夜还要黑暗的是什么呢？读后必然让你往更深更黑的地方去想。

贺敬之写了一系列官逼民反的人物，不论卖子、杀子，抱着孩子跳河，偷吃"乌米"，不仅引不起一丝一毫的责备和责问，反而使读者哀其不幸，同仇敌忾，一致痛恨这个比乡村的夜还要浓黑悲凉的旧中国。我相信鲁迅看了他的后辈写的这些诗，也一定会同意何其芳的看法的。

毕竟是时代不同了，贺敬之对农民不仅哀其不幸、怒其不争，也有唤起必争、赞其必争的一面。像《瓜地》里的孩子们，像《黑鼻子八叔》，正是对觉醒了的农民自发反抗的写照，前人已经评论。

黑鼻子八叔大概就是彭德怀、贺龙、陈赓、许世友、王震一类的人物吧？但他是北方的后起之秀，却没有找到共产党，像布加乔夫一样被砍了头，吊在火车头上："他的脑袋滴着鲜血，/洒遍在五百里的火车道上。"

这是多么悲壮而惨烈的场面："血沃中原肥劲草！"

读了以后，不是化悲愤为恐惧，而是化悲愤为昂扬、为反抗，而不是像《红高粱》里边扒人皮的场面，不是不可以表现，看你怎样表现。《黑鼻子八叔》如果编成电影，绝对不会落入俗套，因为它来自鲜活的生活。

劳苦大众觉得自己的命最不足惜，所以他们革起命来最勇敢、最坚决，最先叛变的往往是"精英"。

黑鼻子八叔被砍头后，人民仇恨的程度，只用一句诗表达了极致的程度，请看：

在夜间，

有人听见东山坡上的七块大石头暗暗地咬牙。

这就是“村庄沉默着，一言不发”的表现。可见作者的仇恨，达到了在沉默中即将爆炸的程度。

黑鼻子八叔身首分离，而在他的无头的尸身旁边，又是乡村的夜，昂然挺立起无数株劲草：“爹、娘、三叔、二舅……很多很多人”的愤怒的心。他使一切软弱者刚强挺立，就连所有的高粱秆，都像红缨枪一样挺立起来。

这首叙事诗的头尾，是三句童谣。

……黑鼻子，

挎盒子，

高粱棵里抹脖子。

真是“砍头好像风吹帽”，因为要活下去，所以才视死如归。黑鼻子八叔无名无姓无爹无娘。他杀富济贫，抗暴伸义，为夏嫂子、五婶子，为上吊而死的小兰姑娘报仇，他是乡村之夜的一个土里英雄，而非天外飞来的天兵天将。他的造反，也是由于饥饿。可能就是夏嫂子遇见的那个“看青的”，被他活活掐死在高粱棵下，太解恨了！他为小全这样的不幸家庭送去了米，他为孤寡的大娘送去了粮，他和所有的穷人血肉相连，他和所有的霸王誓不两立。饥荒卷起农奴戟！

一部《乡村的夜》，不是贺敬之的习作，而是一次新的探索，正像他自己说的那样，读了鲁迅、吴组缃等人的小说，他要用新诗去表现，他想要用农民的语言、农民的感情，不加修饰地表现农民的苦难。

所谓不加修饰，不是不做艺术加工，不要说是写诗，就是照像，还要选择角度和光线，素描还要选择远近和明暗呢。

《乡村的夜》的不加修饰，是不按知识分子的语言、情调去加工和提高，而是依照农民的语言、感情、人情、俗理、道德去普罗化、大众化、加工和提高。

《乡村的夜》不是来自道听途说，而是不幸童年的亲身经历，自然也有民间的故事传奇。

《乡村的夜》来自生活之渊源。他痛定思痛，字字行行又连接天下苍生正在流血的痛。他身居桥儿沟的窑洞之内，心怀炮火沦陷的千里之外，荡魂魄于风雪之夜，萦衷肠于饥寒之乡，喷怒火于蛇蝎之窟，孕春雷于漆黑之夜。

眼前有诗不敢评，胡风评语在上面："从来没有见过别人这样写！"还有什么比这句评语更简单、更高呢？

贺敬之此次诗风之变，不是小变，而是大变，他立志由间接为大众服务，变直接用大众的语言、大众的思想感情、大众的原始经历写成大众化的自由诗，直接为大众服务。这已经不是一般的"跃进"，而是一次立场的转化。他是从实践的脚步，逐渐接近《在延安文艺座谈会上的讲话》，逐渐接近正在等待他的一次伟大的特殊的斗争。

（此文为《诗人贺敬之》之一章，大众文艺出版社2006年1月出版）

独特的一笔

贾　漫

在《乡村之夜》中，《瓜地》看起来松散，反复读起来，他的诗的意境犹如水晶，犹如月光的情怀，是我在诗歌和散文中很少见过的，就其人物心灵的变化与发展，也是意料之外和情理之外的，并非巴金所说的“情理之中，意料之外”。这一神来之笔，挖出了劳苦人民最深的善良本性。

《瓜地》写的是种瓜得瓜，种豆得豆，它的情节轻灵得好似月光，变化好似月光在水花中闪射。

刘老头种了二亩瓜地，可是他的老伴死了，儿子刘敏子由于饿急了眼，结伙抢粮，死里逃生不知下落。刘老头种下的这片瓜地，是他唯一的希望。那透明的诗的语言：“太阳从瓜地东边的高粱棵里升上来。/面前的瓜叶像些小孩子的手掌，/手掌上托着数不清的露珠，/把老头儿的眼睛都照花了。”

这个象征，天然去雕饰，而不是精心设计。到了晚上，月光之下，一群光腚的孩子结伙来偷瓜，偷瓜的办法很特别，脱光了身子，扎紧裤腿当口袋，月光中潜入瓜地去偷瓜。刘老头却正在做梦，梦见死去的老婆子叫他的魂儿，叫他到长长的冬天去做伴。他醒来表示，他的流亡在外的孩子一定会回来的，他要等着儿子回来，并且对着瓜地与高粱地的响动和影子说：“老婆子，算了吧，/我知道是你托人捎信来了，/叫你的捎信人回去吧……”正在这时，他看见了两个光身子的孩子，听见西瓜落到裤筒时沉重的声音，他既不愤怒，也不喊叫，他摇摇头……又点点头……又叹了口气。

三种态度表达了丰富而复杂的心理活动。这是一个“曾经沧海难为水”而又看破红尘的老者，看到孩子们偷瓜，内心浮生的是无限怜悯之情，他顺其自然地让他们把瓜偷走。

第二天，老头看着他们放牛归来从瓜地经过，孩子们又跳到河里凫水，扎猛子，打水仗，老头摇着蒲扇看呆了，先是喜欢他们像小鱼一样欢蹦乱跳，继而又怜悯他们少爹没娘，于是眼窝湿了，流出眼泪——这都是意料之外和一般情理之外的。还有更意外的，老头子把他们请到自己的瓜地，“搬来了顶大的西瓜”，红沙瓤和里外三白，亲自切开，又一块块地递给他们，弄得几个孩子愣了，不敢吃，老头说：“……不要钱……这是我的一点儿心意……”

孩子们，尝尝吧……
这是仔仔细细挑着摘下来的，
可比慌里慌张摘下来的好吃得多哩……

这是多么出奇的惊人之笔。它的出奇来自人物善良得出奇，宽厚得出奇，如果说这也是情理之中，这是特殊人物的特殊情理之中。真正的艺术不能有第二次重复，是绝对的“这一个”，正如孔乙已、阿Q。

老头的解释和安排，完全出乎孩子们的意料之外。诗人没有写他们如何感动，如何好像投入父母的怀抱那样坦然无恙，那样放心大胆，而是用了两句诗，极其精彩地表现了这一切。

西瓜子开始像雨点儿一样滚落，滚落……
微微的南风，从凉棚下吹过，吹过……

我感到那不是西瓜子，而是幸福的眼泪，像骤雨一样倾泻下来，从来没有这样痛快淋漓。

《瓜地》可以说无事件无情节，我说的是没有构成戏剧冲突的那种事件和情节，《瓜地》打破了常规的逻辑，代之以特殊性格、特殊经历的孤独苦命的老人，在特殊环境中的特殊心灵发展。仔细一想，刘老头的行为，是合乎他本人的性格、经历的。

他受尽苦难，孤独无靠，种瓜已经不为谋生，似在养性。他虽然口唱“好汉无钱到处难哪……”但他却慷慨地用最好吃的瓜招待一帮酸汉，他摇着扇子欣赏他们吃瓜时欢乐痛快的样子。他种瓜好像是为了收获人情，主要不是为了钱，是为了收获义，主要不是为了利，他收获了情，也收获了义，收获了孩子们对他的至死不渝的爱。

贺敬之笔下写的是刘老头和孩子们，心里想的却是母亲延安和自己。除了母亲延安，谁能有那样宽广的胸怀？谁能有那样海洋般的度量？

《乡村的夜》及其他叙事诗里，多数是风雪，风雪，风雪……

只有来到瓜地，那哗哗的水流，那亮亮的月光，那净洁的空间，那坦然无恙的心境，那青嫩向上的希望，这一切，不正是贺敬之心灵的“返景入深林”的生动写照吗？

（此文为《诗人贺敬之》之一章，大众文艺出版社2000年1月出版）

挚情的、凝练的诗

——读贺敬之的《回延安》

闻　山

有一次，和一位搁笔多年的朋友谈诗。他说：目下的诗就是太长，读起来没有味道。

他走后，我很久还在回味着这句话，觉着这正说中了我们今天诗歌创作中的主要病症。

正是因为没有味道，所以觉得太长。为什么没有味道？因为其中酒少，白开水太多；许多写诗的同志抛弃了诗的绝不可少的素质——强烈的感情，凝练的词句，像写漫不经心的文章那样来对待诗的艰苦创作，安得不长且无味？

也正因为这样，所以当你发现了一首挚情而又凝练的诗时，就不能不十分高兴，甚至产生一种感激作者的心情。

前几天，有位同志让我读贺敬之同志的《回延安》（载《延河》1956 年 6 月号）。不怕人说我是“形式主义”，我的确是一看见这诗的形式，就先已高兴。这是日夜飘荡在陕甘高原的山野之间的“信天游”。好难啊！过去，从“信天游”的母胎里，虽然孕育过像《王贵与李香香》、《死不着》这些十分出色的诗篇，但自从诗人们进城以后，也许是由于耳边再难得听到放羊娃们唱的陕北牧歌，也许是因为还不惯于用这种形式来表达城市的生活和感受，李季、阮章竞、张志民这些熟谙民歌的歌手们，似乎都不约而同地改了版。好久以来，我们一直读不到这一类的好诗。《王贵与李香香》等，快要成为“绝唱”了。这真叫人忧心。因此，看到贺敬之同志重又运用这种美好的形式，我觉得是诗的创作事业的幸运。

《回延安》，不用说，当然是个好题目。一别十年，感触正多着呢，还怕写不出诗？如果从头数起，那真是要多少就能说多少！但贺敬之同志却没这样做，他不愿意用许多废话来糟塌“延安”这个神圣的名字。

高尔基说：契诃夫的小说是一瓶瓶的酒精。对于诗来说，在结构上，诗比散文有更多的方便条件，使它能尽量地把水分去掉，留下纯粹的酒。因为在诗里，从这一情节到那一情节之间，容许有很大的距离，诗人可以借联想的虹桥“飞跃”过去，而读者也不会因此而埋怨诗人不交代故事细节。可是，我们现在有些诗，却与流水账无异，作者已惯于有闻必录，用生活中语言的沙砾，来代替诗中黄金的语言。

《回延安》里面的沙砾是很少的。虽然第四节还不够精彩。但读过全诗以后，你就不能不承认，诗中的语言和诗人创造的形象，几乎都是经过精选的。

诗一开始就是：心口呀莫要这么厉害地跳，灰尘呀莫把我眼睛挡住了……手抓黄土我不放，紧紧儿贴在心窝上。……几回回梦里回延安，双手搂定宝塔山。……白羊肚手巾红飘带，亲人们迎过延河来。满心话登时说不出来，一头扑在亲人怀……

可以看到，诗人抓住的是久别重逢时最动人心魄的一瞬间。这几句，一层层深入，集中了全部怀念的强烈的情绪，他并没有多说，但读者已感到，这里面包含着多少真挚的感情，多少长远的想念！

当我读着“羊羔羔吃奶眼望着妈，小米饭养活我长大”这两句诗的时候，我觉得很难用一般的语言来说明我心中的感触。中国有“至情至性”四字，但这四字也只能表达其中骨肉之爱以及对慈母的感恩，而诗人在这里却是把自己深藏在心中的对革命的依恋，化形为母子间骨肉至亲之爱，它所包含的感情远比骨肉之爱更为广阔，更为崇高。紧接着这两句是“东山的糜子西山的谷，肩膀上的红旗手中的书。手把手儿教会了我，母亲打发我过黄河”。诗人仅仅用了这六句出自肺腑的话，就形象地概括了受革命哺育教养的长久的岁月，我认为，这是极为卓越的构思！

久别的亲人会面，该有多少事可写呵。但作者只选择了一个场面，写了一小节。他用“亲人见了亲人面，欢喜的眼泪眶眶里转。保卫延安你们费了心，白头发添了几根根”，聊聊数语，不仅是把会面的激动深刻地表现了出来，也不仅是表达了亲人的想念，追忆过去艰苦的岁月，诗人在读者心中树起了英雄的延安父老的雕像。

延安是英雄的城，是中国人民心中的骄傲，是我们伟大的党中央长久驻扎的地方。如果写延安而不能写出这些，延安就没有写出来。假如诗人稍微留恋那众多的史实，和那政治报告式的说理，那我们就得大吃苦头了。诗人没这样做，他告诉人们的是："宝塔山下留脚印，毛主席登上了天安门。枣园的灯光照人心，延河滚滚喊'前进'！赤卫军……青年团……红领巾，走着咱英雄几辈辈人……"这"枣园的灯光"，多么亲切、明亮；这延河滚滚的波浪，又多么壮阔、勇猛！"走着咱英雄几辈辈人……"难道说的仅仅是延安的人民？读者难道会感觉不到这永照人心的"灯光"和辈辈英雄的关系？……

从《回延安》，我看到了诗的挚情与凝练的素质。

（原载《文艺报》1956年第14期）

充满生命力的歌声

——读《回延安》

陈 思

这是一首动人心魄，令人感奋的好诗。不论就诗的思想和技巧而言，都达到了相当的水平。

在这一诗篇里，诗人采用了荡漾在陕甘高原谷野间的信天游的形式，尽情地倾诉了自己对革命的故乡——延安长远怀念的心曲，激情地抒发了对它的最珍贵的爱情。回乡，这本是从古以来无数诗人所争咏的题材，但有谁写得像我们诗人这样亲切！把自己所敬爱的对象比为母亲，这也是许多诗人所经常取譬的，但有谁唱得像我们诗人这样深沉而真挚啊！

诗人一开始就向读者摊开自己的内心世界：

心口呀莫要这么厉害地跳，
灰尘呀莫要把我的眼睛挡住了……

手抓黄土我不放，
紧紧儿贴在心窝上。

……几回回梦里回延安，
双手搂定宝塔山。

千声万声呼唤你，
——母亲延安就在这里！
……

这情绪是多么强烈！情感是多么丰富！这里所表露出的怀念的心情又是何等的深沉啊！诗人离别延安十年了，当他一旦踏上这几回回梦到的革命圣地时，他的心怎么能平静下来？他又多想能快些看到那在天南海北都想念着的母亲呀，“心口呀莫要这么厉害地跳，灰尘呀莫要把我的眼睛挡住了……”这样不断的祈求和呼告，深刻地传达出了诗人这种微妙的感情。黄土，这本是极为平常的东西，但延安的黄土却引起了诗人不平常的情感，他禁不住抓起一把黄土，紧紧地贴在自己的心窝上，从内心迸发出一声热情的呼喊：“母亲延安就在这里！”当诗人一看到“亲人迎过延河来”的时候，千言万语，一时竟不知从何说起，他只有激动得“一头扑在亲人怀”，真的，这是多么激动人心的场面！

从开头的几行起，我们的心就被那一层深似一层的诗句紧紧地扣住了。显然，这时我们还不明白诗人为什么这样激动的来由，但当我们愈读下去，我们就会从诗中所展开的丰满的形象里，理解到诗人的感情之所以这样汹涌的原因。

从第二节开始，我们的诗人就驾着想象的飞轮，凭借着联想的虹桥，依据自己的感受把延安的过去和现在的情景一幕幕地展现在我们眼前。他热情地诉说了党哺育自己成长的情形，生动地描述了和亲人会见时令人难忘的场面，热烈地歌唱了英雄城市——延安的崭新面貌，最后他以全部的生命力赞颂了延安对中国革命的贡献。对的，正是这种对党无比热爱和感恩，以及延安壮丽的景象，激动了我们诗人，唤起了他写诗的要求，把自己所感受到的一切，去谱成优美的乐章。显然，从整首诗的层次中，我们可以发现，诗人的情感是在不断迂回和发展着的，那延安的一切，都勾起了诗人无穷的回忆，而对过去一切的回忆，又增强了他对延安的热爱，到最后一节，这种情绪就达到了高潮——成为对整个革命事业热烈的歌颂。这种由丰富的内在情感所形成的匀整的层次，深切地表达了诗人对延安炽热的情思。深深地感动着读者的心灵。

“诗中有画，画中有诗”，一首好诗总是充沛着生动的形象的。读着这首诗，我们会感到诗人所给予我们的决不是一些枯燥的概念和一般现象的罗列。蕴存在诗中的深刻思想都是通过凝练的语言和优美的形象，自然地鲜明地呈现出来的。比如在开头的那几行诗句里，诗人只以寥寥数语就表现了那动人的一刻，给读者以难忘的印象。又如在第三节里写亲人会见的情景：

米酒油馍木炭火，

团团围定炕上坐。

满窑里围得不透风，
脑畔上还响着脚步声。

老爷爷进门气喘得紧，
“我梦见羊吃草——可真见亲人……”

亲人见了亲人面，
欢喜的眼泪眶眶里转。
……
白生生的窗纸红窗花，
娃娃们争抢来把手拉。

你看，这是一幅多么生动的亲人话旧的画面！那干部和群众之间亲如骨肉的关系，和久别重逢后难以言说的欢乐都栩栩如生地被描绘出来了。这种通过抒情所创造出来的画面，又多么动人心魂！

和所有艺术一样，诗中丰富的想象和生动的形象的出现，都和诗人多方面的丰富的情感有关，都是诗人对现实生活深刻的理解和感受后所产生的。

“真正的技巧力量——这就是艺术概括的力量”①，读着《回延安》，我们不能不惊叹诗人高度的艺术概括的能力。作为一个在党的培养下成长起来而又在延安工作过多年的战士，一旦回到阔别十年的革命故土时，那感触何止万千！他该有多少的话要说，多少的东西要写呀！在这万感交集的情况下，是很容易沉溺在无数现象的描述中的。显然，我们的诗人并没有这样，可以看出，他是尽量地排除了一切无关紧要的东西，而精密地挑选了那些最动人的情节，抓住了最富有代表性的材料，精炼地、形象地表达了他所要表达的思想。

东山的糜子西山的谷，
肩膀上的红旗手中的书。

---

① 武尔贡：《苏联的诗歌》。

手把手儿教会了我，

母亲打发我们过黄河。

诗人仅仅用四行的诗句，就形象地概括出了多年来党对他的教养。十年以来，延安发生了多大的变化呀，这不仅表现在市容的改变上，更主要的是人在斗争中不断的变化和成长着。这要是写起来，该要用多少的文字？而诗人是这样告诉我们的：

保卫延安你们费了心，

白头发添了几根根。

团支书又领进社主任，

当年的放羊娃如今长成人。

一共只有四行，但却非常鲜明地概括了十年以来延安年老一辈所经历的艰苦斗争的岁月，和年轻一代成长的过程。同时也表露了诗人的无比欣慰和对他们无限尊敬的心情。紧接着，诗人就用四行排比的诗句：“一条条街道宽又平，一座座楼房披彩虹；一盏盏电灯亮又明，一排排绿树迎春风……”极为简洁地描写了延安的新面貌，最后用“对照过去我认不出你，母亲延安换新衣”概括了这个伟大城市“十年革命大发展”的情景。诗人不必多说，读者们尽可以在那丰富而又凝练的形象中，想象到十年来延安巨大的变化。

在最后一节里，诗人以“黄河之水天上来”般磅礴的气势，追忆和描写了从延安杨家岭到北京天安门几十年来中国革命发展的过程，在这长长的回忆中，我们的诗人并没有纠缠在许多史实的叙述中。

杨家岭的红旗啊高高地飘，

革命万里起高潮！

宝塔山下留脚印，

毛主席登上了天安门！

枣园的灯光照人心，
延河滚滚喊“前进”！

赤卫军……青年团……红领巾，
走着咱英雄几辈辈人……

显然，诗人并没有用很多笔墨来描绘和渲染以往斗争的情形，他只是扣住了几个富有象征性的形象，鲜明地概括出了数十年来革命发展过程的轮廓。那杨家岭的红旗，枣园的灯光，宝塔山和天安门，在诗里显得多么崇高而伟大呀！读者在这里不是看到了中国革命浩浩荡荡的洪流吗？

古人说“言有尽而意无穷”，这应该是指诗的容量而言，真的，要是没有精密的艺术构思和高度的艺术概括，这样深刻的思想和丰富的内容，是无法容纳在这短短的，仅有六十多行的诗篇中的。

这首诗是采用信天游的形式写的，每两句组成一个小节，每一小节都包含着极其深广的内容。兴与比，这是民歌所常用的一种表现手法，在《回延安》里，这一手法是被很好地运用着的。诗人用“树梢树枝树根根”来比喻自己和延安的血肉关系，用“羊羔羔吃奶眼望着妈”来表达他对党的深情，用“长江大河起浪花”来形容和亲人相会时说不尽的话语。这些闪耀着智慧光芒的、明快的、色彩鲜明的比喻，都形象地表达了诗人的感受，有力地深化和强化了诗中所洋溢着的思想感情。这些出色的比喻，应该说都是诗人从生活海洋中觅取来的。在谈到向民间文学学习时，武尔贡说：“不向人民学习就不可能产生伟大的诗歌，但是，接近人民、接近他们的艺术思想，并不等于简单地重复民间的歌曲和故事。”① 显然，我们的诗人并没有被民间文学的形式所束缚住，他是依据自己构思的要求来出色地利用它的。整首诗都是诗人自己独立的艺术表现。

伊萨柯夫斯基说得好：“在诗人的诗里面，不仅他的作诗的技巧，不仅他的善于用诗的形式叙述不同的生活现象的本领必然要表现出来，同时诗人本人的性格、他的个性和他个人的品质也要在它们里面表现出来。”② 的确，当我们读完这一诗篇，我们鲜明地看到一个对党对革命事业有着无比热爱的革命者

① 武尔贡：《苏联的诗歌》。
② 伊萨柯夫斯基：《论诗的秘密》。

的形象——也就是我们诗人自己的形象。正因为我们诗人具有着这种高贵的革命的品质和感情，所以他才能从心灵深处唱出这样真挚而充满着生命力的歌声来！

（原载《语文教学》1958年第9期）

《回延安》是充满感情的好诗

丁力

延安，是中国革命的圣地，革命的摇篮。同志们一提到它，就会肃然起敬，感情倍增。去过的，引起无限的怀念；未去过的，心中非常向往。

诗人贺敬之，是抗日战争时期到延安去的，那时他还是个"小鬼"，正如他自已在《放声歌唱》中所说的："我的真正的生命，就从这里开始"，"是吃了延安的小米饭长大的"。1956 年，诗人回延安一次，写了《回延安》这首诗。

这是一首充满感情的好诗，表达了诗人对延安无限的热爱，表达了对延安人民无比深厚的感情；采用的形式，是陕北人民最喜闻乐见的"信天游"调，可读可唱；所用的语言，是陕北带有泥土气息的语言，生动活泼。

诗分五段，第一段写初回延安见到亲人们的激动的心情。开头两句："心口呀莫要这么厉害地跳，灰尘呀莫要把我眼睛挡住了……" 诗人这种急于要看到延安的激动心情，一下子就把读者抓住了。为什么这样激动？这是一个革命者对延安有了血肉相连的感情，才能表现得如此真挚，如此动人。看到了延安，就"手抓黄土"，更表现了对延安土地的热爱，而又抓住"不放"，感情又深了一层，而又把它"紧紧儿贴在心窝上"，感情就更深了。这并不是在表现手法上故意如此，而是诗人真实感情的自然流露。回到延安，自然想起过去"几回回梦里回延安，双手搂定宝塔山"。表现了诗人在十年阔别中，对延安无限的怀念。"搂定"二字用得很好，不仅气魄大，还因为是在梦中，怕它跑了，所以要紧紧地搂定；这也是感情深厚的表现。今天是真的回到了延安，诗人情不自禁地"千声万声呼唤你，——母亲延安就在这里！"意思就是说：我到底回来了！不再是在梦里了。你看："杜甫川唱来柳林铺笑，红旗飘飘把手招。"延安的山川、村落和红旗，对诗人也有深厚的感情，它们唱，它们笑，它们招手，表现了对诗人的热烈欢迎。同时，从这两句诗中，也反衬出诗人回来的一种喜悦心情。延安的亲人们对他又是怎样呢？

“亲人们迎过延河来”，说明了对诗人的感情也是深厚的，也说明了诗人过去和延安群众的密切关系。诗人在这久别重逢之际，千言万语难以表达，“一头扑在亲人怀”这一具体行动，最能麦现感情，虽说一句话也没有说，给读者的印象是深刻的，是动人的，比千言万语还有力量。

第二段写回到“家中”后的感想——回忆自己与延安的深厚关系。“树梢树枝树根根，亲山亲水有亲人”，延安培养了自己，怎么能忘记呢：“羊羔羔吃奶眼望着妈，小米饭养活我长大”，诗人通过陕北的生活特点，反映自己与延安血肉相连的关系。“东山的糜子西山的谷，肩膀上的红旗手中的书”，这两句概括力很强，概括了诗人过去在延安的生产劳动、革命斗争和学习生活。使人读后，可以想象到很多东西。诗人是热爱延安的生活的，为了解放全中国，“母亲打发我们过黄河”，这就把延安和整个革命事业联系起来了。离开以后，用“天南地北想着你”一句来表现对延安无限的怀念。究竟怎样“想着你”？这里没有写，也没有必要写，因为在前段中已写了“梦里回延安”，已足够表明对延安深深的怀念了。在结构上讲，衔接得很紧，使感情有回旋的余地，并且和前面互相渗透，而又天衣无缝。

第三段写和群众相见谈心的场面。“米酒油馍木炭火，团团围定炕上坐。满窑里围得不透风，脑畔上还响着脚步声。”诗人把群众当亲人，群众也把诗人当亲人，这种亲密无间的关系，实在令人感动。群众来的很多，炕上坐满，窑里围满，可是，“脑畔上还响着脚步声”，这说明群众还在陆续不断地来，连脚步声都听得见，可见跑得很快。这些没有在字面上写出来的诗意，读者从这一含蓄的诗句中，是可以领会得到的。见面的群众挺多，作者并没有一一去写，只选择三个有代表性的：一个是“老爷爷进门气喘得紧：‘我梦见羊吃青草——可真见亲人……’”为什么气喘得紧？可见他是跑来的，为了要急于看到亲人。作者善于抓住人物表情上的特性，是为了更好地表现出作者与群众的深厚关系。一个是“团支书又领进社主任，当年的放羊娃如今长成人”。放羊娃当了社主任，这变化多么大！这是表现农村干部的成长，通过他，也可以感到农村的变化。一个是“白生生的窗纸红窗花，娃娃们争抢来把手拉”。十年前，这些娃娃刚出世或者还未出世，但也都和大人一样，争抢着来握手，这表现了新的一代是落落大方的，他们懂事早，能了解和作者的关系。这首诗无论在剪裁上，在布局上，在抓住人物表情的特点上，都值得我们学习。

第四段写延安的变化，“千万条腿来千万只眼，也够我走来也够我看!”我们从这两句中，可以看出延安新的面貌是惊人的，新的事物是相当多的。“对照过去我认不出了你，母亲延安换新衣。”不仅诗味很浓，并可看出诗人对这种新的变化，感到多么兴奋!

第五段写延安在革命历史上起过的作用。你看：“杨家岭的红旗啊高高地飘，革命万里起高潮！宝塔山下留脚印，毛主席登上了天安门！枣园的灯光照人心，延河滚滚喊‘前进’!”这就把党中央和毛主席领导中国革命走向胜利的巨大作用，非常概括地表现出来了。这一点一定要写，不然，就失掉了主要的方面。作者把它摆在末段来写，不仅是为了便于结构，更主要的是让读者看到过去的延安，还要看到现在和将来的延安：“社会主义路上大踏步走，光荣的延河还要在前头!”诗人满腔热情地离开了延安母亲，还期待着重来：“身长翅膀吧脚生云，再回延安看母亲!”诗结束了，诗意没有结束，还有余味萦绕在读者心头。

《回延安》的思想性和艺术性，都达到了相当的高度。我们从这首诗中，可以学到很多东西，它的内容为什么这样丰富，这是与诗人对延安生活非常熟悉、非常热爱分不开的。诗中充满了生活气息，没有到过延安或到过而对延安不热爱的人，就绝对写不出。

我们知道：写诗需要有劳动人民的感情，这首诗的感情是相当充沛的；写诗需要有形象，这首诗的形象是鲜明生动的；写诗需要有精炼的语言，这首诗的语言是朴素、优美而又含蓄的；写诗需要有韵律，这首诗的韵律是和谐的，节奏鲜明，声调铿锵。而这一切，都是从生活中、从群众中、从民歌和古典诗歌中来的。无论从哪方面讲，都是一首相当完美的好诗。

我们还可以从这首诗中，学习如何在抒情诗中表现“我”的问题。全诗写“我”的地方很多，我们看到了诗人自已的形象，那饱满的革命热情，那热爱延安的激动的情绪，那和亲人们相会的热烈场面与深厚的感情，都洋溢在纸上，感染读者。这是由于诗中的“我”，是大我，是无产阶级的我，是人民大众的我，所以才能引起广大读者的共鸣。

有的同志不敢在抒情诗中写“我”，怕露出小资产阶级的尾巴；有的同志写了，却是资产阶级和小资产阶级的“我”，这是由于旧的世界观还未得到彻底改造的缘故。《回延安》告诉了我们在抒情诗中，需要写什么样的“我”。

（原载《文学知识》1960 年第 4 期）

一曲铭刻在人们心底的乐章

——重读贺敬之的《回延安》

段登捷

贺敬之同志的《回延安》是脍炙人口的诗歌珍品。二十多年来，人们争相传诵，赞不绝口。最近，由于教学的需要，重读了《回延安》，感受依旧，获益更增。下面仅就自己的体会，谈谈这首诗的思想与艺术。

一

任何诗歌，都是诗人被现实生活所感染、所激动而产生的思想感情的火花。可以说，没有感情，就没有诗歌。《回延安》最突出的特点，就是饱含革命的激情，真挚朴实，没有一点点矫揉造作。读过之后，首先使我们感到诗人不是为写诗而写诗，这是作者对延安的革命深情的自然流露，是一曲真挚动人的颂歌。

延安，不仅在中国革命史上，而且在中国人民心里，都有着特殊的地位。毛主席在这里领导中国人民进行了伟大的抗日战争、解放战争。由于毛主席领导的伟大的革命实践，延安成了革命的中心，成了闻名世界的革命圣地，在中国人民心目中永远有着神圣的地位，延安的山山水水都焕发着革命的光辉。正因为如此，在战火的年代，多少有志青年，冲破重重困难，跋山涉水来到延安，走上了革命的道路。

1940 年，十六岁的贺敬之，徒步来到延安，开始受到党的培养教育，懂得了革命道理，走上了创作道路。诗人在延安度过了他生命中最宝贵、最难忘怀的一段时期。1946 年，由于革命的需要，他离开延安，参加了解放全国的革命斗争。解放以后，繁忙的革命工作，使他没有机会再回延安，但他无时无刻不在思念着这个哺育过他的革命的摇篮。直到 1956 年诗人参加西北五省青年造林大会时，才有机会回到了阔别十年的延安。不难想象，在延安整整住过六年，喝过延河的水，吃过延安的小米，在延安开过荒，纺过线，在延安唱过歌，写过戏，在延安听过毛主席的报告，接受过革命前辈的直接教导，可以说，与延安有着千丝万缕的联系，视延安为自己革命的母亲的诗人贺敬之，重回延安，脚踏着延安的土地，置身于亲人的欢迎之中，眼望着延安的巨大变化，回忆起党对自己的恩情，他那激动的心潮，怎能不迸发流露呢！

心口呀莫要这么厉害地跳，
灰尘呀莫把我眼睛挡住了……

手抓黄土我不放，
紧紧儿贴在心窝上。

……几回回梦里回延安，
双手搂定宝塔山。

千声万声呼唤你，
——母亲延安就在这里！

杜甫川唱来柳林铺笑，
红旗飘飘把手招。

白羊肚手巾红腰带，
亲人们迎过延河来。

满心话登时说不出来，
一头扑在亲人怀……

读了这些发自内心的诗句，我们好像看到了诗人手抓黄土、喜泪横流的形象；读了这些感人至深的诗句，我们好像也置身于红旗招手、亲人相迎的场景之中。当诗人一头扑在亲人怀里的时候，我们的心也在剧烈地跳动，眼睛也不由得潮湿了。这些诗句，把诗人回到延安的激动不已，把十年来对延安的强烈思念，把踏上延安土地时的兴奋欢快，全都淋漓尽致地表现出来了。情与景的交融，构成了一个特殊的意境，它洋溢着激情，辐射着扣人心弦的感染力。

二

没有感情，就没有诗歌；但有了感情，并不等于就有了诗歌。诗情，必须通过巧妙的构思和优美的意境来反映。这是《回延安》的又一成功之处。

当我们被诗人回到延安之初的激动、喜悦之情深深打动的时候，也许会产生这样一个问题：诗人为什么到了延安这么激动呢？请看第二段一开始，诗人这样写道：

……
二十里铺送过柳林铺迎，
分别十年又回家中。

由迎想到送，承上启下，很自然地过渡到对过去延安生活的回忆，不仅回答了读者心中的问题，也真实地表现了诗人对延安的一往情深。但是，值得追忆的往事太多了，延安的一草一木、一山一水都牵动着诗人的思念，更何况同志的情谊、亲人的关怀、革命家庭的温暖、党的培养教育和斗争的锻炼……这么丰富的思绪该从何写起呢？

树梢树枝树根根，
亲山亲水有亲人。

羊羔羔吃奶眼望着妈，
小米饭养活我长大。

东山的糜子西山的谷，
肩膀上的红旗手中的书。

手把手儿教会了我，
母亲打发我过黄河。

革命的道路千万里，
天南海北想着你……

只短短几句，诗人就概括了在延安的全部生活：生产、劳动、学习、革命；人民的哺养，党的教育；革命的征程，延安的传统；甚至连树木山水都包括无遗，而且写得是那么形象。拿“羊羔羔吃奶眼望着妈”比喻党对自己的哺育和自己对党的信赖和感激，生动而贴切。“小米饭”三个字概括了人民的支持、革命的锻炼、艰苦奋斗的作风、延安的光荣传统。这都体现了诗人高超的艺术技巧和匠心独运的构思。

对延安的深情厚谊，构成了第三段这场同亲人团聚的感情基础。思路合情合理，真实自然。

米酒油馍木炭火，
团团围定炕上坐。

只两句，生动形象地描绘出热情接待的场面，典型的细节，典型的画面，典型的陕北风味，紧接着：

满窑里围得不透风，
脑畔上还响着脚步声。

又一个典型的热烈气氛。已经团团围定，还继续来人，已经围得不透风，还响着脚步声，熙熙攘攘，亲人云集的场面跃然纸上。

老爷爷进门气喘得紧，
“我梦见羊吃青草——可真见亲人……”

一个具体的人物一下子使这个典型的画面活动起来了。读者也随着进入了诗的意境。

亲人见了亲人面，
欢喜的眼泪眶眶里转。

这是情与景、意与境的交融。亲人相见，本该有千言万语，但诗人只用了三句话简练地交代了见到老人、青年、孩子的不同感受和景象。接着：

一口口米酒千万句话，
长江大河起浪花，

十年来革命大发展，
说不尽三千六百天……

这形象的概括，又给读者留下了广阔的想象余地。虽是片言只字，胜似千言万语！

三

抒情不是诗歌的目的，而是表达思想的手段。

所谓“诗言志”就是诗要表现主题的意思。贺敬之同志在构思《回延安》的时候，在主题的深化上是下了功夫的。

延安是诗人的第二故乡，是革命的母亲。《回延安》的主题，不言而喻应是歌颂延安精神，抒写对延安的深情。从第一段的抒情到第二段的回忆，直至第三段写亲人团聚和第四段的延安巨变，都是为了歌颂延安。但是，如果仅此四段，则主题未见深刻，境界也平庸一般。延安之所以是中国革命的圣地，与党和毛主席的丰功伟绩有着不可分割的联系。《回延安》的主题深刻，就在于诗人抒写了个人的感受之后，又登上历史的高山，回顾过去，展望未来，满怀激情地歌颂了我们的党和毛主席：

杨家岭的红旗啊高高地飘，
革命万里起高潮！

宝塔山下留脚印，
毛主席登上天安门！

枣园的灯光照人心，
延河滚滚喊“前进”！

赤卫军……青年团……红领巾，
走着咱英雄几辈辈人。

社会主义道路上大踏步走，
光荣的延河还要在前头！

身长翅膀吧脚生云，
再回延安看母亲！

这一段画龙点睛之笔，是全篇的警策，也是全诗的高潮。正因为这一段，前面的四段才顿增光辉，全诗的艺术境界才得以升华，延安的神圣和伟大才能够充分体现，诗歌的主题也才突见深刻。正因为有了这段，读者才从中领悟到全诗所歌颂的是永放光芒的延安精神，歌颂的是我们伟大的党，英明的领袖毛主席所领导的中国革命从宝塔山到天安门的伟大胜利。

四

《回延安》的形式和内容是完美统一的。其艺术上造诣之深有以下四点。

首先，采用当地的民歌形式信天游，来抒写回延安的见闻感受，来抒发对延安的深情厚谊，情调和谐，读之亲切，而且增强了形象的生动。

其次，全诗层层衔接，眉目清晰，感情跳跃而不紊乱，每一段都有自己的中心，合起来共同表现一个主题；段间过渡自然，结构严谨完整。抒情上有起伏，多变化，急缓相间。第一段激情感人，扣人心弦。第二段真挚徐缓，感情深沉。第三段气氛热烈，情真意浓。第四段画面清新，寓情于景。第五段激情澎湃，放怀高歌，画龙点睛，结束全篇。

第三，高度凝练。这不仅表现在选材上、结构上，尤其表现在诗句的典型化上。这正是诗人那深厚的生活基础、真实的思想感情、切身的丰富体会、纯熟的抒写技巧的结晶，所以脱口而出，即成佳句；顺手拈来，便是诗境。不仅形象跃然纸上，而且典型概括意味深长，言有尽而意无穷。读之如饮醇酒，时间越长其味越浓。如“手抓黄土”一句看似通俗平常，但咀嚼之后，才体会出它是多么典型地表达了诗人对延安的一往情深。这黄土渗透着他的汗水，留过他的脚印，是他生命的摇篮，他怎么能不把它“紧紧儿贴在心窝上”？由此可见一斑，诗中像这样典型化的句子比比皆是。典型化正是它凝练的基础。

第四，兴比表现手法的巧妙运用。“信天游”一向以兴比手法著称，但诗人并没有生搬硬套，处处借物起兴托物寄情，而是根据内容的需要，充分发挥了联想，使兴比手法恰当而巧妙地突出了内容的表达。

《回延安》是一曲真挚动人的颂歌。它有饱满的革命激情，有巧妙的艺术构思，有深刻的主题思想，有为人民大众喜闻乐见的表现形式。尤其可贵的是这一切和谐美妙地结合在一起，达到了革命的内容与完美的艺术形式的高度统一。二十多年来的经久传诵已经证明，它是一支不朽的歌，是一曲永远铭刻在人们心底的乐章。

（原载《中文自学考试辅导》1984 年第 1 期）

不废江河万古流

——关于“中国诗歌教材讨论”的议论

刘　章

《星星》诗歌月刊，从1999年第二期开始，开展了《下世纪学生读什么诗——关于中国诗歌教材的讨论》，先后发表了毛翰、杨然、陈良远等人的文章。作为中国的诗人或诗歌爱好者，出于对青少年的关心和诗歌发展的关心，对诗歌教材提出自己的看法，是完全应该的，如果以历史的、科学的态度来探讨什么是好诗，教材应选什么样的诗，无疑是有益的。可惜的是，有些人不是以历史的、科学的态度看问题，而是肆意否定名人名篇，尤其是《星星》诗刊第10期发表了毛翰的新诗推荐篇目文章《劝君莫奏前朝曲，听唱新翻杨柳枝》更让人感到遗憾，禁不住议论几句。

如果说，有的人不是为了出名，而是故作惊人之语（时下很有那么一些人是这样），就那么轻率地否定名篇，实在让人遗憾。那么，作为一个诗国的中国，不是很懂诗的人在那里教诗，对诗指手画脚，则实在使人悲哀。例如，作者名字前面特意标明江西师范大学文学院的陈良远用一个新入大学的学生话“我与妈妈离别十年也不会犯这种心脏病”，来否定贺敬之的《回延安》，指摘诗句“心口呀莫要这么厉害的跳”是假，以一个无情无义的寡情人语来否定多情诗人的诗句，岂不是很荒唐？又如，作者名字前面标明中央民族学院的邹建军，说臧克家《有的人》基本上是空洞的议论，我看也是外行话。“有的人活着，他已经死了；有的人死了，他还活着”。这几句话来得容易么？赵高、秦桧、贾似道、魏忠贤活着的时候，已在人心中死去；屈原、岳飞、文天祥、海瑞虽死犹生。几千年来这种现象存在着，不见谁笔下写出，一经臧克家道破，并运用于未来的秦桧和岳飞，这才是人生总结生命体验！诗歌绝不全排斥议论，著名的《满江红》亦是议论，一语道破赵构心机，成为千古绝唱；至于柯岩的《周总理，你在哪里》即使与王洪涛的《莉莉》相似亦如，那也跟崔颢《黄鹤楼》与李白的《登金陵凤凰台》一样，都是好诗……更何况，意境可共，这是诗的常识。

至于毛翰的推荐篇目，可以说都是不错的诗，但若用这些诗取代贝毛翰诸君否定的诗，中国的广大读者未必能接受，例如何其芳的《花环——放在一个小坟上》，我是从吕进的一本书里读到这首诗和欣赏文字的，读过之后也就淡漠了。相反，而被毛翰诸君否定的《桂林山水歌》，我清楚地记得，最早是一个不写诗的公社干部推荐给我的，并且读过一二遍便背下许多行。须知，有一些诗人，他们的影响，仅仅是在诗歌圈子之内，而有一些诗人的影响，不仅在诗界，甚至远远超出文艺界。唐人张若虚《春江花月夜》，绝对是好诗，好像并未被选作为课文，课文还是选李白、杜甫、孟浩然。尊重人民，就是尊重历史！虽然是好诗，只有专门研究诗的说好，恐怕不一定要选入教材。此外，从推荐篇目上看，也有搞小圈子、否定名家、抬高自己哥们儿之嫌……

被否定的田间诗也好，臧克家诗也好，贺敬之诗也好，都是特定的历史时期的“当时体”（杜甫语）。正是因为“当时体”，有革命内容，有政治内容，才被一些人“哂未休”的。哂笑不得呀，先生们！例如日本侵华，给中国人民带来那样深重灾难，更可怕的是，日本的教科书提到它时至多不过200字，日本一些右翼分子，至今死不认账，包括一些日本年轻人，至今还嚷着再打。我们也不让自己的下一代知道那段历史，是多么可怕？像田间的《假如我们不去打仗》那样的诗，能否定么？我们五十年和平是用战争换取的，我们的身后还会有另一样战争，这是每一个有民族责任感的中国人必须清醒牢记的。战争曾经发生过，革命曾经发生过，必须让我们下一代知道。我们的诗歌教材，“春眠不觉晓，处处闻啼鸟”，当然应该有，“朱门酒肉臭，路有冻死骨”绝不可无。我也注意到，在诗歌中，也有一些孩子的声音，作为编教材的要听取，要研究，但不能完全投其所好。教材要引导下一代，而不是下一代定教材。例如，最近写清王朝的电视剧，尤其是《还珠格格》很是征服了历史知识不多、文化不高的很多中国人和孩子们，如果任其泛滥，不加引导，让下一代觉得“满清”好得很，有一天推翻共和国建立“后清”，岂不是民族的大大灾难？

（原载《新国风》2000年春之卷）

新的气派新的风格

——读贺敬之的《三门峡——梳妆台》

丁 力

贺敬之同志在《诗刊》今年5月号发表的《三门峡——梳妆台》，是一首充满激情的好诗。那种磅礴的气势，澎湃的热情，豪迈的性格，深深感动了我，把我引向了三门峡，眼前展开一片移山倒海、扭转乾坤的伟大境界，好像看到我们的诗人在那里敞开胸怀，放声歌唱。

诗一开头，就是"望三门，三门开：'黄河之水天上来'"，利用李白一句名诗，展开了黄河惊涛骇浪、一泻万里的面貌。接着写三门峡三个不同的形势："神门险，鬼门窄，人门以上百丈崖。黄水劈门千声雷，狂风万里走东海。"我没到过三门峡，从这诗中，我看到它的形状，听到它的声音，那奔泻如雷的巨流，在三门峡怒吼。"但见那：辈辈艄工洒泪去，却不见：黄河女儿梳妆来!"这几句，概括而又深刻地把黄河过去苦难的岁月勾勒出来，动人心魄。

梳妆来呵，梳妆来!
——黄河女儿头发白。
挽断"白发三千丈"，
愁杀黄河万年灾!
登三门，向东海：
问我青春何时来?!

诗人运用梳妆台这个神话故事，把黄河人格化了，构思极为别致，读起来，特别感到亲切动人。我们好像看见"黄河女儿"拖着长长的白发，凄苦地站在三门峡口，向着为害万年的黄水发问，“问我青春何时来?!”几千年了，人民幻想着把黄河由水害变成水利，黄河为人民服务的时候几时才能到来呢？这个幻想，只有在毛泽东时代才能实现。

何时来呵，何时来？……
——盘古生我新一代！
举红旗，天地开，
史书万卷脚下踩。
大笔大字写新篇：
社会主义——我们来！

这是何等胸襟，何等气魄！充分表现了诗人厚今薄古、“前无古人”、“数风流人物，还看今朝”的共产主义思想感情，这种豪言壮语，抓住了我们这个时代改造大自然的革命精神。这句“我们来”，与民歌“我来了”有异曲同工之妙。

我们来呵，我们来！
昆仑山惊邙山呆：
展我黄河万里图，
先扎黄河腰中带——
神门平，鬼门削，
人门三声化尘埃！

这是今天治黄英雄们正在三门峡创造的业绩。读了这些诗句，好像听见炸平三门的巨大爆破声，惊天动地，气吞山河。“先扎黄河腰中带”这句话，多么形象，简洁地说出了三门峡治河工程的重要性。

诗人不仅描绘了黄河的过去和现在，还描绘了黄河美好的明天：“望三门，门不在。明日要看水闸开。责令李白改诗句：‘黄河之水手中来’！”好一个“手中”来，改得非常巧妙，说明我们的幸福生活都是由手中来的。工程修好后，黄河由人来控制，听人来使唤了，手的力量是无穷的。诗人告诉我们未来的远景是：“银河星光落天下，清水清风走东海。”想想看，这个境界是多么美，多么吸引人去为它奋斗啊！我们有这个雄心，“讨回黄河万年债”。

全诗充满浪漫主义的气氛，不仅通过“黄河女儿”衬托出黄河过去的灾难（“乌云遮明镜，黄水吞金钗”），而且还通过她衬托了黄河的未来：“青天悬明镜，湖水映光彩——黄河女儿梳妆来！”“百花任你戴，春光任你采，万里锦绣任你裁！”这是多么美丽、幸福的世界！最后，“黄河女儿”和为她开启幸福闸门的少年闸工并肩挽手，高歌：“无限青春向未来！”这说明美好的生活是无止境的，那时好了，还有更好的未来，充满青春的活力。

这首诗，是革命现实主义和革命浪漫主义相结合的作品。

诗的结构很紧凑，写了黄河的过去、现在和未来，层次分明。始终是通过“黄河女儿”这根线把几个不同的时代贯穿在一起。大都每段六行，比较整齐，但毫不牵强、硬凑。每段首句大都和上段末句重复，这种调子在民歌中是很多的，它可以加重语气，渲染所要突出的东西，达到一唱三咏的效果。

诗的语言非常精炼、准确、概括、集中，色彩鲜明，音韵也很自然，琅琅上口，易记易诵。真可以“掷地作金石声”。

贺敬之同志在今年第9期《文艺报》上《漫谈诗的革命浪漫主义》一文中，特别强调诗人要向古典诗歌和民歌学习的问题。这首诗，可以说是一个成功的实践。它有点旧体诗的味道，但又不是旧体诗，因为它不受旧体诗格律的约束；又有点民歌的味道，但又不完全像民歌，因为它发展了民歌；这首诗吸收了古典诗歌和民歌的优点，并把这二者结合在一起，而又加以新的创造。可以说，是在古典诗歌和民歌的基础上发展起来的一朵奇葩。

这首诗，赋有中国气派、中国风格，而且是崭新的只有今天这个时代才有的气派和风格。

欢迎诗人这种新的创造！

（原载《文学青年》1958年第12期）

《三门峡——梳妆台》是一首好诗

刘家骥

"君不见黄河之水天上来，奔流到海不复回"，这是唐代大诗人李白描写黄河的名句。黄河是我国第二大河，几千年来，它是一条灾害严重的河流，除了黄河本身的条件为其原因之一外；反动统治者从不考虑有效地治理黄河，任其为害，有时甚至人为地使黄河决口（如蒋介石的掘开花园口大堤，死八十九万人），也为其重要原因之一。

解放后，在党的领导下，开始了根治黄河的工作。1955 年 7 月 30 日在全国人代会上通过的"关于根治黄河水害和开发黄河水利的综合规划"，是征服黄河、使黄河为人民造福的宏伟规划。主要工程项目是：修四十六座拦河坝，并在那里修水库、建发电站，位于陕县的三门峡水坝便是其中最重要的一个。现在，征服黄河的英雄事业正在进行着，巨大的三门峡工程已接近完工。黄河经过治理后，不仅可以根除水害，且将根本改变两岸地区的面貌：黄水变清流，两岸将成为树木成林、绿草如茵的美丽地方；河渠纵横，两岸将成为盛产稻米与棉花的富饶地区；黄河也将成为强大的动力源泉（平均每年发电一千一百亿度）；五百吨的轮船可由入海口直达兰州。到了那时，正如华山在《童话的时代》一文中所写的："……我们将发现，黄河的每一滴水都是多么宝贵。我们将要发现，黄河的水不是太多而是太少了。"多么宏伟的事业啊！万里黄河已开始捏在我们人民手中了！

征服黄河，让黄河为人民造福的伟大工程，是我们社会主义建设事业的一个方面。单就这一方面来看，它充分显示出了我们的党以及在党的领导下的劳动人民的雄伟威力，我们时代是"神话的时代"。因此，反映、歌唱我们征服黄河的斗争，便成为我们当代文学——特别是特写和诗歌中常见的一个主题，贺敬之的《三门峡——梳妆台》是其中写得出色的一首诗。

全诗共分九节：

诗的第一节，描写了在征服黄河前三门峡的形势、河水的凶猛险恶。“望三门”，“三门”（鬼门、人门、神门）敞开在眼前。你看，这形势多么险恶、水流多么凶猛啊：诗一开始就引用了李白“黄河之水天上来”的名句，首先在我们眼前浮现出那黄河的汹涌波涛，以不可抵挡之势奔驰而来的形象；“神门险”，“鬼门窄”，“人门以上百丈崖”三句，更具体描绘了那陡壁悬崖的三门形势；奔驰而来的黄水，被河中的石壁挡住了，但它又哪能被挡住呢？于是水流“劈”开了“三门”，硬冲出去，发出了愤怒的巨大咆哮，这声响如同“千声雷”震撼四野，“黄水劈门千声雷”一句，便活现了黄河的凶猛性格；在“狂风万里走东海”一句中，又写出了它是怎样地直奔东海而去，以狂风的呼啸、疾卷的具体形象，显示出它在直奔时是怎样地波浪滚滚并发出吓人的声响，“万里”又从读者的感觉中，突出它的形象的巨大。——开始一节中，有对三门形势、对水流凶猛的具体描写，如“黄河之水天上来”等，便唤起我们的视觉，“千声雷”等又唤起我们的听觉，黄河的凶猛险恶的、动人心魄的形象，便突现在我们眼前了。

诗的第二节，紧跟着又从另一方面，描写了诗人自己在三门峡河岸上的所见：黄河从远方高耸的昆仑山奔泻而下，经过邙山，比起来邙山是“矮”了一些；鬼门岩上有大禹跃马时留下的马蹄窝，于今只是一个石坑，在石坑内长满了青苔；三门不远处，有名曰“梳妆台”的巨石。因为所写的“景物”为历史遗迹，而从对这些景物的冷落的描写中，是会使人感觉到深含在其中的诗人的感慨的，而着一“空”字，更使人感到这里寄托了无限深情：当年大禹领导着劳动人民治理黄河，是多么伟大的事业啊！黄河之水从高耸的昆仑山奔泻而下，经过邙山，“东去不回来”，可以想见两峰的陡壁悬崖、黄水的浩浩荡荡，要治理它，并不是易事，而大禹却是抡着巨斧、跨上大马，为河水劈开了三门。但大禹及当时的劳动人民虽有征服黄河的雄心与气魄，但终于不能征服黄河，于今只留下马蹄的遗迹；“门”是劈开了，但仍不能驯服黄河，为它安“家”；于今只见“门”而不见“家”，既无家，门旁的“梳妆台”便也无所用了，黄河啊，依然是凶猛不驯！这两层意思，深含在诗的有限文字中，我们是可以感觉出来的。读了全诗，我们还会发现这里包含了另外的一层意思：今天，我们人民在党的领导下，能真正的驯服黄河了，我们当代人，胜过古代豪杰。——我们可以想象出：当诗人站在三门峡的河岸上，瞻望附近的遗迹，怀想古人，由此，便唤起了内心的想象与感慨，从这怀古中，既包含了对大禹及古代劳动人民的尊敬，更包含了能真正治理黄河的我们当代人的自豪。

诗的第三、四两节，从“梳妆台”引起联想，出现了黄河女儿的形象，感慨在旧时代黄河两岸人民生活的苦难。

“梳妆台啊，千万载，梳妆台上何人在?”这是包含无限感慨的诗句，以下“乌云”、“黄水”两句，便具体地描绘了梳妆台上的“无人在”，梳妆台的冷落与荒凉。在旧时代，反动统治给人带来灾难，黄河也给人带来灾难，梳妆台前，“但见那辈辈艄公洒泪去”，人们只有流不尽的眼泪，黄河女儿哪有心情来梳妆啊！

黄河女儿在那灾难的岁月中，为黄河的万年灾愁煞了，愁苦得头发全白了，愁苦得以致疯狂了，要把自己的满头白发挽断！黄河女儿本来是应该有美好的青春的，但，她没有青春，她焦灼，她痛苦，她登上三门“望东海”，发出悲愤的、震裂人心的声音：“问我青春何时来?”

这两节，通过对梳妆台的冷落荒凉的刻画，特别是通过对黄河女儿的痛苦的形象的刻画，以具体形象，概括了旧时代人民生活的痛苦，表现了诗人对旧时代人民生活痛苦的愤慨！

第五节至第九节，诗人又以欢乐的调子，歌唱了我们在党的领导下的劳动人民征服黄河创造幸福生活的英雄事业。

“何时来呵，何时来”，承接了上一节，诗人以响亮的声音、以压抑不住的欢乐，回答了黄河女儿愤慨的问讯：我新一代的人民——社会主义时代的人民，给黄河女儿带来了青春！在第五节内，以“举红旗”四句，具体描绘了我们今天劳动人民的英雄形象：“高举红旗”、“开”天地，把“万卷”“史书”“踩”在脚下，用大笔大字在新的史书上写道：“社会主义——我们来！”从这些语言的运用中，描绘了一个“巨人”的英雄形象，其中的“史书万卷脚下踩”，不仅描绘了这个巨人的英雄形貌，且更充分地表现了这个英雄的气概：我们这一代人，是历史上从来未曾有过的，历史上的任何英雄人物，都比不上我们，我们所创造的历史，使所有的史册逊色。只有这样一个巨人的形象，才能概括出今天在党的领导下劳动人民的无比威力与英雄气概。

我们今天的英雄人民说要征服黄河，黄河自然就要被征服。第六节，写我们开始了征服黄河的宏伟事业。我们要把万里黄河治理好，首先要把险恶的三门削平。说平三门，三门就平了。诗中的“平”“削”“三声化尘埃”，从行动的描写中，具体地显示了我们力量的巨大。在“昆仑山惊邙山呆”一句中，通过对二山的神情的描写，更形象地烘托出我们的事业的宏伟，力量的巨大。

第七节，写三门削平后，凶猛的黄水将变得美丽了。再望“三门”“门”不在了，这里，修起了水库，高筑拦河坝，黄河之水不再是不可驯服的了，而要听我们的号令，我们要让它流多少水就流多少水，让它往哪里流就流向哪里。在“明日要看水闸开”一句里，已流露了诗人掩盖不住的欢欣；而从“责令李白改诗句：黄河之水‘手中’来”中，更充分地表现了我们这一代人——黄河的征服者们的自豪！那水流凶猛怕人的景象也变了：“银河星光落天下，清风清水走东海”，想想看吧，这是多么清幽、美丽的风光啊！

第八节，写我们征服了黄河，为黄河女儿带来了青春。黄河是被征服了，黄河不再为害了，黄河两岸的苦难生活永去不返了，因之，“黄河女儿容颜改”。诗人唱道：黄河女儿啊，我们的黄河征服者们为你重整了梳妆台——“青天悬明镜，湖水映光彩”，这多么美丽诱人，黄河女儿你快来梳妆吧！

这一节以及前一节的关于黄河美丽风光的描写，恰与第一、三两节前后对照，显示了黄河的巨大变化，也显示了我们这个时代生活的幸福与欢乐，歌唱了我们征服黄河的伟大胜利；从对黄河女儿来梳妆的咏歌中，也歌唱了我们征服黄河的胜利、生活的幸福。这些地方，都充满了诗人的激情。

最后一节，由黄河女儿的来梳妆，歌唱黄河女儿青春无限、未来更为美好。“梳妆来啊……”四句中的“百花”“春光”“万里锦绣”，都是极为美好的形象，我们可以想象那万紫千红、青春无限的大好风光，黄河女儿啊，成为这美好的大自然的主人了，她用大自然中最美丽的东西来打扮自己，她真是要多美就有多美！她不仅恢复了青春，而且青春无限！她不但用欢乐的心情来打扮自己，变得十分美丽，还有着更为幸福的生活——“三门闸工正年少”四句，描述了她是怎样生活在欢乐中，有着多么幸福的未来。

诗人从对黄河女儿这美好、欢乐的形象的描写中，歌唱了我们时代的美丽、我们生活的幸福；从那诗的兴奋的音调中，更倾泻了诗人的热情，并扣动读者的心弦，给读者以极强的感染与极大的鼓舞。

根据上述分析，我们可以看出：

本诗描写的是黄河三门峡今昔的变化。头四节，描写征服黄河之前黄河的凶猛险恶，感慨旧时代人们的不能征服黄河及黄河两岸人民的深重苦难；后五节，描写征服黄河后黄河的巨大变化，歌唱我们在党的领导下的劳动人民征服黄河、创造幸福的英雄气概和巨大胜利。头四节，作为鲜明的对比，更突出我们劳动人民征服黄河创造幸福生活的巨大胜利。第一节，使我们看到黄河三门峡的险恶与凶猛，与六七节的关于黄河美丽风光的描写相对照，更显示出我们征服黄河的胜利的巨大；第三、四节与后八、九节更是一密切对照，以过去黄河两岸人民生活的苦难，显示出今天人民生活的幸福与欢乐。

诗中充满了壮阔磅礴的气势，发抒了我们今天劳动人民的英雄气概与豪迈感情。如在第五节中诗人所概括的那个巨大的英雄形象，就正是我们劳动人民自己的写照！只有创造了这样一个在现实的基础上提高了夸张了的艺术形象，才能真正地显示出来我们人民的力量与气概。那响亮的对黄河女儿的回答，那样豪迈的口吻，不正是我们今天英雄人民的声音吗？在第七节的“责令李白改诗句……”中，从“责令”一词以及从“黄河之水‘手中’来”的语句里，不正表现了我们劳动人民对自己的力量充满了自信及在征服自然的斗争中所产生的那种自豪感么？特别是末尾一节，通过关于对黄河女儿的歌唱，不仅热情昂扬地歌唱了我们已取得的胜利，我们所创造的幸福生活，并且，还充满信心地高歌了更为幸福的未来，展示了更为美好的前景。——诗中跳跃着英雄时代的脉搏，抒发了社会主义时代劳动人民之情，给人以感动，更给人以鼓舞，我们有理由说这是一首好诗！

有正确的思想，有饱满的政治热情，是诗的生命，但仅有这些是不够的。有正确的思想和饱满的政治热情还要采用相应的艺术形式，把这些内容表现出来，表现得深刻、动人。由此可见，一首好诗，还必须有与内容相适应的艺术技巧。而本诗在艺术技巧方面，也有很多成功之处，也具有不少的特色。

首先，诗的构思是新颖而巧妙的。

本诗的思想是：从对黄河三门峡变化的描写中，热烈歌唱我们在党的领导下的劳动人民征服黄河、创造幸福生活的英雄气概与巨大胜利。怎样写出在旧时代黄河两岸人民生活的苦难、我们今天生活的幸福呢？这里，有两种方式，一是作一般的描述（当然也会用上一些形象化的语言），一是创造形象、安排巧妙的情节。前者往往流于一般化，写得平庸，而后者则能使诗的形象更鲜明，更富有诗意些。这里，诗的构思起着极大的作用。为了说明诗的构思的重要，我想先举一个例子：如王老九的“有了总路线，天生柄来地生环。右手握天柄，左手提地环，移山填海在眼前。六亿人民显神通，扭转乾坤改造天”（《扭转乾坤改造天》）便是一首构思很巧的好诗。有了总路线，我们就更能在社会主义建设中取得更大的胜利，歌唱总路线，是这首诗的明确的思想。以歌唱总路线为主题的诗有千千万万，但这一首小诗却显得分外出色，给人留下的印象深，十分有力地说明了党的总路线的无比威力，原因就在于作者不是一般化地表现主题，而是运用了巧妙的构思。

在本诗内，诗人采用的是前述两种方式的后一种：以黄河女儿的形象，表现黄河的变化，表达诗的思想感情。

诗中的黄河女儿有她自己的性格、自己的命运，你看，这是一个多么鲜明动人的形象啊！在旧时代，她的“梳妆台”是荒凉残破的，她无心来梳妆；她愁苦得头发全白了；痛苦在心内燃烧，她简直要发疯了，“挽断”白发，正是她极度焦灼、极度痛苦的表现；她向东海发出悲愤的责问：“问我青春何时来?”……她的痛苦多么深啊，又多么渴望幸福啊！而在社会主义时代，当我们劳动人民征服了黄河之后，她又恢复青春了，我们又为她重整了“梳妆台”。你看，她生活得多么幸福、青春多么美丽啊：她对着“明镜”，挑拣“百花”中最香、最美的花戴在发辫上，采取“春光”中最美丽的东西装饰在衣服上，而衣服呢，也是她从那“万里锦锈”中经过挑选剪裁的，她要多美就有多美，当她在对镜装饰时，可以想见她的心内是充满着怎样的幸福！而此刻呈现在她面前的，是一条更为美好的生活道路：无限青春向未来！——“黄河女儿”是一个有着鲜明个性的、具体的形象，我们不禁为她的痛苦而痛苦，为她的欢乐而欢乐。

同时，这个形象又有极大的概括性，她是时代、人民生活的艺术概括。在旧时代，在反动统治的压迫与榨取下，在黄河决口泛滥的灾害下，人民是生活在一个痛苦的时代里，苦难重重；而在今天，在我们社会主义时代里则是充满着幸福与欢乐，反动统治者被我们打倒了，泛滥为灾的黄河被我们驯服了，在党的领导下，我们正在创造着幸福的生活，今天，人民的生活已是无限美好，而明天会更为美好。正是从黄河女儿那痛苦的形象中，使我们具体地看到旧时代人民生活的苦难，而从黄河女儿那欢乐的形象中，看到我们今天生活的幸福。前后对照，写出了黄河今昔的巨大变化，而诗人热烈歌颂我们的时代、我们的征服黄河的巨大胜利的激情，也得到了强烈的表现。

我们说这构思是新颖的，那是因为：把黄河拟人化，这手法倒是习惯采用的，这里，诗人没有这样做。他由“梳妆台”而唤起联想，虚构了黄河女儿的形象，赋予她以鲜明的个性色彩，以这个形象作为时代、人民、人民生活的艺术形象。这样的形象，则是诗人首创的。

我们说这构思是巧妙的，不仅因为如前所述，通过对这个形象的描写，深刻动人地表现了作品的思想感情；还在于诗的完整形象中，“黄河女儿”的形象不是生硬地拼凑进去的，而是极为自然地成为诗的有机构成的一部分。第二节写到在三门峡的河岸上瞻望遗迹，看到了“梳妆台”——这是现实的景物，由此而引起联想，“梳妆台上何人在?”……这便虚构了黄河女儿的形象。

此外，前后的对照极为严密，运用这样的对照，更深刻地表达诗的思想感情，这也是诗人的构思的成功处。

关于对照，前已作了概括的说明，现再具体地加以补充。如第一节的“神门险，鬼门窄，人门以上百丈崖”正与第六节的“神门平，鬼门削，人门三声化尘埃”密切对照，突出了我们的无比威力、征服黄河的胜利。“黄水劈门千声雷，狂风万里走东海”“乌云遮明镜，黄水吞金钗”与“银河星光落天下，清水清风走东海”“青天悬明镜，湖水映光彩”密切对照，显示了黄河的变化、征服黄河的胜利。开头的“黄河之水天上来”与第七节的“黄河之水‘手中’来”密切对照，以李白的描写黄河的名句入诗，十分巧妙而又十分有力地表现了我们征服黄河的胜利、我们的英雄气魄、我们的自豪，真佩服诗人想得出!

其次，本诗吸收了不少民歌与古典诗歌的精华，形式优美，使诗更有动人的力量。

本诗基本上是每节六句，每句七言、四顿，形式是整齐的。如第一节：

望——三门——，三门——开
黄河——之水——天——上来
神门——险——，鬼门——窄
人门——以上——百——丈崖
黄水——劈门——千——声雷
狂风——万里——走——东海

全诗都押的是“开”、“来”韵；平仄相间，音调起伏，朗读起来，音调和谐，富于音乐美。第二节的末尾是“门旁空留梳妆台”，第三节的开头是“梳妆台啊……”，紧紧相连，这在修辞上称之为联珠（也叫顶真）。以下各节与节之间都运用了这联珠的句式，上下承接，反复吟唱，使诗的形式更显得整齐，节奏更鲜明而有音乐美。

本诗的这种整齐的形式以及节奏鲜明而具有音乐美的特点，是同古典诗歌，特别是新民歌大体一致的，这是人民熟悉的诗的民族形式、民族风格。

应当指出：这样的形式，是为诗的思想内容服务的。它使诗能琅琅上口，易于朗诵、易于牢记，有助于诗的发挥教育作用。更主要的，运用那与内容相适应的诗的鲜明和谐的节奏，能更好地传达出诗的强烈的感情。如由本诗中的联珠句式所形成的那反复回旋的节奏，正是为了表达诗的感情，诗人的感慨、激昂、欢乐等无限的感情，便包含在那反复迂旋一唱三叹中。结尾一节诗的音调是兴奋的、欢快的，而诗人的兴奋欢乐的情绪，一经过朗读，我们就能强烈地感觉到，我们的心弦也就不由得为之激动了。——“诗人们不但要注意诗的语言，也还要注意诗的旋律、节奏、音节等。这也不仅仅是技巧问题，而且是感情问题”，荃麟同志在《门外谈诗》一文中说过的这一句话，我认为是值得注意的。本诗在这一方面做得很好，这是值得写诗的同志们学习的。

对于遣词造句的十分注意，力求语言的精练、有表现力，是古典诗歌的一个优良的传统。这里，诗人作了很好的继承与发展。

在很多地方，都可看出诗人是在怎样地推敲语言，例如：

第一节写黄河三门峡的形势、写黄河的凶险，只用那么四句：“神门险……走东海。”一个“险”、一个“窄”，特别是那么一个“百丈崖”，写出了三门的险恶形势；“黄水劈门千声雷”，更活托出了黄河的暴怒性格，写出了水势的凶猛，以具体形象唤起我们的视觉；而“千声雷”，又是从声音的描写上，唤起我们的听觉；“狂风万里走东海”等，更是从视觉方面着笔，鲜明地显示出黄水汹涌奔流的形象。这样，黄河的凶猛险恶的形象便突出了。这里，无一闲字，而其中的“万丈崖”、“劈”、“千声雷”、“狂风”等，更有力量。

如第二节写三门峡附近的遗迹，其中的“长青苔”、马“去”门开“不见”家、门旁“空留”“梳妆台”，既写了遗迹的实景，而又包含了无限的感慨（前已分析），这语言何等精练！

第三节，为什么后两句有“但见那”“却不见”两短语，把本来的七字句变为十字句？——这是衬词，有两个作用：一是这节诗中所包含的情绪是愤慨悲痛的，后两句，尤其是全节诗的感情集中表现的两句，这里，加上那两组衬词，使诗的节奏漫长舒缓，借以传达那蕴含不尽的悲愤情绪。第二，突出后两句，增强其表现力。

第四节的对于黄河女儿形象的描写，第五节的对于我们劳动人民英雄形象的描绘，更是鲜明动人。语言虽少，却具有极强的概括力（旧时代人民生活的极端痛苦，我们劳动人民的英雄气概），包含有极丰富的感情（愤慨旧时代人民生活的苦难，歌唱我们劳动人民的气概，有无限自豪）。“社会主义——我们来！”一句，是一个倒装、省略的句式，突出了“社会主义”，同时又突出了“我们来”，使这两个词语均有千钧的力量，充分地表达了我们当代人的豪迈情感；这样，又适应了韵脚的需要。常用的字句，一经诗人的安排，放射出多么耀眼的光彩啊！诗人的努力，是有成就的，这也是值得我们学习的。

近来，关于诗歌发展问题的讨论——即关于怎样创作具有民族风格民族气派的新诗的讨论正在热烈展开。诗，要在新民歌与古典诗歌的基础上向前发展，看来是比较一致的意见。贺敬之以其创作实践，作了有益的尝试，这更是值得重视的。

在其他方面，当然还有很多长处与特色，这里，不再赘述了。

贺敬之的《三门峡——梳妆台》是一首好诗！

（原载《当代文章选讲》，河南人民出版社1960年2月出版）

谈贺敬之的《东风万里》

田　青

我们这个时代，我们的人民，我们的党，需要有多少诗篇来歌颂呵！

新中国成立以来，出现了许多优秀的诗篇，顶值得我们高兴的是，其中出现了一些政治抒情诗。我们需要热情澎湃的政治抒情诗，因为这些诗最能鼓舞我们充满信心地前进。

政治抒情诗最直接、尖锐地反映时代和生活，因此诗人必须有敏锐的政治眼光，有饱满的政治热情，有强烈的政治责任感，善于在政治的气氛里，捕捉到诗的因素，而且要掌握诗的技巧，才能够写得成功，才能够感动读者、号召读者，为新的生活奋斗。

近几年来，写政治抒情诗的作者中间，贺敬之同志是比较成功的一位诗人。我们来看一看贺敬之同志的创作道路，是一桩很有趣的事情，贺敬之同志从《白毛女》以后，很少发表过作品。一个搞创作的人，好久不发表作品，这有两种可能：一种是他的生活贫乏了，思想的翅膀张不起来了，这样他创作的生命就结束了；另一种是他依旧扎根在生活的土壤里，他是在深思熟虑，他正在“凝聚”着，结果会在他的创作道路上揭开新的一页，产生新的有成就的作品。贺敬之同志正是后边这种情形，他在1956年8月写出的政治抒情诗《放声歌唱》，就是一首充满激情的，闪发出亮光的诗。

要探讨这样的长诗，需要有更多的时间，更长的篇幅，我们希望以后能进行这工作。在这里，我们只想说明《放声歌唱》在贺敬之同志创作生活中间重要的地位，然后就开始谈我们的正题了。从“放声歌唱”以后，贺敬之同志像河水决堤似的，滔滔不绝地歌唱起来，他写了很多诗，我们要谈的《东风万里》就是其中的一首。

《东风万里》（载《文艺报》1958年11期）是歌唱党八大二次会议的。

我们知道，这次会议大大推动了全国人民的大跃进，诗人抓住了这样的精神，一开头就构成了气势宏伟的想象，请看：

千层浪啊，万层浪！六万万个浪头
汇成这　惊天的海洋！

是啊，大跃进的时代是汹涌澎湃的，一个高潮推向另一个高潮。诗人接着又产生了新的想象，他在党中央的报告里，听到了马蹄的声音，这就把报告跟生活连在一起了，而且还让人听到生活里万马奔腾的声音，真是有声有色。

伟大的时代，是人民创造的，诗人高声歌唱人民，把他们说成是“人”又是“神”，有了这样英雄的人民，我们的时代才能像海洋那样掀起巨浪。诗人歌唱了时代和人民以后，就把笔锋指向奄奄一息的资本主义世界，在这里，诗人的笔立刻变得尖利起来，狠狠地打击敌人。的确，一天天烂下去的敌人不管是现代修正主义也好，“先锋号”火箭也好，都拯救不了他们的垂死的命运，于是他们发出了“哎呀”、“救命”的呻吟声。

这首诗是很完整的，诗人从艺术形象的描绘中，把人民跟敌人作了对比，这样就会让读者进一步认识到：“东风压倒西风”。于是，诗人又放声歌唱起来，歌唱伟大的社会主义阵营，歌唱人民的理想：

是把这　可爱的地球　造成一颗
共产主义的　行星！

诗就在这种高昂的声调中结束。全诗的语言是简洁的、明朗的，而且有许多斩钉截铁的句子，像“光明——在扩大，阴影——在缩小”这样的语言，是饱含着力量的，能够煽动人心的。

这样说来，《东风万里》是一首非常完美的诗吗？不，我们并不这样认为。《东风万里》除了有我们在上边分析的那些优点以外，我们也看到了它的弱点。产生这弱点根本原因是，诗人对丰富多彩的生活，对这个伟大的会议，还不能更好地概括，而且诗里写了这样多的方面，篇幅又不是很大，这就受到了限制，不容易挖掘得很深。真的，要把这样的题材写好，必须是站得很高很高，视野才能开阔，目光才能深邃，才能够写出深刻、动人的诗。这是很不容易做的，要做到这一步，必须花费更多、更艰苦的劳动，而且要用整个身心去做的。

正因为诗人还没有能够做到这一步，这首诗比起我们的生活来，就显得有些单薄，诗里的形象也显得有些简单。因此我们觉得，这首诗比较《放声歌唱》是来得逊色的，发现了这些弱点，可以作为一种经验，诗人在今后的创作中可以注意到这种情形，努力来提高自己。不过我们应该强调地指出，诗人这种迅速结合现实高声歌颂党的热情，是值得我们学习的，他所达到的成就，也是值得我们学习的。

要创造出杰出的政治抒情诗，必须克服许多困难，但是一旦创造了出来，就会在生活中起不可估量的巨大作用。据说马雅可夫斯基在朗诵《好!》这首诗的时候，当念到“列宁在我们脑中，枪在我们手中”这一节，听众中有个红军战士跳起来嚷道：“还有您的诗在我们心中，马雅可夫斯基同志!”诗真是一面战鼓，它敲响人们的心，鼓舞人们勇敢地去斗争。

我们的国家也一定会产生这样杰出的诗，这要靠诗人们继续努力，艰苦地劳动，要靠广大的人民一起来探索。

（原载《语言文学》1959 年第 3 期）

我爱《桂林山水歌》

苍洱星

我爱《桂林山水歌》（贺敬之作，载《人民文学》1961年10月），它“气格豪逸”而又“词格清美”！

我爱《桂林山水歌》，它是风景诗，也是祖国颂！

我爱《桂林山水歌》，我一遍又一遍地朗读着，吟咏着，背诵着，它使我陶醉！——

云中的神啊，雾中的仙，
神姿仙态桂林的山！

情一样深啊，梦一样美，
如情似梦漓江的水！

水几重啊，山几重？
水绕山环桂林城……

是山城啊，是水城？
都在青山绿水中……

多么新颖绝妙！多么联想超拔！诗人一开始就以他奇巧独创而诗意浓郁的描绘，把你引入醉心迷人的山水画图中。用“云中的神啊，雾中的仙”来形容桂林的山，用“情一样深啊，梦一样美”来形容漓江的水，是大胆而又准确的，是“出人意外”而又“在人意中”的，是极富特征而又引人遐想，耐人寻味的。诗人不是大自然的简单临摹者或照相师，他必须善于抓住景物（事物、人物）的主要特征，把它形象而又概括地表现出来，他必须善于根据自然景物，创造出既像原来的自然景物又比自然景物更新更美、更独特而典型的形象和境界。苏东坡所谓“善画者画意不画形”（这“意”应理解为意境），齐白石所谓作画应“在似与不似之间”，都是指的这个意思。诗人贺敬之正是这样，创造出既具有桂林山水的特色，而又比原始的自然现实更新更美、更幽深神妙的风景图画和艺术境界。

心是醉啊，还是醒？
水迎山接入画屏！

画中画——漓江照我身千影，
歌中歌——山山应我响回声……

桂林山水的神奇灵秀和多彩多姿，被表现在明亮洗练的诗行中。这景有多美多奇啊，这情有多浓多深！气势有多么豪迈劲健啊，而语言却又如此精短！可以看出，诗人在创造性地学习祖国古典诗词和优秀民歌的表现手法方面，是取得了可贺可喜的成就的。

在以极经济的笔墨，对比地写了桂林的过去（“云罩江山几万年”）和现在（“绿水白帆红旗来!”“大地的愁容春雨洗”）之后，诗人把笔头一转，倾颂出他热爱祖国、赞美祖国的全部激情：

啊！桂林的山来漓江的水——
祖国的笑容这样美！

桂林山水入胸襟，
此景此情战士的心——

是诗情啊，是爱情，
都在漓江春水中！

三花酒兑一滴漓江水，

祖国啊，对你的爱情百年醉……

桂林山水如此明媚美丽，是因为她是我们亲爱的祖国的一部分，是“愁容春雨洗”后的祖国的一部分。诗人对桂林山水如此深情也是和这一点分不开的。而诗人（和我们）之所以如此爱祖国，也正因为我们的祖国在红旗照耀下，有着包括桂林在内的无数美丽的地方，每个地方在人民手中都是珍宝和明珠，都永远闪耀着神奇耀眼的光芒。诗人从桂林山水想到“祖国的笑容”，用桂林山水形容“祖国的笑容”，这不但绝妙地描绘出“祖国的笑容这样美”，也同时进一步歌颂和美化了桂林的山水。多么奇巧而又自然的“情景交融”啊！它可以激起我们多少最美丽、最甜蜜的想象！……

诗人的感情是奔放而深沉的，诗人的笔调是潇洒而又含蓄的。他高唱着“江山多娇人多情，使我白发永不生”，最后竟浪漫主义地去“招呼刘三姐啊打从天上回”，唱出了激动人心的最高音：

——意满怀呵，情满胸，
恰似漓江春水浓！

啊！汗雨挥洒彩笔画——
桂林山水——满天下！……

好一个“满”字！真乃“一字妥帖，则全篇增色”。这个“满”字最生动、准确而充分地表达出诗人的全部奔腾澎湃而深沉浑厚的激情。我们感到，诗人那更比“漓江春水满”的爱情和诗意，早就溢出于桂林山水的范围之外，而溢满我们的整个祖国了。“红旗万梭织锦绣，海北天南一望收”，在我们辽阔广大的祖国，何处不是像桂林山水般如情似梦地美丽、深邃而迷人啊！……

我爱《桂林山水歌》。从“桂林山水甲天下”，唱到“桂林山水——满天下”，这是一篇独具风采的山水歌，也是别出心裁的祖国颂。读着这样的诗，真像饮甘露、喝蜜酒一样，得到很大的满足——一种不可替代的美感享受的满足。我们是多么渴望读到更多这样的好作品啊！

（原载《边疆文艺》1967年第12期）

美好的山水，美好的歌

——读贺敬之的《桂林山水歌》

谢　冕

“几程漓水曲，万点桂山尖”。几天前，当我漫游在秀丽的桂林山水之间，曾经想过，应该用怎样的笔墨来描绘它？我感到很难。一是桂林山水的美是奇幻的，用一般的笔墨写不出它的神采；一是历来写桂林的诗篇实在太多了，一个题目，被反复描写，难以出新，而没有新意的诗歌是没有价值的。诗歌创作大约总是处在这样的竞技状态之中，后来的人总要超过前面的人，在形象上、在构思上、也在语言形式上，总要求不断地创新。

在写桂林山水的诗篇中，最为人称诵的，是唐代韩愈《送桂州严大夫》中的名句：“江作青罗带，山如碧玉簪。”韩愈用青罗带来形容漓江的水，用碧玉簪来形容桂林的山，两件妇女的饰物，写尽了桂林山水柔美的风情。在这样的诗句面前，我曾想：对于桂林山水的描写，是否到了极限了？有哪一位诗人能够超越它？的确，历史上有的名篇后人是无法超越的。但诗歌对于客观事物的描绘却不会有极限。有才能的诗人，总是在前人没有涉及的领域发掘出新的美。这就使我想起了贺敬之的《桂林山水歌》。这首诗是这样开头的：

> 云中的神啊，雾中的仙，
> 神姿仙态桂林的山！
>
> 情一样深啊，梦一样美，
> 如情似梦漓江的水！

这四句诗的形象让人吃惊。我意识到：贺敬之毕竟从许许多多的桂林山水的艺术形象中，作出了不同于别人的探索，并取得了突破。他没有重复别人的形象，甚至没有重复别人塑造形象的方式。贺敬之知道，要是再用客观实物去形容桂林山水，他在青罗带和碧玉簪的形象面前，是难以超越的。他决心另找出路。这出路就是，他不再拘泥于以实比实，而采取了以虚喻实的办法。桂林的山，不再是妇女发间俏丽的碧玉簪，而变成了云中的神、雾中的仙；漓江的水，不再是妇女腰间柔软飘拂的青罗带，而变成了深的情、美的梦。

神仙是谁都没有见过的。但是云雾之中影影绰绰出现的仙女的形象，能够唤起人们捉摸不定的那种美感。情是什么样，梦又是什么样，它也是不确定的。悠悠流过的绿得发黑的漓江水，留给人们的印象是难以具体描述的。青罗带也只能传达出它的美感的一部分。任何比喻在客观事物丰富的美面前，都会黯然失色，何况神奇而迷人的漓江水？贺敬之抛弃了习见的方式，他让我们看到的不是漓江水的具体的样子，而是让我们去想象那最深沉的情爱和最美丽的梦境。这样，虚写的结果，反而获得了最具体的效果。

《桂林山水歌》是坚持写出新意而另辟蹊径的一首诗。它避开了具体描写和以实物相比喻的手法，而采取了抽象的概括。神姿仙态也好，如情似梦也好，都没有如实地描写山水，它只是让你想象。神仙有多么优美的姿态，桂林的山就有多么优美的姿态；情爱和梦境有多么深沉、多么美好，漓江的水就有多么深沉、多么美好。构成诗歌形象的主要方法是想象，想象的方式是诗歌对事物的再创造的方式。在一定的时候，诉诸想象比如实描绘更易于奏效。雨果说过：“想象就是深度。”

贺敬之的实践告诉我们，诗人应当坚持自己对客观事物的独特的观察，并保持独特的见解。他不应该重复别人说过的话。他应当具有不抄袭也不重复他人的独立创造的精神。当一般的比喻不足以穷尽客观事物的美感的时候，他应当动员一切手段打开一条道路去揭示事物内在的美。贺敬之不仅回避了韩愈已经获得巨大成功的碧玉簪和青罗带，而且在桂林寻找了神、仙、情、梦四个字。他无异于发现了一片崭新的艺术天地。这种发现，使贺敬之的诗能够在众多的桂林山水诗中卓然自立。

神姿仙态，如情似梦，桂林的山和水是这般美妙，但是桂林所拥有的，却不是一座山，一湾水，而是重重山，重重水。“水几重啊，山几重？水绕山环桂林城……是山城啊，是水城？都在青山绿水中……”前二句写秀丽的山水拱卫着桂林城，后二句又写桂林城错落地散置于青山绿水之中。要是说，开头那四句诗是抓住了桂林山水的个性的话，则现在这四句话是抓柱了桂林这座城市的个性。他只用四句诗，便把桂林的特点加以突出，使之区别于其他风景秀丽的城市。桂林的美是不可替代，也不可混淆的。

前面提及的八行诗过去，贺敬之接着唱道："此山此水入胸怀，此时此身何处来?"诗人身处这样惊人的美景之中，反而怀疑自己是到了仙境或是梦境。这是一首诗的转折之处。从这里开始，《桂林山水歌》在对客观景物作了概括的描绘之后，转向了对主观心境的抒发。这种抒发不是孤立进行的，它的特点是没有游离开桂林的具体景物去作抽象的抒情，而紧紧抓住桂林风景的特点以抒写诗人独有的感触和情怀：

招手相问老人山，
云罩江山几万年?

——伏波山下还珠洞，
宝珠久等叩门声……

鸡笼山一唱屏风开，
绿水白帆红旗来!

大地的愁容春雨洗，
请看穿山明镜里——

首先，他借老人山的形象发出对于悠长的历史的感叹。伏波山下的还珠洞，有老龙谢情还珠的神话，"宝珠久等叩门声"，借一个传说以抒写对于光明和解放的憧憬。"鸡笼山一唱屏风开"。雄鸡唱晓，一唱而社会主义生活场景的屏风如画展开。他用这个联想以象征如花岁月的涌现。绿水、白帆、红旗，这当然是美好时代的写照。在桂林市区，穿山的形状如一面明镜，诗人借此以抒发大地洗尽愁容面对明镜的喜悦。这里的八个句子，既是对于桂林自然景色的描绘，又是服务于作品主题的进展着的情节的抒唱。句句都写客观的景，句句都表主观的情。这种主观抒情和客观景色的完全的契合，使抒情诗清新自然而不觉沉闷：景色是新鲜的，即景兴叹又是贴切的。凭借了诗人的一片巧心，桂林绚烂的景色给主观情致的抒唱提供了条件。

《桂林山水歌》是一首歌唱祖国壮丽河山的诗篇。它不仅传达出了山水特有的美，而且让人从中鲜明地感受到蓬勃的时代气息。这是一曲社会主义时代的新山水诗。此诗写作日期是1959年，正是建国十周年的时候。诗人在此寄托了他对祖国繁荣昌盛的良好祝愿。也许自古到今，桂林的山漓江的水并不会有太大的变化，依稀总是旧日模样。但我们从诗人充满热情与朝气的歌唱中，感到了沐浴在社会主义阳光下的山河的新气象。“江山多娇人多情，使我白发永不生！对此江山人自豪，使我青春永不老！”诗人把对祖国、对社会主义的爱融入了对于山水的讴歌之中：大地景色之所以如此美丽，不仅在于桂林的山神姿仙态，漓江的水如情似梦，而且在于大地经春雨的洗涤而一扫愁容。诗人不仅看到了大自然的美景，而且看到了新时代的祖国的笑容——祖国的笑容正是桂林山水在诗人心中的投影。在一片对于山水的尽情歌唱中，我们感受到一颗诗人热爱自己伟大祖国的跳动的心。

我们读贺敬之的诗，总鲜明地感受到诗中活跃着诗人的自我形象。他总没忘了把自己写进抒情诗中，在《放声歌唱》中，他是一个向往光明奔往延安的普通小八路；在《雷锋之歌》中，他是雷锋班里的一名老战士。诗人自我形象在诗中的出现，能够增强抒情的亲切感，也便于袒露诗人的内心世界。在《桂林山水歌》中，“我”仍然是一位士兵。他迎着黄河的浪涛、塞外的风沙走来，走向了马鞍上梦见、沙盘上画过的锦山秀水之中，他为此激动。无数为祖国的解放而奔走征战的士兵，他们的日思夜想，他们的流血牺牲，正是让美丽的山水回到人民手中，正是为了让美丽的山水更加美丽。贺敬之表达了一个为祖国而征战的士兵的真挚的感情。士兵一旦投入祖国美丽山水的怀抱，他被这种幸福感而沉醉，他觉得自己会与美丽的山水同在而永葆青春。《桂林山水歌》传达的是一种充满时代精神的热情。

《桂林山水歌》由描绘桂林山水的情状入手，开篇便不寻常。它传神而又含蓄地道出了桂林山水诱人的美，它的好处是，在无法说清的情况下，把桂林山水的好处说清了。从全诗的结构看，除了开篇的不同凡响，诗中情感的富于起伏变化而转折的自然合理，也是一大长处。开头的四节八行，是对桂林山水和城市的特点的概括，诗行是简短的，而含意是毕备而深邃的。从“此山此水入胸怀，此时此身何处来”开始，转为联系个人感受以抒发对山水的挚情，这就开始了有个人特点的抒写山水之美的文字，这段文字共六节。“招手相问老人山”以后八行，通过老人山、还珠洞、鸡笼山、屏风山、穿山等自然景色含蓄地概括了桂林从历史到现实的巨大变化。从“桂林的山来漓江的水，祖国的笑容这样美”开始到诗的结束，是主题的升华。由具体的桂林山水而扩展到对祖国美好河山的歌颂。这种主题的升华，使《桂林山水歌》不是停留在一般山水诗的范畴，而使之从具体的山水的可爱，概括到祖国江山的可贵，由普通的吟咏山水之作，而发展为爱国主义的颂歌。“人间天上大路开，要唱新歌跟我来”，这声音充满了士兵对于祖国的信念与热情。

《桂林山水歌》所以成为一首优美的抒情诗，诗人在声韵节律方面的努力也是起了重大作用的。它采用两行一节，每节押一个韵的句式。因为每行都有韵，而换韵又很频繁，形成了全诗感情跌宕跳动而多变化，节奏轻松、活泼自如的韵调。由于在词组、句、节等方面的对仗的广泛应用，形成了全诗节奏匀称而音调铿锵的音乐美。仍以开头四句诗为例：“云中的神”和“雾中的仙”相对，“神姿仙态”是一个巧妙的复沓：“情一样深”和“梦一样美”相对，“如情似梦”又是一个巧妙的复沓。这两节诗合在一起，又是一个完整的对偶的诗节。这就造成了全诗回环往复、余音萦绕的音乐效果。

《桂林山水歌》当然是一首具体歌唱桂林的诗篇。既写桂林，当然要像桂林，如前所述，贺敬之采用抽象的写法，概括出桂林山水给人的那种奇幻的神采，以及梦境一般的情调，让人在充分幻想中，感受到桂林那种难以表达的美，这是它的极大的成功。但是，对于现代的诗歌，仅仅满足于传达出那种客观的美是不够的——这一点，古代的诗人们早已做到了，例如韩愈以往所达到的，甚至后人也是难以超过的。我们时代的诗人，总致力于使诗歌有更高的典型价值，有更大的思想容量。《桂林山水歌》正是这么做的。它不肯拘泥于具体的桂林，而寄望于桂林有更丰富的概括意义，做到既是桂林，又不只是桂林。因此，它不仅写桂林的自然风貌，更有对于桂林历史的有深度和广度的概括；它突破了具体的对于桂林的美的颂歌，而引申为对于“祖国的笑容”的咏唱。在这一点上，《桂林山水歌》堪可作为我们时代新山水诗的一类典型。它给我们的启示是：第一，既是写桂林的诗，就应当传达出桂林特有的素质来。贺敬之是成功的，他写的是桂林，而不是苏州或杭州，尽管他采用了虚写的手法，但桂林的美被捕捉到了；第二，我们不能只满足于写桂林像桂林，应当让具体的桂林蕴涵更多的内容，给人以更丰富的思想和美。因此，它应当跳出桂林。这大概就是抒情诗的典型化：它应当是这一个，同时，又应当代表这一切。因为它写出了桂林特有的美，因而它给人以陌生的新奇之感；因为它通过桂林概括出热爱和赞美祖国的情怀，因而它又给人以大家普遍都有的，但又不能充分表达出来的普遍和典型的思想情感。《桂林山水歌》是一首个性和共性相统一的，给人以既熟悉又陌生的感受的典型化的抒情诗篇。

（原载《名作欣赏》1980 年第 2 期）

《桂林山水歌》责编答问

宋垒

来客：

宋垒同志，贺敬之同志的《桂林山水歌》于1961年在《人民文学》发表时，听说你是该刊诗歌编辑，这首诗是不是经你手发表的？

宋垒：

是经我手发表的。《人民文学》原来有好几位诗歌编辑，后因编制逐年精简，1960年后只剩下我一个诗编，而且兼曲艺编辑（主编张天翼同志说："好的相声也是诗！"指定我兼管曲艺）。三年暂时困难那几年，《人民文学》上的诗歌和曲艺作品，包括相声《关公战秦琼》等，都是经我手发表的。当时的主编、副主编都已相继辞世。如果这些作品有问题，我愿负编辑工作上的直接责任。

来客：

《星星》诗刊上有人批评贺敬之的《桂林山水歌》"在百花凋零、饿殍遍野的1959—1961年仍然高唱'祖国的笑容这样美'"就是"调和粉饰太平"的"假大空"……

宋垒：

我没看到《星星》上的评论文章，但我看到别的报刊上的反批评文章中的摘引。作者作这样的批评，当然有他的自由。但如另一位同志作出另一种批评："1959年是新中国成立10周年大庆，为什么不能写'祖国的笑容这样美'？1961年是中国共产党成立40周年大庆，为什么不能发表'祖国的笑容这样美'？"——这样的反批评，恐怕也能够成立。

来客：

那么你自己是怎样看的呢？

宋垒：

我认为1959年我国的文艺创作，是有很大成绩的。周恩来总理亲自抓的国庆10周年献礼大片，树立起新中国电影史上第一个高峰。《聂耳》、《林则徐》、《青春之歌》、《五朵金花》、《战上海》、《万水千山》、《海鹰》等，还有小提琴协奏曲《梁祝》至今仍备受好评。乔羽、刘炽创作的《祖国颂》，多年来演唱不衰；1959年我曾在农村教青年们演唱此歌，至今还保存着当时油印的歌片。1959年十大建筑落成时，诗人们写了不少颂歌，其中有一些写得很好。毛泽东主席在1959年写了："为有牺牲多壮志，敢叫日月换新天，喜看稻菽千重浪，遍地英雄下夕烟。"（《七律·到韶山》）傅抱石、关山月为人民大会堂绘制了巨幅图画《江山如此多娇》，气势磅礴，至今深得好评。贺敬之的《桂林山水歌》，我也认为是一首很好的诗，绝不是什么"假大空"，更不是"调和粉饰太平"。听说桂林市已将此诗刻石留念，我觉得他们是有眼光的。但受到批评也不足为怪。李白、杜甫在盛唐写的诗，到了中唐就受到一些人批评，韩愈为此曾愤怒地著诗为之辩护。杜甫的诗，在1985年又被一些青年人斥之为"和平主义"，"文革"中再一次受到批判，但至今仍巍然卓立。——好作品是批不倒的，历史上有很多这类例证。

来客：

请谈谈该诗发表时的情况吧！

宋垒：

1961年夏天，有一批作家集中到北戴河度假。我曾去向他们逐个拜访组稿，其中有萧三、郭小川、林惠夫妇、贺敬之、柯岩夫妇、戈宝权、金克木、华山、李准、海默、杜鹏程夫妇等。同年秋天，又一批作家去北戴河度假，我又去逐个拜访组稿，其中有冯至、何其芳、朱丹、李纳、闻捷等。后来他们中的大多数都寄来了稿件，在《人民文学》上发表。编辑部约稿并不指定题材、主题。但寄来的稿件中，萧三、何其芳，包括贺敬之的《桂林山水歌》、郭小川的《甘蔗林——青纱帐》等，都是颇富鼓舞性的。即使是海默的中篇小说《马》，也从侧面歌颂了人民解放军的英勇顽强。为什么他们都写这样的作品？因为他们首先是革命战士，在长期的革命斗争中经历过千锤百炼，在任何困难面前决不会低头。即使遇到常人所难以克服的艰难险阻，他们的革命意志也只会更加坚强。即使是强敌压境，血火纷飞，他们也只会迸发更激烈的革命豪情，而不会"凄凄惨惨戚戚"。

贺敬之的《桂林山水歌》寄到编辑部，很快就通过，在刊物上发表。当时《人民文学》的主编张天翼、副主编陈白尘自谦不大懂诗歌，觉得没有把握的诗，就要我拿给《诗刊》副主编阮章竞同志帮着看看（《诗刊》、《人民文学》合一个党支部）。《桂林山水歌》则是三审顺利通过，说明大家对此诗都有较好的评价。——也许，正因为面对十分严重的困难，编辑们更觉得应当多发表鼓舞性强的作品，振奋人们的精神。为读者提供精美的精神食粮，是我们义不容辞的责任。当我们知道，王铁人从玉门油矿调往大庆时，只带了三件东西：一辆摩托车、一件老羊皮和一个小皮箱，里面装着全套《人民文学》。当我们知道，雷锋生前最喜爱《诗刊》社编的《新民歌300首》上的《唱支山歌给党听》，并抄在自己的日记本上时，我们都十分激动，觉得我们的心和英雄是相通的，我们为社会主义革命和建设事业尽了力量。《桂林山水歌》被桂林市刻石留念，这是诗人的光荣，作为编辑也深受鼓舞。

我觉得，“在百花凋零、饿殍遍野的1959—1961年”这一提法不够全面，不能只看到我们困难的一面，还要看到我们艰苦奋斗、自力更生、斗志昂扬、意气风发的一面。我国的第一颗导弹正是在三年困难时期的1960年研制成功的（60年代初，即多次击落侵犯我国领空的美国飞机）。第一颗原子弹也正在加紧研制即将完成。各行各业都在憋足了劲奋发图强。1960年，英雄的中国登山队实现了人类首次从北坡登上珠穆朗玛峰的壮举，将五星红旗插上了世界最高峰。1961年，中国乒乓球队奋勇拼杀，在第26届世乒赛上一举击败了称霸长达10年的日本队，荣登世界冠军的宝座。美、苏联手对我实行包围封锁、石油不能进口、工业运转困难。但正是在三年暂时困难中，我们的大庆油田得到开发。我们不能忘记，焦裕禄、王进喜、雷锋、王杰等许多英雄模范人物，都是在三年暂时困难时期纷纷涌现的。我们不能忘记，在文艺方面，《霓虹灯下的哨兵》、《洪湖赤卫队》、《江姐》、《刘三姐》、《年青的一代》、《林海雪原》、《李双双》、《芦荡火种》、《怒潮》、《胆剑篇》、《孙悟空三打白骨精》、《大闹天空》、《鸿雁》、《冰山上的来客》、《鄂尔多斯风暴》、《花儿朵朵》、《枯木逢春》等戏剧、电影，也是在三年困难时期创作出来的。毛泽东诗词经他亲手审定的有42首。其中，在三年暂时困难时期创作的有7首，又改定发表了《词六首》（《人民文学》1962年5月号），共十余首，占了他全部创作的近三分之一，仅1961年创作的就有5首。批判者所说的“百花凋零”，如果是指文艺，那就错了。艺术生产与物质生产不平衡这一马克思主义文艺理论的定律，在三年暂时困难时期，恰恰表现得十分明显。原因何在？我国传统文艺批评原则是知人论世，以意逆志。古代西方人认为“义愤出诗人”，古代中国人认为“诗穷而后工”，大概都阐明了一些道理。

其次，批判者只看国内形势，而没有看到当时全世界的形势。第二次世界大战结束后，亚洲、非洲、拉丁美洲原有的西方的殖民地半殖民地人民，纷纷揭竿而起，掀起民族独立的斗争。“四海翻腾云水怒，五洲震荡风雷激”。在五六十年代更达到高潮，到处战火纷飞。欧洲、美洲的殖民地宗主国，英、美、法、西班牙、葡萄牙、比利时、荷兰等，则发动一系列反革命战争，到处进行镇压。美国的庞大舰队，一会儿开到中东，一会儿开到东亚，一会儿开到地中海，进行军事干涉。最多的一次，“美国在台湾海峡集中了美国所有12只航空母舰中的6只，重巡洋舰3只，驱逐舰40只，航空队2个。”（吴冷西：《忆毛泽东》第82页）整个地球在经历着阵痛。而我国的三年暂时困难，正是在这个国际背景下发生的。早在1949年新中国成立之初，美帝国主义者即已设立了从日本本土、冲绳、中国台湾、中国香港直到东南亚的“半月形包围圈”，对我国大陆进行严密封锁。50年代初，出兵侵占台湾，并企图以朝鲜半岛为跳板，对我进行侵略。失败后，60年代初又发动侵越战争，企图以越南为跳板对我进行侵略。50年代末，美国中央情报局和印度尼赫鲁政府煽动西藏上层叛乱，被我出兵平定。60年代初，苏联赫鲁晓夫修正主义集团背信弃义、撕毁合同、撤退专家，将斯大林时代对我的无私援助，作为国债，逼我偿还。并挑起“伊犁事件”，煽动我新疆边民外逃。中、苏之间爆发了国际共运中空前激烈的论战。1961年，苏共二十二大策动多国共产党一致反华，周恩来总理率领中共代表团愤然退席回国。1962年，蒋介石又在台湾疯狂叫嚣“反攻大陆”。在美、苏对我形成合围的情况下，更使我们的三年暂时困难雪上加霜。连续的自然灾害，加上某些工作的失误，致使农业生产严重下降，工业生产也下降40%。

毛择东同志的《词六首》，是《人民文学》编辑部在50年代末收集寄呈给他，要求发表的。他放到1962年才修改寄回《人民文学》刊发，其中包括反第一次围剿、反第二次围剿时的作品，“国际悲歌歌一曲，狂飙为我从天落。”我认为这正是由于美苏合围，加自然灾害，内忧外患，使他老人家产生了与他年轻时在井冈山反围剿时相类似的心情（在《人民文学》收集寄呈毛主席的群众传抄稿中，这两句原为“国际悲歌歌一曲，统治阶级余魂落”）。毛泽东诗词中我最喜爱的一首是《卜算子·咏梅》，创造了纯净、崇高，优美中有壮美，既婉约又豪放的非凡境界，表现了一个伟大共产主义者的大无畏精神和广阔胸襟。而此词正是他1961年所作。三年暂时困难时期绝不止是一个悲惨的时期，更是一个十分悲壮的时期。三年困难的中国，在两个超级大国的包围、捣乱、破坏声中，在党和毛主席的领导下，经过艰苦卓绝、同仇乱忾的奋斗，经济逐步恢复。1964 年一声原子弹爆炸，改变了力量对比，我们终于战胜了重重困难，依然雄伟地屹立于世界的东方。

我希望，批评文章的作者，是否可以回头温习一下当年的历史，想一想自己是不是把有些事情看“拧”了，不要动不动就给别人扣“假大空”的帽子。最好是从全面的历史事实出发，作出客观的、实事求是的评论。按照江泽民同志“七一”讲话的精神，把批评的矛头指向落后文化、腐朽文化，切勿指向先进文化。

（原载《新国风》2002 年第 1、2 期合刊）

注：1961 年我去北戴河组稿时，萧三正在选编革命烈士诗歌。访谈中他提到《边疆文艺》发表的李鉴尧的《马儿啊，你慢些走》是一首可以谱曲的好诗。我谈后也有同感，返京后即向钟立民推荐，经《歌曲》编辑部组织作曲后，由马玉涛演唱至今。（后来听王健说，她在那时也向钟推荐过此诗）《马儿啊，你慢些走》和《桂林山水歌》系同年发表，同是歌唱祖国的佳作！

真情实感和典型化

——读贺敬之《放歌集》杂想

易　征

翘首展望，我国当代的诗歌风景线正是一派明媚春光。多少人在作诗，读诗，谈诗！各种不同风格的作品竞相面世，众多迫切的问题被提了出来。关心着新诗的人，都在思索和谈论各种问题。近来读了贺敬之的《放歌集》，进一步引起了我的一些思考。我愿意借着《放歌集》这部书，说说我的零碎感觉，用意自然是在抛砖引玉。

诗是阶级的神经，时代的号角。时代精神不是一个抽象的术语。我们的时代精神，就是无产阶级革命精神；就是建设社会主义和共产主义的精神：就是爱国主义和国际主义精神。而这一切也不是架空的。它必须透过诗人鲜明的爱憎、感情的血肉以及相应的艺术手段来实现。

对于这个尖锐的课题，《放歌集》有着不少动人的实践。在这部诗集里，跳动着我们时代强力而美妙的音响，声情激越，教人沉思。

《放歌集》突出的时代精神反映在哪里？它是怎样被表现出来的？这两个问题，我想试着把它们连在一起从两个方面作一些探讨。

首先，《放歌集》的鲜明革命倾向是诉诸饱满的真情实感的。

在诗歌创作中，时代的阳光，只有透过诗人的个性和真挚的气质这面三棱镜的折射，才能产生活跃的艺术生命。我们不是还可以看到这样的作品吗？它只写了某个事件、某种过程，或某些纯客观的存在，而惟独缺乏了诗人自已的感情。《放歌集》就很注意这一点。诗人不论是回延安，叩访三门峡，或是漫游桂林，他的笔尖都蘸着深厚的感情。在《回延安》这首诗里，我们所看到的，不是一个人在回延安时候一般的经过，也不是止于他的耳闻目睹，我们所看到的，乃是诗人一颗烫热的赤子之心，是感情的大胆披露：

……几回回梦里回延安，
双手搂定宝塔山。

千声万声呼唤你，
——母亲延安就在这里！

……满心话登时说不出来，
一头扑在亲人怀……
……

也许这些还不是《回延安》里最佳的句子。但是，我们被诗人的倾吐深深打动了。当诗人回到延安的刹那间，设若不是对革命圣地有着至深的爱，他能够写出这样出自肺腑的挚语吗？“梦里”“搂定”“扑在亲人怀”，掂掂这些语言该有着怎样的分量！诗人不是随手就选择了它们的。在《三门峡歌》这首诗里，诗人所掀起的那种“热泪陡涨”“血沸千度”的感情波涛，又是那么激昂亢奋。这是一首真情弥漫、气势浩瀚的诗篇。展读这些诗章，我们仿佛是面临着一个感情的喷泉。它是这样地冲动不已，这样地不可按捺。《毛诗大序》：“情动于中，而形于言。言之不足，故歌咏之。”《三门峡歌》正是这种“言之不足”的感情的高扬。我们随着诗行的跳跃，不特分享了黄河巨变的快乐，并且被诗人剧烈的心灵震荡激起了共鸣。诗人全然不是以一个三门峡的普通游客出现，而是以其与人民共忧乐的炙热心肠来打动人心的。“但见那：辈辈艄公洒泪去，却不见：黄河女儿梳妆来。”二句概括千年黄河之愁苦，紧接着，诗人便带出了一个久藏在心的问号：

梳妆来呵，梳妆来！
——黄河女儿头发白。
挽断“白发三千丈”，
愁杀黄河万年灾！
登三门，向东海：
问我青春何时来?!

诗人把自己和过去“白发”的“黄河女儿”完全糅合在一体了。黄河女儿的灾难，就是诗人的灾难。末句向黄河讨还青春的一问，尤为深沉得力。然而，诗人在这里感情上的一“抑”，极好地把《三门峡歌》高昂奋发的调子衬得更爽亮，更强劲了：

何时来呵，何时来？……
——盘古生我新一代！
举红旗，天地开，
史书万卷脚下踩。
大笔大字写新篇：
社会主义——我们来！

这样一些豪言壮语完全不给人以空喊的印象。这是因为，它们是用诗人的感情血肉凝结起来的，而不是一些零星的、孤立的概念。诗人通过这一系列概括，写出了黄河的过去、现在和未来；拓出了自己心灵上的一片原野；遒劲而又不事挥霍。

《放歌集》这类例子表明，感情愈是真切就愈益浓烈，正像水晶愈没有杂质就愈益光亮一样。只有当诗人敢于解剖自己，毫不掩饰自己的灵魂，敢于向读者“交心”，他才有可能创造出真诗。

然而，诗人仅仅有了一颗赤子之心还不够。真正的革命诗人，谁不愿意袒露自己的真情？这里倒是有着一个很值得探索的问题：诗人的真情实感怎样才能酿成为诗料，上升为诗？

一接触到这个问题，情形就异常复杂了。漫说各个诗人的创作实践千差万别，即使在《放歌集》里，各首诗的典型化方法也很不同。然而，从这部诗集看，我觉得它在典型化方法上，至少有以下几个特点是特别值得探索的。

第一，诗人很重视运实入虚，寓情于物。作者曾经在一个小小的座谈会上说：“诗的题材或者也可以这样说，就是一个字：情。写什么都好，都是为着吐出这个情来；而不一定按照事件来分题材的类别，诸如工业诗、农业诗等。”（这是我记录的原话大意，引错了由笔者负责）如果我们不是学究地理解这些话，而是从抒情诗的本质来体味，那么，这未尝不是一席知诗者言。“登山则情满于山，观海则意溢于海”——广大的空间乃是在于那“情”那“意”之中的，而不是局限于一山一海。

不错，贺敬之在自己的作品里总是写了一件事情或一些事情的。他写过回延安，写过游桂林，他写过建设工地（《三门峡》），也写过英雄人物（《向秀丽》）等。但是，这些事情再现在《放歌集》里面，它们却不复为一件纯粹的事情，而是一首完整的艺术品——诗了。如果可以打一个比方，那么在《放歌集》里写着的那些事情，恰恰像是一扇扇洞开着的窗口，诗人把它推向读者的眼前，我们朝窗口外面一望，原来一个豁然开朗的天地正在那里。

看看《桂林山水歌》。

各种人来到桂林，他们的感受、情趣是大不相同的。有的人喜欢搜索枯肠着意描绘；有的人喜欢探幽索隐怀古一番；有的人喜欢拍一张照片，留几笔丹青，带一份山水与人共赏；也有的人心有所感，欲言无语，只好提上个"××到此一游"，兴罢而去。而作为一个诗人，当他来到桂林，就应当是多一份情致了。他在这里获得的东西，必须比桂林山水本身更深厚一些，更丰富一些。《桂林山水歌》恰是这样一种情形。诗人透过桂林山水这个有限的事物，把感情的游丝拉向了无限的空间，引诱着读者进入一个新鲜的境界。

云中的神啊，雾中的仙，
神姿仙态桂林的山！

情一样深啊，梦一样美，
如情似梦漓江的水！

开篇这些句组已经相当的美。但是，这主要的还只是对于客观事物的一种渲染。（我们有不少诗作者，往往就在这儿止住了脚步，踽踽不前！）而诗人能够深刻地把握并表现桂林山水的美，却是一步也没有离开自己独特的感受和观察的。桂林山水在诗人的心目之中，不仅仅是神姿仙态，如情似梦；而且简直就是一粒火种，一剂触媒物，它不是静止地走入作品，而是燃起了久藏诗人胸中的热情，煽起了诗人的理想的。这种从有限扩展到无限，以个别概括一般的艺术，使得《桂林山水歌》具有了真正的诗的气质。像这类诗句：

啊！桂林的山来漓江的水，——
祖国的笑容这样美！
……
红旗下：少年英雄遍地生——

望不尽：千姿万态“独秀峰”！

……

都是极好的说明。它们多么经得起品味。诗人对于桂林山水的爱，乃是包举了丰富深厚的内容的：他看得的确是阔大高远，因此一经点染，读者不仅感受到山水本身的美，并且获得了一种感情的美，幻想的美，诗的美。

第二，《放歌集》感情的浓度同思想（认识生活）的深度是统一的。前面讲过，诗人的感情是奔放炽热，毫不予以掩饰的。然而这只是事情的一个方面。还有着另外一个方面：感情只能来源于生活，来源于对生活的实感。正如物质的燃烧，它定然是温度的逐步高升，最后才达到燃点一样；火辣辣的热情，也是由于人们对生活的认识（爱憎）日积月累、不断深化和激化的结果。缺少思想深度的感情，往往是单薄的、容易泛滥的。只有当两者统一起来的时候，才有可能产生结实的诗篇。

从《放歌集》可以看出来，诗人对生活的思考也是深刻的、细致的。他显然不是“看到一点就写”。因此他的诗往往能够洞穿事物的表象，创造出一些深厚浓郁的意境。即使像《桂林山水歌》这样游山逛水的作品，作者也把它同自己深沉的思索联结起来：

马鞍上梦见沙盘上画：
“桂林山水甲天下”……

原来诗人在早年戎马倥偬的岁月里，就已经神游于桂林山水了。如今真个到来，这是一种怎样的喜悦！以至于诗人“对此江山人自豪，使我青春永不老！”桂林山水在诗人的心目中，乃是“祖国的笑容”这样一个美的化身；那儿的独秀峰，也成为了新时代少年英雄的魁梧的身影。在这里桂林山水这个客观景致，已经同诗人的战士情怀融为一体了。诗人所以如此热爱桂林山水，那特别是因为，他看到了另一幅壮丽的图景——我们时代的人民，正在创造着更多、更新、更美的“桂林山水”：

啊！汗雨挥洒彩笔画——
桂林山水——满天下！……

一曲山水歌，谱出了诗人的追求、理想和抱负。这又多么同我们的时代相和谐。

有一个外国艺术家说过一句很中肯的话。他说："艺术家通过当代把过去的世界同未来的世界联结起来。"（德国：史雷格尔）诗何尝不是这样！的确，生活不是一个孤立的。它既承接过去，又伸向未来，恰似一条永不干涸的滔滔长河。《放歌集》在思想的深度上，恰好印证了这一点。诗人眼中的事物，都不是一些零星的、个别的存在，而是有其内在的联系的。例如他写向秀丽，那着墨之处就极少用在英雄扑火的过程之类的地方，而是在那些为一般人所想得不太多的地方落笔。一则是：

井冈山的红旗递给你——
党的好女儿向秀丽！

上甘岭的青松呵云周西村的水，
呼唤着珠江边的好姐妹。

一则是：

黄河长江滚滚流，
向秀丽就在大地上走。

我们是千千万万向秀丽，
无限未来就在咱手里！

英雄向秀丽的形象、人格、心灵，被揭示得何其丰满、高大、美丽！诗人把英雄放在广阔深邃的时代生活（从"井冈山"到"无限的未来"）中来表现，因此诗的容量是很大的，它剖开了生活的表层，使人向那深处窥视到了更多的东西。这个特点，在《放声歌唱》和《十年颂歌》等长诗里，表现得尤为突出。

第三，《放歌集》的艺术形象是准确、新鲜、色调明朗的。

任何艺术作品，其时代精神都必须化为鲜明的形象。而诗歌的形象又带着自己独特的色彩：它除了被描写的对象而外，还有着诗人自己的形象，以及这两者的浑然一统。所谓诗人的形象，我认为就是指着诗人的精神状态、感情、气质和理想；也就是诗创作中的“这一个”。可以说，没有了诗人自己的形象，也就没有了诗，不管什么题材，“吞吐大荒”也好，“观花匪荼”也好，都是如此。

《放歌集》的许多篇章，就胜在诗人敢于托出自己的形象。这可以是直接以“我”字出现的。像《放声歌唱》：

我的
　　鲜红的生命
　　　　写在这
　　　　　　鲜红旗帜的
　　　　　　　　皱褶里。

说“生命写在红旗上”算不得稀奇，诗人加上“皱褶里”，顿然新巧抓人！这节诗不仅是对上句“在党的怀抱中长大成人”一个极好的修饰和补充，特别是，它把“我”的意象突进了一层，使之更鲜明，更个性化了。再如《十年颂歌》：

啊，我看见：
每一个姑娘的
　　心中
　　　　都是一片
　　　　　　桂林山水……
我看见：
每一个青年的
　　手掌
　　　　都是一座
　　　　　　五指山峰！

时代儿女的美，也是透过“我”的眼睛被折射了出来的。“我”字在这里不仅直接地表达了诗人的审美方式和美学评价，而且在这些诗行里，似乎还融进了一种诗人的雍容的气度。

正是因为《放歌集》的作者敢于对生活进行独特的观察、作出自己的评价，所以诗人才能够力避窠臼，另寻蹊径，在诗歌意境的锻炼磨淬上表现了自己的才华。为了歌唱，诗人追寻那“语言的大海”和“声音的风云”；为了歌唱，诗人努力于把自己的热情同不断的创新精神统一起来。看看：

党，
　正挥汗如雨！
　　　工作着——
　在共和国大厦的
　　　建筑架上！

党的伟大，在作者心目之中已远非一个抽象的概念，而是一个有血有肉、可感可亲的崇高形象。它这么壮美，这么朴素。这形象是时代的，也是贺敬之的。

这类例子在《放歌集》里面很多，不必细列。诗人在形象、意境的创造上的诸特点，我以为应当把它同诗人的生活、感情联系起来才能够看得更清楚。没有后者，前者就会架空。

总之，读了《放歌集》，我觉得诗人在思想和艺术两个方面的追求，都是严肃的，对我们是有启发的。《放歌集》的特色和成就，自然不止于我想到的这一些。它在吸取中外诗歌、古典诗歌和民歌的营养以及诗的形式、建行等其他方面，也都有自己的道路、经验和问题值得探讨。但是这篇杂想式的文字，已无能再担负这些任务了。

（原载《人民日报》1962年8月26日）

时代精神的个性化含义

——论贺敬之的《放歌集》

章亚昕

贺敬之的《放歌集》该是《白毛女》的回声。《白毛女》的主旨是“旧社会把人逼成‘鬼’，新社会把‘鬼’变成人”①。这种特定的艺术视角，体现了贺敬之对于生活独到的理解，构成了时代精神的个性化含义，这也就成了《放歌集》里情思的内核。这种“内核”使人的主题、史的鸟瞰、歌的精神，汇合成贺敬之艺术个性的性灵之泉，凝结为他那豪放诗风的基本境界。

人的主题

人的主题，是阐发“新社会把‘鬼’变成人”——对“人”的思考，构成了贺敬之政治抒情诗的艺术主题。这不是简单地尾随时事政策，而是站在哲学的高度上来思索人的解放，因而使得《放歌集》具有比较开阔的审美视野，其哲思也相对深入、丰富，比一般的政治抒情诗更有力度，也产生了较大的影响。其中关键，在于诗人把自己的身世感受融会进社会进程，把握住了时代精神的个性化含义。现代心理学认为，“如果在主体的意识中，外部感受性把意义和客观世界的现实联系起来，那么，个性化含义则是把意义同主体在这个世界中的生活本身的现实，和生活的动机联系起来。”② 人的解放只有和自我的命运相联系，时代精神才能转化为诗人的“生活的动机”或者审美体验，“客观世界的现实”才能转化为“主体”的情思或抒情主人公的美感，“大我”的意志和“小我”的情思才合拍中节、若合符契——透过人的解放，既可以体

---

① 贺敬之：《〈白毛女〉的创作与演出》。

② 阿·尼·列昂捷夫：《活动·意识·个性》，第109页。

认社会的变迁，也能够体验命运的转折。贺敬之正是从主体的生活动机着眼，来阐释客观世界的社会变革的。

《回延安》是从“喜儿”的客体回到“红小鬼”的主体，从再现生活回到表现自我。抒情主人公是在延安长大的，这一点，对《放歌集》至关重要。诗人由“回延安”而找到诗中的自我形象，政治抒情诗就得到了一个坚实稳定的抒情主旋律。

> 赤卫军……青年团……红领巾，
> 走着咱英雄几辈辈人……

我从延安来，胜利从延安始，“光荣的延河还要在前头!”延安成为革命人格的化身，这确实是意味深长的。因为它是对主体生活动机的确认，说明人的解放不仅意味着经济上的翻身，还标志着人的觉悟。人的意义就这样被升华了，政治觉悟提高了人的价值。人，不再是被役使的奴隶，而是成为实践的主体、生活的主人。唯其如此，诗人的《放声歌唱》，才成为一曲关于“‘命运’姑娘”和“‘历史’同志”的深情颂歌，才阐发出肯定“命运”与“历史”的明快“答案”:

> “人民”——
> 我们壮丽的
> 英雄的
> 名字!
> 在中国的
> 神话般的
> 国度里，
> 创造一切的
> 神明
> 正是
> 我们自己!

“我们”即是“人民”，而“我们生命的永恒的活力”却来自“党”!“党，使我们这样地变成巨人!党，带领我们这样地创造了奇迹!”于是，“我的真正的生命，就从这里开始——在我亲爱的延河边，在这黄土高原的窑洞里！”“延安的小米饭”和“延河的奶汁”滋养着诗的灵魂，抒情主人公说：“我们的未来时代啊，请你把我用‘延安人’的名义，列入我们队伍的名单里！”“啊，我永远属于‘我们’：这伟大的革命集体！”贺敬之生在山东，却在延河边上成长为政治抒情诗人。“革命集体”的自豪与自信构成了诗的灵魂——人的解放正是党的事业，人的觉悟来自于群众的实践，在这里，是延安的革命传统铸成了艺术个性的社会定势，是革命队伍的共性规范着抒情的个性。人的主题作为时代精神的个性化含义，最终由解放的欢欣、觉悟的快乐，归结为个体对群体的皈依！《放歌集》的豪放诗风，就产生于这种群体实践所带来的自豪感，也表达了这种走向自由王国的自信心——它是溶解于个性之中的哲理，而这个性，当然又是表现着共性。

抒情主人公以“延安人”为原型，人的主题就体现了历史的必然要求；革命现实主义和革命浪漫主义的“两结合”，就归结为客体环境与主体意向的浑然合一。政治抒情传统的灵魂所在，即是自觉地为社会主义思想建设服务。在20世纪50年代的文化环境中，贺敬之势必要把人的主题纳入阶级的格局，抒写“延安人”的人格：《雷锋之歌》是写“我们阶级的整个新一代的姓名”；《西去列车的窗口》是“倾心交谈——人生……革命……战斗……”而《又回南泥湾》则是：

台上台下二十年，
我身旁坐着我们司令员。

二十年前后几代人？
我怀中坐着女儿红领巾。

司令员低声问这下一代：
“你将来编在第几排？……”

这种对于人生的历史思考，表现了一种政治观念的定式：“红领巾儿女啊要走快，红一连在喊：‘跟上来！’……跟上来啊，跟上来，辈辈人在红旗在！”从革命传统出发思考问题，“纺车”和“镢头”就成为阶级人格的象征。其优点，是通过人的觉悟把人的主题指向了共产主义道德理想，使政治抒情诗通向文艺的社会主义方向，抒情主人公与党、与英雄、与人民息息相通，展示了全新的人格理想……其不足则在于个性的姿态还不够舒展。

史的鸟瞰

从“把人逼成‘鬼’”，到“把‘鬼’变成人”，这正是史的鸟瞰。关于“几代人”的艺术反思，蕴涵了从“旧社会”到“新社会”的历史变迁；人的主题中，包容了历史的足迹。如《“八一”之歌》所说：

啊，远程而来的
南湖的航船啊，
此刻
你将——
驶向哪里？

“找红军去!”……“找八路军去！……”“这遥远的喊声”在诗中交响，表达了诗人对于社会主义运动的坚定信念。它使抒情主人公深情地眷恋延安，真挚地讴歌“我们的时代，我们的人生”！因此，史的鸟瞰也就归结为对社会主义运动的回顾与展望。《向秀丽》意味着“井冈山的红旗接过来”；《雷锋之歌》标志着“永远革命”；而《回答今日的世界》则是要像“王杰日记”那样“打开日记本，把毛泽东思想的真理，大字书写”……诗人的目光，不仅是由南泥湾的号角转向塔里木的麦浪，而且在思索着“人，应该怎样生？路，应该怎样行”？抒情主人公在几代人前行的征途上，勾勒出宏观的历史轨迹。

由人的主题转向史的鸟瞰，是从共产主义的道德理想转向社会主义的社会理想，也就是站在历史的制高点上来思索人生问题。因此，贺敬之进行史的鸟瞰，是站在“宝塔山”的历史高度，他总是忘不了自己那个“十三斤半的背包”，忘不了“华北战场的枪林弹雨”——也就是忘不了抒情主人公与群体实践的历史联系，并从这种联系中找到通向英雄们心灵的渠道，使“小我”与“大我”心心相印。贺敬之惊叹雷锋“你的名字竟这样地神奇，胜过那神话中的无数英雄”，这里面，也包含了诗人的自我肯定——这种“神奇”性源于一个母体，“这是真正的人啊，是中国的/也是我们的弟兄！……”《雷锋之歌》“把这大写的‘人’字——写向那万里长空！……”正是为了“摆开”“新的雁阵”。这样，史的鸟瞰就通向了群体的理性，体现了诗人所意识到的历史内容，达到了较大的思想深度。

诗人所意识到的历史内容，是透过“人”与“鬼”的命运，进行新、旧社会的对比，从中展示中华民族群体实践的本质力量。《白毛女》讲人的解放，突出了现代中国的历史必然要求；《放歌集》咏唱人的觉悟，则体现了政治抒情传统的当代性。这种当代性要求政治抒情诗必须为思想建设服务，必须适应社会主义精神文明建设的需要，要求“诗，以及所有的文艺作品，必须真实地反映客观生活，同时也必须真实地反映主观感受。……这是作家的党性和作品战斗性的尖锐表现，是坚持真理、坚持生活真实性和政治倾向性相一致而必须解决的问题①”。这种要求，体现了新诗的社会美理想：新诗以重“义”为其根本特征，其艺术特质是理性内容压倒感性形式。鲜明的整体意识和实践意识，使贺敬之把自己“延安人”的身世感汇入当代中国的现实感，以此来观照整个社会主义运动的历史进程，中华民族群体实践的本质力量，就构成了他豪放诗风的精神动力。因此，当不少现代诗人在当代诗坛上变得风骨萎弱时，他却劲气十足，把社会主义运动的“客观生活”和革命战士成长的“主观感受”融会贯通，使《放歌集》在某种程度上达到了“生活真实性和政治倾向性一致”，因而在十七年的当代诗坛上占有较高的艺术地位。这种较高的艺术地位，正来自诗人鸟瞰历史所达到的思想高度。《放歌集》的政治抒情偏重于宣传革命的社会理想和道德理想，这说明贺敬之在自觉地为社会主义思想建设服务。可是，政治抒情诗作为思想战线上的一个环节，它不仅应该是进军号，还应该是警钟，既应和时代的脚步，又及时发现潜在的危险。在这些方面，抒情主人公的目光是显得有些不够敏锐。

这些要求怕是有些求全责备了。政治抒情诗要兼顾其政论性，同时又要具备诗美，就很难达于政论深刻与诗意盎然的相济之境。本文认为，只要诗人善于撷取时代精神的个性化含义，在史的鸟瞰中生发出深沉悠远的诗思，也就完成了他的艺术使命。政治抒情诗的美，应该是社会美理想和艺术美规律的和谐统一。贺敬之一方面，善于把新诗重“义”推向极致，在史的鸟瞰中推出人的主题，强化诗的政论性，表现时代精神的个性化含义，用共产主义的人格理想来规范抒情主人公的心境体验；另一方面，又善于从人的主题和史的鸟瞰走向歌的精神，用格律化的形式美造成内容与形式的和谐，使真、善、美在诗艺中取得平衡。这正是《放歌集》走向民族化的真正原因，人的主题和史的鸟

① 《贺敬之诗选·自序》。

瞰，决定了贺敬之歌的精神。政论性的哲思（人的主题），经过形象化的境界（史的鸟瞰），转向格律体的形式（歌的精神），该是《放歌集》美学结构中的中心线索。

史的鸟瞰作为中间环节，是不可缺少的：政论性的主题必须在形象化的画面中加以“对象化”——从旧社会的“鬼”到新社会的“人”，作为社会主义运动的历史行程，它正是抒情主人公在体验时代精神时的审美观照对象。人民的群体形象矗立于历史长河中，也只有史的鸟瞰才能把握“大我”的情思，展示“小我”的情怀……因此，史的鸟瞰使贺敬之的政治抒情诗主要采取长篇巨制的结构，以史诗性的宏伟来烘托人民的觉醒、党性的庄严，并且借用格律体的诗形达到整体的统一与和谐。在这里，史的鸟瞰体现了一种与政论性相关的、形象化的美学追求；更重要的，是在时空跳跃中构成阔大的境界，是在宏观的鸟瞰姿态里展示抒情主人公的胸襟与情怀，把诗人意识到的历史内容浇铸进人的主题，转化为时代精神的个性化含义……于是，《放歌集》的豪放之美，就以人—史对应结构为其社会美的内核，贺敬之的社会美理想，也就在这种宏观的艺术视野里找到自己的载体！中华民族群体实践的社会威力，必然要铸入诗人的历史感——这，正是《放歌集》开一代诗风所带来的启示。

歌的精神

从新歌剧到政治抒情诗，《白毛女》的旋律化入《放歌集》，使诗的艺术凝结了歌的精神。就艺术形式而言，《回延安》是回到陕北民歌，回到“信天游”。“‘信天游’啊，不断头，回回唱起来热泪流！”这种“不断头”的艺术形式，有助于诗人在“热泪”流淌的创作激情中，抽出绵延不绝的诗思，任想象“视通万里”，游荡在万里长天……源于陕北民歌的歌的精神，不仅因为借鉴古典诗词而铸冶出像《三门峡歌》、《桂林山水歌》那样更加精巧时新歌行体，而且，也渗透着诗的灵魂，把涌动的情思、悠扬的节奏、流畅的旋律、无羁的想象结为一体，取得了“返实入浑”之妙。读读那些“楼梯式”的章句吧！显然，为朗诵需要而按意群排列的诗行，已经因无数的排比、对偶而变成了“歌”，“返实入浑，积健为雄”的以“气”驭笔，“具备万物，横绝太空”的以神驭思，构成了贺敬之豪放之“歌”的精髓。

贺敬之歌的精神实质，是“在民歌和古典诗歌基础上发展新诗”，群体意识的思想根源，是《在延安文艺座谈会上的讲话》中的“为群众”的观念。“为群众”的“群”，当然不同于“兴、观、群、怨”的“群”，前者自下而上，以人民为本位；后者自上而下，以君权为其主体；前者以社会革命为内容，在崇高感中强调实践群体的团结；后者以维护“中和”为其目的，于愉悦感里追求社会伦理关系的和谐——二者分属于不同的历史高度和美学境界，不应当混为一谈。

从歌的精神，我们可以追溯贺敬之的“山东魂”。齐鲁大地介乎南北之间，历史上曾受到《诗经》和《楚辞》的双重影响，孔子本着求实精神赞许“诗三百”，首倡诗歌的“兴，观，群，怨”；而汉魏诗人的“齐气”又近“楚风”，连宋代济南二安（辛弃疾、李清照）之词，也有融会南北的趋向……有趣的是贺敬之自己对风骚传统的新解；他以“两结合”为“革命的‘诗教’”，认为“新民歌的伟大价值恰好就在于它是今日的新‘诗经’。‘不学诗，无以言’。没有这部新诗经，我们的新诗就不能更好地往前发展[①]”。屈原的《离骚》则是把“积极的浪漫主义谱成了英雄的战歌。……屈原驾着他的骏马，披戴着他的花环，走遍了大地，走上了天国，向无数的神人宣讲他的伟大理想[②]”。这种仰慕是真实的。“屈原的作品，特别是《离骚》，是贺敬之经常置于枕边床头的一部心爱之作[③]”。它使诗人歌的精神表现为新“国风”与旧《离骚》的合璧——有如古典诗人在风骚传统中找到了史与巫的和谐，把人伦与幻想合成一体，由人伦“返虐”和幻想“入浑”而进入声气应和的艺术境界；贺敬之在新风旧骚之间，从现代民歌接近了传统艺术，他用“信天游”的无羁想象，表达了群体实践制约下的人格追求，从人的主题和史的鸟瞰，回到了以整体意识和实践意识为核心的时代精神的个性化含义。他的歌的精神，既包容屈骚一派古雅遗风，又蕴涵新民歌的今俗气息；既强调有“喜闻乐见”的社会功利效果，又注重“劳者歌其事”的民族艺术传统——《放歌集》之所以成为十七年政治抒情传统的艺术典范，贺敬之之所以成为政治抒情诗的领唱者，其原因就在于，诗人比较充分地反映了那个时代特定的文化氛围，比较集中地体现了中华民族在历史转折期的回顾与前瞻，比较典型地呈示了新诗社会美理想在新社会的审美指向和艺术形态……

在急风暴雨式的阶级斗争结束后，中华民族迎来了一个相对平静的历史时期，久“张”之后的松弛、胜利之后的满足，使社会审美心态由崇高感转向

---

① 贺敬之：《关于民歌和“开一代诗风”》。

② 贺敬之：《漫谈诗的革命浪漫主义》。

③ 尹在勤、孙光萱：《论贺敬之的诗歌创作》，第100页。

了壮美的和谐感，体验着人的解放与新社会的和谐、同时又忘不了昔日的紧张、奋斗，对群体实践的力量充满了信心——这正是“十七年”政治抒情诗颂歌传统和战歌传统形成的文化心理背景。在这样的背景下，大家包括诗人们，对新的危险都缺乏认识，或估计不足。这该是政治抒情传统的局限性所在。由于这种限制，理性的痛感被代之以理解力与想象力的和谐，个性的忧患感被代之以群体实践的信念，歌的精神以其感性形式淡化了《放歌集》的理性内容，人的主题和史的鸟瞰遂由《白毛女》崇高情思转向了壮美之境。于是，贺敬之的豪放之美仅构成“十七年”政治抒情诗艺术的典范，却并非永恒的权威。然而，谁又是艺术史上的永恒权威呢？表现艺术在成熟后总是要形式化的，新诗也未必永远排斥歌的精神。《放歌集》作为新诗艺术历程的一座里程碑，毕竟有其不可替代的价值：在现代诗人艺术个性社会化的基础上，以贺敬之为首的政治抒情诗人终于把握了时代精神的个性化含义，把以情为主、感知理解因素相对突出的现实主义诗艺，推向了政论性（人的主题）、形象化（史的鸟瞰）、格律体（歌的精神）三位一体的极致，那豪放之美既是社会美理想的集中表现，歌的精神又该是“有意味的形式”诞生的先声，而新诗重“义”的艺术特质，就是在这种复杂多变的矛盾运动中形成和发展的……

（原载《济宁师大学报》1989年第3期）

读《雷锋之歌》

陶　阳

贺敬之同志的长篇抒情诗《雷锋之歌》，是热情洋溢的优美动人的诗篇。诗人以独特的构思和富有色彩的语言，创造了一个广阔的、崭新的艺术天地，在这个艺术天地里高高地站立着的是一个新时代的伟大的英雄形象——雷锋。诗人是以一个热情的共产主义战士的姿态和学习雷锋精神的强烈的革命激情来歌颂雷锋的。由于诗人真正理解了雷锋，才写出了雷锋精神的崇高和雷锋品格的美；由于诗人深受雷锋精神的感动，诗的感情才如此真挚、热烈。诗篇动人的力量首先在于它作为号召大家学习雷锋的战鼓和号角，唱出了我们时代的声音，表达了我国广大人民群众学习雷锋的愿望，从而更加激发了我们学习雷锋的热情和决心。

诗人在伟大的时代背景里描写雷锋，这就不仅揭示了雷锋的生命的真正价值和意义，也深刻地表现了我们高昂的、朝气蓬勃的革命的时代精神。诗人一开始就以自豪的心情歌颂了产生英雄雷锋的伟大的时代：

假如现在啊
我还不曾
不曾在人世上出生，
　　假如让我啊
　　再一次开始
　　开始我生命的航程——
在这广大的世界上啊
哪里是我
最迷恋的地方？

哪条道路啊
能引我走上
最壮丽的人生？

我们的党自从在井冈山上举起革命的红旗直到现在，我们这面马克思列宁主义的革命红旗是越举越高的。雷锋精神是我们社会主义新时代的产儿，也是中国人民革命传统、革命精神的继续和发展。诗人对于雷锋精神的时代意义，认识得非常深刻。他敏锐地从雷锋的身上发现了这样一个问题："人，应该怎样生？路，应该怎样行？……"并意味深长地问道："什么是真正的幸福呵？什么是青春的生命？"关于这些重大的人生问题，诗人通过对雷锋英雄行为的生动描绘和对雷锋高贵品格的热情赞美，给我们写下了一个极其宝贵的答案：雷锋在无产阶级革命的事业里，获得了真正的青春和幸福，在为人民服务的志愿之中，找到了最丰富的生命和最壮丽的人生。这就是说，雷锋精神，给我们当代每一个革命者指出了一条最正确、最光荣的人生的道路。雷锋为什么能够给我们做出光辉的榜样呢？诗人以鲜明生动的形象告诉我们，这是因为雷锋是伟大的毛泽东思想哺育起来的共产主义战士："你青春的生命，/在毛泽东思想的冲天红光中，/升华……/升华……/你前进的脚步/在《毛泽东选集》的/字字行行/——那真理的/阶梯上，/攀登……/攀登……"；这是因为雷锋是一个完全自觉的集体主义者："啊，雷锋/你白天的/每一个思念，/你夜晚的/每一个梦境，/都是：/人民……/人民……/人民……/你的每一声脚步，/你的每一次呼吸，/都是:/革命……/革命……/革命……"雷锋的这种献身于革命的共产主义精神，是多么激动人心呵，和那些一心追求名誉、地位和权威的资产阶级个人主义者，以及那些讲究吃穿的庸庸碌碌的小人相形之下，雷锋的心灵是何等纯洁呵！雷锋的道德是何等高尚呵！

诗人作为革命人民的代言人，充分抒发了我国人民学习雷锋精神的热情。诗人说雷锋这两个字是"我们阶级的整个新一代的姓名"，或者说："雷锋就是我们！我们就是雷锋！"诗人既称颂了人民群众朝气蓬勃的革命的精神面貌，也表现了人民群众学习雷锋精神的强烈愿望。诗人自己把雷锋当作亲人，而没有把他写得高不可攀，这一点使我们感到特别亲切。诗人称雷锋是一家兄弟，说二十二岁的雷锋在年龄上是年轻的弟弟，而在精神上却是"无比高大的长兄"。

《雷锋之歌》所以富有感染人、打动人的艺术力量，一则是在于诗人站得高、看得远，二则还在于诗人以创造性的艺术想象力，精心塑造了雷锋的英雄形象。如果不概括地、集中地再现雷锋最鲜明、最本质的性格特征，使其成为具体的、可感触的栩栩如生的形象，以引起读者感情上的共鸣和美的想象，而是像某些诗一样平铺直叙地写他的生活经历，那就不如去读介绍雷锋的材料和《雷锋日记》动人了，因而也就失去写诗的意义了。

诗人塑造雷锋形象的一个显著特点，是以抒发自己内心独特的感受的方式来描写的，基调是赞美和歌颂。诗人以广阔的现实生活为背景，驾着幻想的彩翼，自由驰骋，高声歌唱。雷锋，使诗人如此激动，如此浮想联翩：仿佛一刹那间越过了千山万岭，仿佛登上泰山的日观峰顶看见新的太阳上升，又像是听见惊蛰的春雷在大地鸣响，一阵阵，一声声，到处在欢呼："雷锋！雷锋！""那红领巾的春苗啊，面对你顿时长高；那白发的积雪啊，在默想中顷刻消溶……"诗人用这种侧面烘托渲染的方法，就异常生动地、形象地显示出雷锋精神的巨大力量。

诗人写雷锋的成长过程，完全摆脱了一般的呆板叙述的方法，而是经过提炼使之升华为更富于诗意的形象：雷锋，在黎明前的一阵黑暗中，带着满身的血泪扑向党的怀中。

（原载《文艺报》1963年第6期）

读贺敬之《雷锋之歌》

——兼论政治抒情诗创作中的一些问题

孙光萱　陆继椿　胡　川

英雄的时代需要英雄的诗篇，我国云蒸霞蔚的社会主义革命现实，国际范围内震雷疾电的斗争风暴，都要求产生一种容量较大的诗歌体裁——政治抒情长诗。自然，从事这方面的创作是极为艰巨的，茅盾同志在《反映社会主义跃进的时代，推动社会主义时代的跃进》一文中曾经指出："在思想内容上，我们今天的抒情长诗比前人广博深远不知多少倍，而在诗的形式方面也大大突破了前人的规范。"这番话启示我们：创作抒情长诗必须从思想内容到艺术形式进行不断的突破和创造。令人欣喜的是，贺敬之同志是擅长这一艺术形式的诗人，在火热的现实斗争中，他往往倾泻胸臆，放声歌唱，以自己的全部革命热情去点燃人们的心灵，使人们的精神领域中震荡着时代的音响。最近发表的《雷锋之歌》(《中国青年报》1963 年 4 月 11 日)，较之他以前的作品，从内容到形式又有了新的发展。诗人以不可遏止的革命热情歌颂了一代新人的崇高品质，抒发了无产阶级革命战士在当前激烈的阶级斗争中的壮志豪情，从而道出了我国千千万万人民的心声。下面我们试图结合当前的政治抒情诗创作实际，对这首长诗所取得的成就作些初步的探讨。

一

诚然，雷锋的事迹是光芒四射的，但抒情长诗不同于传记文学，没有必要去详尽地叙述事件的本末；它也有别于叙事长诗，尽可以不去追求完整的情节。显而易见，抒情长诗应该更多地着眼于感情的抒发，并以此来独特地反映广阔的社会现实。那么，在《雷锋之歌》中，诗人是怎样发挥这一体裁独特的战斗效用呢？这方面，我们认为作品具备这样几个特点。

第一，表现英雄人物与反映时代特征的结合。诗人突破了一般化的构思，他不只是着眼于雷锋做了些什么，而是更主要地着眼于他为什么这样做和这样做意味着什么；他不只是着眼于雷锋本人，而是更多地着眼于祖国前进的步伐、阶级斗争的洪流、世界风云的变幻——一句话，是更多地着眼于我们时代的特征，并从这样广阔的社会历史背景面前观察了雷锋的言行作为的深刻意义。正由于这样，诗人才为自己找到了抒情的宽广天地，为自己想象的羽翼提供了翱翔的万里晴空。请看，长诗的第一章不急于立刻从雷锋本人落笔，而是提出了一连串激动人心的问题，激发读者的思考，而在第二、第三章中，诗人则一再渲染自己和广大人民对雷锋衷心向往的深挚情谊，第四章又把学习雷锋的现实意义作了倾心的抒写，只是在这几章之后，诗人才写到雷锋的事迹，而紧接着，诗人又在第六章中一变而为发出庄严豪迈的召唤。这样的结构安排表明：诗人没有把眼光停留在雷锋活动过的时间与空间，而是看得更深更远更广阔。这样就使得作者透过生活现象，深入时代的深处理解了英雄人物产生的必然性和他的全部意义，找到了雷锋的本质特征与六亿人民的本质特征的相通之处，因此，诗人能够这样描写雷锋这一人物的产生："啊！我像是突然登上泰山，站立在日观峰顶……我看见海浪滔滔的母亲怀中——新一代的太阳，挥舞着云霞的红旗，上升啊，上升！……"因此，诗人能够这样指出雷锋这一形象的意义："在这无产者大军重新集结的时刻，在这新的斗争信号升起的黎明……在我们祖国的每一个战场上，在迎接我们的每一个斗争中……雷锋呵，在前进！……带着我们的骄傲，我们的光荣，带着我们无比的力量，青春的生命……"因此，诗人能够通过雷锋的形象回答这样极其严肃的问题："人，应该这样生；路，应该这样行！！……"尽管作品中对雷锋的事迹着墨不多，但雷锋的形象却在浩荡的时代精神中丰满起来，以至是那样可亲，那样令人钦服，成为照耀每一个人的光辉典型。

第二，歌颂正面形象和鞭挞反面形象的结合。张光年同志最近曾提到过一个在诗歌创作中带有普遍意义的问题："只要在歌颂正面形象的时候，诗人心目中确实有一个对立面存在，我想，也一定会写得更扎实，更为激动人心，充满战斗的诗意。"（《李瑛的诗》，《文艺报》1963 年第 3 期）要是说创作抒情短章尚且要注意这一点的话，那么，对于政治抒情长诗来说，这无疑是更为重要的。因为诗人运用这一体裁目的是为了动员人们更好地进行战斗，这就不能不在歌颂我们伟大祖国和英雄人物的同时，把笔锋触及那些形形色色的反面形象。在《雷锋之歌》中，诗人以不少笔墨鞭挞了那些"醉卧高楼，做花天酒地的荒唐梦”的忘本少爷和“践踏着爹妈的尸骨”的“救世英雄”；揭穿了那些施行着一套又一套催眠术来腐蚀人们的革命斗志的“可敬的先生”。所有这些绝不是可有可无的陪衬，而是和诗人的全部激情紧紧胶合在一起的，正是在这种对立面的映衬中，雷锋的英雄形象才显得更为高大和光辉，作品的激情才有了明确的战斗方向，真正发挥了炸弹和旗帜的效果。

第三，抒情和政论的结合。在一首长达2000行左右的抒情诗中，作者的激情倘不能和深湛的思想（它们往往转化为诗中精辟的议论）相结合，难免失之空泛和肤浅。读完《雷锋之歌》，我们不仅看到了巍然耸立的雷锋形象，也仿佛看到了诗人自己，他是在那里思索着如此众多的有关人类命运的问题，作品一开始，诗人就激动地唱出：

> 面对整个世界，
> 我在注视。
> 　　从过去，到未来，
> 　　我在倾听……
> 八万里
> 风云变幻的天空啊——
> 今日是
> 几处阴？几处晴？
> 　　亿万人
> 　　脚步纷纷的道路上——
> 　　此刻啊
> 　　谁向西？谁向东？

借助于阴晴、西东的新颖比喻，诗人是这样形象而又高度概括地道出了万千人民的心里话，随后，诗人又不断地面对我们发问：“人，应该怎样生？路，应该怎样行？……”“什么是有始有终的英雄的晚年啊？什么是无愧无悔的新人的一生？……”自然，可贵的还不仅是诗人在不同章节的关键之处特意安下了一些发人深省的设问，而是诗人把整篇作品的广大结构都建筑在对人生哲理和革命真谛的探索追求上，在诗人笔下，政论和抒情犹如骨骼和血肉，是那样不可分割，最终导致了一个光辉夺目的整体艺术形象的诞生。

贺敬之的《雷锋之歌》就是这样深刻地启示着我们：政治抒情诗作者只

有在创作时（更确切地说是在平时）胸中怀有整个世界，时刻不忘阶级斗争，经常思索有关人类命运的重大问题，才能使自己的作品具有强大生命力，焕发出耀眼的光辉。

二

政治抒情诗表达的是重大主题，反映的是广阔的社会生活面，这就要求诗人在进行高度艺术概括方面别具一番功力。

自然，诗歌的艺术概括和典型化方法是多种多样的，没有必要仅仅局限于某方面，但也应指出，因为政治抒情诗不像叙事诗那样有着完整的情节，因此更应该在选择刻画生动形象的细节方面付出更多的努力。同时，我们也应该看到，抒情长诗中虽然既有叙述描绘，又有抒情议论，但一般说来，抒情议论往往借助于某些新颖生动的细节而变得格外感人。《雷锋之歌》正是如此，第三章中有这样一节："啊！我看着你，我想着你……——我心灵的门窗，向四方洞开……我想着你，我看着你……我胸中的层楼啊，有八面来风！"乍看，这是地道的抒情，但细加分析，又可以发现这里抒情的力量正依赖于"门窗""层楼"的形象描绘。再如，你也许会把这样的诗句看作是纯粹的议论："什么是有始有终的英雄的晚年啊？什么是无愧无悔的新人的一生？"但若你把目光移向前边，就会看到诗人在议论之前已经巧妙地写下了这样几句："……望夜空，有倒转斗柄的北斗……看西天有纷纷坠落的流星……"原来诗人是有意从描绘中引出议论，从而收互映互衬之效。可见，具有特征性的，形象的细节的精心选择对于议论和抒情来说，是颇为重要的。

那么，究竟怎样才能使作品中的许多细节具有尽可能大的容量呢？从《雷锋之歌》中我们可以有趣地看到两种截然相反但其实又是相辅相成的情形。

一种是诗人善于从人们最熟悉的有时甚至是极为平凡的事物上去挖掘新鲜而深刻的诗意。

当你看到这样的诗句的时候，也许还不以为奇："在今天，我用发烫的双手抚摸着我们的红旗——"但紧接着，一串朴素无华但又感人至深的诗句出现了：

又一次把
母亲的

衣襟
牵动……

由抚摸着红旗联想到牵动母亲的衣襟，把自己热爱党——像孩子依恋母亲那样寸步不离的真挚感情表现得如此细致入微，这实在不能不让你感到这是发自诗人肺腑的语言！

绝不能认为对于政治抒情诗创作来说，日常生活中的一些现象是没有资格进入作品的。不，只要诗人具备“化平凡为神奇”的功力，就完全有可能从人们最熟悉的地方落笔，从而一触即发地打开人们的心扉，让人们在感到无限亲切自然的同时受到深深的感染。

当然，贺敬之更大的功力是表现在另一种手法上。他善于凭仗想象的翅膀，高度地概括现实生活，使人们读了有比真实更为真实的感觉。在《雷锋之歌》中，我们看到诗人时而上天入地，时而呼风唤雨，招来自然界的万事万物供自己调遣，它们恰好构成作品中英雄形象活动的巨大壮丽的背景，显得十分和谐。诗人写人们学习雷锋的浩大声势是那么恣肆夸张：“惊蛰的春雷啊，浩荡的春风！——正在大地上鸣响；正在天空中飞行！一阵阵，一声声——‘雷锋！……’‘雷锋！……’‘雷锋！……’”诗人面对着北来的大雁，是那么浮想联翩：“北来的大雁啊，你们不必对空哀鸣”，“且看这里：遍地青松；个个雷锋！——快摆开你们新的雁阵啊……把这大写的‘人’字——写向那万里长空！……”有时，诗人完全摆脱了生活的原型，譬如当他探索自己和雷锋相通之处的时候，这样写道：

让我说：
我们是
一母所生——
　　我们血液的源头，
　　在“四·一二”的
　　血海里；
　　在皖南事变的
　　伤痕中……
　　早已
　　几度相逢……

尽管“四一二”事变时，雷锋还没有出生，他也没有来得及经历皖南事变，但这又有什么关系呢，雷锋是时代的产儿，探本究源，他的阶级仇恨原是和那个黑暗王朝的全部历史紧紧联系在一起的，诗人正是透过了表面现象，用异常的手法突出了事物的本质，这才给了人们如此深刻难忘的印象。

毋庸讳言，细节本身并没有独立存在的生命，只有从表达全诗主题的需要，精心地选择与安排细节，才能取得良好效果。同时，还应该明确，细节的提炼绝不是一个客观主义的纯技术过程，它有赖于诗人对事物的深刻理解和对描绘对象的强烈的爱憎之情。还可以看到诗人以擎天柱比喻党，以毛泽东思想的补天石比喻百万雷锋，如果不是诗人深刻理解了党在国内外阶级斗争中的重要地位和伟大力量，缺少对雷锋等一代新人的透彻认识，古老的“擎天柱”和“补天石”怎能奔来笔下，焕发出20世纪60年代的新光彩！可以说，愈是瑰丽的想象，愈是需要深厚的生活土壤和充实的思想内涵，诗人许多出人意外的联想所以有别于那种貌似壮丽实则苍白的诗句，其根本原因正在于此。

在政治抒情诗创作中，不能低估细节描写的作用，这值得诗人们注意。

在一定意义上说，细节并不是细节——它往往反映了诗人本身生活的深度，思想的深度，感情的深度，这又值得诗人们深思。

三

政治抒情诗贵在能让人高歌长吟，一唱三赞，这就要求诗人们善于抒发自己的感情，并在形式上作出一些与之相适应的创造。

抒情长诗不同于某种抒情短章（例如五七言四行体），一味浓缩故不尽恰当，过分含蓄也未必可取，相反，在重要地方必须铺开来写，笔饱墨酣地进行渲染，如：

你的年纪，
二十二岁——
是我年轻的弟弟啊，
　　你的生命
　　如此光辉——
　　却是我
　　无比高大的
　　长兄！

倘若改成“你的年纪比我轻，但你的生命却比我高大”，意思虽存而感情全无了，自然，深知政治抒情诗创作三昧的诗人绝不作如是写。

也是由于同样的理由，诗人有时故意在一些关键性的词语上重复一下，以求得一种回环激荡的美，诗的开头就是这样：

假如现在啊
我还不曾
不曾在人世上出生，
　　假如让我啊
　　再一次开始
　　开始我生命的航程——

这里第一个“不曾”和“开始”，语意好似停留，实则使感情回荡在胸中，为下面要说出的话准备了气势，因此，“不曾在人世上出生”“开始我生命的航程”等句读来就更见浓烈了。

善于铺陈渲染的另一个突出表现是诗人惯于步步进逼地组织诗节的高潮。抒情诗的感情是有节奏的，读者感情的激发也有一个发展过程，诗人不仅应该安排全诗的高潮，也应该精心组织各章各节的高潮，只有这样，才能使全诗形成后浪推前浪，不断起伏激荡的境界。《雷锋之歌》写已经逝去了的情景，从“没有光亮的晚上”“没有笑意的面容”到“爸爸要饭的饭碗”“妈妈上吊的麻绳”，再到“云周西村的铡刀”“渣滓洞的深坑”，是如此；写人们对雷锋的向往之情，从“列车”“海港”到“红领巾的春苗”“白发的积雪”，也是如此。例子真是不胜枚举，且请再看几行诗：

啊，雷锋！
你第一次学会的
这三个字——
　　你一生中
　　永远念着的
　　这个姓名——
啊，亲爱的
再生雷锋的

母亲——

　　我们的

　　党啊，

　　我们的领袖

　　毛泽东！

请看，诗人不是一开始就提出这不同寻常的“三个字”，而是在感情的鼓点中越敲越紧，越敲越重，最后才敲出两个最强音：党和毛泽东！

在诗的形式的探索上诗人也有着可贵的收获，这里想着重谈谈下列两点：

第一，外来形式和民族特色的融合。《雷锋之歌》的形式是一种适合于表现诗人奔放激情的朗诵诗体，它有时以一个短句或长句为一行，有时又把一个短句或长句分为三行、四行甚至五行，一个字也可以成为一行，句尾大致押韵，上句与下句、上段与下段差不多都是对偶的。诗行字数不一，这是错综参差的一面；而押韵和对偶又构成了整齐和谐的另一面。从多样中求统一，从整齐中求变化，就使诗篇显得严整而又活泼。我们还觉得诗人所熟练运用的形式是把外国的楼梯式和我国自由体新诗、古典诗歌中的歌行、律诗等形式在诗人的感情倾泻中熔为一炉的结果，它的优点是具有楼梯式抑扬顿挫、节奏分明、适于朗诵的特点，又有自由体、歌行表情吐意、随心所欲的特点，而最后还具有律诗词句对偶、严密紧凑等特点。既不拒绝中外任何有益的借鉴，又敢于作出适合时代和诗歌内容需要的创造，这同样表现了诗人的气魄和眼光。

第二，诗人在运用虚词上有一个特点：在句中用了大量的“啊”“呀”等语气词（“啊”字用得最多）。语气词放在句首是为了喝起下文，放在句尾是为了深化感情，而诗人偏偏用来放在句中，它的功用何在呢？这是很耐人寻味的，让我们引一段诗来研究一下：

看，站起来

你一个雷锋——

　　我们跟上去：

　　十个雷锋，

　　百个雷锋！……

升起来

你一座高峰——

我们跟上去：
十座高峰！
百座高峰！
千条山脉啊，
万道长城！……

这几句全是短句，这是和内容相适应的（为了表达一种坚定的决心），但若句句如此，又难免呆板，诗人巧妙地在末了第二句句尾按上一个“啊”字，让人们读到这里饶有韵味地稍作停顿，然后引出雷霆万钧的结句，这就为之生色不少。可见，“啊”等语气词用在当中，目的是为了达到停顿与延续的统一，而停顿也是为了更好的延续，使得诗句更具一种抑扬顿挫的美，更富一番又醇又厚的抒情味，效果是很大的，值得诗人们注意。

《雷锋之歌》可谈之处还很多，限于篇幅不再继续下去了。末了，深盼诗人今后勤于耕耘，层楼更上！

（原载《山东文学》1963年第7期）

伟大的战士　光辉的颂歌

——评贺敬之的《雷锋之歌》

高歌今　杨因

自从毛主席号召“向雷锋同志学习”以后，雷锋的光辉英雄形象迅即在全国人民中产生了极大的影响。这个学习运动正在把人们的思想觉悟、道德品质提升到一个新的更高的水平。许多诗人学习了雷锋事迹以后，激动不已，畅抒感怀，写出了不少较好的诗章。贺敬之同志的《雷锋之歌》（载4月11日《中国青年报》），更以澎湃的革命激情，深邃的思想力量和新颖的艺术构思，为我们塑造了平凡而伟大的雷锋形象，抒发了广大读者内心共有的革命豪情。

《雷锋之歌》作为一首抒情长诗，共分六章，长达1200余行。诗人一开头就运用虚拟手法，别开生面地提出：假如让他再一次开始生命的航程，他将选择什么样的地方诞生，走什么样的人生道路，从而倾吐出生活在伟大的毛泽东时代，生活在从艰苦长途上斗争过来的党的队伍中，作为革命大军里的一个列兵的高度自豪感。第二段开始歌颂党的摇篮中新站起来的一个高大的弟兄——雷锋。这里的雷锋，已被典型化为中国整个新一代的姓名。第三段从雷锋成长的道路提出了“人应该怎样生？路应该怎样行”的重大问题。第四段从昨日艰苦换来今日甜，提出不能忘本，不能让历史开倒车，而要把壮丽的人生展出万里，把革命的火焰烧得通红。第五段进一步刻绘了雷锋在毛泽东阳光抚育下的青春生命，展示了雷锋忠于革命忠于党的、平凡而伟大的灵魂美，明确回答了前面提出的“人应该怎样生？路应该怎样行”。第六段阐明在无产者大军重新集结的时刻，雷锋形象具有的深远的时代意义。英雄雷锋成了响亮的革命晨钟和震天的号声，召唤着全世界的弟兄一起出征上阵。全诗反复以“我们必胜”的革命最强音结束，读后使人热血沸腾，浑身是劲，充满了战斗的信心。

我们认为，《雷锋之歌》的思想艺术水平，不但突破了目前同样题材的诗作，而且在某些方面超过了作者解放以来一些脍炙人口的作品。它的形式与1956年秋的《放声歌唱》同一类型，除了保持着奔放中见含蓄，豪迈中含妩媚的艺术风格外，应该说，在视野的广阔、感情的激越和语言的凝练等方面，都超过了前者。这里，我们想就《雷锋之歌》思想艺术上的某些特点作一些初步的探索：

首先，诗人是把英雄的成长放在艰苦斗争的革命历史和广阔深邃的现实生活里来表现的。全诗使人充分感到历史的风云和时代的浪潮扑面而来，深切体会到无产阶级革命的时势造就英雄的真理，而没有孤立地过多地铺叙一些人所共知的模范事迹。长诗充分地歌颂了英雄雷锋的出现“像朝阳初升一样地合理，像婴儿落地一样地合情”！因为雷锋是“站在不倒的红旗下，前进在从井冈山出发的行列中”！努力学习无数英雄的榜样，经常想到“世界上还有三分之二受难的弟兄”，特别是受到了毛泽东思想的春风化雨，才使得他在革命事业的任何岗位上，都能成为一颗永不生锈的螺丝钉，为广大群众树立了亲切的学习榜样：

看啊——
奔你来！
学你来！
　　——我们的大地上
正脚步匆匆！……
十个、
百个、
千万个……
　　雷锋……
　　雷锋……
　　雷锋……

诗人绘影绘声地反映了广大群众积极学雷锋做雷锋的情景，从而自然地得出了这样的结论：“我们要子子孙孙永不变呵，辈辈新人是雷锋！……”这就深刻地体现了我们的党和毛主席对伟大的普通一兵雷锋及其影响的高度评价。正是由于诗人站在从过去到未来的历史高峰，俯视中国革命形势和世界革命形势，并把二者有机地联系起来，从中探索英雄成长的秘密，才使得全诗洋溢着强烈的时代精神，剧烈地跳动着我们伟大时代的脉搏。

什么是真正的幸福？什么是青春的生命？对于这个严肃的人生问题，无产阶级和资产阶级有着迥然不同的回答。《雷锋之歌》坚决批判了那种对现实、对革命的消极态度。“——过去了的一切，不必再提起了吧！只要闭上眼睛呀，就能看见：现在已经天下太平……——什么‘阶级’、什么‘斗争’……今天的生活已经不同了呀，需要另外开辟途径……——最香的是自己的酒杯，最甜的是个人的美梦……”这种个人主义唯心主义的人生观和世界观，是一种资产阶级思想的反映。作为资产阶级思潮的现代修正主义，也在经常宣扬这一类的货色。臭名昭著的南共修正主义纲领，就明目张胆地提出：“社会主义不能使人的个人幸福服从任何‘最高目的’，因为社会主义的最高目的就是人的个人幸福。”对于这些“拔一毛而利天下不为也”的老爷先生们，还能指望他们为了人民和革命的利益，做出什么好事来呢?!而雷锋的人生观和世界观恰恰与此针锋相对，是毫不利己、专门利人的无产阶级的人生观和世界观。《雷锋之歌》满怀激情地歌颂了雷锋崇高的共产主义思想品德。“啊，雷锋你白天的每一个思念，你夜晚的每一个梦境，都是——人民……人民……人民……你的每一声脚步，你的每一次呼吸，都是革命……革命……革命……”诗人把雷锋的革命精神高度地概括起来，并精选富有典型意义的事迹，予以酣畅淋漓的抒情描绘。这对帮助青年更好地进行兴无灭资的斗争，是有好处的。

《雷锋之歌》获得成功的另一重要原因，是作者充分地运用了诗歌艺术最直接抒情的特点，淋漓尽致地抒发了人民之情、革命之情、时代之情。作为抒情诗，可以不拘泥于一般地讲事迹，而选择最有代表性的事迹，加以编织，达到最大的抒情效果。《雷锋之歌》正是这样，全诗只在第五章的部分段落写到英雄的事迹，读起全诗来不但不觉得空，而且比读那些连篇累牍写事迹的诗更加充实，更觉得雷锋的精神大气磅礴。这其中的秘密在于作者很好地掌握了虚实关系，善于由虚及实，运实入虚，一切围绕着充分抒情，讴歌我们当代英雄的缘故。

贺敬之的抒情本领还表现在善于赋予政治概念、政治术语以血肉，使人们获得形象感。试看《雷锋之歌》：

你青春的生命，
在毛泽东思想的
冲天火光中，

升华……
升华……
　　你前进的脚步，
　　在《毛泽东选集》的
　　光辉篇章
　　那真理的
　　阶梯上：
　　攀登……
　　攀登……

这里提到的“毛泽东思想”、《毛译东选集》，就与我们读理论文章时获得的逻辑思维印象不同，它被富有诗意地形象化了，为抒情效果增强了力量。

鲁迅说过：“从喷泉里出来的都是水，从血管里出来的都是血。”抒情效果源于诗人的真情实感。诗人能不能大胆披露自己的其情实感，即与读者赤心相见，是能否打动读者的关键性问题。任何一首诗都包含着诗人对自己的剖白。但是，适当的时候单独地剖白一下“我”，也是一种艺术手法。《雷锋之歌》里关于“我”的剖白，更像战鼓一样扣人心弦。诗人在第六章唱道：

啊！雷锋，雷锋，雷锋啊
此刻
我念着你，
我唱着你呵……
　　——我有
　　多少愤怒、
　　多少骄傲、
　　多少力量啊，
　　在胸中翻腾！

在一连串的自我剖白中，我们感到诗人与雷锋之间愈来愈近，我们与诗人之间也愈来愈近，以致完全被诗人的真情燃烧起来，诗人的要求也表达了我们向雷锋的要求。由于诗人自我剖白的这种典型性、代表性，就可贵地道出了“人人心中所有，人人笔下所无”的感情，赢得广大读者内心的共鸣。

这种反复重叠的运用在短章小品中也许会显得分量过重，但在抒情长篇中，则非如此不足以驰骋其奔泻之情。这一手法在诗人以前的作品中尚不多见。

《雷锋之歌》在想象和构思方面的新、巧、深，也是一个显著的特点。诗人的思想、感情，必须插上想象的翅膀，才能飞腾起来，占据读者的心灵。所谓“精骛八极，心游万仞”（陆机：《文赋》）就是指作家在创作时应该上天入地，浮想联翩。《雷锋之歌》可以说做到了这点，试看，作家怎样写雷锋的精神力量：

那红领巾的春苗啊
面对你
顿时长高；
　　那白发的积雪啊
　　在默想中
　　顷刻消溶……

在这里，诗人把少年人学了雷锋更快地健康成长，老年人学了雷锋越活越年轻的意思，表现得多么新颖含蓄！诗人指使北来的大雁赶快摆开新的雁阵，“把这大写的‘人’字——写向那万里长空！……”形象又是何等巧妙、壮美！因为“大写的‘人’”是高尔基对共产主义新人的赞词，而雁群飞翔的队形，恰巧又像一个大写的“人”字。诗人还善于把光荣的革命历史和当前沸腾的社会主义建设织成动人的画面，给人以深刻的启示和教育：

长征路上
那血染的草鞋
已经化进
苍松的年轮……
　　淮海战场
　　那冲锋的呼号
　　已经飞入
　　工地的夯声……

这不但深刻地显示了胜利和幸福来之不易，而且也表现了我们这一代红色接班人已将革命历史的火炬高高擎起，照耀着伟大的社会主义建设。

《雷锋之歌》在诗行的排列上，接近马雅可夫斯基的所谓“楼梯式”，但是我们读起来，却不感到有外国诗的味道。这是什么缘故呢？我们觉得除思想感情和善于运用对此、衬托、对仗等我国传统表现手法的因素以外，语言上的成就也是一个原因。可以看出，诗人主要是向我国古典诗歌和民歌的优秀传统学习，但也注意向五四以来的新诗和外国诗吸取某些有益的养料。他的诗虽是长短句，但没有简古难懂，或欧化拗口的毛病。

……滚滚湘江水呀，
闪闪延河的灯……
使我怎能不
日日夜夜
梦魂牵绕？
　　……上甘岭头雪呀，
　　越秀山下松……
　　使我怎能不
　　千番万回
　　热血沸腾？……

诗句一般都比较短，但又不是整齐的五七言，语言精炼，节奏感强，音韵铿锵，适合朗诵，不但基本上达到了民族化、群众化、口语化的要求，思想容量也比较大，能够引起读者广阔的联想和深长的回味。此外，诗人还善于吸收文言古语中有生命力的句子入诗，也善于驱遣我们民族惯用的比喻，使得作品的民族情调更为浓郁。

解放以来，贺敬之同志由于健康的关系，诗作不多，但质量却相当高。他的诗，以战斗者的姿态，反映了不少重大政治事件；以“豪迈的语言，雄壮的调子，鲜明的色彩”纵情歌颂了我们伟大的党、祖国和颂袖，歌颂了社会主义建设中激动人心的新人新事。每有创作，莫不呕心沥血，精雕细琢。饱满的政治热情和严谨的创作态度相结合，使得他的绝大多数诗作都能脍炙人口，虽经三年五载，仍为人们所津津乐道。更可贵的是，诗人对于现实人生中的许多重大问题和复杂现象，勤于探索和深思。为什么《雷锋之歌》长达1200余行，我们读起来不嫌其长，反而要情不自禁地大声朗读，吟咏再三呢？因为他的诗不单是把我们引到一个绚烂多彩的形象的花园里去，而且把我们所关心的许多问题，诸如青春、幸福、人生、理想等提出来，吸引我们穿堂入室，渐入佳境，跟着诗人去寻求哲理性的解答。具是“山重水复疑无路，柳暗花明又一村”，读了前一段，就迫不及待地想读后一段。在诗歌的艺术表现上，诗人也能力求推陈出新，有所独创。据我们所知，贺敬之同志能写出《雷锋之歌》并不是偶然的。近几年来，诗人对世界风云和现实人生有不少新的感触，但苦于不能串连成篇，就常常把自己的某些新的感受和诗句记下来。最近，诗人学习了有关雷锋的材料以后，深深受到感动。他像找到了一根红线似的，把平日积累的一些思想珍珠突然串连起来，精心创作成了一首光彩夺目、激动人心的优秀长诗。

当然，《雷锋之歌》也不是完美无缺的。作为一首千余行的抒情长诗，雷锋的英雄形象还可以更丰满些，雷锋的音容笑貌，还可以更细致、更亲切些，某些段落和诗句，也还可以更精炼、更清新一些。不过，瑕不掩瑜，《雷锋之歌》仍然不失为一首无愧于我们的时代和英雄的光辉颂歌。无产阶级的革命歌手，就是应该这样及时而又出色地写出诗篇来，有力地“团结人民、教育人民、打击敌人、消灭敌人”的。

（原载《湖南文学》1963年8月号）

革命激情的浪花

——小谈政治抒情诗

司马文

××同志：

来信读过了。你说，你很喜欢政治抒情诗，要我们跟你谈一谈政治抒情诗的问题。这问题提得好。和你一样，我们也是政治抒情诗的爱好者；不过，却难以满足你的要求，因为我们都不是诗人。谈诗，没有创作实践，往往容易失之于空泛的说教，对于你恐无多大裨益。

我们今天这个时代，风云变幻的国际事件，急剧发展的社会变革，震撼人心的英雄业迹，最容易触动诗人的感情。政治抒情诗就是诗人感情的浪花，这种浪花，强烈地传达着时代的声音和人民的声音。

政治抒情诗的表现手法是多样的。有的澎湃激越，有的琤琤淙淙，有的用战鼓一样的语言去打动读者的心弦，有的用娓娓动听的亲切的谈话，给读者以潜移默化的感染。尽管它们有多种多样的表现手法，但都有一个共同的特点，这就是激情，饱含着无产阶级革命的、饱含着炽烈的爱和憎的激情。

最近这个时期，我们饱餐了歌颂伟大战士雷锋的一些政治抒情诗，这些政治抒情诗，从不同的角度，从每个人感受最深的触点，抒发了激动人心的感情。我们特别喜欢的是贺敬之同志的《雷锋之歌》(《中国青年报》1963 年 4 月 11 日)，这首诗犹如长江大河，波涛滚滚，奔腾直下。那激荡的感情顺着诗人的笔尖，毫无阻拦地冲击着人的心扉，使人久久不能平静。这首诗想你已经读过了吧?

我省的诗人，也写了一些具有相当感人力量的政治抒情诗。《山东文学》发表的燕遇明同志的《把毛主席的思想学到手》、山青同志的《雷锋同志说……》等诗都是不错的。都有着相当饱满的激情。

但是，我们也看到有些歌颂雷锋的政治抒情诗，还不能深深地感动人。我们觉得这些诗之所以不成功，主要的缺点是陷于了空洞的呼喊和平直的说教。这些诗的作者，企图用一般的口号和道理来说服读者，用一些美丽的词句来吸引读者。如：

你没有一丝一毫的个人打算，
胸膛里生长着忠心赤胆，
全身放射着共产主义的火焰。
你走到哪里，
哪里留下英雄的事迹，
你虽然只活了二十二岁，
生命之花却开得如此鲜艳……

从诗的艺术表现来看，还是比较完整的，语言的运用亦可谓恰切；但细细琢磨起来，就是缺少一股冲击人心的激情。显然，还不能说作者对雷锋这个英雄形象无所感受，不过，从诗的本身来看，这种感受似乎是太浅了些。你是不是也这样认为呢？

政治抒情诗是发自诗人内心深处的最响亮的声音，这种声音只有当作者深受感动的时候才能迸发出来。一首好的政治抒情诗，主要的是取决于它的思想的深度和激情的充沛。

试拿贺敬之同志的《雷锋之歌》来看，这首诗激情回荡，每一个诗句都像是一个鼓点，敲击着读者的心灵：

让我呼唤你啊
呼唤你响亮的名字，
你——
雷锋！
　　我看着
　　你青春的面容——
　　好像我再生的心脏
　　在胸中跳动……
我写下这两个字：

"雷、锋"——
我是在写啊，
我们阶级的
整个新一代的
姓名；

我写下这两个字：
"雷、锋"——
我是在写啊，
我的履历表中，
家庭栏里：
我的弟兄。……

在这里，诗人不是泛泛地述说雷锋的事迹和品质，空洞地呼喊着对雷锋的爱，而是把雷锋的崇高的品格加以心领神会，融化成感情的血肉，化成一股势不可挡的激流喷射出来。这和上面引述的那首诗是迥然不同的。

有的诗，我们只是看到作者在说理、论证，却看不见作者跳动的心灵，虽然作者惟恐读者不懂似的反反复复地叙说，惟恐读者不震动似的接连不断地呼喊，但还是不能激动读者。应当说，这些诗是作者有感而作的，但感动得不深。自己感动得不深怎么能感动别人？自己心里没有火花怎么能够去燃烧别人？

还有的诗这样写道："雷锋呵，我要学你：站得稳、立得高、看得远；我要学你：全心为人不为己，为国为党把身献……"这样的誓言不能说不对，如果是在小组会上的发言或是作为一篇决心书，还是可以的。但是作为诗，就显得没有力量了。诗是可以用来表达心愿的，但是在诗歌中的决心，不能仅仅是如实地表达，而应当是内心感情的升华，凝成一个完整的感情的晶体，用此去打动人、感染人。

那么怎样才能写得有激情呢？如果是关于英雄人物的政治抒情诗，作者首先要对歌颂的英雄人物充分地熟悉。要深刻地理解他，强烈地爱着他，把英雄的感情和自己的感情融为一体，并且，要有着与英雄人物相同的立场和理想。就拿雷锋来说吧，雷锋是我们时代杰出的英雄，是我们时代伟大的灵魂，如果我们对这个英雄的灵魂没有理解，甚至在感情上和他还有距离，那怎么能够把他的形象塑造出来？试想，你对要歌颂的英雄没有强烈的爱，又怎么能够唤起读者爱你笔下的英雄呢？我们曾在来稿中看见过这样的一首诗：“我和雷锋年龄相同，他在全国闻名，我却默默无声。不要光计较名誉呀，凡是有名，都是从平凡中铸成。”这首诗的作者也是表示要学习雷锋的，但是他学习雷锋的不是那崇高的品格，而是他那扬之四海的名声。不难看出，这个作者是从个人主义的目的出发的，抱这样的目的学习英雄，他抒发的情感怎样能触动人心？他笔下的英雄人物怎样能博得读者的爱？

另外，我们写关于英雄人物的政治抒情诗，也不能只写英雄做了些什么，有着什么样的行动，最重要的是写出英雄人物为什么去做这么些事，有这样的行为，要把笔尖挖进英雄灵魂的深处，写出英雄人物完成这些行动的思想历程，写出促使英雄人物这样那样做的力量。孤立地叙写英雄人物的行为，是难以激起读者的情感的。不知你是不是也有这样的看法？

你提出政治抒情诗可不可以抒发议论，我们认为是可以的。政治抒情诗是不能排斥议论的，只是这议论应当是诗的议论，形象化的议论，饱含着感情的议论，它本身是感情凝结成的具有哲理性的诗句。议论会不会破坏形象的完整性，议论能不能叫人感到空喊说教，主要是看议论和形象结合的具体情况怎样，倘若是议论和形象的内涵没有什么关系，那不但显得累赘，而且也要削弱诗的形象力量，真正地做到使议论发自形象的内部，那是会加强形象的感染力量的。田间、贺敬之、郭小川的诗中都有不少议论，他们诗中的议论就是和整个作品浑然一体的，是整个作品不可缺少的有机体。贺敬之同志的《雷锋之歌》中有不少议论，如：

雷锋！
你满腔的愤怒啊，
你刻骨的疼痛……
　　你对党感激的
　　含泪带笑的目光……
　　你对新生活
　　如饥如渴的憧憬……
全部投入
我们阶级的
步伐——
　　化成了

战斗的
轰天雷鸣！

在这段诗中，诗人写了雷锋把对旧社会的仇恨，对党的感激，对新生活的爱，化成了他的战斗行为的动力。诗人把这些议论附托在具体的形象之上，融化在激荡的感情之中，因此，议论就形象化了。叫人读起来，就觉得它像是一排排浪头，带着整个大海的嘶啸，冲击着人的心扉，谁还能认为它是空洞的呼喊呢？

政治抒情诗是激情的浪花。这激情不是无本之木、无源之水，它来自作者的思想深度和高度，来自作者的丰富的生活积累，来自作者高度的艺术概括力。政治抒情诗的作者要具有高度的政治敏感，要具有一颗无产阶级的赤子之心，要具有炽烈的爱憎感情。政治抒情诗可取的题材是多方面的，可以写英雄人物，也可以写一些大大小小的国内外事件，但是无论选取什么样的题材，都得对其要描写的对象有深刻的了解，要反复揣摸、孕育，直到自己深深感动的时候，才欣然命笔。但不管如何，它必须是激情的儿子，无产阶级激情的儿子。

政治抒情诗是锐敏的斗争武器，时代的发展，生活的变化，阶级的任务，最先在政治抒情诗人的感应板上得到反映。在国际斗争中，在各项政治运动中，一批批的政治抒情诗强劲地绽开在斗争的风暴之中，鼓舞着战斗者的士气。我们的人民是喜欢政治抒情诗的。

以上是我们对政治抒情诗的粗浅的看法，这个看法可能有谬误之处，作为交谈，我们发表出来，希望听取你和读者们的意见。

（原载《山东文学》1963 年第 9 期）

时代的列车

——谈贺敬之的诗《西去列车的窗口》

文　鹏　匡　满

优秀的抒情短诗总有这样的特点：题材单纯而思想丰富；篇幅短小却含义深长。贺敬之同志的新作《西去列车的窗口》（载《人民日报》1964 年 1 月 22 日）就是这样的抒情诗。

诗一开始就把我们引进一个迷人的境界：这是大西北高原平静的夏夜，一趟西去的列车正飞驰过九曲黄河上游。车窗两旁，一站站灯火扑来，像流萤飞走；一重重山岭闪过，似浪涛奔流……这是多么瑰丽的旅途之夜。然而，诗人并没有在这幅美景上流连，他笔锋一转，却为我们揭示出这一节车厢里面更加动人的景象：随着诗人那些感情激越、想象奔放的诗行，我们看到了一群上海青年，响应党的号召，正奔赴塔里木军垦区，参加社会主义建设的伟大进军。他们像翅膀刚长硬的山鹰向长空冲击，像刚穿上军装的新战士往前线开拔；他们热血沸腾、激动难眠，遥望六盘山高耸的峰巅，谈论当年南泥湾披荆斩棘的镢头，期待戈壁的飞沙走石，渴念人生路上第一个战斗……就在这节车厢里，我们还看到一个塔里木垦区派出的带队人，一路上给这些生龙活虎的年轻人讲述革命故事，亲手为他们安排铺位、缝缀衣扣……这是多么真挚的阶级情谊，多么热切的关怀和期望啊！正是这位三五九旅的老战士、南泥湾的突击手，把无产阶级坚定的革命信念和艰苦奋斗的作风输送进这些青年人的心灵里，使得昂扬的革命豪情溢满在整个车厢。

诗人的革命激情迸发出这些火辣辣的诗句，读着这些诗，我们自然地联想到：这西去的列车，不就是我们社会主义时代的列车？诗人正是通过这西去列车的窗口，表现了革命事业的“交班”和“接班”这个重大主题，写出了我们这一代青年，应当怎样责无旁贷地接过前辈手中的大红旗，勇敢地走上革命的万里征途。

这首诗，在艺术上也是值得称道的。诗人要展示一个重大的主题，但却在一个小小的“窗口”上落笔，并通过丰富的联想，把井冈山和天安门，南泥湾和塔里木，当年战火纷飞的艰苦岁月和今日热火朝天的建设景象焊接在一起，从而使作品上升到一个更广阔、更深远的思想境界。诗人在对青年人参加边疆建设的经过以及旅途上所发生的事件作叙述时，不仅力求简洁、浓缩、概括，而且在叙事中灌注进强烈的感情，此外，跳跃的诗行，急促的节奏，排比和对偶的灵活运用，都增强了这首诗打动人心的艺术魅力。

（原载《北京晚报》1964 年 8 月 12 日）

想象丰富 构思奇妙

——《西去列车的窗口》的艺术特色

赵璧仁

贺敬之同志的《西去列车的窗口》是一首洋溢着强烈的革命激情的抒情诗。它以饱满激越的感情，高昂明快的笔调和绚丽优美的诗句，生动地反映了我国青年一代继承、发扬光荣的革命传统，听从伟大祖国的召唤，奔赴农村、边疆，为实现共产主义远大理想而奋斗。

这首诗写于1963年底，最初发表于1964年1月22日《人民日报》，后由作者编入《放歌集》。

诗的开头，作者以极其简练的笔墨描绘了一个典型的场景：地点是“九曲黄河的上游”的“大西北”高原上，时间在“一个平静的夏夜”，“月在中天的时候”。作者通过黄河的上游、列车的窗口、西北的夏夜、高原的明月、流萤似的灯火、浪涛似的山岭、睡熟的婴儿这样一组生动的景象，勾画出了一幅美丽静谧的生活画面。这宁静环境的描写，寓意是深刻的：首先是为下面写人物心情的不平静巧妙地作了反衬；其次写出了静中有动，即用静止的“灯火”和“山岭”来衬托奔驰的列车，用“扑来”、“闪过”、“飞走”、“奔流”来反衬列车的飞驰，为下文写“不平静的窗口”作了铺垫，有力地突出了车窗内外沸腾的生活。写得细致深刻，鲜明生动。

就在这典型的环境里，诗人满怀激情地从“西去列车的窗口”，对挺进在革命征途上的两代人，展开了形象逼真的描绘。透过这个不平静的“窗口”，向我们敞开老一辈革命者和新一代接班人的心扉，展示了他们崇高的精神境界，抒发了他们远大的理想和伟大的抱负。诗中连用四个排比句，抒写了年轻人“闪亮的眼睛”、“火热的胸口”，那烈火般燃烧的革命激情；表达了他们继承井冈山和南泥湾的革命传统，渴望投入战斗的急切心理。缅怀过去，他们热血沸腾，豪情激荡；向往未来，他们斗志昂扬，勇往直前。在奔驰的列车上，老一代讲述着“井冈山拂晓攻击”那惊心动魄的场面，畅谈着“南泥湾劈荆斩棘”那热火朝天的情景，深切教诲年轻人新战友继承光荣的革命传统，去创造光辉灿烂的未来。正是因为作者深刻理解了饱经风霜的老一代和这些朝气蓬勃的年轻人，所以才在这“不平静的夏夜”发现了这“不平静的窗口”。这种精心的构思艺术，真是别开生面，十分耐人寻味。

诗的主体部分，具体描绘了展现了老一辈继续发扬革命传统，精心培育革命后代；青年一代坚决响应党的号召，以革命前辈为榜样，誓把青春献给祖国建设事业的完美形象和崇高境界，有力地揭示了诗的主题。

这部分先写新老战士的人生经历和革命友谊的建立。在西去列车的“窗口”，一位“三五九旅的老战士，南泥湾的突击手”与上海参加边疆建设的一群青年肩靠肩、手拉手，这表明他们的融洽无间，倾心相待。作者敏锐地捕捉到两个典型的镜头：老战士看到年轻人“那些激动的面孔，那些高举的拳头……”，心中充满了喜悦和希望；年轻人看到老战士那“旧军帽下根根白发，臂膀上道道伤口……”，心中充满了敬仰和爱戴。这里，鲜明显示了这两代人真情实感的交流：年轻人决心接好革命班，心情激动；老一辈看到革命后继有人，热血沸腾。

次写两代人倾心交谈，革命情谊进一步的发展。窗外扬旗起落，列车向西飞速前进。新老战士几天几夜的交谈，先用“人生……革命……战斗……”加以概括，后以“今晚的谈话”作出具体的描绘，表明谈话内容的丰富。从那第一杆“血染的红旗”讲起，直到它“插上了天安门城楼……”；从那南泥湾“汗浸的镢头”，讲到“开出今天沙漠上第一块绿洲……”老战士讲革命讲传统寄语深切；新战友听不完听不尽激情满怀。老战士、新战友之间的思想感情，很自然地融汇交织在一起。

再写军垦战士不平静的心头翻卷着战斗的浪涛，决心冲破一切艰难险阻，去迎接新的胜利。这时诗的感情达到了高潮。作者以“红旗和镢头，已传到了你们的手”，“荒原上的新战役，正把你们等候”，结束了饱含革命深情的传统教育。这就形象地告诉人们，开发边疆的新战役是无产阶级革命事业在社会主义这一新的历史时期的继续，从而把以往和现实自然地联系了起来。通过两个鲜明的动作，展露了新老战士此时此地极为丰富的内心世界。“从座位上站起”，“一起涌向窗前”，生动地刻画出老一代越讲越焕发出革命青春；而新一代越听越激起战斗豪情，有力地表明老一辈对夺取新胜利的坚强信念和新战士对战斗生活的热烈地向往之情。

在老战士“一定睡够”的命令下，“窗口”内人声顿收，车厢里暂时平静下来。但壮志豪情激荡胸怀的年轻人呵，何曾平静？有的人在暗中默写：“开始了——战斗!”有的人在梦中高呼：“我来了，我来了！——绝不退后！……”这里深刻表现了他们心潮翻卷，难以平息，渴望投入战斗的决心和夺取胜利的意志。老战士面对此情此景，欣慰无比，思绪联翩，夜不能寐。诗中“轻轻地走过”、“回转身来”、“静静地站立”包含了丰富的内容，充分体现出老战士对年轻人深情的爱。尽管那前进的道路并不平坦，然而，在伟大的党的阳光照耀下的年轻“梯队”，又有老一辈的“传帮带”，是能战胜一切的。因此，他们用战斗的心声响亮地回答：“胜利呵——我们能够!”这铿锵有力的诗句，表达了青年一代的豪情壮志和必胜信念，同时把诗的感情推向了高潮。我们仿佛看到：在革命前辈带领下的一支建设大军，高举红旗，发扬党的光荣传统，形成滚滚不息的洪流，奔腾向前。

诗人眼看着这幕幕动人的情景，倾听这句句铿锵的誓言，热血沸腾，心潮澎湃，再也不能抑止“眼中的热泪”，再也不能平息“激跳的心头”，于是发出了热情的呼唤：“我亲爱的老同志，我亲爱的新战友”，走上前来，投入了这革命的洪流。放眼未来，信心百倍，打开窗帘，“已是朝霞满天的时候!”诗的结尾，人们放声高唱：“……鲜红的太阳遍全球！……”立意巧妙，诗味深长。它深刻地揭示了我们时代开发边疆伟大进军的深远意义，生动展示了无产阶级英雄建设者们崇高的思想境界，从而为诗的主题增添了壮丽的光辉，完成了全诗的艺术构思。

贺敬之同志是我们熟悉的现代诗人。他的诗作，从内容上讲，能够站在时代的高度，把握时代的脉搏，立意高远，感情浑厚；从形式上讲，想象丰富，构思奇妙，格调清新，节奏鲜明，语言优美。《西去列车的窗口》就具有这些方面的特色。这首代表作写的是一群朝气蓬勃的青年，在老前辈的带领下，胸怀理想，肩负重任，英姿飒爽地出征了。但诗人并不是一般化地写新人新事，而是凭借丰富的联想，揭示出这事迹的本质意义。诗人展开想象的翅膀，时而把我们带进战火纷飞的时代；时而把我们引进理想的未来；时而拨动年轻人激动的心弦；时而触及老战士连绵的思绪。从上海的“霓虹灯下”到“大漠的风尘”；从那“血染的红旗”“插上天安门城楼”，到那“南泥湾的镢头”“开出今天沙漠上第一块绿洲”。感情奔放，想象驰骋，使两代人的崇高思想都得到了淋漓尽致的表现。而这一切，诗人通过巧妙的构思，把它集中在一个奔腾向前的时代列车的"窗口"加以表现。透过这个"窗口"，我们看到了中国革命的光辉历程，看到了老一辈无产阶级革命家和整个青年一代前赴后继地前进，看到了社会主义宏伟建设的壮丽美景，看到了共产主义明天的灿烂前程。

（原载《宁夏大学学报》1984年第2期）

借窗观景　物小蕴大

——贺敬之《西去列车的窗口》欣赏

吴开有

一、借窗观景，化静为动，富于流动之美

自从南齐诗人谢朓首次用借窗观景的技法写出了“窗中列远岫，庭际俯乔林”后，人们觉得这种写法新颖别致，就争相模仿，不断发展、变化，逐渐积淀成了古今诗歌写景的一种技法。吴均写出了名句“鸟向檐上飞，云从窗里出”。描绘出鸟和云“飞”、“出”的动态美。贺敬之借“窗口”，从有限联想到无限，把20世纪50年代至60年代初，上海知青响应党的号召，奔赴边疆参加社会主义建设这一事件，生发开去，从中国革命总的历史进程着眼，以祖国的万里江山为“纬”、以革命的历史长河为“经”进行时空转换，波澜壮阔地展现了由新民主主义革命进入社会主义大规模经济建设的宏伟图景：“在九曲黄河的上游/在西去列车的窗口……/是大西北一个平静的夏夜/是高原上月在中天的时候。/一站站灯火扑来，像流萤飞走/一重重山岭闪过，似浪涛奔流……”诗人借这个小小的“窗口”把前四十年的时空收入眼底，叠合在一个平面上，一个美丽而宁静的夏夜，满车的歌已经停歇，婴儿在母亲怀中已经睡熟。这在读者的“灵视”中，成了窗框。天然风景成了艺术图画。再通过这一节车厢的窗口，从窗内向窗外看去，视觉形象随着飞奔的列车，万家灯火，从窗外扑进来，映入眼帘，又像流萤飞走；万里江山，从眼前闪过，似浪涛奔流。这一化静为动，几句写景，富于流动性和连续性。车窗、眼帘、心窗三点一线，景中有人，景也活了；壮阔飞动，给人以连续性和流动美的享受。

二、借窗想景，直抒两代情，具有辐射之美

杜甫的“窗含西岭千秋雪，门泊东吴万里船”和苏轼的名句“南山当户牖，沣水映园林”将借窗想景，缩大为小，小中见大与借窗衬景，近中见远和摄远为近两种手法结合起来写。贺敬之在《窗口》中运用这一技法，在大与小、远与近的映照中，使诗尤其是第二部分，多角度地描写生活，显示出层次感、纵深感、立体感。如果把生活比作太阳，车窗中的一个个人物、一双双眼睛，就可比作太阳辐射出来的光线。通过窗口从不同的角度去剖析和表现生活，有立体感、真实感，又有变化之美、缤纷之美。这就叫“辐射之美”：“看了很久/听了很久/想了很久”，通过视觉、听觉、思维来描写人们的“心灵窗口”，即老一辈如何带班，新一代怎样接班的接力赛的动人情景。

首先，借窗想景，视通万里。全诗前后五次点出“窗口”。此层两次点出“窗口”。因为在月夜，所以用“看”、“听”、“想”、“望”等不同角度的动作描写，暗示诗人与老一辈和新一代，不仅视听通感，灵犀相通，而且逸兴遄飞，纵接千载，横通万里。显示了诗人、老一辈革命家、新一代接班人胸纳万景的襟怀抱负：“你可曾看见：那些年轻人闪亮的眼睛/在遥望六盘山高耸的峰头？/你可曾看见：那些年轻人火热的胸口/在渴念人生路上第一个战斗？/你可曾听到啊，在车厢里：/仿佛响起井冈山拂晓攻击的怒吼？/你可曾望到啊，灯光下：/好像举起南泥湾劈荆斩棘的镢头？/”，通过窗口，运用时空转换的艺术手法，多角度地刻画了新老战士结识的过程，将窗外历史的时空镜头与窗内新老战士的心口交融一体，人景俱活。老战士是“塔里木垦区派出的带队人——三五九旅的老战士、南泥湾的突击手”。来自上海霓虹灯下的知识青年，看到“旧军帽下根根白发、臂膀上道道伤口……”想象视角从有限到无限：“大渡河的流水”，“流进了扬子江口”，“沸腾的热血”，“汇流在几代人的心头！”老战士从思想到生活，关心照顾新战士，“是这样的家庭啊/这样的骨肉！是这样的老战士啊/这样的新战友！”这是20世纪50年代到60年代中国的崇高美、时代美、民族美。

其次，借窗映景，继往开来。长诗写老一辈带班、新一代接班的第二个层次感、纵深感、立体感，是再次进行时空转换即老一辈讲革命历史，对新战士进行革命传统教育，洗耳恭听，新老相互映衬，更好地服务于言志抒情写意，“窗口”与“心口”叠映交流，继承革命传统，开创未来：“一路上/扬旗起落——/苏州……郑州……兰州……/一路上/倾心交谈——/人生……革命……战

斗……”“窗口”与“心口”相映，把革命历史的回想视角与空间的灵感视角联系起来，形势逼人，绮想瑰丽。“看飞奔的列车/已驶过古长城的垛口/窗外明月，照耀着积雪的祁连山头……”可谓“窗含祁连千秋雪，门飞东吴万里车！”老一辈讲革命传统，娓娓道来：“接着讲吧，接着讲吧！/那鲜血染的红旗以后怎么样啊，以后？……”“那红旗啊——/红旗插上了天安门的城楼……”“以后，以后……那南泥湾的镢头啊——/开出了今天沙漠上第一块绿洲……”窗外的无限时空与窗内的有限时空交融一起，老一辈无产阶级革命家传帮带的“心窗”与新一代继往开来的“心窗”相互映衬，构成了气势磅礴的意象之美——“啊，祖国的万里江山！……啊，革命的滚滚洪流！……”

第三，借窗寄寓，展望“胸中景”。长诗写老一辈带班与新一代接班的第三个层次感、纵深感、立体感，便是通过窗内新战士决心接好革命班、投入窗外无限时空的社会主义现代化建设的战斗。新一代的“心窗”与窗外的“四化”建设交织在一起，展望着美好的锦绣前程。窗外社会主义革命和建设的无限时空，不再是静止地镶嵌在窗框中，而是“扑进”窗内来。内外交流，从而更富于诗意地表达了新老两代人与“祖国的万里江山”、“革命的滚滚洪流”的亲密关系。“现在，红旗和镢头，已传到你们的手。/现在，荒原上的新战役/正把你们等候！”“看，老战士从座位上站起——/月光和灯光，照亮他展开的眉头……”“看，青年们一起拥向窗前——/头一阵大漠的风尘，翻卷起他们新装的衣袖！”诗人化“身动”为“心动”。休息、睡觉、人声顿收，而心潮却“逐流高”，“年轻人的心啊/怎么能够平静？”“怎么能够平静啊,在老战士的心头？/——是这样的列车，是这样的窗口！”窗内心潮鼎沸的意象与窗外新中国现代化建设高潮的无限时空，息息相通；与亿万人民“鼓足干劲，力争上游，多快好省地建设社会主义”的心窗，心心相印。“看那是谁?猛然翻身把日记本打开，/在暗中，大字默写：‘开始了——战斗’！”有的新战士刚一入梦就连声高呼：“我来了！我来了！——决不退后！……”“胸中的江涛海浪”与窗外大漠“满天的云月星斗”互相辉映，人的心灵胸襟比天空更为宽广。为了实现伟大的现代化宏图，开始了“又一次伟大的战斗”：“……戈壁荒原上，你漫天的走石飞沙啊，/……革命道路上，你阵阵的雷鸣风吼！”我们的接班人决心接好革命班，投入新的战斗：“江山啊，在我们的肩！/红旗啊，在我们的手！”“啊，眼前的这一切一切啊，/让我们说：胜利啊——我们能够！”可谓“要看银山拍天浪，开窗放入大江来”。（曾公亮名句）

三、借窗抒情。赞颂两代人，富有氤氲之美

《窗口》结尾借窗写景抒情，对新老两代人崇高的革命情怀进行了热情赞美。列车四面钩疏箔，卧看江山朝霞来。细致而清晰地显示了抒情主人公打开“窗帘”，把窗外无限时空中的“朝霞”引到“窗内”的动作和心态，将窗外的大景与窗内之心境完美交融，喜气洋洋：“我们有这样的老战士啊，/是的，我们能够！”“我们有这样的新战友啊，/是的，/我们能够！”要看银山拍天浪，开窗放入万里江山来：“啊，祖国的万里江山、万里江山啊！……/啊，革命的滚滚洪流、滚滚洪流！……”“现在，让我们把窗帘打开吧，看车窗外，已是朝霞满天的时候！”这正如《易传》所云：“天地氤氲，万物化醇”。氤氲之美正是通过窗外栩栩如生的形象渲染出来，其氛围的浓度恰好与抒情成正比，具有音乐化和诗化的倾向，氛围感也比较直接和强烈。最后以歌声写窗外的大空间的流动之景、余味曲包，韵味无穷：“来，让我们高声歌唱啊——/……鲜红的太阳照遍全球！……”诗人和老一辈以及新一代，对社会主义革命和现代化建设，充满了坚定必胜的信念。《窗口》经历了三十年的检验，至今读来仍有撼人心魄、天地氤氲、万物化醇的美感力量。

（原载《韶通师史学报》1994 年第 1 期）

激荡人心的《“八一”之歌》

晓　雪

一首好诗，特别是好的政治抒情长诗，往往第一句、第一遍就能抓住读者、打动人心，但你很难一遍就感受和理解到它的全部丰富内涵。只有在读第二遍、第三遍以至第四遍、第五遍的时候（它应当具备吸引你一遍又一遍地读下去的思想艺术魅力），你才越来越深切而欣喜地体味到它的无穷的诗意、深刻的思想和壮阔宏伟而耐人遐想的境界。贺敬之同志的《“八一”之歌》就是这样一首优秀耐读的政治抒情长诗。它是我们伟大军队的气势磅礴的壮丽颂歌，是我们中国革命的激荡人心的胜利凯歌，也是对我们的党和领袖、对我们伟大时代和英雄人民的豪迈赞歌。

歌颂“八一”，歌颂建军五十周年，歌颂伟大的中国人民解放军及其缔造者、领导者、指挥者，歌颂伟大军队半个世纪以来在党的领导下历尽艰苦曲折、千难万险，为人民前仆后继、伏虎降魔的战斗历程和伟大胜利……如此重大的题材，该从哪里写起呢？诗人运用他善于驾驭重大题材、概括时代风云的丰富经验和特长，表现了独特的艺术构思。首先在短短的序诗里点出了在各族人民心中竖立着、在祖国万里晴空飘扬着的“我们灿烂的军旗”！然后就围绕这面军旗，以“一个‘地方同志’，也是一个老兵”的口气，用一连串“我仰望你，我扑向你”的动人诗句，无限深情地展开了对我们伟大军队的歌颂。诗人没有去罗列人民军队数说不尽的英雄事迹，而是带着“千山万水的思念，五湖四海的回忆”，高度概括又非常生动地抒写着我军诞生的伟大历史意义及其南征北战、解放全中国的丰功伟绩。诗人没有去铺叙我军半个世纪的光荣战史，而是从当年一个“小八路”的角度，选取了听老红军讲长征、“黄河渡口”、“平津战场”和“淮海战场”中几个精彩的典型细节和典型感受，动人心魄地展现了我军从胜利走向胜利的光辉历程：

啊，多少次
会师——又誓师……
　　多少回啊，
　　相逢——又别离……
回音壁
在回响
万里军号……
　　五指山
　　又指向
　　征程万里……

王、张、江、姚“四人帮”极端害怕和仇视中国人民解放军，疯狂反对我军的缔造者——伟大领袖和导师毛主席，恶毒攻击和残酷迫害我们敬爱的周恩来总理、朱德委员长、叶剑英副主席、邓小平副主席以及贺龙、陈毅等老一辈的无产阶级革命家。贺敬之同志怀着对我党我军老一辈无产阶级革命家和成千上万革命老干部无比热爱、无限崇敬的心情，也怀着对“四人帮”的深仇大恨，以饱满的激情、鲜明的形象和高昂的调子，在《“八一”之歌》中歌颂了我们伟大军队司令部里的“光辉的太阳”和“灿烂的群星”，歌颂了伟大领袖毛主席，歌颂了敬爱的周总理、朱总司令、叶副主席、邓副主席，敬爱的刘帅、徐帅、聂帅和“人民怀念的元帅——罗荣桓、贺龙、陈毅……”诗人满怀豪情地唱道：“您们的名字啊，/和毛主席/连在一起，/和千百个董存瑞、/亿万个雷锋啊/连在一起——/啊，我们阶级大军的/灿烂的太阳系！”当我们读到“指导员，你继续讲啊，讲啊！你们经过/多少战斗/到达遵义——”的时候，当我们读到“老班长/你接着讲啊，讲啊！/你们怎样征服了/雪山草地——/张国焘/是怎样叛变？/朱总司令、/周副主席/在如何斥敌？/叶参谋长啊，/怎样在危急之中/保卫毛主席……”的时候，我们想到的绝不仅仅是红军长征途中的战斗，我们同时想到了中国革命的整个历程，想到了党内的历次路线斗争，想到了在我党我军走过的漫长革命道路上始终紧紧跟着毛主席、坚定地站在毛主席革命路线一边的老一辈革命家的丰功伟绩……我们伟大的军队，正因为“有光辉的太阳/永远不落”，又“有灿烂的群星/长明不熄”；有毛主席的英明领导，毛泽东思想的指引，有毛主席的“伟大的战友”步步紧跟，又有千百个董存瑞、亿万个雷锋无比英勇、无限忠诚，才能够不断地战胜国内外一切敌人，从胜利走向胜利。正因为我们伟大的军队是由这样的“灿烂的太阳系”所组成，所以，当我们聆听这样的诗句时，才感到那样的绝妙、深刻而贴切：

我们伟大的
人民军队啊，
祖国的红色江山
卫护在
你的襟怀里！
　　天安门城楼
　　在你的肩上啊
　　巍然屹立！……

这就是我们人民军队——我们伟大长城的光辉形象，他高大魁伟、顶天立地；他坚强如钢、忠于人民；他举世无双、天下无敌！他是我们伟大的党的钢铁臂膀，是我们无产阶级专政的坚强柱石，是我们伟大人民的忠诚子弟。

伟大人民军队的高大形象树立起来了，长诗如果就写到这里，当然也已经是一首很不错的诗。但贺敬之同志没有到此为止。诗人为自己规定了更艰巨的任务，他要表达更深刻的主题，他运用革命的现实主义和革命的浪漫主义相结合的创作方法，不但要足够充分地赞颂人民军队昨天的丰功伟绩和光荣传统，更要百倍热情地欢唱这支军队今天如何继续革命，如何在党中央领导下，继承毛主席的遗志，扫除“四害”，继往开来，从而令人信服地展现出我们伟大的军队，不但“胜利——在五十年漫漫的征途中”，也必将“胜利——在未来崭新的世纪里……”的画卷。

恩格斯说过：“同诗的艺术一起而来的还有思想，这就是他的诗作的理性根源的最有力的证据。”（《普拉顿》，《马克思恩格斯论艺术》第 4 卷第 345 页）贺敬之同志是那样地善于通过形象体现深刻的思想，是那样地善于用诗的形式来表达从当前重大政治事件中开掘出来的普遍教育意义和伟大革命真理，是那样地善于把“政论”诗化，把他饱满炽热的感情、隽永浓郁的诗意同富有哲理味、能给人以启示和教益的议论结合起来。我们在《中国的十月》中，已看到他对我国粉碎“四人帮”这一震撼世界的重大政治事件的伟大深远意义，作出了多么强烈而充分、生动而深刻的诗的表达。可是，在《“八一”之歌》中，诗人从歌颂伟大的党领导下的伟大军队出发，又进一步挖掘出这一重大主题中蕴藏着的新的意义。1976 年，正是乌云笼罩天空万分危急的时刻，诗人想起了“找红军去！……”“找八路军去！……”他的心同八亿人民的心一起，向我们伟大的军队呼唤着飞去，飞到中南海怒涛翻卷的红墙下，飞到那阶级大搏斗的核心阵地，于是：

我们的民心、党心
和军心啊
集结在
这里——
　　这伟大的时刻，
　　再次证明
　　伟大的真理——
我们的军队
永远在
党的手里！
　　我们的党
　　永远在
　　人民——心里！

于是，这“伟大的战役”向全世界宣告了“伟大的开始”，“伟大的继续”，“我们的党史、军史　又揭开新的篇章——用大字　续写：‘我们——胜利’……‘我们——胜利……’”于是，我们就自然而然地感受到、认识到在暴风雨中“更加鲜艳”的“中国人民不朽的军旗”，也正是“毛泽东思想的伟大红旗”，今后世世代代“未来的战士”，也将像今天我们这样，用全部热血和生命，把它高高举起，去夺取全人类彻底解放的最后胜利。

怎样把政治抒情诗写得气势宏伟而深厚扎实？马雅可夫斯基说过：“唯有仔细地思考过的储蓄使我能够赶得及写出东西来。”这“仔细地思考过的储蓄”是建立在深厚丰富的斗争生活基础之上的。我们的诗人是在革命激流中思考，是在战斗里程中思考，是对时代生活、革命斗争、祖国前途和人类命运思考。他必须首先是一名战士，站在生活洪流的中心，站在为无产阶级冲锋陷阵的斗争第一线，调动自己平日“思考过的储蓄”和斗争生活的积累，用诗的构思引出一串串珍珠般闪光的语言、细节和形象，才能写出真正深刻有力的好诗来。否则，尽管主观上要把反映重大政治题材的抒情长诗写得雄浑奔放、波澜壮阔，也只能寻求某些政治概念的拙劣图解或一堆豪言壮语的枯燥排列。如果贺敬之同志没有穿过小八路的军衣，没有过在“赤脚少年”时代奔赴延安、追赶部队的革命经历和深切感受，没有对哺育自己成长的军队有那么深厚真挚的无产阶级感情，他怎么能写出如此激荡人心的《“八一”之歌》呢？

贺敬之同志是我们熟悉的著名诗人。今天，粉碎了“四人帮”，我们的诗人又继续为人民放声歌唱了！他豪情满怀地“用鲜红的字迹，写崭新的课题”。我们相信，诗人会为我们伟大的时代写出更多更好的诗来！

（原载《光明日报》1977年9月2日）

这本诗绝不是只属于过去

——读贺敬之诗集《回答今日的世界》有感

尹在勤

作为本文标题的这句话，是小有更动借用而来的，它原是贺敬之在为《李季文集》所作序言中，面对战友的诗文的深情抒写，其中还有这样的“难免被泪水打湿”的文字：“它不是某些狭小的个人感情的杯匙之水，只是为了提供极少数人品啜。它是革命战士心中的洪流，是涌向人民心中的海洋的。”贺敬之在为他的另一位战友郭小川的诗选所作的英文本序中，也同样如此深情地写道：“这颗心紧紧地和时代脉搏相连，和祖国江山相连，和人民命运相连。它用革命者的赤诚和诗的艺术魅力卷起感情的风云，推动思想的波涛，不可抗御地向你胸前扑来……”此时此刻，我想把这些话都借用过来，用以品评贺敬之本人的这一本诗集《回答今日的世界》。我从他的心声、他的抒写之中，如此浓烈地悟出了他和他的战友们的相似相通处。在我看来，李、郭、贺这一代诗人，以及还有众多直面现实、直面人生的诗人，他们的诗都决不是只属于过去。

这一本刚刚由四川文艺出版社出版的《回答今日的世界》，犹如它响亮的书名，是一代革命诗人、战士诗人对今日的世界也包括今日的诗坛的响亮的回答。这一本诗集所收入的部分诗作，诸如《回延安》、《放声歌唱》、《雷锋之歌》等，读者并不陌生，无须我一一加以赘剖繁析。我只是想告诉诸君，这些名篇的重新付梓，全系出版社应不少读者恳请而为，只要稍稍回想一下前数年诗坛的某些情状，那缘由是不言自明的。这本诗集中收入的部分旧作，系以《贺敬之诗选》为蓝本加以择选，不过诗人趁此机会也作了虽系个别但却属重要的恢复。我由这本诗集所引发的思索，视点即由这恢复投射开去。

敬之同志对我说：“不知道怎么搞的，《放声歌唱》中那几句，不见了。”据我查对，其源出于“文革”后期再版的《放歌集》，其中那几句不知怎么被删去了，从那时开始就不见了。现已按《北京日报》所发原诗恢复。那几句即是：

啊，我！
　我的——
　　　我们！
　　　　我们的——
　　　　　　啊！我
——是这样地
　　　　谐和
　　　　　　统一！

稍稍熟悉贺敬之诗文的读者自然知道，当时再版的《放歌集》，曾遭到过怎样的横祸。那本诗集被当作“不肯转变立场”的表现，被视为“右倾复辟”、“黑线回潮”。对此，贺敬之在《贺敬之诗选》的自序中，已作过详细的追忆。读者须知，在那本诗集中，上述几句还是被删去了的，要是保留了这几句，那更怎堪了得！这已经是历史。可是，令人不可思议的是，到了近些年来，有人又反过来把正确处理“我”与“我们”即“小我”与“大我”的关系视为教条和极“左”，这就令人不好理解了。

贺敬之在《回答今日的世界》中，特意恢复这几句，想来是自有深意的，这大约就是以自己的诗行坚持自己的观点，也算是一种回答吧。据我考查，贺敬之主张“小我”与“大我”谐和统一，并非始于近些年，而可谓五十年如一日。有例为证的是就在新发现而收入本集的那首《我走在早晨的大路上》中（该诗写于1941年诗人十八岁时）即有如此抒写：

我，十八岁，向前走，唱着，
你们，也向前走，
从我的左肩擦过，唱着；
从我的右肩擦过，唱着。

我的脚步是你们中间的一双脚步，
公民同志们！

我的手是你们中间的一双手啊，
公民同志们！
它同你们紧靠着，
它同你们一起前进。
它同你们紧握着，
它同你们一起来管理这大地。

我们毋庸讳言诗人的“少作”还不无粗疏，还铺陈有余而蕴藉不足，但是那激荡而火热的节拍，明丽而燃烧的感情，却又分明流淌于字里行间，而且可以明确佐证的是诗人刚刚加入革命队伍和走进诗坛不久，在处理“小我”与“大我”的关系问题上，即有如此鲜明的见地。

在贺敬之的不少讲话和文稿中，更多次阐发他如一的观点：在1958年的《漫谈诗的革命浪漫主义》中，他认为诗人必须是集体主义者，认为诗里不可能没有“我”，问题在于是个人主义的“我”，还是集体主义的“我”，社会主义的“我”；在1979年的《战士的心永远跳动》中，他又如此总结郭小川的本质特征——诗人的“自我”跟阶级、跟人民的“大我”相结合。诗学和“政治学”的统一，诗人和战士的统一；在1981年2月的《既要坚持，又要发展》中则如此阐述，《在延安文艺座谈会上的讲话》和我们革命文艺的实践要解决的根本问题，就是文艺和群众相结合、和时代相结合的问题，即文艺为什么人以及如何为的问题。对作家来说，还有个主观思想感情与客观现实的关系问题。用今天的话来说，就是解决自我与人民、小我与大我的关系问题，也就是表现自我与表现时代的关系问题。

贺敬之还有好些类似的论述。我是赞赏他诗作中那许多和谐统一的小我与大我的，也赞同他上述的观点。在我看来，诗中不可能无“我”，即“自我”，或谓“小我”，无“我”就不能袒露诗人的个性，不可能表现典型感受的“这一个”。对于这一侧面，我想我们大家都是可以取得共识的。分歧仅仅在于另一个侧面，即“小我”是否应该与“大我”求得和谐统一。这似乎是一个老问题，但又确是至今在我们的创作中、理论上并未完全解决的问题。应该承认，在众多的诗人中，思想境界、审美观念乃至艺术情趣是有差异的，未必都是战士诗人，未必都是革命英雄主义者，因而也不必要求一切诗人的创作都具有等质的社会内容，即等质的“大我”。我们应该承认这种差异，也应该允许这种差异，这是无疑的。但是，与此同时也不能忽视另一面，即我们的诗人是在我们的社会、我们的时代写诗，他们的抒写又决不可能不受到社会的时代的制约，借用社会心理学的行话来说，即不可能不受到社会控制，这也是毋庸含糊的。即使弗洛伊德，他也不得不正视在他的“原我”之上还有受制于外界的“超我”。马克思主义关于人的社会本质特性的系列观点，更自不待言地强调了这种制约或谓控制。

令人叹惜的是近些年来我们的某些诗论中已经淡化了乃至抹杀了这些最基本的马克思主义的观点。其表现之一，就是只谈小我不谈大我，割裂小我与大我的关系，乃至完全抹杀和否定大我。谁如果一谈大我，一谈时代精神，就会被指责为“保守僵化”或误认为“假大空”。对此，诗人贺敬之是深有感叹的。他早在1980年10月的一封通信中，即鲜明表示了他的看法：“……从祖国前途命运出发，表现一种积极向上的情绪，这在我们当前的诗歌创作中应该有它的地位，不能一律被误认为‘假大空’。我觉得我们诗歌界、诗歌评论工作者和诗歌刊物编辑部，似乎应对读者中有这个呼声，作者中有这个动向给予必要的注意。”（《不能一律被误认为“假大空”》，见《贺敬之文艺论集》152页）可惜在创作和理论上，贺敬之的这个意见都并未引起应有的重视。

作为诗人的贺敬之，他总是如此“难产”。十年前我曾经作过一次估算，这位诗人若干年来大约平均每三年只有两首诗面世。近十年来的产量还未突破这个指数。他总是如此严谨。他从不轻飘飘地歌唱。他从不在那“小楼才受一床横”的小天地里述说个人的哀戚。他总是真有所感才实有所写。他曾经对我说过：“如果不考虑党和国家的命运，我就没有可写的了。”近些年来，他的“难产”，据我推想除了工作的超负荷繁忙之外，恐怕也有着他无心趋时，更绝不愿置党和国家的命运于不顾的缘由。近十年来，他除了不时以旧体诗的形式吟咏情性之外，白话新诗他只写过两首，即发表于《光明日报》、于今收入这本诗集的《索菲亚盛夏》和《啄破》。这是他的两首出访之作。出访之作，我们已在所多见，其中不乏精品，但也不乏猎奇式的或炫耀式的或媚态式的洋崽式的令人读来不是滋味的篇什。且不多说。1988年7月贺敬之出访，作为“名誉客人”参加在索菲亚举行的第四届国际儿童联欢大会，有感而就地写下的这两首诗，却一反常见的异国风俗民情的纪游之类（这里要特别声明，我无意否定别的诗人如此摄取和抒写），而仍然是写他擅长的政治抒情诗，抒发的是一位中国诗人对世界九亿儿童的热切祝福和厚望。在《索菲亚盛夏》中，以散点摄取的广阔视野，讴歌那在索菲亚聚拢的“一百二十重天空的朝霞”，向索菲亚奔来的“一百二十层大地的鲜花”，122个国家的儿童代表团所高举的“和平旗帜”，所代表的五大洲的纯洁欢跳的童心，都在诗人的广阔视野之内。诗人向世界儿童的使者献上的是比鲜花更美丽的期待和祝愿：

我们的地球
　　明天该是
　　何等光景？
未来世纪的主人
　　今日应当
　　怎样长大？

这完全是贺敬之式的严肃思索和深邃眼力。它同那国际儿童公园钟楼的钟声一样，响彻着、飘荡着、萦回着一种既欢快而又庄严的氛围。在另一首《啄破》中，则聚焦透视，以那联欢大会的图徽为透视的聚焦点，层层向内里推进，推出了一个个历史的现实的和未来的世界，推出了那雏鸽啄破蛋壳的深刻象征意蕴，也推出了这样的人类和宇宙的哲理：

啄破！啄破！
这不是无根、无向之歌。
大地母亲的奶汁给我们神力，
使我们不会在宇宙的黑洞里跌落。

这两首诗写的是出访题材，但按照贺敬之的方式，十分明显的是也分明赋予了它们一种强烈的时代精神。由此，又把我思索的视点引向了与前面紧密相关的另一个侧面。

我感到，虽然我们的众多诗人的众多创作，未必都需要以此为圭臬，但贺敬之在他的孕育和摄取中，或谓在他的构建意象的方式中，又的确有那么一种他独特的路数，这就是：他总是站在历史和时代的制高点，去观察去体验去感受人生或大自然，而又总是十分凝练地把他的体验和感受，把他对人生和时代的思索，浓缩于精心构建的艺术晶体。1959 年他的桂林之行，经过三个年头的酿造，1961 年才发而为《桂林山水歌》这仅仅 52 行的抒写，而且其立意的基点并不在于对桂林山水的陶醉，而在于把战士的情怀寄托于桂林山水，或谓通过桂林山水的描绘，展示战士的抱负和理想。所以，出现在诗人笔下的桂林山水，展示出来的就不再是前人惯写的那种娇弱柔媚的美，而是一种颇富时代特色的豪壮之美。1963 年他的新疆之行，同样也仅仅发而为一首百余行的《西去列车的窗口》，而且同样着眼的并非西行的风光。一路上，只见“扬旗起落”，只有飞动而去的“苏州……郑州……兰州……”；一路上，“倾心交谈”的，却重在“人生……革命……战斗……”。

山水诗纪游诗一类自然并非都应这样写，它们自有它们广阔的天地，它们无疑可以只从欣赏的角度去摄取大自然的美，或只兴之所至去领略异域风情。在这方面，诗人们有着自己的创作自由，各有各的路数。而贺敬之不愿意把它们写成纯粹供人赏心悦目的东西，总是情不自禁地在这类作品中渗透进熔铸进一样强烈的时代之情，也自是他的路数，虽不必视为圭臬，但至少也应占一席应有的地位。对他的近作《索菲亚盛夏》和《啄破》，大约也应作如是观。而且我以为，在一些莫名其妙的货色充斥诗坛的时候，贺敬之的这些作品，还自有它光大一路诗风的价值。

时代精神这个命题，与小我大我一样，也并不新鲜，然而也并未过时。大约每个时代的诗文都总是“合为时”而作的，白居易早就提出过这样的命题。自然，这所谓“时”，不同时代有不同的内涵。我们当今的时代精神，照我理解，就是充分体现文艺的“二为”方向的精神，即为人民服务、为社会主义服务的精神。我们的诗人和诗，无疑地也是义不容辞地应该充分抒写人民的意愿和情绪，做到诗心与民心相通。不充分反映人民的意愿和情绪，不与民心相通的诗，是不可能得到人民广泛认可和喜爱的。与此同时，我们的诗人和诗，也应该无疑地义不容辞地为巩固和发展社会主义事业鼓与呼。这二者应该是一致的、协调的。当然这有难度。诗人的社会责任感便是克服这难度的内在动力。

当今的诗论流行“生命意识”，流行中西比较的“参照系”，这自是一种探索。照我想，似乎还应特别提请诗人和论家们重视一下“时代意识”和个体与群体的“参照系”。在这方面，贺敬之和一些诗人们的诗和诗论，为我们提供了不少有益的经验。我们虽大可不必独尊其道，但对这些经验加以如实总结，却于诗界也是一件有意义的工作，这项工作也绝不是只属于过去。社会心理学告诉我们，倡导是一种社会助长。我希望我们的社会助长有助于促进更多的让人惊醒和奋发的诗作问世。我愿一大批年轻的诗人放歌，也愿贺敬之们重新放歌。

（原载《诗刊》1991 年 9 月号）

析论贺敬之儿童诗《妈妈的眼睛真明亮》

［台湾］林文宝 孙艺泉

一、前言

贺敬之1924年生，山东省峄县（现枣庄市）人，抗日战争爆发后参加抗日救亡运动，1940年进延安鲁迅艺术文学院学习。贺敬之十五岁开始发表诗作，1940年至1941年在延安写的诗收入诗集《并没有冬天》，从此展开文艺创作生涯，贺敬之的诗歌艺术真正取得重大突破，是1956年发表的《回延安》和《放声歌唱》两首优秀诗篇，以后，贺敬之的创作活动进入高潮期①。从贺敬之写诗的历程看来，他并非专事童诗创作的童诗诗人，他是现代诗人，他的诗歌咏叹大时代。鲜明的时代精神，构成了贺敬之诗歌的基调。时代的使命感是贺敬之诗的风格。所以本文论述中论析贺敬之为儿童写诗，亦承袭现代诗之深具大时代情怀的风格作探讨。

二、为儿童写诗②具大时代精神

诗人贺敬之曾明确表示，诗歌反映“时代的最重大的事件，最主要的生活内容”成为“我们时代的响亮的声音”，反对诗歌“在狭小圈子里的嘲风

---

① 华中师院编：《中国当代文学》第2册，上海文艺出版社1984年版。

② 詹冰说：“儿童诗是什么？我认为儿童诗就是儿童也可以欣赏的诗。无论是儿童做的也好，成人做的也好，首先儿童诗必须是诗。儿童诗不是初期阶段的诗，也不是降低格调的诗。儿童诗也应是一篇完美的诗。”见詹冰《太阳蝴蝶花》（台湾成文出版有限公司1981年版）中作者的话；许义宗先生说：“儿童诗是专为儿童写作，用最精练而富有节奏的语言，以分行的形式，将儿童世界的一切事物的主观意念，予以形象化和创造意境，而能适合儿童欣赏的诗。”引述自陈正治《儿童诗写作研究》第5页，五南图书出版公司2002年版。郑蕤提到：“童诗有儿童写的，有成年人为儿童写作的，也有不专为儿童写作，内容却适合儿童阅读。”见《东师语文学刊》第4期第217页。

月、弄花草”，表现“与人民无关的眼泪和痴狂”。诗人认为是否具有强烈的时代精神，“正是区别诗和诗人的大小高低的主要标准”。一切诗人、一切诗篇都毫无例外要在这个根本问题上受到严格的鉴定。① 他反对抒发“小我”只顾儿女情长的诗，“小我”要与阶级与人民相结合。“大我”的精神在他的诗里充分地被表现出来。例如：

五月——
　　麦浪。
八月
　海浪。
桃花——
　　南方。
雪花——
　北方。……
我走遍了
　我广大祖国的
　　每一个地方——
啊，每一个地方的
　我的
　　每一个
　　　故乡！
——《放声歌唱》

从节录的一段诗中，可见“麦浪”、“海浪”与“桃花”、“雪花”在意象上，言简意赅融入时空交织以阐明壮丽山河借以歌咏祖国之伟哉。从历史的背景观之，诗人浓烈的深情，不是为抒发个人胸臆情思，而是对时代里的祖国一种蜕变、一种解放，回归人民情怀的咏叹。祖国在长时间苦难的煎熬之下，终于开拓出自己的康庄大道。祖国的每一个地方都是诗人的故乡，这是“小我”对祖国深度感怀的情操。在诗句之后的“大我”隐然泛指祖国亦是全中国人的故乡。宽宏的气度自诗中流露，壮志之后仍见抒情。

---

① 华中师院编：《中国当代文学》第2册，上海文艺出版社1984年版。

时代的使命感是贺敬之诗的风格。他的诗与哀怨低沉绝缘，同纤细缠绵格格不入。他的诗没有个人小天地，没有同祖国人民相悖的东西。他的诗有气势沛然的全景，有振衣千仞的鸟瞰。他的诗有很大的时间和空间的跨度，有较深的诗的意义。① 具备大时代使命风格的影响，当贺敬之提笔为儿童写诗时，便耳提面命呈现引导儿童胸怀中国的气度。贺敬之并非儿童诗诗人，未有学者刻意将他定位在儿童诗诗人的行列之中，然而他为儿童写诗，以浅白精湛的文字，引导儿童"开扩伟大的胸襟"。陈正治在《儿童诗写作研究》中提到：诗人的胸襟开阔了，题材的选择、主题的拟定，自然也随着水涨而船高；内容也由"小我"走向了"大我"，提升了童诗的境界。例如：以自然为题材来写诗，如果胸襟开阔了，便能写出"以物为师"、"物我合一"的高境界内容。

毋庸置疑，贺敬之为儿童写诗。1958 年在出版的儿童诗集《为孩子们写的诗》，共收入了 26 位诗人和作家的 40 多首诗，这些作品题材广泛，内容丰富，可以说是当时儿童诗作荟萃的集结②，贺敬之是其中一位为儿童写诗的诗人。承袭现代诗之深具大时代情怀的风格，然大时代情怀的风格避免不了"革命浪漫主义"色彩。节录贺敬之的儿童诗《风筝》，且看诗中具备大时代的精神，借由鲜明的形象体现"革命浪漫主义"的色彩：

——啊，亲爱的祖国，多么好！
风筝啊，你什么都看见了。
你飞吧，飞吧，飞得更高。
你牵着我手里的线，
牵呀，牵呀，我的心也叫你牵走了。

喂，风筝，告诉我吧，告诉我：
　　在浪花卷着桃花的海边，
你可看见，
　　英雄们的眼睛亮闪闪？
那是解放军在保卫亲爱的祖国。
啊，我的爸爸就在那英雄的行列中间。

---

① 华中师院编：《中国当代文学》第 2 册，上海文艺出版社 1984 年版。
② 华中师院编：《中国当代文学》第 2 册，上海文艺出版社 1984 年版。

亲爱的爸爸呀，多么好！
风筝呀，你可看见了。
你飞吧，飞吧，飞得更高。
你牵着我手里的线，
牵呀，牵呀，我的心也叫你牵走了。

“风筝”在诗中呈现的意象，象征祖国牵系着人民的心如大鹏鸟般千里远扬，寻求新时代的发展与突破。以个体的“小我”表达关怀全中国“大我”的一种敬仰。不问国家为我做些什么？当问我为国家做些什么？“民族主义”融合“爱国主义”，随着历史与时代的交织演变，将“革命浪漫主义”诠释在诗的字里行间。“父亲”的意象，具备责任与义务的意涵。保国卫民的观念是诗人借由儿童诗《风筝》的创作传输给儿童的教育意念。诗人高明的手法，不刻意说教，只是借由“风筝”的高飞，稳稳系住每一个中国人的心。贺敬之的《风筝》把祖国美丽的自然景色和壮丽的建设面貌联系在一起，将诗人火样的革命激情和少年儿童对祖国真挚的热爱融合在一起，具有拨动心弦的魅力。

贺敬之为儿童写诗具备大时代的精神成为其诗体现的风格，“革命浪漫主义”是风格突显的色彩，故赏析诗人的诗之时，首要呈现便是意象中透露风格欲呈现之意涵。

三、儿童诗析论原则

（一）掌握儿童诗的特质

写作童诗的作家们，以一颗真纯热诚的赤子心，写出一首首动人的诗篇。他们选择生活中的题材，经过构思、经营，以圆融的技巧，锤炼的文句，引人的巧思，织成一片美丽的锦绣世界。他们写作童诗，能引导儿童深思，启发儿童的智慧，打开儿童多情的心扉。童诗的作家，真是用一支彩笔，用心、用情描绘出诗的天地。欣赏诗是美事，欣赏童诗尤其是赏心乐事。另外，儿童诗之所以成为儿童诗，必然具备有儿童诗的特质。郑蕤在《东师语文学刊》第4期中《儿童诗的赏析》一文提出的五点儿童诗的特质：

1. 温柔敦厚的诗心

在儿童心中，世界万物都是有情的，因此童诗的第一个特质就是充满爱的温柔敦厚的诗心。在这温柔敦厚的特质里，它包含了爱、美、喜悦，这些诗读来是引人心静神怡，使人心神沉醉。

2. 丰富活泼的想象

儿童是具有丰富的想象力，在他们的眼中，天地万物都“拟人化”，都具有生命和感情。这种活泼丰富的想象利用在儿童诗中，更能展现儿童的天性，带有些儿童顽皮淘气却不失善良真挚的天性，就是这样的童心使万物在他们的眼中更生动、更吸引人。

3. 真实而生活化的内容

儿童的感情世界是直接的，他们在生活里的喜悦、悲伤常常最直接反映在言语行动中。他们对万物的观察领悟也是最直接的，在他们眼中和心中，有自己的世界和自己的默悟，更有自己对事物认知的标准。因此拥有一颗童心的诗人也常用孩子的眼看万物，用孩子的心衡量万物。生活是与文学不可分的，儿童文学更脱离不了儿童的生活，生活中的琐事皆可成为诗的素材，写儿童诗的诗人更是常用孩子们的生活写成童诗以引导儿童、启发儿童。

4. 趣味而幽默的情感

儿童诗趣味和幽默的特质，一方面是取自儿童的天性，一方面也是诗人们要用它们来启发儿童的幽默感和对万事万物有趣味的童心。

5. 音乐韵律的节奏

诗歌本身即具有音乐性，虽然并非都可入乐，但是音韵、节奏可以使人读着就像音乐。诗纵然有时不能唱，但它的内容有如天籁，却如同自然的音乐。儿童诗即是如此，它在文字的运用、节奏的安排及情意的表达上，常给读者音乐的感受，这种感觉藏在字里行间，藏在诗本身的精神里。音乐、节奏是儿童诗不能缺少的特质。

综观这五点儿童诗的特质，可依循作为儿童诗作品析论原则，旨在于掌握儿童的诗心。脱离诗心的析论原则，不能算是真正懂得欣赏儿童诗。赵天仪在《认真诚挚的诗人——詹冰》一文中提到：詹冰说过：“儿童诗必须是诗，不然的话，一概免谈。儿童诗不是初阶段的诗，也不是降低格调的诗。写儿童诗最大的意象是：要唤醒儿童的诗心。”① 掌握儿童诗的特质，以诗心开拓儿童诗的视野。此五点儿童诗的特质作为析论的要点，正是掌握诗心。故析论贺敬之为儿童写的儿童诗，正可套用儿童诗的特质作为儿童诗作品析论的原则

---

① 詹冰：《银发与童心（附录）》，台中市立文化中心1998年版，第245页。

一环。

（二）掌握儿童诗的意象

诗人创作诗歌风格之表现，是为形式与内容结合以独特之方式呈现之。写诗、读诗、评诗掌握之原则，以不能悖离意象之原则为首要。诗之所以为诗，重点在于“意象”，探究一首诗，究竟是不是诗，掌握两项原则检示：一是意象为中心之原则；另一是情感流为中心之原则，两项原则包含之诗必然是诗[①]，否则就是伪装成诗的分行的散文。诗人表现自己创作诗歌之风格，可借意象的呈现方式而律定自己的风格。从现代诗乃至儿童诗的创作过程中，明白儿童诗需要浅白语言与意象的运用。意象是飞出语言潜在的一切可能性，有些潜在的语言蕴藏丰富的能量，不是文字能完全表达，为不希望将欲谈的思想又陷入语言的牢笼里，于是制造具有弹性的语言，呈现文学的模糊性，这整个构筑过程，只有依靠“意象”完成。

什么是意象？陈正治在《儿童诗写作研究》对意象作叙述：

> 什么是意象？意是意念、感情，也就是指情意；象是客观的景象。意是抽象的，象是具体的。意象就是融入了主观情意的具体景象。儿童诗的作者，采用意象的语言写作，可被描述的情意，可见、可闻、可嗅、可尝、可触。因此应用意象语言写作，当比采用评论式的语言生动（第171～172页）。

诗人萧萧在《中学生现代诗手册》说明：

> 诗人心中的“意”，必须转化为“象”，才能传达到读者的心中，读者再经由此“象”还原诗人心中的“意”。因此，读者所获得的意是否相当于诗人心中原来的意，那就要看诗人所创造的“意象语”是否能以“象”完整地传达其“意”（第16页）。

诗是一种独立自主的意象符号系统，意象成分与非意象成分的结合构成了诗，意象大于语言高于语言，意象与可感性语词，意象来自于表象，意象运动

---

① 孙艺泉：《童诗意象研究》，台东大学儿童文学研究所2005年版，第122页。

的最终目的是创造诗的情境。[①] 从审美的角度观之，诗具有意象呈现深层之意涵，才能显现艺术之价值。意象深入儿童诗之意涵，语言浅出儿童诗之妙趣。诗境、诗意、诗趣，不是靠句子的铺陈堆砌而来，而是靠捕捉到的“意象”显现出来的。

析论一首儿童诗掌握意象切入诗欲要表达之意涵，可以解读诗之“弦外之音”。诗人创作诗的抽象的“意”是借由具体的“象”表现出来，还需“文尽意不尽”、“意在不言中”。析论贺敬之的儿童诗，以意象角度切入。意象使其儿童诗如图画般鲜明，鲜明的意象其中有可意会而文字不易表达的意涵，这层似不可说的意涵，往往可表现诗人内心深处的意念，以突显诗人诗作之风格。故意象是儿童诗作品析论的原则一环。

四、赏析《妈妈的眼睛真明亮》看祖国母亲的意涵

掌握儿童诗的意象与儿童诗的特质作为析论贺敬之儿童诗的原则方向，然析论贺敬之的儿童诗还不能忽略时代精神中呈现的风格。贺敬之诗歌的时代精神，是通过诗的鲜明有力的形象体现出来的。他把许多看来相当抽象的政治概念和口号，独具匠心地形象化，达到感情与艺术形象的统一。无疑的诗人的时代使命驱使着他，纵使儿童诗的创作，也不能缺乏这个使命感。且看他为儿童写的儿童诗《妈妈的眼睛真明亮》：

妈妈的眼睛真明亮，
好像两扇玻璃窗。
温暖的阳光照进去，
照见一个小姑娘。

小姑娘，真漂亮，
穿着一身花衣裳。
睁着两眼直看我——
我笑她也笑，
我唱她也唱……

① 吴晓：《意象符号与情感空间——诗学新解》，中国社会科学出版社1990年版，第1页。

啊，妈妈呀，
这个小姑娘就是我，
——难怪跟我一个样！

好妈妈，不要动，
我还看看后头什么样。
看见了，看见了：
墙上挂的毛主席像；
像底下，
那是爸爸的立功状；
又看见，又看见：
窗户外头石榴花，
一朵一朵正开放……

细读这一首诗，从诗的语言看来，可以发现母女对话中亲情的流露。诗人浅白多情的诗句里，包含了真，包含了善，包含了爱，包含了美，包含了喜悦，包含了温暖，也包含了希望，可见到给予儿童的“诗心”在这首诗中爽朗且缓缓地浮现。

诗人经营这首诗是借由母亲的眼睛来看小姑娘本身，母女相互关照，闪烁的是爱的光芒。小姑娘发现母亲眼睛反射的小女孩就是自己，引发小姑娘更多的好奇，她要求母亲不要动，意图借母亲的眼光看世界，她看见毛主席的像；看见爸爸的立功状；看见窗外的石榴花。

真纯的童心稚趣涤荡在诗人经营的诗句间，给予读者感受母爱的魅力，在懵懵懂懂的未知里，母亲的眼光正是探索未来的眼光，也是保护小姑娘的眼光。温柔敦厚的诗心，从诗的开始贯穿到底。

诗人拥有丰富活泼的想象，想象表现在具有创意地运用母亲眼睛的投射来看万物。弹跳的心与思维让诗人掌握住孩子的童心，顽皮淘气却不失善良真挚的天性。他借眼神展现母女的对话，不语只笑，笑中带有多少不需语言的亲情。这可说是贺敬之创作这首诗相当成功的一点。

用孩子的心衡量生活，儿童诗是结合儿童的生活，生活中的琐事皆可入诗，故诗人以小姑娘的生活作为题材，与母亲的互动到家中的摆设，窗外的种植。可以看见小姑娘借母亲的眼光看见平实的生活，搜寻的过程，物的位移，诗的动感便缓缓流露。诗人的功力就在真实平凡的生活中搜寻不平凡的题材以启发儿童。

为儿童写诗不能忽略趣味而幽默的情感。这首诗的趣味点是隐藏性的，隐藏在到底母亲逗着小姑娘，还是小姑娘在向母亲撒娇。依读者立场，或许不用太在意主、客体之间的关系，但主、客体之间温馨动人不需一语的对视，其实正是感情无言的绽放，幽默中见真情，读来莞尔且能感动。

诗人经营这首儿童诗，不忘运用强烈的节奏感使诗的音乐性十分明确。字数上三字、五字、七字和九字在分行编排上，容易呈现节奏性，例如："小姑娘，真漂亮/穿的一身花衣裳/睁着两眼直看我/我笑她也笑/我唱她也唱……"童诗具有歌谣的意味，朗朗上口成为这首诗的特色。押韵也是制造诗音乐性重要的方法之一，不难看出这首诗一些句尾的韵脚，"亮"、"窗"、"娘"、"裳"、"样"、"像"、"状"、"放"，按中华新韵押的是尢韵。诗人注意用字与用韵，所以这首诗鲜明快活，读来愉悦且新奇。

诗论意象，无意象不成诗，故析论《妈妈的眼睛真明亮》需从意象的角度解析诗蕴藏的意涵。"妈妈"是诗的主意象，副意象是"小姑娘"。感官意象的"眼睛"是促成意象叠加组合的关键。"毛主席像"、"立功状"、"石榴花"是一层一层砌叠而成的意象系统。若单纯地从亲情角度出发观之，整首诗透析的意涵，便可见母爱的光辉融合顽童的形象，感受温馨的亲情，也流露孩子成长的真挚。

然而意象亦具象征意义，诗人风格的流露，笔下经营一个意象的深切含义，可以牵动整首诗导向不同的意涵。贺敬之鲜明的风格在于诗中常具大时代的精神，以体现"革命浪漫主义"的色彩。"妈妈"这样的意象在普遍象征中指的便是"祖国"。母亲象征祖国是为主意象的建立，也等同"大我"的形象；副意象"小姑娘"便意指在祖国怀抱里的"人民"，这里的人民是一个一个的个体，符合"小我"的形象。叠加组合的意象群"毛主席像"、"立功状"、"石榴花"，意涵着领袖的领导，人民的奋斗与国家为依归的精神象征，锲合"革命浪漫主义"的要求。"毛主席像"是这首诗意识形态升高的主要关键，代表国家需要舵手，也是母亲的形象化；"立功状"说明党和祖国形象需要底下人民立功以建立；"石榴花"绽放红花，阐述人民流血牺牲建立国家得来的整体的荣耀。诗人浅语的笔调，蕴涵深刻的道理，也借此引导孩子以民族情怀与爱国教育。贺敬之经营诗，总是在笔调之下有一层用心，祖国即母亲，母亲即祖国，所以《妈妈的眼睛真明亮》虽为童诗，在温情的另一面，隐含着令人起敬的为时代批注的情怀。

五、结语

咏叹大时代是贺敬之诗歌的基调。抒发小我只顾儿女情长的诗是被诗人鄙弃的，“大我”的精神是他诗里表现的气度。所以贺敬之为儿童写诗时，便呈现引导儿童胸怀中国的气势。贺敬之的儿童诗便存有历史与时代的交织演变结合的“民族主义”融合“爱国主义”的精神。他的诗就是将“革命浪漫主义”的色彩，诠释在诗的字里行间。所以诗人为儿童写诗具备大时代的精神成为其诗体现的风格。

析论诗人的诗之时，要在意象中寻找风格里欲呈现之意涵。所以《妈妈的眼睛真明亮》诗人浅白多情的诗句里，包含了真、善、爱、美、喜悦、温暖与希望，也从中觅得“诗心”。相对的“母亲”建立的意象也象征“祖国”，等同于“大我”的形象，人民是借由祖国成为存在的实质。贺敬之的儿童诗也蕴涵深切的民族情怀与爱国教育。所以《妈妈的眼睛真明亮》温馨的另一面外，也有大时代的情怀。

（原载《挥毫顶天写真诗》，作家出版社2006年版）

四、新古体诗研究
（1994—2008）

“情动绳墨外，笔端起波澜”①

——读贺敬之《富春江散歌》

刘　征

在1988年漓江诗会上，我曾有诗赠贺敬之同志，其中有句道：“万山草树千江水，待向今朝听放歌。”敬之同志的诗豪迈酣畅，应着时代的节拍，在20世纪五六十年代曾产生巨大影响。《放歌集》里许多佳篇，至今有些人仍能背诵。“主人熟诵我诗章”，是写实。后来一段时间有些沉默。我那两句诗表达了热诚的期待。

如今，《富春江散歌》问世了。依然豪迈酣畅，富于浪漫主义神采，却又增添了深沉。这，我想固然与诗人重病初苏不无关系，却主要由于深味社会与人生所致。

富春江、新安江，古今曾有多少骚人墨客为之沉醉。吴均所谓“自富阳至桐庐一百许里，奇山异水，天下独绝”。美丽的大自然呼唤着诗情，浓郁的诗情应答着大自然。诗人的感情融化在青山绿水之中，情不自禁地吐出奔放的旋律：

平生总为山河醉，
非酒醉我万千回。
三江澄碧今痛饮，
不借韩囊岳家杯。

诗人从三门峡唱到桂林山水，一直陶醉于山河的壮美，如今又唱到富春江，如

---

① 本文题目借自老诗人臧克家同志的一首论诗绝句。

李白那样，把一江碧浪当成美酒，真的沉醉了。这醉意与古贤迥异，是一种全新的体验，全新的滋味。

长啸畅笑消病颜，
云月八千有此缘：
三江两湖梦之国，
千岛万峰情之巅。

西湖波摇连梦寐，
千里秀美复壮美。
山迴水洄少壮回，
鹭飞瀑飞壮思飞！

情绪激昂，神采飞扬，如长啸，如畅笑，如失病痛，如返华年。诗人的情思与水鸟和瀑布一同飞动，达到物我同化、如痴如醉的境地。

“作诗必此诗，定知非诗人。”好的山水诗总是有超越山容水态的内涵。如谢灵运的《富春渚》，没有多少写景的笔墨，“怀抱既昭旷，外物徒龙蠖”，只是抒写一种故作豁达的消极情绪。《散歌》也远不限于摹写山水，有其哲理的、历史的内涵。

景人相看两妩媚，
江映鹳山双郁碑。
谁诵鲁诗唤合影？
春山恒美贵横眉。

我激赏末句。古代诗词中把美人的眉比做山。屡见不鲜。“水似眼波横，山似眉峰皱”，更直接以“春山”指代“眉”。那只是多愁善感的一弯，何等荏弱！诗人面对横亘天际的山影，却与迅翁的名句联系起来。好个横眉！从旧的比喻中推出新的意境，有一种雄强的、哲理的意境。圣洁的青山，如果竟然容忍丑恶和污浊，又怎能谈得到妩媚！

名之行之思之江，

绝信折水富春光。
昆明池畔喜解缆，
桐君助我溯钱塘。

诗思远远超出一条曲折的江流。你看那浩浩洪流，不是象征着奔腾向前的历史长河？那江流的蜿蜒曲折，不是象征着历史发展的曲线吗？过去、现在、将来都是如此。“绝信折水富春光”，“富春光”应解为“有更多的春色”。

联系人生和现实，《散歌》有更深沉的寄寓。

蜜山岛上感相遇，
澜波撒骨郭题句。
请教再问“甲申祭”，
黄河渡后今何夕？

诗人所游千岛湖正是老战友刘澜波撒骨灰之地，岛上又见郭老的题诗，不免想到往昔的峥嵘岁月，想到学习《甲申三百年祭》。半个世纪以来，经历了多少狂风大浪啊？“请教再问‘甲申祭’，黄河渡后今何夕？”抚今追昔，今夕何夕？这一问，千种情怀，万种感慨，尽在不言中了。

《散歌》最后三首，诗情更加激越，笔墨更加飞动，情感任意奔流，格律隐然失色，是这组诗中的强音，令人依稀感到“放声歌唱”的热度。

问何如？观何如？
泪如注，心如烛。
我思河山旧图画，
我念山河新画图。

思未足，念未足，
再望两台云欲呼：
严公请作任公钓，
谢翱泪洗日星出！

壮哉此行偕入海，

钱江怒涛抒我怀。
一滴敢报江海信，
百折再看高潮来！

思新想旧，热泪横流，但愿巨轮钓到大鱼，泪水洗亮星辰，高歌来报海信，百折更起高潮。节奏忽然变得疾促，仿佛听到诗心在桴鼓般跳动。《散歌》于高潮处戛然歇响。

《散歌》是用旧体诗的形式写的。并于同期刊物发表了《〈贺敬之诗书集〉自序》，表明了诗人对写旧体诗的主张。我想就此也谈谈关于写旧体诗的管见。

这些年来，写旧体诗虽然仍有人不赞成，毕竟作者辈出，佳作日多，景象日渐繁荣了。旧体诗该怎么写，看法不一，约言之，可分为三类。有的主张严守固有的格律，就连已与现代语音颇相枘凿的旧诗韵也不应越雷池一步。有的主张旧体诗的生命力在于革新，主要是意境、情境的革新，也包括不拘守固有格律中的某些不适应的部分。也有的主张要来个大解放，不拘守旧的体式，要推陈出新，铸造一种源于旧体，却异于旧体的新体式来。后两类接近，只是程度不同。出现这些不同的构想，是趋向兴旺发展的表现。创作实践会提供生动的比较，有比较才有鉴别，而且不同的构思是完全可能并存的。不论实施哪一种构想，有一点十分清楚：旧体诗要在当代振起，在当代文学史上据一席之地并放出异彩，必须能唱出时代的诗化的乐音，必须具有时代的美学特色，否则，以古人之笔墨写古人之情怀，写得再好也不过是仿制的“唐三彩”，怕是终于难以立足的。

《散歌》大约可以归于第三类。这组诗，每首四句，每句七个字（或六字），基本上属七言绝句，却没有采用七绝的格律。诗人自谓是采取了古体歌行的形式。这是饶有兴味的。古人的诗作中，不但七律有拗体，七绝也有不遵守绝句格律的，李白《横江词》、杜甫《夔州歌》中都有这样的作品。《散歌》推而广之了。

七言古体诗（许多歌行属此）自由奔放，不同于近体诗（律诗）那样须严守抑扬顿挫整齐对称的格律。人们对七古的格律还很少探讨，清人赵秋谷的《声调谱》作过系统的研究，又嫌有些黏滞。即以平仄而论，七古的诗句里，似乎所有的排列组合都有了。有大部分平声的（“太常楼船声嗷嘈”），有大部分仄声的（“劝我试作石鼓歌”），也有极为错落的（“空白凝云颓不流”）。平仄的搭配显示抑扬的变化，抑扬的变化显示情绪的起伏。七古里平仄的搭配不是遵循固定的程式，而是遵循情绪的起伏，如同山泉依涧势而流转，落花依风势而飘飞。《散歌》里有些诗具有这种意趣。如“山迴水洄少壮回，鹭飞瀑飞壮思飞”，不仅重复使用山、水、回、飞等字，而且一、三、五、七都用平声字，保持高昂的声调，显示了诗情的激扬和飞动。

诗的新旧，长期以来畛域分明，甚至形同冰炭。我却以为大可不必。诗的新旧主要不决定于体式，决定于内容，即诗意和诗情。情意是新的，体式虽旧也是新诗；情意是旧的，体式虽新也是旧诗。起源于13世纪的西方的十四行体，可算是一种旧体式了。如今有几位朋友写十四行体，可有谁认为他们写的是旧诗吗？就其表现力来看，新体和旧体各有长处和不足，美目宜笑，细腰宜舞，是不能互相代替的。两种诗体原是比翼鸟、连理枝，应互学互补，甚至结为秦晋之好，说不定生出一个崭新的诗娃娃来。至于写作，则会使枪的使枪，会使棒的使棒，尤其应欢迎枪棒并用，这有利于新旧的交融和发展。

过去有些新文学大家兼写旧体诗，但似大都偶一为之。近年诗界以认真的态度兼写两种诗体的朋友多起来了，大家戏以“两栖诗人”呼之。如今一支新诗的大手笔也“两栖”起来，令人高兴。这条道是宽的、亮的，但也是不平坦的——“绝信折水富春光”。

（原载《诗刊》1994年2月号）

江山留韵律　日月寄诗魂

——贺敬之“新古体诗”印象记

吴奔星

近有诗友奔走相告：8 月 6 日出版的《文艺报》第 31 期以二分之一的“作品”版面，刊发了老诗人贺敬之同志的“新古体诗”《文情艺事杂诗》二十九首，洋洋大观，可以一读。我立即示之以此文初稿，诗友笑曰：我辈布衣，虽非“英雄”，亦所见略同。时适江南酷暑，他豪饮凉茶一口，炯然双目，落于拙作稿纸，念念有词。

敬之同志的《文情艺事杂诗》近三十首，起于 1976 年 11 月“文革”结束后，在其家乡山东写的《饮兰陵酒》，终于 1992 年 5 月 23 日《在延安文艺座谈会上的讲话》发表 50 周年在浙江湖州参观铁佛寺后写的《笑说铁观音》，时间跨度近二十年。假如敬之同志在“文革”前后还写过“新古体诗”，时间跨度自然更长。敬之同志的“新古体诗”与 90 年代初期（1992—1993）台北范光陵先生提倡的“新古诗”，虽只一字之差，却非一码事。“新古体诗”正在台北的《国文天地》、《乡情》等杂志展开争论，是是非非，莫衷一是。我拟另写《关于“新古体诗”的是非观》一文，以免人们将二者混为一谈。

西方一位哲人曾说过类似的话：凡是新的人、事、物，给人最真实的是第一印象（Firstim presion）。敬之同志的“新古体诗”给我突出的印象：首先是在体裁、形式上，尊重古体诗（包括律、绝、词、曲等古代格律诗和古风、歌行等古代自由诗）的传统规律（如体裁、平仄、对偶、韵律等），而又不拘泥于这些规律，意到笔随，听其自然。比如《皇甫村怀柳青》诗二首。虽保持七绝和七律的形式，却不拘平仄、对仗和脚韵，读之仍节奏和谐。如“父老心中根千尺，春风到处说柳青”之类的佳句，亲切动人，一往情深，柳青活在父老乡亲心中，真可以不朽矣。

其次，在诗的意境上，诗人站在当代形势与思想的高度，推陈出新，耐人寻味。敬之同志是山东枣庄人，“文革”结束后，于1976年11月还乡写了一首新五律《饮兰陵酒》：“太白何处访？兰陵人醉乡。我来千年后，与君共此觞。崎岖忆蜀道，风涛说夜郎。时殊酒味似，慷慨赋新章。”古代五律，中间四句两联，即颔联与颈联，是要讲究对仗的，而此诗的颔联并不相对，颈联却对仗工整。通过这两联，恍惚再现了李白坎坷、飘泊的一生，似乎起李白于地下，相对痛饮，今古同觞。豪情醉意，宛然在目，意境清新，沁人肺腑！敬之同志的故乡有万亩石榴园，闻名遐迩。他于1988年写了新体七绝《田园诗》四首。面对“五月榴花照眼明”，他高唱：“燎原星火似重现，忽作银河倾碧天。诗人奇境知何处？我乡枣庄石榴园。”诗人喜见故乡石榴花，一面忆及星火燎原的战争年代，一面又幻化为繁星万点的银河，展现家乡的美景奇观，扣响了怀乡爱国的主旋律。

再次，近三十首“新古体诗”，写山写水，写古写今，都是抒发诗人从个体到集体的感情。早在二十九年前的1959年，敬之同志发表了饮誉海内外的《桂林山水歌》，就已显露出“新古体诗”的苗头。1988年他应邀参加诗配乐电视风光片《桂林山水歌》的拍摄，东道主安排他与桂林青少年诗友在漓江自桂林至阳朔的风光最佳点兴坪联欢。他乘兴写出了“新古体诗”七绝《兴坪联欢》：“兴坪渔火连篝火，一夜新歌接旧歌。二十九年情与梦，漓江小友知心多。”此诗平仄与古人七绝完全相同，但境界广阔，火色与歌声推动感情从个体融会于集体，不仅点明了“联欢”的主题，而且揭示了新社会的时代氛围与历史风貌。值得注意的，还有一首新体五言古风《游云南石林》：“览史忆战阵，访滇游石林。拄杖指万象，走马阅千军。向天皆自立，拔地深连根。入林识战友，扣石听友心。问石立何位？问林何成因？结群基一我，众我成大群。主、客二体合，个、群互为存。天运此正轨，人运也同轮。峥嵘井冈路，风雨天安门。正、反思得失，‘人’字论纷纭。忽见‘救世’者，大言指迷津。西寺讨旧签，何诩‘启蒙’新？废己故遭祸，唯私必沉沦。中华再崛起，大振我国魂。拨乱非易帜，石林响正音。感此热血沸，挽石入人林。”此诗有描写，有议论，有叙事，有批判，显示了历史发展的规律，扣响了爱国主义和集体主义的主旋律。

诗人写天写地，写山写水，二十九首，欲罢不能。合而观之，可谓江山留韵律，日月寄诗魂！

综上所述印象，使我联想起毛泽东同志生前多次鼓励写新诗的人，向古诗和民歌吸取营养，特别是1965年7月他写给陈毅同志的那封谈诗的信，明确指出新诗的“将来趋势，很可能从民歌中吸引养料和形式，发展成为一套吸引广大读者的新体诗歌”。敬之同志是《在延安文艺座谈会上的讲话》的精神哺育与培养下成长起来的老歌手和老诗人，现亦年届古稀。他写诗的历史，可以说是认真向古诗和民歌吸取营养的历史。他向古代诗歌和民谣汲取了哪些营养呢？单从他的“新古体诗”看，也有艺术构思的紧凑、诗歌语言的精炼、艺术境界的引人入胜、联想和想象力的丰富，以及节奏鲜明、音韵和谐等等方面。诗是语言的艺术，敬之同志是下过苦功的。记得郭沫若同志早在抗战时期，就劝告新诗人要充分利用汉语具有平仄和双声、叠韵等特色，促使诗的语言流线型化，以便广大读者吟诵和记忆。我觉得敬之同志的新古体诗，在语言的灵活运用方面，多已达到流线型化的艺术境界。至于他写的“新古体诗”是不是毛泽东所期盼的一套“新体诗歌”之一呢？我认为即使不能人皆认同，至少应该说他是最早为此而投入创作实践的第一批诗人。当然毛泽东所期盼的一套“新体诗歌”，在体裁形式和艺术风格方面，绝非定于一尊，而是需要多样化的。还值得指出的是，毛泽东是专写旧体诗词的，对新诗的成就并不满意，可是他对新旧体诗的地位，却明确指出：“诗当然应以新诗为主体。”正是从这种“诗的主体论”出发，他才殷切地企盼在新诗领域内能涌现一套“新体诗歌”。这是一位伟大的杰出诗人高瞻远瞩的诗学观。因为他深知：传统诗词尽管是中华民族的骄傲，毕竟是过去时代的产物。我们今天写作传统诗词，旨在弘扬诗词的民族传统，推陈出新，超越前人。而他之所谓发展成一套“新体诗歌”，则是鼓舞广大诗人的雄心壮志，在继承我国诗歌的历史的和现实的优秀传统过程中，刷新各种诗歌，使之逐步形成一套足以反映时代精神的代表性诗体。因为中国历代都有各自的代表性诗体，社会主义时代更加要有自己的代表性诗体！敬之同志所尝试的“新古体诗”，自然可以算是社会主义时代所企盼的一套“新体诗歌”的体式之一。为了实现毛泽东所期待的一套“新体诗歌”的宏愿，今天的诗人既可以尝试历代与当代的各种诗体，也可以尝试从西方引进的许多现代主义的诗体。总之，在历史悠久而又青春焕发的中华诗园里，可供驰骋的广阔天地，正在等待着当代各种流派和风格的老中青诗人，发挥各自的才华，作出各自的贡献。贺敬之同志的“新古体诗”迈出了具有历史意义的第一步，即并非只此一家的唯一的第一步！

（原载《文艺报》1994年9月3日）

关于“新古体诗”的断想

何火任

近两年，关于“新古体诗”的创作与评论，成为诗坛上一个热门话题，越来越引起人们的关注。

这个话题是由《诗刊》1993年第6期同时发表的著名老诗人贺敬之的组诗《富春江散歌》和《〈贺敬之诗书集〉自序》引起的。诗人在这组以七言古体形式创作的“散歌”前的小序中写道：“行笔仍如以往，不拘旧律，因以‘散歌’名之。”他在《自序》中更为系统地阐述了他为什么多年来直接采用长短五、七言古体歌行的形式写旧体诗的认识与体会。他说：“旧体诗固然有文字过雅、格律过严，致使形式束缚内容的一面；但如果不过分拘泥于旧律而略有放宽的话，它对表现新的生活内容还是有一定适应性的。”

贺敬之的《散歌》和《自序》发表后，《诗刊》1994年第2期又开辟“新古诗”专栏，刊发了台湾诗人范光陵的《新古诗二十首》和大陆诗人苇可的《海潮赋》三首，还刊发了刘征的《“情动绳墨外，笔端起波澜”——读贺敬之〈富春江散歌〉》、丁国成的《范光陵与新古诗》和杨金亭的《一个飞行员的新古体诗——读〈苇可诗选〉》三篇颇有分量的文章。接着，《诗刊》1994年第5期又发表贺敬之的“新古体诗”《川北行》组诗；7月18日《光明日报》发表贺敬之自称“新古体”数章的《延边老人节》；8月6日《文艺报》刊发贺敬之《文情艺事杂诗》29首，他在诗前小序中称近来诗评家对此类诗正式以“新古体诗”名之，明确表示肯首。

其实，这个话题的出现，有其深刻的历史根源。长期以来，中国诗歌园地上，“新诗”之花与“旧体诗”之花并蒂开放的景观耀人眼目。然而，人们仍然有一种不满足感。这是因为，新诗固然可以写得自由活泼，酣畅淋漓，但由于其过于散漫，无成熟形式，因而不利于记忆、诵唱和流传；旧体诗虽然可以取精用宏，写得精美蕴藉，又由于其形式过于严整、束缚思想，很不易学。于是，诗坛有识之士一直在苦苦思索和探求中国诗的出路问题。

早在新中国成立之初，诗歌界便有关于如何发展新诗及如何创造“新格律诗体”、“民歌体”等的讨论。1958 年，毛泽东在成都会议的一次讲话中曾提出：“中国诗的出路，第一是民歌，第二是古典，在这个基础上产生出新诗来。”1965 年，他在致陈毅的信中预言：“将来趋势，很可能从民歌中吸引养料和形式，发展成为一套吸引广大读者的新体诗歌。”

然而，快三十年过去了，毛泽东所呼唤的“一套吸引广大读者的新体诗歌”并未出现在中国读者的面前，这一遗憾不能不长期拨动着广大诗人、读者和诗评家的心弦。

新时期以来，特别是近几年，贺敬之、刘征、丁芒、李汝伦、苇可等一批诗人及诗评界创作和倡导的“新古体诗”，是对毛泽东的呼唤的一个洪亮的回应，是对“新体诗歌”主张的一次意义深远的试验，使长期渴盼“新体诗歌”出现的读者在“新诗”与“旧体诗”的花海中逡巡时，终于惊喜地发现了一朵令其赏心悦目的新花。

同样令人惊喜的是，在祖国宝岛台湾，著名诗人范光陵，也在努力创作和积极倡导“新古诗”。范博士精通英语，又善写汉语诗，从 1984 年起，经过近十年的不懈探索，他创造出了“新古诗”这样一种新的诗体，饮誉世界。1988 年，他在美国举行的有 45 个国家的诗人出席的世界诗人大会上，被推举为会长，并荣获“桂冠诗人”的美称。他从“推动东西文化及海峡两岸思想的沟通”的美好愿望出发，呼吁华文诗界能有更多诗人和诗论家热心于“新古诗”的尝试与探索，掀起一场“新古诗运动”，以使中国诗尽快复兴，再度辉煌，走向世界。

显然，贺敬之与范光陵，在“新古体诗”或“新古诗”的创作与构想方面，有不少共同之处。比如，他们的作品中，都奔腾着炽烈的爱国之情，都深藏着热爱人民、追求光明与正义的意蕴，都深深植根于中华民族优秀诗歌传统的沃壤之中。又比如，贺敬之认为，比起中国近体的律诗和绝句来，这种或长或短、或五言或七言的基本属于古体歌行的体式，是一种能够“发挥形式的反作用”，以便“较易地凝聚诗情并较快地出句成章”的“合适的较固定的体式”，创造这种体式，不能抛弃声律和韵律，又不必“过分拘泥于旧律”，这样就可以更好地体现中国旧体诗的“高度凝练和适应民族语言规律的特点”，有利于“进一步发现新的规律”；范光陵也认为，“新古诗”既不能“完全没有格式”，又不能“过分拘泥于格式”，要在继承祖国优秀诗歌传统的基础上创新。再比如，贺敬之主张“新古体诗”首要的问题在于内容，在于形式和内容的谐调一致，因此诗中要有“诗思、诗情、诗意和诗味”，要表现诗人的“所见、所感、所思”，要“不仅见喜，也要见忧；不仅见此，也要见彼”；范光陵也主张，“新古诗”以情感、哲理为主，要有新思想、新内容，要“多一点情趣，添一点轻松”。当然，海峡两岸这两位著名诗人的诗学观，并不是也不可能没有差异，如，范光陵认为“诗歌不带任何政治色彩”，这无疑是与坚信马克思主义文艺观的贺敬之相抵牾的。

我深深感到，当前海峡两岸同时涌起的这股“新古体诗”思潮，既有着深刻的历史必然性，又有着积极的现实意义，同时也表现出其鲜明的时代特征。它在中国旧体诗与新诗之间架起了一座通向“新体诗”艺术殿堂的金桥，在素有诗国之称的炎黄子孙的心中升起了一道令人神往与遐想的美丽的彩虹。

的确，中国的新诗，自五四时代诞生，作为一种自由诗体，七十多年来一直在诗坛上处于主流诗体的地位，涌现了一代又一代杰出的诗人，创作出了一批又一批彪炳史册的诗篇。与此同时，中国古代长期形成的旧体诗，是中华民族的艺术瑰宝，自有其强大的艺术生命力。正如《诗刊》主编杨子敏在《喜听老凤发新声》（1994 年 4 月 4 日《人民日报》）一文中所说：“国内写旧体诗词的人，不仅未见减少，反而日见增多，从古稀老者，到不足二十岁的年轻姑娘，队伍之大，超乎意想。”毫无疑义，新诗和旧体诗之花，仍将以其特有的美色与芬芳开放在诗歌园地上。那么，作为新诗和旧体诗联姻的产儿的“新古体诗”，由于身上流贯着两者的血脉，避其所短，扬其所长，这朵新花必将开放得更加艳丽夺目，香气袭人。

我对“新古体诗”试验会取得成功充满信心，一是它顺应了时代历史前进的流向，二是它依据了诗歌自身发展的内部规律，三是它既有体式的构想、理论的阐释，又有不断涌现的优秀作品的支撑。这同以前对“新格律诗体”的探讨明显不同。“新古体诗”或“新古诗”的主要倡导者贺敬之与范光陵，均佳作连篇，影响很大。青岛出版社即将出版的《贺敬之诗书集》，收入了诗人从 1962 年至 1993 年三十一年间所创作的“新古体诗”数百首；由冰心老人题签的《爱心集》（副题为《范光陵博士新古诗》）一书已经在台问世。这都是值得海峡两岸诗坛热烈庆贺的事。

任何新生事物都不可能是尽善尽美、无瑕可指的。作为一种新的诗体，更需要长期反复的实验与探索。我遥想，“新古体诗”中“古”字自然消解之日，大概就是真正回应一代伟人、诗豪毛泽东的呼唤之时，就是一种真正体现中华民族风格、民族气派和时代精神的“新体诗”之花争妍怒放在华夏大地之时。它当然只不过是诗歌百花园中的一朵。

（原载《诗刊》1995 年第 5 月号）

余墨飘香见精神

——贺敬之“新古体诗”略论

徐荣衔

贺敬之是我国当代诗坛上久负盛名的诗人。1945年他在延安和丁毅等人集体创作了我国第一部新歌剧《白毛女》，同时创作出数量可观的抒情短诗。50年代后期，他创作的《回延安》、《桂林山水歌》、《三门峡歌》等诗篇，运用了民歌形式或借鉴传统诗词艺术，通过对革命圣地和自然风物的歌咏，表现了时代的美好与高尚，在思想与艺术上都达到了一个新高度。而他的长篇政治抒情诗《放声歌唱》、《东风万里》、《十年颂歌》、《雷锋之歌》等作品，则以饱满的革命激情，吞吐大荒的宏伟气势，歌颂了祖国和人民。贺敬之把“鲜红的生命”“写在鲜红旗帜的皱褶里”。他的政治抒情诗凝聚了一个民族的激情和理想，唱出了时代的最强音。这些诗篇借鉴了外国政治抒情诗中“楼梯诗”的形式，并将中国古典诗词中的意象、意境、对仗、排偶和韵律，以及民歌中某些成分融入其中，形成了自己的抒情风格。贺敬之是开一代诗风的革命诗人，他的抒情诗代表了一个人们难以忘怀的风雷激荡的时代。

20世纪五六十年代，贺敬之的新诗风靡全国，他被誉为“中国的马雅可夫斯基”。十年“文革”他停止了歌唱。粉碎“四人帮”之后，贺敬之曾经激情重燃，发表了《中国的十月》、《“八一”之歌》，此后，他几乎不再去写新诗了。经历了人生的磨难和世事的浮沉，诗人的歌喉并没有嘶哑，即使是在复出后身负重任的日子里，他依然和诗有着不解的情缘。只是因为特定的生活感受和特定的写作条件，诗人选用了“合适的较固定的体式”，由新诗创作转向了旧体诗的写作，因为这样更易于“凝聚诗情”，能够更快地“出句成章”。

在新的历史时期，贺敬之成功地转换了诗歌的表现形式，他采用“或长或短、或五言或七言的近于古体歌行的体式”（《贺敬之诗书集·自序》），记录历史大变革时期的所见、所感、所思，对改革开放所取得的辉煌成就，作了热情的肯定和由衷的礼赞。从1976年到1992年的十多年间，他多次回过故乡山东，访问过日本，还曾有延安、西安、深圳、珠海、内蒙古哲盟、吉林延边以及川北等地之行。所到之处，诗思潮涌，慷慨赋写出了新的篇章。

《贺敬之诗书集》中的近二百首“新古体诗”，有着鲜明的思想艺术特征。

首先，这些诗作不仅是时代变革和社会生活的艺术写照，也是诗人意志、情感的自然外化，是诗人理想和人格的生动展现。诵读这些瑰美的诗篇，我们看到了一个无产阶级革命诗人广阔的胸怀、豪迈的气度、超拔的意志和丰盈的感情。人格美决定诗格美，在中国古代诗论中，也一直强调“诗品出于人品”（刘熙载《艺概》），“器大者声必闳，志高者意必远”（范开《稼轩词序》），“有第一等襟抱，第一等学识，斯有第一等真诗”（沈德潜《说诗晬语》）。一个优秀的诗人，往往通过人格写照，塑造出高尚的灵魂。

贺敬之的“新古体诗”，来自真实，出自真心，正如诗人自己所说，诗中“既有我之所思”，也有“我之所信”，而且百折之后，“信无稍移”。他在《志贺岛感怀》中写道：“昆仑冰雪化，黄河翻新波……赤水通四海，再写长征歌。”在《谒黄陵》中写道：“不问挂甲树，但听征马鸣。指南车又发，心逐万里程。”在《应题居庸关路居处》中写道：“关山花如云，海天壮客心。居庸岂庸居？老骥洗征尘。”这些诗句，都真实地吐露出诗人在新的历史时期壮心不已、昂扬奋发的心情。即使是在人生境遇多次发生逆转的日子里，诗人也矢志不渝，充满了乐观和自信。他在1987年写的一首《戏赠某同志罢某官》中写道：

解枷非解甲，归田岂归天？
南山歌《南泥》，马鸣自跨鞍。

感怀自己的人生经历，贺敬之也曾几次被“解甲”“归田”。但是作为一个自觉的革命战士，他的耳畔总是有萧萧马鸣，随时都准备再上征鞍。“马鸣自跨鞍”极其形象地抒写出了一个无产阶级战士高度自觉的奋进精神。他曾经说：“无论革命道路的崎岖或者个人的任何委屈，都要求自己绝不失掉对革命的信心和热情。我的感觉是，能够打垮诗人的只有自己，不能遏制的是他为人民歌唱的热诚。”（《贺敬之访谈录》，见《诗刊》2001年第6期）的确，贺敬之每写一首诗都是“灵魂的重新冶炼，情感的高度释放”。他的“新古体诗”同他的新诗一样，都显露诗人富有个性特色的性格与气质，包蕴着诗人深厚的人格力量。

其二，贺敬之的“新古体诗”寄情山川风物，与大自然相通相融。诗人目接八荒，驱遣万象，用一支如椽的大笔，描绘出了祖国河山的壮美雄奇。长白林海、漓江碧水、神女烟霞、桐庐沉钟……诗人把一帧帧山水画卷生动地展现在读者面前，同时也在与天地自然的沟通中熔铸进自己炽热的情感，抒发出高远的襟抱。如果说20世纪50年代和60年代他的《三门峡歌》、《桂林山水歌》淋漓尽致地表现出了青年诗人对祖国河山的纯美恋情，那么，三十年后诗人的《游小三峡》、《游七星岩、月牙楼述怀》、《游石林》、《富春江散歌》等诗作，则抒写出了诗人饱经忧患之后，面对大自然的壮烈情怀。贺敬之在诗作中极少有单纯的景物描写，在诗人的笔下山、水、风、云、飞、潜、动、植，都不再是纯粹的自然客体，而是濡染着诗人浓郁主观情感的人化了的自然。作者从生活实践出发，从自己的独特感受出发，“脱弃陈骸，自标灵采”（焦闳《谵园集·与友人论文》），以自己的高见卓识和精妙构思，进行艺术创造。诗人特别善于托物寄意，精心选择最能够抒写自己心态的具体景物，通过比喻、拟人、象征等手法，在物态人化、静态动化的过程中推出新奇意境，从而显露出诗人非同凡俗的人文品格。比如备受读者称赞的《游石林》：“览史忆战阵，访滇游石林。挥杖指万象，走马阅千军。向天皆自立，拔地深连根。入林识战友，扣石听友心。结群基一我，众我成大群。主客二体合，个群互为存。天运此正轨，人运亦同轮。……感此热血沸，挽石入人林。”作者托物寄怀，巧妙比兴，将生动形象的景物描写与情感抒发交织在一起，字里行间意气飞动，洋溢着催人向上的精神。诗人“扣石”而问，“挽石入人林”，从石林悟出社会哲理和人类发展的规律。诗中蕴涵着深刻的哲理和优美的情思。又如《游七星岩、月牙楼述怀》中写道：“我生历忧患，沧海见横流。未折夸父志，老梦仍壮游……思悟七星岩，情解月牙楼：天行回斗柄，大亏盈开头。莫叹路漫漫，艰险固必由。杖弃渴未死，追日有飞舟。今再捧漓水，同君析离愁。”诗人以放达乐观的精神正确看待历史进程中的艰险与曲折，并从月食、月相的变化和“夸父追日”的神话传说展开精彩的议论。作者不用单纯写实的手法，而是以意驭象，打破时空界限，跳出视野范围，充分发挥主观创造力，描绘出符合自己思想情调和审美趋向的艺术境界来。

天风浪浪，海山苍苍，大自然是一部伟大的书，诗人是大自然之子。古今中外的诗人都从广袤无垠气象万千的自然界里寻求到丰美的珍宝，创作出了流光溢彩的诗章。同时，诗人又是自然的朋友和主人。“搜天斡地觅诗情”，“诗意留连重物华”（刘禹锡《鱼复江中》），在大自然温馨的家园里，诗人的创造力和个人性灵会得到最大自由的发展。自然景象作为人类精神生活的体现往往具有象征意义，诗人可以通过自然美的观照获得人格和情感的升华，从而更加自觉地追求人格结构的自我完善。读贺敬之元气浑成的描绘自然景物的诗章，我们会得到丰富的审美启示。

其三，贺敬之是诗歌形式的积极探索者。他的“新古体诗”显示出了诗人在改造旧形式、创造新诗体上作出的可贵的努力。我国的诗歌已有三千多年的历史，每个时代都有具有自己特点的诗歌形式，先秦时代主要是四言诗，汉魏六朝发展成乐府，后来成了五言、七言，一直发展到唐诗、宋词、元曲。当代诗歌还没有寻求到一种能够吸引广大读者的成熟形式和话语方式。一部中国诗歌流变史，总是以诗体的沿革为轴心的。鲁迅说：“旧形式是采用，必有所删除，既有删除，必有所增益，这结果是新形式的出现，也就是变革。”（《论旧形式的采用》）诗体的建设与发展，靠一代代诗人们创造性的努力。近年来，海内外华文诗歌创作中兴起了“新古体诗”热，并推出了不少佳作。范光陵先生说，这种新形式“就文化性而言，尽量保留中国诗的传统优良部分，不要斩断民族文化、地区文化的脐带；就时代性而言，要用现代人的思想、口语和情感来写”（《诗必传统而后创新》）。这无疑是一种颇有意义的实验。贺敬之的“新古体诗”，张扬时代精神，重视诗思、诗情、诗意和诗味，同时又“不拘旧律”，在句、韵、对仗以及平仄诸方面进一步发现新的规律，作了推陈出新。而就诗作构思的紧凑、语言的精练、节奏的鲜明而言，则保留了古诗和民歌的长处。例如他的《访刘公岛》：“来访刘公岛，往矣甲午云。永念邓管带，长忆丁军门。海涌英雄血，山铸民族魂。壮哉登故垒，截印声犹闻。”他的《登延安清凉山》：“我心久印月，万里千回肠。劫后定痂水，一饮更清凉。”这些诗作都“不尽遵律”，但却写得境界高远，诗意葱茏，语言流转。毫无疑问，这样的“新古体诗”便于广大读者吟诵和记忆。

“历难更开新诗境，黄河九曲诗汛来。”（《赠诗友》）贺敬之的“新古体诗”是其诗风的新发展，也是诗人对中国当代诗坛的新贡献。

（原载《中华诗词》2002 年第 9 期）

古体新裁面面新

——试论贺敬之"新古体诗"

张安民

歌剧新翻响华夏，新诗高唱遏行云。

老来犹是创新手，古体新裁面面新。

这是我近来研读贺敬之的"新古体诗"并结合其创作历史而写的七绝。现在就其"古体新裁面面新"试论之。

古体创新

著名诗人贺敬之本来是以歌剧和新诗著称的，而中国文联出版公司于1996年推出的《贺敬之诗书集》收入的200多首却都是"新古体诗"，于是在诗坛很快引起震动，并发生了很大的影响。

贺敬之对"新古体诗"虽然在1962年就有所尝试，但是大量写作还是1976年"文革"结束以后。其特点之一，就是或长或短、或五言或七言的近于古体歌行的体式，不拘旧律，而用宽律，节拍（字）整齐，严格押韵（用现代汉语标准语音），同时还有部分律句、律联。请看诗人写于1976年12月的《赠诗友》："诗心未负江山债，诗人非属江郎才。历难更开新诗境，黄河九曲诗汛来。"这就是诗人"不拘旧律"而用"宽律"的实践，从整体上表现出来的则是诗味浓郁，诗情昂扬。

诗人在其《诗书集·自序》中说："发挥形式的反作用，即选用合适的较固定的体式，以便较易地凝聚诗情并较快地出句成章。"诗人在这里所说的"合适的较固定的体式"，就是"新古体诗"，其优越性就是能够"较易地凝聚诗情并较快地出句成章"。这是诗人经过实践的深切体会。"桂林山水甲天下。”诗人贺敬之曾三写桂林，写的时间不同，所用的诗体也不一样。他第一次写的《桂林山水歌》是新诗，1959 年 7 月写出初稿，1961 年 8 月改定；第二次写的《重访桂林》是“新古体诗”，共 6 首，时间在 1986 年 12 月；第三次写的《再访桂林》也是“新古体诗”，共 6 首，时间在 1988 年 4 月。三次对比，从时间和数量上来看，写“新古体诗”确实是能够“较易凝聚诗情并较快地出句成章”的。至于质量，则各有千秋。

贺敬之的“新古体诗”多为短章。《贺敬之诗书集》共收入 241 首诗（组诗内凡有小标题或序数而又相对独立的，各以 1 首计）。其中 4 句或 8 句 1 首的，228 首，占 94.6%；12 句或 16 句 1 首的，6 首，占 2.4% 强；20 句以上至 44 句 1 首的，7 首，占不到 3%。这种以短为主、短中长结合的诗是“适应时代”的。现在我们正处于科技高新化、信息网络化、经济全球化和世界多极化的新时代，一切都讲求快节奏，诗词当然要以短而精为主，这样才能适应新时代的新要求。

梁代刘勰在《文心雕龙》中说：“歌谣文理，与世推移”，“文变染乎世情，兴废系乎时序”。清代诗论家赵翼论诗：“诗文随世运，无日不趋新。”“满眼生机转化钧，天工人巧日争新。”中华诗词学会在《21 世纪初期中华诗词发展纲要》中也说：“创造新的诗体，是时代的呼唤和诗歌自身的必然规律。”贺敬之是在毛泽东《在延安文艺座谈会上的讲话》的精神哺育与培养下成长起来的老诗人，数十年以来，他在写歌剧、写新诗当中，时时注意向民歌学习，向古典诗歌学习。从 20 世纪 60 年代到 90 年代，他总结自己创作歌剧、新诗的经验，吸取民歌、古典诗歌的长处，审时度势，适应时代的要求，毅然创作“新古体诗”，并且取得了可喜的成绩。他和五四新文化运动以来有些新诗人“勒马回缰写旧诗”不同，他所写的“新古体诗”，正如刘勰在《文心雕龙》中所说的，是“异代接武”，“因革以为功”的，因而是一种创新，是对当今诗坛的一大贡献。

时代折光

诗体的改革是重要的，而更重要的还在于内容，在于形式和内容的谐调一致。贺敬之在其《诗书集·自序》中说：“它们（收入《诗书集》的“新古体诗”）从某一侧面、某一片段多少反映了若干年来，特别是这十多年来我的某些经历，多少记录了我在这段历史大变革时期某些方面的所见、所感、所思，从而多少显现了一丝半缕的时代折光。”

现在我们就来鉴赏他诗中的“时代折光”——

“宝岛无觅垃圾尾，桂山史留英雄碑。情蘸南海如泼墨，写我百年两腾飞!”这是诗人于1986年6月写的《访桂山岛》。诗的前两句写了厚重的历史。桂山岛处于珠江口与香港之间，原来异常贫穷，海流常浮香港垃圾堆聚于此，故岛名旧称“垃圾尾”。后来为什么又名桂山岛呢？原来1950年进行的万山群岛战役，是我们解放中国大陆的最后一个战役，在这一战役中，我机帆木船“桂山号”在垃圾尾海面击溃了国民党舰群。解放后立纪念碑于此岛，并改岛名为“桂山岛”。党的十一届三中全会后，桂山岛在改革开放方针的指引下，经济发展出现腾飞趋势，成为广东全省两个文明建设的先进单位。诗人抚今追昔，心潮澎湃，很快由历史的厚重感发而为现实的使命感，从内心深处迸发出下面的诗句：“情蘸南海如泼墨，写我百年两腾飞!”“两腾飞”的大业是中华民族几代人梦寐以求并为之百折不挠、艰苦奋斗的；也是完成祖国统一、维护世界和平与促进共同发展的最为重要的基础；因此，贺敬之在这里所言之志、所抒之情，既是诗人自己的，也是整个中华民族的。

“烟雨楼头南湖心，长河水源白云根。窗开万厦须两手，挽此云水净埃尘。”这是诗人于1992年5月所写《富春江散歌》的第15首。从中可以看出诗人是一位清醒的革命者，同时又是坚定的改革开放者。改革开放是社会主义现代化建设的必由之路，但是，在这个路程当中，“窗开万厦须两手”，一手引进对社会主义现代化建设有益的东西，一手净化资产阶级自由化的“埃尘”。我们有共产党诞生地南湖和晚唐诗人方干故里“白云源”的“云水”，是完全可以做到这一点的。正如诗人于1985年在《访黄岛开发区》所写的：“开怀尽纳五洋水，炯日长龙善澄污。”

“名之行之思之江，绝信折水富春光。”这是诗人于1992年5月所写《富春江散歌》之二的前半首。钱塘江因江流曲折状如“之”字，所以又名之江。毛泽东在《新民主主义论》中说：“二十年中有三次曲折，走了一个‘之’字。”社会主义现代化建设事业是前无古人的伟大事业，其过程不可能是笔直的。但是，“绝信折水富春光”，正如江泽民在十六大报告中所说的：“我们党和我国人民经历了艰难曲折，积累了丰富的经验，愈益成熟起来。”“中华民族的伟大复兴展现出灿烂的前景。”

当今世界，文化与经济和政治相互交融，在综合国力竞争中的地位和作用越来越突出。在当代中国，发展先进文化是要“面向现代、面向世界、面向未来”的。贺敬之的“新古体诗”是反映了这一精神的。他于1986年8月在

《访中朝边界崇善乡》一诗中写道："江山有界情无疆，感此长白第一乡。图们江月共夜话：律成、雪松、延水长。"崇善乡在长白山脚下，有"长白第一乡"之称，南临图们江，对岸即朝鲜人民民主主义共和国。原为朝鲜人的郑律成在抗日战争时期到我国延安定居。他是著名的革命音乐家，为《八路军进行曲》谱曲。他还写有《延水谣》，中有"延水长"句。其夫人丁雪松，汉族人，外交家。真是"江山有界情无疆"啊！1979 年，贺敬之率中国京剧团出访日本，先后写诗 19 首，被誉之为"诗歌外交"。一方是"心贮黄河水，殷勤灌东园"；一方是"樱花曲终思不尽，秋雨绵绵意更浓"；合起来，则是"情通千里涛"，"友谊更知心"。通过这样的"诗歌外交"，为进一步巩固和发展中日和平友好关系作出了新的贡献。

贺敬之在其《诗书集·自序》中说："比起以往来，我更为自觉地注意到不仅见喜，也要见忧；不仅见此，也要见彼。"他写于 1992 年 5 月的《富春江散歌》之十就是这一诗思、诗情的表现："云天今古共此情，山结桐庐江沉钟。桐君隐名留药在，悠悠我心荡钟声。"桐君，古代民间药物学家，在富春江畔桐庐县城东山桐树下结庐而居，人名桐君，山亦名为桐君山。现在桐君山上桐君祠内有同仁堂等全国几大中药店联合售药处。桐君山脚下江水深处名桐君潭，相传潭下有沉钟一口。据《潇洒桐庐》书载：明嘉靖时常乐寺钟移置于桐君山上，倭寇入侵曾盗此钟，甫装船，钟忽自发轰鸣之声，寇大惊，弃钟逃去，钟遂沉入潭底。诗中的这个故事，发出的是警世的钟声：现在面对很不安宁的世界和艰巨繁重的任务，我们一定要增强忧患意识，居安思危，巧妙对应，做到："海虐风狂巍然立，长岛春在长岛人。"（《别长岛题留》）

语言清纯

诗的形式靠语言定型，诗的内容靠语言表达。贺敬之诗的语言，集民间语言和书面语言为一体，清澈如水，纯正如金，和诗的形式与内容相生相融，相得益彰，呈现出了显著的特色。

吸收当代口语入诗，是贺敬之语言的特色之一。"名同陈胜大泽乡，曾布地雷摆战场。今日农友新披挂，宝石将军葡萄王。"这是诗人于 1988 年所写《访平度》的第三首。胶东平度县大泽乡盛产葡萄和大理石，一些从事这两项生产成绩突出者被群众赞誉为"葡萄王"和"大理石将军"。诗人把这两个当代群众口语吸收进来，凝成"宝石将军葡萄王"的诗句，使人读起来感到通俗而又亲切。不仅如此，平度县大泽乡与秦末陈胜、吴广等农民领袖起义于安徽蕲县（今宿县）的大泽乡同名；而平度县大泽乡山区民兵在抗日战争中大摆地雷阵，战绩辉煌，许多人被胶东军区授以“爆破大王”、“民兵英雄”等称号。在这些历史背景之下，同样口语化的“今日农友新披挂”，把历史和现实联系了起来，使人感到自然而又很有风趣。

为了使诗的语言能够多姿多彩，贺敬之经常使用多种艺术表现手法。

顺连，是贺敬之以前写歌剧和新诗时常用的艺术手法，现在用来写“新古体诗”同样用得很成功。“山山金无尽，人人心胜金。心赤真招远，万里招我心。”这是诗人于1988年写的《访招远金矿》之一，其中顺连手法就用得很自然。第一句中的“金”是招远山中存在的物质，被顺手用来在第二句中形容招远人的心比“金”还珍贵；第二句中出现的“心”是人的最重要的器官之一，到了第三句“心赤”亦即“赤心”就成了“招远”客的重要条件，到第四句就从“万里”之遥把诗人的“心”“招”来了。全诗把“金”与“心”联系起来写，顺手紧连，说明“金”可贵，“胜金”之“心”更可贵，写得恰当自然，含义深刻，富有启发性。

拟人，将事物人格化，也是贺敬之常用的艺术手法。“秋风未闻寂寞叹，春光自持无媚颜。君怀殷红粒粒子，剖心待我园中园。”这是诗人于1988年写枣庄万亩石榴园的《四园诗》之三。一、二两句已经把石榴当作人来写了，第三句的“君”更把石榴人格化了，诗人是枣庄人，“君怀殷红粒粒子，剖心待我园中园”，真是“游子归来情倍亲”啊！诗人写于1982年的《皇甫村怀柳青》之一末两句云：“父老心中根千尺，春风到处说柳青。”一个“说”字，把“春风”人格化了，形象地说明柳青活在父老乡亲们心中，真是一往情深，亲切感人。

贺敬之在“新古体诗”中还常用属于宽对的对仗，用得很自由，也很自然。他1988年写的《再访桂林·登叠綵山忆旧游》云：“闻鹤未攀仙鹤洞，忆月不记明月峰。昔游何解此山意？叠綵原随险处增。”叠綵山上有仙鹤洞、明月峰，但是诗人“昔游”叠綵山时却“未攀”或“不记”，因而也就难解山名“叠綵”之意了；从末句看，诗人这次游叠綵山是“攀”了仙鹤洞，“记”了明月峰的，因而也就深切地懂得了“叠綵原随险处增”的“此山”之意了。开头的对仗，两两对举，巧设悬念，对后两句既有蓄势作用，更加深了末句的深刻含意。“挥杖指万象，走马阅千军。”“峥嵘井冈路，风雨天安门。”这是诗人于1989年3月写的《游石林》中的两个对仗句，形象、深刻地描绘了中国革命、建设的非凡气势和艰辛道路，更加突出了“中华再崛起，大振我国魂”的民族精神。

写诗有时是要用典的，贺敬之写“新古体诗”也经常用典。而用典翻新，古为今用，则是他的又一个特色。

“逝者应使生者忆，后人当越前人迹。昭陵一望长安道，万里今非旧马蹄。”这是诗人于1982年写的《昭陵》。昭陵是唐太宗李世民的墓。唐太宗在历代封建皇帝中，虽然“稍逊风骚”，但是他的武功还是比较突出的，是“逝者应使生者忆”的。“昭陵一望长安道”，昔日唐太宗李世民的“旧马蹄”虽然也跑出一路雄风，然而，那是不可能跑出社会主义新时期的“万里”新长征的。“后人当越前人迹”，在中国共产党领导下的中国人民，定能“万里”腾飞，实现中华民族的伟大复兴。

“南江新岸楼外楼，红颜红心慰白头。共话文明双飞翼，喜望利州亦义州。”这是诗人于1993年秋写的《咏广元》之四，前三句写的是川北广元市的新面貌、新气象，最后一句写的是诗人的希望，用了典。广元古称利州。“利”与“义”是争论了两三千年的大问题。在《孟子》一书上，开头就是：“孟子见梁惠王，王曰：‘叟！不远千里而来，亦将有以利吾国乎？’孟子对曰：‘王何必曰利，亦有仁义而已矣。’”在他们看来“利”和“义”是不能统一的。其实，那都是片面的。现在我们在坚持改革开放，不断完善社会主义市场经济体制的条件下，强调物质文明和精神文明两手抓，做到两个文明双丰收，就实现了“利”与“义”的统一。正如一副市场楹联所写的：“友以义交情可久；财从道取利方长。”“喜望利州亦义州”的希望，早已或正在变成事实，让我们“共话文明双飞翼”吧！

（原载《心潮诗词》2008年第4期）

谁更顶天写真诗

——读贺心得之二

金绍任

一

古往今来，写泰山的诗可以堆成一座山，其中有八首我至为钦佩叹服。八首都是五言古体。第六首是李白42岁名震朝野前不久写下的《游泰山》组诗："天门一长啸，万里清风来"，"精神四飞扬，如出天地间"，"举手弄清浅，误攀织女机"等，真是只有谪仙才写得出的神飞之句。第七首是杜甫成名之前，24岁举进士不第后，漫游齐赵一带时所作的《望岳》："会当凌绝顶，一览众山小"，何等开阔的境界，超卓的气势！第八首是贺敬之名满天下之后，在有些人断定他已"廉颇老矣"的63岁（1987年）之年，所作《故乡行》十五首中的《登岱顶赞泰山》，全诗二十字：

几番沉海底，万古立不移。岱宗自挥毫，顶天写真诗。

在中国的诗歌天地里，自然的人化程度极高，日月星辰山川草木等都富有人情味。比如山，可以成为诗人的知己，与诗人欣然互看（李白《独坐敬亭山》："相看两不厌，只有敬亭山"）；可以赏识诗人的风度（辛弃疾《贺新郎》："我见青山多妩媚，料青山见我应如是"）。辛弃疾的一首《沁园春》更是把山形容得淋漓尽致，令人称绝：先是将山比作奔腾的万马："叠嶂西驰，万马回旋，众山欲东"，然后又以人拟物，把晨雾中的群峰写成是谢家子弟，司马相如和太史公："争先见面重重，看爽气朝来三数峰。似谢家子弟，衣冠磊落；相如庭户，车骑雍容。我觉其间，雄深雅健，如对文章太史公。"写山如此，可谓登峰造极了，不料八百年后，在这似乎早已告别了古诗境界的20

世纪末，贺敬之又写出了古体诗的绝妙意境。他将泰山写成一位饱经沧海桑田之变矢志不移的英雄："几番沉海底，万古立不移"，更奇特的是，还将泰山写成了一位豪情万丈的大诗人："岱宗自挥毫，顶天写真诗。"

鲁迅先生说过，到了唐代，好诗已经作完。这句话，恐怕我们敬仰的先生说得太绝对了。好诗永远作不完，好的旧体诗也永远作不完。事实上先生自己在很年轻的时候就写出了必将垂范千秋的《自题小像》，毛泽东更是使中国传统诗词达到了前古无人的雄奇高度。鲁迅和毛泽东都是从小就写惯旧体诗的，而自幼就一直写新诗，近40岁才开始学写古体诗的贺敬之，年届花甲之后终于只以一些常用字词，就为几千年的古体诗增添了新警句、新意境，这对于今天爱写旧体诗的人，对于所有爱写诗的人，都是有力的启示和鼓舞。

一些精通格律者要求写旧体诗一定要写成近体，一定要符合某一历史时期的诗韵和诗律，写词曲则要合于词谱和曲谱。赵翼《瓯北诗话》说："青莲（李白）集中古诗多，律诗少，五律尚有七十余首，七律只十首而已。盖才气豪迈，全以神运，自不屑束缚于格律对偶，与雕绘者争长。"当然，真能做到严遵律谱，如闻一多说的"戴着脚镣跳舞"，作品会具有特定的形式美，作者也锻炼了敲字锤句功夫，去尝试是有益的，但是万万不可画地为牢。

贺敬之是20世纪中国豪放派新诗的领军人物，他的新诗神姿仙态而又如情似梦，以致人们顾不上注意他的古体诗。我在近二十年前读了他写桂林的几首古体诗，觉得清新自然，意味深长，但是比不上《桂林山水歌》那样给人以奇峰如林之感，于是加固了原有的一种思维定式，就是认为旧体诗已是过时的形式，现代人的才华在新诗中方可挥洒自如，而不大可能在古人的强项领域闪射异彩。我在去年秋天写的"读贺心得之一"即《贺敬之：长青的文学大树》（发表于《诗刊》2005年2月号上半月刊）一文中，所列举的贺敬之最有特色的作品只有剧本和长短新诗。今年春节后，我细读《贺敬之文集·新古体诗书卷》，惊异地接连发现超拔之作，于是为自己在那篇带有总体评价性质的论文中没提到他的新古体诗深感惭愧！现在和以后一定要加以补正，方能心安。

兹重列贺敬之最有特色的作品如下：

歌剧：《白毛女》

新诗：长诗　《放声歌唱》、《十年颂歌》、《雷锋之歌》

短诗、组诗　《跃进》、《乡村的夜》（诗集）、《回延安》、《三门峡歌》、《桂林山水歌》、《西去列车的窗口》

新古体诗：《访灵渠》、《登岱顶赞泰山》、《富春江散歌》、《登武当山》、

《咏黄果树瀑布》、《咏南湖船》、《怀海涅》

"顶天写真诗"既是生动的描写句，又是透彻的哲理句。贺敬之是写泰山，而他自己的创作境界也正如此。多年来我反复思考：为什么贺作会有如此恢弘的气势？后学者应当怎样努力，才能学到他的气势，使自己的作品也具有拓展襟怀、升华灵魂的力量？当然这个问题并不神秘，但是很难用几句话说得既清楚又有力。一发现"顶天"句，我如获至宝，因为它一语道破，为我多年的思索提供了最精彩又最精炼的答案。

好的婉约诗也是真诗，写闲庭落花、草木霜露、儿女笑语和愁绪，都是对人的美好本质的描绘，都对人的心灵有净化作用。婉约诗侧重写静态的、微观的美，豪放诗侧重写动态的、宏观甚至宇宙观的美，比日常生活有更开阔的视野。我曾写过一首小诗表达登山的感受：

一样江山一样天，登高四望何壮观！欲知世界真容貌，立足须高眼须宽。

我由衷佩服贺敬之以最大的气魄，最少的字，还以很生动的形象点明了"立足须高"应当高到什么程度："顶天"——达到"天"的高度。

在世界最发达的几种语言中，华语最富于文学表现力，是最诗化的语言。华语的"天"字就是一个例证，它不但内涵和外延都无限丰富宽广，而且把很多抽象的概念形象化了，如"天真"、"天才"、"天理"。这里只提与本文论题密切相关的几种释义：

天是人民。《尚书·泰誓中》及《孟子·万章上》："天视自我民视，天听自我民听。"《史记·郦食其传》："王者以民人为天，民以食为天。"

天是祖国。《后汉书·窦融传》附窦宪："振大汉之天声。""天声"即祖国声威。今天，我们用"祖国高于一切"来表达一个共同的信念。"高于一切"者为天。

天是宇宙，是大自然的总称。

天是真善美的象征，是正义、公平的体现者，是最高的境界等。

中华民族所形成的天的观念实际上是对人的本质的确认。

在贺敬之的诗中，"小我"与"大我"是融为一体的。"大我"即人民、祖国。贺敬之的全部创作都是站在人民和祖国的高度上，都是"顶天写真诗"。

黑格尔指出："只有在它和宗教与哲学处在同一境界，成为认识和表现神圣性、人类最深刻的旨趣以及心灵的最深广的真理的一种方式和手段时，艺术才算尽了它的最高职责。"（《美学·全书序论》）我们是无神论者，但我们钦佩黑格尔思维的深度。

以人类最深刻的思维来衡量，贺敬之的创作是尽了艺术的最高职责的。

二

要达到"顶天写真诗"的创作境地，除了要站在"大我"的高度，还得有浩大的气势。

贺敬之在诗歌创作上最大的贡献，就是充分地表现了中华民族伟大的复兴红日出海、喷薄万丈的气势。

在中国历史上，把"气"作为哲学、伦理学和美学概念，是战国时的孟子首先提出来的："吾善养吾浩然之气。"（《公孙丑上》）与他大略同时的庄子也多次论到"气"。庄子还创造了"大美"这一概念："天地有大美而不言。"（《知北游》）在《天道》一文中，庄子写道，舜对尧的"天王之用心"的评价是"美则美矣，而未大也"。"气"在东汉王充的《论衡》中也屡屡使用，王充认为"气"体现了的生命力充沛与否。南朝谢赫则在《画品》中提出了"气韵生动"的审美标准。

"气势"二字连用，最早见于西汉的《淮南子·兵略》："三军之众，百万之师，志厉青云，气如飘风，声如雷霆，诚积逾而威加敌人，此谓气势。"此词义古今一致，指充沛而强大的生命力的体现。境界极高和气势极壮的作品，则可以称为大美之作。

把气势作为评价作品的重要标准，完全可以成立，事实上人们早就使用这个标准。时至今日，我们的美学和文艺评论教材基本上搬用西方理论体系，而西方美学中根本没有"气"、"气势"的概念。我们应该像季羡林所提倡的，创立中国式的系统美学理论。

形成诗歌气势的因素有：强烈的感情，雄伟的抱负，奇特的想象，广阔的视野，富于感染力的人物形象和各种意象，激烈的动感，以及句式和诗行的不循常规等。强烈的感情是最关键的，有了它，仅仅几句话的短作也能形成气势，如汉乐府民歌《上邪》、李清照的《乌江》、田间的《坚壁》等。贺敬之的几首长诗则是上述全部因素汇成的急管繁弦交响乐。

写出有气势的诗不是很难的事，豪放派当然不在话下，婉约派也有不少人做到了。即使是一位不识字的村姑，在激动中讲出的肺腑之言，记录下来可能就是一首很感人的也很有气势的诗。但是只有豪放派的最突出的代表人物，才能充分表现出他的那个时代的气势，成为时代的歌手，民族的大诗人，如果他那个时代有气势的话。中外文学史上，真能有此成就的诗人为数不多，他们的作品都被视为全人类的珍宝。

要形成一代诗坛的整体气势，出现气贯长虹的大诗人，必须先有伟大的，或是剧烈动荡的时代。鲁迅在《摩罗诗力说》中列举的一位位欧洲狂飙式大诗人，都是涌现于资产阶级革命和民族独立战争的狂风暴风时期。没有十月革命哪有马雅可夫斯基。

中国历史上曾经有三个时期的诗坛豪气凌云：战国时期、盛唐和南宋。

战国是为中华的空前统一紧张进行物质和精神准备的阶段，是东西南北各方在经济、政治、文化和军事上激烈竞争的时期，也是百家争鸣的思想和学术的黄金时代。这个时期出现了中国历史上的第一个伟大诗人屈原（他最有气势的作品倒不是其代表作《离骚》，而是《天问》），也出现了伟大的思想家、哲学家和散文家孟子、庄子。历朝历代，直到今天和千秋万代以后，炎黄子孙都从他们的作品中汲取气势。

盛唐时期，中国在各方面都是世界的最高峰，出现了伟大的李白、杜甫和众多诗坛英杰。有了他们的歌唱，神州万里疆土永远浸透豪情。

宋代则复杂。那是一个落差巨大的时期。宋王朝的经济和军事实力仍然领先于世界，超过北方的游牧民族无数倍，文化发展程度更是有天壤之别，然而王室却出奇地昏愦懦弱，自毁长城，任敌欺凌。南宋尽管只剩下半壁江山，实力还是远远超出北方蛮子，凭着宋军的后勤装备和战术技术水平，只要任用岳飞、韩世忠、辛弃疾等挂帅北伐，便可势如破竹直捣黄龙。可临安小朝廷偏要重用汉奸，残害忠良，英雄徒唤奈何。辛弃疾、陈亮们只能栏杆拍遍，长歌当哭。深厚的文化积淀发为郁结的悲愤之气，直冲苍天。

此后的中国诗，就是八百年的一蹶不振。明代有世界领先之航的郑和下西洋，却没能产生一首响亮的歌。清朝前期出现了令西方人艳羡的黄金盛世，可那不过是古老大国的回光返照。长寿的乾隆大帝一生平均每天作诗一首以上，没有一首是闪光之作。天下士子和官员人人能诗，也不乏慷慨的心声，但总汇而成的，只是音量不大的风雨潇潇，再无石破天惊之响。

鸦片战争的炮声使中华民族陷入了悲惨屈辱的深渊，也惊破了东方巨人的昏梦，使他睁开眼睛，看到自己已远远落后于原先根本没放在眼里的西方人。

从此，中华民族的复兴拉开了序幕。辛亥革命、北伐战争、万里长征、抗日战争，复苏的巨人一步步地重振豪迈的气势，并且在众多的诗篇和歌曲中表现出来。从1949年开始，神州大地万象更新，全面锐进，亿万人民众志成城，进行着前人从来没有做过的极其光荣伟大的事业。不是地球上每个民族都有条件产生振兴之歌，来伴随自己崛起的。幸运的是，在20世纪的中国，有以毛泽东领军的传统诗词，有以贺敬之领军的新诗，不但诗起八百年之衰，而且写出了前人从未有过的磅礴气势。作品一经传布，诗中的气势就化为亿万人民心灵血肉中的气势，使我们这个英雄的民族更加无坚不摧，无往不胜。仅从文学创作这点来说，作为20世纪中国豪放派新旧体诗的领军人物，毛泽东、贺敬之对祖国乃至人类的贡献，超过一千个只会轻吟闲愁飘梦的才子。

要论证贺敬之这种创作手法，可以从其作品中举例说明。要论证其作品的气势，则怎样举例也无法到位，正如无法从黄河中舀起一两瓢水来展示黄河的气势。只能到壶口等处去亲身感受黄河，只能去感受贺敬之一首首飞动浩荡之作的全文。

时间过得越久，越容易找到贺敬之作品的瑕疵：内容上有这点那点的缺憾，形式上有这点那点的不足，然而时间过得越久，即使是心怀偏见的人，也越容易感受到贺敬之作品罕见的气势。这种罕见的气势是极其宝贵的。有了它，内容健康的诗文就如虎添翼，就是上乘之作。

我曾写过一首题为《黄河》的小诗，总共只有两句：

有人惊呼你水有沙泥
有人赞叹你一泻千里

赞叹，永远是我面对贺作的心态。

中华民族的复兴大业，在一度陷入几乎夭折的凶险之后，现在正以倍加强劲的气势赢得世界的钦佩。而现在的中国诗歌则需要走出低迷，重振雄风。我们的民族和诗歌的复兴之路都任重道远。可喜的是，诗坛上现在已经有了桂兴华、雷抒雁、王怀让、纪宇等顶天写真诗的杰出歌手。中华民族伟大的历史和伟大的现实决定了，以后肯定会有新的贺敬之，新的郭小川，新的李白，新的辛弃疾。

（原载《挥毫顶天写真诗》，作家出版社2006年出版）

贺敬之新古体诗简论

丁正梁

前言

贺敬之是我国现当代著名的文学家。由他主要执笔的新歌剧《白毛女》，新诗《回延安》、《放声歌唱》、《桂林山水歌》、《雷锋之歌》是众多文学爱好者所熟知的。1976 年进入新时期后，贺敬之长期担任文化宣传部门领导职务，工作需要他写了大量文艺理论著作，极少再写新诗。不过他采纳了另一种诗歌样式——新古体——创作了大量诗歌，是值得诗歌爱好者一读的。

一

何谓新古体诗？其诗体意义是什么？这是首先要明确的。

在《贺敬之诗书集·序言》里贺敬之曾作说明，他说他“用的这种或长或短、或五言或七言的近于古体歌行的体式，而不是近体的律句或绝句。这样，自然无须严格遵守近体诗关于字、句、韵、对仗，特别是平仄声律的某些规定”，“不同于近体诗的严律而属于宽律罢了”。[①] “或五言或七言”是指句式整齐的古体体式。在古体诗中还有杂言一类，字数多少不等，在参差不起句式中体现诗的旋律之美，李白就是写这类杂言古风的高手。收在《贺敬之诗书集》里的完全是句式整齐的五言、七言古体体式，《贺敬之诗书二集》则有了杂言古体，还改造了本属于格律诗的词曲体式，取其“特殊的语感、节奏、气氛和情势”，不受严格格律限制，这就成为一种新型的杂言古体了。贺敬之把运用这两类体式创作的诗歌统称为新古体是完全可以的，不必有什么异议。

之所以在古体前冠以“新”字，是因为古人运用古体写诗“几乎完全是

① 《贺敬之文集》第 2 卷，作家出版社 2005 年 1 月版，第 2 页。

古代散文的语法”①，“诗人们只是像作散文一样，字的平仄听其自然”②；而贺敬之是采用古体作基本体式，既用古体散文语法造句，也用现代散文语法。贺敬之本是写新诗的高手，在创作新诗时外国诗歌的形式，陕北信天游民歌，古典格律诗的一些手法他都借鉴过，现在采用古体不能不把这些因素带入诗中。总之，贺敬之是在试图创造一种以要求宽松古体体式为主而又能够容纳古今中外诗歌之长的诗歌样式，这是适应现代生活节奏极富弹性的诗体，这也是新古体诗不同于旧古体诗之处。

贺敬之为什么采用这种诗歌体式创作呢？这应当从五四以来诗歌发展谈起。

在五四精神鼓舞下，郭沫若学习美国诗人惠特曼自由体形式写出《女神》这个集子大部分，开创了自由体新诗占统治地位的时代。新诗取得的成绩当然不能低估，但是新诗太散太自由不成形难以让人记住，严重脱离汉语传统致使它脱离了广大群众，甚至出现了写诗的人比读诗的人还要多的讥评。

自由体新诗还受到了旧诗的严重挑战。毛泽东的诗词创作惊动中外诗坛，让人们对旧诗刮目相看。人们认识到五四以来对旧诗持否定态度是不对的。旧诗充分运用汉语的特点，扎根在民族传统之中，确实有新诗所不具备的优点，以至于新诗大作家郭沫若、臧克家晚年也写起了旧诗。现在写旧诗的人越来越多，甚至超过写新诗的人数。但是旧诗格律掌握之难在现代文化环境中尤其突出，一个青年能够熟练运用格律并能写出好诗来，恐怕需要十几年的光景，到那时恐怕已经失去写诗需要有激情的岁月。所以毛泽东说：“诗当然应以新诗为主体，旧诗可以写一些，但是不宜在青年中提倡，因为这种题材束缚思想，又不易学。”③ 说这话不久他又说：“我反正不看新诗，除非给 100 块大洋。”④虽发自幽默，却看出毛泽东已感到选择中国诗歌发展道路的艰难。

毛泽东对中国诗歌的发展曾提出“新诗要在民歌和古典诗歌的基础上发展，应当追求：‘精炼、大体整齐、押韵’”。那么具体说来这条道路应该如何走呢？

从古典诗歌中古体诗系统出发写新古体应该是一条宽广之路，因为它尊重汉语的特点，又避免严守格律的束缚，给人以相当的自由，又有容易遵守的限

---

①② 王力：《汉语诗律学》，上海教育出版社 1979 年 11 月第 2 版，第 495、380 页。

③ 《毛泽东书信选集》，人民出版社 1983 年 12 月第 1 版，第 520 页。

④ 转引自陈晋《毛泽东与文艺传统》，中央文献出版社 1992 年 3 月第 1 版，第 322 页。

制，又不至于因追求自由流于散漫。

事实上这种诗体已有人写得极为成功，请读下面几首诗：

砍头不要紧，只要主义真。杀了夏明翰，还有后来人。

——夏明翰《就义诗》

大雪压青松，青松挺且直。要知松高洁，待到雪化时。

——陈毅《冬夜杂咏·青松》

欲悲闹鬼叫，我哭豺狼笑。洒泪祭雄杰，扬眉剑出鞘。

——《天安门诗抄》

这三首流布甚广的诗并不属于近体诗的绝句，而是属于古体诗的绝句，它们无疑是天地间第一等好诗。陈毅是有名的元帅诗人，翻一下他的诗词集，集中五言、七言者，按近体要求不符，按古体要求恰如其分。陈毅也是较早主张写古体诗的，1962 年春节诗刊社举行座谈会，朱德、陈毅应邀参加，陈毅在会上发言说："我写诗，就想在中国的旧体诗和新体诗中取其所长，弃其所短，使自己写的诗能有些进步。

"五四以来的新文学革命运动，提倡诗文口语化，要写白话文，作白话诗，这条路是正确的。但是不是还有一条路？即：不按照近体诗五律七律，而写五古七古，四言五言六句，又参照民歌来写，完全用口语，但又加韵脚，写这样的自由诗、白话诗，跟民歌差不多，也有些不同，这条路是否走得通？"① 陈毅的发言几乎是给新古体诗的内涵作出了全面规定。他按这个主张写了不少诗，似乎没有得到毛泽东的注意，1965 年他将自己的《六国之行》这组七首五言诗送给毛泽东斧正，毛泽东只见每首八句含有一些入律句子，遂按近体诗的要求给修改起来，并致陈毅一信，信中说：

"你叫我改诗，我不能改。因我对五言律，从来没有学习过，也没有发表过一首五言律。你的大作，大气磅礴。只是在字面上（形式上）感觉于律诗稍有未合。因律诗要讲平仄，不讲平仄，即非律诗。我看你于此道，同我一

① 《诗座谈记盛》，见《诗刊》1962 年第 3 期。

样，还未入门。”①

于是陈毅在毛泽东及很多人心目中留下了对于律诗还未入门的印象。这实在是个误解，据陈毅留法同学回忆，陈毅早年就对黄庭坚、黄仲则下过功夫，他的旧诗写得更叫知音佩服，他还建议别人读谢无量的《诗学入门》②。说陈毅不读律诗讲究平仄是说不过去的。我认为毛泽东是把陈毅的五古当作五律去要求了，他只改了一首，“还很不满意，其余不能改了。”将七首五古改成五律，是大伤脑筋的，毛泽东只能如此了，后来也不知陈毅作何反应。

陈毅写五古七古的主张贺敬之应当是注意了的。今见贺敬之写的最早新古体诗，恰好是1962年诗歌座谈会后一个月，即广州歌剧话剧儿童剧座谈会后所写《南国春早》二首，这两首诗与1979年所写《访日杂咏·访大阪》一样极得陈毅诗神韵。

可以这样说在现代诗史上，写新古体诗是陈毅开其端，贺敬之继其后，他们是在郭沫若、毛泽东外走诗歌创作的第三条道路。

二

其实运用何种诗体并不是最重要，最重要的是写出无愧于时代的诗情，“诗人比任何人都应该是自己时代的产儿”③，我们仍然相信别林斯基这个鉴定诗人的标准。

贺敬之在建国后曾用新诗歌颂了毛泽东时代，现在则是用新古体诗全面反映了新时期以来走中国特色社会主义道路的合理性、艰巨性。这的确是社会主义在曲折道路上前进的时代，20世纪90年代初，国际共产主义运动遭受挫折，苏联解体，大多数社会主义国家纷纷易帜；国内树欲静而风不止，资产阶级自由化势力掀起一阵阵恶浪。贺敬之这个来自延安的革命者，当中国从1978年党的十一届三中全会开始战略转移，当邓小平宣布“我们把改革当作一种革命”④时，他处在文化宣传领导地位上，比一般诗人更敏感地感受到时代的脉搏。在改革开放的二十年中，贺敬之处在斗争激烈的文化界，他顶住来自上下左右的压力，无论是居庙堂之高，还是处江湖之远，都是坚持社会主义文艺方向，成为新时期党内优秀文艺领导者之一和文艺理论家。贺敬之诗歌创

① 《毛泽东书信选集》，人民出版社1983年12月第1版，第607页。

② 秋丰：《我所知道的陈毅求学时代》，1949年5月30日至6月4日《大公报》（上海）。

③ 《别林斯基论文学》，新文艺出版社1958年7月第1版，第219页。

④ 《邓小平文选》第3卷，人民出版社，第81页。

作由新诗转入新古体，写出了这一阶段他的情感世界，也成为这一历史时期的忠实记录，还是用别林斯基的话来说，“他的诗在我们社会历史发展的锁链中，是一个崭新的环节。”①

贺敬之这一阶段诗歌创作思想也发生了巨大变化。1979年贺敬之在为自己一本诗选写的序言中，对自己过去人生经历与写诗教训作过严肃反思后彻底解决了一个极其重要的创作思想，使他进一步认识到“歌颂光明和暴露黑暗，从来是一个问题不可或缺的两个方面。这不仅在无产阶级当权以前是这样，在以后也仍然是这样。我们理应大大地歌颂光明，但同时也必须勇敢地、准确地暴露和批判那些落后和黑暗的事物”②。歌颂光明与暴露黑暗并重，这是与写《放歌集》时创作指导思想最大的不同。

贺敬之在这阶段新古体诗里热情歌颂了党领导的改革开放事业。1979年他率领中国京剧团百人赴日本访问，来到周恩来诗碑下放歌“再诵‘蹈海’句，四化千帆发”。来到烟台看到整个山东像“神驼待飞饮碧海，向天大道此日开”。登上珠江口桂山岛，小岛今昔巨变引发他对改革开放事业产生的豪情，他高唱“情蘸南海如泼墨，写我百年两腾飞”。把新时期以来建设中国特色社会主义事业与毛泽东领导的创建新中国事业相提并论，认为这是一百年来中华民族两次腾飞，有同样重要意义。

翻开他的古体诗集目录，诸如“××行”、“××吟”组诗标题触目即是，工作需要贺敬之到过祖国很多地方，他像一个行吟诗人走在山水之间，他为祖国的山河描绘出一幅幅壮丽的图卷，山光水色也摄下了诗人的踪影。山水激发诗人豪情，诗人也为山水增色，山水因诗人题咏增添了文化内涵。在这些诗篇里诗人表现出他对祖国河山的热爱，也表现出他对这块土地前途的严重关切。《富春江散歌》组诗26首是其代表作，写于1992年5月，当时诗人重病后出院赴杭州疗养而有富春江之游。在这组诗中固然不乏“千里秀美复壮美”的描绘，然而字里行间流露出的是时事给诗人带来的忧虑，极少流连山水的欢乐。第三首为全组诗确立了基调：

平生总为山河醉，非酒醉我万千回。
三江澄碧今痛饮，不借韩囊岳家杯。

---

① 《别林斯基论文学》，新文艺出版社1958年7月第1版，第22页。

② 《贺敬之文集》第3卷，作家出版社2005年1月版，第229页。

这是以否定的方式点出自己的爱国情怀，其意是我的爱国之情不像岳飞、韩世忠借饮酒表现，而是借歌咏祖国山河去体现。诗中点出范仲淹的忧乐正是他内心世界的展示，合影时有人诵鲁迅“横眉冷对千夫指”诗句竟引发出他对资产阶级自由化势力绝不屈服的愤慨。他每到一个景点总能引出他对现实的关怀，诗思在历史—现实—未来中驰骋，他一边观赏山水，一边对古今正反人物给予评说，把山水诗写成了政治山水抒情诗。当时是，苏联刚解体不久，国内外敌对势力正甚嚣尘上，作为革命者的贺敬之没有多少游山玩水的闲情逸致，更多的是对国家前途、国际共产主义命运的关注，他的心头似乎被一块铅压着，一想到世界政治地图的变化竟然出现“泪如注，心如烛”的句子，简直是长歌当哭了！

可贵的是在组诗最后，诗人对未来仍表现出坚定的信念：

壮哉此行偕入海，钱江怒涛抒我怀。
一滴敢报江海信，百折再看高潮来。

诗人毕竟是共产主义者，他的忧患不同于封建社会进步的士大夫，他的这些写在中国大地上的诗是以中国革命作为凝聚点的，江山关切情怀的指向是未来的共产主义，他在《长白山天池短歌》中就写道：

半生常吟未深醉，纵有千喜与万悲。
为筹环球大同宴，来倾天池试醉归。

把贺敬之的古体诗每年创作数量作一统计，会发现1986年、1992年是两个高峰，两次高峰形成与国内外政治斗争形势密切相关，中国与世界的命运牵动着他的情怀，引出诗思，“愤怒出诗人”的命题又一次得到验证。1988年10月，诗人有回故乡山东枣庄之行，他已于去年12月被免去中共中央宣传部部长职务，一些宣传舆论阵地被资产阶级自由化势力把持着，狂热地鼓吹全盘西化的政治宣传片《河殇》正在上演，贺敬之写了《四园诗》这组诗，充满着对故园真挚的爱情，诗人对中国革命史、中国文化充分肯定，对一些崇洋媚外的论调嗤之以鼻。一系列事实证明了贺敬之的政治立场坚定正确，真理正义在他一边。

至此我们可以说，写《白毛女》时的贺敬之热情地迎接这场发生在中国土地上的革命，写出革命的必然性，在《放歌集》中他歌颂这场革命的崇高，新时期的贺敬之以马克思主义者的批判眼光审视着这场革命伟大而又艰巨，坚定地实践着他的创作理念。

还要看到诗人大部分新古体诗创作是在进入老年以后，这也决定了他们与诗人成名新诗不同。钱钟书有一句名言："一生之中，少年才气发扬，遂为唐体，晚节思虑深沉，乃染宋调。"① 说是名言是因为他揭示出自古以来诗人创作的一个规律，贺敬之也受这个规律的制约。较之于《放歌集》及以前新诗，新古体诗充满了理性色彩。本来贺敬之是一个擅长抒情的诗人，然而进入老年后，爱在诗中发起议论来，如在《游石林》一诗中他借景说理大谈人生观，阐述对个人与集体关系的正确看法，"结群基一我，众我成大群。主、客二体合，个、群互为存。"接着又批判起种种唯私论来。

他的一些说理诗写得十分精彩，充满着理趣，如：

黄山尽美恐非真，山川各异似才人。崂山逊君云入海，君无崂山海上云。

——《游崂山》

此境天生抑人生？相遇竟在不遇中。月观峰上观落日，日观峰下逢月升。

——《登泰山南天门即景》

《游崂山》应是观山水忽悟与文艺理论批评道理相通，遂产生一段如何评价任何事物的真理性的议论。诗人登泰山一口气写了6首诗，5首皆蕴藏可以言说的道理，唯这一首让人不易说明道出，又让人觉得诗味盎然，似乎流露出一种"禅意"来。在全部古体诗中，显示出哲人睿智处甚多，充满着辩证法的光辉。这些诗与宋代一些以理趣见长的诗放在一起，一点也不逊色。

进入新时期后贺敬之被选为中共十二大、十三大中央委员，两次任中宣部副部长兼任文化部代部长，这位十六岁就投身革命的"小八路"至今已有六十五年的革命生涯。进入老年的贺敬之成为党在文艺战线上的优秀领导，是一位久经风雨考验的革命家。他具备一般诗人所没有的高层政治体验，有一种

---

① 钱钟书：《谈艺录》，中华书局1984年9月第1版，第4页。

“仰观宇宙之大，俯察品类之盛”的胸襟与气概。他在泰山顶上写的“难阻日观峰上去，纵目万里海浪中”，是他老年这段人生经历的形象写照。他站在人生的日观峰上，有一种与天地万物合一的精神气魄，这些精神气魄则化为一首首新古体诗。

这些新古体诗题材极其广泛，咏怀、咏物、咏史，或写景、叙日、抒情，或说理论政评述时事。有顺利时的喜悦，也有遭受恶势力排挤产生的悲愤，总之一个人应当具备的喜怒哀乐都得到全面展示。

贺敬之要求“作为诗人，不是我们自己有多么了不起，而是我们用语言用声音多少写出了一个民族的振兴，多少从某一个方面写出了世界革命的历史进程”。① 贺敬之是带着巨大历史的责任感写诗的，他的感情总是与革命事业连在一起，集中有唯一一篇算是爱情诗的《洞房留影》，写他与夫人柯岩的婚姻经历，也是与时代“风雨声”相连，做了三十六载的夫妻与追求马克思主义真理同步！

完全可以说贺敬之的新古体诗是中国四分之一世纪的史诗。

三

贺敬之的新古体诗对诗歌艺术的贡献应表现在两个方面：一诗体，二诗法。

先谈诗体。

中国古典诗歌发展到唐代体制大备。明代高棅《唐诗品汇》、清代沈德潜《唐诗别裁》两个重要选本将唐诗划分七大类：五言古诗、七言古诗、五言律诗、七言律诗、五言长律、五言绝句、七言绝句。这种分类法已为明清以来一般学者所接受。前人分类根据是诗人常用诗体，不常用诗体如七言长律写的少也无佳作也就略而不论。然而五言古绝王维、李白、柳宗元等均有佳作，一概归到五言绝句内，失去独立诗体意义。

对贺敬之的新古体诗也作一下分类，统计结果是：四言古诗2首、五言古诗19首、七言古诗17首、错综杂言1首、五言古绝101首、七言古绝215首，还有所谓自度曲5首，共计316首。最值得注意是两类古绝共316首，占87.5%。

贺敬之大量使用古绝创作具有诗体建设意义。20世纪50年代末，学术界

① 《贺敬之文集》第4卷，作家出版社2005年1月版，第519页。

曾有一场关于诗歌形式的讨论，结果不了了之。其实诗歌形式的确立从来不是理论所能解决的，是创作实践才能回答的问题。贺敬之大量运用古绝写诗取得了成功，为解决中国诗歌形式交出了一份答卷。他的五言、七言两类古绝均有特色，下边试作比较说明。

五言接近自然语气，适于从容不迫叙事、描写与议论，故诗人遇重大题材，有重要理念习惯以五言古绝表现，如《登延安清凉山》、《咏老龙头》、《百年纪念》等。七言比五言多二字，易表现婉转曲折之情，其中《长白山天池短歌》、《富春江散歌》为其典范代表。贺敬之擅长抒情，所以七言多于五言竟一倍多。

诗人有时对同一题材各有五言、七言诗作，最易看出二者不同特色。如登泰山得诗6首，其中五言1首，七言7首。其五言《登岱顶赞泰山》云：

几番沉海底，万古立不移。
岱宗自挥毫，顶天写真诗。

完全是围绕泰山特点礼赞，侧重客观，诗人个性隐藏其后，而七言则是另一番气象，极力表现诗人的体验、感悟乃至于人格追求，如《日观峰上》：

望岳偏遇望人松，观日却上日观峰。
青松红日对我望，齐报骨坚心透明。

全篇不离诗人自我，完全是自我人格显示。

概括言之，贺敬之运用五言古绝侧重于再现客观对象事理，七言侧重于表现主观情趣；五言以意长取胜，贵质朴厚重，七言以情深取胜，以委婉曲折为美，贺敬之两类古绝写作积累了丰富经验，值得作诗者学习。

再说诗法。

为了较易地凝聚诗情，贺敬之创造性地使用了比兴手法。他每到一地常根据地名特点或地理特点生发诗意，如《题长春京剧团》：

满园花似锦，艺苑多新人。
长春有京剧，京剧能长春。

前两句是根据鲜花似锦与艺苑新人辈出的比喻关系造出的句子，是常言说常理，后两句则根据“长春”所蕴涵的意义与作者对京剧发展的希望，运用反复与顶真修辞格造出一个佳句。再回头看前两句岂不也包含着“永远是春天”的意义在内么！《访石花洞》则根据洞深愈下景愈佳特点，写出“欲探真美入下层，地心深与人心同”的妙句，当然妙句的获得非心系下层人民疾苦的革命者写不出，关键决定于诗人的思想境界，一个鱼肉百姓的贪官是梦不到这样诗句的。

抓住人名字特点引发诗情也是诗人爱用的手法。人的名字只是一个符号，取什么名无关大局，但是取什么名字却也寄托着长辈或个人的一种追求。大诗人屈原在《离骚》开头对父亲为自已取的名字大发议论，“正则”、“灵均”则确定了全诗的主题：为正义、公平而献身。诗人来到作家柳青墓前，想到他深入群众得到百姓好评，于是得出称得上千古名句：

父老心中根千尺，春风到处说柳青。

伟大的作家有此诗句盖棺定论，柳青一生足矣！

比起贺敬之的新诗用典也是新古体的显著特点。用典也是比兴手法的一种，不过是将比兴材料由草木鸟兽换成了人而已。用典适当可以把诗写得词约义丰，是将诗写得精炼不可缺少的手段。历史上宋代以后很有一些人写诗爱用典故以炫耀学问渊博，为人诟病，这种为用典而用典的做法是不可取的。贺敬之在诗中用典出于两个原因：一是为了批判错误思想倾向，不能不从历史中寻找经验与教训，以古往的精神和智慧作为感今、鉴今的重要资源，作为激发诗情诗思的重要触媒。① 二是新时期兴起的旅游热，前人遗迹成为观赏重点，诗人听到有关介绍后写入诗内也是很自然的。所以说贺敬之写诗用典是为表达革命思想需要，典故获得又大都非翻书本而来，这种用典是有别于古代书斋诗人的。至于加一些注释无非是将导游者的解说词移到字面上，对于大多数不能亲临其境的人，或亲临其境无暇记录的人，这些注释读起来不也是很有兴味的吗？

四

贺敬之的新古体诗部分已公开发表于全国一些报刊，1996 年中国文联出

---

① 《贺敬之文集》第二卷，作家出版社 2005 年 1 月版，第 553 页。

版公司出版的《贺敬之诗书集》收入了1993年以前的诗作，2005年《贺敬之文集》（二）（作家出版社）出版，是我们见到的收录最全的本子。

为了让更多读者读到贺敬之新古体诗重要篇章，我们搞了这个选释本，共选诗116首，实占全部三分之一强。为了方便具有中等文化水平的读者，对每首诗略作题解说明，对每首诗或作内容诠释，或作艺术阐释。

诗后注释根据《贺敬之文集》（二），为了便于一般读者阅读，对有些注释略作调整，尽量简明扼要。

（原文为《贺敬之新古体诗选释》序，该书由中央文献出版社2008年出版）

五、歌剧《白毛女》研究
（1945—2006）

鲁艺工作团演出《白毛女》

鲁艺工作团经多次修改数月排演之歌舞剧白毛女已开始演出。该剧系根据晋察冀民间传说写成。

全剧共分六幕：第一幕写恶霸地主黄世仁在除夕晚上强迫欠租佃户杨白劳立约，以十七岁的女孩喜儿顶租，杨白劳终因无力保证自己唯一的亲人而于夜间自杀，第二天杨白劳的尸首还没埋葬，喜儿即被黄世仁的走狗穆仁智拉出，这种谋杀勒索是黄世仁的家常便饭。第二幕写年幼纯敏的喜儿在黄世仁家当婢女受虐待和苦痛，并被黄世仁强奸怀孕，这时只有另一佣人张二婶同情她、安慰她。第二幕写黄世仁结婚前因怕门当户对的女家知道喜儿有孕，把喜儿关禁起来，决定要卖她出去，张二婶得悉黄世仁的阴谋，事先把喜儿放走了。第四幕写"我要活"下去的喜儿在荒僻的山洞里生了孩子，夜里出来找酸枣、洋芋、雪水吃，因之不能不偷庙里的供品。第五幕写喜儿因长久不能见太阳不吃盐，头发变白，身上也长白毛，这是她被当地传说为"白毛仙女"的原因，这时抗战爆发，人民盼望已久的八路军也到这里来了。第六幕写新的抗日民主政权建立起来了，农民在减租减息政策下得到解放，喜儿和她的孩子也被救出来了，封建恶霸黄世仁在群众一致要求下，判处枪决，走狗穆仁智徒刑三年，受到他们应得的处罚。该剧已演出七场，观众深受感动，有的同志竟看了五次，他们都认为此戏有深刻的教育意义。有的同志说："戏里演的，跟我以前的生活是一个样。"有的同志说："看了黄世仁欺侮杨白劳，我真难过，我觉得我像被枪打了一样。"而过去生长在城市里的同志却说："看了这戏，我才知道什么是恶霸。"有些从抗战以来便一直在边区及解放区工作、对农民在旧社会所受剥削与迫害的印象已经淡漠的同志，看了这戏以后，也重新激发了对封建制度的义愤，认识自己对农民所负的责任。在形式上，是综合各种民间戏曲的调子，开辟了创造新型的歌舞剧的道路，虽为尝试但已获得相当成功。《白毛女》中的歌曲，已开始在延安流行。闻鲁艺戏剧工作团应各方观众要求，将在八路军大礼堂、枣园、边区参议会大礼堂等处继续演出。

（原载《解放日报》1945 年 6 月 10 日）

《白毛女》

——介绍一部解放区的歌剧

李 楠

《白毛女》是一部大型的歌剧，在延安、张家口、哈尔滨和解放区的其他各地先后上演过。每次上演的时候，观众们获得了感动和兴奋，白毛女的悲惨遭遇展现在观众的眼前，得到同情和申诉。可惜这样一部作品不可能在国民党统治区域上演，甚至不曾得到出版的机会。

《白毛女》的剧情是农民妇女受压迫和解放的经历。《白毛女》，这个剧本中的主角，就是受难的农民阶级中把许多苦难集中起来了的代表。她的本名叫喜儿，一个十七岁的佃农女，从小就死了亲娘，被父亲抚养成人。她的父亲杨白劳是一个被多年剥削，负债累累的农民。除夕的晚上，杨白劳躲债归来，抱着一切中国佃农在那时均可能有的心情，以为"这回总算躲过去了"。他替喜儿买了一朵绒花，满想度过残岁。就在这个时候，当地的恶霸地主派人来叫他过去。他去了，他以为当然还是逼他交租，这是他每天受到的非常熟悉的事情。

但是到了恶霸家中，才知道不是要逼他交租，而且要强迫他出卖自己的亲女。杨白劳的形象是中国淳厚农民的一种普遍的典型。他有能力，心地良善。克勤克俭的传统使他顶过了许多生活的压榨，把他唯一的女儿从襁褓中抚养大。但偏僻的环境和驯良的性格限制着他，他躲不脱恶霸势力的最后一逼。他被硬拉着手，在女儿的卖身契约上打了手印。他回来，感觉无颜面对自己的亲女，因此不敢告诉她。他悔恨，他被逼得无路可走。他终于了结了自己的生命，演完了老年一代农民的悲剧。

就这样，一切佃农阶级的不幸，一切被压迫者的辛酸都由刚满十七岁的喜儿来承担了。她不想逃脱，她走不出地主恶霸的天罗地网。她被抢夺到了恶霸的家里，在这比挨饥受饿更苦痛的地狱中，她被虐待打骂，被强奸并且怀了孕，最后更险被出卖，从九死一生中才逃出了虎口，逃的时候，恶霸还生死不放地要追杀她，直到看见她的鞋子留在河边，才以为她已投河自尽了。

然而她没有死。她逃到山洞里，吃山中的野食和偷取乡民敬神的供奉生活。她怕见人，白天不敢出来。久之，白发覆盖全身，人变成了鬼，喜儿变成白毛女。作为一个人的受难，这是达到了苦难的顶点。这儿也是悲剧气氛最浓的顶点。人变成了鬼的悲剧一直延续到八路军的到来。八路军帮助农民建造了新政权，实行了减租减息，替喜儿报了仇，使白毛女又回复到了人。剧本结束在农民拥护民主新政权的欢呼里。在喜儿这一代农民的身上，同样的刻着被压迫者的伤痕，然而和父亲一代的农民不同，就是在她的面前，已经出现了被压迫者重新掌握了自己命运的世界。

《白毛女》的主题是非常鲜明的，贯穿着解放区人民两个时代的经历，由国民党旧中国土豪恶霸的统治，走向以八路军共产党为主导的自由民主的新天地。谁也知道，中国的农民，特别是乡村中的女性，是一直生活在悲惨的地狱里面，以生活和血肉写下了一页累积一页的被压迫被凌辱的历史。《白毛女》就是这部历史的一个侧面，一张镜子。佃农出身的女儿可以通过它的映照，看出同样不幸扭曲了的身影，联想出也许更复杂沉痛的境遇。《白毛女》把这一页历史写得相当的完整，相当的悲壮，我们不妨试想，一个十七岁的少女就在父亲被逼死，自身被出卖，被奸淫，被陷害，由人变成了鬼，甚至被当作鬼看待以后，还被利用为吓唬同阶级的其他农民，这中间包含着如何的辛酸和挣扎！从白毛女的遭遇中，旧社会把人变成鬼这句话，变成了活生生的事实，展现在我们的面前，一点不显夸张和勉强。但是白毛女毕竟写完这部历史，这是一种好音。白毛女是被压迫中的不幸之中的最不幸，但是有了共产党和八路军她一样有机会来骄傲的生存。从这点上讲，这本解放区的歌剧，是向大后方深渊底下的人物报了一个可喜的佳讯。简单平凡的主题宣示着简单平凡的真理：依靠新政权，依靠人民的政党军队，同时依靠自己的挣扎同倔犟，才能走出屠场和地狱。

题材是这样富于现实性，再经由一个感人肺腑的故事而透射了出来，增加了剧作的悲惨感的气氛，这是白毛女形象得到成功的重要理由。不论是主题和题材，故事和发展，都是在人民大众的生活中去发掘去提炼出来，这就是《白毛女》创作的特点。农民解放所走过的经历，就是剧作发展的根本线索。

主角白毛女的性格的刻画是相当完美的。她的遭遇可以说是惨绝人寰的，然而她没有被非人生活的苦难和折磨所压倒，她那倔犟的毅力，正是农民性格中的基本力量。作者把握到了农民性格中的两重特点，一方面她们很善良，甚至显得软弱，但是另一方面则又无比的顽强，当救生成了唯一的方向，复仇成了唯一的意志时，农民的性格中就会迸发出惊人的力量。当喜儿从地主家中逃出时，她唱着这样的曲子：

他们要杀我，他们要害我，我逃出虎口，我逃出狼窝！
娘生我，爹养我，生我养我，我要活！
向前走，不回头，我有冤呀，我有仇！他们害死了我的爹，又害我！
烂了骨头我也记住这冤仇！

震响在歌唱中的正是使压迫者丧魂落魄的惊人的意志的力量。应该说，白毛女的倔犟，并不是来源于她受过什么教育，也不是因为还有什么依靠。实际上，她逃出来时，是四顾茫茫，走头无路的。我们固然可以用求生的本能来解释这种坚忍的力量，但我认为只是求生的本能还不足以完全解释，这中间应该包括着对燃烧的愤恨和复仇的希望。

自然，在封建社会中长大的喜儿，并不是完全没有精神上的负累。她在被迫害的过程中，仍然表现着对直接的迫害者存在过渺茫的希望。在地主家准备结婚的时候，地主是以准备娶她来哄骗的，而她也曾经相信过这欺骗。然而农民出身的喜儿，和其他小资产阶级女性不同的，就是她明白欺骗之后，她不幻灭气馁，她从更深的仇恨中去寻找向前生活的道路。

本剧中，还有其他好几个出场的农民，他们的戏少，出场的机会不多，但是我们绝不会认为他们只是一种陪衬，相反，他们也正是解救喜儿的一股不可少的力量。作者没有赋给出场农民以如何神奇的伟力，只让他们和新的政权结合。可是，经验证明，农民能够成为命运主宰的全部的奥秘就在这里。这是现实主义的处理方法。

《白毛女》写的是受难人民的苦难和复仇。白毛女在北方是真正发生过的故事。喜儿在非人的折磨里把头发变白变长了的事实就正是一个最适当的证据，说明中国农民等待苦难的解除，等待得太长久了。

《白毛女》写的又是劳动人民的大团圆；恶霸灭亡，好人重逢。这种描写人民从黑暗到团圆的作品，绝不是一般所谓"光明的尾巴"可比，而是劳动人民生活中的真实。像白毛女这一代的农民，再把她们写成默默含恨以终，那就不是现实了。喜儿变成了白毛女后，过去若干年，在最艰难的景况里，逢上了光荣的岁月，八路军赶来了。八路军带来了劳动人民的大团圆。

生活在反动统治地区的作家写不出大团圆的作品，因为被压迫者仍然没有能够掌握自己的命运。但是劳动人民是会大团圆的，在大团圆中，标志出社会的进步。解放区有了《白毛女》这样的作品，表明了那里的中国人民已经在翻身，在大团圆了。

（原载《新华日报》副刊1946年9月26日）

序《白毛女》

郭沫若

去年年初我还在重庆的时候，便听见朋友们讲到《白毛女》的故事，非常感人。我听说已经被编成为一个歌剧，主要采取的是北方的秧歌形式，而使它组织化了。再是这个歌剧在北方关内关外各地演出都收到很大的成功。故事本身已经十分感人，据说它是出现于北方的一个事实，而且是中国封建社会中的典型的悲剧（就其前半言），更加上形象化的表演和音乐的配合，那感人的力量，毫无问题必然是很宏大的。那时自己很抱憾，不要说这样的演出没有机会欣赏，就连歌剧的原本都无法接触。

算好，在去年六月，陆定一同志北归之后，不久他便寄了两本书给我，一本是《吕梁英雄传》，一本就是《白毛女》。我如饥似渴地立刻把《白毛女》捧着读了一遍。故事实在是感人。全体的歌词有乐谱配备，假使是懂音乐的人，那所得到的印象，不知道又要深刻多少倍。可惜我是不懂音乐的，因此除当作一个故事阅读之外，我便不能有更进一步的领会了。但我渴望着能够看到这剧的演出。一个歌剧，不听演出而只看剧本，那认识是绝对不够的。

不过就剧本论剧本而言已经是一件富于教育意义的力作了。这是在戏剧方面的新的民族形式的尝试，尝试的确是相当成功。这儿把五四以来的那种知识分子的孤芳自赏的作风完全洗刷干净了。虽然和旧有的民间形式更有血肉的关系，但也没有故步自封，而是从新的种子——人民情绪——中自由地迸发出来的新的成长。

一切为了人民。这个观点虽然比较容易获得，但要使这观点形象化，把自己的认识移诸实践，实在不是一件容易的事。就拿我自己来说，虽然知道文艺应该为人民服务，我们早就呼喊着人民文艺的创造，但积习难除，一拿起笔来，总是要忸怩作态的。这里是有环境的力量在发挥作用。“存在决定意识”，毕竟是真理。譬如在一个西装的社会里，你尽管知道中装或许更暖和、更经济，你如果一个人或少数人要穿出中装，那周围的眼睛可能把你当成狂人看待。我在这一点上很能够谅解，今天上海市上的文人为什么还在醉心波陀勒尔①。其实就是解放区内的文艺上的真正解放，不也是最近三两年的事吗？

要征服一种观念已是不太容易的，还要使新的观念蔚成风气实在是更难。要紧的还是环境的变革。因而变革环境的主观努力，在我们也是不容忽视的。努力鞭策自已，努力寻出适当的范本来供自已观摩，也供集体的观摩吧。在初虽然是"一日曝，十日寒"，靠大家的努力，我们可以逐渐做到"十日曝，一日寒"的地步。终久会有一天，会看见天天都是太阳的。在这个意识上，我特别佩服马凡陀，马凡陀似乎尽可以扩大起来，也来产生《白毛女》了。

附带着我想表示一点质疑。白毛女的"白毛"不知道是一种怎样的实际。是全身的毛发完全翻白了，还是因为不洁净而着了灰，抑或是头发上的虱蛋过多，而成为灰白？我听见这个故事时已经质问过，没有得到解答。剧本里面也没有说明。在生理上，少年时期全身毛发翻白，是难得理解的。或许是喜儿因为营养不良，精神劳瘁，而得到了白血症（Albinism）？我想解放区里面不乏有近代医学知识的人，应该能够把这个小小的质疑消释。

我提出这个质疑，并无心怀疑到这个故事的真实性。我的意思是不应该容许有一丝一毫的非科学性或神秘性的阴影存在。如这"白毛"缺乏科学的说明，那不免便是阴影。从前的史书上有过这样的传说：张献忠在四川杀人，四川人多逃进山野里过活，积久，身上长了"绿毛"。我是不相信这"绿毛"说的人。因此，我对于"白毛"的来历要想问一个究竟。我不希望有任何可能的阴影减少这个故事的现实性。

（选自《白毛女》，上海黄河出版社 1947 年 2 月版）

---

① 法国唯美主义的诗人 Charles Baudelaire（1821—1867），作品《恶之花》最有名，是象征派的前驱。——沫若注。

悲剧的解放

——为《白毛女》演出而作

郭沫若

《白毛女》的故事，是在解放区中传播得很广的一件抗日战争中的事实。本身是封建社会里的典型悲剧，结局则转化成了喜剧。但这喜剧的转化并不是如像旧式的孟丽君，女扮男装中状元名扬天下，得到一个虚构的满足，而是封建主义本身遭了扬弃，由于封建主义所产生的典型悲剧也就遭了扬弃。

因此，《白毛女》这个剧本的产生和演出也就毫无疑问，是标志着悲剧的解放。这是人民解放胜利的凯歌或凯歌的前奏曲。

要欣赏这个剧本，单是欣赏故事的动人或旋律的动人，是不够的。故事固然是动人，但我们要从这动人的故事中看出时代的象征。旋律固然是那么动人，但我们要从这动人的旋律中听取革命的步伐。“白毛女”固然是那个受苦受难、有血有肉的喜儿，但那位喜儿实在就是整个受苦受难、有血有肉的中国妇女的代表，不，是整个受封建剥削的中国人民的代表。

喜儿翻了身，今天更是大规模的悲剧解放时代。已经有一万万六千万位喜儿是从封建性的“把人变成鬼”的悲剧中解放了。虽然大半个中国仍然在悲惨的情绪之下笼罩着，仍然是少数恶霸黄世仁的天下，然而“枪毙黄世仁！刀砍黄世仁”的声音已经在四处呐喊了。

中国的封建悲剧串演了二千多年，随着这《白毛女》的演出，的确也快临到它最后的闭幕，“鬼变成人”了。五更鼓响鸡在鸣，转瞬之间我们便可以听到四万万五千万人民齐声大合唱：

报了千年的仇，伸了千年的冤，今天咱们翻了身。今天咱们见青天！

（原载香港《华商报》1948 年 5 月 23 日）

赞颂《白毛女》

茅　盾

《白毛女》是歌颂了农民大翻身的中国第一部歌剧。这是从一个十七岁佃农女儿的身世表现出广大的佃农阶层的冤仇及其最后的翻身。这是从一个地主的淫威表现了封建剥削阶级的反动、无人性，及其蹂躏人民、出卖祖国的滔天罪恶。

《白毛女》写于抗战时期。这指出了民族统一战线如何被反动的地主阶级所破坏、所危害，从而这又指明了胜利以后反动的地主阶级，实行美帝国主义的意旨，用残酷的内战来答复人民的民主要求，正和他们在抗战时期的卖国行为是一模一样的。同时这又指明了在抗战时期，人民的力量既然能够阻止反动派的从无一时间断过的妥协卖国的阴谋而把抗战坚持到最后胜利，那么，今天的更为壮大的人民力量一定也能把民族的民主的解放战争进行到最后胜利。

《白毛女》是民族形式的歌剧。醉心于西欧形式的歌剧的人们也许以为《白毛女》还不够"格"，也许以为它还不能作为未来中国歌剧的奠基石，甚至或许以为这是非驴非马的东西，虽有宣传的效果，而无艺术的价值。当然，谁要是肯定地认为《白毛女》的形式将是中国新歌剧一定不易的形式，那是武断的看法。《白毛女》的音乐主要是运用北方民歌，这是为了适合观众（广大人民）的乐艺的水准，而这也是《白毛女》在北方大受欢迎（指形式方面）的原因之一。这一种做法，将来会发展演变到怎样地步，此时虽不易断言。并且我也相信将来中国新歌剧的最完美的形式中，或许仅有中国民间歌曲的主题。而不会像《白毛女》的音乐那种直接用了民间歌曲（虽然仍有改变）。然而在今天，我们毫不迟疑称扬《白毛女》是中国第一部歌剧。我以为这比中国的旧戏更有资格承受这名称——中国式的歌剧。

（原载香港《华商报》副刊1948年5月29日）

《白毛女》演出的意义

荃 麟

两三年以来，香港的进步戏剧运动，从大剧场而走向平民化的街头剧场，从大型的多幕剧而向迅速反映现实的富于战斗性的短剧，从大兵团的做法而走向轻骑队的做法，观众的对象从有闲阶级而转向工人、渔民、城市贫民。这方向和路线是完全正确的。在这个新的方向之下，戏剧运动冲破了一些物质和经济上的困难，挣脱了市侩主义的艺术影响，把戏剧作为教育群众、服务群众的生动而灵活的革命艺术，在群众的支持和拥护下，戏剧运动获得了它健康的成长与发展，戏剧运动的基础正确地被安置在普及的基础之上，而在这基础上逐步地提高了。

这次《白毛女》的演出，即是说明了我们的戏剧运动从普及到提高的一个初步过程。我们的轻骑队又重新能担任起大兵团的作战了，两年来对于人民艺术的学习和研究，使我们能够熟练地来演出这个复杂而丰富的大型歌剧了，我们又重新走回到大剧场里来了，但是这次回来. 不是像过去那样离开人民大众回到有闲阶级的世界里，而是在低廉的票价下，把劳苦大众带到大剧场里来了，这次向观众献出的，不是市民阶级的艺术而是人民大众自己的高级艺术了。工农大众的革命艺术首次出现在资本主义都市的大剧场里，这是工农大众艺术的一个胜利。戏剧工作者不仅在艺术上提高了自己，而且和劳动阶级的观众一起提高了。

《白毛女》在香港的演出，是两年来我们戏剧运动在普及的新方向下的一个重大收获，也是从普及到提高过程中一个初步记录。这个重要意义是值得首先指出的。

其次，就《白毛女》这个剧本本身来说，也是说明了它是中国工农大众艺术从普及到提高的一个可喜的发展。这个剧本包括了九十个以上的乐曲，完全是从民间的乐曲——秦腔、秧歌曲、山西梆子和各地民歌等改造过来；融洽了歌剧、话剧和舞蹈的特点，吸取了民间艺术的精华和优异手法而使其现代化，也吸取现代世界艺术的精华和优异手法而使其中国化，它是经过综合创造的民族形式的艺术，而且是经过人民群众直接参加了意见，所以更是人民自己的艺术品。这样规模宏大、结构复杂的歌剧，不仅在新歌剧中间是罕见的，即使在千百年来旧歌剧中间，也没有见过具有这样宏大规模与气魄的作品。如果说，冼星海的《黄河大合唱》是音乐上民族形式创造的最初尝试，那么，《白毛女》的成功，可以说是这个创造进程中的一个飞跃。它在人民艺术的发展与进步上是具有里程碑的意义的。

就其内容来说，这是根据解放区实在的故事而编成的，白毛女——喜儿——现在就在解放区内过着幸福自由的日子，她可以看到她自己的故事在戏台上演出。这是被压迫人民真正的血泪生活底反映，然而它却不是单纯的现实复制，而是经过艺术创造的现实表现。它具有艺术的高度真实性，所以也是有极强烈的感动力量。看过这个戏，没有人不为它感动到流泪，感动到愤激。在延安、张家口、哈尔滨等处演出时，据说观众的情绪的激昂达到空前的程度。这正是证明了它艺术上的成功，也说明了艺术力量的伟大。在解放区的艺术作品中间，《白毛女》无疑是最杰出的一个，《白毛女》的成功，也是说明了革命的现实主义的胜利。这个意义，在这次演出时，也是值得指出的。

最后，在今天蒋管区演剧已经完全失去自由的时候，这个人民自己的剧本，除了解放区以外，只有在香港还可以和观众正式见面，这是说，香港的演出也就是解放区以外这个剧本唯一演出的机会，那么，对于这次演出的机会，我们是应该如何的宝贵，如何的重视。我希望每一个爱好戏剧的观众，切不要错过这个宝贵的机会啊。

这次中原建国剧社和新音乐社同人，在盛暑之际，不避艰辛来演出这个六幕二十场的大戏，实在是非常值得感谢。他们接续排演了两个月之久，导演和演员都取着极其认真和严肃的态度。两个星期以前，我看过了他们的总排，虽然在中国化一点上还有值得改进之处，但是大体上的成绩是超出我们预期之上的，尤其是李露玲女士演的白毛女，其真挚和严肃的程度，是值得钦佩的。我相信，这一次的演出，对于香港戏剧运动和民族形式的研究和创造，将标示出一个新的进展。

（转引自《犁痕》，广东话剧研究会1993年编）

捷克演出《白毛女》

郑韵琴

捷克摩拉推亚州俄斯特拉发城于今年1月间演出中国歌剧《白毛女》，2月24日，捷克军人剧院在布拉格又连续上演，比第一次在俄斯特拉发城上演时获得更好的效果。捷克观众热烈欢迎新中国的戏剧，因为它是为人民服务的，而且是和人民生活紧密结合着的艺术。

当军人剧院决定排演这个戏时，他们遇到了许多必须解决的问题。首先，演员、导演、舞台工作者就不熟悉中国的生活，对于中国人民斗争生活的实际情况的了解，也是不够的。摆在面前的问题是如何进一步了解中国人民过去与今天英勇的斗争生活。在排演工作还未开始时，他们选读了许多中国的小说、通讯报道，以及中国历史、政治、经济、军事方面的书籍，观摩了一些中国新电影。这些对他们有很大的帮助。

演员也从认真而细心地研读舞台脚本中，去了解当时中国农村的情况和农民的生活。饰演喜儿的演员查拉莫斯托娃精读译成捷语的剧本，深刻体验喜儿当她父亲杨白劳服毒死后，她被迫到黄家当丫头时，精神上与身体上所受到的痛苦；以及她逃出黄家在山洞生活时的坚韧毅力和坚强个性。因此，她饰演的喜儿的形象是朴实可爱，但又是坚强的。

军人剧院排演《白毛女》并不完全依照中国戏剧的风格；为使捷克观众容易接受，在某些部分是以捷克的风格来排演的。《白毛女》的捷语本在语言方面是采用捷克今天最流行的语汇，避免那些外国的语汇。一些方言部分都加以修改。但一些风俗习惯以及服装的式样等，是采用中国的。在这一方面，中国驻捷克大使馆在他们排演过程中给予不少帮助。譬如最初演员服装的设计，是采用几百年前中国古代衣服的样式，经过大使馆人员建议，就改为现代的服装。大春第一场穿的是中国北方农民的衣服，头上围了白头巾，后一场穿人民解放军的制服。又如杨白劳死后及黄世仁结婚等场面的婚丧喜事的仪式，及封建社会中待人接物的礼节，甚至许多生活细节，如中国人喝茶的方式，拿酒杯的姿势，欢迎客人与送走客人的礼貌等，大使馆人员都加以解释，使能适合剧情的需要。第一幕第一场，喜儿在家过年，买白面包饺子等过年的风俗习惯，也是经过说明、修正，然后才排演出来的。

舞台设计也是以中国的布景为主。米罗斯拉夫·柯里担任设计工作，亚里斯·普甫尔斯基担任制景工作，他们企图表现出中国的特色，便研究了中国舞台装置的特点。《白毛女》有一些过场戏，只用二道幕，没有布景。如喜儿逃出黄家，黄世仁在追逐的途中等。这次军人剧院上演时是应用旋转舞台，处理得很技巧。

《白毛女》在捷克布拉格军人剧院演出的第一天晚上，观众有捷克政府高级官员、捷克共产党中央委员、模范军人、艺术家、工业农业的突击队员及集体农场的农民，大家对这个戏都热烈的欢迎与喜爱。捷克集体农场的农民他们以前也是在地主压迫下过着饥饿穷困的生活，因此他们最了解《白毛女》剧中的情节。有一个斯洛伐克农妇看《白毛女》后回想起她过去的生活说："几年前我们在地主压迫下生活时，和舞台上所表现的中国的农民是一样的。"戏每演到最后一幕时，舞台上的农民高呼"中国共产党万岁"，台下掌声雷动。闭幕时，观众一齐站立起来，热烈高呼中国人民领袖毛泽东万岁，欢呼之声经久不息。

过去捷克人民从中国旧戏中见到的是缠小脚的恬静中国妇女，和封建思想浓厚的达官显贵，在舞台上没见过中国历史上真正的英雄。但新歌剧《白毛女》告诉捷克人民是在毛泽东同志领导下进行英勇斗争的中国人民，和他们的斗争生活，这些是今后所要着重表现的。军人剧院演出《白毛女》后，捷克的报刊都有反应，异常重视这个演出。《捷克生活》发表文章说："在今天看来，《白毛女》演出的作用更大，中国人民这种英勇的斗争已成为保卫世界和平的斗争了。军人剧院在布拉格上演的《白毛女》带给捷克人民一幅中国人民新生活的速写，同时提供了丰富的斗争经验，增强这两个共同为社会主义事业及争取世界和平而奋斗的国家的深厚的友谊。"捷克教育部长尼耶德利在观剧后说："看了《白毛女》，使我们对中国人民在毛泽东主席领导下所进行的斗争更加了解和接近了。"文化部与宣传部副部长齐佛尼说："我们从这个剧中看出新中国的艺术是为人民服务而且与人民的生活紧密结合着。"

通过不断的文化交流，两个国家的人民得到更多的互相了解，也增强了相互间的友谊与团结。

（原载《人民戏剧》1959 年第 5 期）

座谈歌剧《白毛女》的新演出

张 庚 萧 三 叶 林等

中央歌剧舞剧院为了纪念毛主席《在延安文艺座谈会上的讲话》发表二十周年，重新排演了歌剧《白毛女》，受到观众的热烈欢迎和戏剧界的重视。本刊编辑部于7月14日下午邀请首都文艺、戏剧界的一些同志举行了一次座谈会。座谈会由张庚同志主持，出席的有：田汉、萧三、李健吾、刘佳、金紫光、张正宇、乔羽、叶林、任萍、李超、贺敬之、舒强、王昆、郭兰英、李波等同志。大家畅谈了对歌剧《白毛女》新演出的观感，并且由此讨论到当前歌剧艺术中的一些问题。下面是大家的发言。因篇幅关系，我们作了一些删节。

张 庚 中央歌剧舞剧院为了纪念毛主席《在延安文艺座谈会上的讲话》发表二十周年，重新排演了歌剧《白毛女》，一组是当年延安时的老演员们：王昆、李波、陈强等同志，一组是郭兰英同志和几位后起之秀。剧院又特地邀请舒强同志来重排。这次新的演出，受到了北京观众热烈的欢迎，文艺界的同志们也很重视，就我所接触的同志们来说，大家的反映都比较好。这次演出，也可以说是首都戏剧舞台上的盛事之一。

今天出席这个座谈会的同志都是和歌剧有很密切的关系，对歌剧很有感情的。大家都会有很多话想说。我看也不要出什么题目，围绕这次重排重演《白毛女》来谈也行，从《白毛女》谈到中国歌剧也行，谈剧本也行，谈表演和导演也行。……就随便谈谈好了。

记得从前我们谁都不大知道中国的歌剧应当是什么样子。延安文艺座谈会以后，按照毛主席的文艺思想，大家努力面向群众，深入民间，投身到革命的洪流中去，经过学习、探索，终于搞出了个《白毛女》。《白毛女》出来以后，开拓了歌剧的一条宽广道路，受到各方面的重视。十多年来，它对歌剧的发展始终起着巨大影响。这次中央歌剧舞剧院重新排演《白毛女》，看了演出后，大家都很感兴趣，我也看了两组演员的演出，看戏后勾起了当年在延安看演出的回忆。有人说，写理论文章的人看戏时总是很冷静的，甚至是有点“冷酷”的。但这回这句话不能用到我身上了，我看这次演出很动感情的，几乎是没法控制自己。许多同志也和我一样。看来今天谈起来会谈得收不了尾。我也不多讲了，就这样谈起来吧。

萧　三　看了这次经过重新排练而演出的《白毛女》，回想起1945年5月在延安召开党的第七次全国代表大会的时候看《白毛女》初次演出的情况，不能不产生许多感触。十七年后再看这个戏，而且是由原班人马导演和演员演出的，首先感到十分亲切，也感到自己非常幸福。这班演员同志在舞台上还是当年生气勃勃的样子。“人生朝露，艺术千秋”。同志们的艺术的青春会永存的。我衷心地向同志们祝贺！这个剧和它的演出都要载入史册的。（张庚：现在已经载入史册了。）

《白毛女》而且越过了国界。50年代初我在布拉格看过捷克斯洛伐克同志们演出的改编成话剧的《白毛女》。以后又在莫斯科看了瓦赫坦戈夫剧院演出的话剧《白毛女》，那是由罗果夫翻译和改编的，演出效果颇好，我还为此给苏联《戏剧》杂志写了篇文章称赞它（罗果夫的改编对原作的末几场略有改动，记得颇合情理，我想，我们不妨拿来参考参考）。此外，在日本有名导演土方与志导演、松山树子主演的《白毛女》芭蕾舞剧。这些事实说明，这个戏不仅在中国是十七年来受欢迎的剧目，而且也流传到西方和东方去了。

在延安的时候，只要是演出《白毛女》，有机会我就一定去看。后来到了张家口、石家庄，也是这样。可见这个戏是多么的吸引着我，我对这个戏抱有深厚的感情。而且每次看《白毛女》都感动得落泪。这次看《白毛女》A组——老演员们演出的时候，我又控制不住流泪了；看B组的时候，勉强忍住了。我这回多注意看导演和演员的技术和艺术，看剧本改写后的结构等等。我看最近一次演出时，一边看，一边在琢磨：这出戏很容易引起观众流泪，但这是不是艺术上的成功？是什么引人哭？是不是仅只由于情节，而不完全是由于演出的艺术？……这次修改以后我能够不哭了，是不是因为第四幕以后剧情变化少了，而叙述和说明多了的缘故？我觉得，这些都是值得研究的问题。

比较起来，苏联演出的《白毛女》细致一些，捷克斯洛伐克的演出简略一些。但他们的演出有一个共同点，即演员的表演都显得不那么吃力；而看我们自己的演出，就不感到那么“轻松”。《白毛女》是喜儿的重头戏，演员的戏太重，观众不免会替她感到劳累、吃力、紧张。十七年前王昆同志很年轻，那时她可以一气演唱到底，当中还又跑又跪……现在恐怕演员也会感到太累了。当然演员总是累的。可是像中国的许多戏曲演起来虽很吃力，但观众看起来却不那么替演员吃力。《白毛女》的演出让人看着觉得累，这大约不能算是艺术上的长处，而恰恰是一个短处。我认为原因在于从剧作、导演到演员都采取了，或者说堆砌了很多东西企图感动观众，这恐怕不是艺术上的一种成功。

我们的新歌剧（在外国叫做音乐话剧），是又唱、又说、又做的。我们演员的费力恐怕就是因为又要他唱、又要他喊、又要他哭、又要他跪、又要他跑、又要他跌……一句话，太辛苦了！我想，唱的时候可不可以不要那么多动作，亮个相就够了。在看《白毛女》的时候，那些动得太厉害的地方，我并不怎么感动。而一些朴素的唱，却很感动我。前民演的杨白劳，我就很喜欢。出场以后，他主要是唱而不多动，他在台上站得稳当，加之嗓音洪亮，使人听，并且让人感动。王昆演喜儿到黄家以后的几场戏，也是没有很多使人眼花缭乱的动作，而大段有感情的唱很动人。对比起来，其他场次中动的就嫌多了些。在这方面郭兰英是有其长处的，她唱得颇美，除了在第一幕开头做的比较多而快之外，在以后几场中的做，手脚都放的得当而自信。整个的说，她的演出不叫观众看了过于吃力，这是难得的。

但是，为了减轻演员不必要的辛苦和观众感觉上的累，我想，可以适当减少一些话剧动作，而突出歌唱。也就是说，全剧要加强作为歌剧的一个重要的方面——音乐性。

说到这里，问题就涉及到剧本本身了。我绝不否认《白毛女》是一个内容、生活、剧情都很丰富和激动人心的剧本，也绝不否认它在我国革命文艺上的成就。但是为了精益求精（正是精益求精），为了再提高它，我觉得还可以作很大的加工。这个加工不是增加情节和增加唱词，相反，而是要把剧情组织得更加洗练一些，集中一些，紧凑一些。在数量上宁可减少一些，但在质量上极力提高一些。做到艺术上很动人，但不特别刺激。歌词也达到很精炼，很自然，通俗易懂，但文学性更强。这样，演员就不会那么吃力，但有戏可演、有歌可唱，观众也不会那么紧张，而深受感动，并且真正得到艺术的享受。

叶　林　这些年来，对《白毛女》这部歌剧有过估价，但是作估价时多半是从歌剧发展的历史着眼，而在艺术上分析它并估计它的意义和成就时，我认为还不够充分，有些偏低。当我们考虑到中国歌剧的过去、现在和将来时，不能不想到《白毛女》。这不能仅仅用“里程碑”来形容它。“里程碑”只能表示它在中国歌剧发展的历史上曾经是一个高峰，却不能充分显示它在今天的现实意义。《白毛女》和我们别的歌剧有很大差别，不仅在于它提供的艺术经验更丰富，而且这些经验直到今天对我们仍然是亲切、新鲜、深刻和具有非常重要的意义的。

这些年来歌剧问题的讨论很热闹，讨论的中心不外三个方面的问题：第一个是属于中国歌剧的概念，歌剧发展的基础和歌剧发展的方针、方向等方面的问题。第二个是属于歌剧的艺术特征和艺术形式方面的问题：歌剧应该以戏剧为中心还是以音乐为中心，它的结构和艺术表现手段有什么特征？乐队、音乐体裁、语言应该怎样运用？等等。第三个是属于舞台艺术、表演方法和唱法等方面的问题。由于对歌剧的概念在认识上有分歧，对后两个方面的问题的理解也就不可能一致。

我觉得《白毛女》在不同程度上回答了这些问题。有些同志的文章只是抽象地估计《白毛女》的意义，而在研究实际的歌剧问题时，往往离开了《白毛女》的宝贵经验和教训。如：他们只是从概念着手来谈概念，认为“歌剧”这个概念是从欧洲来的，中国歌剧无论从它的创作过程、所运用的创作手段、组织戏剧冲突的逻辑原则等特点来说，是和外国歌剧同一类属的，同一艺术品种的。而中国歌剧和中国戏曲，则是两个不同的概念，是两种来源，两种形式。甚至有些同志认为不能把秧歌剧与我国歌剧的概念等同起来。这些论点看来不仅是概念的问题，而是在研究中有竭力与西洋歌剧“求同”，与中国传统戏曲“求异”的味道了。这种研究歌剧艺术规律与形式特征的方法，实际上是用西洋歌剧的一般规律来套中国歌剧，并且用来代替了中国歌剧的特殊规律。但是，应该知道，研究中国歌剧的规律，光懂得西洋歌剧的一般规律是不够的。

《白毛女》这部歌剧给我们提供的特殊规律是什么？要在这个临时的发言中回答这个问题是困难的。不过，最少可以从产生这种特殊规律的背景和主客观因素方面得到几点体会：首先，它告诉我们，革命的艺术家在创作时，总是从内容出发，考虑到革命现实的要求和时代精神，并根据这些需要来寻找与之相适应的最好的表现形式，因此《白毛女》这种歌剧形式的产生就不是偶然的了。其次，革命艺术家在创作时，不是凭空进行的，这当中必然有所继承，也有所借鉴，但无论继承和借鉴，都必须服从内容的需要，同时还要考虑到群众的审美要求和欣赏习惯。第三，有出息的革命作家在创作时必然有他的独创性和艺术个性。从这几个方面来看，就不难理解为什么《白毛女》有区别于西洋歌剧；为什么中国歌剧必须有区别于西洋歌剧一般规律的独特规律。

当然，这样说，并不是否认歌剧一般艺术规律的重要意义，也不是说中国歌剧只应该有《白毛女》这一种类型。作家艺术家完全可以根据他们各自的见解来进行不同的实践，甚至可以根据他们的愿望把欧洲歌剧的形式移植进来，加以民族化。所谓民族化，就是将西洋歌剧的一般艺术规律与中国的实际相结合，改造成为自己民族的东西。

歌剧发展到了"《白毛女》时代"，当然不能说已经十全十美了，无论从这个类型的歌剧的做法或是单就《白毛女》这部歌剧本身来说，还是有不少地方需要进一步改进的。以音乐而论，在乐队方面，中国乐器和西洋乐器的使用稍嫌不够协调，有时好像是出现了单纯的"加法"，红线女在看戏时也跟我嘀咕，她认为与其这样中西并用，不如索性全部使用民族乐队更好。像这类问题值得再下一把劲把它搞得更好。当《白毛女》搞得更好的时候，对中国歌剧问题的探讨将更加容易说明问题。

李健吾　《白毛女》是毛主席《在延安文艺座谈会上的讲话》的直接产品——伟大的产品。它是工农兵方向在新歌剧方面的旗帜。用五幕的贯串的体制来写歌剧，是有划时代意义的伟大尝试。尝试是成功的。千百万的观众是它的见证人。以前也有新歌剧，不过形式简单，主要还停留在对唱的秧歌基础上，舞蹈动作是鲜明的，但是情节不够曲折，激起的热情也不像这里这样高昂，一句话，艺术企图不及《白毛女》所表现出来的那样巨大。所以无论从思想的角度，从体制的角度，从艺术匠心的角度，从它已有的独特造诣的角度来看，它都是新歌剧开辟道路的里程碑。

音乐方面，《白毛女》主要是吸收地方戏曲的曲调，同时在外国音乐遗产方面，也捎带着吸收了一些东西。戏的主要歌唱是中国的，西洋音乐主要是用在大合唱部分（在后边），有时候（在前边）是作为衬托用的。前三幕的主要歌唱，我非常爱听，主唱时用西乐衬托，把意境往远里送，有时候在个别场面里，西乐戛然而止，只剩下锣鼓伴奏，中为主、西为辅的做法是可取的。听到这些民族的、在日常生活中存在的音乐，引起很强烈的感情。问题是前三幕以中乐为主，西乐为辅，但到第四幕以后，主要改用西乐。而这戏不仅有像方才同志们说起的那样，给人前后分为两段之感，音乐也给人这种感觉，因而也加重戏的两段之感。后面群众场面多，好像中乐就不行了，只有采用西乐才能表现这种宏伟的场面，我可有点不大服气。（张庚：昨天听上海民族乐团演奏的

《将军令》，气势就很大。）是不是再研究一下，使中乐和群众语言很好地结合起来，让音乐在戏里达到前后统一、协调的完美地步。

《白毛女》在歌词的创作方面也是极有特色的。中国的元曲是白话，但它是严格遵守曲牌的格式的。《白毛女》的唱词不是填出来的，是根据作者的思想、感情写出来的，是自由诗体，更接近生活，更能自由表达人物思想感情的变化。它既不是民歌，也不是像戏曲一样的填词，它与新诗结合得更密切些，节奏主要是依靠感情的强烈变化。而唱腔（只有在唱的时候）才是戏曲化。我初读剧本时（1949 年），感到作者接受话剧的影响更多些，戏剧行动按照生活方式的进展更多些，这样，细致是细致了，但有时显得琐碎。这次演出，生活化的对话减少了，更集中在人物的抒情上，整个戏显得更洗练了。

歌剧中唱词是一个重要的问题，《白毛女》在歌词方面的成就是值得重视的。中国戏曲的曲谱是有一定格律的，只要选定曲谱，按谱填词就成。《白毛女》则是作家先把词写出来，作曲家再按词谱曲的，这是一种新的做法。这方法有好处，但是也给歌剧作家带来要求，作家必须深入形象的内心世界，然后迸发出强烈的激情，要是作家在这方面功夫稍差，那么写出来的词可能在理性上多一些，而又话剧化一些，诗情难免就会淡一些。《白毛女》之后，新歌剧在歌词创作上难以超过它，我想问题或许就在这里。歌剧作家们学习《白毛女》不能光从形式上着眼，而是要学习它的创作方法和掌握形象语言的方法。

歌剧创作必须找到歌剧自己的特征。中国戏曲的曲牌多极了，给作者提供了很好的工具，作者可以寻找适于表达自己感情的曲牌，作者在选择曲牌的时候，自己也就成了音乐家。现在我们的歌剧作家在写作的时候是否同时又是音乐家呢？这是一个问题，也是新歌剧和传统戏曲创作的一个差别。歌剧的词必须鲜明和激动心弦。像《白毛女》这种不按曲填词的方法，对于新诗人来说，束手束脚的东西少了，但是要求也更高了，因为手中的工具太自由，就要你更加熟练地掌握歌剧的特点，因而工作也就更艰巨了。作家必须更深入生活，这是为了更准确地迸发出激情来，以便与音乐家达到更密切的联系。这次《白毛女》的演出的主要歌唱是有特色的，很快就把人吸引到戏里去了，非常成功。

方才有同志对《白毛女》的戏剧结构提了意见。第一，从第四场开始新的因素——解放军的到来，加入到戏里来了，构成戏剧发展的一个转折（实际上前面是有伏线的），因而有两截之感。问题全在怎样与前三幕结合起来，使得整出戏如行云流水一般，十分舒畅。第二，歌剧里要尽量避免不必要的场面重复，现在后半部平摆着两场村门外的戏，就有重复之感，因此装置虽然立体感很强，仍然给人以过场戏的感觉。还有，奶奶庙这场戏删了可惜，作为观众，我们希望在舞台上多看《白毛女》。取消奶奶庙这场戏，少了一场有激情的重点歌唱，少了一场浪漫色彩丰富（歌剧需要这种色彩）的好戏。当然删了这两场戏能让演喜儿的演员休息一下，也是应该的。但是保留村门外一场戏，仍把奶奶庙这场戏改回来，两全其美，岂不是好？

在表演方面，王昆演得有层次、有过程，郭兰英运用戏曲表演手法多些，如演喜儿捏窝窝头的动作，干净、漂亮、迅速，完全是戏曲表演手法，再如陈强演的黄世仁在白虎堂幕前一场，提着灯，前一转身，后一转身，前一踢腿，后一踢腿，节奏鲜明，也是用的戏曲表演手法。而于夫演的黄世仁则动作节奏较慢，更生活化一些，两种表演都是艺术的，褒贬难下。但是把两类风格的表演放在同一台戏中，应当怎样搭配，导演可以研究一下，也许把郭兰英与陈强、把王昆与于夫放在同一台戏中，会更协调一些。

《白毛女》是新歌剧的经典作品。对它的不断加工就充分说明人民对它的喜爱。它的艺术青春将是永生的。

李　超　《白毛女》的新演出，老戏而有新意，这是难能可贵的。

导演舒强同志同时排了两组演员。在塑造人物形象，揭示剧本主题思想上运用了歌剧这一综合艺术所提供的多种艺术手段。他首先是启发演员的革命激情和强烈的阶级仇恨，以唤起演员们对这些人、这些事的强烈爱憎。其次，才是要求他们表现的高度技巧。导演运用了丰富的艺术手段和方法，又使之取得了和谐的统一。导演把剧本的内容揭示得相当深刻，富有历史的、时代的特点，引导演员走向创造鲜明形象之路，将人物与人物之间的关系处理得合理、准确。演员大段的抒情歌唱和细腻的表演得到适当结合。戏的节奏鲜明，色彩和谐，整个戏显得较为完整，具有浓厚的诗情画意。

演员的艺术创造，也达到了相当高的水平，可以说是我看这个戏历次演出中最满意的一次了。老演员们风采不减当年，新演员们的艺术才能有显著的跃进。

郭兰英和王昆的两个喜儿，真是各有千秋，她们创造了两个不同的农村姑娘的鲜明形象。郭兰英在表演上吸取了一些戏曲的动作身段，在唱腔上继承了戏曲演唱的特长，使人感到艺术美。而王昆的表演更倾向于体验的、写实的方法，生活气息浓郁。从她们两位的不同的艺术处理，可以看出，这的确是两个不同的表演流派。这是基于演员的条件、特点和风格，并使它们得到发扬的结果。我们在歌剧方面当然也可以有不同的流派，可以有郭派的喜儿，也可以有王派的喜儿。我认为这是我们歌剧舞台艺术趋于成熟的标志之一。

王昆的表演使我很有感触。她扮演的喜儿，一开始表现了她没有丰富的生活经历，不懂得世道的艰辛。后来一次又一次阶级斗争的教训使她认识了生活，终于知道了阶级社会里穷人的悲惨遭遇，是只有起来反抗才能使之改变的。她的认识一步步提高了。这都是演员经过深入的体验，真实、自然地表达出来的，甚至我觉得最早的本子中第三幕喜儿对黄世仁开始认识不清、抱有幻想的情节，如果保存下来，在王昆塑造的喜儿性格来说，也会是合理的、可信的，并不会损伤喜儿的形象；相反地，我觉得会使人更怜惜喜儿，更憎恶黄世仁。王昆的歌唱艺术，经过这几年的专门学习，有了显著的进展，演唱的技巧已趋于圆熟。和王昆同台的杨白劳扮演者前民同志，是位非常出色的歌剧演员，他把杨白劳的丰富的性格特征和复杂的内心活动展示得相当生动，他的苍劲的嗓音表现了细致动人的情感。这两位演员的合作，可以称得起珠联璧合。第一幕第一场父女两人在除夕的一些欢乐，透露出浓郁的凄凉的味道，赋予这场戏以独特的艺术光彩。但我也觉得王昆表演的某些地方还可以从生活真实的基础上更提高一步，如果能更注意艺术提炼，在发挥自己特长的同时，向戏曲表演学习一些东西，也许会更好一些。

郭兰英演的喜儿性格是天真、倔强、泼辣的。她的演唱吸收了山西梆子的拖腔，高亢、激越，韵味很浓，把内容和形式结合得相当完美；具有打动人的魅力。她的身段动作优美，节奏变化明快，是吸收了戏曲身段的特长，又根据表现人物性格的需要而加以变化发展的。有些动作设计得很大胆，使人相信既是这个人物的动作，又是这种歌剧形式应有的创造表现。如黄母用烟签子扎喜儿时喜儿的反应，这在生活中是不可能有大动作的，但郭兰英用了一个节奏很快、很强烈的躲闪动作，使得观众的心为之震动，也仿佛感受到喜儿的疼痛和惊恐。从第二幕喜儿被黄世仁糟蹋以后，郭兰英的戏越来越好。就拿二幕三场中她对黄世仁、黄母和张二婶这三个人物的关系来说，郭兰英的表现是：对黄母充满了“恨”，恨地主婆的狠毒、残忍、鞭打、针刺，恨之入骨，但又怒不敢言。对黄世仁则表现了“仇”，两代的深仇积怨，逼死生父，逼走未婚夫，逼得自己身受凌辱，走投无路。这种阶级的深仇已不是用恨所能表达的，而我们就从郭兰英的表演中看到了这阶级的深仇。而她对张二婶却充满了深情，这是同甘苦共命运的深情，是无父无母的一个孤苦的孩子的寄托，她把二婶当成亲人。这种真情，她在对大婶的交流中曾经有过；她在被穆仁智拖走时死命地抓住赵大叔的刹那间也表现得非常强烈。总之，郭兰英所表现的人物关系是细致的，有深度的。在唱的方面，如在白虎堂里的独唱，逃往河边路上和后面的几段独唱，以及她一个人做戏时的表演，唱做俱佳，使得满台有戏，才华四射，游刃有余。

其他演员的创造也相当出色。如陈强的黄世仁，是一个鲜明生动的反派人物形象，令人恨入骨髓，而又总想在舞台上多看他几眼，以满足艺术欣赏的要求。于夫的黄世仁另有风格，也很成功。更值得提及的是李波扮演的黄母，在她如何适应两个不同风格的喜儿进行表演方面，我看就有很好的经验。

田 汉 这次《白毛女》的演出，不仅仅是为了纪念毛主席《在延安文艺座谈会上的讲话》发表二十周年，它还有更深远的意义。这个戏是为革命立过功劳的。在解放战争的年代里，它发挥过巨大的政治教育作用；在艺术上，为我国新歌剧艺术开辟了一片新的天地。在国统区的时候，就有很多人读过《白毛女》的剧本，看过它的演出，受到很大感动。所以有人说："革命未到，白毛女先到了。"今天演出这个戏，让观众再一次看到在帝国主义、封建主义、蒋介石反动统治压迫下，中国人民是怎样生活和斗争过来的。我们的文艺应该把这种传统教育永远继承下去。这个戏不仅在我国各地演出，而且已经越出国界，在好些国家演出，虽则有的用话剧形式，有的用舞剧形式。我们应该使这个戏成为长期的保留剧目，成为新歌剧的传家宝，使它在舞台上永葆青春。我们要不断修改，使它越来越完美，同时又要保存这个戏的特点，如时代感情、地方特色等，要把这些特点传下去，传给我们的子子孙孙。

这次演出是很成功的，郭兰英同志之外原来的演员王昆、李波、陈强、前民等同志参加了演出。这些同志有一个很大的好处，就是参加过民主革命的斗争，有丰富的革命感情。这是这次演出成功、使观众深受感动的重要原因。这个戏是在毛主席的讲话发表后写成和上演的，那时的物质条件如灯光、布景、剧场等都很差，作家、导演、演员也没有条件受很多的艺术上的锻炼，但是，大家都具有强烈的革命热情，因而，才能搞出这样好的戏来。今天，在剧本的具体写法上，我们还看得出那个时期的痕迹，要是今天来写的话，就可能有些不同。譬如第一场喜儿在屋子里的独白那样长，总觉得有点别扭，那时候对于歌剧的创作没有太多的准则。今天对这个戏加工的时候，有些东西可以保存原样，有些地方也可稍加改动，在剧本处理方面，在表演、导演方面就应该比过去更加丰富和提高。希望这个戏一直演下去，同时也希望这几个老演员经常多演。（张庚：让大家有更多的机会看“王派”和“郭派”的白毛女。）这对青年演员很有好处。我们对戏曲的表演艺术传统注意挖掘了，记录了许多老艺术家的艺术经验，话剧、新歌剧方面也要继承传统，话剧、歌剧的老演员也要传道授业，也要带徒弟，也要保存和发扬他们不同的艺术流派。（张庚：王昆演白毛女也快二十年了，年纪虽然不大，也可称为老艺人了。）（全场笑声）

演戏，首先要摸清戏的性格。《白毛女》传奇性很强，是现实主义与浪漫主义相结合的范例之一，但革命浪漫主义风味是主要的。不要把它的传奇性削弱了。奶奶庙中的一场戏，我看是很好的戏，不该删掉的。现在省掉了这一场，白毛女在雷电中出现吓倒黄世仁的场面没有了。这是一个很大损失。现在，先写群众携带香烛酒果去敬白毛仙姑，一下子把白毛女和黄世仁的造谣欺骗联系在一起，不单是损害了这场戏的传奇性，也搞坏了对白毛女这一复仇者的印象。（张庚：奶奶庙一场戏，在戏曲中就是一出好折子戏。）这种场面，是很不容易得到的。写过戏的人都知道，要捕捉富有戏剧性的场面，要花费很多苦心，是得来不易的，得到了就不要轻易丢掉。我推测，所以改掉这场戏是因为节约时间，也可能是出于一种写实主义的要求。但这个改动是与戏的性格不符的，留下来也不损害写实主义，而是恰恰相反。《白毛女》虽然现实性也很强，但浪漫主义是它的基调。戏名就叫《白毛女》嘛，但现在白毛女的活动在台上就显得平淡，惊心动魄的东西反而没有了。（张庚：这意见非常好，很精辟。）

《白毛女》中有两条线，一是旧社会把人变成鬼，一是新社会把鬼变成人，在戏里两者是很统一的。有同志说这个戏给人有两截之感，问题恐怕不在这里。《白毛女》这个戏是高调子的，不是像契诃夫的戏那种风格。按理，这戏后边也应该是高调子的，甚至比前面的调子还要高。可是现在在处理手法上不是那么明快地使剧情奔向一个高潮，相反，倒是调子低了下来。我希望导演把后面部分再加加工，大胆地把《白毛女》当传奇戏来处理。大锁如何跑出去参军的戏要多加几笔。（张庚：原来是有一场戏的。）现在这场戏没有了，后面不得不重新交待，戏就搞散了。一定要掌握这戏的革命浪漫主义的性格，后面很快进入高潮，绝不可拖。

王昆从话剧走到新歌剧，郭兰英从戏曲走到新歌剧，她们来路不一样，风格不一样，嗓子也不一样，真是各有千秋。她们两人都是女高音。我从前嗓子也很高，学习京戏时拼命地拔高，有人冷言冷语地说：“你何苦呢！”这句话很发人深思。没有高不见低，没有低不成其为高。王昆还要练低音，音域练得再宽些，不要一味拔高。中国有句老话："浅斟低唱"，最感人之处常常是在低音，倒不一定是在高音，而要高低相结合。京戏演员的嗓子就讲究能高能低，能宽能窄。我们的新音乐工作者因为分工很细，常常容易偏。郭兰英是搞戏曲的，她的嗓子比较能高能低，拖腔也够味儿。当然，光低还不够，低了还要宽亮。

在表演方面，简单地说，王昆的表演有更多的真，当然也有美；郭兰英有更多的美，但也很真实。可不可以这样说，王昆更多本色，郭兰英更多文采？《白毛女》是一出本色戏，它好比是关汉卿的戏，而不是王实甫的戏。但是现在看来，有的地方又过于朴素，有几处是不经意之笔，这在京戏里叫水词儿。希望作者对剧本加工的时候，对这些比较草率的、不经意的地方着力加工一下。同时作曲家在音乐上也有必要使民族乐器和西洋管弦乐在一个戏里更加统一协调。《白毛女》在新歌剧中是一出经典性的戏，我们要重视这"经典"二字，要把它搞得愈来愈好，使它既有本色又有文采，在剧本、音乐、表演、导演各方面都无懈可击。当然，不能一下子要求得太高，我们要实际，但是目前可以做到的一定要努力去做。

张正宇 这次演出，舞台美术经过刘露同志重新设计，在原有的基础上有显著的提高，比较地干净了。以前的景大而无当，像村头一景，一树笔直，"减租减息"写在一块黑板上，实在不行。但是这个戏浪漫主义色彩很浓，而舞台美术方面像现在这样的处理，则使我感到浪漫色彩仍嫌不足，如景过分写实，缺乏想象，诗意不够。景跟戏走，戏若充满诗意，景则要画意盎然，诗情配画意，才能相得益彰。

艺术要做到干净、简练，而又机趣无穷，意境深远，引人遐想，印象鲜明，才是上乘。当然要达到这样的境界是极不容易的，需要苦心经营，匠心独运。现在有些搞舞台美术的同志常喜欢讲究重色叠彩，东西用得很多，其实这样做有时效果并不好，甚至适得其反，既花钱又累赘。我们的国画往往用寥寥数笔创造出奇妙的艺术效果，我们的戏曲舞台上只用有限的几件道具，却是虚虚实实，无中生有，创造出一种境界，这是我们的艺术的独到之处，是真功夫。我们要在舞台美术方面独树一帜，应该以自己独特的东西取胜，不一定重蹈人家的老路。我自己的体会是，越想景的诗意浓，就越要提炼；越是提炼，就越干净，给人的印象就越深。提炼之中才有炉火纯青的艺术。《白毛女》的舞台美术，现在的问题是提炼还不够，应当更加集中、简练、夸张一些，更单纯一些，色彩更鲜明一些，还要更凝练、更富有诗意一些，使得与整个戏的风格取得高度协调。这首先需要导演大胆想象，提出要求，而设计者大胆设计，突破框框，只准有戏的道具存在于舞台，其他可有可无之物一律撤去。如第一景，外景太实、太复杂；我看前景索性用一面墙，墙架上的瓦罐要突出，因为它有戏。后面的漫天大雪，也不妨在前面撒下些许雪片，或许更能让人感到无穷的寒意。黄母房中只一张床就够了，现在台上东西太多，墙片、柱头弄成一个框框，真实感是有了，但限制了大家的想象，那长条也摆得不好，使演员走起来很难。河边这一场景，大河在前，台口右侧一丛芦苇，也值得考虑。喜儿逃到河边，前有大河，后有“追兵”，爬进芦丛，动作不美，戏剧效果也不够强。要是把大河设想在后面，芦丛也移到后面，喜儿被迫逃生，又逢绝路，跳进芦丛，观众就会去想她究竟是死是活，增强戏剧悬念，而且那条奔腾汹涌、冰冷无情的大河也会在观众的想象中出现。村头的景比以前好，但东西还是太多。我想村口不用一个洞来表现行不行？那株树索性也可去掉。那株树的作用是为了保持画面的平衡，但是在树的地方抹几笔云彩同样可以撴平画面；其实，索性让舞台上出现斜线也没关系嘛！人物从右边出来，或者赵大叔等人见八路军来了，在右边躲闪，让人构成画面的一部分，画面不也同样平衡了吗？

总之，这场景怎样更好些，要求设计者更多地去观察生活，抓住最能表现时代和生活的特点，用巧妙的艺术构思表现出来。

服装色彩这次大有改进，像最后的群众场面，服装色彩就是大块的，很鲜明，比较适合歌剧的要求。

刘　佳　这次演出保持了以往朴素的表演风格，而又有所提高，表现了强烈的战斗激情和浓厚的生活气息，这是演出最成功的地方。郭兰英有戏曲表演的功底，演来自成一格；王昆根据自己的条件和可能进行创造，一方面又吸收他人之长，演来朴素深厚，真切动人，不仅不减当年，而是比以前更圆熟了。她演的喜儿的勤劳、朴素、纯洁和进黄家以后的反抗性格，比以前刻画得更加鲜明；在经受几年非人的折磨以后，绝处逢生，被大春等救出山后，见到亲人时所涌出来的悲切、辛酸、怨恨，那几声朦朦胧胧的呼叫，有层次、有意境，给人很多联想。陈强、李波的戏，不仅保持了以前表演的优点，而又有新的创造，真是百尺竿头更进一步。前民的表演很深沉，戏虽不多，而他塑造的杨白劳的形象却令人难忘，足见其功力。李进演的赵大叔也很不错，使人感受到北方农民粗犷、坚毅的气质。

奶奶庙这场戏删得很可惜，但现在增加的河边一场戏我却很喜欢。三年前黄世仁要在河边害喜儿，喜儿逃向荒山野岭；三年后，喜儿又在河边出现的时候，在狂风骤雨、惊雷闪电中，我们看见她已经是个“白毛女”了，她的仇恨更深了，她的意志更坚强了，给人以无限的思索和联想。现在演出中，解放军来的那场戏，感到比较单薄。最后一场也比较弱，台上的激情还不足以表现解放了的人民在被打倒了的敌人面前爆发出来的仇恨、辛酸和喜悦。

舒　强　这次重排《白毛女》是为了纪念《在延安文艺座谈会上的讲话》发表二十周年，参加创作的同志都以最饱满的热情从事工作，只用了四十五天的时间就把两组演员的戏排出来了。演出以后，各方面的同志给了许多鼓励。其实我们自己还是很明白，排演上没有什么新的东西，只是做了番“恢复”工作，想把过去排演《白毛女》时好的传统恢复而已。参加演出的同志对演出也是不够满意的。我们有个很强烈的愿望：在中央歌剧舞剧院主持下，集中创作、音乐和表导演人员重新加工《白毛女》，使这个节目作为一个永远保留的节目保存下来。这个愿望恐怕也是文艺界的同志们和各方面同志共有的吧。我可以代表这个创作集体的同志表示态度：愿尽一切努力，搞好这个戏，希望大家多多支持。

这回改动剧本，主要的目的是想把剧本弄短点。照原来剧本的样子演出，戏演完了电车也收车了。经过反复酝酿，觉得哪儿也删不下去，于是只好定出一个指标：想办法删掉二十分钟戏。结果就弄成了现在这个样子。现在看来，这种做法是有问题的。（贺敬之：如果以后时间充裕的话，后面两幕戏应该重新写过，而不是现在这样修修补补。）

音乐上也的确有不够统一的毛病。这个戏的音乐是许多作曲家在不同时期创作的。一段段分开听都不错，合在一块就不统一了。这也是以后加工时比较重大的问题了。

最后，我代表重排《白毛女》的创作集体，非常感谢大家的许多宝贵意见。

塞　克　对于《白毛女》，从它在延安诞生一直到现在，我始终是有感情的。许多同志都认为这个戏是实践毛主席文艺方向的一个丰硕的果实，这我是完全赞同的。我常常在考虑这个戏还存在的未臻于完美的地方，主要是在歌剧艺术处理上的问题。也就是说，如果能在艺术处理上做得更好一些，那么，这一朵花也可能开得更大一些，更丰满一些。

这些问题有些是一开始就存在的，例如，景和表演风格的矛盾。舞台前边是虚的，后边是实的；后面是写实的布景，前面则用手开空门。用了实景又用手势来表演它。一半是用景的表演，一半是不用景的表演。但比较更重要的，还是这个歌剧的戏剧结构同音乐结构的问题。当时没有全剧音乐结构和戏剧结构的统一的概念。经过了这些年，这些问题便越来越看得清楚了。

从戏的方面讲，我有这样的意见：喜儿从黄世仁家逃出来以后，一直没有进入戏剧发展的轨道，所以使人觉得戏的前后有“两半截”的感觉。作者尽量要把后面的戏同前半部的事件联系起来，要“扣”上，但是，这种联系更多地是停留在理性分析中间，而人物性格的发展和情感的发展却有些中断。关键在于后面喜儿和大春的会面，赵大叔和大春的会面，以及群众和喜儿、黄世仁的会面这三个地方，都还存在着问题。这不是政治上的、事件上的，而是感情上的问题，形象未能更加丰满，没有着意发挥。

前三幕通过杨白劳和喜儿的命运，揭示了农民对地主的阶级仇恨，到了后面八路军来，发现白毛仙姑、捉黄世仁、斗争黄世仁，这是剧本故事的安排，也可以说是人物关系的外部联系。作为歌剧，作家和作曲家要善于捕捉住人物之间感情的联系，要把感情酝酿、激化到发热发光的地步。现在作家把喜儿回到河边一段作为全剧感情的高峰，那么，在山洞里喜儿和大春的会见便成为情绪的余波。我以为，重要的文章不要在河边去做，应该在喜儿和大春在山洞里重逢的第一眼认出来的时候去做。可以设想，大春是喜儿的未婚夫，是她在生活里的寄托，分别三年，喜儿经历了痛苦遭遇，如今又重逢亲人，她怎么会没有话说呢？大春曾经亲眼看见杨白劳被逼死，喜儿被拉走，如今看见她变成人不人鬼不鬼的样子，他的感情又怎么能不激动呢？两个男女主人公在特定情境下的相遇，这里便出现了情感上的高潮，是两个电极交叉闪光的地方，是冒火花的地方，是阶级情感最充沛的地方！从情感上讲，这是剧本核心的核心，是到了产生“阿里亚”（咏叹调）的地方，是到了发挥歌剧艺术特有威力的地方。现在戏写到了这里，我以为是已经找到了金矿，已经发现了宝贵的、强有力的东西，但没有深入发掘下去。这一段比雷暴雨那段要强，现在因为雷暴雨那段安排了情感的高潮，影响了这一段的表现。这种相遇在现实生活中间也可能是一刹那的时间，但这里是艺术，应当加以扩大和发挥，尤其是要运用音乐的力量。

赵大叔这个人物没有充分发挥作用。这与剧本有关，但主要是音乐的问题。这个人物没有他的连贯的音乐主题，只在开始时唱了“大风大雪”一段，以后再没有他的唱了。这个人物音乐主题的树立，对全剧音乐结构起相当重要的作用。赵大叔一出现，就有很突出的地位，很快又讲红军的故事，以后在全剧的地位都突出，对于全剧情节的贯串、情感的衔接都是十分重要的，他仿佛是这一段历史生活的见证人，对杨白劳一家人的命运，对时代的变化，他的位置是突出的。从他的位置，和提出红军的这个意义上，就要考虑怎样表现他，现在没有充分发挥出他的作用来，没有创造出赵大叔的音乐形象。

赵大叔要有整个的音乐设计，他的音乐主题的确立，莫过于讲红军一段，这一段非唱不行。不但要唱，而且不是一般的唱，要有好的曲调，热情洋溢、深沉、余味无穷，在全剧的曲调中应当是非常耀眼的。这一段音乐主题要贯串下去，一直到后面。“大风大雪”的曲子不足以代表他。赵大叔见到红军没有？剧本说明：他是见到的。因此红军对他不是遥远的事。大春问“红军还会来吗”之后，我设想，这里音乐上要来个变奏，深沉的，大家在痴呆呆地想……曲调在此时重复出现。赵大叔对红军的情感要在喜儿、大春的心里扎下根，这也就在观众心里扎了根。

底下有非常好的一段戏没表现出来：如守岁时，杨白劳沉默了，喜儿入睡以前，问：“爹，真的有红军吗？红军来了，黄家就不会欺负咱们了吧？”……现实生活对于这一家人是残酷的，喜儿入世未深，心地多么单纯，在被逼得走投无路时，通过稚气的口吻，发出了这样的问题。这时赵大叔讲红军的曲调反复，喜儿蒙眬入睡。让这可怜的孩子在悲剧的火山口上闪现一线的寄托，哪怕是一刹那的甜蜜。当时的杨白劳当然是什么问题也听不进去，也许根本没有听见喜儿说的什么，随便安慰喜儿睡下，然后，杨白劳喝卤水死去……戏就进入悲剧的高潮。我设想，只要音乐上作这样的处理，情感的对比就会更强烈、更鲜明。这样的人生滋味，这种情感的分量是非常之大的！也是感人最深的地方！

大春和赵大叔的会面，在题材和事件上都点到了，但处理得还不理想。喜儿在前三幕的遭遇，在观众中印象很深。三年以后的戏如何开始？群众在村口怀念着大春、喜儿，大春回来以后，对赵大叔讲：“八路军就是你当年讲的红军。”这只是把事件前后呼应了一下，在情感上是不够丰满的。这里特别需要音乐，如果第一幕赵大叔的音乐主题树立起来，这里赵大叔和大春会面，就可以引起回想，可以发挥合唱和管弦乐的作用。要造成一个情感上的回澜，迂回一下。音乐的作用，在于要使杨白劳的死、喜儿的被抢、大春的被逼走等形象在这里重新出现，组成浑厚的情感的交响，像大海的波涛一样，甜酸苦辣一齐涌上心来，这时观众的感情就会立体起来。应该把音乐处理成如排山倒海，把感情集中起来，推到饱和点，用这个尖锐的感情高潮来迎接解放，迎接八路军的到来。近代交响乐、交响诗的手法可以适当用于这一场。赵大叔在这一场应更突出些、更深沉些，也更强大些，不要光蹦蹦跳跳的。

四幕以后，喜儿的情感没有充分发挥、统一，成为有事件没有情感的东西。其他人物、事件冲淡了她，冲淡了她和黄世仁的矛盾纠葛。斗争会上，群众和喜儿、黄世仁的会见，也是一个情感的高潮，但在音乐上处理得不够有力。

剧本中间除去唱以外，还有音乐的东西在哪里，现在没有找出来，没有处理，没有充分地发挥音乐的表现力。全剧的音乐得有整个的设计，得有完整的构思。我觉得，现在的剧本和音乐，还有许多宝贵的东西可以发掘出来，只要再调整一下，加加工，尤其是在音乐上重新处理一下，这部歌剧还会放出更灿烂的光彩。如果贺敬之同志和马可同志有一段充裕的时间，以他们的创作才能，我想是可以解决这些问题的。

"应该多唱一些。"——有的同志提出这个意见，这代表了很多人的要求。对此，我有些补充。我不说话多话少，或者说话剧加唱的问题，这么提不容易说明白。问题不在于唱的量多少，而在于整个戏剧的基础是否摆在歌剧的基础上？如果摆在纯理智的、叙事的、说理的基础上，唱多少也不是歌剧。而在于剧本要有抒情的、音乐的气氛，要有真正富有诗意的东西，有了这个，你唱得再少也是歌剧的。写歌剧一考虑到分幕分景，就出现了这个问题。歌剧剧本要生根于深厚的诗与音乐的基础之上，不然作曲家只能根据唱词写几段曲子。现在剧本中存在着这个问题，实际上也是西洋古典歌剧所没有完全解决的问题。古典歌剧音乐方面的水平相当高，在音乐和诗的结合上处理得比较好，但是严格说来，在戏剧与音乐的结合上就没有完全解决。《茶花女》就没有解决；《蝴蝶夫人》解决得好一些。大部分古典歌剧有很高的音乐性，一幕、一段唱处理得很好，或是音乐写得很好，但是综观全局，戏剧性太差。作为歌剧，音乐的局部统一完整固然很好，但损害了整个歌剧的统一完整，这样局部的完整就越发使得整体不完整了。

以上这些，是我这些年看了这个戏觉得不满足所想到的一些意见，有些意见又设想的过于具体，不一定对，仅供参考吧。总之，我的基本意见是：感动人不能光凭朴素的生活的真实，而要把生活中的真实情感升华到诗与音乐的高度，还要充分地运用歌剧——戏剧、音乐和诗的高度综合的艺术的力量去感动人。

（原载《戏剧报》1962 年第 8 期）

注：塞克同志因事没有出席座谈会，这是会后他和本刊记者谈话的记录。

论《白毛女》中的喜儿

方欲晓

中外文学史上许多不朽的杰作，常常经历了一段诞生、成长、最后定型的漫长的创作历程。它们有的甚至是在几个世纪中，经过无数群众的心血的营养，生命的培育，让岁月的风雨洗磨去身上的糟粕，承受时代智慧惠赐的光彩，这才登上了人类艺术的高峰。无论是希腊的伟大史诗《伊利亚特》、《奥德赛》，或者是我国的《水浒》，都有过这样的经历。这些作品，凝聚了多少年代里人们思想的精华，包含着多少创造的辛酸与欢乐；从它那成长的年轮里，将能窥探出多少创作的奥秘啊！

作为我国现代民族新歌剧的奠基石的作品《白毛女》，也有着类似的经历。虽然比起历史上一些伟大的杰作，它的经历是太短了，只有二十余年的时间①，而且直到现在还没有最后定型。但是它幸运地在毛泽东文艺思想的哺育下发育壮大，它的迅速、健康的成长过程，提供了更为宝贵的经验，值得我们好好探讨。主人公喜儿，是《白毛女》中塑造得最成功的形象。在整个创作过程中，作者对这个形象进行了不断的修改。这个形象的成长历程，将会告诉我们一些什么呢？

传说中的白毛仙姑

歌剧《白毛女》是根据40年代初流传在晋察冀抗日根据地的民间口头创作“白毛仙姑”创造成功的。现在看到一些同志记录的“白毛仙姑”的传说中，有一个值得往意的地方：传说对白毛仙姑变成“鬼”以前的生活描写得

---

① 歌剧《白毛女》的创作是在1945年，但“白毛仙姑”的传说则在40年代初就已经流传在晋察冀抗日根据地了。

很简略，而变成“鬼”以后的情形，描写得比较具体。她的确像个“仙姑”了：

> 她在村头的奶奶庙里寄居，曾向村人命令：每月初一、十五两日一定要给她上供。……一次没有给她上供，便听见从阴暗的神坛后发出尖锐的怪声：“你们……不敬奉仙姑……小心有大灾大难……”①

有的还绘声绘色地描写解放后干部捉“鬼”的情景：

> 半夜，鬼真的来了，在昏黄的灯光下，好像真的浑身白毛。这个干部心里也有些发毛，斗着胆子走出来，问道：“是人是鬼！”那个“鬼”不作声，向前逼近三步，干部倒吸一口冷气，后退三步。干部……挺着身子向前逼近三步，“鬼”就后退三步。干部举起大刀，一刀砍过去，因为心慌，砍了个空。“鬼”噢的一声，跑了出去。干部紧跟着不放。“鬼”跑得很快，追着追着不见了。②

传说的作者并不着力于对现实生活的描绘，他们并不是通过表现自己受压迫受欺凌的生活，来诉说自己的苦难。他们撇开了或者忽略了这些，而选取了另一条道路：让自己的炽热的阶级激情，穿上了离奇神妙的情节的外衣。这就造成了故事的强烈的传奇色彩。它的着重点就不在于精确地描写客观生活，相反地却突出地渲染了“鬼”的生活气氛。这一方面表现了人民群众的被压迫，以致过着鬼一般的生活。另一方面，更重要的是表现人民群众被压迫得不能过人的生活时，他们像鬼一样也仍然要坚持着生活，坚持着在反动统治森严强固的地方生活，而且这个人恰恰又是一个受到严重的残害、打击的孤立无援的少女。这样，不是更能够强烈地表现出人民的深刻的阶级仇恨、顽强的求生意志和不屈的反抗精神吗？很显然，这个故事的着重点是在于表现人民群众的这种情绪和愿望。魏晋的志怪小说和唐宋传奇中，有许多鬼魂、精灵的神异怪诞的故事，凡是积极的进步的，大都是着重于表现当时人民群众的理想愿望的。这

① 贺敬之：《〈白毛女〉的创作与演出》，《白毛女》，人民文学出版社1960年版，第216页。

② 马可：《从秧歌剧到〈白毛女〉》，《中国青年报》1962年5月12日，第4版。

可以说是一种传统的精神。“白毛仙姑”的传说和这种精神正是一脉相承的，因而被称作新传奇。这个新传奇突破了旧传奇的局限。人民群众大胆地描写了白毛仙姑的“鬼”的外貌与行径，却不像过去的志怪、传奇那样，没有把她说成是真的神仙或鬼魂。她还是人，是一个过着鬼一般生活的人。人而至于过鬼的生活，这不正是旧社会的深重罪恶吗？在这里，情节的神奇怪诞与深刻地揭示社会本质达到了高度的和谐、统一。这不能不说是人民群众的一个天才的创造。“白毛仙姑”故事的传奇性的情节，主要为了更强烈、更充分地表现人民群众的理想和愿望，指出这一点是重要的，因为作为歌剧《白毛女》的强烈的浪漫主义基调，应该说在这原始的传说中，已经被定下来了。

但是，传说在渲染阴森恐怖的“鬼”的生活气氛时，也使白毛仙姑的形象给人以神秘之感。这是有损于人物形象的完美的。而且白毛仙姑借庙里的贡果为生，竟然“命令”村人按时上供。村人偶有疏失，她还发出尖厉之声来吓服。这些描写很容易使人联想起旧社会民间靠迷信来欺诈群众的巫婆仙姑之类的人物的行径。白毛仙姑与村人是血肉相连的阶级的父女兄妹，他们的利害是一致的。传说把他们处理得很隔膜，过于突出了他们的矛盾。而且这还很容易把白毛仙姑与地主阶级的矛盾（这是本质的矛盾）遮盖了起来。这也许是当初一些缺乏敏锐深邃的眼光的同志，不能一眼就看出传说所寓藏的深刻的思想意义，而主张把它当作破除迷信的题材来处理的一个原因吧。人民口头创作的粗糙、幼稚，甚至夹杂着一些糟粕，常常是难免的。“白毛仙姑”的传说提供了一个具有强烈反抗精神的农村少女的奇特的经历，然而这个少女的具体面貌还不很清晰，不很完美，还需要一个创造。这是一块珍贵的矿石，就看我们的作家怎样的熔炼和锻造了！

最初的喜儿

延安鲁艺的同志们把白毛仙姑的故事搬上了歌剧舞台。1945 年《白毛女》的演出轰动了延安。在传说里由白毛仙姑口述的她的简略的生活经历，为生动丰富的现实生活内容所充实了。白毛仙姑得到了她的名字——喜儿，也获得了自已的鲜明的性格。她已经不再是一个如神似鬼的“仙姑”，而是以一个血肉丰满的真实的人的形象出现在舞台上。我们看到的已经不再是她如何命令村人按时上供的情节，而是她作为一个人如何被逼成“鬼”，以及如何从“鬼”被解放而变成人的充满了无限悲欢的整个遭遇。

从第一幕在浓重的悲凉与淡淡的欢乐交织着的一个农家的年关夜里，我们看到年轻的喜儿充满了稚气。她热爱生活，追求幸福；但她未谙世事，不懂得黑暗社会有怎样的残酷，也还没有意识到受压迫者的命运将是何等的悲惨。她还那样的天真无邪、单纯淳朴。就是这样的一个少女，却承担了沉重的灾难，受到了旧社会灭绝人性的迫害。喜儿，她简直就是个苦难的化身。就是在苦难的熬煎与磨炼里，她迸发出了仇恨的烈焰。当第三幕喜儿逃出黄家时，她唱道：

向前走，不回头，
我有冤呀，我有仇！
他们害死了我的爹，又害我，
烂了骨头我也记住这冤仇！

想要逼死我，瞎了你眼窝，
舀不干的水，扑不灭的火！
我不死，我要活，
我要报仇，我要活！！①

假如说杨白劳是为了冤屈而死，喜儿则是为了冤仇而活。杨白劳要以死来控诉地主的暴行；喜儿则要活下去，活着等待仇人的灭亡。强烈的复仇意志，坚决的反抗精神，支持着她在极险恶的环境里顽强地活下去。劳动人民长期与剥削阶级作斗争中所形成的坚强性格，在喜儿身上得到了充分的表现。喜儿已经成了仇恨的化身。

但是，上述这一些还不是喜儿性格的全部。从最初的喜儿形象中，我们还看到了另外一些东西。

在第二幕第三场喜儿被黄世仁奸污后，她曾经想上吊。这种自杀当然也能表示自已不愿屈服、不愿苟活，但毕竟是软弱而且消极的。这是杨白劳的道路。然而喜儿在一时间产生这种念头并非不可能的。旧社会里有多少妇女遭到了这样的迫害啊！《赤叶河》里的燕燕就是在被恶霸地主吕承书奸污后含羞自

① 本段所引的有关喜儿的材料，均见1946年6月新华书店出版的《白毛女》，下面不再一一注明。

尽的。作者阮章竞说："严酷的封建压迫下的中国农村妇女，所受的痛苦更苦，更重，常常因很小的事，就自寻短见……她是死了，她是这个野蛮社会的殉葬者！"① 喜儿却没有死，她在张二婶的鼓励下活下去了。她抛弃了自杀的念头，标志着她抛弃了杨白劳的道路。然而她也并没有马上就走上坚决反抗的道路。

第三幕第二场，黄世仁筹备结亲：

（喜儿提木桶上……行动不便，形容憔悴）

喜儿：（唱）（第五十八曲）

自那以后七个月啊，

压折的树枝石头底下活啊，

忍辱怕羞眼含泪啊，

身子难受不能说啊！

事到如今无路走啊，

没法，只有指望他……低头……过日月……！

（进门，看喜帖）要办喜事了，少东家，他……

这时恰好喜儿与黄世仁相遇，他们还有这样一段对话：

喜：（挡他）我问你……"

黄：好，……（只得停下）

喜：你也该知道我……身子……一天一天大啦，叫我怎么办呀！……

黄：唔……

喜：人家都笑我……骂我……我想死也死不了……

黄：唔……（欲走）

喜：（哭）你可怜可怜我呀，你……

喜儿在一段时间内对黄世仁有过幻想。她的处境的确是十分困难的。她被奸污而身怀有孕，得不到同情反被人耻笑，又与自己的亲人隔绝，孤独无依，已经到了"想死也死不了"的地步。这时，假如阶级意识还不鲜明，阶级仇

① 阮章竞：《赤叶河——后记》。见《赤叶河》，新华书店1949年5月版，第118页。

恨还没有被激发起来，为了求生，只好含垢忍辱，甚至哀求地主的同情，对他们抱有幻想。这在旧社会里是并不奇怪的。劳动人民当他们还受着统治思想的影响，还没有觉醒起来，还没有找到自己的出路时，对统治阶级有些错误的认识，是可能的。我们在鲁迅的《祝福》里看到祥林嫂卖命地给鲁四老爷家干活，反而肥胖了起来。在柔石的《为奴隶的母亲》里看到被点给秀才的皮贩子的妻子，对秀才也曾经有过幻想。假如说“甚至那最革命的典型——现代的无产者——因为是在资产阶级观点的压力和包围之中教养出来的，也不免在他们的心理上带有资产阶级气味底或显或隐的印迹”①，那么，喜儿，她生长在旧社会的坏境里，为什么就不可能也有一些这样或者那样的旧思想的影响呢？何况她还那样年轻幼稚，她对社会生活还欠缺深刻的认识。正如张二婶子说的：“憨孩子，一时糊涂啊……”只有当她经历了这样一番磨难，认清了地主阶级的真面目时，她的仇恨才大大地加强，她的反抗性终于爆发起来了。她拉着黄世仁，愤怒地撕他，说道：“今儿个我明白啦，你害死我爹，又害我！”“我给你们拼啦！”

第四幕，喜儿逃到山上后，生了小白毛。十冬腊月，饥寒交迫，母子无以为生，终于下山来向王大婶求救。为了这，她经历了一番思想斗争：

……我去找王大婶子去……不行，他们知道我有了这个孩子，我没有脸再见他们……，（转向孩）孽种，你！……不行，不行，我没有脸去见他们，咱们就死在这儿吧！……（孩子声嘶力竭地哭，喜儿下了决心似的）我，我舍着这个脸去找王大婶子去，就当是个要饭的，也跟她要口吃的……（欲下又回）我怎么还有脸？……哎！（下）

当王大婶子听见喜儿的敲门声令大春出去开门时，“原先下的决心又动摇了，她本能地退到了一旁，隐蔽起来”。她在门外窃听到王大婶说她“有了身子，寻了短见”，赵大叔赞扬道：“喜儿这孩子性子烈，死得有骨气。”这时，她：

喜：……唉——（唱）（第六十六曲）

喜儿啊，

---

① 高尔基：《俄国文学史》，新文艺出版社1956年版，第69页。

我成了什么人，

有什么脸面见他们，

我是一个罪人呢，

——我对不起死了的爹，也对不起大婶大叔，

就是冻死我，饿死我——

也不能把这门来进！

一道封建意识的高墙，终于把喜儿和她的亲人们隔开来了。喜儿所以一直觉得自己没有脸见人，甚至把自己视为“罪人”，就是因为她被奸污生了“孽种”。按照封建道德和封建贞操观念，假如她“性子烈”“有骨气”，就应该去死，而活着当然是没有脸见人的。这种封建意识还使喜儿把对黄世仁的仇恨，错误地转嫁给小白毛，把自己所以受苦受罪的原因，看成“都因为有了你，你……你……你这孽种”，甚至差点亲手将他掐死了！一直到最后一幕，王大春到山洞来救她时，喜儿和亲人之间还很隔膜，她误会了王大春：“你，大春……你们也来害我了！”以致在这样的刺激下，她昏倒在地。

喜儿，在她整个受迫害的生涯中，都有一块旧思想旧意识的阴影投射在她的心灵上。看了这些段落的戏以后，有一个问题发人深省：剥削阶级不但在政治上、经济上残酷地压迫劳动人民，在肉体上摧残他们，特别令人切齿痛恨的是还污染他们的思想，伤害他们的心灵，用统治思想的烟雾迷了他们的眼睛，使他们受着深重压迫却缺乏觉悟，看不清仇人的面目，疏远了自己的亲人。这就是剥削阶级的深重罪恶啊！描写喜儿心灵上的这些阴影，对加深对旧社会罪恶的揭露与批判，加强对受压迫者的苦难的申诉，不是没有好处的。

作者正确地表现了喜儿最终没有被这些统治阶级的意识所损害。悲惨的生活使她产生了很强的抵抗力，使她始终保持着劳动人民的本色。与强暴的反抗斗争始终是她性格的主导方面。虽然有过自杀的念头，但很快就抛弃了。虽然对黄世仁一时间产生过幻想，但马上就识破了他的嘴脸，爆发了强烈的反抗性。虽然有不敢见亲人的思想，但只是强烈的复仇信念才使她坚持三年山洞的非人生活。最后在王大春的怀抱中感受到阶级的温暖，误解也很快就冰消雪融了。苦难的磨炼，不但使她变得更深沉，而且磨掉她思想上的杂质，使她变得更加纯洁了。她的思想历程是比较复杂的、曲折的，但却是合情合理的。这就是我们最初所看到的喜儿。这个喜儿既有着坚决反抗的一面，也有着受旧的意识沾染的一面。而最终是前者克服了后者，她成长起来了。她的性格和成长过

程赋有这样的时代内容：它反映了从中国共产党成立以后，在农村暴风骤雨的革命运动中，广大农民的觉醒。固有的传统的反抗精神开始得到高度的发扬，但旧意识的阴影一时还没有完全扫净，而正在斗争的过程中被逐渐地扫净了。这个喜儿形象比起传说中的白毛仙姑要美得多了，她受到了千百万人民群众的热烈喜爱。

但是，人民群众是不是对这个喜儿形象完全满意了呢？

一个新的喜儿

《白毛女》诞生后，在各地广泛的演出过程中，接受了群众的意见，不断进行修改。1946 年在张家口的修改中，增加了赵大叔讲红军故事、大春大锁痛打穆仁智和大春参军的情节[①]。1950 年的修改中，删去了喜儿山洞生活的第四幕，增加了赵大叔放羊的情节。1954 年的修改中又删掉了第三幕喜儿对黄世仁的幻想。这就成了我们今天看到的《白毛女》。[②] 经过一系列修改后，喜儿的面貌有了很大的改变，她已经是一个新的喜儿了。

在创作的熔炉里被熔炼得更为纯粹，喜儿的形象更加光彩夺目，晶莹透亮。除了她被奸污后曾经想寻短见之外（这在电影《白毛女》中也被合理地删去了），表现喜儿对黄世仁的幻想、她的封建意识以及对王大婶等人的隔膜的那些情节，全部被删去了。也就是说原来喜儿性格中的阴暗面已经没有了，她变得更纯洁了。她的反抗性便显得更加突出，她成了一个顽强的复仇者的形象。当黄世仁欺骗说要娶她为妻时，她是“意想不到地，如蒙大耻，如受重击，欲呼又止”。她对二婶子说：“他能害我，能杀我，他可别妄想拿沙子能迷住我的眼！”“我就是再没有能耐，也不能再像我爹似的了。杀鸡鸡还能蹬打他几下哪。哪怕是有一天再把刀架在我脖子上吧，我也要一口咬他一个血印！”[③] 喜儿的阶级意识十分鲜明，她的反抗行动是十分清醒的。喜儿被提高了。

在修改的过程中，《白毛女》的整个典型环境也经过了改造。在杨格村里虽然还有着落后迷信的思想，然而红军播下的希望的火种，从老一代农民的心里传到新一代农民的心里，一直没有熄灭。而在离它不远的地方，党的红旗在

① 1949 年 5 月新华书店出版的收入《中国人民文艺丛书》的《白毛女》，就是根据张家口修改本稍加修订后出版的。

② 见 1954 年 10 月人民文学出版社第二版《白毛女》。

③ 以上引文均见于 1954 年修改后的《白毛女》的各种版本。

迎风飘扬，招引着这儿反抗失散的儿女投奔到她的怀抱里来。杨格村已经不再是落后愚昧、阴塞停滞的未庄或者鲁镇了，而且比起最初那个杨格村来，也已经很不一样了。有趣的是，这个典型环境的改造先于喜儿形象的提高。这就是说剧作者们首先感到的是典型环境的描写还没有充分反映时代现实的特点。而当他们改变了环境之后，主人公形象的提高就成为合乎生活逻辑的了。在对整个时代生活的认识加深之后，也加深了对主人公性格的理解，认识到她的思想可以更高一些，从而很自然地要求修改人物形象。这就绝不像有些作者那样，他们从主观的愿望出发，为了要“加强思想意义”，而“提高”了实际上是“拔高”了人物。这就是为什么对喜儿的异乎寻常的反抗行动，人们认为是理所当然的；然而假如让祥林嫂觉醒，让皮贩子的妻子起来和秀才娘子斗争，那就成为滑稽的事了。

当然，剧作家改造了杨格村的典型环境之后，并没有同时就提高喜儿。从1946年对典型环境的修改，到1954年最后删去喜儿的幻想，整整经过了八年的时间。认识的提高是需要时间的。删去喜儿的幻想这是接受了群众的要求。那么，为什么群众会有这样的要求呢?

十月革命以后，高尔基曾经希望苏联的艺术家们不应该害怕在艺术中把苏维埃现实和新人加以某种概括性的理想化，因为他认为在这个时代里，劳动人民创造了这么多美好而奇异的东西，艺术必须找到具体表现他们的新形式。在《白毛女》诞生的40年代后期的中国革命根据地，应该说也已经到了高尔基所说的那个时代了。在这儿，人民群众在共产党的领导下，进行了史无前例的翻天覆地的伟大斗争。这个伟大的斗争使他们推翻了几千年的封建统治，也推翻了对劳动人民的传统的错误观念。这个伟大的斗争使他们开始认识到自己的扭转乾坤的巨大力量，认识到自己是历史的真正创造者。报了仇伸了冤，翻了身抬起头的人民群众，意气高扬，精神奋发。人民要求在文艺作品中看到的自己的形象应该是创造历史的巨人的形象，要求文艺作品帮助他们倾泻对剥削者的最深刻的仇恨，并且像号角和战鼓一般激起他们向着压迫阶级勇猛进军的战斗激情。一个需要而且产生革命浪漫主义的时代已经来到。然而过去许多文艺作品中，特别是在19世纪欧洲批判现实主义的作品中，劳动人民的形象却是另一个样儿的。他们常常被描写成从肉体到精神被惨重的阶级压迫所扭曲了的被侮辱被损害者。在五四以来的新文学作品中，我们也看到了这种影响。而这样的劳动人民形象当然已经不符合于当时革命群众的新的美学理想了。最初的喜儿身上尚残存着旧意识的影响，残存着被侮辱被损害者的一些痕迹，反映了创作者在思想上还没有明确地认识新时代的新群众的美学理想。因此最初的喜儿形象不被通过，群众要求在理想的指导下，大胆地毫不顾惜地洗去喜儿形象中的旧痕迹，而把劳动人民的美好光辉的东西集中在她的身上，突出地加以表现，使人物发出更大的光彩。于是喜儿被理想化了，一个劳动人民认为“应该如此”的喜儿形象终于塑造出来了。显然，修改后的喜儿形象更美、更理想，也更富有革命浪漫主义的色彩。可不要小看了这个变化啊，它不但对研究革命现实主义与革命浪漫主义相结合的创作方法有很大的启示，而且这实际上是一个转变，一个如同在现实生活中一样，在文艺作品中劳动人民的地位、面貌也正在经历着的有革命意义的转变啊！

但是，这样说绝不能理解为要求文艺作品中的任何一个劳动者的形象都必须是十分高大的，而且不准许描写劳动群众中的落后人物。事实并不如此。群众希望把喜儿塑造得更高、更美，然而却没有要求杨白劳不要喝卤水自杀啊！这是为什么呢？

喜儿是一个贫苦农民的女儿，她那样聪明、美丽、纯洁，岂但是杨白劳爱她如命，所有的劳动人民也都爱她的。然而她所经受的苦难又实在是太深重了，她很自然地得到了人们深深的同情与关怀。“农民本来把最好的希望和理想寄托在苦难深重的喜儿身上”，并且要求“对喜儿付出满心的热爱，把她当成一个苦难的阶级的女儿来看待，始终细心地爱护这一美丽的形象”。[①] 而喜儿又是农民中的年轻一辈的新人，人们有理由不愿再让那些旧意识玷污了她。因袭的重担就让杨白劳挑着走吧，喜儿应该而且可以是无瑕之玉。同时，她性格中原来就有坚强的一面，可以特别强调地表现出来。正因为人物自身具有这些特殊的条件，人们才把理想寄托在她的身上。

其次，上面说过《白毛女》的浪漫主义的基调早在民间传说中就已经定下来了。人民要求看到自己坚决反抗斗争的理想和意志，是这个传说创作的核心意旨。为了这所创造的强烈传奇色彩的情节，又提供了可能，让主人公把她的反抗性充分表现出来。因此，比较起来，无论从创作的意旨到整个故事的情节发展，应该说修改后的喜儿更适合于《白毛女》这个具体的作品。这也是喜儿形象可以塑造得更理想的具体条件。

可以看到，正是人物自身特点、作品创作主旨和故事情节的特点，这些具

---

① 丁毅：《歌剧〈白毛女〉创作的经过》。见《作家谈创作》，中国青年出版社 1965 年版，第 69 ~ 70 页。

体条件，才使得喜儿的被理想化成为可能。修改后的喜儿形象，既是理想化了的，而她的性格又是深深地扎根在历史和现实的土壤中的。历史上人民反抗斗争的传统血液，在受到无产阶级革命时代的影响而震动了的反抗者的心里，澎湃翻腾，终于化为强烈的仇恨，向着压迫者的阶级爆发了出来。喜儿成为劳动人民中反抗者和复仇者的一个典型，足以在现代文学史上和阿Q、祥林嫂、吴荪甫、朱老忠这些第一流的典型形象相媲美。

小　结

把喜儿形象的发展过程，也就是这个形象的典型化过程，作了上述的分析之后，简略地归纳一些浅陋的看法。

《白毛女》的正面主人公喜儿虽然并不是一个叱咤风云的英雄人物，甚至可以说她只是一个普通的受害者；但她的反抗行动是异乎寻常的，她的阶级意识是极清醒极鲜明的。她在当时的现实中是罕见的，或者说是不可能有的。(旧社会里在山洞里逃生，甚至坚持数年生活者是有的，但能具有如喜儿这般清醒的反抗意识，强烈的复仇意志者，显然是少有的）她是理想化了的，是现实生活中反抗的劳动者的更高、更集中、更强烈的表现，因而是升到现实以上了的。从传说到不同时期的剧本，人们不断修改这个形象，使之日臻完美，日益高大。这个过程有力地证明喜儿是个理想化的人物。这种在革命理想的指导下，塑造正面主人公，使这个形象足以充分反映革命群众的理想愿望，甚至为此可以选择一些离奇的不寻常的情节，这正是革命浪漫主义的方法。

作家企图运用革命浪漫主义的方法把自己的主人公理想化，这是有条件的。对喜儿来说，这就是典型环境的影响，（党的影响、红军留下的火种，使杨格村群众反抗性的增长）和人物自身的特点。（诸如她是年轻的新一代人物，她聪明纯洁并有反抗意志，以及足以充分表现这反抗意志的一段生活经历等）如果离开了这些条件，人们就很难理解喜儿的强烈反抗性是从何而来的。这样，无论把喜儿写得多高也是不足以说服人的，也是缺乏艺术感人力量的。革命的浪漫主义必须与革命的现实主义相结合。这种结合不仅仅是说革命的理想应该是从现实的基础上产生出来的，而且革命的现实主义应该在作品的描写中也有所表现。《白毛女》对整个杨格村阶级关系的描写都是现实主义的。但是对这个现实的描写是在革命理想指导下的，描写的目的也不是为了精确地展现客观生活的图画，而是为了使主人公的强烈的反抗行动在不脱离现实生活的基础上可以充分地被理想化。树木把根儿植在土壤中，它的枝叶向着阳光伸展出去。它所扎根的土壤越深厚，它的枝叶就可能向着天空伸展得越高，距离太阳越近。由于《白毛女》对现实生活描写的深刻、坚实，喜儿才能被如此地升高了。

在小说和戏剧的领域中如何运用革命现实主义和革命浪漫主义相结合的方法，《白毛女》中喜儿形象的塑造，在这方面对我们是有启示的。

（原载《北京大学学报》1963 年第 6 期）

历史就是见证

——忆歌剧《白毛女》的创作，深揭狠批“四人帮”

张 庚

新歌剧《白毛女》被“四人帮”打入冷宫，到现在已经十多年了。今天重上舞台，我作为这个歌剧创作过程的参与者，感到非常兴奋。由于“四人帮”的禁止，我们的年轻一代中，有许多人不知道在无产阶级革命文艺舞台上曾经有过一个新歌剧《白毛女》，更不用说，对它产生的意义、对它在解放战争时期所起的作用，是完全不明白的了。

“四人帮”及其吹鼓手们为了给大野心家江青涂脂抹粉，以达到他们篡党夺权的卑鄙目的，竟公然把无产阶级的文艺从《国际歌》以后到京剧革命以前的历史，胡说成似乎是一段空白。听到这种肆无忌惮地篡改革命文艺的历史、抹杀毛主席《在延安文艺座谈会上的讲话》对中国无产阶级文艺所起的伟大作用的无耻谰言，我们岂能忍受？新歌剧《白毛女》的存在，就是驳斥这种谰言的一个有力证据。我们在今天必须谈谈新歌剧《白毛女》的历史，谈谈它产生的经过，和它在革命斗争中所起的“团结人民、教育人民、打击敌人、消灭敌人”的作用。把这一段无产阶级革命文艺的历史，告诉我们年轻一代，让他们清楚地知道在毛主席《在延安文艺座谈会上的讲话》精神的感召之下，如何形成了无产阶级文艺工作的优良革命传统；让他们能从事实的对比中了解到，“四人帮”所搞的那条反革命的修正主义文艺黑线，如何践踏和破坏了我们的革命传统。

新歌剧《白毛女》不是偶然产生的，它不可能出现在延安文艺座谈会之前，只能出现在它之后。新歌剧《白毛女》是毛主席文艺思想的产儿，是当时延安广大革命文艺工作者初步掌握了《在延安文艺座谈会上的讲话》的精神实质之后所产生的一部有代表性的作品。

在延安文艺座谈会以前，延安的文艺工作者中间“还严重地存在着作风不正的东西”，“还有很多的唯心论、教条主义、空想、空谈、轻视实践、脱离群众等的缺点”。毛主席严正地指出：“我们有许多同志还不大清楚无产阶级和小资产阶级的区别。有许多党员，在组织上入了党，思想上并没有完全入党，甚至完全没有入党。这种思想上没有入党的人，头脑里还装着许多剥削阶级的脏东西，根本不知道什么是无产阶级思想，什么是共产主义，什么是党。”在新歌剧《白毛女》的创作单位鲁迅艺术学院，也存在着这种状况，而特别突出的一种表现就是“关门提高”。“关门提高”的意思，就是对于延安的工农兵把门关起来，不为他们服务，而去进修一些脱离当时延安生活和斗争实际的古典文学作品，说是要为将来全国解放之后，培养一批“提高”的文艺人才。在文艺座谈会后不久，毛主席亲自到鲁艺来讲话，批判了“关门提高”的错误，号召关在鲁艺这个小圈子里的人，把自己从小圈子里解放出来。毛主席用两句非常形象的话来概括，称鲁艺这个学校为“小鲁艺”，把鲁艺以外的广大天地叫做“大鲁艺”。毛主席说，我们一定要走出“小鲁艺”，到“大鲁艺”中间去学习。毛主席还说，知识分子没有真正的知识，可是他们还看不起工农兵群众。就好比新到贵州的毛驴一样，贵州土生土长的老虎没见过毛驴，对它莫测高深，很怕它。后来毛驴踢了老虎一蹄子，老虎恍然大悟：本领不过如此！所以知识分子必须到工农兵中间去虚心学习。

鲁艺的广大干部和学生，听了毛主席的谆谆教诲，受到了极大的鼓舞，决心要遵照毛主席的指示去做。这里首先要解决的是为什么人服务的问题，其次是如何为的问题。在“抗战”初期，许多文艺工作者也曾经到工农兵中去演出过，因为思想感情问题没有解决，艺术形式上为老百姓所喜闻乐见的问题也没有解决，没有能在这方面创造出成功的经验来。文艺座谈会以后，经过学习，为工农兵服务的决心已经有了，艺术上如何能做到为他们喜闻乐见呢？这首先只有向群众学习。陕北的老百姓爱闹秧歌，就向老百姓学习秧歌，紧接着就运用秧歌这种艺术形式向群众宣传革命道理。路线对头了，艺术上也就容易受到工农兵的接受。果然，群众不仅接受了，而且还很爱看，秧歌队走到哪里观众跟到哪里，一看再看还看不厌。

当时，延安的新秧歌队影响很大。中共中央西北局感到延安的新秧歌运动已经普及，就要求鲁艺、青艺（青年艺术剧院）、西北文工团等五个专业团体分别到陕甘宁边区的五个分区去工作，一面劳军，一面为老乡演出，一面也把新秧歌运动普及到各分区去。鲁艺所派定的地方是绥德分区。这是一个新区，没有经过土地革命，所以还有地主阶级。我们的工作方式是到一个地方先进行调查访问，看看这里有些什么工作需要配合，有些什么劳模需要表扬。另外还有一部分人去进行艺术上的调查访问，看这里有什么民间艺人，有什么特殊的艺术，并且立刻向他们学习，记录他们的民歌，收集他们所口述的秧歌本子。经过这样一番调查之后，就连夜赶编一些适合当地情况的新节目来演出。这时，农村正在搞减租减息运动，我们一面参加和地主进行说理斗争的减租会，一面在会上编演配合减租的节目，效果特别好。

这个秧歌队在农村工作了四个多月才回延安。这些同志中的多数，是第一次这样较长、较深入地和农村接触，也初步见到了贫雇农和地主之间的阶级斗争，大家回来总结自己的收获，都认为这四个月的学习，是关门死啃书本时无法比拟的，这还只是初步尝到一点点“大鲁艺”的甜头而已。

我之所以说了这许多新秧歌运动的情况，那是因为这些都构成了创作新歌剧《白毛女》的准备条件。要是没有这个阶段的学习，《白毛女》的创作一定会遇到许多难以克服的困难。例如《白毛女》最后斗争黄世仁一场，就是从参加减租会得到的生活素材。像这样的斗争场面，在下乡之前我们是从来没有见过的。

《白毛女》创作的另一个不可缺少的条件，是西北战地服务团从晋察冀前方回到延安。这不只是说他们带回新民间传说《白毛女故事》记录本，更重要的是他们带回了长达五六年之久的前方战斗生活的体验。这些年，他们是和农民战斗生活在一起，是和农民同甘共苦的。

这时党的“七大”快要在延安召开了，各方面都为开好这个会做准备工作。鲁艺准备排演一个大型的、在现有基础上提高一步的新秧歌剧作为献礼。大家一致同意选定《白毛女故事》这个题材来编戏。

这个戏从头到尾是一个大的集体创作，整个鲁艺都关心这个戏，都提供意见，都参加讨论，甚至争论；在鲁艺的墙报上，接二连三写出各种不同的意见来，从内容、主题、人物塑造、处理手法直到用什么语言：方言还是普通话？用什么音乐：作曲还是配乐？用什么表演方式：虚拟还是写实？等等，等等。关心这个戏的还不只是鲁艺，延安文艺界的同志，对文艺有兴趣的干部，还有鲁艺所在地桥儿沟的老乡们，都经常来看排演，他们特别关心剧中人物的命运，也可以说，他们都热心于干预剧中人物思想、生活发展的方向。在这种热情的关怀中，使得《白毛女》的创作集体汲取了丰富的思想营养，提高了创作的政治水平和思想水平。记得全剧总排后的第二天，创作集体到处去收集意见。有一个炊事员同志一面切菜，一面使劲地剁着砧板说：戏是好，就是那个混蛋黄世仁不枪毙，太不公平！创作集体的人觉得这是"抗战"时期，对于地主阶级基本上还应当团结，如果枪毙了，岂不违反政策吗？所以没有马上改。

至于创作集体内部，无论是作者、作曲者、导演、演员、舞台美术人员都来共同参加创作，会编词的编词，会设计动作的设计动作。这一切都集中到剧作者、作曲者和导演那里做统一的考虑。

《白毛女》的创作过程是很不平静的，一方面有革命干部、革命群众的热情关心，另一方面也存在着路线斗争。当时在墙报上就出现过文章，攻击《白毛女》，说它是破坏统一战线的戏；还说它在艺术上有三个不统一，那就是主题不统一，结构不统一，形式不统一。文章的用意，就是要整个否定这个戏，将它一棍子打死。但是由于革命群众的大力支持，并且对这种破坏性的谬论进行了回击，创作集体也齐心抗住这股逆流，坚决完成了这个向党的"七大"献礼的新歌剧。

《白毛女》的第一次正式演出是在党校礼堂，观众是党的"七大"的代表、全体中央的同志。毛主席在百忙中也来看了戏。演出获得了很大的成功。演出的第二天，中央办公厅派人来传达了毛主席、周副主席和其他中央领导同志的意见。意见一共有三条：第一，这个戏是非常适合时宜的；第二，黄世仁应当枪毙；第三，艺术上是成功的。传达者解释这些意见说：中国革命的基本问题是农民问题。农民是中国的绝大多数，所谓农民问题，主要就是农民反对地主阶级剥削的问题。这个戏反映了这种矛盾。在抗日战争胜利后，这种阶级斗争必然尖锐起来。这个戏既然反映了这种现实，一定会广泛地流行起来的。不过黄世仁如此作恶多端，还不枪毙他，这反映作者们还有些右的情绪，不敢放手发动群众，广大观众一定不答应的。创作集体的同志们听到这些意见之后，受到了很大的教育。他们觉得排演《白毛女》以来，并没有充分认识到毛主席、周副主席和其他中央领导同志们所说的这种深刻的政治意义，更没有理解到对于黄世仁的处理，关系如此之大。中国革命又到了新的转变关头，如果没有毛主席、周副主席这样及时的教育，就认识不到，就会仍旧拿老眼光去看正在变化中的阶级关系。也认识到对炊事员同志所提的意见没有加以重视，看不出来他的意见有广泛的代表性。而党中央领导同志的意见却是和普通群众的意见一致的。于是立刻动手改成了用枪毙黄世仁结尾。

这个戏演出之后，收到了许多观众来信，有的给剧团很多鼓励，有的提出各种具体建议，还有好些女同志不约而同地告诉我们，看了戏使她们回忆到自己的过去，她们的遭遇是和喜儿很相似的，因此她们一面看这个戏，一面哭得看不下去。其中有一个同志把她的生活经历都写在信上。从这些来信中，剧团的同志们才知道《白毛女》虽然带着浓厚的传奇色彩，却深刻地反映了中国阶级斗争的真实情况，描写了具有典型意义的事件。

《白毛女》这个戏的作用，的确是创作集体原来没有意料到的。在各解放区的土改斗争中，在解放战争中都起到了很大的作用。我是在东北解放区参加土改斗争的，我们带着剧团去参加土改工作，到了一个村子，首先用演《白毛女》来发动群众。当群众看到黄世仁逼债逼死人命，看到黄世仁残害喜儿时，观众真是怒不可遏。有的农民甚至拿着石块往台上扔。戏一演完，马上召集座谈会，这个村子的土改斗争盖子就揭开了。

在部队里的演出效果也非常强烈。在保卫延安的战役中，部队在开往前线之前，先看《白毛女》。看一遍还不够，要连看两场，从晚饭后开戏一直演到第二天黎明，战士们高喊“为喜儿报仇”，“为杨白劳报仇”，看完戏，连觉也不睡，就整队开赴前线。“为喜儿报仇”成为解放战争中战士们普遍的口号。有许多战士还把这个口号刻在自己的枪托上面，表示时刻不能忘记这个阶级仇恨。

毛主席说：“革命的文艺，应当根据实际生活创造出各种各样的人物来，帮助群众推动历史的前进。例如一方面是人们受饿、受冻、受压迫，一方面是人剥削人、人压迫人，这个事实到处存在着，人们也看得很平淡；文艺就把这种日常的现象集中起来，把其中的矛盾和斗争典型化，造成文学作品或艺术作品，就能使人民群众惊醒起来，感奋起来，推动人民群众走向团结和斗争，实行改造自己的环境。”新歌剧《白毛女》的确是按毛主席的指示创造出来的，所以也就能够达到毛主席所说的革命文艺应有的效果，在群众中产生改造世界的物质力量。《白毛女》的创作者们是一群普通的革命文艺工作者。由于他们受了《在延安文艺座谈会上的讲话》的教育，走到工农兵中间去，真心诚意向工农兵学习，又为他们服务，所以开始熟悉工农兵和他们的好恶爱憎，由于《白毛女》的创作是和广大工农兵及其干部一起进行的，所以能从广大群众中汲取营养，丰富创作，特别是由于毛主席和周副主席关心和爱护文艺工作者，随时注意提高他们的思想、政治水平，所以使他们能在《白毛女》创作上从不很自觉变得更加自觉，变得比较充分地认识到自己所从事的创作工作的重大政治意义，因而能够不断去提高作品的政治性和艺术性，这才创造出了《白毛女》这个作品，在革命斗争中起到较大的作用。

"四人帮"为了他们卑鄙的目的，把新歌剧《白毛女》一口否定，认定它是一个犯了严重错误的作品，它的作者是必须作检讨的，如不经过江青这个"旗手"为之"脱胎换骨"，它就是永远不能翻身的。这种扼杀无产阶级革命文艺作品和迫害无产阶级革命文艺工作者的无法无天的行径，是令人发指的。

在华主席英明领导下，一举粉碎了"四人帮"篡党夺权阴谋，挽救了我们伟大的社会主义国家，也挽救了毛主席文艺思想和文艺路线指导下的中国无产阶级文艺。新歌剧《白毛女》的重新上演，标志着毛主席文艺思想正在排除"四人帮"反革命修正主义文艺黑线的干扰，大放光芒。革命文艺工作者正在摩拳擦掌，投入大揭大批"四人帮"和大搞创作的战斗，一个毛主席文艺思想光辉照耀下的百花竞艳的文艺繁荣局面正在到来。

（原载《人民日报》1977年3月13日）

今朝更好看

——歌剧《白毛女》观后随记

李满天

打倒"四人帮"，今年春来早。百花园里，群卉竞放，歌剧《白毛女》也于此时重现于舞台。

被"四人帮"禁锢十年之久的这一优秀大型新歌剧，在以英明领袖华主席为首的党中央一举粉碎了"四人帮"篡党夺权的阴谋后，又以其强烈的战斗气氛，浓郁的民族风格同久别的观众见面了，真是令人万分振奋，同时又百感交集。

歌剧《白毛女》是根据一个民间口头传说故事编写的。这个口头传说故事，诞生于1940年左右，起源于当时的晋察冀边区石家庄西北的山区一带。

《白毛女》传说故事的最初创作者是谁？如何流传开来？故事的具体环境与背景如何？等等，有些虽言之凿凿，但在当时就难以查明，现在更无法弄清楚了。

可是那传说故事的创作和流传，随着我国革命形势的发展，也在不断地衍变和扩大，故事情节也越来越趋于完整了。尤其在毛主席《在延安文艺座谈会上的讲话》的光辉照耀下，故事的主题更为明确，战斗性更为加强，宣传群众的作用更为有力。这在当时是极为动人、极不寻常的。

1943年冬季，抗日战争已经过去了六个多年头，曙光在前，胜利在望。日本帝国主义者像一头受了重伤的野兽，走投无路，他们最后挣扎，对边区发动了连续三个月的残酷大"扫荡"。边区军民在极端困难的黎明前的黑暗里，经历着一场生死的战斗。

在这艰苦的岁月里，我们做新闻工作的一部分人，组成报纸游击小组，背着轻型收发报机、手摇马达、轻型印刷机，在不间断地行军转移中，抓住时机，收抄电报，坚持编辑出版战时报纸。就在这种艰苦行军的转战中，我们通过电波，连续好几天，收抄到了延安新华社发出的毛主席《在延安文艺座谈会上的讲话》的电稿。毛主席的这篇光辉著作是1942年发表的，现在通过新闻电讯又公开发表出来，以期传播到全国、全世界。

这时，正是战火纷飞的严冬季节，我们转战在《白毛女》传说故事中被描绘的那些险峰深壑、密林幽洞之间。在这样的季节与境界中，我们坐在老乡家的炕头上，如饥似渴地捧读毛主席这篇光辉著作的电稿，心潮澎湃。三十多年过去了，此情此景尚历历在目。

当这篇光辉著作很快在《晋察冀日报》上登载之后，在整个晋察冀边区引起的激动与振奋那是无法形容的。不仅是文化、文艺工作者，而且广大群众和干部都立时掀起了学习和讨论的热潮。

同当时的延安一样，晋察冀边区的广大文艺工作者，沿着毛主席指引的方向，和工农兵相结合，创作、演出了一批紧密结合现实斗争、为群众喜闻乐见的文学艺术作品。群众性的文艺创作、文艺活动如雨后春笋，蓬勃发展。

冬去春来，日本帝国主义者对晋察冀边区的大“扫荡”，早已被英勇奋战的边区军民所粉碎。阴霾散去，春暖花开，毛主席《讲话》的光辉，普照晋察冀边区。流传了四年左右的《白毛女》故事，得到毛主席革命文艺思想的哺育，来了一次飞跃。零散的、各种不同的口头传说被结构成为一个完整的故事，保持并加强了泥土气息和真实感，洗刷了一些封建糟粕和迷信色彩。而在原来的口头传说中，“白毛仙姑”的部分描述过多，渲染了一些迷信成分，个别地方还有比较恐怖的“镜头”。喜儿父女对于遭受的剥削和压迫，缺少反抗精神，存在着受苦受难的命定思想的残迹。经过这个飞跃，典型性加强了，主题思想深化了。它深刻地揭露了封建恶霸地主对农民的残酷的政治压迫和经济剥削，热情歌颂了中国农民的英勇反抗精神。虽然在这个再加工的过程中，仍难免有其局限和不足，粗糙的痕迹也较明显，但毫无疑问，它确实成为一篇革命农民崭新的、优秀的口头文学了。

《白毛女》传说故事既是群众的集体创作，来自民间，有浓厚的生活气息，又蕴寓着人民的美好愿望，是那样的真切动人，那样的富于想象。喜儿父女受到残酷的剥削和压迫，喜儿从地主家中逃出，在山里和山洞中生活，变成“白毛仙姑”，最后随着这一片土地的解放而被解放出来，现在何处，做何工作，等，那么惟妙惟肖、有声有色地传诵在人们的口头上。它深刻地揭示出一个阶级斗争的普遍真理：旧社会把穷人逼成“鬼”，新社会把“鬼”变成社会的主人，变成革命的动力。“白毛女”成为一个受尽剥削压迫而有强烈反抗精神的贫农妇女形象。全国解放后随之而解放出来的四川“白毛女”罗长秀，河北平山滚龙沟“白毛女”左双，不正是这一形象的真实写照吗？当然，何止这一点，“白毛女”代表着一个阶级，代表了受封建地主阶级剥削、压迫几千年而今奋起反抗的农民阶级。

《白毛女》传说形成完整生动的故事，是当时我国尖锐复杂的阶级斗争的产物，也是毛主席的《讲话》之后的可喜成果。它不仅反映了农民反对地主阶级的斗争，而且对王明推行右倾机会主义路线、宣扬“阶级斗争熄灭论”也是一个有力的批判。它不仅在当时鼓舞了抗日军民的斗志，而且鼓舞了在延安的文艺工作者，为稍后问世的歌剧《白毛女》的创作，提供了极可宝贵的素材，打下了坚实的生活基础和群众基础。在文艺工作者和广大工农兵的共同努力下，一部在当时的历史变革中发生了极大战斗作用的大型革命新歌剧——《白毛女》胜利诞生了。

从《白毛女》传说故事到歌剧《白毛女》是又一次的、更大的飞跃。歌剧《白毛女》是毛主席的《讲话》发表后出现的第一个大型革命新歌剧。在这一新歌剧中，不但深刻地描写了喜儿父女的遭遇和反抗，而且塑造了王大春母子、赵大叔、张二婶等人物形象。通过他们的共同命运、共同斗争的情节描写，更加强化了阶级压迫和阶级反抗这一重大主题。歌剧还通过赵大叔讲红军、王大春投奔红军这些情节，更加密切了共产党及其领导下的人民军队与人民群众的血肉关系，而且为中国农民阶级的斗争、胜利指明了光辉前景。在以后的演出中，作者们不断地进行加工，删去喜儿怀孕等情节，使这一歌剧的深刻的革命斗争内容、独特的民族风格、群众喜闻乐见的艺术形式更加显示出来，博得了广大群众的热烈赞扬与欢迎。这是延安的文艺工作者认真实践毛主席在《讲话》里指引的革命文艺方向的重大成果。

毛主席在《讲话》中深刻地指出，革命文艺工作者要把“一方面是人们受饿、受冻、受压迫，一方面是人剥削人、人压迫人”这种日常的现象“集中起来，把其中的矛盾和斗争典型化，造成文学作品或艺术作品”，“使人民群众惊醒起来，感奋起来，推动人民群众走向团结和斗争，实行改造自己的环境”。重温毛主席这些深刻的教导，再对比歌剧《白毛女》的创作和流传，我们愈加认识到三十五年前毛主席亲自主持召开延安文艺座谈会并亲临作了讲话的划时代的重要意义。

在具有重大历史意义的党的第七次全国代表大会上，歌剧《白毛女》首次演出，受到伟大的领袖和导师毛主席、敬爱的周恩来副主席、敬爱的朱德总司令的亲切鼓励。从此，歌剧《白毛女》演遍了各解放区，普及到全国，《白毛女》的故事家喻户晓，“北风吹”的歌声广泛传唱。在大规模的土地改革群众运动中，《白毛女》成了发动群众的号角。每当舞台上出现黄世仁逼死人命、残害喜儿的场面时，农民群众怒不可遏、振臂高呼，决心在本村本土的土地改革斗争中，向封建地主展开猛烈地进攻。战士们在枪杆上刻着“为喜儿报仇！为杨白劳报仇”的钢铁誓言，奔赴前线，奋勇杀敌。

人民群众的斗争生活是文学艺术创作的唯一源泉。《白毛女》的创作，从传说到歌剧的整个过程，都来源于群众斗争生活，有深厚的群众斗争生活基础。生活的真实，升华为艺术的真实；艺术的真实，又概括地反映了普遍现实，成为群众能够接受的、群众完全相信的生活的真实。越是典型化了的形象，它的普遍意义就越广越大。《白毛女》从40年代初传说一开始，晋察冀边区的群众就把他们所痛恨的恶霸地主看成为传说中的黄世仁；一直到70年代初无产阶级文化大革命中，有的人还认为黄世仁的家就在石家庄西北山区某个地方。看来似乎好笑，却也不怪，这说明我们的文艺真正为群众所接受了。

在三十年前轰轰烈烈的土地改革群众斗争的大风暴中，曾经多次发生过类似的情况。

农村的土戏台不高，一位气得发抖的白发老太太，从土戏台爬上去，“啪!”一个耳光，打在硬逼杨白劳在卖女契上按手印的黄世仁脸上。别人急忙过来拉劝，说“这是演戏”。老太太依旧怒不可遏：“什么演戏不演戏，我就是要打这可恶的狗地主!”一了解，原来她丈夫正是被地主逼债逼死的。

《白毛女》之所以这样得到群众的喜爱与欢迎，在现实斗争生活里起到那样巨大的作用，根本原因就在于它是“为工农兵而创作，为工农兵所利用的”。只要是遵循毛主席所指引的方向而产生的优秀文学艺术作品，其生命力总是长久的。直到今天，这部优秀歌剧仍然是进行阶级教育的生动教材，发挥了革命文艺“团结人民、教育人民、打击敌人、消灭敌人”的战斗作用。

万恶的“四人帮”，对广大群众热烈喜爱的这部优秀歌剧竟肆意践踏，任意砍伐，加上种种骇人听闻的罪名，不准上演、播送。他们像恶霸地主黄世仁残害喜儿、杨白劳一样，残酷地迫害剧作者、音乐作者和演员。对于这样一部来源于群众斗争生活，把群众斗争生活典型化了的作品，对于这样一部得到工农兵欢迎而为工农兵服务的作品，对于这样一部曾经“使人民群众惊醒起来，感奋起来，推动人民群众走向团结和斗争，实行改造自己的环境”，并将继续发挥“团结人民、教育人民、打击敌人、消灭敌人”的作品，对于这样一部在毛主席《讲话》发表后认真实践毛主席革命文艺路线的第一部大型革命新歌剧，“四人帮”必欲大张杀伐、置之死地，他们背叛毛主席革命文艺方向、反对毛主席革命文艺路线的罪行，不是昭然若揭了吗？

离《白毛女》口头传说不久的前三年，叛徒江青混迹十里洋场，为卖国贼蒋介石“献机祝寿”，出尽丑态。根据地的革命群众创造了受尽压榨、富有强烈反抗精神的“白毛女”，江青却苍蝇逐臭，争演和“德国统帅瓦德西睡了一些时候”的卖国妓女赛金花，何爱何恶，泾渭分明。江青自诩为“文艺革命旗手”，真不知人间有什么羞耻之事！

歌剧《白毛女》到今天仍在发挥其强有力的战斗作用。黄世仁虽早已被枪毙，但黄世仁一类并未就此灭绝。“四人帮”就是今天的黄世仁，是比黄世仁更为凶恶的阶级敌人。“四人帮”篡党夺权的阴谋虽已被粉碎，但他们所散放的腐臭气并未同他们的死尸一起被装进棺材。战斗正未有穷期，我们必须把同“四人帮”的这场你死我活的斗争进行到底！

（原载《人民文学》1977 年第 4 期）

批判“四人帮”发动的围攻歌剧《白毛女》的谬论

林志浩

“四人帮”及其吹鼓手们，为了给大野心家江青涂脂抹粉，装扮成“文艺革命的旗手”，竟公然把从《国际歌》到京剧革命以前的历史，胡说成一段空白，肆无忌惮地否定毛主席《在延安文艺座谈会上的讲话》的伟大意义和作用，全盘否定从1942年到文化大革命前夕文艺创作的光辉成就。“在揭批‘四人帮’的伟大斗争中，应该按照毛主席规定的文艺批评的标准，对被‘四人帮’横加罪名的文艺作品，实事求是地重新给予评价。”① “重评”是十分必要的，它可以恢复历史的本来面目，把被“四人帮”颠倒了的路线和思想、理论是非，重新颠倒过来，总结经验，以利再战。

歌剧《白毛女》是延安文艺座谈会以后出现的革命文艺作品，是在人民群众中广泛传颂、有口皆碑的优秀之作。但是却遭到“四人帮”的极端仇视和否定。在歌剧的基础上改编的芭蕾舞剧《白毛女》，本来是在周总理亲切关怀和具体指导下搞成功的。但江青却贪天之功据为己有，通过她在上海的余党，把它掠夺到自己手里。为了证明江青的所谓“脱胎换骨”，“化腐朽为神奇”，在江青指挥下，大事鼓噪，发动了一场对歌剧《白毛女》的围攻。张春桥也伸出黑手，要把原作的故事推倒重来，叫嚣“闹翻天都可以”，“把原来的框子打破了，这就是个胜利。”他们要打破的不是什么“框子”，而是毛主席的革命文艺路线，是文艺创作的客观规律。所以，这不仅是一个作品的评价问题，而是关系到怎样贯彻毛主席的革命文艺路线，怎样进行文艺创作和评论这些大是大非的问题。

① 《红旗》杂志1978年第1期，《文艺评论》编者按。

一

“四人帮”发动的这场围攻，矛头主要集中在杨白劳和喜儿这两个形象上，他们攻击作者们“把一系列舞台人物，都塑造成了卑微软弱、贫苦无告的角色”，这些形象“只是毫无造反精神的被怜悯的奴隶”；胡说作品“只有血泪史、屈辱史，而无反抗史、斗争史”，因此断定它同批判现实主义的作品没有什么区别。①

杨白劳的自杀，是他们从这个被迫害者身上所能捞到的一根稻草，竟责怪他不该“忍心自杀”，“撇下喜儿去受地主蹂躏”。

但是，杨白劳是怎样自杀的呢？

歌剧的前半部，写的是1935年抗日烽火点燃以前，当时的杨格村还是被强大的封建势力所统治的黑暗世界，杨白劳只是作为许多还没有什么觉悟的老年农民中的一个来描写的。他忠厚、善良、勤劳，常年劳动，热爱土地，很想依靠自己的辛苦挣扎，平安地活下去。但这只是个幻想。黄世仁的残酷剥削和压迫，使他的幻想归于破灭，最终走上自杀的道路。

自杀，从无产阶级的观点来看，当然是一种消极的行为。但是，自杀又是旧社会常见的一种现象，而且常常反映着阶级压迫的残酷性。反映那个社会的现实生活的文艺作品，为什么就不能反映呢？这是哪家定下的戒律？我们认为：问题的关键，不在于它写了自杀，而是在于怎样描写它。是用无产阶级的观点呢，还是用资产阶级的观点？是揭露反动阶级的罪恶，激发人们去反抗阶级压迫和剥削，去进行推翻反动统治者的阶级斗争呢，还是散布消极悲观的思想，麻痹人们的阶级意识，调和或抹杀阶级矛盾和斗争？

答案是前者而绝不是后者。

首先，歌剧充分揭示人物自杀的社会原因，在于地主阶级残酷的压迫和剥削。杨白劳是被黄世仁迫害致死的。作品一开始，就是一幅尖锐的阶级对立的鲜明图景：地主黄世仁过年，张灯结彩，花天酒地，被压迫农民过年，外出逃债，冷落凄凉。当杨白劳挨到三十晚上才回家时，首先关心的，也不是什么过年，而是地主的讨债。当他听到穆仁智几天没有来，满以为“总算又躲过去

---

① 本文所批判的谬论，除说明来源者外，均见《在两条路线尖锐斗争中诞生的艺术明珠》，《光明日报》1967年5月19日；《谈芭蕾舞剧〈白毛女〉的改编》，《人民日报》1967年6月11日。

啦”，立即感到如释重负，这才从怀里掏出那一点菲薄的“年货”：两斤面粉，一对门神，还有一根红头绳。当杨白劳捡起那根红头绳，喜儿跪在他身旁，老人给她扎头绳时，流露出来的那种暂时的欢快情绪，使观众清楚地感到：老人虽然被地主压得喘不过气来，但是他对生活，对自己的穷家独女，还是满怀着热爱和希望的。他和女儿相依为命，他把自己对生活的全部热爱和希望，都寄托在女儿身上。黄世仁要从他身边把女儿抢走，就等于要摧毁他对生活的唯一希望，等于宣判他的死刑。杨白劳虽然忍受压迫，缺乏有力的反抗行动，但是他的是非观念非常明确，对地主的残酷性的认识十分清楚。他决不受地主的骗，他知道喜儿进了地主的家门，就等于陷入火坑。他感到对不起女儿，对不起王大春，对不起死去的老伴，感到没有脸见人。他是不得不死，或者是拼死，或者是自杀。芭蕾舞剧写的是前者，歌剧写的是后者。前者有前者的现实根据，后者也有后者的现实根据。两种艺术处理，都可以成立。生活本来是极其复杂的，反映生活的文艺作品也应该丰富多彩，而不应该简单化、划一化，不应该用前者来否定后者。在充分揭示人物不得不死的具体情势之后，还描写他临死前发自肺腑的呼声：“县长，财主，狼虫虎豹！……哪里走？哪里逃？哪里有我的路一条？”这画龙点睛的一笔，有力地表明：杨白劳的死，完全是地主黄世仁逼迫的，是走投无路的一种悲惨结局。所以这决不是调和阶级矛盾和斗争，而是对地主阶级、对狼虫虎豹当道的旧世界的沉重控诉。

自然，自杀终究是弱者的行为，是有觉悟的被压迫者所不采取的。歌剧《白毛女》正是这样处理的。所以它不仅写杨白劳的自杀，还着重写其他农民的反抗斗争。在鲜明的对照、对比中，否定了自杀，指出它不是出路，只有反抗斗争才是真正的出路。这在全剧的艺术构思、艺术描写中，都表现得很清楚。而且还在人物的对话中，明确地揭示这一点。喜儿逃出黄家之前，就对张二婶说：“我就是再没有能耐，也不能再像我爹似的了。杀鸡鸡还能蹬踏他几下子哪。哪怕是有一天再把刀架在我脖子上，我也要一口咬他一个血印。”

围攻者的立场，在分析杨白劳的自杀时，真是暴露得太清楚了。歌剧的这种处理，本来是对地主阶级的沉重控诉，但他们却昧着良心，不去揭露黄世仁的罪恶，反而指责杨白劳的软弱。这使我们很容易联想起四十多年前的故事：那时报刊上常见自杀的记事，某些貌似进步的评论家，也在高谈人生是战斗，“自杀者就是逃兵，虽死也不足以蔽其罪”。鲁迅就多次揭露这种说法“未免太笼统”并一针见血地指出：“倘使对于黑暗的主力，不置一辞，不发一矢，而但向‘弱者’唠叨不已，则纵使他如何义形于色，我也不能不说——我真也忍不住了——他其实乃是杀人者的帮凶而已。”[①]

除了杨白劳，还有喜儿，也是被围攻、被糟蹋得面目全非的。他们攻击喜儿的灵魂深处埋藏着许多“精神奴役的创伤”，“充其量也只是个性格分裂的中间人物”，“她和杨白劳忍辱软善的性格真是一脉相承！”

喜儿的性格比较复杂，她有血泪史、屈辱史，也有反抗史、斗争史。可以说，她是在屈辱的血泪生活中，逐渐加深对地主阶级的认识和仇恨，逐渐增强反抗、斗争的性格的。这是符合人物性格发展的逻辑的。当然，由于《白毛女》是从一个民间故事发展成一个歌剧作品，在创作和演出过程中，曾经出现某些自然形态的东西，有过这样或那样的缺点或错误。例如解放前的剧本，描写喜儿受奸污，悲愤欲绝，要寻短见，她怀孕七个月时，曾经受黄世仁欺骗而怀有幻想，后来在山洞里，还生下一个小孩子。但这在后来的演出和修改本中，都已经完全改掉。后面两个缺点，早在1950年修改、1953年重校的本子中，就被改掉了。创作是一个不断实践、不断认识的过程，须要经过反复的去粗取精、去伪存真的艰苦劳动。因此，决不应该抓住早期本子中个别缺点不放，尤其不应该把作者们早已否定了的东西，重新捡回来，无限膨胀，任意上纲，用来否定整个人物、整个作品。这本来是再明白不过的事，是稍有理智的人都能认识的，只有“四人帮”和随风倒、讲歪理的人，才这样不顾常识，大加挞伐。

像喜儿这样孤苦无依的女孩子，深受迫害，与黄家有着血海深仇，但她又入世未深，比较稚弱。特别是处在“狼虫虎豹”当道暗无天日的环境里，她的精神世界暂时还受到千百年来的传统势力的束缚，还缺乏对地主阶级的深刻认识，因而她的反抗斗争，不可能一进黄家门，就充分表现出来。歌剧描写她在性格的成长过程中，开始有屈辱、忍受的方面，这决不是什么怪事，而是完全可以理解的。何况，喜儿的屈辱和忍受，是有限度的，她决不肯服服帖帖当奴隶。她在黄家被迫干活，“又是累来又是困，刺破了眼皮也不敢打盹”——这是服服帖帖么？不！她同时就多次表现自己的不满：“富贵人家难伺候呵，前后左右不自主呵。”后来，当黄世仁不仅奸污她，还欺骗她时，多年蕴藏在内心的仇恨，终于燃烧起反抗的怒火。她去找黄世仁算账，追逼着责问他，一直追到黄母的房子里。当黄母血口喷人，反诬喜儿偷人养汉时，喜儿的满腔怒火，就像火山一样爆发出来，充分表现出“舍得一身剐，敢把皇帝拉下马”

① 《花边文学·论秦理斋夫人事》。

的反抗精神。

她从黄家逃出以后，正是这种阶级仇恨和反抗精神支持着她在冰雪风寒的深山野洞里生活了好多年，这在一系列的唱词里表现得很清楚。当她在奶奶庙见到黄世仁时，仇人见面，分外眼红，又一次爆发出反抗和复仇的烈火，她用手里拿着的东西掷他，追赶着要撕他、掐他、咬他。

很明显，歌剧虽然描写了喜儿的屈辱、忍受，但这只是她性格的一面，是她性格成长过程中的最初阶段。在无论哪一种剧本里，喜儿都是在发展中成为反抗斗争的形象。这个反抗斗争的形象，由于她独特的环境和经历，又表现出鲜明的特点：她是在承受着被压迫农民深重的摧残和苦难的过程中，逐渐走向反抗斗争的；也是在逐渐摆脱地主阶级强加给她的屈辱的生活束缚和精神枷锁，而勇敢走向反抗斗争的。可以这样说，地主阶级的千刀万剑，向她猛砍过来，她没有倒下去，而是忍耐着、支持着，终于在忍无可忍、手无寸铁的情况下，用自己的全部力量和勇气，还击过去，表现出被压迫人民坚韧顽强、宁死不屈的可贵精神。这样的性格是深深震撼着广大观众的心灵的。只有不讲道理的人，才会不顾喜儿的具体处境，曲解人物成长过程中某些屈辱忍受的方面，抓住某些早已被作者们否定了的东西，当作所谓“论据”，来全盘否定她。

什么是他们所攻击的“精神奴役的创伤”呢？“精神奴役的创伤”是过去文艺界曾经出现的对于我国旧时代广大被压迫人民精神状态的一种错误估计。这种估计违背了马克思主义的阶级论，违背人的阶级地位决定人的思想意识的观点，片面地抓住统治阶级强加给被压迫人民的某些思想影响，并把它扩大化、凝固化，看作永远不可克服的精神创伤，因而忽视被压迫人民身上主导的、革命的方面，这当然是一种不符合实际的观点。那种攻击喜儿灵魂深处埋藏着许多“精神奴役的创伤”的人，正是摭拾别人的唾余，而且论点更荒谬，手法更卑劣。其实，这恰恰暴露出他们自己的“精神创伤”——那就是屈从于叛徒江青的淫威，心甘情愿地充当打手，舞文弄墨，推波助澜。不过，这已不是什么被奴役的“创伤”，而是他们发自本体的“致命伤”！

什么叫“性格分裂的中间人物”？先谈所谓“性格分裂”问题。在现实生活中，无论什么样的人物，无论性格多么复杂，表面上充满矛盾，仍然可以分析和解释，可以找出他的本质。所谓“性格分裂”，是指作家由于对现实人物的错误态度和理解，故意制造复杂性，把人物处理成不合逻辑、不可理解的性格。所谓“中间人物”，本来是生活中大量存在的，凡是有人群的地方，总有左、中、右，总有先进、中间和落后，而且处于中间状态的人物，总是比较占多数。文艺反映现实，必然要反映中间人物的存在，要塑造中间人物的形象。但是林彪、江青一伙，却肆意把中间人物同英雄人物对立起来，仿佛谁要求写好中间人物，谁就一定排斥塑造英雄人物，因此捏造出所谓“中间人物”论，作为他们攻击十七年文艺的一个罪名。围攻者们挥起这根棍子，胡说喜儿是“不好不坏、亦好亦坏、中不溜儿”的人物，而且按照他们给“中间人物”所划的界限，还是长期动摇于两种敌对势力之间的人物。这真是欲加之罪，何患无辞！我们认为：喜儿既不是中间人物，更不是“性格分裂的中间人物”。喜儿的性格是在被迫害中崛起和成长的。所谓成长，就意味着从稚弱到成熟、坚强，意味着她要有所克服，有所发展。喜儿决不是“不好不坏、亦好亦坏”，正面品质与反面品质莫名其妙、浑然杂陈的人物。作为一个被压迫的贫农女儿，她的阶级性格是鲜明的，她的身上不存在与她的阶级性格相违背的反面品质。她绝不是中间人物，而是成长中的正面人物。她的性格决不是分裂的，而是完整的、统一的，统一于她对地主阶级的从朴素到自觉的认识，从自在的状态到自为的反抗。因此，那种认为喜儿“和杨白劳忍辱软善的性格一脉相承”的观点，完全是信口雌黄，经不起事实的检验。

在分析杨白劳和喜儿这两个形象时，还必须立足于作品的整个艺术构思和全部人物设计，看看作者们是根据什么观点来设计人物和安排情节的。恩格斯说：“如果把各个人物用更加对立的方式区别得更加鲜明些，剧本的思想内容是不会受到损害的。”① 歌剧正是这样来描写老一代农民中的杨白劳与赵大叔，年轻农民中的喜儿与大春、大锁。他们之间的性格区别，都包含有对比的意义。对比根据什么呢？就是根据农民群众对待阶级斗争的态度。

杨白劳和赵大叔，同样出身于旧社会，也同是老一代的农民，但赵大叔却带有比较乐观的性格——他处于严重的压榨下，心情极度悲痛，也没有对前景失望成绝望。被压迫人民中本来就有这样一种人，他们由于长期艰苦生活的磨练，逐渐形成一种“穷则变，变则通”的人生哲学，这是跟宿命论相对立的朴素的真理。虽然还没有上升到马克思主义的高度：“穷则思变，要干，要革命。”但在当时也是十分难能可贵的。历来的劳动人民，由于有了这种朴素的信念，才经受得住沉重的压榨，艰苦的折磨，逐渐走上斗争的道路。赵大叔身上这种朴素的观念，还由于1930年他曾看见红军从这一带经过，杀了赵阎王，世道一下子变了，使他的信念更有了现实的根据。所以他坚信：总有一天，红军

① 《致斐·拉萨尔》，《马克思恩格斯选集》第4卷，第344页。

还会来的，总有一天会改朝换代。在人物对待阶级压迫的态度的对比中，歌剧实际上肯定了赵大叔乐观的、积极的性格，批评了杨白劳悲观的、消极的性格。

在青年农民中，不仅有喜儿，还有大春和大锁。在艺术构思中，他们也是对比着描写的。喜儿是在屈辱的血泪生活中，逐渐崛起，走向反抗和斗争，大春和大锁，则是一开始就不堪忍受残酷的压迫，敢于同敌人拼死决战，成为始终坚强斗争的形象。

很明显，从全部人物的布局上说，歌剧虽然描写了杨白劳那样的农民，但作品的重点还是放在描写喜儿这样逐渐崛起的反抗性格。从思想倾向上看，就更清楚。像赵大叔、大春、大锁这样的人物，虽然用笔不多，但却是作为农民中的先进部分来描写的。作品绝不宣扬悲观厌世的思想，而是鼓舞人们去进行反抗和斗争。

从场次结构上说，歌剧共五幕。从第一幕到第三幕的第一场，重点是描写农民的被压迫、被污辱，反抗斗争的火虽然点着了，但还没有充分燃烧起来。从第三幕第二场开始，到全剧终了，重点就改变为描写他们的反抗斗争，复仇的烈火在熊熊地燃烧，直到推翻以黄世仁为代表的地主阶级的反动统治。剧本的前半部，气氛很悲惨，后半部就发生变化，越到后来，斗争就越激烈，局面越壮阔，情绪也越昂扬，在观众和读者面前，展现了翻身解放的沸腾的场景。

以上的分析表明：歌剧《白毛女》既有农民的血泪史、屈辱史，也有农民的反抗史、斗争史，并以后者为重点。歌剧不是为了写血泪史、屈辱史而写血泪史、屈辱史，而是为了表现农民在被压迫、被污辱的血泪生活中，不得不起而反抗，走向对地主阶级的坚强斗争。作品的实际雄辩地说明：它写人物用的不是资产阶级人性论的观点，而是无产阶级的阶级观点；它没有调和阶级矛盾、阶级斗争，而是充分反映地主对农民的残酷压迫，反映压迫越沉重、反抗越激烈，它不只是揭露旧社会的黑暗，同时还给农民指出了正确的战斗道路。所以，它绝不是同批判现实主义的作品没有什么区别，而是具有根本性质的区别，它是运用无产阶级的阶级观点观察现实，而创作成功的一部具有浓郁的浪漫主义气息的革命现实主义的杰作。

二

对歌剧《白毛女》的围攻，还表现在否定它的战斗意义，竟说什么它“止于揭露旧社会的黑暗”，“它虽然把故事安排在抗日战争的背景里，作品却没有超过资产阶级反封建的思想高度。”

这是形“左”实右的谬论。

在旧社会，当农民对地主的斗争还处于分散作战的状态，当他们的革命力量还没有组织起来，他们的反抗斗争还没有找到领导力量时，是无法战胜敌人的。即使他们组织起来，发动了农民起义，并曾一度取得胜利，但只要还没有无产阶级的领导，也终改变不了地主统治和压迫农民的阶级关系。一旦农民的斗争与无产阶级的领导相结合时，就出现了天翻地覆的变化，农民也才能得到彻底的解放。

歌剧《白毛女》就从正反两个方面，反映了这个生活的真理。它既反映个人抗争在全局上的无力，也反映了无产阶级领导的农民群众进行革命斗争的胜利，揭示了解决农民与地主阶级矛盾的正确道路。所以只抓住前半部，抓住它揭露旧社会黑暗的方面，而加以无限的夸大，用来否定它同时还歌颂光明，还给农民指出了解放的道路，这是一种片面的、荒谬的观点。

《白毛女》出现前后，党正在领导着民族解放战争（1944 到 1945 年）和人民解放战争（1946 年以后），这确是人民翻身做主的时代。就在这样的时代，革命斗争的形式也是多种多样的，不仅有革命战争，还有其他形式的斗争，不仅有解放区人民的翻身做主，还有国统区人民的长夜待晓。文艺作品反映生活，一般说总要受到作者的生活及所选取的题材的限制，只能从一定的方面去反映，而不可能面面俱到，包罗万象；更不应该要求它只描写一种人物，而不去描写其他人物。在当时，反映人民革命战争，或反映解放区其他革命斗争，从而塑造无产阶级的英雄人物，描写他们怎样组织群众，领导斗争，怎样有力地推动历史的前进，固然是我们所十分欢迎的。但是，还应该看到，在歌剧最初创作的年代——1945 年春天，解放区还只有一亿人口，全国还有四亿人口处在反动派的统治下，过着被剥削、被压迫的生活，党的历史使命是完成反帝反封建的民主革命。因此作者们根据白毛女故事的特定题材，着重描写人民的被压迫、被污辱，描写他们怎样在阶级压迫中通过不同的方式走上反抗斗争的道路，描写他们只有在无产阶级、共产党的领导下，才能推翻封建统治，得到解放和翻身。尽管作品中还没能塑造比较高大的无产阶级英雄人物，而是描写在摆脱压迫中站立起来、成长起来的人物，还是很有战斗意义的。作品表现的既是“旧社会把人变成鬼，新社会把鬼变成人”① 的主题思想，着重反映

---

① 这里的“人”，是有明确的阶级含义的，指的是贫农女儿喜儿，是被压迫的人民，绝不是他们所歪曲的抽象的人、超阶级的人。

了人民反对旧社会、旧制度，歌颂新社会、新制度的战斗生活和革命热情，同时也包含有“人民，只有人民，才是推动历史前进的动力”的内容。这样的主题思想，在当时同样是人民所需要的，是紧密配合革命斗争需要的。歌剧为什么受到广大群众关心和欢迎，对广大群众有那么巨大的教育作用，原因就在这里。

“四人帮”和其他围攻者，全然不顾歌剧特定的题材、特定的历史内容，只因为它没有塑造出比较高大的英雄人物，作品的两个主要人物喜儿和杨白劳都受压迫、受污辱，喜儿虽有反抗，也没有参加八路军，就把它断定为资产阶级文学，说什么它没有“超过资产阶级反封建的思想高度”，并据此进行推断，说它顶多只是告诉被压迫与被损害者，“从绝望中去憧憬另一种较为‘文明’一些的剥削方式和压迫方式罢了。”真是欲加之罪，何患无词！众所周知，在近代中国，无产阶级领导的民主革命，不同于资产阶级的反封建，就在于它“彻底地不妥协地反帝国主义和彻底地不妥协地反封建主义”。[①] 中国的资产阶级，虽然在一定时期和一定程度上具有反帝反封建的革命性，但由于它在政治上和经济上是异常软弱的，它不愿意同帝国主义完全分裂，并且同农村的地租剥削，又有密切联系，“因此，他们就不愿和不能彻底推翻帝国主义，更加不愿和更加不能彻底推翻封建势力。”[②] 这样，中国民主革命的两大基本任务，他们就不能解决。历史证明，只有无产阶级才能解决，而且为社会主义的前途开辟了道路，这就不同于资产阶级的反封建。歌剧《白毛女》中的黄世仁，不仅是中国封建势力的代表，而且还是汉奸——帝国主义统治中国的工具，他最后跪倒在被压迫农民面前，被清算、斗争、处决，这是一件旷古未有的大事，是中国的资产阶级所办不到的，是只有共产党和八路军领导农民革命才能建立的伟大功勋。在作品的题材范围内，这标志着无产阶级领导的民主革命的胜利，汉奸恶霸地主——帝国主义和封建主义的统治势力的垮台。试问，资产阶级的反封建，怎能出现共产党及其领导的八路军？又怎能出现黄世仁彻底完蛋的局面？而且，如果不是根据错误的论点，进行演绎、推论，那么，又从什么地方看出，它只是告诉被压迫者去向往资产阶级的剥削方式和压迫方式呢？事实完全相反，作品反映的这种革命的彻底性，恰好是给消灭剥削制度扫清了道路。而围攻者的无稽之谈，也就变成了对共产党、八路军及其领导的农民革命的污蔑，变成了对资产阶级的反封建的毫无根据的吹捧，从而暴露出这

---

①② 毛泽东：《新民主主义论》。

种反动思潮所代表的正是反党、反人民的反动资产阶级的利益。

三

这次围攻暴露出关于文艺创作和评论的一些重大问题。下面就三点来辨明是非。

关于真实性问题。歌剧《白毛女》的人物和情节真实不真实？围攻者们加给它的罪名是不真实，说它用资产阶级旧现实主义的方法，是受所谓“写真实”论的影响。被当作“论据”提出的，无非是杨白劳的自杀，喜儿的那些所谓弱点。资产阶级旧现实主义，“写真实”论，是“四人帮”手中的帽子和棍子，是他们强加给许多真实地反映矛盾和斗争的文艺作品的罪名。在他们的摧残和扼杀之下，许多作者怕谈文艺的真实性，害怕反映现实生活的矛盾和斗争。影响所及，什么是真实性？真实性有没有客观标准？文艺作品要不要反映生活的真实？全都成了问题。为了繁荣创作，我们必须搞清这些问题。

对于资产阶级旧现实主义，无产阶级历来采取一分为二的态度，批判地继承它所创作出来的作品，作为我们自己创作时的借鉴。但是这种创作方法，却是无产阶级的作家所不采取的，因为我们自己已经有了比它更优越、更先进的方法。至于“写真实”论，同样是林彪、“四人帮”攻击十七年文艺的一根棍子。他们把那些敢于反映生活的矛盾和斗争，敢于触及生活的阴暗面，促起人们去克服它、消灭它的作品，统统说成是暴露共产党及其领导下的新社会，说成是根源于所谓“写真实”论，把“写真实”等同于暴露黑暗，这当然是完全错误的。围攻者们为了否定歌剧《白毛女》，也把它说成是受“写真实”论的影响，说成是对人民的生活和斗争的严重歪曲。

作品的实际彻底驳斥了这种谬论。杨白劳的自杀，喜儿的成长，在歌剧《白毛女》的具体描写里，应该说，是把文艺的真实性和无产阶级的政治性很好统一起来的例证。为什么写了自杀，写了人物的成长，就变成资产阶级旧现实主义，变成暴露黑暗的“写真实”论呢？难道在万恶的旧社会，不出现自杀的现像？地主家里的丫头都不屈辱、不忍受？劳动人民身上没有落后、消极的东西？如果承认这种现象的存在，那么作者为什么不能站在革命的立场上，为了克服它、改造它而去反映它呢？毛主席早就教导我们：“人民大众也是有缺点的，这些缺点应当用人民内部的批评和自我批评来克服，而进行这种批评和自我批评也是文艺的最重要任务之一。”① 歌剧《白毛女》正是遵照毛主席的教导，用批评的武器来处理的。否定这种处理，就是否定运用文艺武器进行人民内部的批评和自我批评，就是反对毛主席规定的这个“文艺的最重要任务之一”。

“四人帮”借着批判资产阶级旧现实主义，批判“写真实”论，实际上否定文艺创作必须源于生活，必须在革命发展中反映生活的真实这个辩证唯物主义的原理。这在这次围攻中表现得很突出，他们不仅随心所欲地否定杨白劳和喜儿形象的真实性，而且在理论主张上宣扬唯心主义、实用主义的“写真实”论。请看围攻中的一段“妙文”：“历史真实，绝不是什么超阶级的客观存在。把‘真实性’说成是不依赖于作者思想立场而孤立存在的东西，这正是……欺人之谈。实际上在不同的世界观里，社会存在就有不同的‘真实’，同时，不同阶级对于文艺的真实性的要求，也完全是从自己的阶级利益和功利目的出发的。”对文艺的真实性，不同阶级当然有不同的理解和要求，但这绝不是说，真实性没有客观标准。历史真实，如同生活规律一样，是客观存在，不以人们的意志为转移的。这绝不是“欺人之谈”，而是千真万确的真理，承认不承认这一点，正是区别唯物主义与唯心主义的试金石。无产阶级是最先进、最伟大的阶级，它的阶级利益同社会发展的历史进程是相一致的。所以无产阶级不害怕也不隐瞒历史的真实和生活的规律；相反，却是努力反映它、揭示它。在无产阶级看来，生活的真实是客观存在的，是可以认识、可以反映的，我们的文艺的真实性是生活真实的艺术概括。无产阶级的优秀作品都是通过艺术形象，深刻地反映历史的真实，揭示社会的本质——阶级矛盾和阶级斗争，揭示无产阶级和人民大众必然胜利，地主资产阶级必然失败，新社会必然取代旧社会、社会主义必然取代资本主义这一历史发展的客观规律。所以无产阶级文艺的高度真实性和高度革命性是相统一的。

“四人帮”是代表被打倒的地主资产阶级利益的反革命黑帮，他们必然仇视无产阶级及其领导下的革命斗争，仇视工农兵及其丰富多样的代表人物。他们否定《白毛女》的真实性，反对历史真实的客观标准，正是这种反革命心理的大暴露。他们反对无产阶级文艺的真实性，目的还是反对它的无产阶级的政治性，他们把生活真实解释成没有客观标准，而是可以单凭人们的主观意志为转移，就是为了混淆视听，把他们对现实的捏造和歪曲冒充成生活的真理，

---

① 毛泽东：《在延安文艺座谈会上的讲话》。

以便鱼目混珠，欺骗舆论，这是他们反对一切客观规律的一个组成部分。而客观规律的反对者，到头来必然要受到客观规律的无情惩罚。这是屡试不爽的真理，“四人帮”岂能例外？

关于无产阶级英雄人物问题。无产阶级文学需要努力创造自己的英雄人物，这本来是正确的。但是“四人帮”形而上学猖獗，在文艺评论上却大搞绝对化。对喜儿的围攻，牵涉文艺能不能描写成长中的人物，这种在成长中克服不成熟性的人物能不能成为作品主人公的问题。毛主席教导我们：“无产阶级和革命人民改造世界的斗争，包括实现下述的任务：改造客观世界，也改造自己的主观世界——改造自己的认识能力，改造主观世界同客观世界的关系。”① 这是无产阶级和革命人民的伟大历史使命。我们的文艺描写工农兵的代表人物在为实现这个伟大使命而从事着艰巨的战斗。为什么一成为作品的主人公，就只有改造客观世界的任务，而没有改造自己主观世界的任务呢？生活和创作的实际彻底否定了这种谬论。高尔基的《母亲》，就是主要描写一个劳动妇女从不自觉走向自觉革命的历程，描写她在改造客观世界的同时，也改造自己的主观世界，因而获得了全世界的声誉，被列宁称为“一本非常合时的书”。这类作品在我国社会主义文学中，也有许多成功例证。如《青春之歌》中的林道静，《小兵张嘎》中的张嘎等。

当然，除了这种人物以外，描写那些改造主观世界已经卓有成效，政治成熟的人物，让他们成为作品的主人公，也是人民群众所迫切要求的。但是“四人帮”的那套“理论”同人民群众的要求却背道而驰。第一，他们只承认改造客观世界，不承认必须同时改造主观世界，要求描写所谓天生“圣人”，一出场就完美无缺，这止是这伙野心家不要改造自己，只要改造别人，妄图把自己塑造成高踞于群众之上的超人，并用他们的反动世界观改造世界，在创作和评论上的必然表现。第二，他们根据“三突出”的反动理论，不顾生活和创作的客观规律，要求所有作品，不管反映什么历史时代，描写什么题材、人物，也不管不同主题的特点，都一律要塑造他们所要求的高大完美的人物。这些被贴上无产阶级标签的“英雄”，其实不少是资产阶级野心家、反党的“英雄”。凡属不符合他们的模式的作品，不是被打倒，就是被强令修改。歌剧《白毛女》属于前一种，舞剧《白毛女》属于后一种。张春桥要舞剧《白毛女》“作彻底修改，闹翻天都可以”，就是这种反动理论的露骨表现。所谓

① 毛泽东：《实践论》。

"彻底修改"，就是彻底糟蹋。他们要把王大春改成第一号人物，要喜儿、张二婶等许多人浩浩荡荡，集体上山。越改离生活越远，成了虚无缥缈的东西，改了八年，把它糟蹋得不成样子。剧组的同志愤怒地说："八年，'抗战'都胜利了，一个戏还改不好？""一个舞蹈演员的艺术青春，能有几个八年?!"这是对"四人帮"的血泪控诉!

"四人帮"是摧残革命文艺作品、迫害革命文艺工作者的害人帮。《白毛女》不论歌剧或舞剧，都是他们的反动理论的摧残对象，都备受他们的污蔑和糟蹋。他们要彻底修改《白毛女》的计划不可能实现，正好证明他们的文艺理论的破产。凡是破坏创作规律的东西，到头来总要自食恶果。单凭"三突出"几条抽象的概念，把人物分成几等几级，把英雄编成一号二号，然后对号入座，或陪衬，或突出，艺术形象成了他们的反党阴谋的传声筒，情节、场景则是按照固定模子炮制出来的图解。这种一眼看穿的文艺，即使出笼了，它的诞生也就是它的灭亡。试问，哪个演员愿意演出？哪个观众愿意观看呢？

关于文艺批评问题。"文艺界主要的斗争方法之一，是文艺批评。……文艺批评是一个复杂的问题，需要许多专门的研究。"① 但是也有一些起码的原则，这就是要从客观实际出发，要坚持实事求是的方法。毛主席教导说："我们是马克思主义者，马克思主义叫我们看问题不要从抽象的定义出发，而要从客观存在的事实出发。"② 从事实出发，"必须坏处说坏，好处说好，才于作者有益。"这里所说的好处，不是单凭作者自己的宣言或批评家个人的好恶，而是要看作品在社会大众中产生的效果。"社会实践及其效果是检验主观愿望或动机的标准。"③

"四人帮"是人民的大敌，也是科学的大敌。文艺批评的一些起码的原则，同样遭到他们的彻底破坏。他们不仅形而上学猖獗，而且唯心主义横行。这次围攻就充分暴露了他们的主观唯心主义。

第一，他们讳言这个歌剧的整个创作过程，不敢面对千百万人民群众和许多文艺工作者集体创作这个客观事实。这个故事从1940年在晋察冀边区流传，到1945年在延安"鲁艺"进行再创作，以及后来的多次演出，多次修改，不知有多少人民群众，多少文艺工作者，多少革命干部，提供了意见，在不同程度上参加了创作。所以，这个歌剧的成功，绝不是偶然的。这是"千百万农

①②③ 毛泽东：《在延安文艺座谈会上的讲话》。

民用他们反对旧社会、旧制度和拥护新社会、新制度的热情铸造起来的"①。这是毛主席的革命文艺路线的伟大胜利，不是哪一个人所能决定的。"四人帮"在文艺上大搞"抢来主义"，从来不承认人民的力量，集体的创造，惯于把集体的和别人的成果记在个别人的账上。要捺之入地，就归罪于某一个人的插手，要捧之上天，就归"功"于江青的"精心培育"。这次围攻，正是这种反人民观点的大暴露，唯心主义的大暴露。

第二，他们讳言这个歌剧从出世的第一天起就得到好评，不敢面对广大人民群众十分热爱它，并从中受到深刻教育这个客观事实。这个歌剧的第一次公演，是向党的第七次代表大会献礼，是演给中央领导同志和代表们看的。演出的第二天，毛主席、周副主席和党中央，就派人送来了意见，肯定"这个戏是非常适合时宜的"，"艺术上是成功的"。在解放区的土改斗争中，在解放战争中，在解放后的民主改革和其他政治斗争中，《白毛女》都发挥了巨大的激励教育的作用。不少地区的土地改革，首先用演《白毛女》来发动群众。"为喜儿报仇"，成为解放战争中战士们普遍的口号。许多战士还把口号刻在自己的枪托上，表示时刻不忘记阶级仇恨。这一切都是人所共知的事实。"四人帮"对《白毛女》的围攻，就是目无毛主席、党中央的意见，也听不进千百万群众的声音，闭起眼睛不看事实，肆无忌惮地要打倒一切。唯心主义泛滥，达到骇人听闻的地步。

第三，他们讳言文艺发展的历史，不敢面对解放区整个文艺创作成就及其现状这个客观事实。列宁教导我们："在分析任何一个社会问题时，马克思主义理论的绝对要求，就是要把问题提到一定的历史范围之内。"② 对歌剧《白毛女》的分析，同样要遵循这个原则，探讨它比以前的文学多贡献了些什么，比以后的文学缺少了些什么，才能在文学发展中正确评价它。《白毛女》属于解放区文艺代表作之列，是作者们深入工农兵、改造世界观所结出的丰硕成果之一。民主革命的基本矛盾，是农民阶级与地主阶级的矛盾，五四以后的文学曾经努力反映它，并取得重大成就。但是，自觉地站在无产阶级立场上，尖锐地反映这个矛盾，并且正确地解决它，在艺术上又相当成功，则是从《白毛女》开始的。这是贯彻毛主席革命文艺路线所取得的巨大胜利，不是哪一个人所能左右，更不是"四人帮"所能抹杀的。自然，当时毛主席的《讲话》

① 《歌剧〈白毛女〉创作的经过》。

② 《论民族自决权》，《列宁选集》第2卷，第512页。

发表刚两三年，作者们深入工农兵也才刚开始。工农兵中的英雄人物正在成长，作者们也正在熟悉他们，所以在创作中还很难一下子塑造出叱咤风云、巍然屹立的英雄人物来。这不能苛责于作者们，更不能苛责于《白毛女》这样题材的作品，而应该全面地看问题，多从历史条件和文学发展上去找原因。“四人帮”阉割历史，切断文学现象的历史联系和发展。他们否认不同历史条件会产生不同文学现象，强把产生于1945年的歌剧《白毛女》同产生于60年代社会主义新中国的舞剧《白毛女》相比较，稍有不同，就横加否定。他们否认今天的社会主义文艺，是从解放前的革命文艺，特别是解放区文艺发展来的；今天的无产阶级英雄人物，有的也是从过去那些在反压迫中站立起来的正面人物发展来的，这种反历史主义的观点，必然要把文学历史变成一笔偶然现象的糊涂账，把文学批评变成一堆荒谬绝伦的概念游戏。“四人帮”之所以要阉割和切断历史，就是为了篡改和伪造历史，为了反对毛主席的《讲话》在中国无产阶级文艺史上划时代的伟大意义，以便把自己装扮成“文艺新纪元”的开创者，把文艺事业变成他们篡党夺权的工具。

这种主观唯心主义的文艺批评，不只是表现在对歌剧《白毛女》的围攻上，也表现在对《创业》、《红岩》、《林海雪原》等许多优秀作品的否定上。一部成功的、在人民群众中广泛传诵的作品，总是反映了千百万人民的业绩和愿望。古人讲立德、立功、立言，首先是立德、立功，然后才是立言。作品的成功首先是因为它在一定程度上反映了劳动人民之德、之功。没有大庆工人的集体劳绩、艰苦奋斗，就产生不出电影《创业》，没有许晓轩、江竹筠、陈然等革命者的坚贞不屈、壮烈牺牲，就创造不出小说《红岩》。所以这决不是哪一个人所能随意定其命运的。“四人帮”动辄宣判一个作品的死刑，否定几十年甚至一百多年的文艺创作的成就，归根结底是他们资产阶级野心家的唯我主义决定的。在他们眼里，无产阶级的文艺事业，不是千百万劳动人民的事业，而是纯粹个人的东西。他们对自己，可以把文艺化作个人篡党夺权的工具；对别人，可以任意加给他一个罪名，然后就“枪毙”以他的生活作为部分素材，或由他执笔写出的——表达亿万人民劳绩和心声的作品。什么人民的创造，人民的声音，他们可以完全置之不顾，抡起大棒，把《红岩》打入地狱，给《创业》定下十大罪状。什么历史的发展，因果的联系，他们也可以完全不予理睬。作品被他们抢到了手，立刻就可以割断历史，不认“爹娘”，不是迫害原作者，就是禁闭原作品，《林海雪原》、《平原游击队》等，就遭到这种厄运。在“四人帮”的践踏之下，文艺上没有是非，理论上没有原则，全以他们的政治需要为转移。所以我们要整顿文艺工作，弄清文艺上的是非，就一定要恢复和发展战斗的、实事求是的批评，彻底批判“四人帮”的主观唯心主义的批评。

“四人帮”反党集团形而上学猖獗，唯心主义横行，流毒深广，影响不可低估。在文化思想界，有一部分随风转舵、兴风作浪的人物，就是接受和传播这种影响的一股势力。他们虽属少数，但能量很大。要肃清“四人帮”的流毒和影响，就不能不对他们进行必要的批判。

对歌剧《白毛女》的围攻，江青、张春桥定调，他们就披挂上阵，充当急先锋。这种人有的多年从事文艺评论工作，在社会上还有一点名气、一点影响，对马克思主义的理论，自以为懂得不少，对文学史上的作家、作品，也自认为是内行。那么，为什么行无定规，言无定则，连基本事实都可以歪曲，起码的原则都可以出卖呢？原因之一就是私心重，骨头软，热衷于“好风凭借力，送我上青云”。对于那些坚持真理、备受打击的同志，则引以为戒，避之惟恐不远。因此，手握笔管，心打算盘，揣摩风向，卖力效忠，不惜鹦鹉学舌，哪顾事实原则。于是唯心论可以取代唯物论，形而上学可以替换辩证法，说谎心不跳，诡辩脸不红。这就是他们在“四人帮”横行时的所作所为，也是在围攻《白毛女》中的淋漓尽致的表演。打倒了“四人帮”，对他们是当头棒喝，也是有力挽救。我们希望这种人要触及灵魂，不要无动于衷；要揭发错误，不要文过饰非。群众的眼睛是雪亮的，想再测风向，老谱新用，是绝对办不到的。

（原载《文学评论》1978 年第 2 期）

记歌剧《白毛女》在香港的演出

李　门

解放战争期间，在香港英国当局的统治下，我党所领导的争取民主的群众戏剧运动，仍然十分蓬勃。当时有建国剧社、中原剧社、新音乐社、虹虹歌咏团等在香港活动，发动了工厂、学校和社团的群众，展开进步的歌咏和演剧工作，影响相当广泛，使一次大规模的歌剧《白毛女》演出成为可能。负责演出的是建国剧社、中原剧社和新音乐社。一个解放区剧本，能够在香港上演吗？我们最初也没有信心。由于群众渴望解放的情绪高涨，对我们的督促和支持又很有力，我们也就想方设法去实现演出。首先要通过的是华民政务司政治部一关，它是负责审查剧本的。《白毛女》演出委员会主任符公望（中原剧社秘书）和华民政务司政治部常有来往，和那里的工作人员很熟，于是向他们送点“礼”，并说这个剧演的是白毛仙姑的故事和香港法律没有抵触。这一关就这样通过了。《白毛女》演出筹备，得到各方面的帮助，在中华音乐学院排练时，邵荃麟、周而复、章泯、瞿白音和在解放区看过该剧演出的同志都来观看，提出了宝贵的意见。公演时，郭沫若、茅盾、欧阳予倩、邵荃麟、瞿白音、顾仲彝和在解放区看过《白毛女》的刘尊棋都写了文章。郭老的文章题为《悲剧的解放》，认为《白毛女》故事是封建社会里的典型悲剧，但结局转化成了喜剧。这喜剧形成是封建主义本身遭了扬弃。这样，由封建主义所产生的典型悲剧也就遭到扬弃了。《白毛女》剧本的产生和演出，标志着悲剧的解放，这是人民解放胜利的凯歌或凯歌的前奏曲。邵荃麟同志认为：《白毛女》在香港的演出，是两年来剧运在普及的新方向下的一个重大收获，也是从普及到提高过程中一个初步记录，我们的轻骑队又重新能担任起大兵团的作战了。邵同志还认为这次演出，对于香港戏剧运动和民族形式的研究和创造上，将标示出一个新的进展。郭老和邵同志说得多好呵，可以说是高度地概括了这次演出的意义了。

《白毛女》的导演团是王逸（执行）、李凌、倪路，经营部斯蒙（场务林奕），演出部李门（兼舞台监督），宣传部梁枫，音乐部胡均、郭杰（配曲严良堃、胡均，指挥郭杰，钢琴严良堃，小提琴蔡余文，大提琴俞薇，三弦陈吾，笛子徐严，打击乐叶素等）。演员有李露玲饰喜儿，斯蒙饰大春，方荧饰杨白劳，兰谷饰黄世仁，蒋锐饰穆仁智，区英饰王大婶，王辛饰李嫂，黎海生饰赵大叔，陈新生饰陈老爹，李鸣饰大锁，陈家树饰桂英，张况饰农民甲，廖瑞群饰黄母，张志晖饰张二婶等。通过两个月的排练和艰辛的置景（舞台装置是同志们在中原剧社天台冒着酷暑进行的），《白毛女》终于在 1948 年 5 月 29 日、6 月 5 日、12 日、19 日在九龙普庆戏院演出了。演出过程是很艰苦的。当时戏院索要租金很高，我们只租得星期天的上午场，晚上俟粤剧班子演完后才能装台，自己演完后又要马上卸台给粤剧班子下午演戏。那时的劳动情况很紧张，一个女演员曾经小产，灯光负责人谢明因过度疲劳从天桥上摔下来，送去急救，而舞台工作始终没有停止。演出非常成功，轰动了港九，有人甚至从广州、潮汕、澳门、新加坡等地赶来看戏。

我们在演出上尽了最大的努力，但毕竟物质条件很差，舞台设备也较简陋。由于这个戏是多场景的，换景要很快，二道幕要经常开合，不能稍有差错。我担任舞台监督，亲自动手开闭二道幕，往来奔走，忙碌得很，因为演出有收获，大伙儿的劲头就很大，什么疲劳辛苦都担当下来了。

大概是附庸风雅的缘故吧，中英学会的高等华人和英国有关人士曾召开一个座谈会，请我们的主要演职员参加，谈论对《白毛女》的观感。会开得一本正经，像是在文艺沙龙发表高见似的，我们只是听着，发言机会都给英国绅士们占去了。他们说这个歌剧演得很好，很有特色。方荧的低音歌唱，可以媲美俄国的查理亚平。这自然是溢美之词，但他们说来倒是蛮诚恳的。《白毛女》给中外文艺界的影响、解放区文艺作品的辉煌胜利，有些的确是我们始料不及的。

在演出总结之后，香港文化艺术界为此举行了一次近郊旅行联欢，以郭老为首的知名人士都参加了。我们游泳于港湾之滨，心情十分兴奋。党的领导，群众的支持，同志们的努力，是《白毛女》演出成功的重要条件。

然而好景不长，不久香港当局即开始搜捕进步人士，我们的同志就逐步安排进入游击区。至 1949 年初，华南文工团组成了，去游击区的同志就更多了。

（原载《岭南音乐》1983 年第 2 期）

《白毛女》传统与当前歌剧创作

居其宏

一个阴影，一个徘徊不前的阴影正笼罩着我国歌剧界。

纵观近几年的歌剧创作，其数量之多，题材之广，国家投资之巨，实为前所未有。可惜除少数例外，大部分作品或在思想上营养不良，或在艺术上严重贫血，或两者兼而有之。处在改革浪潮中的我国歌剧，同其他姐妹艺术生机盎然、兴旺发达的盛况相比，竟显得如此软弱、如此苍白，与时代变革的气氛极不协调，与党和群众的要求相距甚远。

当前歌剧创作的这一奇特现象，理所当然地引起一切有责任心的歌剧工作者的严重不安，大家都在苦苦思索：有着光荣传统的我国歌剧，为何在打倒“四人帮”已整整八个年头的今天，人们所期待、所呼唤的第三次歌剧高潮依然姗姗来迟呢？是何种创作倾向阻碍了我国歌剧的繁荣？自然，由于种种原因，不同的人们得出了不同的结论。其中有一种观点认为，我国歌剧之所以不景气，乃是近年来盲目崇洋思想严重作祟的缘故，“西洋歌剧的幽灵”缠住了我们的手脚，而《白毛女》传统则被人们忽视了、遗忘了、抛弃了。

不可否认，那种以洋为高、鄙弃《白毛女》传统的现象在歌剧界是存在的，因此很有引导、批评并加以克服之必要。但把这种现象夸大为当前歌剧创作的“主要危险”和“主要障碍”，既不符合歌剧队伍的事实，也不符合歌剧创作和理论研究的事实。

鉴于上述观点在歌剧界有着广泛的影响，而且涉及如何看待《白毛女》传统、如何估价当前歌剧创作的主要危险这样两个核心问题，对这两个问题的不同回答又直接决定着我国歌剧今后发展的方向和策略，因此很有研讨之必要。

一、三个范畴

四十年前，《白毛女》的出现是一桩继往开来、划时代的大事件，在我国半个多世纪的歌剧史上树立了一座丰碑，标志着我国歌剧经过长期的艰苦探索，终于在毛泽东同志的《讲话》精神照耀下找到了自己独特的发展道路。《白毛女》的艺术经验造就了新中国整整两代歌剧艺术家，并对后世的歌剧创作继续产生巨大而深远的影响。

然而四十年来，《白毛女》传统在各种理解和含义上被提及、被继承，以致人们不得不提出一个本应不成问题的问题：到底什么是《白毛女》传统？

作为精神现象之一而存在的任何政治、道德和文化传统——按我的理解——是在人类社会生活中经过长期积淀而形成的一种具有历史稳定性的意识形态，反映了人类对本身若干品格和创造成果之历史的自我观照。它从大量的无限生动的个别事物中抽象出来，又在抽象的过程中扬弃了诸多个别事物的生动性以及不带普遍性的个别性特点。它不是对历史现象之完整、科学的本质概括，而仅仅表现为对历史现象作风格化的描述，就此而论，它与规律性相区别；然而一切优秀的进步的传统，总是在一定程度上和一定范围内反映了客观规律的某些方面，就此而论，它又与规律性相联系。

《白毛女》传统作为我国社会主义歌剧（当时称为“新歌剧”）传统的当之无愧的代表，有着什么样的具体内容？它所赖以抽象的感性材料是什么？它又在哪些方面反映了我国社会主义歌剧艺术的基本规律？

为了回答这些问题，有必要指出，《白毛女》、《白毛女》的创作经验、《白毛女》传统，这是三个不同的范畴和不同的逻辑层次，弄清三者之间既互相联系又互相区别的辩证关系，必将有助于我们对《白毛女》传统的正确理解。

《白毛女》是一个具象的范畴，有着极为生动的具体实在性，包括了这部歌剧的实际面貌及其总体特征——大至它的主题、人物、剧本、音乐、舞台美术、情节、结构、导演构思、表演风格，小至它的剧诗写法、唱腔安排、音调素材、演唱方法、乐队编制、配器手法、和声语言等等，无一不在这一范畴的视野之内。正因为如此，它也理所当然地包括了自身的全部成就和不足、经验与教训。

诚然，全面评价《白毛女》不是本文的任务，但仍有必要指出，《白毛女》思想艺术成就的主要之点，不仅在于把革命内容和工农兵普通群众的艺术形象引入歌剧体裁中（因为《白毛女》之前的许多歌剧作品早已这样做了），也不仅在于在继承民族民间音乐戏剧传统的基础上对歌剧的民族形式、民族风格、音乐语言的民族特点等方面作了富有成果的探索（因为无论是黎锦晖的儿童歌舞剧还是后来的秧歌剧，在此方面堪称《白毛女》的先驱），也不仅在于某些具体的创作技法借鉴了西洋歌剧的经验（就此而论，“抗战”中、后期国统区出现的以《秋子》为代表的一批歌剧创作不同程度地为《白毛女》的创作提供了正反两方面的经验）。《白毛女》的主要成就并不限于在某些个别领域取得个别性突破，而是在歌剧创作这个大范畴中显示出全局性和整体性的贡献，在我国歌剧史上比之以前出现的作品来说，较为完满地达到了革命内容与民族形式的统一、时代精神与民族风格的统一、继承传统和借鉴西洋的统一、曲折复杂的戏剧情节与相对完整的音乐表现的统一；不但鲜明地提出了，而且较好地解决了作为歌剧主人公的工农兵形象的塑造任务，第一次实现了歌剧艺术各个构成因素之间的大体平衡，充分显示了歌剧作为一门独立的音乐戏剧样式不可替代的艺术美感和巨大的生命活力。

如果说，《白毛女》的主要成就体现在整体性上，那么恰恰在这个整体性上也暴露出它的若干不足。这种不足，首先体现在艺术形式的范畴内。它的戏剧结构，前半场动人心魄，后半场却显得较为拖沓松散，在音乐与戏剧的结合上取得了大体的协调统一，但也存在着前者轻而后者重的情况；说白与唱腔的转换有时不够自然，某些艺术细节的处理亦有粗糙简单之弊……正由于上述形式因素之间的“化合”缺乏高度有机性，因而带来了更大范围内的不够均衡——艺术形式与它所表现的巨大的历史内容之间的某种不甚适应。

自然，由于当时各种主客观条件的限制，特别在紧张的战争环境中不可能有充裕的时间对《白毛女》进行精雕细刻，它在艺术形式上的某些不足是难以避免的。然而，历史主义的分析毕竟有其科学和艺术的公正尺度，它所肯定和赞扬的，只能是《白毛女》的种种成就和贡献，而不是它的弱点方面。

《白毛女》的创作经验这个范畴，是介乎《白毛女》和《白毛女》传统这两个范畴之间的中间环节。它从第一个逻辑层次抽象出来，但是扬弃了《白毛女》总体特征中的不足部分（这一部分作为教训存在依然不失为我国歌剧创作的一份宝贵财富，但与创作经验不可混为一谈），而仅限于阐明《白毛女》何以取得巨大成功的种种主观与客观的因素、政治与艺术的因素、内容与形式的因素、戏剧与音乐的因素、歌唱与表演的因素、创作方法与方式的因素，等等。

在《白毛女》取得成功的诸多因素——我们称之为创作经验——中，并不是所有因素都具有同等的美学价值的，其中既有适用于一般歌剧创作带有规律性和指导意义的普遍性因素（这一点留待下文再谈），也有只适用于《白毛女》这部作品之特定时代、地域、题材、作家创作个性等等的个别性因素。

例如，《白毛女》的戏剧结构采用"话剧加唱"的歌曲剧样式。此种结构方式在我国歌剧史上可追溯到30年代聂耳与田汉合作的《扬子江暴风雨》，但《白毛女》在规模和音乐与戏剧的有机结合方面，在展开戏剧冲突的明晰性和巨大表现力方面，在晓畅通俗、易于为普通群众所理解接受方面，在时代精神的揭示和戏剧节奏的灵活转换与变化方面，既优于它以前的任何一部秧歌剧，也优于单用戏曲结构来表现的作品。

然而，《白毛女》的戏剧结构基本上是按话剧而不是按歌剧的结构规律营造的，在歌剧综合美的创造中暴露出比较明显的弱点。即使《白毛女》的创作者也并不认为它就是我国歌剧之唯一或最佳的结构模式，更何况当时就有人（例如《白毛女》的导演舒强同志）对它的缺点方面提出了语意恳切的批评。如果说，在当时的战争环境下，"话剧加唱"式的戏剧结构具有创新的意义，同时由于《白毛女》高度的思想艺术成就在很大程度上淡化和掩盖了它在戏剧结构上的不足，那么，随着歌剧艺术的发展和观众层的不断扩大，这种戏剧结构的缺点方面越来越明显，越来越失去对群众审美注意的支配力和新鲜感。因此，"话剧加唱"式的戏剧结构的确是《白毛女》取得成功的重要因素之一，但它并不具有普遍价值，带有很大的个别性。

再如，《白毛女》的创作过程是运用集体攻关的方式——"交叉流水作业法"，打破一度创作与二度创作的界限，一边写唱词，一边作曲，一边排练。处在战争条件下的《白毛女》，为了紧紧配合革命战争迅速发展的进程，这样做带有迫不得已的性质。集体攻关的创作方式有着很大的局限性，处理不好极易造成粗糙、生硬和各个艺术环节的不平衡，导致创作个性的丧失、风格的庞杂，破坏歌剧艺术的有机性。而《白毛女》许多艺术上的缺陷即由此而来，因此决不能把它视为"规律"和"传统"，到处滥用。

又如，《白毛女》的音乐语言以民间音乐（主要是民歌和戏曲）为基础，运用民族唱法，表演体系接近民间歌舞和传统戏曲。《白毛女》的这些创作与表演特色，也是它之所以为广大群众喜闻乐见的重要原因之一。用一定的民族形式和风格色彩给革命内容以充分而恰当的表现，这是一切社会主义歌剧都必须追求的目标，但通往这一目标的途径必然是多种多样的。歌剧艺术家对此种途径的选择，应该而且只能以具体作品的具体题材、人物、事件为出发点，因此不能不打上个别性的印记。

《白毛女》传统这个范畴，是对《白毛女》及其创作经验之理性的表述与抽象。它不但在抽象过程中扬弃了《白毛女》种种不成熟的方面，而且也扬弃了《白毛女》创作经验中那些个别性的因素，而仅指《白毛女》及其创作经验中对中国歌剧创作带指导性和普遍性的基本原则，亦即：歌剧作家（作曲家和剧作家）高度的政治责任感、对人民群众历史命运的深切关注、对伟大革命进程之必然性和紧迫性的深刻理解，化为舞台上富于个性的艺术形象；在音乐创作上保持与民族民间音乐的深刻的内在联系以及对之所进行的革命化改造，使歌剧音乐具有时代气息和戏剧性表现力；在借鉴和消化外来文化因素方面表现出来的历史眼光、宽阔胸怀和锐意进取的创新精神。

这三方面的内容是一个有机整体，从不同侧面反映了具有中国特色的社会主义歌剧艺术某些根本特征。这就是我们所理解的《白毛女》传统。对《白毛女》、《白毛女》创作经验、《白毛女》传统这三个范畴加以界定，理顺三者之间的逻辑关系，是我们确定继承方向的科学前提。离开了这一前提，就无从区分继承和扬弃的不同对象，甚至会导致两者的根本颠倒。

二、曲折的继承之路

掌握了马克思主义科学世界观的歌剧工作者对《白毛女》传统之历史唯物主义的观照，可以概括为继承观和发展观的辩证统一。一方面，承认现实的歌剧创作与《白毛女》传统之间存在着不可分割的历史继承性，珍爱《白毛女》传统，强调继承这一传统的重要意义；另一方面，《白毛女》传统毕竟是40年代的产物，它所概括的是那个时代歌剧创作的历史经验，四十年的历史变迁、日新月异的现实生活对歌剧创作提出许许多多过去时代不可能遇到的崭新课题，必然导致当代歌剧艺术在美学思想和表现手法上的许多新的重大变革。因此，发展并丰富《白毛女》传统，乃是时代的要求和歌剧发展的必然趋势。

《白毛女》以来的创作实践表明，我们在对待《白毛女》传统的问题上走过了曲折崎岖的道路，四十年来歌剧界的一切理论与创作的歧异和论争，几乎都与对《白毛女》传统的不同认识和做法有关。

建国以来先后问世的《草原之歌》、《洪湖赤卫队》、《江姐》等优秀作品，都在坚持《白毛女》传统的基础上又在不同领域内和不同程度上发展和丰富了这一传统。虽然四十年来在思想艺术上取得如此成就的歌剧作品为数不多，但它们的影响和意义却远远超出其数量界限。

同时，试图否定《白毛女》传统的见解在歌剧界也间或有闻。《白毛女》进城以后，有人抓住它在音乐戏剧结构上的某些不足，判定它不是歌剧。50年代也有人认为中国只有“半部歌剧”（指《草原之歌》）。到了80年代，据说还有人坚持中国只有半部歌剧的主张，不过具体剧目换成了《伤逝》。在这些同志看来，在歌剧艺术的殿堂中根本无《白毛女》的一席之地，更谈不上有什么《白毛女》传统存在。这种观点离开中国歌剧的具体特性以及它所赖以产生的主客观条件，否认世界各国的歌剧艺术有着多样性的表现形态和独特的发展道路，企图削中国歌剧之足以适西洋歌剧规律之履。虽然歌剧界持这种观点的同志数量很少，且在创作实践和理论表述中表现得还不十分明显，但其影响不容忽视。

与上述鄙弃《白毛女》传统的虚无主义态度相反，歌剧界还有一种倾向则走到了另一个极端，用形而上学的教条主义态度来看待和解释《白毛女》传统，从而把它僵化了、曲解了。这种观点在理论上的一个重大错误，是把《白毛女》、《白毛女》创作经验、《白毛女》传统这三个既互相联系又互相区别的范畴混为一谈，不去分析和总结《白毛女》及其创作经验中哪些是带有普遍性和指导性的东西，哪些是属于《白毛女》独有的个别性特点甚至是缺点，不顾歌剧创作的复杂性和作家个性的多样性，把《白毛女》看作中国歌剧创作的百科全书，企图从中找出解决一切问题的标准答案和现成结论。结果，不但真正的传统没有得到继承和发扬，反而将那些个别性特点乃至缺点视为“传统”、视为“规律”，要求一切题材、样式、风格的歌剧都必须如法炮制，否则就是抛弃《白毛女》传统。

例如，对《白毛女》题材内容的革命性和战斗性的曲解，表现为置歌剧艺术规律于不顾，盲目提倡歌剧创作必须紧密配合现实政治斗争的需要，甚至为某个特定的中心任务服务，提出所谓“写中心，唱中心，演中心”的错误口号，只准写“革命”题材，从而导致反现实主义、反历史主义的“题材决定论”，这就不可避免地造成大批粗制滥造的“两化”（公式化、概念化）、“三快”（写得快、演得快、忘得快）歌剧的失败。在20世纪五六十年代的歌剧舞台上和出版物中，我们见过多少“歌颂三面红旗”、描写“阶级斗争”的大、中、小型歌剧作品啊！然而它们并未给人们留下一星半点值得怀念的记忆。在那些年代里，短视的宣传上的功利目的把久远的艺术价值撕成碎片，豪壮的标语口号葬送了生动的艺术语言，歌剧舞台成了肯定概念与否定概念演绎的场所。据说这一切都自称继承了《白毛女》传统。《白毛女》传统难道竟是这般面目吗？

又如，对《白毛女》继承民族民间音乐传统的曲解，表现为对民间曲调的简单化处理乃至直接“引用”，以为如此便获得了“民族风格”和“地方色彩”。殊不知这种对民间音乐的生吞活剥，将民间音乐所独具的美破坏殆尽，把无限生动丰富的民族风格抽去个性特质，变成一种廉价的“准风格”或失却灵魂的“伪风格”。再者，这种用若干首以民间音调写成的“小豆腐块”式的唱腔连缀而成的歌剧音乐，其细部结构常常是起承转合式的方整的节歌体，容量很小，情绪单一，难以揭示复杂的情感变化；其总体结构常常是流水账式的零打碎敲的“自由体”，唱腔之间没有合理的逻辑与统一的布局。更有甚者，一个时期内某些地方竟出现了“歌剧创作三原则”之类的东西，采取强制性的行政措施，规定必须在某某地方戏的基础上发展歌剧，把歌剧音乐的基础和表现体系圈死在戏曲的框框里，使歌剧消融在诸如“新楚剧”、“新郿鄠”、“新秦腔”等等所谓“新戏曲”之中，从而在根本上扼杀了歌剧。

再如，对《白毛女》音乐结构与戏剧结构的曲解，表现为千篇一律的“歌曲剧”样式的过分发展，有人甚至把“话剧加唱”式的音乐戏剧结构当作《白毛女》传统的重要内容之一加以捍卫并要求人们遵循；对《白毛女》创作方式的曲解，表现为不看作品需要、不顾作家意愿地酷爱“集体攻关”的“交叉流水作业法”，集体讨论、分头执笔、领导把关的创作程序“三部曲”几乎成了最为流行的公式，对《白毛女》民族化、群众化的曲解，表现为一律要求用民歌主题、民族乐队、民间唱法……这种东施效颦式的“继承”，怎能探求到《白毛女》传统的真谛?!

不错，以上所举毕竟属于历史上的失误，不能用以说明当前歌剧界的创作倾向。然而粉碎“四人帮”以来的创作实践表明，历史的失误和教训并未引起我们的重视，它被一种巨大的惰性和惯性所左右，并未因“四人帮”的被粉碎而到达它的终点，甚至某些方面还有向前延伸的趋势。

回顾近几年来的歌剧创作，如果单从题材内容的革命性、艺术风格的民族性、艺术形式的群众性与通俗性而言，确乎与《白毛女》有某些相似之处。大批歌剧作品在题材内容方面都表现了各个历史时期人民群众的斗争生活，其中有些作品还尖锐地提出了现实生活中的重大命题，论其革命性，不可谓不强。然而革命性并不等于革命化。遗憾的是，大量歌剧新作忽视甚至离开了

“化”的任务，不像《白毛女》那样在思想艺术高度和形象塑造深度方面花大气力，而满足于对革命题材作一般化的表现，甚至连某些获奖作品也未能挣脱正面人物公式化概念化、反面人物脸谱化漫画化的桎梏。在近几年的歌剧舞台上几乎没有出现一个堪与喜儿、杨白劳相媲美的艺术形象，也没有出现一部像《白毛女》、《洪湖赤卫队》、《江姐》那样激动人心的具有全国影响的作品。

同样地，那种满足于与民间音乐的表面联系，却不肯像《白毛女》那样对之进行革命性改造，在创造新的歌剧音乐语言和音乐形象方面下苦功夫的倾向，在实际创作中仍有明显的表现。时至今日，某些同志如在一部歌剧中听不到他们所熟悉的民间音调，就认为该剧的音乐创作离开了民族土壤和《白毛女》传统。须知，民族风格的获得，其实质不在于作品中是否运用了民间音调，而在于作曲家是否把握住歌剧音乐的民族精神，其音乐表现是否符合中华民族的心理素质和审美习惯（况且这两者在时代发展中也经历着许多重要变异）。不加分析地要求一切歌剧都必须以民间音调为基础，甚至还在为所谓的“以三梆一落为基础”的错误理论辩护，试图从中找出某些“合理性”来，都是教条主义地对待《白毛女》音乐创作的根本经验。在实际创作中，有的作品对民间音调缺乏必要的改造与消化功夫，音乐语言陈腐老化，与歌剧所表现的主题在时代风貌和精神气质上格格不入；有的作品对旧有民间音调缺乏组织的有机性和总体结构的把握能力，导致音乐戏剧性的贫弱；有的作品按其题材的时代特点明明可以从生活中提炼活的音调，或从群众歌曲和当代抒情歌曲中吸取某些音调手法，却为了保“民族化”之险，硬要找几首民间音乐作素材，结果是作茧自缚，大大限制了音乐语言的视野。

以上种种情况说明，在对待《白毛女》传统问题上，当前的主要危险不是否定，不是鄙弃，而是对它的曲解，对它的种种皮相的、粗劣的模仿与照搬。严格说来，曲解也是一种否定，不过与右的虚无主义的否定不同，它是从另一个极端、以另一种方式来否定的。这种貌似尊重实为背弃和阉割《白毛女》传统的倾向，严重阻碍了当前歌剧创作的发展。

三、《白毛女》传统与借鉴外来经验

无论是将《白毛女》斥为“土包子”也好，还是把它视为未经任何嫁接，在民族文化传统之树上结出的华夏正果也好，这两种观点都无视下列事实：大胆地有选择地吸收借鉴外来经验（其中包括西洋古典歌剧的优秀遗产），正是《白毛女》传统不可忽视的内容之一。限于篇幅，我们仅从音乐创作的角度对

此略作说明。

一个几乎被遗忘的事实是，《白毛女》创作之初，曾经完全以秦腔的音调和表现手法写了一稿，由于无法调和新的内容、新的形象与旧有音调、旧有艺术形式之间的矛盾，结果当然是失败了。我认为，这次失败同《白毛女》以后的成功一样对后人具有极大的认识意义。它告诉我们：生活逻辑和艺术法则之于歌剧创作，要求它创新，反对其泥古；20世纪的歌剧要表现当代人的生活，想一头扎进传统文化之中寻奇觅宝而又拒绝任何意义上的借鉴，是绝无成功之望的。

《白毛女》的音乐创作向西洋歌剧所作的借鉴既广且深。从宏观方面说，它接受了音乐形象的个性化和戏剧化的塑造原则，运用主题贯穿发展的创作手法使音乐形象获得了戏剧性和完整性，避免了民歌形象的单一性和戏剧性的薄弱；“专曲专用”使音乐形象具有鲜明的个性和不可重复的特点，避免了戏曲音乐“一曲多用”的程式化和音乐形象的类型化。从微观方面说，它在歌剧中使用了重唱与合唱的形式；运用和声、复调等多声部音乐手法和配器原则；在乐队中加进许多西洋乐器；为了克服乐队编制不齐的缺陷，使歌剧音乐获得厚实丰满的和声支持，在乐队中使用了当时延安唯一的一架脚踏风琴；在配器方面甚至大胆地用弦乐四重奏的写法配置了喜儿睡觉时的过场音乐，等等。所有这一切，今天看来似乎不足为奇，但与当时的秧歌剧相比，却造成了秧歌剧所不可能有的新颖复杂的音响，丰富了歌剧音乐的表现力。

此后，《草原之歌》、《洪湖赤卫队》、《江姐》等优秀歌剧的相继成功一再表明，坚定不移地执行我们党制定的“洋为中用”、“推陈出新”的方针，沿着《白毛女》开辟的借鉴之路，吸收西洋歌剧的经验，对于创造有中国特色的社会主义歌剧非但必不可少，而且已经取得了令人振奋的成果。

然而，如同继承之路曲折崎岖一样，借鉴之路也是不平坦的。建国以来，与所谓的“土洋之争”相联系，歌剧界把“盲目崇洋”当作头号敌人几乎从不间断地批评了三十余年，但对什么是“盲目崇洋”这个基本问题，批评者与被批评者是否都弄得一清二楚了呢？例如，过去有人提出“走格林卡道路”、“歌剧应以音乐为主”的主张，就被认为是“盲目崇洋”，上演一两部西洋歌剧或在创作中运用若干外来手法也是“盲目崇洋”，甚至歌唱家学习一点美声唱法、演出中使用西洋管弦乐队也被斥为“盲目崇洋”。在十年内乱中，对“盲目崇洋”的批判更像恶性肿瘤一样到处扩散，连歌剧艺术本身（包括《白毛女》）也被江青一伙取消了生存的权利。今天我们难道还能在这些意义上来批评“盲目崇洋”吗？我们对当前确实存在的某些以洋为高的现象要作具体分析。除个别极端者外，少数青年学生和演员为西洋音乐和歌剧文化高度发达的成就所慑服，以致一时迷失了批判的理性；加之对我国民族音乐和歌剧文化的肤浅无知，因而缺乏爱的热忱。对这种朦胧幼稚的崇洋意识，相信经过必要的说服教育，特别是我们拿出令人折服的作品之后是不难改变的。再者，在这些青年同志中只有极少人已在从事歌剧音乐创作，其崇洋意识并未表现为实在的作品，因此，如果其中一部分人将要带着崇洋意识加入歌剧作曲家行列的话，只能称做未来的潜在危险，却不能说是当前的现实危险，更不能说是近年来的主要危险。

当我们在概括一种代表性的创作倾向时，应以什么作为立论的根据？我以为只能依据近年来创作演出的实际作品。作品是作曲家的真正宣言。对某一作曲家、某一时期歌剧音乐创作之是否盲目崇洋的准确判断，只能在精细地研究了该作家、该时期的实际作品之后。离开实际作品来谈创作倾向和主要危险，不但使批评者陷入主观武断，而且也使被批评者茫然不知何指，得不到应有的教益。就笔者近年来直接接触到的三十余部较有影响和代表性的歌剧作品而论，可以断言没有一部歌剧音乐是称得上“盲目崇洋”的。即使被认为是崇洋涉嫌最大的《护花神》、争议不小的《伤逝》，也并未以照搬西洋歌剧为宗旨，而是较多地借鉴了外来手法，在民族化方面作了许多有益的探索。

某些同志把近年来上演外国歌剧的问题也当作“盲目崇洋”的论据来使用，似乎当前歌剧创作的不景气在很大程度上是因上演西洋歌剧引起的。近年来我们总共上演了五部西洋大型歌剧、一部轻歌剧、两部小歌剧，对一个十亿人口的大国来说，数量不算多，其范围也仅限于三两个大城市，更何谈“大演特演”？在上演上述西洋歌剧的同时，全国各地有二百多部歌剧新作问世，因此这几年并非“只演外国歌剧”。演出西洋歌剧较多的中央歌剧院，连该院自己创作的《第一百个新娘》、《现在的年轻人》、《热土》等新剧都没有被“压倒”，又何来如此神通去“压倒”全国其他地方的创作？所谓西洋歌剧“压倒一切”之说纯属虚构。再者，中、外歌剧本无不共戴天之仇，何以演出寥寥几部外国歌剧就使中国歌剧“难以生存”了呢？倘说我国歌剧当前确有“难以生存”之虞，自有别样原因在，绝非费加罗、巧巧桑、卡门等人之过。

因此，我们倘不把个别单位、个别人物的思想和做法夸大为全局性的倾向来批评，不把假想中的危机当作现实危机来对待，所谓“盲目崇洋是当前歌剧创作的主要危险”的论断也就不攻自破了。

与某些同志的主观估计相反，当前歌剧创作的实践表明，我们在借鉴问题上的主要危险不是盲目崇洋和“全盘洋化”，而是至今未能挣脱左倾关门主义的束缚，抱残守缺、夜郎自大的保守倾向时时跑出来顽强地表现自己的存在。某些同志往往以一种狭隘的胸襟和冷漠的眼光来观察、理解任何新手法的探索与新音响的追求，一旦从中发现某些缺陷，动辄扣上“盲目崇洋”、“全盘洋化”的帽子，甚至公然否认外来因素对我国歌剧产生和发展进程的积极影响，十分明确地把借鉴西洋歌剧的必要性排斥在所谓的“现实主义和历史唯物主义的创作道路”之外。据说，我国歌剧只要源于生活，向民间音乐和传统戏曲学习，具有“民族化艺术形式”的歌剧就能神话般地创造出来。在这种盲目排外观点的影响下，我们对西洋歌剧的历史发展、当今现状、艺术规律、风格流派、精华糟粕等一系列基本问题依然处在不甚了了的混沌状态中，至今仍可在报刊上读到诸如西洋歌剧“重音乐轻戏剧”、“重歌唱轻表演”、“重声音轻感情”之类的偏见。这种对西洋歌剧艺术特征的无知和曲解，不正从反面证明了歌剧界借鉴工作的薄弱吗？近年来出现的歌剧作品，或音乐语言陈旧过时、艺术手法毫无新意，与当今时代和观众有隔世之感；或音乐结构零散、音响色彩单薄无味、音乐形象干瘪枯萎，令观众乘兴而来不终而去；绝大部分作品由于音乐贯穿发展手段的拮据，无法自如地驾驭戏剧性和群众性场面，以致“话剧加唱”现象不但未见减少，且有日趋普遍之势；歌剧音乐的抒情性、叙事性、冲突性这三种戏剧性功能远远没有被我们全面理解，我们常常片面地强调音乐的抒情功能，因此大多数歌剧音乐反而为单纯的抒情性所累；我们只是在极有限的局部和点缀的意义上使用了重唱与合唱，而具有宽广表现力的乐队音乐则被人为地局限在消极伴奏的狭小天地中；西洋古典歌剧已有的和声、复调和配器成就，对于声乐表现力既广且深的开拓，对于音响可能性和复杂性的多方面的探求成果，我们都未认真深入地加以开发利用……在这种情况下不加分析地批判“盲目崇洋”，把局部的崇洋现象说成主要危险，不但不能引导我们去努力消除借鉴之路上的旧有障碍，反而架设了新的路障，进一步束缚作曲家借鉴的手脚，只能把当前歌剧创作限制在现有水平上。立志继承《白毛女》传统、振兴中国歌剧的人们，为何又在借鉴问题上忘却了《白毛女》正反两方面的经验呢？

四、繁荣歌剧艺术必须清除“左”的影响

当前，我国歌剧正处在伟大的时代变革的关口，经历着历史性的阵痛。具

有中国特色的优秀社会主义歌剧作品之所以难产生，原因固然很多，但就本质而论，还是由于创作指导思想上“左”的干扰。对《白毛女》传统的形形色色的曲解以及在借鉴问题上种种故步自封的表现，其核心是“左”，其根源也是“左”。这种“左”倾顽症一直未得到认真系统的清理，这是阻碍我国歌剧创作繁荣发展的主要危险之一。“左”倾顽症以貌似“革命”的理论去窒息进取精神，堵塞探索之路，把无限生动、变化万端的艺术创造限制在某个整齐划一的模式中。这样，是不可能造就伟大的歌剧艺术家、产生划时代的歌剧作品的。无产阶级歌剧不是从天上掉下来的，它只有在继承、借鉴古今中外音乐戏剧的一切优秀遗产的基础上才成为可能。不管是《白毛女》以来的革命传统，或是民族民间音乐戏剧的历史传统，还是西洋歌剧的古典传统，我们之所以应当而且必须伸出手去，并非为了乞讨，而是从中拿取一切于我有用的东西，加以消化、融合，充实自己的艺术宝库，以有利于今天的创造。

艺术贵在创新，这是万古皆然的法则。借鉴与继承，其用意都在今天。倘若继承与借鉴不以创新为指引，把自身目的化，那是画地为牢，只能把当代歌剧沦为传统的奴隶。由此也足以见出盲目崇洋之毫无出息，但盲目崇土、盲目崇昔也未必值得颂扬。即使是封建时代的古人，尚且写出“江山代有才人出，各领风骚数百年”的名句，掌握了唯物史观的社会主义歌剧工作者更应把古人的传统在历史进程中的发展变异乃至被新的传统所取代看作是必然的历史规律。在歌剧艺术的长河中，每个时代都有自己的鲜明的旗帜。一面新的时代大旗的升起，不但意味着对旧时代之肯定中的否定或否定中的肯定，而且也宣告了旧时代的终结。衡量某个时期歌剧创作之历史功绩和美学价值的主要标志，不仅在于它从上个时期肯定了哪些应该肯定的东西，更重要的是看它是否提供了上个时期不可能有的、仅为本时期所独具的东西。倘若格鲁克当年完全沉湎于意大利旧式歌剧华丽夸饰的时尚，因而放弃其歌剧改革，他就不成其为格鲁克；假使威尔第只有《茶花女》，并不能充分显示其伟大，正是他后期的《阿依达》、《奥赛罗》、《法尔斯塔夫》，才使他成为19世纪浪漫主义歌剧的泰斗；印象派鼻祖德彪西也只有在十分艰难地摆脱了瓦格纳的影响之后，才写出了印象主义歌剧的名著《佩丽亚斯与梅里桑德》，确立了他在世界歌剧史上的崇高地位。同样，如果《白毛女》当初完全陶醉于秧歌剧的巨大成就和已有水平，它也就不成其为《白毛女》。

征诸上述尽人皆知的史实，无非是想说明：新时代的歌剧工作者要完成创造有中国特色的社会主义歌剧艺术的伟大使命，应当牢记前人的经验，以创新为己任，在中外音乐戏剧传统面前，不当唯唯诺诺的谦谦君子，要做传统的主人；尊重传统，立足当代，面向世界，在歌剧舞台上不断探求新形式、新手法、新音响，给新内容、新形象提供新的表现可能性。而要达此目的，首先必须清除“左”的影响，克服主要危险，让歌剧艺术家按照“四化”的要求和歌剧艺术的规律，去大胆探索、自由创造，充分发展自己的个性和风格，努力开拓中国歌剧的新纪元。

（原载《文艺研究》1985 年第 4 期）

从《白毛女》看艺术的继承与创新

李尔重

据说《白毛女》不值一提了，因为：它搞阶级斗争，它是遵命之作，它的表现形式不伦不类。

这的确是值得研究的。

在私有制社会里，欠债的还钱，是天经地义的；在市场经济里，美元这么一跌，香港就有人跳楼了。杨白劳欠债，黄世仁去讨，没有钱还债，拿姑娘抵债，也是常见的事。于是便有为黄世仁抱不平者，说这是用阶级斗争的“极左”观点，制造了阶级斗争，认为阶级斗争是共产党编造出来的。于是阶级斗争学说与“极左”成了同义语，被一阵风吹得好像又黑又臭。

世界上有十三亿人生活在贫困线下，美国有三千万人处在饥饿线下，大款们不但金屋藏娇，夜夜做新郎，喝一瓶“路易十三”可抵百家一年收入（我们贫区人民，有的户年收入不过130元，一瓶法国“路易十三”值13000元），一辆大林肯汽车可以盖八所中学（大林肯车一辆约160万元，在乡下盖一所2500平方米的中学不过20万元），大款们的豪华生活，不是剥削人民血汗变来的？剥削阶级与被剥削阶级是客观存在，剥削阶级的豪华吸了被剥削者的血，也是客观存在。并不是第三世界人民弱智，是发达国家的垄断资产阶级独占了科学技术对第三世界进行疯狂掠夺，使他们失掉了温饱和受教育的机会。把黄世仁作为剥削阶级的野性型，把杨白劳父女作为被剥削压榨型，凝缩出两个阶级的生死斗争相，这是历史本质的再现，并不是谁编造的。这种事在世界上并未消灭，而且愈演愈烈：有许多民族濒于绝灭，每年有上千万的人死在饥饿之中。从虚构的“象牙之塔”里把头伸出来，张开眼看看，世界上何处没有“白毛女”！杨白劳父女等着上帝慈悲，是徒劳的；要生存，就要斗争，斗争到消灭剥削，消灭阶级。

到了近代，才有了“象牙之塔”说，越往后新说越多：“主体意识论”、“意识流”、“现代派”、“后现代派”等，名目繁多，其义归一：文学艺术以“我”为主，超然物外，绝对自由。中国人最欣赏的是陶渊明的名句：“采菊东篱下，悠然见南山。”王国维誉之为“物我相忘”之境界，斯为上品。其实，陶渊明远没有达到“物我相忘”的境界。他有怨情，“在已何怨天，离忧凄目前，吁磋身后名，于我若浮烟……”（《怨诗楚调示庞主簿邓治中》），“常傲然以称情，世流浪而遂祖，物群分以相形，密网裁而鱼骇，宏罗制而鸟惊……”（《感士不遇赋》）；有怒情，“君子死知己，提剑出燕京……雄发指危冠，猛气冲长缨”（《咏荆轲》）；有爱情，“愿在衣而为领，在裳而为带，在发而为泽，在眉而为黛，在莞而为席，在丝而为履，在昼而为影，在夜而为独，在竹而为扇，在木而为桐”（《闲情赋》），此可见出世者必内于世，无念者必有念，朦胧者必清明。侯宝林早就指明：醉汉最怕消防车。今之“超然者”，“主体意识者”，“朦胧者”，高唱文学艺术之绝对自由，又有哪个“自由”不是用金币，或权势，或美色写成的；最高稿费出自大款的厂家，也出自最勇于杀人的“人权倡导”者。古往今来，不奉命之文学艺术是不存在的，只是在奉谁之命上有所不同：奉金币、邪恶、美色之命，或循“二为”方针奉人民之命，二者必居其一。《白毛女》奉的是后者之命，这是一切人民文学艺术工作者终生必奉之命。所谓“绝对自由”论者，自己知道是最不自由的。

艺术和任何事物一样，是发展的，无止境的，随着科学技术信息交通之发达，世界各国各民族的文学艺术互相交流是必然的，而且进展是迅速的。商鞅都懂得：“苟可以强国，不法其故；苟可以利民，不循其礼。”秦始皇也懂得：“三皇不相袭，五帝不相因”，“时异则事异”。艺术的创作，没有“叹观止矣”的。《白毛女》的艺术形式，既不是陕北秧歌，又含有陕北秧歌，同时，吸收了若干西洋音乐之美；它的舞蹈，既不是中国戏剧的程式舞蹈，又含有秧歌和中国戏剧舞蹈，同时吸收了若干西洋舞蹈之美，北风舞最是明显；它的声乐唱法，既有中国民歌的唱法，又兼有西洋声乐的韵味；场景的布置是兼中国戏剧的虚拟型与外国的实景型的。这些要素组合起来，便出现了以“延安文艺座谈会讲话”精神为指针的新型的以中国人民喜闻乐见因素为主体又吸收了许多可为我用外来因素的新型歌舞剧。新时代及其人民需要这种新的，源于民族艺术又高于传统艺术的创作。

（原载《中流》1995 年第 5 期）

歌剧《白毛女》的历史贡献

李　刚

这是一部划时代的巨著。

在我国七十余年的历史过程中，出现过数以千计的歌剧，其中不少是出类拔萃之作，但能和《白毛女》的名字并列的为数不多，只有《洪湖赤卫队》、《江姐》、《小二黑结婚》、《草原之歌)、《槐荫记》、《窦娥冤》等二十余部出自全国各地的歌剧可以与之并列，而《白毛女》仍居榜首。这些歌剧的作者洋溢着强大的创作才能，赋予歌剧永恒的生命力。毫无疑问，《白毛女》、《江姐》、《洪湖赤卫队》等等是真正的艺术品。它们的文学、诗、音乐始终强烈地吸引着人们，使人激动，催人泪下，引导人民奋进。特别是这部具有深刻的现实感，又有华美幻想的《白毛女》，足以代表那个时代崭新艺术世界之典范作品。其诗意的语言，对社会矛盾的深刻揭露，在40年代震动了大半个中国，使上亿人民（特别是农民）为之振奋。《白毛女》用艺术的力量动员人民推翻三座大山所起的作用是难以估量的。我们毫不夸张地说，在世界的歌剧文库里，还很难找到一部能够像《白毛女》这样对人民解放事业产生过如此巨大动力的歌剧。只要我们回顾一下20世纪40年代后几年的历史，就足以证明我们的论断了。

大文豪郭沫若观看歌剧《白毛女》后，以《悲剧的解放——为“白毛女”演出而作》为题，高度赞扬了这部歌剧：“中国的封建悲剧串演了二千多年，随着这《白毛女》的演出，的确也快临到它们的闭幕，‘鬼变成人’了”，“这是人民解放胜利的凯歌”（1948年5月21日于香港）。一位解放军高级将领这样回忆：“46年前看歌剧《白毛女》时，我还是个团政委，那时战士看完这出戏，杀敌劲头之高，甚至比我们战前政治动员还有效。”50年代初，不少青年在自己的自传中这样写道：“我是看了歌剧《白毛女》之后才走上革命之路的。”倘若我们再翻开解放战争时期的解放区报纸，不难找到有关歌剧《白毛女》的报导：“……一些农村看了《白毛女》演出，很快发动群众开展反霸斗争。一些部队看了演出，战士们纷纷要求为杨白劳、喜儿报仇，迅速唤起杀敌立功热潮……”（《晋察冀日报》1946 年 1 月）。

1953 年春夏间，正当抗美援朝进入战争与和平交叉阶段时，笔者在前线志愿军司令部和政治部有幸与彭德怀元帅，李志民、杨得志上将谈到抗日战争时期的解放军文艺活动。谈话间自然涉及《白毛女》的演出，在二位上将的帮助下，我在解放军 19 兵团作了调查，该兵团在 1946 至 1949 年间，师以上文工团的演出，多以《白毛女》为主要节目，师文工团平均每月演出该剧十五场以上，有时一日两场以至三场，观众对象是数以千万计的农民，广大解放军战士和几十万俘虏兵。我估算，一个师在这三四年间演出《白毛女》起码在五百场以上，若以全解放军计，演出场次定能突破万场。这个时期地方文工团演出《白毛女》的场次，因数据不足，难以计算。据笔者调查，在这期间，华北、东北、西北演出《白毛女》较多，华南相对少些，可能是语言关系。不过该剧在香港公演时，观众反映却是十分热烈的。1948 年 5 月 29 至 6 月 19 日在夏公（夏衍）支持下，由香港建国剧社、中原剧艺社、新音乐社联合在九龙普庆大戏院演出时，排队买票的人群把戏院围了几个圈，可见香港同胞也是爱《白毛女》的，刘尊棋先生曾于 1948 年向香港观众介绍他的观后感：“1946 年 3 月下旬，我有一个难得的机会从上海飞到张家口……那时《白毛女》正在开始上演，我看了一遍，又看一遍，它给了我永远不可磨灭的印象……那一次是招待八十几个被俘的蒋军官兵，他们坐在前几排，当演到杨白劳死去，喜儿摔盆，恶汉抢她的时候。这几排贵宾竟哭不成声，后来索性号啕大哭起来，连舞台的对话和歌声都听不清楚了。戏已无法演下去，布幔放下来了，灯光亮了，一个青年走上台前，向观众讲，希望大家镇静一点……过了十多分钟，戏才继续演下去。”这是《白毛女》通过自己的艺术魅力感化俘虏兵的一个实例。在那个时代，类似的社会反映是相当普遍的。这些仅是我们客观地论述《白毛女》的历史贡献，当今，已不是反霸斗争的时代，《白毛女》已完成了那个时代的历史任务。然而它作为一部艺术品激发人民解放事业从胜利走向胜利的历程，对我国今日提倡社会主义精神文明确能提供有益的经验。首先，歌剧艺术不仅是为人们的娱乐而存在，它还应当关心人民的命运，反映时代的变革，赞颂新时期走在最前列的人们，颂扬诸如孔繁森式的英雄，只有这样做，我们的歌剧才能发挥积极的社会功能；其次，《白毛女》在文学、诗歌、音乐语言方面所表现的强烈的民族感，面向民间，向丰富的民间音乐学习的经验，始终是我们歌剧工作者应继承和发扬的，毕竟民族性永远是艺术家的“根”，任何艺术，离开本民族的“根”是不可想象的。

歌剧《白毛女》是永恒的，诗人创造了喜儿、杨白劳的艺术形象，曾使千百万人的心灵震动，这是它的真正艺术价值，它一旦打动人的灵魂就再也无法磨灭了。写到这里，使人想起一件往事：60 年代初，我作为中央歌剧舞剧院领导成员，组织过一台中、外歌剧选段音乐会，曲目中，既有歌剧《茶花女》，又有歌剧《白毛女》，演出反映热烈，观众中有人提出，《茶花女》歌曲好，《白毛女》歌曲老掉牙了，关于“老掉牙”问题，当时我曾说：“观众的评论是无可非议的，因为每个观众都有自己的欣赏习惯、艺术趣味和美学选择。而作为艺术家的我们，观点应当明确，喜儿并不老，今年才十七岁，歌剧中的薇娥列坦一百多岁，因此，说白毛女老掉牙就不公平了。不错，《茶花女》是世界名著，而《白毛女》起码也应是我们民族的名著，中国艺术家创造了歌剧《白毛女》是我们民族的骄傲。即使到了下个世纪，我认为《白毛女》和《茶花女》的选曲都是要唱的，艺术青春常在。作为国家歌剧院，应该把《白毛女》和《茶花女》列为剧院的永久保留剧目。”（摘自中央歌剧舞剧院 1962 年艺术总结）

《白毛女》不是完美无缺的歌剧，由于历史的局限，这部歌剧还有一些值得探讨的问题。但正如诗意浓郁的某些段落不能抵偿整部歌剧的渺小一样，《白毛女》的局部缺陷也不容怀疑其全剧的伟大。在今天，当我们纪念它的诞生五十周年时，我们自然更多地庆贺它的历史意义。倘若有些学者想着重指出它的不足，也是被允许和欢迎的，这就是我国的文化政策“百家争鸣”具有强大生命力之所在。我确信，世界上没有不可批评的事物，连上帝都可以批评，何况一部艺术品呢。千百万人虔诚地说“是上帝创造了人类”，而另一些人则说：“不是上帝创造了人类，而是人们创造了上帝。”对于一部作品，即使是全球公认的伟大作品和作家，也从来没有绝对一致的。伟大的歌德和他的巨著，就受到孟采尔的批评和否定，并由此，而得到孟采尔的追随者们之欢呼。但是，恩格斯和海涅却及时站出来同孟采尔辩论。伟大的普希金和他的浪漫主义长诗也被纳捷依金猛烈攻击。由此看来，人们对《白毛女》思想性和艺术性提出批评是不足为奇的。毕竟歌剧《白毛女》在结构上，前半部很有华彩（尽管还有不足），后半部则显得松散（也有闪光的段落），全剧过于冗长。既然看到它的不足，是不是应该改得更完美些呢，若有可能当然很好，问题是谁来做这件伟大的事呢。歌剧《白毛女》是时代的产物，它必然带有时代的烙印。诗人贺敬之当时只有二十岁，丁毅二十五岁，如今都七十开外了，况且健康情况不佳，七位作曲家中，马可、向隅已作古，留下张鲁、瞿维、焕之、陈紫、刘炽也都向八十岁过渡了，不可能再集中在一起集体创作。就让这部伟大的歌剧像现在这样生存下去吧，我是不主张请任何未参加过《白毛女》创作的能人“加工”的，但是我建议，各歌剧院（团）可以作为本院（团）的演出本，作临时性的改动，为了避免加工得面目全非，我想应该有几条约束：一、宜减不宜增；二、全剧主题思想主要人物及基本情节不应任意变动；三、应标明这是某某剧团的演出本；四、必须注明艺术上的负责人。因为，《白毛女》的版权是属于作者集体所有，而不属于任何演出单位。我参与了《白毛女》1945 年的首演，是乐队成员，并非作者。上述建议纯属个人看法，就作为一家之言吧。

《白毛女》不是“样板戏”，不是歌剧必循之路，但它是我国歌剧园中最为鲜艳的花朵，它有自己的芳香和色泽。我国的歌剧，应该是备具特色的，应该是五彩缤纷的，应该是芳香各异的。如果哪位天才创造出当今世界上尚未出现过的色彩和郁香，更是值得赞扬的。总之，亿万人民只看一种颜色，只闻一种香味，只听一种声音就过于单调了，生活应是丰富多彩的，自由自在的。

在本文临要结尾之时，我将引用大文豪茅盾先生 1948 年 5 月 21 日发表的赞文为结束语：“……在今天，我们毫不迟疑称扬《白毛女》是中国第一部歌剧，我以为这比中国的旧戏更有资格承受这名称——中国式的歌剧。”

（原载《歌剧研究》1995 年第 3 期）

喜儿又扎上了红头绳

——兼述延安时期《〈白毛女〉书面座谈》

黎　辛

近日读报，得知中国歌舞剧院为纪念《白毛女》创作、首演50年，重排歌剧《白毛女》。报上说到在"不动筋骨"的前提下，作一次较大的提炼加工，将原约200分钟的戏，浓缩为约120分钟，这是演出时间适应现代生活的快节奏的改动，我也赞成。可是读到重排《白毛女》，要删掉"黄母虐待喜儿"与"批斗黄世仁"的"阶级斗争色彩太浓的戏"；并以"新的观点"加强喜儿与大春的感情戏，新加的喜儿与大春"木梳传情"的细节有四次之多。如此改动，《白毛女》还是延安革命沃土培植的艺术之花吗？

5月17日晚，我有幸看了彩排，观众为喜儿和杨白劳的演唱满堂喝彩，剧终时对全体演职员报以雷鸣般的掌声，观众久久不愿离去。作为观众的一员，我高兴，放心了。事实上重排并没有删掉"阶级斗争色彩太浓的戏"，也没有增加"木梳传情"。《白毛女》基本上保持了原样原味，散发着它故有的芳香！接着，又从报上得知，这是歌剧原执笔者和有关的老文艺家坚持保持原剧面貌的结果。压缩后重排的《白毛女》是成功的！这次彩排和重排的争论，使我想起当年在延安对《白毛女》的排演和争论的情况，《白毛女》出世也不容易。

最初，《白毛女》为1945年4月党的"七次"代表大会献礼首演，第二天，中央书记处派人往鲁艺送去三条意见，说："第一，这个戏是非常适合时宜的；第二，黄世仁应当枪毙；第三，艺术上是成功的。"当时，中央书记处由毛泽东、刘少奇、任弼时三人组成，毛泽东同志又是中央政治局与中央书记处的主席。毛主席看完戏后这么认真而迅速地表示意见，据我所知是前所未有的。这个意见对《白毛女》在思想上和艺术上予以充分的肯定。

《白毛女》首演不久，我去看了。观众的情绪被演出所激动，剧场里掌声、哭声、惊叹声接连不断。散戏出来，大家议论纷纷，有人说："演的就是我家村子里的事!"也有人说："我的眼泪含了几十年，看了《白毛女》，忍不住夺眶而出!""《白毛女》让我认识了恶霸地主的罪恶，黄世仁该死!"我抬头仰望宝塔山夜空的星星，星星也似在窃窃议论。《白毛女》演出反应的强烈，可以说是前所未有的。

可是，到6月10日《白毛女》已经演出七场，即"七大"闭幕（"七大"4月23日开幕，到6月11日闭幕）的前一天，《解放日报》才在地方版发表了一条首演消息。直到7月中旬，还没有人写来评论文章在我们副刊发表，这是我的工作中从没遇到过的情况，我有点不解。

不解之谜终于解开了，原来文艺界对《白毛女》有不同意见。《白毛女》在鲁艺食堂对面的小广场排演时，有小说家贴墙报，说《白毛女》的主题和人物站不住脚。又有人说批斗地主黄世仁是破坏抗日民族统一战线。及至公演以后，有小说家说内容不真实，有作曲家说不像歌剧，是话剧加唱腔，有演奏家说伴奏中西乐器都用，是不中不西。

一天，《白毛女》的执笔者贺敬之来到报社，他问我看了《白毛女》有什么意见，我说："好戏!"接着我问他是否听到对《白毛女》的不同意见，他说他把中央书记处对《白毛女》的意见和搜集到的各种意见都贴在鲁艺实验剧团的墙报上。我去看墙报，墙报用花花绿绿的油光纸抄出约二十个人的意见，我对《白毛女》的意见也在其中。对《白毛女》众说纷纭的意见，也可以说是一种"争鸣"吧，使我受到启发与教益，使我想到对《白毛女》的宣传不能简单对待。

《解放日报》副刊部主任艾思奇同志是"七大"代表，当时他正忙着开会和会议的传达，来不及传达和研究书记处对《白毛女》的意见。"七大"闭幕后，我向老艾（他群众关系好，大家亲切地称他老艾）说了我对《白毛女》的看法，他表示同意，说你看过戏，又了解情况，先写篇文章介绍吧。

我不懂戏，可是领导交给我任务，我经过考虑，决定以来信综述的形式，把书记处的意见和我看到的、听到的意见，以《关于〈白毛女〉》为题写在文章里，文章分"适时生动的阶级教育"、"论新歌剧"、"放手发动群众不够"和"几个问题"四个小标题段落。文中特别解释毛主席在"七大"报告中再三强调的农民的重要性，并引用毛泽东的话：在中国干革命"不依靠农民群众的援助，他们将一事无成"。从毛主席的论述中，正好看到了《白毛女》的战斗力量。

《关于〈白毛女〉》一文于7月17日发表，标题后面载有我写的简单的编者按语："这次本报特用'书面座谈'一栏，很想作为一个开端，来展开思想的讨论"，"欢迎任何同志发表各种不同的见解，发表的方式看情况酌定，希望同志们热烈参加。"

《书面座谈》7月21日发表第二篇稿子，是某戏剧家写的《〈白毛女〉的时代性》，作者说《白毛女》对所表现的"时代性"掌握得不够充分，所以剧中喜儿与黄世仁、黄母的思想与行动，"便有些勉强与矛盾"。作者说，"《白毛女》受大众欢迎，是有目共睹的。但我想大胆肯定一句：主要是演员及某些部分的音乐演奏与演出服装、装置的吸引力的成就。"稿子发表两天以后，总编辑来到副刊部办公室问这文章是谁写的，艾思奇解释说作者是左联时期的著名戏剧家，现在对《白毛女》有不同意见，我们根据边区政府施政纲领提出的"学术自由"的原则在报纸上开展讨论，发表各种不同意见，最后作出总结，这么做我向您报告过的。总编辑说文艺作品是可以讨论的，《〈白毛女〉的时代性》这篇文章没有建设性，只有破坏性，你们赶快写文章批评。

我只好勉为其难地以《谈谈批评的方法——谈〈白毛女〉的时代性》为题，说了《白毛女》的真实性、创造性，以及文艺批评的方法。稿子8月1日见报。这是"书面座谈"第三次发稿。

8月2日，《〈白毛女〉书面座谈》第四次发稿，有夏静的《〈白毛女〉演出效果》、陈陇的《生活与偏爱——关于〈白毛女〉》、和唱泉的《〈白毛女〉观后感》，是一组三篇短文。此后，《白毛女》的"书面座谈"草草结束了。

随着土地改革的进行和人民解放战争的大进军，《白毛女》响亮的歌声响遍了城市、乡村、高山、平原，它成为那个时期国内外演出最多效果最好的剧目，并获得了革命文艺的最高奖赏——斯大林文艺奖！

这次《白毛女》的重排公演效果是好的。我想如果能够继续作些提炼加工，再压缩一些过场与对白，保留一些大春、黄世仁、黄母的演唱，可能更符合原作的真面目，更焕发出《白毛女》艺术的光芒！

（原载《文艺报》1995年7月14日）

《白毛女》演变的启示

孟　悦

延安时期的文学常常不言而喻地被看作纯粹的政治运作的产物，研究这个时期的文学多少被视为某种政治表态，于是不大有人对其更复杂的内容作学术性的分析。当政治环境许可时，人们首先想到去做的往往是揭示其中的政治话语运作方式，以求对中国文化几十年的话语系统表示一种反思。这种反思无疑有相当深刻的意义，它不仅提供了现实立场，而且提供了历史的立场。但这种批评却有自身的局限性，比如，它容易流于一种简单的贬斥。这种贬斥的简单性甚至可以通过套用西方一些理论的"批评"视点和语汇，从而获得正当性。这样的正当性一旦确立，其他应该和可能被揭示出的问题就被遮蔽了。比如，福柯的"话语"概念就常常被抽象化成一个功能结构或一种压迫机制，于是我们不用像福柯本人那样进行什么历史的知识考古学的研究，也就可以将"延安文学"不仅仅看作一种文学现象进行反思。福柯的权威形象反倒成了对批判者自身"话语"背景的庇护。在这种情况下，延安文学与五四以来新文化之间的关系之类依然不能拿到桌面上讨论。因此，这篇文章的目的之一可以说是为研究延安文学和现代文化史寻找另一些可能性。我想通过对延安文学的代表作《白毛女》中文化因素的讨论，把对"解放区"文艺的研究尽量放在一个复杂的视野和背景上。毕竟《白毛女》所代表的解放区文化并不是一个绝缘体，它和整个五四以来新文化的历史上下文有着千丝万缕、曲曲折折的关系。

此外，《白毛女》及延安文艺实际上还关系到在新文化圈内看不大清的另一些问题，比如它对"现代"与"传统"关系的处理就与五四以来的激进阵营有相当大的差别。怎样看待这种差别，它有没有政治之外的文化的意义？如今已有不少人对于"传统"和"现代"达成了一点共识，即"传统"与"现代"并不是两个不可拆解的、按时序排列的板块。那种把"传统"与"现代"

当作截然对立的两个时代的看法，作为一种思维和修辞模式，往往投合着一种功利目的论的话语机制。从这种看法中可以引申出另一个十分重要但没有深入讨论的问题：即“传统”与“传统”之间的区别以及它们在五四以来的新文化中扮演的不同角色。迄今为止我们所谈的“传统”多是指在政治和伦理意义上的儒家和新儒家的传统。没有多少人过问其他可能存在的传统，比如30年代民粹主义者关注过的一些民间形式和民间艺术等。不同“传统”在不同话语中占有不同的位置，这一点我们把延安文艺与五四新文化对照来看就会更为清晰。五四新文化体现出这样一个尴尬：为了建立一个既是“现代”的，又是“中国”的新文化，它既要排斥“本土资源”又要吸引“本土大众”。倒是往往只被看成一种政治强制文化的延安文艺把一些“本土资源”与“大众”连在了一起，而且这种对民间文艺的发掘早在毛泽东的《在延安文艺座谈会上的讲话》之前就已开始。本文力图以这样一些问题为背景，考察所谓“新文化”、“通俗文化”，以及新的政治权威三者之间的相互关系在几个《白毛女》文本中的曲折体现，以及它们在《白毛女》几次修改中的演变。最后，对这些问题的探讨也使我有机会对以前分析《白毛女》的一篇旧作做某种补充和修正。①

一、如何重构“革命通俗文学”② 的历史环境

《白毛女》是一部几经加工修改，从乡民之口，经文人之手，向政治文化中心流传迁移的作品。从某个宽泛的文化角度上看，《白毛女》不仅是一个叙事，不仅是一种心态，甚至也不仅是一种话语——虽然尽可以把它作为叙事、心态及话语来研究。它还关联着一种在“解放区”形成的特定的文化实践——这种文化在形式来源、生产经过和传播方式上都既不同于五四以来在知识分子层中流行的新文化，又有别于“原生的”民间文艺形式和意识形态。而作为文化产物，它既有明显的“本土”、“大众性”或“通俗”色彩，又有受西方文化影响的“文化人”的加工痕迹。这样说并不是否定它的政治特征，而只是想说明，这种带政治功利性的文学反而可能有一个复杂的历史和文化的上下文。如何重新清理这个上下文是我们研究解放区文学以及整个现代文化史的一个先决条件。

---

① 这里指的是笔者1991年发表于《二十一世纪》上的一篇文章，题为《女性表象与民族神话》（香港：香港中文大学中国文化研究所，4月号），第103～112页。

② 这个小标题是借用李陀提出的一个说法，关于其定义是有关革命文学研究有待讨论的问题之一。参见李陀的文章，《1985》，《今天》（1991年三/四期合刊），第59～73页。

《白毛女》的故事从30年代末就在晋察冀一带开始流行。根据后人追述，这故事的一些情节出自土地改革中的一件实事，由当地一带村民口口相传，广为流行，后由来到边区的文艺工作者写成小说和报告文学，并编成民间形式的歌舞表演。40年代初，当时往来于延安和晋察冀共产党根据地的西北战地服务团的文艺人把据这个故事创作的文学和歌舞剧带到了延安。[①] 延安鲁迅艺术剧院进一步扩大了细节、主题和民歌曲调基础，改编出了情节和风格都更为复杂的歌剧《白毛女》，于1945年在延安演出，并巡回到张家口等城市上演。1950年，导演水华、王滨等人将歌剧剧本改编为电影剧本，由东北电影制片厂摄制成故事片，次年在全大陆上映。“文革”时期，歌剧《白毛女》和故事片《白毛女》都受到了批判。经过再度修改故事情节，出现了“革命芭蕾舞剧”《白毛女》。不久后这部舞剧被拍摄成舞台艺术片，成为“文革”时期城乡影院里反复上映的寥寥数部影片之一。这时期还出现有戏曲改编本等，不过多已属于一种无谓的复制。

从上述简单回顾中已经可以看到，《白毛女》的故事至少是在当时汇聚解放区的几种文化力量的相互作用或相互较量中形成的。首先，它有一个在当地农村口头流行的史前史，很可能还有一个地方民间信仰的背景。但有关这口头流行史和民间信仰我们却没有多少直接的信息。比如我们没法证明，这个故事最初口口相传的原因是否与“白毛仙姑”信仰的流行程度有关系。其次，《白毛女》从传说到剧本的经过还有另一个很大的背景，那就是解放区的“大众文艺”或“通俗文化”运动。这种通俗文化运动不是由下层阶级中自发产生的，而是从上而下引导的。它的标志是文化人对于地方和民间文艺资源的学习和利用，包括对形式、体裁和人才的利用。从30年代中后期开始，大批文化人士就从城市来到乡村以通俗形式做抗日宣传，后来汇集到几个解放区，形成学习、整理、利用和改造各种地方及通俗文艺形式，在村落之间作流动或定点宣传演出的风气。诸如“秧歌剧运动”，“街头诗运动”，“活报剧”演出，戏曲改革等都属于此类。第三，《白毛女》显然也有一个西方文化以及五四以来新文学的渊源：它的创作者中有很多熟悉西方文化，受五四新文化熏陶，长期生活在城市的作家，从它的形式也可以看出西方歌剧形式的明显痕迹。最后，它还有解放区政治文化和意识形态的背景，比如土地改革，破除迷信运动，以及思想整风运动。

---

① 参见戈焰：《漫话西战团》，《延安文艺研究》1985年第3期，第105～116页。

《白毛女》的流传和创作过程里正好反映了这种文化上的接缝。这种接缝表明，解放区文学的出现不仅是一个政治或政权的结果，它还编织在某种预期之外的现代文化史的复杂脉络之内。从五四时期到解放区，中间隔了一个30年代（大约1927—1937），实际上标志了“传统文化”与“现代文化”的对立模式逐步瓦解、逐步变形的过程。解放区意识形态所追求的民族风格与新社会理想的结合，与其说是新政治权威的独创，不如说也是一部分知识人的共识。如果这一点成立，那么在知识群体和政治力量之间存在着怎样一个共同的意识形态基础，这种共同基础又是在怎样的历史契机下形成的，就应是值得讨论的问题。还有就是文化界和知识分子的大规模迁移和这种迁移带来的结果。五四时期曾有一个文人从地方向中心城市迁移过程。而在30年代后期可以看到一种反向的迁移，接着开始了城市文人对地方文艺形式的集体性的收集和重创。这种知识分子和专业人员与中国的普通社会之间的紧密接触实际上大大促进了不同地域文化传统之间的交换和转型。理解《白毛女》这类革命文学产生的历史背景，不能不考虑到这些有待从某种文化史的角度去探讨的问题。

从文学角度上看，这些文化上的接缝遗留在歌剧《白毛女》的文本形态中，使它与解放区的另一些创作有了区别。这区别倒不在于《白毛女》是否就少一些政治味，而在于它有一个相对多样的文本关联域。举个例子来说，小说《红旗谱》，秦腔现代剧《血泪仇》，秧歌舞《兄妹开荒》可以说表现了与《白毛女》同样的政治意识形态，但它们各自涵盖的文本和文化传统却有些不同。《红旗谱》形式感的源头可以追溯到五四以来的新文学中现实主义的创作方式，而后者又是借鉴了欧洲19世纪文学的结果。这部小说与五四以后的现实主义文学之间如果有差别，也主要是心态上的（“延安整风”后的心态），而不是文本特征上的。《血泪仇》则是以“旧瓶装新酒”的方式调整传统戏曲形式与“现代”政治内容间的关系。相比之下，《白毛女》的文本形态却形成于新文化与老文化，洋文化与土文化，城市文化与乡村文化之间。它在编成歌剧之前就已经是一场解放区特有的通俗文化运动的产物。它包含了许多陕北及河北地方剧，秧歌和民歌的形式和曲调，这一点已是得到共识的。但容易被人忽视的一点，是它在整体形式上又不全是通俗或民间的，可能也不甘于通俗或民间。比如，《白毛女》的歌剧的场面编排与《兄妹开荒》之类的秧歌剧就有很大差别，它的场面调度基本上是为比较专业性的舞台演出设计的，需经多次排练，场面颇大，同时还需要有布景。与那种可以在街头或空场聚起一群乡民就开演的民间节目不同，它将来是要拿到大城市里上演的，也确实成功地在大城市里上演了。可以这样说，把《白毛女》改编成歌剧本来就不是为了改得更“土”，倒是为了更“洋”，不是要更“俗”，而是要更“雅”。[①]

这样的角度怎么区别于正统“土洋结合论”的老生常谈呢？我想关键是如何理解这样一个现象：虽是宣传同一种意识形态，《白毛女》却比在体裁上偏“土”的《血泪仇》和在叙述上偏“洋”的《红旗谱》更有经久性，更有吸引力。实际上，说起20世纪以来在大陆上下的城市乡村，各行各业，男女老少中流传最久，知名最广的那些经典革命故事，第一个就要算《白毛女》。早在40年代中后期，歌剧《白毛女》在延安上演时据说是场场爆满，当时的观众是扶老携幼，布满墙头屋顶树杈，甚至从几十里地外赶来看戏的农民也大有人在。[②] 据中国社会科学出版社出版的《当代中国电影》载，“1951年根据歌剧本改编的电影《白毛女》在第六届卡罗维·发利国际电影节获特别荣誉奖后，在全国25个城市120家影院同时公映，首轮观众人数即达600余万”。当然，这种奖杯和票房价值不是一部“杰作”的衡量标志，但用来衡量一部“为大众”的作品是否成功，是否比同时期其他“为大众”的作品更成功，却是有意义的。

于是，研究《白毛女》这个背景复杂而又相对成功的“革命文学”创作的难点就在于重提这样一些问题：《白毛女》的流行性，它的成功是否仅仅是政治意识形态上的？是否与它的“通俗形式”有关？抑或和它的“土洋结合”、“雅俗共赏”有关？设若“雅俗共赏”并不必然意味着“政治强迫”，则可以引出另一类问题：比如，在文人的、乡土的以及政治权威的几种力量之间有没有摩擦、交锋、或交换呢？显然，至少曾经是有过的。那么又怎样才能把它们之间可能有过的互相作用，往来回合呈现出来？这里，由于笔者材料和知识积累方面的限制，许多有文化意义的问题，如音乐形式的流传分布及改编情况，观众成分和演出效果等，在这篇文章里都无法涉及。我只能把观察的对象限定在文本的范围内。但即便在文本范围里，仍然存在一个如何呈现各种力量之间的交锋与回合的问题。有没有可能在文本和形式层面区分出什么是大众可以认同的话语位置，什么是“国家意识形态”的机制，界限在哪里？“土”

---

① 《在延安文艺座谈会上的讲话》一文把这种“大众文学”的来源问题说得很清楚：“工农兵文学”或“人民大众的文学”原就不一定指由大众之中自发产生的文学，毋宁倒是指文人到大众中去，向大众学习，然后“为大众”而写的文学。正因一班“非大众”的文人担负着写“大众文学”的任务，从而才有所谓“改造世界观”，“在思想感情上接近工农兵”的需要。

② 参见丁玲为《延安文艺丛书》写的总序（湖南文艺出版社，1984年版）。

的形式与“洋”的形式，文人的风格与民间的风格，政治的主题与非政治的主题，这几类不同的东西在《白毛女》里怎样汇接到了一起？民间的形式与政治话语之间形成了一种什么样的关系？每种版本吸引观众的东西有没有什么不同？为了呈现这种可能有过的回合，我下面将对《白毛女》的不同版本作一种比较式的分析。

二、歌剧剧本中的两种运作程序

在《女性表象与民族神话》那篇文章里，我试图揭示《白毛女》中的国家话语的生产关系的构成，强调在它的叙述中存在一种在“性别”分野与“阶级对立”之间进行的概念偷换。这种偷换的结果是国家话语机制随着叙述过程从无到有地产生了出来。这篇文章集中在《白毛女》的叙述如何把国家意识强加于性别和大众的一面①。这里我想补充和修正的是《白毛女》从传说到歌剧，又从电影到舞剧的改编过程。如果把这个过程仅仅看作一个从始至终

① 主要论点如下：按照这个模型，这则叙事本可有多重语义发展可能性。譬如，它完全可以被叙述为一个大春与喜儿和黄世仁之间恩怨情仇的故事，也可以铺展成杨白劳与黄世仁不共戴天，夺回女儿的故事，还可以繁衍为喜儿作为女性的处境与自我的故事。所有这些可能性都必然包含与性或性别相关的冲突矛盾，要么是两个男性争夺对女人——交换品的所有权，要么是两个性别之间暴虐/反暴虐的斗争。然而在我们眼前的叙事中，大春既未当成黄世仁的情敌，杨白劳也过早身亡，于是，任何以男性个体名义发生冲突的可能性就排除在事件链条之外，惟独留下喜儿与黄世仁对峙。但显而易见的是，即使在如此明确的性暴虐情节中，喜儿与黄世仁的冲突却依然并非“性”的或“性别”的。喜儿这个被强暴的性别形象显然并不像祥林嫂或单四嫂那样，至少传达着性别压迫的事实；为喜儿赢得同情的并不是她作为被交换物的性别处境，而是她未能按男性主导的正常交换秩序被交换，因而，她这个性别与男性秩序的矛盾根本不曾在情节里出现。

《白毛女》突出了一个性暴虐的情节而又不传达与任何性别有关的语义，倒是异常直接地引入了另一种冲突，即阶级的冲突。实际上，摈除所有“性”及“性别”冲突的可能性，正是为着使《白毛女》的整个叙述完全纳入“阶级斗争”的发展线索。喜儿与黄世仁之间强暴与被强暴的性别压迫事实一旦被抽空，便只剩下压迫被压迫的关系式——刚巧符合我们关于“阶级”概念的简单化理解，我们从一开始就习惯于把生产方式上的阶级简单化为任何一种群体性的对立及差异，或是贫富差别，或是社会等级，或仅仅是“我们”与“他人”。随着喜儿“身体”标记的完全消亡，她的性别处境已被抹却，痕迹不剩，但留下的那个空位，却被名之为“阶级”。一个不再有身体的“受压迫女人”就这样在被剥除了性别标记之后，变成了“受压迫阶级”的代表。当革命来临，喜儿的形象出现在斗地主大会上时，一个没有形体的、不在场的“被压迫阶级”终于借助她而有血有肉地出现。《白毛女》的叙事设计就这样完成了一个意识形态轨迹，即以一个传统性别角色模式中的人物功能、以性别个体之间的对立关系，承载了“阶级”关系和等级，以喜儿被压迫的女性表象充填、支撑了与地主殊死对立的“贫苦农民”，或曰，以等级底层的“性别”表象填充并支撑了“被压迫阶级”。可以说，若不是靠抹煞身体与性别，与喜儿的性别化作一个空洞位置，则党的权威和位置及整个“阶级斗争”的政治象征秩序，都将无可附着。

非常合目的性的话语专制运作程序，就会简化这个过程的历史性，忽略其中可能存在的各种复杂话语关系。下面我要做的是对“白毛女”故事的各个“再创造”过程中不同话语、不同逻辑、不同实践原则进行具体的比较和分析。先来看看从传说到歌剧的过程。

传说的原本面貌是不可能看到的，但却可以看到这样一个素材被讲成什么样的战事。根据歌剧执笔人之一贺敬之在1951年做的追述，这个故事原是一个做地方工作的区委干部的经历。一天他到一个村里召集开会，正值十五，村民们都不来开会，祭祀“白毛仙姑”去了。这个干部带人上山抓到“仙姑”，发现原来是个苦大仇深的女人。① 据贺敬之说，以这件事为原本的歌剧原本有可能写成一出以破除迷信为主题的作品。但是鲁艺的文化人最终决定把它写成一个“旧社会把人变成鬼；新社会把鬼变成人”的故事。其情节表现了一个从杨白劳被逼死，喜儿被抢走，到共产党来了以后，在山洞里发现喜儿并把她带回村子，替她申冤雪恨的过程。② 歌剧结尾处，村民们和喜儿一起开会声讨黄家的罪行，庆贺穷苦人的重见天日。“旧社会把人变成鬼，新社会把鬼变成人”的主题确实通过喜儿的遭遇、身份和形象，以及唱词表现出来。为了突出“鬼”与“人”的主题，歌剧特地安排了满头白发的喜儿在雷雨之夜的奶奶庙里，不期撞见地主黄世仁的场面。在这个场面中，黄世仁把喜儿当作鬼

---

① 贺敬之的叙述大致如下：据说那仙姑常于夜间显身，一身白。村民们放在庙里的供品第二天就会被取走。若是村民们忘记放供品，神龛后就会有个声音进行威胁。区委断定大概村民们是把什么野物误认作“仙姑”，于是带了几个民兵到山庙里等着抓“鬼”。夜半之后一个白影进了庙。区委喝问，白影转身向他扑来，区委开枪，白影负伤跑走。区委尾随追至一个山洞，发现白影蜷身护着一个孩子。区委再喝问时，“仙姑”涕下，讲述了自己的身世：她十七岁时，做佃农的父亲被逼债而死，她以身抵债到了佃主家。有了身孕后，债主不愿娶她，反图谋加害，不得不常年躲在山上，靠吃庙中的供品维生和养活孩子。参见贺敬之为《白毛女》歌剧剧本写的前言，本文系北京外文出版社1954年版英译本意译。

② 歌剧剧本的情节大致如下：除夕的晚上，杨白劳从外面躲债回家，与女儿喜儿，邻居王大婶和她儿子大春准备过年（大春是喜儿的未婚夫），地主黄世仁派人把杨白劳叫去，逼他以喜儿来抵债，强迫他在卖身契上按了手印。杨回家后不忍直言，深夜喝盐卤自尽。喜儿被抢到黄家，受到黄母的打骂折磨。被黄世仁强奸后，欲自尽，被女佣张妈救下。大春和同村青年大锁气愤不过，打了黄家的人，不得不逃跑投奔红军。一年后，黄世仁要娶亲，骗已怀孕七个月的喜儿说是娶她。喜儿最初信以为真，经张妈提醒明白了真相，找黄世仁质问，被打昏过去关了起来。张妈发现黄家母子准备将喜儿立即卖掉，遂帮助喜儿连夜逃走。黄发觉，派人追至江边，以为喜儿投江而死方罢。喜儿在山洞藏身，生下孩子，靠吃野果和庙中的供品为生，头发变白。村民有见其行迹者，以为神灵显身，遂祀奉之。数年后，大春所在的八路军抗战经过杨格庄，大春留下做地方工作，母子团聚，皆以为喜儿已死。听说“白毛仙姑显灵”的事情后，带人等在庙里，射伤“仙姑”，并追至山洞，闻有小孩哭声，发现并认出喜儿。

魅，引出了喜儿一段悲愤的唱词："我是人！让你们逼成了鬼！"而在歌剧结尾处，全体村民合唱的主题是"太阳出来了"，喻示着"仙姑"重返村庄，斗争地主黄世仁，过上正常人的生活。

然而，虽说政治话语塑造了歌剧《白毛女》的主题思想，却没有全部左右其叙事的机制。使《白毛女》从一个区干部的经历变成了一个有叙事性的作品的并不是政治因素，倒是一些非政治的、具有民间文艺形态的叙事惯例。换言之，从叙事的角度看，歌剧《白毛女》的情节设计中有着某种非政治的运作过程。这里，问题涉及到的已不仅是政治文学的娱乐性，而是政治文学中的非政治实践。因为，这个非政治运作程序的特点不仅是以娱乐性做政治宣传，而是在某种程度上以一个民间日常伦理秩序的道德逻辑作为情节的结构原则。我们看到，歌剧剧本与贺敬之转述的真事之间有几点出入：首先，歌剧本添加了一个原本没有的开场戏：过年。其次，那个抓住"白毛仙姑"的区干部在歌剧里几乎完全不见了，取而代之的是另一个角色：王大春。那么，过年这个开场和大春这个人物带来了什么？很多有意思的东西。比如，过年的场面在舞台空间里展示了一个以天伦之乐为理想的社会关系形态，以及一个体现在送旧迎新的仪俗之中的文化价值系统。王大春这个角色则带来了喜儿青梅竹马的未婚夫婿，一个本来应嫁过去的家庭，一个日常生活嫁娶行为的交换结构。两者叠合在一起，一方面突出了某种民间的、普通社会的伦理秩序，一方面激活了与这个伦理秩序下的道德逻辑密切相关的叙述审美原则。如果说贺敬之所讲的"社会"是政治化的，以政府的转换为标志的，那么这里，我们看到的却是一个以家庭和邻里关系及其交换为核心的普通社会形态。如果贺敬之认为"由鬼变人"的政治主题打动了观众，那么歌剧《白毛女》显然还满足了另外一些非政治的欣赏目的：这里不仅有地主与佃户的阶级冲突，不仅有孤儿寡女的苦大仇深以及共产党解放军的救苦救难，也有祸从天降，一夕间家破人亡，有良家女子落恶人之手，有不了之恩与不了之怨，有生离死别音讯两茫茫，有绝处不死，有奇地重逢，有英雄还乡，善恶终有一报。一句话，普通社会长期以来形成的伦理原则和审美原则，真实的也好，想象的也好，在很大程度上与贺敬之所讲的那个"新旧社会"对立的政治原则一道，主宰着《白毛女》由传说到歌剧的生产过程。

让我们通过歌剧的几个中心场景来看看这种民间道德逻辑及美学原则的运作及其与政治主题间的关系。

比如第一幕。这一幕通过对时间和景物的选择把剧情的始点构造成了这样一个有道德内容的戏剧冲突：一个本分人家的生活常规及基本做人标准遭受外来恶势力的威胁和践踏。这一场的时间设计在对农人来说有仪俗意味的年关，场景是杨家。从舞台布置到对话和情节安排都呈现着一个民间日常生活的和谐的伦理秩序，以及其被破坏的过程。大幕拉开，正是雪花纷扬的除夕之夜。杨家室陋屋寒，几近一无所有，却也要过个平安团圆年，桌上摆着保平安的灶神像，喜儿独自和着面，等着相依为命出外躲债的爹爹回家团圆包饺子。杨白劳冒雪而归，带回了门神、白面和给喜儿买的礼物红头绳。邻居王大婶前来殷勤相请，话里话外透出两家关系的亲密无间，并提起喜儿、大春来年的婚事。这样的一些细节体现着一个以亲子和邻里关系为基本单位的日常普通社会的理想和秩序：家人的团圆，平安与和谐，由过年的仪俗和男婚女嫁体现的生活的稳定和延续感。在接下来的场景里，赵大叔、王大婶和大春都来到杨家包饺子过年，民间生活秩序的和谐理想通过全体反复的齐唱得到了强化。

与这种团圆和谐的场面设计相对，黄家一出场就代表着一种反民间伦理秩序的恶的暴力。黄家的每个场景都是反伦理，反普通社会的场景。我们看到，黄家恶势力闯入了杨家过年景象的内在和谐、打破了原有家庭和日子的延续链环。就在杨家人为到谁家去包饺子相让不下时，黄世仁的管家穆仁智闯进来强迫杨白劳跟他去见黄世仁。布景一转，黄世仁在除夕之夜借逼债之名，强霸人女。不愿以女儿抵债的杨白劳竟然被强按着在喜儿的卖身契上盖手印，然后被推出大门倒在雪地里。（稍后，黄世仁又在佛堂里奸污喜儿。）不用说，这一系列的闯入和逼迫行为不仅冒犯了杨白劳一家，更冒犯了一切体现平安吉祥的乡土理想的文化意义系统，冒犯了除夕这个节气，这个风俗连带的整个年复一年传接下来的生活方式和伦理秩序。作为反社会的势力，黄世仁在政治身份明确之前早已就是民间伦理秩序的天敌。

民间伦理逻辑的运作与政治话语之间的互相作用就表现在这里：民间伦理秩序的稳定是政治话语合法性的前提。只有作为民间伦理秩序的敌人，黄世仁才能进而成为政治的敌人。万一黄世仁在某种意义上遵循了这个秩序的规定，比如娶了喜儿而不是置她于死地，他结果就很可能越出了政治敌人的范畴。于是就不会有《白毛女》这个故事，也不会有它的政治意义。黄世仁的反社会伦理是极端的，到了“仇”的地步。杨白劳的死和喜儿的被抢拆散了使普通社会的秩序赖以依托的基础：这个社会的基本单位（家庭）及其延续机制（婚姻）遭到了破坏。当黄世仁对民间社会秩序的冒犯变成对这一秩序的毁灭时，按照道德逻辑以及叙事原则，报仇成为必然的剧情发展规律。

在这种情况下，大春的归来是民间伦理的道德逻辑所预定的，平恶申冤是这个逻辑自我强化的一个功能。当然，归来的大春是一个双重代表：一方面，他是民间秩序的归复者，另一方面，他又是新政治力量的代理人。但是，只有当他是代表民间秩序的归复者时，他才是政治的代表。大春归来的场面里有这样一个细节：一身军装的大春和刚从监狱中被救的大锁回到杨格庄，村民一见之下纷纷跑开，大春便喊道："老乡们，不要跑，我们是共产党八路军！"大锁在一旁笑道：这样就把乡亲们吓跑了。"乡亲们，赵大叔，大春回来了！"大锁喊。赵大叔们果然都回来，弄清"八路军"就是原来传说中的给人带来好日子的红军，方才释疑，兴高采烈地团团围住。也就是说，只有当大春的民间身份得到确认时，他的政治身份才得到确认。而这个由红军或八路军所代表的政治必须是民间伦理秩序的支持者，必须曾经带给人好日子，否则根本没有叙事功能。

于是，在民间伦理逻辑的运作与政治话语的运作之间便可以看到一种回合及交换。政治运作是通过非政治运作而在歌剧剧情中获得合法性的。政治力量最初不过是民间伦理逻辑的一个功能。民间伦理逻辑乃是政治主题合法化的基础、批准者和权威。只有这个民间秩序所宣判的恶才是政治上的恶，只有这个秩序的破坏者才可能同时是政治上的敌人，只有维护这个秩序的力量才有政治上以及叙事上的合法性。在某种程度上，倒像是民间秩序塑造了政治话语的性质。

这当然不是说民间秩序是政治话语的决定者。毋宁是表明，民间道德逻辑的运作与政治逻辑的交锋可以进行到怎样的程度。在歌剧剧本中，这两种运作程序的交锋最终达成了某种妥协：一个按照非政治的逻辑发展开来的故事最后被加上了一个政治化的结局。在最后的场面中，村民们帮助喜儿复仇，既可以理解为民间伦理秩序的胜利，又可以理解为一种超出家庭伦理范畴之外的、群体性的阶级复仇。这是因为这个场面并没有交代喜儿个人的归宿，她被拆散的家庭并没有得到重组。本该是民间伦理秩序得到恢复的地方，出现的倒是一个新政府的声音：区代表以权威者的身份"批准"喜儿和村民们的复仇行为。民间伦理逻辑和政治话语逻辑在这个场面中汇在一起，并在汇合的一瞬互换了权威与非权威的位置。

在某种意义上，歌剧《白毛女》创作中不同话语原则间的交锋象征性地展示了解放区政治文化的生产过程。当然，我们无法证明非政治的、民间伦理秩序的逻辑就一定代表下层阶级的阶级意义。而且毫无疑问，就算这种逻辑在一定程度上代表了大众意识形态，它也是用来作为政治宣传的工具。但它的确作为某种已被接受的，大众化的共识在这个剧本中发挥着潜在的定义和限制政治权威的作用，从而给观众留出了一个可认同的空间。

三、从歌剧到电影

不仅歌剧，新中国成立后摄制的电影故事片《白毛女》尽管在情节上做了不少修改，却仍然可以看到不同叙述倾向，不同话语可能性之间的摩擦、交换和妥协。然而，《白毛女》从歌剧到电影的过程给我们展示了更复杂的内容，这里不仅有政治话语与非政治话语的互相限制及对抗交锋，而且有新文人文化的表现体系与相对带地方色彩的乡土文化符号体系之间的差异与译解问题。

确实，作为在城市文化中发展起来的一种媒体和文化形式，电影故事片的改编实际上更直接地面临新文化与民间文化两种风习之间的缝隙。电影故事片不可能像以民歌为主的歌剧那样，把地方文化色彩以前文本的形式保留下来。比如，电影马上就面临一个如何呈现，能否呈现在歌剧剧情中如此重要的下层民间伦理象征世界的问题。实际上，若是仅仅拍一部政治片，抹杀这种伦理内容的存在是完全可能的。这就是舞剧《白毛女》的做法，那里，伦理的善恶分野被直接表现为抽象化的政治斗争。同时，摄影机如何把这个以北方农村为背景的故事与各种不同观众的期待视野联系在一起也是个挑战。

于是，电影故事片如何处理不同文化表述方式间的差异实际上关系到如何表述不同文化之间关系的问题。无疑，这也是一个话语问题。在《白毛女》的电影叙述中可以看到这样一个过程，歌剧舞台上乡土空间的象征秩序被微妙地转换和译解成一种城市百姓可以接受的，有传奇文学色彩的想象力。

与歌剧本相比，电影《白毛女》改写并强化了某种带市井文学传奇色彩的爱情主题。在歌剧中，“非政治”的叙事焦点在于一个毁灭喜儿家庭、践踏和谐平安伦理秩序的恶势力终受惩罚，蒙受苦难的良家女子终于得救，伸冤复仇。而在电影里，这个民间秩序经过了某种翻译，在毁灭与复仇之外，还引申出一对有情人悲欢离合、终成眷属的好事多磨式的情节。从电影的开场和过年戏中可以清楚地观察到这样一个翻译的过程。

电影的开场是一片田野，羊群，烈日，收成的日子，农人们汗流浃背，给地主做着繁重不堪的劳动。黄世仁耀武扬威地坐着马车走过。这个场面显然有明确的阶级意识的内涵：地主剥削劳动者辛勤创造的价值。然而，就在这个背景之上，摄影机以远景、中景、近景至特写一系列镜头呈现了喜儿生动的美丽，以及大春的英气勃勃。影片一上来就用了很多镜头和细节交代大春喜儿间的情感：喜儿给大春扔枣子，大春帮喜儿割麦，大春从树上摘了枣投给喜儿，喜儿给大春缝破了口的上衣，然后，两人躲在一边偷听老人们安排他们的婚事。在歌剧中，大春与喜儿之间的（未实现的）婚姻是由两家在家庭邻里的交换模式中获得合法性的。在电影中，大春、喜儿的爱情却从社会交换模式中脱颖而出：影片以一系列野外景象和劳动/动感表现他们的关系，他们是“天造地设的一对儿”，他们的爱情首先得到这天、这地、这田野、这劳动，以及他们青春的首肯，本身便是一个衡量叙事有没有合法性的权威。爱情在叙事中的权威性，而不是家庭邻里的伦理秩序，成了电影叙事的逻辑焦点。

接下来，电影《白毛女》以“情”的主题重写了过年场面。与歌剧本相比，影片中的过年景象突出的不是门神灶神、饺子红头绳等象征平安团圆吉庆的细节而是新房。先是赵大叔和大锁给喜儿他们盖新房，然后是喜儿自己开始布置新房，剪鸳鸯窗花、双喜字，同时伴有民间情歌的抒情小调。杨白劳给喜儿买回来的已不仅是红头绳，还有出嫁女所需要的发网。一个电影中独有的突出细节是，大春给喜儿买回了一对戴在头上的红绒花饰物表示心意。于是除夕之夜，喜儿不是等着出门躲债的爹爹回家团聚，而是坐在新房里的镜子前，又羞又喜地戴花盘发，扮新嫁妆，心里还响着甜蜜的歌声。

这样一来，电影叙事就把歌剧本中的亲子乡邻，父女夫妇的伦理原则转译成了一个爱情原则。这条爱情原则的出现不仅带来了一系列原本没有的场面、细节和人物关系，也改变了一些原来已有的场面和细节。比如，黄世仁依然是手上有人命的罪大恶极者，但他在叙事中的形象已从反家庭伦理秩序变成反“情”：他在影片叙事发展中所扮的角色就是不断打破和阻挠这样一对天造地设的、于情于理都完美无缺的有情人的婚姻。不过影片中最有特点的一个变化是“仙姑”被追至山洞并现出真身份的情节。在歌剧中，这个“仙姑”自述身世的场面本来好好地支撑着变人变鬼的故事框架，但在电影中却变成了一个多少文人墨客曾经写之不尽的，有情人不期重逢的场景。这个场面在很多地方接近传统流行小说戏曲中的一个经典情节，那就是乱世之后，失散多年的恩爱夫妻意外巧逢时的相认过程。影片《白毛女》中的山洞重逢突出的就是这个相识情景，从误认，到识声，到认人，再对面相见，百感交集。随着这个重逢场面的出现，喜儿在山上熬过的岁月就在“苦”之外有了“情”的意义，有了由许多闪回连成的日复一日的思念，喜儿的遭遇就从歌剧里那个受苦、求生、终于重见天日的复仇故事，变成了一个有浪漫色彩的传奇故事：分离，忠贞，在非人的处境中等待，重逢，终成眷属。果然，影片比歌剧更为明确地交代了大春和喜儿作为情人的婚姻归宿。影片以这样一个镜头作为结尾，复生了一头黑发的、重又光艳照人的喜儿，戴了发网和一方花头巾，手里拿了件刚刚叠好的衣物，幸福而平静地站到了大春身边，双双充满憧憬地向远方望去。

就这样，影片《白毛女》以市井流行文艺中的富于悲欢离合的娱乐性形式翻译并转换了歌剧所表现的乡土伦理原则。这种转化是一种语言和文化形式系统间的翻译："情"的原则与伦理原则有不同的文化内涵，在话语功能上有相近之处，它们与"新旧社会"与"阶级斗争"的政治话语之间保持着同样的距离。同我们在歌剧中看到的情形相似，影片中的政治话语运作多少受到了市井通俗文艺中的非政治内容，即爱情传奇叙述原则的限定和缓冲。比如影片对歌剧的两个重大改动：其一是强调喜儿的忠贞。在歌剧中，怀孕七个月的喜儿在走投无路中相信了黄世仁要娶她的话。但在电影中，这个细节被删除了。按政治话语来解释，这是一个符合阶级斗争逻辑的改动。但从娱乐角度上看，这是一个符合"情"的原则的改动，喜儿对大春一直保持着情感上的忠贞。第二个改动是孩子。歌剧中喜儿在山中生下孩子后一直抚养他到解放，影片则让孩子在刚出世的一瞬死掉了。[①] 政治话语需要做这个改动是为了删除孩子所标志的政治上的暧昧地带：孩子与黄世仁的血亲关系在某种程度上干扰了绝对的阶级对立。但同时，从"情"的娱乐原则看，这个改动却使大春和喜儿的爱情传奇更为纯粹，更为完整。谁知道呢？选择这两处进行改动可能本身就已经是政治话语同非政治的伦理观、道德逻辑，以及"情"的审美原则之间互相磨擦，互相妥协的结果，尽管政治话语在其中是主导者。影片《白毛女》的创作年代正值新中国成立初年，因而比起歌剧，政治话语的权威地位在影片中显然已更加稳固。但与此同时，"情"加"巧"的叙述原则，作为非政治的道德及娱乐机制，在影片中也呈现得更为完整。这个机制为观众提供了相当宽裕的非政治的欣赏角度和解释可能性。

可以说，这个"情"与"巧"的原则是影片对歌剧里已有的乡镇式民间内容的一种成功的市井化。可能正因此，影片《白毛女》为自己赢得了一批

---

① 关于影片对歌剧的修改情况和当时批评界的政治标准及反映，可参见周巍峙 1951 年 4 月 2 日发表于《人民日报》上的一篇文章，题为《评〈白毛女〉影片》。此文后收入王文和、王白石选编的《当代中国电影评论选》一书，中国广播电视出版社 1987 年版。

久受传统爱情传奇故事熏陶的各个层次的城市观众。不过值得注意的是，影片《白毛女》所借用的市井传奇传统又不意味着才子佳人型或鸳鸯蝴蝶派的多愁善感，它倒是更有中原及北方乡镇通俗戏曲和说唱形式中所特有的直白、开朗、豪爽的韵味，特别体现在对白和人与人之间的交往形式上。这就涉及到《白毛女》从农村根据地向城市迁移流传过程中可能存在的另一个问题：更富于地方乡土色彩的文艺形式是否也影响了导演对农村生活的想象和表现。

至少有一点值得注意，那就是影片《白毛女》对于乡土社会的表现及想象与新文学史上写农村的作品已经很不相同了。经历了“解放区”大众文艺运动的文人对于地方即乡土表现和想象似乎发生了一个重大变化：《白毛女》中的乡土社会更有世俗情调，交往行为更生动活泼，人物心态更少扭曲感。在影片中，地方和乡土的景观，贴窗花包饺子过年的习俗，连同对话，姿态，交往行为上的特点等融合成了某种热闹的人间烟火气。相比之下，茅盾、沙汀或其他一些作家写乡土生活的作品常常就缺少下列一类交往场面那种生动的表现力。如，喜儿叫大春去吃饭：“啪”一颗枣子打到埋头干活的大春面前，“我大婶给你送饭来了”。大春给喜儿柿子：爬到树上摘了柿子，老远向喜儿扔下来，喜儿猝不及防，吃了一惊。又如这样一类对白：大锁和赵大叔给大春、喜儿盖新房，大锁一锹泥溅到赵大叔脸上。赵道：“怎么，你小子着急了？好，等明儿你赵大叔也给你保上个媒。”转身见大春、喜儿担着柴回来，又道，“哎，你家两个宝贝蛋子回来了。大锁，快去接喜儿一把。”新房盖好了，大锁笑嘻嘻地把大春和喜儿一块儿向里推：“别等过年了，先进去试试吧！”或：“吓，喜儿新媳妇还没住的房子，你赵大叔这个老光棍先进了……”王大婶在一边催道：“别疯疯癫癫的了，快屋里来吃吧！”①

当然，这里所表现的热闹和生动不一定和真实的乡土生活本身有什么关系，它很可能是导演根据自己的生活经验或书本知识构想和营造的。但在此，对本文来说更有意义的并不是表现的真假问题，而是《白毛女》对乡土社会的表现或想象为什么不同于茅盾、沙汀等的想象，《白毛女》中的过年为什么不同于鲁迅《祝福》中的过年。

在某种意义上，影片《白毛女》中有世俗情调的乡土世界反过来展示了五四以来新文学对于乡土社会的想象力上的一个局限。如我们所知，乡土生活

---

① 以上参考东北电影制片厂《白毛女》影片和水华、王滨、杨润身执笔《白毛女》电影文学剧本，收入中国电影出版社选编并出版《中国电影剧本选集》1959 年版，第 95 ~ 145 页。

作为一个景观是由五四以来的新文学第一次带入表现领域的。20 年代出现了一批乡土文学作家如台静农、彭家煌、蹇先艾等。但很快，新文化对于乡土社会的表现基本上就固定在一个阴暗悲惨的基调上，乡土成了一个令人窒息的、麻木僵死的社会象征。最有代表性的是鲁迅的短篇《祝福》和《故乡》，当然还有《阿 Q 正传》。30 年代也有不少写农村生活的小说把乡土呈现为一个社会灾难的缩影，只有不多的几个作家（如沈从文）力图以写作复原乡土本身的美和价值，但多是罩以一种抒情怀旧的情调。新文学主流在表现乡土社会上落入这种套子，一个重要原因在于新文化先驱者们的“现代观”。在现代民族国家间的霸权争夺的紧迫情境中，急需“现代化”的新文化倡导者们往往把前现代的乡土社会形态视为一种反价值。乡土的社会结构，乡土人的精神心态因为不现代而被表现为病态乃至罪大恶极。在这个意义上，“乡土”在新文学中是一个被“现代”话语所压抑的表现领域，乡土生活中可能尚还“健康”的生命力被排斥在新文学的话语之外，成了表现领域里的一个空白。

有反讽意味的是，在晋察冀和延安等共产党领导的根据地，借助政府的行政调动力，陕北和河北地方文艺形式连同其活泼、直白的乡土情调反倒进入了致力于现代化工程的文人视野。五四以来主导文坛的暗淡无光、惨不忍睹的乡土表象至此为之一变。流行两个根据地的秧歌剧在宣传教育政府政策的同时还展示了一点，即乡土社会原也可以有其生动的韵味。无疑，秧歌剧主要是因了政治宣传之需才得以流行，里面有许多粗制滥造之处，可以作为又一个文学作为政治工具论的绝好例证。但反过来说，工具也可能在某种意义上界定制约着政治话语：这种政治话语必须借助地方流行的文化形式来运作，而在运作的过程中，就难免受到民间文化惯性的选择。在秧歌剧中较成功的作品如《兄妹开荒》、《夫妻识字》里，仍可以看到原来地方文艺中那种调侃加调情的开朗、活泼、直白的情调。这种情调给了乡土社会生活的正当性以某种合法的表达方式。在乡土和现代化之间的这种话语领地上，这种大众文艺因为利用和依赖了本土和地方的原有形式，似乎反而比五四新文艺主流留出了更多的缝隙和可能性。

四、舞剧《白毛女》及新的问题

现在回到政治和非政治的话语关系上来。实际上可以认为，正是由于在歌剧以及电影中存在如此大的非政治运作空间，《白毛女》才可能一次次地被修改，体现阶级斗争的主题的部分被不断强化，而非政治性的伦理观、道德原则和娱乐性被削弱被删减。到了舞剧《白毛女》出现时，杨白劳这个形象已经变了一个性格，他没有被迫卖掉女儿，而是在黄家派人来抢喜儿的时候，抡起扁担把他们打得落花流水。黄世仁不得不掏枪打死杨白劳才把喜儿抢走。舞剧中喜儿形象的斗争性也明显加强，到黄家后喜儿英勇不屈，黄世仁不但不能加辱，反而被打得狼狈不堪。为喜儿配写的唱词改得更有阶级性。她和黄家的冲突中充满了阶级仇恨。与歌剧和影片相比，舞剧中的政治话语运作大大压过了非政治的声音，大部分非政治的细节被删除掉了。但就是在这种极为政治化的情况下，舞剧《白毛女》中的山洞相逢一场却仍然是个有情人重逢的“相认”戏。在这场戏中，喜儿和大春的对舞配有这样的叠唱：“看眼前是何人？又面熟来又面生。是谁？是谁？她/他好像是亲人。她/他好像是……她/他是喜儿/大春！”不用说，其中尚未被完全抹却的“情”的部分为观众提供着另一种非官方的解释可能性，尽管这个可能的欣赏角度是潜在的、被压抑的、偷偷摸摸的。

怎样来看待和研究“革命文学”这个字眼所能包含的历史现象？到此为止，我仍是只有问题而没有答案。实际上，我在这篇文章里所做的不过是为了提出问题，而不是给出解答。这篇文章甚至也算不上是一种文学或文化研究，只是泛泛而谈，不得不回避掉那些尚未理清的现代文化史的重要脉络，以及那些须有电影和舞蹈形式方面的专门知识才能提出并讨论的问题。如果我的分析看上去像是夸大了非政治及民间文艺传统在《白毛女》文本中的地位，而对政治话语的强制机制作了轻描淡写，那么这并非我的本意。我只是想在此试验另一种观察角度，以避免把对“革命文学”这个复杂历史现象的研究简单化。避免简单化的关键之一是去发掘潜伏在文艺为工农兵服务的政治口号之下的不同话语，不同文化传统之间的摩擦、互动，乃至相互渗透的历史。《白毛女》以及许多其他革命文学作品本身在很大程度上是这种摩擦互动的结果。怎样研究这种摩擦互动，怎样表述这种摩擦互动？这也许是我们重新理解中国20世纪文化史必要的一环。

（原载自唐小兵编《再解读：大众文艺与意识形态》，牛津大学出版社［香港］1993年版，收入本书时略有删节）

《白毛女》及其他

[台湾] 张 放

抗日战争胜利结束，国共内战揭开序幕。中国共产党用炮火和文艺宣传进行斗争。《白毛女》以歌剧夺取了千万人民的愤怒与同情的眼泪。人们看了“旧社会人变成鬼，新社会鬼变成人”的阶级问题，便奔向解放区，迎接中国共产党的到来。半世纪过去，《白毛女》歌剧到底来源如何？剧中人物的原型人是在何处？恐怕大多数人包括曾参加演出的《白毛女》剧组人员也未必知道。

作家周而复曾在一篇题为《谈白毛女的剧本及演出》文章内介绍，《白毛女》这个故事发生在河北省阜平县黄家沟。该村地主黄世仁的父亲黄大德活着时，父子二人对喜儿都想染指，因双方争风吃醋产生仇恨。一次为了争着使唤喜儿，父亲用菸杆打儿子，儿子用菜刀切梨，顺势用手一挡，不偏不倚，一刀砍在父亲颈子上，断了气。于是母子私下商量，要嫁祸于人，一口咬定是喜儿谋害黄大德……这是《白毛女》的最早真人真事。后来阜平一带便流传“白毛仙姑”的神话。

1945 年，延安鲁迅艺术学院师生根椐 40 年代初民间传流“白毛仙姑”故事，集体创作歌剧《白毛女》，文学剧本由贺敬之、丁毅执笔。当初是以阶级斗争为写作方向，因此而把贫农出身的喜儿，受到地主黄世仁剥削压迫做主轴戏。站在宣传的立场它是可取的。周而复在上述文章中强调：“当时作者们在延安，未作调查，把此段情节省略了。”客观地说：鲁艺取材只是白毛女的传说，而非报导文学作品。他们不必作调查，周而复先生说了外行话。

歌剧《白毛女》故事简单，剧情浓烈，最适宜工农群众欣赏接受。它描写地主黄世仁以逼租为名，强迫佃户杨白劳在他女儿喜儿的卖身文契上按下手印，抢走喜儿。杨白劳悲愤绝望自尽身亡。喜儿在黄家备受摧残凌辱，后在女佣张二婶帮助下逃出虎口，在深山野洞过着非人的生活。直到有一天八路军到了阜平，才揭开了白毛仙姑的悲剧真相。这出歌剧具有民族艺术风格，文学剧本写得很好，不愧出自诗人的手笔。唯一缺憾是喜儿逃到深山野洞，即使茹毛饮血，头发也不会变白，身体更难长出白毛。科学地论断，有的人年长会满鬓霜白，长年受到饥寒则发毛不致变白。但这并不影响《白毛女》的创作成功。

贺敬之是鲁迅艺术学院高材生。他是山东枣庄市人，少年时期便向胡风主编的《七月》、陈纪滢主编的《大公报·副刊》投稿，后来辗转去了延安。他参加写作《白毛女》歌剧后声名大噪。他称得上是延安培育的第一代文艺家。

陕北民间的"信天游"歌谣生动活泼，节奏明快，它是两句一节，一节一韵，表现一个完整的意思。前一句多为形象化的比、兴，后一句唱出诗中的主题思想。如："细面长，白馍软，一端碗就想起刘志丹。"诗人贺敬之运用"信天游"民歌形式写出不少优秀的诗稿。如《满堂川》：

满堂川呵，满堂川，
太阳照得红艳艳。
枣儿红呵，梨儿圆，
谷米挑秫长满山。
拦羊娃娃唱曲哩，
对对羊儿喝水哩。
天上有云彩地下有花，
满堂川的娃娃爱他的家。

凡是游览桂林的文学朋友，建议您读一遍秦牧的散文《桂林》和贺敬之的《桂林山水歌》吧！他俩的作品并不低于欧阳修和苏东坡，只是咱们受到厚古薄今影响过深而已。

云中的神啊，雾中的仙，
神姿仙态桂林的山！

情一样的深啊，梦一样的美，
如情如梦漓江的水。

1990 年 10 月下旬，我赴北京探亲，曾在沙滩北街二号一栋红砖褐瓦房里，会见了诗人贺敬之。他送给我一卷《白毛女》录音带，我们对文学问题交换了意见。陪同前往的有文学评论家曾庆瑞、赵遐秋夫妇。临别，贺敬之先生的秘书赵铁信还为我们拍照。久闻他“文革”时受尽折磨，但精神状况极好，一派乐观神采。这却是使我感到愉快的事。

（原载《拾荒随记》，台湾独家出版社 1997 年 2 月版）

《白毛女》

——在“政治革命”与“文化革命”之间[①]

李 扬

与其他“样板戏”一样，芭蕾舞剧《白毛女》也是一个被重新讲述的故事。只是这个老故事的历史更长，影响也更大。孟悦在解释自己重新解读《白毛女》的理由时曾指出：“实际上，说起二十世纪以来在大陆上下的城市乡村，各行各业，男女老少中流传最久，知名最广的那些经典革命故事，第一个就要算《白毛女》。”[②] 此言并不夸张。在半个多世纪的历史中，“白毛女”这一文学母题在不同的知识领域中被不断重读和重写。尤其是影响最大的两个版本——延安时期的歌剧《白毛女》和“样板戏”时期的芭蕾舞剧《白毛女》，更为集中地凸显出意识形态诉求、审美风格、文化焦虑乃至话语实践等诸多要素的变革。

挖掘“样板戏”中未被完全擦抹掉的“非政治化”的艺术元素如伦理观、道德原则和娱乐性，寻找所谓的文本的“缝隙”，或者是将“样板戏”的“政治”与“艺术”、“内容”与“形式”对立起来，单独研究后者的价值，这是在近年“样板戏”研究中采用得最多的方法。本章继续尝试的以“形式的意

---

① 由延安鲁迅文艺学院集体创作的歌剧《白毛女》1945 年 4 月在延安公演后，剧本由延安新华书店出版。在以后的演出中，多次进行修改。1950 年 6 月在北京进行了最大的一次修改后，由人民文学出版社 1952 年 4 月正式出版。以后多次重印。本章分析歌剧《白毛女》的引文引自人民文学出版社 1952 年 4 月版。

上海舞蹈学校创作的芭蕾舞剧《白毛女》1965 年在第六届“上海之春”上公演。本章分析芭蕾舞剧《白毛女》的引文引自“革命现代芭蕾舞剧”《白毛女》，上海市舞蹈学校集体创作，北京出版社 1967 年 8 月版。

② 孟悦：《〈白毛女〉演变的启示》，载唐小兵编《再解读——大众文艺与意识形态》，牛津大学出版社 1993 年版，第 71 页。

识形态”为对象的批评关注的是问题的另一面，即探究不同的历史中不同的意识形态意义所决定的审美方式，揭示其能指和所指之间的意指关系所暗含的社会无意识或政治无意识。

一、文本生产过程

探讨歌剧《白毛女》的生产过程，必须从《白毛女》的作者——鲁迅艺术学院和《白毛女》创作的组织者、鲁艺的领导人周扬谈起。在1952年4月由人民文学出版社出版的歌剧《白毛女》中，附有歌剧剧本和音乐的主创人员介绍创作过程的文章，其中由贺敬之执笔的《“白毛女”的创作和演出》一文成为后来研究者了解《白毛女》创作过程的主要材料。因为是当事人，而且叙述的又是发生不久的事，因此可信度还是较高的。不过，或许由于叙述角度的关系，贺敬之的这篇文章忽略了一些对于我们今天的研究来说可能是非常重要的信息，比如鲁艺和周扬在《白毛女》生产过程中的作用等。比较而言，近年出版的研究鲁艺的著作如《抗战时期的延安鲁艺》[①]、《鲁艺人——红色艺术家们》[②] 等，则使我们对这一过程有了更为详尽的了解。

鲁迅艺术学院是中国共产党1938年在延安创办的文艺学院，包括文学、戏剧、音乐、美术等各种文艺专业。在由中共中央宣传部拟定、经中共中央书记处批准的鲁艺的“教育方针”中，鲁艺被赋予了如下的职责：

> 以马列主义的理论和立场，在中国新文艺运动的历史基础上，建设中华民族新时代的文艺理论与实际，训练适合今天抗战需要的大批艺术干部，团结与培养新时代的艺术人材，使鲁艺成为实现中共文艺政策的堡垒与核心。[③]

周扬是左联时期著名的红色理论家和领导人，以对马克思主义文艺理论及苏联文艺理论的深厚造诣著称。1933年发表的《关于“社会主义的现实主义和革命的浪漫主义”》一文率先向中国文坛介绍了苏联文学界提出的“社会主义现实主义”创作方法，对中国现代文学创作和理论批评产生了巨大而深远

---

① 王培元：《抗战时期的延安鲁艺》，广西师范大学出版社1999年版。

② 中共中央党校出版社2001年版。

③ 罗迈（李维汉）：《鲁艺的教育方针与怎样实施教育方针》（1939年4月10日），湖南文艺出版社“延安文艺丛书”《文艺史料卷》1987年版，第786页。

的影响。1936年，由于在解散左联与“国防文学”和“民族革命战争的大众文学”两个口号的论争等重大事件中工作的失误，以及对鲁迅缺乏应有的尊重，周扬被免去了党内职务，于1937年进入延安。在延安，周扬通过较为系统地翻译、介绍马列主义经典作家关于文艺问题的论述，试图建立中国的马克思主义的文艺理论，很快成为延安文艺界的重要人物。1938年7月鲁艺组建了文学系之后，周扬担任了文学系主任，1940年2月担任鲁艺副院长，1943年，鲁艺并入延安大学，周扬任延大副校长并兼任鲁艺院长，1944年4月任延大校长。

歌剧《白毛女》的诞生，经历了一个从民间传说向知识分子改造的革命文艺演变的过程。1944年5月，正尝试在小型秧歌剧基础上发展大型歌剧的西北战地服务团发现了一篇登载于《晋察冀日报》上的报告文学《白毛仙姑》，产生了将这一故事改编为歌剧的念头，他们将这篇报告文学转交给周扬，与此同时，周扬也看到了在《晋察冀日报》工作的林漫（李满天）根据流传在晋察冀西部山区的这一民间传说创作的短篇小说《白毛女人》。[①] 周扬认可了改编这个故事的想法，决定在《兄妹开荒》、《周子山》等秧歌剧、歌剧的基础上，由鲁艺排演一个新的大型歌剧，向即将在延安召开的中共第七次全国代表大会献礼。

报告文学与小说中的“白毛女”的故事大同小异，主要情节如下：

> 八路军解放了某山村后，工作难以开展，主要原因是该村村民和村干部都很迷信，而且确信有浑身雪白的“白毛仙姑”于夜间在村里出没。她寄居在村头的奶奶庙，命令村民每月的初一、十五两天给她上供，还说“不敬奉仙姑，小心有大灾大难”。
>
> 一天，区干部到村里召开村民大会，但村民都未到会，区干部了解到，这一天是十五，村民们都给“白毛仙姑”上供去了。当晚，区干部和村里的民兵带着武器，隐藏在奶奶庙里。三更时分，果然看见传说中的“白毛仙姑”到庙里来拿桌上的供品。区干部和民兵冲出来大叫：“你是人还是鬼?”“白毛仙姑”吼叫着向他们冲过来，区干部开了一枪，“白毛仙姑”被射中倒地，接着带伤爬起来逃走。区干部和民兵紧追不舍，后

① 李满天：《我是怎样写出〈白毛女人〉的》，载《歌剧艺术研究》1995年第3期，第32~33页。

来跟着进了一个山洞，看到“白毛仙姑”怀抱着一个小白孩。区干部和民兵举枪对她说：“你到底是人是鬼，快说！”“白毛仙姑”突然跪倒在他们面前，哭诉了一切：

九年前，她才十七八岁，被村里的恶霸地主看中，地主以讨租为名，逼死她爹，把她抢走。她到地主家后，被地主奸污，怀了孕。后来地主订了亲，在筹办婚事时密谋害死她。一女佣得知后，在深夜里把她放走。她逃出地主家，无处安身，只好逃进深山，住在山洞里，并生下了一个孩子。她晒不到阳光，吃不着盐，几年过去后，便全身变白了。她以野果野菜充饥，还吃奶奶庙里的供品，顽强地活了下来。

区干部和民兵告诉她，共产党领导的八路军来了，世道改变了。他们把“白毛仙姑”救出了山洞，重新回到了村里，过上了幸福的生活……

周扬主持了一个由编创人员参加的会议，进行动员。并亲自为这个新歌剧确立了主题：“旧社会把人逼成‘鬼’，新社会把‘鬼’变成人。”周扬主张，写这个戏，应该突出这个主题，应该抓住农民与地主的阶级斗争这个重点，把两个时代、两种社会制度进行鲜明的对比。①

贺敬之在为1952年人民文学版的《白毛女》写的后记《〈白毛女〉的创作与演出》中曾经这样回忆当时的情景：

当我们听到这个故事以后，我们被它深深感动，这是一个优秀的民间新传奇，它借一个佃农的悲惨身世，一方面集中地表现了封建黑暗的旧中国和它统治下的农民的痛苦生活。另一方面又表现了在共产党领导下的新民主主义的新中国（解放区）的光明，在这里的农民得到了翻身。即所谓“旧社会把人变成‘鬼’，新社会把‘鬼’变成人”②。

或许是为了强调作品是集体创作的成果，贺敬之的叙述显然没有强调周扬的作用。好像鲁艺的创作者很自然地找到了《白毛女》的主题。其实，如果要确定《白毛女》的责任人的话，周扬应当是第一责任人。他不仅仅担任了

---

① 任颖：《回忆王大化》、孙琤：《参加演出实践漫议》，《延安鲁艺回忆录》，第187页，第215～216页。

② 《白毛女》，延安鲁迅文艺学院集体创作，人民文学出版社1952年版，第218页。

改编的组织领导工作，而且为作品确定了主题和艺术形式。鲁艺集中了戏剧系和音乐系所有的精兵强将，数易其稿，周扬仍不满意，认为无论从立意还是从艺术形式还是从表演风格，都没有走出旧剧的窠臼，他强调洋教条不能要，老教条也不能要，不要再搞成旧戏曲的形式，而应搞出一部民族新歌剧。[①] 为此周扬调整了创作班子，调入文学系的贺敬之、丁毅执笔，反复修改。由于思想、艺术观念并不统一，《白毛女》的改编过程并不顺利。面对来自四面八方的否定意见，周扬明确表示："我与《白毛女》共存亡。"[②]

1945 年 4 月 28 日，费尽周折终于定稿的歌剧《白毛女》在延安党校礼堂正式演出。党的"七大"代表和毛泽东、周恩来、朱德等中央领导观看了首次演出。演出获得了巨大成功，观众反映极为强烈。当喜儿被救出山洞，后台唱出"旧社会把人逼成鬼，新社会把鬼变成人"的歌声时，毛泽东和其他中央领导一同起立鼓掌。演出的第二天，中央办公厅派人来到鲁艺，传达了中央书记处的三点意见：第一，这个戏是非常适合时宜的；第二，黄世仁应当枪毙；第三，艺术上是成功的。[③]

歌剧《白毛女》果然很快流行起来。从 1945 年 4、5 月间在延安公演开始，《白毛女》一连演出了 30 多场，"演出时间之久，场次之多，在延安是罕见的"[④]。从这出戏开始公演的那一天起，剧组便不断地收到观众的来信与书面意见。提出这些意见的人，大部分从事非文艺专业的工作。在演出过程中，剧组人员根据观众的意见和建议，几乎每天都在修改。1945 年 10 月到张家口以后，他们又对剧本进行了一次较大的修改。这次修改主要是突出了农民的反抗性，增加了王大春和大锁反抗地主狗腿子逼租的情节，还添写了赵大叔讲红军故事一段，意在反映埋藏于农民心底的希望。

1950 年，歌剧《白毛女》由东北电影制片厂摄制成同名故事片，在全国放映，使《白毛女》成为家喻户晓的红色经典。关于电影对歌剧的改编过程，孟悦的文章《〈白毛女〉演变的启示》曾有过非常详尽的叙述与独到的

---

① 何火任：《〈白毛女〉与贺敬之》，《文艺理论与批评》1998 年第 2 期，第 85 页。

② 惠延虹：《作曲家陈紫访谈录》，载《歌剧艺术研究》1995 年第 3 期，第 9 页。

③ 张庚：《回忆〈讲话〉前后"鲁艺"的戏剧活动》，《文艺启示录》，中国戏剧出版社 1992 年版，第 152～153 页。

④ 见 1945 年 7 月 17 日《解放日报》有关《白毛女》的报道。

分析。①

从50年代末期开始，由于中国的社会主义改造已经完成，文艺的功能发生改变，在整个50年代影响最大的叙事文体长篇小说开始退潮，戏剧——准确地说是不包括以写实为主的话剧在内的重在写意的戏剧文体如传统戏曲、西方芭蕾舞剧、交响乐等开始迅速发展。1964年京剧现代戏的成功更给这一新兴的戏剧浪潮注入了一剂强心针。“戏剧革命”不只局限于京剧领域，而且开始波及到其他以“写意”为主体的戏剧门类。1964年，在北京舞蹈学校将《红色娘子军》改编为革命芭蕾舞剧的同时，上海舞蹈学校也将歌剧《白毛女》搬上芭蕾舞台。

芭蕾舞剧《白毛女》的改编是在不断试演和反复修改中完成的。在改编的初期，当编创人员向当时上海市委书记、市长柯庆施征求意见时，柯庆施提出了自己的看法：“芭蕾要改革。我们要搞民族舞剧，载歌载舞，使群众喜闻乐见。”如戴嘉枋所言，柯庆施肯定不懂芭蕾舞，他“似乎并没有弄清芭蕾舞和中国民族舞在艺术形式上的不同”②，但他显然比一般人更了解戏剧革命的政治含义和基本方式。从此，“载歌载舞”成为芭蕾舞剧《白毛女》整体艺术构思的一个基本立足点。

与我们在歌剧《白毛女》的创作中看到的一样，观众在芭蕾舞剧《白毛女》的改编过程中扮演了非常重要的角色。最初完成的改编本基本上重复了歌剧本的主题和情节：除夕之夜，躲债回家的杨白劳与喜儿欢聚，却在黄世仁逼债下被迫自杀身亡，最终喜儿抵债被黄世仁抢走。这一基本情节受到了批评。在一次听取码头工人意见的座谈会上，一位中年码头工人愤愤地说：

> 要我说杨白劳喝盐卤自杀太窝囊了！当年我妈受了地主的侮辱，我就是打死了那个狗杂种才逃到上海来的。杨白劳得拼一拼，不能这样白死！

这位码头工人的观念，显然是多年的政治—文学教育的结果。杨白劳无力还债，被逼自杀身亡，这一在歌剧《白毛女》中从来没有受到质疑的基本情节，如今变成了问题，说明时代精神的变化。改编人员以及负责人深受震动和

---

① 孟悦：《〈白毛女〉演变的启示》，唐小兵编《再解读——大众文艺与意识形态》，牛津大学出版社1993年版，第68页。

② 戴嘉枋：《样板戏的风风雨雨——江青·样板戏及其内幕》，知识出版社1995年版，第103页。

启发，他们决定不受歌剧剧情的局限，强化阶级斗争的主题思想，进一步突出农民的反抗性，为此他们设计了杨白劳拿起扁担三次奋起反抗，最后被黄世仁打死的情节。这一情节的修改，既适宜于舞蹈的表现，又突出了杨白劳内在的斗争性格，且加强了矛盾冲突，也为喜儿后来的报仇和反抗作了有力的铺垫。当时为了加强创作力量，应邀前去担任艺术顾问的著名戏剧家黄佐临，提议黄世仁可用手杖杀死杨白劳，认为这样一方面使这一情节更加合理，另一方面也有助于对这个恶霸地主阴险凶残形象的刻画。①

在1965年第六届“上海之春”上，大型芭蕾剧《白毛女》首次公演，轰动一时。周恩来先后16次看过此剧的演出。1967年，上海市舞蹈学校在北京纪念毛泽东《在延安文艺座谈会上的讲话》发表25周年的纪念活动中演出了芭蕾舞剧《白毛女》。4月24日，毛泽东亲自观看了这个剧目，并接见了全体演员和剧团工作人员。同年，新《白毛女》与芭蕾舞剧《红色娘子军》、交响音乐《沙家浜》以及京剧《红灯记》、《智取威虎山》、《沙家浜》、《海港》、《奇袭白虎团》一起被命名为“八个样板戏”，成为“文革文艺”的典范作品。

根据记载，江青也是在4月24日这一天才第一次观看这出戏。但这并不妨碍她将“八个样板戏”一道收入囊中。从现在保留下来的各种资料来看，在“八个样板戏”中，芭蕾舞剧《白毛女》应该说是与江青关联最少的作品。

芭蕾舞剧《白毛女》大获成功后，上海舞蹈学校曾经这样总结经验：

> 我们革命派在创造这个样板的过程中，发扬了不断革命的精神，努力把剧中一切不符合毛泽东思想的东西去掉，使芭蕾舞剧的改革沿着毛主席的文艺路线不断前进，让这颗新生的艺术明珠发出更夺目的光辉。②

“不断革命”是“文革”的经典口号。在上海舞蹈学校开始改编歌剧《白毛女》时，歌剧《白毛女》的第一责任者周扬已经因为不能“与时俱进”而变成了“阎王殿”里的“活阎王”。曾经引导鲁艺艺术家们创造出“划时代”的革命主题的周扬如今已经远远落在了革命的后头。在芭蕾舞剧《白毛女》的主创人员中，凡是主张保持歌剧基本情节的人都被视为“反革命修正主义

① 戴嘉枋：《样板戏的风风雨雨——江青·样板戏及其内幕》，知识出版社1995年版，第104页。

② 《毛泽东思想的雨露培育了革命现代芭蕾舞剧〈白毛女〉》，《江青文选》，内蒙古自治区通辽师范学院中文系编，1969年版，第438页。

分子”周扬的“代理人”。芭蕾舞剧初版中逃上荒山的喜儿的唱词：“……我等待时机，不争朝夕……”，被指为“蓄意贩卖刘氏（指刘少奇）《修养》中的黑货，宣传听天由命、取消阶级斗争的反动观念，恶毒地与毛主席‘只争朝夕’的革命精神唱反调”，而有的编创人员试图保留大春和喜儿的爱情关系的努力，更被指控为“企图把《白毛女》复辟成‘十七、十八世纪资产阶级的反动剧目’《天鹅湖》”，“令人十分恶心”……“无数事实证明：环绕《白毛女》怎样改革的问题上激烈地进行着两条路线你死我活的搏斗，就是将革命进行到底，还是走改良主义道路从而使资本主义复辟的问题”①。

在某种意义上，发生在歌剧《白毛女》与芭蕾舞剧《白毛女》之间的这种所谓的“两个阶级”、“两条路线”的冲突，其实是两种现代性知识之间的冲突。

二、歌剧《白毛女》中的“政治革命”

歌剧《白毛女》的主题是“旧社会把人逼成‘鬼’，新社会把‘鬼’变成人”。周扬确立的这一主题，显示了这位从30年代开始就名重一时的“红色理论家”绝不是浪得虚名。对于延安文学而言，这是一个全新的主题。

“白毛仙姑”的故事最早是一个流传于晋察冀边区的民间传说。传说的原本面貌我们今天已经不可能看到了，但我们却可以看到这样一个素材被讲成什么样的故事。在鲁艺接触到“白毛女”这一素材之前，这一民间传说曾经被改编为报告文学、小说、歌谣等等。对于包括周扬在内的鲁艺的改编者来说，如何处理这一题材，或者说如何重新讲述这个故事，显然并不像我们在贺敬之的回忆中看到的是那样顺理成章的事。事实上，即使在延安文化圈中，《白毛女》也应当有不同的写作方式。

我们不妨设想由赵树理来创作《白毛女》，习惯于为党的具体政策服务的赵树理几乎肯定会让我们看到一个“破除迷信”的故事。

或者赵树理会注意到故事中隐含的爱情线索，那么，他很可能会给我们留下另一部《小二黑结婚》。描写一对青年恋人费尽周折，终成眷属。

稍有文艺细胞的人都不会忽略“白毛女”故事中蕴涵的爱情元素。将其处理成革命与爱情的故事，在延安文学中，就有现成的例子。李季的长诗

① 《毛泽东思想的雨露培育了革命现代芭蕾舞剧〈白毛女〉》，《江青文选》，通辽师范学院中文系编，1969年版，第439页。

《王贵与李香香》描述的就是共产党的政权建立后给青年男女带来了生活和情感的解放与自由。李香香的遭遇尤其能显示新旧力量的较量对个人命运影响的程度。在旧社会李香香虽深深恋着王贵，但由于地主崔二爷的迫害而难成眷属，崔二爷借口王贵参加革命活动而逮捕了他，并欲置之死地，香香给游击队报信，救出了王贵，共产党来了以后香香和王贵终成眷属，但在游击队转移中，香香又重新落入崔二爷的手掌，正当崔二爷大摆酒席娶香香为妾时，王贵随游击队打进了村，香香"死里逃生"，与王贵欢聚。李香香命运转变的每一个危急关头都是由于"革命"和"革命队伍"的到来而转危为安、转悲为喜、转苦为乐。在这个故事中，革命和爱情是统一的。革命是爱情实现的手段，革命在爱情伦理中获得合法性。

"文革"中上海戏剧学校在总结芭蕾舞剧《白毛女》的成功经验时，揭露了"周扬的代理人"曾经将《白毛女》变成《天鹅湖》的"罪恶企图"，这实际上提示了《白毛女》另一种可能的写作方式，即将《白毛女》完全写成一个发生在大春和喜儿之间的纯粹的爱情故事。

如果在没有改造好的五四作家的笔下，"白毛女"还可能被处理成一个发生在喜儿和黄世仁之间的情爱纠葛。有钱人家的少爷强奸或诱奸丫鬟之类发生在社会地位不同的男女之间的情爱纠葛，是西方文学中常见的文学母题，发展出的故事模式诸如"王子与灰姑娘模式"、"痴心女子负心汉模式"、"诱奸模式"，当然还有曹禺《雷雨》式的"命运模式"等。曾经五四一代作家的视野中，尤其是19世纪下半叶开始大量出现的通过女性的悲惨命运来揭露社会黑暗、表达人道主义思想的作品深受读者欢迎。这类作品讲述的大都是同一个故事：年轻单纯、贫穷善良、温柔美貌的女子受到富贵的老爷恶少的引诱或威逼而失身，从被玩弄到遭抛弃，身心俱遭摧残，女主人公痛不欲生，不是步入歧途，就是亡命丧生，总之是走向不幸，从而构成悲剧。这些作品的锋芒直指贫富悬殊的等级社会和养尊处优的有产阶级。其中不乏名著，像恩格斯论述过的《城市姑娘》、为后代重新挖掘和肯定的盖斯凯尔夫人的《露丝》、世界文学经典作品中的哈代的《德伯家的苔丝》、托尔斯泰的《复活》、德莱赛的《珍尼姑娘》以及乌克兰文学中的《浪荡女人》等。这些受害的女性不是贫寒的农家姑娘（苔丝），就是无依无靠的缝纫女工（露丝），或是寄人篱下的养女兼丫鬟（玛丝洛娃）。低下的社会地位造成了她们为诱奸者轻易就擒、玩弄、抛弃的先天的决定性命运。不过，她们常常对诱奸者抱有希望，如玛丝洛娃、露丝、四凤在最初都曾将命运寄托在诱奸者身上，寄希望"他"能娶自己，寄希望结婚后自己的生活能灿烂辉煌，而珍妮的大半生都是靠企望雷斯脱与自己正式结婚这一精神支撑来度过的。

西方文学中的这一类作品通常将悲剧的责任归于诱惑者和特定的生存环境，认为被诱惑者的悲惨命运完全是因为生活所迫、贫穷以及诱惑者的道德败坏所致，将女主人公受难的全部原因推卸给社会、历史和他人。因此，这些作品从一个侧面表现了“批判现实主义文学”的力量，当然也会成为五四一代中国现代作家的重要的精神资源。曹禺的代表作《雷雨》中侍萍和四凤的故事显然就是这种文学影响的结果。

鲁艺的改编者基本上都是来自大城市的知识分子，因此，以上这一现代人生——艺术观念不可能不在歌剧《白毛女》的改编过程中体现出来。最初完成和试演的歌剧《白毛女》剧本，我们已经无法看到，然而在当事人的回忆中我们仍能看到这种五四思想的踪迹。李希凡在1967年5月19日发表于《光明日报》的著名文章《在两条路线尖锐斗争中诞生的艺术明珠》中转引了歌剧舞剧院的大字报的材料，揭露歌剧《白毛女》在延安排演时，周扬主张“喜儿对黄世仁应当有幻想嘛”“幻想和黄世仁结婚嘛”，于是歌剧就出现了喜儿受辱后幻想嫁给杀父仇人黄世仁“低头过日月”的“极恶劣的情节”。在最初的演出中，怀孕七个月的喜儿误以为黄世仁要娶她，披起张二婶给新人做的红袄，在舞台上载歌载舞，表示内心的喜悦，后来喜儿在山洞里还生下了一个小孩。初稿本还描绘了喜儿生的“小白毛”在大春面前的哭叫，以显示喜儿“抚养小白毛”的“母性本质”。李希凡认为这样描写喜儿，是“肆意玩弄喜儿被侮辱的痛苦，其用心何其毒也!”“歪曲、污蔑、诽谤”了“贫苦农民的喜儿”。这些细节显然在后来的修改中被不断地擦抹，在50年代初的定稿本中，我们已经完全找不到相关的情节了。

应该说，如果《白毛女》最终写成了一个与西方同类作品类似的批判现实主义作品，也未尝没有进步意义，因为它可以通过黄世仁的道德败坏来揭露旧社会的罪恶，通过喜儿的遭遇来描写善良的人民在旧时代的悲惨命运。然而，这一在“五四时期”可以成为名著的主题在“文革”时期已经没有任何进步性可言了。

其实即使在延安时期的周扬那里，“批判现实主义”都已经变成了一个过时的文学主题。这位中国最早的“社会主义现实主义”的阐释者，显然无意跟在五四一代作家后面爬行。在一位延安时期的当事人写的回忆文章中，我们看到的是另一个周扬：

> 《白毛女》原来还有这样的情节：喜儿被黄世仁奸污后怀了孕，黄世仁准备与一财主的女儿结婚，并密谋卖掉喜儿，却故意欺骗喜儿说要娶她。喜儿信以为真，感到生活有了指望，高兴地披上红棉袄，载歌载舞起来。在延安公演后，观众对这个情节很有意见，认为这样写喜儿是不合适的，喜儿怎么会忘掉杀父之仇而对黄世仁产生了幻想呢？周扬也对剧组人员说："你们为贪恋这场戏的戏剧性，却把它所建立起来的形象扼杀了。"① 可是编导人员认为，像喜儿这样一个孤零零的女孩子，在那种险恶的环境里，产生那样的想法也属人之常情，所以对此未作改动。1949年进入北平后，《白毛女》再次公演时，这样的情节才被去掉。②

就如同我们无法判断江青是不是真正干预了"样板戏"的创作一样，我们同样无法判断以上两种关于周扬的叙事中哪一种更为真实。所幸的是，这些关于历史的叙事并不是我们判断历史的唯一方法，比历史叙事真实得多的是文本。从20世纪50年代初出版的歌剧《白毛女》的定稿本中，我们不难发现这样一个的事实，那就是周扬最终既没有选择赵树理的方式，也没有选择李季的方式，更没有选择"批判现实主义"的方法，他赋予歌剧《白毛女》一个全新的主题。那就是："旧社会把人变成鬼，新社会把鬼变成人。"

之所以说这一主题是一个"全新"的主题，是因为这一主题阐发的不仅仅是"旧社会"的黑暗，而且还呈现了光明的新社会的现实场景。周扬在当时发表的一篇题为《新的人民文艺》一文中，明确指出《白毛女》一方面是通过喜儿、杨白劳来写中国农村的"惨烈场面"——"旧社会"，另一方面，则是"揭露解放后农村男女新生活的愉快光景"——"新社会"。

> 看《白毛女》前四幕，几乎让剧情压得透不过气来，等到第五幕八路军出现，才像是拨开乌云而见青天，才像是万道光芒平地起，一扫灰暗沉闷的空气，深深地缓了一口气。农民和八路军共产党一结合，在共产党坚强的领导之下，很快就翻了身，鬼变成了人，人成了主人，过着从未有的自由平等幸福的生活。③

① 《简介〈白毛女〉的创作情况》，《电影文学》1959年第1期，第82页。

② 王培元：《抗战时期的延安鲁艺》，广西师范大学出版社1999年版，第297页。

③ 周而复：《谈〈白毛女〉的剧本及演出》，《新的起点》，群众出版社1949年版。

周而复的这段评论，写出了歌剧《白毛女》的主题特色，即“旧社会”与“新社会”的不同是通过农民与“八路军共产党”的结合体现的，也就是说新旧社会的对比是通过政权的对比来实现的。或者准确地说：“新社会”是以革命暴力形式——八路军的武力强制实现的。

歌剧第一幕第二场描写杨白劳在地主黄世仁家与黄世仁发生的冲突。黄世仁打喜儿的歪主意，要杨白劳卖女抵债，杨白劳不同意：

杨白劳 我……我……我找个说理的地方去！（欲冲出门去）

穆仁智 （大怒）哪里说理去！县长和咱们少东家是朋友，这就是衙门口，你到哪里说理去！

结果，黄世仁、穆仁智强迫杨白劳在文书上按了手印。第三场杨白劳唱道：“县长，财主，狼虫虎豹！……哪里走？哪里逃？哪里有我的路一条？”随后喝卤水身亡。

与歌剧中“旧社会”主要是以一种政权形式来标志的一样，“新社会”也是以民主新政权的确立为标志的。“新社会”出现是人民军队——八路军带来的。以下是第五幕开头的一节：

虎　子 春天里打雷第一声，
阴沟里点灯头回明！
自从来了共产党，
穷人们从今要翻身！
坚持抗战不怕难，
建立民主新政权。
政府下令把租减，
大家伙起来齐心干！

（兴奋地）哈！可到了咱们穷人翻身的时候啦，大春头年从队伍上调下来，就当咱们区助理员。正月里改造了村政权：大春当了村长，大锁当了农会主任。上边的公事也下来了，说要减租，闹斗争，给黄世仁算老账……

赵大叔、大锁（唱第72曲）
只要大伙能齐心，

斗争一定能成功。
有咱政府来做主，
区上今天就来人。
哎咳咳，区上今天就来人。

第五幕的第二场，乡亲们从山洞中救出了喜儿，悲喜交集，区长出场了，他说："乡亲们！别难过了，今天咱们把喜儿救出来就好了，明天咱们开大会斗争黄世仁，给喜儿报仇，出这口气。"

在第三场斗争黄世仁的大会上，又是区长出台作总结：

区 长 （登到大桌上高呼）父老乡亲们！我代表咱政府同意大家对黄世仁的控诉！我们一定要给喜儿报仇！现在我们先把黄世仁、穆仁智逮捕起来，准备公审法办！（群情激昂，欢呼。）

（自卫队把黄世仁、穆仁智绑起。）

歌剧《白毛女》共五幕十六场，全剧讲述了农民喜儿一家在旧社会被地主残酷压迫凌辱下家破人亡与在共产党领导下获得新生的故事。歌剧改编者保留了喜儿父女受难的故事情节以外，增加了最后斗争地主黄世仁的结尾，还增加了赵大叔讲红军打地主，为穷苦农民放粮分地以及王大春盼望及投奔红军的故事情节。

与《王贵与李香香》和《小二黑结婚》这样的通过青年农民爱情的实现来体现"政治正确"的"延安文艺"作品不同，歌剧《白毛女》直接表现了中国农民的政治解放。根据当事人回忆，歌剧原来最后一场写的是喜儿和大春婚后的幸福生活，对此，周扬指出，这样写，就把这个斗争性很强的故事庸俗化了。后来，剧组人员把这场戏改成了开斗争黄世仁的大会。① 周扬显然感到了以爱情表现政治解放的局限。爱情——自主的爱情对于知识分子作家而言，当然是生死攸关的命题，而在农村生活中却显然不是最重要，甚至不是重要的话题。被周扬选中来表达新旧两个世界差异的观念不是原作中的爱情元素，而是更具有普遍意义的乡村伦理的破坏与修复。

孟悦曾经在一篇解读《白毛女》的文章中注意到了歌剧《白毛女》中

① 王培元：《抗战时期的延安鲁艺》，广西师范大学出版社 1999 年版，第 295 页。

“一些非政治的、具有民间文艺形态的叙事惯例”，这就是《白毛女》隐含了“以一个民间日常伦理秩序的道德逻辑作为情节的结构原则”：

> 比如第一幕。这一幕通过对时间和景物的选择把剧情的始点造成了这样一个有道德内容的戏剧冲突：一个本分人家的日常生活及基本做人标准遭受外来恶势力的威胁和践踏。这一场的时间设计在对农人来说有仪俗意味的年关，场景是杨家。从舞台布置到对话和情节安排都很合目的性地呈现着一个民间日常生活的和谐的伦理秩序，以及其被破坏的过程。大幕拉开，正是雪花纷扬的除夕之夜。杨家室陋屋寒，几近一无所有，却也要过个平安团圆年，桌上摆着保平安的灶神像，喜儿独自和着面，等着相依为命出外躲债的爹爹回家团圆包饺子。杨白劳冒雪而归，带回了门神、白面和给喜儿买的礼物红头绳。邻居王大婶前来殷勤相请，话里话外透出两家关系的亲密无间，并提起喜儿、大春来年的婚事。这样的一些细节体现着一个以亲子和邻里关系为基本单位的日常普通社会的理想和秩序：家人的团圆，平安与和谐，由过年的仪俗和男婚女嫁体现的生活的稳定和延续感。在接下来的场景里，赵大叔、王大婶和大春都来到杨家包饺子过年，民间生活秩序的和谐理想通过全体反复的齐唱得到了强化。①

正是在这个意义上，黄世仁的出场就代表着一种反民间伦理秩序的恶的势力，一系列的闯入和逼迫行为不仅冒犯了杨白劳一家，更冒犯了一切体现平安吉祥的乡土理想的文化意义系统。因而《白毛女》结尾大春的归来是民间逻辑所预定的，平恶伸冤是这个逻辑自我强化的一个功能。

孟悦的分析无疑是敏锐的。黄世仁从作恶到最终受到惩罚的故事的确让我们想起以“恶有恶报，善有善报”为不变主题的传统小说。因果报应是中国古代俗文学的重要标志，这个观念以三教合一的民间信仰为基础，深深楔入民众的意识深处，从而成为俗文学创作的思维模式。娱乐功能也决定了俗文学必须满足人们在现实中得不到满足的愿望。现实生活中好人未必有好报，恶人则多有飞黄腾达者，一般人面对这不平不公的现实郁积着的满腔怨愤，需要在文学作品的阅读中得到发泄。俗文学于是给读者得到这种满足的机会：坏人得到

---

① 孟悦：《〈白毛女〉演变的启示》，唐小兵编《再解读——大众文艺与意识形态》，牛津大学出版社1993年版，第78～79页。

恶报，好人得到善报，大团圆，大快人心！《白毛女》对这一传统叙事策略的的再现，显然成为了实现其社会功能的前提条件。

孟悦因此得出了如下的结论："（在《白毛女》中），政治力量最初不过是民间伦理逻辑的一个功能。民间伦理逻辑乃是政治主题合法化的基础、批准者和权威。只有这个民间秩序所宣判的恶才是政治上的恶，只有这个秩序的破坏者才可能同时是政治上的敌人，只有维护这个秩序的力量才有政治上及叙事上的合法性。在某种程度上，倒像是民间秩序塑造了政治话语的性质。"因此，在孟悦看来，歌剧《白毛女》最后的结局不过是"一个按照非政治的逻辑发展开来的故事最后被加上一个政治化的结局"①。

孟悦的分析为我们揭示了歌剧《白毛女》成功的重要原因：以一个如此民间化的寓言方式来全面展示两种政治的差异，其艺术反响当然不是同时期的延安文学可以比肩的。然而，这一分析也存在一个问题，那就是重复了国内一些学者经常犯的一个错误，将"民间"与"政治"对立起来。尽管这是一个孟悦自己也意识到了的问题："如果我的分析看上去像是夸大了非政治及民间文艺传统在《白毛女》文本中的地位，而对政治话语的强制机制做了轻描淡写，那么这并非我的本意。"② 然而，只要孟悦仍然使用"民间"—"政治"二元分立的概念来探讨歌剧《白毛女》的主题建构，她就无法解释歌剧《白毛女》中"民间"与"政治"之间真正复杂的现代性关系。一个被这种方法忽略的事实是：在周扬那里，这种对"普通社会长期以来形成的伦理原则和审美原则"的修复或想象恰恰是最大的"政治"。正如同我们在本书的分析中一再指出的，现代中国的社会主义革命一直是从对传统的修复——甚至是以"传统"为名开始的。这也是社会主义革命在形式上不同于五四启蒙革命的地方。土改小说记录的正是这种对几千年中国农民理想的回归，意味着农民千年土地梦的实现。然而，回归传统并不是现代政治的目标。在某种意义上，回归传统只是为了建构现代性生长的起点。因而，呈现在歌剧《白毛女》中的民间传统其实只是对"民间"和"传统"的借用，不是在"一个按照非政治的逻辑发展开来的故事最后被加上一个政治化的结局"，而是政治的道德化，或者说这是现代政治创造的"民间"；是打着"民间"或"传统"旗号的现代

---

① 孟悦：《〈白毛女〉演变的启示》，唐小兵编：《再解读——大众文艺与意识形态》，牛津大学出版社 1993 年版，第 78～79 页。

② 孟悦：《〈白毛女〉演变的启示》，唐小兵编：《再解读——大众文艺与意识形态》，牛津大学出版社 1993 年版，第 80、89 页。

政治。

事实上，对“民间”或“传统”的借用，正是现代性知识传播的典型方式。现代政治是通过共同的价值、历史和象征性行为表达的集体认同，因而无一例外具有自己的特殊的大众神话与文化传统。在“民族国家”或“阶级”这些“想象的共同体”的制造过程中，传统的认同方式如种族、宗教、伦理、语言等都是重要的资源。当这个“想象的共同体”被解释为有着久远历史和神圣的、不可质询的起源的共同体时，它的合法性才不可动摇。也正是通过这样的方式，现代政治才被内化为人们的心理结构、心性结构和情感结构。

这显然是《白毛女》成功的地方。《白毛女》演遍了整个解放区，极大地推动了土改运动的开展。不少地区的土地改革，首先用演《白毛女》来发动群众，“为喜儿报仇”成为解放战争中战士们的普遍口号。许多战士还把口号刻在自己的枪托上，表示时刻不忘对“黄世仁们”的仇恨。在中国现代文学史上，还很少见到有哪一部戏剧像《白毛女》这样，起到了如此直接的宣传教育作用。在某种意义上，《白毛女》是一个奇迹，这部将“民间”与“官方”、“艺术”与“政治”合二为一的作品，将艺术作品所蕴藏和表现的政治鼓动力量发挥到了极致。1951年，《白毛女》获得斯大林文学奖二等奖，应当说是当之无愧的。这部集中了鲁艺全院文学、戏剧、音乐、美术各个方面的人才和鲁艺六年办学经验的最后一部作品，完全可视为鲁艺这个“实现中共文艺政策的堡垒与核心”的标志性作品，当然也可以视为延安文艺的代表作品。

只不过“成也萧何，败也萧何”。歌剧《白毛女》回归民间伦理的目的是为了最终摆脱民间伦理。现代性的这一构造方式决定了歌剧《白毛女》的成功，也决定了这一现代性主题最终将被现代性本身的发展所颠覆。这是现代性不变的逻辑。

三、芭蕾舞剧《白毛女》中的“文化革命”

所谓的歌剧《白毛女》的“时代局限”，是一个在“文化革命”的逻辑中才存在的问题。

其实这也是所有“延安文学”的问题。譬如说，我们可以先向《王贵与李香香》提出如下的疑问：

> 如果“革命”只是指政治革命，那么作为王贵和李香香这一对人物又具有什么样的主体性呢？以李香香为例，我们能从作品中获知的也只仅

仅是她的贫苦、美丽和忠贞，她没有或很少具有出击性的行动，如果“革命”不来，尤其是来“革命队伍”不及时赶到，李香香似乎除了等待和悲泣外别无他法。

类似的问题也可以向《白毛女》提出来：

喜儿的解放是因为八路军——共产党的到来，共产党的军队如果离去，喜儿怎么办呢？

这恰恰是“文化革命”试图解决的问题。按照“文化革命”的理论解释，“文化革命”是一场比政治革命与经济革命彻底得多的革命。它是一场自我的革命。在这场革命中对立的双方，不是政权，而是我们内在的本质。按照文化革命的逻辑，表现“周扬写实主义美学思想”的歌剧《白毛女》显然已经过时，不仅无法表现新的意识形态诉求，更重要的是，歌剧《白毛女》对民间伦理的借用已经成为了新意识形态生长的障碍。政治已经无须借助道德伦理的力量，它将自我证实，自我呈现。

芭蕾舞剧《白毛女》与歌剧《白毛女》的最大不同，就在于以“文化革命”的主题取代了后者的“旧社会把人变成鬼，新社会把鬼变成人”的政治革命的主题。因此，在芭蕾舞剧中，人物、情节都被本质化和抽象化了。每一个人物的意义都由它所属的抽象阶级本质所决定。

与歌剧一开幕喜儿登场盼爹爹回家过年的场面不同，芭蕾舞剧一开场，即向观众展开了一个强烈的象征画面，将一幅典型的“半封建半殖民地”中国农村的缩影推到观众面前：

序幕

黄世仁家大门口。

在解放以前，我国农民遭受地主、官僚资产阶级和帝国主义的残酷压迫和剥削，经历了多少苦难。但是，他们并没有屈服，面对敌人的屠刀，挺起胸膛，进行英勇顽强的反抗和斗争。听，他们的歌声：

看人间，往事几千载，

穷苦的人儿受剥削，挨鞭笞。

多少长工被奴役，

多少喜儿遭迫害。
流不完的眼泪啊，
化作倾盆大雨降下来！
诉不尽的仇恨啊，
汇成波浪滔天的江和海！

在歌剧中，黄世仁作为一个普通的中国地主，对日本鬼子是充满恐惧的。歌剧第四幕“奶奶庙喜儿怒打黄世仁”那一场即发生在黄世仁去城里打探消息的途中：

黄世仁 老穆！不好啦！
（唱第六十三曲）
前天我起身去县城，
才到了镇上就听见坏风声。
日本鬼他把县城占，
今天我急急忙忙
急急忙忙回家中。
穆仁智 （惊住）是真的啊。
大　升 真的啊。
黄世仁 唉，别提啦，日本鬼子又杀人，又放火。我丈人家一家人都落到日本鬼子手里去啦！
穆仁智 （更惊慌）哎呀！少东家，那咱们又怎么办呀？

到了芭蕾舞剧中，黄世仁不仅仅是恶霸地主，而且还是汉奸。他不仅拉人、抢人、逼债，还勾结日寇成立维持会。显然，黄世仁已经不是20世纪30年代中国农村中某个具体地主的形象，而是“剥削阶级”这一现代性本质的化身。将反面人物升华为超历史的人物，这是文化革命的性质决定的。类似的形象，还有《红灯记》中的鸠山和《海港》中的钱守维等。在淮剧《海港的早晨》中本没有坏人钱守维这个角色，1967年在京剧《海港》中被制造出来，但还只是个有浓厚自私自利思想的仓库保管员，“过去我这个栈房先生，仓库里有什么，我家里就有什么。这一解放呵，我连一滴水也沾不上。”他因贪小便宜，拿走一个工人掉下的簸箕，无意中把里面的玻璃纤维嗑了一地，从而造成事故。到了1972年的京剧《海港》中，他却成了充满仇恨——蓄意破坏的隐藏的阶级敌人，这个过去的栈房先生，不仅有“美国大班的奖状”、“日本老板的聘书”，还有“国民党的委任状”，因而变成了集万恶于一身的人物。

早在歌剧《白毛女》出版之时，就有思想超前的批评家指出了剧中反面人物不够典型化的“缺点”。周而复就认为：“作为地主阶级的代表人物，黄世仁，他给观众的印象还不够阴险、毒辣、刻薄、贪婪、吝啬……这些一般地主所具有的特性，写得还很不够。”① 显然，在这里，地主不再是有个性的人，而只是个抽象的“地主性”的符号，这种“典型化”的过程，在芭蕾舞剧中变成了现实。

与这种抽象的“恶”相对立的也就不可能是具体的农民形象，而只能是同样被抽象化的“中国农民”本质。芭蕾舞剧正是在这个基础上“塑造中国农民的典型，为中国革命农民立传”。歌剧《白毛女》通过杨白劳年关出外躲账带回的三样东西，生动地表现了一个勤劳善良的贫苦农民的十分朴素的生活愿望。二斤白面和一根红头绳，表明他希望能有一个起码的人的生活。门神虽是迷信的东西，却反映了他向往着摆脱地主压迫，过上平平安安日子的朴素要求。但是即使是如此卑微的生活要求都不能得到满足。杨白劳对地主的欺压，不敢反抗，甚至连出外逃荒也因“热土难离”而不能下定决心。他被逼在喜儿的卖身契上按了手印后，瞒过了赵老汉、王大婶等人，没有与乡亲们共商应急的办法。这是因为他认为除了承受地主的压迫，不可能有别的希望和出路，自然也就谈不上起来抗争了。他的性格中确有懦弱的一面。他已经从几十年的生活经历中，看到了“县长、财主、狼虫、虎豹”的一体性，却不敢产生改变现实的念头。他忍辱负重地生活，到了无法忍受、无处逃生时，就只有一死了之。杨白劳是在地主阶级长期压榨之下，尚未觉醒的老一辈农民的典型形象。他的悲惨结局是对万恶的地主阶级的有力揭露和血泪控诉。因而这个形象始终受到广大观众的深切同情。

舞剧完全改变了杨白劳形象的塑造方式，抛弃了歌剧和按歌剧改编的电影中的逼债、画押、自杀等“歪曲人物”的情节，突出了杨白劳被逼不屈坚决反抗的精神面貌，由歌剧中的服毒自尽变成了奋起抗争而被地主活活打死，“杨白劳抡起扁担向黄世仁的有力一击，大长了革命农民的志气，这是他在临

① 周而复：《谈〈白毛女〉的剧本及演出》，见《新的起点》，新文艺出版社1953年版，第112页。

死前向旧制度进行的坚决的挑战。”①

喜儿是《白毛女》的主人公。在歌剧《白毛女》中，喜儿已经具有杨白劳代表的老一代农民不具有的斗争精神。这个天真淳朴的少女，在生活中遭受了一系列毁灭性的打击，当她受到黄世仁的污辱后，也曾喊着“爹呀！我要跟你去啦！”企图自尽，但在遇救后逐渐抛弃了“不能见人”的思想，决心为复仇而活下去。她表示“我就是再没有能耐，也不能再像我爹似的了”。她决然地告别了父辈的屈辱的道路。她在逃入深山时唱道：

> 想要逼死我，瞎了你眼窝！
> 舀不干的水，扑不灭的火！
> 我不死，我要活！
> 我要报仇，我要活！

喜儿带着这种强烈的复仇愿望坚持深山生活，在山洞中熬一天就在石头上划一个道道，她唱道：

> 划不尽我的千重冤、万重恨，
> 万恨千仇，千仇万恨，
> 划到我的骨头——记在我的心！

凭借着这种强烈的反抗性、顽强的求生意志和坚强的复仇愿望，喜儿在数年深山的非人生活中活了下来。歌剧还特意设计了一场她与黄世仁在奶奶庙狭路相逢的场面，让喜儿的满腔仇恨得到了一个喷发的机会。歌剧描写她见到仇人时，“怒火突起，直扑黄世仁等，并把手里所拿的供献香果向黄世仁等掷去，如长嗥般地”呼喊：“我要撕你们！我要掐你们！我要咬你们哪！”

在歌剧《白毛女》的改编过程中，喜儿的这种反抗精神被不断强化，最终成为了一个与懦弱的父亲完全不同的“复仇女神”。然而，直到20世纪50年代初期改定的歌剧本，喜儿的复仇仍然只能以“个人复仇”加以解释。喜儿仍然是一个成长中的人物。这是喜儿在黄家被奸受孕后的形象：

---

① 李希凡：《在两条路线尖锐斗争中诞生的艺术明珠》，《光明日报》1967年5月19日。

喜儿(唱第51曲)

受罪的日子好难过啊，
压折的树枝石头底下活……
忍辱怕羞眼含泪，
身子难受不能说。
事到如今无路走呵，
没法，只有咬紧牙关，低头过日月啊……

芭蕾舞剧《白毛女》彻底改变了歌剧《白毛女》中的喜儿形象。如果说在歌剧中，喜儿对黄世仁的仇恨是逐渐生长起来的，那么，在芭蕾舞剧《白毛女》中，喜儿的仇恨则是与生俱来的，更为重要的是，这种仇恨不仅仅是对黄世仁的个人仇恨，而是对整个“地主阶级”的阶级仇恨。为了表现这一主题，芭蕾舞剧将歌剧中喜儿在奶奶庙怒砸黄世仁的场景提前搬到了黄家。李希凡在文章中这样描述舞剧中喜儿形象的突破：

被抢进黄家强迫为奴的喜儿，并没有忍辱屈从，她燃烧着强烈的阶级仇恨，反抗地主婆对她的虐待，反击黄世仁侮辱她的企图。在佛像前那高举香炉的一掷，和影片中黄世仁在“大慈大悲”横匾下奸污喜儿的情节形成了尖锐的对照。这一掷，岂只是掷向黄世仁，而是掷向吃人的旧制度。一个英勇不屈的贫民女儿的高大形象，就在这一掷间矗立在观众面前。这才是我们贫苦农民的喜儿，肩负着几千年来阶级的深仇大恨的喜儿，肩负着杀父之仇的喜儿，难道不正应当这样也必然这样反击黄世仁吗？在这里，舞剧完全以突出阶级斗争为红线，删除了原歌剧迫使喜儿受辱的情节，以高昂的基调，革命的旋律塑造了喜儿的反抗形象。那眼神、那表情，那旋风般反抗的舞蹈，那愤怒“控诉”的歌声——“鞭抽我，锥刺我，不怕你们毒打我，我要冲出你们黄家的门，仇上加仇仇更深”。无不燃烧着仇恨的火焰，无不倾诉着阶级的反抗。没有在黄家的反抗，就不可能有在荒山野林顽强斗争中生存下来的喜儿，“想要逼死我，瞎了你眼窝，舀不干的水。扑不灭的火。我不死！我要活！我要报仇，我要活！”在张二婶的帮助下逃出黄家的喜儿，“我要报仇，我要活”的信念不是突然产生的，而是她的勇于斗争性格的必然发展。“奶奶庙”一场，喜儿的燃烧着复仇烈火的形象，得到了更突出的表现。深山野林，饥寒交迫，并

> 没有压碎喜儿的反抗性格。“狼嚎虎啸何所惧，只恨黄家恶霸毒如蝎”，“报仇雪恨心更切”。在暴风雨之夜，向闪电、向响雷倾诉着誓报阶级仇恨决心的喜儿，来到了奶奶庙寻找食物，正遇上潜逃的黄世仁、穆仁智躲进庙里避雨，喜儿一看到这两个坏蛋，满腔的阶级仇恨一下子像火山一样爆发出来。“见仇人烈火烧，我恨，我恨，恨不得踏平奶奶庙，我要，我要，把你撕成千万条”……喜儿再一次抓起香炉向黄世仁砸去，猛地扑向黄世仁，直到把这两条恶狗追打得狼狈逃窜。这一刹那间，喜儿的顽强性格，以其高扬着烈火般复仇意志的飒爽英姿，进发出更加耀眼的光芒。①

除了杨白劳和喜儿外，为了“革命农民”的共同本质，像赵大叔、王大春这种歌剧中的配角人物也得到加强。歌剧中的赵大叔——“赵老汉”在杨白劳死后，只能将希望寄托于善恶相报的传统伦理：“今天是人家的世道，有什么法子？……黄家害死了多少人呀……咱们记住吧。他黄家总有气数尽的一天！总有一天会改朝换代的！……”而在芭蕾舞剧中，赵大叔变成了地下党员，不只在喜儿危难时期，率领群众奋起营救，反抗黄世仁的迫害，而且为青年农民指出方向，组织他们参加了八路军，掀起了反抗日本侵略者、反抗汉奸恶霸地主的斗争。舞剧中的王大春，也不再是歌剧中“儿女情长”的温顺青年，“健儿身手健儿刀”，“他满怀壮志地投奔八路军，这不仅仅是为了解救一个喜儿，而是为了解放处在水深火热之中的千千万万的像喜儿一样被压迫被奴役的劳动人民”②。

于是，我们在舞剧《白毛女》中看到了与抽象的“恶”对峙的体现着抽象的“善”的英雄群像：“一个刚强朴质的老贫农杨白劳，一个坚贞不屈的贫农女儿喜儿，一个英武勃勃的子弟兵王大春，一个沉毅坚定的共产党员赵大叔。他们和广大的革命农民心连心，凝结成一股任何反动暴力也压不垮的、敢于起来砸烂旧世界的钢铁般的力量。这就是经过再创造，而在芭蕾舞剧《白毛女》中所再现出来的崭新的舞台人物形象。”③

一位评论家在《人民日报》撰文总结了芭蕾舞剧《白毛女》的美学追求：“把一条阶级斗争的红线贯穿在《白毛女》这部剧作中，通过舞剧所塑造的活

---

① 李希凡：《在两条路线尖锐斗争中诞生的艺术明珠》，《光明日报》1967年5月19日。

②③ 公盾：《谈芭蕾舞剧〈白毛女〉的改编》，《人民日报》1967年6月11日。

生生的人物形象，对广大观众揭示了：在沉重的奴役压迫下的旧中国农民，始终没有屈服，而是顽强不屈地英勇战斗着！广大的革命农民在毛主席和中国共产党的领导下拿起了枪杆子，为夺取政权进行着武装斗争，不断地扩大战斗的行列，从一个胜利走向又一个新的胜利，将革命不断地推向前进！"①

这当然是另一个时代的"革命"经典歌剧《白毛女》所无法承担的使命。舞剧时代的评论家对歌剧进行了激烈的批评。他们认为歌剧作者"把一系列舞台人物都塑造成了卑微软弱、贫苦无告的角色"，这些形象"只是毫无造反精神的被怜悯的奴隶"；以致使作品"只有血泪史、屈辱史，而无反抗史、斗争史"，因而与批判现实主义的作品没有什么区别。在他们眼中，歌剧《白毛女》与舞剧《白毛女》形成了鲜明的对比：

> 一个是站在资产阶级的立场上，严重地歪曲农民的形象，一个是站在无产阶级的立场上，正确地塑造农民的形象；一个是用资产阶级人性论、人道主义的观点来塑造剧中人物，一个是用无产阶级的阶级斗争的观点来塑造剧中人物；一个是用资产阶级旧现实主义的方法，止于揭露旧社会的黑暗；一个是用革命现实主义与革命浪漫主义相结合的方法，通过对现实生活中阶级斗争的描写，给广大人民指出了战斗的道路。②

同属"革命文学"阵容的两种话语实践产生了如此激烈的对立，当然是现代性的奇观。只有现代性才能孕育如此激烈的自我否定与自我超越。然而，发生在现代性内部的这种冲突，果然如我们评论家宣称的那样势不两立吗？在"延安文学"与"文革文学"之间，是否真的没有任何联系呢？

四、"文化革命"视野中的"延安文艺"

如果我们将延安时期的政治革命放置在现代性的范围内加以理解，即将其理解为一种现代性的话语实践活动，那么，我们在歌剧《白毛女》中看到的"政治革命"其实也是一种文化革命，或者说只是文化革命的一种表现形式而已。在詹姆逊的理论中，任何艺术都表达出意识形态的诉求，反过来，任何意识形态都必然包含着艺术的方式——隐喻、象征或乌托邦，因此可以说："意

①② 公盾：《谈芭蕾舞剧〈白毛女〉的改编》，《人民日报》1967年6月11日。

识形态即乌托邦，乌托邦即意识形态。”①

在一篇分析“延安文艺”的文章中，唐小兵就认为：“延安文艺，亦即充分实现了的‘大众文艺’实际上是一场轰轰烈烈的文化革命运动，含有深刻的历史必然性和久远的乌托邦冲动。”② 在某种意义上，歌剧《白毛女》相当完整地凸现了延安文艺具有的“文化革命”的意义。因此，“我们必须同时把握延安文艺所包含的不同层次的意义和价值，亦即其意识形态症结和乌托邦想像：它一方面集中反映出现代政治方式对人类象征行为、艺术活动的‘功利主义’式的重视和利用，另一方面也表达了人类艺术活动本身所包含的最深层、最原始的欲望和冲动——直接实现意义，生活的充分艺术化。从这个角度来看，延安文艺是一场含有深刻现代意义的文化革命。”③

新政权的建立和巩固，往往有赖于新型意识形态的推行。这一点决定了建构意识形态认同成为了进入“延安时代”的共产党的首要任务。在抗战时期，共产党领导的绝大部分根据地，都属于偏僻的山区和农村，本来就处于长期的经济文化的落后状态，比起平原和沿海地带，它们要落后几十甚至上百年。在这些地区占统治地位的传统意识形态显然不利于新政治认同的建立。虽然农民认可八路军和新四军的武力——就像他们认可任何一种能控制局面的武力一样，但他们明显缺乏对这些武力在心理上——文化上的认同。虽然他们也不满于近世道德的衰落，但对唯利是图和不道德行为带来的灾难往往无可奈何。他们固然一如既往地抨击和嘲笑富人，但骨子里却依旧充满了对富人生活的向往。因此，要建立新政治的合法性，不能仅仅依靠武力的有效性，甚至不仅仅在于迅速地改善农民的生活状况，而是要在农民心里植入新的认同理念。这种理念必须是讲理的，当然不能依靠武力来建立，而是要依靠文化、艺术和审美的力量。就像詹姆逊指出的那样：“因为道德状况只能从审美状态中发展而来，而不能从物质状态中发展而来”④，亦如席勒将艺术视为一种深入到人的“主体间性”当中的“中介形式”：“正如人们在经验中要解决的政治问题必须

---

① 弗雷德里克·詹姆逊：《政治无意识》，王逢振、陈永国译，中国社会科学出版社1999年版，第273页。

②③ 唐小兵编：《再解读——大众文艺与意识形态》，牛津大学出版社1993年版，第16、17页。

④ 弗雷德里克·詹姆逊：《政治无意识》，王逢振、陈永国译，中国社会科学出版社1999年版，第118页。

假道美学问题，因为正是通过美人们才可以走向自由。”①

与其他艺术类型相比，作为群体艺术的戏剧无疑是最适合表现这种政治—美学使命的艺术类型。一个以建构共同的文化心理结构、共同的价值观念形态、共同的情绪、共同的焦虑与向往为目标的时代，往往是戏剧繁荣的时代。每当意识形态感到群体本质认同的必要性和紧迫感，因而要重温或再现一个“想象的共同体”时，戏剧便具备了繁荣的客观条件。在剧场中，悬置起现实中个性的观众，真诚感动地投入一个共同的情感世界，群体精神占领了个体心灵——人们在剧场中过着一种共同的生活。这一特点使戏剧常常成为民众的狂欢节。中国古代戏曲发展的历史也充分地说明了这一点，中国戏曲与原始祭祀仪式、民间节日渊源深厚。由于近代以前的中国人交通不便，居住分散，光凭戏曲很难集结大批观众，正是世代相传万民同庆的民间节日帮助戏曲克服了这一巨大的困难。戏曲依托于节日，节日伴随着戏曲。中国民间节日大多是全民性的，正是这些“举国之人皆若狂”的民间传统节日造成了节日观戏时贤愚毕至，老少咸集，万人空巷的盛况。正因为戏剧具有这种其他艺术形式所不具备的功能，在建构政治认同成为延安文艺的基本目标以后，“延安大众文艺，则不仅仅要克服通俗文学的客体化成分，也要摈弃现代主义的个人化政治，因此大众文艺的具体形式就包括了放弃‘长篇的体裁，复杂性格心理的描写，琐碎情节的描写’等（周扬语），转而强调戏剧、曲艺、民间文艺、以及带有狂欢色彩的集体欢庆活动。”②

准确地说，延安文艺选择的是“戏曲”而不是“戏剧”。中国传统的戏曲自兴盛的那天起，就有着“以歌舞演故事”（王国维语）的传统，正统的意识形态观念正是通过从演绎“正史”的缺口，将一个个忠臣义士、义夫节妇、孝子贤孙的故事渗入老百姓的心田。戏曲特有的仪式性，如戏剧的服饰、道具、程式营造的强烈的仪式化的氛围，使观众从中感受到上下尊卑的秩序，领受传统礼仪的魅力。由于戏曲为农民所喜闻乐见，所以其渗透力与感染力都是其他渠道不可比拟的。在古代戏曲艺术家和批评家看来，戏曲的主要功能是进行道德教化。用汤显祖的话来说，就是：“可以合君臣之节，可以浃父子之恩，可以增长幼之睦，可以动夫妇之欢，可以发宾友之仪，可以释怨毒之结，可以已愁愦之疾，可以浑庸鄙之好。……人有此声，家有此道，疫疠不作，天

① 席勒：《审美教育书简》，冯至、范大灿译，北京大学出版社 1985 年版，第 14 页。

② 唐小兵编：《再解读——大众文艺与意识形态》，牛津大学出版社 1993 年版，第 22 页。

下和平。岂非以人情之大窦，为名教之至乐哉!”① 戏剧的政治功能是显而易见的，然而，戏剧中的政治是一种“审美的政治”。中国古代戏曲是“乐”(艺术）的一个组成部分，是一种“情感的经验形式”。政治的道德化不能不讲“情”。如何将人们各种各样的“情”纳入到道德规范中来，而不是任其泛滥，《毛诗序》就提出了“发乎情，止乎礼义”的观点，由此达到《乐记》的所谓“乐者，通伦理者也”。戏剧—戏曲成为延安时期与“文革”时期最重要的艺术类型显然与其具有的这种独特的“形式的意识形态”的功能有关。

“抗战”期间，存在着中国近代史上一次大规模的城市向乡村的文化转移，大批城市知识青年随着八路军和新四军来到了乡村，为面向农民的大规模民族主义宣传提供了条件。他们创作了许多小说、诗歌和话剧，排演了俄罗斯和苏联的大型话剧，举办大型的文艺会演，虽然演出时观众也是人山人海，但毕竟老百姓只是看热闹，并没有真的看懂。1942 年的延安文艺座谈会改变了这一切。《讲话》从理论上解决了普及和提高的关系问题，认为必须先有普及再有提高，明确要求文化革命的方式必须首先是农民能够接受的方式，主张利用农村各种农民喜闻乐见的形式寓教于乐。《讲话》之后，传统的民间文艺形式如民歌、地方戏、民间音乐和民间舞蹈等等才逐渐引起了知识分子作家的重视。一部分知识分子开始走进农民的生活，很快就摆脱了阳春白雪式的说教方式，开始与民间艺人结合起来，开出了一片戏曲生活的新天地。陕北地区的秦腔、信天游、郿鄠戏、道情、秧歌、花鼓等，都成为了文化革命的形式。

一位从国统区初到鲁艺的剧作家曾这样谈到自己对鲁艺的观感：

> 到延安鲁艺时，鲁艺的人大部分都下乡演出去了。回来时，在鲁艺大门外的空地上搭了一个土台子，竖起几根木杆，挂起一块天幕和两块大幕就演起戏来。观众就坐在地上或站在小土坡上看。一连演了三天，节目有《兄妹开荒》、《二流子变英雄》、《周子山》等，演出有乐队伴奏，演员又扭秧歌，又唱，又说，说的是陕北方言，都是陕北的农民、干部和民兵的打扮。戏里面演的都是从未见过听过的……我看到的是一种崭新的戏剧……②

---

① 汤显祖:《宜黄县戏神清源师庙记》。

② 舒强:《培养革命文艺工作者的学校》，载《延安鲁艺回忆录》，光明日报出版社 1992 年版，第 158 页。

1943 年，在周扬的直接领导和张庚、吕骥的统筹下，鲁艺全院的师生几乎都参加到秧歌的创作和排练中。黄钢在一篇文章中曾描写鲁艺秧歌队（起初名为鲁艺宣传队）的巨大的政治作用：

> 从剧场到广场，这种演出场地的改变，表明了延安戏剧活动所发生的重大变化。川口区的一个妇女看了鲁艺宣传队的演出以后，说："以前鲁艺的戏看不懂，这回看懂了。"很多节目中的曲调，农民都熟悉。在东乡罗家坪演出时，当表演《拥军花鼓》的王大化、李波唱到"猪呀，羊呀，送到哪里去"时，老乡们马上就接唱道："送给那英勇的八路军。"①

戏剧在整个延安时期的重要性其实并不亚于"文革"时期。在整个延安时期，戏剧的狂欢、仪式与叙事的功能得到了酣畅淋漓的表现。在如此艰难的生活和斗争环境里的戏剧的繁荣昭示着戏剧不可替代的意识形态功能。这种被组织起来的戏剧活动分为不同的层次，不仅边区政府和军队一般都拥有水准相当高的剧团，连各军分区和各县都有自己的剧团和剧社。这些剧团分散成小的演出队下到基层演出，他们还帮助培训村剧团。在整个延安时期，由青抗先和文救会组织、各地乡土戏曲爱好者参加的村剧团一直非常活跃，仅晋察冀边区，就有村剧团上千个，它们的活动遍及边区的每一个角落，甚至渗透到了敌占区。因为这一时期延安政治的主要目标是建立民族国家认同，因此在这些演剧活动中，民族主义的鼓动占了最显著的位置。除了某些老戏之外，大量以现实斗争的真人实事入戏，通过各种文艺形式的演出和宣传，形象的塑造和升华，使得本来似乎是很普通的事情迅速地英雄化，使农民意识到原来自己的行为也可以入戏，可以像古代英雄豪杰那样被人传唱，从而产生一种前所未有的自豪感，农民因此感觉到自己的抗日行为的意义所在，意识到原来开荒种地、交公粮等会对整个民族和国家有如此重要的意义。与此同时，在弘扬民族主义的时候，自然会伴随对民族背叛和贪生怕死行为的抨击和鞭笞，在新老民族主义戏曲交互上演的时候，现实的汉奸与秦桧、潘仁美心息相通，成为超历史的反面人物。通过这一方式，落后、分散的根据地农村就注入了类现代的民族国家意识，逐渐建立起对共产党政权的"阶级"认同，为未来更加激烈的现代性革命打下了比政治基础更为重要的文化基础。

---

① 黄钢：《皆大欢喜——记鲁艺宣传队》，《解放日报》1943 年 2 月 21 日。

值得指出的是，延安文艺的“普及”毕竟是在“提高”指导下的“普及”。大众化的目标是“化大众”。民间戏曲毕竟是下层社会的产物，识字不多的艺人与识字不多的农民把浓厚的乡土观念带进了戏曲故事之中，就是那些表现忠臣义士的剧目，也缺少绝对主义的意旨。因此，从“借用”民间文艺形式到“改造”民间文艺形式到“再造”民间形式，歌剧《白毛女》可以说是既是延安大众化文艺运动的高峰，又是这一运动的必然终结。

就主题而言，歌剧《白毛女》的改编和演出时值抗战尾声，民心所向将决定“中国向何处去”这个大问题。《白毛女》将中国划为阴阳两重天，而且据说有生活原型，让人真假难辨，因而被视为宣传战中的一颗重磅炸弹。《白毛女》成了解放区影响最大、最受欢迎的剧目。解放区报纸不断报道当时演出的盛况：“每至精彩处，掌声雷动，经久不息，每至悲哀处，台下总是一片唏嘘声，有人甚至从第一幕至第六幕，眼泪始终未干……散戏后，人们无不交相称赞。”① 人们称赞台上台下感情交融的情景为“翻身人看翻身戏”，并且充分肯定它在实际斗争中的作用：《白毛女》“向我们提出了一个当前中国亟需解决的土地问题：杨白劳的死和喜儿的遭难，都是由于农民没有土地和民主政权的结果。所以今天我们出版或演出《白毛女》，那是十分合乎时宜的”②。一些村庄在看了《白毛女》演出后，很快发动起来展开了反霸斗争。有的部队看了演出后，战士们纷纷要求为杨白劳、喜儿报仇，掀起了杀敌立功的热潮。一些小资产阶级知识分子也撰文叙述看了《白毛女》后，对自己阶级感情变化所起的重要影响。《白毛女》在土改运动和解放战争中，充分发挥了艺术作品的感染力量。一个剧能够在千千万万群众中起到这样大的教育作用，这在现代文学史上是空前的。

在中共中央高层对歌剧《白毛女》提出的三条意见中，有一条非常重要，那就是“黄世仁应当枪毙”。中央还对这一要求特别作出了解释：“农民是中国的最大多数，所谓农民问题，就是农民反对地主剥削阶级的问题。这个戏反映了这种矛盾。在抗日战争胜利后，这种阶级斗争必然尖锐化起来，这个戏既然反映了这种现实，一定会很快地流行起来的。不过黄世仁如此作恶多端，还不枪毙他，是不恰当的，广大群众一定不答应的。”③ 这一指示预示了中央政

① 《晋察冀日报》1946 年 1 月 3 日。

② 刘备耕：《〈白毛女〉剧作和演出》，《人民日报》（晋冀鲁豫）1946 年 9 月 22 日。

③ 张庚：《回忆〈讲话〉前后“鲁艺”的戏剧活动》，《文艺启示录》，中国戏剧出版社 1992 年版，第 152～153 页。

治一文艺政策的转变。这种转变不仅意味着抗战中的“减租减息”和“团结地主共同抗日”的政策将被“土地革命”和“打倒地主阶级”所取代，预示着一场更大的革命——现代性风暴的到来，而且也预示着新文艺将摆脱延安文艺对传统意识形态的借用，由表现民族国家认同向表现更为抽象的“阶级认同”转化。正是在这个意义上，歌剧《白毛女》既是“延安文学”的最高峰，同时也是“延安文艺”的终结。

江青曾将“样板戏”的成功归因于所谓的“三结合”原则：“抓创作的关键是领导、专业人员、群众三者结合起来。”具体的程序是“先由领导出个题目”，然后是“剧作者三下生活”，“剧本写好之后”再“参加剧本的讨论”，“广泛征求意见，再改”，“不断征求意见，不断修改”①。江青的这一经验显然“偷师”自延安文艺。以歌剧《白毛女》的创作为例，从鲁艺的领导、理论家周扬从“白毛女”的民间传说中，敏感地发现和确定了歌剧《白毛女》的思想主题，随后是作家、艺术家遵循这一明确的意向，设计情节，编写故事，塑造人物，安排结构，创作音乐，在编排过程中，从领导到炊事员，从编剧、演员到鲁艺驻地桥儿沟的老乡，都十分关心这个戏，大家为它贡献了许多宝贵的意见。正式演出之后，鲁艺又按照中央领导的指示，对若干重要情节进行了修改，在以后的演出过程中，又在不断听取群众意见的基础上，反复进行修改、加工和润色，可以说，《白毛女》开创了文艺创作和艺术生产的组织化、计划化的先河。“样板戏”的生产过程，无疑是这种“三结合”形式的展开。

就艺术形式而言，歌剧《白毛女》开启了对传统戏曲进行现代性改造的方式。《白毛女》并不是真正意义上的西方“歌剧”，而是熔戏剧、音乐、舞蹈于一炉的综合艺术形式。歌剧《白毛女》音乐的创作者马可、瞿维这样解释他们对这一艺术形式的理解：

> 所谓中国的旧歌剧，包括的范围很广，种类很多，作为封建社会歌剧艺术最高的形式的，有已经衰败了的昆曲，和曾蒙宠召入宫廷而现仍流行于城市中的京戏，以及北方各种梆子戏等，它们在戏剧音乐的形式方面已发展得较为完整，艺术水准也较高，但是这种形式与其所表现的封建内容是如此地密切结合而不可分，以致于如果让它脱离了原来的旧内容而用以

---

① 江青：《谈京剧革命》，《红旗》杂志1967年第6期。

反映新的现实生活，就会发生不可调和的矛盾……①

鲁艺的音乐工作者对传统艺术形式的认识体现在歌剧《白毛女》的改编之中。这使得无论是从主题还是从形式上，歌剧《白毛女》已经根本不是传统意义上的戏曲。歌剧《白毛女》运用了民歌、小调和地方戏曲的曲调，但它既不是民间小戏的扩大，也不是传统的板腔戏或宫调戏，而是借鉴了西洋歌剧和话剧注重表现人物性格的处理方法，利用富有民族风味的音乐曲调来表现剧中人的性格特征。譬如在歌剧的表演上，《白毛女》借鉴了古典戏曲的歌唱、吟诵、道白三者结合的传统，尤其是吸收了陕北传统秧歌剧的一些特点。秧歌这种在农村环境下产生的民间艺术形式，具有单纯、朴素的特点，以舞蹈歌唱为主，在原始的秧歌里，甚至没有故事内容，更缺乏戏剧要素，只是农民在农忙之余一种感情的发泄，常常表现男女调情，因此又被称为“骚情秧歌”。鲁艺的作家大都是熟悉西方话剧形式的现代艺术工作者，他们逐渐在秧歌形式上加入简单的故事和情节，使秧歌向“秧歌剧”——在某种意义上是话剧化的“歌剧”发展。从小型秧歌剧《刘二起家》、《兄妹开荒》、《牛永贵受伤》到大型秧歌剧《周子山》，他们在为歌剧《白毛女》的创作积累经验。《白毛女》大胆吸收了话剧的表现方法，展现了广阔和丰富的现实生活内容，人物对话采用话剧的表现方法，同时注意学习戏曲中的道白。在道白与歌唱的关系上，则运用歌唱来叙述事件，回忆历史，介绍人物，衬托气氛，并在感情需要爆发时，用来揭示人物的内心世界。这些杂糅在一起的艺术手段，创造了一种非常奇特的艺术效果。当时人们对《白毛女》艺术上达到的成就，曾给予高度评价：“《白毛女》的演出对中国歌剧发展是一个最大贡献，有最大功劳——这是它的最高价值。从这次演出上，我们知道了怎样地向中国故有的歌剧形式学习和吸取，怎样把旧的和新的东西结合起来。”② 从早期对民间艺术亦步亦趋到《白毛女》对借用的传统大胆改造，说明革命文艺在经历了以普及为目标的延安时期以后，正在开始回归“提高”这一现代性的启蒙目标。革命文艺的创造者已经不再像从前那样尊重已经存在的艺术传统，这种“古为今用，洋为中用”的创造热情，将不仅仅体现在未来的艺术实践中，同时

① 马可、瞿维：《〈白毛女〉音乐的创作经验——兼论创造中国新歌剧的道路》，《白毛女》，人民文学出版社 1952 年版，第 267 页。

② 联星：《〈白毛女〉观后记》，《晋察冀日报》1946 年 1 月 10 日。

也将体现在政治实践中。其合二为一的标志，当然是文革文艺的经典——“样板戏”。

如何处理“传统形式”与现代革命之间的关系，一直是革命文艺最重要的课题，当然，它也是现代性带来的问题。“文革”后为数不多的“样板戏”研究之所以成绩寥寥，一个重要的原因是这些研究大都局限于“文革文艺”，而不是将其放置在20世纪中国现代性生长的历史中进行清理，因此许多问题显得含混不清。事实上，“样板戏”这一“艺术政治学”绝对是现代性的成果，如何利用和创造“传统”的问题，从五四那一代人开始就是挥之不去的时代命题。在发轫于五四、延续至20世纪30年代的俗文学运动对“民间”的发掘与发现的过程中，知识分子认识到历史悠久的传统艺术形式在落后的农村生活中对于农民思想的潜在而巨大的影响，主张将这些“陈旧”的艺术形式加以改良，加入新的内容，使之成为社会教育的重要手段，通过文艺介入乡村的文化秩序并施以教育和影响。这种设想体现出知识分子对作为“他者”的“民间”、对于自身的启蒙和改造社会的角色的现代性想象，显然不能被理解为“农民文化”对“知识分子文化”的否定，更不能理解为“传统”对五四的否定。抗战时期，围绕着“旧形式的利用”、“民族形式”等问题，文化思想界展开过多次讨论，包括毛泽东、陈伯达、周扬、茅盾、胡风等人的各种论述反映出对新文化路向的认识，其中也自然涉及到延安文艺的文艺资源问题。其中茅盾的观点很有代表性：

> “旧瓶装新酒”并不是“利用”旧形式的全部意义，如果是全部的意义，那我们应当说“应用”旧形式而不是“利用”。“利用”可以有两个意义，应用了旧的形式，把整套的间架都搬了过来，例如应用京戏这形式，就连台步脸谱统统都拿过来，“瓶”完全是旧的，连“瓶”上的旧招牌也完全不去动它，这是仅仅借用了躯壳的办法，可以说是初步的手续，但显然未尽利用的能事。所以进一步的“翻旧出新”必不可少。翻旧出新便是去掉旧的不合现代生活的部分（这是形式之形式），只存留其表现方法之精髓而补充了新的进去。仍以京戏为例，则可以保存它的歌剧的特色以及象征手法的特长如以幔代替城，马鞭代马等，而非现代的服装、台

步、脸谱等，可以去掉。①

茅盾显然视“推陈出新”为“利用旧形式”的最高目标。这一点，既是“延安文艺”的目标，也是“文革文艺”的目标，甚至也可以视为“五四文艺”的一个基本环节。唐小兵称延安文艺具有一种“历史必然性”，理由恐怕正在这里。因为延安文艺的“大众化”目标正是五四文艺的基本主题：

> 在现代中国，“大众文艺”的实践及其最壮阔的展现自然是我们现在需要认真考察的“延安文艺”，因为在“延安文艺”里，五四新文学运动中一直孕育的，在三十年代明确表达出来的“大众意识”才真正获得了实现的条件以及体制上的保障，“大众文艺”才由此完成其本身逻辑的演变，并且同时被秩序化、政策化。②

如果我们认同“延安文艺”与貌似对立的“五四文艺”之间的内在联系，那么，我们或许能够在另一种意义上理解“延安文艺”与“文革文艺”之间的关系，进而促进我们在“文化革命”的意义上重新解读20世纪中国的“政治革命”，并因此加深对永无止境、永无回返的现代性历程的了解：

> 正如公开的革命已不是定时的事件，而是使革命前作用于整个社会生活过程的无数日常斗争和阶级分化的形式浮于表面——这些斗争和形式潜伏和隐含地存在于“前革命”的社会经验之中，只能在这种“真理时刻”作为后者的深层结构显现出来——同样，文化革命的公开“过渡”时刻本身也不过是人类社会中某一持久过程的过渡，或各种共存生产方式之间持久斗争的过渡。因此，一个新的制度的主导因素上升的胜利时刻，只不过是它为了使自己的主导地位永远保持并再生而不断斗争的历时表现，这种斗争必须在它生存期间一直坚持下去，并在所有时刻都伴随着那些拒绝同化、寻求支持的旧的或新的生产方式的系统或结构的对抗。在这最后视域内如此理解的文化和社会分析的任务，显然是对其素材的重写，从而使

---

① 茅盾：《利用旧形式的两个意义》，《茅盾全集》（第二卷），人民文学出版社1991年版，第413页。

② 唐小兵编：《再解读——大众文艺与意识形态》，牛津大学出版社1993年版，第14页。

这种永恒的文化革命可以得到理解并被解读为更深层的、更持久的构成性结构，而在这种构成性结构里经验的文本客体也可以获得理解。①

（原载《50—70年代中国经典再解读》，山东教育出版社2003年出版）

① 弗雷德里克·詹姆逊：《政治无意识》，王逢振、陈永国译，中国社会科学出版社1999年版，第7页。

《白毛女》与贺敬之

何火任

一

《白毛女》剧本的诞生，标志着贺敬之在延安时期的文学创作攀登上了一座新的高峰。然而，这部被公认为中国现代歌剧史上具有划时代意义的里程碑式的经典作品，既有着集体创作的性质，又有着剧作家个体创作的性质，既是集体智慧的结晶，又是剧作家心血浇灌的花朵。因此，如何以翔实的史料为根据，认真考察《白毛女》的成因及其创作过程，从而实事求是地认识和把握两者之间的辩证关系，就成为《白毛女》研究的重要前提。

对于《白毛女》是集体智慧的结晶这一客观事实，贺敬之曾作过相当全面的表述：

> 《白毛女》的整个创作，是个集体创作。这不仅是就一般意义——舞台的艺术本就是剧作、导演、演员、装置、音乐等各方面构成的——上来说的，《白毛女》是比这更有新的意义更广泛的群众性的集体创作。仅就剧本来说，它所作为依据的原来的民间传奇故事，已经是多少人的“大”集体创作了。而形成剧本时，它又经过多少人的研究、批评和补充，间接或直接地帮助与参加了剧作者的工作。《白毛女》是一个大的歌剧，是一个新的艰苦的创作，剧本是其中重要的一部分，它联系着各部门的创作，若不是集体力量的相互合作，《白毛女》的产生是不可能的。
>
> 最重要的一点，《白毛女》除接受了专家、艺术工作者、干部的帮助之外，它同时是在广大群众的批评与帮助之下形成的。……这说明新的艺术为群众服务，反映群众，通过群众，群众是主角，是鉴赏家，是批评

家，有时是直接的创造者。①

这里，贺敬之所说的“更有新的意义更广泛的群众性的集体创作”，包含着多层意思，需要以史实来加以阐述和论证。

首先，《白毛女》剧本所依据的民间传奇故事已经是更大的集体进行口头创作的结果。从1940年在河北西北部山区开始流传的“白毛仙姑”的故事，据说是“有真人真事为依据的”②。真人真事到底怎样，无从查考，只能从一些零星资料中窥视其一斑。周而复对这个故事“所根据的事实”曾作过如下补充：

《白毛女》这故事是发生在河北省阜平县黄家沟，当时黄世仁的父亲黄大德还活着，父子对喜儿都有心思，双方争风吃醋，生了仇恨。父子两个都争着使唤喜儿，使喜儿接近自己。一次为了争着使唤喜儿，父亲用烟杆打儿子，儿子正在用菜刀切梨，顺手用刀一挡，不偏不倚，一刀砍在父亲的颈子上，断了气。母子私下商量，要嫁祸于喜儿，说喜儿谋害黄大德。③

显然，故事中的这一情节，是着意揭露地主草菅人命的罪行，鞭挞其丑恶与歹毒。而任萍却记下了他于1942年在冀中军区后勤文工队工作时从冀西山区听到的他称之为“白毛女”的“原始故事”：

说的是一个地主，前两房妻妾都不生养儿子，他又娶了第三房。一年后，这第三房生的还是女孩。地主大怒，就将母女赶出了家门。从此，这女子带着女儿，住山洞、吃野果，长时间不食人间烟火，满头长发都变白了。开始躲在深山不敢出来，后来为了活命和养活女儿，逢年过节就到庙里偷供品。有一次被上香的人撞见，奉为“白毛仙姑”，香火盛极一时。八路军来后，才把她从山洞里解救出来。④

① 贺敬之：《〈白毛女〉的创作与演出》，歌剧本《白毛女》，晋察冀新华书店1947年版，第8～9页。

② 翟维：《实践〈讲话〉的成果　人民智慧的结晶》，《文艺理论与批评》1995年第4期。

③ 周而复：《谈〈白毛女〉的剧本及演出》，《新的起点》，群众出版社1949年版。

④ 任萍：1995年6月提供给笔者的书面材料《“白毛女”的传说》。

歌剧《白毛女》导演之一的王滨（原名王彬）也曾谈到类似的“原始故事”，稍有不同的是，那个地主是借口老婆不能生儿育女而奸污了年轻的丫头，许诺若生了男孩就纳丫头为妾，可是降生的恰恰是个女孩，便将她赶出门去，她只好钻进山里靠吃山枣活着，并把孩子养大，因为不吃盐长了一身白毛，后来八路军从那里经过时把她救出，她的头发也渐渐变黑，结了婚，还当上了某地的福利部部长①。不难看出，任萍和王滨所介绍的故事，主要抨击的是地主自私卑鄙的行径和重男轻女的腐朽封建观念，进而歌颂了八路军对受害妇女的解救。

以上所引三例，虽然未必就是“白毛仙姑”原始故事的原貌，但确能看出故事流传过程中群众口头创作的一些初始情况。这个故事经过难计其数的人的口，不断地修正、充实、润色和加工，日趋完善，愈来愈新颖动人，深受群众和干部的喜爱。晋察冀边区的文艺工作者曾将它写成小说、话本、报告文学等作品，或口头传播，或载于报刊。当它流传到陕甘宁边区的延安时，已经成为一个描述地主害死佃农，抢其爱女，百般凌辱，始乱终弃，逼进深山，变为白毛，神庙取供，被群众误认为“白毛仙姑”显灵，直到八路军来后将她救出山洞，她才重获新生的相当完整的故事，使其既富有现实的积极意义，又富有战斗的浪漫主义色彩。贺敬之在《〈白毛女〉的创作与演出》一文的开头，生动地记述了这个曲折感人的民间“新传奇”，并特别指出这个优秀的新型的民间故事产生的基本条件是“由于受了几千年痛苦的中国农民，在共产党领导下得到了解放，生活起了基本变化，心里照进了光明，启发了他们的想象与智慧的缘故”②。

那么，“白毛仙姑”的故事又是怎样传到延安，进而经过许多专家、艺术工作者、干部和广大群众共同奋斗的艰难曲折的过程而终于以它为基础创作出新歌剧《白毛女》剧本的呢？

1944年5月，周巍峙领导的西北战地服务团从晋察冀边区返回延安，将“白毛仙姑”的故事传播到鲁艺。同年秋，仍然在晋察冀边区工作的林漫（亦写为“林曼”，即李满天）也曾将他创作的题为《白毛女人》的小说稿托交通员带给鲁艺领导人周扬③。这个动人的故事立即引起鲁艺师生和延安干部群众

---

① 《简介“白毛女”的创作情况》，《电影文学》1959年第1期。

② 歌剧本《白毛女》，晋察冀新华书店1947年版，第1~4页。

③ 李满天：《我是怎样写出小说〈白毛女人〉的》，上海《歌剧艺术研究》1995年第3期。

的广泛关注，更受到周扬的高度重视，认为这是一个蕴藏着丰富深刻的时代生活内容的戏剧题材。为了迎接中共第七次代表大会在延安召开，周扬极力主张在新秧歌剧创作的基础上提高一步，根据这个题材编写成一部大型的民族新歌剧，作为向“七大”的献礼。他将这一艰巨而紧迫的创作任务交给戏音系领导张庚组织力量完成，并亲自在鲁艺主持了一个会进行动员。张庚让贺敬之阅读了林漫手写的情节简单的“白毛女”的故事，又召集邵子南、贺敬之、王彬（后来改名王滨）、王大化、马可、张鲁等编导人员开会，组成创作组，对剧本的主题和初步的情节进行了讨论。会上商定的不久前从晋察冀来延安的“西战团”成员邵子南执笔，因为他熟悉晋察冀边区的生活和“白毛仙姑”的故事。邵子南写出前几场初稿交张庚和创作组成员看后，大家都不满意，觉得戏剧情节扣得不紧，人物性格不鲜明，又没有真正的戏剧动作，实际上不是歌剧而是一篇朗颂诗剧，无法排练，希望邵子南改写，但他不乐意，于是就让贺敬之帮助修改。贺敬之只是将头一场稍作改动。这一场就写狗腿子发现喜儿如何漂亮，报告给黄世仁，黄世仁一去就看上了，想把她弄到手。改完后交张鲁等谱曲，由王大化执导，陈强饰黄世仁，林白饰喜儿，在鲁艺的一间窑洞里以秦腔形式试排，请周扬审看。周扬看后持完全否定的态度，他强调洋教条不能要，老教条也不能要，要继承优秀传统，也要根据新的生活内容加以创造，《白毛女》这个剧不要再搞成旧的戏曲的形式，而应当写出一部民族的新歌剧。周扬的意见不只是否定试排的这一场，而实际上否定了邵子南写的剧本。大家就此展开了热烈的讨论，认为“此稿不适合舞台演出，故事情节的安排及人物关系都有许多可以商讨的地方，需要重新结构，另起炉灶”，而“这些要求与邵子南同志的设想未能符合，因此，他收回了自己的稿本，退出了创作组”①。

1945年初，张庚召集有关编导人员开会，进一步讨论了剧本结构的大体框架，并决定由贺敬之执笔重写。贺敬之写完第一幕需要试排时，就确定成立剧组，其中有编剧贺敬之、丁毅，作曲马可、张鲁、瞿维，导演王滨、王大化、张水华（后来调走了）、舒强（后来参加的），演员陈强、林白、王昆、张守维、李波、韩冰、王家乙、赵起扬、张成中、邸力等，阵容强大，实力雄厚。剧组建立了党支部，田方任书记，丁毅任组织委员，贺敬之任宣传委员。

---

① 张拓、瞿维、张鲁：《歌剧〈白毛女〉是怎样诞生的——关于〈白毛女〉的通信》，上海《歌剧艺术研究》1995年第3期。

在张庚的领导下，剧组采取“流水作业”的方式进行工作，即贺敬之写完一场后作曲者就谱曲，由张庚、王滨审定，交丁毅刻写蜡纸印出，再由导演和演员试排，每幕完后总排，请鲁艺师生、干部群众和桥儿沟老乡观看并评论，边写作边排演边修改。这确实是一种独特的集体创作的新方式。

从邵子南写出几场初稿被否定到贺敬之执笔重写的整个创作过程中，大家始终同心协力，集思广益，攻克着一个又一个难关，不断地提高着剧本的思想艺术品位。

如何认识和开掘“白毛仙姑”故事所包含的时代历史内容与美学价值，从中提炼出《白毛女》剧本所应当具有的深刻的主题思想，这是剧作者们面临的一个决定着作品灵魂与命脉的首要问题。看法的分歧和集体的探讨也首先从这里开始。有人认为这是一个没什么意义的“神怪”故事，也有人提出可以作为一个“破除迷信”的题材来创作。经过反复认真讨论，大家否定了这些看法。周扬和贺敬之等都强调，这个剧本应当表现两个不同社会的对照，表现人民的翻身，揭示出旧社会把人逼成鬼、新社会把鬼变成人的鲜明时代主题[①]，这就大大超越了“白毛仙姑”故事原来所具有的种种意蕴，使《白毛女》剧本升华到一个全新的境界。

如何更生动更感人地表现主题，是该剧创作必须解决的又一个重要课题。这不仅关系着整个剧本的独创性的艺术构思和需要探索出一种与新的内容相适应的新的艺术形式，同时牵连着戏剧冲突、剧情冲突、剧情结构、人物性格及细节安排等各方面的艺术表现方式、方法与技巧。这些方面，剧组成员都细心琢磨，群策群力，并不断地听取领导和群众的意见。比如，从第二幕开始喜儿进黄家以后的戏，就主要是依据导演王滨提供的生活积累和出主意进行创作的。这幕戏的开头，原来有一场写喜儿被黄家拉走后，大春约大锁一伙去餐馆喝牛肉汤，被店主用话激怒，要去黄家报仇，有如《水浒传》中石秀杀裴如海。周扬否定了这场戏，说：“我们不要搞成《水浒传》嘛，剑拔弩张的干什么！”[②] 戏中还写到喜儿受黄母虐待非常想家，思念父亲和大春，做了一场梦，

---

① 据黎辛主编的《延安文艺作品精编·戏剧曲艺卷》（浙江文艺出版社 1992 年 4 月版）所收歌剧《白毛女》的题注中讲：“毛泽东同志知道这个故事后，曾建议以‘旧社会把人逼成鬼，新社会把鬼变成人’为主题思想，创作剧本。1944 年，鲁艺工作团，根据这个主题，经过集体讨论，由贺敬之、丁毅执笔，写出了《白毛女》……”（见该书第 53 页）。笔者采访张庚、贺敬之、丁毅等当事人时，分别询问此事，他们都表示不知道，认为此说不可信。

② 贺敬之 1994 年 3 月 18 日同笔者谈话记录。

于是梦境中出现一段舞蹈动作，试图表现出一点浪漫主义的色彩，彩排时被群众否定了。第三幕中曾写喜儿被黄世仁侮辱怀孕后，一度误认为黄世仁要同自己成亲，便内心高兴，披上红棉袄在台上载歌载舞，不少人特别是知识分子很喜欢这场戏，认为技巧高，工农群众对此却意见很大，周扬看后也指出：“你们为贪恋这场戏的戏剧性，却把它所建立起来的形象扼杀了。”[①] 这些地方以后都进行了改写。再比如，第六幕写新社会的戏，主要是依据“西战团”成员提供的流传“白毛仙姑”故事的晋察冀根据地的生活进行创作的，其中贾克、洛丁并帮助修改过剧本中的几段词[②]，剧组还曾请当年河北省某县的农会主席来指导他们排戏。第六幕末一场是写喜儿和大春婚后的幸福生活，最后加一个喜儿送大春参军的简短的“尾声”，周扬指出“这样写法把这个斗争性很强的故事庸俗化了”[③]，后来也作了修改。

《白毛女》全剧写完后在鲁艺向全院师生员工作了一次总彩排，引起了不少强烈的批评意见，还在院里贴出了墙报，轰动一时。邵子南为此在墙报上发表声明，表示“歌剧《白毛女》的创作与他无关”[④]。贺敬之找张庚询问这么多人包括一些名人都反对《白毛女》怎么办？还能不能给“七大”演出？张庚向周扬作了汇报。周扬到戏音系对剧组讲：“可以改嘛，要有艺术家的勇气，要给‘七大’演出！”[⑤] 很快周扬又在鲁艺图书馆召集征求意见的座谈会，何其芳、张庚、吕骥等都出席了会议。何其芳认为主要是大春这个人物前面的戏太少，前后要统一。不少人提出剧本的“尾声”煞不住，对黄世仁不能这样放过，应该增加一场“斗争会”。张庚、吕骥、贺敬之等也都同意去掉“尾声”，增写一场“斗争会”。由于赶写《白毛女》剧本太紧张太累，精神压力又过大，贺敬之生病住院了，同时也考虑到他缺乏敌后根据地群众斗争地主的生活体验，还有这里需要借鉴西洋歌剧采用较为复杂的音乐形式他也不太熟悉，就决定由丁毅执笔写最后“斗争会”这一场。[⑥]

剧本修改后又在鲁艺作了一次预演，总的反映是好的，但仍有一些不满意

---

① 《简介〈白毛女〉的创作情况》，《电影文学》1959 年第 1 期。

② 1946 年贺敬之在张家口修改《白毛女》剧本时又将这几段词改回去了。

③ 张庚：《回忆〈讲话〉前后“鲁艺”的戏剧活动》，《戏剧报》1962 年第 5 期。

④ 张拓、瞿维、张鲁：《歌剧〈白毛女〉是怎样诞生的——关于〈白毛女〉的通信》，上海《歌剧艺术研究》1995 年第 3 期。

⑤ 贺敬之 1994 年 3 月 23 日同笔者谈话记录。

⑥ 贺敬之 1946 年 3 月 31 日撰写的《〈白毛女〉的创作与演出》一文中所讲的“最后一幕是由丁毅同志写的”，“一幕”为笔误，实为“一场”。

之处，特别是对“斗争会”这场戏意见尤为强烈。张庚回忆说：“演完的第二天，创作者们到处去收集意见。有一个厨房的大师傅一面在切菜，一面使劲地剁着砧板说：戏是好，可是那么混蛋的黄世仁不枪毙，太不公平！”不久在党校礼堂给中央领导和“七大”代表作了正式演出，第二天中央办公厅派人来传达中央书记处的意见，其中谈到“黄世仁如此作恶多端，还不枪毙他，是不恰当的，广大群众一定不答应的”①。当时在党校学习的一些从前方回来的边区领导干部看完演出后也认为，黄世仁已经不是抗日民族统一战线的对象，而是个血债累累的罪犯，是人民的仇敌，是应当枪毙的，但必须经过人民法庭公审，合乎法律手续。② 剧作者就是依据这些意见和建议改写出枪毙黄世仁的结尾。在集体讨论剧本的过程中，也有的演员提出剧本中还应表现出对地主婆黄母的惩罚，可以让黄母到奶奶庙去烧香时巧遇喜儿，由喜儿狠狠揍她一顿，或者在斗争会上把黄母抬出来一起斗，而饰演黄母的李波认为从全剧来看这是多余的，建议安排黄母在幕后死去，办法是在斗争会上让黄世仁为他母亲戴孝，这也符合河北一带的风俗，此意见后来也被采纳了。③

以上史实充分表明，《白毛女》剧本的创作过程，正是集体的智慧不断地融会和凝聚的过程，终于在中国现代歌剧舞台上孕育出一颗璀璨的明珠，一朵芳香四溢的奇葩。对此，贺敬之给予了充分的肯定，他曾强调：“假如说，《白毛女》有它的成功方面，那么这种‘成功’，即是在这样一个不断的、群众性的，集体创作的基础上产生。”④ 他和马可还曾在《白毛女·前言》⑤ 中以诚挚的怀念与感激的心情写道：

> 邵子南同志，他是这一剧本创作工作的先行者，他曾写出了最初的草稿，虽然，以后这个剧本由别人重写，但他的草稿给予后来的人以极大的启发和帮助。
>
> 周扬同志，始终关心并领导这一创作，他给予我们的帮助、指示和鼓

---

① 张庚《回忆〈讲话〉前后“鲁艺”的戏剧活动》，《戏剧报》1962 年第 5 期。

② 舒强《难忘的延安艺术生活》，见艾克恩编《延安文艺回忆录》，中国社会科学出版社 1992 年版，第 198 ~ 199 页。另据丁毅 1993 年 10 月 15 日同笔者谈话记录。

③ 李波《爱与恨的对比是〈白毛女〉的灵魂——我演地主婆“黄母”的经历》，《新文化史料》1995 年第 2 期。

④ 贺敬之《〈白毛女〉的创作与演出》，歌剧本《白毛女》第 9 页，晋察冀新华书店 1947 年版。

⑤ 歌剧本《白毛女》第 3 页，人民文学出版社 1952 年版。

舞对这一工作起着巨大的作用。

张庚、王滨同志，具体指导和帮助这一创作的完成，他们是不能使人忘怀的。

王大化、舒强、张水华同志，这一剧本的导演，在他们和作者的合作过程中，不断帮助修正和加强剧本与音乐的创作。

这就相当具体地展示出《白毛女》剧本是集体智慧的结晶这一客观事实的主要内容。

其实，集体创作并非是《白毛女》剧本所独有的创作方式，而是当时延安戏剧创作的一种时尚，充分体现了在特定历史背景下焕发于延安的一种时代精神。作为抗日民主革命根据地的大后方、党中央所在地的延安，面对着强大的民族敌人和阶级敌人的猖狂进攻与包围，肩负着挽救民族危亡、创建新中国的伟大历史使命。延安的广大干部和人民群众都深知，只有紧密地团结在党中央的周围，依靠民族的、阶级的、集体的革命力量，才能战胜强大的敌人，完成历史的使命。这是一个人民当家作主的新时代，一个充满革新、进取、奋斗和创造精神的新时代，也必然是一个张扬革命集体主义精神的新时代。在那样一个风雷激荡的革命时代，要想能高质量又快速度地创作出更多的优秀剧目，以推动日新月异的革命形势的发展，靠任何个人的力量都是很难做到的。因此，延安革命文艺工作者，从不考虑个人的任何得失，而是紧紧地依靠集体，将自己的聪明才智和心血全部地毫无保留地奉献给集体所从事的革命文艺事业。这既是当时客观革命形势的迫切需要，也是他们的内在要求和自觉行动。于是，无数的个人智慧就融会成集体的智慧了。从 1937 年延安第一部歌剧《农村曲》到 1939 年的又一部歌剧《军民进行曲》都是以这样的集体创作的方式创作出来的。特别是 1942 年延安文艺整风和毛泽东的《讲话》发表以后，集体创作更蔚然成风，从小型新秧歌剧《兄妹开荒》到大型新秧歌剧《惯匪周子山》，大都是这种集体创作的成果。1944 年 3 月 21 日周扬在《表现新的群众的时代》一文中曾高度评价了这种集体创作："这是一次完全的秧歌集体创作，尤其值得重视的是工农兵参加了创作，展现了勇气，创造了才能。艺术工作者、学生知识分子则尽到其骨干、指导的责任。新秧歌是解放了的、开始集体化的新农民艺术，是消灭了或至少削弱了封建剥削的新农村的产物。"①

---

① 转引自艾克恩编《延安文艺运动纪盛》，文化艺术出版社 1987 年版，第 498～499 页。

当然，像《白毛女》的创作，上自党中央下至农村老乡都密切关心，鲁艺的院系领导都始终参与指导，由鲁艺一批高素质的编剧、导演、演员组成剧组并且建立了党的支部这样一种组织形式和集体创作方式，确实又是相当独特的。这种独特的创作方式，无疑是由《白毛女》作为给党的历史上有着特殊意义的“七大”的献礼剧目所具有的重大政治意义和使命，是由该剧所表现的空前宏阔的时代生活内容和所揭示的深刻历史主题，是由必须试验和探索出一种同这内容与主题相适应、相统一的革命的民族的大型新歌剧的艺术表现形式决定和要求的。

尤为重要的是，文艺创作作为一种独特的精神生产活动，必然有其自身的内在规律。“文革”中江青等政治骗子曾极力鼓吹“领导出思想、群众出生活、作家出技巧”的所谓“三结合创作原则”，这显然是一种完全否定作家创造性劳动的形而上学的反科学的胡说。事实上，任何真正的文艺作品，都不可能由这种“拼盘”式的方式“拼凑”出来的。文学史上一切由集体智慧凝结成的佳作名著，包括延安时代风行的“集体创作”，其所以符合文艺创作的客观规律，关键就在于这种集体智慧最终都是要经过作家个体的创造性的精神劳动，才能孕育出鲜活的艺术生命。集体智慧只能作为作家创作的基础和营养，化为作家创作的血肉，成为作家以更快的速度创作出更高质量的作品的非常重要和必要的前提与条件，却无法代替作家个体的创作。集体智慧也并不是什么抽像物，它总是由许多个体的智慧融会而成。而这种个体的智慧都是可以认识和分析的，因为它毕竟形诸以书面语言为媒体的文学作品。《白毛女》剧本的创作实践，也充分证明了这一点。

二

如果对前述《白毛女》剧本的创作过程作更深入一层的思考与研讨，就会发现，贺敬之在将这种“集体智慧”化为闪光的“结晶”体的过程中，起着一种特殊的作用，有着他自己独特的贡献。

张庚在谈到《白毛女》的创作过程时曾说：“剧本是集体创作，先由邵子南写了一个诗剧脚本无法排，后主要由贺敬之执笔写，写到快完稿的时候，贺敬之病了，又由丁毅写最后一场。”① 这是符合实际的。据此，合乎事物本来面貌的概括应当是：《白毛女》剧本是贺敬之熔铸集体智慧主笔创作的。显

---

① 张庚：《我在延安的戏剧活动》，《延安文学》1988 年第 4 期。

然，贺敬之的“执笔写”并不是一种书记员式的“记录”，而是进行创造性精神劳动的“编剧”[1]。“记录”与“编剧”是不相同的，因为“编剧”就是创作。朱寨在回忆延安新秧歌运动中创作小型新秧歌剧本《反对买卖婚姻》时说：“剧本末尾括注‘朱寨记录’，可能直接选用了经我一字一句笔录下来的底本。剧作署名是‘桥儿沟乡集体创作’，确切地说，应该是桥儿沟乡宋老大等集体创作。”他还精彩地记述了“在编剧过程中真正起了编剧作用的”农民宋老大进行创造性精神劳动时的生动情景：

> 他确实有一种艺术的灵气，剧中人物的性格特点，戏剧的情节，主要是他想象设计的。那些形象生动的语言剧情，都是出自他的口，或者经过他反复修改琢磨出来的。他一旦浸沉在艺术想象中，常常置别人于不顾，旁若无人，男巫下神一样，模拟着剧中人物念白哼唱，如醉如痴。一个高大的汉子，用假嗓唱着细声坤腔，格外妩媚动人。[2]

朱寨是文艺创作的行家里手，他对宋老大作为“编剧”的功绩和艺术创造时的神态，认识极为深刻，观察非常细致，也描述得格外真切。一出小型的新秧歌剧的创作尚且如此，而作为一部开创性的大型民族新歌剧《白毛女》剧本的创作，其“编剧”的创造性精神劳动的艰巨性和复杂性更可想而知。贺敬之在快完稿时终于病倒，就足以说明这一点。巴尔扎克曾说：“构思一部作品是很容易的，但是把它写出来却很难。”[3]《白毛女》剧本是出自许多人的“口”而又主要出自贺敬之的“手”，这无疑给他的创作既创造了极为有利的条件，同时也带来了更大的难度。建立在“集体创作”基础上的“个体创作”，就包含着这样一种辩证关系。而这种辩证关系中又显示出这样一个道理：攻克的难度越大，获得的成就越高。

倘若以更宽阔的视野观察这一文艺创作现象，那么应该说，作家充分吸取民间和他人的智慧创作出名著乃至巨著，这是我国文学史上的一个优良传统。元代王实甫的杂剧《西厢记》的故事，就来源于唐代元稹的传奇小说《莺莺

---

① 据笔者查阅，1946 年至 1949 年版的《白毛女》剧本署名大都称贺敬之等为“编剧”、“编者”或“撰”，1950 年起均改为“执笔”。

② 朱寨：《桥儿沟的星辰》，《中国现代文化名人纪实》海南出版社 1997 年版，第 8 ~ 10 页。

③ 巴尔扎克：《〈古物陈列室〉、〈钢巴拉〉初版序言》，《古典文艺理论译丛》第 10 册，人民文学出版社 1965 年版，第 122 页。

传》，而其主题、人物形象及情节更与金代董解元的讲唱文学《西厢记诸宫调》大致相同；明代罗贯中的《三国演义》、施耐庵的《水浒传》和吴承恩的《西游记》这三部长篇小说，也都是在长期民间口头传说的故事和文人创作的有关话本、杂剧等多种文艺作品的基础上再创作而成的；唐明皇李隆基和贵妃杨玉环的爱情故事同样在民间久为流传，唐代白居易据此创作了叙事诗《长恨歌》，元代白朴也据此创作了杂剧《梧桐雨》，而清代洪升又在此基础上创作了戏曲传奇《长生殿》。其实，外国文坛这样的事例也颇多，比如俄国果戈理创作的长篇小说《死魂灵》的题材就是普希金提供给他的。虽然由于作家所具有的思想艺术水准和所站的时代高度的不同，因而所取得的创作成就各有千秋，但是他们的吸取经过自己消化后都必须有超越、突破和提高，道理却是相通的。这种消化、超越、突破和提高的过程就是作家再创造的过程，这过程最后所达到的高度决定了他的作品的思想艺术价值和美学品位。既继承又超越，既吸收又发展，这符合事物前进的辩证法则，也符合文艺创作的内在规律。由此观之，贺敬之熔铸集体智慧主笔创作《白毛女》剧本的独特贡献就不难辨析了。

善于吸取集体的智慧，化为艺术的生命，提高了剧本的美学品位，这是贺敬之的首要贡献。在《白毛女》的创作过程中，不断地得到来自各方面的关心与支持，这集中表现在大家毫无保留地对剧本提出各种意见，或者是尖锐的批评，或者是多角度的建议。对贺敬之来说，这些意见都是非常宝贵的，既成为他进行创作的强大的精神驱动力，也是他取之不尽的智慧的源泉。一般来说，作家从前人和他人的口头或书面文学作品中从容地充分地吸取题材、主题、人物描写等各方面的营养还是较为容易的，而在进行创作的过程中直接听取同时代人的各种意见特别是尖锐的强烈的批评意见，却并不容易做到。这无疑同作家的思想素养和精神品质密切相关。集体创作的过程越曲折、复杂和艰难，对执笔创作者的修养与品行的要求越高，越需要他有容纳百川的海量与气度，也需要他有超群的智慧与才华。应该说，贺敬之主笔创作和反复修改《白毛女》剧本的进程中，在听取各种意见、吸纳集体智慧方面是虚怀若谷、从善如流的。他为人谦虚谨慎，热情诚恳，勤奋朴实。这当然与他出身于贫苦农民家庭，历经磨难投身于革命队伍，因而对党和人民的革命事业怀着深挚的感情有关，而更为重要的是，经过延安文艺整风和对毛泽东《讲话》的学习，净化了他的心灵，升华了他的境界，使他视革命利益高于一切。当执笔创作《白毛女》剧本的重任落在年仅20岁的贺敬之肩上时，他深深感到，依靠领导和群众的力量，充分吸取集体的智慧，这对于弥补自己在生活、思想和艺术创作方面的不足，是多么的重要！这种清醒与自觉，使他具有一种宽阔的胸怀和开放的心态，因此，只要是有益于提高剧本的思想艺术质量和品位的意见，他都如获至宝，乐于接受与吸取。贺敬之回忆说："坐在观众中看戏，散戏后夹在观众群中听他们谈话，最无拘束，最真实宝贵的意见常常在这里听到。另外，有时我们也直接访问观众，包括干部、群众。"① 他曾整理出十多万字从各方面收集到的意见供自己写作和修改剧本参考，足见他的诚挚与认真。他对于延安、边区的领导干部和群众，鲁艺的广大师生员工以至桥儿沟老乡的意见都广为吸纳，对各方面专家和包括剧组成员在内的艺术工作者的建议与批评也极为重视。饰演黄世仁的陈强就深感贺敬之"有一个很好的条件是很好合作"②。丁毅也深情地谈道："我与贺敬之在《白毛女》合作过程中很愉快，从没发生争执，都很单纯，一心为工作。"③ 瞿维、张鲁回忆说："执笔者贺敬之同志非常尊重集体的意见，在首席导演王滨同志热忱帮助下，他周密地考虑各种意见，同时也提出自己的看法，集中了大家的智慧写成剧本。"④ 可见，贺敬之善于吸取集体的智慧，首先在于他"非常尊重集体的意见"，进而在于他"周密地考虑各种意见"。这种注入"自己的看法"的同时，又"周密地考虑"各种意见、"集中"大家的智慧的过程，就是融会贯通、消化吸收和再创造的过程，就是将集体的智慧通过自己的独立思考和创造性思维化为艺术的生命以提高作品的思想艺术质量和美学品位的过程，而这个过程只能由"编剧"个体的脑力劳动来完成，不可能由"集体"来完成。《白毛女》剧本就是主要由贺敬之执笔这样创作出来的。

充分调动自己的生活积累、感情积累和艺术才华，形成了剧本的独特风格，这也是贺敬之的一个重要贡献。《白毛女》剧本反映了中国农村新旧两个时代的广阔社会生活及其改天换地的历史性变化，厚重的生活感和历史感奠定了作品独特风格的坚实基础，也显示出作家生活和感情的深厚积淀。贺敬之曾

---

① 贺敬之：《〈白毛女〉的创作与演出》，歌剧本《白毛女》，晋察冀新华书店 1947 年版，第 6 页。

② 陈强：《我是演歌剧起家的》，《延安文艺回忆录》，中国社会科学出版社 1992 年版，第 252 页。

③ 丁毅 1993 年 10 月 15 日同笔者谈话记录。

④ 张拓、瞿维、张鲁：《歌剧〈白毛女〉是怎样诞生的——关于〈白毛女〉的通信》，上海《歌剧艺术研究》1995 年第 3 期。

谈到，在创作《白毛女》剧本时，他“尽量回忆个人过去农村生活的材料”①。作为农家子弟的他，在山东贫瘠的乡村度过自己苦难的童年，从13岁起，就冒着抗日战争的炮火硝烟，离开鲁南家乡那片黑土地，经过湖北均县、四川梓潼来到陕北那片黄土高原，在流亡岁月中踏遍大半个中国的山山水水，终于从黑暗的旧时代走进光明的新时代。小小年纪的贺敬之，亲历目睹了旧中国农村那灾难深重的现实，也深切体验到人民当家作主的解放区那艳阳高照、春光明媚的崭新生活。当他于1940年到达延安后，便很快以澎湃的激情和冷静的沉思先后创作出歌唱鲁艺新生活的诗集《并没有冬天》和回忆旧中国家乡农民苦难生活的诗集《乡村的夜》。这两本诗集中的诗篇合而观之，生动映现出少年诗人心灵中新旧两种社会鲜明对照的生活图景，已经蕴含着“旧社会把人逼成鬼，新社会把鬼变成人”的时代主题。事实上，《乡村的夜》中所描绘的被地主逼迫得走投无路不得不抱着儿子投河自尽成为“水鬼”的五婶子和遭侮辱后变为在风雨里奔跑的“披头散发的女鬼”的夏嫂子等一系列妇女形象，被“东家”活活打死的夏嫂子的丈夫和于饥寒交迫中冻饿而死的醉汉、刘老头等大批贫苦农民的命运，在死亡线上拼命挣扎的小敏子、黑鼻子八叔等青壮年农民的自发的反抗与斗争，以及诗中频繁出现的农村那风雪交加的凄凉景像，处处晃动着“喜儿”、“杨白劳”等人物的身影和闪现出《白毛女》中的生活画面。

1942年以后，在毛泽东文艺思想的指引下，贺敬之全身心地投入到边区人民群众的火热斗争生活中去，在更深入地熟悉和体验农民的生活与感情、认真学习群众的语言和民歌、民间戏曲等民间艺术的基础上，他积极进行革命歌词和新秧歌剧的创作，特别是参与创作《惯匪周子山》和参与改编《血泪仇》② 这两部大型新秧歌剧的实践，使他尝试在宏阔的生活场景中结构剧情、刻画人物、运用语言等方面积累了相当丰富的创作经验，增长了艺术才干。贺敬之曾回忆，在由他执笔重新结构《白毛女》剧本时，第一幕是他提出并构思而成的，因为他特别喜欢年节时下雪和雪天那种抒情气氛，他说：“可以讲，第一幕里全部的细节和感情都是我的，真正触动我的感情，真正体现我的灵魂和特点的就是整个第一幕，因为这种生活和感情我比较熟悉。这一幕我写

---

① 贺敬之：《〈白毛女〉的创作与演出》，歌剧本《白毛女》，晋察冀新华书店1947年版，第5页。

② 《血泪仇》原为马健翎创作的大型秦腔剧，1943年冬由贺敬之等改编为大型新秧歌剧演出。

得很专心，写到杨白劳自杀了，我精神恍惚，第二天有同学讲‘贺敬之六亲不认了’啊!”他还回忆说：“到延安后我写过一部名为《两根秫秸》的中篇小说，写的时候我哭了。小说描写一个老农民瘦得像两根秫秸一样，就是后来我写的那个杨白劳式的人物的悲惨遭遇。”[①] 显然，《白毛女》剧本中深刻隽永的主题思想、曲折跌宕的戏剧情节、鲜活生动的人物形象、朴实优美的文学语言和流贯于全剧的诗意浓郁的氛围与震人心扉的激情有机统一而形成的那种深沉悲壮、浩阔宏奇、浑厚质朴的富有鲜明民族特色的独特风格，同贺敬之的人生经历、生活感情积累及他在延安从事多方面文学创作所锤炼出来的艺术智慧与才华密不可分、血肉相连。应该说，《白毛女》剧本创作的重任终于主要由年轻敏锐、富有才思的贺敬之执笔完成，这是延安戏剧创作发展的必然选择；而《白毛女》剧本的创作实践又确实为贺敬之提供了抒发自己积累深厚的思想感情的喷射口和充分展现他的艺术才华的良机。据张庚回忆，1942 年文艺整风后，周扬把贺敬之从文学系调到戏剧系投入新秧歌剧运动，并且说：“文学系除贺敬之外，别的学生搞戏剧还不行。”[②] 瞿维、张鲁也谈道：“由于贺敬之同志积累了秧歌运动的经验，有过执笔大型秧歌剧《周子山》的尝试，他写的唱词和说白符合人物性格，富有激情、诗意，体现了独特的民族风格和创作个性；同时也非常适合于音乐的发挥。”[③] 丁毅回忆说：“为了保持剧本的统一风格，才由贺敬之执笔写。他生病后，我修改最后一幕时也努力保持贺敬之的风格。”[④] 的确，作品的思想艺术风格和创作个性是作品的生命线，它决定着作品是否具有独立存在的意义和价值，而没有贺敬之富于个性的独创性精神劳动，就不可能有《白毛女》剧本的独特风格。贺敬之的重要贡献，由此看得特别清楚。

不断修改，精益求精，使剧本日臻完美，这是贺敬之的又一个重要贡献。前述《白毛女》剧本的创作过程可以看出，这个创作过程本身就是一个不断地尝试和修改的过程。其实张庚最初提供给贺敬之阅读的文本，不过是林漫手写的以倒叙的方式描述区、村干部为破除“白毛仙姑”显灵的迷信去奶奶庙捉“鬼”终于追至山洞解救出来的女子诉说自己深受地主迫害的凄惨经历的

① 贺敬之 1994 年 3 月 18 日同笔者谈话记录。

② 张庚 1993 年 10 月 10 日同笔者谈话记录。

③ 张拓、瞿维、张鲁：《歌剧〈白毛女〉是怎样诞生的——关于〈白毛女〉的通信》，上海《歌剧艺术研究》1995 年第 3 期。

④ 丁毅 1993 年 10 月 15 日同笔者谈话记录。

一个非常动人但情节简单的“白毛女人”的故事；而邵子南所写的无法排演因而被否定的诗剧脚本，保留下来的实际上就只有“红喜”、“杨白劳”[①]、“黄世仁”、“穆仁心”这几个主要人物的名字。贺敬之在剧组反复讨论剧本结构的基础上执笔重写《白毛女》，采取了原故事的一些基本特点和主要情节，同时，为了使主题表现得更明确更充分，适合于舞台表演的效力和特点，对原故事又进行了相当多的改变、补充和修正。剧情结构由原故事的倒叙改为适合中国老百姓欣赏习惯的从头说起、有头有尾的顺叙方式。剧中人物的名字也作了改动：“穆仁心”（“没人心”的谐音）太漫画化，改为“穆仁智”；“红喜”改为本名“喜儿”，被抢到黄家后再由黄母按丫头“红福”、“红禄”给她排名“红喜”，这一笔改动就相当集中地表现了地主对佃农人身奴役和占有关系的超经济的阶级压迫的历史深度。至于剧中的黄母、赵大叔、王大婶、张二婶、王大春、关大锁、李拴等人物的名字都是贺敬之执笔创作过程中根据剧情发展的需要设计而起的。据张庚回忆，“第一幕先在院内作了一次总排，看完了大家都说很好，很感动人。”全剧总排完毕，经过修改后，又在鲁艺向全院作了一次预演，大家看后认为“后面两幕戏不如前面三幕戏好，特别是第一幕戏最好”[②]。的确，第一幕描写风雪交加的除夕之夜杨白劳与喜儿及王大婶、赵大叔等在贫困生活中的父女亲情和阶级深情以及杨白劳被黄世仁逼迫卖女后喝卤水自杀倒在家门口雪地上的戏，写得最动情、最感人也最为成功，以后几乎很少再作改动。而后面从第二幕至第六幕描写喜儿在黄家的苦难遭遇和在山洞的非人生活特别是解放后新社会的戏，各方面提出的批评和建议就比较多，贺敬之为此对剧本进行了反复的修改，其中较大的修改主要有两次。第一次是1945年冬在张家口，对剧本主要作了这样的修改：第一幕第三场加了一段赵大叔说红军故事，表现了旧社会埋藏在农民心中的希望；第二幕第二场改为大春、大锁反抗狗腿子逼租，痛打穆仁智被迫出走，大春投奔红军，增强了农民在旧社会里的反抗性；第三幕开始加强了喜儿要活下去、要反抗的意志和性格；第六幕第一场重写，去掉了原来太重的话剧味道，第二场加了后台合唱“太阳出来了”的唱词，唱出“旧社会把人逼成鬼，新社会把鬼变成人”的本

---

① 据瞿维、张鲁回忆：“王滨同志非常有想象力，杨白劳的名字（地主坐享其成，佃农白劳动）、吃饺子的情节都是他提出的。”见《歌剧〈白毛女〉是怎样诞生的——关于〈白毛女〉的通信》，上海《歌剧艺术研究》1995年第3期。

② 张庚：《回忆〈讲话〉前后“鲁艺”的戏剧活动》，《戏剧报》1962年第5期。

剧的鲜明主题。[①] 应该说，这次修改使剧本中原来所存在的前三幕紧而后三幕松、旧社会描写多且较深刻而新社会描写少且较浮浅、几个主要角色写得好而群众角色写得较差、形式上也不够完整以及有一些不太合理的情节等方面的问题有了明显的改进，剧本的思想性更为深刻，艺术上也进一步完善。第二次较大的修改是于1950年上半年在北京进行的，作者将原剧本6幕20场改为5幕16场，删去了原来表现喜儿在山洞里生活的第四幕，最后的两幕除保留一些可以保留的内容外，大部分都重写过。这次修改去掉了剧本中的琐碎的话剧成分，避免了冗长拖拉的散文部分，剧情和戏剧语言都更精练、更紧凑、更集中，增强了剧中诗意浓郁的抒情气氛和歌剧气氛，服从戏剧的要求加强了文学性，多以唱代替说，唱词也更多地采用了独唱、合唱、领唱、轮唱、重唱等形式，使戏剧与音乐更好地结合了起来，因此，在歌剧形式上就较为统一和完美。此次修改本列入“中国人民文艺丛书”于1952年由人民文学出版社出版，并荣获1951年度斯大林文学奖二等奖。这个版本实际上成为后来供文学欣赏和舞台演出的《白毛女》剧本的定本和保留本。[②] 事实表明，贺敬之对《白毛女》剧本反复修改的过程，就是他充分熔铸集体智慧和调动自己的生活积累、感情积累与艺术才华以使剧本日臻完善的过程，也是他不断地锲而不舍地试验、探索和追求与剧本丰富深刻的内容、主题相适应的一种富有中国气派和民族风格的大型新歌剧的完美形式的过程。

贺敬之回顾自己在延安文艺整风后积极投身于新秧歌运动对他主笔创作《白毛女》剧本的重要启示作用时说：“从秧歌运动发展到新歌剧，这是实践毛泽东同志《讲话》的一个重要成果。它体现了文艺民族化和大众化的精神，从一个侧面证明了毛泽东同志指引的文艺方向和文艺道路的正确性。”[③] 的确如此，毛泽东《在延安文艺座谈会上的讲话》催发了新秧歌运动这一革命文艺运动蓬勃发展的生机与活力，而革命的民族的大型新歌剧《白毛女》的诞生，正是新秧歌运动发展的必然结果。这是延安革命文艺工作者在《讲话》

---

① 在延安写的原剧本中唱词里只有“逼成鬼的喜儿，今天变成人”。

② 1962年《白毛女》重新排演时，贺敬之对剧本又曾作过一次大的修改，结构上有调整，增加了大段新唱词，戏剧界专家对这次修改删去奶奶庙一场戏等改动持有异议。这次修改本手稿交剧组后弄丢了，未曾出版。增写的唱词《恨似高山仇似海》和《我是人》发表在1962年7月18日《文汇报》上。此外，1947年在东北由张庚负责组织丁毅等对《白毛女》剧本进行过一次修改并出版。

③ 贺敬之：《答〈延安文艺研究〉杂志主编问》，《延安文艺研究》1985年第1期。

精神指引下进行革命戏剧创作新探索的一次具有划时代意义的质的飞跃和创举，当然也是主要执笔者贺敬之认真学习、深刻理解和努力实践毛泽东文艺思想，沿着毛泽东指引的文艺方向和文艺道路开拓前进的生动体现。马克思主义文艺理论与中国无产阶级革命文艺运动实践相结合的毛泽东文艺思想，使贺敬之的世界观、人生观和文艺观升华到辩证唯物主义与历史唯物主义的崭新境界，使他能够站在新的历史和时代的高度，以全新的眼界科学地观察、认识和把握作家与人民、文艺与生活以及文学创作中内容与形式、普及与提高、继承与发展、借鉴与创新和典型化法则等一系列的辩证关系与创作规律。因此，贺敬之在主笔创作和不断修改《白毛女》剧本的过程中，才那么善于吸取集体的智慧，充分调动自己的生活积累、感情积累和艺术才华，以精益求精和求真求新求美的精神，努力提高剧本的美学品位，形成剧本的独特风格，使中国现代歌剧在民族化和大众化方面取得了惊世骇俗的成就，达到了一个前所未有的新的高度和水平。事实充分证明，毛泽东文艺思想是使延安革命文艺工作者和广大干部群众的集体智慧与贺敬之的个人智慧融为一体的思想支柱，也是形成《白毛女》剧本的思想艺术特色与美学价值的精神源泉。

三

《白毛女》文学剧本所达到的新的高度，集中体现在它所独具的思想艺术特色和美学价值上。题材的新颖性，主题的深刻性，人物的典型性，形式的独创性，构成了这个剧本的主要特色。这些特色凝结出一种独特的艺术精神，那就是革命现实主义和革命浪漫主义相结合的精神，而正是这种艺术精神，孕育出了《白毛女》剧本中那独特的悲壮美和诗意美。

题材的新颖性是《白毛女》剧本首先留在人们审美意识中最强烈的印象。无疑，这与它所依据的“白毛仙姑”故事原有的民间传奇性密切相关，“像‘白毛女’的‘白毛’这一个‘戏眼’就是冠绝古今的，是任何天才的想象力都难以企及的”①。然而，该剧的新颖性主要还是由于剧作家对原民间故事的传奇性进行了新的艺术开掘与升华，使其所反映的社会生活更广阔、更丰富，又更集中、更强烈、更充满激情，因而显得更真实。贺敬之在谈到新歌剧的“传奇”特征时曾说：“照我看来，传奇色彩、传奇性情节，从根本上说，它

① 黄奇石：《中国歌剧的经典——纪念〈白毛女〉诞生五十周年》，上海《歌剧艺术研究》1995 年第 3 期。

不过是生活真实的典型化、尖锐化、理想化的一种色彩浓厚的特定的表现形式而已。”[①] 正是这样，《白毛女》剧本就是从普通的日常生活中概括出深刻的历史内容，从平凡的劳动者的悲惨遭遇中反映出尖锐的社会矛盾。它的题材大大超越了延安新秧歌运动中涌现出的一批歌颂解放区农村新生活的小型新秧歌剧，也大大超越了像《血泪仇》、《惯匪周子山》这样的描写国统区和解放区农民的不同境遇和斗争的大型新秧歌剧。它所表现的社会生活，实际上不仅仅是半封建半殖民地旧中国的农村生活向解放区新生活的演变，而是将中国整个封建社会和由于中国共产党领导人民革命而建立起人民民主专政的新社会这样广阔的社会生活，将中国的历史与现实，高度集中、浓缩于 1935 年冬至 1938 年春两年多时间里发生在杨格庄这个村庄，地主黄世仁和佃户杨白劳这样两个家庭，特别是喜儿这样一个年轻农家女子的生活命运富有传奇性的根本变化上。而且，由于剧本在反映这种根本性变化的过程中，始终洋溢着剧作家澎湃的革命激情，深蕴着他对彻底消灭人压迫人、人剥削人的社会制度的革命理想的执著追求，这就使《白毛女》剧本不只是机趣横生，做到了“酌奇而不失其真，玩华而不坠其实”[②]，更为重要的是，它所表现出来的社会生活显得更尖锐，色彩更浓厚，因而给人们耳目一新之感。

基于这种非常广阔而又高度集中的社会生活而提炼出的“旧社会把人逼成鬼，新社会把鬼变成人”的文学主题，具有振聋发聩的深刻性。这个主题的深刻性，主要就在于它是一个文学主题，也是一个社会主题和历史主题。如前所述，剧本中所描写的“旧社会”，并不止于国民党统治区，也不止于半封建半殖民地社会，实际上包括了中国整个封建社会；“新社会”也不止于抗日民主革命根据地的解放区，而实际上是由解放区所代表的一种新的社会制度，一个新的时代，一个新中国。主题中的“逼”和“变”、“鬼”和“人”的意蕴就更为深刻。剧本所表现的“逼”，就是一种超强度的阶级压迫和剥削，而且触及到中国封建社会的根基即地主阶级土地所有制。黄世仁对杨白劳采取了地租剥削和高利贷剥削的双重剥削方式。这种地租剥削是延续了两千多年的中国封建社会地主阶级对农民阶级的一种基本剥削方式；而这种“驴打滚”式的高利贷剥削，则是一种由地租剥削派生出来的带有资本繁殖性质的剥削。至于黄家对喜儿的抢夺、霸占和奴役，更是一种超经济的阶级压迫和剥削，是由

① 贺敬之：《谈歌剧的革命浪漫主义》，《剧本》1958 年第 7 期。

② 刘勰：《文心雕龙·辨骚》。

封建社会前身的奴隶制社会遗传下来的一种压迫、剥削方式。正是这重重的超强度的阶级压迫和剥削的社会制度，终于夺去了杨白劳的生命，并把本为"人"的喜儿"逼"成了"鬼"。那么，由中国共产党领导的彻底的不妥协的反帝反封建的新民主主义革命，与历史上任何一次由一种剥削制度代替另一种剥削制度的革命根本不同，它是要消灭一切剥削制度，建立一个完全由人民当家作主的新民主主义社会制度，进而实现社会主义和共产主义这个人类最美好的理想。因此，将已成为"鬼"的喜儿"变"成了"人"，这当然就不是一般意义上的"人"，而是真正获得解放并主宰自己命运的新社会的主人，新时代的主人，新中国的主人。应该说，如此深刻地揭示出社会生活本质和历史发展规律的文学主题，在《白毛女》剧本以前的戏剧创作中还是未曾见过的。

典型人物形象的成功塑造，是《白毛女》剧本所取得的突出成就，也是它的一个重要特色。依据恩格斯的美学观点，现实主义文学的典型形象塑造，有三点极为重要，一是"把各个人物用更加对立的方式彼此区别得更加鲜明些"①，二是"每个人都是典型，但同时又是一定的单个人"②，三是"真实地再现典型环境中的典型人物"③。《白毛女》剧本中的人物形象塑造，在这些方面都闪射出特异的光彩。黄世仁、黄母、穆仁智等为一方的地主阶级人物及其走狗，杨白劳、喜儿、王大春、关大锁、赵大叔、王大婶、张二婶等为一方的农民阶级人物，两方之间展开了尖锐激烈的矛盾冲突，演出了一幕又一幕悲怆动人的人间话剧。正是在这振人心魄的矛盾冲突的过程中，各方人物都鲜明地表现出本阶级的共同本色，也鲜明地表现出每个人不同的个性特色，作为地主阶级欺压和掠夺农民的残忍、贪婪与歹毒的本性，在黄世仁和黄母身上都一样令人触目惊心和憎恶愤怒，但黄世仁的荒淫浪荡、穷奢极欲、恣意妄为的张狂面孔与黄母那阴险毒辣、老谋深算、面佛心奸的伪善面目又明显不同，而穆仁智对主子百依百顺、对穷人张牙舞爪的那一副仗势欺人的走狗嘴脸也活灵活现。相反，作为受压迫受剥削的贫苦农民群体，他们都有着勤劳、质朴、善良并对生活怀抱美好愿望的共同品格和心态，但他们每个人的精神面貌和性格气

① 《恩格斯致斐·拉萨尔》，《马克思恩格斯选集》第4卷，人民出版社1972年版，第344页。

② 《恩格斯致敏·考茨基》，《马克思恩格斯选集》第4卷，人民出版社1972年版，第453页。

③ 《恩格斯致玛·哈克奈斯》，《马克思恩格斯选集》第4卷，人民出版社1972年版，第462页。

质又各不相同，一个个栩栩如生。赵大叔深沉老练，向往红军解放穷人；大春、大锁血气方刚，敢于同地主及其走狗进行抗争；王大婶、张二婶热情诚挚，富有正义感和同情心。而杨白劳特别是喜儿这两个人物形象塑造得最为成功。杨白劳是被地主惨绝人寰的压迫和敲骨吸髓的剥削致使精神崩溃的老一辈善良农民的典型形象，他因自己被迫使得挚爱如命的女儿坠入黑暗深渊而愧疚不已；他看出了"县长，财主，狼虫虎豹"的残酷面目，也呼喊出"我要和他们拼!"的心声，但认不清自己"哪里走？哪里逃？哪里有我的路一条?"而无力反抗；他走投无路而又挣不脱"穷家难舍，热土难离"的精神羁绊；他内心纯净而又复杂，性格内向而又懦弱，终于走上了服毒自尽的消极反抗道路。作为年轻一代的喜儿却走着与她父亲不同的积极反抗的道路，而她的反抗性格正是被罪恶的旧制度一步一步逼出来的。她本来是一个天真烂漫、温柔纯朴的农家年轻女子，而地主家的黑手伸进她的家中，逼死她劳苦善良的父亲，又把她抢进黄家进行百般折磨和凌辱，最后还企图将她推进更黑暗的罪恶深渊，幸亏好心人张二婶的帮助，她才得以逃出狼窝虎口，躲进深山里的山洞，过着非人的生活。这刻骨铭心的深仇大恨，使她的反抗意识和性格愈来愈强烈，愈来愈坚定，她从内心深处呼喊出："想要逼死我，瞎了你眼窝！/舀不干的水，扑不灭的火！/我不死，我要活！/我要报仇，我要活！"当八路军解放了杨格庄并解救了她，她在斗争会上同群众一起对黄世仁的罪恶进行惊天动地的血泪控诉，最终完成了她的反抗性格。尤为重要的是，剧本中的地主和农民都不是孤立的个人，他们的后面都有自己的阶级和政权的支撑，他们的矛盾冲突与较量实际上是两个阶级和政权、两种社会和时代的较量，这就使他们共同的阶级本性和不同的性格个性都深深植根在历史、时代和社会生活的土壤里，形成于他们所身处的典型环境中，因而每个人既是突出的典型，也是鲜明的"这个"。如果说杨白劳和黄世仁早已成为中国人民心目中贫农与地主的化身和代表，那么，剧本的主人公"白毛女"喜儿更是中国现代文学人物画廊中一个血肉丰满、光彩灼人的典型人物形象。

《白毛女》剧本的特色主要体现于它独特的内容，也体现于它独创性的形式。作为"新歌剧"的《白毛女》，其创作除继承和发展了新秧歌剧从民歌和地方戏曲中吸取充足的艺术营养的优长外，还从我国历代传统戏曲和西洋歌剧中吸取了有益的营养，努力使剧本在升华民间艺术的基础上做到古为今用，洋为中用，推陈出新，从而在文艺大众化方面取得了突破性的进展，具有鲜明的民族特色和中国气派。剧本中艺术结构的安排和文学语言的运用，集中体现了这种艺术形式上的创新。《白毛女》开头一幕就非常出色而有力，从除夕夜喜儿渴望躲债的父亲回家过个平安年始，到大年初一杨白劳被黄世仁逼死而喜儿又被黄家抢走终，其中插入王大婶与杨白劳两家的深情交往和赵大叔说红军故事的描述，可以说启幕就超凡脱俗，别开生面，主要人物都登台亮相，矛盾双方激烈交锋，戏剧冲突尖锐紧张，扣人心弦。喜儿被抢到黄家后将会遭遇什么样的命运？一个关联全剧的悬念立即系上人们的心头。由此，两条戏剧线索一步步展现开来，一条是黄母折磨、黄世仁侮辱进而合谋卖掉或害死喜儿，终于将她逼进山洞，由“人”变成“鬼”；另一条是大春、大锁抗租痛打穆仁智后大春投奔红军，喜儿的反抗性格和报仇决心日益坚强，大春作为八路军的一员同部队一起解放了杨格庄并将喜儿救出山洞，直到开斗争会宣布枪毙黄世仁，喜儿由“鬼”又变成“人”。剧中两条线索交叉发展，主次分明，波澜起伏，一浪高过一浪，将剧情推入高潮并引向结局，结构和谐统一而完整。这种有头有尾，有高潮有结局，环环相扣，层澜叠进的结构方式，是从我国地方戏曲和传统戏剧中发展而来的，使其更适合于剧中广阔社会生活的描绘、深刻主题的揭示和高度典型的人物形象的塑造。《白毛女》剧本的语言特色也十分鲜明。剧中的舞台提示文字，或点染环境，或烘托气氛，或描画人物的动作、神情与心理活动，而说白也处处显示出人物独特的身世、心态、气质和性格，两种语言大都写得通俗明快，精炼鲜活，生动传神。至于剧中的唱词则更有特色，李健吾曾说：“《白毛女》的唱词不是填出来的，是根据作者的思想、感情写出来的，是自由诗体，更接近生活，更能自由表达人物思想感情的变化。它既不是民歌，也不是像戏曲一样的填词，它与新诗结合得更密切些，节奏主要是依靠感情的强烈变化。”这就要求歌剧作家必须深入形象的内心世界，然后迸发出强烈的激情来，因此，“《白毛女》之后，新歌剧在歌词创作上难以超过它”①。的确，像“北风吹”、“十里风雪”、“扎红头绳”、“太阳出来了”等一首又一首歌词旋律，清新朴实，流畅自然，如泣如诉，如鼓如呼，半个多世纪来，震动了多少人心灵的琴弦，引出过多少人悲愤激动的泪水与沉思！《白毛女》的歌词，不仅发自每个人物的内心深处，显示出各自的身份、灵魂与性格，具有鲜明的独特性和充分的表现力，而且简洁凝炼、感情强烈、灵动活泼、声韵和谐，既富于民歌风味，又有传统戏曲唱词的清丽典雅，动作性、音乐性和节奏感都很强，非常适合于谱曲与演唱，配以优美的曲调，如珠联璧

---

① 见《座谈歌剧〈白毛女〉的新演出》，《戏剧报》1962年第8期。

合，似行云流水；其中的轮唱、重唱、齐唱及后台合唱的歌词也便于吸取西洋歌剧演唱方式的有益成分，澎湃激越，浩远深邃，大气磅礴。而且，剧中的舞台提示、说白与唱词之间衔接紧凑，过渡自然，相互诱发，舒卷自如，笔酣墨饱，曲白相生，实为中国式的宣叙调与咏叹调的相辅相成。可以说，经过反复修改和不断锤炼的《白毛女》剧本，其艺术结构相当引人入胜，其文学语言几近炉火纯青，出色地表现了它独特的内容。

古人云："戏剧之道，出之贵实，而用之贵虚。"① 如果将"实"理解为生活本来存在的样子，而"虚"则为生活应该有或未曾有的样子，那么，《白毛女》剧本所反映的生活，既是出自中国农村客观存在的现实生活，又是广大农民所迫切希望出现的美好社会生活，是现实和理想的高度统一，即革命现实主义与革命浪漫主义的有机结合。田汉在谈及《白毛女》的"戏的性格"时说："《白毛女》传奇性很强，是现实主义与浪漫主义相结合的范例之一，但革命浪漫主义风味是主要的。"② 茅盾也曾强调，在既是革命现实主义而又闪耀着革命浪漫主义光芒的作品中，"我国的新歌剧的光荣的先驱者《白毛女》就是其中的翘楚"，然而，他又认为："《白毛女》的革命浪漫主义精神的实质，不在于它的传奇式的故事和传奇式的背景，而在于它的强烈的革命乐观主义，在于它的'旧社会使人变鬼，新社会使鬼变人'的主题。"③ 应该说，《白毛女》剧本的革命浪漫主义风格，既在于它的强烈的革命乐观主义和深刻的文学主题，也在于它的传奇性，归根到底，在于它的革命的政治内容和尽可能完美的艺术形式的有机统一。剧中的革命的政治内容，即是它所反映和揭示出社会生活本质和历史发展规律的文学题材、主题与人物形象，同时也包括剧作家通过剧情的展示和形象的描绘所表现出来的愤怒控诉黑暗旧社会、热情歌颂光明新社会的强烈激情及其对美好幸福生活的执著追求与热烈向往，而剧中那随着强烈激情的奔涌而波澜起伏的艺术结构和情感激荡的文学语言及其引人入胜的传奇色彩的和谐统一，构成了它所独具的较为完美的艺术形式。《白毛女》剧本中这种内容与形式高度统一所体现出的艺术精神，充分而生动地反映了20世纪三四十年代中国人民在中国共产党领导下向旧中国黑暗势力进行最后冲刺和拼搏并战而胜之的那种斗志昂扬、意气风发、英勇乐观、信仰坚定

① 王骥德：《曲律·杂论上》。

② 《座谈歌剧〈白毛女〉的新演出》，《戏剧报》1962年第8期。

③ 茅盾：《反映社会主义跃进的时代，推动社会主义时代的跃进！》，《人民文学》1960年第8期。

的时代精神和革命精神。正是这种在黑暗中勇猛追求光明而终于由光明代替黑暗、正义战胜邪恶的革命的时代精神和人民精神的艺术显现，才使《白毛女》剧本在浓厚的革命现实主义的基调上洋溢着强烈的革命浪漫主义精神。

的确，《白毛女》剧本是时代的产儿，是由特定的时代造就的，它的艺术精神是时代精神的折射与升华。对这部具有开创性的革命的民族新歌剧的独特价值，必须提到历史的高度来审视，也必须提到美学的高度来认识。恩格斯曾称自己是“从美学观点和历史观点，以非常高的、即最高的标准来衡量”斐·拉萨尔的剧本《济金根》的。① 黑格尔也曾引过歌德的一句名言：“古人的最高原则是意蕴，而成功的艺术处理的最高成就就是美。”② “美”，历来被认为是文艺作品的思想艺术特征和成就的集中体现。《白毛女》剧本的美学价值，就在于剧作家运用革命现实主义和革命浪漫主义相结合的创作方法，以独创性的艺术构思和艺术表现，使剧本呈现出一种独特的悲壮美和诗意美。剧中以细腻的笔法，生动的情节，朴实传神的语言，动人肺腑地描写了老实、忠厚、善良的杨白劳被活活逼死的凄惨情景，描写了年轻、淳朴、温顺的喜儿被一步步逼成“鬼”的苦难历程，可谓写出了人间悲剧的极至。然而，这种大悲大难并未让人感到悲观、消沉与绝望，却始终流贯着一股巨大的冲击力和震撼力，奔腾着抗拒邪恶的浩然正气，窜动着穿透黑暗的生命火焰。就在杨白劳被黄世仁惨无人道地逼迫在女儿的卖身契上按过手印后而内心愧疚难忍、痛不欲生、走投无路的时候，赵大叔给喜儿和大春讲述着那个红军解放穷人的感人故事，已经在年轻一代的心灵深处播下希望的火种。由此，随着剧情的发展，当大春、大锁痛打穆仁智后大春投奔了红军，喜儿当着黄母的面怒斥黄家祖祖辈辈偷人养汉的丑行和罪恶，特别是喜儿在河边山道上遇到黄世仁、穆仁智，追他们至奶奶庙中，拿起供献香果向黄掷去，高呼“我要掐你们！我要咬你们”的时候，人们看到那复仇的火焰在腾腾燃烧！直到王大春所在的八路军部队解放了杨格庄，救出了喜儿，喜儿同乡亲们一起满腔激愤、怒火冲天地对黄世仁进行血泪控诉，将剧情推向了高潮，火山喷发般地倾泻出人民大众积压于胸间的对地主阶级和黑暗旧社会的愤怒与仇恨的激情。正是这种不屈不挠的浩然正气和熊熊燃烧的复仇火焰，冲击着人们的心灵和感情，使得剧中的整体

---

① 《恩格斯致斐·拉萨尔》，《马克思恩格斯选集》第4卷，人民出版社1972年版，第347页。

② 转引自朱光潜《西方美学史》下卷，人民文学出版社1964年版，第72页。

格调和气氛深沉厚重，浩阔雄浑，高亢激越，昂扬奋发，悲而不伤，洋溢着一种强烈的悲壮美。而这种悲壮美又同剧中浓郁的诗意美融为一体，就格外感人，充分发挥了歌剧的审美效应。贺敬之认为，诗、音乐、戏剧是歌剧的三大要素，而“它的重要组成因素之一的文学部分（剧本）则是诗的”，即它表现生活、事件、细节、人物性格、思想、感情的方法，“必须更进一步的经过再选择、集中、提高、升华，使之成为诗的东西”①。他还认为，“歌剧剧本本质上是诗的，是一种戏剧的诗”，剧中的真实“是对现实生活的本质、现实生活的发展规律的一种更尖锐的显现和诗意的夸张”，而作家必须满怀激情，爱就爱得强烈，恨就恨得入骨，爱者欲其生，恨者欲其死，如此等等，无所不用其极，“这样，诗意产生了，想象产生了，传奇色彩、传奇情节产生了”②。《白毛女》剧本的诗意美，正是这样形成和产生的。这种美既体现于剧中反映生活、描写细节、安排剧情和塑造人物形象时那“诗意的夸张”，也体现于作家倾注在剧中的那澎湃的激情和丰富的想象，还体现于剧中那浓厚的传奇色彩和具有诗情画意的文学语言。特别是剧本开头一幕雪花飘飞、北风呼啸，渲染出浑厚的悲剧气氛，而最后一幕太阳普照、春光明媚，烘托出翻身得解放的欢快情绪，前后对比，首尾映照，寓意深沉，象征意味强烈，而且戏味醇浓，诗意盎然，富有一种独特的诗的韵味和神采，诗的格调和意境。歌剧能写出意境，是难能可贵的。

《白毛女》剧本的鲜明特色和审美意蕴，使它既具有很强的舞台性，非常适合于演出，又具有浓郁的文学性，很耐人诵读欣赏，因此，它当之无愧可以誉为“其词格俱妙，大雅与当行参间，可演可传，上之上也”③。

当然，《白毛女》剧本并非是完美无缺的。无论其内容与形式的更加和谐统一上，还是其细节、剧情及语言的更加集中、凝练和精美上，都有进一步加工、锤炼的余地。贺敬之就曾谈道：“如果以后时间充裕的话，后面两幕戏应该重新写过，而不是现在这样修修补补。”④

① 贺敬之：《〈白毛女〉的创作与演出》，歌剧本《白毛女》，晋察冀新华书店1947年出版，第10页。

② 贺敬之：《谈歌剧的革命浪漫主义》，《剧本》1958年第7期。

③ 王骥德：《曲律·论剧戏》。

④ 《座谈歌剧〈白毛女〉的新演出》，《戏剧报》1962年第8期。

四

中国现代文艺史上，能够像《白毛女》这样，以其强大的思想艺术力量和动人的美学魅力，如此深刻、广泛、持久地影响着亿万观众和读者的心灵，冲击着他们的感情，激励和推动着他们为埋葬旧社会、建立新中国而不屈不挠、英勇奋斗的歌剧作品，确实是前所未见的。田汉曾称赞说："这个戏是为革命立过功劳的。在解放战争的年代里，它发挥过巨大的政治教育作用；在艺术上，为我国新歌剧艺术开辟了一片新的天地。"①

《白毛女》的创作与演出，首先轰动了整个延安。1945 年 4 月②在延安党校礼堂为党的第七次全国代表大会举行首场演出，出席观看的有毛泽东、周恩来、朱德、刘少奇等中央主要首长及全体中央委员和"七大"代表。那晚饰演喜儿的王昆回忆说，第一幕结束剧场休息时，导演到后台对大家说："第一幕很成功，所有的人都拿着手绢擦眼泪。"全剧演完后，周恩来、邓颖超、刘澜涛、罗瑞卿等领导和许多代表都拥到化妆间来看望演员，其中有人说："你们的戏让我们从头哭到尾，连叶剑英这行伍出身的同志也哭了，真是：英雄有泪不轻弹，只缘未到伤心处哇！"③ 该剧首创艺术家们曾回忆，"当年在延安毛主席来看歌剧《白毛女》，有人从侧幕缝中看见毛主席感动得落泪，后来毛主席曾说：这个戏很动人。"④ 还有资料这样描述当时演出的情景："当戏演到高潮，喜儿被救出山洞，后台唱出'旧社会把人逼成鬼，新社会把鬼变成人'的歌声时，毛主席和其他中央领导同志一同起立鼓掌。"⑤ 黎辛回忆《白毛女》为"七大"首演的第二天："中央书记处派人往鲁艺送去三条意见，说'第一，这个戏是非常适合时宜的；第二，黄世仁应当枪毙；第三，艺术上是成功的。'当时，中央书记处由毛泽东、刘少奇、任弼时三人组成，毛泽东同志又是中央政治局与中央书记处的主席。毛主席看完戏后这么认真而迅速地表示意见，据我所知是前所未有的。"⑥ 据贺敬之记述，《白毛女》在延安前后共演出 30 多场，机关部队及群众大都看过，有人连看数次，还有人远远从安塞、甘

---

① 《座谈歌剧〈白毛女〉的新演出》，《戏剧报》1962 年第 8 期。

② 亦有说 5 月或 6 月，此依贺敬之说。

③ 王昆：《犹闻总理击节声》，《新文化史料》1992 年第 2 期。

④ 易水：《歌剧〈白毛女〉50 岁》，《中国歌剧通讯》1995 年第 9 期。

⑤ 艾克恩编：《延安文艺运动纪盛》，文化艺术出版社 1987 年版，第 603 ~ 604 页。

⑥ 黎辛：《喜儿又扎上了红头绳》，1995 年 7 月 14 日《文艺报》。

泉赶来观看，那时，演员在街上走，常常被人们指着说："这是白毛女！""这是杨白劳！"有时候孩子们包围上来指着说："狗腿子穆仁智来了！""黄世仁，大坏蛋！"有位劳动英雄看过戏，回忆起旧社会自己被逼卖女的事时说："忘不了，忘不了，今天有了共产党，穷人是真翻身了！"①

此后，《白毛女》在全国广大新老解放区乃至国民党统治区纷纷上演，其影响之深远，感人之强烈，实属罕见。陈强饰演黄世仁的"遭遇"就颇能显示出其情其景，他回忆说："1946年解放战争中张家口保卫战时，我们联大文工团到怀来演出《白毛女》。当地盛产水果，当我们演到最后一幕时（斗争黄世仁），随着台上群众演员'打倒恶霸地主黄世仁'的口号声，台下突然飞来无数果子，一个果子正好打在我的眼睛上，第二天我的眼成了个'乌眼青'。最可怕的一次是冀中河间为部队演出那次，部队战士刚刚开过诉苦大会就来看戏，也是在演到最后一幕时，战士们在台下泣不成声，突然有一个翻身后新参军的战士'咔嚓'一声把子弹推上枪膛，瞄准了舞台上的黄世仁，幸亏在紧要关头被班长发现了，把枪夺了过去。班长问他：'你要干什么？'他理直气壮地说：'我要打死他。'"② 类似这样战士要开枪打"黄世仁"的情况，在其他地方也屡有发生，以至规定战士看《白毛女》时不许带子弹。一位解放军高级将领曾回忆说："46年看歌剧《白毛女》时，我还是个团政委，那时战士看完这出戏，杀敌劲头之高，甚至比我们战前政治动员还有效。"③ 东北七纵宣传队1947年夏在辽东给战士演出《白毛女》，"恰似在烈火上加泼一瓢油，使火焰烧得更为炽烈，到处响起一片'要为喜儿报仇'的口号，飞起千万张请战杀敌的决心书"④。这种强烈的艺术感染力所发挥的政治效力也表现在对俘虏官兵的感化教育作用上，刘尊棋回忆他于1946年3月下旬在张家口看《白毛女》演出的动人情景："那一次是招待八十几个被俘的蒋军官兵，他们坐在前几排，当演到杨白劳死去，喜儿摔盆，恶汉抢她的时候，这几排贵宾竟哭不成声，后来索性嚎啕大哭起来，连舞台的对话和歌声都听不清楚了。"⑤丁

① 贺敬之：《〈白毛女〉的创作与演出》，歌剧本《白毛女》，晋察冀新华书店1947年版，第5~6页。

② 陈强：《我是演歌剧起家的》，艾克恩编《延安文艺回忆录》，中国社会科学出版社1992年版，第255~256页。

③⑤ 李刚：《歌剧〈白毛女〉的历史贡献》，上海《歌剧艺术研究》1995年第3期。

④ 戴碧湘：《战鼓擂破辽东雪　凯歌唱彻南海浪》，《源远流长》第166页，中共党史出版社1994年版。

玲曾谈到《白毛女》"更是当时广大农村不可缺少的精神食粮，"她写道："每次演出都是满村空巷，扶老携幼，屋顶上是人，墙头上是人，树杈上是人，草垛上是人。凄凉的情节，悲壮的音乐激动着全场的观众，有的泪流满面，有的掩面呜咽，一团一团的怒火压在胸间。"① 李满天生动描述过群众这种怒火冲天的情绪："农村的土戏台不高，一位气得发抖的白发老太太，从土戏台爬上去，'啪!'一个耳光，打在硬逼杨白劳在卖女契上按手印的黄世仁脸上。别人急忙过来拉劝，说'这是演戏'。老太太依旧怒不可遏：'什么演戏不演戏，我就是要打这可恶的狗地主!'一了解，原来她丈夫正是被地主逼债逼死的。"② 黎辛也谈道："《白毛女》演出场次之多无法统计，在胶东地区一千个剧团中有半数的剧团演《白毛女》，在老解放区的县文工团和剧团，一般都演过《白毛女》。那时候在缴公粮、征兵、土改等动员大会上，常上演《白毛女》，群众被感动，被激动，都积极热情去完成任务，演出效果的强烈从没见过。"③ 在国民党统治区，《白毛女》同样强烈地震撼着人们的心灵，比如1949年11月下旬，西康荥经"流动剧团"在尚未解放的川康边陲演出《白毛女》，"喜儿的悲惨遭遇使观众揪心，叹息声抽泣声此起彼伏；当看到受尽苦难的喜儿（白毛女）终于得到解放，观众转而喜笑颜开；人们念叨着'旧社会把人逼成鬼，新社会把鬼变成人'，眼光里含着激动、理解和思考。"④ 香港同胞也深深爱着《白毛女》，1948年5月至6月间在九龙普庆大戏院演出该剧时，"排队买票的人群把戏院围了几个圈"⑤。

进入50年代，《白毛女》的影响逐渐扩展到国外。50年代初，由周巍峙任团长的中国青年艺术团带着歌剧《白毛女》等节目，巡回演出于苏联、波兰、捷克、罗马尼亚、保加利亚、阿尔巴尼亚、东德和奥地利等诸多国家，长达一年多，深深感动了广大外国观众。饰演杨白劳的张守维举例说："如在奥地利剧场门前有一个曾经找过我们'麻烦'的交通警察，当他看了《白毛女》之后，却从此向我们举手敬礼了。又如曾被法西斯杀害了三个儿子的奥地利老大娘，她跟着我们的《白毛女》演到哪里看到哪里。临别时她曾含着热泪对

---

① 丁玲：《总序》，见《延安文艺丛书·诗歌卷》，湖南人民出版社1984年版，第7页。

② 李满天：《今朝更好看——歌剧〈白毛女〉观后随记》，《人民文学》1977年第4期。

③ 黎辛：《以毛泽东思想为指导，繁荣有中国特色的社会主义文艺》，《延安文艺作品精编·理论·诗歌卷》，浙江文艺出版社1992年版，第5页。

④ 叶霜：《在国统区演〈白毛女〉》，《文史杂志》1992年第3期。

⑤ 李刚：《歌剧〈白毛女〉的历史贡献》，上海《歌剧艺术研究》1995年第3期。

我们说：我本来是没有活头了，但从你们的《白毛女》中看到了希望。我感谢你们，感谢中国出了个毛泽东啊！"[①] 在国内外长期饰演黄母的李波的亲身经历和感受格外深切。她回忆说，在延安从鲁艺到党校礼堂去演出《白毛女》的路上，经常遇到一些孩子拿土块打她，还齐声高喊"大坏蛋，地主婆……"，有时她反问："为什么打我？"孩子们就说："你打喜儿我们就打你！"有一次她演完黄母后又赶紧扮演群众参加斗争黄世仁，不料被观众发现，就大喊："地主婆混到群众中去了，快把她拉出来一齐斗！"吓得她立刻往后台跑，以后再也不敢上台斗黄世仁了。她由此联想到1951年出访东欧上演《白毛女》的情景，那时演出结束后总要向演员献花，可"黄母"和"黄世仁"是得不到这种礼遇的，一次在维也纳演出后是儿童献花，当孩子手捧鲜花往台上跑时，观众席中有位老太太喊："不要给坏蛋鲜花！不要给他们！"这些动人事实使她深刻认识到："无论是中国人还是外国人，无论是过去还是今天，只要走进演《白毛女》的剧场，人们都会为喜儿的悲惨命运而落泪，都会对黄世仁、黄母产生憎恨的情绪，这就是《白毛女》的灵魂所在！"[②] 的确，《白毛女》沟通了中国人民和外国人民的感情，架起了他们之间心灵交往的桥梁，因此外国观众也特别喜爱它，布拉格和莫斯科都有剧院将它改编为话剧演出，效果颇好。1955年，日本松山芭蕾舞团根据中国电影《白毛女》改编成芭蕾舞在日本公演，并于1958年首次来华演出，受到热烈欢迎和称赞。主演《白毛女》芭蕾舞剧中喜儿角色的松山树子说："白毛女与日本农民有本质上的联系。我确信《白毛女》中所写的对旧社会的憎恨不单是中国人民的憎恨，同时也是日本人民的憎恨，全世界人民的憎恨。"[③] 1958年3月的一天晚上，中央歌剧院的艺术家们在天桥剧场看完芭蕾舞《白毛女》之后为松山芭蕾舞团演出了歌剧《白毛女》第一幕，王昆回忆说："那天演完之后。日本朋友几乎个个都用手遮着哭肿了的眼睛跑上舞台和我们拥抱，树子的热泪流到了我的腮上，我们彼此都知道我们是心连心的异国姐妹，是周总理把我们联结在一起的同台人。"[④] 可见，《白毛女》不仅使异国观众的心紧紧联结在一起，也使异国艺术家们心贴着心。

① 张守维：《可以说我是哭着排演杨白劳的》，《新文化史料》1995年第2期。

② 李波：《爱与恨的对比是〈白毛女〉的灵魂——我演地主婆"黄母"的经历》，《新文化史料》1995年第2期。

③ 田汉：《日本的松山芭蕾舞团和他们的〈白毛女〉》，《戏剧报》1958年第6期。

④ 王昆：《犹闻总理击节声》，《新文化史料》1992年第2期。

《白毛女》何以能发挥出如此巨大的冲击力和震撼力，产生如此广阔深刻的影响，这当然是因为它作为一部独创性的新歌剧本身所具有的动人心魄的思想艺术魅力所致，同时也与它反映社会生活的高度真实性和易于为多种文艺形式进行表现的兼容性密切相关，《白毛女》所描绘的事件和人物确实源于生活又高于生活，而且主要是处于社会最底层的广大劳苦群众长期经历的切身生活。它具有很高的典型性和概括性，也具有极大的普遍性和强烈的现实性。可以说，像杨白劳和喜儿这样的悲惨遭遇，像黄世仁、黄母这样的吸血鬼的残忍与歹毒，无论在中国还是在外国，也无论是历史上还是现实中，都是随时随地可见的。四川宜宾县凤仪乡的罗昌秀，就是20世纪40年代出现在现实生活中的一个活生生的“白毛女”。旧社会恶霸地主将她逼进山洞，变为一个白毛披肩的“鬼”；解放后人民政府终于将她从苦熬17年之久的非人的山洞生活中搭救出来，1958年5月陈毅副总理在四川亲切接见过她，后来她不但建立了幸福的家庭，还当选为四川省人民代表，担任了宜宾县政协委员。[①] 还有，河北平山滚龙沟也出现过“白毛女”左双。事实上，在黑暗的旧中国，喜儿式的“白毛女”悲剧何止发生在罗昌秀和左双的身上，而是千千万万被压迫被剥削者的共同命运，牵动着普天下苦难深重的人民大众的神经与心灵，这是它震撼人心、影响深广的最深层的原因。《白毛女》中那丰富真切的细节，曲折感人的剧情，血肉丰满的人物形象，鲜活动情的语言和旋律，构成了它所独具的文学性、戏剧性和音乐性高度统一的思想艺术特质，使它极易于用其他舞台或银幕的艺术形式来加以表现。《白毛女》剧本诞生后曾以难计其数的各地方剧种进行演出。五六十年代又被改编成电影、京剧和芭蕾舞剧公映和上演，都获得了良好的艺术效果。这是歌剧《白毛女》影响巨大的一种生动表现，反过来这些艺术形式又都以各自的特长与优势大大扩展和加强了它在海内外的影响。

应当强调的是，歌剧《白毛女》产生巨大而深远的影响，并非仅是因为文学剧本的成功，还因为它是作为高度综合性的艺术，其出色的音乐创作与演奏，高超的导演艺术和演员的表演水平，还有独特的舞美设计，共同创造出来的一种强烈的艺术效果。实际上，《白毛女》的音乐、导演、表演和舞美等的创造，同它的文学剧本的创作一道，经历了由民间艺术升华为艺术家艺术、群众智慧与艺术家智慧相融会并不断修改和日臻完善的艰苦过程，但这些不属于本文论述的范围。

---

① 罗鸣：《近访“白毛女”》，《女子世界》1995年第11期。

然而，剧本毕竟是一剧之本。美国电影理论家悉德·菲尔得说："一部优秀的剧本可以拍成一部优秀的影片，一部优秀的剧本也可能拍成一部糟糕的影片，但是一部糟糕的剧本是永远不可能拍成一部优秀的影片。"① 其实歌剧剧本同歌剧舞台演出的关系，此理也是相通的。《白毛女》的文学剧本是这部新歌剧综合艺术体的核心和本体。演出可以中止，而作为经典之作的《白毛女》剧本却永存人间并载入史册。

郭沫若认为《白毛女》"就剧本论剧本已经就是一件富于教育意义的力作了"。他强调说："这是在戏剧方面的新的民族形式的尝试，尝试得确是相当成功。这儿把五四以来的那种知识分子的孤芳自赏的作风完全洗刷干净了。虽然和旧有的民间形式更有血肉关系，但也没有故步自封，而是从新的种子——人民情绪——中自由地迸发出来的新的成长。"② 由此看来，《白毛女》剧本相当成功地探索出了一种"新的民族形式"，而又是从"新的种子"即"人民情绪"中成长起来的。正是这两方面有机统一所表现出来的具有划时代意义的创新，奠定了它在中国现代歌剧发展史上特殊而突出的地位。自20世纪20年代，在五四新文学运动影响下，黎锦晖创作的《麻雀与小孩》、《小小画家》等一些反映科学与民主精神的儿童歌舞剧，到30年代中期至40年代初期出现的《扬子江暴风雨》、《农村曲》、《军民进行曲》、《异国春秋》、《拴不住》、《秋子》、《大地之歌》等一批歌颂中国人民争取民族解放斗争精神的歌剧，无疑表现了当时新的时代生活内容，而在形式上，则由初步吸收到主要着眼于借鉴西洋歌剧的艺术经验和表现手段，因而大都未能真正解决同人民群众相结合的问题。1942年延安文艺座谈会后，在毛泽东文艺思想的指引下，延安轰轰烈烈的新秧歌运动中涌现出来的从《兄妹开荒》、《夫妻识字》、《减租会》等大批小型新秧歌剧到《惯匪周子山》、《模范城壕村》以及改编的《血泪仇》等大型新秧歌剧，反映了延安和边区人民群众全新的生活与斗争，而又主要是利用和改造民间艺术与地方戏曲的表现形式，这就使其同人民大众完全结合起来了。《白毛女》的诞生，正值抗日战争即将胜利而阶级矛盾必然尖锐化起来的新的革命转折时期。剧本所表现的农民阶级反对地主阶级压迫和剥削的广阔的社会生活，所揭示的深刻时代主题，所描绘的众多具有高度典型性的人物形

① 转引自王兴东：《磨炼真诚的艺术——电影〈离开雷锋的日子〉编剧谈》，《文艺报》1997年3月29日。

② 郭沫若：《序〈白毛女〉》，见歌剧本《白毛女》，上海黄河出版社1947年版。

象，所展现的丰富而复杂的戏剧情节与冲突，要求它必须创造出与其内容相适应的新的艺术形式。这就使它既不能主要借助于西洋歌剧的表现手段，也不能局限于吸取民间艺术和地方戏曲的表现方式，而必须在新秧歌剧创作经验的基础上，继承和发展民间艺术的优秀传统，同时吸取中国古代戏剧和西洋歌剧中有益的艺术营养，使其熔于一炉，创造出一种具有中国作风与气派和强烈民族色彩的大型的革命新歌剧。《白毛女》成功的意义和历史地位的确立，正在于它的这种革命的政治内容和尽可能完美的艺术形式的有机统一上。这就使它成为我国五四以来感人最深、影响最大的一部新歌剧。周恩来称赞“这个戏是劳动人民自己的文艺”，茅盾认为“《白毛女》是歌颂了农民大翻身的中国第一部歌剧”[①]。张庚指出《白毛女》“开拓了歌剧的一条宽广道路”，田汉强调“《白毛女》在新歌剧中是一出经典性的戏”、“应该使这个戏成为长期的保留剧目，成为新歌剧的传家宝”，李健吾肯定它“是工农兵方向在新歌剧方面的旗帜”、“是新歌剧开辟道路的里程碑”[②]。

对《白毛女》历史地位的认识，是随着时代的发展而不断深化的。应该说，从《白毛女》诞生的那天起，它一直成为戏剧界和学术思想界长期争论不休的话题，而这种争论的关键在于对史实的把握、特别是视角与观念的定位。《白毛女》在延安首演后，就曾被认为剧作家“在时代性上掌握得不够充分”，“它受大众的欢迎与称道”的原因“主要是演员及某些部分的音乐演奏与演出——服装、置景的吸引力的成就，在剧本方面是比较次要的”[③]。对这种批评，当时就有文章指出这“是公式主义”，“不是正当的批评作风”，“不是人民大众的观点”，“有失人民大众的立场”，对剧作“轻率抹杀的态度，是不妥当的”[④]。十年浩劫的“文革”时期，《白毛女》遭到了“四人帮”的疯狂围攻和恶毒攻击，指责作者把杨白劳和喜儿等一系列舞台人物“都塑造成了卑微软弱、贫苦无告的角色”，作品中“只有血泪史、屈辱史，而无反抗史、斗争史”，“没有超过资产阶级反封建的思想高度”等等[⑤]。粉碎“四人

① 余飘、王连登：《“这个戏是劳动人民自己的文艺”——毛泽东、周恩来论〈白毛女〉》，《中流》1995年第10期。

② 《座谈歌剧〈白毛女〉的新演出》，《戏剧报》1962年第8期。

③ 季纯：《〈白毛女〉与时代性》，《解放日报》1935年7月21日。

④ 解清（即黎辛）：《谈谈批评的方法——读〈“白毛女”的时代性〉》，《解放日报》1935年8月1日。

⑤ 《在两条路线尖锐斗争中诞生的艺术明珠》，《光明日报》1967年5月19日；《谈芭蕾舞剧〈白毛女〉》的改编》，《人民日报》1967年6月11日。

帮”后，林志浩曾撰文对这些谬论进行了充分的辩驳。① 进入20世纪90年代，竟然又有人提出，“从现代经济法的角度来看，黄世仁和杨白劳的关系本来是债权人和债务人之间的关系，而债权人以适当的方式向债务人索取债务应当受到法律的保护”，“这种关系内部的冲突如果任其激化，会给人们带来极端的后果”，“‘解决问题’的处世态度不是要人们头脑发热，产生破坏性的冲动”②。不少文章对这种公然否定中国新民主主义革命必要性的观点进行了有力的辩驳，指出这是“美化残酷野蛮的高利贷剥削，为这种古老的生息资本唱赞歌”，其目的是“要使中国走资本主义道路，甚至拉回半殖民地半封建的老路”③。还有文章一针见血地指出：“黄世仁们的幽灵一直在中国的大地上徘徊。而帝国主义的和平演变战略与国内的某些因素的结合，则在催生着一批又一批新的剥削分子。各种反动分子及其后裔们反攻倒算的事情屡屡发生，靠出卖民族利益获利的买办资产阶级分子也并非罕见。用非法手段和剥削劳动者大发其财的款儿、腕儿已经遍布大江南北。新生的土豪、恶霸横行农村早就不是个别的现象。”④

一部经典作品总要在穿越漫长岁月的时代风云中，不断地经受着时间和历史的检验，只要人间还存在着人压迫人、人剥削人的现象，《白毛女》的思想锋芒和艺术震撼力就不会减弱；即使到了人间不再存在压迫和剥削的那天，《白毛女》也会像《窦娥冤》、《西厢记》一样，依然具有认识历史和艺术审美的宝贵价值。一颗真正的明珠，灰尘永远掩不住它璀璨的光芒。日本松山芭蕾舞团团长清水正夫曾说：“《白毛女》是任何时代都令人难忘的故事。我相信，无论中国的现代化今后取得多么大的成就，即使中国的科学技术和经济文化成为世界第一了，《白毛女》也仍是一部必须经常反复回忆的民间故事。”⑤

《白毛女》是中国现代歌剧史上一座巍峨的光辉灿烂的里程碑。所有为《白毛女》的诞生奉献过心血和智慧的人们的功绩，都镌刻在这块碑上。而作为文学剧本主要执笔者贺敬之的功绩，也必然镌刻在这块碑上。

（原载《文艺理论与批评》1998年第2、3期）

---

① 林志浩：《批判“四人帮”发动的围攻歌剧〈白毛女〉的谬论》，《文学评论》1978年第2期。

② 远江：《故事新解》，《读书》1993年第7期。

③ 钟国仁：《黄世仁的辩护士——〈奇谈备忘录〉之五》，《中流》1993年第10期。

④ 刘润为：《〈白毛女〉的反压迫主题》，《中流》1995年第10期。

⑤ 清水正夫：《松山芭蕾舞〈白毛女〉——日中友好之桥》，《新文化史料》1995年第2期。

歌剧《白毛女》俄译本序言[①]

B. H. 罗戈夫　宋绍香译

1945年5月，延安鲁迅艺术学院戏剧班，在陕甘宁解放区延安城，首次公演了人民歌剧《白毛女》。

毛泽东在其著名的关于文学艺术在革命运动中的作用的演说中说：

> 文学就把这种日常的现象集中起来，把其中的矛盾和斗争典型化，造成文学作品或艺术作品，就能使人民群众惊醒起来，感奋起来，推动人民群众走向团结和斗争，实行改造自己的环境……无论高级的还是初级的。我们的文学艺术都是为人民大众的，首先是为工农兵的，为工农兵而创作，为工农兵所利用的。”（《在延安文艺座谈会上的讲话》，《毛泽东选集》〔一卷本〕北京：人民出版社1967年版，第818、820页——汉译者注）

真正的人民艺术的这一切特征，在很大程度上，都是歌剧《白毛女》所固有的，它是最受欢迎的中国现代剧作之一。《白毛女》在中国许多城市上演，多次再版，现已搬上银幕。直到今天，歌剧《白毛女》也没有走下中华人民共和国剧院和俱乐部的舞台。在1947—1949年人民解放军乘胜前进之时，这部歌剧具有特殊的功绩。

为此，《白毛女》的作者——诗人贺敬之和剧作家丁毅被授予1951年度斯大林奖金二等奖。

① 译后记：歌剧《白毛女》俄译本，B. H. 罗戈夫译，B. C. 科洛科洛夫校，莫斯科：外国文学出版社1952年版。

歌剧《白毛女》的剧情，是以广泛流传在陕西省北部的关于农家姑娘——喜儿被地主侮辱而逃到山中的民间传说为基础的。作者成功地以现实主义的艺术形象，表现了旧中国千百年来被压迫的无权的农民的苦难生活及其在国家解放后开始过上的新生活。歌剧以人民从国民党统治下解放出来及农家女喜儿得救而庄严结束；全剧以农民的自由的新生活的开始，人民对地主的审判而告终。

贺敬之与丁毅塑造了年轻的姑娘——喜儿的真实形象，她不容忍地主的强暴与专横。与其自杀身亡的父亲不同，她寻求自己抗争的力量。作者通过赵大叔这一人物，塑造了热爱劳动相信红军能给人民带来自由与幸福的淳朴农民的形象。

中国观众观看歌剧《白毛女》，是将其作为重大的社会历史概括的剧目而接受的。有一次在邯郸市（河北省）演出后，当地农民在一起交换自己的感受：

"喜儿——就是我们农民，"他们说，"大春，就是人民解放军（形象）；大嫂与赵大叔是代表觉悟的先进农民。是共产党毛主席派来的人民解放军，把喜儿从黑暗的山洞救出来，使她重见天日；是他们救了我们农民，给我们农民带来了自由的新生活。"

《白毛女》的艺术品格在于，它是一部千百万中国人民群众都能看懂、都感到亲切的作品，是一部真正的人民的作品。

这部剧作是用生动而形象的语言写成的。剧作中广泛运用了准确的对比手法，同时为了表达革命人民群众的新的思想感情，还广泛运用了华北和西北地区农民的方言。甚至，在次要的场景中，其人物对话的色调与鲜活性都能创作出一幅独特的极具艺术表现力的图画。

《白毛女》是一部深刻的现实主义的作品，但同时又与中国程式化戏剧的古老传统相联系。譬如，来自中国古典戏剧的登场人物的直接转向台下观众的对白，令人感到，与台上展开的事件有机地连在一起。歌剧《白毛女》的音乐是由马可、张鲁、刘炽、陈紫等青年作曲家们创作的。通过包括中国传统乐器的乐队的演奏，使歌剧《白毛女》产生了强烈的艺术效果。

* * *

中文版歌剧《白毛女》出版了许多种版本。1947年，剧作家丁毅在为第二种版本写的《再版前言》中说："《白毛女》这个剧本已经在张家口、承德、齐齐哈尔、哈尔滨，还有其他的地方出版过几次了，但每个版本，都不相同，

都有修改的地方，这说明了它还不太成熟，也说明着我们在努力使它走向完善。”（丁毅《白毛女·再版前言》，1947 年）

我们提供给读者的这本俄译本《白毛女》，是根据中国青年艺术团于 1952 年在莫斯科上演的《白毛女》中文本译成的。现在，该艺术团已发展成为中国剧院。这个《白毛女》文本与上述诸文本不同，其人民得解放的主题与民间传说更加有机地联系在一起，该传说是歌剧《白毛女》创作素材的基础。这就容许作者更广阔地展现了光荣的共产党领导下的人民军队的英勇斗争和解放了的劳动农民觉悟的唤醒与提高。

人民歌剧《白毛女》不仅在中国广为流传，而且在国外也闻名遐迩。在苏联，莫斯科市国立瓦赫坦戈夫剧院上演了《白毛女》，国立乌兹别克（哈姆兹）剧院在塔什干用乌兹别克语演出了《白毛女》。在捷克，捷克斯洛伐克军人剧院也成功地演出了《白毛女》。中国青年艺术团在 1952 年柏林国际民主青年联欢节上，随后在莫斯科、列宁格勒和其他许多苏联城市以及在许多人民民主国家，都先后演出了歌剧《白毛女》片断。

人民歌剧《白毛女》是中国现代文学的最动人心弦的作品之一。它表明了中国的新民主文化的成长与发展。

（原载《中国解放区文学俄文版序跋集》，中国文史出版社 2004 年出版）

《白毛女》：新阐释的误区及其可能性

何吉贤

歌剧《白毛女》1945年在延安首演，是毛泽东《在延安文艺座谈会上的讲话》之后，第一部有代表性的成功地实践了毛泽东文艺思想的作品。对《白毛女》的不同理解和阐释，必然关系到对源于“延安文学”的整个中国“当代文学”特质的不同认识乃至评价，并进而关系到对整个中国现当代文学的历程和特点的不同认识和评价。[①] 旷新年在一篇文章中将“当代文学”的特点作了这样的归纳，他说，“‘当代文学’的发生从根本上来说是由于一种崭新的政治实践。”“中国当代文学的历史从本质上来说是‘人民文学’和‘人的文学’相互冲突的历史，是建立社会主义文化霸权失败的历史。”[②] 这一简洁明了的归纳在其有效性上也许尚有值得商榷之处，但它对《白毛女》这样

① 一般的文学史研究和教学中，“当代文学”被称为从1949年建国到当下的文学现象。但当代文学史研究者在寻求和确立“中国当代文学史”学科合法性的过程中，也不断提出更具说服力的说法。朱寨主编的《中国当代文学思潮史》中提出，“中国当代文学思潮史的上限，是中华人民共和国的建立这一历史的新纪元。它的渊源，可以追溯到1919年五四新文学运动的兴起。当代文学思潮始终与五四新文学的革命思潮保持着血缘的联系。它的直接源头，则是1942年的延安文艺座谈会……毛泽东同志的《在延安文艺座谈会上的讲话》的主要精神就是要求新文学运动自觉地与新的时代、新的群众相结合，从而提出首先为工农兵服务的文艺方向。”（见该书第3页，人民文学出版社1987年版）旷新年认为，“这种对‘当代文学’的定义不仅是独一无二的，而且具有独特的理论视野和严格的逻辑性。这也是迄今为止对‘当代文学’特别而又相当确切的定义。”（见旷新年文《寻找“当代文学”》，载《文学评论》2004年第6期）另可参见洪子诚《关于五十年代至七十年代的中国文学》，载《文学评论》1996年第2期。而关于《白毛女》研究与整个中国现代文学的关系，孟悦在其《〈白毛女〉演变的启示》一文中，也表达了明确的关注：“我想通过对延安文学的代表作《白毛女》中文化因素的讨论，把对‘解放区’文艺的研究尽量放在一个复杂的视野和背景上。毕竟《白毛女》所代表的解放区文化并不是一个绝缘体，它和整个五四以来新文化的历史上下文有着千丝万缕、曲曲折折的关系。”

② 旷新年《寻找“当代文学”》。

的文本的研究，却有一种针对性的启发意义。

一、“新批评空间的开创”和“政治”的迷误

新时期以来的研究中，首先敏锐地抓住《白毛女》文本内部及文本演变系列之间的“意义的裂隙”的是孟悦。她在发表于20世纪90年代初期的《〈白毛女〉演变的启示》一文中，一反以前对《白毛女》这类“红色经典”作品“政治工具论”的简单化批评，指出这里的“政治”是需要分析的，因为“政治”与相应的“民间伦理”和“审美原则”之间存在相互调用和制约的复杂关系，反过来甚至可以说，《白毛女》故事的叙述中，政治合法性的取得，有赖于其对“民间伦理”以及相应的“审美原则”的确认。她指出，在歌剧《白毛女》中，潜在着一个“民间伦理秩序”的叙述动力机制，它体现为作为人的基本生存单位的“家”的和谐美满和神圣不可侵犯。“政治”正是首先通过惩罚这一秩序的破坏者，从而重建和谐的秩序才获得了自己的合法性。从这样的归纳中，孟悦得出结论：“……（在《白毛女》中）政治力量最初不过是民间伦理逻辑的一个功能。民间伦理逻辑乃是政治主题合法化的基础、批准者和权威。只有这个民间秩序所宣判的恶才是政治上的恶，只有这个秩序的破坏者才可能同时是政治上的敌人，只有维护这个秩序的力量才有政治上及叙事上的合法性。在某种程度上，倒像是民间秩序塑造了政治话语的性质。”① 也因此，孟悦把歌剧《白毛女》看作是“一个按照非政治的逻辑发展开来的故事最后被加上一个政治化的结局”② 这样一个“大拼盘”。

应该看到，孟悦的独特阐释在一种新的理论框架下展示了对《白毛女》等“红色经典”进行重新研究的可能性，而且，这种研究思路也确实在有关中国革命文学作品的阐释中颇有影响。黄子平就在对“革命历史小说”（或曰“新历史小说”）的阐释中，挖掘出了潜藏在“革命政治”这一叙事逻辑下的“英雄/儿女”、“斗法降魔”、“脱胎换骨”等出自民族传统审美和心理的叙事模式。③ 但同时也应看到，这种阐释总体上并没有跳出“新时期”以来关于文学的想象和文学史的叙述框架。首先，在关于文学的理解中，它基本上还是一

---

①② 孟悦《〈白毛女〉演变的启示》，载王晓明主编《二十世纪中国文学史论》，东方出版中心1997年版，第201页。

③ 参看黄子平《“灰阑”中的叙述》，上海文艺出版社2001年版。

种“启蒙主义”[①] 的理解，即把文学理解为人的情感和欲望的表达，是与复杂深刻的人性相关，任何与政治或社会因素的过多纠缠，都是对文学本性的歪曲和文学性的丢失。延及到文学史的叙述，则尽管一再去发掘这段文学史与传统文学史和作为现代文学发端的五四文学之间的联系，但本质上还是把这些文学现象理解为一种无法纳入正常文学史书写的异质性的东西。而正因为它们是异质性的，所以，在文学史的书写中，这段历史要么是整体空缺，要么是用其他“不同质”的与主流文学史叙述相容的因素来替代——陈思和所谓对“民间”“潜在”写作的发现即是。由此也牵涉到这类阐释所包含的另一个最重要的问题，即对“民间”和“政治”的二元对立式的理解。应该说，这种阐释在一定程度上瓦解了原有的“文学”作为工具为“政治”服务的阐释模式，但它还是在“政治”为修复“民间伦理”和“爱情伦理”服务的“政治”和“民间”二元对立的框架内。而只要仍然使用“‘民间’—‘政治’二元分立的概念来探讨歌剧《白毛女》的主题建构，就无法解释歌剧《白毛女》中‘民间’和‘政治’之间真正复杂的现代性关系”。

李杨的分析恰恰以瓦解这种“民间”—“政治”的二元对立为突破口。李杨指出，“在周扬那里，这种对‘普通社会长期以来形成的伦理原则和审美原则’修复或想象恰恰是最大的‘政治’。”他认为，“现代中国的社会主义革命一直是从对传统的修复——甚至是以‘传统’的名义开始的。这也是社会主义革命在形式上不同于五四启蒙革命的地方。”[②] 因此，在他看来，“呈现在歌剧《白毛女》中的民间传统其实只是对‘民间’和‘传统’的借用，不是在‘一个按照非政治的逻辑发展开来的故事最后被加上一个政治化的结局’，而是政治的道德化，或者说这是现代政治创造的‘民间’——一个打着‘民间’或‘传统’旗号的现代政治”[③]。“事实上，对‘民间’或‘传统’的借用，正是现代性知识传播的典型方式。现代政治是通过共同的价值、历史和象征性行为表达的集体认同，因而无一例外具有自己的特殊的大众神话与文化传统。在‘民族国家’或‘阶级’这些‘想象的共同体’的制造过程中，传统

① “启蒙主义”文学观是对80年代以来中国当代文学及文学史叙述的主流观点的一种简单概括，它与思想界的“启蒙主义”思潮密切相关（李泽厚的《启蒙与救亡的双重变奏》一文在文学研究界也产生了广泛的影响）。在文学史叙述中主要表现为“20世纪中国文学”的总体概括和“重写文学史”的努力。相关论述可参看旷新年《寻找“当代文学”》。

② 李杨《50—70年代中国文学经典再解读》，山东教育出版社2003年版，第287页。

③ 李杨《50—70年代中国文学经典再解读》，山东教育出版社2003年版，第287~288页。

的认同方式如种族、宗教、伦理、语言等都是重要的资源。当这个'想象的共同体'被解释为有着久远历史和神圣的、不可质询的起源的共同体时，它的合法性才不可动摇。也正是通过这样的方式，现代政治才被内化为人们的心理结构、心性结构和情感结构。"①这一分析显然有其独到之处，它彻底打破了原有的分析框架，打破了"民间"—"政治"的二元对立分析模式。但可惜李杨并没有沿着这一分析继续深入下去，他并没有继续分析：现代政治在形成共同的"民族国家"和"阶级"这些"想象的共同体"时是如何利用"民间"和"传统"这些资源的？反过来，"民间"和"传统"这些资源又与现代"民族国家"和"阶级"这些"想象的共同体"形成了怎样的复杂关系？在这里，李杨遇到了一个无法绕开的问题，即在中国的"现代性生长"过程中，现代性包含了极为复杂的内容，中国革命，包括社会主义革命及作为其意识形态表述的革命文艺，是否能够包含在中国的"现代性生长"过程中？如果能够，则必须回答它们是如何包含在这一过程中的这一问题。因为不可回避的是，当前主流文学史叙述也正是以"现代性"为标准，而将"革命文艺"作为"现代性"的异质性因素，排斥在文学史叙述之外的。如果不回答这个问题，不在具体的历史语境中具体分析这种"现代性"因素的具体内容和所包含的深刻矛盾，则必然会使新的阐释"悬空"在一种无所指向的"抽象"的状态。李杨的问题恰恰就在这里，当他瓦解了"民间"—"政治"二元对立的阐释模式，指出"政治的情感化"、"伦理的政治化"等时，他并没有提出它们背后的真正动力何在。在詹明信的"永远历史化"的背后，历史本身却变得无法触摸。李杨自称，"我一直将自己的工作放置在'解构'的层面上加以理解"，②在一片"解构"的瓦砾之上，我们看不到真正的"历史的真实"，真正推动历史发展的动力，我们也看不到一座"现代性"的大厦矗立其上。

汪晖说，在对现代思想得以发生的各种历史条件和历史事件的研究中，我们可以发现，"在现代性充满豪情甚至傲慢地加以拒绝的历史本身蕴涵着克服现代性危机的可能性和启示"③。李杨也试图证明在以"现代性"为指标的文学史叙述中，"革命文艺"恰恰是另一种被遮蔽的"现代性"。在对《白毛女》

---

① 李杨：《50—70年代中国文学经典再解读》，山东教育出版社2003年版，第288页。
② 李杨：《50—70年代中国文学经典再解读》，山东教育出版社2003年版，第369页。
③ 汪晖：《现代中国思想的兴起》，三联书店2004年版，第1492页。

的阐释中，新的视角的发现有赖于对这种“现代性”的历史的理解。

二、历史主体与新的民族国家的表述

近代以来，建立一个现代的民族国家以抵抗西方的殖民侵略，一直是现代中国最根本的问题，有关现代民族国家的叙事于是居于现代中国文学的中心地位。而在现代中国的建立过程中，文学也一直被认为是一种能够启发民智、凝聚民心、再造国民的有力工具，理应在民族国家的建设中起到重要的推动作用。中国现代文学所隐含的一个最基本的想象，就是对于民族国家的想象，以及对于中华民族未来历史——建立一个富强的现代化的、“新中国”的梦想。因此，“把现代文学放在民族国家建设的大背景下加以审视，可以使我们对20世纪中国文学获得一种新的认识。”①

现代民族主义理论一般都把现代民族国家当作一种“现代的人造产物”，用本尼迪克特·安德森（Benedict Anderson）的话说，是一种“文化的人造物”（cultural artifacts）。② 在盖尔纳（Ernest Gellner）那里，现代民族国家是政治边界和文化边界重合之处的产物，“民族主义的定义，是为使文化和政体一致，努力让文化拥有自己的政治屋顶。”③ 本尼迪克特·安德森则明确地把现代民族国家说成是一个“想象的共同体”，“它是想象的，因为即使是最小的民族的成员，也不可能认识他们大多数的同胞，和他们相遇，或者甚至听说他们，然而，他们相互联结的意象却活在每一位成员的心中。”④ 如果把现代民族国家当作一个“文化的人造物”，那么，不可避免地，当研究者在《白毛女》研究中注意到“政治”的因素与《白毛女》文本演变之间的关系时，会对“政治”的理解获得一个更加宽泛的角度。《白毛女》产生在40年代的延安，其时正处于民族矛盾激烈的抗战时期，而以毛泽东为代表的中国共产党人也正是在此期间形成了自己建国方略的雏形。作为“‘延安文艺’的最高峰，

---

① 倪伟：《“民族”想象与国家统制：1928—1948年南京政府的文艺政策及文学运动》，上海教育出版社2003年版，第9页。

② 安德森说，“我的研究起点是，民族归属（nationality），或者，有人会倾向使用能够表现其多重意义的另一个字眼，民族的属性（nationness）以及民族主义，是一种特殊类型的文化人造物（cultural artifacts）。”见吴叡人译《想象的共同体：民族主义的起源与散布》，上海人民出版社2003年版，第4页。

③ 盖尔纳著，韩红译：《民族与民族主义》，中央编译出版社2002年版，第58页。

④ 本·安德森：《想象的共同体》第5页。

同时也是‘延安文艺’的终结”①，歌剧《白毛女》的特殊性正体现在这里。

为什么要选择戏剧这种形式来改造一个民间传说，以表达对旧制度的控诉，对新制度的向往，并把它作为向标志着一个新时代来临的中共七大的献礼节目呢？“新歌剧”这种艺术形式的特殊性体现在什么地方？它与同时期的“延安文艺”及之后的社会主义文艺实践构成了什么关系？从“秧歌剧”运动到“新歌剧”，延安的戏剧实践与一种新民族国家的想象存在怎样的关系？围绕《白毛女》的阐释，这些都是应该得到解答的问题。戏剧在现代中国的命运极为特殊，在戏剧内部，它一直处在“传统和现代”、“民族和西方”的压力下，进行着形式和内容的改造和创新；同时，作为一种群体的艺术，它又是表现那个时代政治—美学使命的最佳艺术形式，与时代的变化保持着极为紧密的关系。“一个以建构共同的文化心理结构、共同的价值观念形态、共同的情绪、共同的焦虑与向往为目标的时代，往往是戏剧繁荣的时代。”② 正因为如此，40 年代也被称为一个戏剧的时代。③ 对于延安文艺来说，在建构政治认同成为延安文艺的基本目标以后，“延安大众文艺，则不仅仅要克服通俗文学的客体化成分，也要摒弃现代主义的个人化政治，因此大众文艺的具体形式就包括了放弃‘长篇的体裁，复杂的性格心理描写，琐碎情节的描写’等（周扬语），转而强调戏剧、曲艺、民间文艺以及带有狂欢色彩的集体欢庆活动。”④ 当然，这种转向并不是一种简单的转向，它包含着深刻的“政治”内容。

延安时期戏剧—戏曲实践中，从秧歌剧运动到“新歌剧”的实践，其最高的宗旨就是建构政治认同，而这种政治认同的基础是建立一种对新的民族主体或历史主体的表述，在延安的戏剧—戏曲实践中，就是把农民建构为新的民族主体或历史主体。延安文艺选择完全来自“民间”的“秧歌”这种农民艺术形式并非偶然，它是“演农民”、“农民演”的一种需要和必然结果。而“新歌剧”也并没有一般人想象的那种“洋味”，对当时的创作者来说，“新歌

---

①② 李杨：《50—70 年代中国文学经典再解读》，山东教育出版社 2003 年版，第 306 页。

③ 参见李欧梵《李欧梵自选集》，上海教育出版社 2002 年版。李欧梵在此书中谈到，“在我对中国现代文学的研究过程中，我发现了每一个历史时期皆有一个主宰的文学的种类。大致说来，五四时期（1917—1927）主要的文类是短篇小说；后十年中（1927—1937）为长篇小说；中日战争时期（1937—1945）为话剧；战后时期（1945—1949）则显然是电影。”见该书第 155 页。但李欧梵此处所说的“话剧”并不是非常恰切，如果考虑到“解放区”在内的中国全境的情况，说“戏剧”应该更准确。李杨就敏锐地指出了，“准确地说，延安文艺选择的是‘戏曲’而不是‘戏剧’”。见李杨《50—70 年代中国文学经典再解读》第 301 页。

④ 唐小兵编《再解读——大众文艺与意识形态》，牛津大学出版社 1993 年版，第 22 页。

剧”完全可以当作一种新的地方戏曲形式来理解，《白毛女》的实际音乐创作，也是在对民歌和地方戏曲的创编基础上进行的。在“秧歌剧”和“新歌剧”中，现代中国的文艺作品和舞台上，首次大量出现了全新的农民形象和乡村景象。在中国现代文学中，由于现代民族国家间霸权争夺的紧迫情景，急需“现代化”的新文化倡导者们往往把前现代的乡土社会形态视为一种反价值，因此，“‘乡土’在新文学中是一个被‘现代’话语所压抑的表现领域，乡土生活中可能尚还‘健康’的生命力被排斥在新文学的话语之外，成了表现领域里的一个空白。”① 而在延安文艺中，农民和“乡土生活”以崭新的形象呈现出来，而且，“乡土生活”不再仅仅是一种“景观”，一种舞台的“布景”，而成了舞台的主角，舞台的全部，是农民来表述自己，而不是被表述。回到毛泽东“讲话”关于普及和提高的关系的论述，就是“从工农兵出发”，站在工农兵的立场上，用工农兵的语言说话。它其实并不仅仅是对乡土文化的“挪用”和“利用”，而是一种根本立场的转化。

这里除了一个阶级立场的转化以外，还有一个民族主体的建构问题。现代民族主义在建构一种“民族的想象共同体”的过程中，一方面要进行民族的认同建构，更重要的，也要建立一套关于民族主体的叙述。民族主体的建构涉及一套复杂的工程，在意识形态层面，建立一套关于民族主体的表述是其重要的部分。杜赞奇（Prasenjit Duara）在《从民族国家拯救历史》一书中论述到了建构民族主体的复杂性。他说：“民族历史把民族说成是一个同一的、在时间中不断演化的民族主体，为本是有争议的、偶然的民族建构一种虚假的同一性。这种物化的历史是从线性的、目的论式的启蒙历史的模式中派生出来的。……启蒙历史使民族国家把自己看做是一个存在于传统与现代、等级与平等、帝国与民族国家的对立之间独特形式的共同体。在此框架内，民族成为一个体现能够推翻历史上被认为仅代表自己的王朝、贵族专制以及神职和世俗的统治者道德和政治力量的新的历史主体。与此相反，民族是一个集体的历史主体，随时准备在现代的未来完成自己的使命。”② 因此，杜赞奇提出要用一种“复线的历史”（bifurcated history）来代替线性的历史，因为“复线历史”能够恢复那些丧失在时空中的意义和历史。对于现代中国来说，这种力图恢复“复

① 孟悦：《〈白毛女〉演变的启示》，载王晓明主编《二十世纪中国文学史论》，东方出版中心1997年版，第194、195、201页。

② 杜赞奇：《从民族国家拯救历史：民族主义话语与中国现代史研究》，社会科学文献出版社2003年版，第2页。

线历史”或“邦联”式的历史叙述的工作至少包含了两方面的内容。首先，在现代民族国家主体的确认上，如何从“汉族中心主义”走出来，建立一个更广泛的中华民族的认同；其次，在历史主体的建构上，如何将更广泛的“人民大众”纳入到历史的叙述之中。用杜赞奇的话说，也就是突破晚清以来有关中国社会对政治群体表述的两种模式：“一种是建立在先天性原则之上的排他性的以汉族为中心的表述；第二种是建立在中国精英阶层的文化价值观念与学说基础之上的表述。”①

在40年代的延安，如何将更广泛的“人民大众”塑造为新的现代民族国家和历史发展的主体是一个更加迫切和重要的工作，这也是“延安文艺”围绕的一个深刻主题。杜赞奇指出，“作为民族主权的基础，人民很古老，可是他们必须获得新生以参与新世界。”“人们必须经过创造而成为人民。同样，在中国和印度那样的新民族国家，知识分子与国家所面临的最重要的工程之一，过去是，现在依然是重新塑造‘人民’。人民的教育学不仅是民族国家教育系统的任务，也是知识分子的任务。后者通过民歌民谣、文学与至关重要的反宗教运动而参与其中。民族以人民的名义兴起，而授权民族的人民却必须经过重新塑造才能成为自己的主人。人民的塑造与再塑造是时间问题在政治上的表达：历史的形而上学等同于同一体的进化。”② 在歌剧《白毛女》中，人民——“最广大的中国农民”以一种崭新的形象被塑造了出来。风雪之夜归来的杨白劳可以认为是老一代未经改造的农民，最后死在了风雪之夜；新一代的农民（喜儿、大春）经过“出走”，经过革命队伍和“从鬼到人、从人到鬼”的否定转化，又以“新人”的形象重新“归来”。在这种明与暗，新与旧

---

① 杜赞奇：《从民族国家拯救历史：民族主义话语与中国现代史研究》，第48页。杜赞奇曾分析了从汪精卫、傅斯年到雷海宗、顾颉刚关于中国历史叙述的变化过程。这个过程的主要内容就是确立一个关于汉民族主体的过程。但到顾颉刚这儿发生了某种变化，顾充分意识到中国历史在创造儒家经典过程中压抑了很多东西。“顾颉刚差不多向重新发现原始民族主体、特别是汉人作为原始民族主体的启蒙工程提出了挑战。”“在他看来，社会变迁、混乱、竞争激烈的时期，正是中国历史上最有创造力的时期，而中央集权的政治一统与儒教的制度化造成压抑及衰败。正是由于异族及异文化的贡献——如五胡、契丹、突厥和佛教徒，中华民族才得以延续下来。这样，顾颉刚预设了一个历史的比喻，即外来者与边缘居民周期性地给予中华文化活力。这些外来者与边缘居民的‘他者’形象可以从沈从文等小说家的作品中找到。”参见杜赞奇书第30页。顾颉刚的这一工作在同时代的历史学家中并不是孤立的，陈寅恪关于唐代政治和关中的研究在一定程度上也是对这一观点的某种呼应。杜赞奇也指出了鲁迅从文学的角度对这一观点提出的独特叙述。

② 杜赞奇：《从民族国家拯救历史：民族主义话语与中国现代史研究》，社会科学文献出版社2003年版，第2页。

的戏剧冲突中，“历史的主体”进化了，新的民族——历史主体被塑造出来了。这种民族—历史主体的塑造工程一直贯穿于《白毛女》版本的演变过程，而且逐渐得到强化。在舞剧《白毛女》中，这种“历史观”得到了更加高屋建瓴式的概括，我们可以看看舞剧头尾部分的处理。舞剧新增加的序幕和结尾中，鲜明地表达了一种新的历史观。序幕中歌词是这么写的：（女独）看人间，往事几千载，穷苦的人儿受剥削遭迫害。（男合）看人间，哪一块土地不是我们开，哪一片山林不是我们栽，哪一间房屋不是我们盖，哪一亩庄稼不是我们血汗灌溉。可恨地主狗汉奸，土地他霸占，庄稼是私财……（男合）多少长工被奴役，（女合）多少喜儿受苦难，穷苦的人儿啊，地作床天当被盖。（男女合）诉不尽的仇恨啊，汇成波浪滔天的江和海！压不住的怒火啊，定要烧毁这黑暗的旧世界。结尾部分进行呼应，首尾贯穿，形成了一个完整的历史叙述结构。结尾唱道：（男合）太阳出来了，太阳出来了……（女合）上下几千年，受苦又受难，今天看见出来了太阳，今天看见出了太阳……（男女合）太阳就是毛泽东，太阳就是共产党……（男女合）千年的仇要报，万年的怨要伸，受尽了欺压，今天要作主人，今天要大翻身……音乐和歌唱重回开头“看人间……”。最后，在优美悦耳的充满民族情调的拥军歌中，烧地契、卖身契等——在旧世界的灰烬中，一个崭新的世界诞生了。

这里又涉及到了另一个问题，就是在《白毛女》这样的文本中，是如何处理民族话语与阶级话语的关系的。一般认为，马克思主义经典作家的阶级理论与民族理论是不相容的，我们暂且不讨论这种说法成立与否，但至少在现代中国，特别是在中国共产党人这儿，这两种话语却不一定显得那么对立，在一定程度上，它们是互相融合的。对此，杜赞奇的看法非常有针对性，他认为，“阶级和民族常常被学者看成是对立的身份认同，二者为历史主体的角色而进行竞争，阶级近期显然是败北者。从历史的角度看，我认为有必要把阶级视作建构一种特别而强有力的民族的修辞手法——一种民族观……某个阶级的所谓的特征被延伸至整个民族，某一个人或群体是否属于民族共同体是以是否符合这个阶级为标准的。中国共产主义就是一个很好的例证，尤其是旨在清除不受欢迎的阶级或剥夺他们的公民权，从而以理想化的无产阶级形象塑造中国的文化大革命时期。这里，民族的观念成为具有超国界诉求的革命语言与民族确定性之间的张力之所在。以阶级斗争的革命语言界定民族的另一种手法是把阶级斗争的‘普遍’理论置入民族的语境中。30 年代毛泽东上升为与列宁和斯大林齐名的最高理论家的地位，以及‘中国模式’的革命运动的诞生，都是马克思主义中国化的结果，民族特性便体现在由中国人领导的独特的阶级斗争的模式中。这种‘民族观’与国民党人的准儒家式的民族表述相去甚远，就自不待言了。”① 杜赞奇的这一看法与盖尔纳的极为相似。盖尔纳在谈到民族与阶级的关系时说，“只有当一个民族成为一个阶级，成为在其他方面都具有流动性的制度里的一个可见的、不平等地分布的范畴的时候，它才会具有政治意识，才会采取政治行动。只有当一个阶层碰巧（或多或少）是一个‘民族’的时候，它才能从一个阶级本身，变成为一个为自身利益奋斗的阶级或者民族。民族和阶级单独似乎都不是政治催化剂：只有民族—阶级或者阶级—民族，才是政治催化剂。”②

当然，在现代中国，这一过程的复杂之处还在于，它一方面涉及改造和教育人民/农民，另一方面涉及知识分子自身的改造，即不断摒弃自身的阶级属性，以融入和表现那个历史主体。在内容上，要摒弃自身的“小资产阶级知识分子情调”；在形式上，要运用农民的语言，农民的表现方式。这里可以举两个与《白毛女》及歌剧《白毛女》主要作者贺敬之有关的例子来加以说明。一个例子是《白毛女》还没有正式上演之前，里面有一场戏，写赵大叔在瓜地里，有一段独唱。这时候情节的发展是喜儿被抓走了，大春跑到赵大叔这儿来。这中间赵大叔有一段唱词，颇有旧式诗人月下吟唱的风味。经过50多年，作者贺敬之还能回忆起原来的词：“月儿出来照山谷，瓜地里秋虫叫不歇，瓜儿熟了瓜儿谢，月儿圆了月儿缺……不觉得头发梢上见了白雪。”这段词被谱了曲，出来以后，鲁艺的老师、同学，尤其是老百姓都很不欣赏。但贺敬之本人却觉得“还是很有情调的”。不过，经过《讲话》教育后的贺敬之显然懂得其中的奥妙，他承认：“后来呢，我也同意去掉——太有旧文人旧诗词的味道了。”③ 另一个例子来自贺敬之创作《白毛女》之前另一个颇有影响的中型秧歌剧《周子山》，里面有一段唱词，是参加红军后的马红志回到家乡马家沟时唱的。这段唱词受到了当时延安戏剧工作领导者之一的张庚的批评。张庚的批评文章后来发表了，原文是这样的：“（写词中）我们常受两种坏影响：一是旧剧的老一套：‘听他言’‘不由我’‘珠泪双抛’三句旧戏八股轻轻松松地构成了一句词，工农兵的语言就有些插不下脚。另一个是新的抒情腔调：‘红格

---

① 杜赞奇：《从民族国家拯救历史：民族主义话语与中国现代史研究》，社会科学文献出版社2003年版，第19页。

② 盖尔纳著，韩红译：《民族与民族主义》，中央编译出版社2002年版，第159页。

③ 此据2004年4月21日贺敬之接受北京大学韩毓海等人访谈时的谈话整理稿（未刊）。

淡淡的太阳，太阳东山出，桃花李花开满树，小河里的流水哗啦啦地流，离家三年迩刻又回到马家沟'（《周子山》中马红志唱）。不但在表演上是没有动作的，而且在情感上也是知识分子的。"① 这段话在以后收录《周子山》的各种版本，包括笔者所见的1985年湖南人民版《延安文艺丛书·歌剧卷》以及2004年新版的《贺敬之文集·歌剧歌词卷》中都已经删去。

到这儿，问题就是新的文化与原有的民间文化的关系问题，在分析《白毛女》这样的"革命经典"作品时，这是一个无法绕过的问题。本文第一部分已经提到了孟悦在分析《白毛女》版本演变过程中，解释了其中存在的"民间伦理"逻辑，并把它提高到了决定"叙述动力"因素的高度。应该看到，除了孟悦对"政治"的理解存在偏差之外，她对"政治"与"民间"的关系论述中，也主要仅仅立足于叙述结构的分析。如果换一个角度，比如从现代民族主义理论的角度考察，也许会对这种叙述结构获得一种新的认识，而对"政治"的理解也会有所不同。

在盖尔纳对现代民族主义的论述中，一种新的"高级文化"（high culture）的形成，是现代民族意识和民族国家赖以形成和建立的极为重要的条件。但这种"高级文化"的形成是以固有的民间文化和传统文化，即"低俗文化"（low culture）为基础的。他说道："民族主义通常以某种假定存在的民间文化的名义进行征服的。民族主义的象征来自农民、民众那种健康、淳朴、充满活力的生活……一种现代的、精简的、机动的高层次文化，通过音乐舞蹈进行着自我表现，表现的手段借助于一种它自以为在保卫、重新肯定并使之永恒的民间文化。"② 但是，这种"高级文化"对原有文化的改造和利用却有一个复杂的转化过程。盖尔纳承认："人们公认，民族主义利用了事先业已存在的、历史上继承下来的多种文化或者文化遗产，尽管这种利用是秘密的，并且往往把这些文化大加改头换面。已经死亡的语言可以复活，传统可以创造，相当虚构化的质朴和纯洁可以恢复……民族主义声称保卫和复兴的文化，往往是它自己杜撰的东西，或者是被它修改得面目全非……"③ 因此，他在关于现代民族主义与现代认识论转化和现代教育观念的变化关系理论的基础上，总结

① 张庚：《鲁艺工作团对秧歌的一些经验》，参见《新歌剧问题讨论集》，中国戏剧出版社1958年版，第447页。

② 盖尔纳著，韩红译：《民族与民族主义》，中央编译出版社2002年版，第76页。

③ 盖尔纳著，韩红译：《民族与民族主义》，中央编译出版社2002年版，第74页。

说："民族主义，从根本上说，是把一种高层次文化全盘加在社会之上……"① 在《白毛女》以及同期延安文艺作品中，这种"高级文化"对民间文化的利用和改造，或者说"世代相传的有关群体的历史叙述结构与现代民族国家体系的制度性话语之间妥协的产物"体现在哪儿呢？除了孟悦所分析的"民间伦理"和"爱情伦理"与政治叙述的关系，以及20世纪40年代"左翼"文学界和理论界曾经争论过的地方形式、民族形式与民族主义的关系问题②等考察视角外，还可以从文学批评者一般较少涉及的戏剧中的音乐因素入手，来揭示新的"高级文化"形成中各种因素的复杂关系。

众所周知，在《白毛女》的音乐中，创作和利用旧调子本身是互相纠缠在一起的。旧调子的采用，如一幕一场第三曲（杨白劳唱）是山西秧歌《拣麦根》，二幕二场第十五曲（喜儿唱）是河北民歌《小白菜》等。根据旧有的调子加以不同程度的改编，如前三幕喜儿所唱的调子大多是根据《小白菜》、秦腔及陕北道情"滚板"等改编，杨白劳所唱的调子是根据《拣麦根》改编，地主老太婆唱的调子是根据佛曲《目莲救母》及河北念善书调改编。至于创作，也"不同于一般歌曲的创作，它必须顾及全剧音乐主题的统一，所以大半是根据已经采用的曲调的精神而创作的……"归结起来，《白毛女》音乐所采用的原则，是"吸收各地民歌加以改编，使其戏剧音乐化，以与各种地方戏剧音乐相融合而加以加工，使之适合并发挥剧本所表现的内容"③。这里，音乐的创作者首先否认了创造中国新歌剧必须以"西洋歌剧"为准绳的"全盘欧化"道路，理由是，"今天中华民族有着自己丰富的生活内容，这些内容用前一代西洋人的音乐语言来表现，是完全不能胜任的。"理由中既有时间上的因素，又有民族的因素。同时他们又否认了"改造中国旧歌剧"的道路，因为旧歌剧形式"与其所表现的封建旧内容是如此地密切结合而不可分，以至于如果让它脱离了原来的旧内容而用以反映新的现实生活，就会发生不可调和的矛盾"。它们选择的道路是在"民间"："在民间——确切点说，在广大的农村中——无时无刻不在创造着、流行着并发展着各种民歌、秧歌、花鼓以及

① 盖尔纳著，韩红译：《民族与民族主义》，中央编译出版社2002年版，第75～76页。

② 关于这个问题的论述，可参看汪晖的论文《地方形式、方言土语与抗日战争时期"民族形式"的论争》，载《汪晖自选集》，广西大学出版社1997年版，以及《现代中国思想的兴起》第二部下卷，三联书店2004年版。

③ 马可、张鲁、瞿维：《关于〈白毛女〉的音乐》（1945年7月15日），《贺敬之文集·歌剧歌词卷》，作家出版社2004年版，第238～239页。

种种地方戏曲；这些东西的作者和演员，大半是未脱离生产的劳动者；在他们的作品中所反映的生活，大部分是民间的生活。虽然在作品的主题思想与创作方法等方面常不免受统治阶级思想的影响，但其中的大部分主题是积极的，情感是健康的，描写是生动的，语言则为地地道道的群众语言，作为旧社会里被压迫群众的艺术，这是我们极为珍贵的宝藏。采用这些民间形式来表现新的现实内容，如果运用得当，是可以在某种程度上得到成功的。”① 现成的成功例子是柯仲平和马健翎领导的民众剧团在利用和改造民间戏曲工作中取得的成功，以及延安的新秧歌运动。

但是，在使用“民间形式”的问题上，并非不存在问题。《白毛女》的音乐创作者也认识到，单纯的民歌形式因其形式简单，表演范围受一定的限制，在短小的歌剧或大歌剧中的某些抒情场面，还能有一定的作用，但用于戏剧性特强之处，就不能胜任了。这就需要对民歌进行戏剧音乐化的处理，把民歌加工、提高为戏剧音乐，包括加入一些吟诵调，把各种不同的主题交织成合唱或重唱等形式。但“民间形式”还带来了另一个问题，即如何处理各种“民间形式”天然带有的地方差异问题，因为“低俗文化”虽然是“高级文化”赖以形成的基础，但“高级文化”必须是一种可流通、可交换的在本民族内的“普遍形式”，这就有一个统一和提高的问题。对剧本作者来说，语言上的处理相对比较简单，秧歌剧的发展表明，原来那种被广泛使用的陕北方言词汇，如“一满”、“迩刻”、“这搭”、“咂”、“不沾”等等，到后期的秧歌剧中已越来越少，而新歌剧中已基本不存在这些“方言土语”，所用的基本是书面普通话，虽然在表达方式上还保留着浓厚的北方农民的气息。在音乐形式上，这个问题的处理就没有那么简单，因为不可能用一种新创造的“普遍的音乐形式”来代替原先带有各种地方特色的“地方民歌和戏曲形式”，因此，统一问题就相对比较复杂。丁毅曾从秧歌剧到“新歌剧”发展的历史角度，谈到这个“普及”和“提高”的过程。他谈到，延安的文艺工作者刚开始组织秧歌活动时，他们找寻了在群众中最普遍、最流行的形式，如：“二人场子”、“打花鼓”、“推小车”、“金钱板”、“秧歌领唱”等。按照原有的形式，利用原有的曲调，填上配合当时政治斗争的新调，进行演出。后来到秧歌剧，在内容上较前者深刻丰富了，有故事，有人物，有情节了；在形式上仍多是采用了民间戏

① 马可、瞿维：《〈白毛女〉音乐的创作经验——兼论创造中国新歌剧的道路》（1946 年 8 月 30 日）。

曲、快板剧等原有的形式，音乐曲调也多半是采用民间戏曲原有的曲调或是民歌，只有少数是创作改编的。但是，原有的民族传统戏剧形式的表现手段已不能完全满足这些内容的要求。特别是在音乐上，原有的戏曲音乐和民歌已经不能充分完满地表现当代人民群众的思想感情，原有的戏曲音乐类型化的手法不能达到塑造鲜明人物形象的要求，原有的戏曲音乐的题材更缺少表现当代群众力量的东西……而到了《白毛女》等“新歌剧”作品，音乐上有了很大的发展，它们“已不再使用旧有的曲调配词，而是以民族戏曲和民歌的曲调作为素材，以民族音乐语言为基础，经过创作，构成它的音乐，因而能够更具体，更细致地刻画人物情感；它运用了西洋歌剧主题发展的方法，因而能表现群众力量；它采用了更多的乐器，发展了描写音乐，因而给戏剧以更大的感人力量”[①]。“这个发展过程生动地证明了毛主席所讲的普及与提高的关系。从秧歌、秧歌剧到《白毛女》，这是一个从普及到提高的过程。”[②] 具体说来，在音乐的同一性上，《白毛女》的音乐作者在处理中采取了人物的阶级属性和地方性特点的标准。比如，用根据河北民歌《小白菜》所写的《北风吹》来描写天真的喜儿，用以山西秧歌《拣麦根》改编的曲调来描写苍老的杨白劳，“因为两种曲调都还能刻画出人物的个性，并且这两种个性都能统一在‘农民’的范畴中，因此其地方性的不同就不至于显得很不调和了”；表现地主婆黄母的音乐一部分来自昆曲，一部分来自河北民间妇女念善书调，过门则为五台山的佛教音乐，“但因为都能符合地主的身份，并且又与佛教有关，调式上又有其共同点，所以也并不显得不调和”。在地域上，因为所用的民歌及地方戏剧音乐，基本上都是北方的，所以在地域性上也有相对的统一性。[③]

《白毛女》音乐创作上这些经验的取得，从理论上说，是毛泽东《讲话》精神教育的结果，从实践经验上说，也是对五四以来关于“新歌剧”创作经验的总结和提高。但是，关于“新歌剧”的音乐问题争论一直存在着。这种争论也并非无关紧要，我注意到，在 1957 年召开的关于新歌剧的讨论会[④]上，

---

① 《新歌剧问题讨论集》，中国戏剧出版社 1958 年版，第 59 ~ 60 页。

② 《新歌剧问题讨论集》，中国戏剧出版社 1958 年版，第 61 页。

③ 《新歌剧问题讨论集》，中国戏剧出版社 1958 年版，第 246 ~ 247 页。

④ 指 1957 年中国戏剧家协会和中国音乐家协会联合召开的“新歌剧”讨论会。大会讨论了许多有关“新歌剧”的理论和实践的重要问题，如新歌剧的概念，新歌剧的历史估价，新歌剧的基础和方向，新歌剧如何继承和发扬民族戏曲传统，如何学习苏联和西洋歌剧的经验，以及有关新歌剧剧作、作曲、表演、唱腔等问题。其中的重要讨论文章和发言均收集在《新歌剧问题讨论集》一书中。

有关新歌剧的争论围绕着新歌剧与传统戏曲和西洋歌剧的关系问题，几乎都集中在音乐上，这些争论也直接关系到对50年代“戏改”方向的把握和具体实践的理解，当然，这又是应在另一篇文章中讨论的问题了。

（原载《文艺理论与批评》2005年第3期）

《白毛女》在日本的传播和影响

[日] 山田晃三

一、《白毛女》在日本传播的途径和过程

1.《白毛女》是通过什么渠道传播到日本。新中国成立以后，在当时东西方矛盾日益突出，朝鲜战争爆发的形势下，日本政府追随美国，于1952年与台湾当局缔结了《日华和平条约》。与新中国相对立，使日本和中国一度处于一种几乎完全隔绝的状态。但日本广大民众对于侵华战争的历史深感内疚和反省，希望与中国实现由来已久的两国传统友谊。“二战”结束以来，由于复苏日本经济的需要，在日本形成了以民间团体为主导的中日友好运动。尤其日本经济企业界对近邻中国的广阔市场更加重视，从日本的中长远发展考虑要求重新开展对华贸易。

在极其艰难的条件下，为打破这种隔绝状态，参议员高良富以去巴黎参加联合国教科文组织会议的名义取得了访问法国的护照。参议员帆足计和改进党众议员宫腰喜助是中日贸易促进议员联盟（1949年5月成立）的成员，他们以考察农业问题的理由取得了访问丹麦的护照。这样，三位代表冲破日本政府设置的种种障碍，绕道第三国辗转到了莫斯科，应中国人民银行行长南汉宸的邀请，出席了促进东西方贸易联系的国际经济会议。之后，又应邀于1952年5月15日来到北京，从而成为新中国成立后第一批访华的日本政界人士。帆足计等与中国国际贸易促进委员会签订了《第一次中日民间贸易协议》，为中日经济贸易的发展开辟了道路。

在签订第一次中日民间贸易协议的过程中，还有一个意想不到的收获。帆足计等三位在北京与周恩来总理会见时提出：“为了使日本人准确地了解新中国，想把有利于中日文化交流的作品介绍给日本。”结果，周总理赠送了由贺敬之等创作的同名歌剧所改编的电影《白毛女》，在两国几乎没有任何交往的

情况下，在中日民间友好人士的实际行动中，把《白毛女》首次介绍给了日本人民。

2. 松山芭蕾舞团在日本上演芭蕾舞《白毛女》，博得了广大日本人民的好评。高良富等三位作为第一批访问新中国的日本人，在回国之后，受到各方面的邀请，请其介绍新中国的情况。他们首先把《白毛女》的录像带递交给日中友好协会的宫崎世民（后任该协会理事长）。宫崎等就开始在日本全国各地的群众集会上作报告，把他们所看到的新中国的真实情况告诉民众，同时策划了“白毛女上映会”，使日本观众第一次看到新中国的电影《白毛女》。

真正意义上把《白毛女》介绍给更广大的日本民众的，是1955年松山芭蕾舞团上演芭蕾舞剧《白毛女》。松山芭蕾舞团创建于1948年，清水正夫、松山树子夫妇为正副团长。1952年的秋天，清水在东京江东区的一个小会堂里看到了电影《白毛女》，深受感动，便竭力推荐松山也去观看。当时清水深为感动地说：“这部影片好极了，这将对日本的妇女解放运动产生极大的影响。”松山说：“其故事情节具有明显的序、破、急，主人公喜儿的黑头发一下子变成白发，很适合于改编为芭蕾舞。”① 两位多次去看电影《白毛女》，最后决定用自己的力量将其改编为芭蕾舞，搬上日本的舞台。

虽然他们决定创作芭蕾舞版《白毛女》，但是，只看过电影《白毛女》，手里什么资料都没有，因此，他们给中国戏剧家协会写了一封信，请求他们提供有关《白毛女》的资料。1953年底，他们收到当时任中国戏剧家协会主席的田汉先生的回信，随信附上了歌剧版《白毛女》的剧本和乐谱，以及舞台剧照。1954年日本东京未来社出版了以歌剧版剧本和曲谱为内容的《白毛女》（译者为坂井照子、岛田政雄等），日本作曲家林光参考歌剧版《白毛女》的乐谱，创作了芭蕾舞版《白毛女》的音乐。为了显示出芭蕾舞演员苗条的身姿，更符合芭蕾舞的特色，松山专门为喜儿设计了银白色的造型服装。后来，中国芭蕾舞剧《白毛女》也采用了这一造型服装。

经过两年多的艰苦创作，1955年2月12日，松山芭蕾舞团终于在东京日比谷公会堂上演了芭蕾舞剧《白毛女》。清水追忆，当时东京的剧场奇缺，许多希望得到表演场地的团体或艺术家均需采用先交款后抽签的办法来获得剧场的档期。为了演出，当时剧团实力并不强大的他们向银行贷款，抵押了自己的房产和土地，发动了几个团员带着钱去排队抽签。幸运的是他们抽到了2月

① 古川万太郎：《日中战后关系史》原书房1988年版，第49页。

12日和18日两个日期。①

松山树子扮演主角喜儿、清水正夫担任创作的《白毛女》，博得了广大日本人民的好评。清水回忆道："那天天气非常冷，但是观众人山人海，连补座都没有。看上去，大部分的观众都是大学生和工人等年轻人。"松山说："我还很清楚地记得芭蕾舞《白毛女》的首演，我亲自感受到了观众的热情，我只是拼命地跳舞。谢幕的时候，观众的掌声经久不停。我看到前排的观众都流着泪水，有的甚至大声地哭了起来，台上的演员也抑制不住自己的感情，都流着眼泪谢幕。"②

松山芭蕾舞团在20世纪50年代顶着巨大的政治压力，付出相当大的决心与毅力，成功地上演了芭蕾舞剧《白毛女》。日本的芭蕾舞剧的艺术，一向都是西洋芭蕾为主体，忽然要演绎中国民间文学中的白毛仙姑，这对于他们来讲，需要付出很大的勇气和艰苦的创业精神。

二、芭蕾舞《白毛女》在日本的影响和评价

松山芭蕾舞团的《白毛女》获得了很大成功，在日本国内转眼之间成了非常热门的话题。但是，对于《白毛女》的评论却分为截然不同的两种意见。广大年轻观众纷纷地说："从来没有见过这么好的芭蕾舞。"但也有不少人批评："芭蕾舞不应该写这种中国解放战争时期的农民的故事"，"松山芭蕾舞团是共产主义者"等相反的意见。后来，随着演出的增加，《白毛女》得到了越来越多的日本民众的理解和赞许。

《白毛女》在日本深受欢迎的原因主要有两个方面。一个是，通过讲述主人公喜儿从备受压迫的苦难生活中站起来的故事，日本人民了解到了中国社会底层人民的苦难生活，了解到了中国为什么会发生那场革命，同时也在思考解放以前中国人民所处的灾难和困境。白毛女的遭遇，使得日本人民认识到了受苦受难的中国农民翻身解放的主题思想，引起了大家的共鸣。

另外一个是，其主题思想恰好反映了当时日本人民的实际生活。广大日本人民把喜儿的心情当成自己的心情，被受虐待的中国农民站起来建设自己国家的故事情节深深感动。清水说："打动我们的心弦并使我们难以忘记的是受压

---

① 清水正夫：《白毛女はゐかな旅をゆく》，讲谈社1983年版，第71页。

② 清水正夫：《白毛女はゐかな旅をゆく》，讲谈社1983年版，第70～71页。

迫的农民们如何去求得自己国家的解放这一主题。"①《白毛女》的故事触发了他们内心深处渴望自由的意念，并下定决心要把这部在中国几乎家喻户晓的传说改编成芭蕾舞上演。

1951年日本政府缔结了《旧金山和约》，随后又和美国签订了《日美安保条约》。当时，日本虽然已经独立，但在朝鲜战争爆发以及东西"冷战"体制下，追随美国的外交政策，仍然处于美国军队的占领之下，民族矛盾十分突出。由于美军基地建设的需要，日本各地许多农民土地被没收，日本逐渐成为了美国在远东的战略阵地。但是，面对美军不断扩充在日军事势力，冲突事件接连不断。

1952年11月发生了"内滩事件"，美军要求把金泽市郊外的内滩村海岸建设成射击场，当地政府不顾村民的强烈反对，同意了美军的要求。这时候，村民们在海边建设小屋以示抗议。1955年9月，美军要求扩展立川军事基地，引起了沙川居民的反对，但是政府一意孤行强制测量扩展土地，引发了居民与警察的激烈冲突，1000多人在冲突中受伤，这就是"沙川事件"。1957年又发生了"杰拉德事件"，在群马县的一位农妇不慎进入相马之原美军基地，被士兵开枪打死。在20世纪50年代的日本，类似这样的事件不断地发生，掀起了日本广大民众追求真正独立、和平运动的高潮。

日本军国主义祸害了中国人民，也给日本老百姓带来了相当大的损害，普通老百姓都强烈希望不要再爆发那样的战争。但是，朝鲜战争的爆发和美军基地不断扩充，使日本广大年轻人感觉到深深的不安，他们处于对战争的恐惧和对前途的茫然之中。在这样的背景下，《白毛女》的故事带给了大家强烈的震撼。故事中，中国老百姓翻身作主人建设自己的国家的情节深深触动了日本人民，他们也渴望建设自己的国家。所以，《白毛女》引起了日本人民强烈的共鸣，尤其是在大学生和工人群众中博得了极大的赞誉。

那么，《白毛女》为什么会在大学生和工人群众中引起强烈反响呢？从20世纪50年代中期开始，日本经济进入了高速增长时期，经济的发展给社会带来了极大的变化。在这个过程中，受到影响最大的是工人和大学生。一方面，急速发展的经济使得人们的生活水平不断提高。但与此同时，以煤炭与铁路等为代表的产业工人的生活状况却呈现出逐渐下降的趋势。而对于大学生来说，日本重新武装的苗头复活、急剧变化的社会让他们对于国家的未来以及自己的

① 清水正夫：《白毛女はゐかな旅をゆく》，讲谈社1983年版，第53页。

前途更加茫然。由于这些时代背景的原因，《白毛女》引起了日本民众的强烈共鸣。

三、《白毛女》作为中日两国的友谊桥梁作出的历史贡献

1. 松山芭蕾舞团赴华演出，开辟了两国人民往来的一条新的道路。《白毛女》在日本获得了成功，使得松山芭蕾舞团与中国结下了极深的渊源。中国开始改革开放以前，该团访华演出次数高达八次，在众多来华演出的外国文艺团体中是独一无二的。

松山树子首次来华访问是在1955年7月。她为了参加在赫尔辛基召开的“世界和平大会”先赴芬兰。在大会上，松山等向中国代表团团长郭沫若表达了想访问中国的愿望，得到了中方邀请，经过列宁格勒、莫斯科，首次访问了中国。当年的国庆节，松山被邀参加在北京饭店举行的国庆宴会。周恩来总理特意把中方在歌剧中扮演喜儿的王昆和在电影中扮演喜儿的田华请来，使中日两国3位舞台上的白毛女齐聚一堂。周总理并对松山说：“下次把你们的芭蕾舞《白毛女》带到中国来”，留下了中日友好的佳话。①

日本前首相片山哲1955年11月率领日本拥护宪法国民联合会的代表团访问中国，同中国人民对外文化交流协会签订了《第一次中日民间文化交流协定》，有了这个协定，中日两国间文化交流的开展具备了更加有利的条件。1956年5月下旬，梅兰芳率领中国京剧代表团访问日本时，副团长兼秘书长的孙平化与日方进行具体协商，筹备松山芭蕾舞团的访华演出。

1958年3月3日到5月1日，松山芭蕾舞团一行46名，应周总理的邀请进行为期两个月的第一次访华演出。演出共28场，代表团先后在北京的天桥剧场、重庆的人民礼堂、武汉的中南剧场、上海的人民文化广场等地公演《白毛女》、《胡桃夹子》等剧目，受到中国人民的热烈欢迎。他们赴华演出之前，在日本将近演出40多场《白毛女》，但每次都遇到重重阻挠。1958年6月，日本花柳德兵卫舞蹈团赴华演出时，听到了松山版《白毛女》轰动了北京城的消息。之后，他们所从事的中日友好活动得到了越来越多人们的理解和赞许。

1964年，从9月22日到12月12日，松山芭蕾舞团一行50人进行第二次访华演出，演出共38场，先后在首都剧场和人民大会堂、哈尔滨市工人文化

① 增田弘编：《アジアのなかの日本と中国》，山川出版社1995年版，第275页。

宫、南京人民大会堂、上海市人民委员会大礼堂、广州大会堂等地公演《祇园祭》等日本剧目。他们在人民大会堂演出时，毛泽东、周恩来、朱德等国家领导人观看演出并接见全体演员。松山回忆道："在和毛主席交谈过程中，他多次对我说的一句话就是'你们是老前辈了！'毛主席称我们为老前辈，我们很难为情……这是由于中国从这一年开始，全面开展了京剧现代化和古典艺术的改革，而我们则已经把《白毛女》改编成了芭蕾舞。所以称我们为老前辈，以此来鼓励我们。"① 之后，上海舞蹈学校的师生也开始了将《白毛女》改编成芭蕾舞剧的创演工作。松山芭蕾舞团的创新，对正在创作如何将西洋芭蕾样式与中国国情相结合的中国舞蹈家，起到了一定的示范作用。

1971 年，从 9 月 20 日到 12 月 2 日，该团一行 57 名进行第三次访华演出。演出共 38 场，先后在天桥剧场，西安的人民剧院，延安大礼堂，武汉剧院，长沙的湖南剧院，韶山礼堂，上海的人民广场剧场，广州的友谊剧院等地公演《白毛女》、《越南的少女》《冲绳的五个姑娘》。中日邦交正常化之前，松山芭蕾舞团不管中日关系顺利发展还是遭遇困难，都坚信中日友好的信念。现任艺术总监清水正夫的儿子清水哲太郎、团长森下洋子等都曾于 70 年代来中央芭蕾舞团学习，为中日关系以及中日文化交流付出了心血和努力。

2. 上海芭蕾舞剧团赴日演出《白毛女》的重大意义。1971 年中国重新加入联合国，尼克松总统派基辛格博士秘密访华，与中国方面达成尼克松访问中国的历史性协议。在中美关系发生巨大变化的同时，日本方面要求日中友好和恢复邦交的浪潮也日益增加。1972 年 7 月 7 日田中角荣首相在首次内阁会议上就明确表示"要以实现同中华人民共和国邦交正常化为己任，在动荡的世界形势中力求推进和平外交"。

在这样的国际环境下，1972 年 7 月 10 日，以中日友协秘书长孙平化为团长的上海芭蕾舞剧团一行 208 人，应日中文化交流协会和朝日新闻社的邀请，在东京、大阪、名古屋、京都等地演出《白毛女》、《红色娘子军》、《民族歌舞祭》等节目，对日本进行为期一个多月的友好访问。

这次上海芭蕾舞剧团赴日演出，被称为中日建交历史进程中的"芭蕾外交"，直接探索与日本政府解决两国复交的重大行动。代表团到达日本后不久，周恩来总理又专门指示访日农业代表团成员、外交部亚洲司日本处处长陈抗传话给孙平化和中国驻东京联络处首席代表萧向前，大意是："我讲田中内

---

① 清水正夫：《白毛女はゐかな旅をゆく》，讲谈社 1983 年版，第 147 页。

阁要加紧实现中日邦交正常化，值得欢迎，是因为毛主席对我说，应该采取积极态度。（对方）能来谈就好，谈得成功也好，谈不成也好，总之现在到了火候，要抓紧。这回不能再叫‘旋风’了，要落地。孙平化嘛，就是要万丈高楼平地起，萧向前是继续前进的意思，这两个人就是要把这件事落实才行。”①

为此，访日代表团及联络处人员先后4次会见了田中内阁的外相大平正芳。舞剧团回国的前一天，田中首相会见了孙平化和萧向前，两位正式转达了周恩来总理的邀请，田中首相感谢周总理的盛情邀请并表示他已决定访华（当天就举行了记者招待会）。1972年8月16日，代表团乘坐有史以来首次直航上海的专机离开了日本。同年9月25日，田中首相访问中国，两国终于实现了邦交正常化。

上海芭蕾舞剧团在日本各地的演出赢得了极大的声誉。但它所产生的巨大影响也受到敌视中国分子的重重阻挠。“在剧团下榻的东京新大谷饭店和演出地，不断有反对日中友好的宣传车开来开去，挥舞旗子，哇哇大叫，骚扰。我们组织了强大的队伍，支持、保护舞剧团演出的正常进行。为了防止（右翼）搞乱分子扔燃烧弹，外崎芳昭和清水哲太郎（和森下洋子）等芭蕾舞演员都穿着《白毛女》中的演出服，化好妆，戴着手套，提着浸过水的毛毯，随时准备应付意外。”②

在20世纪70年代初期，国际关系的巨大转折使得中日两国政府在短期内实现了邦交正常化。这一目标的达成与两国间的民间团体长期致力于中日友好交流，是密不可分的。

四、总结

1971年3月，第31届世界乒乓球锦标赛在日本名古屋举行，中国恢复派出代表团参加比赛和一切活动，毛主席并批示同意美国乒乓球队在日本参赛后来华访问，导演了众所周知的“小球转动大球”的“乒乓外交”③。同年7月15日的尼克松冲击，促使中日两国谈判复交的实际行动“芭蕾外交”，无论体育比赛或文化交流，“以民促官”都是打开两国关系的重大力量。

1955年中日关系尚不正常时，松山芭蕾舞团根据周总理赠送的影片《白

① 孙平化：《中日友好随想录》，世界知识出版社1986年版，第89页。

② 清水正夫：《白毛女はゐかな旅をゆく》，讲谈社1983年版，第214~215页。

③ 冯昭奎等：《战后日本外交》，中国社会科学出版社1996年版，第333页。

毛女》，在周总理的关怀下成功创作并上演了芭蕾舞《白毛女》。1958 年，克服了重重困难，该团携《白毛女》首次访华演出，在与中国半个世纪的交往中先后 12 次访华，演出达 100 余次。

由于两国人民意识形态的差距，松山和上海两个芭蕾舞剧团对《白毛女》的创作以及结局部分的处理有所不同。但是，松山芭蕾舞团带来的《白毛女》，不仅仅是芭蕾艺术，更是对中国革命的理解和支持，也许正是因为有了松山芭蕾舞团这样的日本民间艺术团体，广大中国人民才能够理解和接受“发动侵华战争的是一少数日本军国主义者，广大日本人民是友好”的想法吧。

2004 年 10 月 25 日，中国政府授予在中外文化交流中作出巨大贡献的外国友人的最高奖项“文化交流贡献奖”颁奖仪式在中国驻日本大使馆举办。中国驻日本大使王毅和访日的中国文化部副部长孟晓驷共同为松山芭蕾舞团理事长清水正夫、名誉艺术导演松山树子夫妇颁发该奖，以表彰他们在中日文化交流中作出的杰出贡献。在纪念仪式上，该团的演员还表演了《白毛女》的片断。

中日文化交流源远流长，是中日关系的重要组成部分之一。文化交流既是连接两国人民心灵的友好桥梁，也是增进双方相互理解的重要手段，文化交流为改善和发展中日关系发挥具有独特和重要的推动作用。中国有句古话，“吃水不忘挖井人”，在中日两国间不断产生一些摩擦的现在，我们应该回想起那些老前辈所付出的白毛女精神，作出的杰出和重要的贡献。

（原载《文艺理论与批评》2005 年第 3 月号）

《白毛女》的魅力

胡士平

贺敬之是著名诗人，也是著名歌剧作家。我和贺敬之同志并不是很熟悉，但我熟悉他的作品。我读过他的诗，作为歌剧工作者，更熟悉他的歌剧作品。在他的歌剧作品中，《白毛女》已成为经典。这是我国民族歌剧奠基之作，他为《白毛女》提供了优秀的剧本，为歌剧的成功打下了坚实基础。他理所当然地是我国民族歌剧的奠基人之一。我祝贺他文学生涯 65 周年暨文集出版，同时向《白毛女》的创造者们表示感谢。《白毛女》培养了一代歌剧工作者，我是其中一员。战争年代在敌后从事一般文艺工作时，我是一名没念过几年书的无知农村少年，一切都是从所听、所看、所演的作品中学习。《白毛女》出现了，传到华东地区是解放战争时期，部队、地方各剧团都争相上演。有的地方群众剧团不识谱，就自行用熟悉的秧歌小调民歌戏曲曲调配曲演出，可见它是多么受普通群众的喜爱，同时也是我们普通文艺工作者最好的歌剧教材。我们从爱看、爱读、爱演《白毛女》等新歌剧作品中得益，逐步尝试着写，不知不觉地成为新歌剧工作者。如果不是《白毛女》，我们很多人都不会那么容易地进入歌剧的门。进来之后才知道歌剧是困难、复杂、大有学问的事业。

《白毛女》诞生至今 60 年了。今天和昨天的看法已经不一样了。我们对《白毛女》的认识也逐步加深。60 年前，我们看到的是一个优秀剧目，一个演遍全国久演不衰的剧目。后来作点研究，联系《王秀鸾》、《刘胡兰》、《赤叶河》等许多与《白毛女》同期出现的同类型的作品来看，《白毛女》的出现不是孤立的现象，而是现实的需要，时代的产物，也标志着中国歌剧在解放区探索的成功。《白毛女》的概念已不仅是一部歌剧，而是一种新歌剧样式的出现，被称为《白毛女》样式。《白毛女》的出现，标志着中国民族歌剧样式的诞生。中国歌剧在城市里萌芽但没有在城市里诞生，而在战争条件下的农村环境里诞生，这就有许多与西洋歌剧不同的特点。不了解这一点就不了解中国歌剧。解放后到“文革”前17年，一批在《白毛女》样式基础上发展、创新之作陆续出现，如《小二黑结婚》、《草原之歌》、《刘胡兰》、《洪湖赤卫队》、《红珊瑚》、《江姐》等作品的相继出现，《白毛女》本身也经过几次精益求精的修改，使原先认为不够完整的地方更臻完善。这便形成了中国歌剧史上《白毛女》诞生十年后一个新的高潮，形成了标志着新歌剧样式逐步成熟的黄金时期。新歌剧从《白毛女》到《江姐》占据了一个较长的历史时期，可名之曰新歌剧时期。因为遭遇“文革”才中断了新歌剧的发展。在中国歌剧史上，《白毛女》既是一部优秀剧目，又是一种歌剧样式，同时又是以《白毛女》为代表的一个历史时期。在中国能够占据一个较长的历史时期的歌剧样式只有两种，一种是儿童歌舞剧，它标志着中国歌剧的萌芽；一种是新歌剧，它标志着中国民族歌剧的创立，而以新歌剧时期最长；其他都是过眼烟云。

几十年来，围绕《白毛女》的争论却没有停止过。一部歌剧几十年里受到特别关注，争论不休，爱之者愿其生命常青，厌之者盼其速朽，这正是《白毛女》的魅力所在。不同时期有不同的认识，这很自然；争论的问题还是原来的问题，这就很有趣。1949年《白毛女》刚进城时，虽然也一样受到城市观众的欢迎，但一部分专业界人士并不看好。承认思想内容正确，而否定其形式，贬之为“话剧加唱”，不算“真正的”歌剧。新歌剧一面接受着各方面的非议，一面在群众的赞美声中发展。“文革”中被指责为站在地主阶级立场歪曲、丑化劳动人民形象而被禁锢。改革开放后又被人说成是“极左路线下的产物”，黄世仁与杨白劳之间剥削者、压迫者与被剥削者、被压迫者之间的关系被说成只是债权人与债务人的关系。今天又回到50年前独尊西洋歌剧的旧说中来；当然也不完全是旧说，例如对“接轨”的曲解。

改革开放25年，是中国歌剧的低潮时期，或者说是新的探索时期更妥当。新时期歌剧界人才济济，作品繁多，品种齐全，演员、舞美，技术高超，投入很大；唯一的缺失是没有好作品。有些得了大奖、获得好评和很高荣誉的剧目，却没有市场。不论你怎样做广告，怎样吹嘘空前绝后填补了空白，观众不进剧场，还是没辙。原因有种种，没找到与群众沟通的门路应是根本原因。时代的脚步不会停止，歌剧要有创新的发展才能生存。观众不会要求我们再写《白毛女》式的、《江姐》式的歌剧。新歌剧已经进入历史，但新歌剧给我们留下了丰富的经验，新歌剧的传统要继承。我认为，在中国，任何一个歌剧工作者，不能只研究西洋歌剧而不研究中国歌剧。我曾说过，研究欧洲歌剧言必称意大利，研究中国歌剧言必称延安。不研究延安，不研究《白毛女》，不研究新歌剧，中国歌剧没有前途。

我们过去研究《白毛女》往往重音乐轻剧本。这可能也是受了西洋歌剧传统观念的影响。也许我们不应该说西洋歌剧不重视歌剧剧本，《茶花女》、《卡门》、《图兰朵》等作品的剧本也是很优秀的。不同在于，西洋歌剧更重视音乐，剧本给音乐提供了更多更大的音乐空间，音乐本身也写得非常丰富，因此西洋歌剧成了作曲家的作品。有人据此向中国歌剧艺术家呼吁，把歌剧还给音乐。从提高民族歌剧比较弱的音乐性来看，此话不是没有道理。中国歌剧更重视戏剧。试看《白毛女》，剧作取材的现实性、故事的传奇性、人物塑造的典型性、情节的戏剧性、文字的文学性、语言风格的民族性，都非常成功，都是一流的。《白毛女》的艺术魅力，首先来自剧本的优秀。《白毛女》的剧作和音乐是一个整体，对后来歌剧创作有巨大的影响力。解放后17年的歌剧都充分注意了《白毛女》的经验，并有很大的发展。同时也充分注意了西洋歌剧重视音乐的经验，音乐、戏剧被置于同等重要的地位。这是中国观众的审美习惯。现今很多歌剧作品，太追求华贵，华而不实，戏剧性之差，不但不能与戏曲、新歌剧相比，也不能与某些西洋歌剧相比。取材严重脱离现实，编剧随意性太大，不成戏剧。我们不必呼吁，把歌剧还给戏剧，但必须呼吁，把歌剧还给群众。

（原载《诗刊》2005年第2月号）

《白毛女》质疑者的眼光

熊光明

2006年1月24日，河北《杂文报》发表了王宏任先生一篇题为《关于“黄世仁”的疑问》的文章，对著名歌剧《白毛女》提出了质疑。作者说，“随着年龄的增长”，“对多年以前”看过的《白毛女》便产生了“疑问”。《白毛女》完全是用“穷人的眼光”来看待一切，所以不免要犯错误。王先生这回是用全新的“富人眼光”来看一切，于是他的认识提高了，“觉今是而昨非”了。的确，“眼光”或者说视角、观点、立场不同，看的结果就会很不一样，红的也可能看成白的，正的也可能看成反的。王先生这个关于“眼光”的高见，倒是很有几分诚实的。

王先生用“富人的眼光”看穷人，便觉得“贫穷到骨的杨白劳和喜儿”不可能“拒绝黄世仁的求婚”，因为在“普通百姓那里，相当多的人是想通过婚姻来改变生活状况的，有点姿色的女人倘能被阔人看上，那一般来说都是很自豪的，许多穷人通过嫁女跻身富人阶层是社会常情”。首先得承认，这样的穷人是有的，不过那不是“相当多的人”，而只是极个别的人。其次，也并非所有与富人联姻的穷人都能“跻身富人阶层”，他们不过是富人的穷亲戚。把个别现象看成“社会常情”，把出卖女儿视为穷人致富的捷径，这恐怕就是“富人眼光”的锐利和独到之处。广大劳苦大众没有这样的“法眼”，他们大都穷有穷的骨气，“人穷志不短”，就像杨白劳和喜儿那样，深知自己与黄世仁之流不是一路人，把女儿嫁给这样的豺狼，无异于把孩子投入人间地狱。所以王先生用“富人眼光”发现的这条致富之路，还是留给那些以“傍大款”而“自豪”的人去走吧！

王先生用“富人的眼光”来看富人，便认为黄世仁“绝对不可能强奸喜儿”。他打保票说，黄世仁“未富之时”和“破产败落以后”强奸喜儿倒有可能，“惟独在他当大地主时”不可能，因为富人有“富人的派头、风雅”，他们“妻妾成群”，不愁没有发泄性欲的对象。这“眼光”和见地确实又与众不同。不过，富人穷奢极欲，哪有个尽头？《红楼梦》里的贾珍、贾琏之流倒都有“成群”的娇妻美妾，还不是见了“有姿色的女人”就垂涎三尺、淫心荡漾？恐怕颇有“派头”的黄世仁兽性大发时，也就顾不得什么“风雅”不“风雅”了。这是仅靠什么“眼光”无法阻止、也难以掩盖的。

王先生反复谴责《白毛女》的创作者们“是以阶级斗争的极左观点来演释（绎？）故事”，“是以阶级斗争的需要来创作的”。仿佛阶级和阶级斗争不是客观存在，而是文艺家们用阶级斗争观点编造出来的。这“眼光”虽也不算旧，但并非王先生的“自主品牌”，而是自马克思主义传入中国之后早就有人反复鼓吹过的。照王先生的“眼光”，不具有马克思主义观点的作家就不会写出反映阶级矛盾的作品。那么，英国的《德伯家的苔丝》、巴西的《女奴》、印度的《奴里》的作者都不是马克思主义者，为什么他们都写出了阶级对立，甚至都不约而同地写了富人强奸穷人女儿的作品呢？是不是他们有意和王先生过不去呢？当然不是。根本原因在于，在阶级社会里，阶级和阶级斗争是客观存在，这是不以什么人的“眼光”为转移的。只要不具有王先生的“眼光”，愿意真实地反映现实的作家，都不会回避这种存在。只不过《白毛女》的作者们不仅描写了阶级压迫和阶级剥削的残酷性，而且还揭示了民主革命的必然性。这正是它高出于上述国外作品的地方。

王先生用“富人的眼光”看《白毛女》，先是存“疑问”，后又变成了“疑虑”。这里的“疑”自然还是疑问，那么这“虑”指什么呢？我们的王先生究竟在担心什么呢？仔细的读者不难发现，王先生在这篇文章中不只一次地把当年的黄世仁同当今的“阔人们”相提并论。作者其实是在担心，《白毛女》这样写黄世仁，岂不是有伤当今阔人们的脸面？有道是兔死狐悲，物伤其类，这可就严重了。所以王先生要彻底颠覆这部作品，并且蛮有把握地宣布，此剧“难以进入经典之林”。这种充满霸气的口吻，不禁让人联想到当年拿破仑站在阿尔卑斯山上的气概。这气概是因为他背后有着千军万马。那王先生呢？他这种一言以“毙”之的气概是由于什么呢？人们不难想到，王先生这么为阔人们“疑虑”和担忧，按照市场经济的法则，怎么也应该得到阔人们或者代表阔人利益的人们相应的回报吧？

应该说，为黄世仁翻案，王先生还不是首创。在他之前，早已有人用市场经济的“眼光”为黄世仁翻过一次了。由此看来，现在翻案倒很时髦，并且远不只于对黄世仁。远的，有为秦桧翻案的；近些的，有给西太后、李鸿章翻案的；再近些的是给汉奸们翻案……不用说，这些翻案者也都是具有了某种“眼光”的。他们大约是看到一些颇不受冷落的人们拼命鼓吹与西方“接轨”，于是便以为包括意识形态在内的一切都要“接轨”，于是便争先恐后地折腾起来。那么，他们这种对形势的估计到底是对还是错？笔者认为是错的。但究竟如何，那就用得着一句老话：试看今日之域中，竟是谁家之天下。

（原载《中华魂》2006 年第 7 期）

《白毛女》的阐释空间

吴建波

现代阐释学认为，文本不会自动显示意义，它的意义，要靠特定语境下的阐释活动才能发生，文本意义的确定，除了其本身的客观规定性以外，很大程度上取决于阐释主体的解释与发现。任何一种文本，其意义有可能是无限的。但由于每一种阐释的有限性，其意义永远无法全部呈现。企图垄断文本的解释权，或想一劳永逸的固定文本的意义所在，人类全部的阐释活动都在证明这是徒劳的。笔者正是本着这一基本的理论立场来谈论白毛女的阐释历史，预测白毛女的阐释趋势与可能性。

说到白毛女的文本，时下都把歌剧、电影、舞剧和小品的《白毛女》当作了唯一的文本，所谓白毛女的阐释问题，就是研究对这些文本的批评问题。其实这些文本只是白毛女的创作文本，而不是元文本。20 世纪 40 年代在河北省平山县发生、后来在解放区流传的“白毛仙姑”的故事才是真正的元文本。关于《白毛女》和“白毛仙姑”，过去只从创作文本和创作素材的关系进行研究。但如果把阐释定义为“意义确立”的话，“白毛仙姑”显然是阐释的对象和文本，而《白毛女》已经是阐释的结果，意义隐含其中。当年《白毛女》的创作及以后的一系列改编，都已经具备了人类阐释活动的基本特征。所以完全可以把《白毛女》当作对“白毛女”（元文本）的阐释来研究。而研究史上对《白毛女》系列创作文本的批评，也是一种阐释活动，只不过它的表述形式是理论的、历史的，而不是文学的。饶有意味的却是，“白毛女”无独有偶，那就是 50 年代在四川省宜宾县深山里被发现的罗昌秀。[①] 这一真人真事是典型的元文本，是可供阐释的活的历史对象。过去只认为她的存在论证了

---

① 倪良端：《“白毛女”罗昌秀风雨人生路》，《纵横》2000 年第 5 期。

《白毛女》的真实性，实在是小觑了她作为元文本的巨大的阐释空间。所以，本论文的“白毛女”是个统称，即包括河北白毛女和四川白毛女，以及一系列的白毛女创作文本；“阐释”是在广泛的意义上使用，既包括对白毛女创作文本的学术研究，也包括根据元文本所进行的文学创作及一系列的改编，还包括一般人对“白毛女”的接受和理解。

阐释总是不同的阐释主体在特定的目的和语境下解读对象文本，因此必然内涵不同的文化观念和审美倾向，产生不同的阐释意义。对同一文本所作的不同观念意义的阐释，于文艺创作的影响，是形成不同的主题、人物形象、创作方法、审美风格；于学术研究的影响，是形成不同的文学史评价及理论批评体系；于普通人解读而言，是形成不同的流行观念、社会时尚，作用于人的日常言行及世俗生活。白毛女的元文本，提供了多种阐释的可能性。一方面，它已具备了主人公及其人物关系，故事在时间序列上展开，已经形成了叙事文学的雏形；另一方面，它的人物关系的性质、故事的细节等方面都留有空白，这就为二度创作（民间流传为一度创作）提供了用武之地。由延安鲁艺集体创作，贺敬之、丁毅执笔的歌剧《白毛女》是对元文本“白毛女”的文学阐释，又为后来的各种改编创作和文学批评、文学史及研究提供了典型文本。20 世纪 40 年代以来，时代变迁，星转斗移，“白毛女”却从未寂寞过，足见其经典性和阐释的繁荣。纵观形形色色的“白毛女”创作、批评及一般解读，以其文化观念和话语方式而言，大略形成了以下三种类型的阐释模式：革命的、启蒙的、解构的。

一、“革命”性阐释

这里的“革命”，即“无产阶级文学”的含义。中国的无产阶级文学，是 20 世纪中国文学中一种相对于启蒙与守成的独立的审美形态，它发生于 20 年代末的“革命文学论争”，萌芽于左翼文学，定型于 40 年代的解放区文学，在十七年中充分发展。它以恒定的价值理想、阶级斗争主题、无产阶级新人塑造、正剧与民族审美风格为其主要特征。对“白毛女”所作的“革命”性阐释，就是基于无产阶级文学的立场，进行解读、建构、批评及研究。

“白毛女”作为元文本，其主题是多义的。歌剧《白毛女》发现了其中蕴含的阶级压迫，将黄世仁与喜儿的关系定为阶级关系，一个施压，一个反抗，男女的性问题转换上升为阶级斗争问题。周扬的定调（旧社会把人变成鬼，新社会把鬼变成人）是代表中国农民对现存解放区新秩序的认定和对未来民族国家的想象。在喜儿形象塑造上，除了揭示她经济贫穷、人身权利被剥夺之外，强调的是她的复仇行为与反抗精神。她已具备无产阶级文学“新人”的基本特质。全剧设计了悲剧冲突，但以人民胜利的结局铸成正剧风格。后来歌剧的几次修改以及电影和舞剧的改编，都没有削弱反而加强了剧本作为无产阶级文学的审美风格。两处最重要的改动是：杨白劳由自杀改为因反抗被杀；去掉喜儿生孩子及对黄世仁的一度幻想。而这两点，正是“启蒙”性阐释的痕迹：普通民众弱小愚昧。无产阶级思想则认为，劳动者纯洁勇敢！尤其是舞剧《白毛女》，写实成分大大减少，洋溢着浓郁的浪漫抒情风格，喜儿形象已具有象征意味，成了反抗精灵与复仇女神。“文革”前后，独尊样板戏的文化制度使《白毛女》得到了最大程度的传播与流行。由此，《白毛女》作为无产阶级文学经典的地位得以确保。

《白毛女》创作对元文本所进行的审美阐释能否得到文学批评和文学史的认可呢？显然，检验的标准之一是实践，即《白毛女》作为戏剧是否久演不衰。《白毛女》恰恰经受住了历史考验！这一事实迫使文学批评和文学史承认它的阐释成功。从20世纪40年代到新时期，所有的文学批评和文学史都在书写它的艺术魅力及历史地位。当然，这只是一种话语复述，把《白毛女》解读元文本所得的阐释意义换成理论与历史的方式继续。进入新时期，“革命”性阐释受到“启蒙”性阐释的挑战，“工具”和“通俗”成为《白毛女》的诟病。于是，“新左派”叙事起而应之，为《白毛女》的成功辩护。孟悦发现，《白毛女》中有一种“民间秩序”和“爱情伦理”，而“政治力量”只是它的功能，为它服务。① 应该承认，孟悦对元文本和创作文本的解读有了新的内容与概念，但也暴露出新的问题：第一，《白毛女》描写的是老百姓的日常生活，不是直接描写政治权力之争，意识形态是通过民间生活表现出来的，没有游离之外的政治。“民间伦理”与“政治力量”的关系，不是服务与被服务的关系，也不是像李扬与孟悦争论时所说的是“借用”②，而是二而一的东西，二者密不可分。民间伦理所体现的价值本身就具有意识形态性质。第二，当时的无产阶级政治，就是反抗阶级压迫和民族压迫，这是中国新生的弱势群体的权利话语，具有历史的先进性，伦理的正义性，代表了中国最广大民众的利益

① 孟悦：《〈白毛女〉演变的启示》，《20世纪中国文学史论》第3卷，东方出版中心2003年版。

② 李扬：《50—70年代中国文学经典再解读》，山东教育出版社2003年版。

和愿望。它和共产党执政以后的政治还是有所区别的，为什么不能进入和影响文学呢？看来孟悦的辩护底气不足，生怕政治沾上了文学。其实无产阶级文学的特质之一就是鲜明的政治倾向。问题在于这种政治倾向是否先进，是否转换为艺术审美。这是革命性阐释的关键所在。

革命性阐释的另一个难题是：如何解释90年代以来的“白毛女”热？中国社会已经转型，阶级斗争已成为历史，广大民众为什么还如此欣赏表现阶级压迫的《白毛女》？一曰：形式美。精美的艺术形式可以脱离内容成为一种超越性存在，人类艺术史上当然有这种现象。但笔者的回答是：因为《白毛女》的思想倾向、价值观念与审美风格都具有超越性！苦难，总是与人类相伴，表现苦难的文本自然会触动人类最敏感的记忆，白发喜儿亮相的一瞬间，铁石人也会怦然心动。阶级斗争图景不可能永恒，但人在阶级斗争中所表现的英雄精神与悲剧力量却能超越时空永在。至于革命文学所特有的理想主义，更是人类不可缺少的精神动力。个别文本所描写的具体理想或过时、或虚妄，但对理想的追求却是人的本能与文化属性的表现。批判之中寓建设，解构过后还得建构，人不能永远悲观虚无。所以胜利的结局、团圆美是人心之所向。悲剧固然深刻，令人恐惧、反思，正剧却给人希望，还你平衡，令人赏心悦目。传统的革命性阐释习惯于把视角固定在文本的社会历史意义上，加上启蒙性阐释经常攻击无产阶级文学缺乏超越意义，导致了对《白毛女》永恒价值的忽视与遮蔽。

二、“启蒙”性阐释

康德曾把启蒙理性定义为人把自己从被监护与依赖的蒙昧状态中解放出来，鲁迅30年代把自己20年代的文学宗旨概括为“启蒙主义”。20世纪中国文学的启蒙典范是以鲁迅为代表的1917—1927年的文学。启蒙文学是一种相对于革命文学的审美形态，它内涵的价值观念有个性解放、批判专制、人道与自由等现代意识，审美上推崇西方的悲剧观念，对荒诞感、颓废情调情有独钟。“启蒙”性阐释就是本着上述价值立场与审美倾向进行解读与批评。

当年在解放区，元文本“白毛仙姑”最初曾被加工为一个破除迷信的故事，崇尚科学、扫除愚昧显然是启蒙的主题之一。但这一努力后来被抛弃了，代之以周扬与贺敬之的阶级主题。可是启蒙话语并没有轻易退出，而是以顽强的姿态进入《白毛女》的创作，企图在革命文学的模式中，融进启蒙文学的因素。设计杨白劳自杀、喜儿生养孩子并对黄世仁一度抱有幻想就是典型的启蒙文学观念：下层民众弱小愚昧。这一立场来自鲁迅，他对民众的态度是哀其不幸、怒其不争。祥林嫂就是鲁迅的“白毛女”！应该说，“揭出病苦，引起疗救的注意”的启蒙文学观是积极的，有生活依据的：中国民众多有愚昧者。鲁迅如果活到了延安，他会怎样写白毛女？当时的一些作家按启蒙的思维塑造白毛女，是情理之中的事。他们从沦陷区、国统区跑到延安，是一种政治选择，但在审美的价值取向上，仍然习惯于启蒙话语，不能一下子适应新的生活和革命文学模式。所以我们看到，歌剧《白毛女》的最初版本，其审美形态是不纯粹的，在革命文学模式中，留有严重的启蒙文学的烙印。这正是《白毛女》修改和改编的可用武之处。在漫长的修改和改编的过程中，启蒙审美一点一点地被逐渐挤出革命文学模式，《白毛女》越来越革命化、浪漫化，直至舞剧《白毛女》出现，才作为革命文学经典得以确立。启蒙立场对元文本的阐释，以失败而告终。因为没有自己的创作文本，批评和文学史便无所作为。偶有以启蒙为武器批判革命的《白毛女》的，只能是像严家炎先生所说的“跨元批评”，隔靴搔痒，不得要领。

但这是否意味着启蒙立场对“白毛女”就无所作为了呢？否！元文本“白毛女”被加工成革命的《白毛女》，有其复杂的历史成因。可现在时过境迁，而未来日子遥长，革命的《白毛女》岂能永统江山。众所周知，多义性是元文本的基本特质，《白毛女》无法穷尽它的意义。第一个元文本河北“白毛仙姑”并未被革命文学用尽，第二个元文本四川“罗昌秀”更是提供了丰富的阐释资源，因而启蒙文学创作还大有可为。这两个元文本都期待着艺术天才去开掘它，发挥它。就笔者所能想到的，至少有以下两个方面可供开垦操练。

第一，人物与主题。启蒙文学的恒常性主题就是人性，而元文本的聚焦点“白发少女”势必关涉人性。例如性别视角，曾被革命话语转换为阶级问题，其实大有文章可作，让重心回归女性。再如人与自然。一个少女脱离人间与自然为伍，她的生存本身就是一个奇迹。她怎样适应自然，由人变为半人半兽，其中甘苦革命文学并未详细涉及。可说“白毛女”就是东方的“鲁滨逊”，她比鲁滨逊更为典型、抢眼。还有，人与社会。人是群体的文化的，长期与世隔绝违反人性。四川白毛女罗昌秀被逼进深山后，因留恋人世，在山岩上造了一个“观察眼”，以便遥望自己的家。十七年后被救回人间时，一头白发，浑身黄毛，不会人语，拒绝穿衣。因不适应人间社会，多次潜回深山。但终于社会化，结婚生子，活到了新时期。她是县政协委员、省人大代表，被陈毅接见过。多么真实感人、惊心动魄的关涉人性的故事，可惜未能进入启蒙阐释的视野。四川曾有几个本子写她，但反响不大，值得深思。第二，创作方法与文体。启蒙文学擅长现实主义。只有写实才能详尽地展示白毛女的人生历程，作品的长度也会增加。革命文学走的是浪漫与象征的路子，文本自然长不了。如果改编成长篇小说或电视剧，势必写实，增加细节，回到启蒙话语关注的人性的方方面面。

当然，启蒙的《白毛女》要和革命的《白毛女》媲美抗衡，在相当长一个历史阶段内都非常困难。因为革命的《白毛女》是已经在先的具有原创性的经受了检验的经典，其内容和形式的结合异常完美，而且经过长时间的传播，进入了民族的历史记忆，会对任何异质异形的《白毛女》产生拒斥。

三、"解构"性阐释

本文无意纠缠有关解构的理论，只在对经典的消解、颠覆并企图重构的意义上使用这一概念。新时期以来，理论批评界针对极左思潮把《白毛女》神圣化工具化所进行的拨乱反正，以及运用各种新的理论工具对《白毛女》的重新解读，都可以视为广义的"解构"性阐释。学术界对这些多有言说，本文无须赘述。笔者的兴趣在20世纪90年代以来解构性创作的流行及其引发的争论。

2002年中央电视台春节晚会上，黄宏主演的小品《杨白劳与黄世仁》轰动全国。作品把揭示社会问题与颠覆经典奇妙结合。"欠债的是大爷，要债的是孙子"，中国当今的三角债问题为什么要通过颠倒杨白劳与黄世仁的道德位置得到表现呢？在观众的哄笑中，洋溢着颠覆经典的快感。此剧的解构效应至今不衰，除了各种媒体的热闹外，还引发了官司。小品涉及的经济与法律问题，值得辨析。欠债还钱作为法规，是指社会成员能够公平的享有劳动的权利和社会资源及财富的分配时，如果社会制度和习俗不能予以保障，就会发生欠债有理、要债无情的现象。《白毛女》就是反映社会不公导致的压迫和反抗，而且，黄世仁放高利贷、强迫喜儿以人身抵押已经构成了违法行为。莎士比亚的《威尼斯商人》也是以惩治放债者为宗旨的。小品抽调了杨白劳和黄世仁的社会背景，导致观众对《白毛女》的误读，达到消解并戏谑经典的目的。

解构《白毛女》的另一做法是喜儿形象的歪曲性重塑。2002年12月31日，《杂文报》登载一封《喜儿致大春的信》，黄世仁成了大款，喜儿成了傍大款的"黄太太"。近些年，校园戏剧活动中，有一些学生自编自演（未曾发表）的小品中，喜儿被塑造成时髦的“二奶”形象。还有的报纸发短文，说妈妈给女儿看经典《白毛女》影碟，女儿指斥喜儿“傻冒儿一个”。总之，喜儿不再纯情、执著、反抗，而成了苟且求生的时髦的“新女性”。有研究者收集了新时期文学中放弃女性尊严以求生存的女性形象同“白毛女”进行比较，认为当今中国社会存在着“反白毛女情结”。上述的解构现象，与中国的社会转型所产生的拜金主义及两极分化有关。这的确令人深思：难道由经济发展推动的社会进步，必然以道德沦丧作为代价？而在那由革命改变社会的旧时代，却可以产生崇高美！

在对《白毛女》的解构中，有两点特别值得注意。一是喜剧、反讽、荒诞等审美形态备受青睐。在革命性阐释中，崇高、和谐是主要的审美概念；在启蒙性阐释中，悲剧是主要的审美概念。看来，审美形态总是与阐释的价值倾向息息相关，有什么样的思想观念，就有与之相匹配的审美观念。虽然关于“白毛女”解构性创作目前还未出现公认的好作品，但在这一领域引入喜剧、反讽、荒诞等概念，于创作及阐释前景都大有益处。二是创作和阐释已经进入民众的世俗生活，不再是作家和理论工作者的专利。民众不再被动的接受，而是参与创作与阐释。经典的命运，只有到了这一步，才能真正进入民族的历史记忆，才能被重新创造而发扬光大！

（原载《挥毫顶天写真诗》，作家出版社2006年出版）

歌剧《白毛女》的现代性价值

崔志远

在中国现当代文学史上，歌剧《白毛女》以其出色的思想艺术成就成为新歌剧的奠基和经典，有着重要的文学史价值。20世纪末以来，却有人认为该剧是"极左路线的产物"，表现出"解放区文学的党派偏狭性"。杨白劳和黄世仁是"债务人和债权人的关系"，欠债还钱天经地义，解决的办法应是偿还债务而不是搞阶级斗争。他们为喜儿设计的活法是：与父亲一起开豆腐店，挣钱养家……这使我想起20世纪50年代初期杨绍萱改编的《新天仙配》，为表现抗美援朝，设计一场鸱枭与和平鸽的斗争，并指出，其中一只鸱枭就是美国总统杜鲁门；他甚至还让老黄牛唱出鲁迅的诗句："横眉冷对千夫指，俯首甘为孺子牛。"他认为，"可以不管历史上的时代性"，"不免带有剧本产生时代的时代性"。他的反历史主义观点受到文论界的严肃批评。反《白毛女》论者亦有此谬。他们以今天市场经济的游戏规则衡量五十年前的中国社会，在他们看来，只有今天的市场经济才具现代性，20世纪以来前仆后继的政治革命如孙中山领导的辛亥革命尤其是共产党领导的工农革命不过是"党派斗争"。

这就有一个如何认识中国社会的现代性和文学的现代性问题。

"现代"这一概念，从语义上说，首先是一个历史的范畴。常见的说法是，"现代"是指文艺复兴以来的西方历史。比如从政治上说，现代国家出现于13世纪；从文化上看，文艺复兴代表了新型的资产阶级文化。"现代性"作为历史的概念，更多指十七八世纪启蒙运动以来的成熟的资产阶级政治与文化。鲍曼指出："我把'现代性'视为一个历史时期，他始于西欧17世纪一系列深刻的社会结构和思想转变，后来达到了成熟。"① 由于西方现代社会的

① Zygmunt Beman, Mode mity and Am bivalence, Cambridge: Polity, 1991, P. 10.

政治、经济、科技、文化等诸多方面都奠基于启蒙运动，所以现代性在某种程度上也就是启蒙精神的同义语。其实，“现代”可析出两个层面：现代化和现代性。“现代性与现代化的差别，在于后者倾向于把现代社会的成长视为‘自然’、‘可欲’的过程，而前者则把这一过程和关于这一过程的话语，当成一种意识形态和权力结构加以反思。”① 西方国家大致于17—19 世纪完成了其现代化进程，形成起现代性意识形态；我国的现代化则始于19 世纪后期，于20 世纪末基本进入现代社会，也形成自己的现代性观念。卡林内斯库认为，存在着“两种彼此冲突却又互相依存的现代性——一种从社会上讲是进步的、理性的、竞争的、技术的；另一种从文化上讲是批判自我批判的”，他致力于对前一种现代性基本价值观念进行非神秘化。② 一些学者把前者称为社会（或启蒙）现代性，后者称审美（或文化）现代性。认为“两种现代性处于一种对抗的紧张状态”③。我国的现代性理论虽然来自西方，却有自己的特点，由于民族强烈的群体意识，加之20 世纪国家的积贫积弱，国富民强的现代化图景成了国人的迫切向往，人们更看重社会的现代性，两种现代性的对抗性便微弱得多，更多表现为服膺和统一。这两种现代性见之于文学，自然也使之有了现代性的双重性。

不妨从我国的现代化进程谈起。如果考察中国社会的三大因素（政治、经济、文化），便不难发现，在历史运动中它们并未齐头并进，而常常是单向独进，此起彼伏。每一次独进的开端都具有合理性和必然性，后期又往往表现出偏激和片面，于是被后一次单向独进取代和扬弃，也得到补偿。我国现代化的开端可追溯到洋务运动，洋务运动借鉴外国技术，发展民族实业，是一场经济变革运动。然而，在中西经济技术的交流中，眼界大开的先驱们感觉到，中国现代化的根本问题是政治制度问题，洋务派的变革“仍是补漏缝缺之谋，非再立堂构之规，风雨既至，终必倾坠”④。继而出现了否定洋务运动的戊戌变法运动，历史的选择由经济变革扭转到政治变革。然而，这场运动也是不成熟的，其改良主义的不彻底性使之在孕育中便流产。不屈不挠的先驱者们又开始了文化变革的尝试，这就是梁启超的文学革新运动——“三界革命”，他们

① 王铭铭：《社会人类学与中国研究》，三联书店1997 年版，第282 页。

② 马泰·卡林内斯库著，顾爱彬等译：《现代性的五副面孔》，商务印书馆2002 年版，第284 页。

③ 周宪：《现代性的张力——现代主义的一种解读》，《文学评论》1999 年第1 期。

④ 康有为：《上皇帝第四书》，《戊戌变法资料》第2 册。

企图以西方文化观念启迪民智，但又持“君主立宪”的“保皇”立场，政治态度的暧昧使“三界革命”无法顺利进行。在这种情况下，同“立宪派”对立的“共和派”的革命活动很快成为历史的中心，辛亥革命的胜利是这种政治革命发展的极致。辛亥革命虽然推翻了上千年的封建帝制，但是，由于资产阶级力量的薄弱和封建意识的强大，也未逃脱失败的命运。五四运动的先驱者们苦苦思索历史的症结。把矛头对准“儒者三纲”的伦理思想。陈独秀认为，“自西洋文明输入吾国，最初促吾人之觉悟者为学术，相形见绌，举国所知矣；其次为政治，年来政象所证明，已有不克守缺抱残之势。继今以往，国人所怀疑莫决着，当为伦理问题。此而不能觉悟，则前之所谓觉悟者非彻底之觉悟，该犹在惝恍迷离之境。”① 于是，一场批判封建伦理文化、改造国民性的启蒙运动呼啸而出，成为20世纪初最具深刻影响、最具典型意义的文化运动。然而，文化启蒙运动并不能改变被启蒙者乃至中华民族的生存现状，其火一般的热情常常面对的是被启蒙者的冷漠，劳苦大众关心的是自己生存状况和命运的改变，他们被共产党领导的革命斗争所吸引，争取阶级解放和民族独立的政治斗争，再次成为历史的中心；新中国建立后，本应转入经济建设，但是，半个世纪的战乱形成的战争文化意识，以强大的历史惯性延续到70年代，阶级对垒仍被视为社会矛盾的中心。人们发现，十七年间的极左思潮演变成的“文革”悲剧，深埋着根深蒂固的封建文化意识，于是，新时期又祭起五四人文主义旗帜，掀起一场思想解放运动。这场新的文化启蒙运动引发经济建设热潮，市场经济的大发展带来社会的深刻变化……如此，洋务运动、戊戌变法、“三界”革命、辛亥革命、五四运动、工农革命、新时期思想解放运动、发展市场经济，前仆后继、此消彼长，演绎着我国现代化进程史。可把这些社会运动分为两类：文化启蒙和政治经济实践。政治经济实践时期文学常常直奔政治和经济而出现失误，文化启蒙时期文学能获正常发展。最大的政治实践是工农革命，它持续五十余年，产生着强烈的政治文化意识；最大的文化启蒙是五四运动，它形成五四文学精神；20世纪90年代以来的市场经济发展也值得注意，形成市场文化意识。如果说政治文化意识和市场文化意识体现社会现代性，那么，五四文学精神更体现审美现代性。

歌剧《白毛女》是工农革命时代的产物，自然有很强的社会现代性。剧本塑造了软弱善良的杨白劳和逐步走上反抗的喜儿形象，他们都未能逃脱悲剧

---

① 陈独秀：《吾人最后之觉悟》，《青年杂志》第1卷第6号。

命运，压迫他们的就是奸诈、淫荡的黄世仁。黄、杨两家展开激烈残酷的阶级斗争。歌剧专门设计奶奶庙的黄、杨会，被黄世仁欺凌、侮辱又被迫进深山做“鬼”的喜儿“怒火突起，直扑黄世仁等，并把手里所拿的供献香果向黄世仁等掷去，如长嗥般地”呼喊：“我要撕你们！我要掐你们！我要咬你们呀！”便是一幕阶级斗争缩影。严家炎说：“整个《白毛女》就像一座喷发的火山一样，倾泻出长期蕴积在人民群众心灵深处的对地主阶级的仇恨之情。”《白毛女》的主题——“旧社会把人逼成‘鬼’，新社会把‘鬼’变成人”，是对这一斗争历程的深刻概括。一提阶级斗争，总会引起人们的反感。须知，阶级斗争正是工农革命时代的社会本质。推翻封建制度，建立民主自由的国家，是现代化进程的基本环节。农民反对地主阶级的斗争，不仅是必要的途径，更是一种社会现实。《白毛女》对此的深刻表现，正是对社会现代性的深刻揭示。工农革命时期（20世纪70年代）的失误在于，新中国建立之后的和平年代，仍沿用战争文化思维，把阶级斗争推上极端。在新中国建立之前的工农革命阶段，农民反对地主阶级的斗争是必然而必要的。《白毛女》近六十年来常演不衰，先后被改编成电影、京剧、话剧、舞剧以及众多地方戏，其强大的生命力，是同对历史生活的深刻阐释分不开的。尤其是该剧诞生之初，简直成为“当时广大农村不可缺少的精神食粮，每次演出都是满村空巷，扶老携幼，屋顶上是人，墙头上是人，树杈上是人，草垛上是人”①，“每至精彩处，掌声雷动，经久不息；每至悲哀处，台下总是一片欷歔声。有人甚至从第一幕至第六幕，眼泪始终未干……散戏后，人们无不交相称赞。”② 甚至出现战士开枪打黄世仁的误会。五十多年来，《白》剧对中国老百姓始终有强大的吸引力。这种轰动效应见出《白》剧同时代民心的极大吻合。反《白毛女》论者以90年代的市场文化意识去规范几十年前的阶级斗争历史，显然文不对题，带有明显的反历史主义倾向。美国的南北战争可以说是推翻农奴主的民主革命，最后以资产阶级的胜利而告终。对这场阶级战争，美国历史学界大都给予肯定的评价，领导这场战争的林肯总统至今受到美国人的尊重，他制定的《宅第法》实际是美国的“土地改革法”。美国人从未以今天的市场经济否定这段阶级斗争史，十分尊重自己的历史和英雄，我们为什么要“告别革命”，否定自己的

① 丁玲：《〈延安文艺丛书〉总序》，《延安文艺丛书·秧歌剧卷》，湖南文艺出版社1987年版，第7页。

② 《晋察冀日报》1946年1月3日。

历史呢?

《白毛女》在追求社会现代性的同时并未无视审美现代性。审美现代性，具体体现为五四文学精神。洪子诚将这种精神阐释为“复活五四作家的‘启蒙’责任和‘文人’意识，以及重建那种重视文学自身价值的立场”。“启蒙责任”，指的是作家以现代思想意识启迪民智，以改善国民性途径推动社会进步的历史责任感。“文人意识”，陈思和认为是放弃启蒙追求的知识分子转而在文学创作“专业”上表现出的对文艺规律的重视与追求。我则以为是一种传统知识分子意识，它表现为个体人格的高扬。屈原是其典型：“举世混浊，唯我独清。”“举世皆醉，唯我独醒。”一片哓哓声中，“我方高驰而不顾。”这是中国文人典型的清高意识。清高不是轻狂，而是高度清醒所产生的行为方式。简言之，是一种精英意识。精英意识和启蒙责任，共同完成着启蒙任务。重视文学自身价值的立场，则是指对艺术形式、艺术方法的关注。

歌剧《白毛女》的启蒙责任和精英意识，表现于对民间艺术资源的利用、改造和提炼。该剧的“本事”是流传于晋察冀西部山区的“白毛仙姑”传说，据李满天说，1940 年，在晋察冀边区西部山区就有了“白毛仙姑”的传说，并且迅速传开，不断丰富。1942 年已日臻完善，言之凿凿，但传说中的人物和具体发生地点，谁也说不清楚，口头传说故事的最初创作者也不为人知。李曾将其写成万字小说《白毛女人》。这个讲述农村贫穷少女的不幸命运的传说充满了传奇色彩，也包含着“始乱终弃”、“变鬼复仇”的戏曲原型。歌剧《白毛女》在《白毛女人》的基础上改写而成。贺敬之说：“当时，在确立歌剧主题上有着各种不同的看法。有的同志说这是一个破除迷信的的剧作，也有人觉得这是一个没有意义的‘神怪’故事，将它与当时的另一部戏《红鞋女妖精》并称为‘一红一白’，但是后来还是统一了意见，认为应当放在它的积极意义上——表现不同社会的对照，表现人民翻身。”①“白毛仙姑”传说——破除迷信——不同社会对照：“人”“鬼”演变，这一主题提炼过程显示出：《白》的创作是民间文化、受到西方文化影响的五四新文化与革命文化三者的融合。全剧不仅有强烈的革命性（社会现代性），而且又坚持了人的解放的五四新文学主题（审美现代性）。“人的解放”主题体现在对杨白劳、喜儿这些贫困农民命运的描写，尤其是喜儿，这个天真、善良的少女被无辜卖给黄家，受尽折磨，还被黄世仁奸污，之后又要被黄卖掉。喜儿怀着黄世仁的孩子逃进

① 《贺敬之畅谈歌剧〈白毛女〉》，《石家庄日报》2002 年 5 月 17 日。

深山，生下孩子，艰难度日，鬓发全白……这里有丰富的人性内涵，不仅描绘了贫苦农民的不幸命运，还描绘了农村女性的命运。关于喜儿生孩子的情节，演出后曾有不同意见，后来周扬指示删去。在政治文化意识日益强化的时代，如此可以减少许多麻烦，也不失为“明智”的选择。但从审美现代性看，保留孩子情节，让喜儿在亲情和阶级仇恨中去困惑、选择，更增强其人性深度，也增强人物的丰富性和丰满性，强化作品的震撼力。即使如此，作品对喜儿人生命运的极大同情、对其人生前途的热烈希冀，都显示着强烈的启蒙责任和精英意识。这与五四启蒙现实主义、西方19世纪批判现实主义有着内在的连续。“现实主义”概念的产生就有启蒙性。法国画家库尔贝被斥为“现实主义货色”的《碎石工》，便描绘下层劳动者。他在杜朗蒂创办的《现实主义》杂志上发表的文艺宣言，便主张艺术家要主要研究和表现社会下层人民（工人、城市贫民和小手工业者）的生活。这便是一种审美现代性。这种现代性需要两个条件：现代民主主义思想和现实主义思想。前者使作家将下层人民看作“人”，后者使作家在他们的身上发现美。而这，只有在开始进入现代社会时才能实现。五四时期的中国已开始了现代化进程，以鲁迅为代表的启蒙现实主义应运而生。贫苦农民、城市贫民、下层妇女、落魄知识分子、洋车夫、店员……成为作家关注的对象。工农革命时期的革命现实主义作品，也着眼于下层人民，不同的是，不仅揭示他们的坎坷经历和不幸命运，还描写他们翻身解放的命运变化过程。《白毛女》就是鲜明的代表。

《白毛女》的审美现代性还表现为艺术形式的创新。艺术形式的资源一般来自两个渠道：西方文学与民族文学营养。西方文学对艺术创新常有激活作用。因此，各国文学尤其重视同世界文学的对话和交流。实际上，欧美、亚非、拉美各国文学在19世纪末和20世纪初先后进入世界文学格局。我国大致在戊戌变法到五四运动期间完成这一历程。进入世界文学格局、走向世界并非唯西方马头是瞻，也不是艺术形式的西方化。而是在中西文学交流中找到自己的位置，发展自己的民族文学。《白毛女》将西洋歌剧的形式引入我国，创造了具有中国民族气派的新歌剧，便是与世界文学格局对话和交流的结果。它不同于西方歌剧，也不同于民族戏曲，而是继承民族戏剧传统、借鉴西方歌剧形式而形成的新的艺术品种。在音乐上，它借鉴西方歌剧注重表现人物性格、善于抒情的特长，精心设计了《北风吹》、《扎头绳》、《扑不灭的火》、《我们的喜儿哪里去了?》等脍炙人口的唱段，极大丰富了艺术表现力；同时，又不拘泥于西洋歌剧只唱不说的框框，借鉴古典戏曲的歌唱、吟诵、道白三者结合的传统，使剧情进展更加明快晓畅。人物对话采用话剧的表现方法，同时注意学习戏曲中的道白。道白与歌唱，转折有序，衔接自然，并不给人话剧加唱的感觉。歌剧的立足点还是民族生活土壤，民间音乐素材被广泛采用，如在塑造喜儿形象时，根据剧情和人物情感的需要，就用了河北民歌《小白菜》、《青阳传》和山西梆子曲调等，因而在民间广为流传。《白》剧曲作者之一张鲁讲述了《北风吹》的产生过程：《白》剧的作曲汇集了延安鲁艺音乐系所有的精兵强将，有马可、张鲁、瞿维、向隅、李焕之。开始以秦腔为基调配曲，感到陈旧；后来又拼命往秧歌剧上靠，虽然搞了一大堆曲子，都不能用。在一个不眠之夜，张鲁沿着小河徘徊，他想起两年前向老艺人学“眉户戏”的情景，想起给冼星海做秘书时学作曲的情景，于是一首首地唱起来。在吟唱中，灵感渐渐袭来。他来到女同事不满8平米的小屋，伴着婴儿的哭声，捕捉灵感：喜儿出场也不过是十七岁的孩子，自幼丧母，与父亲相依为命，多像河北民歌里的“小白菜”呀！他终于揣摸到喜儿等待爹爹回家时那种又急又喜的感觉，于是，一串串音符就像一股山泉在他手上奔涌而出，不到三分钟就写完了整首《北风吹》。这段描写典型阐释了《白》剧借鉴西方、继承传统、依据人物性格进行创造的过程。

《白毛女》的形式追求还在于对“民间隐性结构”的寻找和运用。陈思和提出此概念时认为当代文学（主要指五六十年代）作品由两个文本结构所构成——现形文本结构和隐形文本结构。前者由主流意识形态决定，后者由民间文化形态决定。作品的艺术立场和趣味更多体现在民间隐性结构中。其实，民间隐性结构存在于各个时期的民族文学中，实际是民族的集体无意识（原型意识）在文本形式上的体现。荣格的集体无意识学说，对此有精彩的阐释。在中西文化交流中，它受到格外的重视，鲁迅说的“有地方特色的倒容易成为世界的”便包含这样的内容。《白》剧中便包含两种隐性结构：（1）乡土伦理秩序的破坏和归复。戏的开头设计过年的场面，展示和谐的亲子邻里关系，实际是一种乡土伦理秩序。杨白劳回家带回的三件东西：白面、红头绳、门神，显示着农民的基本需求：生存、审美、安全。其简陋、有限，正体现民间社会顽强的生命力。黄世仁、穆仁智等恶人的进入，正是对乡土伦理秩序的破坏。最终，乡土社会强大生命力战胜恶人，民间伦理秩序得以恢复。和谐秩序——恶人侵入——家破人亡——绝处逢生——报仇雪恨，正是本剧的一种民间隐性结构。（2）有情人终成眷属。剧中穿插喜儿与大春曲折坎坷的爱情故事，男女相爱——良家女子落入恶魔之手——英雄还乡——有情人终成眷属，也是一个隐性结构。这是颇有生命力的结构线，强化着文本的缠绵和温馨。“文革”期间改编的舞剧《白毛女》，也未能砍掉这一结构线。民间隐性结构，可与欣赏者的心理结构和审美期待发生共鸣效应，从而产生强烈的剧场效果。这也是该剧常演不衰的深层原因之一。

歌剧《白毛女》并非没有缺点，人物性格还可进一步丰富和丰满，主题还可多方深入开掘，但是，它以独特的思想性和艺术性奠定了其现代性价值，从而成为那个时代不可企及的范本。作为现代文学中的红色经典，其文学价值和文学史价值是不可否定的。

（原载《挥毫顶天写真诗》，作家出版社2006年出版）

白毛女与黄世仁的关系在20世纪的变化

熊元义

20世纪虽然结束了，但20世纪所留下的思想问题仍然纠缠着我们。人们对有些问题的认识和解决不是前进了，而是倒退了。从白毛女与黄世仁的关系在20世纪的变化中，我们是不难发现20世纪最后二十年中国思想界粗鄙实用主义泛滥所造成的恶果。

话剧《切·格瓦拉》所刻画的一位脱离社会（阶级）的解放追求个体的自由"东方之子"颇能反映当今中国一种颇有影响的思想倾向。东方之子说："宣扬什么血统论？少跟我卖弄'末代王爷'《最后的闺秀》！我还法兰西友人呢？老子本应该投胎在（指街北）前面香榭丽大道，没落贵族也好，新兴资产阶级也好，反正满门都是金发碧眼。家里有两个中国人，全是佣人！（跌手顿足）可怎么愣就给我生在了北京东城南锣鼓巷，地地道道的东亚蒙古人种，世世代代离周口店不远?！唐朝那会儿可以和胡人混血，但中国那会儿那么阔，不混也罢。八国联军那会儿可是机不可失，除了日本，一水的西洋。那一次真是'文明冲突'，正好打一场人种改良翻身仗！没看见人家越南南方，美国兵留下的孩子一相面再一验血全挣上了美元？怎么当时躲在井里的我太奶奶太姥姥没一个儿这么想？如今一照镜子烦不烦哪，你就再怎么哼马赛曲再怎么唱星条旗再怎么把《独立宣言》倒背得如同'床前明月光'，（指着镜子）你还是这张脸！你就再怎么身在小胡同心在白金汉，瞧义和团光着膀子那份儿德性，看美国鬼怪式长得的确顺眼，你还是这张脸！你就再怎么明明是自己又丝毫不是自己，压根儿不是人家却加倍是人家，（对镜纳闷）怎么还是这张脸？你就再怎么骂中国咒中国损中国涮中国恶心中国寒碜中国踢中国啃中国撕了中国操了中国，（将镜子摔碎）你一还一是一这一张一脸!!!""既然街南街北这么老大差别，就多想想怎么跟那边断绝关系，抓紧办移民，路子我都趟出来了——”“当不了大款就傍大款，开不起银行就抢银行，没投胎富人区就搬进去，不给迁就翻进去，空中不成走地道，没招儿了才讲平等呢，有本事谁他妈当老百姓呀！”现在，当代“白毛女”争先恐后纷纷嫁给黄世仁，不少少女傍大款，许多华籍美人变成了美籍华人，就深刻地说明了“东方之子”不是个别的，而是相当普遍的。如果我们将当代“白毛女”——“东方之子”的思想状况和20世纪40年代的白毛女——杨喜儿的思想状况作一番比较，就不难把握20世纪中国某些思想变化的轨迹。

20世纪40年代，贺敬之等所塑造的白毛女对奴役她们的黑暗世界是反抗的。白毛女对黄世仁的认识是清醒的，“你把我看成什么人了！黄世仁他是我的仇人！就是天塌地陷我也忘不了他跟我的冤仇啊。他能害我，能杀我，他可别妄想使沙子能迷住我的眼！”对黄世仁的压迫是反抗的，“我就是再没有能耐，也不能再像我爹似的了，杀鸡鸡还能蹬打他几下哪，哪怕是有一天再把刀架在我的脖子上吧，我也要一口咬他一个血印。”这种反抗也是彻底的，“想要逼死我，瞎了你眼窝！舀不干的水，扑不灭的火！我不死，我要活！我要报仇，我要活！”贺敬之等肯定了白毛女的这种斗争。而到了20世纪90年代，当前作家所反映的不傻的“白毛女”对她们所处的屈辱世界是屈服的。有位作家在中篇小说《何处是我家园》中写了一位不傻的“白毛女”秋月不是嫁给黄世仁，而是心甘情愿地接受比黄世仁还要坏的地头蛇查老爷的玩弄。中篇小说《何处是我家园》里的凤儿和秋月忍受不了贫穷的煎熬，自甘堕落。凤儿说：“没钱的时候，我们就不是人，就得做些不是人做的事。”秋月也说：“我不甘心过这种贫苦的日子，我只要能生活得舒适，不管怎么做都行。”在凤儿的百般努力下，秋月是可以保持人的尊严的。但是，秋月却为了过上舒适的日子，放弃了宝山（矿工）的真挚的爱情，心甘情愿地让地头蛇查老爷蹂躏和玩弄。秋月为了“活着”，什么都不要了。什么人的尊严，什么纯洁的爱情，什么人生的价值，见鬼去吧！秋月虽然已心知查老爷欺骗了她，虽然已明白查老爷确如人所说的笑面虎，虽然知道查老爷安排她走是想要长久地得到宝红，可她想，就是明白了这些我又能拿他怎么办？如她一样渺小的人们的生活都是操纵在查老爷们手上的，由他任性编织。纵是看透看穿了，也还不是得依从他们？如果反抗了，未必就比服从了好些吗？而既然是渺小的一群，能做到什么反抗？不就是赔上自己的一条命，与其这样，莫如由他去好了。看来，秋月对她的奴隶地位不是没有意识到，她意识到了她在受欺骗和被玩弄。但是，在秋月的内心深处，竟然没有多少反抗和抵触，甚至越来越有点自得其乐了。

秋月这种好死不如赖活的自甘沉沦，这种放弃人的尊严的自愿服从，就是“奴在心者”。当前作家这种“对着写”不是为了反映现实生活的溃烂一面，并进行坚决的批判，而是肯定了秋月的这种生存哲学。

当前作家的这种价值取向和现代作家贺敬之等相比，其思想认识绝不是前进的。

当代“白毛女”为了彻底地改变自身的艰难处境，追求个体的自由，纷纷背叛她所出身的阶级，是以扭曲人性、戕害人性为代价的。她们不是从根本上捍卫她们所属的阶级的整体利益，而是从这个阶级中分化出去，成为压迫剥削她们所属阶级的阶级的帮凶和帮闲、玩偶和装饰。

与此相应，几年以前，就有人提出所谓“孙子哲学”，明确宣布“这不是《孙子兵法》的孙子，而是爷爷孙子的孙子”，要中国人当美国人的孙子，就是“追随美国，可能今天我们就是日本”。最近，又有人鼓吹“傍大款”，说什么“承认自己不行，就要抓住一个大的，‘与巨人同行’，说你傍大款你就傍嘛”。这种认为中国应该自觉地充当美国的殖民地，这样中国就会发展起来的谬论，就是彻头彻尾的洋奴哲学，就是公开地鼓吹白毛女嫁给黄世仁。

真没想到，中国某些知识分子竟然堕落到了这种买办和汉奸的地步。某些知识分子的“无根”和“失语”状态在目前愈来愈严重，其症结恐怕就在于这些知识分子本来出身中国社会底层，但是他们不是维护中国基层人民的根本利益，表达、抒写中国基层人民的深沉苦难，而是背叛了他们所出身的阶级，跻进了异己阶级。他们在为这个异己的阶级说话的时候底气不足，完全丧失了应有的尊严。当代“白毛女”嫁给黄世仁深刻地反映了粗鄙实用主义哲学的生存观和发展观。为了生存和发展，可以和丑恶势力“妥协”、“磨合”。在文学上，有人就公开地鼓吹“妥协”、“磨合”论，认为“中国的发展乃是当代历史最为重要的目标，在这个发展的过程之中，为了社群的利益和进步的让步和妥协乃至牺牲都似乎变成了一种不得不如此的严峻选择，分享艰难的过程是比起振臂一呼或慷慨激昂更为痛苦也更为坚韧的”。

这种“妥协”、“磨合”论在历史观上就是鼓吹恶是历史发展的动力。其实，无论是黑格尔，还是马克思、恩格斯，都认为恶是历史发展的动力借以表现出来的形式，而不是历史发展的动力本身。在《路德维希·费尔巴哈和德国古典哲学的终结》中，恩格斯说得相当明白：“在黑格尔那里，恶是历史发展的动力借以表现出来的形式。”在这一点上，马克思、恩格斯和黑格尔没有根本的区别。他们的区别在于，黑格尔不在历史本身中寻找这种动力，反而从外面，从哲学的意识形态把这种动力输入历史；恩格斯则从历史本身寻找这种动力。

关仁山在中篇小说《破产》中极其深刻地勾勒了当前社会的分化和不同阶层人的生存状况。在《破产》中，我们看到当前社会急剧膨胀的邪恶势力不仅巧取豪夺劳动人民的财产，千方百计搞垮全民所有企业，而且促使工人们的子女成为他们的精神奴隶，成为他们人肉宴的美味。可见，“妥协”、“磨合”论的实质就是要求下岗女工，就是要求基层人民为社会的发展，为富有阶级进一步地发财享乐作出牺牲。某些知识分子参与这种历史“大合唱”，与拉皮条又有什么两样?!

当代“白毛女”嫁给黄世仁，也是对中国悲剧精神的消解。中国悲剧是邪恶势力可以碾碎我们的骨头，但绝不能压弯我们的脊梁。身躯倒下了，灵魂仍然要战斗。“白毛女”嫁给了黄世仁，实质上就是取消了反抗，取消了斗争，取消了底层的人民捍卫自己尊严、理想的努力和抗争。

在中篇小说《何处是我家园》中，作家也挖掘了秋月沉沦的根源。在秋月看来，宝山（劳动大众）和查老爷（统治阶级）不一样是一无文化，一有文化；一粗俗，一文明；他们之间的差别是文化层次上的差别，而不是剥削制度造成的，即宝山之所以没有文化，是因为被剥夺了接受文化的权利。秋月为了追求“文明”的生活，为了过上舒适的生活，就不管有无爱情，是否遭受奴役。作家对秋月的这种“活命哲学”没有批判就是对中国悲剧精神的消解。

（原载《挥毫顶天写真诗》，作家出版社2006年出版）

歌剧《白毛女》在延安进行创作的情况

李　刚

民族歌剧《白毛女》从诞生到现在已经历了整整五十个春秋。这部歌剧在它诞生的时期，无论就其反映社会生活的深度，或是在民族歌剧艺术形式探索的成就上，都产生了深刻的影响，在我国的文学史和艺术史上留下了不可磨灭的痕迹。《新文化史料》1995 年第 2 期为纪念这部歌剧诞生 50 周年编辑了专栏，组织了包括这部歌剧创作的直接领导者、剧作者、作曲者以及首演主要演员的回忆文章和有关《白毛女》电影、京剧、舞剧创作情况的介绍，为这部歌剧积累了大量史料，是一件十分有意义的工作。

《歌剧〈白毛女〉在延安创作排演史实核述》是专栏的最后一篇文章。该文刊出后，歌剧界一些同志询问我《史实核述》的准确性及我对该文的评价，我当时均未作答。诸多同志之所以向我提出这个问题，可能与我十余年来一直参与中国歌剧研究会主席团工作有关。但歌研会多年来的工作，更多地是研究中国歌剧的现状，对歌剧历史研究得不多。至于谈到《白毛女》的创作过程，《史实核述》的准确性等问题，我更非权威发言人。因为 50 年前，我仅是鲁艺戏剧音乐系的普通一兵，《白》剧乐队的参加者，知道的情况很有限。但既然同志们已经向我提出问题，而《史实核述》中记述的一些情况又引发了我的回忆，我有责任作些调查研究，并尽可能准确地写出本文。

《史实核述》的作者为澄清《白毛女》创作演出的历史事实，研究了许多有关材料和采访记录写成了这篇史实核述。其立意和工作精神都使我深为感佩。文中也确实对有的事件在已发表的有关文献中未曾明确说清的作了进一步的阐明。如：《白》剧在延安排练演出时，指挥是向隅同志，瞿维、焕之同志在这一段并未担任指挥的事实。再如《白》剧为“七大”代表演出的时间、地点等，也进行了反复地核查、论证。

但我认为《史实核述》中所记述的一些情况与当时的实际情况尚有差距。这可能是因为作者未必亲身经历过那段历史，而调查研究又有不足之处所致。但文章的题名用了“史实核述”的字眼，也就是告诉读者它所记述的情况是作者在“众说纷纭，其说不一，甚至互相矛盾”的诸多材料中，经过核实澄清了的“历史事实”。这样一来，文章的分量就不同了。再加上它是发表在作为将来编写近代文学史、艺术史重要依据的有广泛影响的《新文化史料》杂志上，它的分量就更不一般了。看来对这段“历史事实”作进一步澄清是必要的。为此，我以我自己的亲身经历为线索，参考了有关史料，采访了当年《白毛女》的主创人员，对这段历史做了进一步的考察。现在将我了解到的与《史实核述》不相符合的情况记述如下。

一、鲁艺戏剧音乐系开始组织《白毛女》创作的时间

《史实核述》记述这一时间是1944年8月。这与实际情况不符。这年8月份，鲁艺戏音系正进行两项工作。一项是排练由陈荒煤、姚时晓、张水华三位同志创作的大型话剧《粮食》，这部话剧到9月14日才在中央党校礼堂预演，并继续演出。另一项工作是为探讨秧歌剧加强舞蹈表演成分而组织创作排练的一批小型秧歌剧，其中包括贺敬之创作的《栽树》，贺敬之、丁毅合作的《拖辫子》，以及根据邵子南同志写的报告文学《李勇大摆地雷阵》改编的同名秧歌剧。这项工作从剧本创作、配曲、排练到演出，已经到了中秋（《栽树》曾在戏音系庆中秋的晚会上演出）也就是9月中旬了。9月下旬，延安市召开文教会，戏音系指派贺敬之、丁毅参加文教会艺术组举办的秧歌座谈会。这个会到9月底结束。10月份，戏音系部分骨干力量被借往中央党校排演苏联大型话剧《前线》。贺敬之、丁毅则接受了创作《红鞋女妖精》歌剧剧本的任务。他们写作该剧将近一半的时候，才在张庚同志那里初次看到了有关《白毛女》的文字材料，时间是11月中旬。此后，戏音系才开始了组织歌剧《白毛女》创作的活动。

从上述情况看，“1944年8月”就开始《白毛女》歌剧创作的说法似不能成立。至于《史实核述》中记载的10月份调出人员排演《前线》之前就进行的《白毛女》的初次试排，创作组随即停止了工作，并且一停就是4个多月，直到1945年春节后才又开始工作的说法，就更不切合实际了。

二、鲁艺戏音系组织创作歌剧《白毛女》的起缘，初始创作组的组成及工作进行的情况

戏音系组织创作《白毛女》的起缘是当时担任鲁艺院长的周扬同志收到了《晋察冀日报》记者林漫同志托人带给他请他审阅的《白毛女》故事的草稿。他读了这个草稿后，认为这个故事既富于传奇性，又具有新旧社会对比的深刻的社会意义，很适合写成歌剧，随即把这一材料推荐给张庚同志。张庚同志读后又交给贺敬之、丁毅阅读，他们都认为这个故事是极好的歌剧题材。在学院领导研究创作为"七大"献礼的节目时，周扬同志便极力主张根据这一材料创作剧目，并把这一任务给了戏剧音乐系，在成立创作组时还亲自进行动员。这就是我所知道的创作《白毛女》的起缘。至于《史实核述》记述的"邵子南曾向鲁艺的院长周扬汇报过'白毛仙姑'的故事"一事，由于不知道《史实核述》的材料来源，邵子南同志如何向周扬同志汇报的，与林漫的材料孰先孰后，我在调查中得不到确切的意见。在访问贺敬之、丁毅两位作者时，他们的记忆中则是在《白》剧创作组成立前只接触到林漫的材料。1995 年第 3 期的《歌剧艺术研究》转载了李满天（即林漫）《我是怎样写出小说〈白毛女人〉的》记述文，文中记述了"我于 1944 年中秋节到应县宣传部做通讯指导工作，当时正有去延安的交通员路过，我便把《白毛女人》的小说抄写一遍，卷封好，写着交延安鲁艺周扬同志收，让交通员带走。""1952 年，中国作家协会组织数十名作家下乡下厂搞写作，集中在东总布胡同学习时期。我也在其内。有一天周扬同志去看望大家，工作人员一一介绍姓名，当介绍到我时，周扬同志瞅着我，停了一下，问我：你是不是写过白毛女故事的林漫。我回答是的，当时我颇惊讶，周扬同志记忆力之强……""1962 年，我参加在大连召开的农村短篇小说座谈会，周扬同志也到会并讲话。有一天，乘船到海上游览，与周扬同志同船，他指着我向安波等同志说：他是白毛女故事的写作者，现在很多人都不知道这个情况，你们要记住，不能忘了。我再一次感到周扬同志记忆力的惊人。"从这些记述看，林漫提供了白毛女故事这一事实是确凿无疑的，并且可以看到周扬同志对此事留有深刻的印象。从时间计算，交通员穿过敌占区，通过封锁线，徒步行走一千数百里，11 月份将材料带到延安，与前述周扬同志接到这份材料的时间也是吻合的。

《白毛女》创作组开始组成时的成员是：张庚同志、王彬同志负责领导整个创作组的工作，王大化同志负责戏的导演（王彬同志也兼导演工作），马

可、张鲁同志负责作曲，剧本由邵子南、贺敬之负责写作（邵子南同志随西北战地服务团回鲁艺后，分配在文学系。他是由文学系借来戏音系参加这项创作工作的。贺敬之原同丁毅合作《红鞋女妖精》，此时将他调《白》剧创作组。《红》剧由丁毅继续完成），而不是如《史实核述》所说的贺敬之是 1944 年 8 月成立创作组（前已指出其不符事实）之后的四五个月即 1945 年春节才根据“领导与群众的推荐”增加进去的。由于邵子南同志曾在晋察冀边区工作，并且收集过这一民间传说的素材，所以决定由他担任剧本创作的执笔。创作组开始工作后，很快就写出了前几场的剧本，并进行配曲，然后投人排练。配曲多直接采用了秦腔、眉户的曲调，表演更多采用了戏曲的身段和程式。在 1944 年 12 月中旬，进行了前几场戏的连贯试排。

三、邵子南同志执笔的几场戏试排后的情况和创作组停止工作的原因

这几场戏的试排是在鲁艺的礼堂（原为教会的礼拜堂）进行的，请了周扬同志来审查，戏音系的师生也来观看。试排后，在戏音系的师生中反映很大。陈强同志在《我对黄世仁角色的创造》一文中记述的“汇报演出后，院里师生看后一致认为，这条路不是在创造民族的新歌剧，而是被旧的民间戏曲形式束缚住了。”瞿维、张鲁同志的《歌剧〈白毛女〉的音乐创作》一文中记述的“前几场戏配上秦腔、眉户的曲调试排后，展开了热烈的讨论。大家认为此稿不适合舞台演出，故事情节的安排及人物关系都有许多可以商讨的地方，需要重新结构，另起炉灶。”张庚同志在《歌剧〈白毛女〉在延安的创作演出》一文中指出的“剧本是集体讨论的，最初一遍稿由邵子南执笔。他有多年的晋察冀生活，但不懂秧歌剧的形式，写成一篇诗剧，不大适合演。”这些记述概括了这次试排后反映的意见。丁毅同志在《歌剧〈白毛女〉二三事》一文中记述的周扬同志这次讲话的中心意思：“我们必须创造能够反映新的时代，新的人民群众的思想感情精神面貌的新艺术，而不是单纯模仿或搬用旧的东西。”是符合这次讲话的基本精神的。

单就以上所引的这些记述看，邵子南执笔的这几场戏没有被肯定，其原因也并不只是配曲和表演的问题。况且搞歌剧的同志都清楚，歌剧的音乐风格和表演风格是受文学剧作风格制约的。如试排的第一场，黄世仁上场后即有“杨格庄有个女娇娃……眼里还有个玻璃花……”的唱词，从唱词的内涵和语言的风格看，都不能不影响配曲和表演。

试排后，创作组根据周扬同志讲话的精神和大家反映的意见进行了讨论。

讨论中谈了音乐、表演方面存在的问题，也对剧本提出了修改的要求。但其结果正如瞿维、张鲁同志的文章中记述的那样："大家认为需要重新结构，另起炉灶……这些要求与邵子南同志的设想未能符合，因此，他收回了自己的稿子，退出了创作组。"当时具体情况是邵子南同志听了大家的意见，即自行宣布退出，并带走了他执笔的那一部分剧稿和全部有关的文字材料。《史实核述》把这一事件记述为发生于1945年重新组织创作组之后，说邵子南同志在重新组成创作组后仍在创作组工作，这就与事实不符了。由于邵子南同志自行退出，创作组的工作因而暂时停顿。但停下来的时间不是《史实核述》所写的1944年10月份之前，而是在12月下旬；停顿的时间也不是《史实核述》所写的4个月之久，而是在过新年之后，1945年1月初就调整了人员，重新展开了工作。

四、《白毛女》创作组的调正补充和重新写作《白》剧的情况

戏音系的领导1945年1月初对创作组进行了调整补充，原创作组的人员，除邵子南同志退出外，别人并无变动。张庚同志、王彬同志仍然负责创作组的领导，王彬同志直接抓剧本创作。剧作方面除原有的贺敬之外，又增加了丁毅。随着剧作的进展，导演方面又增加了舒强同志。张水华同志也有一个阶段参加过《白》剧的导演工作。音乐方面又增加了瞿维、焕之同志，向隅同志则担任了歌剧的指挥。

创作组人员调整后，张庚同志召集扩大的座谈会，邀请戏音系的业务骨干参加，对重新写作这一题材在主题把握、人物塑造以及剧作、音乐、表演的风格等问题上进行了讨论，特别对艺术风格问题进行了深入的探讨。这些讨论的内容在张庚同志《歌剧〈白毛女〉在延安的创作演出》一文中已有扼要的记述，不再重复，经过这次讨论，创作组即正式投入工作。

因为王彬同志分工抓剧本创作，他首先召集贺敬之、丁毅共同研究剧本的总体结构、情节安排、人物设置，以及进行创作的具体办法。因为贺敬之参加了前一段的创作工作，他已熟悉了原材料，并且已经有了一个较为详细的构思。讨论中，他谈了这一构思，王彬、丁毅都基本同意。因而在他这一构思的基础上，经过讨论研究，确定了全剧的框架。随即商定了具体进行创作的办法：为了保证剧本写作风格的统一，不采取一人几场分头写作的办法，统一由贺敬之执笔。要求贺敬之在每写一幕前提出这一幕戏的设想，包括情节设置、出场人物、矛盾冲突直到戏剧细节。由三人进行充分的讨论、研究、修订、补

充，然后由贺敬之写成初稿。每场戏初稿写出后，再共同讨论、润色、定稿后交张庚同志审阅，印发给有关人员。采用这种办法顺利地完成了这一稿的写作。因为是流水作业，作曲、排练也随之继续完成。

这一稿完成后进行了全剧连排，鲁艺全院的师生和工作人员、桥镇乡的群众，还有一些文艺界的同志都来看了演出。反应是热烈的、肯定的，但也提出了各种意见。最集中的一条是：前三幕好，后三幕松，旧社会描写得深刻，新社会写得肤浅。创作组又召开了座谈会，请有前方生活经历的贾克、洛汀等同志参加，他们都热情地提出了改进的意见。随后又请来在延安学习的晋察冀边区基层工作干部座谈边区生活斗争的情况。经过这些工作后，决定重点修改八路军到来后的两幕戏，强调“减租减息”斗争的生活背景，把最后的一场尾声喜儿送大春参军，改为开减租斗争黄世仁的会。丁毅也参加了这一段剧本修改的执笔工作。

《白毛女》的剧本确实是一部集体创作的作品。但它不是一般意义的集体创作，而是包含了领导同志和许多文艺工作的专门家，包含了戏剧音乐系的广大师生，乃至桥镇乡的农民群众，众多人的心血和智慧的集体创作。《白毛女》创作过程中确实坚持了群众路线，这种群众力量的发挥则表现在进行写作前，有关的专家、艺术家在座谈会上提出的指导性的意见中；表现在由曲作者、导演、演员在配曲、排练中发现剧本中的问题，及时提出的改进意见中；更多地表现在每一幕或数幕连排后，戏音系师生热情的讨论中，也表现在看试演后桥镇乡的农民和校外文艺界的同志所提出的宝贵意见中。没有这些群众力量的发挥，《白毛女》的剧作是不可能达到最后的成就的。

但也必须指出，这种群众路线的贯彻并不像《史实核述》中描写的那样：“经常是剧组人员（当时还没有‘剧组’这个名词，作者当然是指参加创作、排练、演出的全体人员）一块儿讨论剧情，出主意，大家说定了一场戏，贺敬之就根据大家的意见去进行整理，结构剧本，写作歌词。”事实如果是这样未免太荒唐了，凡是有编剧常识的人大概都难以想象由七八十个人一块儿讨论剧情，说定剧情。何况当时大多数演员、演奏员和舞美工作者都不曾掌握有关白毛女的素材。此外剧本的执笔者也不仅是“结构剧本，写作唱词”。他们还写了占剧本大量篇幅的道白和舞台指示。准确地说：他们写出的是一个完整的歌剧剧本。

《史实核述》指出：“剧本写作的过程中，曾反复地讨论、修改和加工。”这是符合实际的，但举的一个例子却不准确。这个例子是“杨白劳被逼惨死的情节，开始只安排在平常日子里。有人提出阴历年是穷人的难关，常到处躲账，而地主阶级则是花天酒地、荒淫无耻。于是就把逼债改在了除夕夜”。由贺敬之执笔写的《白毛女》的第一幕一开头，喜儿上场就唱的“北风吹、雪花飘、雪花飘飘年来到”。杨白劳一上场就唱的“十里风雪一片白，躲账七天回家来”。赵大叔一上场就唱的“人家过年咱过年，穷富过年不一般”。黄世仁一上场就唱的“花天酒地辞旧岁，掌灯结彩过除夕”。剧情中的扎红头绳、包饺子、黄世仁年底逼债等情节，都是在除夕的规定情景下才能发生的。也可以说没有除夕这个规定情景就没有这一幕戏。况且这个第一幕写出后，除去红头绳的细节根据王彬意见把贺敬之原稿中由喜儿自已扎改为由杨白劳替她扎之外，基本上没有改动过。

五、邵子南同志执笔的部分稿本与重写的稿本的关系

关于这个问题，《史实核述》强调了欧阳山同志 1979 年为《邵子南选集》所写的序言中的有关论述：“剧中人物的姓名与许多故事情节，均是由邵子南确定并沿用至今的。”但我所了解的情况并非如此。

这里首先要指出的一点是，欧阳山同志在此文中同时还说明了他并不了解情况而是听邵子南同志在许多年前自己说的，并未具体指出什么情节是邵子南独自确定而“沿用至今”的，又说邵子南因意见不合而退出创作组。可见不能由此为根据来判定基本事实。因此，弄清以下几点是必要的：

其一，两种稿本都是根据同一个民间传说进行写作的。邵子南同志亲自做过调查，林漫写的《白毛女故事》对这一民间传说情节也写得十分详尽。因此，这两种稿本在主要事件上不可能有大的差异。这不是由某一位执笔者所决定的，而是所根据的同一原始材料所决定的。

其二，剧中人物的名字，有些确实是邵子南同志构思的，如：红喜、黄世仁、穆人心。但这也是创作组共同讨论确定的，邵子南退出后，原创作组并没有解散或撤销。在重新写作中，原始材料就规定了这些角色仍然需要，因而有的角色直接沿用了邵子南同志构思的姓名，如黄世仁。有的则做了改动，如穆人心，感到太直白，脸谱化，改为穆仁智。红喜的名字则感到不像贫苦农家女儿的名字，而像地主家丫环的名字，因而改为喜儿，在剧情发展中，作为地主阶级对农民人身奴役的象征，由黄母加上一个“红”字。

其三，在全剧戏剧情节的编织，矛盾冲突的发展上，两种稿本无法进行比较，因为邵子南同志执笔的稿本，即便是创作组的同志，也只看到试排过的那几场戏。邵子南同志究竟写了多少，戏剧情节怎样发展都无从知晓。单就试排

过的这几场与后来的重写稿比较，情节也不同。邵子南同志执笔的稿本一开场便是黄世仁带穆人心去杨家逼债阴谋霸占红喜的戏，并没有杨白劳躲账回家，父女在贫困凄苦之中偷取一点天伦之乐的情节。杨白劳完全不是现在这样被骗至黄家，被逼按手印卖女，风雪中被赵大叔救护回家，以及除夕守岁，喝卤水自杀，喜儿被穆仁智抢走等情节。直到今日，延安首演的有些主要演员还能唱出没有被采用的邵子南初稿中的某些唱段。除前面提到的黄世仁唱的"眼睛里有个玻璃花……"之外，还有王大婶唱的"杨老汉二道崖丧了命……天明抬回家中……"等等，是可以证明与贺敬之、丁毅执笔，沿用至今的稿子中的情节完全不同。

其四，语言和剧诗的风格，从以上所引用的几位同志回忆起的邵子南同志所写的唱词，跟现在大家所熟知的《白》剧唱词比较，可以清楚地看到风格上的差异。另一方面，经向研究贺敬之的专家了解，从他此一时期写的描写旧时代农村生活的许多长短诗作（后结集为《乡村的夜》出版）以及其他秧歌剧和歌曲的歌词，则可以看出重写的歌剧《白毛女》风格的一致性。

贺敬之、马可在1950年为《白毛女》出版写的前言中曾写道："邵子南同志，他是这一剧本创作工作的先行者。他曾写出了最初的草稿，虽然，以后这个剧本由别人重写，但他的草稿给予后来的人以极大的启示和帮助。"这段话由贺敬之、马可写出是恰当的。因为这其中表达了对邵子南同志所花费的劳动的极大尊重，十分充分地肯定了邵子南同志所写的稿本对后来重写的稿本的影响。

六、关于"创作与排练中的波折"

《史实核述》写到的这场"波折"确实存在，但记述的情况则不够准确。

首先，"波折"的发生，不是在"前三幕创作、排练完成后"，而是发生在初稿完成全剧连排试演之后。前边我已述及，这次连排，鲁艺各系师生和桥镇乡的群众都观看了。看后，除了肯定的意见外，也确有"一些否定的意见也十分尖锐"。不过这些尖锐的意见不是由个人写成墙报张贴的。当时的情况是连排以后，鲁艺文学系的文学研究室由邵子南同志主持会议讨论《白毛女》，会上有的同志发表了尖锐的批评意见，会后由邵子南同志决定写成"会议记录"予以公布。于是写成了大字墙报张贴于戏音系食堂外边道路西侧的墙报栏中。在这个"会议记录"正文之前，邵子南同志特意写了严正声明，声明他与《白毛女》的创作毫无关连。这个"会议记录"所批判的主要问题也不是《史实核述》中举出的事例。

《史实核述》就这次“波折”举了两个例证。其一是：“批评喜儿的形象较软，受了黄世仁的凌辱，还对他抱有幻想”，当时剧本中确实有这一情节，在第三幕连排时就有不同意见的争论，但未做结论，直到在张家口修改时，才改变了这一情节。其二是“喜儿受到黄母的虐待后，躲在桌子底下睡着了，梦见父亲，二人欢欣地跳了一段深情的双人舞”。这个情节也确实存在过，但它早在第二幕排练过程中就去掉了。这两个例证都不是这个“会议记录”批判的主要问题。

“会议记录”中主要批判的问题是什么呢？主要问题有三：其一是戏音系组织创作，取材都出于“猎奇”，“一红一白”（指《红鞋女妖精》、《白毛女》），都是想用鬼怪故事吸引观众，这样做方向不对头。其二是当时是抗日阶段，要坚持抗日民族统一战线，剧中把地主这样描写，会起到破坏抗日民族统一战线的作用。其三是艺术表现的“三不统一”，即“主题不统一，人物不统一，形式不统一”，说是“不中不西，非驴非马”。这三方面都是大问题，特别严重的是政治路线问题，因而认为不应向“七大”献礼演出。由于是以“文学研究室”的会议记录的名义公布的，这当然对创作组、乃至戏音系参与这项工作的同志都形成很大压力。

周扬同志很快了解到这一情况，在墙报贴出的当天晚上，即亲自到戏音系召集全体创作、演出人员讲话，几天后又在东山（鲁艺院部所在地）召集张庚同志和主要创作人员以及何其芳、吕骥等同志开会讨论并再次讲话。他两次都明确指出《白》剧没有如此严重的问题，艺术上可进一步改进，不改变给“七大”演出的决定。并两次引用马克思的话：“要有艺术家的勇气”，鼓励大家坚定信心继续把《白》剧改好。这次会议后，才开始了前边讲述的《白》剧后一段修改工作。

在参与这项工作的全体同志的努力下，在鲁艺众多关心这一作品的师生们的鼓励下。民族新歌剧《白毛女》终于在1945年的5月初在延安正式公演，并且于6月初为党的七次代表大会作了献礼演出。《白毛女》公演后，延安的文艺界仍有争论，但文艺界大多数的同志都给予了热情的赞扬。延安的群众则反映强烈，极为欢迎。献礼演出后，党中央、第七大代表都给予了充分的肯定。这些情况在其他同志的有关文章中都有所记述，不再重复。

以上就是我所知道的《白毛女》在延安创作演出中的情况。我并不认为我记述的这些情况的每一个细节都绝对准确，但主要事实都是有根据的。我认为，澄清这些情况应当向当时《白》剧的直接领导人和直接参加者调查，其中尤其重要的是向当时《白》剧的剧作家和作曲家们调查，他们最有发言权。我在调查了解时，他们在主要事实上的记忆彼此相一致，而却和《史实核述》不一致。结合我个人当时的记忆，我不能不相信前者而对后者提出以上不同看法。我感到澄清这段历史是一件严肃的事情，我有责任把这些情况提供给关心这一问题的同志们，也作为回答向我询问关于此问题的同志，提供给将来编修这一段文学史和艺术史的同志们，供他们参考，当然，我记述的如有不当之处，我也希望深知这段情况的同志指正。

（原载《新文化史料》1996 年第 3 期）

就歌剧《白毛女》创作过程中的若干问题访王昆同志

（2003 年 7 月 7 日）

王　昆　陆　华

陆　华：王昆同志，感谢您接受我们的采访。您是在延安时期就演“白毛女”的。请您谈谈创作演出过程中有关的一些情况好吗？

王　昆：好。《白毛女》来源于一个民间传说，大约是 1942 年、1943 年发生在晋察冀边区的唐县、平山、阜平一带。当时正处于抗日战争最艰苦的阶段，那时我很小。我是 1925 年生人，1939 年 4 月我满 14 岁那天参加了西北战地服务团。1944 年随西战团回到延安。在晋察冀西北战地服务团时，诗人邵子南收集这个故事带回了延安。周扬同志决定延安鲁艺就这个题材搞新歌剧，由张庚同志具体领导成立了创作组，参加的有邵子南、贺敬之、丁毅，还有导演王滨、王大化、舒强，作曲马可、张鲁、向隅、李焕之等人。经过集体讨论后，由邵子南写了不完全的第一稿。剧中人物的名字有杨白劳、红喜（后改为喜儿）、黄世仁、穆仁心（后改为穆仁智）等，邵子南的剧本结构和后来正式采用的由贺敬之执笔的本子结构完全不一样：邵子南的稿子是杨白劳卖豆腐去了，在回来的路上，被地主事先埋伏好的打手从崖上推了下去。我为什么记得很清楚呢？那时我虽然没参加排练，但看过第一场的试排和下一场的试唱。演王大婶的是邸力，她是话剧演员，唱起来有一定的困难，但她很用功。她来回唱这样一段唱词：“耳听梆声打头更，天上的乌云遮星星，杨老汉二道崖丧了命，众人就把尸首抬回村。众人把尸首抬回村，红喜女还不知情。”后边我记不太清了，大概的意思是“我赶紧去告诉她……”等等，她唱起来很困难，我在一旁总是从心里为她使劲，所以给我的印象很深。

当时用秦腔配曲的，谁配的我不清楚。那时候，很多新内容的戏是用传统戏曲形式表现的，所谓“旧瓶装新酒”。演黄世仁的陈强的曲调就是用的秦腔，我记得有这么一段唱词：“咱村里，那呼咿呀嘿，有一个杨白劳，他的女儿生得俏，黑黑的头发弯弯的眉毛……捏她一把好比吃仙桃。”

这样，在第一场戏试排的时候，请周扬同志来审看，受到了他的批评。他说这样写、这样排怎么能把“旧社会把人变成鬼、新社会把鬼变成人”的思想内容表现得好呢？从形式上看，音乐和表演上都很陈旧。我们不要洋八股，也不能不加改造地照搬“土八股”、“封建八股”。

陆　华：周扬同志批评过后呢？

王　昆：在张庚同志他们那个创作组包括导演和作曲在内，按照周扬同志的批评意见讨论决定要重新结构，另外再搞。但是邵子南不同意，他公开在墙上贴了一个小字报后退出了，退出之后就没有再用他的剧本。后来再重新讨论，决定由贺敬之执笔重写。随后就征求更多同志的意见和建议。叫做集体创作真是不假，的的确确是集体创作。它的主题、它的思想、它的宗旨，它的每一场，每一幕都是集体讨论的，但具体落实到本子上却是贺敬之写的，而且据我所知，绝大部分是贺敬之写的。

陆　华：这就是说，后来正式肯定的本子就是主要由贺敬之写的了？

王　昆：是的。贺敬之是文学系毕业调到戏音系来工作的，从秧歌运动一开始他就参加了，写了很多秧歌词和一批秧歌剧。刚才说过，《白毛女》创作组开始就有他，比我作为演员参加剧组要早。

陆　华：我记得看过邵子南写的“白毛女”题材的一首长诗，但没有看过他写的诗剧，也许就是您刚才说过的周扬批评的作为歌剧试排而没有采用的这个本子？那么，您怎么看待邵子南的写作和以贺敬之为主写的这个歌剧重写本呢？

王　昆：作为歌剧剧本，贺敬之1950年在《〈白毛女〉再版前言》中说过邵子南是“先行者”，给后来别人的创作很大启发。不过，作为集体创作而由贺敬之为主写的这个本子，的确是另外的重写。虽然故事的基本轮廓都是来自民间，贺敬之的本子还沿用或改用了邵子南本子中几个人物的名字，但人物的性格的描写，具体情节和细节的安排，唱词和道白等都完全不同了。这个本子演出的实践证明，它是通过了群众和历史的考验的。

陆　华：《白毛女》在延安首场演出时，结尾是没有把黄世仁枪毙吗？

王　昆：是的。1945 年 4 月给党的“七大”首演，结尾是只开斗争会而没有宣布枪毙黄世仁。中央负责同志看后提出，像黄世仁这样的恶霸地主，论罪恶应当依法判死刑。中央对这个问题的批评和我们在排演过程中很多来观看的农民群众对此的批评是一致的。第二场演出就改了。这给了我们很大的教育。

陆　华：排练和演出时，主角喜儿是用的 AB 制吗？

王　昆：没有明确这样定。是林白先排的，排的是邵子南的本子的第一场，本子否定了，她又因怀孕做人工流产。贺敬之的本子出来后领导挑到了我。林白身体恢复后也参加了新本子的排练。据说排练的过程中就已经决定为“七大”正式演出时由我首演，从来没听说过 AB 制。

陆　华：从整个工作来说，当时周扬同志开始是把这个任务交给西战团还是鲁艺？

王　昆：一回到延安西战团的建制就不存在了，都归入了鲁艺，有的人当了学员，有的人做了教员。

陆　华：当时您分配在鲁艺什么部门？

王　昆：我在戏音系，这是 1942 年毛主席《在延安文艺座谈会上的讲话》之后，毛主席说要“走出小鲁艺，去到大鲁艺”。我没怎么正式上课，而是向民间艺人学习，我学了几段秦腔然后就排这个戏了。排这个戏的基础是鲁艺实验剧团，我就算实验剧团的了。演赵大叔的赵起扬、演王大婶的邸力、演黄世仁的陈强、演杨白劳的张守维都是实验剧团的，演张二婶的韩冰在延安时演戏已经很有名了，她的嗓子也很好。

陆　华：前几年四川的一个刊物登了一篇文章，对剧本作者如何准确地署名提出了疑问。之后，中国歌剧研究会的张拓同志向张庚、陈强、钟敬之、贾克等领导者、参与者和知情者作了调查，证明正式出版的歌剧《白毛女》剧作者署名是反映了客观事实的。张拓就用和作曲者瞿维、张鲁通讯的方式在那个刊物上作了澄清。这个情况您知道吗？

王　昆：知道。当时张拓也采访了我，还录了音，我说的事实经过和今天对你说的是一致的。

陆 华：后来北京也有文章提出疑问，还传说剧作家贾克对此仍有不同的看法。其实，张拓访问时贾克同志说的没有什么两样，贾克在谈话录音中是这么说的：

整个《白毛女》从开始构思到后来执笔都是贺敬之、王滨他们搞的。……戏排了几场以后，我们看了，大家提了一些意见。后一段时间贺敬之病了，还因为他没有到过敌后，对八路军进入敌后的生活情况不熟悉，于是领导上找我和洛丁帮助加工，我们就加工了八路军到敌后那两段戏供给贺敬之他们参考。像“平地里起了一阵风”（唱词），“穿着没有帮子的鞋”（道白）等在延安演出时采用了一些。但是我们不是从头到尾参加创作组的。最后的那场戏是丁毅执笔的。……所以《白毛女》是整个鲁艺，包括了西战团、回民支队等从前方回来的同志，以及鲁艺原有的一些音乐和编剧同志集体创作的结晶，但执笔的还是贺敬之和丁毅同志。……至于后来四川写出那样的东西和有人提出来《白毛女》作者署名的意见，我个人的意见是这样的：邵子南提供了“白毛女”的素材，而这个素材也是我们大家都知道的。邵子南曾写过初稿的前几场，后边写没写不太清楚，贺敬之他们在这个基础上应该说是一个重新创作。……敬之他们的《出版前言》，我个人看，情况是大致符合的。

王昆同志，贾克同志的这些话，您以为怎样？

王 昆：这符合实际。从1946年在张家口正式出版的《白毛女》书上就是写的“延安鲁迅艺术文学院集体创作，贺敬之、丁毅执笔”。

陆 华：王昆同志，您作为歌剧《白毛女》主角第一代的扮演者，而且以后各个时期《白毛女》都是您演出的保留节目，多年来您听到过对这个戏有一些什么样的评价呢？

王 昆：全国解放前多年无数次演出中，在不断听到热情鼓励同时，也不断听到一些具体修改意见和建议，使得这个戏不断加工。虽然“文革”时期和近几年少数人先后从两个极端对它进行歪曲和批判，大多数人民群众和文艺工作者几个时期以来一直对它还是肯定的。认为它是新歌剧史上一个里程碑的作品。它不单单是一个精品，而且是一个经典作品。一个是由于它起的作用，一个是它流传很广。它反映人民生活、人民斗争的幅度很宽广，在写农民的生活方面，它也比它之前任何歌剧作品都要深刻得多，在我们推翻一个旧社会建立新中国的斗争中，《白毛女》在当时教育群众方面所起的作用，是无可比拟的，所以它是一个里程碑。从音乐形式上讲，它成功地吸收了我们民族音乐的精华，恰当地运用到歌剧中。音乐的成功，使《白毛女》歌剧得以流传、深入人心，《白毛女》的成功，和音乐的成功是分不开的。之后产生了《刘胡兰》、《洪湖赤卫队》、《江姐》、《红霞》等等一些歌剧，当然它们都有各自的成就，因为时代不一样，用的乐器、乐队的形式，借用外国的、古典的手法，都要比那时丰富得多；但是在运用我们民族的形式，民族的音调，表现民族的风格和韵味方面，在根据生活内容需要吸收外国歌剧艺术的有益成分并使它民族化方面，不能不说它都取得了发展民族和人民新歌剧的开创性成就。

陆　华：歌剧《白毛女》在国外一直很有影响吧？

王　昆：是的。早在1951年至1952年，中国青年文工团就到东欧七国及奥地利演过歌剧《白毛女》，为期整整一年。多年来，不仅不少国家翻译出版过《白毛女》剧本，还改编成话剧或舞剧演出。日本松山芭蕾舞团演出的舞剧《白毛女》是大家熟悉的。此外，我还给你说点有趣的小故事。1951年我们访问捷克时，捷克在上演捷文的话剧《白毛女》，因为他们的生活背景和我们不一样，出现了一些令我们想不到的细节。杨白劳到黄世仁家后把大衣脱下来挂在衣架上，导演问我们的意见，我们说："这个不可以，没有这样的。"他说："他穿得是破衣服呀！"我们说："破衣服也没有这样的。"他说："外面下这么大的雪，进屋他怎么可以不脱外衣呢？"我说："我国的地主不会让穷佃户这样做，绝对不允许佃户的衣服挂在地主的衣架上。另外，佃户不可能外面穿着外套，他只有一件单薄的棉袄，或者只有一件破羊皮袄，室内、室外都是一件衣服。"他说："哎呀，不可理解。"还有赵大叔吃饺子的那场，赵大叔把大春和喜儿叫在一起说："快了。"意思是快办喜事了。中国人是两个人害羞地躲开了。捷克人演的是大春和喜儿当众抱在一起亲了一个嘴。我们说："这不可以。"他们说："这怎么不可以呢？他们不是快结婚了吗？"我们说："中国人不能这样。"他们又说："不能理解，结婚是很快乐、幸福的事情，他们两个人怎么反而分开呢？"看来一个国家要完全理解另一个国家的艺术是需要有一个过程的。当然，这是就具体的生活习惯和生活细节说的。至于在反抗压迫和剥削，同情和支持弱势人群这些大的方面，

《白毛女》是能被国外人民认同并引起共鸣的。1951年我在德国柏林和德累斯顿演出《白毛女》谢幕时，观众给我献的鲜花使我抱不动，偶然有人给黄世仁（陈强饰）一把花时，台下的老太太还呼喊："不许给他——，不许给他——"，又把花从陈强手中夺过来，重新给我，引起全场观众大笑……它不仅在当时，就是现在还有许多外国朋友把它作为新中国代表性的作品而经常提起呢。我们在国外演《白毛女》一年有余，当时报纸有很多评论，我的剧照多次登在当地杂志报纸上，可惜当时不懂得保留资料，那时也不像现在，一个剧团出访有专门记者随团报导、收集资料，我自己也没留下资料，真幼稚！

（原载《贺敬之文集》5卷，作家出版社2005年出版）

编者附记：关于歌剧《白毛女》剧本的创作经过，延安时期起饰演黄世仁的著名演员陈强也曾著文谈到："原西战团文学组的邵子南同志，写了部诗剧的本子。交戏剧系领导看过后，觉得演出有点困难，希望邵子南能重新写过，邵子南不同意修改。这时创作组开始筹建，邵子南声明，在文学系有自己的事情，不参加《白》剧的创作组。戏剧系向院领导要求调文学系贺敬之到《白》剧创作组来，因贺在1944年3月参加过鲁艺赴绥德分区演出的文工团（鲁艺秧歌队），对陕北的秧歌形式很熟悉，民间语汇丰富，头脑清晰，笔头子快；还有一个很好的条件是很好合作。他到创作组后，就由他归纳执笔，剧名定为《白毛女》。"（见艾克恩编《延安文艺家》一书中陈强文《我是演歌剧起家的》128页。1992年中国社科出版社出版。）

六、文艺思想研究
（1994—2006）

怎样认识贺敬之？

刘润为

一

1940年春，四名热血学子在细雨霏微中告别川北，越险山，穿风沙，奔向人生的灯塔延安。其中一名少年用稚嫩而英气勃发的笔，记录了他们的一路坎坷、一路豪情。这就是贺敬之及其《跃进》。

这条道路非比寻常，它决定了贺敬之的整个人生走向；这一组诗不同凡响，它奠定了贺敬之一生的创作基调。从此，他将年轻的生命融入了这片红色的天地；从此，他开始了以诗歌促进革命的昂扬歌唱。

诗人初到延安，便对这里的一切产生了强烈的亲情。昔日在朦胧中所憧憬的生活境界，在这里变成了可感可触的活生生的现实。诗人以诗人的敏感，"每天都抓住现实生活，经常以新鲜的心情来处理眼前事物"（《歌德谈话录》），于是有《自已的催眠》、《十月》、《雪花》、《生活》、《不要注脚》、《我们这一天》等诗篇出现。这一时期的作品虽然稚嫩，但是却鲜活而灵动；虽然单纯，但是却清新而明朗；虽然有着明显的模仿痕迹，但是却不忸怩作态、不装腔作势，字里行间跳荡的是对党、对革命根据地、对新的生活天地的真实印象和真实感情。

1941—1942年，日寇对中国共产党领导的抗日根据地进行连续的"扫荡"，实行惨无人道的烧光、杀光、抢光的"三光"政策，国民党顽固派也调集几十万军队包围、封锁解放区，华北地区又连年遭受自然灾害。接踵而来的天灾人祸，使得解放区陷于极端困难的境地。作为根据地一员的贺敬之，与根据地人民共同着忧患。敌人的凶顽，革命政权的危险，自然撩动起他对旧中国农村悲惨生活的回忆。于是，他写下了《夏嫂子》、《儿子是在落雪天走的》、《红灯笼》、《小全的爹在夜里》、《黑鼻子八叔》等叙事诗。当时，诗人较多地受到普希金、涅克拉索夫以及鲁迅《呐喊》的影响，又不善于在审美规范上对诗歌与散文作出明确的区分，所以这些作品带有明显的散文化倾向而缺少应有的诗意，其表现力还未能达到汉乐府《东门行》的水平。但是，这不合体的外衣却包裹着朴素的真实和真挚。它是一个备受苦难飘泊者回到母亲怀抱后所倾泻出来的苦涩泪水。这种对于旧中国的凄厉控诉，是从情感的另一端对于人民政权的肯定和赞美。

1943—1947 年，是民族解放和人民革命大发展时期；而 1942 年毛泽东《在延安文艺座谈会上的讲话》，又给革命文艺家们带来了巨大的思想解放。视野的高远，道路的明确，革命队伍层出不穷的新事物、新感情的刺激，使得贺敬之的创作进入了一个全新的境界。这一时期的贺敬之，在借鉴外国诗艺的基础上着意吸收民歌的营养，尽管尚未完全形成自己的独特风格，但是在内容与形式的结合上已经取得了比较和谐的统一。一台《白毛女》（与丁毅合作），激发了多少劳苦大众的革命激情！一曲《南泥湾》，撩动起多少代人对于当年革命根据地的神往！一首《张大嫂写信》，活画出解放区青年妇女何等迷人的精神风貌！而那一阕痛快淋漓的《笑》，描画出了农民翻身后的多么难以描画的幸福和自由……

1956—1965 年，是社会主义革命和社会主义建设阔步前进的时期。站立起来的中国人民，决心在一穷二白的土地上描画最新最美画图。人民的精神状态从来没有这样高昂，中华民族的凝聚力从来没有这样强大，中国的创造力从来没有这样震惊世界。这是一个史诗的时代。中国共产党领导下的社会主义社会，不但为中华民族赢得了尊严，而且让整个第三世界在国际格局中扬眉吐气。由于特定的人生经历和特定的个人精神形式，贺敬之较早地呼吸领会到这蓬勃而伟大的时代精神，而多年的艺术探索和艺术积累，则为他表现这一时代精神做好了艺术上的准备，于是他的创作也随着伟大的时代进入了高峰时期。代表这一时期创作成就的有《回延安》、《放声歌唱》、《三门峡歌》、《桂林山水歌》、《雷锋之歌》、《西去列车的窗口》等等脍炙人口的诗篇。直到如今，这些诗篇仍然是社会主义文艺主旋律中最响亮最动人的音符之一。

文化大革命期间，诗人和其他革命文艺家一样，受到了“四人帮”这班仇视社会主义的反动分子的追害。党和人民一举粉碎“四人帮”，使诗人又一次焕发出强烈的创作激情在“四人帮”垮台后仅仅半个月的时间里，就创作出了大型政治抒情诗《中国的十月》。嗣后九个月，又创作了《“八一”之歌》，这是《中国的十月》的续篇，是诗人倾泻未尽的革命激情的继续抒发。

1978年以来，诗人在担任繁忙的行政工作之余，继续笔耕不辍。这一时期，除了《索菲亚的盛夏》等少量自由体诗以外，诗人的大部分精力投入了新古体诗的创作。这类诗句有定字（五言或七言），合辙押韵，但又不拘泥于对仗、平仄。“老去诗篇浑漫与”（杜甫《江上值水如海势聊短述》），诗人当年的激情逐渐趋于含蓄，诗艺则更为老练圆熟。古今胜迹、江山美景、朋友佳会、民风民俗、文情艺事……皆可信手拈来入诗，在整齐晓畅的形式之中包容着奇丽的想象和跌宕的情感，令人咀嚼再三而觉余味无穷。在这里，应当特别指出的是，近年来社会主义事业在世界范围内遭到挫折，世积乱离，风衰俗怨，这不能不影响到诗人的心境。于是，在诗人赞美江山、赞美人民的一如既往的热情歌唱中，间或发出一些慷慨忧愤之音。“方腊碧血腾碧浪，梁山易帜后何如?”（《富春江散歌》）“邓艾别道裹毡下，战将背后降表来!”（《川北行》）诗人由今而吊古，由吊古而忧今，古今多少兴亡、多少感慨、多少警诫，净尽蕴涵于这简洁的诗句之中。然而，不管是肯定性的情感还是否定性的情感，却无一不是出自老革命战士对党、对人民、对社会主义事业的一颗赤子之心。面对“滔滔者天下皆是”的今日世界，诗人悲壮地宣告：“百世千劫仍是我，赤心赤旗赤县民。”（《川北行》）

嗟夫!“仁者不以盛衰改节，义者不以存亡易心。”（皇甫谧《列女传》）诗人少年请缨，穷且益坚，不坠凌云之志；暮年执锐，老当益壮，宁移白首之心！其为人也，坚贞如是；其为文也，诚挚至今。是耶，非耶？应当予以怎样的评说？

二

有人说：这是一种“宗教式的迷狂，以政治上的‘相信’为岌岌可危的灰暗的天空镀金”。这是一种带有强烈感情色彩的否定。

“宗教”者，虚幻也。所谓“宗教式的迷狂”，就是说贺敬之等所倾心的集体是一个虚幻的集体，这无疑是指毛泽东领导下的中国共产党。

那么，如何判断一个集体是真实的还是虚幻的呢？这标准就是人的个性发展的尺度。凡是有利于人的个性发展的集体，就是真实的集体；凡是不利于人的个性发展的集体，就是虚幻的集体。然而，问题却在于，人的个性发展不是理论家们的纸上空谈，也不是教徒们一厢情愿的幻想，而且一种实实在在的社会实践。历史的事实恰恰是在存在阶级和阶级斗争的社会里，个性发展的机遇和条件是并不等同的。马克思、恩格斯在《德意志意识形态》中指出：“在过去的种种冒充的集体中，如在国家等等中，个人自由只是对那些在统治阶级范围内发展的个人来说是存在的，他们之所以有个人自由，只是因为他们是这一阶级的个人。从前各个个人所结成的那种虚幻的集体，总是作为某种独立的东西而使自己与各个个人对立起来；由于这种集体是一个阶级反对另一个阶级的联合，因此对于被支配的阶级说来，它不仅是完全虚幻的集体，而且是新的桎梏。”（《马克思恩格斯选集》第1卷第82页）众所周知，旧中国的统治阶级是一个由帝国主义殖民势力、封建地主阶级和官僚资产阶级拼凑起来的一个虚幻的集体。在这个集体的统治下，中国只有殖民者任意宰割中国国土、蹂躏中国百姓的自由，只有封建地主盘剥农民、压迫农民的自由，只有官僚买办里通外国、卖国求荣的自由。美国士兵可以肆无忌惮地强奸中国女大学生，地主刘文彩可以在官府之外私设牢狱、草菅人命，蒋宋孔陈四大家族可以勾结英美聚敛财富达二百亿美元……显而易见，这些人的所谓“自由”是以剥夺占人口绝大多数的劳苦大众的人权为其前提的。人们记忆犹新，殖民者曾在中国公园门口高悬“犬与华人不准人”的示牌。在这班老爷们的眼里，我中华民众竟然与狗同列，又遑论个性的发展！

“一唱雄鸡天下白”（毛泽东《浣溪沙·和柳亚子先生》）。正是中国共产党以其无数优秀儿女的英勇牺牲，领导全国各族人民推翻了这个虚幻的集体，夺回了中国人民的生存权和中华民族的主权。而她所领导的社会主义建设事业，一直以资本主义不能比拟的速度前进，为人的个性发展已经创造并且还在创造前所未有的物质生活和文化生活的环境。在社会主义的中国，绝大多数人的个性都得到了在旧中国所不能想象的发展。这是每一位愿意正视现实的人都无法否认的事实。当然，中国共产党所领导的革命，是一场剧烈的社会实践。由其引发的社会震荡，是历史上的任何一次革命都无法与之伦比的。它除了生下活生生的婴孩之外，必然要产生污秽和血等等陪伴物。不须隐讳，中国共产党在领导中国革命和建设的过程中，确实发生过种种失误，特别是建国以后，由于“极左”思潮的影响，造成了某些政治运动的扩大化，伤害了一些本不该伤害的同志，损失了某些本不该损失的个性发展的机会。这样的历史教训应当为我们所牢牢记取。然而，这绝非这个集体的本质方面。就是在这一方面，中国共产党也没有文过饰非，而是不断地自我反思、不断地修正错误。实践已经证明：这是一个自觉尊重历史发展规律，积极推动历史进步的集体；这是一个代表最大多数人的意志，忠诚地为最大多数人谋利益的集体，因而是一个真实的集体。

……一个寒冷的黑夜。/在一间/漆黑的/茅屋里：/一块残缺的/炕席，/一把破烂的/棉絮——/我，/生下来了……/我的/第一声/呼喊，/唤起/母亲的/连声叹息：/“天啊！/叫我怎么养活呵——/这个可怜的小东西？”……//我啊/在党的怀抱中/长大成人/……呵，在党委组织部的/档案袋中，/我的眼睛/正闪闪发光，/在人民共和国的/公民簿上，/我的头/正高高地/昂起！（《放声歌唱》）

这是诗人个人命运的新旧对比。这种对比说明，诗人对于这个集体的选择，不但有理性基础，而且有深切的感性体验的基础。这样的体验躁动于心，“非陈诗何以展其义，非长歌何以骋其情？”（钟嵘《诗品序》）如此发自心底的歌唱，正是在以文艺的一翼促进人的个性的发展，正是体现了最大多数人在审美上的愿望和要求，正是文艺发展到当代对于自身内容的必然规定，因而也正是诗人思想获得解放，创作进入自由境界的标志。何“迷”之有？又何“狂”之有？如果一定要说这是“迷狂”，那么，真正迷狂的就不是诗人，而是论者自己，这恰如在精神病患者眼中所有健康的人都是疯子一样。

在论者的哈哈镜里，不仅但凡认同这个集体的都是“迷狂”，而且这个集体支撑起的“天空”也是“灰暗”而又“岌岌可危”的。这是一种地地道道的偏执狂式的诅咒。论者可以这般仇视这个真实的集体呢？是《白毛女》中枪毙黄世仁的枪声曾经干扰了他们祖先的美梦？抑或是《放声歌唱》的惊天动地声曾经惊吓过他们的高鼻主子？除此二者之外，还能作出别的什么解释呢？

三

贺敬之一向认为：“诗，必须属于人民，属于社会主义事业。”（《〈郭小川诗选〉英文本序》）在我们看来，这是社会主义文学的应有之义。有的论者却站出来摇头说：这是“意识形态化”，“偏离了纯正诗学的轨道”。

所谓“意识形态化”，其实是一个似是而非的概念。如所周知，意识形态是政治思想、法律思想、道德、哲学、文艺、宗教等各种社会意识形式的总和。既然文学本身就是意识形态的一种形式，那就根本不存在化不化的问题。拆穿来说，论者所谓的“意识形态化”，实际上是说贺敬之等社会主义诗人的创作已经政治化。这更是匪夷所思。文学当然不可能都去直接地表现政治，这是谁都懂的常识。但是，文学毕竟不可以脱离政治。表现先进的政治，表现先进的政治理想，表现人们追求先进政治理想的热情，是文学的应有之义，是所有进步作家创作时积极主动地采取的思想形式。中国的屈原、杜甫、白居易……外国的莎士比亚、拜伦、雪莱……哪一位脱离了政治呢？哪一位因为表现了进步的政治倾向而使自已蒙受了耻辱呢？即使是那些在直接认识内容中并不出现政治的爱情诗、山水诗之类，也不可能绝对高蹈于政治之外而独立，政治倾向仍然在以潜隐的形式存在于其中。“采菊东篱下，悠然见南山。”（陶渊明《饮酒·其二》）这种人与自然的高度亲合，这种审美主体的怡然自得，难道不是诗人不为五斗米折腰，不与腐败统治者合作的政治态度的曲折表现？其间难道不正表现着诗人对于人与人和谐、人与自然和谐的社会理想的执著追求么？

在社会主义时代，表现先进的社会主义的政治倾向，表现人民群众追求共产主义理想的热情，是时代、人民对于文学提出的必然要求。对于社会主义作家来说，自觉地承担起这样的文学使命，正是具有历史主动性和创作主动性的表现。这绝不是什么耻辱，而是无尚的光荣。应当反对的是不顾文学的特殊本质和特殊规律，片面追求政治思想观念的创作方式，使文学作品成为单纯的政治思想观念的传声筒。这就是人们通常所说的概念化倾向。

是的，我们应当充分地估计概念化给社会主义文学事业造成的损失，但是它绝不能成为贬损社会主义作家主体性，否定整个社会主义文学的理由。

事实上，在多数社会主义作家那里，由于马克思主义文艺理论的武装，由于年深日久的文化积累和创作实践，形成了深厚的艺术本体意识和艺术尊严感，致使他们的内在生活变得相当坚强，从而有效地抵御了概念化对于他们创作的干扰。贺敬之就是他们当中较为杰出的一个。我们那些将“主体性”作为口头禅的先生们，当着面对社会主义作家主体性的时候，难道就不应当给点儿起码的尊重么？

在诗歌创作方面，贺敬之主张“按照诗的规律来写和按照人民利益来写相一致”（《〈郭小川诗选〉英文本序》）。放到文艺学的背景上来看，这话显然是相当平易的，但是如果放到创作背景上来细加揣摩，这里分明透露出诗人创作心理上的一些重要消息。其一，诗人认为人民利益与艺术规律是具有统一性的。人民在文艺领域的愿望和要求，也是艺术自身规律的反映，也是文艺繁荣发展所必然提出的要求。其二，诗人又将艺术规律与人民利益作出了明确的区分。人民利益在社会上有着多种多样的反映方式，艺术方式只是它诸多反映方式中的一种方式；而艺术则具有多种属性，人民利益的功利性只是它多种属性中的一种属性。二者之间的交叉地带，就是诗人的用武之地。这是一种辩证的理解：强调“按照艺术规律来写”，与概念化划清了界限；强调“按照人民利益来写”，则与政治思想观念取消论划清了界限。当然，诗人不是神仙，生活在那样一个时代，不可能不受到“极左”思潮（这与概念化是两个概念）的任何影响，但是凭借着这样的艺术自觉性，他从来没有为了追求社会政治功利目的或个人功利目的而屈从于概念化的压力，去炮制抽却感情基础的传声筒式的作品。熟悉贺敬之创作的人都知道，建国初期的几年，诗人除了极少的几首诗以外，几乎没有较有分量的新作问世，以至于1956年1月号的《文艺报》以漫画兼配打油诗，对他进行善意的讽刺：“你的《白毛女》，头发白了又黑，黑了又白，你的新作为啥还不出来?”由于个人健康状况及其他原因，诗人深入群众斗争生活的时间很少，对于新的时代，对于人民群众在新的时代产生的新的感觉、愿望和激情，还缺少深刻的感性体验，还不能将这些应当表现的对象自由地转化为自己的情感形式。写不出的时候不去硬写，这一“搁笔”现象，充分表现了诗人对于艺术规律的尊重。

贺敬之出身贫苦，少年时期即投身于中国共产党领导的革命队伍，这种特定的人生经历使他对社会主义的思想观念具有一种自然的亲和力；革命实践的洗礼，不断的马克思主义理论的学习，又使他对于社会主义思想观念的认同获得了坚实的理性基础。这就是说，贺敬之是一位既在理性层面又在感性层面接受了社会主义思想的作家。用他自己的话来说，就是“高度的革命认识与胜利信心”，同“自己的脉搏和呼吸是完全一致的”（《谈提高作品的思想性》）。这就使他较少情与理的心理冲突，从而在表现社会主义的思想观念时能够避免没有情感基础的尴尬。因为对于山水的审美观照最能体现主体心理的微妙层面，如果我们考察一下诗人的山水诗创作，对于他的创作心理特点似乎可以看得更为清楚一些。

请看《桂林山水歌》——

> 云中的神啊，雾中的仙，/神姿仙态桂林的山！//情一样深啊，梦一样美，/如情似梦漓江的水！……江山多娇人多情，/使我白发永不生！//对此江山人自豪，使我青春永不老！

让我们再看另一位诗人在同一时期发表的《忆西湖》——

不是乱花溅草三月，不是飘香桂子中秋，雨雪霏霏，冷雨穿袖，船娘笑我痴兴浓如酒。……白堤依旧，苏堤依旧，山外青山，楼外又新楼，西湖歌舞，从今真个无休，还他格律，还我歌喉！

不难看出，两位诗人都有通过吟咏山水来歌颂社会主义新时代的愿望，都具有敏锐的艺术感觉，但是二者之间的差异也是相当明显的。在前者那里，桂林山水是诗人生命的延伸，诗人在新的时代获得的新的精神形式，通过移情作用赋予桂林山水，仿佛桂林山水在新的时代也获得了新的生命，因而全诗呈现出一种清新健朗的格调；在后者那里，西湖固然美丽，但是审美主体——诗人却与其处于疏远化的状态，仿佛一位古代落魄文人在流连山水中求得精神上的暂时平衡，这样一来，西湖也便真个“依旧”，真个看不出新时代的任何投影，因而全诗透露出一种凄迷、孤冷的情调。很明显，在前者那里，歌颂新时代的愿望自由地转化成了意象的血肉；而在后者那里，歌颂新时代的愿望却是被搁置于整个意象体系之外的。从这种比照中可以看出，表现社会主义的思想观念与概念化根本就没有必然联系。从作家主体方面来说，要避免概念化，重要的是要把社会主义的思想观念化为内在的情感需要，使之成为渗入潜意识层次的精神形式。而要进入这样的境界，就必须不断地进行自我超越。

其实，此间论者是醉翁之意不在酒。他们绝不是要帮助社会主义作家纠正概念化的偏颇，而是要让新诗创作脱离社会主义的意识形态。说什么“纯正诗学”！恐怕只有鬼才能见到。车尔尼雪夫斯基曾经一针见血地指出：“那种崇拜纯艺术理论的人，向我们强说艺术应当和日常生活互不相谋，他们不是自欺，就是做作：‘艺术应当离生活而独立’这种话，一向就只是用来掩饰反对这些人所不喜欢的文学倾向的，它的目的，就是使文学给另一种在趣味上和这些人们更为适合的倾向所驱策。”（《俄国文学果戈理时期概观》，《车尔尼雪夫斯基论文学》上卷第547页）事实难道不是这样的么？那些高标“纯正诗学”的论者们，在否定社会主义作家创作实绩的同时，又在鼓吹什么创作倾向呢？被他们树为“纯正诗学”样板的那些现代诗，无一不是或虚无主义或悲观主义或极端个人主义的简单翻版。一方面反对着“意识形态化”，一方面又在鼓动另一种“意识形态化”，这种态度难道是求实的吗？岂但如此，就是他们的“纯正诗学”理论本身，又何尝不是一种意识形态，只不过不是社会主义的意识形态而已。

四

近十几年来，在诗歌创作领域，鼓吹纯粹“表现自我”，追求纯粹自我价值，成为一种广泛流行的创作时尚。在这些“新派”看来，贺敬之等歌颂党和人民、具有强烈社会责任感的诗人，自然与他们格格不入，于是便冠以“自我失落”、“自我价值失落”等等恶谥，必欲彻底否定而后快。

人们不会忘记，在“极左”思潮泛滥时期，确实存在着漠视作家个性、漠视作家个人价值的错误倾向。这些“新派”高标“自我”，当然是对这一倾向的反动。但是，他们也并非走向真理，而是从一种谬误走向另一种谬误。

以群体性否定个性和以个性否定群体性，看来似乎是维护群体和维护个人之间的对立，其实它们的哲学基础并无二致，都是一样的唯心主义历史观。这种史观以一种孤立的抽象的方法来看待人的体质。它只看到人在社会历史中的主体地位，而看不到人同时又是社会历史的产物。这样的人，像摆放在木材场里的一根根木料，各自孤立，互不连属。既然互不连属，当然也就没有由连属而生成的属性。这样的人在其本质上，除了吃、喝、性行为等本能情欲之外，已经没有什么别的高尚庄严的内容。既然如此，人就只能是一种极端利己主义的动物，甚至比动物更为可怕。动物为了类的生存，尚且要保持群体协调行动的本能。例如蚂蚁这一最被人类所轻贱的动物（西方的某些阔人们便称中国人为“蓝蚂蚁”），遇到火灾时便凭借本能聚成球状向外滚动，以一些蚂蚁的牺牲换取类的保存和延续。而在唯心史观那里，人与人却陷于无法解脱的分裂、对抗之中。“他人就是地狱”，萨特的这一“名言”，就是这种观点的极为形象的注脚。那么怎样来解决这一矛盾呢？群体本位论忧心忡忡地劝道：压抑人的本能情欲，强制个人去俯就群体的规范；个体本位论则慷慨激昂地喊道：不！要解放本能情欲，要“表现自我”！二者的立场虽然针锋相对，但是对人的本质的认识又是多么惊人的一致！

个人与群体的关系并不是分裂、对抗的关系，而是相互依存、相互生成的关系。离开了个人的生存与发展，群体便失去了存在的理由；离开了群体，个人也就失去了生存和发展的依托。不可想象，世界上会存在一个不给它的成员提供任何利益的群体；同样也不可想象，不食人间烟火的人，会修炼成羽化升天的神仙。这不是玄奥的哲学，而是每个人每天都可以感到的感性现实。即以我们的“新派”诗人为例。他们热心于高喊“表现自我”，喊要耗费热量，热量来自食品，食品则来自工农。离开了工人、农民，连喊声都要“失落”，又何谈“表现自我”？他们钟情于“自我价值”，而自我价值则需要确证，就像喊声需要有回音一样。确证者多，自我价值就大；确证者少，自我价值就小；倘若仅止“自我”一人，那就什么价值也不能确定。世界上最多的是什么人？是人民群众。要追求“自我价值”，你能绕过人民群众这一社会主体么？由此看来，纯粹“自我表现”云云，作为一种浪漫的幻想当然未尝不可，但是切不可“失落”到地上。一旦“失落”到地上，便要被摔得粉碎。正是基于这样的辩证理解，我们认为，合规律性的群体规范，即群体对个人的合理的必然的制约和要求，如要求个人对群体的责任、义务之类，就不是外加于人的束缚或禁锢，而是人的内在需要或内在本性。个人主动采取这样的精神形式，不是自我限制，而是自我解放；不是自我失落，而是自我高扬。

明白了这样的道理，也就随之可以明白；在诗歌创作领域，应当嘲笑的恰恰是这些片面地高标“自我”的“新派”人物，而不是贺敬之等具有社会责任感的诗人们。

在这里，应当提到贺敬之的一个戏剧性遭遇。60年代初，他的诗歌创作曾被人指为“有一个值得提出研究的倾向，就是诗中的‘我’字，不但比较多，而且有时用到不尽恰当的程度”，“把自己的‘我’架得过高，反使思想格调降低。这不能说不是诗人知识分子思想感情的表现”。而在今天，他的诗歌创作又被人以“意识形态化”、“丧失自我”等等另一面的理由所否定。实在巧得很，两种否定均出自一人——一位今日之老龄“新派”之口。这一情节除了透露出这位老龄“新派”的某些值得玩味的心理消息外，还恰好证明：在群众与自我关系的处理上，诗人是比较稳健的。早在1958年，诗人就明确提出：“诗里不可能没有‘我’，浪漫主义不可能没有‘我’”（《漫谈诗的革命浪漫主义》，《文艺报》1958年第9期），但是他同时又认为：“人之所以有意义，恰好在于他首先不能只是一个人，只是‘自己’。重要的是，他首先是属于时代的，属于集体的属于阶级的。”（《谈歌剧的革命浪漫主义》，《剧本》1958年第7期）这话说得多么辩证，又是多么难能可贵！正是因为有了这样的创作心理基础，诗歌在他那里便获得了一种健康的合乎本真面目的存在形态：既是时代精神的折射，又是他个人的歌唱；既是党和人民激情的火一样迸发，又是他个性的淋漓尽致的表现；既是促进人们走向真善美的助力，又是自我实现的特殊方式。将这些特点体现得最为完美的，是他于60年代创作的《放声歌唱》。在中国新诗发展史上，这是一件里程碑式的汪洋之作。“其得于阳与刚之美者，则其文如霆，如电，如长风之出谷，如崇山峻崖，如决大川，如奔骐骥。”（姚鼐《复鲁挈非书》）诗人站在时代的制高点，精骛八极，心游万仞，观今昔于须臾，抚四海于一瞬，笼大千于形内，撮万像于笔端。瑰玮绚丽、腾挪迭宕，逼屈子之《离骚》；丰神清朗、风发奔放，承李白之遗风。其间喷薄而出的磅礴大气，足可以惊天地而泣鬼神！这难道不是中国人民自强自立的精神风貌的生动再现？这难道不是诗人豪放不羁的个性的自由挥洒？如果一定要说自我表现，在中国“新派”诗人中，试问有几人能将自我表现到如此洒脱的程度？

“会当凌绝顶，一览众山小。”（杜甫《望岳》）站在这诗的高峰上望去，那些以愚弄读者抬高自己的贵族诗人，那些以展览丑恶人性自娱的嗜痂诗人，那些专一在大腿之间寻根的瘪三诗人，那些唯洋人马首是瞻的西崽诗人，显得多么可怜而又渺小！

（原载《文艺理论与批评》1994年第6期）

“我不是文艺理论家”

贾　漫

“我不是文艺理论家”——贺敬之在文字和口头上不知多少次这样表示过。的确，在从事文艺工作近六十年中，他从未写过有关文学和文艺美学的理论专著。他主要是以诗人、剧作家和文艺工作领导人的声望为公众熟知。但是，不论是出于个人兴趣，还是出于创作或工作的需要，都决定了他离不开对文艺理论的学习、研究和运用。

1986 年出版的《贺敬之文艺论集》选编了全国解放后三十多年中这方面的文稿（还有一些未发表的文稿、讲话稿尚待整理出版）。这些文稿除结合自己创作实践对社会主义诗学和社会主义民族歌剧发展道路的理论问题进行探讨外，大量是为贯彻新时期党的文艺路线，从实践经验和现实需求出发，对一系列文艺理论、方针、政策问题所作的阐发和论述。

尽管要全面了解贺敬之这是不可或缺的方面，但本书由于篇幅和体裁所限，除前文各章中已说到的以外，不再详加叙述和评析。现只就“风雨十年”中文艺论争涉及的几个焦点问题，简要介绍贺敬之的观点以作必要的补充。

关于“百花齐放，百家争鸣”

坚持文艺的“二为”方向，要通过一系列具体方针来实现，其中“双百”是一项基本的方针。这是贺敬之一贯的观点。新时期以来，他着重从艺术民主的角度来理解和阐述这一方针。

他到中宣部不久，就在一篇讲话中提出：

> 用艺术民主去理解“二百”方针，是一个很重要、很深刻的思想。文学艺术的客观规律说明，文学艺术自身的发展不能没有民主，特别是在

社会主义时期，作品是作家写的，是艺术家演出的，没有民主，怎么会有积极性？民主是艺术的本性，没有民主就没有艺术。把艺术民主同“二百”方针联系起来，就从根本上打破了“四人帮”文化专制主义设置的精神枷锁，也冲破了“左”的思想束缚。文艺民主同社会主义民主是一致的。社会主义本身必须有高度民主。社会主义的艺术民主就是社会主义的政治民主在艺术领域的表现。

在贺敬之看来，关于“双百”方针和艺术民主，有以下几点是值得特别留意的。

一、艺术民主不仅是对作家艺术家而言，也包括广大人民群众。文艺工作者是艺术生产的主力军，他们应享有充分的创作、评论、表演的自由。但作为社会主义国家，更要保障广大群众的艺术民主。他们是社会的主人公，也是精神产品的主人公。广大群众应享有创造、享用、管理、监督艺术产品的权利。既要保障作家艺术家的艺术民主，也要保障广大群众的艺术民主，并把两者很好地结合起来。这样才能充分调动各方面的积极性，促进社会主义文艺的繁荣。

二、“双百”方针要求在共同的目标下，实现艺术和学术的多样化。贺敬之认为对于创作来说，光讲题材、体裁、形式、风格的多样化是不够的，还要讲主题的多样化、思想内容的多样化。我们提倡革命现实主义和革命浪漫主义相结合，即便这样，不能也不应强行把它放在唯一的位置上。还是在20世纪70年代末80年代初，当文艺界针对“四人帮”的“瞒和骗”的文艺强烈呼吁恢复和发扬革命现实主义传统的时候，贺敬之就一方面指出现实主义精神的极端重要性，又同时强调，我们也需要浪漫主义，需要创作方法的多样化。后来发生了有关“现代主义”问题的争论。贺敬之认为，我们不能照搬现代主义的唯心主义的艺术观和虚无主义的世界观，但它的某些独特的表现生活的方法、手法，还是有借鉴意义的。写实是很重要的，夸张、变形、象征、抽象等，只要运用得当，也是有意义的。在周扬同志和他共同主持起草的《关于新时期文艺工作的若干意见》中写道：“我们提倡革命的现实主义即社会主义现实主义的创作方法，支持革命的浪漫主义、革命的现实主义和革命的浪漫主义相结合的创作方法，也不排斥作家尝试用其他的创作方法表现中国人民的现实生活和斗争历史。生活是多样的，群众的爱好是多样的，作家的个性是多样的，文艺表现生活的方式也应该是多样的。典型化的原则应当坚持，塑造典型形象的方式方法则可以是多样的。”

三、党的路线、方针、政策是一个完整的整体，不能离开党的基本路线来讲文艺方针，也不能离开文艺工作的总口号来讲“双百”方针。“双百”离不开“二为”，“二为”也离不开“双百”。他认为，贯彻“双百”方针，归根结底，是要通过民主的方法、自由创造和自由争鸣的方法，实现文艺为人民服务、为社会主义服务的宗旨。因此，这个方针不是没有目标、没有前提的。采取粗暴、禁锢的办法是不行的，没有争论、没有引导，不敢批评、不分是非也是不行的。他认为，既要反对“把实行‘双百’看成是妨碍党的领导、看到文艺领域出了些问题就怀疑这个方针必要性的‘左’的思想”；也要反对“把‘双百’方针当作唯一方针，鼓吹‘突破’四项基本原则去解放思想的自由化主张”。

关于“古为今用，洋为中用”

“古为今用，洋为中用”是毛泽东同志1964年在一个批示中提出来的，贺敬之称之为“小二为”。毛泽东同志一贯认为，对中外文化遗产要取其精华，去其糟粕，吸收其健康有益的成分来建设我们的新文化。贺敬之认为“古为今用，洋为中用”这个提法非常精辟。因为文化大革命，我们对古代和外国的学习几乎间断了十年。在新的历史时期，更应该大力学习古今中外的优秀文化成果。

如何区分古代文化中的封建性糟粕和民主性精华？这是一个细致复杂的问题。在具体的作品中，往往两者交糅在一起。20世纪50年代，曾经批判过张庚同志关于“忠孝节义”可以批判继承的理论。60年代初，又有过关于道德继承性问题的讨论。贺敬之认为，对于“忠孝节义”等旧道德，特别是对涉及上述伦理观念的传统戏，要作具体分析，不要一概否定。在这一思想的驱使下，他支持文化部开放了一大批传统剧目。但他不赞成在戏曲领域搞保守、倒退。1983年他在一个讲话中尖锐地指出：“这两年，戏曲界也有些不正常的现象，就是不适当地恢复了过去一些不好的东西，甚至戏改时已经改掉了的东西，现在又搞回来了。在某些同志看来，似乎越老越好，也不考虑是糟粕还是精华。现在人民群众对我们戏曲有意见，主要一点就是在思想内容上有倒退，另外从艺术形式来说出新不够。”1990年，人民文学出版社向中宣部打报告，请示可否出版洁本《金瓶梅》，贺敬之批同意。在贺敬之看来，《金瓶梅》有大量性描写，不宜在青年人中广为传播。但它又是中国文学史上一部不可或缺的著作，在描绘市民生活，揭示封建社会后期腐朽的方面，具有很高的认识价值。文化工作者不可不读。

对于戏曲现代戏，贺敬之持大力支持的态度。他认为20世纪50年代初，当时政务院提出的“三并举”方针（传统剧目、新编历史剧、革命现代戏三并举）是正确的，至今并没有过时。1958年和1964年两次京剧改革都取得丰硕的成果，积累了难能可贵的经验。有些同志因为“文革”中受害深，一听见唱“样板戏”就生气，这是可以理解的，但不能用感情代替政策。《红灯记》等京剧现代戏，是阿甲等戏曲艺术家创造出来的，早就赢得群众的广泛赞誉。江青只是把它窃为已有，并加以篡改。阿甲等同志在“文革”中受尽迫害，不能把受害者视为江青的同道者。早在调入中宣部之前，贺敬之就会同冯牧等同志，组织文化部政策研究室的同志对江青剽窃、篡改革命现代戏的情况进行系统的调查。调查结果发表在报纸上，澄清了许多糊涂认识。贺敬之认为戏曲改革应当坚持下去。他说：“要发展我们的戏曲事业，就应该坚持推陈出新，搞传统戏、现代戏、新编历史剧‘三并举’，鼓励艺术革新。”

如何对待西方文化，这是一个更加紧迫、更加严峻的问题。伴随着文化禁锢政策的打破，必然是西方各种社会思潮、文化思潮的汹涌而入。早在四次文代会闭幕后不久，周扬同志就出题目，让一些同志集中研究下面几个问题：文艺与政治的关系问题；现实主义问题；人道主义问题；现代主义问题。他预见到这些问题会在今后引起大讨论。敬之很钦佩老师的预见。事实上，苏共二十大之后，人道主义问题、现代主义问题，都曾在前苏联和东欧引起很大的震荡。就是在台湾，也出现过乡土文学和现代主义的大论战。作为文艺领导干部，应当有预见性。面对汹涌而入的各种“新思潮”，不知所云，不知何物，怎么能应付错综复杂的新局面？20世纪70年代末至80年代初，贺敬之在百忙中挤时间，认真阅读有关西方哲学思潮、文艺思潮的材料。

他当然是反对文化禁锢主义的。作为卓有成就的新诗人，他不仅从我国古典诗词中吸收养料，也从拜伦、雪莱、惠特曼、普希金、马雅科夫斯基等大批外国诗人中吸取营养。对于波德莱尔、艾略特、庞德等现代主义诗人，他也曾饶有兴趣地钻研过他们的作品。刚粉碎“四人帮”的时候，他曾顶着巨大的压力，安排为文艺工作者放映美国电影。但是，当现代主义潮流汹涌而来，并成为一种时髦，有些人鼓吹现代化就是要走现代主义道路的时候，他却不顺着潮流走。他明确指出，我们的文艺要有自己的民族的社会主义的特色，不能走西方现代主义道路，不能用现代主义的世界观、人生观来表现中国当代的社会生活。他批评了背向时代、面向自我的创作主张，提醒人们警惕“全盘西化”。他把学习借鉴现代主义文艺和走现代主义道路严格区别开来。前者是必要的，后者是不可取的。我们不能照搬现代主义的世界观、艺术观，但现代主义文艺中确有值得我们借鉴、吸取的成分。他说：

> 我个人认为向西方借鉴和学习还是应当更大胆一些，包括现代派的东西在内。例如文学方面的卡夫卡和乔伊斯的作品，不仅某些艺术技巧可资借鉴，在内容上他们对资本主义没落社会的揭露也对我们有相当的认识价值。美术方面后期印象派属于现代派，而印象派的绘画在探求光与色的变化方面，也还是有创造的。总之，我们要区别不同情况。我们不能接受的是，有的美术家把尿池搬过来当作雕塑作品，以及其他反艺术规律的许多做法。更重要的是我们绝不能接受他们之中那些反现实、反理性，鼓吹唯心主义、虚无主义、极端个人主义世界观和人生观的东西。（见《贺敬之文艺论集·联系文艺工作实际学习十二大精神》）

他对萨特及其存在主义也是以两分法的科学态度加以扬弃。萨特本人对我国友好，政治上反对法西斯，这是要受到肯定和尊敬的。但萨特的存在主义具有明显的唯心主义色彩，其思想体系又是不应无保留接受的。正如他特别不同意有人提出“马克思主义现代主义”的口号，因为这是两种根本不同的思想体系。总之，他赞成“拿来主义”。对外国的东西，要广泛接触、广泛了解，即便是反面的东西，也要有所了解。“拿来”之后，还要进行分析，搞清什么是可取的，什么是不可取的。即便是可取的东西，也不要简单照搬，而要通过自己的肠胃加以消化，用它来滋养我们自己的身体。盲目排斥和盲目照搬都是不可取的。

关于主旋律和多样化

1984 年 4 月 5 日，贺敬之在全国城市雕塑第二次规划会议上有一篇讲话，其中谈到“一”和“多”的辩证关系。他说：

> “多”是指多样化，“一”是指要有重点、有主调、有主旋律。这两者的关系要处理好。毫无疑问，我们的社会主义文艺，不能是多种思想倾向不分是非、多种艺术表现不分优劣和主次，一概兼收并蓄的大杂烩。我

们要以革命的思想内容和更能表现这种内容的主题和题材作为主旋律，以民族风格为主调，以能为更广大的人民喜闻乐见为重点。只有坚持这样的“一”，才能体现具有我们民族特色的社会主义的本质特征。

我们的文艺应义不容辞地起到爱国主义、集体主义、社会主义和共产主义的思想教育作用……我们应当坚持这个“一”，这是从艺术社会功能这个方面来说的。

但这个“一”绝不是唯一，这个“一”绝不能离开“多”。这就是说，还必须有多样化，不仅在形式风格方面要有多样化，在思想内容上也要多样化，不仅在革命化的思想内容的表现上要有主题、题材的多样化，还要有思想内容本身的不同层次、不同高度：例如共产主义、社会主义、爱国主义、民主主义，以及一般性的健康有益等等的多样化。在民族化、群众化的统一要求下，应当有实现这个要求的不同途径、不同地方特色、不同的艺术流派和艺术家个人独创性等内容的各个层次上的多样化。

这样许多方面的多样化，是社会生活多样化和读者、观众艺术爱好多样化的必然反映，是由艺术发展客观规律所决定的。这样的“多”和“一”是相一致的。二者是相辅相成的辩证统一关系。坚持“一”就是为“多”的发展而加强主体的核心的力量。坚持“多”，就是为了“一”的壮大而提供实际可能和促进的力量。

在这之前，电影局规划创作题材时使用过“主旋律”一词。但由文艺界领导人从整个文艺创作发展的角度，从理论上加以阐述，这还是首次。

在对待革命现实主义这一口号上，有两种态度是引人注目的。一种是把它作为唯一的口号，并提到整个文艺创作旗帜的高度，甚至提到和中央保持一致的原则高度。还有一种态度是彻底否定，把它看作机械唯物论的表现，甚至把革命现实主义与革命浪漫主义相结合也否定了。他对两种偏激的态度都是不同意的。他也不能同意有人只要笼统的“现实主义”，而不要“革命的现实主义”。他说：“我们还是要提倡马克思主义世界观指导下的现实主义。”

在多样化问题上，他的视野是很宽的。对于朦胧诗，他不赞成某些借着朦胧诗鼓吹反理性、反传统、反社会的诗论，但他认为应当承认朦胧美的存在。对于“懂与不懂”，他认为不能完全以懂与不懂划界，文艺作品中有些高深的东西，确实不是一般读者所能懂的，甚至有些学者对此屡勘不破。但文艺既然属于社会属于人民，还是应当让更多的人看懂并且加以喜爱。因此，他认为，雅俗共赏是一种高境界，应成为重要的艺术追求。多样化不是政治上的多元化，不能否定政治方向和指导思想的主旋律。社会主义文艺可以兼容并包，但在政治方向和指导思想上不可兼收并蓄。这就是他的态度。

关于“破”和“立”

“破”和“立”是很敏感的问题，虽然它是事物的两个侧面，但乖巧的人往往只言“立”不言“破”。在“好人主义”盛行的时候，谁不懂得应该“多栽花，少栽刺”！批评与自我批评都不易开展，搞思想斗争就更难了。但是，贺敬之却有一股执著劲，他大声疾呼地讲“破”和“立”，不仅在会议上讲、文章中讲，自己也身体力行。为此，有人说他坚持原则，也有人说他招惹是非。

党的十一届三中全会废止了“以阶级斗争为纲”，决定把全党全国的工作重心转到社会主义现代化建设上来。全国的中心工作是经济建设。文艺工作一是要为这个中心服务，二是它本身要以繁荣创作为中心环节。“精神文明重在建设”，不能搞“破字当头”。贺敬之在文章和讲话中反复宣传中央的这些精神。还在1978年，他在戏剧创作座谈会上就讲：“首先是要抓文艺创作，加强对文艺创作的领导。”从20世纪80年代到90年代，他都一直强调，文艺工作“应以建设为中心”。

但是，强调以建设为中心，是否就是不要批评、不要任何思想斗争？“破”不是最终目的，它要为新生事物成长扫除障碍、开辟道路。为了更好地建设，就不能否定必要的“破”。90年代，贺敬之在一篇文章中系统陈述了他对于“破”和“立”的关系的看法。

从某种意义上说，在文化艺术工作中正确处理“破”和“立”的关系，也就是正确处理斗争和建设的关系。

在这个问题上，过去我们的确发生过“左”的错误，那就是在我国生产资料所有制的社会主义改造已基本完成、阶级斗争实际上已不再是国内主要矛盾之后，与政治上继续搞阶级斗争为纲相联系，在思想文化领域不加区分地继续搞“破”字当头，轻视建设，使我国文化艺术发展受到不应有的损失。特别是到文化大革命期间，搞“大批判开路”，“破”就是一切，造成的后果更是灾难性的。我们绝不能再重复这种重“破”轻“立”乃至只破不立的做法。党的十一届三中全会以后，全党全国工作中心已转移到经济建设上来，中央还明确指出：作为阶级的剥削阶级在我国大陆已不再存在，在这样的情况下，文化艺术工作中提出加强正面建设，在“破”和“立”的辩证关系中把强调的重点放在“立”字上，是必要的和正确的，促进了新时期文化艺术工作的开拓与发展。但是，如果因为纠正过去的错误做法就从根本上否定文化领域中必要的斗争，搞所谓“只立不破”，那就从一个极端走向了另一个极端，从右的方面割断了“破”与“立”的辩证关系。事实证明，少数同志坚持这样做的结果是模糊了文艺领域的是非界限，束缚了广大文化艺术工作者开展积极思想斗争的手脚，因而实际上也是给沿着正确方向的建设设置了障碍。至于极少数自命为文化“精英”的人在“只立不破”的幌子下放肆地宣传他们的错误主张、大搞与“二为”方向背道而驰的“立”，实际是大破社会主义而大立资本主义，其严重后果更是值得人们深长思之的。

在贺敬之看来，绝不能丢掉正确的思想斗争和反倾向斗争。鉴于长期的历史教训，贺敬之认为在纠正错误倾向、清理错误思想的时候，要十分注意下面几个问题。

一、要全面地分析形势。特别是领导干部，要冷静地把握全局，分清主流、支流、成绩、错误。在看到问题的时候不能忘掉成绩，从而惊慌失措；在看到成绩的时候也不能无视问题，从而麻木不仁。不论什么时候，都要实事求是地把问题摆在恰当的位置上，是多大就是多大，不要夸大也不要缩小。这样，才能恰如其分地发扬成绩，纠正错误。

二、对于错误思想和错误思潮，要细致地加以区分，不能把不同性质的问题混淆起来。文艺工作中出现的失误，大量是思想认识和艺术探索上的问题，不能随便上纲为政治问题。即便是世界观、人生观、历史观、价值观问题，也不能和政治立场问题画等号。在我国现阶段，剥削阶级作为整体已经在大陆上消灭了，阶级斗争已经不是主要矛盾，但阶级斗争还在一定范围内存在着，它不能不反映到思想文化领域中来。我们和西方国家在经济、文化上的交往，大量是平等互补的，但西方确有反动势力对我们搞思想渗透和西化分化。因此，既不能夸大，也不能无视思想文化领域的阶级斗争。正如江泽民同志指出的：“四项基本原则与资产阶级自由化的对立和斗争是长期的，这是社会主义条件下存在于一定范围的阶级斗争的重要表现。”一般的思想和学术失误并不构成倾向和潮流。一旦形成了倾向和潮流就要充分重视，积极地加以解决。

三、要采取正确的方法来纠正错误倾向。不能以“左”反右，也不能以右反“左”，应当站在马克思主义的正确立场上纠错纠偏。要开展两条战线的斗争，在纠右的时候要防“左”，在纠“左”的时候要防右，切不可从一个极端走向另一个极端，用一种错误倾向代替另一种错误倾向。对于思想领域的问题，只能用说理的方法来解决，不能搞强制，不能搞压服。文艺领域也要实行法治。如果违反了宪法和法律，就要依法进行处置。如果并不违法，任何人都无权随便对文艺工作者进行处罚。要坚决实行“三不主义”，也要防止把正常的说理批评说成打棍子。贺敬之说：

> “三不主义”有其特定的含义，实事求是地旗帜鲜明地开展批评不但不违背“三不主义”，而且与之相辅相成。就文艺方面来讲，我们认为，所谓抓辫子是指错误地罗织政治罪状，所谓戴帽子是指错误地给以政治定性，所谓打棍子是指错误地进行政治打击和组织处理。不能把正确地指出创作或理论中的错误观点说成是抓小辫子，不能把对错误性质的实事求是的判断说成是戴帽子，不能把正常的批评说成是打棍子。把批评说成是打棍子，把“三不主义”变成无批评、无引导、无要求的“三无世界”，那是对“三不主义”的歪曲。

贺敬之认为，在当今错综复杂的国际国内环境下，文艺领域出现这样那样的错误，是不可避免，也是不足为怪的。关键在于领导。领导头脑清醒，举措得当，就能够把错误控制在尽可能小的范围里。领导不清醒，不坚定，工作不得力，甚至采取错误的态度和方法，就有可能导致错误的东西愈演愈烈。早在20世纪80年代初，邓小平同志就尖锐地指出，思想文化领域存在着领导的软弱涣散，对错误的东西不敢批评，这是当时需要着重解决的问题。此后，邓小平同志多次批评思想文化领域的软弱涣散。贺敬之认为邓小平同志的这些批评是一针见血的，值得我们永远记取。作为文艺部门的领导，既要防止“左”的简单粗暴，又要防止右的放任自流。而在整个80年代，文艺领导层存在的主要问题是软弱涣散。有的同志平常不认真抓思想教育，不认真开展批评与自我批评，一旦出了问题，就手忙脚乱，采取简单粗暴的办法来堵塞漏洞，企图一夜之间就把问题消灭掉。有的同志不讲原则，不分青红皂白地对各种以“新”的面目出现的东西一律加以吹捧，当中央指出问题后，不是根据中央的精神认真予以解决，而是应付一下，掩人耳目。少数人连应付都不应付，仍然我行我素。贺敬之对此深感痛心。作为长期在文艺战线上工作的老共产党员，他深知意识形态的重要性。十年风雨中，他一直为改变“一手硬、一手软”的状况而努力。为使精神文明这一手硬起来，首先要多出好作品，同时还要认真克服错误倾向和错误潮流。后者解决不好，不但阻碍出好作品，还要严重地影响到社会风气。

1991年初，《求是》杂志连续两期刊载了贺敬之的长文《关于建设有中国特色的社会主义文化的几点看法》。这篇文章长达三万多字，系统地表达了他对社会主义文艺建设的看法。这是他长期对文艺问题思考的一个总结，也是留给后人的一个交代。为写这篇文章，他和中宣部文艺局的同志反复商量，特别是得到文艺理论家、当时的文艺局副局长李准的大力帮助。这篇文章由贺敬之确定题目和提纲，口述大部分具体内容，由李准起草文字，经贺敬之修改定稿。

贺敬之深感应当写一篇系统论述社会主义文艺问题的文章。因为：一、经过新时期十余年的文艺实践，文艺界和党内关于文艺问题的一些原则争论，已经在实践中检验得比较清楚。什么样的主张和做法有利于社会主义事业、符合于人民群众的利益，什么是有害的，资产阶级自由化泛滥会造成什么样的恶果，经十余年的实践，不是已经显露得相当清楚么？因此，到了对经验教训进行系统总结的时候了。二、他已经年近古稀，在自己多次提出并自认为很快要离开领导岗位以前，应当把所感受、思考的东西写下来，给后人留下一个参照物。这篇文章引起了广泛的注意，很多人赞同，也有人反对。甘肃的一位读者投书《文艺理论与批评》编辑部，认为这篇文章“澄清了前几年被弄得混乱不堪的重要理论问题”，“从理论上做出有益的建树”，“论述了社会主义文艺发展的特殊规律”，读后感到“兴奋”、“很受鼓舞”。反对者则认为它讲了许多“不合时宜”的话，说的是他们向来反对的观点（如反对资产阶级自由化、提倡主旋律等）。我是在这篇文章发表的当时就读了的，后来为写这本书，又读了一遍。我觉得要全面了解贺敬之，不能不读这篇文章；要全面了解新时期以来文艺战线的发展历程，也是如此。通过实践的检验，是非曲直，后人终究会作出公正的评价。

（选自《诗人贺敬之》，大众文艺出版社2000年出版）

抗拒不了的传统

——论贺敬之的诗歌创作

张器友

贺敬之的诗歌创作始于1939年在四川参加抗日救亡运动期间，但在诗坛发生重大影响主要还是在20世纪50年代中期之后，迟于他40年代歌剧创作的声望。要认识贺敬之诗歌的价值，有这样两个背景需要考虑：一个背景是80年代中期当代文学的转型，又一个背景是主要发生在西方的后现代主义文学与1949年之后我国“十七年文学”的并峙。贺敬之作为“十七年诗歌”的主要代表者，直接传承革命文学传统，以自己的实绩充分显示了“十七年”主流诗歌所特具的美学特征，在思情内容和审美范型上，与自由主义观念不同，也与西方后现代主义诗歌不同。贺敬之诗歌的价值也主要是在同这不同的观念、美学特征的对比中显示出来。他的诗歌就如鲁迅评价殷夫诗歌时所阐释的那样，是“别一种意义”的抒情。

自20世纪80年代自由主义及其意识形态“新启蒙主义”日渐占据文学批评霸权地位以来，革命文学和“十七年文学”继“文革”之后又一次遭逢厄运，贺敬之的诗歌也横遭一些学者的非议。他们指责贺敬之诗歌中的“自我”是非人的、不真实的“自我”，抒写的思想感情是“假大空”、“粉饰太平”，贺敬之这一类诗人的创作是“意识形态写作”。显然，这是有别于社会主义文学美学原则而所作出的判断。

那么，究竟如何认识贺敬之的诗歌呢？

一

还是要谈谈贺敬之诗歌的“自我”问题。

在诗歌创作中重视诗人“自我”的主观感受，强调“诗中有我”，这是古今中外诗歌创作的共同要求。但古今中外诗人出身、人格、气质、学养等不同，反映在诗歌创作中，抒情主体的“自我”也就不尽相同，所谓“千人一面”，历来是诗歌创作的禁忌，也为有出息的诗人所不取。

在同时代的诗人中，贺敬之是最早强调诗人的主体性和忠实于“自我”情感体验的诗人。还在1950年，贺敬之在给一位写诗的同志回信中说：写诗，“除技巧的重要之外，更重要的是要在诗（其他艺术作品也在内）中表现出‘我’来”。以至于这位同志还莫名惊诧，询问他为什么不提“工农兵的思想感情”。在后来的创作道路上他总是不断强调发乎作家艺术家自身的真情实感对于创作的意义。1959年，他说：“诗和歌（音乐）特别要求强烈、真挚、深刻的感情。这种感情不能不是由衷之情。”[①] 1978年，他说：“文艺创作是绝对作不得假的，因为它是灵魂深处的反映。”[②] 1979年，在出版自己的诗歌选集时，他又说：“诗以及所有的文艺作品，必须真实地反映客观生活，同时也必须真实地反映主观感受。”[③] 可以说，从延安时期的《并没有冬天》到新中国初创时期的《放声歌唱》，到新时期的“新古体诗”创作，贺敬之始终是一个坚持“自我”、标新立异的诗人。

那么，到80年代，贺敬之及其同时代成就卓著的诗人诗歌中的“自我”为什么会遭到一些学者和诗人的非议和拒斥呢？

这实际上主要不是诗中要不要“我”的问题，而是诗人的这个“我”是个什么样的“我”的问题。换句话说，围绕着贺敬之及其同时代优秀诗人诗歌中“自我”问题的分歧，实质上表明的是以启蒙主义为价值理想的自由主义“自我观”与以社会主义—共产主义为价值理想的马克思主义“自我观”的对立。

“新启蒙主义”者在他们的《新启蒙》中宣称要捍卫西方启蒙主义理性——“18世纪启蒙的思想财富”，“树立一个人道主义的，以实现人的价值、人的尊严、人的自由而有意识的创造为核心的价值体系”。贺敬之尊重西方资产阶级所确立的启蒙理性主义的历史地位，但这种理念与贺敬之的价值理想大相径庭。

贺敬之走上创作道路的年代，马克思主义理性获得了伟大胜利，他所献身

① 贺敬之：《谈十年来的新歌剧》，《戏剧研究》1958年第4期。

② 贺敬之：《戏剧创作要为新时期的总任务服务》，《人民戏剧》1978年第9期。

③ 贺敬之：《贺敬之诗选·自序》，《贺敬之诗选》，山东人民出版社1979年版。

的革命和社会主义事业开始改变中国人民的命运，也改变着他自己的命运。身处这个历史潮流，中国化马克思主义——毛泽东思想直接哺育了他们这一代人的精神生活，掀天的九曲黄河的历史风涛撕碎过他们层层军衣，他们用剑，用笔，直接参加了埋葬旧世界、创建新世界的伟大历史性工程。在与新的人民群众的时代结合的过程中，诚如他自己所说，他们“重新解释了人”，从而获得了关于“自我”的革命性观念。这种“自我观”以马克思主义认识论、唯物史观和价值论为基础。其一，它重视“自我”和个性自由的价值，追求解放个性，并认为：“解放个性，这也是民主对封建革命必然包括的。……被束缚的个性如不得解放，就没有民主主义，也没有社会主义。”① 其二，在“自我”与人民的关系上，强调人民本位。它不侈谈抽象的人，也不搞自我中心、自我至上主义，而是看重人民，注重“自我”的政治品质和人生价值，坚持个体在社会实践中通向人民，通向人民的历史性选择——社会主义、共产主义事业，与人民血肉融合，情感与共。反映在诗歌创作上，贺敬之及其同时代的诗人建构了不同于传统诗人的一种新型的文化自我人格。这种人格就是贺敬之说的，“诗人的‘自我’跟阶级、跟人民的‘大我’相结合。”②“通过属于人民的这个‘我’，去表现‘我’所属于的人民和时代”，“小我”和“大我”相统一。其三，在“自我”，与社会实践的关系上，确立实践性主体“自我”开放的品格。文学艺术是作家主体性的审美创造活动，但这种主体绝非一般性的所谓精神主体，而是实践性主体，它受到赖以产生它的自然和社会存在的限制，受到它自身的种种有限性的限制，它是在改造社会、改造自然的社会实践中不断丰富和发展自身的，就是说，这种“自我”不是凝固的、封闭的，而是开放的、更新的，它自尊但不自恋，看重“自我”的自觉改造。贺敬之针对自由主义思潮只谈“自我表现”，不谈和否定“自我”的实践性品格，就鲜明指出：重视艺术中的“自我”，但“不能因此把诗的本质归结为纯粹的自我表现，致使诗人脱离甚至排斥社会和人民”。真正属于时代和人民的诗人，应该是“和时代同呼吸，同人民共命运”③。他们这一代优秀诗人都遵从了毛泽东《实践论》、《在延安文艺座谈会上的讲话》所给予的启示，自觉投身人民群众的历史运动，投身“三大革命运动”，在改造客观世界的同时也改造主观

---

① 毛泽东：《致秦邦宪》（1944 年 8 月 31 日），《毛泽东书信选集》，人民出版社 1983 年版。
② 贺敬之：《战士的心永远跳动》，《光明日报》1979 年 6 月 17 日。
③ 贺敬之：《李季文集・序》，《李季文集》，上海文艺出版社 1982 年版。

世界，不断改造“自我”对于客观世界的认识和把握能力，不断丰富和深化“自我”的审美感受能力。尽管偶有失坠，但总能保持主体的坚定性，有执著地持守也有痛苦的扬弃，能够与时代本质相一致，也能够冷静透视世界性逆流的嚣张气焰。

贺敬之新型“自我观”的获得，与新文学史上前辈作家所给予的历史性启示关系甚大。在20世纪文学发展历程中，一二十年代和三四十年代许多作家的“自我观”都经历过从个性主义到集体主义的变化。五四新文化运动当中，接受西方文艺复兴和启蒙主义运动启蒙理性的影响，出现了“人的文学”的观念，个性主义被推到文学创新的前台，这是对中国古典文学“文以载道”范式的否定。但是以启蒙理念为其意识形态的个性主义不能正确回答个人与历史的关系，个人与社会，与阶级、集团、阶层的关系。随着新文学的深入发展，马克思主义“自我观”开始出现，这种“自我观”认为个性的解放不能自外于阶级的大众的解放，只有投身于阶级解放才能赢得个性的解放。而且，在痛苦的人生求索过程中，新文学的创造者也逐渐看清了个性主义的局限。1925年，郭沫若在进行自我思想的反思时就说：“我以前是尊重个性景仰自由的人，但在最近一两年间，与水平线下的社会略略有所接触，觉得在大多数人完全不自主地失掉自由，失掉个性的时代，有少数人要来主张个性，主张自由，未免出于僭妄。……要发展个性，大家应得同样地发展个性。要享受自由，大家应得同样地享受自由。”① 这不是郭沫若的偶发之论，而是代表了一批先觉者的体认，五四新文化运动的前驱中除胡适、周作人等少数人外，陈独秀、鲁迅、郭沫若、茅盾等大多数人都先后从个性主义转向了马克思主义。瞿秋白在《鲁迅杂感选集·序言》中所概括的鲁迅思想和创作道路的变化，其中一个变化就是“从进取的争求解放的个性主义进到战斗的改造世界的集体主义”②。鲁迅对瞿秋白的观点是接受的，他看着战友对自己的评价，手头的香烟燃到了指头而不觉。接受五四新文化运动影响的一批后起者也经历了这样的道路，他们在走上社会、走上创作道路的时候大都相信过个性主义，以追求个性解放为矢的，但当深入地经受人生历练，接触民族民间的苦难之后，又都毅然走向革命，走向马克思主义，确立了新的“自我观”。这其中典型者当推何其芳。何其芳早年受到自由主义和唯美主义影响，是一个专注于“自我”

---

① 《沫若文集》第10卷，人民文学出版社1959年版。

② 瞿秋白：《鲁迅杂感选集序言》，《瞿秋白选集》，人民文学出版社1959年版。

画梦的个性主义诗人。当他“走到乡下”，“走到海边的都市”，走向民族解放的广阔天地，感受到劳动者的苦难和民族危亡之后，开始有了转变，他于1938年在一篇文章中说：“我们这民族的悲剧是双重的，一方面诚实的知识分子已和罗曼·罗兰一样深切地感到个人主义者的短处，软弱无力，一方面不近人情地忽视着个人的儒家思想还是有力地存在着。”① 表现了挣脱两个方面困扰的思考。在深入延安新生活之后，他终于自觉接受了马克思主义的革命论和“自我观”，找到了抗拒两个方面困扰的有力武器，真切领悟了新的“自我”的价值。于是，也就“轻轻地从我的琴弦上/失去了成年的忧伤，/我重新变得年轻了，/我的血液流得很快，/对生活我又充满了梦想，/充满了渴望”（《我为少男少女们歌唱》）。这种新的“自我”感受到的延安的空气也是“自由的空气。宽大的空气。快活的空气”（《我歌唱延安》）。

贺敬之正是在从鲁迅到何其芳等前辈作家历史经验的背景上起步的。在以鲁迅的名字命名、何其芳担任系主任、曾经是天主教堂的延安鲁迅艺术文学院里，贺敬之承接了新文学发展的历史脉息。他真切地体会道：“在时代的路程上，/教堂/熄灭了光焰，/耶和华/走下了台阶……”“‘鲁迅’，/解释着我们，/像旗帜/解释着行列。”他用饱满青春“自我”的跳荡的诗情唱道：“艺术，不要注脚，/我们了解——/生活/和革命。”“诗人/和共和国的工作/是完全一致的！”“在艺术的/兵营和工厂，/我们是/战斗员和突击者，/工作不息！//生活的引擎，/百万匹马力/在奔驰！//我们高举/‘鲁迅’的火把，/走向/明天，用诗和旗帜，/去歌唱/祖国青春的大地！”（《不要注脚——献给“鲁艺”》）他继续宣告：“同志们，/请听，/我们的歌颂：/‘诗人——马克思列宁主义者！’”（《我们这一天》）这些清新、宏大的诗句，燃烧着一个少年布尔什维克从历史深处传递过来的文化薪火以及关于“自我”的观念，它凝聚了从鲁迅到何其芳几代新文学创造者的艰难探索、血泪人生，我们从中感受到了新文学的发展，也特别看到了作家艺术家“自我”观念的更新。这个“自我”属于自己，同时又属于祖国和人民；这个“自我”，不是封闭于一己的杯水车薪之中，而是带着诗自由地走向人民群众广阔的革命斗争，目光高远，要为祖国和人民而歌唱。

就是说，在20世纪中国人民改造旧世界、创建新世界的伟大革命事业中，在新文学发展的进程中，历史所提供的“特殊材料”造就了贺敬之马克思主

---

① 何其芳：《论本位文化》，《何其芳文集》第2卷，人民文学出版社1982年版。

义的“自我观”，造就了他特具魅力的政治文化人格。这种自我人格看重自由，尊重个性，解放个性，但这种自我人格以人民为本位，注重社会实践，以社会主义—共产主义为不可疑异、不可玷污的社会理想和最高价值追求。因为无限忠诚于人民和社会主义事业，也就对为人民服务、为社会主义服务的文学艺术无限执著。而正是有着这份神圣的执著，所以这种“自我”在人民的无限事业里表现出充分的自由，他可以为人民和社会主义“放声歌唱”，也可以对恶势力沉默抗争，“不肯转变立场”，可以“负疚”而痛感失误，也可以独立不倚以抗拒不可一世的浊水，可以颂，也可以刺，可以激情连天阔，也可以忧思齐终南。这是20世纪中华民族革命化、现代化过程中波澜壮阔的历史运动（其中包括文学运动），造就出来的文化人格。这种自我人格，创造了属于自己，同时也属于时代、属于人民的诗篇。

但是，“新启蒙主义”不能接受贺敬之及其同时代优秀作家“自我观”和自我人格的革命性光芒。一些学者在参与七八十年代拨乱反正的斗争中作出了成绩，但由于价值理想的迷乱，使他们陷入个性主义“自我观”而不能自拔。他们认为贺敬之及其同时代优秀作家的“自我观”是空洞的，导致了诗人“自我”的丧失和“自我”的异化。他们不赞同“自我”的人民本位原则，以为人的本质在于“自私”，唯独“自我”才是真实的，“自我”的自由和权利具有至高无上的绝对性和排他性。倘若提倡革命者为无产阶级和劳动人民谋解放，做一个纯粹的人，毫不利己、专门利人的人，在一些人看来是“就可以要求别人牺牲生命，甚至可以强迫你牺牲生命，也就是可以杀人”。他们把“自我”的权利和义务对立起来，否定做铺路石子、做革命和社会主义事业螺丝钉的奉献精神，以为这是“违反人性”，践踏了人的主体性。他们颠倒精神主体和实践主体的关系，把所谓独立的“内宇宙”提到“自我实现”的前提的地位，盲目相信这种生命意识能够客观冷静地把世界及生命自身作为审美对象。就是说，他们割裂个人与集体、奉献和获取、自由和纪律、物质和精神、客观和主观等对立统一的关系，只谈“自我”不谈人民，只谈“自我”权利不谈“自我”义务，只谈精神不谈物质和历史，只谈“自我实现”不谈社会实践和“自我”更新。

为了替这种“自我”鸣锣开道，一些学者又从“告别革命”论和“启蒙独尊”论吸取思想动力，把历史主观化，重新裁夺新文学史从个性主义到马克思主义流变的重要现象，总是用前者否定后者，视前者为“现代性”，而把后者看成为“现代性的断裂”。他们用个性主义作为终极的尺度，肯定早期的鲁迅，歪曲接受马克思主义的鲁迅，甚至把鲁迅打扮成一个自由主义者。他们肯定“自我”画梦的何其芳，歪曲走向延安以后的何其芳，用自己的心思揣摸何其芳的“沉默”。何其芳分明表示“我的感情”——“它像天空一样柔和，广阔”，思考着“我们的革命用什么来歌颂”，但有些学者却为何其芳在革命的实践中更新自我而痛惜。

而且，推崇个性主义“自我观”，贬抑马克思主义“自我观”，并非新时期孤立的中国现象，这是一种国际性的思潮，它受到了西方新自由主义的鼓舞并与之遥相呼应。西方当代新自由主义思潮兴起于上个世纪70年代，它坚持个人中心主义，强调“人是目的不是工具”。作为现代西方的政治哲学，它肯定资本主义民主制度及其“自由、平等、博爱”意识形态理念的合理性，并为其长治久安提供修补剂。其中代表者美国哈佛大学的约翰·罗尔斯和罗伯特·诺其克，各人的观点虽然不尽相同，但都一无例外地强调个人权利的绝对性。罗尔斯认为，既不能为了更多人的更大利益而剥夺少数人的自由，也不能为了更多人的更大利益而牺牲少数人的利益。诺其克认为，存在着不同的个人，他们分享着不同的生命，从而没有任何人可以为了别人而被牺牲。[①] 而且，他们都与古典自由主义者霍布斯、洛克、康德有着思想上的渊源，其中，康德的“主体优先”观念给予了他们极大影响。依照康德的观点，人可以作为经验的对象生活于感性世界，人也可以作为经验的主体存在于超感性的理智世界当中，作为经验对象生活于感性世界上人不得不受因果决定论的支配，从而人不是自由的，只有作为主体存在于超感性的理智世界中，人才能是自由。由此，他确立了道德律令的三条原理，其中第二条即因为人的本质是自由的，所以强调人是目的而不是工具。但是，这种“主体优先”的神话在现实环境中是不可能存在的，是空洞的。马克思告诉我们说：“人们每次都不是在他们关于人的理想所决定和所容许的范围之内，而是在现有的生产力所决定和所容许的范围之内取得自由的。”[②] 人作为自然、文明史和社会关系的负载者，总是受着现有生产力的制约，现实中的人的自由是有限制的自由，他在现存关系下享受可能的自由的同时，也必然要为这自由贡献自己的义务，就是说，人既是目的也是工具。可见，新自由主义者个人自由、个人权利的绝对性的观点是不能成立的。而恰恰在这一点上，我国80年代的“新启蒙主义”与之形成呼

① 姚大志：《现代之后——20世纪晚期西方哲学》，东方出版社2000年版。

② 《马克思恩格斯全集》第3卷，人民出版社1956年版。

应，他们也把“人是目的不是工具”的观念搬来支撑自己的理论“创新”，而“主体优先”则被置换为“创作主体优先”。刘再复在其《论文学的主体性》一文中这样说：“文艺创作强调主体性，包括两层内含：一是文艺创作要把人放到实践主体的地位上，即把实践的人看作历史运动的轴心，看作历史的主人，而不是把人看作物，看作政治或经济机器中的齿轮和螺丝钉，也不是把人看作阶级链条中的任人揉捏的一环。也就是说，要把人看作目的，而不是手段。或者说我们要把人看作目的王国的成员，而不是看作工具王国的成员。”他接下来谈的第二层内含是“要高度重视人的精神的主体性”，他认为“人的精神世界作为主体，是一个独立的，无比丰富的神秘世界，它是另一个自然，另一个宇宙”。并且，“当人的精神能力被限制，即它的精神主体性丧失了，那么人也就丧失了在实践中的主体性”[①]。就是说，他把这种所谓独立的“内宇宙”提到获得“实践主体”的前提的地位。就如有的学者所指出的：“在刘再复那儿，其‘文学主体性’似乎自由得多，且不说很少提物质生产‘前提’的终极制约，最要命的是，竟也不展开它与特定文化背景的有机‘关系’，这就是说，当刘再复轻轻放过了文学主体与物质前提的历史关联时，却同时将文学主体与文化背景的精神血缘也漏了。当主体既不受历史物质也不受时代精神的制约，它将变成什么呢？无怪乎刘再复要把主体捧为一颗独自在内宇宙神秘回旋的精神主体了。”[②] 类似这样的观念虽然受到了一批学者的有力批评，但是在特殊历史时期国际、国内的大、小气候之下，“新启蒙主义”还是作为强势话语，发生了消极性影响，它驱使一批年轻的写作者走向拒绝“外宇宙”的“私人化写作”的胡同，成为挑战从革命文学到建国后“十七年文学”马克思主义“自我”观的武器。而在这场遭遇仗中，贺敬之等一批优秀作家艺术家，就自然成了他们的狙击对象。

显然，贺敬之这一代人“自我观”的内涵为坚持“新启蒙”理念的自由主义思潮所拒绝，这是社会主义—共产主义运动走向低潮、世界资本主义不可一世的特殊历史语境当中的派生现象。但是，20 世纪 80 年代特别是 20 世纪 90 年代以来的文坛实际已经表明，个性主义在中国的这个“初级阶段”虽然可以占有一席之地，毕竟没有多大“出息”。那些一拨子一拨子的探索者，从把诗当成狭窄“自我”的表现，到追求放逐文化、放逐理性的“自我迷失”，

① 刘再复：《论文学的主体性》，《文学评论》1985 年第 5 期至 1986 年第 6 期。

② 夏仲义：《新潮学案》，上海三联书店 1996 年版。

直到把诗当成“下半身”宣泄的工具，都从“新启蒙主义”获得过动力支持。但是，这个“三部曲”演进的过程表明，崇仰个性主义以画地自狱，最终却是以彻底地消泯个性、失去自由为代价。

现在可以得出结论，正是贺敬之而不是自由主义思潮，正确接受了从鲁迅到何其芳思想和创作道路所给予的积极启示，在与新的人民群众的时代结合的过程中，坚持了新文学的主导性方向。坚持“新启蒙”理念的一些学者，参与了对文化大革命中文化专制主义和“左”倾错误的清算，参与了对文化大革命前“左”倾错误和庸俗社会学的清算，但他们不想或不能区分马克思主义与非马克思主义的界线，以致也“清算”了马克思主义其中包括以社会主义—共产主义为价值理想的马克思主义“自我观”。

二

那么，如何认识贺敬之诗歌的思情内容呢？

“十七年文学”中从属于具体政治任务和政策的赝品是存在的，但贺敬之绝少这样的制作，他的那些优秀诗篇孕育于近现代世界政治、经济、文化格局当中一百多年中华民族的苦难史和新生史，是处在这个深远广大的历史境遇中的一个革命者，一个中国共产党人独特心灵的自由创造。对他的思情内容也只有从这个“元点”出发，才能够阐释清楚。

贺敬之的诗歌创作起于20世纪上半叶。这个历史时期世界三分，一是西方现代资本主义走向垄断之后矛盾丛生，由资本主义造成的两次世界大战把人类推向灾难的深渊，虽然资本主义经济在“二战”以后得以复苏，但笼罩在西方文化人心里的是西方没落和毁灭的阴影，二是社会主义由一国的胜利发展成横跨欧亚拉美、与现代资本主义秩序相抗衡的社会主义阵营，三是广大第三世界掀起的民族民主独立和解放运动方兴未艾。在这个背景上，贺敬之所献身的中国共产党领导的人民解放和民族复兴事业，继旧民主主义革命之后，彻底推翻了“三座大山”，开辟了社会主义新时代。铁树开花，近百年饱受屈辱和苦难的民族和人民在地球上站了起来；长夜破晓，五千年文明由此重现生机。贺敬之的创作冲动正是来自这一历史结构。不管他当时意识到没有，他和他同时代的一大批作家艺术家处在了一个新旧交替的历史制高点，是“新文艺开路先锋的各位同志”（陆定一语）。处在这样一个制高点，人民革命青春期、世界共产主义运动高涨期所特有的蓬勃朝气和旺盛生命力，赋予了他一个开张的文化胸襟，一腔吞吐八荒的豪情胜概；而历史感——关于人类的过去、现在和未来，关于阶级、政治、革命，关于价值、使命、人生观的文化感觉，也较之一般时期尤其显得强烈。这样，他的创作便不能不隐含这份厚实、深邃的历史文化质素。所以可以说，他唱的既是人民、祖国、中国无产阶级和共产党的颂歌，同时也是来自历史又献给历史的情歌，是他从历史深处获得的关于社会和人生的信仰。还在延安时期，他和他的同学们革新歌剧创作，用一个来自民间的白毛仙姑的故事，揭示了“旧社会把人变成鬼，新社会把鬼变成人”——这样一个新的时代性主题，深情讴歌了中国无产阶级领导的农民革命，讴歌了民族复兴的光明前景。他这时期的诗歌创作，无论是关于“太阳”还是关于“黑夜”的歌唱，也无不维系这一主题。新中国成立之后，崭新的时代、新生的祖国，更使贺敬之襟怀无限、兴会无前。以至于在20世纪文学中，他的代表性诗集《放歌集》，把这一时代性主题推进到具有标志性的历史高度。20世纪之初，郭沫若的《女神》以青春的激情向往民族的涅槃，到1949年，民族的凤凰终于在烈火中再生，贺敬之的《放歌集》正是为此而放声歌唱。就是说，《女神》和《放歌集》，在20世纪新诗史和民族心灵史上，构成了具有历史递进性的前后篇。如同《女神》一样，《放歌集》也难免混有历史运动中的某些泥沙，但它在内质上承接《女神》而来，它感应了一百多年来，中华民族走向现代化、革命化过程中深厚的历史内涵和丰沛的文化精神，不满足于给接受者一滴水，而是给予一个为历史所酝酿、来自于现实又超越现实的广大激越的精神世界，它多角度激情澎湃地歌唱了五千年凤凰的再生。

和郭沫若一样，贺敬之的抒情属于浪漫主义抒情。当郭沫若创作《女神》的时候，民族的新生还只是在近现代之交历史的震颤中透露着朦胧的曙色，所以他的抒写尚无切实的现实的凭倚，而多着眼于神话传说和历史故事的主观化创造。贺敬之创作《放歌集》的时候，民族的新生已经成了一个可见的事实，因此他的抒写便往往先由现实所感发而后进入主体化审美创造。在谈到浪漫主义的时候，贺敬之强调了四点，这四点是：共产主义理想，共产主义者的广阔胸怀，集体主义的英雄主义，和较之一般的“写真实”方法更自由地运用“不平凡”的情节，运用夸张、想象、幻想的形式。① 从这些诗学主张出发，他的诗情常常由讴歌现实中的人物、事件和山水起步，又不拘泥于这些现实的具体事物，而是深入历史、朝向未来，在广阔浩荡的宇宙运动中纵横驰骋。他

① 贺敬之：《漫谈诗的革命浪漫主义》，《文艺报》1958年第9期。

没有空间恐惧感，也没有时间的末日感，胸中的城楼四方洞开八面来风，天上、人间，历史、神话，中外、古今，宇宙、微尘，在他的诗中错综复杂，过去、现在、未来，在他的诗中自由组合，它们常常以现实为中介，造成一个气势恢宏、具有远景透视感的开放的超时空抒情结构。这种结构所蕴涵的是具有现实性又具有超越性的深厚广大的历史性诗情。

诚然，贺敬之的诗歌主要是颂歌。对此有些人不以为然，他们总以为"歌德派"不足取。有不同的"歌德派"，无是非地取悦于主流政治及其意识形态，不可取；无真实情感体验地应和主流政治及其意识形态，不可取。但发乎诗人主体要求的卓越的理性选择和强烈的情感认同，热烈地歌唱其所是与热烈地鞭笞其所非，同样都值得肯定。马雅可夫斯基在长诗《弗拉基米尔·伊里奇》中曾经表述过这样的观念：之所以要讴歌列宁，"这并不是/用诗歌把寿星佬/颂扬——/我/赞美列宁/他是/世界的信仰。/和我的信仰。/如果/我不歌颂/俄罗斯共产党的/嵌满五角星的无边的天穹，/我就不配作一个诗人。"也正如马雅可夫斯基一样，贺敬之的歌唱，是发乎他对"世界的信仰"和"我的信仰"的全生命拥抱，是他从历史深处生长起来的内在的战斗要求同人民革命历史使命天然契合的审美呈现。

贺敬之清楚地知道，他所歌唱的事物是处在历史链条中的事物，借用鲁迅研究中的一个术语即是所谓"历史的'中间物'"，之所以值得讴歌，在于它从民族历史的深处走来，体现了历史的进步和民族大多数人的理想要求，并且握有未来、通向未来。他的那些优秀的颂歌始终没有把历史凝固化，而是持着一种动态的、进步的时间意识，激荡着改造现存秩序的豪情和力量。长诗《放声歌唱》，有感于中国共产党第八次代表大会即将召开而作，时当1956年，诗人在具体而又广阔的生活面上歌唱了民族的新生，讴歌了主导这一新局面的人民、社会主义和中国共产党。支撑这部大诗的有这样几个主要的精神侧面：其一，新中国的出现结束了中华民族近代以来的深重苦难。在"我们的自传和我们祖国的历史的纸页上"出现了千万个"第一"，古人们难以想象的奇迹在祖国的大地上被创造出来。其二，中国革命改变了"我"、"我们"——千千万万普通人的命运，促进了人民意识，阶级意识的觉醒，使之成为"祖国大地的无敌的威力"，凝聚成一个"伟大的革命集体"。其三，今天虽然美好，"但是，这还不够"，还要"踏破未来年代的每一道门槛"，推醒未来"沉睡的朝阳"。要"更快更快地打开，我们大地的无尽宝藏"，"让我们的辽阔的田野，更好地扬花吐穗"，"让我们科学智慧的星群，发出更灿烂的光芒"。其四，中国共产党作为工人阶级利益、意志和人民力量的体现者，清醒地肩负着历史的使命，不是在胜利的酒杯和鲜花中陶醉，即使在自己的节日里，也是“挥汗如雨！/工作着——/在共和国的大厦的建筑架上”。这样，在这部大诗里，诗人所奏响的是由现实所激起的英雄主义、理想主义和乐观主义交响曲，是沉淀着深厚的历史内容和沉雄的理性力量的颂歌。他讴歌，但不顶礼膜拜；他赞美现实，又不满足，期望着新的突破；他相信未来，因为他看到“创造一切的神明正是我们自己”。而且，贺敬之的许多诗歌创作的直接动因常常来自现实的焦虑，只不过他不是抒写“人类末日”的哀感，而是从历史的深处和时代主潮里获得理性的激情，以战士的姿态讴歌生活中的新生面，给现实的改造注进一股奔放的推动力。长诗《雷锋之歌》产生于20世纪60年代学习雷锋运动当中，其时国际共产主义运动出现了严峻的局面，国内的现实也不容乐观，“雪压冬云白絮飞，万花纷谢一时稀”。这部作品之所以具有历久不衰的生命力，在于诗人从平凡中看到了伟大，从雷锋身上发现了巴黎公社精神的延续，看到了“从井冈山出发”的中国革命精神的发扬，因而以无产阶级饱满的朝气回答了历史和人生的永久性叩问。诗人告诉我们，在社会主义取代资本主义的历史过程中，“面前的道路，头上的天空”还会有“乌云翻腾”，依然存在着“缝补旧梦的某些先生”。他带有预见性地描绘了一幅触目惊心的和平演变的图画：“唔！有人在告诉我们：/——过去了的一切/不必再提起了吧！/只要闭上眼睛呀，/就能看见：现在已经/天下太平……/什么‘人民’呀，/什么‘革命’，/——这些声音，/莫要打搅，/他酒兴正酣，/睡意正浓……/——今天的生活/已经不同了呀，/需要另外/开辟途径……/——最香的/是自己的酒杯，/最美的/是个人的梦境……”在他看来，雷锋精神的意义，就在于在这样的历史背景上光大了无产阶级革命的传统，完成了“人，/应该/怎样生？/路，/应该/怎样行”这样一个严峻的历史性课题，他坚持着“把这大写的/‘人’字——/写向那/万里长空”。

毋庸回避，在《放歌集》中，一些诗歌所创造的美好艺术画面与严峻的生活现实相比存在着反差。而且构成诗歌形象的一些现实的材料，例如小土群、小洋群、大跃进、公社化等，已被历史淘汰出局，诗人当时处理这些材料时也未能避免时代所给予的局限。但是，这些都不能遮掩这些诗歌在整体上、深层次上所透发出来的思想和艺术光芒。作家李准曾经谈到他的《李双双小传》的创作，有人指责小说中的人物办公共食堂是共产风、浮夸风的产物，但李准当时说，李双双形象“在胸中酝酿五六年了，要通过这个形象概括出新人物的新思想、新风貌”。就是说，这部作品是在一个长远的历史背景上孕育产生的，作家只是在特定的年代借着一个不适宜的外壳传达他酝酿已久的一个时代性主题，作品的内涵不是办食堂的事件所能代替，所能包容的。这其实具有一种方法论的意义，即不能把处在作品表层的“材料”与作品深层所隐含的深广的历史内容和美学价值等同起来。对现实主义的小说《李双双小传》应该这样看，对贺敬之秉具着浪漫主义特质，常常是“言于此而意归于彼”的超时空抒情结构的诗歌更应该这样看。譬如被人所诟病，以为是“假大空，调和粉饰太平”的《桂林山水歌》，该作品写于三年困难时期，确实没有关于“秋雨秋风愁煞人”的描写，而是借“甲天下”的桂林山水象征“祖国的笑容这样美”。倘若采取庸俗社会学的眼光，这篇作品该当否定。但这是来自历史深处又通向未来，经过诗人主观心灵运用夸张、想象、幻想的形式创造出来的浪漫主义诗歌。全诗是一个比兴结构，以桂林山水为中介，融革命与建设、历史与现实、现实与神话传说为一体，指点江山唱祖国。抒情主人公——“战士”由眼前的桂林山水，想到战争年代对这美好风光的向往：“马鞍上梦见沙盘上画：/‘桂林山水甲天下’”，表面上在说想念桂林山水，实际上诉说的是战争年代的革命理想，即期望苦难中的祖国在烈火中新生。而全国解放抒情主人公走访桂林，关于桂林山水如诗如画的描绘，实际上正是歌唱祖国的新生。而且他没有在新的气象中陶醉，诗中引进的刘三姐的传说，分明是在召唤劳动人民昔日的斗争精神，投入新的生活。“汗雨挥洒彩笔画：/桂林山水——满天下”，这全诗的结穴点，就是期望今天的人们用辛勤的劳动创造一个更美丽的世界。弗洛伊德说：“幸福的人从不幻想，只有感到不满意的人才幻想。未能满足的愿望，是幻想产生的动力。”① 他的这段话，对分析贺敬之的这类诗歌具有参考价值。诗人歌唱自己所献身的中国革命理想的实现，歌唱苦难中祖国的新生，但是他又不满意于现实的给予，而是在“借题发挥”，期望鼓舞起奋斗的精神，他的抒情动力总是倾向于未来。

归根到底，贺敬之诗歌的全部思情来自于历史深处，立足人民本位，具有社会主义倾向性。崇仰“新启蒙主义”的一些学者不能接受这种思情，正是由于其倾向性所致，他们以不屑的口吻称贺敬之等一代优秀作家的创作是“意识形态写作”。显然，这是一个重大问题。在20世纪80年代之初经过文艺界关于文学与政治关系问题的那场大讨论之后，党中央确立的关于文学艺术的

---

① 《弗洛伊德论创造力与无意识》，中国展望出版社1986年版。

根本方向是“为人民服务，为社会主义服务”。对于这个方向性问题，贺敬之从来不回避。粉碎“四人帮”不久，他针对自由主义思潮否定社会主义文学倾向性的鼓噪，不止一次地强调文学的人民性和社会主义性，他说：“诗，必须属于人民，属于社会主义事业。按照诗的规律来写和按照人民利益来写相一致。”他又说：“如果不考虑党和国家的命运，我就没有可写的了。”①

其实，这也是他几十年一以贯之的诗学原则。还在延安时期，他在诗歌中就这样阐释着诗：“我们的定义——//诗，是工作！//在这里，诗人和他的诗，/就是/工人和他的铁锤；/就是/农民和他的镰刀；/就是/战士和他的枪。”（《我的一天》）他援引马雅可夫斯基的诗句这样阐释着写诗的信条：“人的丛林/在高呼：‘诗人/和共和国的工作/是完全一致的！’”（《不要注脚——献给“鲁艺”》）在写于“十七年”的诗歌中，他离不开对社会主义事业的歌唱：“大笔大字写新篇：/社会主义——我们来！”（《三门峡——梳妆台》）“万里一呼——/为社会主义/立擎天柱。”（《中流砥柱》）就是说，在他这里，诗属于人民，而且属于人民与属于社会主义是统一在一起的。

应该说，这是我国文学现代性的一个根本性观念。自进入近代，帝国主义大炮轰破了老中国的壁障，中国文化人的空间观念发生了革命性变化，中华即天下的老大帝国观念破灭，亡国灭种的焦虑、救亡图存的热望，反映在文学作品中便表现为现代民族国家意识的觉醒。这个“母题”，成为新文学现代性的标志。这种现代性随着时代的变迁，以民族性为中心可大体分为三个层级，即改良主义诉求、启蒙理性主义诉求和社会主义诉求。20世纪之初，梁启超等前驱者积极进行中国文学的现代性转换，人民意识和民族国家意识开始觉醒，梁启超提出了文学“新民”说，但他“新民”的目的在于服务于变革维新的改良主义方略。按照列宁的说法：“一般改良主义的实质，就是只去鼓动实行那些不必消灭旧有统治阶级主要基础的变更，可与保存这些基础相容的变更。”② 五四新文化运动当中，启迪民众与创建民族新国家的意识激励着前驱者推进新文学的发展，不过当时的民族新国家在相当一些人的脑子里还是模糊的，所谓“人国”的价值理念，除了马克思主义者信奉的“赤旗的天下”之外，在自由主义作家和学者那里主要是西方式的资产阶级国家意识形态。到延安时期，文学为工农兵服务与创造人民当家作主的新国家的理想经过毛主席的

① 尹在勤、孙光萱：《论贺敬之的诗歌创作》，上海文艺出版社1983年版。

② 《列宁文选》（两卷集）第1卷，人民出版社1954年版。

阐释，完全被作家艺术家所接受，当历史进入社会主义新时代，文学的人民性与社会主义倾向性水到渠成地统一了起来。贺敬之坚持为人民和社会主义而歌唱，正是这一历史进程对文学的呼唤。在他们这一代优秀作家看来，作为社会主义社会的主流文学只有坚持社会主义—共产主义的价值理想，才能更好地贯彻人民本位原则，而且，也只有从根本上体现人民群众的历史要求和美学愿望，为他们所理解和喜爱、在他们的基础上提高的文学，才能称得上社会主义文学。

我们反对生硬图解意识形态，但我们认同文学本文意识形态倾向性。诚如伊格尔顿所言，“每一本文都在自身中内含一个有关它如何、由谁以及为谁而生产的意识形态密码”。对于创作主体来说，离开意识形态的绝对自由是不存在的。即以现代文学史上自由主义作家而言，他们自外于蒋介石的大地主大资产阶级国家意识形态，但他们的创作激情里自觉不自觉地都有另外的意识形态给予动力支持，它们或者是资产阶级的启蒙理性，或者是无政府主义乌托邦，或者是儒教伦理，就是说他们是以别种意识形态对蒋介石统治下的社会现实及其意识形态进行审视和批判，表达着形形色色的人道主义诉求。

有些学者不屑于“意识形态写作”，以“艺术自律”相标榜，但是他们所张扬的“新启蒙主义”其实就是一种意识形态，一种在对社会主义—共产主义价值理想失望和抛弃之后而拼凑起来的新旧资本主义意识形态。他们抛弃辩证的理性思维，贬损包括贺敬之在内的革命文学和“十七年文学”的成就，抬高自由主义作家作品的成就，也并没有出离他们的意识形态规范。青年学者旷新年最近谈到经典的“被建构”性时说：“1980 年代以夏志清的《中国现代小说史》为典范的‘重写文学史’是一个旧经典崩溃和新经典建立的过程，这个过程尽管是以‘纯文学’的策略完成的，但是不论从动力还是后果来说，它都是政治的和意识形态的。”① 我们还是听听伊格尔顿的观点吧，他说：“现在文学理论的历史是我们时代的政治和意识形态史的一部分。从雪莱到诺曼·N. 霍兰德，文学理论一直与政治信念和意识形态价值标准密不可分。的确，与其说文学理论本身有权作为知识探究的对象，不如说它是观察我们时代历史的一个特殊角度。而这并不应该让人感到丝毫惊奇。因为，与人的意义、价值、感情和经验有关的任何一种理论必然与更深广的信念密切相连。这些信念涉及个体与社会的本质，权力问题与性问题，以及对于过去的解释、现在的理

① 旷新年：《“不屈不挠的博学”》，《读书》2004 年第 7 期。

解和未来的瞻望。问题不在于为此感到遗憾，即责备文学理论被卷入这类问题，并把它们与某种不受这类问题影响的‘纯’文学理论对立起来。这类‘纯’文学理论只是一种学术神话……文学理论不应因政治性而受到谴责，应该谴责的是它对自己的政治性的掩盖或无知，是它们假定自己为‘技术的’、‘自明的’、‘科学的’或‘普遍的’真理原则时那种盲目性；而只要稍加思考，我们就可以发现，这些理论与特定时代中特定集团的特殊利益相连并且加强它们。”① 引述未免过长，但伊格尔顿谈得多好！他帮助我们认清了以超意识形态“学术神话”贬损贺敬之等优秀作家的自由主义理论的虚伪性，同时也洞悉了这种理论对其“政治性的掩盖”，以及其政治、意识形态的实质。

三

以上，我们从马克思主义“自我观”和根源于近现代历史境遇的社会主义倾向性两个方面讨论了贺敬之诗歌（主要是“十七年”的诗歌）的成就。但是，这还不够，还要特别强调的是，这“别一种意义”的抒情，不仅属于中华民族和中国人民，而且属于全人类。这是有别于西方后现代主义的诗歌新范型。也只有这样看，才算真正把握了贺敬之诗歌的价值。

应该注意到，正当贺敬之的诗歌在新中国的人民大众中激起兴奋的接受热潮的时候，后现代主义诗歌在西方晚期资本主义社会兴起。这类诗歌从存在主义、弗洛伊德主义和解构主义获取哲学滋润，诗人们认为世界是一个荒诞的存在，人类的末日不可抗拒，人是无助的，自我不是自己家里的主人。他们反文化，反理性，反审美，或者以极端的非理性主义姿态，直接表达对社会的绝望反叛，或者以“内在的适应性”，用沉沦的肉体游戏于物化的世界当中。美国“垮掉的一代”的代表性诗人、比贺敬之小两岁的艾伦·金斯堡，思想上与战后美国格格不入，反对侵越战争，鼓吹同性恋解放，主张通过任何方式（如吸毒、超验沉思、东方宗教等）来寻找生活刺激，50 岁以后进入那勒波佛学研究院，“求助的却是西藏的佛教”，以表示“对于身体与世界的弃绝”②。他崇尚“自发写作”，一任自我“纯粹的肉”的放纵。他的与贺敬之《放声歌唱》发表于同一年的诗集《嚎叫》，以疯狂的肉体呐喊表达“垮掉的一代”的颓废、猥亵的生活方式和精神症状，宣泄对社会的抗议和绝望。与“垮掉的

① 特雷·伊格尔顿：《20 世纪西方文学理论》，陕西师范大学出版社 1986 年版。
② 丹尼尔·霍夫曼主编：《美国当代文学》，中国文联出版公司 1984 年版。

一代”诗人处于另一极端的“自白派”诗人，不作放纵的“嚎叫”，而是通过唠唠叨叨的低声独语，毫无顾忌地袒露个人隐私，诸如性欲，死念，羞辱，绝望，精神失常，接受外科手术，与雇主的矛盾，以及对妻子、父母、兄妹、子女的扭曲和变态心理等等。① 真实但极其狭窄，折现了社会重压之下人的异化，被美国的有些批评家认为是“衡量我们社会弊病的尺度”。这一派的代表性诗人安妮·塞克斯顿和西尔维亚·普拉斯都因不堪人生绝望的折磨，而以自杀告终。还有一些如“具体诗”、“语言诗”之类，采取形式主义把玩习气，制造一个游戏的世界。

显而易见，这是人类在20世纪50—70年代的又一诗歌范型。以贺敬之为代表的中国当代优秀诗人的诗歌，在与它们并峙的过程中，表现了独特风采：

在后现代主义诗人这里，崇尚非理性主义、颓废主义和个性中心主义；以“自我”为本位，“自我”就是一切；怀着对未来的绝望和人类末日的恐惧；所抒写、所呈现的是一个小写的“人”，精神畸变的“自我”；丧失了自文艺复兴到批判现实主义文学的英雄主义和乐观主义精神，整个作品以静态的世界观照，折现着对社会现实的拒绝，放弃远景透视。

在贺敬之这里——我们已经论及——以唯物史观的理性精神为基石，同时看重丰沛的感性生命在创作中的意义；“自我”是“小我”同时也是“大我”，以人民为本位；相信人类的未来，充满着积极、向上、乐观的人生情怀；所抒写的是一个大写的“人”；以为历史所酝酿的深刻充沛的激情讴歌现实生活中的新生面，整个作品具有倾向于未来的远景透视感。

在整个世界文坛上，这样两类诗歌范型的出现，反映了人类文化精神的多样性。而贺敬之一代诗人的诗歌显示了新中国成立后民族主体的独立性品格，是对西方中心主义的拒绝，是中国人民在创造新世界过程中创造民族的、社会主义的文学的积极性成果。

西方后现代主义诗歌的兴起自有它的合理性，这是西方社会启蒙理性主义价值理想崩溃过程中的派生现象，在文学主题和审美经验方面都有新的拓展。但是，人类不仅需要对资本主义秩序及其价值理想唱哀歌，唱拒绝之歌，唱绝望之歌，在这个资本权力主导生产而不是社会需要主导生产的世界上，人类更需要创造新世界的激情，向往明天的力量、理想和信心。从这个意义上说，贺

---

① 刘象愚、杨恒达、曾艳兵主编：《从现代主义到后现代主义》，高等教育出版社2002年版。

敬之的诗歌是人类进步可宝贵的精神食粮，它所给予的审美感动是具有普遍意义的。

如果说贺敬之在自己所处的历史高度，致力于具有世界意义的、民族的社会主义新诗歌的创造，那么20世纪80年代以后，以“新启蒙”为其意识形态的自由主义思潮在离弃社会主义—共产主义价值理想，离弃包括贺敬之诗歌在内的革命文学、“十七年文学”传统的同时，却又怂恿与西方后现代主义“接轨”。以至于严重地丧失了自己，更丢弃了民族的、社会主义文学的精髓。这股思潮是以“文化多元化”的口号，紧逼社会主义主流文化放弃主导地位的，但它却又以精神文化“一体化”的愚枉，回应全球资本主义浪潮，真可谓“两副嘴脸，一样‘衷肠’”。但是，社会主义是无法抗拒的，它依然在中国，在世界范围内顽强地生长。这一点，甚至自称为“颇受冷落、平平常常的社会主义者”的美国批评理论家丹尼尔·辛格也有特别的体认，他在《谁的新千年——他们的还是我们的?》一书中针对弗朗西斯·福山的所谓“历史已经终结”的伪黑格尔式命题和所谓“资本的统治是永恒的，它现在还在胜利”这类大行其道的说法，指出：“你是否还记得里根对苏联的控诉性描述，似乎那是一个无可逃遁的地狱——现在看来，这已是多么遥远的故事！事情已经翻转过来。有人告诉我们，正是我们的世界——地狱也好，天堂也好，苦海也好——才是无可逃遁的。”① 他坚定地认为，对于“资本主义体制”，“只有依靠另一种能够全面击败和取代它的社会秩序，才能把它赶出历史舞台”，而这就是社会主义。既然如此，社会主义的价值理想就应该高高扬起；既然如此，贺敬之的诗歌传统也就抗拒不了。我们已经看到，新一代的学人开始拨开自由主义雾霭，注意到了这“红色经典”的分量，他们呼唤着继往开来的创造。可以相信，人类在无畏地向着神圣理想靠近的历史征程中，这“别一种意义”的抒情，将会被一代又一代的革命者不断言说，不断抬起，并被融入新鲜的艺术大厦的创造当中。

（原载《高校理论战线》2004年第11期、第12期）

① 丹尼尔·辛格：《谁的新千年——他们的还是我们的?》，中国人民大学出版社2002年版。

集诗人和文艺评论家于一身

——读《贺敬之文集·文论集》

马鍪伯

读完《贺敬之文集·文论集》，一个突出的感受是：敬之同志可谓集诗人与评论家于一身。就思维的特点而言，写诗与写评论文章是有区别的：前者起主导作用的是感情和想象力，即形象思维；后者起主导作用的是理智和思考力，即理论思维。这两种思维活动在作家身上，并非总能和谐统一的：有的形象思维比较发达，能创作较好的文学作品，但理论思维相对薄弱，写不出切中肯綮的理论文章，甚至看不透自己作品的底蕴和内涵；有的则相反，笔下的理论文章颇具逻辑性和说服力，但要创作文学作品，却难免苍白和概念化，缺乏形象的生动性和艺术的感染力。当然，这两种思维活动也并非水火不能相容，在有些作家身上它们能够完美统一，例如鲁迅、郭沫若、茅盾等人基本上是如此。我无意把贺敬之在文学史上的地位同上述几位相比，但在形象思维和理论思维的统一上，贺敬之和他们是有共同之处的。贺敬之是成就卓著的诗人，他的众多评论文章也持之有故，言之成理，具有一定的理论深度。他曾经号召文艺评论工作者做坚定的、清醒的、有作为的马克思主义文艺评论家。虽然他自己声明：“我不是理论家，在很多问题上我不能说得很科学，很透彻”，但我认为，从他的文论集看，他本人就称得上是一位坚定的、清醒的、有作为的马克思主义文艺评论家。

总结经验　揭示规律

毛泽东指出：“作为观念形态的文艺作品，都是一定的社会生活在人类头脑中的反映的产物。”这就是说，文艺作品包含着客体和主体两个方面。但是，多年以来，人们在这个问题上的理解存在着诸多片面性。在很长一个时期内，有些人只强调客体性的一面，作品中所反映的社会生活的一面，这无疑是必要的，但却往往忽视了主体性的一面，作家的激情想象乃至创作个性的一面。贺敬之在这个问题上的认识是比较全面的。早在1950年，他在谈论诗歌怎样才能动人时便认为："除了技巧的重要之外，更重要的是要在诗（其他艺术作品也在内）中表现出'我'来。"有人看了大吃一惊，问为什么说"我"而不说"工农兵的思想感情"？有的同志唯恐作品中有了"我"，就不能表现工农兵的思想感情，因此当自己受到某个事物的感动时，便马上提醒自己："这恐怕是'我'在感动，而不是'工农兵'在感动吧？如按照'我'的感动写出来，那岂不是糟糕吗？"贺敬之认为，这是对文艺创作特点的误解。一个作家在反映客观生活的同时，总是倾注着自己的爱憎、褒贬、是非、好恶，表现出他对生活的评价和理想的追求。鲜明的个性是一个作家的创作趋于成熟的标志。在贺敬之看来，文学作品"贵在有'我'"。晚清文艺理论家王国维在《人间词话》中把诗歌分为"有我之境"与"无我之境"两种，这从不同的创作方法和文学样式来说，当然不无道理，但不可能有绝对的"无我之境"。贺敬之指出："王国维说的'无我之境'是没有的。问题在于，是个人主义的'我'，还是集体主义的'我'、社会主义的'我'、忘我的'我'？"应当说，他基于自己创作实践之上的对于文艺特点的揭示是精辟的，特别是在建国之初那个特定的历史条件之下，是需要相当的理论勇气的。

一个极端往往会走向另一个极端。忽视作家创作的主体性，后来竟发展到"领导出思想，群众出生活，作家出技巧"的极端荒唐的做法。文化大革命以后，批判了这种荒谬绝伦的错误，有人却又提出"文学的主体性"论，把《在延安文艺座谈会上的讲话》中阐述的辩证唯物主义的反映论诬之为"直观反映论"，似乎只有他们才重视主体性。有人说："艺术就是自我表现。"有人说："我们的新大陆就在我们自身。"有人说：人的"内宇宙是一个具有无限创造能力的自我调节系统，它的主体力量可以发挥到非常辉煌的程度"。他们反对文艺为人民服务，为社会主义服务，声称文艺的最高目的就是"表现自我"。贺敬之及时对这种主张给予批评，并阐述自己的认识。他指出："抒情诗要表现作家自己的个性，别的文艺作品也一样。问题是你表现的自己，同整个时代、同人民群众究竟是什么关系？一个诗人，总有个与时代、与人民的关系问题。一个人民的诗人，他的诗应当离不开时代和人民，应当反映时代的脉搏，表达人民的心声。"显然，只有这种主体性才是我们所需要的主体性，而那些"文学的主体性"论者，他们所说的"主体性"是与客观外界根本绝缘的内省体验一类的东西，这种“主体性”“发挥到非常辉煌的程度”，同时也就把作家的真正灵感的一切源泉堵塞到完全枯竭的程度，使他完全看不见社会生活中发生的一切，只能囿于一己的悲欢，甚至热衷于荒诞到病态地步的臆造。为了纠正这种对创作危害极大的“主体性”，关键是要学习马克思主义，学习社会，深入生活，深入群众。贺敬之强调“创作要上去，作家要下去”，这显然是切中时弊之论。他对陆游所说的“汝果欲学诗，工夫在诗外”也有自己的精辟见解。陆游说的“工夫在诗外”，其实也是强调社会生活是文学艺术的唯一源泉，在书房里讨生活，是写不出好作品来的，只有投身到现实生活的洪流中去，才能真正写出充满生活气息和反映群众心声的诗篇，这是陆游这位“上马击狂胡，下马草军书”的杰出诗人的亲身体会。贺敬之则进一步指出，深入生活应当是文学创作题中应有之义。他说：“陆游说‘工夫在诗外’，‘诗外’，可以理解为主要就是生活实践。不过在我们看来，生活恰恰是‘诗内’的最重要的东西。作为一个真正的艺术家（包括作家、演员），要深入生活，站在时代潮流的前头。这不是条条框框，而是客观规律。”应当说，这个看法是很有见地的。

任何事物都是共性和个性的统一，普遍性和特殊性的统一，文学艺术也不例外。贺敬之指出：“关于文艺理论研究，有很多工作要做。我觉得目前特别要深入研究两个关系：一个是文艺的普遍规律和社会主义文艺的特殊规律的关系，一个是文艺的普遍规律和各个艺术品种的特殊规律的关系。”他自己在这方面就发表了值得重视的见解。什么是社会主义文艺的特殊规律呢？他认为主要有：一、为工人阶级和广大人民服务，为社会主义服务的指向性和同广阔的艺术民主、创作自由的辩证统一；二、无产阶级世界观、社会主义意识形态内容的主导性同艺术方法、形式和审美创造的多成分、多层次性的统一；三、社会领导力量（党和政府）对文化艺术工作的宏观指导的自觉性同艺术发展的内在要求、文化艺术生活的自愿性、广泛性的辩证统一。他特别指出，社会主义文艺的特殊规律和文艺的普遍规律一样，也属于马克思主义基本文艺理论的范畴，同样是我们必须坚持的。

关于各个艺术品种的特殊规律，贺敬之也发表了许多值得重视的见解。他最为熟悉、最有体会的当然是新歌剧。早在1951年，当新歌剧《长征》问世时，他就提出了新歌剧的形式如何适应中国观众的欣赏习惯的问题。他认为，照搬西方歌剧，全部运用歌唱而不用说白，容易使戏剧情节交代不清楚，许多地方唱起来也不自然，不符合中国观众的欣赏习惯。他指出，中国的传统歌剧具有丰富的戏剧性，一般并不摈弃说白，这种说白是经过加工的、凝练的、富于节奏性、便于朗诵的语言。这样能清楚地交代情节，更好地表现人物性格，并且和歌唱连接得比较自然，歌唱则通常安排在感情激动、情绪饱满、斗争激烈的场合，唱词和曲调能够给观众以深刻鲜明的感受，易于传诵。这个意见对于发展民族的新歌剧是十分中肯的，后来我们的新歌剧大抵采用了贺敬之所说的这个路子。说来凑巧，在20世纪90年代初我率团访问朝鲜时，朝鲜的同志也和我谈起这个问题，他们告诉我，他们创作的新歌剧走的也是这个路子，并历数了照搬西洋歌剧的弊端。可见这反映了中国新歌剧，乃至东方新歌剧的创作规律。至于其他艺术品种，贺敬之也大多作过研究，谈过看法，甚至像广播剧这样的艺术样式，他也从如何做到"此时无形胜有形"的角度发表过很好的意见。

这里还需要提及的是，贺敬之对于艺术规律问题的揭示往往有精辟深刻、易于流传的特点。"与时代同步，与人民同心"是一例，"坚持主旋律，发展多样化"也是一例。他指出："主旋律"和"多样化"的结合，这大约也是一切新兴阶级文学艺术的共同特征。新兴阶级登上历史舞台的时候，总是通过文化艺术进行呐喊，表现他们的社会政治理想。对于"主旋律"，他认为不能理解得很狭窄，也不能理解得过于宽泛。什么都是主旋律，也就没有主旋律。按照他的看法，主旋律是指那些表现社会主义、共产主义理想，表现社会主义时代精神，塑造社会主义新人形象，促使人民团结奋进的文艺作品。他说："现在，仍然需要促进文艺的内容、题材、风格和形式的多样化，但更迫切的问题是要突出主旋律。"在他提出这个看法时，一些只要多样化（实际上是多元化），不要主旋律的人立即加以抨击，罪名据说是中央没有这个提法，这是别出心裁，乱提口号。但这种攻讦不久就被否定了：中央认可了这个提法。此无他，归根到底是因为这个提法总结了经验，揭示了规律。

激浊扬清　扶正祛邪

文艺理论是创作实践的总结，因而总是与分析、评价文艺现象分不开的。分析、评价文艺现象的文艺批评，不仅有丰富理论的作用，而且有推动创作、指导鉴赏的作用。文艺批评要好处说好，坏处说坏，对于真正有价值的作家、作品，要给予切中肯綮的评价；对于某些错误的作品和言论要给予旗帜鲜明的批评。贺敬之在这方面的工作是值得称道的。

在1986年的丁玲作品研讨会上，贺敬之提出要研究这位女作家整个的革命实践和文艺实践。他指出："丁玲是继鲁迅、郭沫若、茅盾之后的无产阶级革命文学（不是广泛意义上的五四以来的新文学）的又一杰出作家。"这个评价无疑是中肯的。那么，他说的研究丁玲整个的革命实践和文艺实践是什么意思呢？他解释说："具体地说，就是把她作为一名无产阶级革命战士，作为一个共产党员作家来研究。""正是在这一点上，我想说，丁玲同志是我从现实生活中所能见识到的一位真正名副其实的共产党员作家，是一位以她的党性的光辉使我感到确实是为我们这些党员文艺工作者树立了榜样的人。""她九死不悔的对共产主义的坚定信念，她始终不渝地对党和人民的无比热爱，她在任何情况下都坚持原则的革命精神，她不计个人恩怨、以团结为重的气度和苦心，所有这些都是使人在事实面前不能不被说服或者不能不放弃无端的偏见而予以钦佩的。"这些饱含激情的话语是符合实际的肯切之论，也是对那些误解和曲解丁玲的人们的有力针砭，任何一个认真涉猎丁玲这位作家及其作品的人都会为之首肯和动容的。遗憾的是，贺敬之所说的某些持有"无端的偏见"的人却至今并没有放弃。最近还有人提出什么"'丁玲现象'启示"，说什么"丁玲本身是一个悲剧人物，她的巨大文学才能终究被巨大的政治惯性所吞噬"。论者竭力抬高丁玲在成为一个无产阶级革命战士以前的作品，竭力贬低她忠实地践行《讲话》所指引的文艺道路而取得的举世瞩目的成就，甚至无端地指责说：直到"文革"结束，丁玲复出后，她"却固执地坚持那种陈旧的文学理念，还在把文学视为政治的附庸和载道的工具"。"不断的政治运动和思想改造已经把丁玲的创作活力和敏锐思想消解殆尽。"这证实了夏虫不可以语冰，也证实了贺敬之在近20年以前提出的课题是何等富于远见。

1979年5月，贺敬之为《郭小川诗选》英文版作序，他着重论述了战士和诗人在郭小川身上的统一。序言写道："在阳光灿烂之日，虽然他也有过某一点误察，但并没有眼花目眩；在风雨如磐之夜，尽管也有过片刻的迷惘，但他从不曾迷失方向。""不论是传诵已久的《投入火热的斗争》、《向困难进军》、《厦门风姿》、《青纱帐——甘蔗林》、《祝酒歌》等名篇，还是诗人逝世前写的《秋歌》、《团泊洼的秋天》等在群众中引起更大震动的遗作，无疑地至今仍应列入我们时代的最强之音、最美之音。""事实证明：在我国当代的诗人队伍中，小川（所有他的战友一向都是这样亲切地称呼他的）是站在我们前列的那些优秀诗人中突出的一个。是的，小川和他的诗，不仅属于昨天，而且属于今天。同时，我还要毫不迟疑地这样说：他也必定会属于明天。"贺敬之从郭小川的创作中总结出了社会主义诗歌的具有本质意义的特征："这就是：诗，必须属于人民，属于社会主义事业；按照诗的规律来写和按照人民利益来写相一致；诗人的'自我'跟阶级、跟人民的'大我'相结合；'诗学'和'政治学'的统一。"这个评论是何等深刻，何等鞭辟入里啊！但是，却有一些谬托知己者按照他们的观点来任意涂抹这位杰出的诗人。在这种情况下，贺敬之的评论更显示了其独特的价值。

1989年12月，在《欧阳山文集》出版之际，贺敬之写道："我想特别提到的是，欧阳山同志在年届八旬的晚年，在中国社会急剧变化的极端复杂的历史条件下，表现了无产阶级作家可贵的坚定性和鲜明、清醒的马克思主义的是非观念，从而为文学界树立了榜样。""他不仅以德高望重的革命前辈及党中央顾问委员会委员的身份，对文艺界的思想斗争和发展趋势不断提供积极的、建设性的意见，而且在丧失大部分视力的情况下，毅然拿起了杂文这个锐利的武器，投入了思想文化第一线的斗争，写出了数十篇以《广语丝》为总题的脍炙人口的佳作，出现了以杂文为主的他的又一个旺盛创作期。"贺敬之写这些话的时候，还是欧阳山的杂文初试锋芒之际。后来这位老作家的杂文如泉喷涌，惊世骇俗，更证明了贺敬之评论的远见卓识。

贺敬之对于新时期出现的诸多佳作和新人，及时给予应有的肯定和鼓励。例如，新歌剧《党的女儿》问世，他立即抓住了这部作品的思想、艺术价值，指出："这个戏在思想和艺术上有许多特点、优点，音乐上、文学剧本上都有许多新的创造。它塑造了田玉梅这样一个坚强的、生动的共产党人形象，她的确是一株傲立在风雪之中的寒梅。……同时，又塑造了一个叛徒的形象，这不但使我想起民主革命时期的叛徒，也使我想起今天正在叛变或者已经叛变的叛徒。还有那位在最困难的时候入党的七叔公，这个人物使我感到亲切，也使我肃然起敬。我们大家都要像七叔公一样，做'就是剩下两个人我也要参加一个'的革命者。"这番评价决不是外加于作品的泛论和高调，而是作品中塑造的形象所具有的内在意蕴，这部作品出现在苏联解体、东欧剧变，共产主义运动处于低潮之时决非偶然。评论把它的意义揭示出来，便使之更加彰显，更加深入人心。

在"扬清"和"扶正"的同时，贺敬之对于"激浊"和"祛邪"的工作始终没有放松。早在文化大革命以前，他就对某些"左"的文艺现象表示过一些异议并多少作过一些抵制，因而被视为"一贯右倾"。从"左"的角度看问题，正确的观点被当作"右"，这是毫不奇怪的。文化大革命以后，贺敬之积极投入清算"四人帮"统治文艺界的严重后果的斗争。他指出："文艺界是

'四人帮'控制得最久、最严厉的一个领域。在政治上，他们对广大的革命文艺工作者实行法西斯专政，在创作上，实行文化专制主义。"他一针见血地揭露："口口声声自封为文艺革命的'旗手'和'功臣'的江青之流，其实不过是文艺革命的'刽子手'和'罪人'。"他热情地欢呼：在清算"四人帮"的流毒以后，文艺界"百花齐放"的春天正在到来。

事物的发展并不是径情直遂的。在清算了"四人帮"的文化专制主义以后，确实呈现出新人佳作迭出的良好势头，但是随着资产阶级自由化思潮的抬头，某些错误的文艺理论和作品也开始出现。其主要表现，一是西方化，就是以19世纪末20世纪初风靡一时的西方现代主义和第二次世界大战后兴起的后现代主义为圭臬，以主观唯心主义、非理性主义、自我中心主义为基础，散布失落感、孤独感、荒谬感乃至虚无感，在表现形式上提倡无主题、无典型、无情节，支离破碎，扑朔迷离，杂乱晦涩，不知所云，实际上是对某些艺术规律乃至语法规范的破坏；一是低俗化，以在文化市场上追逐利润为目的，以文艺作品商业化为依归，传播低级、庸俗乃至色情、淫秽的货色。前者自命为"高雅文艺"，后者自命为"通俗文艺"，似乎是事物的两极，但却有相通的地方，就是都不尊重群众，都违背了文艺为人民服务、为社会主义服务的方向。贺敬之对于这两种现象都提出了有理有据的批评，在批评中强调社会主义文艺要坚持"三化"，即革命化、民族化、群众化的主张。这对于新时期社会主义文艺的健康发展发挥了有益的警醒作用。

由于西方化较之低俗化更有理论色彩，更具迷惑作用，因而他对批评此类主张和作品倾注了更多的精力。针对现代派以"创新"和"反传统"自居的特点，贺敬之指出："现在宣扬现代派和后现代派那些东西，恰恰早已有之，是资产阶级没落时期的，是陈旧的东西，是无产阶级文艺理论早已分析批判过的。"他风趣地引用了作家刘绍棠的比喻："艾滋病是最新的，是好的吗？能人人追新去得艾滋病吗？"他说："创新，文学艺术的创新，要区分是正确的、科学的、符合文学艺术规律的，还是不正确的、反科学的、不符合文学艺术规律的。解放思想与实事求是要相结合，创新的新也要实事求是，我们要的是正确的，合乎文艺科学的理论创新。"关于新旧问题，贺敬之有极为深刻的论述："经过实践证明，在过去是正确的，在今天仍然是适用的东西，为什么非要把它'更新'掉不可呢？譬如文艺要为人民服务，为社会主义服务，这样的原则能更新吗？我们无产阶级文艺好不容易从资产阶级文艺传统那里更新过来了，现在有些同志却要从这个地方更新回去，那就错了。""凡是符合历史发展规律的，符合人民根本利益的，符合实际情况的，哪怕历史久远，都不应否定。一切不符合人民根本利益的，不符合历史发展规律的，不能因为它是‘新’的，就盲目地认为它好。”这就划清了讲求科学、实事求是的真正的创新与追逐时髦、争奇骛怪，名曰创新实为复旧的界限，这是具有普遍意义的，当不限于文艺领域。

弄清思想　团结同志

坚持真理，修正错误，需要有“左”反“左”，有右反右。贺敬之在处理这个问题上是做得比较好的。在粉碎“四人帮”以后，他着重反对的是“左”的错误倾向，后来右的倾向抬头，他又及时批评右的资产阶级自由化倾向。他认为，在对待反倾向的问题上，切忌“单打一，凝固化”。切忌“单打一”，这就是说，既不能忽视“左”的流毒，又不能低估右的危害。他指出：“如果说‘左’的流毒用‘根深蒂固’来形容，那么，资产阶级思想的影响恐怕也必须用类似‘源远流长’这样的词句来形容。”切忌“凝固化”，这就是说，一切以时间、地点、条件为转移；“左”和右，何者为主要危险，要视具体的时间、地点、条件而定。他指出：“不同的战线、不同的时期、不同的部门情况会不一样，不能一刀切，应该有什么问题就按什么问题对待。总之要实事求是，具体分析。”他还谈到这样一种情况：在同一个人身上，既有右也有“左”，时而右时而“左”，既可极“左”也可极右。奇怪吗？一点也不。贺敬之分析说：“表面看没有逻辑性，其实逻辑性是很强的，它不是一般的认识水平问题，而是始终贯穿着的一个‘我’字。决定这种忽而极右忽而极‘左’的主要原因就是一个‘极我’。这就是说，用极端个人主义对待原则问题，在不同风向下，一切从个人利益或派性利益出发而决定其‘左’右的转移。”这个分析揭示了问题的实质。在现实生活中，那种“轴承颈子弹簧腰，头上插着风向标”的风派人物我们见得难道还少吗？他们在“左”的错误占上风时“左”得可怕，在右的思潮泛滥时又右得出奇，其根子在于把个人和小集团的利益置于党和人民的利益之上。

正确开展两条战线的思想斗争，既要弄清思想，又要团结同志。贺敬之在这方面也是做得比较好的。1989 年他被分配到文化部担任代部长。他并没有壁垒分明地来划分教育者和被教育者，而是满腔热忱地提出：“让我们来学习吧！”希望大家一起来学习马克思主义理论和党的有关文件，在学习中提高认识，在学习中相互帮助，在学习中明辨是非。这样的真挚火热的心肠和平等待人的态度，除了极少数冥顽不化的人以外，是不可能不为之感动的。在批判资产阶级自由化的错误倾向时，贺敬之十分注意把明显反对四项基本原则的自由化观点和作为其理论基础的资产阶级世界观、人生观、价值观等区别开来。他深深懂得，在执行政策中如有“左”的偏向，不仅不利于纠正右的错误，而且还可能引出右的结果，因为正如他所说：“‘左’和右处在两个极端上，恰恰是互为因果、互相依存的。”

弄清思想与团结同志，首先还是要弄清思想，在大是大非面前，不应当含糊敷衍。但是，在纠正了过去简单粗暴的“整人”做法后，又出现了你好我好的庸俗捧场，这同样是不利于文艺队伍的健康成长和文学事业的发展繁荣的。针对那些富有才华但却走入误区的文艺工作者，特别是青年文艺工作者得不到应有的帮助的现象，贺敬之尖锐指出：“有些评论家把他们的优点和缺点不加分析地一概说成是代表新世纪的，好像是朝霞一样灿烂。这不是实事求是的态度。”他大声疾呼：“如果只唱赞歌，最后是要为他唱挽歌的；永远不给他敲警钟，最后是要为他敲丧钟的。”话虽逆耳，却是忠言。但是很遗憾，爱听好话据说是人类天生的弱点，我们的某些青年作家也未能例外，他们把贺敬之这样在热情肯定其成绩的同时如实指出其缺点的忠厚长者诬为“左王”，而那些无原则地一味吹捧年轻人，使之成为自己功成名就的垫脚石，甚至在某种情况下成为替自己火中取栗的牺牲品的“文坛领袖”则被视为知音。最终受害的还是那些青年作家，他们不幸被“捧杀”了。

弄清思想和团结同志，关键是要开展积极、健康的批评和自我批评。批评这个马克思主义的锐利武器，决不是专门为别人打造的，而首先是为自己打造的。贺敬之正是这样做的。他从不讳言自己的缺点和错误，他解剖自己比解剖别人更加严格。他在《文论集》中一篇文章的后面专门写了一个附记，指出自己在评述建国后十年内新歌剧创作的成就时，没有总结几次政治运动中的过火斗争对知识分子的伤害，对这些运动中的正确与错误不加区别地盲目认同，为此作了自我批评。他说：“在我《文集》的这一卷中收入此文时，对错误之处不做任何修改以保存历史原貌，目的是用以做自己今后的鉴戒，并以此求教于读者。”他在《贺敬之诗选·自序》一文中，对于《十年颂歌》中所写的涉及庐山会议的段落，作了深刻的自责：“我对社会主义事业的理解是太肤浅，太幼稚了，对我们生活中的矛盾的认识是过于简单，过于天真了。这就使得我在作品中不能准确而大胆地表现矛盾斗争，因而就不能更深刻、更有力地反映和歌颂我们的伟大时代。”“尽管我对别的作品除仅做个别文字的改动外一概保存原来的面貌，而对这一篇中的这一整段，我不能不以负疚的心情把它删除。”这并不会损害他在人们心目中的形象，相反，人们对这种襟怀坦白，勇于认错的态度会给予肯定，因为这正体现了坚持真理、修正错误的精神；他也正是用这种精神要求自己，身体力行地改造思想。他说：“党中央领导我们所进行的解放思想运动，在一定意义上说，也就是改造思想，因为最终要求我们是从一切错误的枷锁下解放出来。不能光解放别人不解放自己，也就是说，要在改造客观世界的同时，也改造我们自己的主观世界。”

贺敬之曾经写道：“人生匆匆，足迹无多，回顾来路，为人民、为祖国贡献甚少，思之惭然。稍有可自慰者，乃区区一滴，自奔投延水，流汇黄河，滔滔万里，虽百曲千折，从未悔少时初衷，更不改入海之志。今日观之，不亦可谓壮哉乎？”从年届八旬、握笔65载的贺敬之来说，确实“可谓壮哉”！当然，在我们的前头还有百曲千折，但完全有理由深信，千江万河终究会归入共产主义的大海。让我们这些涓滴之水，都像敬之同志那样，“未悔少时初衷，不改入海之志”吧！

（原载《高校理论战线》2005年第1期）

作为马克思主义文艺理论批评家的贺敬之

梁胜明

贺敬之同志是由我们党直接培养的，在战斗中成长的一位德艺双馨、情才并茂的文艺家。他不仅是杰出的诗人、优秀的剧作家、著名的书法家，而且是党在文艺界继周扬之后卓越的第二代领导人，一位坚定清醒、大有作为的马克思主义文艺理论批评家。最近由作家出版社出版的《贺敬之文集》三、四卷，集中展现了他在文艺理论与批评方面的成就。

贺敬之同志以他多年从事文艺创作、研究和文艺组织、领导工作的丰富实践经验，以及高度的马克思列宁主义、毛泽东思想、邓小平理论的水平，科学地总结了建国以来我国文艺工作的基本经验和深刻教训，根据新时期以来文艺领域出现的新情况和新问题，提出了一系列新概念和新论断，为党和国家调整和完善文艺工作的总口号和总方针以及一系列具体方针政策，提出了科学建议。

贺敬之同志坚持和发展马克思主义文艺理论，不仅揭示了文艺作为一般意识形态的普遍规律和审美意识形态的特殊规律，而且揭示了人类社会文艺发展的共同规律和我国社会主义文艺发展的特殊规律，更揭示了一切文艺品种的共同规律和各类文艺品种的特殊规律，为我们发展和繁荣有中国特色的社会主义文艺奠定了理论基础。

贺敬之同志坚持马克思主义文艺理论和我国文艺事业领域实际相结合的原则，按照贯彻党的基本路线和文化工作方针政策的要求，总结新时期以来社会主义文化建设的基本理论和基本实践，为建设有中国特色社会主义文化，提出了比较完整的理论体系和具体的实践纲领。

贺敬之同志按照马克思主义文艺理论关于文艺批评的标准，具体评论了各种文艺门类一些重要的作家、艺术家、评论家及其作品，为印证马克思主义文艺理论和党的文艺方针政策，具体指导作家、艺术家和评论家的创作和评论活动，提供了典型范例。

贺敬之同志的文艺论著既有鲜明的继承性又有突出的开创性，既有完整的系统性又有严密的辩证性，既有强烈的针对性又有显著的指导性，既有高深的理论性又有具体的操作性。他的文艺论著对于促进和推动我国社会主义文艺事业的发展和繁荣，具有重要的现实意义和深远的历史意义。

一

党和国家对文艺工作的领导和马克思主义对文艺工作的指导，是社会主义文艺事业健康发展的根本保证。而党和国家对文艺的领导和马克思主义对文艺的指导，又主要是通过制定和执行正确的文艺方针政策而实现的。为加强和坚持党对文艺的领导和马克思主义对文艺的指导，必须与时俱进，开拓创新，随着时代的发展，不断改善党对文艺工作的领导和以发展的马克思主义文艺理论指导文艺工作，根据形势的变化，不断调整和完善党和国家的文艺方针政策。

粉碎“四人帮”不久，贺敬之同志即被任命为文化部副部长，后又被任命为中宣部副部长和文化部代部长。作为党和国家主管文化艺术工作的领导人，他一方面积极开展拨乱反正，恢复和发展文艺事业的各项实际工作，一方面结合自己亲身经历的实际感受，深入进行理论思考，为党和国家调整和完善文艺工作的方针政策，不断提出科学依据和合理建议。

是贺敬之同志早在1980年12月在《对当前文艺工作的几点看法》中，就根据邓小平同志关于坚持和改善党的领导的论述，提出了既要加强，又要改善党对文艺工作的领导的新提法，既批评了横加干涉的情况，又批评了放任自流的情况；早在1981年2月在《既要坚持，又要发展》中，又提出了既要坚持，又要发展马克思主义文艺理论、毛泽东文艺思想的新提法，既批评了教条主义的僵化态度，又批评了虚无主义的否定态度，为我们加强和改善党对文艺工作的领导，调整和完善党的文艺方针政策奠定了思想基础。

是贺敬之同志早在1980年1月23日在《谈谈文艺和政治的关系》的讲话中，就提出了以“文艺为人民服务，为社会主义服务”，作为新时期文艺工作总方向和总口号的建议。他根据邓小平同志关于不继续提文艺从属于政治的口号，但不是说文艺可以脱离政治的论述，全面论述了文艺与政治的辩证关系，既肯定了文艺从属于政治、文艺为政治服务的合理成分和历史功绩，又指出了这个口号的不科学、不完整的缺陷和片面性、绝对化的弊端。他建议以“文艺为人民服务，为社会主义服务”代替过去“文艺为工农兵服务，为无产阶级政治服务”，作为新时期文艺工作的总方向和总口号。这个总方向和总口号既体现了文艺广泛的服务对象，又体现了文艺鲜明的时代特点，它包括为工农兵服务，又比单纯提为工农兵服务范围更广泛，还包括为知识分子、国家干部及一切拥护社会主义、热爱祖国的最广大的人民群众服务；它包括为社会主义政治服务，又比为社会主义政治服务内容更宽广，还包括为社会主义军事、经济和精神生活的各个方面服务。后来他在1981年6月18日于中国作协文学讲习所对学员所作的题为《文艺为人民服务，为社会主义服务》的报告中，又对这一问题作了更科学、更完整的阐释。

是贺敬之同志早在1980年12月在《对当前文艺工作的几点看法》中，就全面论述了“二为”方向与“双百”方针之间的辩证关系，并把“二为”方向和“双百”方针紧密联系起来，作为我国新时期文艺工作的总方针。他批评了把“二为”与“双百”割裂开来或对立起来，认为“文艺方针提‘双百’方针就够了，何必再提什么‘二为’”的说法，他认为“我们社会主义文艺的总方针不能不指明方向。‘双百’方针不是明确表述社会主义方向的语言”。因此，我们决不能把它作为唯一的方针，而抛弃了“二为”的方向。他还回答和论述了“双百”方针既是手段也是目的，但不是唯一目的的问题，“因为社会主义文艺还必须要求它为人民服务，为社会主义服务，贯彻‘双百’方针是为了要实现‘二为’的方向”。后来他又在1981年6月18日所作的《文艺为人民服务，为社会主义服务》的报告中，进一步把“双百”方针跟艺术民主和创作自由、批评自由联系起来作了更为充分的论述。同时进一步指出，“双百”方针和艺术民主不仅体现在作品的形式、风格上，也表现在作品的思想内容上。

是贺敬之同志早在1984年5月在《迎接我国城市雕塑事业的黄金时代》的讲话中，就提出了“主旋律”和“多样化”的新概念，精辟地论述了二者之间的辩证关系，并把突出主旋律和发展多样化作为贯彻执行“二为”方向和“双百”方针的具体方针。他认为我们的社会主义文艺要处理好“一”与“多”的关系，“一”是指要有重点、有主调、有主旋律；“多”是指多样化。我们的社会主义文艺不能是多种思想倾向不分是非，多种艺术表现不分优劣和主次，一概兼收并蓄的大杂烩。我们要以革命的思想内容和更能表现这种内容的题材和主题作为主旋律，以民族风格为主调，以能为更广大的人民群众喜闻乐见为重点。只有坚持这样的“一”，才能体现具有我们民族特色的社会主义文艺的本质特征，才能起到爱国主义、集体主义、社会主义和共产主义的思想教育作用。但这个“一”决不能离开“多”，不仅在形式风格方面要有多样化，在思想内容上也要有多样化。这样许多方面的多样化，是社会生活的多样化和读者、观众艺术爱好多样化的必然反映，是由艺术发展的客观规律所决定的。这样的“多”和“一”是相辅相成的辩证统一关系。坚持“一”就是为“多”的发展而加强主体和核心的力量。坚持“多”就是为了“一”的壮大而提供实际可能和促进的力量。他还指出突出主旋律和实现多样化，是“二为”方向和“双百”方针辩证关系的具体化，是社会主义文艺自觉性的表现。如果不突出主旋律，发展多样化，“二为”方向和“双百”方针就很难落到实处。后来他又在关于文艺方针政策的多次讲话中，对这一问题作了更为充分深入的论述。

贺敬之同志在新时期为调整和完善文艺方针政策所提出的具有科学依据的上述各项建议，分别被我们党的第二代和第三代领导集体和核心所接受和采纳，并进一步作了理论阐发和文字调整，从而使我们党和国家形成了一套系统而完整的文艺路线和方针政策——坚持“二为”方向、“双百”方针，弘扬主旋律，提倡多样化。这套系统而完整的文艺路线和方针政策的形成，体现了党领导文艺工作的进一步成熟，极大地提高了党对文艺工作的领导水平，为社会主义文艺的发展开拓了无限广阔而美好的前景。

二

马克思主义文艺理论是以马克思主义哲学的世界观和方法论为指导，总结文艺实践经验，阐明文艺基本规律的科学，它既是制定和执行党的文艺方针政策的理论基础，也是开展文艺创作和评论等活动的行动指南。贺敬之同志不仅从方针政策层面提出了一系列科学建议，而且从理论形态层面总结文艺实践经验，揭示了一系列文艺规律。这些成就集中体现在他发表于《求是》杂志1991年第5、6期上的《关于建设有中国特色的社会主义文化的几点看法》等文章中。

贺敬之同志坚持辩证唯物主义的思想路线，从我国文化工作的实际出发，在国内外形势的背景上，实事求是地回顾和分析了新时期文化工作的历史和现状，一分为二地总结和概括了我国文化工作的基本经验和深刻教训，正确论述了文化艺术工作中的一系列辩证关系，比如社会主义现代化建设中物质文明与精神文明建设的关系，精神文明建设中科学文化建设和思想道德建设的辩证关系，文化艺术建设中破和立的辩证关系，文化领域开展两条战线的思想斗争中反“左”与反右的辩证关系等一系列问题，为我们正确认识文化工作的重要地位和作用，维护我国文化事业的社会主义性质和方向，正确处理文化工作中斗争和建设的关系，正确开展反对两种错误倾向的斗争，提供了正确的指导思想。

贺敬之同志认为马克思主义文艺思想是遵循马克思主义基本原理认识和揭示文艺规律的产物，是唯一最严整、最全面、最深刻地从根本上揭示文艺发展规律的学说。他运用辩证唯物主义和历史唯物主义的世界观、历史观、美学观，不仅阐释了人类文艺发展的共同规律，而且揭示了社会主义文艺发展的特殊规律。他认为人类文艺发展的共同规律，主要就是马克思主义文艺思想中的两个基本理论：一个是辩证唯物主义的能动反映论，即文艺是社会生活在作家头脑中的能动的审美的反映。一个是历史唯物主义的意识形态论，即文艺是一种特殊的社会意识形态。这两个基本理论从根本上揭示了文艺的根源和本质，具有不可取代的指导作用。他反对从整体上把马克思主义文艺理论“主体化”，把它改造为个人主观意欲决定一切的文艺理论体系，要求文艺要反映社会生活的本质，要正确表现时代，要重视认识教育功能，作家要深入生活，要在认识客观世界的同时改造主观世界。他反对从根本上否定文艺是意识形态，把“非意识形态化”作为马克思主义文艺思想的基本内容，要求文艺要服务于社会进步和变革，要为先进阶级和人民群众所利用，作家要有社会责任感，要帮助人民推动历史前进。贺敬之同志概括马克思主义经典作家的科学论述，把社会主义文艺发展的特殊规律归结为以下三点：一、为工人阶级和广大人民服务，为社会主义服务的指向性同广泛的艺术民主、创作自由的辩证统一；二、无产阶级世界观、社会主义意识形态内容的主导性同艺术方法、形式和审美创造的多成分、多层次性的辩证统一；三、社会领导力量（党和政府）对文化艺术工作的宏观指导的自觉性同艺术发展的内在要求，文化艺术生活的自愿性、广泛性的辩证统一。这三点规律充分体现了马克思主义原理、党的意志、人民心愿与艺术规律的高度和谐统一。这种对于人类文艺发展的共同规律特别是社会主义文艺的特殊规律的全面而辩证的论述，在马克思主义文艺理论发展史上尚属首次。它为我们深入探讨文艺的普遍规律和特殊规律，建设有中国特色社会主义文化艺术奠定了理论基础。

贺敬之同志坚持马克思主义文艺理论与我国文化战线实际相结合的原则，按照贯彻党的基本路线和文化工作方针政策的要求，总结了新时期社会主义文化建设的基本理论和基本实践，为建设有中国特色社会主义文化提出了八条必要保证：坚持马列主义、毛泽东思想对文化工作的指导；加强党对文化工作的领导；确立文化工作的正确方向，坚持文化为人民服务，为社会主义服务；实行文化领域中的社会主义民主，坚持“百花齐放，百家争鸣”的方针；继承革命文化优良传统，坚持文化工作的社会主义改革；弘扬民族优秀文化传统，推动文化开放和中外文化交流；建立一支宏大的又红又专的文化队伍；充实、完善实现文化工作总方向和基本方针的一系列具体的方针政策。同时结合当时文化领域的实际，在1990年12月《关于当前文化工作任务的一些想法》中提出了八条具体任务：大力加强思想建设，深入持久地开展坚持四项基本原则，反对资产阶级自由化的教育和斗争；认真贯彻“二为”方向和“双百”方针，进一步繁荣文艺创作，活跃文艺批评，发展文艺理论研究；按照建设社会主义精神文明的要求，积极稳妥地发展各项文化事业；在继续治理整顿的同时，深化文化艺术管理体制的改革；采取切实措施加强文化艺术队伍的建设和团结；切实加强文化系统党的建设；加快文化法规建设；制定和贯彻文化事业发展规划。同时主持制定了《关于当前繁荣文艺创作的意见》（1991年3月由中共中央宣传部、文化部、广播电视电影部发布）。这套有着比较严密的内在联系的理论体系和实践纲领，在我国社会主义事业和国际共产主义运动面临严峻挑战和考验的历史形势下，对于丰富和完善马克思主义文艺理论和科学社会主义理论，加强和改进党和国家对文化艺术事业的领导和管理，组织和开展艺术生产和文化活动，促进和推动社会主义文化艺术发展和社会主义精神文明建设，已经发挥并将继续发挥积极指导作用。

三

贺敬之同志按照马克思主义唯物辩证法关于矛盾的普遍性与特殊性的辩证关系，结合自己丰富的创作实践经验，既全面论述了一切文艺品种创作的共同规律，又深入论述了各类文艺品种创作的特殊规律，还具体评论了各种文艺门类一些重要的作家作品，为印证马克思主义文艺理论和党的文艺方针政策，指导各类作家艺术家的创作活动提供了典型范例。

贺敬之同志运用马克思主义哲学、美学和文艺理论观察文艺现象，指导文艺创作，对文艺与生活，文艺与人民，文艺与政治，文艺与时代，世界观与创作，歌颂与暴露，真实性与倾向性，社会责任与社会效果，思想内容与艺术形式，传统文化、外来文化的继承、借鉴与批判、创新等关于各类文艺创作的共同规律进行了全面论述。还对文艺创作要反映我们时代的新的现实生活，表现社会主义时代精神，反映新时期的主要社会矛盾，回答新时期一系列重大问题，以及塑造社会主义新人形象，运用典型化原则创造艺术典型，正确表现人性，提倡革命现实主义、革命浪漫主义以及二者相结合的创作方法等各类文艺创作的共同性问题发表了许多精辟意见。

在揭示和论述一切文艺创作的普遍规律和共同问题的同时，贺敬之同志又对各类文艺创作的特殊规律和具体问题进行了揭示和论述。他对报告文学、传记文学、音乐、舞蹈、曲艺、美术（雕塑、版画、宣传画）、电影（纪录片、故事片），特别是诗歌、戏剧（话剧、歌剧、戏曲、广播剧）等各类文艺的创作，都发表了许多富有见地的议论。比如在和《诗探索》负责同志的谈话中，在谈到“朦胧诗”和“自我表现”问题时，他认为问题的症结还是一个老问题。即必须正确认识和处理好诗与时代、与人民的关系。抒情诗要表现作家自己的个性，也要同整个时代、同人民群众保持紧密联系，应当反映时代的脉搏，表达人民的心声。还有一个问题，就是内容和形式的关系。艺术形式、艺术技巧是必须探讨的，但首要问题还是属于内容方面的问题，诗歌评论还是要着重从思想内容、情绪倾向上，加以分析、引导，千万不要去捧那种偏激的、不健康的思想情绪的场。他在《答〈诗刊〉阎延文问》中，结合自己生活和创作经历说，“自己每写一首诗都是灵魂的重新冶炼、情感的高度释放”，并针对某些人所谓“诗人失落了自我和独立精神”的指责，说明政治方向上的一致性，不应该看作和个体自我及其独立精神相对立的东西，“大我与小我的统一，独立与‘群立’的统一，恰恰是社会主义作家和诗人应当追求的”。这种饱含着自己深刻体验的真知灼见，不能不使人受到强烈激励和重要启迪。他在《走社会主义民族新歌剧的道路》一文中，对发展我国新歌剧问题的四点意见更是令人十分信服：“一、正是由于解决歌剧形式问题的特殊性和艰巨性，必须十分重视对形式和技巧的学习、追求和掌握，因而任何轻视艺术形式和技巧的看法和做法都是不足取的。但是重视形式，主要目的是为了表现内容，不是为形式而形式”；“二、由于艺术形式具有相对的历史稳定性和各民族艺术形式之间的相通性，我国新歌剧要继承民族戏曲——中国式的古典歌剧传统，并借鉴包括西洋歌剧在内的所有外国歌剧的经验”；“三、就各个民族间的差异性来说，我国新歌剧应当是中华民族的新歌剧。在它的发展过程中，强调民族性和强调开放性并不矛盾……但在开放性、多样性发展中的主流和主要目标，应是建立自己的民族歌剧”；“四、就各个时代间的差异性来说，我国新歌剧应当是社会主义的新歌剧，在它的发展过程中，强调主导性和强调丰富性是一致的，因之提倡主旋律和发展多样化同样重要”。

贺敬之同志按照马克思主义文艺理论关于美学的和历史的、思想的和艺术的文艺批评标准，通过作“序”、谈话等方式，先后评论了柯仲平、田间、郭小川、李季、柯岗、韩笑、丁力、金哲、王怀让、纪宇、徐放、孔孚、陈志昂等诗人的诗作，《于无声处》、《巴山夜雨》、《金子》、《四姑娘》、《秦俑魂》、《山沟里的笑声》、《镇长吃的农村粮》、《马可·波罗》、《党的女儿》等各类戏剧作品，以及黄源、丁玲、欧阳山等著名作家和马蓥伯、徐非光、殷白等著名文艺评论家的文集。这些中肯精到的评论结合作家作品出现的时代背景，从不同的角度揭示了其值得称道的思想艺术特点及其在文艺史上和社会生活中的地位和影响，既是对马克思主义文艺理论和党的文艺方针政策的具体印证，也为作家、艺术家、评论家和广大读者开展创作评论和鉴赏活动提供了学习范例。

四

贺敬之的文艺理论与批评，具有强烈的时代特色、实践品格和鲜明的个性特征，这主要体现在以下几个方面：

（一）鲜明的继承性和突出的开创性。马克思主义文艺理论是开放性的理论体系，必须与各国文艺运动的具体实际相结合，随着时代的发展而不断发展。毛泽东文艺思想是马克思主义文艺理论与中国革命文艺运动相结合的产物，邓小平文艺思想是毛泽东文艺思想的继承和发展，是具有中国特色的当代中国的马克思主义文艺理论。贺敬之同志在我国改革开放和社会主义现代化建设的新的历史条件下，围绕我们的社会主义文艺为谁服务、怎样服务这个毛泽东文艺思想的根本问题，以及什么是社会主义文艺，怎样建设社会主义文艺这个邓小平文艺思想的根本问题，开创性地提出了“文艺为人民服务，为社会主义服务”，“突出主旋律，实现多样化”等一系列新概念和新论断，既坚持、继承又丰富、发展了中国化的马克思主义文艺理论——毛泽东文艺思想和邓小平文艺思想，为新时期社会主义文艺事业的发展和繁荣，作出了功不可没的突出贡献。

（二）完整的系统性和严密的辩证性。贺敬之同志为党和国家调整和完善文艺工作的方针政策而提出的一整套科学建议，为坚持和发展马克思主义文艺理论而揭示的文艺的各种规律，以及为建设有中国特色社会主义文化而提出的必要保证和具体任务，这一系列理论观点相互联系、彼此呼应，层层递进、环环紧扣，具有很强的内在系统性，形成了完整的理论体系。贺敬之的理论思维充满了辩证法，他在论述文艺领域各种关系问题时，既坚持重点论，又坚持两点论，也不搞调和折中。例如，在论述文化领域开展两条战线的思想斗争中反“左”与反右的辩证关系时，他在强调反“左”时注意防右，在强调反右时又注意防“左”。不以一种倾向掩盖另一种倾向，不从一个极端走向另一个极端。

（三）强烈的针对性和显著的指导性。贺敬之同志坚持和发扬马克思主义理论联系实际的学风和文风，他的文艺论著没有经院气，一切从实际出发，实事求是一以贯之。在新时期文艺发展的每一个重要关头，都是为了应答文艺实践中出现的新问题而作出富有针对性的新论断。例如，他关于加强和改善党对文艺事业的领导的新提法，就是针对当时某些党委宣传部门对文艺工作放任自流和横加干涉的两种情况而提出的；他关于坚持和发展毛泽东文艺思想的新提法，就是针对当时某些人对毛泽东文艺思想持完全否定的虚无主义态度和僵化保守的教条主义态度的两种情况而提出的。正是由于他的文艺理论与批评具有强烈的现实针对性，因而也就具有显著的实践指导性，能够帮助人们端正文艺思想，明确前进方向。他的文艺论述不摆故弄虚玄的花架子，也不堆砌晦涩难懂的名词术语，有的只是根据实际情况和具体问题而说出的朴实无华、通俗易懂的实在话语，因而给人以乐于接受的亲切感和认同感。

（四）高深的理论性与具体的操作性。在发生巨大历史性变化的新的世界背景下，在我国改革开放和社会主义现代化建设的新的历史条件下，贺敬之同志放眼世界格局，胸怀战略全局，以马克思主义的世界观、历史观、人学观、美学观观察和思考文艺问题，揭示我国社会主义文化事业的本质特征和发展规律，按照党的基本路线和社会主义现代化建设的总体需要，提出文化建设的理论原则和实践举措，并在执行党对文化工作提出的总方向总方针的同时，不断充实完善一系列具体的方针政策，比如表现社会主义时代，与人民群众相结合的方针，普及与提高结合、专业与业余并重的方针，提倡革命化、民族化、群众化的方针，要求文艺作品内容和形式统一，思想性和艺术性并重的方针，精神生产要把社会效益作为最高标准并把社会效益和经济效益结合起来的方针，积极稳妥地进行文艺体制改革的方针，还有制定文化法规和文化经济政策等等。从而使我们建设有中国特色社会主义文化的理论和实践更系统化也更具体化，也使他的文艺论述既有宏观把握也有微观指导，既有高深的理论性又有具体的操作性。

当然，由于贺敬之同志工作繁忙，加之年事已高，他对自己提出的一些理论命题尚未作出更深入充分的论证，还须后来人沿着他指出的方向继续探索。但他为我们提供如此丰富的理论成果，已是十分难能可贵的了。我们祝他健康长寿，继续作出新的贡献。

（原载《回首征程》，文化艺术出版社 2005 年 12 月出版）

和时代同呼吸　和人民共命运

——评贺敬之的新诗理论

古远清

贺敬之是一位胸有万声雷鸣而不轻意发为歌吟的诗人。他的诗，写得不多，却赢得了广大读者的喜爱和评论家的称颂。他的诗论，比起他的诗作来，那就显得更少。可贵的是，在他的不多的诗论（包括讲话、序言、书简）中，观点鲜明、态度严肃，尤其是在议论他人作品或诗坛现状时时有警辟的见解，因而很值得重视。

贺敬之曾是“七月诗派”的早期成员，在“七月诗丛”有过他的专辑。这个诗派，为民族的受难和崛起而歌唱，为人民的悲伤和斗争而呼喊。贺敬之后来尽管脱离了“七月诗派”，但他的诗论，仍继承了“七月诗派”的主要观点，强调诗必须真实地反映现实生活。他在编选自己的诗选时曾说：“诗，以及所有的文艺作品，必须真实地反映客观生活，同时必须真实地反映主观感受。”① 这段话，既是他长期的创作实践的总结，也是他针对当前的诗歌状况来说的。在他看来，不真实的东西，是没有生命力的。在“四人帮”横行的时期，假大空的诗歌像瘟疫一样流行。这种瞒和骗的诗风，对抒情诗影响尤甚。看到这一点是对的，但有些论者由此对政治抒情诗能否真实地表现时代精神产生了怀疑乃至否认政治抒情诗的存在，他就不赞成了。比如有人曾主张为政治抒情诗废名，其理由是“没有政治抒情诗，只有政治口号诗”②。这一类看法，表面上是名词之争，其客观效果却是否认了政治抒情诗。对此，贺敬之明确表示：诗歌创作应该百花齐放。如简单地废除某些品种（如政治抒情

① 《当代》1979 年第 2 期。

② 弘征：《“政治抒情诗”名称小议》，《诗刊》1979 年第 4 期。

诗），就不是真正的百花齐放了。你可以写爱情，也可以写风景，但因此要取消政治抒情诗就没有多大的理由了。①

的确，为政治抒情诗废名也好，否认政治抒情诗的存在也好，这均不利于诗歌的繁荣和发展。当然，是否可用某些诗人所说的“宏观抒情诗”的提法取代“政治抒情诗”，作为学术问题完全可以争鸣。谁也不会否认，在“十七年”中，由于不少诗人未能正确认识和处理文艺与政治的关系，更有不少领导者要求诗为各个中心任务吹喇叭，致使不少政治抒情诗无暇推敲，仓猝成篇，写得热烈而空洞。到了“史无前例”的时期，取代政治抒情诗的政治口号诗像黄河缺口向诗坛涌去。但不能因噎废食，由此将政治抒情诗一笔勾销，或变相禁止它的存在。这正如田里长了许多稗子，不能在除草时干脆将稻子也一起拔掉。

鉴于有不少论者在反对题材决定论时走向另一极端——反对写重大题材；在反对假、大、空时过激地贬低或否定作家对理想的追求，因而贺敬之在充分肯定革命现实主义的前提下，提出“也应该为革命浪漫主义恢复一下名誉”②，并不赞同否定毛泽东所倡导的革命的现实主义与革命的浪漫主义相结合的创作方法。在致诗人流沙河的信中，他更是郑重地指出：

> 从祖国前途命运出发，表现一种积极向上的情绪，这在我们当前的诗歌创作中应该有它的地位，不能一律被误为“假大空”。我觉得我们诗歌界、诗歌评论工作者和诗歌刊物编辑部，似乎应对读者中这个呼声，作者中这个动向给予必要的注意。③

这里说的“表现一种积极向上的情绪”，是广义的。并不单纯是指写重大题材的作品或政治抒情诗，但政治抒情诗尤其擅长表现“从祖国前途命运出发”的题材，这是用不着论证的。那些认为提倡“从祖国前途命运出发”写重大题材就会重蹈假、大、空的覆辙，允许政治抒情诗的合法存在就会使诗变为政治传声筒的人，都没有把假、大、空与抒发真情实感，为国家前途和民族命运呼号的好诗区别开来。如果不区别开来，把作为时代的记录、“岁月的航

① 转引自尹在勤、孙光萱：《论贺敬之的诗歌创作》，上海文艺出版社1983年版。

② 贺敬之：《对当前文艺工作的几点看法》，《文艺研究》1981年第2期。

③ 《星星》1981年第1期。

标”的好诗当作假、大、空与“瞒和骗”的文艺加以抛弃，那文艺就将会脱离时代，脱离人民，诗歌创作也难以做到多样化。须知，在实现四个现代化的今天，我们固然少不了清扬婉转的生活牧歌，同样需要激越高亢的时代强音。可有的论者总认为以金钲羯鼓歌大江东去的豪放是粗陋，用锦瑟银筝唱小桥流水的清幽才算高雅，个别论者甚至认为文艺就是只能供少数人品啜的、盛满狭小的个人情感的杯匙之水。对这种理论，贺敬之在《总结经验，塑造新人》①、《对当前文艺工作的几点看法》②、《“袖珍诗丛”序》③、《致丁永淮的信》等文中，提出异议。他认为：

> 如果一味地引导作家去追求什么“自我表现”……不去引导作家深入人民的生活，挖掘人民心灵上的美，努力探索和塑造社会主义新人的形象，那就不能认为这是尽到了理论家、批评家的社会责任。④

中外文学史告诉我们，凡是真正称得上优秀的诗人，都是时代的产儿。他们的作品都和时代脉搏相连，和祖国人民的命运息息相关。拿郭小川的诗来说，“他没有一篇一章供消遣，更没有一声一韵能催人安眠。它是晨钟，是号角，是战歌”⑤。李季的诗同样证明这一点。不论在什么情况下，李季总是坚持“为人民的利益和愿望而斗争”，为时代而歌唱。这正是“衡量诗人成就大小和诗篇价值轻重的首要之点”⑥。正因为他们始终坚持与时代结合，与人民结合，所以他们的诗不仅属于昨天和今天，而且还属于将来。

诗与政治的关系，是诗反映时代精神的一个突出问题。“文艺为政治服务”这一口号虽然不再提了，但这并不等于说诗可以脱离政治。拿抒情诗来说，它和政治总难免有若离若现，或深或浅的关系。当诗人们在描绘生活的彩虹时，总要留下点政治的水滴。为了诗不远离或不脱离政治，也为了使诗能更好地反映时代精神，诗人必须按照时代和人民的要求来写，同时又要按照诗的

---

① 《人民日报》1981年5月2日。

② 贺敬之：《对当前文艺工作的几点看法》，《文艺研究》1981年第2期。

③ 《黄冈师专学报》1981年第2期。

④ 《人民日报》1981年5月2日。

⑤ 贺敬之：《战士的心永远跳动——〈郭小川诗选〉英文本序》，《光明日报》1979年6月17日。

⑥ 贺敬之：《李季文集·序》，《人民日报》1981年10月14日。

规律去写。不能只要前者，不要后者。粉碎“四人帮”后，尤其是十一届三中全会以来，诗歌创作中冲破了“四人帮”设置的种种禁区，诗人们能按诗的规律写作了，这应当充分肯定。但也有矫枉过正的现象：有人特别是少数青年作者认为写诗无须受任何束缚，完全不必按时代的要求和人民的愿望。这种看法显然偏颇。贺敬之认为：

> 青年诗人给我国诗歌发展创造了新成就、新经验，毫无疑问，主流是好的。但与此同时，的确也有少数人以脱离人民为时髦。当看到有些有才能的青年竟真的以脱离时代与人民生活为创作主旨，我和许多同志一样，不禁深深为之惋惜。①

这段话体现了贺敬之对青年诗人的爱护和关心。他不像某些人那样极力拔高青年作者的作品，而是坚持一分为二的态度，作具体分析：既肯定他们勇于探索的精神和取得的成绩，同时也毫不客气指出他们中的少数作者的不良创作倾向。本来，主张诗必须与时代和人民生活保持紧密的联系，是他一贯论诗的主张。他在说上面这段话的三年前，就明确地讲到过：

> 诗，必须属于人民，属于社会主义事业。按照诗的规律来写和按照人民的利益来写相一致。诗人的“自我”跟阶级，跟人民的“大我”相结合。“诗学”和“政治学”相统一。诗人和战士相统一，如此等等。——正是在这些根本点上，诗人郭小川用他的全部创作实践和整个一生，作出了有力的回答。②

这里说的“诗学”，是指诗的艺术规律，它包括两方面的内容：一是诗要有强烈的感情，“诗和歌（音乐）特别要求强烈、真挚、深刻的感情。这种感情不能不是由衷之情”③；二是“诗人的‘自我’，跟人民的‘大我’相结合”。这里讲的“政治学”，则是指作品的政治倾向性。

贺敬之是原则性极强的诗人。他论诗，反对忽视“诗学”的倾向，反对

---

① 《黄冈师专学报》1981 年第 2 期。

② 贺敬之：《战士的心永远跳动——〈郭小川诗选〉英文本序》，《光明日报》1979 年 6 月 17 日。

③ 贺敬之：《谈十年来的新歌剧》，《戏剧研究》1959 年第 4 期。

因强调政治而降低对艺术要求的庸俗社会学，但也不苟同那种脱离政治、脱离时代、脱离人民的“纯诗学”。在对待诗与政治的关系上，特别是在强调尊重艺术规律的同时，他能注意到有可能掩盖着另一种倾向。拿抒情主人公“我”的形象来说，过去有人一看到“我”，就视为大逆不道，认为这不是托身渔樵、遁入空门的隐士，也是独立孤标、唯我独尊的狂妄分子。总之，是资产阶级个人主义感情在作怪。这种不允许诗有独特的、鲜明的个性感受的做法，当然应加以纠正。对这个问题，贺敬之自己也经历过一个认识过程。还在1950年，他在回答一位诗作者的信中就说：“除去技巧的重要之外，更重要的是在诗（其他艺术作品也在内）中表现出‘我’来。”当时在身边的朋友看到这段话后，吃惊地问道：“你怎么居然写这样的话？……‘我’吗？为什么不说‘工农兵的思想感情’呢？”① 可见即使在开国初期“极左”思潮还未盛行的时候，有些人对诗要表现作者的艺术个性还是有抵触的。在这方面，贺敬之是比一般人要觉察得早些。可是到1958年“左”的思潮盛行时，贺敬之也不可避免地受到影响。这时，他不再像以前那样理直气壮地肯定“我”的艺术个性，而改为过分强调“我”“应是集体主义的‘我’、社会主义的‘我’、忘我的‘我’”②。由于受了这股思潮的影响，《十年歌颂》中的“我”的个性远没有《放声歌唱》中的“我”鲜明。作者在许多该用“我”的地方大量地用“我们”去取代，甚至连树荫下爱人们的知心话也用的是：“我们的青春/献给祖国……”现在通过总结经验，他坚持用辩证观点看待“政治学”与“诗学”的统一。他在《李季文集》序中说：

> 要抒人民之情，叙人民之事。对于这一点，不能曲解成否定诗人的主观世界和摒弃艺术中的自我。另一方面，也不能因此把诗的本质归结为纯粹的自我表现，致使诗人脱离甚至排斥社会和人民。重要的问题在于是怎样的“我”。诗人不能只靠孤芳自赏或遗世独立而名高，相反更不会因抒人民之情和为人民代言而减才。对于一个真正属于人民和时代的诗人来说，他是通过人民的这个“我”，去表现“我”所属于的人民和时代的。小我和大我，主观和客观，应当是统一的。而先决条件是诗人和时代同呼吸，和人民共命运。

---

① 贺敬之：《谈提高作品的思想性》，《人民戏剧》1950年第2卷第1期。

② 贺敬之：《漫谈诗的革命浪漫主义》，《文艺报》1958年第9期。

这就是说，抒情诗中有的“我”是不属于人民的，而是纯属他自己。这种“我”，由于其喜怒哀乐不与人民相通，所以社会意义不大。而只有属于人民的，与人民同甘共苦的“我”，才是郭沫若说的“们”的代名词，即“们”包括了“我”，“我”代表着“们”，这才真正具有诗的美学价值。贺敬之的许多政治抒情诗，正是这样做的。他写的《雷锋之歌》和《中国的十月》中的“我”，既有共性，又有个性。他下笔时，不是离开“我”对生活的独特评价去揣摩“大我”的政治准则，或用“冲霄汉”之类的所谓豪情壮志去抒人民之情，而是致力于自己真切的感受，让抒人民之情通过“我”的独特情感、独特构思、独特语言表现出来，因而他的诗传到哪里，都不会是独行者的空谷足音，而是“走向亿万人民心里”，引起广大读者的强烈共鸣。

新诗要表现时代精神，还必须坚持民族化的方向。要坚持民族化，就不能忽视向民歌学习。对这一点，贺敬之是很重视的。他从第一次看陕北民歌“你妈妈打你不成才，露水地里穿红鞋”起，民歌就成了他“所迷恋的、不可缺少的精神食粮”。在解放初期，当有些诗人嫌弃民歌土气而改了腔调的时候，他在50年代中期却用在陕甘高原的山野间飘荡的“顺天游”形式写成《回延安》。他学习民歌，主要是学习内容和表现手法，而不是把民歌作为所谓“土气”的东西加以崇拜。那种认为“学习民歌越‘土’越好，越原始越够味。这是绝大的误解”。当然，贺敬之在这篇题为《关于民歌和“开一代诗风”》① 的文章中，也说了些过头的话，比如他说：“普希金、拜伦吗？——当然很好；屈原、杜甫吗？——更好；但是我们的民歌呢？——却无比的好！”本来，新民歌与古典诗歌、外国诗歌各有长处，谁也不能代替谁。可诗人硬要强分轩轾，把民歌说成是比什么都好（实际上，当时的新民歌并非无比好），这就有点形而上学。但有的论者却走向另一极端，把外国诗歌说成比我国的民歌和古典诗歌还好，主张“引进”外国诗歌全套“设备”，由此“全盘西化”，这同样片面。针对这种倾向，贺敬之在《新时期的文艺要坚持民族性》② 一文中批评了有些人所主张的不必再提周恩来所说的“三化”（“革命化、群众化、民族化”），要提“就是‘一化’，叫‘现代化’”的观点。诚然，诗歌的发展必须吸收外国的长处；那种闭关自守，夜郎自大的状况再也不能重现。“但

① 《处女地》1959 年第 7 期。
② 《光明日报》1983 年 1 月 6 日。

是，不能从根本上模糊了我们自己的民族"[1]。也就是说，要摆正"现代化"与"民族化"关系，不能把"现代化"与"现代派"等同起来。学习外国必须放出眼光，自己来拿，必须挑选对本民族诗歌发展有用的东西，而不能将"鱼翅"与"鸦片"一同引进。即使引进的是"鱼翅"，也要经过消化，变成自己的血肉。我们主张"洋为中用"。"全盘欧化"不是方向。

不仅在诗歌创作上是这样，贺敬之认为在新诗理论研究上也必须考虑自己的国情和特点。拿诗歌理论来说，"中国就非常丰富。那里边的基本方法，的确有唯心的、唯物的，主观的、客观的，只有用马克思主义哲学才能说得清楚。但是，在解决这么复杂的诗歌创作问题时，确有许多精华，有我们民族的特点，自己的传统的，有的讲得比外国人好。比方说中国诗歌里讲'意境'，我问研究外国诗歌的同志，他们说外国也有近似的提法，但不像我们的这个范畴，这个概念那么好。如果解释的话，也没有我们中国诗歌传统和诗歌理论解释得那么透彻"[2]。贺敬之这番话，有一定的针对性。在报刊上发表的某些介绍西方现代派诗歌的文章中，不仅把意象，而且还把象征、通感、变形等手法都说成是外国诗人首创的，这真是应了古人所说的："蛱蝶纷纷过墙去，却疑春色在邻家。"可贺敬之并不迷信"春色在邻家"。他认为，我们不仅要在创作上注意中国作风中国气派，而且在评论、研究新诗时也应注意民族特点，复兴民族精神。我们完全有信心建造自己精神文化万神庙，而不会永远只能对欧美大陆的奥林匹斯山诸神顶礼喝彩。

（原载《心潮诗词》2005年第3期）

---

① 《工人阶级在社会主义文艺中的重要地位》，《工人日报》1982年6月3日。

② 《光明日报》1983年1月6日。

建设共和国精神文明的主要支柱

——贺敬之同志诗歌创作简论

严昭柱

首先，我要借此机会感谢贺敬之同志。在青少年时期，我是读着贺敬之同志的诗歌成长的。歌剧《白毛女》、歌曲《南泥湾》、《翻身道情》、《胜利进行曲》，我是在少年时代接触的。那时候还只知道听，只知道唱，不懂得关心是谁创作的。在中学时期，读到了他的诗歌《回延安》、《放声歌唱》、《三门峡——梳妆台》、《十年颂歌》、《桂林山水歌》等等，到大学，更读到了他的《雷锋之歌》、《西去列车的窗口》。一个人的青少年时期，正是充满朝气和激情、理想和憧憬的兴旺时期，正是格外热爱生活、热爱诗歌的浪漫时期，也正是一个人世界观、人生观、价值观形成的关键时期。那个时候，贺敬之同志的诗歌，对于我和我的同学们、同伴们，起了巨大的影响。我们在班级和学校的活动中高声朗诵这些诗歌，共同激动着、感动着，思考着："人，/应该/怎样生？/路，/应该/怎样行？"贺敬之同志创作的不少诗篇，我们都能整段整篇地背诵。当然，我们还读古代伟大诗人如屈原、李白、杜甫、陆游的诗歌，读近现代以来许许多多革命诗人和进步诗人的诗歌，从中获得了不少的精神滋养。不过，坦率地说，贺敬之同志的诗歌，由于它们特殊的思想内涵和艺术魅力，对我们那一代人建立自己的核心价值观，起了特殊的作用，是我们精神世界里绚丽的朝霞、灿烂的阳光，是我们重要的精神食粮，使我们终身受益。

岁月流逝，世事沧桑。现在，我们那一代人已经度过青春年华，和伟大的共和国一起经历了艰难的曲折、艰辛的探索、艰苦的奋斗，党和人民经过千锤百炼、夺取了一个又一个伟大胜利。今天我要说，对于青少年时期树立的理想信念，我们没有忏悔，而且这种理想信念是更加坚定执著了；对于青少年时期对贺敬之同志诗歌的情感，我们也没有忏悔，而且这种情感不仅没有被岁月所尘封、所冲淡，还加入了理性的反思和自觉，更加深沉强烈了。在这里，我想谈谈自己对贺敬之同志诗歌思想艺术基本特点和主要贡献的肤浅认识，供同志们参考和批评。

一、贺敬之同志的诗歌深刻反映了中国革命的本质，热情歌颂了中国人民历史命运的剧变，满怀激情地表现了中国劳苦大众翻身解放的喜悦和对美好未来的憧憬，表达了人民的心声

贺敬之同志诗歌的一个贯穿始终的主题，就是真正站在人民大众的立场上满怀激情地歌颂中国革命，歌颂中国人民翻身解放、开创未来的历史诗情。贺敬之同志创作的《翻身道情》、特别是他参与创作的歌剧《白毛女》，揭示了“旧社会把人变成鬼，新社会把鬼变成人”的历史真实，深刻反映了中国革命的本质就是在中国共产党领导下人民群众推翻三座大山、自己解放自己、掌握自己命运、创造美好未来的伟大斗争。周恩来同志曾经称赞说：“看重庆的演出，即使是比较好的，使人感动的程度也无法与看《白毛女》相比，因为这个戏是劳动人民自己的文艺，真正写出了被压迫阶级的命运和斗争。”党领导的革命斗争救出了深受苦难的喜儿，“太阳出来了”，人民当家作主，充满了对美好未来的憧憬。这是人民的心声，是中国革命的必然性、正义性之所在。正因为《白毛女》反映了革命本质，表达了人民心声，所以深受人民群众的欢迎，起到了鼓舞人民奋斗前进的历史作用。历史事实表明，《白毛女》从诞生起，演到哪里，哪里的革命情绪就如火如荼，对于推动解放战争和土地改革运动的胜利进展，起了不可估量的作用。不少热血青年，是在看了《白毛女》以后参加革命的。《白毛女》的思想艺术成就，曾引起许多革命知识分子深刻的思考。郭沫若同志曾称赞《白毛女》“把五四以来的那种知识分子的孤芳自赏的作风完全洗刷干净了”。《白毛女》教育人们真正理解了革命，感召人们真心诚意地站在人民大众的立场上支持和参加革命。这是毛泽东同志《在延安文艺座谈会上的讲话》的胜利，也是贺敬之同志的光荣。

如何看待中国革命的历史，这些年来在思想理论界不是没有争议的。有一股历史虚无主义思潮，否定中国共产党领导的革命斗争，甚至否定中国近代以来的革命运动。他们宣传说，慈禧太后也是好的，袁世凯也是好的，如果不革他们的命，中国的进步要少付多少代价。他们甚至说，帝国主义侵略也是值得欢迎的，香港沦为殖民地不值得痛惜，如果整个中国沦为三百年殖民地那倒是幸事，那样中国就会“富强”起来了。言下之意，中国共产党领导的革命从根子上就是历史误会，给中国带来的只是破坏和灾难，只是所谓专制主义的统治等等。中国革命的本质究竟是什么？中国共产党领导的革命斗争，究竟是好得很还是糟得很？似乎都成了问题。其实真正成为问题的，不是中国人民奋斗、胜利的历史，而是那些否定中国革命、反对中国革命的人们的立场，他们不是站在杨白劳、喜儿、大春的立场上，而是站在地主黄世仁和狗腿子穆仁智的立场上观察世界、评价历史。但是，任何要在今天“太阳出来了”的中国恢复“把人变成鬼”的黑暗历史的罪恶企图，即使得到西方敌对势力的赞赏和支持，也是绝不会得逞的。

二、贺敬之同志的诗歌热情讴歌人民群众的历史主动性和创造精神，热情讴歌中国革命、建设的巨大成就，成为人民群众创造历史的赞歌，中国新文化新文明的华章

贺敬之同志诗歌的一个相当突出的特点，就是在对于人民当家作主、开创美好未来的伟大斗争满腔热忱的讴歌中，展现了一个具有历史新质的崭新世界和艺术天地，创造出一种具有历史新质的艺术美。他在延安时期作词创作的歌曲《南泥湾》，歌唱的是在一个往年没有人烟、到处是荒山的地方，人民军队在领袖“自己动手、丰衣足食”的号召下，开荒种地，开展大生产运动，使它“到处是庄稼、遍地是牛羊”，创造出一个崭新的“陕北好江南”。建国以后，他的诗歌《放声歌唱》、《十年颂歌》、《三门峡歌》、《桂林山水歌》等等，都是热情地讴歌社会主义建设的巨大成就，都是强烈地表现诗人对人民群众创造历史的伟大业绩的无比热爱，创造了一个崭新的艺术天地。

有人说，贺敬之同志的诗歌是“歌颂”派。的确，贺敬之同志的大量诗歌都是在热情地讴歌社会主义建设的巨大成就。但是，他的这种讴歌决不是止于对一项项具体建设项目的颂扬，也绝不是止于对某一时期建设成绩作出政治学或统计学意义的肯定。他所讴歌的主体，始终是人民，是过去做牛马、如今作主人的人民，是翻身解放、掌握自己命运、在艰辛探索中创造美好未来的人民。深情地关注人民的历史命运，鼓舞掌握自己命运的人民满怀信心地去创造自己的美好未来，才始终是贺敬之同志诗情的真正燃点，才始终是贺敬之同志的诗歌火山里滚滚喷涌出来的炽热的情感熔岩。因此，在贺敬之同志创造的艺术天地里，诗人始终热情地表现着中国革命和建设给人民群众、给祖国和民族的命运带来的历史巨变。他在《放声歌唱》里写道：“啊，我的曾是贫困而孤独的/乡村，/今夜/为什么/笑语喧哗？/我的曾是满含忧愁的/城镇，/为什么/

灯火辉煌/彻夜不息？/为什么/那放牛的孩子，/此刻/会坐在研究室里/写着/他的科学论文？/为什么/那被出卖了的童养媳，/今天/会神采飞扬地/驾驶着/她的拖拉机？/怎么会/在村头的树荫下，/那少年漂泊者/和省委书记/一起/讨论着/关于诗的问题？/怎么会/在怀仁堂里/那老年的庄稼汉/和政治局委员们/一起/研究着/关于五年计划的/决议？”在这里，活跃着翻身解放、当家作主的人民群众的生动形象，展现着他们伟大的历史主动性和创造精神，展开着他们满怀信心地开创美好未来的历史性奋斗。这是中国自古以来从未有过的新的历史活剧。这个生动的历史活剧，为马克思、恩格斯的《共产党宣言》所预见，为倒在血泊中的巴黎公社社员所憧憬，为伟大的俄国十月革命所开创，中国无数志士仁人曾经为之神往，千百万革命先烈和先辈不惜为之流血牺牲。帝国主义者在失败地退出中国大陆时曾经诅咒说，共产党领导的中国人民可以夺取政权，却不可能搞好国家建设。那么，对于翻身作主的人民群众在社会主义建设中的每一个辉煌业绩，为什么不应该热情地讴歌呢？这种歌颂，是对人民群众创造历史、创造新世界的礼赞。正是在这种歌颂中，诗人创造着具有历史新质的艺术美，创造着中国新文化新文明的华章。这也是贺敬之同志诗歌思想艺术成就的独特价值。

三、贺敬之同志的诗歌热情讴歌和生动体现了革命精神，在丰富人民的精神世界、增强人民的精神力量方面作出了突出的贡献

贺敬之同志诗歌另一个突出的特点，是始终贯穿着对革命精神的热情讴歌和生动体现。可以说，这成为了他的诗歌的一个主旋律。如歌曲《南泥湾》，是在抗日战争非常艰苦的岁月创作的，当时与日本侵略者的军事斗争正处在严酷的相持阶段，蒋介石也对边区进行封锁，边区军民的生活非常艰苦，毛主席、党中央发出了“自己动手，丰衣足食”的号召。在这样的情况下《南泥湾》以高昂的革命乐观主义和革命英雄主义精神，鼓舞边区军民把荒山野岭建设成“陕北的好江南”。这正是延安精神生动的艺术体现，也是《南泥湾》受到人民的喜爱、能够以超越历史时空的永恒魅力至今为群众传唱不息的奥秘。《桂林山水歌》写于三年困难时期，却以明丽的彩笔描绘了桂林山水的美，歌唱“对此江山人自豪，/使我青春永不老”，歌唱“红旗下：少年英雄遍地生”，鼓舞人们“汗雨挥洒彩笔画：桂林山水——满天下”，充满了革命乐观主义和压倒一切困难的革命精神。他的《雷锋之歌》，更是深刻表现和热情歌颂了雷锋精神，对于推进全国人民学习雷锋的热潮起了重要作用。值得注

意的是，他的《回延安》、《西去列车的窗口》等诗篇，歌唱“枣园的灯光照人心，/延河滚滚喊‘前进’！/赤卫军……青年团……红领巾，走着咱英雄几辈辈人……/社会主义路上大踏步走，/光荣的延河还要在前头”，歌唱“在这样的路上，这样的时候，/在这一节车厢，这一个窗口——//你可曾看见：那些青年人闪亮的眼睛/在遥望六盘山高耸的峰头？//你可曾想见：那些青年人火热的胸口/在渴念人生路上第一个战斗？//你可曾听到啊，在车厢里：/仿佛响起井冈山拂晓攻击的怒吼？//你可曾望到啊，灯光下：/好像举起南泥湾披荆斩棘的镢头？//啊，大西北这个平静的夏夜，/啊，西去列车这不平静的窗口！//一群青年人的肩紧靠着一个壮年人的肩，/看多少双手久久地拉着这双手……”这些诗句，把继承、发扬革命精神作为鲜明突出的主题，进行了强烈的艺术表现。可以说，热情地表现和讴歌革命精神，热情地表现和呼唤发扬这些革命精神，是贺敬之同志诗歌最为动情之处，也是贺敬之同志诗歌最为感人之处。它把今天的社会主义建设与当年井冈山激烈的战斗、六盘山飘扬的红旗、南泥湾飞舞的镢头紧密相连，它使在社会主义道路上奋勇前行的我们，心中永远照耀着枣园的灯光，耳畔永远鸣响着滚滚延河“前进”的呐喊。这是历史的诗情、革命的诗情，也是理想的诗情、信念的诗情，是无数革命先烈不怕牺牲、压倒一切敌人和困难的巨大的精神力量。有了这样的精神力量的支撑，我们党和人民一定能够克服前进道路上的任何艰难险阻，一定能够战胜阻挡历史车轮的任何妖魔鬼怪。

井冈山精神、长征精神、延安精神、雷锋精神等等，这些革命精神，在今天，仍然需要大力继承和发扬。建设有中国特色社会主义，是一项充满艰难困苦、需要艰苦奋斗的伟大事业。伟大的事业需要和产生着崇高的精神，崇高的精神支撑和推动着伟大的事业。新中国成立后不久，毛主席就号召全党同志要保持过去革命战争时期的那么一股劲，那么一股革命热情，那么一种拼命精神，把革命工作做到底。实行改革开放以后，邓小平同志在1980年12月又曾强调指出：“毛泽东同志说过，人是要有一点精神的。在长期革命战争中，我们在正确的政治方向指导下，从分析实际情况出发，发扬革命和拼命精神，严守纪律和自我牺牲精神，大公无私和先人后己精神，压倒一切敌人、压倒一切困难的精神，坚持革命乐观主义、排除万难去争取胜利的精神，取得了伟大的胜利。搞社会主义建设，实现四个现代化，同样要在党中央的正确领导下，大大发扬这些精神。如果一个共产党员没有这些精神，就绝不能算是一个合格的共产党员。不但如此，我们还要大声疾呼和以身作则地把这些精神推广到全体人民、全体青少年中间去，使之成为中华人民共和国的精神文明的主要支柱，为世界上一切要求革命、要求进步的人们所向往，也为世界上许多精神空虚、思想苦闷的人们所羡慕。”贺敬之同志的诗歌，正是在“把这些精神推广到全体人民、全体青少年中间去”，正是在建设着这个“中华人民共和国的精神文明的主要支柱”，对于我们继承革命先辈开创的伟业、夺取改革开放和社会主义现代化建设的胜利、实现中华民族的伟大复兴，无疑具有巨大的价值。

四、贺敬之同志的诗歌是毛泽东同志《讲话》以后延安文艺创作最突出的成就之一，是建国以后的头十七年新诗创作最突出的成就之一，在实践革命现实主义和革命浪漫主义相结合方面、在坚持内容与形式统一的美学法则方面都是富于创新精神的优秀成果

贺敬之同志的诗歌，不仅具有深厚的历史内涵、深刻的思想意义，而且具有强烈的艺术感染力，取得了很高的思想艺术成就。他参与创作的歌剧《白毛女》，文艺界公认为堪称毛泽东同志《讲话》以后延安文艺创作最突出的成就之一。林默涵同志曾指出：“（延安文艺）座谈会之后，大批作家、艺术家奔赴前线，深入农村，与那里的战士、群众结合，很快开创出了一个崭新的文艺局面。就在那年冬天，群众性的大秧歌运动蓬勃地兴起。许多秧歌舞、秧歌剧推陈出新，生动活泼，明快欢乐，令人耳目一新，吸引了漫山遍野的观众。同时，作家、艺术家的创作也以全新的面貌出现，产生了像《兄妹开荒》、《白毛女》、《牛永贵负伤》、《小二黑结婚》、《李有才板话》、《王贵与李香香》以及《逼上梁山》、《三打祝家庄》和《黄河大合唱》、古元的木刻等脍炙人口的作品。这些作品，无论从内容和形式来说，都开辟了一个新局面，深得群众的喜爱。这是从‘五四’以来文艺创作上的一个巨大变化，一个质的飞跃。”可以说，《白毛女》代表了《讲话》以后延安文艺创作在歌剧方面的最高成就，不仅在当时对根据地、对全国有着广泛而深刻的影响，而且在中国文艺发展史上具有重要的地位。就是针对今天文艺创作实际的视角来看，《白毛女》创作在反映时代生活本质的深刻性和生动性方面，在表现社会历史冲突的客观必然性和刻画劳苦大众的人性深度、伟大力量方面，在深入群众深入生活过程中以民间传奇故事为基础进行艺术加工、提炼、升华所具有的原创性方面，都对当今的文艺家具有深刻而积极的启示意义。

贺敬之同志的诗歌又是建国以后头十七年新诗创作最突出的成就之一。建国以后的头十七年，是我国新诗创作的一个繁盛时期。当时，新诗创作佳作迭

出，优秀诗人群星璀璨。在这耀眼的星云之中，贺敬之同志是最为光华灿烂的星座之一。与一些诗人相比较，贺敬之同志的诗歌创作或许说不上高产。但是，贺敬之同志每有新作问世，便立即不胫而走，为广大群众所喜爱和传诵。这在当时的诗坛上，确是并不多见的现象。出现这种现象，无疑与贺敬之同志诗歌创作独特的艺术追求和鲜明的艺术个性有关。就我个人的肤浅体会说来，至少应该说到如下几点：

第一，贺敬之同志的诗歌创作，总是紧扣着时代脉搏的跳动，他个人的诗情总是与人民群众的情感需求相合拍，道出人民的心声，成为时代精神的写照。1956年创作的《回延安》，在共和国欣欣向荣的开国气象中，抒发了人民对革命圣地延安的崇敬和怀念，表达了人民继承延安精神、在社会主义道路上大踏步前进的豪情。同年创作的《放声歌唱》，这1600行的抒情长诗，纵情讴歌了伟大的时代。这是一个站起来了的民族向世界、向未来的宣言。诗中写道："啊，今天——/我们亲爱的党/三十五周岁的/诞辰——/'七一'！/伟大的共和国纪元后的/第七个/'七一'！——/我们又该怎样/十倍地欢呼啊，/百倍地/歌唱?!/但是，/并没有举行/盛大的纪念，/并没有/雷动的掌声、/手臂的森林/出现在/会场、广场。/……在中南海，/那一张/朴素的写字台旁，/毛泽东同志/正在起草/党的第八次大会的开幕词；/在国务院，/第二个五年计划的建议书上/正凝结着/并肩的人影/和午夜的灯光。/在统战部，/党的代表/正和朋友们一起，/倾谈：'长期共存，/互相监督'；/在科学艺术大厅，/党的语言/正像春雷一样/唤起：'百家争鸣'，/正像春风一样/吹开：/'百花齐放'！……/啊！在千万个/矿井/和织布机旁，/煤炭/和布匹的/洪流，/又在突破/定额的/水位；/在千万顷/稻田/和麦地里，/早稻/和新麦的/行列，/正千军万马/奔向/粮仓！……/啊啊，正是这样！/在节日里，/我们的党/没有/在酒杯和鲜花的包围中，/醉意沉沉，/党，/正挥汗如雨！/工作着——/在共和国大厦的/建筑架上！"这些诗句抒写了时代风貌和时代精神，抒发了党和人民奋发前进的精神状态和时代豪情，不仅当时引起了广大群众的共鸣，就是在今天仍然能使我们为历史诗情所感染。

第二，贺敬之同志的诗歌创作，在革命现实主义和革命浪漫主义相结合方面进行了积极的探索，取得了显著的实绩。他的诗歌总是充满着革命英雄主义和革命乐观主义，总是以积极向上的精神状态拥抱世界，到处发现着现实美，以丰富的美的情感和杰出的艺术才华，创造出多姿多态的艺术美。贺敬之同志的许多诗歌都成为群众广为传诵的名篇，一些脍炙人口的佳句令人赞颂不已，给人以理性的满足和美的享受。《桂林山水歌》，起首描写道：“云中的神啊，雾中的仙，/神姿仙态桂林的山！//情一样深啊，梦一样美，/如情似梦漓江的水！//水几重啊，山几重？/水绕山环桂林城……//是山城啊，是水城？/都是青山绿水中……”几句诗便勾勒出桂林山水韵味无穷的美，云遮雾罩，水绕山环，既是如梦如幻，又是真山真水，既是缥缈的仙境，又是现实的人间。诗中又写道：“啊！桂林的山来漓江的水——/祖国的笑容这样美！”结句更写道：“啊！汗雨挥洒彩笔画：/桂林山水——满天下！……”把对山水美的陶醉升华为对祖国的热爱，把对山水美的美感享受升华为建设祖国的豪情，创造了具有鲜明时代特色的艺术美境界。他的1200多行、一韵到底的长诗《雷锋之歌》，起首便把读者引入了广袤的时空，从人生观的高度提出了根本性问题：“假如现在啊/我还不曾/不曾在人世上出生，/假如让我啊/再一次开始/开始我生命的航程——/在这广大的世界上啊/哪里是我/最迷恋的地方？/哪条道路啊/能引我走上/最壮丽的人生？”长诗更鲜明地提出：“人，/应该/怎样生？/路，/应该/怎样行？……”诗人引领着读者穿越历史长河，阅尽世纪风云，上下求索，探寻答案，深刻地揭示了学习雷锋的丰富内涵和深远意义。在赏读这篇长诗的过程中，那种飞驰的想象、深邃的理智、激越的诗情、磅礴的气势，感染、感动着读者。读者在痛快淋漓的美的享受中，心灵与诗人一起颤动，情感与诗人一起沸腾。当长诗写道：“看，站起来/你一个雷锋，/我们跟上去：/十个雷锋，/百个雷锋，/千个雷锋！……/升起来/你一座高峰，/我们跟上去：/十座高峰，/百座高峰！——/千条山脉啊，/万道长城！……”这已经成为诗人与读者共同的心声。

第三，贺敬之同志的诗歌创作，还在艺术形式方面进行了积极的探索，而始终坚持着内容与形式统一的美学法则。他的诗歌，体制多样。例如《回延安》、《桂林山水歌》、《又回南泥湾》，显然吸收了民歌体特别是信天游的营养。而《放声歌唱》、《雷锋之歌》，则显然借鉴了马雅可夫斯基的阶梯式诗体。在他的《三门峡歌》中，我们看见他对古典诗歌古乐府形式的继承。而在他的《西去列车的窗口》、《回答今日的世界——读王杰日记》，我们又看见了新诗中的不同体制的自由体。我们还可以发现，他对于这些不同体制的艺术形式似乎并没有畸轻畸重，也不是某一时期倾情于某一种体制。事实上，《回延安》和《放声歌唱》都作于1956年，而艺术形式却迥然不同。《雷锋之歌》和《西去列车的窗口》都作于1963年，而体制形态却大异其趣。或许可以说，他根本就认为各种艺术形式都有它自己的特点和长处，问题在于如何根据内容来选择并发挥某种艺术形式的特点和长处。因此，他并没有刻意去选择和追求某一种自己固定使用的艺术形式，而是始终保持着艺术形式的多样性，始终追求着内容与形式统一的美学法则。如果这个判断不错的话，我认为，这正是贺敬之同志诗歌的一个重要特点和优点，也是他的诗歌艺术魅力的一个重要根源。读一读《回延安》的诗句："树梢树枝树根根，/亲山亲水有亲人。/羊羔羔吃奶眼望着妈，/小米饭养活我长大。//东山的糜子西山的谷，/肩膀上的红旗手中的书。//手把手儿教会了我，/母亲打发我们过黄河。//革命的道路千万里，/天南海北想着你……"在这里，信天游的那种特殊的韵致与新的时代情感结合得非常紧密，彼此相得益彰，成为完美的整体。而读一读如本文前面所引的《放声歌唱》的诗句，应该说，又把阶梯式诗体的特点与诗歌的思想情感融为一体，几乎感觉不到对于外国艺术形式的借鉴痕迹。

我的这些肤浅见解，很可能是不准确的，而且肯定是不完全的。因为限于知识水平和文章篇幅，我的上述讨论没有包括贺敬之同志的许多作品和诗论见解，特别是没有包括贺敬之同志新时期以来的新诗创作和他的许多脍炙人口的旧体诗。如果论及这些作品，应该得出更为丰富的结论。但是我想，仅就本文讨论的诗歌作品就可以判断，贺敬之同志的诗歌为中国广大人民群众所熟悉和喜爱，在中国革命、建设和改革的历史实践中发挥出巨大作用，这绝不是偶然的，从中可以得出许多值得我们今天认真学习的宝贵经验。作为本文的结论和结尾，我要强调说：贺敬之同志的诗歌，不但是贺敬之同志个人的成就，而且是中国革命、建设和改革伟大事业的成就，不但是贺敬之同志个人可以为之自豪的传世之作，而且是中国人民可以引以为骄傲的精神财富；而贺敬之同志的诗歌创作实践表明，只有和人民群众始终保持血肉联系，文艺家才会有永不衰竭的艺术生命，才可能创作出不朽的时代精品。

（原载《回首征程》，文化艺术出版社2005年12月出版）

在意识形态领域坚持和发展马克思主义

黄力之

在贺敬之文学生涯65周年和《贺敬之文集》出版研讨会举办之际，我作为在敬之同志亲自关怀下成长起来的马克思主义理论工作者，向敬之同志表示崇高的敬意。对于敬之同志引导我走上马克思主义的真理之路，我怀着永远的感激之情。

敬之同志是我国著名诗人、作家、诗歌理论家和文艺界的老领导，如果说，敬之同志的诗歌创作已经属于历史——中国现当代文学史，那么，敬之同志的文艺思想也已经属于历史——中国现当代文艺思想史。人们可以随意地阐释历史，可以颠覆其价值，但没有权利篡改历史。

从20世纪80年代中期到90年代初，敬之同志断续地担任过中宣部和文化部的领导。这是共和国历史上不寻常的岁月，一方面是改革开放，实行以经济建设为中心的方针，另一方面坚持社会主义的理想追求，坚持马克思主义的国家意识形态地位。由于西方思想对中国的渗透，由于中国社会内部的阶层分化，资产阶级自由化思潮一再泛滥，国内外的资产阶级势力试图尽快完成中国的资本主义进程。

在改革开放的总设计师邓小平同志和党中央的领导下，思想理论战线和文艺战线进行了漫长而曲折的主流文化保卫战。在此期间，敬之同志任劳任怨，忠实地执行了小平同志和党中央的战略部署，特别是小平同志提出的“一定要彻底扭转这种不正常的局面”，即思想战线的领导软弱涣散问题，“使马克思主义的和社会主义、共产主义的宣传，特别是一切重大理论性、原则性问题上的正确观点，在思想界真正发挥主导作用”。

与过去的“左”的大批判不同，小平同志领导的主流思想文化保卫战一方面坚持了对错误思想、错误作品的批判立场，另一方面又将问题的性质限制在思想交锋的层面，不搞以言定罪，不搞株连，不让批评的范围超过问题本身，并且允许被批评者进行反批评，允许为自己辩护，这实际上就是运用社会主义民主政治的原则来处理思想文化问题。

应该说，敬之同志作为当时意识形态领域的重要领导人，之所以称得上忠实地执行了小平同志和党中央的战略部署，就在于他对邓小平理论的深刻理解与把握，既坚定地批评错误思想和作品，又坚持文学的审美特性，即使是对犯错误的作家，也以教育帮助为主，在艰难中正确处理了坚持马克思主义与防止“左”的错误的关系。

也许，由于立场的不同，有些争论是讲不清楚的，但事实永远是第一性的。苏联东欧放弃马克思主义，听任资产阶级自由化势力对国家生活的支配，最后导致共产党被取消，国家解体，资产阶级成为国家的统治阶级，劳动大众重新打入社会底层。这难道不是中国问题的重要参照系吗？

值得庆幸的是，在中国共产党的历史上，无论是在第一次国内革命战争失败的时期，还是在第五次反围剿失败的时期；在新中国的历史上，无论是在文化大革命时期，还是在后来20世纪80年代与90年代之交的国内外政治风波时期，或者在商品化大潮时期，党和人民经受了多次考验。在这些考验中，马克思主义被不断地重新阐释和解读，但党从来也没有放弃过作为思想旗帜的马克思主义，从而使广大党员和人民大众对其的信仰也没有根本丧失过，正是靠了这种富有象征意义的马克思主义的精神维系，党和国家才没有出现全局性的分崩离析。

从这样一个历史背景来看，敬之同志在意识形态领域对马克思主义的坚持，对资产阶级自由化的批评抵制，对党的文艺方针政策的执行，是有着特殊历史贡献的。

可是，有些人在描述这一段历史时，却歪曲小平同志的思想，抹杀历史真相，把反对资产阶级自由化和文艺战线的整顿，说成是敬之同志和意识形态部门的其他领导同志的“另搞一套”，是对改革开放的“违背”，等等。事实表明，敬之同志对意识形态领域中资产阶级自由化的批评抵制，完全是与党中央保持一致的。如果说有什么个人特点的话，那就是敬之同志坚定的党性，不会玩弄一些圆滑的手段。

这里特别应该提到，小平同志在1989年9月4日（这正是敬之同志复出之际）的谈话中指出：“我们要抓紧四项基本原则的教育，马克思主义基本理论的教育，搞几年风气就会变的。对文艺战线再加以整顿，整顿书刊市场，照现在的部署坚持下去，会变的。”这既肯定了中央在当时的做法，也明确地指示要继续这样领导文艺和整个意识形态。这个不可篡改的历史事实，有助于我们去理解敬之同志复出后，在中国和世界社会主义事业面临严峻考验的时候，为党和人民所作出的特殊贡献。

作为文艺界的领导，敬之同志的马克思主义立场不只是表现为坚持四项基本原则，同时还表现为发展马克思主义文艺理论。

随着改革开放进程的发展，中国的社会主义文化基础发生了重大的变化：社会主义民主和法制逐渐健全，思想和言论的自由得到了切实的保障；经济体制改革促进了生产力的发展，人民生活水平提高，人群分化多种经济实体，不同的文化需要、文化表达欲望也相应增长……尽管此中存在着资产阶级自由化的破坏性影响，但党的文艺方针随着社会的发展而发展，这也是符合规律的。可以说，在文艺方针方面形成新的表述的历史条件，正在走向成熟。

一个非常重要的事实是，在20世纪80年代和90年代之交，正是在敬之同志的主持和领导下，“主旋律”与“多样化”这两个术语开始出现在党的文件上，并带有规范化的趋势。

早在1984年5月5日，敬之同志就在全国城市雕塑第二次规划会议上的讲话中谈到了“一”和“多”的辩证关系。他说：

> “多”是指多样化，“一”是指要有重点、有主调、有主旋律。这两者的关系要处理好。毫无疑问，我们的社会主义文艺，不能是多种思想倾向不分是非、多种艺术表现不分优劣和主次，一概兼收并蓄的大杂烩。我们要以革命的思想内容和更能表现这种内容的主题和题材作为主旋律，以民族风格为主调，以能为更广大的人民喜闻乐见为重点。只有坚持这样的“一”才能体现我们的社会主义城市和具有我们民族特色的社会主义文艺的本质特征……我们的文艺应义不容辞地起到爱国主义、集体主义、社会主义和共产主义的思想教育作用……我们应当坚持这个“一”，这是从艺术社会功能这个方面来说的。
>
> ……但这个“一”绝不是唯一，这个“一”绝不能离开“多”。这就是说，还必须有多样化。不仅在形式风格方面要有多样化，在思想内容上也要有多样化，不仅在革命化的思想内容的表现上要有主题、题材的多样化，还要有思想内容本身的不同层次、不同高度，例如共产主义、社会主义、爱国主义、民主主义，以及一般性的健康有益等等的多样化。不仅在

民族化、群众化的统一要求下，应当有实现这个要求的不同途径、不同地方特色、不同的艺术流派和艺术家个人独创性等等等内部的各个层次上的多样化，还应当允许在政治方向一致的前提之下，在艺术民族化要求之外的某些艺术现象的存在和发展，因而形成更大范围的多样化。

资料表明，在这之前，只有电影局规划创作题材时使用过“主旋律”一词。而由文艺界领导人从整个文艺创作发展的角度，从理论上加以阐述，这还是首次。

1989年敬之同志就批准召开并亲自出席了关于坚持主旋律与多样化相统一的理论研讨会。在此背景下，1991年3月，中宣部、文化部、广播电影电视部发出《关于当前繁荣文艺创作的意见》，提出了“坚持发展多样化与突出主旋律的统一”的口号。应该说，这一提法丰富了执政党在改革开放时期的新的文化战略思想，形成了对社会主义文化方针的新认识。

到1994年1月，在全国宣传思想工作会议上的讲话中，江泽民总书记用明确的、规范化的语言指出：“弘扬主旋律、提倡多样化是坚持‘二为’方向和‘双百’方针的具体体现。”

此后，1996年10月中共十四届六中全会《关于加强社会主义精神文明建设若干重要问题的决议》正式使用了“弘扬主旋律，提倡多样化”这一提法；1997年9月，在中共十五大报告中，这一提法再次得到肯定。

现在，“弘扬主旋律，提倡多样化”已正式成为我们党在社会主义市场经济条件下的文化方针，其对“双百”方针的补充性、发展性关系也得到明确认定，它对重建主流文化的重要意义正在逐渐显示出来。

从这一事实看出，尽管敬之同志说自己不是文艺理论家，但他对马克思主义文艺理论的贡献是客观存在的，说明他对马克思主义是抱着既坚持又发展的正确态度的。

敬之同志作为一位著名诗人、作家，能够在文学创作之外作出这样的贡献，实在是不容易的，我相信，共和国的历史将永远记住这一切。

（原载《回首征程》，文化艺术出版社2005年出版）

别一种意义的浪漫

——略谈贺敬之的文艺思想

董学文

贺敬之是以诗人名世的，但他的文艺思想也有不少独到的地方。一提起贺敬之，至今很多人仍能不假思索地冲口诵出他那一系列感动人心的作品：歌剧《白毛女》，诗作《回延安》、《放声歌唱》、《桂林山水歌》、《西去列车的窗口》、《雷锋之歌》等。贺敬之所以能取得如此灿烂的为世人称道的艺术成就，一方面离不开他长期以来在创作实践领域的辛勤耕耘，另一方面也与他对文艺理论问题的认真思考密不可分。

贺敬之的文艺思想，往往着眼于时代课题，结合自身的创作经验，展开积极的探索。虽然他总是谦逊地评说自己，是“由于多年来个人在创作实践中的某些感受，也由于全国解放后做过几年编辑工作和戏剧创作的组织工作，使我对当时的文艺工作和文艺思想中的某些问题不能不有所思考，有所学习，因此也就难免要发表一些意见”①，但这其中确乎闪烁着诸多的真知灼见。

对于艺术，贺敬之有着明确的认识。他说过：“诗以及所有的文艺作品，必须真实地反映客观生活，同时也必须真实地反映主观感受。”② 这一见解，对克服将作家的主体因素完全排斥于文艺之外的观点产生了积极的作用。这里，贺敬之规定了文艺反映现实的根本性。在他看来，正是复杂多样、丰富多彩的生活，为作家的创作提供了无尽的素材和资源。艺术一旦无视实际，脱离生活，必将沦为失去活力的“无源之水”，丧失生机的“无本之木”。他自己

① 《贺敬之文艺论集》，红旗出版社 1986 年版，第 1 页。

② 《贺敬之诗选·自序》，王宗法、张器友编《贺敬之专集》，江苏人民出版社 1982 年版，第 27 页。

的创作，就无不是根植于现实的沃土，吸收现实的光与热，走向成长迈进成熟的。早期，他写于延安时代的《乡村之夜》，就真实地呈现出旧中国农村的悲苦生活，无情地揭露了旧社会农民与地主、中华民族与外来侵略者之间深重的阶级矛盾与民族矛盾。写于解放战争时代的《朝阳花开》，则集中地反映了根据地人民翻身作主人后的新生活、新面貌。建国后的作品，从《回延安》开始，到后来的《放声歌唱》、《三门峡——梳妆台》、《桂林山水歌》、《西去列车的窗口》、《雷锋之歌》、《向秀丽》、《中国的十月》、《“八一”之歌》等，均是站在历史的高度，广阔深远地描绘出一幅幅壮美的画卷。正是由于坚持了正确的文艺现实观，贺敬之的作品在历史的“急行军”中才始终与时代同步，折射出耀眼的光辉。

显然，贺敬之并没把文艺反映现实简单地等同于机械的复制生活。为此，他认真地批评过仅仅限于罗列生活现象的“自然主义”，并幽默地称之为“生活素材的照相展览”。认为这种不加辨析、不加选择地对生活巨细无遗的“实录”，表面上虽然与原生态的生活毫无二致，实际上其内涵却是空洞虚伪、苍白无力的。即便“它可以写出一百个、一千个不同的生活的细节”，但“无论如何它不能概括地描写生活现实的深刻本质”[①]。因此他认为，文艺对现实的真实反映，决不能囿于表面生活的“形似”，决不能停留于对生活的局部的、片面的、细节的摹写，而应该冲破层层叠叠、形形色色生活表象的迷雾，提升出生活的内在意义和应有价值。

艺术对生活本质的把握并不像科学探究事物的规律那样是纯粹理性、逻辑抽象作出的，相反，这些作为生活真相存在的东西必须为作者真切感受、与作者血肉相连。在此意义上，贺敬之非常重视文艺与作者主观感受的关系，尤其是文艺与感情、思想的关系，他是较早从理论上强调作家的主体性和忠于“自我”情感体验的诗人。

贺敬之言及的艺术“感情”，首先是强烈的、真诚的、发自作者内心的，决不允许任何人为制造的虚假成分的入侵。它是作家在现实生活的触动下自然而然产生的，包含有充实丰盈的客观内容。他说：“文艺创作是绝对做不得假的，因为它是灵魂深处的反映。”[②] 特别难能可贵的是，贺敬之还提出，艺术中“感情”的具体生成，必须经过作者的性格、志趣、气质等因素的选择，

① 贺敬之：《谈提高作品的思想性》，《贺敬之专集》，江苏人民出版社 1982 年版，第 46 页。
② 贺敬之：《戏剧创作要为新时期的总任务服务》，《人民戏剧》1978 年第 9 期。

感情不是众生一致、普遍一律的。因此，“感情”的差异性是艺术自身的内在属性，作家都应该尊重它、顺应它。真正的作家都应具有此种独立抒写个人真情实感的能力与勇气。这就为作者的创新写作提供了偌大的艺术空间。

在这里，应该区分的是，贺敬之所提倡的作者独创性的感情表达，旨在强调感情的真实性和鲜活性。他不主张甚至强烈反对作家脱离现实的主观臆想和脱离集体的个人主义吟唱。贺敬之始终不渝地坚持这一观点。在“左”的思潮横行的时候，作家容易成为简单的时代和政治传声筒，为改变和防止这一状况，他曾大声疾呼文艺创作离不开作家产生于生活的真实情感。当环境和气氛变了，有人开始鼓吹文艺是作家纯粹的“自我表现”的时候，为纠正这一偏颇认识，他又专门撰文阐发自己的观点：“我们是需要作家用作品提出他对生活的独特的发现、独到的见解的。这样的东西正是艺术生命力的表现……但有一个界限，就是这些发现和见解尽管是有个性、有独创性的，但它必须反映客观实际，必须符合马克思主义基本原则，这才能是正确的，对人民有利的。”①这一辩证的观点，在他对艺术思想性的相关论述中得到甚为鲜明的体现。

贺敬之认为，文艺作品必须具有思想性。他曾清楚地说过，所谓“提高思想性”，就是意味着要求作家的正确思想认识和在这指导之下的艺术创造的意念（属于主观方面的）和他的创造对象——客观生活内容的高度结合。在此基础上，贺敬之着意揭示思想、感情、生活三者之间的内在关系。他说，“作者不仅要有正确的思想去认识生活，而且要以这种正确的思想去和生活形象发生一种血肉关系。同时，也就因此产生一种饱满的，是生活的也是创造的感情来。”这就正面回答了“感情”到底是什么的问题：“这种‘感情’便是思想和生活统一结合的血肉产物，是整个艺术创作过程的生命。”②“感情”不是彻底自发、完全自我的，从根本上来讲，它受到生活以及人的世界观、人生观、价值观等的限制与约束。也许有人会对此提出异议，认为这将造成对作家个体性感情表达的较大局限。其实，倘若将贺敬之的观点置于人类的文学实践和历史的时空中加以考察，那么便会发现，他的看法有其学理的科学性和历史的合理性。

在充分肯定“感情”的艺术意义的同时，贺敬之进而指出艺术中的“思

---

① 贺敬之：《对当前文艺工作的几点看法》，《贺敬之文艺论集》，红旗出版社1986年版，第167页。

② 贺敬之：《谈提高作品的思想性》，《贺敬之专集》，江苏人民出版社1982年版，第43页。

想”必须为“感情”所具体化。如果只是生硬地把一些思想概念强置于作品中，没有通过作者感情的融化，没有达到与生活的有机结合，那产生的只能是枯燥无味的标语口号。因此，贺敬之坚决反对将文艺作品处理成为“思想情况汇集”之类空泛的东西。

贺敬之本人的作品，无论是写回延安、游桂林，还是歌唱雷锋、咏赞祖国，无不深情洋溢、激昂高亢。在这些激情燃烧的文字里，读者真切地感受到他发自肺腑的按捺不住的非写不可的炽热情感，其间没有丝毫的虚伪呻吟、矫揉造作，读者的心灵也随之起伏跌宕，感动不已。

近半个多世纪，歌唱祖国锦绣河山、英雄人物、社会主义革命和建设的作品可谓多矣，但为什么贺敬之的作品至今仍那么打动人心、启发情思呢？让我们还是用他自己的话来加以总结吧，他说：“当我脱离生活，或者浮光掠影地对待生活的时候，我就没有什么大的激情。没有什么大的激情，就不可能有什么艺术想象。”并认为“革命浪漫主义之不足，常常也是革命的现实主义不足的结果”①。这是很有见地的。他的作品、他的思想、他的激情、他的想象，都是源自生活，源自对生活深切的感受，所以才一直具有魅力和感染力。

众所周知，贺敬之创作的作品，数量上并不多，但质量上却几乎篇篇都有所保证。这正是他的文学观念直接指引的结果。我们发现，在创作中他很注意提炼情感，深化思想，往往不会止于一时一地一人一物的情感撞击而冲动成文，而是较为长久地专注生活、感受生活、思考生活，伴随着情感的积蓄，思想的深化，再将那种情不可遏、理不能挡的精神感受付诸笔端。如此锤炼出来的情感，不再是作者个人情思的无限膨胀，而是与现实与人民紧紧相连、息息相通的情感。这种情感既具有感性的精度与纯度，更具有理性的历史的广度与深度。因此，他的作品不仅传达出个人的旨趣抱负，而且总是能够站在时代的高处，把握现实的若干本质特征，表现广大人民群众的愿望要求，捕捉住历史的美感与诗意。

贺敬之在《雷锋之歌》里深情地颂扬了雷锋这样一位优秀的共产主义战士。但他并没有割断雷锋与历史的联系，而是将其置于社会主义建设的宏伟背景中，从探索人生真谛的角度加以追问与思索。从而，既揭示出雷锋崇高无私的品质，又回答了时代和人生的课题：“在这广大的世界上呵，/哪里是我/最

① 贺敬之：《谈歌剧的革命浪漫主义》，《贺敬之文艺论集》，红旗出版社1986年版，第51页。

迷恋的地方？/哪条道路能引我走上最壮丽的人生？”“人，/应该/怎样生？/路，/应该/怎样行？”[①] 这样对雷锋的歌唱，就有了充实深厚的内容，与我们的事业、与人民的理想、与人生活的意义与目的联系起来，具有了高度的思想性和纵深的历史感。如此雄浑高迈的境界与情操，能不感染人打动人吗？这样蓬勃而厚重诗篇，能不具有长久的生命力吗？贺敬之的诗歌创作是他的文学思想的很好的注脚。

立足于这样的文艺观，贺敬之表达了革命浪漫主义和革命现实主义是社会主义时期两种不同的创作方法，应受到同样重视，应使它们相互结合的理论观点。这有力地纠正了很长一个时期文艺界拒绝承认革命浪漫主义存在的合法性，“甚至有时候，‘浪漫主义’这个字眼成了反面的、‘可怕’的东西”[②] 的看法。同时，也驳斥了后来有些人较为极端的认识，即将建国以来凡是带有革命浪漫主义色彩的作品一概斥之为“假大空”和“瞒与骗”的文艺。贺敬之在梳理中国文学史的过程中，指出浪漫主义是中国文学创作的优秀传统和宝贵经验。自屈原开浪漫主义先河以来，我国文坛不断涌现出卓越的浪漫主义作家，如李白、陆游、辛弃疾等等。在对这些作家及其作品具体考察后，他还发现，爱国主义、人道主义和理想主义的结合，是我们古代诗歌中浪漫主义激情的动力。那些杰出的浪漫主义作家，都怀有对生活和未来的美好憧憬与理想，为此，他们瞩目于国家民族的安危盛衰，牵挂着天下苍生的悲欢冷暖，内心深处不时激发起豪情壮志，并在这些强烈情感的驱动下，才谱写出许多动人心魄的美文和诗章。在社会主义新时期，浪漫主义演变为革命的浪漫主义，那也一定是自然而然的事情。

归根结底，革命浪漫主义在贺敬之那里是“以马克思主义世界观作指导的，它更多地侧重于表现对理想的追求，对光明和未来向往的热烈情绪。但它的这种精神是扎根现实之中的，是和实事求是的精神不相矛盾的”[③]。贺敬之在强调革命浪漫主义的内容特征时，并没有忘记文学艺术的美学特征。

新时期以来，贺敬之就如何正确认识文艺的本质和特征等问题，进行了更为深入细致的探讨和思考。尤其是他对有中国特色社会主义文艺和文化的论

---

① 贺敬之：《雷锋之歌》，《放歌集》，人民文学出版社 1972 年版。

② 贺敬之：《谈歌剧的革命浪漫主义》，《贺敬之文艺论集》，红旗出版社 1986 年版，第 49 页。

③ 贺敬之：《对当前文艺工作的几点看法》，《贺敬之文艺论集》，红旗出版社 1986 年版，第 171 页。

述，可以说是我国社会主义先进文化建设的一笔宝贵的财富。

今天，我们讨论贺敬之文艺思想的意义和价值，不能不考虑现实的精神文化背景。谁也无法否认，贺敬之式的浪漫的理想的革命的文艺观，曾遭到坚持新自由主义和“新启蒙”观念人的非议、排拒和狙击。他们认为贺敬之理论和诗歌中的“感情”和“自我”，是非人的、不真实的、异化的“感情”和“自我”；他们认为贺敬之张扬的是一种“粉饰太平”的“意识形态写作”；他们认为贺敬之坚持的美学原则是一些“过时”的东西。总之，判断的结果是很不相同的。

我以为，这里的理论核心不是文艺创作中要不要“自我”的问题，而是要一个什么样的“自我”的问题。换句话说，贺敬之展示的文学“自我”，与个人主义、自由主义迷恋的文学“自我”是对立冲突的；他的文学理念和价值观，与启蒙主义、抽象作出人性论的文学理念和价值观也是大相径庭的。我很赞赏一位学者的意见，他说：贺敬之这辈人是处在这样的历史潮流中，“中国化的马克思主义——毛泽东思想直接哺育了他们这一代的精神生活，掀天的九曲黄河的历史风涛撕碎过他们的层层军衣，他们用剑，用笔，直接参加了埋葬旧世界、创建新世界的伟大历史性工程。在与新的人民群众的时代结合的过程中，诚如他自己所说，他们‘重新解释了人’，从而获得了关于‘自我’的革命性观念。”① 这确是问题的关键。倘我们分析问题不从这里着眼，那许多道理就难以解释清楚。

在文学理论上侈谈抽象作出的人，搞“自我中心”、“自我至上”、“私人化写作”，不以人民为本位，不关注底层群众，不注重“自我”的政治品质和人生历练，不在社会实践中坚持个体融入人民的历史性选择，注定会与进步的文艺观格格不入。别林斯基说过：“没有一个诗人能够由于自身和依赖自身而伟大，他既不能依赖自己的痛苦，也不能依赖自己的幸福，任何伟大的诗人之所以伟大，是因为他的痛苦和幸福深深植根于社会和历史的土壤里，他从而成为社会、时代、以及人类的代表和喉舌。”② 贺敬之则说过：“诗人的‘自我’跟阶级、跟人民的‘大我’相结合。”③ 诗人“通过属于人民的这个‘我’，去表现‘我’所属于的人民和时代”。要重视艺术中的“自我”，但“不能因

---

① 张器友：《抗拒不了的传统——论贺敬之的诗歌创作》，《高校理论战线》2004 年第 11 期，第 38 页。

② 《别林斯基论文学》，新文艺出版社 1958 年版，第 26 页。

③ 贺敬之：《战士的心永远跳动》，《光明日报》1979 年 6 月 17 日。

此把诗的本质归结为纯粹的自我表现”，诗人要“与时代共呼吸，与人民共命运”①。可见，革命民主主义作家和无产阶级文艺战士，在这点上精神是相通的。

毫无疑问，贺敬之的文艺思想在当下有着重要的理论意义与现实价值。他的革命的浪漫的昂扬的奋发的文艺观，不仅属于过去，属于现在，而且也属于未来。这一文艺观是有益于培植和建构作家诗人新型健全的文化人格，有益于扫除文坛上那种萎靡低俗卑琐的风气，有益于在满足文艺多样性需要的基础上唱响主旋律的，或者说，是繁荣社会主义文艺的一剂良药。我们不能被特殊历史语境——社会主义、共产主义运动处于低潮——中某些派生的所谓“现代”或“后现代”现象遮蔽住自己的眼睛。记得马克思当年曾说过这样一段意味深刻的话，他说：粗俗文学重新出现在德国人面前是并不奇怪的。对历史发展发生的兴趣，不难克服这类作品在那些甚至鉴赏力不高的人们中间所引起的美学上的反感。② 我想，我们认识贺敬之，某种程度上就是在认识一段文艺的历史。只要人们了解了波澜壮阔的中国现当代文艺及其思想的发展历程，只要人们看清楚纷纭复杂的中国现当代文化的真实脉动和走向，就有理由对中国文艺的未来充满信心，就有理由对刚健清新的艺术怀抱希望。而在这个过程中，贺敬之的文艺思想，无疑提供了珍贵的观察视角，提供了积极而独到的启示。

（原载《高校理论战线》2005 年第 8 期）

① 贺敬之：《李季文集·序》，《李季文集》，上海文艺出版社 1982 年版。

② 马克思：《道德化的批判和批判化的道德》，《马克思恩格斯选集》第 1 卷，第 162 页。

闪耀着辩证法光芒的精彩诗论

——在《贺敬之诗论》出版座谈会上的发言

杨志今

贺敬之同志是我从学生时代起就十分景仰的大诗人、大剧作家，后来又知道，他还是一位很有见地的诗论家。再后来我又有幸成为他的部下，常常聆听他的教诲，获得了人生和艺术多方面的教益，因此得知他的诗论结集出版感到十分高兴，特表示衷心的祝贺，也感谢人民文学出版社为我们奉献了这样一部内涵丰富、很有价值的精美论著。

敬之同志不仅是大剧作家大诗人，同时也是社会主义文艺的重要领导人。早在上世纪40年代他即因新歌剧《白毛女》而蜚声文坛，新中国成立后，他为伟大的时代和人民放声歌唱，是家喻户晓的杰出诗人，《回延安》、《雷锋之歌》、《放声歌唱》、《西去列车的窗口》等诗已经成为当代文学的经典之作，鼓舞了一代又一代人。作为党的文艺工作的领导者，他为社会主义文艺的繁荣发展呕心沥血，特别是新时期以来，他亲自主持和参与了许多重大文艺方针政策的制定和贯彻，对社会主义文艺的本质、特征和规律有着深刻而独到的认识。诗人与领导者的双重角色，使他的诗论既富于浓郁的理论色彩，也具有鲜活的实践特点，是我国社会主义文艺理论宝库中的重要财富。

敬之同志诗论的鲜明特点是始终坚持马克思主义文艺观，始终强调文艺创作的社会责任，他一直主张要将抒人民之情和抒个人之情相结合，将“小我”和“大我”相结合。他认为，“文艺是通过自我的主观世界，作为媒介，去表现群众的、社会的客观世界，是为了对社会发生作用。”“真正属于人民和时代的诗人”，“必定要同人民结合，同时代结合”，“愿为人民鼓与呼，甘当人民的代言人”。他主张：“诗人和诗，要同人民结合，同时代结合。这是一个具有根本意义的道路问题。”他身体力行，以这样的标准要求自己，并进行艺术实践，无论是在民族危亡的时候，还是在共和国建设时期，都不断“发出声音，和人民一起共鸣”。在经济全球化、文化多样化的今天，在如何看待创作与时代、创作与人民的关系等问题上，争论和分歧一直存在，如何在富于个性化的创作中，更好地把握时代精神，反映人民心声，敬之同志的主张无疑有着多方面的启示意义。

敬之同志对诗歌创作始终保持着不倦的探索精神，历来主张文艺创作要不断开放和创新。他指出：“发展社会主义文艺，一定要解放思想，实行开放，大胆创新，不如此就不能大踏步前进。”“在诗歌艺术反映现实生活的方法、途径、手段和形式等等方面，理应大胆地、开放式地进行探索、突破和创新”，“必须增强开放性、多样性和创新意识，进一步向包括西方现代派诗歌在内的一切外国诗歌吸取有益的东西”，同时他强调开放和创新的目的是创造性地发展马克思主义文艺观并发扬社会主义文艺传统，他多次谈到戴望舒的现代诗、舒婷的“朦胧诗”等的探索很有借鉴意义，希望打开思路，凡是有利于社会主义文艺繁荣的就加以接受，这些论述在今天仍然具有新鲜的魅力。

敬之同志对诗歌创作的内在规律有着独到认识，他一贯提倡诗歌创作要讲究“真、深、新、亲、心”，主张遵循艺术规律，注意形式美，要走民族化、群众化的道路，紧跟时代步伐，反映民族精神，让群众喜闻乐见。他不仅为我国新诗发展做出了重要贡献，而且在旧体诗创作方面也有很深造诣，他的创作实践和理论概括，对旧体诗反映当代生活产生了积极影响。

我们读敬之同志的文艺论著，首先要学习他坚定的马克思主义文艺观。他始终从社会主义事业全局的高度，从贯彻落实党的文艺方针政策的高度，从文艺繁荣发展的实际出发，考察文艺现象、辨析文艺思潮、评价文艺作品。他的诗论处处闪烁着辩证法的光辉，为我们做好当前的文艺工作提供了有益的指导和启示。其次要学习他勤奋刻苦、孜孜不倦、勇于探索的精神。他在担负着繁重的领导工作的同时，仍然坚持创作和研究的实践与创新，为我们留下了宝贵的精神财富。他对作家艺术家满腔热情，坦诚相待。他光明磊落，敢于讲真话，敢于批评不良倾向。同时，他倾力扶持和帮助青年作家，成为他们的良师益友。

总之，敬之同志的诗论蕴涵着许多珍贵的思想，需要我们认真研究吸收，以上认识只是我初步学习的肤浅体会。最后祝敬之同志健康长寿，永葆创作活力。

（原载《回首征程》，文化艺术出版社 2005 年出版）

读《贺敬之谈诗》[①]

绿　原

作者贺敬之是中国当代诗歌界的著名诗人，他的许多篇章，包括少年时代以笔名“艾漠”发表的一些清新之作，至今还为他当年的读者所传诵。无论是战争年代动人心弦的歌剧《白毛女》，或是建设时期的政治抒情长诗《雷锋之歌》，都给广大读者留下了难以磨灭的印象。

贺敬之同志并不是一位职业诗人，他的歌颂祖国美好山河、激励人民不断向前的作品，大都是他在繁忙的公务中挤时间写出来的。他以自己的实践证明：一个为人民歌唱的诗人，在任何环境或任何情况下，都能够以自己的真情实感写出好诗来。由人民文学出版社出版的《贺敬之谈诗》，可以说是他在诗歌领域六十多年的实践经验的总结，也是他的诗观以至文学观的集中体现。这些经验和见解涉及诗与时代、与生活、与政治的关系，诗歌创作中内容与形式、继承与创新、诗品与人品、民族传统与西方文化、革命现实主义与革命浪漫主义的关系，以及诗的民族化、现代化、革命化、群众化等等方面的议题。为了推动中国新诗的健康发展，诗人、诗评家以及爱诗的读者们都会有兴趣研究各种不同的诗学观点，并在探讨、对比、切磋中，增进不同理论的良性沟通，达到可能的融合。贺敬之同志作为革命现实主义诗歌的代表之一，他的诗学实践及诗学理论引起评论界和读者的广泛重视，是十分自然的。

作为一个普通读者，我在这本《谈诗》中，读到了许多可以引起共鸣的观点。例如：“才华是很脆弱的东西，它只有在为人民歌唱中才能青春永驻。”“真正的诗不是升官发财的工具，往往倒是所谓‘诗穷而后工’。”“能够打垮诗人的只有自己，不能遏制的是他为人民歌唱的热忱。”“任何有血性有激情

① 《贺敬之谈诗》：人民文学出版社2004年出版。

的人，都会永远记住民族曾经经历的那段岁月，诗歌如果回避这段革命的历史，将是最不真实的。”“真正决定作品命运的是作品本身和作者本人的价值。即便是好的评论文章，也还是要经过客观检验的。真正的权威评定者是人民，是历史。”“绝不能否定中国新诗的成就。”“诗歌的道路是宽广的。”“有益无害的诗歌，都应成为社会主义国家诗歌的组成部分”等等。

在这本《谈诗》中，我还读到了不少摆事实、讲道理的持平的见解。例如，关于“革命现实主义”，他说，“图解政治，充当政治传声筒的做法必须反对，但同样不能导致所有诗人和所有诗歌作品都排除政治内容”；“只许歌颂光明、不许暴露黑暗是完全错误的，‘假、大、空’必须彻底杜绝，但这样做不能导致用悲观主义、虚无主义看待社会主义的历史和现实”。这是关于政治、关于歌颂与暴露等抽象作出原则的辩证法。又如，“由于诗歌是形式感很强的艺术，注重形式美，探求‘有意味的形式，是完全必要的，但不能因此抛弃思想内容而走向形式主义，不能只要形式本身的‘意味’，而不要思想内容的‘意义’”；“必须增强开放性、多样性和创新意识，进一步向包括西方现代派诗歌在内的外国诗歌吸取有益的东西，但绝不意味着抹杀自身以往的成就。不能倒转过来独尊西方现代派，或把其中的某家某体奉为圭臬”；“不能造成这样的误解：仿佛艺术创新仅在于形式而不是首先在于内容；仿佛艺术形式只有绝对的变革性而没有相对的稳定性和继承性；仿佛形式运用的成败仅仅决定于创作者的主观意趣而于接受者的反应无关，因而可以置民族的、大众的审美心理于不顾”等等。这是关于探索与创新、形式与形式主义、开放与引进等具体创作问题的两点论。

对于这样一些诗学观点或见解，如能联系具体创作实践加以认真研讨，我认为，无疑是很有意义的。我不是诗评家，只是出于爱好，喜欢读各种类型的好诗，和以宽宏心态出之的反映不同审美兴味的诗评。我所以写这篇小文，除了上述缘故，还想提到另一点，那就是作者十分谦虚，可以从他的文风中看出：我们读他的这本书，感觉不到高等学府讲台上常见的严肃性，却有一种朋友间“疑义相与析”的亲切感。

（原载《回首征程》，文化艺术出版社2005年出版）

“谁是诗中疏凿手”

——评《贺敬之谈诗》

丁国成

多年以前，贺敬之同志曾为我写过一条幅，内容是金代元好问《论诗三十首》中的第一首：“汉谣魏什久纷纭，正体无人与细论。谁是诗中疏凿手？暂教泾渭各清浑。”我知道，他这是以“诗中疏凿手”相期许，而且不只是对我个人，更是对所有诗论家的期望——因为我写些诗评文字，但水平不高，难免让他失望。如今，拜读了《贺敬之谈诗》全部书稿，我发现，敬之同志，才是名副其实的“诗中疏凿手”！

敬之同志一再声明：“我不是诗歌理论家”，“不是文艺理论家”——这当然是他的自谦，尽管他确实没有系统的理论专著，但是，他对文艺理论的特殊贡献，却不可等闲视之。尽人皆知，我国新时期的文艺方针、政策做了重大调整，而其理论根据和思想基础则是马克思主义理论。敬之同志时为文艺界领导人，直接参与了在党中央领导下的事关我国文艺全局的理论探讨和政策调整，并就新的历史条件下文艺工作所面临的一系列重大理论问题，如怎样坚持和发展毛泽东文艺思想，怎样把握邓小平文艺理论，怎样贯彻“二为”方向和“双百”方针，怎样正确地吸收世界各国的优秀文化成果和应对西方各种思潮和挑战，怎样积极地繁荣创作和各项文艺事业，怎样开展马克思主义的文艺批评等，发表了深思熟虑的意见。对于推动党的文艺方针政策的贯彻执行，起了重要作用。

就诗歌而言，他的《谈诗》涉及到了几乎所有重大的诗歌理论问题，诸如诗与时代、诗与生活、诗与政治、内容与形式、继承与创新、诗品与人品、民族传统与西方文化以及革命现实主义与革命浪漫主义和诗的民族化、现代化、革命化、群众化等等，提出了一整套观点鲜明、思想深刻、见解精辟、大体完备的诗论主张。对于带根本性的诗歌理论，他甚至不避重复，反复进行论证，以期引起重视。他的诗论，既不同于诗人之论，也不同于学者之论、饱含其文学创作的甘苦得失、文化工作的成败利钝、理论研究的酸甜苦辣，在文坛诗界独树一帜，别具特色。

不做纯诗艺分析、不搞纯学术研究，有的放矢，论不空发，是《贺敬之谈诗》的最初动因。他特意题写元好问这首诗，显然是借古喻今，有感而发。元好问认为，汉魏以至宋金，名家辈出，流派纷呈。可是，汉魏风骨、优良传统，后世渐失，结果导致荒音累气，伪体乱真，而许多诗论家“无人”“细论”，或者泾渭不分、真伪莫辨，甚至是非颠倒、褒贬失当。因此，元好问期待着能有诗论家疏凿源流，别裁伪体，匡正诗风。这与新时期诗坛所出现的问题有某种类似之处。

必须说明，新时期的我国诗歌空前活跃，并且取得了可喜成就。《贺敬之谈诗》从整体到个案都有热情肯定。他说“绝不能否定中国新诗的成就”，有着两层含义：一、五四以来的中国新诗“辉煌的历史”，尤其是“革命诗歌”“不该被告别、被否定”；二、新时期的中国新诗，“粉碎‘四人帮’以来，特别是党的十一届三中全会以来，诗歌和整个文艺战线一样，成绩很大，是第一位的。”即使是对“新诗潮”中的诗人诗作，他也采取分析的态度，认为：“约定俗成称为‘朦胧诗’的作品中，情况是颇为复杂的，其中也有很好的，如舒婷、顾城（后来的情况属另一回事）、梁小斌等人早期的一些作品。因此，不能无区别地一概而论。”还有一大批中青年诗人例如纪宇、王怀让、易仁寰、张星海、刁永泉等等及其诗作，他都给予积极鼓励和高度评价。

然而，随着西方现代主义文艺思潮的一涌而进，诗坛在思想活跃和创作繁荣的同时，也呈现出不曾有过的混乱局面。一些舆论误导，益发加剧混乱，致使许多人盲目崇拜西方现代主义和后现代主义的文艺观、哲学观、价值观、人生观。“现代诗只能横的移植，不能竖的继承”在相当范围内成为强势话语。有影响的论者坚持不断地鼓吹表面上笼统、实则针对社会主义实践的“我不相信”和为己所需而加以歪曲的“朦胧诗的怀疑精神”，呼应“躲避崇高”、“告别革命”、“消解主流意识形态”等口号在思想界和文坛的传播，倡导极端自我的所谓“个人化写作”乃至于什么“下半身写作”等，若干年来花样不断翻新。对于这种情况，敬之同志一针见血地指出：“虽然看起来包装各异，听起来众声喧哗，其实有一点却是众口一词的，就是排除马克思主义、毛泽东文艺思想。”尽管“人数不多，但他们能量不小，影响很大，危害深远”。

作为一位矢志为人民歌唱的老诗人和在思想文化战线工作的老战士，面对历年来出现的“左”和“右”的错误思潮在文艺领域的表现，敬之同志通过各种形式——文章、序言、访谈、讲话、书信、题词等，发出了自己的声音。这是为社会主义文艺健康发展和文坛新人健康成长而呼号。它不是一个人的独唱，而是坚持社会主义方向和正确改革观的众多文艺“疏凿手”的同声合唱。单就诗歌来说，它是坚持“和时代同步、和人民同心”的众多老、中、青诗人的共同心声。尽管一部分人不予认同而加以拒斥，但它在广大读者和人民群众那里却是诗心与民心共振、文情与民情共鸣的正音和强音。

坚持马克思主义诗学观，立足于社会主义诗歌的坚守和创新，对于发展过程出现的问题采取实事求是、辩证分析的态度，是《贺敬之谈诗》的主要特色。他说：“毫无疑问，我们的诗歌和整个文学艺术一定要更加广泛、深入和大胆地吸收外国文艺一切有益的理论观点和创作经验，新时期的社会主义文艺一定要消除过去在‘左’的影响下形成的一切积弊，继续解放思想，进一步纠正对马克思主义的教条主义态度和对革命文艺传统的故步自封的态度，勇于改革和创新。但是这样做，绝不意味着要以偏离社会主义方向为代价。恰恰相反，在新的历史条件下，正确地继承和创造性发展马克思主义文艺观并发扬革命文艺传统，这正是包括诗歌在内的新时期的社会主义文艺要取得更大成就的一个必不可缺少的条件。”这是他论诗谈艺的基本精神与核心思想，贯穿于《贺敬之谈诗》的始终。他多年来一直在思考“文艺的普遍规律和特殊规律”。他说：“如果否定前者，文艺发展就失去了借鉴和继承的依据；而否定后者，无产阶级的革命文艺和社会主义文艺就失去自主性、独立精神和创造精神。这样，也就同时否定了人类文艺史必然要发展到社会主义文艺阶段这一普遍规律。”作为文艺的一种形式，社会主义诗歌自然也是人类诗歌史的必经阶段，既具有人类诗歌的普遍规律，又具有社会主义诗歌的特殊规律。这就从诗歌根本规律的高度，深刻阐明了我国诗歌发展的必然趋势和基本属性。

根据敬之同志概括的马克思主义经典作家的科学论断以及他本人的独到阐发，社会主义诗歌同社会主义文艺一样，“有自己坚实的政治基础、哲学基础”，其特殊规律的主要之点就是：“一、为工人阶级和广大人民服务、为社会主义服务的指向性同广阔的艺术民主、创作自由的辩证统一；二、无产阶级世界观、社会主义意识形态内容的主导性同艺术方法、形式和审美创造的多成分、多层次性的辩证统一；三、社会领导力量（党和政府）对文化艺术工作的宏观计划指导的自觉性同艺术发展的内在要求、文化艺术生活的自愿性、广泛性的辩证统一。”（《关于建设有中国特色的社会主义文化的几点看法》）这是社会主义文艺包括诗歌的特殊规律的重要内容。具体到诗歌，他说，社会主义诗歌的“根本特征”和“具有本质意义的东西”就是：“诗，必须属于人民，属于社会主义事业。按照诗的规律来写和按照人民利益来写相一致。诗人的‘自我’跟阶级、跟人民的‘大我’相结合。‘诗学’和‘政治学’的统一。诗人和战士的统一。如此等等。”他认为，这是诗人郭小川和“他同时代的战友们共同的回答”，当然包括敬之同志在内。如果用“更明确的语言来说”，即“排除‘左’和‘右’的歪曲，正确地实践马列主义、毛泽东思想对诗人的要求”。

同时，敬之同志指出，社会主义诗歌与社会主义国家诗歌不能混为一谈，这是两个不同的概念。他说：“一方面，社会主义文艺必须具有社会主义、共产主义的思想内容，这是文艺性质的区别所在。在社会主义国家的文艺现象中，这种文艺应当是核心部分、主导部分。而另一方面，一切具有爱国主义、民主主义思想内容，或仅对历史和社会具有认识价值，或仅具有健康的审美价值和愉悦作用的文艺，都应当成为社会主义国家的文艺事业不可缺少的组成部分。”（《联系文艺工作实际学习十二大精神》）诗歌也同样如此。社会主义国家诗歌须有不同层次、不同种类、不同形态，绝非单一性的，而是多样化的。保证诗歌“具有社会主义、共产主义的思想内容”，并使之成为社会主义国家诗歌的“核心部分、主导部分”——这就避免了模糊社会主义诗歌性质和模糊社会主义国家性质的右的错误；坚持诗歌思想内容、艺术形式、题材手法、风格流派的多样化，只要是有益无害的诗歌，都就成为社会主义国家诗歌的“组成部分”——这就避免了机械教条主义和狭隘宗派主义的“左”的错误。

当然，无论是人类诗歌的普遍规律，还是社会主义诗歌的特殊规律，人们都仍然处在逐步摸索、认识之中，完全可以、而且应该继续进行探讨。但是，像敬之同志这样旗帜鲜明地论述文艺包括诗歌的普遍规律和特殊规律，似乎还不多见，必将对我国文艺包括诗歌的理论研究和创作实践产生广泛影响，有着深远的现实意义和历史意义。从中看出敬之同志对马克思主义的坚定信仰、对社会主义的执著追求，以及对诗歌艺术的科学态度和探索精神。

论诗谈艺虽然并不系统，也少长篇大论，但他所论往往高屋建瓴，言简意赅，充满了唯物论和辩证法。理论要能服人，不在耍花枪、唱高调，而在力求全面、彻底。敬之同志论诗，力戒片面性、表面性，严防简单化、绝对化，总是尽量全面地、发展地、辩证地分析问题，因而他的论述常能切中肯綮，入木三分。

例如他谈论较多的“小我和大我，主观和客观”问题。他说：“要抒人民之情，叙人民之事。对于这一点，不能曲解成否定诗人的主观世界和摒弃艺术中的自我。另一方面，也不能因把诗的本质归结为纯粹的自我表现，致使诗人脱离甚至排斥社会和人民。重要的问题在于是怎样的‘我’。诗人不能只靠孤芳自赏或遗世独立而名高，相反更不会因抒人民之情和为人民代言而减才。对于一个真正属于人民和时代的诗人来说，他是通过属于人民的这个‘我’去表现‘我’所属于的人民和时代的。小我和大我，主观和客观，应当是统一的。而先决条件是诗人和时代同呼吸，和人民共命运。”敬之同志的分析要言不烦，却又鞭辟入理，言虽简略，而意实周赡，澄清了一些混乱不堪的理论是非。

“主观和客观”的辩证关系。马克思主义的基本原理是：存在决定意识，意识是存在的能动反映。诗歌作为意识的一种形式，当然是诗人主体对于存在客体的能动的审美反映。连同诗歌在内的“文艺创作更需要主体性的发挥”，“否定诗人的主观世界和摒弃艺术中的自我”就等于否定了诗人的能动作用，自然也就否定了诗歌、摒弃了艺术。因此，必须充分肯定和尊重诗人的主体性。但这只是问题的一个方面。另一方面，也“不能由此否定（主体）对客观世界的依存关系，主观应当和客观相一致。在发挥主观能动性同时应接受客观世界和客观真理的制约”。这是因为脱离客观存在的主观意识就成了无源之水、无本之木，是并不存在的。连黑格尔老人都说：“在艺术里，感性的东西是经过心灵化了，而心灵的东西也借感性化而显现出来了。”（《美学》一卷）苏珊·朗格也说：“艺术是情感的客观化，是自然的主观化。”（《心灵》）诗人主观心灵，凭借客观感性而体现出来；诗中的感性东西，也不是纯粹的客观存在，而是经过诗人主观化了、“心灵化了”，亦即主观的客观化、客观的主观化，并反转来影响客观，即敬之同志所说：“文艺是通过自我的主观世界，作为媒介，去表现群众的、社会的客观世界，是为了对社会发生作用。”（《新的时代和作家的责任》）主观和客观既是互相对立的，又是彼此统一的。过分夸大主观作用，以为诗歌就是“纯粹的自我表现”，难免陷入主观唯心论；过分夸大客观作用，以为诗歌只是照相式的复制客观，则难免陷入机械唯物论。

“小我和大我”的辩证关系。“重要的问题在于是怎样的‘我’”，而不在于“我”的有无。古人早有名言：“诗中无我不如删”（张问陶）。诗中的“我”亦即诗人的主观世界究竟应是“怎样的‘我’呢”？分歧由此而来。敬之同志认为，诗中有“我”绝不等同于“纯粹的自我表现”，更不能“脱离甚至排斥社会和人民"；"表现自我"的口号之所以错误，主要就是因为它脱离客观世界，特别是"脱离甚至排斥社会和人民"，把"小我和大我"完全对立起来。"真正属于人民和时代的诗人"，必定"要同人民结合，同时代结合"，愿为人民鼓与呼，甘当人民代言人。他认为，"是一个人有根本意义的道路问题"，丝毫不能含糊。既然"我"是"属于人民和时代的"，"我"的喜怒哀乐和感受体悟，自然也就以"我"的独特个性，反映出具有普遍共性的"人民和时代"的某些声音，"小我"与"大我"因此而统一起来。他说："大我与小我的统一，独立与'群立'的统一，恰恰是社会主义作家和诗人应当追求的。"又说："只有与大我在一起，自我才能发出耀眼的光彩。"为此，作家和诗人需要"通过学习马列、学习社会努力掌握科学的世界观"。这是诗坛老将对我们作家和诗人提出的热诚要求和殷切期望。

热情扶植青年，真诚爱护青年，耐心引导青年，多方培养青年，这是《贺敬之谈诗》的良苦用心。敬之同志是从革命圣地延安走出来的老前辈、老诗人，深感培养青年作者、以便后继有人之重要，如今已届耄耋之年，更感时间紧迫、形势逼人。他说："青年诗人给我国诗歌发展创造了新成就、新经验，毫无疑问，主流是好的，但与此同时，的确也有少数人以脱离人民为时髦。"因此，他希望社会能给青年作者更多的鼓励和扶持，也希望"诗歌评论千万不要去捧那种偏激、不健康的思想情绪的场"。一方面，他用自己的成长经历现身说法："我自己也从青年时代过来，我感谢党和老一辈作家在我还不谙世事的少年时代，就以为人民服务的崇高理想铸造了我的人生信念。"以此来启发青年作者思考。另一方面，则循循善诱，引导他们写诗、做人都要入门须正、立志须高——他谈诗大多着眼于宏观、立足于根本，其意大概也在此吧？他说："才华是很脆弱的东西，它只有在为人民歌唱中才能青春永驻。"堪称警句格言，可铭座右。

对于青年作者及其诗作的某些不足，敬之同志认为应予理解，"不能急躁，但要引导，以理服人"，并且"不要简单地过分地去责备那些青年同志，而应该帮助他们到生活中去，到群众中去"。还要"帮助青年同志正确地认识和反映生活"。即使批评，也要实事求是，而且"都要和风细雨，不要狂风暴雨"，因为"这方面，我们过去有过教训"，必须牢牢记取。

从书中可以看出，敬之同志平时就很喜欢同青年作者交往，哪怕占去很多宝贵时间和精力，他也在所不惜。同他们谈心，与他们交友，给他们回信，为他们看诗，代他们转稿，他不厌其烦，乐而忘倦。他还要求诗歌刊物"对青年要支持”。

《贺敬之谈诗》以绝大部分篇幅来讨论新诗——所论当然适用于一切诗歌形式，却也并未忽略旧体诗，而且颇有真知灼见。他说：“新体诗歌与古体诗词并举，是新时期诗歌发展的必然走向。”又说：“我们在大力提倡和发展新体诗的同时，应当支持并开展对古典诗词的理论研究工作和用古典诗体和词体反映新内容的创作工作。这是发展社会主义的民族的诗歌艺术的必不可缺少的一部分，是促进诗歌百花齐放的重要一环。因为这对于建设具有中国特色的社会主义文艺是有重要意义的。”他还主张，旧体诗也应千姿百态，不宜雷同一“律”。他说：“遵律严者固佳，不尽遵律者也应有一席之地。”关键是看作品有无“诗思、诗情、诗意和诗味”。以律害义，实不足取。敬之同志不愿“为屈合旧律而不惜摭取陈词”。他的“不尽遵律”而“属于宽律”的新古体诗的创作，实践了他的理论主张。这有助于纠正社会上轻视中华诗词和死守诗词格律的某些偏颇。

（原载《挥毫顶天写真诗》，作家出版社2006年出版）

新时期党的文艺总方向制定与贺敬之的杰出贡献溯源

张其俊

在“文革”后，拨乱反正的“风雨十年”中，党把贺敬之同志安置在主管文艺的中宣部副部长兼文化部代部长等重要领导岗位上，他始终坚持既反“左”倾又反右倾的正确方向，为制定新时期文艺的“二为”（为人民服务，为社会主义服务）总方向，立下了汗马功劳。就在1979年10月之前，为邓小平同志在第四次文代会上的祝词起草时，胡乔木同志曾向中央提出不再提“文艺为政治服务”这个口号，得到了小平同意并经政治局讨论通过。后来，小平同志在四次文代会的祝词中讲的是“继续坚持毛泽东同志提出的为最广大的人民群众、首先为工农兵服务的方向”。后在1980年1月23日中宣部理论局第三次理论座谈会上，敬之同志作了《谈谈文艺和政治的关系》的发言，他说：“我想提一个不成熟的想法：对我们的文艺方向的概括性的表述，是不是可以在‘我们的文艺要为广大人民群众、首先是为工农兵服务’之下，加一句‘为社会主义服务’？光提前一句，可能使有些人误解为只是一个服务对象问题。加上后一句，可以简明地指出时代特点，指出文艺的思想内容和社会功能的要求。……‘为社会主义服务’的具体解释，这里面包括社会主义的政治、经济和精神生活各个方面，可以避免片面性、绝对化的毛病。”当年2月，敬之同志又在主持剧本座谈会期间向耀邦同志汇报这个设想时，向他提过这个建议。耀邦同志插话说：“是不是可以简化为‘文艺为人民服务’就可以了”，敬之同志同时也向他建议“可否考虑再加上‘文艺为社会主义服务’”？不久，敬之同志调任中宣部要职，又向当时任部长的王任重同志提出了同样的建议。就这样，不久王任重同志首先在全国出版工作的讲话里，正式宣布了中央已把文艺工作的总口号调整为“为人民服务，为社会主义服务”的决定。

1980年7月26日《人民日报》就此发表了由敬之同志主持，郑伯农、徐非光等同志参加起草，多方征求意见，集体讨论，再经敬之同志修改，王任重、朱穆之同志定夺的社论题为《文艺为人民服务，为社会主义服务》，这就是新时期文艺“二为”总口号、总方针调整的正式出台。遂被公认为是对文艺战线落实党的十一届三中全会精神，拨乱反正，消除极“左”影响，统一思想认识，起了重要作用的重大成果。敬之同志功不可没！而他却只是说：这是胡乔木同志首先提出来的，“整个总口号调整工作的最后完成，都是在中央的领导下进行的”。与此同时调整的口号还有“百花齐放，百家争鸣”（也就是“双百”方针），过去讲“百花齐放，百家争鸣”，主要是指风格、形式、艺术流派等方面，后来扩大的部分，还是要加上思想内容的“百花齐放，百家争鸣”。敬之同志对此也发表过中肯的意见，还有许多同志也发表了同样的意见。敬之同志虽然谦虚地说这是他“不成熟的想法”，其实这是他处心积虑、深思熟虑的见解，是他毕生艺术实践理性升华的结晶，也是他一贯身体力行，自勉自励，评人策后的主张。“二为”方向的精神已经贯穿在他一系列的文论、序跋、书评、人评、讲话、发言、书信、访谈之中。

纵览贺敬之同志六十多年的文学创作生涯及其文学评论之精髓，给人们留下最为鲜明而深刻的印象，便是：“和人民同心，和时代同步。”这是敬之同志的座右铭，是他一生文学创作和评论的生命与灵魂！或许也可以这样说，这正是贺敬之的精神和社会价值的集中体现。当今新时代亟须弘扬这种体现“二为”方向，贯彻“双百”方针，弘扬主旋律，提倡多样化，实现“三贴近”，繁荣社会主义文艺事业的时代精神！敬之同志以其一生呕心沥血的文学创作（主要是诗歌）实践和在“文革”后的“风雨十年”中，置身于宣传文化领导岗位的言谈讲话，身体力行，都足以证实，他一直是在勤勤恳恳、兢兢业业地实践着，他以之自励的诺言，并以之评价励人的标尺。他一贯主张“诗，必须属于人民，属于社会主义事业，按照诗的规律写和按照人民的利益来写相一致；诗人的自我跟阶级的‘大我’相结合”（《郭小川诗选》英文本序，1979年5月30日）。诗歌应当“反映时代的脉搏，表达人民的心声”“要提倡诗歌表现时代的潮流，反映人民的心声”（1981年6月16日的《和〈诗探索〉负责同志的谈话》）；“诗人和诗，要同人民结合，同时代结合”（1981年10月《李季文集》序）；“和时代同步，和人民同心”（1986年4月15日《致臧克家学术讨论会》）；“和人民同心，和时代同步”（1991年8月25日《在艾青作品国际研讨会上的讲话》）；“报人民所望，答时代之需”（1994年4

月5日《再读韩笑诗作有感》）……诸如此类，尚有多处的发言和题词，都与此一脉相承。由此可见，敬之同志与时俱进，为新时期党中央对文艺总方向、总方针的制定，一贯是呕心沥血，深思熟虑的，为繁荣新时期的社会主义文艺事业作出了举足轻重、不可磨灭的奉献。历史当会铭记！而敬之同志在理论上的杰出贡献，绝不是空穴来风，而是来自于他一生丰厚的艺术实践。敬之同志在他六十多年的文学创作生涯中，有着多方面的艺术才华和成就。他不仅是杰出的诗人，也是久负盛名的剧作家，是现代革命歌剧的开拓者之一，还兼擅书法艺术，然而他主要的还是以当代杰出的诗人而闻名于世。纵观他一生的文学艺术创作，都是在实践他那“和人民同心，和时代同步”的心愿，就在2005年1月刚由作家出版社出版的《贺敬之文集》（六集卷）首卷“总代自序”里就摘录《放声歌唱》、《回延安》和《川北行·归后值生日忆此行两见转轮藏》中的相关诗句以铭其心志：“啊，‘我’，是谁？/我啊，在哪里？/……一望无际的海洋，海洋里的一个小小的水滴；/一望无际的田野，田野里的一颗小小的谷粒/……”；“羊羔羔吃奶眼望着妈，/小米饭养活我长大。/东山的糜子西山的谷，/肩膀上的红旗手中的书。/手把手儿教会了我，/母亲打发我过黄河……”；“三生石上笑挺身，/又逢生日说转轮。/百世千劫仍是我，/赤心赤旗赤县民。”

就从其所摘引这些简短的诗行里，已足以表明他的一生始终是“和人民同心，和时代同步”，在党的哺育下，在革命大潮中弄潮成长的历程，和他那历尽百世千劫的磨砺，仍然是“赤心赤旗赤县民”，对党的事业忠心耿耿，一片赤诚！

作为广有影响的现当代杰出诗人，他的诗歌创作大体可分为：前期（成长期）；中期（成熟期，高峰期）；后期（余波期，探新期）。

敬之同志前期诗作属于尚未成熟的成长期诗作，即使是如此，也能初步体现出他正在起步“和人民同心，和时代同步”的自觉意向。前期诗作（从奔赴延安至全国解放，约十六七年），又可分为两个阶段：前一阶段是1940—1942年间的创作，前一阶段的诗作，收集在《并没有冬天》和《乡村的夜》两本诗集里。虽尚属正在健康成长的诗作，却已踏上了一条“贴近实际，贴近生活，贴近群众”的现实主义创作道路。用作者自己的话来说是：“我少年时代曾用笨拙的诗句记录过我对旧中国农村生活悲惨的回忆……那时我在革命圣地延安的温暖怀抱中，带头向母亲倾诉冤屈的心情，把它作为一去不复返的往事来写的。”（《贺敬之诗集·自序》）即已初露端倪地体现出诗人刚刚涉足诗坛，就以其“坚持文学为人民服务”（贺敬之《袖珍诗丛》序）的诗歌创作实践，留下了坚实的履痕，是在“朴质之中跳动着时代的脉搏，自有其美学的和历史的价值”（孟伟哉为《论贺敬之的诗歌创作》所作的“序”）。《并没有冬天》是少年诗人热情歌唱生活在革命圣地延安时期对新生活的热切感受；而《乡村的夜》则是对20世纪30年代半封建半殖民地旧中国农村社会悲惨生活的真实剪影。少年诗人此时已融入革命根据地人民火热的生活之中：“生活/甜蜜而饱满的穗子，/我们兄弟般地/结紧在穗子上。”（《生活》）又对仍在水深火热中挣扎抗争的家乡山东父老兄弟姐妹寄予深切的同情，留下了那个时代苦难人民的心声和身影。即如《小全的爹在夜里》描写这位老农深夜卖掉自己的儿子小全，在回家的路上又遇到一个被遗弃的小孩，眼看这被冻僵的小孩，而他自己又无力救助，于是又将卖儿所得的四吊五百钱留下一吊给这野外的弃婴，读来怎不催人泪下……此时，少年诗人贺敬之，已在“和人民同心，和时代同步”的道路上迈开了脚步。后一阶段：是从1942年“延座”讲话后至新中国建国前夕的创作，收集在《笑》和《朝阳花开》两部诗集里，这是青年时代的诗人正逐步走向成熟的阶段的诗歌创作，此时的诗人已更加自觉地大步迈进在“和人民同心，与时代同步”的康庄大道上，这部诗集里所反映的社会生活面相当宽广：土改、开荒、选举、参军、行军、打仗……诗人作为中国共产党里的新的一员，更自觉地、满腔热情地讴歌在党领导下，根据地人民火热的革命斗争生活，展现了他和工农兵大众同心的内心世界：“分了粮食分了地/不愁吃穿心喜欢！/……/脚底下踏着自己的地，/头上顶着自己的天。”（《翻身歌》）根据地人民团结、战斗、踊跃参军，保卫自己的胜利果实：“环结环，/套结套/紧又紧/牢又牢/铁的长城心一条！”（《笑》）敬之同志这个时期的诗歌创作“和人民同心，和时代同步”还不仅表现在题材和思想内容，也还表现在体裁和艺术手法上，为人民大众，特别是为根据地的工农兵群众所喜闻乐见的具有中华民族传统、中国作风、中国气派的诗风。在“延座”以后，诗人自觉响应毛主席党中央的号召，由前一阶段尚带欧化色彩的现代诗，向民歌学习，转变诗风，创作出大量为人民大众喜闻乐见的陕北民歌“信天游”体的诗作来。还创作了大量的歌词，著名的《南泥湾》便是其一。更在民间传说的基础上，聚集体智慧之结晶，执笔创作出“旧社会把人变成鬼，新社会把鬼变成人”的现代革命歌剧《白毛女》。他同时还注重向具有中国优良传统的古典诗词学习，将民歌与古典诗词的优点结合起来，自觉运用赋、比、兴艺术手法和排比、对比、对偶、重叠、反复、设喻、比拟等多样化的表现手法，简洁、通俗明快、尽量为人民大众所喜闻乐见。这是这个时期贺敬之诗风的一个特色。

中期（20世纪50年代中期至60年代中期，1956—1965年“文革”之前）：这正是敬之同志新诗创造的高峰期、成熟期（收集在《文集》一集下篇第一辑里），其中尤以《回延安》、《放声歌唱》、《雷锋之歌》为代表。建国之初到1956年，敬之同志经历了一段病休疗养和积蓄之后，便自《回延安》始而一发不可收拾。在《回延安》中，诗人以满腔的激情歌颂党和革命圣地人民对自己的养育之恩，与人民同呼吸共命运之深情厚谊。洋溢着革命和建设两个时代的浓郁气息。《放声歌唱》是诗人奉献给党的“八大”的长篇政治抒情诗，开一代诗风。字里行间无处不透露出激情澎湃的诗人已和我们朝气蓬勃、蒸蒸日上的社会主义时代，和我们奋发进取的人民，和我们伟大的祖国，光荣的党融为一体，诗人高瞻远瞩，神思飞越，雄视百代，视通万里，吐纳六合，气贯长虹：“我/站在/这里！——在这/镰刀斧头和五星/交相辉映的/旗帜下，/在我们亿万人/肩并肩、臂挽臂/前进的/行列里，/我啊/在党的怀抱中/长大成人，/我的/鲜红的生命/写在这/鲜红旗帜的/皱折里。”而塑造新时代光辉典型形象的《雷锋之歌》，更标志着诗人创作高峰期的到来。诗人塑造雷锋的光辉形象是：他的“生命”由党“铸造”，“青春的生命在毛泽东思想的冲天红光中“升华”；他“白天的每一个思念”，“夜晚的每个梦境，都是人民”；他，“每一声脚步”，“每一次呼吸，都是：革命”。“在阶级的伟大事业里，/在为人民服务的无限之中，/找到了呵——/最壮丽的/人生！”诗人选取了足以充分展现时代精神的重大题材、典型人物和事件，以诗人独特的感悟体验的方式来表现它，还为了适宜于充分抒发感情和朗诵节奏的需要，借鉴并改造了马雅可夫斯基的“楼梯式”，加上创造性地运用伸屈式（或被丁永淮称之为“凸凹式”——参见《贺敬之诗歌论》），还为了开阖纵横抒发诗情的需要，在意象的选取和组接上，在意境的创造和深化上都淋漓尽致地发挥了诗人个性化的独创功能。巧妙地将历史与现实，东方与西方交相辉映，更加扩充了诗的容量，扩展了诗的内涵，深化了诗的意境。“你听，/你听！——/省港大罢工的/呼号声，/在我们的鼓风炉里/正呼呼作响；/你看，/你看！——/南昌起义的/鲜血/在我们的/炼钢炉中/正滚滚跳荡！/呵，在农业合作社的麦场上，/正飘扬着/秋收起义的/不朽的红旗！/在基本建设的/工地上，/正闪耀着/延安窑洞的/不灭的灯光！……”（《放声歌唱》）诗人还在《十年颂歌》中，将新生的人民共和喻之为迎着红日昂首奔驰的“革命战马”：“马尾横扫/西天/残云落霞！/吓慌了/资本主义世界的/‘古道—西风—瘦马’，/惊乱了/大西洋岸边的/‘枯藤—老树—昏鸦’。”诗人，极善于化抽象为具象，热情讴歌我们的“党，/正挥汗如雨/工作着——/在共和大厦的/建筑架上！”（《放声歌唱》）巧妙地运用意象脱节的手法，选用那些色彩亮丽鲜活的意象，从时间上作纵向的意象组合，和空间上作横向的意象并列。有如：“春风。/秋雨。/晨雾。/夕阳。/……轰轰的/车轮声。/嗒嗒的/脚步响。……/……/五月——/麦浪。/八月——/海浪。/桃花——/南方。/雪花——/北方。……/”（《放声歌唱》）就这样，牵经织纬，开合纵横，展现出我们辽阔壮丽的祖国热火朝天的时代，丰富的画面，深邃的意境。

后期（“文革”后的1976年至今）：新诗、新古体诗词的创作，收入《文集》第一集下编第二辑的新诗和《文集》第二集里的新古体诗。敬之同志这位延安时期的“小八路”在经历了“文革”中所一再意想不到的“三进宫”的磨难之后，再度复出，已逾“天命之年”，复出之后的新诗创作，带着对祸国殃民的“四人帮”的深恶痛绝之恨，和对党对人民以及人民军队的深切热爱之情，写出了以《中国的十月》、《“八一”之歌》为代表的诗篇，唱出了“文革”后拨乱反正时期全国人民共同的心声：“啊……一九七六年，/万众欢呼的十月！……不是国庆的国庆啊，不是过节的过节”（《中国的十月》）“我们的军队/永远在/党的手里！我们的党/永远在/人民——心里！”（《“八一”之歌》）这些诗篇仍然保持着“文革”前十年政治抒情诗的战斗激情和锋芒，虽说少了一些海阔天空的畅想，却又多了几份阅世深沉的感悟，这些新诗仍可算是高潮后期的余波。然而却又就在这一时期、在“天安门诗抄”和中华诗词兴起热潮的激发下，峰回路转，他又在进行新古体诗词创作的新的探索。收集在《文集》第二集的大量诗作主要是这一时期的创获，敬之同志确实是一位不断进取，富于探索独创精神的革新派诗人，他的新古体诗就是一种对运用旧体诗词创作、但又“不过分拘泥于旧律而略有放宽”的革新尝试，他以其大量创作新古体诗的实践，很有说服力地证明：“它对表现新的生活内容还是有一定适应性的。不仅如此，对某些特定题材或某些特定的写作条件来说，还有其优越性的一面。前者例如，从现实生活中引发历史感和民族感的某些人、事、景、物之类；后者例如，在某些场合，特别需要发挥形式的反作用，即选用合适的较固定的体式，以便较易地凝聚诗情并较快地出句成章。”诗人大胆采用“这种或长或短、或五言或七言的近于古体歌行的体式，而不是近体的律诗或绝句。这样无须严格遵守近体诗关于字、句、韵、对仗，特别是平仄声律的某些规定”。“但这些诗不仅都是节拍（字）整齐，严格押韵（用现代汉语标准语音），同时还有部分律句、律联。就平仄声律要求来说，绝大多数对句的韵脚，都押平声韵（不避“三平”），除首句以外的出句尾字大都是仄声（不避“上尾”）。因此，至少和古代的古体诗一样，不能说它是‘无律’即无任何格律，只不过是不同于近体诗的严律，而属于宽律罢了。”诗人从表现新时代现实生活内容的需要出发在继承古典诗词优良传统的前提下，大胆改革其不适应表达内容需要的形式部分（某些过严的格律），得以充分体现其诗思、诗情、诗味来。敬之同志从事新古体诗的创作实践，一则意在探索新时期诗词改革的新路子，他认为：“不仅对古体诗，即使是对近体诗来说，也是可以在句、韵、对仗，以及平仄声韵等诸方面进一步发现新的规律，以改变并发展原有的格律，而不应永远一成不变的”，“就格律从严要求的本身来说，也是需要并可能根据生活和语言的变化而加以发展的。”（《新古体诗卷·自序》）二则意在“从某个侧面、某个片段多少反映了若干年来、特别是这十多年来我的某些经历，多少纪录了我在这段历史大变革时期，某些方面的所见、所感、所思，从而多少显现了一缕半缕的时代折光。……但比起以往来，我更为自觉地注意到不仅见喜，也要见忧；不仅见此，也要见彼。……其中既有我之所思，也就不能不有我之所信。……这正如集内一诗中所道：‘一滴敢报江海信，百折再看高潮来’”（《新古体诗卷·自序》）。敬之同志始终铭记毛泽东同志关于创建“新体诗歌”的企盼，以其高瞻远瞩的诗学观和勇于探索创新的创作实践精神，在“新古体诗”的试验上迈出了具有历史意义的一大步，体现了诗人与时俱进“和时代同步，和人民同心”的心志。敬之同志在创作“新古体诗”上的勇于探索精神和大胆革新的艺术实践及其有关论述上的深谋远虑与真知灼见，虽说还未能为当今某些思想偏保守的诗家所认同，他们总怕因此而搅乱了阵脚，这更足以证明敬之同志探索不息、与时俱进的精神。敬之同志后期的“新古体诗”较之以前的新诗创作，更多地在隐寓凝练上下功夫，寄人生哲理、世态时势于客观外界的物象、自然景观之中，由己之“悟出”以导人之“悟入”。譬若诗人游览了以“之江”为别名的钱塘江，顿生偶感，联想到“文革”之后，回看数十年来中国的社会主义事业亦如毛泽东《新民主主义论》中所云：“二十年有三次曲折，走了一个‘之’字。”而今又走了一个曲曲折折的“之”字形，于是便巧妙地将自己的名字也联系上去，赋而为诗中之警句：“名之行之思之江，绝信折水富春光。”（《富春江散歌（二）》）真是信手拈来，妙手偶得，此类联想比比皆是。

诚然，敬之同志一贯坚持真理，修正错误，严于律己，宽以待人，忠于职守，谦虚谨慎。他是诗人，诗人亦是人，而不是神，在史无前例的建设中国特色伟大的社会主义事业中，毛泽东同志所领导的中国共产党也会有曲折、有失误。因而在“与时代同步，与人民同心”的贺敬之的政治抒情诗中也会有失误，这就是诗人在时过境迁、痛定思痛、认识提高之后，对“例如《十年颂歌》这首长诗，今天看来不仅显得无力，而且其中关于庐山的那段批判性的文字还是错误的。……对于这一篇中的这一段，我不能不以负疚的心情把它删除。是的，历史在教育我，党和人民在教育我，‘四人帮’从反面也在教育我。为了迎接今后更加复杂艰巨的斗争，跟上时代的前进步伐……我怎么能不奋起直追啊!”(《贺敬之诗选》1979 年版序)

纵观贺敬之同志一生的艺术实践及其理论升华，都可以用这被诗人自己作为座右铭，并以之策己励人、评诗品人的两句话来概括，那就是：“和人民同心，和时代同步!”这也是后来敬之同志于“风雨十年”中置身党和国家宣传和文艺重要领导岗位上，为新时期党的文艺总方针调整为“为人民服务，为社会主义服务”所作出的杰出贡献的根源。历史将会永远铭记！当今新时代亟须弘扬贺敬之“和人民同心，和时代同步”的精神!

最后，请让我就以中宣部部长刘云山同志给贺敬之文学生涯 65 周年暨《文集》出版研讨会的贺信（摘要）来作结吧：

“贺敬之同志……是毛泽东《在延安文艺座谈会上的讲话》哺育下成长起来的杰出文艺家。他在 60 多年的创作生涯中，始终沿着《讲话》指引的道路，以人民群众丰富的生活实践为创作源泉，广泛吸收中外文明成果，满腔热情地歌唱祖国、赞美人民、讴歌时代，自觉把个人的艺术创造融入到无产阶级革命和社会主义建设的伟大事业之中。他创作的新歌剧《白毛女》，诗作《回延安》、《放声歌唱》、《雷锋之歌》等，已成为中国现当代文学史上当之无愧的经典之作，鼓舞和鼓励了一代又一代人。”

“文艺工作者要以贺敬之等老一辈文艺家为榜样，高举邓小平理论和‘三个代表’重要思想伟大旗帜，坚持‘二为’方向，贯彻‘双百’方针，弘扬主旋律，提倡多样化，贴近实际，贴近生活，贴近群众，努力以更多思想性、艺术性俱佳的优秀作品，满足人民群众日益增长的精神文化需求，不断谱写建设社会主义先进文化的新篇章。”

（原载《挥毫顶天写真诗》，作家出版社 2006 年出版）

贺敬之与毛泽东文艺思想

余　飘

1942年5月2日至23日，中国共产党中央在革命圣地延安，召开了举世闻名的延安文艺座谈会。这是中国文艺史上具有空前的划时代的创新意义的会议。毛泽东在这个会议上发表了《在延安文艺座谈会上的讲话》，这是一件非同寻常的大事。因为它是中国第一次出现的完整的、系统的、富有战斗力和生命力的中国化的马克思主义文艺理论。它把马克思主义的普遍真理与中国革命文艺的具体实践相结合，彻底地解决了文艺为群众服务和如何为群众服务的问题，解决了文艺如何发挥“团结人民、教育人民、打击敌人、消灭敌人”的战斗作用问题。它对帝国主义、封建主义的反动文艺进行了尖锐有力的批判；对于文艺领域内的主观主义、宗派主义、教条主义以及种种错误倾向，进行了科学的剖析；对于文艺的客观规律，党的文艺方针与政策，作了全面、系统、精辟的说明。我认为《讲话》的伟大功勋在于：它指导和推动中国文艺产生了比五四新文艺运动更加深刻的划时代的变革，为我国新民主主义和社会主义文艺奠定了科学的理论基础。因此，六十二年前，《讲话》的发表，是我国文艺史上值得大书特书的事情。它可以说是毛泽东文艺思想的牢固的基石，是中国革命文艺和先进文化建设的宣言和纲领。在中国文艺史上，还没有任何一部文献对中国文艺的发展产生过像《讲话》这样巨大和深远的影响。因此，它不仅在延续数千年的中国文化史上独树一帜，堪称空前之作，而且在马克思主义文化史、文艺理论史上也树起了一座光彩夺目的丰碑。

从《讲话》发表到现在，短短的六十二年，在毛泽东文艺思想的哺育下，我国涌现出几代作家、艺术家，产生了许多举世闻名的作品，可谓百花齐放，群星灿烂。其中有些作家、艺术家，作出了突出的贡献，成为自觉地坚持、运用和发展毛泽东文艺思想的光辉典范。今年八十大寿的贺敬之同志就是这样的光辉典范之一。作为他的学生和战友，想借着祝贺他的八十寿辰的机会，谈谈他在坚持、运用和发展毛泽东文艺思想方面作出的卓越贡献。

一、高度评价毛泽东文艺思想的思想性、战斗性、科学性和创造性，深刻批判贬低、歪曲、反对毛泽东文艺思想的种种错误观点

他在《毛泽东文艺思想是一个了不起的创造——在纪念〈在延安文艺座谈会上的讲话〉发表45周年座谈会上的讲话》一文中说："我们要科学地评价和认识毛泽东文艺思想在整个文艺发展史上的历史地位和作用。《讲话》是一部伟大的作品。毛泽东文艺思想是一个了不起的创造。它不仅是历史的丰碑，而且在今天和将来都具有很强的生命力，是我们文艺工作的指导思想。弄清这一点，是我们广大文艺理论工作者的一项重要任务。"

新时期以来，由于资产阶级自由化的影响，出现了种种贬低歪曲和反对毛泽东文艺思想的错误观点，有人说毛泽东文艺思想过时了；有人说毛泽东文艺思想没有完整的理论体系；有人说毛泽东文艺思想只有外部规律没有内部规律；有人说毛泽东文艺思想是"机械反映论"、"封闭论"；有人说《讲话》是"左"的根源等等。针对上述现象，贺敬之同志明确指出："必须反驳这些错误的观点"，必须"拨开贬低歪曲《讲话》的这种迷雾"，"必须重申要坚持毛泽东文艺思想"。同时又辩证地指出：如果"把它当成僵死的教条，不研究新情况，只满足重复现成的词句，这也是错误的"。贺敬之同志在这篇文章和其他论著中，多次从辩证唯物主义哲学与马克思主义文艺理论的高度，批判那些错误观点在理论上的荒谬性、论据上的虚伪性和实践上的危害性，高屋建瓴，势如破竹，有力地捍卫了毛泽东文艺思想。

二、在《白毛女》等戏剧创作中坚持和运用毛泽东文艺思想

《白毛女》是《讲话》以后诞生的解放区文艺一颗璀璨的明珠。它的出现标志着我国新歌剧走向了成熟的阶段。这部红色经典著作，强烈地艺术地表现了广大农民与地主阶级的矛盾，反映了人民的苦难生活，歌颂了农民的反抗和斗争精神，因此，受到广大观众的热烈欢迎，成为解放区影响最大、最受观众喜爱的剧目。在当时的土地改革和解放战争中，起到了极大的团结人民、教育人民的战斗作用。1947年，我在华北联大政治学院政治系学习，领导组织我们投入了冀中解放区的土改斗争。经过我们在贫下中农中扎根串联，宣传土地改革政策，群众有了初步的觉悟，但斗争热情还不够充沛。这时，我们华北联

大文工团到村里演出了《白毛女》，引起了农民的强烈的共鸣，演出时“满村空巷，扶老携幼，屋顶上是人，墙头上是人，树杈上是人，草垛上是人。凄凉的情节，悲壮的音乐，激励着全场的观众，有的泪流满面，有的掩面呜咽，一团一团的怒火压在胸间”。一场《白毛女》的演出把贫下中农彻底发动起来了，他们在贫农团的领导下，连夜抓起那些民愤极大的恶霸地主。准备第二天召开斗争大会。这件事使我深切地认识到革命文艺作品的巨大力量。我听说那时部队战士看《白毛女》不准带枪。因为在这个规定以前的一次演出中，一位战士忘了是在看戏，当他看到黄世仁压迫喜儿时，端枪射击，打死了那位演员。这个戏在国外演出，赢得了广泛的热烈的欢迎，获得了1951年斯大林文学奖。

《白毛女》之所以获得如此巨大的成功，其根本的原因是由于作者贺敬之等同志坚持与运用了毛泽东文艺思想。《白毛女》取材于晋察冀边区流行的一个新传奇“白毛仙姑”的故事。1945年，延安鲁迅艺术学院的《白毛女》剧组开始接触这个素材的时候，有的同志只看到它有反迷信的意义，打算从这个角度提炼剧本的主题思想。而贺敬之等同志经过认真学习《讲话》，反复体会毛泽东文艺思想，认识到这个素材所蕴涵的社会生活的本质，绝不仅是反迷信，而更重要的是体现了劳苦大众在黑暗的旧社会与共产党领导下抗日民主根据地两种截然不同的命运。他们在统一了认识以后，确定以“旧社会把人变成鬼，新社会把鬼变成人”的主题，创造了《白毛女》这部充分体现了时代精神的新歌剧。它由贺敬之、丁毅执笔，马可等作曲。贺敬之同志阐明它的思想内容说：“它借一个佃农女儿的悲惨身世，痛苦生活，一方面集中地表现了封建黑暗的旧中国和它统治下的农民的痛苦生活，另一方面又表现了在共产党领导下的新中国（解放区）的光明，在这里的农民得到翻身。”这部贯彻了毛泽东文艺思想的优秀作品，受到了毛泽东、周恩来和其他党的领导人的热情的鼓励和指导。张庚在《历史就是见证》一文中回忆说：“《白毛女》的第一次正式演出是在党校礼堂，观众是党的七大的代表、全体中央的同志。毛主席在百忙中也来看了戏。演出获得了很大的成功。演出的第二天，中央办公厅派人来传达了毛泽东、周副主席和其他中央领导同志的意见。意见一共有三条：第一，这个戏是非常适合时宜的；第二，黄世仁应该枪毙；第三，艺术是成功的。传达者解释这些意见说：中国革命的基本问题是农民问题；农民是中国的最大多数。所谓农民问题，主要就是农民反对地主阶级的剥削问题。这个戏反映了这个矛盾。在抗日战争胜利后，这种阶级斗争必然尖锐起来。这个戏既然反映了这种现实，一定会广泛地流传起来的。不过黄世仁如此作恶多端，还不枪毙他，这反映作者们还有些右的情绪，不敢放手发动群众，广大观众一定不答应的，创作集体的同志们听到这些意见之后，受到很大的教育。他们觉得排演《白毛女》以来，并没有充分认识到毛主席、周副主席和其他中央领导同志所说的这种深刻的政治意义。更没有理解到对于黄世仁的处理，关系如此之大。中国革命又到了新的转变关键，如果没有毛主席、周副主席这样及时的教育，就认识不到，就会仍旧拿老眼光去看正在变化中的阶级关系。”

《白毛女》在排演的过程中，曾收集过群众看过彩排的意见。张庚回忆说：“有一个厨房的大师傅一面在切菜，一面使劲地剁着砧板说：戏是好，可是混蛋的黄世仁不枪毙，太不公平！我们当时觉得，对于地主阶级基本上还应当团结，如果枪毙了，岂不是违反政策吗？所以并没有改。”

公演后，中央领导人的意见与这位大师傅的意见不谋而合，这说明他们的意见是集中地反映了广大群众的愿望、感慨和审美要求的。在毛泽东和周恩来等领导人修改意见的指导下，剧组立刻动手修改剧本的情节：枪毙了农民恨之入骨的恶霸地主黄世仁，加强了农民的反抗性格，深刻地反映了农民和地主阶级不可调和的矛盾的本质，点起了广大农民向封建地主阶级复仇的火焰，这就集中而强烈地表现了农民在抗日战争时期减租减息的基础上提高起来的彻底的民主革命的要求，因而起到了惊世骇俗、振聋发聩、动员广大农民迅速地投入土地改革大潮的巨大作用。

在这以后，周恩来有一次见到主演白毛女的王昆，详细询问了这部歌剧创作、排练中的许多情况，称赞它是《讲话》以后解放区第一个大型歌剧。不久，周恩来同志从延安回到西安，向战斗在国统区的同志叙述了自己观看《白毛女》时的激动心情。他说：看重庆的演出，即使是比较好，使人感动的程度也无法与看《白毛女》相比，因为这个戏是劳动人民自己的文艺，真正写出了被压迫阶级的命运和斗争。

总之，歌剧《白毛女》是《讲话》发表后戏剧创作领域中第一个巨大的果实，在中国现代戏剧史和歌剧发展史上具有里程碑的意义，也是贺敬之同志坚持和运用毛泽东文艺思想的重大成功之作。由此奠定了他在中国戏剧史特别是歌剧史上的显著地位。

1947 年，贺敬之在解放区华北联大文艺学院写出了歌剧《秦洛正》，主题是批评当时解放区土地改革运动中出现的某些侵犯中农利益的“左”的倾向。由华北联大文工团和其他剧团公演后，发挥了通过文艺推动解放区土地改革运动健康发展的战斗作用。笔者曾于1947年冬天作为华北联大学生业余剧团的演员参与《秦洛正》的演出。我对这个戏的突出感受是：它虽然紧密地配合了政治斗争，但不是图解政策、标语口号式的作品，而是通过生动的艺术形象、突出的性格和有特色的语言和唱词来表现主题的，因而达到了惟妙惟肖、寓教于乐的理想效果。这说明贺敬之同志对毛泽东文艺思想理解得十分全面，而且在创作中是运用自如的。

三、在《雷锋之歌》等诗歌创作中坚持和运用毛泽东文艺思想

贺敬之同志早在创作《白毛女》之前就开始写诗，而且受到读者的好评，但集中表现出他的思想和艺术成就的代表作，应该首推长篇政治抒情诗《雷锋之歌》。我认为在这首诗中，他通过诗的形象、语言、意境和节奏，达到了毛泽东文艺思想对文艺作品的一个最重要的要求，这就是“文艺作品中反映出来的”，“可以而且应该比普通的实际生活更高，更强烈，更有集中性，更典型，更理想，因此就更带普遍性”。请看下面的诗句：“假如让我啊/再一次开始/开始我生命的航程——/……/哪条道路啊/能引我走上/最壮观的人生?”“让我一千次选择：/是你/还是你啊/——中国!”“让我高呼吧！/看啊，/在我们的大地上，/在党的摇篮中——/此刻，/又站起来/一个多么高大的/我们的/弟兄！/让我呼唤你啊，/呼唤你响亮的名字，/你——/雷锋!”“我亲爱的/同志啊，/我亲爱的/亲兄……” “一九六三年的/春天/使我们/如此地/激动！——/历史在回答：“人，/应该怎样生？路/应该/怎样行？……”“我想着你，/我看着你……/我胸中的层楼啊/有八面来风！——”“啊，雷锋/你白天的/每一个思念，/你夜晚的/每一个梦境，/都是：/人民……/人民……/人民……”“在为人民服务的无限之中，/我到了啊——/最壮丽的人生!”

“啊，亲爱的/再生雷锋的/母亲——/我们的/党啊/我们的领袖毛泽东！/母亲懂得你/懂得你啊/——雷锋/你也懂得他/懂得他啊/——伟大的毛泽东！/你青春的生命/在毛泽东思想的/冲天红光中/升华……/升华……/你前进的脚步/在《毛泽东选集》的光辉篇章/真理的/阶梯上，/攀登……/攀登……”

在《雷锋之歌》中，像上面引出的这样令人难忘的警句层出不穷，举不胜举，表现出诗人高度的思想才华和诗歌的才华。我认为在当时众多的歌颂雷锋的诗词中，《雷锋之歌》是首屈一指、有口皆碑的。正因为这样，周总理在“文革”中评价贺敬之同志对革命文艺工作的贡献时，突出地提到了《雷锋之歌》的成功。

贺敬之同志是站在毛泽东思想的制高点上歌颂雷锋的。他运用毛泽东思想的观点和方法，艺术地概括了雷锋这个英雄人物的思想高度和性格特征，阐发了雷锋精神的时代意义，而且预见到在学雷锋道路上将要遇到敌对势力的抗拒和进攻。“啊，要不要再问园丁：/我们的花园里/会不会还有杂草丛生？/梅花的枝条上，/会不会有人嫁接/有毒的葛藤？……/我们的大厦盖起了多少层？/是不是就此/大功告成？/啊，面前的道路，/头上的天空，/会不会还有/乌云翻腾？……”这些诗的警句催人清醒，发人深思！后来的林彪反革命集团凶恶的反党反社会主义罪行，证明了诗人的预言是何等的正确！

贺敬之同志还有许多脍炙人口的诗篇，如：《回延安》、《放声歌唱》、《十月的中国》、《“八一”之歌》、《三门峡歌》、《桂林山水歌》、《西去列车的窗口》等等。这些思想性艺术性兼备，诗情如火、诗境如画，深受读者欢迎的作品，都是他在创作中坚持和运用毛泽东思想创作的丰硕成果。

四、在文艺评论中坚持和运用毛泽东文艺思想

贺敬之同志不仅是一位杰出的戏剧家、诗人，而且是一位杰出的文艺评论家、理论家和文艺工作的卓越的领导人。他自己虽谦虚地说：“我不是理论家，在很多问题上我不能说得很科学、很透彻。”但是广大的文艺工作者却根据他在文艺评论与文学理论上作出的突出贡献，理直气壮地称赞他是高举毛泽东文艺思想的旗帜、始终坚持并有着丰富的创作实践经验的文艺评论家和理论家。

贺敬之同志给我印象很深的一篇评论文章是《做坚定的、清醒的、有作为的马克思主义评论家》。这是他在1982年根据当时文艺界存在的问题，运用毛泽东文艺思想中关于文艺批评的观点加以解决，并促进社会主义艺术事业繁荣发展的好文章。他运用《讲话》中关于“文艺批评应该发展”的观点，明确提出：“搞评论不是很简单的事，而是关系到一个十亿人口大国的源远流长的无产阶级的文艺活动的健康发展的大事。”因此，号召文艺评论工作者充分认识文艺评论工作的重要意义，做一个坚定的、清醒的、有作为的马克思主义的文艺评论家。贺敬之同志又运用《讲话》中关于文艺批评要“按照科学的标准”的观点，批评了某些文章“既是这样，又是那样，既不这样，又不那样，不分是非，不分正确与错误”的折中主义的偏向。

马蓥伯同志在《集诗人和文艺评论家于一身》一文概括了贺敬之的评论、理论文章的三大特色：1. 总结经验，揭示规律；2. 激浊扬清、扶正祛邪；

3. 弄清思想，团结同志。我完全同意他的见解，并且认为这三个优点都是评论家坚持与运用毛泽东文艺思想结出的硕果。

五、在新时期文艺领导工作中坚持运用和发展毛泽东文艺思想

粉碎“四人帮”以后，贺敬之调到文化部任副部长，1980 年调到中共中央宣传部任副部长，1989 年任文化部代理部长。因此，他成为党和国家在文艺方面的重要领导人之一。他在长期领导文艺工作中，努力坚持、运用和发展毛泽东文艺思想，作出了卓越的贡献。他旗帜鲜明地指出：“《在延安文艺座谈会上的讲话》所表述的毛泽东同志的文艺思想，是马克思主义和中国革命文艺实际相结合的产物。在这个思想指导下出现的文艺创作和整个文艺工作的成绩，在我国文艺发展史上是十分重要的。《在延安文艺座谈会上的讲话》及其指引下的实践，它的基本精神、基本原则，对社会主义时期，包括粉碎‘四人帮’以后建设社会主义现代化的新时期，仍旧是适用的，我们还是要坚持。”他的话给予坚持毛泽东文艺思想的文艺工作者以巨大的鼓舞和力量。

毛泽东同志指出：“马克思主义一定要向前发展，要随着实践的发展而发展，不能停滞不前。停止了，老是那么一套，就没有生命力了。”毛泽东文艺思想也必须随着实践的发展而发展。例如，毛泽东同志在《讲话》中强调文艺不能脱离政治的规律是很正确、很精辟的，我们必须坚持。但他说“文艺是从属于政治的”，“一切文化或文学艺术都是属于一定的阶级，属于一定的政治路线的”，这是不完全符合文艺的实际情况的，而且会导致要求文艺直接为某些政治任务服务的结果。因此，1980 年，邓小平同志在《目前的形势和任务》的讲话中指出：我们“不继续提文艺从属于政治这样的口号”，但是“这当然不是说文艺可以脱离政治”。不再用“文艺为政治服务”作为总口号以后，应该用什么来代替它呢？1980 年初，中央确定用“为人民服务”作为文艺工作的总口号。在这个口号之外是否还要补充什么才更科学、更完整呢？在中央领导同志和文艺界的同志座谈讨论中，贺敬之同志提出是否可以进一步明确把我们文艺工作的总口号确定为“文艺为人民服务、为社会主义服务”，不再孤立地片面地提“为工农兵服务，为无产阶级政治服务”。中央采纳了这个意见，确定“文艺为人民服务，为社会主义服务”这个口号，后来被大家简称为“二为”方向。经过二十多年文艺工作的检验，证明中央这次对文艺口号作这样的改变是完全正确的，是对文艺的总政策的重大调整，是在三中全会以后文艺战线上解放思想，拨乱反正的一个重要表现。它在我国新时期文艺

发展史上产生了巨大的推动作用。在这个文艺总政策重大调整中，贺敬之同志在坚持、运用和发展毛泽东文艺思想方面作出了杰出的贡献。

此外，贺敬之同志在文艺领导工作中，还创造性地运用毛泽东文艺思想、精辟地论证过文艺的革命化、群众化、民族化，全面贯彻“双百”方针，主旋律与多样化，文艺与深入生活，小我与大我，个人与集体，主体与客体，浪漫主义与现代主义等重大文艺规律问题，使听取他的谈话和读过他的文章的同志深受启示，如沐春风。贺敬之同志在运用毛泽东文艺思想分析和解决这些问题的时候，不是采用摘句、摘段引证的方法，而是使毛泽东思想贯穿于整体、弥漫在整个文章或谈话之中，用自己富有个性的诗言加以说明，这是需要很高的思想功力和艺术功力的。

最后，我引用著名歌词作家、军旅诗人石祥同志的三段诗来结束这篇文章。

贺敬之是一首诗。

一首从小八路到诗帅的诗，一首跨越两个世纪的诗，一首从领袖到百姓都爱读的诗，一首从国内到国外均闻名的诗。

贺敬之是一首诗。

他的诗和战斗融在一起，就成了冲锋的号角；他的诗和祖国融在一起，就成了放声歌唱的人民的儿子；他的诗和雷锋融在一起，就成了一代楷模；他的诗和桂林山水融在一起，就成了甲天下的一道景致。

贺敬之是一首诗。

他的诗和锦绣山河连在一起，就有了庄严的分量；他的诗和这块土地连在一起，就有了永恒的价值；他的诗和革命历史连在一起，谁也抹杀不了；他的诗和最广大的人民群众连在一起，将惠及千秋，流传百世。

（原载《挥毫顶天写真诗》，作家出版社 2006 年出版）

附　录

贺敬之研究资料索引

一、创作生平评介

专著：

论贺敬之的诗歌创作　　尹在勤　孙光萱
上海文艺出版社 1983 年 3 月出版

诗人贺敬之（评传）　　贾漫
大众文艺出版社 2000 年 1 月出版

贺敬之评传①　　何火任

文章：

“到延安去！”　　孙光萱　尹在勤
《山花》1980 年 12 期

从投奔延安到放声歌唱
——贺敬之青年时代剪影　　尹在勤
《青年作家》1981 年创刊号

走在早晨的大路上
——《贺敬之和他的诗》书稿第二章　　尹在勤　孙光萱
《诗探索》1981 年 1 期

① 何火任著《贺敬之评传》一书已发表部分章节，全书将由中央文献出版社出版。

呼唤他的响亮的名字
——《贺敬之和他的诗》　尹在勤　孙光萱
《绿原》1981 年 3 辑

诗人贺敬之四十年创作道路纵记
——《贺敬之和他的诗》之一章　孙光萱等
《工人创作》1981 年 7 期

贺敬之流亡中的诗生活　白峡
《星星》1981 年 11 期

奔向前方
——《贺敬之和他的诗》之一章　孙光萱等
《柳泉》1982 年 2 期

试论贺敬之的诗歌创作道路　段登捷
《山西师院学报》1982 年 2 期、3 期

为新中国歌唱
——诗人贺敬之谈他青年时代的创作生活　叶延滨
《中国青年》1982 年 9 期

贺敬之的创作历程　尹在勤等
《创作》1984 年 1 期

诗人与孩子
——一个青年眼中的贺敬之、柯岩　张登宽
《黄河诗报》1988 年 12 期，1989 年 1 期

"夜梦踏天似儿时"
——贺敬之、柯岩在合面狮电厂　曾志桦　刘道德
《广西工人报》1988 年 5 月 25 日

诗心如火燃愈旺
——记诗人贺敬之　金圣
《黑龙江画报》1995 年 3 期、4 期合刊

一位独具风采的革命作家
——《贺敬之评传引言》　何火任
《中流》1995 年 5 期

诗歌，应抒人民之情
——访著名诗人贺敬之　张骥良
《北京法制报》1995 年 6 月 12 日

在贺敬之家中做客　张星海
《九台报》1996 年 7 月 24 日

老诗人的新收获
——《贺敬之诗书集》读后　花冈
《中国书法》1997 年 1 期

贺敬之的诗和他走过的道路　周良沛
《文艺理论与批评》1997 年 2 期

贺敬之在延安　刘凤梅
《名人传记》1997 年 9 期

访问贺敬之　向怡
《延安文学》1998 年 6 期

重引诗情到碧霄
——贺敬之再临三门唱大风　韩磊
《水利水电工程报》1998 年 10 月 8 日

风雨十年
——记新时期的贺敬之 贾漫
《文艺理论与批评》1999 年 1 期、2 期、3 期、5 期（连载）

伉俪诗人的风采
——访贺敬之、柯岩 袁葆玉
《南京师范大学文学院学报》1999 年 3 期

相濡以沫半世情
——记著名作家贺敬之、柯岩 谢华
《春风》1999 年 7 期

阿垅在狱中写给党组织的信与贺敬之为胡风案件落实政策 黎辛
《文艺理论与批评》2000 年 2 期

青史终能定是非
——在《诗人贺敬之》研讨会上的发言 李希凡
《文艺理论与批评》2000 年 3 期

我所接触的敬之同志 蒋国斌
《文坛艺苑》2000 年 3 期

慧眼识风月：记贺敬之和他的夫人 刘章
《大时代》2000 年 5 期

贺敬之与我的交往 蒋国斌
《老年人》2000 年 8 期

酒邀诗仙至　诗邀酒神来
——访中国诗酒文化协会名誉会长、著名诗人贺敬之 邹为瑞
《中国诗酒》2000 年 9 月 19 日

神游故校　徐光耀

《昨夜西风凋碧树》北京十月文艺出版社 2001 年 2 月出版

走访贺敬之　张菱

《人民日报》（海外版）2001 年 2 月 21 日

洒洒春风扑面来

——访著名诗人贺敬之、柯岩夫妇　陈凝

《汝州晚报》2001 年 4 月 12 日

人民的歌手

——访著名诗人贺敬之　王彦钊

《平顶山矿工报》2001 年 5 月 12 日

白发永不生，青春永不老

——拜访贺敬之　张菱

《革命左派论坛》2001 年 6 月 21 日

鉴往察今图创新

——贺敬之访谈　熊元义　丁慨然

《文艺报》2001 年 6 月 30 日

震撼心灵的诗篇　李浩明　吴学霆

《文汇报》2001 年 7 月 1 日

几经风雨知情重

——贺敬之与柯岩的爱情之旅　徐光荣

《名人传记》2001 年 11 期

诗人兴会更无前

——记诗坛前辈贺敬之与江苏诗人杨德祥在南京的一次约见　大吕

《江苏工人报》2001 年 12 月 1 日

《回延安》的诗人回来了
——贺敬之再回延安　忽培元
《大地》2002 年 1 月

一位普通教师和贺敬之老人的文学缘　冯荣国
《洛阳日报》2002 年 3 月 4 日

心如红烛　刘章
《天津日报》2002 年 3 月 15 日

贺敬之放声歌唱新时代　籍雅文
《大众周末》2002 年 4 月 12 日

贺敬之不朽诗歌深植民间　张允强
《香港文汇报》2002 年 4 月 22 日

诗人部长贺敬之　东方鹤
《齐鲁名人》2002 年 4 期

情蘸南海如泼墨，写我百年两腾飞
——记著名诗人贺敬之　侯尔瑞
《人物》2002 年 4 期

延安：一个诗人的回望　桑地
《人民日报》（海外版）2002 年 5 月 20 日

回眸延安　梁育南
《薛城周讯》2002 年 5 月 23 日

文艺老兵回家来人民永远是母亲　萧玉　许跃彬
《石家庄日报》2002 年 6 月 7 日

笔为人民吐心声 祈念曾
《长城物业人》2002 年 6 月 10 日

永远的歌者
——著名剧作家、诗人贺敬之印象 马雁凌
《伊春日报》2002 年 7 月 23 日

贺敬之印象 乐隽
《东方红》2002 年 3 期

贺敬之柯岩“背对背” 骆玉兰
《北京晚报》2002 年 9 月 21 日

贺敬之：中华新时代的歌手 张允强
《福建党史月刊》2002 年 11 期

贺敬之柯岩诗情不老 陈岩 梅建明
《扬子晚报》2002 年 12 月 25 日

贺敬之与柯岩：诗人伉俪生活中的平平仄仄 孙晓飞
《老年文摘》2002 年 9 月 26 日

为革命时代而歌 为劳动人民而歌
——访中国毛泽东诗词研究会会长、老诗人贺敬之 钟启元
《党史文汇》2003 年 1 期

诗人与诗一样青春
——访著名诗人、作家贺敬之 李杰
《语文世界》2003 年 2 期

贺敬之：诗歌是他的生命 赵铁信
《作家文摘》2003 年 2 月 11 日

贺敬之与诗书酒　　赵铁信
《中国文化报》2003 年 3 月 26 日

敬之墨韵　　侯尔瑞
《羲之书画报》2003 年 4 月 24 日

贺敬之：延安的一切，我的一切　　向楠
《中国民族报》2003 年 5 月 23 日

贺敬之的平常心　　姚三石
《陕西老年报》2003 年 6 月 3 日

乐观豁达贺敬之　　谷文　郑文萍
《档案大观》2003 年 6 月 20 日

文坛伴侣亦知音：贺敬之与柯岩　　李相
《传记文学》2003 年 4 期

贺敬之：世人不能远离时代　　甘险峰
《深圳商报》2003 年 9 月 19 日

贺敬之
——诗友守护神　　刘章
《宜昌晚报》2003 年 11 月 3 日

化作春泥更护花
——老诗人贺敬之关怀深圳实验学校师生　　曾子
《深圳教育》2003 年 11 月 10 日

拜谒诗坛泰斗贺敬之　　钱振中
《税务》2003 年 12 期

贺敬之同志到我家做客　蒋风
《浙江师范大学报》2004 年 4 月 15 日

人，要有一颗平常心
——贺敬之的恬淡生活　崔普权
《现代养生》2004 年 5 期

晓风著《虽九死其犹未悔——我的父亲胡风》序　贾植芳
《随笔》2004 年 4 期

致贾植芳先生　杜渐坤
《随笔》2004 年 6 期

致杜渐坤　贾植芳
《随笔》2004 年 6 期

推进新中国兰亭盛会举行的人
——谈贺敬之书法艺术　佟韦　赵铁信
《中国艺术报》2004 年 10 月 15 日

贺敬之的延安情怀　郑学富
《鲁南晨刊》2004 年 10 月 22 日

我有梦魂系南国
——贺敬之在深圳写诗　祈念曾
《深圳晚报》2004 年 11 月 5 日

贺敬之与深圳　祈念曾
《深圳商报》2004 年 11 月 16 日

革命人永远是年轻
——贺敬之、柯岩访谈　《夫妻剧场》节目组

《畅销书摘》2004 年 11 期

"贺敬之是一首诗" 黄小驹
《中国文化报》2004 年 12 月 11 日

《华夏诗报》编者按 《华夏诗报》
《华夏诗报》2004 年 12 月 26 日

我见证：贾植芳的不实之词 黎辛
《华夏诗报》2004 年 12 月 26 日

智慧的风采 丁宁
《文艺报》2004 年 12 月 28 日

贺敬之、柯岩
——一对文坛伉俪的激情岁月 吴志菲
《人民日报》（海外版）2005 年 1 月 24 日

一位著名诗人的书法艺术 袁学俊
《回首征程》文化艺术出版社 2005 年 1 月出版

贺敬之和延安"鲁艺"的艺术家们 荆蓝
《歌剧》2005 年 2 期

老凤凰，比翼飞舞
——敬祝贺敬之八秩华诞、柯岩七五华诞 杨炳
《夏风》2005 年 2 期

贺敬之的信仰与追求 侯尔瑞
《眉山声屏》2005 年 3 期

师爱无私 张星海

《九台文艺》2005 年 3 期

关于贾植芳先生序文的补白 张晓风
《文汇读书周报》2005 年 4 月 1 日

人民诗人 赵铁信
《光明日报》2005 年 4 月 1 日

江城幸会贺敬之 张其俊
《黄冈师院报》2005 年 4 月 30 日

和人民同心　与时代同步
——贺敬之印象 张其俊
《东坡赤壁诗词》2005 年 4 期

贺敬之柯岩：半世纪真情我不放　紧紧地贴在心窝上 张骥良　唐溯
《北京广播电视报》2005 年 5 月 30 日

他从延安走来
——访原中宣部副部长兼文化部党组书记、杰出诗人贺敬之 焦歌
《情系延安》中国文联出版社 2005 年 7 月出版

贺敬之如何从小“鲁艺”走向大“鲁艺” 余玮
《中华儿女》2005 年 8 月

贺敬之：抗战让我走上文学路 余宁　彭宽
《中国艺术报》2005 年 8 月 19 日

三生有幸结文缘 李前
《文学报》2005 年 9 月 22 日

贺敬之：人生之诗因跌宕动人 余玮

《养生大世界》2005 年 11 期

彭城风物好　心潮逐浪高
——贺敬之等同志徐州一行散记　徐传玉
《笔记桑榆》天马出版有限公司 2005 年 11 月出版

人民诗人贺敬之　山林
《党员干部之友》2005 年 12 期

贺敬之在首钢的那段特殊日子里　王德祥
《新国风》2005 年 6 期

我心目中的贺敬之　徐非光
《回首征程》文化艺术出版社 2005 年 12 月出版

难忘的时光　孟伟哉
《回首征程》文化艺术出版社 2005 年 12 月出版

生命不息　学习不止
——贺敬之读书往事　湘客
《中国人事报》2006 年 1 月 9 日

我心目中的贺敬之　张文建
《老干部之友》2006 年 1 期

诗人的贺卡　刘章
《人民日报》2006 年 2 月 4 日

东去列车的窗口
——贺敬之访谈录　李前
《新余日报》2006 年 5 月 16 日

千里来寻圣地

——随贺敬之上井冈山札记　　李前

《新余日报》2006年5月31日

不得不再次澄清的历史事实　　黎辛

《文艺理论与批评》2006年4期

访贺敬之同志录音整理　　段登捷

《落叶集》山西教育出版社2006年5月出版

当一回追星族　　刘芳

《阳光》2006年6月上半月

贺敬之　　苑继平主编

《枣庄运河文化——枣庄名人》青岛出版社2006年6月出版

诗意乡情总斐然

——著名诗人贺敬之印象记　　张安民

《云鹤韵》作家出版社2006年7月出版

贺敬之："我永远是人民的儿子"　　王健柱

《秋光》2006年8期

贺敬之：中国优秀传统文化任何时候都不能丢　　刘桂阳等

《桂林日报》2006年10月3日

平实·贺敬之　　张鹏

《文化时报》2006年11月16日

诗人在人民中间

——追忆贺敬之同志江汉行　　袁良宽

《湖北日报》2006年12月29日

相遇贺老　赵玉华
《盘锦日报》2007 年 5 月 25 日

贺敬之　刘德龙等
《山东籍当代文化名人》山东人民出版社 2007 年 7 月出版

永远的故乡　永远的思念
——贺敬之中秋故乡行　王庭之　刘同林
《枣庄日报》2007 年 9 月 30 日

贺敬之印象记　张旗鹏
《大众日报》2007 年 10 月 12 日

二、文学史有关专章、专节

第十七章第一节：新歌剧和《白毛女》　吉林大学中文系编
吉林大学中文系编《中国现代文学史》吉林人民出版社 1960 年出版

第二编第七章：《白毛女》与解放区戏剧创作　北京大学中文系编
北京大学中文系编《中国现代文学史》（初稿）1960 年出版

第十三章第二节：新歌剧《白毛女》　黄修已　孙玉石等
九院校编写组《中国现代文学史》江苏人民出版社 1979 年出版

第十六章第二节：《白毛女》及其他　王积贤
林志浩主编《中国现代文学史》中国人民大学出版社 1980 年出版

第八章第二节：贺敬之的诗歌
二十二院校编写组《中国当代文学史》福建人民出版社 1980 年出版

第一章第三节：优秀的诗人郭小川、贺敬之

张钟、余树森、洪子诚等编著《当代文学概观》北京大学出版社 1980 年出版

第一编第五章第二节：贺敬之及其《放声歌唱》

《中国当代文学》第一册华中师范学院中文系 1980 年出版

第九章：贺敬之　　董健　曲本陆　章子仲　李洪

《中国当代文学史初稿》人民文学出版社 1980 年出版

第十九章：歌剧与话剧　　王瑶主编

王瑶主编《中国新文学史稿》上海文艺出版社 1982 年出版

第十六章第二节：《白毛女》　　唐弢　严家炎主编

唐弢、严家炎主编《中国现代文学史》人民文学出版社 1983 年出版

第二十一章第一节：郭小川、贺敬之的诗　　雷敢

党秀臣主编《中国现当代文学》高等教育出版社 1994 年出版

第八卷第三章第二节：贺敬之的《放声歌唱》等诗作　　雷业洪

张炯等主编《中华文学通史》华艺出版社 1997 年出版

第二十九章第二节：郭小川、贺敬之的政治抒情诗　　袁忠岳

孔范今主编《二十世纪中国文学史》山东文艺出版社 1997 年出版

第五章：贺敬之　　特·赛音巴雅尔主编

特·赛音巴雅尔主编《中国当代文学史》（上）民族出版社 1999 年出版

第三编第十三章第二节：贺敬之的诗歌及其他　　张炯

张炯编著《新中国文学史》（上）海峡文艺出版社 1999 年 12 月出版

第八章第二节：《时代的抒情：〈桂林山水歌〉与〈长江三日〉》　刘志荣

陈思和主编《中国当代文学史教程》复旦大学出版社 1999 年 10 月出版

第一编第二章第四节：贺敬之：解放区的艺术新范　乔力
李少群、乔力主编《山东文学通史》（下）山东教育出版社 2003 年出版

第一编第九章第三节：贺敬之的诗　耿建华
王庆生主编《中国当代文学史》高等教育出版社 2003 年出版

三、诗作综合性研究

专著：

新时代歌手
——论贺敬之、郭小川、闻捷的诗　吴欢章
宁夏人民出版社 1987 年出版

贺敬之诗歌论　丁永淮
华中师范大学出版社 1988 年 12 月出版

郭小川贺敬之诗歌欣赏　张永健　王芝
广西教育出版社 1990 年出版

论贺敬之的诗　郭久麟
北岳文艺出版社 1991 年 2 月出版

文章：

论贺敬之的政治抒情诗　谢冕
《诗刊》1960 年 11、12 月号合刊

对抒情诗中“我”的几点理解　石榕
《文艺红旗》1961 年 10 期

学诗断想・谈贺敬之同志的几首诗　臧克家
《诗刊》1962 年 1 期

为伟大的党伟大的祖国放歌
——谈贺敬之近年来的诗　　潘旭澜　曾华鹏
《文汇报》1962 年 1 月 8 日

真情实感和典型化　　易征
——读贺敬之《放歌集》杂想
《人民日报》1962 年 8 月 26 日

抒情主人公和革命情怀　　金天
《作品》1963 年 7 期

朗诵杂记　　苏民
《诗刊》1963 年 9 月号

读贺敬之的政治抒情诗　　孙克恒
《甘肃师大学报》1977 年 2 期

高吟肺腑走风雷
——读贺敬之新作兼谈政治抒情诗的创作　　李元洛
《湘江文艺》1978 年 4 期

贺敬之诗歌艺术初探　　韩斌生
《宝鸡师范学院学报》1979 年 1 期

“走向亿万人的心里”
——评贺敬之的诗　　马畏安　于皿
《社会科学战线》1979 年 3 期

贺敬之诗歌的艺术特色　　尹在勤
《绿原》1980 年 1 辑

略论贺敬之诗的艺术风格　　周仲器

《中国当代文学研究》1980 年 1 期

回答今日的世界
——论贺敬之的政治抒情诗 王振声
《北方论丛》1980 年 1 期

论马雅可夫斯基对贺敬之诗歌创作的影响 陈守成
《武汉大学学报》1980 年 1 期

试论贺敬之的诗歌 段登捷
《山西师院学报》1980 年 1 期

当代政治抒情诗的两面旗帜
——谈郭小川和贺敬之的诗歌风格 唐文彬
《河北师范大学学报》1980 年 3 期

当代诗坛上两颗夺目的明星
——试论郭小川、贺敬之的诗歌艺术 刘赤符
《常德师专学报》1980 年 4－5 期合刊

也谈马雅可夫斯基与贺敬之
——与陈守成同志商榷 郑传寅
《武汉大学学报》1980 年 6 期

走在早晨的道路上 孙光萱 尹在勤
《诗探索》1981 年 1 期

碧海长空，浩气如虹
——论贺敬之诗歌的艺术风格 任愫
《燕山》1981 年 2 期

论贺敬之诗歌的时代精神 丁永淮

《黄冈师专学报》1981 年 2 期

豪情如火气如虹
——试论贺敬之诗歌创作的特色　　李元洛
《文艺报》1981 年 4 期

情真诗方真
——读贺敬之诗札记　　张涧
《宁夏大学学报》1982 年 1 期

贺敬之改造外来楼梯式问题初探　　雷业洪
《文学评论》1982 年 2 期

在崇高的领域里驰骋
——读贺敬之诗歌札记　　杨匡汉
《柳泉》1982 年 2 期

论贺敬之的创作道路　　段登捷
《山西师院学报》1982 年 2 期、3 期

略论贺敬之诗歌的艺术特色　　沈默
《新文学论丛》1982 年 3 期

略论贺敬之的诗歌艺术　　韩斌生
《广西民族学院学报》1982 年 4 期

论贺敬之的早期诗歌创作　　秦兆基
《苏州大学学报》1983 年 2 期

浅谈贺敬之的抒情诗及其特点　　李志远
《昆明师院学报》1983 年 3 期

论贺敬之的诗歌创作　侯爵良
《诗刊》1983 年 10 月号

论贺敬之诗歌的革命浪漫主义　郭久麟
《广东教育学院学报》1984 年 1 期

贺敬之的诗歌艺术　吴开晋
《社会科学战线》1984 年 3 期

贺敬之论　齐英
《淄博师专学报》1985 年 1 期

刚柔并济：贺敬之建国后抒情短诗的艺术风格　陈思广等
《东岳论丛》1990 年 4 期

骑在时代的马背上放声歌唱
——论贺敬之政治抒情诗的阳刚美　龙长顺
《文艺理论与批评》1991 年 2 期

艾青、贺敬之、闻捷诗歌创作比较　石兴泽
《济宁师专学报》1993 年 1 期

浅谈贺敬之诗歌的民族风格　陈占和
《郴州师范高等专科学校学报》1994 年 1 期

之江报潮讯　壮怀读贺诗　贾漫
——读《贺敬之诗书集》
《诗刊》1994 年 8 月号

改诗见精神
——从贺敬之同志就《国际梨园诗词选》的两封信谈起　李尤白
《当代戏剧》1995 年 3 期

贺敬之和他的新诗创作　周良沛
《诗刊》1995 年 8 月号

贺敬之与颂歌传统再解读　孟繁华
《当代文学研究资料与信息》1996 年 1 期

诗心独运　同曲异工
——贺敬之与马雅可夫斯基政治抒情诗审美比较　刘磊夫
《太原师范学院学报》1996 年 2 期

贺敬之“延安诗篇”散论　赵谦允
《延安大学学报》1997 年 2 期

贺敬之的“光明颂”与郭小川的“迷惘期”问题刍议　卓争鸣
《文艺理论与批评》1997 年 5 期

如潮似火诉丹忱
——读《贺敬之诗选》　艾斐
《文艺报》1997 年 12 月 25 日

黄钟大吕在耳边回响
——读《贺敬之诗选》　傅迪
《中流》1998 年 1 期

读《贺敬之诗选》　吴奔星
《南方文坛》1998 年 4 期

作为诗体探索者的贺敬之　吕进
《中外诗歌研究》1998 年 1 期

论贺敬之的新诗创作　古远清
《学术论丛》1999 年 1 期

论贺敬之诗歌创作的时代蕴涵与使命　　煜华
《学术论丛》1999 年 1 期

时代风雷的红色号角：郭小川、贺敬之、李瑛　　燎原
《星星》1999 年 6 期

重评“边塞诗旅”与“郭、贺诗风”
——关于中国当代诗潮的反思　　黎风
《西南民族学院学报》1999 年 7 期

不废江河万古流
——评毛翰等有关“中国诗歌教材的讨论”文章　　诸葛师申
《文艺报》1999 年 12 月 23 日

心的呐喊　　阎纲
《文艺理论与批评》2000 年 3 期

关于诗的两封信　　周良沛
《文艺理论与批评》2000 年 3 期

不要用×××！
——批评《文艺理论与批评》　　鲁芒
《文艺理论与批评》2000 年 3 期

从鲁艺起步的年轻作者们
——孔厥、贺敬之和黄钢　　王培元
《河北学刊》2000 年 5 期

新诗光芒谁能泯灭
——从“诗歌美育”的争论想到的　　胡世宗
《华夏诗报》2000 年 8 月 25 日

贺敬之与古代豪放诗风　　刘中顼
《古代诗歌传承溯探》北麓书社 2000 年 9 月出版

诗国凭何振雄风　　严昭柱
《夏风》2000 年 10 月 1 日

论诗歌的美学启迪　　葛林
《夏风》2000 年 10 月 1 日

黄钟大吕在耳边响起　　马鍌伯
——读《贺敬之诗选》
《两刃相割集》吉林人民出版社 2000 年 10 月出版

试论贺敬之诗歌的音乐美　　詹燕
《学术论丛》2001 年 5 期

震撼心灵的诗篇　　李浩明　吴学霆
《文汇报》2001 年 7 月 1 日

情蘸墨笔的诗人——贺敬之　　侯尔瑞
《中国教育报》2002 年 11 月 12 日

贺敬之不朽诗歌深植民间　　张允强
《香港文汇报》2002 年 4 月 22 日

我们的时代需要呼唤　　刘章
《石家庄日报》2002 年 5 月 21 日

从马雅可夫斯基到贺敬之　　犹家仲
《四川外语学院学报》2002 年 18 期

中国“四大诗魂”当之无愧!　　林娜

《沈阳晚报》2003 年 1 月 3 日

贺敬之诗歌的历史价值和艺术魅力　　翟泰丰
《诗刊》2003 年 8 月号

一曲真情质朴豪迈的赞歌　　秦中吟
《朔方》2003 年 10 期

贺敬之
——诗坛的守护神　　刘章
《宜昌晚报》2003 年 11 月 3 日

浅析贺敬之诗歌的战士情怀和艺术魅力　　史志谨
《理论导刊》2004 年 3 期

西去列车的窗口　　李群
《观沧海》作家出版社 2004 年 3 月出版

重释“大我”与“人”的观念
——从郭沫若、贺敬之孩子诗中的“大我”形象谈起　　金红
《社会科学辑刊》2004 年 5 期

从诗中寻找贺敬之　　雁翼
《世纪瞭望》2004 年 7 期

人民革命时代的杰出歌者
——论贺敬之创作　　张炯
《银河系》2004 年 48 · 49 期

贺敬之诗歌创作的重大历史意义和现实意义　　刘扬烈
《银河系》2004 年 48 · 49 期

东窗西窗一同唱

——贺敬之文学馆在台儿庄落成有感　　翟泰丰

《银河系》2004 年 48 · 49 期

令人敬之的敬之老师　　桂兴华

《银河系》2004 年 48 · 49 期

马雅可夫斯基的悲剧性命运　　林贤治

《南方都市报》2004 年 11 月 1 日

《讲话激励贺敬之》　　刘润为

《文艺报》2005 年 1 月 6 日

贺敬之：长青的文学大树　　金绍任

《诗刊》2005 年 2 月号上半月刊

贺诗不朽之理由与启示　　王久辛

《橄榄绿》2005 年 1 期

战士型的诗人与战士型的诗

——贺敬之诗歌创作的进取精神与时代担当　　艾斐

《理论与创作》2005 年 2 期

新诗浪漫主义的又一高峰

——论贺敬之浪漫主义诗歌的历史地位和艺术特色　　张永健

《心潮诗词》2005 年 3 期

人民的镜像：从苦难走向新生　　余岱宗

《文艺理论与批评》2005 年 3 期

贺敬之诗歌的狂欢化色彩　　赵小琪

《盐城师范学院学报》2005 年 2 期

激情点燃智光
——贺敬之政治抒情诗的特色　　许祖华
《信阳师范学院学报》2005 年 3 期

在“现实”与“规范”之间
——贺敬之创作转型论　　李遇春
《文学评论》2005 年 4 期

忘却他并不容易
——温习贺敬之有感　　李万武
《高校理论战线》2005 年 6 期

贺敬之诗学品格论　　黄曼君　李遇春
《文艺研究》2005 年 6 期

迟到的敬礼　　周良沛
《银河系》2005 年 50 · 51 期

战士的风采　　韩毓海
《回首征程》文化艺术出版社 2005 年 12 月出版

在贺敬之文学生涯 65 周年暨文集出版研讨会上的发言　　马恒祥
《回首征程》文化艺术出版社 2005 年 12 月出版

不负历史使命的著名诗人　　卞国福
《回首征程》文化艺术出版社 2005 年 12 月出版

人民的贺敬之　　卢伟宗
《回首征程》文化艺术出版社 2005 年 12 月出版

遥望他的项背　　胡世宗
《回首征程》文化艺术出版社 2005 年 12 月出版

让我们“放声歌唱” 桂兴华
《回首征程》文化艺术出版社 2005 年 12 月出版

我从贺敬之诗中学到了什么 纪宇
《回首征程》文化艺术出版社 2005 年 12 月出版

论贺敬之诗歌的抒情特色 章亚昕
《回首征程》文化艺术出版社 2005 年 12 月出版

毛泽东时代与贺敬之 丁毅 刘志明
《回首征程》文化艺术出版社 2005 年 12 月出版

论艺术的失落与回归 段宝林
——从贺敬之的诗说起
《回首征程》文化艺术出版社 2005 年 12 月出版

巧夺天工的不朽华章 徐志诚
《回首征程》文化艺术出版社 2005 年 12 月出版

战士的责任重 卢伟宗
《回首征程》文化艺术出版社 2005 年 12 月出版

从剧到诗：论贺敬之对革命语境空间的开拓 张江元
《贵州社会科学》2006 年 1 期

内地与乡土 章亚昕
《中国新诗史论》山东教育出版社 2006 年出版

浅谈贺敬之诗歌创作的思维空间 秦中吟
《夏风》2006 年 4 期

贺敬之与政治抒情诗

——读《贺敬之诗选》　王迩宾
《文艺报》2006年7月6日

大树长青　陈志昂
《贺敬之词作歌曲集》中国文联出版社2006年7月出版

贺敬之的诗　钱志富
《诗心与现实的强力结合》作家出版社2006年8月出版

民族性与世界性：贺敬之在新歌剧和新诗方面的贡献　牛运清
《挥毫顶天写真诗》作家出版社2006年8月出版

一代诗雄
——贺敬之创作影响史笔记掌故　赵国泰
《挥毫顶天写真诗》作家出版社2006年8月出版

一种新型的文学话语空间的开创
——重读贺敬之的“红色经典”　李遇春
《挥毫顶天写真诗》作家出版社2006年8月出版

时代的歌唱　苗得雨
《挥毫顶天写真诗》作家出版社2006年8月出版

新诗浪漫主义的又一高峰
——论贺敬之浪漫主义诗歌的历史地位和艺术特色　张永健
《挥毫顶天写真诗》作家出版社2006年8月出版

“楼梯式”和敬之体　於可训
《挥毫顶天写真诗》作家出版社2006年8月出版

贺敬之诗歌的语言学解读　张卫中
《挥毫顶天写真诗》作家出版社2006年8月出版

辉煌的时代画卷 张同吾

《挥毫顶天写真诗》作家出版社 2006 年 8 月出版

向时间和空间的摸索：贺敬之诗歌研究 ［韩］申正浩

《挥毫顶天写真诗》作家出版社 2006 年 8 月出版

简论贺敬之政治抒情诗的艺术贡献 谢克强

《挥毫顶天写真诗》作家出版社 2006 年 8 月出版

诗味的魅力

——试论贺敬之的诗 蒋风

《挥毫顶天写真诗》作家出版社 2006 年 8 月出版

贺敬之“楼梯式”诗歌的艺术来源 邹建军 李志艳

《挥毫顶天写真诗》作家出版社 2006 年 8 月出版

论贺敬之成长型政治抒情诗写作 杨四平 谢昭新

《挥毫顶天写真诗》作家出版社 2006 年 8 月出版

新时期贺敬之诗歌研究述评 蔡莉莉

《挥毫顶天写真诗》作家出版社 2006 年 8 月出版

简议贺敬之诗歌的历史价值和现实意义 马莉 宋郁林

《挥毫顶天写真诗》作家出版社 2006 年 8 月出版

贺敬之抒情短诗的审美特征和历史价值 文红霞

《挥毫顶天写真诗》作家出版社 2006 年 8 月出版

1976 年以后：中国政治抒情诗的发展 桂兴华

《挥毫顶天写真诗》作家出版社 2006 年 8 月出版

贺敬之的新诗写作策略 杨文军

《挥毫顶天写真诗》作家出版社 2006 年 8 月出版

文如其人　论如其诗　刘中项
《挥毫顶天写真诗》作家出版社 2006 年 8 月出版

贺敬之诗歌的政论色彩与理想主义光辉　徐莹
《挥毫顶天写真诗》作家出版社 2006 年 8 月出版

为时代和人民而放歌
——贺敬之诗歌浅谈　陈敢
《挥毫顶天写真诗》作家出版社 2006 年 8 月出版

贺敬之四十年代歌词创作的文化取向及其表达　陈煜斓
《挥毫顶天写真诗》作家出版社 2006 年 8 月出版

独特诗味的魅力
——试论贺敬之诗的风格　蒋风
《华夏诗报》2006 年 9 月 25 日

革命浪漫主义的抒情
——论贺敬之的诗歌创作之二　张器友
《唐都学刊》2007 年 1 期

激情着您的激情　韩彦军
——重读《贺敬之诗选》
《新国风》2008 年 4 期

四、研讨会、座谈会报道、祝词等

贺敬之诗歌朗诵会回味难忘时代　李舫
《人民日报》2004 年 12 月 10 日

《贺敬之谈诗》出版座谈会举行 韩小蕙
《光明日报》2004 年 12 月 11 日

中国作协举行贺敬之文学生涯 65 周年研讨会 曲志红
《人民日报》2004 年 12 月 16 日

贺敬之文学生涯 65 周年暨文集出版研讨会在京举行 任晶晶
《文艺报》2004 年 12 月 16 日

贺敬之文学创作国际学术研讨会在武汉召开 综文
《文艺报》2005 年 4 月 14 日

给贺敬之文学生涯 65 周年暨文集出版研讨会 刘云山
《银河系》2004 年 48 · 49 期

致贺敬之文集出版研讨会 邓力群
《银河系》2004 年 48 · 49 期

在贺敬之文学生涯 65 周年研讨会上的讲话 金炳华
《回首征程》文化艺术出版社 2005 年 12 月出版

在贺敬之文学生涯 65 周年研讨会上的讲话 李从军
《回首征程》文化艺术出版社 2005 年 12 月出版

在贺敬之文学生涯 65 周年研讨会上的讲话 翟泰丰
《回首征程》文化艺术出版社 2005 年 12 月出版

革命家、宣传文化教育家、作家、诗人 云照光
《回首征程》文化艺术出版社 2005 年 12 月出版

真诚地感谢与祝贺 张玉珠
《回首征程》文化艺术出版社 2005 年 12 月出版

乡情殷殷 曹士清

《回首征程》文化艺术出版社 2005 年 12 月出版

贺信 张平

《回首征程》文化艺术出版社 2005 年 12 月出版

贺信 张锲

《回首征程》文化艺术出版社 2005 年 12 月出版

贺信 陈映真 丽娜

《回首征程》文化艺术出版社 2005 年 12 月出版

贺信 徐洪刚

《回首征程》文化艺术出版社 2005 年 12 月出版

贺信 杨山 林彦

《回首征程》文化艺术出版社 2005 年 12 月出版

贺信 丁芒

《回首征程》文化艺术出版社 2005 年 12 月出版

贺信 李松涛 李秀珊

《回首征程》文化艺术出版社 2005 年 12 月出版

贺信 周永诗

《回首征程》文化艺术出版社 2005 年 12 月出版

贺信 中国解放区文学研究会

《回首征程》文化艺术出版社 2005 年 12 月出版

贺信 陕西毛泽东诗词研究会

《回首征程》文化艺术出版社 2005 年 12 月出版

贺信　　　　　　　　　　　　　　　　宝鸡市毛泽东诗词研究会
《回首征程》文化艺术出版社 2005 年 12 月出版

贺信　　　　　　　　　　　　　　　　贵州遵义中国博雅苑陈列馆
《回首征程》文化艺术出版社 2005 年 12 月出版

贺信　　　　　　　　　　　　　　　　郭在精
《回首征程》文化艺术出版社 2005 年 12 月出版

贺信　　　　　　　　　　　　　　　　蒋人初　邹雨林　王安礼　熊炬等
《回首征程》文化艺术出版社 2005 年 12 月出版

贺信　　　　　　　　　　　　　　　　梁育南
《回首征程》文化艺术出版社 2005 年 12 月出版

贺信　　　　　　　　　　　　　　　　罗中福
《回首征程》文化艺术出版社 2005 年 12 月出版

贺信　　　　　　　　　　　　　　　　叶延滨
《回首征程》文化艺术出版社 2005 年 12 月出版

给贺敬之文学馆落成典礼的贺信　　　　李继耐
《回首征程》文化艺术出版社 2005 年 12 月出版

在贺敬之文学馆落成典礼上的讲话　　　翟泰丰
《回首征程》文化艺术出版社 2005 年 12 月出版

在贺敬之文学馆落成典礼上的讲话　　　王凤胜
《回首征程》文化艺术出版社 2005 年 12 月出版

在贺敬之文学馆落成典礼上的讲话　　　贺茂之
《回首征程》文化艺术出版社 2005 年 12 月出版

在贺敬之文学馆落成典礼上的致辞　陈兆同
《回首征程》文化艺术出版社 2005 年 12 月出版

致“贺敬之文学创作国际学术研讨会”的贺信　孙家正
《挥毫顶天写真诗》作家出版社 2006 年 8 月出版

中国作协致“贺敬之文学创作国际学术研讨会”的贺词　吉狄马加
《挥毫顶天写真诗》作家出版社 2006 年 8 月出版

致“贺敬之文学创作国际学术研讨会”的贺词　湖北省人民政府
《挥毫顶天写真诗》作家出版社 2006 年 8 月出版

致“贺敬之文学创作国际学术研讨会”的贺信　罗斯玛丽
《挥毫顶天写真诗》作家出版社 2006 年 8 月出版

致“贺敬之文学创作国际学术研讨会”的贺词　卫建林
《挥毫顶天写真诗》作家出版社 2006 年 8 月出版

欢迎词　辜胜阻
《挥毫顶天写真诗》作家出版社 2006 年 8 月出版

欢迎词　李宪生
《挥毫顶天写真诗》作家出版社 2006 年 8 月出版

欢迎词　马敏
《挥毫顶天写真诗》作家出版社 2006 年 8 月出版

开幕词　王庆生
《挥毫顶天写真诗》作家出版社 2006 年 8 月出版

贺辞　张炯
《挥毫顶天写真诗》作家出版社 2006 年 8 月出版

致“贺敬之文学创作国际学术研讨会”的贺词 王文章
《挥毫顶天写真诗》作家出版社 2006 年 8 月出版

在“贺敬之文学创作国际学术研讨会”上的讲话 郑伯农

致辞 李传峰
《挥毫顶天写真诗》作家出版社 2006 年 8 月出版

贺信 胡可 胡朋
《挥毫顶天写真诗》作家出版社 2006 年 8 月出版

贺信 叶延滨
《挥毫顶天写真诗》作家出版社 2006 年 8 月出版

贺信 黎青 野曼
《挥毫顶天写真诗》作家出版社 2006 年 8 月出版

贺信 杨光治
《挥毫顶天写真诗》作家出版社 2006 年 8 月出版

闭幕词 黄永林
《挥毫顶天写真诗》作家出版社 2006 年 8 月出版

谁更顶天写真诗
——“贺敬之文学创作国际学术研讨会”综述 曾庆江 曾育辉 章榕榕
《文艺报》2005 年 4 月 28 日

贺敬之文学创作国际学术研讨会综述 李遇春 曾庆江 普利华
《文学评论》2005 年 5 期

桂子山上的盛会 李前
《挥毫顶天写真诗》作家出版社 2006 年 8 月出版

挥毫顶天写真诗　　杨厚均
《文艺报》2006年9月16日

五、具体诗作研究

1. 早期诗歌：

沿着民族化、群众化的道路前进
——评贺敬之诗集《朝阳花开》　　秦兆基等
《四平师院学报》1980年3期

自豪吧，十八岁的公民
——喜读贺敬之《我走在早晨的大路上》　　秦星
《绿原》1981年4辑

论贺敬之早期的诗歌创作　　徐荣街
——读《乡村的夜》、《朝阳花开》
《徐州师范学院学报》1982年1期

沿着民族化群众化的道路前进
——论贺敬之的《朝阳花开》　　秦兆基等
《新文学论丛》1983年4期

贺敬之早期的诗歌创作　　丁永淮
《汉江论坛》1985年2期

论贺敬之叙事诗集《乡村的夜》　　普丽华
《荆门职业技术学院学报》2006年12期

《乡村的夜》的现实主义特色　　潘立文
《贺州学院学报》第23卷第2期

2. 诗歌《回延安》：

挚情的、凝练的诗
——读贺敬之的《回延安》 闻山
《文艺报》1956 年 14 号

充满生命力的歌声
——读《回延安》 陈思
《语文教学》1958 年 9 期

一首令人喜爱的好诗 罗生丹
《诗刊》1958 年 9 月号

略谈《回延安》 徐嘉龄
《语文》1960 年 1 期

《回延安》是充满感情的好诗 丁力
《文学知识》1960 年 4 期

越南出版中国诗集《回延安》 李翔
《世界文学》1961 年 11 期

《回延安》分析 大材
江西师范《语文函授》1977 年 3 期

《回延安》的比兴手法 张军延
《语文学习》1978 年 4 期

真情的颂歌
——试析《回延安》 聂索
《学诗偶记》云南出版社 1978 年 10 月出版

读贺敬之的《回延安》 邓日

《语文教学》1979 年 1 期

读贺敬之的《回延安》 王建新
《语文战线》1980 年 1 期

朴实、真切、深厚
——读贺敬之的《回延安》 杨树茂
《语文学习》1980 年 2 期

味之者无极，闻之者动心
——贺敬之《回延安》艺术感染力初探 徐涛
《教与学》1980 年 1－2 期合刊

一曲铭刻在人民心底的乐章
——重读贺敬之的《回延安》 段登捷
《中文自学考试辅导》1984 年 1 期

关于《回延安》诗稿手迹的回忆 郭强
《作家谈——初中语文课本续编》四川教育出版社 1987 年出版

“手抓黄土我不放”：再读贺敬之《回延安》诗 陈兴发
《西南民族学院学报》1992 年 13（2）期

永远与人民保持血肉联系：再说《回延安》 天秀
《理论与创作》1993 年 6 期

真挚的情感，独特的意象
——重读贺敬之的《回延安》 刘杭珍
《浙江师大学报》1997 年 1 期

“诗歌美育”续议 陈良运
《星星》1999 年 10 期

说说"心口呀莫要这么厉害地跳"　　刘章
《燕赵晚报》1999 年 11 月 25 日

半个世纪的绝唱
——贺敬之《回延安》赏评　　高云雷
《哈尔滨师专学报》2000 年 6 期

震撼心灵的诗篇　　李浩明　吴学霞
《文汇报》2001 年 7 月 1 日

一曲真情质朴豪迈的赞歌
——重读贺敬之的《回延安》　　秦中吟
《朔方》2003 年 10 期

《回延安》：诗人跨世纪的情结　　潘冰消　刘莹　宋立波
《信息导刊》2004 年 35 期

贺敬之《回延安》的语音缺憾
——兼与姚殿芳、潘兆明先生商榷[①]　　邱洪瑞
《修辞学习》2006 年 2 期

格律诗的韵律节拍是否由语义决定的
——与邱洪瑞先生商榷　　马德强
《修辞学习》2006 年 6 期

3. 诗歌《放声歌唱》：
"放声歌唱"　　陈聪
《文艺报》1956 年 21 号

① 姚殿芳、潘兆明著《实用汉语修辞》，北京大学出版社 2001 年版。

歌颂党歌颂祖国
——读贺敬之同志的长诗《放声歌唱》 郭长森
《读书月报》1957 年 12 期

拨动心弦的《放声歌唱》 蒋大雷
《辽宁日报》1959 年 4 月 2 日

时代精神的个性化涵义
——论贺敬之的《放歌集》 章亚昕
《济宁师专学报》1989 年 3 期

在“顶峰时刻”放歌
——从贺敬之的《放声歌唱》谈起 陈达专
《深圳商报通讯》2003 年 6 期

4. 诗歌《三门峡歌》：

新的气派　新的风格
——读贺敬之的《三门峡——梳妆台》 丁力
《文学青年》1958 年 12 期

新的尝试，新的创造
——评贺敬之同志的《三门峡——梳妆台》 吴栓华　吴志
《羊城晚报》1959 年 2 月 1 日

《三门峡——梳妆台》是一首好诗 刘家骥
《当代文章选讲》河南人民出版社 1960 年 2 月出版

优美的乐章，激昂的颂歌
——《三门峡——梳妆台》赏析 姜纯哲
《名作欣赏》1982 年 2 期

“再请”李白改诗句

——贺敬之谈两句诗的修改　韩磊
《三门峡日报》1999 年 3 月 11 日

5. 诗歌《东风万里》：

谈贺敬之的《东风万里》　田青
《语文教学》1959 年 3 期

6. 诗歌《桂林山水歌》：

我爱《桂林山水歌》　苍洱星
《边疆文艺》1961 年 12 期

“迎”“接”辨　江枫
《羊城晚报》1963 年 4 月 9 日

美好的山水，美好的歌
——读贺敬之的《桂林山水歌》　谢冕
《名作欣赏》1980 年 2 期

幽妙的景，深婉的情
——贺敬之《桂林山水歌》分析　汤岳辉
《惠州大学学报》1997 年 3 期

献给祖国的颂歌
——贺敬之《桂林山水歌》赏析　石弘
《开封教育学院学报》1998 年 2 期

陈年皇历看不得
——再谈语文教科书的新诗篇目　毛翰
《星星》1999 年 4 期

“轻薄为文”的典型

——评《星星》诗刊有关“中国诗歌教材的讨论”文章　金绍任
《改革还是改向》大众文艺出版社2001年4月出版

一个退役老兵的不吐不快之言
——读《审视中学语文教育》有感　刘贻清
《改革还是改向》大众文艺出版社2001年4月出版

什么是真善美？什么是假恶丑？　熊光明
《改革还是改向》大众文艺出版社2001年4月出版

读毛翰《陈年皇历看不得》有感
《改革还是改向》大众文艺出版社2001年4月出版　胡笳

新诗的光芒谁能泯灭
——从“诗歌美育”的争论想到的　胡世宗
《改革还是改向》大众文艺出版社2001年4月出版

一堆泡沫的破灭
——读《星星》诗刊《太阳说：来，朝前走》　艾芝
《改革还是改向》大众文艺出版社2001年4月出版

净化我们的批评　周邦宁
《改革还是改向》大众文艺出版社2001年4月出版

否定老一辈诗人就否定了一个时代　贾漫
《改革还是改向》大众文艺出版社2001年4月出版

《桂林山水歌》责编问答　宋垒
《新国风》2002年1/2月号

巧夺天工的不朽华章
——重读贺敬之的《桂林山水歌》　徐志诚

《陕西广播电视大学学报》2005 年 7 期

7. 诗歌《雷锋之歌》:

气壮语豪赞英雄
——读《雷锋之歌》 李文忠
《羊城晚报》1963 年 4 月 27 日

放声朗诵《雷锋之歌》 尹在勤
《成都晚报》1963 年 5 月 16 日

波澜壮阔的英雄赞歌
——读《雷锋之歌》 朱洪国
《重庆日报》1963 年 5 月 18 日

读《雷锋之歌》 陶阳
《文艺报》1963 年 6 期

革命激情的浪花
——小谈政治抒情诗 司马文
《山东文学》1963 年 6 期

热情洋溢唱雷锋
——谈歌唱雷锋同志的几首诗 肖草
《延河》1963 年 6 月号

读贺敬之《雷锋之歌》
——兼论政治抒情诗创作中的一些问题 孙光萱 陆继椿 胡川
《山东文学》1963 年 7 期

雷锋——唱不尽的歌
——谈《雷锋之歌》和《你，浪花里的一滴水》 阎纲
《诗刊》1963 年 8 月号

伟大的战士　光辉的颂歌
——评贺敬之的《雷锋之歌》　高歌今　杨因
《湖南文学》1963 年 8 月号

评《雷锋之歌》　王叙之
《人民日报》1963 年 9 月 22 日

大力讴歌新时代的英雄人物
——谈几首歌颂雷锋的诗　湘波
《湖南文学》1963 年 9 期

文艺界广泛评论长诗《雷锋之歌》　铿
《文汇报》1963 年 10 月 11 日

红旗要以红心来唱
——谈抒情长诗《雷锋之歌》中的革命激情　匡满　文鹏
《北京晚报》1964 年 4 月 17 日

读贺敬之的长诗《雷锋之歌》　林维民
《复旦学报》1964 年 2 期

让时代战鼓擂得更响　吴荣福
《黑龙江文艺》1974 年 2 期

一代风流壮诗情
——重读贺敬之同志的《雷锋之歌》　杨金亭
《诗刊》1977 年 4 月号

《雷锋之歌》的艺术特色　田本相
《语文教学通讯》1980 年 3 期

略谈《雷锋之歌》的几点艺术特色　周江

《盐城师专》1984 年 2 期

8. 诗歌《西去列车的窗口》:

列车窗口寄豪情　王堡
《新疆文学》1963 年 7 期

《西去列车的窗口》小评　谢冕
《诗刊》1964 年 3 月号

时代的列车
——读贺敬之的诗《西去列车的窗口》　文鹏　匡满
《北京晚报》1964 年 8 月 12 日

窗口虽小，所见极大
——读《西去列车的窗口》　刘惠康
《语文战线》1976 年 4 期

时代的窗口，广阔的天地
——读《西去列车的窗口》　何静
《出版通讯》安徽人民出版社 1977 年 2 月出版

社会主义伟大时代精神的颂歌
——《西去列车的窗口》试析　贾佑吉
《安徽师范大学学报》1977 年 4 期

革命的洪流滚滚向前
——重读贺敬之的《西去列车的窗口》　马怀忠
《破与立》(曲阜师范学院) 1978 年 1 期

想象丰富　构思奇妙
——《西去列车的窗口》的艺术特色　赵璧仁
《宁夏大学学报》1984 年 2 期

借窗观景　物小蕴大
——贺敬之《西去列车的窗口》欣赏　吴开有
《昭通师范高等专科学校学报》1994 年 1 期

新中国西部开发之强音
——重读贺敬之《西去列车的窗口》　肖川
《朔方》2003 年 4 期

9. 诗歌《中国的十月》:

好啊！中国的十月
——喜读贺敬之同志的新作　钱光培
《诗刊》1976 年 12 月号

中国十月的讴歌
——读《中国的十月》　李宁等
《江苏师范学院学报》1977 年 1 期

10. 诗歌《“八一”之歌》:

激荡人心的《“八一”之歌》　晓雪
《光明日报》1977 年 9 月 2 日

贺敬之与《“八一”之歌》　金涛
《中国艺术报》2007 年 8 月 3 日

推荐《“八一”之歌》　朱海燕
《中国铁道建筑报》2007 年 7 月 21 日

11. 诗集《回答今日的世界》:

这本诗绝不是只属于过去
——读贺敬之诗集《回答今日的世界》有感　尹在勤
《诗刊》1991 年 9 月号

12. 诗歌《妈妈的眼睛真明亮》:

析论贺敬之儿童诗《妈妈的眼睛真明亮》　[台湾]林文宝　孙艺泉
《挥毫顶天写真诗》作家出版社2006年8月出版

六、新古体诗研究

烈士暮年　壮心不已
——贺敬之《富春江散歌》读后　贾漫
《光明日报》1993年9月1日

江山·历史·诗情
——读贺敬之同志组诗《富春江散歌》　杨柄
《文艺理论与批评》1993年6期

"情动绳墨外，笔端起波澜"
——读贺敬之《富春江散歌》　刘征
《诗刊》1994年2月号

江山留韵律　日月寄诗魂
——贺敬之"新古体诗"印象记　吴奔星
《文艺报》1994年9月3日

关于"新古体诗"的断想
《诗刊》1995年5月号　何火任

穿云足未息　竞攀更高峰
——贺敬之同志《访平顶山新古体诗七首》赏析　杨晓宇
《平顶山日报》2001年5月26日

余墨飘香见精神：贺敬之"新古体诗"略论
《中华诗词》2002年3期　徐荣街

古体新裁面面新
——试论贺敬之的“新古体诗” 张安民
《心潮诗词》2003 年 4 期

关于诗的声律
——兼论贺敬之的声律观 丁慨然
《新国风文学》2006 年 2 期

谁更顶天写真诗 金绍任
《挥毫顶天写真诗》作家出版社 2006 年 8 月出版

贺敬之新古体诗简论[①] 丁毅
《贺敬之新古体诗选释》

七、歌剧《白毛女》评介

鲁艺工作团演出“白毛女” 《解放日报》
《解放日报》1945 年 6 月 10 日

关于“白毛女” 解清
《解放日报》1945 年 7 月 17 日

“白毛女”的时代性 季纯
《解放日报》1945 年 7 月 21 日

谈谈批评的方法
——谈“《白毛女》的时代性” 解清
《解放日报》1945 年 8 月 1 日

《白毛女》观后感 唱泉

---

① 原文题目为:《贺敬之新古体诗选释之序》，中央文献出版社 2008 年出版。

《解放日报》1945 年 8 月 2 日

生活与偏爱
——关于“白毛女” 陈陇
《解放日报》1945 年 8 月 2 日

“白毛女”演出的效果 夏静
《解放日报》1945 年 8 月 2 日

“白毛女”在冀中 《解放日报》
《解放日报》1946 年 9 月 10 日

《白毛女》剧作和演出 刘备耕
《晋冀鲁豫人民日报》1946 年 9 月 22 日

白毛女
——介绍一部解放区的歌剧 李楠
《新华日报》副刊 1946 年 9 月 26 日

看《白毛女》后 刘秀珍
《晋冀鲁豫人民日报》1947 年 2 月 12 日

序《白毛女》 郭沫若
《白毛女》上海黄河出版社 1947 年 2 月出版

悲剧的解放
——为《白毛女》演出而作 郭沫若
香港《华商报》副刊《热风》1948 年 5 月 23 日

赞颂《白毛女》 茅盾
香港《华商报》1948 年 5 月 29 日

祝《白毛女》的演出 林默涵
香港《正报》1948 年第 41 期

从《白毛女》的演出看中国新歌剧的方向 冯乃超
《大众文学丛刊》第三辑 1948 年

艺术的民族化与现代化的关系
——关于《白毛女》的音乐论争的一点意见 邵荃麟
《群众》周刊 1948 年 2 月 28 日

《白毛女》与《王秀鸾》 荒煤
《天津日报》1949 年 3 月 20 日

写在《白毛女》上演之前 桑夫
《人民日报》1949 年 3 月 21 日

看了《白毛女》 笠
《人民日报》1949 年 3 月 29 日

工人看了《白毛女》 苏中
《天津日报》1949 年 3 月 29 日

《白毛女》的演出 俊子
《浙江日报》1949 年 6 月 18 日

看《白毛女》后 晓角　陆舟
《当代日报》1949 年 6 月 19 日

《白毛女》教育了我 赵福星
《浙江日报》1949 年 6 月 20 日

《白毛女》在部队里 李善敏

《浙江日报》1949 年 6 月 20 日

《白毛女》的音乐 石林宴
《浙江日报》1949 年 6 月 20 日

人民艺术的成长
——向观众推荐《白毛女》 玉轫
《文汇报》1949 年 6 月 28 日

关于《白毛女》的音乐 马可 张鲁 瞿维
《大公报》1949 年 7 月 4 日

歌剧《白毛女》 蔡汝杰
《大公报》1949 年 7 月 5 日

谈《白毛女》 周而复
《文汇报》1947 年 7 月 8 日

关于《白毛女》的演出工作者的话
《文汇报》1947 年 7 月 16 日

从这一步开始 汪培
《文汇报》1947 年 7 月 16 日

农民看了《白毛女》 舒啸
《中国青年》1949 年 20 期

看了《白毛女》再度试演后 英
《光明日报》1950 年 5 月 7 日

关于《看了〈白毛女〉再度试演后》 史洪
《光明日报》1950 年 5 月 27 日

看《白毛女》
——歌剧中歌唱的讨论　　存戏
《光明日报》1950年5月27日

关于歌剧里的歌唱
——读了《看〈白毛女〉后》　　远谟
《光明日报》1950年6月10日

我怎样演《白毛女》　　王昆
《文艺报》1950年2卷6期

《白毛女》的修改演出　　蓝宁
《文汇报》1950年6月27日

《白毛女》和《红旗歌》的修改　　方明
《光明日报》1950年7月10日

名剧《白毛女》在捷克上演
《文汇报》1951年3月2日

《白毛女》歌剧在捷克上演
《光明日报》1951年9月7日

《白毛女》故事　　唐伽
《大众电影》26期1951年9月16日

捷克演出“白毛女”　　郑韵琴
《人民戏剧》1951年3卷5期

法国《人道报》评《白毛女》
——中国革命故事的一个杰作
《文汇报》1951年10月22日

捷克工作报评《白毛女》

《文汇报》1951 年 10 月 22 日

《白毛女》

——中国青年文艺工作团在布达佩斯的首次歌剧演出

［匈牙利］杰尔基·索姆留

《人民文学》1952 年 3·4 期合刊

歌剧《白毛女》创作的经过 丁毅

《中国青年报》1952 年 4 月 18 日

《白毛女》奠定了中国新歌剧的基础 王淑明

《文艺报》1952 年 11－12 期合刊

苏联红军战士阿·科诺军科看了《白毛女》后的来信

《人民日报》1952 年 6 月 2 日

莫斯科演出《白毛女》

《光明日报》1952 年 6 月 27 日

苏联《真理报》载文，评述莫斯科演出的《白毛女》 ［苏联］卢金

《人民日报》1952 年 7 月 9 日

《白毛女》是否真有其人？

——答读者问 肖殷

《文汇报》1952 年 9 月 29 日

歌剧《白毛女》剧本俄译本序 B. H. 罗戈夫

宋绍香译编《中国解放区文学俄文版序跋集》中国文史出版社 2004 年 1 月版

新歌剧，人民需要它 丁毅

《剧本》1957 年 3 期

点燃起学生阶级仇恨的火焰
——略谈《白毛女》的人物分析　扬中州
《语文教学通讯》1958 年 7 期

《白毛女》和《红线女》　张庚
《戏剧报》1958 年 7 期

我国歌剧艺术的第一个里程碑
——关于“白毛女”的分析和评价　汪毓和
《音乐研究》1959 年 3 期

别洛露西亚大歌剧院演出《白毛女》　［苏联］乌斯丁诺夫
《戏剧报》1959 年 23 期

杨白劳的性格刻画及其它　震亚
《人民音乐》1961 年 4 期

从《白毛女》想到的　成钢
《山西日报》1962 年 5 月 12 日

从秧歌剧到《白毛女》
——延安文艺座谈会以后的一段回忆　马可
《中国青年报》1962 年 5 月 12 日

《白毛女》的创作回忆和体会　马可
《人民日报》1962 年 5 月 19 日

难忘的第一次演出
——解放前演出《白毛女》片段回忆　闻锦
《北京晚报》1962 年 5 月 26 日

看《白毛女》有感　　袁学超
《江西日报》1962 年 5 月 30 日

杨白劳和喜儿的歌唱表演
——艺术学院演出的《白毛女》观后　　石审
《安徽日报》1962 年 6 月 3 日

第一次演出“白毛女”　　高鹏
《陕西日报》1962 年 6 月 6 日

《白毛女》演员忆旧话今
——李波谈黄母的塑造　　徐玉英
《北京晚报》1962 年 6 月 29 日

关于《白毛女》的修改　　马可
《文汇报》1962 年 7 月 18 日

座谈歌剧《白毛女》的新演出　　张庚　萧三　叶林等
《戏剧报》1962 年 8 期

温故而知新
——看中央歌剧院演出《白毛女》有感　　贾克
《山西日报》1962 年 9 月 4 日

论《白毛女》中的喜儿　　方欲晓
《北京大学学报》1963 年 6 期

歌剧《白毛女》问世前后　　文纪
《吉林日报》1963 年 8 月 11 日

《白毛女》之忆　　记述
《羊城晚报》1963 年 9 月 16 日

郭兰英与《白毛女》 榕立
《羊城晚报》1963 年 11 月 16 日

从《兄妹开荒》到《白毛女》 李波
《羊城晚报》1963 年 11 月 27 日

生活、感情、演出
——排演歌剧《白毛女》前后的随感 杨源明
《新湖南报》1963 年 11 月 29 日

千锤百炼，精益求精
——试探歌剧《白毛女》的新演出 徐洗尘
《南方日报》1963 年 11 月 29 日

歌剧《白毛女》的诞生和发展 于夫
《郑州晚报》1964 年 2 月 1 日

新歌剧民族化的榜样
——看中央歌舞剧院《白毛女》 张泽民
《郑州日报》1964 年 2 月 5 日

歌剧表演札记
——根据《白毛女》导演总结笔记摘录整理 于夫
《河南日报》1964 年 2 月 8 日

周扬不准喜儿反抗
选自中国歌剧舞剧院的大字报
《解放日报》1966 年 9 月 8 日

祝贺歌剧《白毛女》重新演出
1. 喜看歌剧《白毛女》的演出 严文井
2. 春风吹又生

——祝歌剧《白毛女》重新公演 卢肃

3. 人民的戏剧

——歌剧《白毛女》散记 于夫

《人民戏剧》1977 年 2 期

周总理鼓励我为人民歌唱

——写在歌剧《白毛女》重新上演之际 王昆

《人民音乐》1977 年 2 期

歌剧《白毛女》的新生 瞿维

《人民音乐》1977 年 2 期

工农兵赞歌剧《白毛女》 张世仁等

《人民戏剧》1977 年 3 期

历史就是见证

——忆歌剧《白毛女》创作，深揭狠批“四人帮” 张庚

《人民日报》1977 年 3 月 13 日

今朝更好看

——歌剧《白毛女》的观后随记 李满天

《人民文学》1977 年 4 期

看歌剧《白毛女》重新上演的感想 星元

《人民戏剧》1977 年 4 期

我演喜儿三十年 郭兰英

《人民喜剧》1977 年 4 期

人民艺术人民爱

——歌剧《白毛女》学习札记 严恩图

《安徽师范大学学报》1977 年 4 期

永远沿着毛主席《讲话》指引的道路前进
——歌剧《白毛女》重新上演观后　王昆
《光明日报》1977 年 5 月 7 日

从歌剧《白毛女》得到的启示　英郁
《解放日报》1977 年 7 月 5 日

批判“四人帮”发动的围攻歌剧《白毛女》的谬论　林志浩
《文学评论》1978 年 2 期

艺术的生命在于真实
——从“四人帮”对《白毛女》的围剿谈起　郁源等
《武汉文艺》1978 年 4 期

《白毛女》的矛盾冲突和人物性格　颜雄
《昆明师范学院学报》1979 年 5 期

记歌剧《白毛女》在香港的演出　李门
《岭南音乐》1983 年 2 期

“见喜儿沉沉睡得稳”唱段简评　刘吉典
《剧坛》1983 年 6 期

从郭兰英重演《白毛女》谈振兴民族歌剧
——访中国歌剧舞剧院《白毛女》剧组　孙扶民
《光明日报》1984 年 1 月 4 日

歌剧《白毛女》好
——观摩《白》剧重排有感　前民
《戏剧电影报》1984 年 27 期

闲话《血泪仇》与《白毛女》的创作　王汶石

《延安文艺研究》1985 年创刊号

今天的“喜儿”和“大春” 屠海鸣
《解放日报》1985 年 3 月 13 日

邵子南和《白毛女》 陈厚诚
《当代文坛》1985 年 4 期

老戏不老　新人新貌
——《白毛女》复演成功 李光
《北京晚报》1985 年 7 月 2 日

《白毛女》的道路 李波
《北京日报》1985 年 7 月 6 日

歌剧《白毛女》再次上演
——广大观众重睹艺术丰碑 秦杰
《今晚报》1985 年 7 月 3 日

三看《白毛女》 赵安
《戏剧电影报》1985 年 7 月 14 日

《白毛女》传统与当前歌剧创作 居其宏
《文艺研究》1985 年 4 期

从《白毛女》看艺术的继承与创新 李尔重
《中流》1985 年 5 期

《白毛女》和解放区的戏剧创作 阿基
《上海广播电视》1985 年 6 期

歌剧第四代“喜儿” 小问

《中国妇女》1985 年 9 期

喜看《白毛女》的纪念演出 管林
《人民音乐》1985 年 9 期

关于《白毛女》的通信 张拓 瞿维 张鲁
《当代文坛》1987 年 1 期

歌剧《白毛女》三论 何鹏程
《贵州大学学报》1987 年 2 期

我国新歌剧的里程碑
——纪念歌剧《白毛女》创作和演出 42 周年 张九意
《内蒙古师范大学学报》1987 年 2 期

《白毛女》的基调应该是现实主义的 秦玉璋
《延安文艺研究》1988 年 2 期

社会解放程式：对女性“自我”确立的回避
——重读《白毛女》及此类型的作品 刘慧英
《中国现代文学研究》丛刊 1989 年 3 期

诸本中国现代文学史著作的一个失误
——歌剧《王秀鸾》《白毛女》产生时间考证 蔡子谔
《河北师范大学学报》1989 年 1 期

《白毛女》的现代神话意义 谢伟民
《北京大学研究生学刊》1990 年 3 期

难忘的一课
——记“西工团”排演《白毛女》 杜锦玉
《当代戏剧》1990 年 6 期

回顾与展望

——新歌剧创作杂谈　张鲁

《中国歌剧艺术文集》国际文化出版公司 1990 年 10 月出版

我是演歌剧起家的　陈强

《中国歌剧艺术文集》国际文化出版公司 1990 年 10 月出版

《白毛女》选场的缺憾　王家新

《语文教学与研究》1990 年 12 期

复仇与变形:《白毛女》主题意义琐谈　谢伟民

《中国文学研究》1991 年 1 期

《白毛女》在上海首演小记　金弧

《大江南北》1992 年 1 期

在国统区演《白毛女》　叶霜

《文史杂志》1992 年 3 期

《白毛女》感怀　前民

《中国戏剧》1992 年 9 期

只提了四个主问题

——《〈白毛女〉选场》教例评析　余有

《中学语文》1993 年 3 期

从《白毛女》的新解说到革命的权利　文熙

《文艺理论与批评》1993 年 6 期

故事新解　远江

《读书》1993 年 7 期

对《白毛女》中一句台词的质疑 李大峰
《中学语文》1993年8期

祝《白毛女》上演成功 欧阳予倩
《犁痕》 广东话剧研究会《犁痕》编委会1993年编

《白毛女》演出的意义 邵荃麟
《犁痕》 广东话剧研究会《犁痕》编委会1993年编

《白毛女》在解放区 刘尊棋
《犁痕》 广东话剧研究会《犁痕》编委会1993年编

《白毛女》的戏剧性 顾仲彝
《犁痕》 广东话剧研究会《犁痕》编委会1993年编

估量与祈望 瞿白音
《犁痕》 广东话剧研究会《犁痕》编委会1993年编

《白毛女》的音乐 李凌
《犁痕》 广东话剧研究会《犁痕》编委会1993年编

回忆歌剧《白毛女》在香港的一次演出 李露玲
《犁痕》 广东话剧研究会《犁痕》编委会1993年编

在香港演出歌剧《白毛女》的曲折经历 徐严
《犁痕》 广东话剧研究会《犁痕》编委会1993年编

小议歌剧《白毛女》 唐春梅
《青海教育》1994年4期

歌剧《白毛女》明年50岁 易水
《歌剧艺术研究》1994年5·6期合刊

沧桑五十年
——为歌剧《白毛女》诞生五十周年而写 原平
《国际音乐交流》1995 年 Z1

爱与恨的对比是《白毛女》的灵魂
——我演地主婆“黄母”的经历 李波
《新文化史料》1995 年 2 期

丰碑火种，翘祝永辉
——纪念《白毛女》50 周年专栏序语 孜人
《新文化史料》1995 年 2 期

歌剧《白毛女》创作上的群众路线 舒强
《新文化史料》1995 年 2 期

歌剧《白毛女》二三事 丁毅
《新文化史料》1995 年 2 期

歌剧《白毛女》在延安的创作演出 张庚
《新文化史料》1995 年 2 期

歌剧《白毛女》在延安创作排演史实核述 朱萍
《新文化史料》1995 年 2 期

可以说我是哭着演杨白劳的 张守维
《新文化史料》1995 年 2 期

台上的喜儿就是自己
——郭兰英演《白毛女》 丁润
《新文化史料》1995 年 2 期

我对黄世仁角色的创造 陈强

《新文化史料》1995 年 2 期

我和歌剧《白毛女》的缘　王昆
《新文化史料》1995 年 2 期

我三次接触《白毛女》的经历　田华
《新文化史料》1995 年 2 期

我一定要演好喜儿　林白
《新文化史料》1995 年 2 期

我在华北联大文工团演喜儿　孟于
《新文化史料》1995 年 2 期

我在野战中演出《白毛女》　冯素贞
《新文化史料》1995 年 2 期

谈歌剧事业的发展
——忆歌剧《白毛女》的音乐创作　张鲁
《歌剧艺术研究》1995 年 3 期

回忆五十年前《白毛女》的排演　舒强
《歌剧艺术研究》1995 年 3 期

作曲家陈紫访谈录　袁延红
《歌剧艺术研究》1995 年 3 期

祝愿《白毛女》再度辉煌　罗民池
《歌剧艺术研究》1995 年 3 期

两顶毡帽　前民
《歌剧艺术研究》1995 年 3 期

我是怎样写出小说《白毛女人》的 李满天
《歌剧艺术研究》1995 年 3 期

《白毛女》牵动我的心
——为纪念《白毛女》问世 50 周年而作 韦明
《歌剧艺术研究》1995 年 3 期

白毛女还应该是白毛女
——《白毛女》复排之际访李刚 张作民
《歌剧艺术研究》1995 年 3 期

不仅为了纪念
——关于《白毛女》的一点想法 刘诗嵘
《歌剧艺术研究》1995 年 3 期

歌剧《白毛女》的历史贡献 李刚
《歌剧艺术研究》1995 年 3 期

民族歌剧剧作的典范 陆棨
《歌剧艺术研究》1995 年 3 期

中国歌剧的经典
——纪念《白毛女》诞生 50 周年 黄奇石
《歌剧艺术研究》1995 年 3 期

追忆、感触、期盼
——歌剧《白毛女》部分老演员的话 邱玉璞
《歌剧艺术研究》1995 年 3 期

喜儿又扎上了红头绳
——兼述延安时期《〈白毛女〉书面座谈》 黎辛
《文艺报》1995 年 7 月 14 日

纪念歌剧《白毛女》诞生50周年学术研讨会结束语 田川
《歌剧艺术研究》1995年4期

实践《讲话》的成果 人民智慧的结晶
——纪念歌剧《白毛女》诞生50周年 瞿维
《文艺理论与批评》1995年4期

紧扣阶级斗争的主线是《白毛女》成功的关键
——纪念歌剧《白毛女》诞生五十周年学术研讨会侧记 江北
《文艺理论与批评》1995年4期

人民心上的花朵 杨润身
《文艺理论与批评》1995年4期

试说重排歌剧《白毛女》之争 刁其俭
《四川戏剧》1995年4期

人民的"喜儿"
——《白毛女》从延安到北平纪闻 丁帆
《党史纵横》1995年4期

歌剧《白毛女》在延安的创作与排演
——纪念歌剧《白毛女》创演50周年 向延生 朱萍
《人民音乐》1995年8期、9期

中国歌剧的楷模
——纪念《白毛女》诞辰50周年 刘贻清
《文艺报》1995年9月15日

白毛女能嫁给黄世仁吗?!
《中国戏剧》1995年10期 熊元义

重观《白毛女》所思和所感
《文艺理论与批评》1995年5期 戚方

论歌剧《白毛女》的历史价值
《文艺理论与批评》1995年5期 王畅

和王昆在上海演出歌剧《白毛女》
《歌剧艺术研究》1995年5期 前民

歌剧《白毛女》的前瞻性思索
——在歌剧《白毛女》诞生50周年学术研讨会上的发言 余林
《歌剧艺术研究》1995年5期

“中国音乐剧”畅想
——纪念《白毛女》上演50周年 方辰
《歌剧艺术研究》1995年5期

《白毛女》是我师 胡献廷
《歌剧艺术研究》1995年5期

《白毛女》漫忆 阿庚
《人舞台》1995年5期

《白毛女》——中国民族歌剧的太阳 万斋
《中流》1995年10期

歌剧《白毛女》在延安进行创作的情况 李刚
《新文化史料》1996年3期

炮火中诞生的一部民族歌剧
——论《白毛女》的历史地位及其艺术成就 胡士平
《安徽新戏》1996年3期

《白毛女》北平首演记　丁帆
《新文化史料》1996 年 5 期

《白毛女》的创作和演出　马可（遗作）
《新文化史料》1996 年 6 期

也谈歌剧《白毛女》的创作　贾克
《新文化史料》1996 年 6 期

《白毛女》及其他　［台湾］张放
《拾荒随笔》独家出版社 1997 年 2 月出版

《歌剧〈白毛女〉在延安进行创作的情况》一文质疑　向延生
《新文化史料》1997 年 6 期

《白毛女》演变的启示　孟悦
王晓明主编《二十世纪中国文学史论》第三卷 · 东方出版中心 1997 年版

《白毛女》与贺敬之　何火任
《文艺理论与批评》1998 年 2 期、3 期

周总理和三个“白毛女”　丁帆
《新文化史料》1998 年 3 期

“人”的隐匿、消失
——论《白毛女》从歌剧到舞剧的改编　孙时彬
《北方论丛》1999 年 1 期

歌剧《白毛女》诞生内幕　王培元
《森林与人类》1999 年 7 期

《白毛女》是中国歌剧成型的标志　王文博

《南京师范大学文学院学报》1999 年 7 期

当年我演《白毛女》 李凤君
《老年人》2000 年 2 期

歌剧《白毛女》的艰难问世和流传 刘静
《纵横》2000 年 5 期

唤起劳苦大众的歌剧《白毛女》 边国立
《解放军报》2000 年 6 月 30 日

《白毛女》中人名的含义 杨绍贵 徐立习
《语文世界》2000 年 12 期

白毛女与黄世仁的关系在 20 世纪的变化 熊元义
《解放军艺术学院学报》2001 年 1 期

革命歌剧《白毛女》沪上首演记 商晨舫
《档案与史学》2001 年 3 期

《白毛女》：文本隐伏内涵解析 单元
《中国文学研究》2002 年 3 期

从“白毛仙姑”到《白毛女人》 裴建素 韩绮 萧玉
《石家庄日报》都市周末 2002 年 5 月 17 日

《白毛女》创作年表
《石家庄日报·都市周末》2002 年 5 月 17 日

《白毛女》
——在“政治革命”与“文化革命”之间 李杨
《50—70 年代中国文学经典再解读》山东教育出版社 2003 年版

三变金身《白毛女》 刘澍
《大众电影》2002 年 17 期

《白毛女》之争 海克
《新闻周刊》2002 年 30 期

“白毛女”走完风雨人生路 《羊城晚报》
《羊城晚报》2003 年 1 月 5 日

罗昌秀并非“喜儿”原型 潘生
《羊城晚报》2003 年 1 月 19 日

《白毛女》从延安进北平 丁帆
《炎黄春秋》2003 年 1 期

魅力源自细节的真实——品味《白毛女》 谢昌咏
《中学语文教学》2003 年 4 期

歌剧《白毛女》诞生前后 汤胜利
《党史文汇》2003 年 7 期

《白毛女》：创作、修改、移植、接受过程所蕴含的文化史意义 万国庆
《凝眸黄土地——延安文学史论》湖北人民出版社 2003 年出版

文学与法律之间
——以《白毛女》的文本演替为例 余晓明
《南京师范大学文学院学报》2004 年 1 期

歌剧《白毛女》的文本生成与叙事策略 顾玮
《山东文学》2004 年 2 期

为什么革命

——歌剧《白毛女》等作品中的农村世界 鲁太光
《文艺理论与批评》2004 年 4 期

《白毛女》音乐的民族性与现代性 郝亚莉
《泰山学院学报》2004 年 4 期

从两种“工具论”到“认同仪式论”
——《白毛女》演变史研究的嬗变和发展 郑闯琦
《文艺理论与批评》2004 年 5 期

《〈白毛女〉歌剧总谱》序 张庚
《〈白毛女〉歌剧总谱》上海音乐出版社 2004 年出版

《〈白毛女〉歌剧总谱》出版前言 李刚
《〈白毛女〉歌剧总谱》上海音乐出版社 2004 年出版

看《白毛女》五十年
——从几份节目单说起 王成玉
《中国戏剧》2004 年 6 期

解密《白毛女》的传奇故事 黄仁柯
《中州古今》2004 年 10 期

重读红色经典《白毛女》 吴迪
《博览群书》2004 年 12 期

就歌剧《白毛女》创作过程中的若干问题访王昆同志 王昆 陆华
《贺敬之文集》（五卷）作家出版社 2005 年出版

歌剧《白毛女》创作传奇 黄仁柯
《北方音乐》2005 年 1 期

选排歌剧《白毛女》有感　郭礼元
《艺海》2005年2期

60年来歌剧《白毛女》的评价模式的变迁　孟远
《河北学刊》2005年2期

《白毛女》：新阐释的误区及其可能性　何吉贤
《文艺理论与批评》2005年3期

《白毛女》在日本的传播和影响　［日］山田晃三
《文艺理论与批评》2005年3期

试论《白毛女》对中国歌剧发展的重要作用　王芳
《郑州铁路职业技术学院学报》2005年4期

情归革命
——从《白毛女》看“革命时代的爱情”书写　肖向明
《社会科学战线》2005年5期

中国民族歌剧发展的基石
——关于歌剧《白毛女》创作的启示与分析　李鸣镝
《戏文》2005年6期

从歌剧到舞剧：《白毛女》的变迁　袁成亮　袁翠
《党史纵览》2005年6期

歌剧《白毛女》的魅力　胡士平
《人民音乐》2005年7期

民族新歌剧的奠基石
——纪念新歌剧《白毛女》诞生六十周年　蒲涛
《戏剧文学》2005年11期

重温《白毛女》后的遐想　　田川
《回首征程》文化艺术出版社 2005 年 12 月出版

浅谈贺敬之的歌剧创作　　荆蓝
《回首征程》文化艺术出版社 2005 年 12 月出版

重构“革命经典”：从复杂到“纯粹”
——以歌剧《白毛女》和舞剧《白毛女》为例　　胡军
《淮南师范学院学报》2006 年 1 期

关于“黄世仁”的疑问　　王宏任
《杂文报》2006 年 1 月 24 日

民族歌剧的经典
——重评《白毛女》　　陆彦
《四川戏剧》2006 年 3 期

《白毛女》人物命名的艺术　　尹敏华
《语文天地》2006 年 4 期

《白毛女》
——中国新歌剧的里程碑　　陈娜
《科教文汇》2006 年 4 期

杨白劳与黄世仁的关系
——兼论歌剧《白毛女》的现代性价值　　崔志远　肖凌
《当代人》2006 年 6 期

文本、主题与意识形态的诉求
——谈歌剧《白毛女》如何成为“红色”经典作品　　黄科安
《文艺研究》2006 年 9 期

《白毛女》与《青虚山》
——歌剧《白毛女》创作60周年　李成瑞
《文艺理论与批评》2006年5期

《白毛女》质疑者的眼光　熊光明
《中华魂》2006年7期

白毛女的阐释空间　吴健波
《挥毫顶天写真诗》作家出版社2006年8月出版

歌剧白毛女的现代性价值　崔志远
《挥毫顶天写真诗》作家出版社2006年8月出版

政治话语缝隙中闪现的民间原型
——对歌剧《白毛女》的原型批评解读　高娜　王远舟
《现代语文》2006年12期

民族歌剧《白毛女》的大众文化魅力　张希玲
《四川戏剧》2007年2期

歌剧《白毛女》声乐艺术之戏剧冲突浅析　秦扬
《四川戏剧》2007年4期

《白毛女》的修改与主流意识形态的关系
——以“华东本”和“人民本”为例　邓玉真
《科教文汇》2007年5期

《白毛女》的故事　黄仁柯
《徘徊梅花岭》大众文艺出版社2007年10月出版

八、文艺思想研究

时代的投影　实践的结晶

——读《贺敬之文艺论集》　　方林
《文艺理论与批评》1986年2期

信念、勇气和毅力
——读《贺敬之文艺论集》　　成志伟
《文学报》1987年5月14日

给文艺理论与批评编辑部的信　　梁胜明
《文艺理论与批评》1991年5期

怎样认识贺敬之?　　刘润为
《文艺理论与批评》1994年6期

抗拒不了的传统
——论贺敬之的诗歌创作　　张器友
《高校理论战线》2004年11期、12期连载

中国歌剧要走自己的路
——贺敬之新时期有关中国歌剧的论说　　黄奇石
《人民音乐》2005年7期

集诗人与评论家于一身　　马盏伯
《高校理论战线》2005年1期

和时代同呼吸　和人民共命运
——评贺敬之的新诗理论　　古远清
《心潮诗词》2005年3期

别一种意义的浪漫
——略谈贺敬之的文艺思想　　董学文
《高校理论战线》2005年8期

建设共和国精神文明的主要支柱　严昭柱
《回首征程》文化艺术出版社 2005 年 12 月出版

作为马克思主义文艺理论批评家的贺敬之　梁胜明
《回首征程》文化艺术出版社 2005 年 12 月出版

在意识形态领域坚持和发展马克思主义　黄力之
《回首征程》文化艺术出版社 2005 年 12 月出版

把阶级性与党性融为一体的光辉典范　朱蔚蕃
《回首征程》文化艺术出版社 2005 年 12 月出版

体现先进文化方向的诗论　张炯
《回首征程》文化艺术出版社 2005 年 12 月出版

闪烁着辩证法光芒的精彩诗论　杨志今
《回首征程》文化艺术出版社 2005 年 12 月出版

与时代同步和人民同心　刘玉山
《回首征程》文化艺术出版社 2005 年 12 月出版

读《贺敬之谈诗》　绿原
《回首征程》文化艺术出版社 2005 年 12 月出版

战士的责任重　卢伟宗
《回首征程》文化艺术出版社 2005 年 12 月出版

诗论星火　照亮诗原
——读《贺敬之谈诗》有感　浪波　刘章　申身
《石家庄日报》2004 年 12 月 21 日

新时期党的文艺中方向的制订贺敬之的贡献　张其俊

《挥毫顶天写真诗》作家出版社 2006 年 8 月出版

贺敬之文艺思想刍议　　黄玉蓉
《挥毫顶天写真诗》作家出版社 2006 年 8 月出版

谁是诗中疏凿手　　丁国成
《挥毫顶天写真诗》作家出版社 2006 年 8 月出版

贺敬之与毛泽东文艺思想　　余飘
《挥毫顶天写真诗》作家出版社 2006 年 8 月出版

一个诗人和一个时代
——我们需要什么样的文学观　　曾庆江
《挥毫顶天写真诗》作家出版社 2006 年 8 月出版

九、综合性研究文集

贺敬之专集（中国当代文学研究资料）　　王宗法　张器友编
江苏人民出版社 1982 年出版

贺敬之专集（中国当代文学研究资料）　　安徽大学中文系编
安徽大学中文系 1979 年出版

中国学术研究·贺敬之文学生涯 65 周年暨文集出版研讨会纪念专刊
《中国学术研究》2005 年 8 期

回首征程
——贺敬之文学生涯 65 周年纪念文集　　陆华　祝东力编
文化艺术出版社 2005 年 1 月出版

挥毫顶天写真诗
——贺敬之文学创作国际学术研讨会论文集　　张永健主编

作家出版社 2006 年 8 月出版

十、相关著作《诗人贺敬之》研究

读《诗人贺敬之》随笔　刘章
《文艺理论与批评》2000 年 3 期

直笔信史　翠柏劲松
——读《诗人贺敬之》　马鋆伯
《两仁相割集》吉林出版社 2000 年 10 月出版

一部精彩的评传
——读《诗人贺敬之》　丁国成
《新闻出版报》2000 年 6 月 30 日

“百折再看高潮来”
——读《诗人贺敬之》纪感　纪鹏
《银河系》2001 年 34 · 35 期

贺敬之诗歌的历史价值和艺术魅力
——读贾漫《诗人贺敬之》　翟泰丰
《文艺报》2003 年 6 月 7 日

十一、贺敬之谈文艺与创作

《白毛女》的创作与演出（1946 年）　贺敬之
《白毛女》新华书店

《白毛女》再版前言（中国人民文艺丛书）　贺敬之
《白毛女》新华书店 1950 年出版

关于《回延安》教学与贺敬之同志的通信　贺敬之　吴小秋

《中学语文教学》1979 年 3 期

贺敬之谈《桂林山水歌》 贺敬之 刘延
《中国校园文学》1997 年 6 期

贺敬之谈《回延安》 贺敬之 刘延
《中国校园文学》1997 年 10 期

2000 年重版前言 贺敬之 张鲁 瞿维
《白毛女》中国青年出版社 2000 年 7 月出版

《关于胡风平反问题致〈随笔〉的一封信》 贺敬之
《随笔》2004 年 6 期

文艺老兵的心声
——在“贺敬之诗歌朗诵演唱会”上的答谢词 贺敬之
《诗刊》2005 年 1 月号下半月刊

关于《雷锋之歌》 贺敬之
《贺敬之文集》(6 卷) 作家出版社 2005 年 1 月出版

关于《西去列车的窗口》 贺敬之
《贺敬之文集》(6 卷) 作家出版社 2005 年 1 月出版

答《词刊》吕美顺问 贺敬之
《贺敬之文集》(4 卷) 作家出版社 2005 年 1 月出版

答《诗刊》阎延文问 贺敬之
《贺敬之文集》(4 卷) 作家出版社 2005 年 1 月出版

纪念《讲话》发表六十周年答河北电视台问 贺敬之
《贺敬之文集》(4 卷) 作家出版社 2005 年 1 月出版

风雨问答录　贺敬之　李向东

《贺敬之文集》(6卷)作家出版社2005年1月出版

(陆华整理)

图书在版编目（CIP）数据

贺敬之研究文选/陆华编．—北京：文化艺术出版社，2008.9

ISBN 978-7-5039-3561-9

Ⅰ．贺… Ⅱ．陆… Ⅲ．贺敬之—文学研究—文集
Ⅳ．I206.7-53

中国版本图书馆 CIP 数据核字（2008）第 118069 号

贺敬之研究文选

编　　者　陆　华
责任编辑　蔡宛若
责任校对　方玉菊
封面设计　大鹏工作室
出版发行　文化艺术出版社
地　　址　北京市朝阳区惠新北里甲 1 号　100029
网　　址　www.whyscbs.com
电子邮箱　whysbooks@263.net
电　　话　（010）64813345　64813346（总编室）
　　　　　（010）64813384　64813385（发行部）
经　　销　新华书店
印　　刷　国英印务有限公司
版　　次　2008 年 9 月第 1 版
　　　　　2008 年 9 月第 1 次印刷
开　　本　720×960 毫米　1/16
印　　张　74.125
字　　数　1380 千字
书　　号　ISBN 978-7-5039-3561-9/I·1622
定　　价　150.00 元